热血军魂

宋耀珍 著

中国文史出版社

图书在版编目（CIP）数据

热血军魂 / 宋耀珍著 . -- 北京：中国文史出版社，2024.5
（武乡抗战故事文丛）
ISBN 978-7-5205-4646-1

Ⅰ.①热… Ⅱ.①宋… Ⅲ.①革命故事—作品集—中国—当代
Ⅳ.① I247.81

中国国家版本馆 CIP 数据核字（2024）第 075593 号

出 品 人：彭远国
责任编辑：秦千里

出版发行：中国文史出版社
社　　址：北京市海淀区西八里庄路 69 号院　邮编：100142
电　　话：010-81136606　81136602　81136603（发行部）
传　　真：010-81136655
印　　装：山西人民印刷有限责任公司
经　　销：全国新华书店
开　　本：32 开
印　　张：5
字　　数：88 千字
版　　次：2024 年 5 月北京第 1 版
印　　次：2024 年 5 月第 1 次印刷
定　　价：780.00 元（全套）

热血军魂

董志敏·绘

目录

仇恨的地雷

　　河北省沙河县的王来法，跟随爹娘逃荒到武乡县大有乡李峪村时，正值大雪纷飞的冬天，一家三口躲进一座小庙，遇到了躲避地主收租子的村民王森林。王来法的爹娘苦苦哀求，让王森林收留他们没有能力养活的王来法。王森林不忍心拒绝眼前这一对泪眼婆娑的穷苦夫妻，把王来法收留下来。从此，王来法和王森林相依为命。那年，王来法刚满七岁。

　　王森林父母早亡，自己没有能力娶妻，收留了王来法，又当爹来又当妈，把王来法视作亲生。王来法虽然常常思念亲生父母，但随着岁月的流逝，在王森林的百般呵护下，渐渐把王森林当作了亲生父亲。

　　王来法长大了，长成一个懂事健壮的小伙子，父子俩凭着辛苦和力气，开荒种地，省吃俭用，生活渐渐好了起来，王森林心里盘算着积攒点财物给王来法娶个媳妇回家。

　　1938 年初，一队日军进入李峪村，抓住几个村民

拷问粮食藏在哪里，其中就有王森林。这几个村民都闭口不答，问到王森林时，王森林怒目以对，激怒了问话的日本军官，这个日本军官竟然随手一刀砍死了王森林。站在村民中间的王来法大叫着要冲出人群，被周围的村民捂住嘴巴拉住了身体。

从此，对日本鬼子的仇恨埋在了王来法的心里。

日军撤走以后，王来法立刻报名参加了村里的抗日自卫队。在自卫队里，王来法一门心思苦练杀敌本领，掩护乡亲们向山里转移时跑前跑后，和敌人战斗时舍生忘死。由于他机智勇敢、表现突出，同年 7 月就被组织吸收加入中国共产党。

成为中国共产党党员的王来法像获得了新生，仇恨在他心里变得开阔，他向日本鬼子要报的已经不仅仅是父亲王森林的仇，而是整个民族的仇，他心里也开始琢磨着用什么办法可以更有力地消灭日本鬼子。

机会来了。

1941 年，日军对太行山抗日根据地发动了空前的残酷大"扫荡"。武乡抗日政府为了有效反击日军的大"扫荡"，县武委会组织举办了爆破学习班，已经是村民兵自卫队队长的王来法成为其中一名学员。

王来法天生聪颖，遇事爱琢磨，他发现地雷就是眼前消灭鬼子最有力的办法。他迷上了地雷，爱上了地雷，成为这个爆破班里学习最用功的学员。学习结束的时候，王来法已经把制造地雷的方法和爆破技术烂熟于心。他各项训练成绩第一，他迫不及待地赶回了李峪村。

回到村里第一件事就是把民兵自卫队召集在一起，他把学到的地雷知识一股脑地倒给大家：

"大家听好了。从今天开始，咱们村的自卫队要成为地雷自卫队，每个队员都要学会造地雷，学会爆破技术。咱们要绞尽脑汁，想办法造出各种各样的地雷来，让日本鬼子防不胜防，让日本鬼子坐着咱们的地雷上西天！"

队员们听了非常振奋、热情高涨，催促着王来法现在就教大家。王来法说："走，咱们去村子外面，先领略一下地雷的威力。"

王来法提着从县里带回来的地雷，带着自卫队队员们来到村外面的一个山沟里。他找到一块平地，挖了坑，把地雷埋进去，每一个动作和细节，他都讲得非常清楚。大家躲到一个小山包后面，只见王来法扔一块石头打在引信上，那边地雷"轰"地就响了，接着腾起来一片灰土，石头和土块四散飞溅。

"好家伙，真厉害！"

"够小鬼子喝一壶的！"

大家异常兴奋，议论纷纷。

"但是从县里带回来的地雷没有几颗，所以想要有更多的地雷就得咱们自己造。"王来法对队员们说。"狗日的日本鬼子，终于有好办法修理你们了。"王来法愤愤地

补了一句。

李峪村抗日自卫队队员开始忙碌起来，除了下地干活和正常训练外，留下的时间就是造地雷。全村人都把能用的材料贡献出来，王来法手把手教着大家，半个月的工夫，自卫队就拥有了二十来颗自己造的地雷。

这天，王来法接到区里一份紧急情报，说段村的敌人第二天拂晓时分要到武东一带抢老百姓的麦子，命令他们在长乐店一带给敌人来一次伏击。

"太好了，正好把这二十来颗'铁西瓜'送给这帮狗日的尝尝！"王来法高兴地把这个情报告诉了大家。

为防备走漏风声，到了夜晚时分，王来法才带领队员们来到长乐店，这是敌人要去往武东的必经之路。趁着夜色，王来法他们在道路中间和两旁挖坑，把挖出来的新土倒进不远处流淌的河水里，埋好地雷后，再把堆放在一旁的旧土盖上去。更绝的是，王来法他们在修复过的地面上，用手将马蹄子、羊蹄子和大人穿的鞋轻轻一印，再这里一堆那里一堆地撒上牲口粪便。整个路面看上去，再聪明的脑瓜也不会想到下面会埋着二十几颗地雷。

埋好地雷，王来法他们就埋伏在道路东侧山上的高粱地里，等待日本鬼子的到来。

拂晓时分，前面放哨的队员气喘吁吁地跑来，"报告队长，鬼子兵来了。"大家听了，一个激灵全部没有了睡

抗战屋脊板山

王慧群·绘

意，趴在各自的位置上紧张地观察着前方。

一大队日军进入了视线，但他们离雷区几百米时，好像嗅到了什么味道，停了下来。自卫队队员们的心提到了嗓子眼，"难道敌人知道我们埋下了地雷？"大家都用目光询问王来法。王来法冷静地摇摇头，示意大家耐心等待。

约莫一袋烟的工夫后，日军终于开始前进，好像休息一会儿后铆足了劲，他们就这样大摇大摆地走进了雷区。

他们踩住了路中央的地雷，地雷把他们炸得喊爹叫娘、缺胳膊少腿。其他没被炸着的就往路两边躲，路两边的地雷也被他们踩住了，刹那间雷声滚滚，石头四溅、灰土飞扬，鬼子乱成了一锅粥。

趁这个当儿，王来法一声令下，队员们开始向日军射击，又是地雷又是子弹，逼得日军趴在地上胡乱地向四处射击。

"撤！"王来法下令。等王来法他们走出很远了，还听到日军的枪声在那里响得热闹。

初战告捷。王来法抽空独自来到村外父亲王森林的坟头，给父亲倒一杯酒、点一袋烟，然后说道："爹，孩儿看你来了。告诉你老人家一件事，孩儿造的地雷，前几天一次就炸死炸伤三十多个日本鬼子。但这远远不够，所有日本鬼子都是咱的仇人，孩儿想好了，就一门心思造地雷，直到把鬼子全部炸光！"

离开墓地，王来法直接回到了自卫队队部。

一年后，王来法已经成功试制出石雷、木雷、瓷雷、子母雷、连环雷、天雷、回头雷等二十多种雷，并且设计出各种布雷阵，有梅花阵、凤凰阵、楼上楼阵、蛇形阵、开门大吉阵和群体欢送阵等。

王来法造出来的地雷里，不仅装着火药，还装着仇恨。

1943年6月，日军侵占了蟠龙镇，并筑起炮楼驻扎下来，开始有计划地向周边村庄进行"扫荡"。"要把蟠龙镇的敌人围困起来。"上级向李峪村抗日自卫队下达命令。王来法接到命令，立刻和队员们研究出了对策。

王来法带领队员们昼伏夜出，把地雷埋在蟠龙镇周围的道路上，敌人只要出动就要踩着地雷，扰得敌人心惊胆战、束手无策。

6月15日，区里来情报说，第二天段村的一股鬼子要来蟠龙镇。王来法立即召集自卫队队员们，带着地雷来到段村通往蟠龙镇的路上，他根据地形指挥队员们布好了地雷阵。

日军和伪军一起从段村出来，日军已经吃够了地雷战的苦头，所以伪军走在前头，日军跟在后头。前面的伪军何尝不怕地雷，但他们更不敢抗拒日军的命令。

敌人一路战战兢兢，行动速度缓慢。中午时分，终

于接近了雷区。土路上明显地冒出几根像是地雷引信的东西，走在前面的伪军停下了脚步。"有地雷！"伪军大喊一声，后面的队伍立刻就趴在地上，屏住呼吸一动不敢动。

鬼子指挥官示意伪军上前探雷。一个伪军不得已，双腿抖着接近了一个"地雷"，只见他把一块石头朝着引信扔过去，然后急忙闪到旁边一块一人高的石头后面，"轰"的一声，地雷炸了，但地雷不是在扔过去的石头那里，而是在这块一人高的大石头后面，伪军的身体被炸得飞了起来，狠狠地摔在地上一命呜呼。

地雷一炸，小鬼子立即吓破了胆。他们命令伪军排成扇形，边走边去寻找地雷。伪军一个个胆战心惊迈腿向前，只要发现可疑的地方就趴到一边，小心翼翼地把两边的土挖开。不过，接二连三地，不是挖到破钢盔，就是挖到破布鞋、石头蛋，有时还挖得满手是屎。这让鬼子哭笑不得，渐渐放松了警惕，放开胆子迈开大步往前走着。

这样走了不到一里地，敌人看见路北有一个菜地，里面种着黄瓜、西红柿和萝卜等。疲惫不堪的敌人一见，立刻争先恐后地跑了进去，准备饱餐一顿。

不料这才是真正的雷区。一阵狂轰滥炸，把日本鬼子和伪军炸得魂飞魄散，丢下一堆尸体，扶着伤员向李峪村扑来。他们想村里肯定不会布上地雷，否则会炸坏老百姓自己的房子。但是，快看见村子时不敢前进了，他们怀疑前面还有雷区在等待着他们。

这时，枪声响起，几个身影出现在他们前面，一边往村里跑一边回头射击。日本鬼子见势，紧紧追了上来。

前面射击的是李峪村的自卫队队员，他们在大路上躲着地雷往前跑，不一会儿就把鬼子和伪军引入了雷区。又是一阵轰炸，王来法摆好的各种地雷阵，让鬼子和伪军防不胜防、寸步难行。不得已，日军和伪军只好大败而归。

王来法的地雷阵让敌人闻风丧胆。1944 年，王来法应邀出席"太行区首届群英会"，获得了"地雷大王"的光荣称号，晋冀鲁豫边区还授予他"抗日柱石建国先锋"的锦旗，武乡县抗日政府送给他一个"杀敌功臣"的金字大匾。

如今，在武乡县大友乡李峪村王来法纪念馆的一面墙上，悬挂着各种类型的地雷，它们昭示着一个农民的儿子，因为国仇家恨而激发出的勇敢和智慧。

二十二刀

　　1942 年 2 月 19 日，正月初五，大有阻击战打响。大有乡枣烟村民兵武委会主任武三林，接到名扬游击队队长魏名扬的命令，带领枣烟村与王海峪村民兵奔赴战场，他们的主要任务是负责运送武器弹药与护送伤员。最后，来传达命令的游击队员说："三林哥，魏大队长让我特别吩咐你，一定要看好几位首长，他们都是猛将，指挥战斗都在最前线。"武三林点头："记住了，回去告诉我师父，让他放心。"武三林从小跟着魏名扬学武术，所以称魏名扬师父。

　　大有阻击战打得非常惨烈。2 月 29 日这天，纠集在蟠龙一带的 4000 多敌人疯狂地猛扑过来。为阻击敌人的侵扰，在敌强我弱的情形下，太行三分区司令员郭国言率领全体指战员，分三路进行阻击。他亲自指挥的一路部队在桃树顶埋伏。上午 11 点左右，战斗开始了。炮火中，郭国言穿行于阵地间，指挥战士们奋勇冲杀。凶残的敌人几次发动进攻，都被战士们用手榴弹压了回去。

几经反复，敌人仍不能前进一步。战斗进行到黄昏，急躁的敌人恼羞成怒，开始用大炮狂轰滥炸。我方阵地上瞬间硝烟弥漫，弹片横飞。郭国言司令员一面沉着冷静地指挥战士们作战，一面观察敌情伺机转移。突然，一枚炮弹呼啸着落在身旁，随着巨大的爆炸声，郭国言司令员倒在了硝烟中。

郭国言司令员在阵地上中弹牺牲，时年 29 岁。武三林知道了悲痛万分，他被分配到第三路阻击部队，没有能和郭国言战斗在一起。郭国言司令员的牺牲激怒了所有八路军战士，为了给郭国言司令员报仇，三分区政治部副主任彭光带领八路军战士与游击队员，以密集的炮火向敌人发起猛攻。这次，武三林暗暗发誓，一定要保护好彭光主任。但是，战场上的形势瞬息万变，子弹不长眼睛。在八路军战士与名扬游击队的夹攻之下，日本鬼子被逼在大有横岭寺脚下的小河沟里。偏偏这时，一颗子弹飞来，从彭光的肚上穿过，他摇晃了一下便倒在了血泊中。武三林正带着民兵穿梭在枪林弹雨中，他第一个看见彭光倒下，立刻带领两名民兵跑过去，将彭光抬上担架抬下了战场。

大有阻击战胜利结束。武三林在大有阻击战中表现英勇，抢救彭光主任有功，事后受到名扬游击队与蟠龙四分区武委会的表彰奖励，奖励枣烟村武委会地雷 4 颗、三八式枪 1 支、子弹 200 发。

从此，武三林和他的枣烟村民兵，开始在这一带的抗日武装中崭露头角。

1943年7月1日一大早，武三林正在院子里擦枪，民兵武金水急匆匆地跑了进来，说话上气不接下气："三林哥，不好了，蟠龙镇的鬼子往咱们这边来了。"武三林"噌"地站起身来："金水，别慌，慢慢说。鬼子走哪了，有多少鬼子？"武金水喘了口气："估摸着还有五六里地，黑压压的一片都是鬼子。"

很快，村民们在民兵的掩护下向山里逃去。当逃到大贝圪梁时，由大汉奸向约奎亲自带领的一队鬼子、伪军突然扑了过来。武三林下令："金水、东生、文彪、黄孩，你们跟我来阻击敌人，其余人掩护群众往山沟里钻。"说完，武三林他们迅速抢占有利位置，趴在西边的山头上向敌人开火，群众则钻进东边的山沟里。但是，寡不敌众，群众安全转移了，武三林他们全部被鬼子抓获。

武三林他们被敌人带至大活庄村后，集中在一块空地上，伪军在周围站上了岗。"给老子排成队，转上几圈。"一个伪军对武三林他们命令道。武三林他们强压着怒火，排成一队绕了几圈。"停，给老子站好了。"伪军又喊，大家站在原地。伪军径直走到武三林跟前用手一指："你！"然后又对武三林旁边的武金水一指："还有你，你们俩跟老子来。"

武三林、武金水跟在伪军后面进了一个院子。西房的门敞开着，他们走了进去。汉奸向约奎坐在一张椅子上，一双眼睛贼溜溜地盯住武三林："你叫武三林吧，是枣烟村的武委会主任？"武三林没有理睬。向约奎继续说："还是魏名扬的得意门生？"向约奎说着站起来，踱两步走近武三林："你的情况皇军都知道了，我在皇军跟前给你求情了，只要你说出魏名扬在哪里，皇军不仅会放你回家，那悬赏魏名扬的五千元金票也会如数归你。怎么样？"武三林用藐视的目光看着向约奎，然后一字一句地回答："你觉得我会像你一样当汉奸、做走狗吗？呸！"武三林嘴里的唾沫星子吐在向约奎的脸上，向约奎当即嘴一歪恼羞成怒："妈的，敬酒不吃吃罚酒，给老子往死里打！"两个伪军走上来，一人一条胳膊别住武三林，武三林竭力反抗。这时，从门外走进来一个鬼子，鬼子端着枪，枪上插着刺刀，见武三林在反抗，对着武三林的前胸上去就是一刺刀。一旁武金水见状，冲向鬼子，鬼子把血淋淋的刺刀又刺向武金水，武金水当场倒在地上。"拉出去，打！"向约奎喊道。

武三林被拉到院子里。"说不说，现在说还不迟。"向约奎恶狠狠地问。武三林没有回答，胸前流着血依然在反抗。这时，鬼子也跟了出来，向约奎命令那两个抓着武三林胳膊的伪军："你们俩抓稳了，让皇军再捅上两刀，看他还说不说。"说完转向鬼子，点头哈腰地做了

一个"请"的动作。鬼子的脸变得魔鬼般狰狞，端着长枪刺向武三林，一连捅了二十一刀，直到架着武三林的两个伪军哆嗦着松开手，武三林血肉模糊的身体瘫倒在地上。

一个坚强如钢的汉子，倒在了血泊之中，年仅28岁。

1945年4月5日，武乡（东）县党、政、军、民各界代表近万人在蟠龙镇举行公祭大会，祭奠武乡在抗日战争中牺牲的335名烈士，并在奶奶凹黄沙岗竖起死难烈士纪念碑，武三林的名字镌刻在了纪念碑上，让后人永远敬仰。

兄弟英雄

　　蟠龙镇秦家烟村有兄弟俩，哥哥叫李兴云，弟弟叫李金河。兄弟俩隔着两岁，性格迥异，李兴云沉稳，李金河活泼。李家家境贫寒，租来的一块山地，辛辛苦苦下来，一年也打不下多少粮食。

　　1930年，李金河13岁。一天早晨，他拉住准备下地干活的父亲的衣襟，说："爹，邻村苗杜有一家财主缺个放羊的，我和财主家的管家说好了，我去放羊，他管我吃喝。"父亲有些犹豫，李金河继续说："爹，我已经答应人家了，说好今天就去。你放心，我会照顾好自己的。"

　　李金河告别了家人，当天晚上就来到了苗杜财主家。

　　这羊一放就是八年。八年里，李金河吃遍了人间疾苦。但是，再大再多的苦也阻挡不住他的成长。他长大了，长得结实，也练就了一身的胆量和机敏。他夜间行走如同白昼，不怕狼虫虎豹，也不信鬼神。

　　八路军的到来，结束了李金河的放羊生涯，开启了

李金河和他的兄长共同杀敌的英雄传奇。

1938 年，他离开苗杜回到秦家烟。此时的秦家烟被抗日的怒火燃烧着，农救会、妇救会、民兵自卫队、儿童团等抗日团体如火如荼，空气中弥漫着浓烈的抗日激情。二十出头的李金河立即汇入到这股抗日的洪流之中，他和哥哥李兴云一起参加了村里的抗日民兵自卫队，一边下地干活，一边上课认字、演武练兵。

转眼就到了 1943 年，李金河兄弟俩已经是自卫队的"老兵"了。这天，农会主席李庆方找来李金河兄弟俩，他对兄弟俩说："金河、兴云，有一个非常危险的任务，要交给你兄弟俩去完成。""什么任务？"李金河问。"去白家庄村里发传单。"

白家庄村里有日本人的炮楼，还驻扎着一队伪军。"区里命令我们，把传单贴到白家庄的墙上，一方面是震慑鬼子，另一方面是给伪军看。"李庆方说着，就把传单取了过来展开。李金河一看，传单上写着大字："伪军同胞，咱们都是中国人，中国人不打中国人。你们不要给日本鬼子卖命了，与人民为敌，与八路军为敌，没有好下场！"李金河把传单往口袋里一塞："保证完成任务。"李金河还煞有介事地敬了个礼，然后和哥哥李兴云离开了李庆方的家。

晚上，李金河兄弟俩吃过晚饭，趁着夜色抄近路赶往白家庄。

　　到了村外，天还没有彻底暗下来，兄弟俩就躲在村头的庄稼地里等着。"哥，一会儿我进去，你在这里等着接应我好了。"李金河低声说。"没事的，哥机灵着，咱们一起行动。"李兴云知道弟弟不想让自己冒险，一边回答一边冲弟弟一笑。

　　过了好大一会儿，天暗下来。"哥，你跟着我。"李金河对李兴云说。他放羊时经常摸黑回家，练成了闭上眼睛仅凭感觉就能走对路的本领。兄弟俩一前一后摸进了村子。

　　他们先穿过一片玉米地，玉米叶子划在手上生疼生疼的。玉米地前是一个土包，兄弟俩爬上土包，白家庄的全貌就一览无余。土包周围，散乱地堆放着木料、砖石，都是从村民们的房子上拆下来盖炮楼用的。"狗日的日本鬼子，把老百姓的房子都拆了。"李金河愤愤地嘟囔了一句。

　　看准了路线，兄弟俩下了土包。

　　在木料、断墙上显眼的地方贴上传单后，兄弟俩沿着街道贴着墙根，走上几十步就停下来，把传单贴在显眼处。这样走走停停来到了离炮楼几百米的一个岔路口，然后左拐，就来到村子中央的天主教堂。天主教堂每周礼拜时人很多，兄弟俩趁人不注意，也到处贴上。紧接着，又来到离炮楼百米开外的地方，兄弟俩在路口小心翼翼地也贴上一些，确保路过的伪军能够清晰地看到，

然后这才放心地向村外撤退。

路过一个院子时，李金河听到院子里有牛铃在响，他看看院子，判断不是普通百姓，因为在日本鬼子的地盘上，根本就不会给老百姓留下牲畜，于是，他拉拉李兴云的衣襟，示意停下来察看一下这个院子。

兄弟俩翻墙进了院子。正房里传出有人酣睡打出的呼噜声，院子一侧的牛棚里，有一头牛埋在草槽里吃草，咀嚼草料时摇响脖子上的铃铛，发出的声音在暗夜里显得格外响。

李金河对家畜非常熟悉，他走过去轻轻拍拍牛头，又摸摸牛的脖子，然后牵着牛头上的缰绳，把牛牵出了牛棚。李兴云趁机把手里剩下的一张传单放在窗台上，上面还压上了一块石头。

天麻麻亮时，兄弟俩牵着一头牛回到了秦家烟村，农会主席李庆方见了忙问缘由，兄弟俩一说，李庆方竖起大拇指夸赞道："好样的，以后这样的任务就都交给你们哥俩了。"

第二天，白家庄传出消息，说汉奸柴三旺家丢了一头耕牛。

中秋节快到了，秦家烟村的村民为躲避日本鬼子的"扫荡"，躲进山里的柴树庄已经将近一个半月，带出来的粮食所剩无几。农会主席李庆方决定回村取点粮食，并安排民兵队长李银木带队。

农历八月十三下午，李银木召集村里身强力壮的 14 个后生组成取粮队，李金河、李兴云兄弟俩也在队列中。出发前，李银木吩咐大家："这次回村里取粮十分危险，大家一定要服从命令听指挥，在路上不要出声，以免惊动路上的野狗之类的，它们一叫，我们就暴露了。""知道了。"大家压低声音回答。

一路上，大家放轻脚步快速前进，有人咳嗽时都咬着袖子。晚上，他们顺利到达对井凹，这里离秦家烟村只有十来分钟的路程。临近十五，天上的月亮照得明晃晃的，从这里望过去，秦家烟村被看得清清楚楚的。"狗日的日本鬼子，把咱老百姓害得有家不能归，还得四处躲着。"大家在心里默默地骂着。

李银木把大家叫拢在一起，"咱们悄悄地进村，各人到各家去取粮食，取完了一定要把剩下的粮食继续藏好，千万不要露出破绽，被日本鬼子找到了。另外，大家快去快回，就回这里集中。"李银木交代完毕，一挥手，大家就匍匐着身子直奔村子。

李金河、李兴云兄弟俩到了自己家埋粮食的地方，把准备取走的装入布袋后，感觉这里不太安全，"哥，咱们换个地方埋吧。"李金河提议。"行。"李兴云回答。于是，兄弟俩绕到几十米开外的僻静处开始挖坑。这一番下来，不知不觉中就到了后半夜。兄弟俩埋完粮食，看着万无一失了，背上准备取走的粮食急忙往对井凹跑。

跑到对井凹，兄弟俩傻眼了，其他人等不上他们早就回去了。

"咱干脆睡上一觉再回不迟。"兄弟俩倒腾粮食倒腾得累了，找个避风处倒头就睡。

兄弟俩一觉就睡到了下午三四点。一阵狗吠声惊醒了俩人，俩人睁开眼睛一看，一只大狼狗正朝着他们叫着，周围站着五六个持枪的日本鬼子。

俩人被引到一个日本军官面前，一阵"叽里呱啦"的审问，翻译官一旁翻译，兄弟俩被确认为良民。"粮食没收，去蟠龙镇修炮楼。"翻译官把日本军官的命令转述了一遍。

这股日本兵上午出来一无所获，现在准备回蟠龙镇据点，正巧就抓住了李金河兄弟俩。路过凹儿地，鬼子发现有一片果园，跑进去一阵糟蹋，把果园弄得乱七八糟。这边，一个鬼子负责看管李金河兄弟俩，时刻警惕地用枪指着他们。

鬼子押着李金河兄弟俩往前走，发现路旁一个粪堆下埋着一把铁锹，鬼子示意李金河挖出来。又走了几步，又发现一个粪堆下埋着铁锹，鬼子示意李兴云挖出来。鬼子兴奋地不知说着什么，李金河判断是在说有了干活的工具。

再往前走，就到了五道庙。这是路旁的一个小庙，早已残破不堪。鬼子挥动着枪头，让李金河兄弟俩进去，然后自己坐在门口的台阶上守着，一边擦枪，一边等后边的队伍跟上来。

小庙里的李金河把外面的情形看的清清楚楚，他朝着哥哥轻轻地挥了一下手里的铁锹，然后把嘴向外一努，哥哥李兴云马上知道了弟弟的意思，他重重地点点头。说时迟那时快，李金河一步跨出门槛，挥起铁锹朝着鬼子的脑袋猛拍下去，鬼子连一声也没吭就倒在一旁，李金河闪在一旁，李兴云过去又补了一铁锹，然后，兄弟俩把铁锹一扔，捡起地上的枪撒腿就跑。

没跑出多远，就听到后面日本鬼子追了上来，一边还朝他们放枪。兄弟俩拐了个弯，钻进一片谷地里，把枪藏起来，然后又是一阵猛跑。

直到听不到后边的枪声，兄弟俩才气喘吁吁地停下来，一看，已经跑到了五里开外的狼窝沟村，俩人立刻瘫坐在地上。

休息了两三个时辰，他们才趁着月色返回藏枪的谷地，李金河扛起枪，和哥哥李兴云肩并肩回到了柴树庄村。

李金河兄弟俩第一次贴传单顺手牵回来一头耕牛，这次回村里取粮又顺手劈死了一个日本鬼子，还扛回来一支三八式大盖步枪，乡亲们见了兄弟俩无不啧啧称奇。

这天晚上，李金河在村里迎面碰上牛家岭村的民兵安晋才，安晋才背着一袋子粮食，扯住李金河的胳膊说：

"金河，昨天夜里我回狐背沟偷着收玉米，听见蟠龙东河沟那边有羊在叫，今天我打听到了，是鬼子前天从大有村抢回来的。"安晋才停顿一下，用敬佩的口气继续说，"金河呀，你想办法把羊赶回来嘛，不能便宜了狗日的日本鬼子。"

"我想想办法。"李金河点点头。

到午夜时分，李金河、李兴云兄弟俩已经来到了蟠龙镇，在东河沟一块高粱地里隐蔽起来。他们一直等到村子里没有了一点动静，这才轻手轻脚地摸进了村子。李金河侧耳谛听，寻着偶尔的几声羊叫声，停在了一个院子的门口。

李金河轻推院门，院门开了一道缝，正好刚够一只羊通过。他"咩咩"两声，听上去像是羊的叫声。里面的羊听见了，跟着窜了出来。就这样，李金河前面"咩咩"叫着带路，后面羊就跟着他走，不一会儿工夫，李金河带着二十来只羊就走出了村子。

突然，后面枪声大作，日本鬼子追了出来。"哥，快跑，不要管羊！"李金河说。"不能前功尽弃啊！"李兴云跟在羊群后面，舍不得把羊丢下。"没事的，羊会跟着咱们跑的。"李金河边说边拉起哥哥撒腿就跑。

李金河兄弟俩前面跑，羊群跟在后面跑，日本鬼子喊叫着、放着枪在后面追。李金河专拣窄的、崎岖的路跑，日本鬼子追着追着就追不上了，只好悻悻而归。

"哥，你忘记我放羊放了八年，羊跟着咱跑怎么会跑丢呢。"李金河喘着气，看着羊群挤在周围，高兴地对哥哥说。

凌晨时分，兄弟俩赶着羊群回到了柴树庄村。

1944 年 11 月 21 日，李金河兄弟俩双双参加了太行山区的首届群英会，被授予"太行民兵杀敌英雄"称号，还获得晋冀鲁豫边区银质奖章。兄弟俩联袂杀敌的故事也被人们编成民歌传唱开来：

> "什么人杀敌逞英雄，
> 什么人中秋显身手。
> 秦家烟李家俩兄弟，
> 中秋节杀死日本人。
> 白家庄炮楼上打了胜仗，
> 进蟠龙大据点夺回羊群……"

1932 年，15 岁的武乡县段村青年武华加入了中国共产党，其时，他已经阅读过大量的进步书籍，并且参加过多次抗日请愿运动。

13 岁以前，武华的生活平静而无忧无虑。在南沟村外祖母家度过的童年，除了读书就是在乡间自由地玩耍。9 岁，回到段村继续上学。他聪明伶俐，又勤奋好学，成绩一直在学校里遥遥领先。

13 岁，他以优异的成绩考入山西省第一师范学校。其间，他的父亲武灵初正经历着人生巨大的转折，这也深刻地影响了武华的人生选择。

武灵初，是山西最早的一批社会主义青年团员，也是早期的国民党党员，曾经参加五四运动，一直在省城太原从事革命活动。1931 年"九一八"事变后，武灵初组织国民党山西改组派反蒋以促进其抗日，反被国民党中央开除党籍，武华也因此辍学，但武灵初并未屈服，他很快在太原创办了"太原青年图书馆"，购买大量进步书籍，宣传抗日救国的道理，武华正好待在父亲的图书馆里如饥似渴地阅读革命书籍。

1931年的太原，民众抗日的情绪像火焰一样到处燃烧，尤其是年轻学子，他们青春的热血被点燃。武华从图书馆走向街头，汇入到声势浩大的救国请愿运动中。

他把第一师范学校的校友和经常来图书馆读书的进步青年联合在一起，游行示威、演讲、散发传单，参与成立反帝大同盟，抗日的激情让他在短时间内成为一个勇敢而坚定的战士。

1932年，武华加入中国共产党，比他的父亲武灵初加入中国共产党还早了几年。

但是，反帝大同盟很快成为阎锡山当局的眼中钉，阎锡山下令逮捕大同盟会员，武华不得已逃回武乡老家。此时的武乡也被革命的潮流推动着，农民在地下党组织的领导下，纷纷成立了抗债团、国术团，开展以抗债、抗租、抗粮、抗税、抗丁为中心的农民运动。武华回到武乡，立刻投入到轰轰烈烈的农民运动中。

武华的名字在阎锡山当局的黑名单上，阎锡山的武乡县政府知道武华回乡参加农民运动，立即决定实施逮捕。逮捕那天，武华恰巧赶往太原联系抗日工作而幸免于难，但他已经不能再公开活动。

于是，武华和同乡段宏绪等爱国青年来到北平，找到了北平地下党组织，继续投入革命活动中。

1933 年，武华被任命为北平东区区委宣传部长。6月，在一次示威游行中不幸被捕。在北平的监狱里，任凭敌人怎样严刑拷打，武华牙关紧咬，绝不承认自己是共产党人，"那你是谁？"敌人问。"我是一个山里人，来北平讨份儿工作。"武华回答。"那你为什么参加示威游行？"敌人步步紧逼。"我只是好奇，跟着人群瞎走。"每次审讯，武华都这样回答。

敌人的审讯没有结果。三个月后，在地下党组织的秘密运作下，武华被保释出狱。

1934 年春，武华调任中共唐山市委书记，时年 17岁。10月，在执行任务路经天津时，遭到叛徒出卖，再次被国民党逮捕。这次，任凭武华如何矢口否认，在叛徒的对质下，他被确定为共产党要犯关押起来。这一关就是三年。

1937 年，全面抗战爆发，国共两党第二次合作抗日，武华被释放出狱。出狱后，武华请求回武乡组织民众武装抗日，得到党组织的同意。于是，他立即返回武乡，与当地党组织接上关系。

此时的武华经历了两次牢狱之苦，深深意识到必须组织起自己的武装力量，才能保护自己、才能与日本侵略者做有力的战斗。这年，另外一个武乡青年武光清，也从山西大学弃学回乡抗日，二人自然而然走在了一起，他们发动青年农民参加抗日活动，并变卖家产购买武器。

10月，故城镇抗日武装游击队成立，队员五十名，编为两个排，一个排又编为三个班。游击队队长由武光清担任，武华担任政委，李应东任参谋长。游击队的成立在武乡掀起了抗日高潮，游击队的活动范围在扩大，游击队的规模也很快得到扩大。年末，游击队归县牺盟会的决死队领导，游击队从此也走上了军事化训练和军事化管理的轨道。

自此，武华在军事方面的指挥才能得以体现，他带领游击队转战在太行山上。1938年4月，日军对我晋东南实行九路围攻，八路军在武乡县长乐村一带与敌人进行了著名的长乐村战斗，武华奉上级命令，率领游击队开到蟠龙一线，负责警戒日军的援敌。辽县援兵开过来以后，游击队在小西沟山上阻击敌人，重创敌人小股兵力，迟滞了敌人的援兵，有力地支持了八路军长乐村战斗。

1943年的6月，此时武华已经是一名八路军的指挥员，他和他的游击队入编八路军决死第一纵队游击二团。2日晚上，武华率领一个排的游击队战士夜宿监漳泉背村。消息不慎走漏，一队日本鬼子疯狂赶来，企图把游击队一网打尽。3日凌晨，武华被一阵急促的敲门声惊醒，武华已经习惯常年和衣而睡，他急忙翻身坐起，随手把枪握在手中。"谁？"他问。"武队长，是我，一排长。"武华急忙开门。"报告武队长，前方流动哨来报，

一股日本鬼子正往泉背村扑来，离这里最多只有一个小时的距离了。"武华一听，立即下达命令，"赶紧把战士们叫醒，你带领一个班的战士挨家挨户叫醒老乡们，帮助老乡们在鬼子到来之前全部转移，另外两个班的战士在村西口集合，我带领他们阻击敌人。"

几分钟后，泉背村一片嘈杂。老乡们虽然早已习惯了半夜起身躲避鬼子的"扫荡"，但是老人孩子行动缓慢，还要牵牛赶羊，所以鬼子赶到时，还有少数老乡没有撤离。

武华带领战士们占领了有利位置，隐蔽在村口两旁的房顶、山岗上，全面封住了鬼子进村的通道。但是，从进攻的阵势上判断，这一队鬼子约莫上百人。

激烈的战斗持续了半个多小时，日本鬼子几次发起猛烈的进攻，机关枪、迫击炮铺天盖地袭过来，但游击队战士们不仅居高临下，而且熟悉地形，让鬼子的火力起不到太大的作用。

"报告队长，老乡们已经全部撤离！"一排长找到武华，气喘吁吁地报告。"好，命令战士们有序撤退，我来断后！"武华立即示意身边的战士留下，其余的战士猛烈地朝敌人扔了几十颗手榴弹后迅速撤离。

敌人被这一阵狂轰滥炸炸懵了头，消停了一会儿，又开始疯狂地进攻。敌人显然是感到阻挡的力量减弱了，于是一边进攻一边冲了上来。武华判断撤退的战士已经撤远，立即命令战士们后撤。就在这时，一梭子弹扫过来，打在了武华的腿上，武华拖着受伤的腿躲到一块大石头后继续还击。但是，寡不敌众，武华和战士们被敌人包围在中间，直到打得没有了子弹。武华面对围过来的敌人，奋力把手里的枪扔出去，砸在一个鬼子的脸上，鬼子端枪要向武华射击，立刻被旁边的日本军官制止。

武华和几个受伤的战士被敌人押回了蟠龙镇据点。

一阵严刑拷打后，有人叛变供出了武华的身份。当日本鬼子得知眼前这位硬铮铮的年轻人就是他们曾经重金悬赏的游击队队长武华时，他们欣喜若狂、如获至宝。

"必须逼他投降，让他的投降证明皇军的力量，瓦解八路军的斗志。"日本军官给负责审讯的鬼子下达命令。

于是，日本鬼子先是利诱："武华队长，只要你投降，条件随便提，皇军都能满足。""呸，做梦去吧！"武华轻蔑地回答。

几个回合下来，鬼子恼羞成怒，开始对武华施以各种酷刑，用蘸水的皮鞭抽，用烧红的烙铁烫，坐老虎凳、灌辣椒水，把武华折磨得体无完肤，几次昏死过去，又被用冷水浇醒。但是，鬼子一无所获，得到的永远是愤怒的回答。

"杀！"日本军官咬牙切齿，"把头割下来挂出去，把身体扔进井里。"

第二天，蟠龙镇鬼子据点前的广场上，竖起来一根

高高的木杆，上面悬挂着游击队队长武华的头颅。就这样，一个忠诚、勇敢的八路军战士，惨死在敌人手里。其时，他年仅 25 岁。

武华牺牲后，抗日民主政府为他举行了隆重的追悼仪式，他的名字和英雄事迹永远铭刻在共和国的丰碑之上。

孤胆英雄

　　1943 年 10 月，八路军太行三分区授予程坦"孤胆英雄"称号。1944 年 11 月首届太行群英会上，程坦领导的民兵游击小组荣获"模范民兵小组"光荣称号。1945 年 2 月 15 日，程坦在一次战斗中被敌人的子弹击中胸部壮烈牺牲，时年 28 岁。

汉奸的下场

　　故城镇上有两条"毒蛇"，一条叫周明儿，儿子周海贵在南沟伪警察局当巡官，父子俩狼狈为奸，一心为日本鬼子卖命。另外一条叫李海金，他的儿子李炳文也在南沟日军"洪部"当便衣，这父子俩也昧了良心，死心塌地为日本鬼子卖命。故城镇的百姓恨透了这两对父子，送他们绰号"双头蛇"。

　　1942 年春天，周明儿父子带着日本鬼子突袭山交村，把抗日村长周东仁一家堵在村里。鬼子把周东仁五

花大绑绑在院子里的一棵树上,"你只要告诉皇军八路军藏在哪里,粮食藏在哪里,皇军就会放你一条生路。"周明儿凑近周东仁说。"做梦去吧,狗汉奸,呸!"周东仁吐了周明儿一脸。周海贵在一旁见了,推开周明儿,狠狠踹了周东仁一脚,"不识抬举的东西,敬酒不吃吃罚酒!"然后转身吩咐爪牙们,"把这一家子关进屋子里去,把柴禾堆到门口、窗户下,不老实交代就放火烧死他全家!"爪牙们赶紧按着吩咐弄好了。"周村长,这回该老实交代了吧?"周海贵恶狠狠地问。"狗汉奸!软骨头!"周东仁骂道。"打,给我往死里打,看他交代不交代!"周海贵自己拿起一根棍子来,对着周东仁就是一阵毒打。半个小时后,周东仁被活活打死。周海贵点一把火扔到柴禾上,把屋子里周东仁一家老小五口活活烧死。

"一定要除掉汉奸周明儿!"武西抗日政府发出锄奸命令。周明儿父子听说了立刻变成了缩头乌龟,躲在南沟日本鬼子的据点里轻易不出来。直到这年冬天的一个傍晚,一个民兵侦查员向程坦报告,"报告队长,汉奸周明儿回故城来了。"程坦听了,立即带上几个游击队员,摸黑悄悄地来到周家大门口。"你们先隐蔽起来,我进去看看情况。"程坦脚尖用力一蹬跳到院墙上,翻身就落在院子里。程坦观察四周后,径直到了长工苗成本门前敲门,苗成本拉开门见是程坦,立即让了进来。"程队长，你怎么来了？"苗成本压低声音问。"听说周明儿回来了，我们要除掉他。"程坦回答。"是回来了，还说这次要活捉你呢。"苗成本继续说，"一回来就感冒了，听说要等鬼子来，然后一起去抓你。""看看谁先抓住谁。"程坦轻蔑地说。"不过，就你一个人？"苗成本担心地问。"队员们在外面候着呢。"程坦说，"这样，我再翻出去敲大门，就说大队人马在镇子外面，派我们来请周明儿。""好。你敲门敲上三声，然后叫我的名字，这是周家父子告我的暗号。"

程坦轻手轻脚翻到院外，招呼队员们站在大门口。程坦敲了三下门，苗成本在门里问："谁？""自家人。"苗成本打开了大门。

屋子里，周明儿听到院子里的对话，赶紧起身迎了出来。程坦曾潜入县城"洪部"便衣队做过一段时间卧底，所以很熟悉伪军说话的口气。"我们是来请周老爷子的。为了不惊动八路，大部队停在镇子外面，等周老爷子带队去抓八路。"程坦对周明儿说。

周明儿点头哈腰，"好，好，咱这就走。"

出了镇子，周明儿一看周围黑黢黢的，哪有什么日本鬼子的大部队，立刻意识到落在八路军手里了。"我就是故城抗日游击队的程坦。"程坦对着周明儿冷冷地说。周明儿一听，腿一软，就要倒在地上，"架起来，快走！"程坦吩咐旁边的游击队员。

南沟侵华日军货场遗址

王慧群·绘

　　路过赵家岭时，故城镇方向传来枪声，程坦判断是迟到的日本鬼子发现周明儿被抓追上来了。"就地枪决！"程坦命令。于是，游击队员们把周明儿扔在地上，一阵乱枪把他的身体打成了筛子。

　　周明儿被枪决，下一个就是李海金。这一点，李海金心知肚明，所以，李海金躲进南沟日本据点里就是不出来。程坦安排两名游击队队员："你俩的任务是监视李海金，只要见他回到故城，一个留下继续监视，一个速来报告。"两个队员领命而去。

　　李海金躲了一段时间，见没什么动静，渐渐放松了警惕。这天晚上，他独自一人离开据点，趁着夜色溜进了故城，径直往他二叔家奔来。情报很快传到了程坦耳朵，"马上行动！"程坦带领几个游击队员立刻就来到李海金二叔家。李海金还没有反应过来，就被闯进来的程坦和游击队员绑了起来，随手往他嘴里塞块抹布，趁着夜色拖出了故城。

　　李海金被拖到了南寨底的河滩，"立即执行！"程坦下令。因为夜深人静，开枪容易惊动百姓，几个游击队员抬脚把李海金踢倒在河滩上，捡起河滩上的石头，一阵乱石把罪大恶极的汉奸李海金砸死。

　　这样，多年来祸害故城老百姓、祸害抗日的汉奸周明儿和李海金，得到了应有的下场。

夜袭火车站

1943年夏天的一天，南沟"洪部"便衣李春楼带着日本鬼子突袭东寨底村，把村武委会副主任张余庆抓回南沟据点杀害。程坦知道后非常悲痛，发誓除掉汉奸李春楼，给张余庆报仇。

程坦和游击队员们轮流出没在南沟周围，密切监视着李春楼的行动。这天深夜，程坦在河底村发现李春楼姘头家的灯还亮着，他判断是李春楼来了，因为河底村与南沟只隔着一条小河，一定是李春楼跑过来了。程坦和几名游击队队员立即翻墙进入院子，一脚把门踹开，李春楼果然躺在炕上。程坦一个健步跳上去，脚踩在李春楼身上，枪口指着李春楼的脑袋，愤怒地说："李春楼，你的死期到了！"

程坦和游击队队员们连夜把李春楼押到武西抗日政府，几天后，抗日政府召开公审大会，对李春楼执行了死刑。

程坦领导的故城游击队连续除掉了几个汉奸，引得南沟的日本鬼子对故城游击队恨之入骨，经常对故城进行突然袭击，但是，程坦常年安排游击队员守在南沟周围，敌人一出动，情报就很快送到故城，因此，鬼子每次都扑空。这时候，程坦已经是故城武委会主任。这天，他对武委会指导员程守一说："老程，敌人'扫荡'咱们根据地，咱们何不钻进它心脏折腾一下？""好呀，有什么想法？"程守一表示赞同。"咱们去打南沟火车站。"程坦回答。程守一有点疑惑，南沟火车站是日本鬼子重点保护着的地方，仅靠游击队恐怕打不下来。"我已经安排好了。"程坦胸有成竹地说。

几天后的一个夜晚，南沟敌营里的内线送回来情报，说最近几天守卫火车站的日本鬼子，一到晚上就钻进南沟碉堡里，把火车站留给几个伪军警察守护。程坦和程守一一商量，决定马上出发去袭击火车站。

火车站被铁丝网整个围着，程坦带一个游击队员摸过去，发现站台前只有一个流动哨，两人快速靠近，等哨兵一转身，程坦抽出砍刀用力把铁丝网划开一个口子，两人一前一后敏捷地蹿进去，蹿到哨兵身后，哨兵正要转身，程坦已经用胳膊夹住了他的脖子。哨兵倒在地上，程坦向铁丝网外隐蔽的游击队队员们一挥手，队员们就从那道撕开的口子鱼贯而入。

伪军警察在睡梦中被游击队全部抓获。

程坦夜袭火车站惊动了日本鬼子，日本鬼子给火车站增加了重兵。第三天，程坦对指导员程守一说，"老程，这两天日本鬼子肯定判断我们不会再去袭击火车站，所以我想带几个队员再袭火车站，打它个措手不及，也让日本鬼子尝尝咱故城游击队的厉害。"程守一点头赞同。

晚上，程坦带着两名游击队员隐蔽在火车道轨的一

个狭窄处，火车路过时速度减慢，程坦他们一跃就爬上了火车。到达南沟火车站，火车一停，程坦和游击队员立刻跳下火车，身影隐没进夜色和车辆的阴影中。

火车站内东侧的一座洋房灯火通明，从窗户外看进去，只见几个伪军围着一张桌子打麻将，汉奸李晋山赫然坐在中间。程坦一脚踢开房门，用枪指着李晋山喝道："我们是故城游击队，谁动打死谁！"两个游击队员蹿进屋子，把桌子上摆的枪收了起来。一个伪军躲在暗处，掏枪对着程坦就要射击，一个游击队员眼疾手快，一步跨近挥动砍刀把他当场劈死。这时，屋子外面听到动静，一把明晃晃的刺刀挑开门帘就要进来，程坦拉开火线把一颗手榴弹就势扔了出去，随着手榴弹的爆炸，那把刺刀也应声落在地上。程坦回身，抄起一把椅子猛砸后门，后门被砸开，程坦挥手示意，让两个游击队员先行跑出，他跟在后面，身体离开屋门时，又随手扔回来一颗手榴弹。

火车站报警声尖锐地响起来。"撤！"程坦喊了一声，两名游击队员迅速跟在程坦后面，他们一边朝着火车站的煤场方向跑，一边把手榴弹扔向后边，手榴弹在后面的追兵中爆炸，日本鬼子和伪军一片哭爹喊娘声。爆炸声引来更多的敌人，当敌人包围了煤场时，程坦和两个游击队员早就从煤场跑出，走在了夜风吹拂的通向故城的小路上。

这年 10 月，八路军太行三分区授予程坦"孤胆英雄"称号。

牺牲

程坦带领故城游击队活跃在太行山上，与日本鬼子、伪军进行着殊死战斗，程坦和故城游击队的名字让日本鬼子、伪军闻风丧胆。

1945 年 2 月 15 日，驻南沟的日军突袭东寨底村，包围了东寨底村驻防民兵。程坦得到情报，命令情报员召集故城游击队前往解围，自己立即动身赶往东寨底村。临近东寨底村时，他发现一股"洪部"便衣正在缓缓向东寨底村推进，他当机立断开枪射击，"洪部"便衣急忙转身回击，程坦边打边往东头窑垴上转移，以便引开敌人，给东寨底村的民兵制造一个突围的缺口。

程坦边打边退，一直到子弹全部打尽。在敌人一阵猛烈的射击后，程坦胸部中弹壮烈牺牲，一腔热血洒在了生养自己的土地上。

武乡福源院

王慧群·绘

战斗的麻雀

　　麻雀战是抗日游击战的一种作战形式。麻雀在觅食飞翔时，从来不成群结队，多半是一两只，三五只，十几只，忽东忽西，忽聚忽散，目标小，飞速快，行动灵活。仿照麻雀觅食方法而创造的游击战战法就叫"麻雀战"。

　　以分散小群兵力灵活机动地对敌实施突然袭击的"麻雀战"的主要特点是，小分队多股行动，忽聚忽散，出没无常，巧妙灵活，隐蔽突然地杀伤、消耗、迷惑和疲惫敌人，以积小胜为大胜。

　　抗日战争中，根据地的民兵经常用这种作战法打击敌人。麻雀战主要在山区实行，山区地势复杂、道路崎岖，根据地军民熟悉当地情况。当日、伪军进入根据地后，他们像麻雀一样满天飞翔，时聚时散，到处打击敌人，而日、伪军则因人地生疏，只能在大道上盘旋挨打，非常被动。

　　麻雀战有三种手段：一是袭击。打击驻守之敌，民

兵利用人熟地熟的有利条件，摸清敌人的各种情况，抓住敌人的活动规律，乘敌不备，突然袭击。二是伏击。在敌人必经之路设下伏兵，拦头斩腰打尾巴，几个人引敌人入套，用排枪、地雷大量杀伤敌人。三是阻击。采取分散隐蔽，瞅准时机，用冷枪杀伤敌人。民兵用这种方法常常使敌人遭受伤亡，但敌人却不知道子弹是从哪里飞来的。对于离队、掉队的单个敌人或者少量敌人，以及敌人据点周围的哨兵、警卫等，更是民兵开展麻雀战捕捉和射杀的对象。

1944 年 11 月，在太行山首届群英会上，武乡县韩青垴村武委会副主任高贵堂，被授予"杀敌英雄"称号，荣获"麻雀战能手"锦旗一面。

单枪退敌

1942 年 9 月 17 日深夜，高贵堂躺在山腰一块巨大的岩石下休息。他和其他两个民兵刚刚顺着山顶巡逻了一遍，没有发现有敌人前来"扫荡"的迹象，于是找这个隐蔽的地方准备睡上一会儿。但是，几声马的嘶叫破空而来，立刻把他的睡意扫得一干二净。

"马叫声从榆社方向传来。"一个民兵支楞起耳朵又听了几声后说。

高贵堂朝着茫茫夜色中榆社的方向望去，什么也看不见。"肯定是'扫荡'的鬼子来了。"高贵堂点头。

这时，榆社方向上有几个村子响起来了狗吠声。"你们俩赶紧去区公所，那里应该有准确的情报，我回咱们村让乡亲们早做准备。"高贵堂吩咐。望着两个民兵的身影消失在山的拐角处，高贵堂快速往韩青垴村奔去。

黎明时分，去村公所的民兵回来，报告说确实有大批的日、伪军向武乡这边"扫荡"而来。"你们俩马上通知村民背上粮食往山里转移，我去牛坡村，他们不知道鬼子'扫荡'的情报。"高贵堂说完转身就走。

高贵堂刚刚走出村子登上一个山岗，突然发现前面一个小山沟里聚着百十来个人，黄压压的挤成一片。"鬼子这么快就来了！"高贵堂吃了一惊。他伏下身子，躲在一块岩石后面仔细察看。只见一个肥胖的军官指手画脚"叽里呱啦"地说着什么，旁边还站着两个翻译官模样的人。因为远，高贵堂什么也听不见，但从日本军官的手势判断，显然是在部署包围村子的计划。

高贵堂想，现在如果喊叫着通知村民，敌人会听到，会立刻发起进攻，看来想办法引开他们才是上策。主意一定，高贵堂几步窜到稍高处一片灌木丛后面，"啪啪啪"朝着沟里就是三枪。随着枪声响起，沟里就倒下三个鬼子。紧接着，敌人发起了进攻。高贵堂身体一纵，离开灌木丛朝山里跑去。一边跑，一边大喊"鬼子来了"，同时回身向敌人射击。

敌人黑压压追了上来，紧跟在高贵堂屁股后面咬住不放。奔跑在山里的沟沟壑壑，高贵堂闭着眼睛也摔不倒。他带着敌人绕来绕去，有时向敌人头上扔去几颗手榴弹，有时从敌人后面放上几声冷枪。这一阵子的周旋，既通知了牛坡村的村民，也为村民们争取到撤离的时间。

突然，前面有打口哨的声音，高贵堂听了心里一喜，是民兵们接应自己来了。他朝口哨声响的方向跑去，一拐弯，迎面就遇上青垴村的民兵们。

"村民们都撤离了。"一个民兵汇报说。"好。"高贵堂兴奋地说，"咱们先省着点手榴弹，过会儿用它们干掉那帮狗日的！"

几个民兵跑到前面去，把鞭炮点燃扔进空油桶里，鞭炮在空油桶里"噼里啪啦"的声音，听上去就像是密集的枪声。"枪声"吸引敌人扑了过来，经过一个崖口时，"打！"随着高贵堂的一声命令，埋伏在崖头上的民兵又是开枪，又是扔手榴弹，一阵狂轰滥炸让敌人躺下一大片。

"撤！"高贵堂又是一声令下，民兵们矫健的身体就隐没在草木葱茏的太行山中。

单枪匹马

1943年6月13日上午，一场暴雨在韩青垴一带停歇下来。正是麦收季节，村民们惦记着地里的麦子，担心什么时候日本鬼子扑过来抢走了。中午，高贵堂一边在屋檐下吃饭，一边盘算着下午赶紧催乡亲们去地里收麦子。突然，民兵高金元跑进了院子，"敌人来了！"高金元上气不接下气地说。"什么情况？"高贵堂冷静地问。"我一直在山上放着哨，不知道敌人怎么突然就冒出来了。"高金元无奈地回答。"看来敌人是趁着雨后的大雾想偷袭咱们。你通知乡亲们赶快转移，我去召集民兵迎敌。"

两人一前一后离开院子。

高贵堂带着民兵跑到村东南的河沟里，这里是敌人进入村子的大路，但是这次敌人显然早有预谋，竟然从侧面的暗沟里包抄过来。高贵堂发现敌人时，敌人已经逼近。"这里地势太差，你们快速前进，我来断后，要引敌人上山，不能让他们去祸害村子。"高贵堂果断下令。

民兵们迅速爬到山腰，对着敌人就是一阵射击，敌人立刻改变了方向追了上去。民兵们跑在前面，高贵堂侧身躲在一个小山岗后面，看着敌人喊叫着追了上来，他朝着一个军官模样的日本鬼子就是一枪，鬼子应声倒地，其他鬼子见了赶紧趴在地上，朝这边胡乱射击。这时候，高贵堂已经放开脚步跑出很远。

鬼子胡乱放了一阵枪后再在没有了动静，立刻从地上爬起来继续往前追。高贵堂跑着，突然发现前面一处

断崖前，民兵李千煞拖着一条腿艰难地走着。"怎么了，千煞？"高贵堂问。"摔了一跤，脚腕子扭了。"李千煞丧气地回答。他在民兵队里年龄最小。高贵堂蹲下身子，"来，千煞，哥背你走。"高贵堂背着李千煞脚步就慢了下来，敌人也很快追了上来。

来到一处断崖。"千煞，你从这块断崖爬上去躲起来。"高贵堂停下脚步，转身把李千煞托起来，让他踩在自己肩膀上。李千煞踩着高贵堂的肩膀，全身用力试图跃到上面，身体是上去了，同时听见"刺啦"一声，李千煞的腰带断开，腰间别着的一把刺刀掉到断崖下的山沟里。"我的刺刀！"李千煞喊道。"千煞，你先躲起来，哥给你取回来。"高贵堂说，他知道，这把刺刀是李千煞唯一的武器，是李千煞的命根子，如果他不去取李千煞是舍了命也会去取的。

高贵堂看着李千煞隐蔽起来，翻身冲下断崖。鬼子发现了高贵堂，"抓活的……"鬼子们喊叫着包围过来。高贵堂已经找到了刺刀，顺手插在腰带上。这时，敌人已经围了上来，"抓活的……""抓活的……"敌人兴奋地叫着。高贵堂眼睛朝四周一扫，左边有一处杂草丛生，表面看似乎无路可走，其实转过去是一道深沟。高贵堂迅速掏出一颗手榴弹，拉弦，扔出去，"轰"的一声，硝烟和尘土散尽。待鬼子再看，高贵堂已经消失得无影无踪。鬼子气急败坏，开始搜山。

高贵堂找到了民兵们，李千煞也已经归队。高贵堂把刺刀递给李千煞，然后交代大家埋伏起来，用枪声把鬼子引过来。

果然，零零星星的枪声把鬼子引进了民兵的包围圈。民兵居高临下，一阵狂轰滥炸后，鬼子丢盔卸甲，趴在地上吓得不敢起来。

"撤！"高贵堂一声令下，民兵们立即起身，矫健的身影瞬间隐没在太行山的沟沟壑壑之中。

虎口夺棉

1944 年年关将近，大股的敌人又开始"扫荡"了，他们像饿极了的疯狗，在太行山上寻找食物。前一段时间，八路军从敌人手里夺回来 20 驮棉花，敌人恼羞成怒，派出不少汉奸刺探情报，想要从八路军手里把棉花夺回去。

棉花囤积在店上村，准备运往八路军服装厂。隆冬季节，前线的战士缺衣少鞋，这 20 驮棉花可是比金子都珍贵啊。

但是，风声还是走漏了，敌人刺探到了棉花囤积在店上村的情报。腊月二十八这天上午，韩青垴的民兵在上广志村参加联防民兵集训大会，集训场上民兵们拼刺刀、格斗，练得热火朝天。突然，从场子外面跑进来一

个人，直奔高贵堂面前。"金河，怎么了？"来人是韩青垴村民兵高金河。"不好了，贵堂，敌人快到店上村了。""店上村？"高贵堂立即明白了敌人的意图，"他们要去抢棉花！赶紧集合，去店上村！"

韩青垴村的民兵们很快就来到店上村。"进村！"高贵堂刚喊了一句，就见一个日本鬼子扛着一包棉花从村里出来。高贵堂端起枪就打，鬼子应声倒地，有几颗子弹打在棉花上，棉花燃烧起来。高贵堂几步跑上去，用脚把火苗踩灭。不料侧面奔出一个鬼子来，疯狂扑向高贵堂，高贵堂始料不及，被扑倒在地上，二人在地上翻滚、撕打，一旁一个民兵瞅准机会，对着鬼子就是一枪，鬼子倒在一边，高贵堂翻身站起来，"快，进村！"这时，又有一个村的民兵赶来，大家会合在一起冲进了村里。

日本鬼子被赶出了村子，赶进了西边三角河一带。一部分民兵阻击敌人，另一部分民兵把棉花全部搬了出来，搬到洪水岭上。当民兵们撤退后，敌人重新扑进店上村，但迎接他们的已经是一个空空荡荡的村子。

而在村外的一棵枝繁叶茂的大树上，高贵堂一个人藏在树冠里，他瞄准村子里的日本鬼子，一连十几枪打死五六个。鬼子恼羞成怒冲了过来，把大树团团包围住，试图抓住树上的人。

此时，高贵堂已经奔跑在太行山的沟壑之间，去追赶他的民兵战友了。

"武乡上广志，贵堂本领高，
民兵高贵堂，麻雀战打得好，
二十三岁当队长，打退敌人救群众，
胆大智谋强，杀敌逞英豪。"

这首赞美"麻雀战能手"高贵堂的歌一直在乡亲们中间传唱着。

李
仁
义
传
奇

1941 年，抗日战争进入最艰苦的时期。为粉碎日军的"扫荡"与"蚕食"，巩固抗日根据地，根据太行三分区指示，在地方武装中抽调出一批政治觉悟高、军事素质好，又有爆破、侦察经验的战士组成爆炸组。武乡县共成立四个飞行爆破组，每组 8—10 人，配备长枪、短枪、匕首、手榴弹和地雷等，分别由董成旺、马应元、霍凤武、李仁义任组长，活动在榆武公路、蟠武公路、沁武公路和南乡一带，直到抗战结束并入军分区部队。

南乡飞行爆破组在组长李仁义的带领下屡建奇功。

悬赏李仁义

1942 年农历四月初八下午，南乡飞行爆破组接到情报，日本鬼子和警备队要到南乡根据地"扫荡"。李仁义立即召集爆破组队员开会，"这次鬼子'扫荡'的主要目的，是包围和消灭我区公所。"李仁义言简意赅，雷厉风行，"所以我们要在敌人必经之路上埋地雷、打伏击，让他们不敢进入。现在，董树存、史银保立即去公路上侦察地形，监视敌情，李德仁去区公所汇报情况。"

晚上，董树存、史银保返回。"仁义哥，我们侦察到的情报，敌人准备后半夜从段村出发，但不能断定走哪个方向。"两人汇报道。李仁义略作思考，作出判断："肯定是东门。东门离南乡近，出东门大概会走王白烟村这边。通知大家立即行动！"

趁着夜色，李仁义和队员们背上地雷、麻绳，很快来到王白烟村西、六盘垴坡跟富庄村南坡一带，这些地方只是敌人"扫荡"南乡通道之一。挖坑、埋雷、布线，大家静悄悄地行动着，需要配合时，只需一个眼神和一个手势。一切停当，大家集合在一起，李仁义口气严肃地下达命令："等敌人进入雷区，地雷拉响后，拉地雷的队员迅速撤退，其他队员全力掩护，绝对不能有一个队员受伤。"因为地雷拉绳的长度有限，负责拉绳的队员要埋伏在靠近公路的地方，所以每次行动，李仁义都要强调保证他们的安全。交代完毕，大家立即退回到周围的山头上，隐蔽在土堆、石头或者灌木后面。

天开始变阴，又值后半夜，近处的东西勉强还能看见，一米开外就漆黑一团了。队员们睁大眼睛竖起耳朵，精神高度集中关注着段村那边的动静。

寂静中终于听到了声音，有脚步声、马蹄声和人说

话的声音。"是从东门传来的声音，鬼子果然从东门出来了。"一个民兵兴奋地说，不过声音压得很低。李仁义摸黑抓起一小块土坷垃，向前面扔过去。土坷垃落在负责拉雷绳的民兵跟前，他们知道这是队长在提醒他们做好拉绳的准备。但是，顺着声音传来的方向看过去，依然是漆黑一团。"沉住气，仔细听声音。"他们手里紧紧地拽着拉绳，心里告诫自己。

有一会儿声音不那么清晰了。"难道改了道了，不从这边走了？"李仁义心里也担心着。不过，声音很快又响了起来，而且越来越大，他便又向前面扔了一小块土坷垃。

"准备行动。"贾富云轻声说道，他把准备战斗的命令传给每一个拉雷绳的民兵。他是拉绳小组的负责人。

敌人为了行动不被发现，因此行军速度缓慢。但尽管如此，越是靠近雷区声音越大，民兵们也听得更加真切。

"轰"，第一颗地雷拉响的同时，李仁义他们的枪声也响了起来。接着，"轰""轰""轰"，到处都是雷声，李仁义他们的枪声也变得更为密集。

敌人这才判断出是进了八路军的伏击圈。"快撤！"日本军官喊。鬼子兵、伪军一听到撤退的命令赶紧往回跑，他们害怕这黑漆漆的夜，害怕这夜色里藏着不知道多少八路军。

李仁义的爆破飞行组圆满完成了阻击敌人的任务。第二天，有情报报告段村的日本鬼子，说凌晨遭遇的伏击并非正规的八路军，而是李仁义带领的南乡爆破飞行组。日本鬼子军官恼羞成怒，立刻下令出 400 元金票悬赏李仁义。

悬赏的通告贴在段村街道的墙上，李仁义知道后打趣地说："看来我的身价还不算高，得再接再厉更狠地打击这些鬼子，把自己的身价往高提啊！"

鸡蛋换炮楼

"段村洪部在西河底村东山顶上修起了炮楼，还派了一个警备队驻扎进去，武器配备也很精良。"县武委会主任说。县武委会召集南乡爆破飞行组骨干开会，商量如何端掉西河底村炮楼的事。"西河底村是武东、武西之间走动的必经之路，鬼子在这里修炮楼就是想切断这条通道，用心险恶啊。"李仁义接着说道。"所以，三分区和县武委会决定尽快端掉这个炮楼。你们的任务是侦察到炮楼里敌人兵力和部署情况，并到时配合好主力部队。"武委会主任对李仁义说。"好啊，好啊！"还没等李仁义回答，其他民兵已经兴奋地叫喊起来。等大家的声音停下来，李仁义郑重地对武委会主任说："请三分区和武委会的领导放心，我们保证完成任务。"

回到南乡，李仁义把爆破飞行组所有民兵队员召集在一起，商量部署侦察鬼子炮楼的方案。"要了解到炮楼里的情况，就必须进入炮楼里……"李仁义说。"这个任务让我去吧。"贾富云抢着说。"我去，我去！"其他队员也争着要去。李仁义一挥手，让大家静下来，"侦察炮楼的任务非常重要，也非常危险，大家不要争，我自己去，现在我们研究研究怎么能进了炮楼。"

大家你一言我一语，一会儿的工夫就想出了混进炮楼的办法。

第三天，李仁义稍作打扮，挑着一副担子出现在西河底村的街道上。担子两头的箩筐里，一个箩筐里放着蔬菜，一个箩筐里放着几十颗鸡蛋。"新鲜的蔬菜，刚从鸡屁股下掏出来的鸡蛋，便宜卖了……"李仁义一边走一边吆喝，晃晃悠悠就到了炮楼跟前。

"嘿，卖菜的，过来。"隔着铁丝网，一个伪军在里面喊。"是喊我吗？"李仁义停下脚步，用手指头指着自己的鼻子故意问。"不是喊你是喊那边那头驴吗？"伪军骂骂咧咧走过来，看上去像个小头目。"老子看看你的鸡蛋多不多？""多着呢，刚从各家各户收回来，你看。"李仁义走近铁丝网。"我们队长就爱吃炒鸡蛋，这回可闹好了。不过，"伪军斜着眼睛贼溜溜地打量着李仁义，突然从腰间拔出手枪来指着李仁义问："你不是八路的探子吧？老子一枪毙了你！"

李仁义心里一惊，赶紧装出一副特别害怕的样子，缩着身体一个劲往后躲，一边颤抖着声音说："老总，我可是个老实巴交的良民啊，你老人家可不敢开枪啊，我上有老下有小，就靠我卖菜养活呢……""看你这熊样也不像个八路，老子逗你玩呢！"伪军收起枪，"进来吧，弟兄们好几天没有吃过新鲜蔬菜了。"说着，伪军沿着铁丝网走到门口，拉开栅栏门放李仁义进去。

李仁义一进去，里面的警备队队员们就一窝蜂扑上来，翻腾着两个箩筐，找能现吃的东西。警备队都是伪军，队长听见外面闹哄哄的，走出炮楼看发生了什么事情。那个伪军赶紧抓起几颗鸡蛋走过去报告说，进来个卖菜的，把鸡蛋和菜留下就让他滚出去。队长点点头，转身钻进了炮楼。

这边，伪军们把鸡蛋抢了个精光，李仁义气得高声嚷着，追着伪军要夺回来鸡蛋。伪军前面跑，李仁义后面追，一会儿追这个伪军，一会儿又改变方向追另外一个伪军，样子特别狼狈，不时还绊倒在地上打一个滚，伪军们乐得哈哈大笑。

就这样，李仁义已经把炮楼里敌人的装备情况了然于胸。

队长气恼地站在炮楼门口，那个伪军赶紧把李仁义从地上揪起来，照着屁股踢上一脚："滚，快滚出去，我们队长大人生气了。"李仁义收拾好箩筐，"老总，菜钱

和鸡蛋钱还没给我呢。"伪军拔出枪来，指着李仁义，"要钱嘛没有，要子弹的话，里面装着十几颗呢。"李仁义见势挑起担子一溜烟跑出了炮楼，后面响起伪军们的哄笑声。

"炮楼里有九个伪军、手枪两支、长枪七支，栅栏门很不牢靠，几颗手榴弹扔过去就能炸开。"李仁义向县武委会主任汇报。"好，我今天就把情报再汇报给三分区领导，你们原地待命。"武委会主任拍拍李仁义的肩膀，"辛苦了，仁义。"

几天后的一个夜晚，李仁义领着三分区的游击队和八路军一个排的战士，包围了西河底村的炮楼。一个小时后，炮楼被摧毁，警备队队长被乱枪打死，其余八名伪军全部缴械投降。

耕牛和毛驴

1943 年春耕时节，段村的日本鬼子和伪军警备队出动二百余人"扫荡"武东三区，抢走了暴家峪、山阳垴村的十几头耕牛和毛驴，被抢走耕牛和毛驴的村民心疼得流泪，其他村民也是一听到鬼子又要来了就胆战心惊。

"必须把耕牛和毛驴夺回来，那可是村民的命根子啊，同时也消除村民们的恐惧心理。"武东三区武委会主任王占鳌对李仁义说。李仁义点头回答："这样吧，武主任，我先去侦察一番，弄清楚耕牛和毛驴被关在了哪里，再把周围的情况摸清，最后商量用什么办法把耕牛和毛驴夺回来。"

李仁义领到任务回到爆破飞行组，立刻和民兵史银保换上伪军便衣的衣服，迈着吊儿郎当的步子进了段村挨着的富家村，打算先从外围了解一下情况。李仁义拦住一个挑着担子的货郎问："嗨，你走村串户的，看见有人赶着十几头耕牛和毛驴了吗？""看见了，早晨见有人赶着一群牛和毛驴沿着涅河往那边去了。"货郎回答着，一边腾出手指了指方向。李仁义心里高兴，但依然装作不以为然的样子，"知道了，别啰唆了。"

李仁义和史银保沿着涅河往前走，很快就来到阳城河弯，这里水草肥美，确实是放牧的好地方。果然，十几头耕牛和毛驴在河弯埋头吃草，李仁义观察四周，只有一个伪军端着枪照看着。李仁义用手势示意史银保跟着自己躲到一个隐蔽处。

"你回去把咱们组的民兵们都带来，大家分散开来，我在这里等着。"李仁义吩咐史银保。很快，爆破飞行组的民兵们就陆陆续续汇聚在一起。李仁义安排说："银保和我摸过去，把那个家伙制伏了。其余的人全部准备好武器，密切关注段村那边的动静。"

李仁义等大家把河弯四周都护住了，这才和史银保弯着腰靠近了那个伪军。李仁义一个手势，史银保猛扑

过去，把伪军压在身下，一条胳膊卡住了伪军的脖子，让他不能喊叫。李仁义一个健步，拣起掉在地上的枪指着伪军。"我们是来要回耕牛和毛驴的，只要你不反抗，我们放你一条生路。"李仁义对伪军说。伪军吓得说不出话来，拼命点头。史银保松开了胳膊，拿块毛巾塞住了伪军的嘴巴，又拿绳子把伪军捆好，让他不能喊叫也不能够行动。

李仁义打一个呼哨，通知警戒的民兵得手了，然后一脚把伪军踹倒在地，和史银保赶着耕牛和毛驴往暴家峪村方向走，其他民兵一边继续警戒一边撤退。

第二天，暴家峪村和山阳垴村的村民领回了自家的耕牛和毛驴，村民们像见到久别的亲人一样摸着耕牛和毛驴，激动得一个劲地感谢区武委会主任王占鳌。

"乡亲们啊，是南乡的李仁义他们夺回来的，咱们得感谢他们啊！"王占鳌对村民们说。

以卵击石

1943年6月20日晚，"扫荡"的鬼子和伪军在南亭村安营扎寨。因为这次"扫荡"，沿线村庄的七百余名村民，都被迫逃进了山里，尤其有百余名村民被困在神沟的土窑洞里，粮食和衣服都没来得及带，吃饭都成了问题。

"必须把鬼子赶走，否则群众会出事的。"南亭村武委会主任杜生旺心急如焚，看着眼前黑压压的群众，他一筹莫展。"去郝家垴把李仁义叫来。"杜生旺吩咐跟前站着的一个民兵。

晚上，杜生旺和李仁义在太平庄见了面。"仁义，这次鬼子和伪军人数众多，需要联系八路军来赶走敌人。"杜生旺说。"可是，八路军在蟠龙镇一带与敌人周旋，根本抽不开身。"李仁义回答。"那怎么办？"杜生旺发愁了。"我把爆破飞行组的民兵都带来了，让我们来对付这帮家伙吧。"李仁义口气坚决。"可是，咱们只有八九个人……"杜生旺担心地说。"没关系，先摸清情况再想办法。"李仁义口气依然坚决。

李仁义从来不打无准备之仗。第二天，李仁义扛着扁担，南亭村民兵王三小扛着铁锹，两人来到在南亭村边的庄稼地里，一边假装干活，一边游走着观察敌情。半晌时，两人来到一块菜地前，突然发现十几米外一口水井前，挑水的水桶和担子放在地上，一个伪军正靠在旁边的一棵树干上抽烟，

"抓活的。"李仁义对王三小轻声说。王三小点头，立即和李仁义分开，打算从伪军的背后绕过去。

"老总，送你包烟。"李仁义手里拿着包烟向伪军走近。伪军抬起头，看见李仁义一张讨好的脸和手里的烟，他放松了警惕，把嘴里的烟蒂一吐，伸出手来准备接烟。

这时，王三小已经绕到了伪军后面，他一搂伪军的脖子，趁势就把伪军拖到树后一个隐蔽处。

经过审问，得知敌人的指挥部设在南亭村新院楼，当晚大部队要到上司村一带"扫荡"，指挥部会留下一部分日本人负责与总部保持联系。"算你倒霉。"王三小边说边举起一块石头砸在伪军脑袋上。伪军头一歪倒在地上，王三小把晕过去的伪军拖到一个土坑里，上面盖上杂草。"要是醒来也到明天了。"王三小拍干净手上的土和草根，又仔细检查了一遍。

回到太平庄，李仁义把侦察到的情况告诉了杜生旺。两人研究决定，夜袭南亭村敌人指挥部，并制定了具体的细节，同时安排民兵前往上司村报告敌人"扫荡"的消息。

晚上，李仁义和南乡爆破飞行组的民兵们埋伏在南亭村村口。接近午夜，鬼子和伪军出动了，伪军在前鬼子在后，粗略估算，足有二百余人。等敌人走得很远了，李仁义一挥手，大家在王三小的带领下，轻手轻脚地快速来到新楼院前。

观察完地势，李仁义安排作战方案。爆破飞行组和南亭村民兵分成两个小分队，一队翻墙爬上屋顶，居高临下把手榴弹从开着的窗户扔进屋子里，同时开枪射击从屋子里跑出来的敌人。另外一队守住院门，只要有敌人跑出院子就开枪射击。

战斗打响，几颗手榴弹把屋子里的敌人轰出了院子，接着手榴弹继续轰炸，再加上射下去的子弹，敌人根本就没有开门逃跑的机会。南亭村的枪声和轰炸声传到正在"扫荡"路上的敌人的耳朵里，他们判断南亭村指挥部受到了袭击，急忙掉头返回救援。但是，等他们返回南亭村的指挥部时，他们看到的只有躺在院子里的自己人的尸体。

"肯定是八路军主力干的。"日本军官判断。他们害怕遭到八路军主力部队的伏击，立刻开拔遛回了沁县总部。

伏击葡萄园

1943 年的中秋节快到了，远近闻名的南坡上村的葡萄熟了。村民们打算再等几天，等葡萄彻底熟透了再来采摘。村民们惦记着自己家葡萄园的葡萄，段村洪部警备队小队长李五魁也惦记着这些葡萄，他要赶在中秋节前抢先摘回来孝敬日本鬼子，他知道日本鬼子也有中秋赏月的风俗。

农历八月十四早晨，住在代照岭村的南乡爆破飞行组的民兵们刚吃过早饭，就见情报员李新春急匆匆地闯进院子，他径直走到李仁义跟前报告："仁义哥，段村的警备队出发了，由小队长李五魁带队，总共七个伪军，

要到南坡上去抢葡萄。"李仁义听了点点头："新春，你先吃饭，我去找老王商量商量。"

这天，武东三区武委会主任王占鳌也在代照村，准备上午召开三区保卫秋收工作会议。李仁义见到王占鳌，把警备队出动抢葡萄的情报说了，王占鳌气愤地说："这个李五魁，想不起来孝敬爹妈，倒惦记着孝敬鬼子。"李仁义攥着拳头向前一挥："把他们全部消灭了！"

经过研究，决定分两路行动，一路为王占鳌和李新春，两人占据西家垴，这里地势高，对南坡上村一览无余，俩人负责瞭望和警戒，以防另外的敌人突然出现。另一路由李仁义带队，南乡爆破飞行组全体民兵埋伏在六盘垴村的后沟、王白烟村的前沟地带，这里隐蔽性好，敌人经过时全部暴露在路上，只是敌人从葡萄园返回时才经过这里。"为了确保消灭敌人，只能够让乡亲们损失点葡萄了。"李仁义惋惜地说。

李五魁带着他的伪军小队大摇大摆地进了南坡上村，瞅着路边一个葡萄园一挥手，伪军们就像疯狗一样扑了进去。葡萄园里一个老农正在采摘葡萄，一看进来一群伪军，急忙上前阻拦，李五魁伸手就是一个巴掌："滚，滚一边去，别耽误了老子的时间，太君还等着吃葡萄呢。"接着又是一脚，把老农踢倒在地。

伪军们在葡萄园里肆意践踏，老农蹲在地上心疼得直掉流泪。伪军们折腾了半天，带着两箩筐葡萄离开，路过几户人家时，又闯进去抢来月饼、黄梨和苹果，然后哼着小曲扬长而去。

不过，他们还是高兴得有些太早了。眼看着他们进入伏击圈，李仁义一声令下，一个手榴弹扔下去，李五魁第一个举起了双手，其他伪军也跟着举起来了双手。一袋烟的工夫，包括李五魁在内的七个伪军就缴械投降，七杆枪和一百来发子弹也进入南乡爆破飞行组的囊中。

狗咬狗

1944年4月的一天，驻段村的日军企图包围南乡抗日政府加以消灭。对此，武东三区区委、武委会在暴家峪村召开了会议，各编村村长和爆破组组长参加了会议，会上重点布置了保卫春耕、阻止敌人破坏春耕的任务。

会议从早晨开到晚上，散会时天已经黑了，李仁义没顾得上吃饭就离开暴家峪村。李仁义家在南亭村，回爆破组所在地路过南亭，他看看时间还赶得过来，就打算回家看上一眼吃口饭垫垫肚子。李仁义一进村，就感觉不大对劲。走过几条小巷，发现家家门窗紧闭，院子里也没有一点动静。推开自己家院门，院子里漆黑一团；推开家门，屋子里也没有人。原来，村里的人听说鬼子要来"扫荡"，大家连夜都躲进山里去了。李仁义到处翻翻，找不到一点吃的。"真收拾得干净，我都找不到点吃

的，鬼子来了更是连点味都闻不到。"李仁义想着，虽然肚子饿得咕咕叫，但心里喜滋滋的。"狗日的小鬼子，害得我回到自己家都得饿肚子。"李仁义自言自语着走出了家门。

刚出院子，就听到村子外有枪声，李仁义判断是敌人"扫荡"来了，他赶紧贴着墙根隐蔽着朝枪声方向摸去。

李仁义很快来到村口，轻轻翻上墙头爬到一个房顶上。他看到汉奸段丙昌带着一队伪军已经来到村口，大约有一个营的人马，他们一边走一边开枪壮胆。李仁义一看，心想反正乡亲们已经不在村里，我就先隐蔽起来，瞅机会放几枪撂倒几个伪军再撤不迟。主意一定，李仁义放稳身子仔细观察伪军的动静。很快，这队伪军在他眼皮底下进了村子。李仁义观察到，这队伪军行军稀稀拉拉，前面的已经进了村子，后面的还有一部分离村口很远，距离竟然有二百来米。"这可是一个千载难逢的机会！"李仁义心中一阵窃喜，"看来可以让这帮黄狗子演一场'狗咬狗'的好戏了。"

李仁义先朝着进了村的伪军那边放了一枪，一个伪军应声倒地，李仁义接着又是几枪，进了村的伪军突然发现自己背部受"敌"，全部转过身来开始射击。李仁义又返转枪口，朝着村子外面的伪军连续射击，撂倒了一个伪军。这时，天漆黑一团，除了李仁义居高临下能够看到两边的伪军外，伪军彼此根本看不清对方。

两边的伪军都以为遇上了八路军和游击队，都集中火力向对方进攻，机关枪、掷弹筒一起都上，一时间打得异常激烈、不可开交。

打了一个多小时，敌人才发现是自己打自己，双方停战，发现死伤近二十人，汉奸段丙昌气得像条疯狗一样开口大骂，但他至死也搞不清究竟是怎么回事。

这时，李仁义早已坐在山头上歇脚，一边看着山下高兴得合不拢嘴。

抢盐

1944年8月的一天，南乡爆破飞行组情报员向李仁义报告："段村鬼子要去沁县运盐，派一个连的伪军负责押送，估计明天从沁县返回段村。"李仁义一听，立刻振奋起来："太好了，根据地正缺盐，鬼子就送上门来了。"

李仁义立即把情报向区武委会作了汇报，武委会又向八路军三分区汇报。三分区马上下达命令，指示决九团四连负责伏击，南乡爆破飞行组五个民兵负责带路，其他民兵参加运盐队，抢盐行动务必在半小时内完成，以防段村敌人听到枪声后来增援。

决九团四连立即行动，进入聂村附近的长角北头的玉米地里，这里是运盐车的必经之地。上午的太阳毒辣

辣地照下来，玉米地像蒸笼一样闷热，战士们一动不动静等着运盐车的到来。

11点，汽车车轮声从地面传过来，李仁义示意四连指导员南殿贵，南殿贵立即做出准备战斗的信号，战士们振作起精神等待出击的命令。车轮声越来越响，汽车越来越近。"打！"南殿贵沉稳地下达命令。李仁义第一个站了起来冲出玉米地，战士们争先恐后跟在后面，先是手榴弹，接着是子弹，一股脑砸向敌人。敌人被这突如其来的袭击打懵，他们立即反抗，但这些伪军别看平日里耀武扬威，一见真枪真刀就龟孙子一样往后躲。没过半小时，伪军就丢下十几具尸体逃回段村了。

伪军一跑，负责运盐的民兵们一拥而上，扛起盐袋就走。

不一会儿，段村派出了增援部队，但他们来到战场时，留给他们的只有已经烧毁的汽车和十几具伪军的尸体。

李仁义带领的南乡爆破飞行组战斗在南乡一带，他们机智勇敢、敢于战斗，鼓舞着根据地的人民，为保卫根据地人民的生命和财产舍生忘死，受到乡亲们的爱戴和称颂。

抗日战争胜利后，李仁义和南乡爆破飞行组全部民兵被编入军分区部队，又战斗在解放全中国的战场上。

舍生忘死

1941年月，根据稍大规模作战需要，武乡县再组武乡独立营，任命冉光华为营长，辖两个连、三个区游击队。

冉光华，原名阮官华，湖北黄安县人，14岁参加了中国工农红军，不久加入中国共产党。走完长征后，被编入八路军，任七七二团特务连连长。1939年9月，调任武乡子弟兵大队任大队长。

阮官华来到武乡后，与赫赫有名的名扬游击队队长魏名扬成为战友，魏名扬见他年龄老大不小，就做媒让他娶了枣烟村武银旺的女儿武桂英为妻。阮官华成了名副其实的武乡女婿，武乡人对他亲近有加。不过，他一直操着一口湖北话，人们问他的名字时，他回答的"阮官华"在武乡人耳朵里就听成了"冉光华"，他纠正了几次毫无效果，后来干脆就随之任之。当他被任命为武乡独立营营长后，大家自然而然就称他"冉营长"。

武乡独立营成立一个月后，就接到太行三分区的命

令，命令独立营与军分区部队配合攻打襄垣县西营镇。"独立营刚刚组建，战斗训练才开始，大部分战士都没有拉过枪栓，怎么办？"政委张向善忧心忡忡地看着冉光华营长。"想想办法，我们不能把难题推给分区。"冉光华也是愁眉紧锁。两人沉思着，一会儿后，冉光华打破沉默："张政委，这样吧，咱们把参加过战斗的战士编为突击队，发枪、发子弹，其余的战士编入后备队，立刻训练他们投掷手榴弹的方法，然后发给他们手榴弹。我带领突击队在前冲锋，你带领后备队瞅准机会轰炸敌人。"张向善想想，点头称是。

几天后，战斗打响。冉光华带领突击队一路猛进，在接近西营镇时，被一个机枪火力点封住不能前进。"李排长，轮到你的爆破组了。"战斗打响前，主力部队就安排一个爆破组跟着冉光华，以备受到阻击时迅速解决阻击。这时，爆破组李排长听到命令，立即带领两名战士抱起炸药包冲了上去。"火力掩护。"冉营长下令。在密集火力的掩护下，爆破组爬到了敌人火力点前，抡起炸药包塞进了枪眼里。

火力点清除，冉光华指挥战士们迅速冲锋。这时，一颗炸弹的呼啸声传来，冉光华高声呼喊："卧倒！"大家立刻趴在地上。但是，几米远外，一个战士还在继续冲锋，显然是没有战斗经验，冉光华一个健步奔过去，一把将这个战士推倒。"轰"的一声，爆炸声响过，冉光华还没来得及趴下，一块弹片就像一把锋利的刀子一样划过冉光华的肚子，顷刻间，冉光华的肚子被划开一道口子，肚子里的肠子漏出了体外。

"营长受伤了！"一个战士高声喊。很快，前线救护员跑来，他们先把冉光华的肠子小心翼翼地塞回肚子里，用一块纱布包裹起来。"赶快把冉营长抬下去。"一个战士对救护员说。"不行，我是指挥员，这里没有我，仗还怎么打？抬着我往前冲！"冉光华强忍着疼痛说。战士们流着泪抬着冉光华直到战斗结束，这时，冉光华已经昏迷不醒。

冉光华醒来时，已经躺在军分区医疗所简陋的病房里，床头边，妻子武桂英在默默地等着他醒来。几天后，医疗所转移，冉光华搬回了家中养伤。这是他结婚后在家里待得最长的一段时光，在张桂英的精心照料下，他的伤很快痊愈了。

冉光华回到独立营，继续带领战士们出生入死、冲锋陷阵。抗战胜利后，武乡独立营与武西独立营整编成武乡独立团，冉光华任团长。1946 年初，武乡独立团升编为主力部队八路军第四十团，冉光华继续留任团长，并开赴解放战争前线。

冉光华的肚子上留下一道长长的伤疤，这是他为了救护战友舍生忘死的见证。不过，偶尔有人看见了询问起来，他总是轻描淡写地回答说，是干活时不小心被镰刀划的。

武西群英

1940年6月，武乡分为武东、武西两县，因武乡东部有八路军主力部队活动，便将武乡独立营调归武西县，更命为武西独立营。武西独立营的指战员以游击战、麻雀战、破袭战和地雷战等形式，利用太行山起伏多变的地形地貌，与敌人展开持久的、不屈不挠的战斗，在武西的敌占区里，给日寇以沉重的打击。

割电线

"廷荣，你为什么当兵？不怕死吗？"走在红土山的山道上，独立营三排排长孟来明问新战士段廷荣。山道上，三排的战士排成一长溜队伍匀速前行。"排长，不怕。自从日本鬼子来了，我们雨沟村就没有消停过，鬼子三天两头就来'扫荡'，又抢东西又打人，没有人敢吭气。但我想着，迟早有一天我会收拾这帮家伙。可是他们有枪，我赤手空拳敌不过去。现在好了，当了兵，手里有了枪，我就硬气了，有枪还怕他不成？"段廷荣边走边回答，把肩膀上扛着的枪换了一个位置。孟来明满意地拍拍段廷荣的肩膀："好样的。不过，你还没有战斗经验，打起仗来一定要跟在我后面。"

红土山是段村敌人从西门出发"扫荡"的必经之路，因此，红土山上一年四季、白天黑夜都有民兵放哨。站在山顶上往下看，段村、松村一览无余，尤其是段村，敌人的炮楼有什么动静，从山上看得一清二楚。这几天，段村的敌人安静了几天，因此，独立营营部命令三排主动出击。

"排长，咱们这是要去哪里？"走了一段路，段廷荣突然问孟来明。"这是军事秘密，不能问。"旁边一个战士代替孟来明回答。"别着急，咱们刚种上谷子，出去打游击就几天，回来正好除草间谷苗。"另外一个年龄稍大点的战士插话说。

队伍在静悄悄地前进。战士们穿越沟壑时直着身子，走过没有遮挡的路段时就猫着腰，以防被山下的敌人发现。

晚上，队伍来到段村附近的北河段。孟来明把战士们召集在一起下达命令："同志们，今天我们的任务是割电线。割断敌人的电线，敌人就成了聋子，所以不需要惊动敌人。一班负责警戒，其余战士迅速出击，电线不是割断就行，我们要沿着线路把电线挖出来带走。"战士

们一听，立即分头行动。

很快，任务顺利完成，战士们背着盘成了圈的电线迅速撤退。深夜，返回到前庄村，"把电线藏好了，赶紧休息，一早出发。"孟来明吩咐战士们。半夜，孟来明被哨兵叫醒："报告排长，西山那边有火星，正在往咱们这边移动。""快，叫醒战士们，敌人发现线路被破坏，连夜出动找我们来了。"孟来明吩咐哨兵，接着对旁边已经醒了的班长郝二愣说，"二愣，咱们分成两个组，第一组跟我在前面走，第二组跟你在后面，尽量不和敌人交火。如果交上火了，就猛冲猛打，打完就走，不要恋战。告诉战士们，黑灯瞎火的，万一走散了，明早在烂柯山顶上集合。""好。"郝二愣转身要走，又被孟来明喊住，"二愣，把那个叫廷荣的新战士叫来，让他跟着我，他没有战斗经验，需要护着。"

战士们按照排长的部署，静悄悄地前行，接近迎面过来的敌人时，孟来明试图躲开道路爬上路边的陡坡绕过去，但还没开始爬坡就被敌人发现了。"喂，什么人？哪一部分的？"对面喊道。"自己人。"孟来明回答。话音未落，孟来明一个手榴弹就扔了过去，身后的战士见状，也一拉拉线，十几颗手榴弹一起扔了过去。一阵轰炸，把敌人打了个措手不及，孟来明带着战士迅速通过。郝二愣带的战士也趁势通过，通过后又掉转身子，又是十几颗手榴弹扔向敌人。在一片哭爹喊娘声中，三排全体战士顺利撤退。

一大早，战士们陆续会合在烂柯山顶上，清点人数，没有一个掉队，也没有一个受伤。"同志们，我们的任务还没有完成，还得把电线从前庄村取回来送到山曲村去，所以一部分战士立即行动去前庄村，其余战士原地休息一会儿再出发。"孟来明把战士们召集在一起说，"另外，大家又得饿肚子了，咱们争取在晚饭前赶到南涅水村吃上一顿饱饭，睡上一个饱觉。同志们，怎么样？""没问题。"战士们异口同声回答。

但是，取电线的战士走后，留下的战士刚刚散开，各自找到避风的地方准备休息一会儿，哨兵就跑到孟来明跟前报告："报告排长，有情况，一小股敌人正往咱们这边移动。""看来是恼羞成怒了，非要把咱们消灭了不可。告诉战士们，立即行动，不要发出任何响动，绕开敌人，往南涅水方向转移。"

太行山上沟沟壑壑，孟来明和战士们对每一处都非常熟悉，所以在前面一个杂草淹没的羊肠小道上一拐，敌人扑到刚才战士们休息的地方时，早已没有了踪影。

晚上，三排战士顺利到达南涅水村，村民们赶紧做饭热炕，战士们连着两天没有吃顿饱饭，一阵狼吞虎咽后，安心地往炕上一躺。"同志们，休息好了，明天咱还得给敌人送'西瓜'去。"孟来明对着准备睡觉的战士们说。

送"西瓜"

孟来明说的"送西瓜",是指给敌人"扫荡"路过的地方埋地雷,不过,这次不是埋在公路上,而是埋在敌人的运输要道白晋线,这也是独立营交给三排的任务之一。

白晋铁路全长300余公里,是轨距仅一米的窄轨铁路。这条铁路位于太行山、太岳山在上党地区的中线位置,日寇除了以它运送物资、掠夺资源、调动兵力外,还把它作为实行"囚笼政策"的主要工具,在沿线构筑了许多据点,调来重兵把守。这条铁路的存在把晋冀鲁豫边区的太行山、太岳山两大根据地切成两块不能呼应,因此,这条铁路成为八路军和游击队经常袭击的目标。

第二天修整一天后,晚上,大家精神饱满,背着地雷来到白晋线上。孟来明安排沙银保带着段廷荣等几名战士去埋地雷,他和其他战士负责警戒。地雷埋在铁轨之下,沙银保低声说:"廷荣,这十几颗'西瓜'一爆炸,狗日的鬼子又会气上十天半月的。"

地雷埋好,战士们退到路边隐蔽处,十几根拉绳同时一拉,十几颗地雷一起炸响,声音犹如一颗巨型炸弹炸响。硝烟散尽,上百米的铁轨被掀翻,炸断的铁轨、枕木飞得到处都是。"撤,速度要快,小心鬼子追来。"孟来明命令道。

　　战士们一溜烟跑到了东坡村，没有惊动乡亲们，找一个没有人住的破窑院住下。半夜，哨兵发现前方小路上有人影晃动，他想看个究竟，就悄悄地迎了过去。快走近时，发现是几个鬼子和一队伪军。他赶紧转身返回，找到孟来明报告说："排长，鬼子追来了。"话音一落，满窑洞的战士都醒了，起身把枪抓在手里，看向孟来明。这时，敌人已经到了大门外，有一个伪军扯着嗓子喊："土八路，快投降吧，你们被包围了。"接着，窑顶上也有伪军在喊："投降吧，你们跑不了啦。"

　　孟来明沉思片刻后下达命令："大家俩人一排依次往出冲，第一排的俩人以最快速度拉开大门，第二排的俩人往大门外扔手榴弹，接着出来的俩人转身往窑顶上也扔手榴弹。敌人会以为咱们要从大门冲出去，但咱们趁手榴弹炸响这段时间，全部往南墙边跑。南墙低，咱们翻出去就往山上跑。"战士们点头表示领会。

　　果然，敌人封死了大门，在院墙外根本没有部署一兵一卒。手榴弹炸响后，战士们已经从南墙上尽数突围。沙银保断后，翻过墙头时因用力过猛没有站稳，脚一歪跌倒在地。这时，敌人发现八路军翻墙突围追了过来，跑在最前面的一个伪军见有人摔倒，加快脚步跑过来想抓活的。沙保银手一托地，站起身来就往前冲，正好和扑过来的伪军撞了个满怀，沙保银身强体壮，一撞就把伪军撞了出去，墙根正好有一个粪坑，伪军就被撞得掉

进了粪坑，沙银保风一样瞬间跑得无影无踪。

孟来明带着大家来到山上的法华寺休息了一会儿，就见东方的天空露出了鱼肚白。

打一枪换一个地方

独立营有二百来个战士，但只有一百来条枪、二三百发子弹，每个战士平均两三颗手榴弹，这样的武器装备是很难打胜仗的。

这天，三排一班副班长郭更生向排长孟来明请示："来明，我带李根来和段廷荣去段村一趟，看能不能消灭几个鬼子。""同意，但要小心，一定注意安全。"孟来明吩咐。

晚上，仨人没有带枪，只是每人腰里别了两颗手榴弹，借着月光下了山。快到城门时，大家放慢了脚步。"进去吗？"李根来问。"我在考虑呢。"郭更生回答。沉默一会儿，他问段廷荣："廷荣，你有什么想法？"段廷荣看着城门灵机一动："要不咱们把手榴弹挂在城门上，明天一早敌人开门时一炸……"没等段廷荣说完，郭更生就拍了一下段廷荣的脑袋夸奖道："好主意，小脑袋挺灵光的。"

大家慢慢靠近城门，耳朵贴在城门上，里面没有任何动静。又看看城门楼顶，小房子里点着油灯，里面有人叽里呱啦听不清在说什么。"廷荣,你身子轻,上去要小心。"郭更生吩咐。然后,郭更生和李根来并排蹲下身子,让段廷荣两脚稳稳地踩在他俩的左肩和右肩上,"站好了,起……"郭更生轻声说。两人就缓缓站直,把段廷荣托到了城门的门楣前。段廷荣稳住身子,小心翼翼地把三颗手榴弹固定好了,用一根细线的一端拴住手榴弹的拉绳,另一端拴在大门上。都弄好后,段廷荣轻手轻脚回到地面。

仨人趁着夜色回到红土山,睡过一觉后,他们早早醒来。"轰",段村方向终于传来了手榴弹爆炸的声音。

过几天,独立营转移到大良村住着。黑夜,段村、南沟的敌人出来"扫荡",消息传到营部,独立营营长涂学忠立即安排战士们分成两拨,一拨到前面埋伏准备袭击敌人,一拨帮助乡亲们赶紧转移。乡亲们全部转移后,涂学忠带领全体战士连夜爬上繁氏山。天亮时,终于爬到了山顶。从山顶望下去,能够看见日本鬼子和伪军在山下的村子里窜来窜去乱找东西,把村子搞得乌烟瘴气、乱七八糟。这情景让山上的战士们义愤填膺,涂学忠放下望远镜,气愤地说:"狗日的们见啥抢啥,见屁也抢!"一旁的一排长程四货听了,接住话说:"营长,我带几个战士下去,收拾狗日的们一下。"涂学忠摆摆手:"先等等,等他们撤离时再下去不迟,那时他们就完全放松警惕了。"

快到晌午，山下传来几声枪声。"敌人准备回去了。"涂学忠说，"四货，带几个战士下去。"程四货领命，转头对后面几个战士说："走，跟我走。"很快，程四货他们就追上了敌人。这时的鬼子和伪军，有的枪尖上挑着鸡鸭，有的扛着村民没有来得及藏起来的粮食，前面的还赶着几头猪。程四货一挥手，战士们就猫着腰利用沟壑绕到前面埋伏起来。等敌人进入伏击圈，"打！"程四货一声令下，十几颗手榴弹、一阵排子枪就一股脑砸在敌人头上。"撤！"程四货又一声令下，战士们敏捷地收起枪来，朝山上快速撤退。等被打蒙了的敌人缓过神来，程四货他们早已消失在太行山的沟壑之中。

晚上，三排一班班长郝二愣向涂学忠请战："涂营长，我想带几个战士去偷袭南沟据点。"涂学忠问："有什么想法？"郝二愣搔搔脑袋回答："就是想去，哪怕打死一个敌人也算。"涂学忠想想，然后换上命令的口吻："好吧，不要恋战，要速战速决。"郝二愣敬个礼："保证按营长命令执行。"

郝二愣带了七八个战士下了山。夜深人静，天空没有星月，大家靠着微弱的天光和对山路的熟悉走着，郝二愣拉着段廷荣的手，生怕他走丢了。"我又不是小孩子，这路也熟悉。"段廷荣几次想挣脱了自己走。"不行，营长吩咐了，你年龄还小，是保护对象。"下山后，有一段平路，大家走得很快。

　　大家蹲在了南沟据点的围墙根下。但是，因为黑夜太安静，站在高处的伪军哨兵还是听见了动静。他提着枪走过来，站在了围墙上，探着身子用手电往下照，一边喊道："他妈的，什么人，给老子出来。"郝二愣看着伪军走近了，照着灯光就是一枪。伪军从墙上一头栽了下来，枪掉在了郝二愣的脚下。这时，枪声引出了据点里的敌人，"手榴弹！"郝二愣话音一落，战士们一拉线把手榴弹扔进了墙里。郝二愣一猫腰把伪军的枪拣起来背在肩膀上，"撤！"战士们立即朝原路撤退。鬼子和伪军不敢追击，只对着黑夜放了一阵子枪作罢。

　　回到山上，郝二愣把情况向营长涂学忠作了汇报，涂学忠表扬道："很好呀，打死一个少一个，还弄回来一杆枪，还锻炼了新战士。"涂学忠稍作停顿又说："同志们，这就是游击战、麻雀战，我们就要这样把敌人打垮！"

"伪军"的一天

　　1944年春季，独立营以排为单位在太行山上进行着游击战，营部经常变动，排长要找到营部还得多方打听。三排收到营部命令，让他们立即赶往营部有新的任务。但是，营部在哪里呢？送信的战士只说营部最近在分水岭一带活动，反正那一带算是后方了，说你们自己可以

打听到的。

三排排长孟来明立即行动，向分水岭一带进发。风清气朗，天空高远。一路上，前后放了哨兵，大队伍在中间谈笑风生地走着，大家议论营部会给他们什么任务，让大家最为高兴的是到了营部就可以补充弹药，说不定还可以多发几条枪呢。

不知不觉已经走出近三十里地。一路打听，终于在分水岭上的石塔村找到了营部。其时，已经是晚上，孟来明走进营部时营长涂学忠正在一盏油灯下看地图。孟来明立正、敬礼："报告营长，三排排长孟来明向你报到。"涂学忠高兴地握住孟来明的手说："辛苦了，快坐下。最近情况怎样？"孟来明坐在炕沿上，把最近的情况向涂学忠作了汇报。涂学忠听了，点着头说："好。上级对咱们独立营提出了新的战术要求，今天不早了，你和战士们赶紧吃饭休息，明天咱们好好聊。"

第二天早饭一过，孟来明就来到营部，涂学忠给孟来明倒碗水说："分区指示，野战军在外打硬仗、大仗，我们的任务是打小仗、胜仗，一个排和一个班人数还是多，要再少些，三五个人一组，甚至两三个人一组，要打麻雀战，一个一个消灭敌人，让敌人防不胜防、提心吊胆。"孟来明听了很激动："好，这样我们的行动就更自由，更有办法对付鬼子和伪军了。"孟来明从营部出来，回到三排住的院子，战士们早就在院子里等着他。

他把营长的指示对大家说了，然后让大家自由组合，分成了五六个小组。最后，孟来明说："小组分好了，小组长也定了，大家分头行动，但要严格遵守纪录，既要消灭敌人，也要保护好自己，行动前汇报，行动后回来集合。记住了吗？""记住了。"战士们情绪高昂。

大家分兵出发，孟来明带七八个战士向白晋线进发，准备了解白晋沿线敌人部署情况，并伺机破坏铁路、消灭沿线敌人。他们天黑时赶到一个小村庄，村里的乡亲热情招待了他们。第二天一大早，大家起来帮助乡亲们打扫院落、挑水劈柴。孟来明让张友贵去把藏着的伪军军装找来，大家穿好了，孟来明穿着伪军军官的服装，皮靴铮亮，腰挎盒子枪，他对大家说："从现在起，我就是伪军大队长，你们就是伪军。伪军要有伪军的样子，给我打起精神来，出发！"

出了村子，大家大摇大摆地走向白晋铁路，沿着白晋铁路线很快就来到一个叫固亦的村子的炮楼前。炮楼里有一个伪军探出头来问："你们哪一部分的？来干什么？"孟来明没好气地回答："不见老子在检查铁路吗，你说老子是哪一部分的。"伪军被骂得缩回了头。

前面的村子叫北寺上，孟来明他们一进村就看见一个伪军，这个伪军背着枪正从一个院子来出来。"不好，有敌人。"孟来明示意大家准备战斗。"你是哪一部分的？"孟来明远远地问道。"长官，"伪军高声回答，"我

是县警备队的，请了假回家探亲。"战士们一听，精神放松下来。"回家探亲还要带枪，谁准许的？"孟来明喝道。"我们队长允许的，"伪军走近了，讨好孟来明，"长官，进我家里喝口水吧。"孟来明示意两个战士一左一右站在伪军两边，然后命令伪军："不了，我们还有任务。现在，你跟我们一起走。"伪军左瞧右看没有一个脸熟的，刚要表示反对，孟来明脸一横，伪军赶紧闭上了嘴。

又走过两个小村庄，伪军有想逃跑的迹象。孟来明对伪军说："放老实点吧，我看该把你枪里的子弹没收了。"一旁的段廷荣立刻把伪军的枪夺过来，拉开枪栓取出子弹，把空枪还给伪军。这时，伪军才明白遇上了八路军，只好乖乖地跟着往前走。

晌午，大家进入芦豆苗沟，"我们进村吃饭。"孟来明对大家说。刚到村口，迎面就走来两个伪军，背着枪，边走边说着话。"莫非村里有敌人？"孟来明想，立刻把手放在腰间的枪把上，战士们也跟着从肩膀上取下枪来，做好了战斗准备。还没等孟来明开口，一个伪军就三步并作两步跑到孟来明面前，敬了个礼："你们刚来呀，我姑姑家在这个村里住，那个是我兄弟，一起来看姑姑。"孟来明一听，判断出出村里没有大队敌人，于是吓唬道："开小差了？"伪军急忙分辨："没有，长官。我们警备队在前面的村子里催粮，我请了假和我兄弟一起来看看我姑姑。这不，我们出来赶紧归队。"孟来明听了，本来就对这俩伪军恨得牙根痒痒，又听说有警备队在前面村子里催粮，气不打一处来："狗汉奸，直接告诉你吧，老子是八路军。"战士们立刻上手，夺走俩伪军的枪。

前面这个伪军的枪被夺走，正想喊叫，一个战士过来照着后背就是一枪托，伪军一个趔趄扑倒在地，孟来明一脚踩上去："放老实点还能活命，否则一枪崩了你。"另外一个伪军一看这阵势，立即头捣蒜一样认了怂。孟来明松开脚厉声问："你们警备队在前面村子里有多少人？"伪军回答："三十来人。"孟来明沉默着，张友贵走近了问："打吗？"孟来明看看大家说："一来咱们的任务主要是侦察白晋铁路线上的敌情，二来咱们人太少，地势也不适合咱们作战，硬拼的话容易吃亏，所以，我们先撤退，总有一天会回来收拾这些龟孙子的。"

大家饿着肚子离开芦豆苗村，三个伪军垂头丧气地走在中间。大家虽然饿着肚子，但情绪高昂，一路有说有笑。

到达目的地山曲村时又是晚上，大家吃过饭，把三个伪军押在柴房里，准备第二天送到营部处置。

一颗子弹

这天，独立营营长涂学忠找来三排排长孟来明说："南沟洪部有俩汉奸，名字不知道叫啥，干尽了坏事，老

百姓对这俩汉奸恨之入骨，唤他们'黑狗'。这俩汉奸民愤极大，你安排几个战士尽快把他们除掉，替乡亲们出口恶气。"孟来明口气坚决："好，保证完成任务！"

　　孟来明回来，琢磨半天，想好了办法。他叫来李有明和高大个，说："有一个特殊任务，需要你俩完成。"俩人一听来了劲："什么任务？保证完成。"孟来明笑了："还不知道什么任务就保证完成啊！"两人也不好意思地笑了。孟来明接着说："南沟洪部有俩汉奸，爱穿黑绸大褂，腰挎盒子枪，经常成双成对在一起，走在街上耀武扬威的，民愤极大，你俩假装成维持会的情报员，去南沟一趟，找到这俩汉奸除掉。"

　　李有明精明强干、遇事冷静，高大个身体健壮、身手敏捷，两人领到任务，立刻换上老百姓的衣服，头上勒条白毛巾，各挎一个篮子，篮子底放上手枪，用鸡蛋盖住了，上面再放一块毛巾遮上。午饭前，两人就赶到了南沟。

　　午饭时分，南沟街上行人不少，李有明估摸着俩黑狗白吃白喝惯了，肯定要出来混吃混喝，而且会到最大的饭店。两人对南沟很熟悉，就躲在一家饭店前面一个拐角处，等待俩黑狗的出现。果然，前面出现了两人，正是排长孟来明描述的样子。李有明对高大个说："你准备好，我把他们叫过来。"李有明迎了过去，点头哈腰地说："二位留步，我们是维持会的情报员，老是被太君打骂,想请您二位帮帮忙,在太君面前美言几句。我们备好了礼物,在我兄弟那里,想送给二位。"李有明说完,指指街角的高大个。俩黑狗听了非常兴奋。在南沟大街上,他俩做梦也不会想到有八路军敢明目张胆地出现。

俩黑狗边往过走着还边问:"准备的什么礼物啊?"李有明哈着腰回答:"轻不了,过去就知道了。"一到拐角,高大个立刻抽出枪来,对着前面的黑狗就是一枪,子弹从黑狗脑门上穿过,黑狗应声倒地。李有明吐了一句:"妈的,这就是礼物。"说完,弯腰把死去的黑狗的盒子枪取了下来。这边,高大个把枪放回篮子里,伸出胳膊把另外一个黑狗的脖子一夹,顺着拐角旁边一个小胡同就撤。

两人一口气跑到南沟村边一个沟渠,把黑狗往地上一扔。"把衣服脱下来。"黑狗乖乖地脱下衣服,他的枪早已在高大个的腰里。李有明也把自己的衣服脱下,把黑狗的衣服穿好,又让黑狗把自己的衣服穿上。这下可好,李有明换上黑狗衣服的样子,惹得高大个不由地笑出声来。

不一会儿,在离开南沟的路上,一个"黑狗"押着两个农民不慌不忙地走着,他们一直走到了独立营所在地。

"李有明,高大个,你俩好厉害,只费了一颗子弹就完成了任务,还抓回来一个汉奸,赚回来两把盒子枪。"

营长涂学忠当着三排排长和三排全体战士的面竖起了大拇指。

奔袭红山碉堡

1945 年春夏之交的一天黄昏，刚刚吃过晚饭，独立营战士们听到了集结的军号声。大家把碗筷一绑、长枪一背，很快就在村头集合，整整齐齐列队等待命令。独立营营长涂学忠站在队伍前的一个小土岗上说："今天有一个艰巨的任务，大家一切行动听指挥。出击！"大家一听，这个任务特殊需要保密，这更激起了大家的战斗热情。

出了村子走出很远，队伍还在继续往东。沿路两边都有敌人的据点，但一直往东，战士们的心里都疑惑着。再走一程，远远地听到了河水流动的声音，接着就看见了涅河。"看来是要打段村的敌人。"战士们心里嘀咕着。但是，队伍没有渡河，而是向左一拐，钻进了一片树林。从树林出来，眼前是山曲河滩的一小块平展地带。这时，天色浓黑，地里的农民已经回家，田野上静悄悄的。这时，从后面传来命令："往前传，停止前进。"队伍停下来。"往前传，往中间靠拢。"队伍聚集成圆形，涂营长站在圆心的位置上。他轻声下达命令："现在传达口令和联络记号，把身上的东西系紧了，不能发出任何响动，把白毛巾系在左臂上，天黑，注意不要掉队。"然后，他挥手示意战士们散开继续前进。

又走了一段时间，来到一座大山脚下。天太黑了，而且有一大片乌云好像一直跟着队伍。战士们开始爬山，爬到山顶才发现这是鼓则山。接着，又沿着弯弯曲曲的山道翻山而下。突然，头顶的那一大片乌云实在憋不住，倾盆大雨瓢泼而下。"往后传，跑步前进。"这次是前面发出的命令。大雨中，战士们放开腿脚跑步前进，跑步声、大雨声混杂在一起彼此分不清楚。

下山不久，雨停了，每个战士都浑身湿透，脚踩得地上的泥水咯吱咯吱响。"往后传，脚步放轻，不准说话、不准咳嗽。"命令又从前面传来。大家快接近一座山顶时，命令再次从前面传来："准备好手榴弹，准备战斗。"这时，所有的战士抬起头来，仔细一看，他们来到了小红山上，前面不远处就是红山碉堡。

一排移动到南面，二排移动到西面，三排移动到北面，碉堡背靠着东边的悬崖。碉堡用铁丝网围住，前面一道深沟，悬着一座吊桥。碉堡用青石和水泥砌成，碉堡下有一地堡，伪军们晚上就住在地堡里。这座碉堡坐落在红山顶上，再加上坚固的建筑，用敌人的话说，就是天塌下来他们也是安全的。但是此刻，他们做梦也没有想到，自己已经处在独立营的包围之中。

二排战士爬下沟区，准备铰断铁丝网。站岗的敌人

听到动静，对着黑夜喊："谁？什么人？"一条狼狗跟着叫起来。没有回应。敌人朝着前方"砰砰"放了两枪。"打！"涂营长下令。接着，几颗手榴弹"嗖嗖"扔过了铁丝网。在爆炸声中，铁丝网被剪断，几个战士冲进去放下吊桥，二排战士冲进去直奔地堡。这时，南、北两面的战士一起发力，把手榴弹扔进碉堡中。

这个碉堡里驻扎着一队伪军，除了哨兵都住在地堡里。他们听见爆炸声，急忙点灯、穿衣、取枪，但已经晚了，二排战士已经冲了进来，手榴弹和枪口对着他们，他们的枪也全部被战士取走。

战斗很快结束，只用了半个小时的工夫。独立营没有用一颗子弹，只消耗五六十颗手榴弹，没有一个战士受伤，打死了一名伪军和一条狼狗，缴获步枪四十余支、机枪一挺、子弹十几箱，俘虏伪军四十余名。

当天快亮的时候，独立营押着俘虏满载而归，回到了根据地狮则沟村。

抗日战争期间，武西独立营打了大大小小近百次战斗。抗日战争结束后，武西独立营与武乡独立营合编为武乡独立团，开赴波澜壮阔的解放战场。

保卫下北漳

　　浊漳河水从武乡下北漳村边流过，世世代代滋养着下北漳村的人民，下北漳村的人们在这里休养生息、安居乐业。但是，日本侵略者的战火烧到了这里，烧杀抢夺、无恶不作。在中国共产党的领导下，人民奋起反抗，保卫家园，谱写了无数可歌可泣的英雄故事。

　　在下北漳村，有一支英勇善战、劳武结合的地方武装，它就是以队长暴庆堂名字命名的暴庆堂民兵中队。

　　1942年9月上旬的一天上午，一场大雨从早晨开始一直下个不停，山洪暴发，浊漳河水位上涨。暴庆堂坐在屋檐下，想这样的天气敌人肯定不会出动，民兵们可以安心休息上一天，乡亲们也可以安神上一天了。但是，接近中午时分，中队指导员暴中文冒着大雨急匆匆地进来，抹一把脸上的雨水一甩，开口道："庆堂，不好了，敌人来了。"暴庆堂一惊："什么？"暴中文说："敌人就是瞅着这么大的雨咱们不会防备，已经快到浊漳河对岸了。"

很快，暴庆堂民兵中队的民兵们就埋伏在西川铜沟半山腰的青纱帐里。这里居高临下，河对岸的情况一览无余。

这股敌人是从襄垣牛郎沟过来的，他们打算趁着雨天民兵和村民没有防备，从浊漳河北口渡过，进入武乡西川、下北漳一带"扫荡"，给民兵和村民来个措手不及。不过，他们的如意算盘打错了。

浊漳河河水翻滚着，流速很急，看上去比平日涨了许多。大队鬼子在岸边停下来，叽里呱啦研究半天后，只见十几个鬼子开始脱掉衣服，把衣服扎成小捆，和枪一起顶在头上，其中一个鬼子扛着一卷绳子走在最前面，绳子一端留在岸上，一个鬼子拉着，河中的鬼子就一边走一边把绳子松开，后面的鬼子顺着绳子排成一队蹚入河中。

这边青纱帐里埋伏的民兵们看得清清楚楚。暴中文低声说："鬼子要过河了，想拉根绳子让后续的鬼子攀着绳子过。"暴庆堂点头："准备战斗。等鬼子到了河中心最深处时，听我号令开火。"两旁的民兵把命令向两边一个个传了出去。

鬼子走到河中央时，河水漫到了腰部，鬼子互相招呼着走得非常专心。"打！"暴庆堂一声令下。民兵们早已迫不及待，一排子弹射下去，河中的鬼子毫无还手之力，纷纷倒在河中，岸上的鬼子束手无策，只能隔着河向这边猛烈射击，但无济于事。

河里的鬼子全部消灭，暴庆堂下令："停止射击，不要浪费子弹了。"对岸鬼子见这边停止了射击，也稀稀落落打了几枪后停歇下来。暴庆堂对民兵们说："咱们按兵不动，鬼子只要蹚入浊漳河咱们就打。"民兵们高兴地应道："好！好！"

对岸的鬼子朝这边又放了一阵枪后，丢下河里的尸体灰溜溜地逃走了。

1943 年，日本鬼子侵占了蟠龙镇，周围的村子就开始遭了殃。鬼子、伪军成群结队出动抢粮、抢菜、抢牲畜，村民只好坚壁清野逃进山里，等鬼子、伪军消停下来再回来干农活。8 月，地里的蔬菜成熟了，敌人照例又要出动抢菜。这天，山上放哨的民兵来报，一小股敌人沿路而来，而且还赶着牲口。"狗日的来抢菜了。快，通知民兵集合，把他们打回去。"暴庆堂命令，一边操起手枪冲出屋子。

"把他们放进菜地里，这样他们摘菜时枪就会扔在一旁，咱们就瞅这个机会狠狠收拾他们一顿。"暴庆堂吩咐大家。这时，他们已经埋伏在村子东滩菜地周围的山上，这是敌人进村后遇到的第一块菜地，地里豆角、西红柿和南瓜长势喜人。

果然不出所料，敌人一看见这块菜地，立刻把枪架在地边扑了进去。"沉住气，等鬼子彻底放松警惕了再

打。"暴庆堂见旁边的民兵拉开了枪栓赶紧低声制止。"只是可惜了地里的蔬菜。"旁边的民兵嘀咕一声。过了一会儿，负责警戒的敌人见周围没有什么情况，也把枪一架走进菜地，伸手摘了一个拳头大的西红柿塞进嘴里，鲜红的汁液从嘴角流出来。"打！"暴庆堂轻喝一声，民兵们的手一扣扳机，子弹就呼啸而出。等菜地里的敌人找到枪进行还击时，地上已经横着了四五具尸体。"继续打！"暴庆堂大喊。民兵们的射击变得更加猛烈，敌人见势，丢下牲口和箩筐逃命而去。

敌人偷菜不成，可谓是赔了夫人又折兵。敌人逃回蟠龙镇，但贼心不死，伺机报复。吃一堑，长一智，鬼子频频吃亏，学会了"扫荡"时不走大路走小路，甚至不走小路走沟壑。10月下旬的一个早上，下北漳的村民们在山里躲了几天，发现敌人近日出动不多，判断是有重大任务暂时顾不上骚扰村子，于是背上行李和粮食回到村里。家家户户开始生火做饭，炊烟在村庄上空袅袅升起，下北漳又恢复了烟火气息。但是，饭还没有做熟，枪声就从村外传来。暴庆堂立即召集民兵，一部分帮助村民整理东西离开，一部分立即寻着枪声迎过去。

敌人出现在山腰上，他们穿过一条深沟爬上来，放哨的民兵来不及回村里报告赶紧开枪，于是敌人也立即还击。"拖住敌人，争取时间让乡亲们转移。"暴庆堂命令。民兵们抢占有利地势，拦在敌人前面，让敌人只能原地反击，而无法前进一步。

半个钟点过去，有民兵来报："乡亲们已全部转移。"

"好，咱们也撤。"暴庆堂高喊一声，民兵们依次迅速撤退。

敌人攻了上来，却早已没有了民兵的踪影。敌人窜进村子，村子也空空如也，没有人，没有牲畜，没有粮食。敌人气急败坏，只能对着村子捶胸顿足、嗷嗷大叫。

在关家垴村，关二如出生和生活过的窑洞和院落修
缮一新，成了关二如烈士的纪念馆。每个来到这里的人，
都会被关二如那张全身照所吸引，照片上的关二如身材
挺拔，干净白净的脸上稚气未脱，一双清秀的眼睛平视
着前方，满含对未来的憧憬和希冀。

关家垴战场上的少年

关家垴村是一个小村子，靠着向阳的山坡，高高低
低大几十眼窑洞。窑洞前忽大忽小整理出一个院子，院
子里有的人家种棵枣树，秋天枝枝杈杈探出院墙，路过
的人伸手就可以摘下一颗来送到嘴里，满嘴的甘甜和清
香。它像中国大地上无数的村庄一样，祥和、安静，村
民们友好相处，生老病死，都按照四季和生命自身的轮
回有序发生。

但是，从 1937 年卢沟桥事件后，日本军队在中国大

地上点起了战火，很快，战火就烧到了关家垴这个小小的村庄。而让关家垴村载入中国抗日战争史册的，是那场惊心动魄的关家垴战斗。

1940年10月30日，震惊中外的百团大战进入第三阶段，在关家垴一带的大山的沟沟壑壑间，八路军集合8个团，在副总司令彭德怀的督战下，对日军冈崎大队800多人进行围歼，血战两个昼夜。这场仍未能达成全歼日军、后因日军大部队抵达被迫撤退的战斗，其惨烈和悲壮的程度，记录在参加这场战斗的幸存者的回忆录中。

那张彭德怀副总司令背靠战壕、左腿弯曲一脚蹬在战壕前沿、手举望远镜在火线上督战的照片，可以佐证这场战斗在八路军副总司令彭德怀心中的重要程度。

在这场连续两个昼夜没有停歇的战斗中，有一个年仅13岁的少年，他用还不算健壮的身体，从战场上艰难地背回三个受伤的战士。也因为这场战斗，他目睹了日本人的凶残，目睹了八路军战士视死如归的英雄气概，他埋在心底意欲参战杀敌的渴望愈加强烈起来。

这个勇敢地穿梭在枪林弹雨中的少年，就是日后让日寇闻风丧胆的神枪手关二如。

关二如苦练枪法

关家垴战斗结束后，关二如找到了村武委会，要求

参加村里的民兵组织。武委会主任直接拒绝了他。

"二如，你年龄还小，继续在儿童团当团长，再等几年你长大了，身体结实了，我自己就会找你来参加的。"

关二如见武委会主任态度坚决，没有再说什么，但他心里已经有了主意。

村里的民兵每天干完地里的活儿，都要聚集在一起进行训练，冲杀、瞄准、投掷是必修课。民兵们训练时，关二如就跟在后面，大家做什么动作，他跟着也做什么动作。

"二如呀，你着急什么，人还没有枪杆子高，还是扛上你的红缨枪去村口站岗放哨去吧。"民兵们调侃关二如。

关二如笑笑，依旧跟在大家的后面。

关二如尤其喜欢瞄准。他找一根树杆，把它削减加工成步枪的样子，成天跪在地上或者趴在地埂上练习瞄准。不久，他得到了一支土枪。从此，他就像着了魔一样，枪不离手、手不离枪，走到哪里，都东瞄瞄西瞄瞄的。为了增加臂力，他还在枪管上吊上一块砖头。

第二年，村武委会接受他加入民兵组织，还发给他一支三八式步枪。这杆步枪是从山洞的土里挖出来的，枪栓、枪管都生了锈，但关二如如获至宝，他把枪抱回家里。关二如的父亲见儿子抱着步枪束手无策，便想到了一个办法。

"二如，你把枪泡到咱家的油桶里，明天拿出来再试能不能去了锈。"

第二天一大早，关二如忐忑不安地把枪从油桶里捞出来，迫不及待地拿着粗布擦拭一番。果然，枪栓能拉动了，各个部件也能拆下来了。一阵清洗、擦拭，再装好后，这杆生了锈的枪满血复活了。

三八式步枪是制式步枪，比土枪复杂得多，有准星、标尺，不像土枪完全靠感觉。关二如不懂这些，于是就请教别人怎样目测距离，怎样使用标尺，怎样三点成一线……

就这样，关二如重新练习枪法，克服一个又一个困难。有一次，他发现瞄准不难，可是扣动扳机一瞬间就容易失去准头。怎么办？别人告诉他，这是端枪口的定力不够，需要在枪口处挂一块砖头练，于是，关二如一下子在枪管上挂了三块砖头。功夫不负有心人，关二如很快就能精确击中麦秸秆那样细微的目标。

两枪崩了两个日本军官

农历六月，关家垴村北山梁上的小麦成熟了，天高云淡，空气中弥漫着成熟麦子的香气。这天，关二如和民兵们一起在山梁上抢收麦子，他们有说有笑，一边不忘观察山梁周围的情况，因为到了这个季节，日本鬼子

也盯着这一片一片成熟的小麦。

果然，中午时分，有人发现山梁东面洪水河滩那边，有一队日军正悄悄地往这边摸过来。"立刻进入战斗准备。"关二如下令。他是这个民兵小组的组长，大家立刻扔下镰刀，跑到地埂边提枪卧倒，把枪口齐刷刷地瞄向鬼鬼祟祟地摸过来的日军。

"没有我的命令，谁也不准射击。"关二如沉着声音再次下达命令。

"知道了。"大家压低声音回答。

此时，关二如屏住呼吸，他心里想着，这次要看看自己的枪法如何。"擒贼先擒王，我要一枪把那个骑着马的日本军官干掉了。"所以他要大家不要急着射击，要等到日军走近了。

日军有三十人的样子，估计是一路走来没有遭遇到什么阻击，因此胆子渐渐放大起来，那个日本军官骑着一匹高头大马，身体放松，一副得意扬扬的样子。

"狗日的，等着吃枪子吧。"关二如心里说着，精神高度集中在枪管上的准星上。瞄准了，一扣扳机，子弹带着火星从枪口呼啸而出，直奔日本军官的脑门而去。

在大家听到"砰"的一声枪响时，远处骑在马上的军官已经应声一头栽到马下。惊慌的日军急忙围住他们的指挥官，他们的指挥官已经一命呜呼，他们急忙喊叫着散开，躲到近处的大石头和土岗后面。

一阵"叽里呱啦"的喊叫和乱枪射击。这边，关二如示意大家继续按兵不动。"谁露头，就打谁。"关二如兴奋地想，他为自己刚才的那一枪激动地心跳了好一阵子。

一会儿，日军的叫声和枪声停歇下来。一块大石头后，探出一颗脑袋来，但立刻又缩了回去。如此试探了几次，关二如判断，这颗脑袋应该也是一个军官。

"狗日的，你也等着吃枪子吧。"关二如心里又说了一句，然后冷静地把子弹上了膛，把准星对准了那块大石头。

大石头后面升起来一面太阳旗，左右摇动着像是在指挥日军准备进攻。接着，大石头后面的脑袋又探了出来，这次停留的时间稍微长了一些。

关二如立刻扣动扳机，大家还没有反应过来，就看到大石头后面探出来的脑袋一歪，整个身体跟着脑袋栽到了石头旁边的地上。这个日军指挥官也一命呜呼。

被激怒的日军冲了出来，开始向这边疯狂射击、进攻。

"打！"关二如一声令下，早已按捺不住的民兵们居高临下，开始向日军反击。

这时，接到情报的我八路军第14团赶到，一时间，子弹和手榴弹雨点一样落在日军头上。

半个钟头的时分，日军丢下尸体和枪支仓皇而逃。

关二如两枪打死两个日本军官的消息在民兵中间开始传颂。这一年，关二如刚刚16岁。这年，关二如被评为武乡县民兵杀敌英雄。

扼守蟠洪滩

从关家垴的尖山顶上往南望下去，是东西长约30公里的蟠洪滩，蟠洪滩旁边是蟠龙镇，蟠龙镇东临黎城，因此蟠洪滩成为黎城和武乡日军联动的唯一通道。

关家垴的民兵肩负着扼守蟠洪滩的重任。

秋天到了，日军调动大量兵力抢占了蟠龙镇，做好了秋季抢粮的准备。蟠龙镇周围的村庄也积极行动起来，一边密切关注蟠龙镇日军的动向，一边挖地沟、暗堡和冷枪洞，准备反击敌人。

夏天的时候，日军在一次"扫荡"中抓走了关二如的哥哥关如山。哥哥为了帮助乡亲们转移，先是被日军绑在大树上严刑拷打，日军让他说出民兵和乡亲们藏身的地方，哥哥宁死不屈。日军毫无办法，把哥哥带回了据点，几天后就被折磨而死。

关二如悲痛了好长时间。

农历十月，蟠龙镇周围的山上的庄稼都成熟了，抢粮和护粮的战斗打响了。这天，在关家垴村尖山半山腰上，关二如和民兵们在掩护村民抢收谷子。沉甸甸的谷穗给村民们带来喜悦，突然前方站岗的民兵跑了过来，汇报说山那边的小道上，一队伪军押着不知道哪个村的村民，赶着驮着玉米棒子和谷穗的几十头毛驴，正往山下走去。

"一定要把群众救下来，把粮食抢回来。"关二如立即召集民兵，并下达了命令。

大山里沟沟壑壑，有时虽在咫尺，但一道梁横在中间，仿佛有天涯之远。不过，这次是民兵发现了伪军，伪军还不知道一队民兵正在前面持枪等待着他们。

民兵居高临下拦在了前面。关二如喊道："老乡们，我们是关家垴的民兵，你们赶快往南边的石崖下跑，我们掩护你们！"

坡下的群众一听，立即往南跑去。群众一跑开，把伪军暴露出来正好被民兵们劈头盖脸一阵痛打。

走在前面的伪军看上去像是伪军的头目。这家伙听到关二如的喊话，朝着关二如所在的方向甩手就是几枪，一边还不忘恐吓群众：

"听着，你们谁敢往石崖下跑，我就开枪打死谁。"一边说，一边挥动着手里的枪。

不过，他话音刚落，举着枪还准备继续朝关二如所在的方向射击，头上却已经中了一颗子弹，还来不及弄明白是怎么回事就一头栽倒在地上。

关二如一枪打死了伪军头目，其他伪军一看头目死

了，赶紧像受惊的兔子一样四散而逃。

群众得救了，粮食也夺了回来。在关二如他们的掩护下，老乡们赶着牲口、驮着粮食返回自己的村子。

到 1944 年初，关二如已经经历了大大小小几十场战斗，他变得非常成熟。于是，上级决定任命他为关家垴村武委会主任，当时他刚刚 17 岁。村里其他干部担心他年龄小挑不起这副担子，这可是一村之长啊，关系着关家垴的生死存亡。但是，上级信任关二如，力排众议，坚持让关二如扛起了这副重要的担子。

英雄出少年

关二如当上了村武委会主任，他想着怎么能够迅速扩大民兵队伍。人手不缺，缺的是枪支弹药。向上级要，八路军队伍里同样缺的是枪支弹药，只有一个办法，就是从敌人手里夺取。

农历正月里的一天，关二如接到命令，让他们配合八路军一个班到尖山顶上警戒在温庄"扫荡"的敌人。关二如挑选了 19 个民兵上了尖山顶，但是过了好长时间不见有什么动静，他想既然敌人不来，那我就去找敌人，夺他点枪支弹药回来。主意一定，他就留下 11 个民兵，带上另外 8 个民兵，悄悄地向温庄摸去。

他们快速翻过两道山梁，突然，前方枪声大作，不像是在对打。他们隐蔽着走近了，才发现是有两个八路军战士陷在一个山洼里，一队日军居高临下，一挺机关枪吐着火舌，两个战士在机枪的封锁下无法还击，也无法逃脱。

"怎么办？"民兵们把目光聚在关二如身上。

"我先打掉机枪手，机枪一哑，大家就一起开火冲过去。"关二如胸有成竹。

关二如找好位置，躲在一片枯干的灌木丛中。第一枪，打死了机枪手，机枪顿时哑了。接着，副机枪手把机枪手的尸体搬开，机枪又响了。关二如接着打出第二枪，副机枪手应声毙命。

日军慌乱起来，民兵们如下山猛虎，一边开枪，一边呐喊着冲向日军。日军被这突然的打击打懵了，扛起机枪立刻逃窜而去。

两个八路军战士得救了。这次战斗，关二如他们缴获了两支步枪、五十发子弹，可谓是不大不小的收获。

"二如，鬼子的步枪好使，你正好换上一个。"一个民兵抱着一支缴获的步枪，一边拉着枪栓一边对关二如说。

"好几个民兵还没有武器，给他们用吧，我嘛，还是这支老枪好使。"关二如拍着自己手中的三八式步枪自豪地回答。

日军被关家垴村的民兵武装惹恼了，在接下来的大

"扫荡"中，干脆在关家垴附近中村村外的大路边上扎下个临时据点。关二如想，必须尽快端掉这个据点，灭灭小鬼子的威风。

这天黑夜，关二如带着十几个民兵悄悄摸出了村子，他们很快就来到离据点五百来米的地方。这里有一个小沟，民兵们趴在小沟里，关二如命令道："我们现在分散开，朝着据点的方向爬过去，离据点越近越好，然后隐蔽好了，天黑，鬼子不敢轻易出来，只要出来一个就消灭一个，离谁近，谁开枪，不要浪费子弹。"民兵们频频点头。

据点上有一个哨棚，哨棚前挂着一个马灯，一个日军端着枪来回走动，观察着据点周围的动静。关二如就朝着这个方向摸过去，他要先打灭了这盏马灯和消灭这个哨兵。

关二如像一只异常敏捷的豹子，很快就来到离哨棚十几米的地方。他探手掏出了手枪，甩手一枪打灭了马灯，哨兵惊叫着朝关二如这边开枪射击，这时，关二如早躲到了一旁，朝着枪口吐出的火舌又是一枪，哨兵立刻从哨棚上栽了下来。

据点里的日军叫喊着冲了出来，对着黑黢黢的周围一阵乱射，早已隐蔽在周围的民兵们立即还击，一会儿，据点里就没有了声音。

中村驻扎的日军听到据点这边的枪声，也跟着打了一阵子枪。但他们不知道这边发生了什么，更不敢在黑夜里擅自行动，瞎打了半天枪，也偃旗息鼓了。

关二如他们进入据点，整理好战利品，带了四十多颗手榴弹，不声不响地摸进了中村，围住了日军指挥部。

"扔！"关二如一声令下，四十多颗手榴弹一股脑扔进了指挥部的院子，只听见里面哭爹喊娘、一片鬼哭狼嚎。

扔完了手榴弹，关二如他们趁着夜色扬长而去。

这年11月，关二如光荣出席了太行区首届群英会，在群英会的射击比赛中夺得状元，荣获"神枪武状元"锦旗一面，被评为太行山腹地一等民兵杀敌英雄。

以身殉国

1945年4月，关二如奉命带领他的民兵队，随八路军远征祁县城。祁县城的日军占领了祁县最大的纺纱厂，关二如和他的民兵队的任务，是抢出纺纱厂里的五百匹细布，支援八路军的被服厂。

这次，关二如端的是一挺冲锋枪，他带领最精锐的小分队，用机枪、冲锋枪猛扫敌人的护厂碉堡，封住敌人的火力，让敌人无暇顾及冲进库房里抢运布匹的其他战士。

等五百匹细布全部被搬运走后，关二如他们才边打

边撤退，胜利完成了任务。

6月，关二如加入中国共产党，成为一名光荣的共产党员，当时，他年仅17岁。

抗日战争胜利后，9月，关二如带着太行山全区100多名青年民兵参加了中国人民解放军。打上党、战平汉、鏖战鲁西南、挺进大别山，胜利的队伍里都有他勇敢的身影，他也由班长、排长升任为连指导员。

1948年12月8日，在淮海战役马围子口战斗中，关二如冲锋陷阵，在战场上壮烈牺牲，以身殉国，时年21岁。

如今，关二如烈士在部队时的模范事迹和遗物、遗照，陈列在徐州"淮海战役纪念馆"烈士厅内。他的英雄事迹和神枪武状元的锦旗，一直挂在中国人民革命军事博物馆内。

后沟张家班

韩北镇后沟村民兵班长张寿孩，个头不高，却长得非常精干，而且身怀绝技，练得一身好拳脚，能用石头击中奔跑的松鼠，能用枪打落飞翔的小鸟。抗日战争期间，他带领后沟村的民兵劳武结合、英勇杀敌，先后与敌人进行了大小战斗一百八十余次。

半杆毛瑟枪

后沟偏僻，只有五十来户人家。1940年秋天，放羊汉张寿孩带头成立了后沟民兵班，大伙一致选他当班长。后沟民兵班班长姓张，成员中张姓也多，干脆就叫成"张家班"。张家班成立了，可是手里只有木棍、铁锹和镢头。"没有枪，怎么叫民兵？"民兵张德林说。"大哥，"民兵张青山开口说。张德林年龄大，大家都称他大哥，"我听说咱村老地主家里有只毛瑟枪，咱们何不去'借'过来？"张寿孩一听，说："真的？那咱们现在就

'借'枪去。"

大伙来到地主家说明来意,老地主急忙从柴房里把枪取出来。大家一看,枪倒是枪,但只能算是"半杆",因为这杆枪没有枪柄。"咱们把枪柄补起来就能用了。"张寿孩拿着这半杆枪爱不释手。"子弹呢?"张寿孩问老地主。老地主又从柴房里找出一小盒子弹。

有了这半杆毛瑟枪,张寿孩心里有了底。接下来,他发动民兵到处搜罗废弃的土枪、土炮,然后进行修理、改进,张家班渐渐有了自己的"武器装备"。不过,张寿孩一直等待着一个机会。

不久,这个机会来了。这天,上级送来情报,说有敌人要来后沟"扫荡",并且会有八路军的一个连前来伏击敌人,后沟民兵班的任务是要把敌人引进伏击圈。张寿孩听了,立即召集全体民兵集合,他兴奋地说:"大家听好了,咱们不是没有武器嘛,这可是个好机会,咱们不仅要把敌人引进伏击圈,还要配合八路军多多消灭敌人,然后嘛……"张德林抢过话题:"然后,缴获的枪支弹药就有咱们的一份了。"群情激奋,大家很快准备好了土枪、土炮,张寿孩把那杆毛瑟枪擦得锃亮。

第二天午后,后沟民兵班在指定时间全体进入阵地。直到黄昏太阳偏西时,才远远地看见一股敌人向这边走来,但行进的速度很慢,走走停停、探头探脑,显然是在防备遭到伏击。土枪、土炮的射程有限,只有靠张寿孩的毛瑟枪了。张寿孩心里着急，他吩咐大家按兵不动，自己开始隐蔽前移，躲在了一棵大树后面。这里，敌人已在毛瑟枪的射程之内。敌人停了下来，一个日本军官骑在马上，举起望远镜朝这边观察，当他在望远镜里看到树后伸出来的枪口时，一颗子弹已经直奔他的脑门而来。张寿孩一枪打死了日本军官，敌人马上向张寿孩开枪的方向扑来，张寿孩急忙后撤，一边向敌人还击，一边把敌人引进了八路军的伏击圈。

八路军用不到半个小时的工夫解决掉了这股敌人。战斗结束，后沟民兵班得到了八支枪。"半支毛瑟枪换来八支'三八大盖'，咱后沟民兵班算是有了真正的武器了！"张寿孩兴高采烈地说。夜色下，他们扛着八支枪喜气洋洋地回到村里。

瓮中捉鳖

后沟张家班的战斗能力越来越强。1943 年夏天的一天中午，张寿孩刚吃过午饭，一个村民匆匆忙忙跑进了院子。张寿孩一看，是被抓到侯家垴炮楼干活的张二猛，他急忙问："二猛，你怎么跑回来了？"张二猛喘着气回答："嗯，想办法逃出来了。"张寿孩让张二猛坐下，又问："二猛，炮楼里的情况怎样？"张二猛说："这不，我还没回家呢就先跑来找你，就是要说炮楼里的事情。"张

寿孩来了精神:"快说。"张二猛站起身来:"寿孩,这几天不是天气热吗?鬼子在炮楼里待不住,而炮楼附近没水,所以狗日的们就跑到陈家垴,用那里旱井里的水冲澡,几乎天天去。"张寿孩竖起大拇指:"二猛,这情报太金贵了。"

后沟距离陈家垴只有三里路。第二天上午,张家班出发了,十来个民兵一路有说有笑,很快就来到陈家垴的旱井前。只见旱井前摆着十几个大水缸,一旁还放着几只桶。这时,离大中午还有一个钟点,大家找好了隐蔽和袭击的最佳位置。

"鬼子来了。"民兵张来庆轻声喊道,他在一棵大树上放哨,说完从树上跳了下来。"大家记住了,一个人负责一个水缸,别去瞄别人水缸里的鬼子,尽量一枪毙命,最多三枪。"张寿孩下达了战斗命令。"还有,鬼子肯定会带一两个民夫来,一定要保证他们的安全。"张寿孩又补充道。

鬼子来了,带着一个民夫。十几个鬼子叽里呱啦吆喝民夫去旱井打水,他们就迫不及待地把枪架在一棵枣树下,开始脱衣服。民夫打满一个水缸,一个鬼子就脱光衣服跳进去。费了好大一阵工夫,民夫终于把所有水缸都打满了水。清凉的井水让浸泡在其中的鬼子很是惬意,民夫站在一旁恨得牙齿咬得咯咯响。

"狗日的,死期到了还不知道。"张寿孩心想。他环视一圈民兵们，见大家都稳稳地趴在地上，把头依托在枪托上，闭着一只眼睛，睁大另一只眼睛瞄准了鬼子。"打！"张寿孩吐出一个字，同时一颗子弹精准地射入了一个鬼子的头部，这个鬼子头露在外面，来不及喊叫就悄无声息地沉入水缸中。紧接着，一颗颗子弹射向自己的目标，有的水缸被打碎，鬼子从水缸里掉出来，有的从水缸里跳出来，来不及穿衣服、取枪，拔腿往侯家垴方向逃命……民夫非常聪明，他立刻判断出这伙鬼子遭到了伏击，急忙扛起几杆枪就往外跑，很快就跑到了张家班这边。

有两个鬼子赤身裸体跑出了很远。"让我来！狗日的跑得再快，也跑不过子弹！"张寿孩吩咐大家打扫战场，他一个人跑上几步，跑到一个土包上，把枪端高了，朝着那两个鬼子"叭""叭"两枪，两个鬼子应声倒下，大伙见了一阵欢呼。

梁上惊雷

这天，张家班执行完任务返回路过大洼村。大洼村一片狼藉，房屋被毁，村民们逃进了山里，整个村子死寂一片。"狗日的日本鬼子，把咱老百姓的房子拆了，拿房梁、门窗建炮楼去了。"张来庆气呼呼地说。"迟早把侯家垴的炮楼给端了。"张德林也恨恨地说。只有张寿孩

一声不吭，一边走一边观察着周围。

走过一处院子时，张寿孩停下了脚步。离院子不远有一片杂草，杂草下露出来一截木头，他对民兵们说："走，过去看看。"大家走过去，把杂草拨拉开，下面藏着三根房梁，房梁两端还绑着绳子。"显然是鬼子藏起来的，防备咱们发现了拉走。"张寿孩判断。"那该怎么办？"张来庆问。"把它毁了，不能让鬼子扛回去建了炮楼。"张德林建议。张寿孩想想，摇摇头说："不，咱们得想出两全其美的办法来。我想，村民们都跑了，鬼子要把这三根房梁弄回去，就必须亲自动手，咱们把地雷埋在房梁下面的地里，把引线拴在房梁上，让鬼子搬不走房梁不算，还得搭上小命。""好办法。"大家齐声赞同。

很快，地雷埋好，引线拴在房梁上，即使仔细察看也不会发现。在张寿孩的指挥下，张家班的民兵们把身上带着的地雷都埋在了村里，有的埋在还没拆掉的门窗上，有的埋在一些没有带走的桌椅板凳下，有的埋在敌人进村的必经之路上……

第二天早晨，张家班的民兵们在后沟南岭上干农活，就听得山下的大洼村里，响起了地雷爆炸的声音。

炸碉堡

鬼子频频遭到后沟张家班和其他村游击队的袭击，

侯家垴的碉堡迟迟不能完工，便在侯家垴南面的大洼山顶上，先挖了个大地堡，上面用席子、门板搭成哨棚，派伪军白天黑夜站岗放哨。这里地势高、视野开阔，伪军可以观察到方圆几里地的情况，这给附近民兵和游击队的行动造成极大不便，尤其给附近村子村民下地干活造成影响，敌人常常朝着地里干活的村民放冷枪，让村民们整天都提心吊胆。

"北上合又有一个村民被伪军打伤，上级命令你们在短时间内拔掉大洼哨棚这颗钉子。"上级派人来给后沟张家班下达命令。张寿孩立即找来张青山、张来庆商量，张来庆首先开口："让我一个人去得了，我悄悄摸上去，往地堡里扔进去几颗手榴弹，就把他们送上西天了。"张青山想想，点头赞同。张寿孩说："我看行，但你一定要注意安全。另外，我和青山各领一个射击小组，摸到哨棚附近掩护你。""好，保证完成任务。"张来庆站起身，给张寿孩和张青山敬了一个军礼。

作战计划敲定，张家班选择中午时分进入计划好的地点，这个时分人困马乏，即使是站岗的哨兵也免不了要打个盹。张来庆是张家班的侦查员，身体结实、敏捷，头脑灵活，每次任务都能圆满完成。此刻，他腰间插上五六颗手榴弹，伏在张寿孩旁边。"去吧，一定要小心。"张寿孩轻声对张来庆说。

张来庆迅速出击，他像一只兔子，在地埂、草丛和

树木间腾挪跳跃，一眨眼工夫就落在哨棚旁一块大石头后面。这时，哨棚前只有一个伪军在放哨，这个伪军斜挎着一杆枪，懒洋洋地绕着地堡踱步，一边观察着周围的动静。张来庆等这个伪军踱过自己旁边，便从后面猛扑上去，胳膊像钳子一样夹住伪军的脖子，从腰间抽出一颗手榴弹，照着伪军的脑袋猛击几下，伪军很快就翻了白眼。张来庆把伪军扔在地上，走几步到地堡跟前，掀翻一个门板，只见地堡里的伪军横七竖八地正躺着睡大觉，他把六颗手榴弹捆在一起，拉响引线扔了下去，同时像一只离弦的箭飞快离开。

张来庆刚躲在一棵大树后面趴下，后面就响起巨大的爆炸声。爆炸声响过，张来庆迅速归队。

侯家垴炮楼里的敌人听到响声，看见大洼哨棚火光冲天，他们怕出击的话遭到埋伏，只好躲在炮楼里干瞪眼。而此时，张家班的民兵们已经班师回村。

满村子地雷

侯家垴炮楼里的鬼子屡屡被后沟张家班袭击，不禁恼羞成怒，下了决心要把张家班一网打尽。因此，区委为了确保张家班的安全，也密切关注着侯家垴鬼子的动向。

这天晚上，后沟一带下起大雨，村民们关门闭户准备早早休息。这时，区委派人冒雨来到后沟，找到张寿孩报告说："张班长，侯家垴的鬼子今夜要来后沟'扫荡'，区委让你们早做准备。"张寿孩听了，急忙召集民兵骨干开会研究对策。张来庆气愤地说："狗日的下雨天也不让咱们睡个安心觉，咱们打它个埋伏。"张寿孩不同意："不行，区委的同志说这次出动的敌人多，靠咱们张家班阻挡不住。"张德林接住话题："按区上的意见办吧，赶紧招呼乡亲们起身，带上值钱的东西往山里转移，咱们民兵负责掩护。"说完，大家的目光都看向张寿孩。张寿孩沉思片刻，说："我同意德林哥说的，不过，要多办一件事，咱们等乡亲们转移出去后，在村子里布上一个地雷阵，让鬼子不要白跑一趟。"大家听了都拍手叫好。

事不宜迟，大家立刻行动。一个小时不到，村民们就离开了村子，该藏的东西藏起来，该带走的东西带走，村子瞬间变得空空如也。张寿孩下达命令："同志们，鬼子进村后最爱往哪里走，地雷就埋在哪里，鬼子最爱到哪里寻找东西，地雷就挂在哪里；当然要巧妙、隐蔽。这次，咱们赔上房子也要让鬼子留下狗命。"

民兵们紧张地行动起来。只见村里大小路口、水井旁地窖边、门顶上、鸡窝口、猪圈、牛栏棚，凡是鬼子可能去的地方，根据不同情况，分别埋设了拉雷、吊雷、踏雷、弓雷、子母雷、连环雷，树上还挂了天雷。一切布置停当，张家班的民兵们撤出了村子。

　　果然，拂晓时分，从侯家垴炮楼里出来200多鬼子，偷偷地包围了后沟村，妄图把民兵们一网打尽。鬼子先在村边高地上架起了机枪，接着就偷偷摸摸地端着刺刀窜进村里。

　　这一次，民兵们没有给鬼子来路上埋地雷，敌人安安稳稳地进了村。鬼子起初还走得小心翼翼，见没有什么动静就放大胆子，大摇大摆地进了村。鬼子走过打麦场时，第一个地雷爆炸了，"轰"的一声把鬼子炸得四散开来。

　　鬼子开始向各个院落包抄。鬼子见有些屋子里亮着灯，却没有一点声音，就闯进院里乱戳窗户、乱踢门。眨眼工夫，门顶上、窗户里、破牛棚、柴草堆……到处是地雷，鬼子动哪头哪头就炸，躲到哪里哪里挨崩。村庄里"轰""轰"地到处是爆炸的声音，直炸得鬼子东仰西跌，倒下一个又一个。

　　敌人发疯了，躲到了打麦场上。剩下的残兵恼羞成怒，放一把火烧了一堆烂麦秸，然后夹着尾巴逃回了侯家垴据点。

秋夜抢收

　　1943年深秋，后沟一带地里的庄稼熟了。据点、炮楼周围地里的庄稼，在鬼子的眼皮底下，鬼子觉得那就是给他们种的，他们什么时间想收就收。但是，张家班的民兵不这么看。

其时，张家班已经得到扩充，把附近窑上沟村的民兵也收编了进来。这天下午，张德林从区武委会回来，向张寿孩传达了武委会的命令："寿孩，区武委会下了死命令，限两天时间把奶奶凹炮楼下的玉米和谷子收回来。"张寿孩沉思片刻，说："德林哥，事不宜迟，咱们今晚就行动。民兵分成两拨，一拨由我和青山带着，埋伏在奶奶凹炮楼南面的花岭上，放冷枪吸引鬼子，料他们也不敢出动，如果出动就消灭他们，你、来庆带领一拨和乡亲们一起去奶奶凹抢收玉米和谷子。""好。"张德林赞同道。

夜幕降临，张寿孩、张德林腰里别着手枪，后面跟着民兵和村民，一大队人马静悄悄地前行。奶奶凹距离蟠龙大据点只有三里地，在一个岔路口，俩人停了下来，张寿孩说："德林哥，一定小心，别让乡亲们弄出太大动静。"张德林拍拍张寿孩的肩膀："放心，乡亲们有经验。"说完，两拨人分开继续前行。

张德林带着乡亲们很快就来到奶奶凹。奶奶凹庄稼都在盘山梯田上，民兵和乡亲们摸黑进了地里，剪断谷穗的声音轻，掰玉米棒子时声音就重了，因此不一会儿，据点那边就听到了动静，探照灯照过来，同时放过来几声冷枪。好在民兵和乡亲们一直保持着警惕，探照灯扫

过来的瞬间，民兵和乡亲们已经伏在地里，炮楼里的鬼子看见的只是一片庄稼。

"寿孩哥，这样下去迟早会被发现的。"花岭这边，张青山焦急地说。"青山，我摸近了，把探照灯给灭了，同时，你这边就放冷枪，把鬼子的注意力引过这边来。"张寿孩吩咐张青山。张寿孩接过一支长枪，猫着腰靠近了据点，他瞅准探照灯就是一枪，探照灯应声熄灭，同时，张青山等几个民兵朝着据点开始放冷枪。鬼子哇哇大叫着开始往花岭这边射击，一边打开手电筒往这边照。张寿孩几个找到一个隐蔽地方，照着手电筒方向频频放枪。鬼子被完全吸引过来，张德林那边的民兵和乡亲赶紧干起活来。

就这样打一阵歇一阵，张寿孩这边和据点里的鬼子磨了大半夜，张德林那边的民兵和乡亲们干一阵歇一阵，鸡鸣时分，奶奶凹周围近五十亩地里的庄稼全部抢收完毕，大家背的背、扛的扛，心里哼着小曲回了村。

1944年年末，张家班被评为武东地区"劳武结合、英勇杀敌"的特等模范单位，张寿孩也荣幸地出席了太行区首届群英大会。

财粮主任

因为地处蟠武公路中段，地势又高，日本鬼子占领蟠龙镇胡峦岭村后，很快就把这里当作一个重要据点，鬼子加伪军近 300 人进驻。龙湍村和胡峦岭村隔着一条沟，喊上一声对面都能听到。鬼子拆房、抢粮、抢民夫，祸害得周围的民兵和村民都躲进了山里。

龙湍村的民兵们躲在一个山洞里。民兵郝贵堂感觉太憋气了，他朝对面的民兵班指导员郝书珍说："书珍哥，咱不能像老鼠一样躲在这山洞里，该出去和鬼子斗一斗。"旁边郝本厚等几个民兵也跟着说："贵堂说得对，咱们出去，也给咱民兵长长威风。""就是，干掉他几个小鬼子，让乡亲们也出口气。"郝书珍见群情激奋，点头说："好，咱们明天回村里，瞅机会干掉几个小鬼子。"

第二天天亮前，郝书珍、郝贵堂、郝本厚等五人悄悄回到了龙湍村。村里冷冷清清的，"狗日的小日本，弄得咱有家难归。"郝贵堂愤愤地嘟囔了一句。大家猫一样轻轻巧巧地摸到东戏台上，戏台正面对着村子，后墙对

着胡峦岭村。后墙上早就凿出了几个小窟窿，可以把枪管探出去，枪口正好对准敌人的据点。

一切准备停当，大家聚精会神地观察着据点里的动静，等待最佳机会的到来。上午过去了，据点里的鬼子、伪军没有一个进入射击视野。大家没有气馁，眼睛睁得更大，生怕漏过任何一个机会。

中午时分，大家肚子开始"咕咕"叫起来。"狗日的小日本不让咱们回去吃饭。"郝贵堂眼睛盯着据点，愤愤地说。"咱们坚持到晚上，我就不信逮不着机会。"郝书珍在一旁回应。约莫午饭过了，据点里走出两个鬼子，沿着外面坡上一条小道下到沟里。"大家注意，沉住气，等我号令一起射击。"原来据点外面的小沟里有水流过，天气炎热，这两个鬼子要到沟里洗洗澡。很快，鬼子就脱了衣服蹚进水里。"打！"郝书珍一声令下，五六颗子弹一起射向鬼子，沟里的鬼子根本没有反应过来，就一个跟着一个倒在水里。郝书珍见两个鬼子都没了命，"撤！"，又一声令下，大家转身跳下戏台沿着原路返回。

两个鬼子毙了命，第二天据点里的敌人就出动报复。敌人顺着山沟，一个村一个村的搜，一道梁一道梁的搜，甚至不放过一根小草。鬼子见山洞就往里面扔几颗手榴弹，这让龙湍村的财粮主任王水银惊恐不安，他一个人偷偷遛出藏身的山洞，准备翻过山梁躲到另一条山沟里。他刚转过一个山角，迎面就被一小队敌人逮了个正着。

王水银胆小，鬼子把洋刀一架在他脖子上，他就吓得尿了裤子，带着鬼子回到藏身的山洞，抓住了上百名群众。

好在鬼子并不知道王水银是龙湍村的财粮主任，因此鬼子抓到上百名群众后，就把他当作一个胆小的群众放了。几天后，王水银被民兵抓获，根据区里的决定对他执行了死刑，同时任命郝贵堂为龙湍村财粮主任。"我绝不辜负区里对我的信任，我会用命保护乡亲们的生命和村里的财粮。"郝贵堂激动地对村武委会主任说。

郝贵堂当了龙湍村财粮主任后，第一件事就是安排村民抢收麦子。地里的麦子黄了，郝贵堂东家出、西家进，确定各家各户抢收麦子的时间，收回麦子后打麦子的时间，关键是最后一步把麦子藏起来、藏在哪里，以防备麦子被鬼子和伪军抢走。民兵在村外轮流放哨站岗，村民们收麦、打麦，紧接着把麦子运进山里藏了起来。

胡峦岭据点里的敌人眼瞅着龙湍村收回来了麦子，掐算好时间来到龙湍村准备抢粮，不料村子里已空无一人。他们没想到一夜之间村民和粮食就不翼而飞，于是开始在周围的山里疯狂搜查。郝贵堂挖的窑洞洞里有洞，要进入最里面需要过三关、拐三弯，洞顶还有隐蔽的小隔层。郝贵堂藏在洞里，就听到外面有伪军在喊："快过来，这里有一个窑洞！"郝贵堂本来还沉着气，突然想到账本没有藏好，账本万一被敌人找到，村民们缴公粮的情况就会被全部暴露。他急忙轻手轻脚从最里面的洞

里来到中间的洞里，隔层在中间的洞的洞顶，他搬一个凳子进了隔层，把账本重新藏好，返身跳了下来，这一连串的动作弄出的响声传出了洞外。"洞里有人！"还是那个伪军的喊声。窑洞里还藏着一个老人和一个孩子，"不能让他们把老人和孩子抓走。"郝贵堂想着，操起来一根木棒冲出了窑洞，在窑洞口迎面就碰上那个叫喊的伪军，郝贵堂劈头就是一棒，伪军闪在一边，棒子打在伪军的肩膀上，伪军疼得抱住肩膀蹲在地上。

郝贵堂被抓进了胡峦岭据点。任凭鬼子和伪军威逼恐吓，郝贵堂一口咬定自己只是一个普通村民，村里民兵的情况、粮食的情况一概不知。"我必须想办法出去，还有那么多的事要做呢。"郝贵堂想。还真凑巧，郝贵堂正想着怎么逃出去，就见两个鬼子围着一副扁担、两只桶在争吵，郝贵堂判断这两个鬼子谁也不想去据点外挑水，于是，他扯开嗓子喊了几声，一个鬼子走过来，郝贵堂比画着，示意他可以去挑水。鬼子明白了他的意思，打开关着郝贵堂和几个村民的栅栏，放郝贵堂出来。

郝贵堂挑着水桶在前，刚才那个鬼子背着枪跟在后面，俩人一前一后走出了据点。郝贵堂假装脚上有伤，走路一拐一拐地，放慢脚步观察周围的情况，琢磨着怎么把鬼子干掉。一直走到水井旁，郝贵堂抽起来两桶水，两手捧起来喝上几口，然后示意鬼子也来喝几口。天气炎热，鬼子看着清凉的井水，把枪往地上一搁，弯腰伸手准备喝水。这时，郝贵堂一看时机已到，抬腿就是一脚，把鬼子一脚踹进了水井里。只听一阵叽里呱啦，鬼子掉进水井里还在喊叫，郝贵堂抄起盛满井水的水桶朝水井扔了下去，很快井里就没有了声音。郝贵堂机敏地朝四周一看，没有什么动静，赶紧捡起地上的长枪拦腰一挎，风一般朝龙湍村的后山跑去。

郝贵堂跑进大山时，胡峦岭据点里才传来一阵枪声。"狗日的鬼子，现在才给老子开枪送行。"郝贵堂乐呵呵地自言自语道，一边迈开大步继续朝前走去。

1938 年 4 月 16 日，天刚亮，长乐村抗日自卫队队员姚兴塘、姚小春，听到从漳河边传来了密集的枪声，俩人赶紧找到自卫队王大队长。王大队长一见他俩，高兴地说："真是说曹操曹操就到，正准备去找你们小哥俩呢。"姚兴塘先开口了："大队长，是有任务给我们哥俩吧。"王大队长点头："你们听见了枪声了吗？咱们的主力部队来了，要打大仗了，七七二团侦察排需要俩民兵出去带路侦察敌情，我就想到了你们哥俩。"姚兴塘、姚小春一听，高兴得要蹦起来："太好了，给侦察排带路，我们也是侦察兵啦！"

从漳河那边传来的枪声时断时续。姚兴塘、姚小春跟着大队长来到七七二团团部，团部设在老谢家的堂屋，屋子里的人不少，都在各忙各的。大队长把两人引到团长叶成焕面前，团长叶成焕问："你们多大了？"姚兴塘敬了个军礼："报告团长，我俩都十八岁了。"叶成焕团长又问："怕不怕打仗？"俩人异口同声："不怕，就盼着打仗，多消灭几个日本鬼子呢！"叶成焕团长笑了："好。你们对这一带的大路、小路和地形熟悉吗？"姚小春抢着回答："太熟悉了，我们从小在这里长大，一起放羊，闭着眼睛也迷不了路。"叶成焕团长高兴地转过身体，对王大队长说："好，就把这俩小伙子留下吧。"

出了团部，姚兴塘、姚小春被一个战士引着来到侦察排。侦察排排长快人快语："现在，浊漳河南北两岸都有敌人，我们的任务是把南岸的敌人引到长乐村这边来，以确保七七一团能够在南岸顺利铺开，占据有利地势以围歼敌人主力。我们对这一带的地势不熟悉，全靠你俩带路诱敌了。"

晚上，姚兴塘、姚小春就和侦察排住在了一起。第二天一早，来不及吃早饭，侦察排就整队出发。姚兴塘、姚小春走在前面，一边向侦察排排长介绍周围的情况，很快，他们来到窑头，这里与浊漳河近在咫尺，他们找一个小山岗隐蔽起来。远处的武乡城上空冒起烟尘，不时还传来零星的枪声。"武乡城被鬼子祸害得不成样子了，"姚兴塘愤愤地对侦察排排长说。"我们会把鬼子赶出中国的。"侦察排排长目光坚定地望着河岸说。

敌人出现了，看上去有三百多人，前面有两个日本军官骑着马，走到岸边停了下来。姚兴塘向侦察排排长请示："排长，让我和小春去靠近鬼子，打他们几枪，把他们引过来。"侦察排排长点头："好，注意隐蔽，打上

几枪赶紧撤回来。"

姚兴塘、姚小春猫着腰靠近了河岸，几百米的距离可以真真切切地看到日本鬼子的样子。"咱俩同时开枪，都瞄准左边那个骑马的军官，争取一枪干掉他！"姚兴塘低声说。"好的，兴塘哥。"姚小春回答，一边把头歪在枪托上，闭上一只眼睛，睁大另一只眼睛瞅着准星。这边，姚兴塘也瞄准了那个日本军官。"打！"姚兴塘说了一声。几乎是同时，两颗子弹直奔那个日本军官，枪声一落，只见那个日本军官应声从马上栽了下来。"快撤！"姚兴塘喊。两人飞一般就跑回了侦察排排长的身边。

日本军官被一枪毙命，日本兵立刻朝着开枪的方向扑过来，侦察排排长一声令下，侦察排的战士们一阵猛烈的射击，撂倒冲在前面的十几个日本鬼子。日本鬼子被激怒，开始疯狂进攻。侦察排排长一见，立即命令边撤退边还击，以继续引诱敌人。

侦察排前面跑，敌人后面追，侦察排或快或慢，把敌人像一个尾巴一样拖在后面。翻过两个山包，又向左边的山道一拐，侦察排排长发现后面的敌人跟丢了。疑惑之间，前面探路的姚小春跑了回来，焦急地向排长报告："排长，前面发现鬼子了。"排长转身问姚兴塘："是不是我们转来转去转到鬼子面前了？"姚兴塘想想："不是，是鬼子绕着道从前面堵上咱们了。不过没关系，那边有一个山洞，洞里有齐腰深的水流过，咱们蹚水穿过山洞，就到敌人的后面了。"排长一听，立即命令战士们跟着姚兴塘迅速转移。

侦察排的战士在姚兴塘带领下，蹚水钻进山洞。鬼子堵过来，看着八路军战士钻进山洞，他们也想追进去，但看着黑洞洞的洞口和哗哗流出来的水退却了，只好朝山洞里面不断射击，但山洞里弯弯曲曲，子弹根本连战士们的影子都碰不到。

战士们穿过山洞，身上的衣服湿漉漉的，他们爬上一个山岗，果然看见山洞入口处，鬼子还在朝着洞口开枪。排长高兴地说："太好了，同志们，振作起来，开枪打它一阵子，再引他们跟在咱们屁股后面。"排长开了第一枪，战士们跟着一阵猛射。敌人被这突如其来的射击打蒙了，等缓过神来，地上又被撂倒了十几个鬼子。"撤！"排长一声令下，战士们立即转身朝长乐村方向跑去。这里离长乐村已经不远，长乐村前面，七七二团已经严阵以待，等待鬼子进入伏击圈。

这次，鬼子穷追不舍，不过一袋烟的工夫就进入了七七二团的伏击圈。这时，团部来人向侦察排排长传达命令："团长有令，侦察排圆满完成诱敌任务，赶紧回团部吃饭休息等待新的任务。"

姚兴塘、姚小春跟着侦察排回到团部，耳朵里是村外密集的枪声、炮声和战士们的喊杀声。吃过饭，姚小

长乐村战斗纪念碑

萧刚·绘

春对姚兴塘说："太可惜了，没让咱们回过身子参加战斗，要不肯定能多杀几个鬼子。"一旁，侦察排排长听见姚小春的话接过话头："这次你们立了大功，快休息一会儿，说不定什么时候就又有任务了。"

果然，没过多长时间，团部通讯员就来通知："排长，叶团长让你带他们俩现在跟我去团部。"通讯员指着姚兴塘、姚小春。来到团部，叶成焕团长和姚兴塘、姚小春握过手，声音响亮地夸奖道："你哥俩可是立功了。"屋子里的人听了，都转过脸来看着他俩。叶团长见状，提议道："大家给这俩小伙子鼓掌。"掌声在团部响起，姚兴塘、姚小春高兴得不知所措。

叶团长问姚兴塘："有一股鬼子从山南的沟里逃跑了，有没有小路可以抄过去，在前面堵住他们消灭掉？"姚兴塘回答："有。"叶团长转身高兴地对侦察排排长说："你们侦察排立即出动，抄小路堵住鬼子，务必把他们全部消灭。"

侦察排火速出动，抄小路插了过去。此时，这股鬼子兵一看姚兴塘、姚小春带着一队八路军来了，立刻嗷嗷叫着扑了上来。侦察排马上进入战斗，把逼近的鬼子打了回去。鬼子稍作修整后再次扑上来，侦察排排长下令："同志们，全体出击，彻底消灭敌人！"侦察排的战士和自卫队队员冲了出去，和扑上来的鬼子短兵相接。一阵肉搏，敌人渐渐落于下风。突然，姚小春看见一个

鬼子端着枪往前刺去，前面是侦察排长的后背，在刺刀就要碰到侦察排长的瞬间，姚小春急中生智，扔掉手里的枪，捡起来一块大石头朝着鬼子砸去，石头砸在鬼子的头上，鬼子大叫一声，声音让侦察排长转过身来，他一见身后有鬼子，顺势一枪刺了过去，结果了鬼子的性命。很快，又有一队八路军赶了过来，一阵工夫就把鬼子收拾得干干净净。

长乐村战斗结束后，姚兴塘、姚小春哥俩回到长乐抗日自卫队，有了这两天当侦察兵的经历，哥俩的抗日热情更加高涨。

铁道飞行军

　　1943年深冬的一个早晨，武西铁道飞行军副队长乔山流化装成一个小商贩，挑上一副货郎担，担子里装着鸡鸭、香烟、花生和芝麻糖等货物，顶着冬日的寒风，晃晃悠悠地来到分水岭火车站。

　　进了火车站，乔山流直奔日本护路队的伙房，这里的伙夫是乔山流小时候一起放羊的伙伴。伙夫一见乔山流就喊道："老乔啊，可把你盼来了，山野队长身体不舒服，就等着你送几只鸡过来呢。"乔山流也高声回应："带来了，带来了，早晨刚杀的。"伙夫把乔山流迎进了伙房。伙房里只有伙夫一人，乔山流把手里提着的鸡往案板上一扔，伙夫抄起一把刀来就开始切、剁，声音故意弄得很大。乔山流压着声音问："车站有什么情况？"伙夫低声回答："山野病了，这几天车站的事由金翻译管着，这不，不知有什么事情，一大早就把车站警务段、机务段的头头脑脑召集起来，聚在会议厅那边开会呢。"乔山流听了皱紧眉头："我去看看。"

　　乔山流从货郎担里取出一包花生、一袋芝麻糖，托在一只手里缓步走进后院。一个伪军拦住乔山流，乔山流用另一只手从口袋里掏出一包烟来，递到伪军跟前，伪军伸手接住。乔山流说："我进去给金翻译送点吃的。"伪军知道乔山流是伙夫的相识，头一歪让乔山流走进去。走到会议厅门口，乔山流放轻了脚步，他听见金翻译正在里面说："明天晚上十二点，从太原开来的 37 次军用专车，里面是新运来的骑兵，每个人都要绷紧神经，绝对不能够出岔子，出了岔子是会掉脑袋的。"

　　乔山流心里暗喜：这情报太重要了。突然，里面传出来一声大喝："谁在门外？"乔山流心里一惊，立即挑开棉布门帘推门而进。屋子里有六七个人，围着一张桌子坐着，旁边有一个大火炉。乔山流镇静地走过去，把花生、芝麻糖放在桌子上，哈着腰对金翻译说："金翻译官，您好，我给山野队长送来几只鸡，顺便给您老人家送过来花生和芝麻糖，大家吃、大家吃。"金翻译瞅着乔山流的脸，见他没有什么异样，狠狠地骂了一声："放下东西，滚！"

　　乔山流离开日本护路队的营房，走出火车站，边走边盘算着在什么地方可以袭击敌人的军用专车。他想："现在还不能回去，得沿铁路察看一下地形，找一个下手的好地方。"主意一定，他朝着离开分水岭约莫有五里地的五里铺走去，五里铺一带鬼子没有设置碉堡，只有分水岭的敌人经常来这里巡逻，因此是伏击敌人军用火车的最好选择。乔山流看完了地形，正准备返回驻地，突然发现前面不远处走过来两个便衣，腰里挎着盒子枪，一副趾高气扬的样子。乔山流见躲闪不及，急忙放下担子走进旁边的地里，假装解手把手枪藏在后腰里。便衣走了过来，喊叫道："什么人，这么冷的天跑到这里，莫非是八路军的探子？"乔山流一边系着腰带，一边走到货郎担前揭开盖子，他麻利地取出两包香烟来，分别递到两个便衣手里，哈着腰回答："两位辛苦了。这不，一个货郎，出来赚点辛苦钱。"两个便衣上下打量乔山流一番，其中一个说："你跟我们去一趟沁州城，下午就放你回来。"乔山流一听，心想有这么重要的情报必须赶紧回去汇报，怎么能跟着你们去什么沁州城，但他嘴上没有拒绝："两位，咱们去沁州城有什么事吗？"另一个便衣喝道："少管闲事，让你走你就走。"乔山流划根火柴给两个便衣点上烟，瞅瞅周围没有一个人，就在两个便衣惬意地猛吸香烟的一瞬间，乔山流伸手抽出手枪，"砰"的一枪就撂倒一个，另外一个一愣神，乔山流飞起一脚把他踢翻在地，又立即补上一枪。两个便衣当场毙命，乔山流把他们的尸体拖到路边，扔进一条壕沟里，把两只盒子枪藏进货郎担里，急忙离开五里铺。

回到武西铁道飞行军队部，乔山流把情报向队长安正国作了汇报，安正国当即安排队员去联系二区游击队，

并和乔山流研究制订出作战方案。

第二天，天空下起鹅毛大雪，到晚上积雪已经没过膝盖，铁道飞行军和二区游击队共三十余人，冒着风雪艰难地在晚上十一点前到达五里铺。大家出发前都在外面套了白衣白裤，所以趴在铁道东边的高堰上，和白雪一起白茫茫一片。寒冷袭击着队员们，大家一动不动，谛听着火车开过来的声音。

火车开过来了，先是一辆普通客车，过了一会儿是一辆铁甲车。铁甲车开得很慢，探照灯扫过来扫过去，铁甲车上的鬼子不时还朝着山头放上一阵子冷枪。铁甲车一过，乔山流和两名队员就飞身跃到铁道上，俯身把耳朵贴在道轨上。须臾，乔山流一跃而起，朝高堰上一挥手，安正国知道是军车来了，立即向队员们下令按计划行动。

军车开过来了，乔山流和另外两名队员趴在道轨旁的雪地里，车头靠近，仨人一跃而起，飞身跳到火车头上，冲进驾驶室。驾驶室里只有司机和司炉工，两人被枪指着乖乖地拉住手刹，火车缓缓停了下来。与此同时，游击队员们分开四组，三个组跳到押车鬼子的车厢上，一个组跳到装着骑兵的闷罐车厢上。

但战斗没有计划中的顺利。队员们把手榴弹扔进押车鬼子的车厢后，虽然炸死了不少鬼子，但有十几个鬼子爬到车厢顶上，和游击队交上了手。闷罐车也被炸开，冲出十几匹马，鬼子骑到马上向高堰的游击队发起了进攻，一时间战斗僵持不下。

"这样下去，敌人的铁甲车返回来，咱们就前功尽弃了。"安正国转身对身旁的游击队队员谢刚牛说，"你去，把那节车厢给炸了。"谢刚牛说声"保证完成任务"，就扛着两包炸药冲下高堰。很快，他接近了车厢，把两包炸药塞进了车底，他拉响炸药包转身离开，但脚下一滑摔倒在雪地上，"轰""轰"两声巨响，车厢被掀了起来，后面躲着的鬼子倒下一大片，谢刚牛也献出了年轻的生命。"冲啊！给刚牛报仇啊！"游击队员们喊着冲下高堰，愤怒的子弹雨点般射向日本鬼子。

战斗结束，游击队把缴获的枪支弹药带走，把军车炸毁。等敌人的铁甲车听到爆炸声返回时，飞行军和二区游击队队员们早已消失在纷飞的大雪中，只给敌人留下了横七竖八的尸体和火车残骸。

敌人吃一堑长一智，开始在铁道线上密集布网，投放大量兵力实施"铁壁合围"，连铁路两旁的每个川口要道跟前都建起了碉堡、岗楼。这样，八路军和游击队的行动就处于敌人的监控之下。尤其是东沟口，这里位于南关和分水岭两个大据点之间，原来的东沟桥是座木桥，因屡遭游击队焚烧，敌人现在打起水泥墩，架起一座十几丈长的大铁桥。敌人为了保护这座铁桥，在桥北头铁道东侧，修了一个三丈多高的桥头堡，矗立在东沟口上。

它不仅死盯着这道铁桥，而且南北十几里铁路线上的任何活动一览无余，并与左右的石窑会、窑儿头东西山腰的护路碉堡遥相呼应。

1944 年 3 月初，武西铁道飞行军接到县武委会的通知，说上级要派八路军十四团的一个连来拔掉东沟条这颗"钉子"，要求铁道飞行军全体游击队员积极配合。武西铁道飞行军队长安正国立即召集会议研究作战方案，他说："上级命令咱们飞行军炸毁东沟桥，但咱们炸了两次都失败了，原因是敌众我寡，凭咱们的力量斗不过鬼子去。这次，上级派一个连过来，拿掉东沟桥势在必得。"乔山流接着说："我们现在的任务有两个，一个是立即去侦察东沟桥驻守敌人的兵力情况，赶在八路军来之前摸清情况，另外一个是做好战前准备，主要是赶制地雷和炸药包。"民兵李留锁立即响应："让我带两个民兵去侦察敌情。"安正国和乔山流都点头同意。会议结束，大家立刻分头行动起来。

李留锁很快侦察回来，东沟桥桥头堡里驻守着一个日军班、两个伪军班，武器装备为每人一支步枪，另有一门歪把子机枪、一门小炮。

几天后，八路军十四团三连来了。当天深夜，铁道飞行军配合部队急速向东沟口突进。虽然天黑路滑，但游击队对这里的一山一水、一草一木了如指掌，不到一顿饭工夫，他们便跑完了 15 里山路，到达了目的地。按照三连杨连长的部署，50多名游击队员配合两个排的战士围攻桥头堡，乔山流带领飞行军爆炸组负责炸桥任务，另外封线组负责切断敌人电线，此外铁路南北各派一个游击组配合一个战斗班，警戒南关、分水岭敌人来援。

杨连长和主攻桥头堡的部队埋伏在土坎后面，爆破组紧站在桥下河岸北旁，桥头堡上的探照灯忽亮忽灭，好像魔鬼的眼睛，不时放出一道凶光左右扫视着。桥上一有点响动，碉堡上的机枪便"哒哒哒"地扫一梭子。

等枪声停了，民兵老刘嘴里哼着小调，大摇大摆地走进桥头堡。站岗的伪军立即高声喊叫："干什么的？不要动，再动老子开枪了。"老刘停下脚步，从容不迫地回答："我是石盘山的情报员，天黑路滑，来迟了，有情报要告诉皇军。"伪军打开手电筒一照，果然是经常来送情报的老刘头，伪军关了手电放下了吊桥。说时迟那时快，杨连长把手里的驳壳枪一挥，伏在土坎下面的战士和游击队员，像一只只等待猎物等待了很久的老虎，接连二三扑进了桥头堡。

熟睡中的敌人在明晃晃的刺刀下，举手当了俘虏，但是第二、第三层炮楼上的鬼子醒来后却拼命顽抗。特别是那挺歪把机枪，一个劲儿朝铁桥那边打，子弹像雨点似的打得钢架、铁桥"铛铛"直响。杨连长指挥游击队搭起人梯，从一个枪眼里把三颗手榴弹塞进去，随着"轰"的一声，敌人机枪哑巴了。

　　铁桥这边，乔山流带领爆破组在桥上桥下都安上了炸药包和土地雷，同时把剩下的七颗土地雷安在了旁边的铁轨下面，等敌人火车驰过时连桥带车一起炸毁。。

　　很快，一辆赶来支援的铁甲车开过来了，一边行驶一边发射炮弹。乔山流和爆破组的游击队员们屏声静气，等待着铁甲车靠近地雷。"拉！"乔山流一声令下，一时间爆炸声中，桥墩、钢架、铁轨、枕木七零八落腾空而起，耀武扬威的巡逻车，朝两三丈深的河谷栽了下去。

　　武西铁道飞行军，这支特别能战斗的游击队，在白晋铁路线上爬火车、缴物资、毁铁路、炸桥梁，打得敌人防不胜防。抗日战争结束后，武西铁道飞行军并入武西独立营。

关门打狗

　　1943 年 6 月的一天，太阳火辣辣地照着大地，像是要把地上的东西都烤焦了。这么热的天气，丰州镇东村炮台的伪军跑到上关村来，又是捉鸡杀狗，又是抢东西，整整折腾了一上午。晌午时分，伪军们躲进村里的玉皇庙，又逼着村民给他们做饭吃。

　　上关村民兵负责人张四海家住在玉皇庙旁边，于是被伪军抓了差。伪军头目进了院子，恶狠狠地对张四海说："限你一个小时内给老子把饭做好了，否则小心你的脑袋。"张四海心里窝着一肚子火，但表面上装出为难的样子："老总，这缺油少粮的，就是巧妇也难为无米之炊呀。"伪军头目瞪大眼睛，端着枪指着张四海叫道："少废话，缺油少粮你去想办法，老子只等着吃。"说完，转身离开院子进了玉皇庙。

　　事情也真凑巧，正好这天，武工队长张奋民奉太行三分区首长的命令，带领董成旺、白丑小、韩应福三名武工队员，准备到段村据点猎取一份重要情报。他们各

带一支短枪，每人腰间别着两颗手榴弹，像几个下地干活的年轻农民，一路朝段村走来。

路过东村，张奋民停下脚步，让大家在村外找地方隐蔽好了："你们在这里等着，我进村去看看有什么情况。"上关村离东村炮台四里远，张奋民打算先在下关村找到民兵了解一下段村的情况。他径直朝张四海家走去，快到院门口时就碰到了张四海。

此时，张四海怀里抱着一串大蒜、一捆大葱，他一见张奋民，急忙转身把张奋民带回院子。他轻轻关好院门，问："奋民，就你一个人？"张奋民低声回答："还有……"同时伸从三根指头。张四海脸上露出笑容来："太好了，进屋说。"俩人进了屋子，张四海示意妻子出去放哨，然后把张奋民迎进里面的窑洞里，说："奋民，来了十几个黄狗子，折腾了一前晌，现在隔壁的玉皇庙里歇着，等我给狗日的们做饭吃呢。"张奋民听了变得非常兴奋："你的意思是来一个……"张奋民故意拖住声音，接着俩人做着手势同时说道："关门打狗。"

张奋民把大家叫回到张四海家，张奋民把情况跟大家说了，董成旺高兴地说："既是关门打狗，也是关注笼子捉鸡。既然黄狗子给咱们送武器来了，咱们得做顿'好饭'招待人家。"大家你一言我一语，决定将计就计，打他个措手不及。于是，队员们分头行动，有的找筐，有的寻篮，忙忙碌碌，给这批伪军准备做饭的材料。

　　张四海回到玉皇庙，对伪军头目说："老总，您得担待一下，咱这村子小，条件差，不是缺盐就是少醋，稍等一会儿就都借来了。"伪军头目抽着烟，板着一副凶眉凶眼的面孔点了点头。

　　不大工夫，张奋民拿着葱，董成旺端着醋，白丑小担着柴，陆陆续续走进玉皇庙院内。伪军们看到油盐酱醋样样俱全了，一个个挤眉弄眼，变得兴奋起来。张奋民他们放下东西，又开始往正厅里抬桌子、搬凳子，一边侦察伪军的兵力和装备，顺便观察大殿里的情况。

　　玉皇庙坐落在上关村东，庙房两丈多高，四周树木参天，庙后是悬崖，悬崖下是波涛汹涌的浊漳河。不一会儿，饭菜端了上来。张四海张罗着，把院子里大树下乘凉的伪军一个个让进大殿里。伪军们闻到菜香，看见一叠叠烙饼，顿时垂涎三尺，围着桌子狼吞虎咽地吃起来。

　　张奋民见状，扯了下旁边董成旺的衣角，又给门口站着的韩应福使了个眼色，俩人立刻回到大殿。院子里，白丑小等着他俩。仨人奔到院墙边，董成旺、韩应福先后踏着白丑小肩膀翻到墙头上，又跃身上了大殿房顶。俩人轻轻搬开房坡的筒瓦，又用匕首撬开一个窟窿，一束亮光就斜着射进大殿里。张四海站在一边，对伪军头目说道："老总们先吃着，我再炒两个菜去。"伪军头目嘴里塞着饭菜，挥着手回答："好，好，快去，快去。"

张四海和张奋民退出大殿，把门从外面关好，把门闩插好了。这时，就听得大殿里一声巨响，就在张四海把殿门闩好的一瞬间，房顶上的董成旺已经把一颗手榴弹扔进大殿，扔在了伪军们围着的桌子上。随着手榴弹的爆炸声，桌子上的盘盘碗碗飞得到处都是，被炸伤、炸怕的伪军赶紧四散开来龟缩在四个墙角里。

韩应福见伪军们躲在墙角一动不动，揭开保险盖的手榴弹，做好准备拉响引线的动作，喊道："黄狗子们，日本鬼子没几天蹦跶了，你们别为他们卖命了！只要你们放下武器，我们八路军是优待俘虏的！"

等了半天，还是没有动静。突然，那个伪军头目在喊："听我的，别上当，等一会儿炮台上的兄弟们就会给咱们来解围。"张奋民听了，隔着殿门朝里面喊道："里面的黄狗子，听好了，你们跑不了，炮台上的敌人已被我们包围了，你们趁早放下武器，赶快投降，我们八路军优待俘虏。"

见里面还是没有动静，张奋民又大喊道："看来黄狗子是不见棺材不掉泪。下面听我号令，一连跟我冲进庙里消灭敌人，二连负责警戒，三连等待命令。"

可是，里面的伪军还是迟迟不动，张奋民真急了，朝着房顶上喊道："房顶上的战士听好了，再等黄狗子一分钟，如果还不投降，就继续往庙里扔手榴弹，有多少扔多少。"张奋民话音一落，里面的伪军头目就急了：

"别扔，别扔，我们投降。"张奋民把庙门打开一道缝：
"把枪先都扔出来！"伪军听了，枪一支一支扔了出来。
张奋民和张四海赶紧下掉枪栓，把十几支无拴的枪架在
一边。张奋民又继续喊："黄狗子们，举手出来！"伪军
排着队，一个个举起手来走出殿门。这时，董成旺他们
也回到院子里。当伪军们看见院子里只有五个人时，垂
头丧气地耷拉下脑袋。

　　战斗结束，张奋民他们五个人，用了一颗手榴弹，
缴获了伪军14支步枪、一支冲锋抢、一挺轻机枪、1260
发子弹，还有三包中西药品，16个伪军全部被俘。

　　张奋民对俘虏们说："咱们都是中国人，你们大都是
被日寇抓来当兵的，只要你们不再为非作歹，想回家的，
我们给发路费，不想回的，也可以留在根据地，和我们
一起打鬼子。"俘虏们听了张奋民的话，纷纷表示要弃暗
投明，立功赎罪。

　　张奋民决定，先把俘虏押回三分区，然后再返回段
村侦察敌情。

　　他们刚出了村子，只见后面一个人跑了过来，肩膀
上还扛着一支枪。张奋民立即抽出枪来对准来人，伪军
头目急忙喊道："长官，别开枪，是我们的哨兵。"张奋
民用枪指着来人说："站住！你是什么人？"那人举起手
来张口结舌地说："我，我是放哨的，不敢回炮楼了。"
原来，这个伪军确实是一个哨兵，他听到村子里手榴弹

的爆炸声，就知道村子里来了八路军，但他等了半天，不见村里再有动静，就躲在村子外面不敢进去看个究竟。直到看见伪军们被几个人押着，才知道自己人成了俘虏。他想着如果自己一个人回了炮楼，估计没有什么好下场，还不如跟着兄弟们一起做俘虏，于是就跟着跑来向武工队投降。

这时，正是一天里最热的时分，不要说人，就是地里的虫子也热得不愿意跑到太阳下面来。路上空无一人，武工队长张奋民带着董成旺等三名武工队员昂首阔步地走着，前面是他们押着的垂头丧气的十七个俘虏。

血洒漆树坡

1943 年 7 月 15 日晚上，上司乡漆树坡村的民兵集中在指导员武志芳的家里，一盏油灯把一个个庄稼汉的脸膛照得黝黑黝黑，像一幅黑多白少、力度特别大的木刻画面。武志芳的声音低沉、充满焦虑："接到前方指挥部的通知，武乡境内敌人据点的兵力都在急剧增加，敌人对根据地发动的大规模'扫荡'已经开始。今天的任务是趁着天黑，把群众全部转移到山后的窑洞里，任务完成，全体到王家顶集中待命。现在，开始行动。"武志芳话音一落，大家迅速起身离开，背着长枪的强壮的身影消失在夜色中。

群众已经习惯了经常性的转移，半个小时后，全村不到三十户人家全部转移，民兵们陆陆续续来到王家顶。王家顶下的山崖上就是群众藏身的窑洞，民兵们的任务就是观察敌情，并保护群众的生命安全。

武志芳见大家都到齐了，吩咐民兵王清太、王海云去放哨，其余民兵抓紧时间休息。"肯定会有一场恶仗，

大家休息好了才能杀退敌人。"武志芳严肃地说，看着大家一个个找到避风的地方躺下身子，然后自己也躺在就近的一棵树下。

武志芳被王清太叫醒时，已经是黎明时分。"志芳哥，我们听到铺上那边大路上有'咔嚓咔嚓'的脚步声，我回来报告，海云还在那里观察。怎么办？""快叫醒大家。"武志芳刚说完，大家已经醒来，全部聚集到武志芳周围。"磨儿，来庆，你俩靠近大路去侦察，其余人做好战斗准备。"

约莫二十分钟后，来庆回来了。"志芳哥，敌人正往圪老湾走。"来庆报告说。"磨儿呢？"武志芳问。"磨儿说，他盯在那里继续监视敌人。"来庆回答。"好，你赶紧回去，和磨儿一起继续监视敌人，一有情况就跑回来报告。"武志芳说。望着来庆的背影，他又高声补了一句："你们要注意安全。"

来庆刚离开，县武委会主任李尚春带着几个人来了，"李主任，你怎么来了？"武志芳迎上去问。李尚春和武志芳握手，一边介绍其他几个人，其中有前方指挥部的姜政委。"姜政委是专门来指导保护群众、与敌人展开战斗的，我们一路过来，每个村都要检查和检点一遍。"李尚春把姜政委让到前面，姜政委接过话题说道："咱们村群众全部转移了，这非常好，接下来就是要提前做好抵抗敌人进攻的准备，把作战方案拿出来。"武志芳听了用力点头。"我们来就是要和大家一起研究制订作战方案的。"李尚春补充说。

在黎明的光线映照下，几个人蹲在地上，有人手里拿着有着尖角的石块，有人拿着粗而短的树枝，在坑坑洼洼的地上画下一道道纵横交错的道子，这就是即将发生的战斗的作战图，作战方案就这样在地上形成。

很快，漆树坡村的全体民兵进入指定位置。这时，东方既白，南岭圪顶那边隐隐约约有一堆一堆的人影。"磨儿，通知大家准备战斗。"武志芳吩咐磨儿，磨儿立即离开。一会儿磨儿回来，"志芳哥，话都传到了。"武志芳点头，但目光一直盯着南岭圪顶那边。

当红彤彤的太阳完全升起来，榆树墙这边枪声响成一片，但榆树墙的民兵由于寡不敌众立即转移，同时南岭圪顶的民兵开始向敌人射击。敌人本打算追击榆树墙的民兵，遭到南岭圪顶民兵的袭击后，马上又掉头向南岭圪顶扑来。南岭圪顶的民兵没有和敌人硬碰硬，而是把敌人吸引过来后也迅速撤离。

"磨儿，看到了吧，这就是姜政委制订的作战方案，让敌人在山里团团转，永远逮不到便宜。"武志芳依然紧盯着敌人。

敌人刚刚占领南岭圪顶，还没有来得及喘口气，牛角顶的民兵又开始射击，于是敌人又朝牛角顶冲去。这时，磨儿突然说："志芳哥，快看，那边有三个敌人在往

窑洞底下走。"武志芳立即回过头来，旁边的民兵也把目光转向磨儿手指的方向。大家一看，果然是三个伪军边走边搜寻窑洞。"干掉他们，绝不能让他们找到窑洞。"武志芳说。"好。"磨儿回答，一边把枪瞄准了一个伪军，"叭"的一枪就撂倒了一个。来庆、海云也端起枪，"叭""叭"两声，另外两个伪军也应声倒地。枪声立即引来大批的敌人，"手榴弹！"武志芳喊道，五六颗手榴弹刹时落在涌过来的敌人头上。

"那里有窑洞。"手榴弹爆炸声停息后，一个伪军在下面高声喊叫。听到喊声，更多的敌人开着枪拥了过来。"窑洞被发现了，快进窑洞，保护乡亲！"武志芳下令，第一个冒着枪林弹雨冲下山顶，后面跟着漆树坡村的所有民兵。

窑洞在陡崖上，大家把梯子搭起来，一个一个跟着上。武志芳最后一个爬到洞口，他转身把梯子拉了上来。这时，敌人已经离得很近，磨儿把枪探出洞口，又撂倒了几个敌人，武志芳这才把梯子拉进了洞里。没有梯子，敌人就很难攻进洞里。敌人只要靠近洞口，民兵就探出枪去给上一枪，因此，敌人几次进攻均告失败。

敌人暂时停止了进攻，武志芳把民兵召集在一起，"大家休息一会吧，敌人不会善罢甘休的。洞里都是咱们的父母和孩子，有咱们在，绝不允许敌人靠近一步。"武志芳说着，突然见磨儿爹从窑洞里面走上前来。"志芳，要不让我们出去，把敌人都吸引过来，然后你们扔手榴弹炸死狗日的们。"磨儿爹对武志芳说。"这样太危险，不行，有我们在，你们就放心吧。"武志芳扶住磨儿爹，"你老人家回后边去吧，告诉乡亲们，敌人攻不进来。"

但是，敌人想出了新的办法：熏！不知从什么地方，鬼子弄来了许多柴火，于是就在洞口烧了起来。火烧了起来，但窑洞堵住口子后，浓烟进不了洞，而是升到了空中，熏的效果一点也没有。

敌人又消停下来。突然，磨儿发现敌人在安装大炮，他立刻指给武志芳看。"准备战斗！只要敌人攻不进窑洞里，大炮我们也不怕！"武志芳对民兵们说。这时，漆树坡的民兵没伤一兵一卒，漆树坡的村民也都安然无恙。

敌人费了好大力气才把大炮安在对面，这期间，不断受到民兵的冷枪袭击，敌人不得已又把大炮挪到了民兵的子弹够不到的地方。

"轰隆！""轰隆！"

敌人开炮了，一声紧接着一声，洞口、气眼都被打烂。敌人连着发了十二颗炮弹，磨儿不幸牺牲。磨儿娘从窑洞深处冲过来，看见儿子被炸得血肉模糊，不顾一切地扑过去，把磨儿抱在怀里。这时，又有两颗炸弹落了进来，磨儿母子俩被炸下山崖。

敌人接二连三地轰炸，炸开了通厕所的道口，一个伪军爬近了躲在一边喊："洞里的老乡们，你们快出来

吧，皇军不杀你们，你们不出来的话，再打过来几颗炮弹，你们就没命了。"王海云在一旁要冲出去开枪打死这个伪军，被武志芳拉住，"现在要保住实力，咱们的责任是保护好后面的乡亲们。"说着，他环视一个个土眉土眼的民兵，"要守住洞口。如果我牺牲了，由海云负责；海云牺牲了，清太负责。只要咱们民兵还有一个人活着，就不能让敌人进洞，不能够让敌人祸害咱们的爹娘和孩子。"

敌人见喊话没有丝毫作用，又开始进攻了。一个鬼子爬了上来，武志芳立即扣动扳机，但是枪出了毛病，子弹射不出去，他急中生智，猛地顺手一刺，鬼子栽倒在地，从土坡上滚了下去。接着，又跳进来一个鬼子，这家伙身材矮小、动作灵活，和武志芳拼起了刺刀，几次交锋，鬼子占了上风，大喊一声猛地向武志芳刺去，武志芳一闪，鬼子用力过猛，刺刀扎进墙里，武志芳反手一顺，刺死了鬼子。又一个鬼子爬进来，武志芳迎了上去，第四个鬼子窜到了武志芳身后猛刺，武志芳被刺中，他摇摇晃晃地把刺刀刺进前面的鬼子。他倒在了洞口，王海云冲了上来，他刺死了武志芳身后的鬼子，站在了洞口，等待爬上来的鬼子……

漆树坡的民兵一个接着一个，像堵枪口一样堵在洞口，他们是在保卫身后的爹娘和儿女，他们是在保卫自己的家，他们不会退却，他们死而无憾。

洞口的短兵相接持续了半个小时。

此时，南高岭的枪声密集起来，同时又响起了冲锋号声，联防民兵和游击队赶向这里，来支援他们了。敌人看到这种情况，慌了手脚，仓皇逃跑。

英勇顽强的漆树坡民兵，凭借备战窑洞，经过一天一夜的激烈战斗，毙敌60人，抗击了敌人的重兵围剿，保护了村民的安全。战斗中，武志芳等七名民兵壮烈牺牲，年龄最小的仅16岁。1989年，武乡县委、县政府在漆树坡上竖起来"漆树坡窑洞战纪念碑"，纪念碑像漆树坡民兵一样，不管春夏秋冬、风霜雨雪，永远守护着这里生生不息的所有生命。

参考书目

《抗日英模》，武乡抗战故事编委会，中共党史出版社，2015 年 6 月出版。

《游击敌后》，武乡抗战故事编委会，中共党史出版社，2015 年 6 月出版。

《对敌斗争》，武乡抗战故事编委会，中共党史出版社，2015 年 6 月出版。

《地方武装》，武乡抗战故事编委会，中共党史出版社，2015 年 6 月出版。

《抗战精华在武乡》，李树生主编，山西人民出版社，2010 年 8 月出版。

沙场点兵

阎扶 著

中国文史出版社

图书在版编目（CIP）数据

沙场点兵 / 阎扶著 . -- 北京：中国文史出版社，2024.5
（武乡抗战故事文丛）
ISBN 978-7-5205-4646-1

Ⅰ.①沙… Ⅱ.①阎… Ⅲ.①革命故事—作品集—中国—当代
Ⅳ.① I247.81

中国国家版本馆 CIP 数据核字（2024）第 075595 号

出 品 人：彭远国
责任编辑：秦千里

出版发行：中国文史出版社
社　　址：北京市海淀区西八里庄路 69 号院　邮编：100142
电　　话：010-81136606　81136602　81136603（发行部）
传　　真：010-81136655
印　　装：山西人民印刷有限责任公司
经　　销：全国新华书店
开　　本：32 开
印　　张：5.625
字　　数：100 千字
版　　次：2024 年 5 月北京第 1 版
印　　次：2024 年 5 月第 1 次印刷
定　　价：780.00 元（全套）

沙场点兵

董志敏·绘

《武乡抗战故事文丛》编委会

主　编：陈建祖

编　委：高怀碧　姜向东　王陆军　郝雪廷

　　　　宋耀珍　方小玲　马晨桓　温宁宁

插　画：董志敏　萧　刚　王慧群

目录

急袭长乐滩

（1938. 4. 16）

    月亮升到半空，映照山河。没人顾得上抬头，凝视这比昨晚更加浑圆、洁白之物。队伍沿着浊漳河北岸山地由西向东行进。他们是十点钟集合于东村，即刻夜行的。春夜有些寒冷，但也清爽。大地苏醒的气息，树木抽枝发叶的气息，阵阵冲进人的肺里。

    "啊嚏——"有人用手捂住鼻子。

    队伍是七七二团。团长叶成焕，一副大病未愈的样子，眼里射出兴奋的光。陈赓，三八六旅旅长，骑在马上，戴着粗框眼镜，镜片映着月光。此时，另一个团，七七一团，则沿着浊漳河南岸山地前行。七七二团之后，将有六八九团跟进。七六九团作为预备队，又将接在六八九团之后。

    追击的敌人，是日军一一七联队附炮兵和辎重部队，共三千多人。

    敌人由沁县北犯武乡，攻下县城，烧杀抢掠。继续北上进犯榆社。寻找我军主力决战企图落空，旋即

仓皇返回。经过武乡县城，再次疯狂杀戮，纵火焚烧一千四百余年的太行山古城。

敌人匆匆弃城东撤，饥疲沮丧，装备又重，且不善于夜间行军，一二九师师长刘伯承、副师长徐向前、政委邓小平发出歼敌命令。

从县城旁边经过时，有人扭过脖子朝那里瞅，火焰映红夜空，不时传出爆裂声。有人骂出一句，是被绊了。地上有敌人扔下的空罐头盒子、酒瓶子，有遗落的零星粮草，有畜禽血淋淋的骨架。不时有倒毙道旁、吊死树上的人撞入眼帘。敌人在前面河滩里走，他们在后面与敌平行的山地中追。到了高处，可见河水在月光下波光粼粼，河面有黑乎乎的不知是人是物的东西在漂浮。

"咕咕喵——咕咕喵——"不远处树上、岭上，有鸮在叫，它们当是嗅到尸体腐烂的味道。

人身上热乎乎，是急急赶路的缘故，也有快要与敌相拼的强烈愿望。

天透亮了，队伍到了南科窑、大小牛家庄。有报东北方向巩家垴有敌人警戒部队四百余人。旅长下令七七二团主力在大小牛家庄隐蔽集结，派出一个营向巩家垴以北迂回。又接到侦告，敌人先头部队已过长乐，辎重尚在白草汕，马庄仅为后卫。不等六八九团到达，陈赓当机立断，做好战斗准备。

一营经田庄向东边型村，二营经崔家庄向西边里庄，队伍沿山谷小路隐蔽前进，迅即占领河北高地。

这一大段在浊漳河上游，南面是陡峭石山，北边是层层梯田。由蟠龙通往县城的蟠武公路，顺着河的北岸延伸。路南是时宽时窄、时缓时陡的滩地。日光明亮，滩涂砾石泥沙明隐时现。水面泛出白光，岸边有冲下的木构件、破衣裳。

"真是个打埋伏的好地方！"

"好口袋！"

"两边一收紧，小鬼子，看你们往哪儿跑！"

仿佛一条长蛇，敌人蠕动在河滩里。前望不到头，后望不到尾。前面的步兵，直顾着行进。中间的辎重车辆缓缓移动。后面的骑兵似乎着急，马蹄扬起团团烟尘。一溜儿黄，非常刺目。

"啪、啪……"稀稀落落的枪声回荡在山谷，敌人进行火力侦察。

前面队伍中一个军官，骑在马上，腰际斜挎一把刀，昂头，两手举着望远镜，向南北两边瞭望。南边的崖上，北边的坡上，不时有一株几株即将凋落的山桃，点点的红，进入镜头里。

几声咿咿呀呀，有人扯开喉咙唱起歌来——大概看到高处的山桃花，想起东瀛老家的樱花了。

伏在河北高地坡后的一个战士，想到前些日子在孔氏村里听过的一句民谣"日出东海落西山，救国西来

军。""哼！让你唱！今天不把你们送回老家，我们就不算八路军！"他想寻出这个唱歌的日军，一会儿开打时先收拾了他，但是歌声突然停止了，好像花片不经意间落下。

"呸！苦米地吹嘘什么'踏平太行山，消灭八路军'，今天倒要看看谁踏平谁，谁消灭谁！"旁边有人说着。

"打！"

炮弹、手榴弹、机枪、步枪各种武器，一起猛烈地向敌人开了火。时当九时，战斗开始了！

一发发炮弹、一颗颗手榴弹，在敌军中、在马匹间、在辎重上猛烈爆炸，将人与枪送上了天，使马倒地、散逸，让物资散落。子弹在寻找目标，密集地发射。敌人一时完全蒙了，晕头转向，进退不得，"哇哇"地叫着。片刻之后，敌人发现火力来自北边高地，便向南边河里涌去。火力也便集中过去。炮弹落进河里，激起几丈高的一片片水，将水中与岸上的敌人打湿。

"冲啊——"左翼，战士们呐喊着，跳出沟壕。三营营长雷绍康率领九连、副营长王仕友率领十连，一跃而出。前面一个个高坎，营长、副营长跳下去了，紧跟身后的一连人像牵着线似的跳下去了。

敌人集中主力，晃着太阳旗，拼命向我中间阵线发起冲锋，企图占领制高点。居中的特务连番冲下去。一连人，跟着连长简国湘，跳下一个个高坎。敌人像落叶，被一阵秋风直扫下去。

犹如山涧激流泻入谷中，冲入敌群的战士们，用刺刀、长矛与梭镖，与敌人展开格斗。前后左右，进退起伏。八路军刚到山西前线时，一与敌人拼刺刀便吃亏，原来的七九枪、汉阳造比三八枪短一大截，后来选取坚韧木杆，前头装上锐利枪尖，饰以红缨，一丈来长，占了上风。同时又使梭镖。敌人端着长枪，呜里哇啦叫嚷着迎上来，却被长矛、梭镖与刺刀杀了个落花流水。

看着左翼战士们下来了，敌人又集中主力试图攻上去，见状，九连与十连迅速返回阵地。

此时，七七一团也经南王家垴、马汉脚赶到南岸之窑头、西岭村一线高地，向北展开突击。

型庄、里庄一带一千五百多敌人，局促在公路与其下的河滩上，被截为数段，任由我方夹击。七七二团一营重机关枪"嗒嗒嗒嗒"响着，见三个敌人抢上对面一个小山坡，第一个倒下了，第二个倒下了，第三个见势不妙掉头而下，也被扫中。炮兵连开十二炮，将敌人赶到这边、赶到那边，可是炮弹却不爆炸，连长刘明大为生气，将炮移下，打出的每一发弹都开了花。

特务连战士童圣贤以前做过骑兵，见底下洋马，不禁动了心，独自奔下去，牵住一匹一跃而上，掉头便回。一头脱了缰的骡子，不知为何跟在马屁股后，迈开蹄子，斜斜地跟了上来。

　　猛烈打击之下，敌人有的钻到车下，有的伏在死马之后，一时埋下头来，一时又举枪射击。也有几股顽敌寻机向两岸高地反扑。反扑北岸之敌，遭到二营痛击。"同志们，不打败敌人，就不是中华民族的好男儿！"五连指导员杜镇德举枪高呼。一批勇士跟着他冲向敌人，展开白刃战。刺刀折断，就用枪托。见有敌人过来围刺我们几个伤员，杜镇德一声大喊，连刺数十敌人，直到倒在血泊中。一营一连刘世治，发现一个沟口里，有敌人挺一机枪呼啸，抄到身后，一刺刀结果了他。扑向南岸的敌人，除少数窜入山脚几个窑洞，多数被我火力压回。

　　"几天前，敌人还把我们称为'袋中鼠'，现在他们却成'瓮中鳖'了。"在七七二团指挥所，刘伯承师长兴致盎然地说。

　　已过长乐的敌人主力集中一千余人折身返回，猛攻七七二团左翼代家堖。代家堖本是六八九团阵地，该部尚未到达，陈赓即令七七二团三营十连迎击。面对十倍于己之敌，战士们毫不畏惧，奋勇迎击。连指导员秦忠玉一面号召，一面掷出二十多颗手榴弹，结果了四十多个敌人，重伤七处被救下火线时，还喊着要手榴弹。团部通讯员邓丙彦，拿过五颗手榴弹，炸死十五个敌人，见其余钻入一孔窑洞，追击时不幸中弹。

　　激战四个小时，众寡悬殊，在一个排全部牺牲的重大伤亡下，阵地失陷。

正午时分，六八九团赶到，迅速将代家垴阵地夺回。他们伏在工事里，又冲出战壕，打退敌人向石岩上发起的一次次反攻。通过望远镜，刘伯承与徐向前两位首长，不禁对一一五师的战士们表示赞叹。其时六八九团受一二九师指挥，仍为一一五师建制。

这里是"没有枪，没有炮，敌人给我们造"，那里是"没有吃，没有穿，敌人给我们送上前"。战士们一边兴奋地唱着，一边搬运战利品。从长乐到马庄，到处人欢马叫，歌声飞扬。

下午三时，同属日军一〇八师团一〇四旅团的一〇五联队，共千余人，经由蟠龙前来解救日军。担任打援任务的国民党第三军曾万钟部，竟一枪未放将其放过。此刻，七六九团也被调到了北面山地。增援日军向马村东南六八九团阵地攻击，又会同长乐之敌攻击七七二团。我方组织猛烈火力，一次次击退敌人的进攻。

五时，敌人又从东而西调来一千余人。

四个团打得紧张，难以抽出兵力正面阻击援敌。师部下令，七六九团、六八九团各抽出一个连，从侧翼扭击敌人，其余部队立即撤离，向榆社县郝壁村集结。

接到撤离命令后，七七二团团长叶成焕一边指挥部队打扫战场，装运战利品，一边走上一个高坡，举起望远镜，观察日军增援之敌。全团快撤完了，他还站在那

儿，全神贯注地观察着。

"团长，站在高坡上有危险，赶快撤吧。"通讯员一旁提醒。

"团长，跟我们一块儿撤吧。"走在最后的八连连长尤太忠小步跑来。

"你们先走，我马上就走。"

尤太忠走出没几步，忽听背后通信员大喊：

"不好了！团长负伤了！"

一颗子弹射中叶成焕的头部。大家围了过去，倒在地上的叶成焕，让特务连战士们抬着他。

"队伍，队伍呢？"行进中，昏迷中的叶成焕头歪向了一侧。

在团参谋长王波引领下，刘伯承大步赶来，俯身担架上，颤抖着双手抱起了他，连声呼唤：

"成焕、成焕……"

泪珠，落在叶成焕苍白的面颊上。在场的人看到首长难过的样子，纷纷转过脸去，擦着双眼。陈赓弯下腰，小声劝道：

"师长，别难过了。成焕由我们照顾，你放心吧。"

刘伯承还是不忍离开，用手抚摸着叶成焕的面颊：

"你们要想尽一切办法抢救！"说完在警卫员的反复催促下，一步三回头地走了。

抬到郝壁村的第二天，叶成焕在勤务员陈继寿怀中溘然而逝，光荣殉国了，年仅二十四岁。

叶成焕，河南光山人。红军时期任过通信员、指导员、营教导员、团政委、师长、师政委，是红四方面军的一员骁将，长征途中屡建奇功，率部攻下剑门关、芦山。全面抗战爆发后，九十三师改编为八路军一二九师三八六旅七七二团，叶成焕由师长改任团长。奔赴抗战前线，几乎参加了一二九师神头岭、响堂铺、黄崖底等全部著名战斗。每当战斗打得激烈的时候，"谁在前面指挥？"如果听到是叶成焕，刘伯承紧锁的双眉就会舒展开。

长乐急袭战歼敌两千两百余人，缴获步枪五百余支、轻重机枪三十多挺以及大量军用物资。因为此战之败，不可一世的苫米地受到日本天皇惩罚。可这一切，已经无法告诉叶成焕团长了。

长乐之战前，师党委正研究提拔叶成焕为三八六旅副旅长。当时他患肺病，已经三天没有吃饭。陈赓不让他参加战斗，叶成焕不干："还是让我指挥了这一仗再走吧。"陈赓后悔当初没能止住叶成焕。次日，陈赓前去探视，看到叶成焕奄奄一息，回来后无法入睡。听到牺牲消息，沉痛至极，当天工作亦受到影响。

遗体入殓之前，朱德总司令百忙之中赶来告别。

在七七二团驻扎的云安村召开追悼大会，灵堂是临

时搭建的，灵柩上覆盖党旗，正面桌子上挂有画像，那是王波为他绘的。王波肃穆地站立一旁，又圆又大的眼珠一片湿润。

"叶成焕等烈士的死，是光荣的死，永垂不朽的死。"刘伯承作沉痛悼辞。灵柩放入墓穴，刘伯承、徐向前、邓小平、陈赓等首长依次铲土。坟起后，刘伯承三鞠躬，其他人站在后面依次行礼。用松柏枝做成的花圈，放在墓上。大家依依不舍，为这位年轻指挥员作最后告别。

叶成焕牺牲时所穿的一双草鞋保存下来，现陈列在位于武乡的八路军太行纪念馆。

一袭南关

（1939. 11. 6）

一圈儿山，仿佛巨大臂膀，拢住南关。镇上点点灯光，映射黑魆魆苍穹，一牙细月与稀疏的星，照出里侧山脚斑斑枯木、荒草。

在那臂膀所拢的西南方向，有片灯光集中之地，便是敌人的汽车场。

十一时，部队抵达南关外，是七七二团。今夜，他们要袭击汽车场。一路跟随的尖厉的风，也止了步。

南关是个大镇，位于武乡西北，毗邻祁县、平遥，乃出入上党的要塞，自古便为军事要冲。日寇占领后，建城筑堡，不到一年时间，便将一个百余户人家的村庄变成一座人间地狱。上月，日军修筑白晋铁路东观至南关段竣工，南关成为其侵略晋东南的重要军事物资转运基地。

东边极子山、南边秦王坡、西边人官寨、北边云盖山筑有座座碉堡，居高临下，戒备森严。

早在南关火车站修成之前，八路军总部特务团就曾

袭击军火库，一位名叫周德标的副营长牺牲了。修成之后仅四天，总部又令三八六旅袭击，烧毁新站房，仓库中的万余套棉军装化为灰烬，又毁掉电台两部，炸毁铁桥一座。大肆庆贺不久便遭重大打击，敌人恐惧之余加强防卫。

根据地下人员侦察，此时南关守敌三百余人，共有步枪一百多支、机关枪九挺、炮两门与一万多发炮弹，以及四千多箱汽油、一万多套棉军衣。守备不可谓不充分，物资不可谓不丰厚。

"注意隐蔽！"是团长郭国言的声音。

长乐急袭战中七七二团团长叶成焕牺牲后，时任副团长的郭国言担负起指挥全团作战的任务。叶成焕沉默寡言，郭国言朴素谦和，两位指挥员都无那种虎视眈眈之风，但却沉勇多谋，带领部队打了一个接一个的胜仗。郭国言还有一项特殊本领，即能在夜间战斗时辨出战士的声音，叫出他们的名字。

战士们静静地卧于地上，背上的冷风一阵一阵掠过。

七七二团素有"夜摸常胜军"之称，最擅夜袭。这个名号原是赋予其二营的。二营改编以前是红四方面军二七四团，人称"夜老虎"。红军时期，二七四团有次夜袭青龙关，关在川东绥定。上有敌人两个旅驻守，地势险峻。黑暗中摸上陡坡，砍鹿砦时，听见敌人哨兵喝道："你这懒虫，白天不打柴，又来偷木桩啦！"有人用四川腔应道："你明天早上要不要吃饭啦？这种阴雨天，湿树条子烧得成吗。"一边搭腔蒙哄，一边猛砍鹿砦。一拥而上，打散敌人两个旅。

"每一个布尔什维克都要保证战斗任务的完成！"某连指导员趁着战前间隙，细说一遍我方的有利条件，对大家提出必胜要求。

按照战斗任务分配，在土门、分水岭两地各派一个连警戒，一、三、四连夺取南关山头碉堡，五、八连袭击汽车场，八连派出九个工兵去炸铁桥。

战士们开始分头行动，他们弓着腰，上身向前倾着，眼睛睁得大大的，努力辨出地上的路，进入各自的预备阵地。

午夜十二时整，进攻的命令下达了。

东边极子山上，一声枪响打破了夜的寂静。四连连长站起，右手高擎一颗手榴弹，他一回头，"冲上去，同志们！"便向碉堡那里飞奔而去。一溜儿人宛若一条绳，紧紧跟在后面，起伏着，蜿蜒着。

围着碉堡的铁丝网早被工兵剪断。

一条弧线，手榴弹投进碉堡，冲出一片耀眼火花，敌人的机关枪哑了。

一座碉堡解决了，另外两座碉堡里，机关枪还在突突地咆哮，火舌向外不绝地吐着。漆黑夜幕被洞穿一个一个的眼，仿佛要在激烈的扫射中飘起来。

"哪一个自告奋勇，去打下碉堡？"三连连长高声发话，压过了机关枪的声音。

不待话音落地，几十个战士争先恐后地扑向碉堡，一颗颗手榴弹扔进去。那外壁寒冷的坚实之物发出雷鸣一般的响声，石块、枪的零件与敌人的肢体，散乱地冲上了天，又散乱地落下了地。

五连早已进入汽车场，机关枪、步枪与手榴弹肆意地寻找敌人。没有山头碉堡的貌似牢靠的保护，敌人慌乱地逃跑。在灯光静谧的照射下，像是一窝蚂蚁被揭了地皮，又似一窝马蜂被点了火把。在我方的搜寻下，敌人一个个被扫射，猛然地或是缓缓地倒在地上，倒在血泊里。

远处传来爆炸声，又沉又重，在场的每一个人，都感觉到脚下的大地发抖了，南关发抖了，四周的山发抖了，苍穹发抖了，苍穹顶上的星与月摇摇欲坠了。我方知道，那是铁桥被炸了。

"一排拼刺刀！"指导员声音嘶哑。

敌人掉头向屋子里躲，我方决定展开肉搏战。战士们紧握着枪，银色刺刀仿佛一道道凛冽的光，向着退缩的敌人扑过去。从屋子里传出凄厉的惨叫声、零星的枪响声，与连连的求饶声。

"我们优待俘虏，不妄杀日本兄弟！"敌工科干事用不熟练的日语喊道。

立即，一个少佐不管不顾，掷枪于地，径直走过来，举着双手，一张东洋人的脸讨好地向上仰着，眼里露出求生的光。"明白！明白！"生硬的汉语听起来像是两颗子弹，突然间划过。

停在那里的十几辆汽车，已被子弹打破了窗玻璃，打瘪了轮胎，车身随处可见一个个的洞眼。战士们跳上去、钻进去，叫嚷着，拖出来一箱一箱的子弹、一包一包的棉衣，将它们扔到地上，或是站在地上的人的手里。这些子弹、棉衣，原是要运往各处前线，装备鬼子们的。

枪声渐渐零落。

"捉活的去！"七班班长一挥手，战士们跟着向一间房子冲去。

八路军在此处作战，自卫队到别处收割敌人的电线。硝烟冲天之际，分散于南关附近山梁上的自卫队员也又上又下，忙个不停。

当八路军丢下一百多具敌人尸体，满载大批枪支、弹药、衣物而归时，自卫队员过来了。三个一组，两个一伙，每人肩上都背着一捆电线。电线有些重，队员们都走得艰难。今晚出动的自卫队员，共有八十多个。他们巴不得战斗再进行一会儿，好多收获些；可是转念一想，也不能再动手了，否则就要背不动了；再说，这里一带也都收割尽了。

"割了有多少？"

"总要上千了吧！"

二袭南关

"乌云满布，老天在帮助我们。"

"上午多么晴朗，午后一阵风，就送来了大片乌云。"

"你还说乌云要能等到午夜不散就好了，果然如此。"

"真是一个夜袭的好天气！"

崎岖道上，走着一二九师三八五旅七六九团团长郑国仲、政委鲍先志。两人一边走，一边抬头望天。

天上堆了大块、大块的乌云，沉重极了，仿佛随时都会塌下。几乎没有空隙的天空，让地上仰望的人生出压迫之感。小虫子缭绕，撞上人的脸、衣服。空气像一锅煮熟的小米粥，热乎乎的。

看见团长、政委过来，三营战士们齐刷刷地朝向他俩。郑国仲走到跟前，面对站成一排的战士们：

"这次战斗，你们三营就是钢刀，这是你们的光荣。"又将他们扫视一遍，走到一个人的面前：

"杨玉忠，你们九连就是这把钢刀的刀尖。"郑国仲举起右手，拍拍杨玉忠的左肩："刀尖，就要插在敌人的心脏上。"

杨玉忠站得笔挺,两眼直视团长。这位红军老战士,虽然平时话不多,打起仗来那是毫不含糊。他有些木讷,不知该回答些什么,只是左手挽了挽右胳膊的袖子,右手挽了挽左胳膊的袖子,双手握成一个拳头,举起,在郑国仲面前晃了晃。像是表示感谢,又像是表示决心。

营长马忠全走过来:

"团长,下命令吧!"

郑国仲从上口袋里掏出怀表,凑到眼前,又装回去。命令下达了。在马忠全带领下,三营全体人员行动了。郑国仲仰起脸,乌云更沉重更宽阔了,天黑得好似老乡家经年烟熏火燎的窑洞,要滴下油墨来。满意的笑浮上他的脸,也浮上站在一旁的鲍先志的脸。郑国仲向身边的通信员,发出二营、一营立即行动的命令。

在团部指挥所,郑国仲围着电话机来回走动,鲍先志站起坐下,坐下站起,好像都在等着对方开口。

"丁零零……"

郑国仲站住,右手拿起话筒,左手叉在腰间。

"情况怎么样?"是旅长陈锡联的声音。

"一切正常。"郑国仲汇报各营行动。

大前天,接到旅长的电话,郑国仲与鲍先志赶去旅部驻地西黄岩村。倒了两碗水,陈锡联向他们交代,刘师长、邓政委决定,面向交通线,发起白晋战役,军民

结合，破击白晋铁路北段，其中又分三段，三八五旅与兄弟部队负责来远至权店一节，并夺取南关敌人的军用物资。

去年日寇对太行山根据地发动的"扫荡"失败之后，今年年初大加修建，妄图以铁路为柱、公路为链、碉堡为锁，分割、封锁、围困根据地，实行所谓的"囚笼"政策。加紧修筑白晋铁路，意欲将连为一体的太行、太岳根据地劈成两半。

作为白晋线之咽喉，碉堡重重的南关是套在太行、太岳根据地上的一把大锁。驻有日军、伪军各二百余名，由中队长峰正荣指挥。镇上存放有修路用的炸药等军用物资，关押着从河北、山东抓来的一千多名修路民工。"南关战斗是即将发起的白晋战役重要一环。"陈锡联神情严肃，"要打好这一仗，要打得干脆、利落，坚决拿下南关，消灭峰正荣。"

次日，陈锡联带着两位参谋、两位警卫员，与郑国仲及三位营长李德生、张天恕、马忠全化装成老乡，登上南关西侧的大官寨顶峰，借助丛丛灌木的掩护，鸟瞰南关：

但见镇子四面环山，白晋线自北向南穿街而过；镇北云盖山前有两个突出高地，上下筑有碉堡，火车站位于两个高地之间；镇南是秦王坡；镇东是极子山，山下有两座碉堡；西北处两河交汇，沟壑交错。

当晚回到驻地，吃过饭后，郑国仲召集鲍先志、参谋长王远芬、作战股长和三位营长研究如何攻打南关。

"如果强攻，从外一层一层往里剥，既要花费很长时间，又容易增大我方伤亡。"郑国仲分析。

"强攻不行，那就考虑智取。"鲍先志接住话茬。

如何智取，大家一时想不出。张天恕、马忠全指着地图争论，互不相让。

"能不能采用潜伏的办法？"坐在一旁没发一言的李德生插进一句。

"有门。"郑国仲一拍脑袋，"可以从秦王坡和极子山两座碉堡之间悄悄摸进去，潜伏到镇内，来个腹地开花。"

"这就相当于在敌人的肋骨之间插进一把钢刀，直刺心脏，置于死地。"鲍先志放下烟斗，一小股烟袅袅上升。

凌晨三点了，三位营长散去，接着其他几位也散去。郑国仲躺下没有多久，就被警卫员小李子起床的声音惊醒，爬起一看，油灯还亮着。

一阵清脆的电话铃响了。

郑国仲与王远芬赶到旅部，向陈锡联汇报战斗方案。

"老伙计，这一次我们又想到一起了。"陈锡联兴奋地说，"我给它起了个名字，叫作'打虎掏心'。"

回到驻地，郑国仲作战斗部署：三营担任尖刀，潜

伏进南关，由内向外打；二营担任突击，待三营打响后，以密集火力封锁云盖山前两个突出高地和秦王坡、极子山山下碉堡的火力，由外向内打；一营为预备队，随时出击支援三营和二营。

之后，担任内外夹击任务的两个营长带领三营九连、十连与二营六连三个连长，化装成老乡，去镇上"赶集"，进行实地侦察，会见了地下党的敌工组组长、南关维持会会长孙汉英。

夜，静得出奇；天，似乎要塌下。三营匍匐前进，穿过铁丝网，一直摸到大街上，敌人才发现。三营迅速发起冲击，由内向外打。听到枪声，二营立即以密集火力封锁南北碉堡，发起冲锋，由外向内打。霎时，镇内的大街、火车站，镇外的碉堡、炮楼，到处冒出火光，枪声、爆炸声、喊杀声响成一片。仿佛天塌下来一块，砸在了南关，太行山一个镇上。

"老伙计，这一锤砸准了！"陈锡联打来电话。

敌人的司令部、仓库都在大街上，大街是整个战斗的中心。担任主攻任务的九连战士在杨玉忠带领下，勇猛向前，于拂晓时占领镇东南角。敌人龟缩在镇西离火车站不远的一所坚固房子内，用密不透风的火力封锁大街。

副连长袁开忠，响堂铺战斗中用嘴咬死敌人的战斗英雄，带领一排，在火力掩护下，以闪电般的速度冲过大街，占领一栋房子。

他们掏挖墙壁，准备扩大战果。

突然，街上冲出二十多个鬼子，端着明晃晃刺刀，号叫着向他们扑来。

"同志们，上刺刀！"袁开忠一边喊，一边扬枪撂倒三个鬼子。

"冲啊！杀啊！"战士们迎上去。

一位来自昔阳的新战士，在与一个鬼子拼刺刀。新战士参军不久，手脚有些慌乱。鬼子"呀、呀"地大叫着，步步紧逼。袁开忠见状，伸手一枪，结果了鬼子。新战士抹了一把溅在脸上的血，感激地望了一眼副连长，又向另一个鬼子冲去。不防，西北方向一发冷弹，击中袁开忠。见副连长倒下，新战士顾不得与敌人拼，马上奔过去，要搀扶他。"不要管我！快去消灭鬼子！"袁开忠推开他。新战士弯下身子，正要去背副连长，一发冷弹击中他的腹部。

眼见副连长牺牲了，战士们怒火满腔，奋力向前。

连长带领二排增援来了，他的头上、左臂正负伤流血。两排合并一处，随即消灭了这一小股敌人。

在杨玉忠带领下，战士们穿通墙壁，一阵猛打，之后占领与司令部仅有一墙之隔的一栋房子的一半。敌我之间，互扔手榴弹。腹部受伤的昔阳新战士，一手捂住伤口，一手扔手榴弹。

"快下去！"见他下半身被血染红了，杨玉忠喊道。

　　"我要为袁副连长报仇!"昔阳新战士坚决地回答。

　　墙壁穿通后,刚冲过去几个战士,就被敌人的火力压回来。此时十连与十一连,正与敌人进行激烈巷战。郑国仲命令三营集中兵力攻打司令部,一营火力封锁南北两面碉堡,二营迅速向前猛攻。

　　经过一番激战,九连终于全部占领司令部隔壁的那栋房子。那位昔阳新战士已经光荣牺牲了,他的嘴巴大张着,仿佛还在喊着"报仇"!刚才墙壁穿通后,冲过去的几个战士当中就有他。敌人反扑时,因为腹部重伤行动不便,他没能撤回来。当敌人靠近时,他仍然拼命战斗,直到流尽最后一滴血。

　　"为战友报仇!为战友报仇!"九连战士们猛烈攻打司令部。十连与十一连占领火车站与仓库,解决镇西南的敌人,解放一千多名修路民工,掉头奔赴司令部。二营突破敌人封锁也扑过来。

　　两个营协同作战,很快肃清大街上的敌人,占领司令部。

　　正当战斗激烈时,司令部里突然停止还击,没了声息。战士们迷惑不解,停顿片刻,便冲进去。他们看到什么?一摊摊的鲜血,到处都是弹壳。除了几具尸体,一个活的鬼子也不见。

　　——后来才知道,狡猾的鬼子事先修了一条秘密地道,通到火车站和村外,残余之敌就这样溜掉了。

旅政委谢富治带着从榆社、武乡赶来支前的民兵与刚刚解救的民工，近两千人，冒着外围敌人炮楼的火力，来到跟前。

"炸药在哪儿？快扛，快扛。"见到郑国仲，谢富治就问。

敌人的仓库、火车站、司令部，堆着许多不同颜色的木箱子、麻袋、包裹。民兵和民工们一进来就要扛东西。郑国仲高声喊道：

"先扛炸药，再搬其他物品。"

哪是炸药？郑国仲叫通讯员打开一个绿色木箱，装的是灰色粉末，不是以前常见的炸药的黄色粉末。"炸药是苦的，尝尝就知道。"郑国仲蹲下身子，用手指蘸了一点放进嘴里，"不苦哇，带点儿辣味。"谢富治弯腰，也沾了一点抿了抿，不能肯定。参谋铁夫走过来，他是东北人，会日语，低头瞅了一眼木箱上的字，高兴地说：

"这就是炸药，快扛。"

缴了一千多箱炸药，这是一个太大的收获。还有武器、粮食、西药……东西太多了。南关不愧是白晋线上敌人最大的仓库所在地。民兵和民工，上千人，都参与到搬运物资的行列中，络绎不绝。

大家高兴极了，一箱一箱扛在肩上。可是，镇东还有一个炮楼没有攻克，仍在发疯似的扫射着。

"郑国仲，限你半个小时拿下外围炮楼。"旅部下达

命令。

郑国仲将二营的两挺重机枪和特务连的三挺转盘机枪集中起来，协同一营正在战斗的轻重机枪，一齐压制敌人的火力。

"机枪一响，侦察排就发起冲锋。"郑国仲对排长吴振邦下令，"组成四个突击组，等轻重机枪打响后，跟着往上冲，吃掉这些残余之敌。"

侦察排战士一人一支驳壳枪、两颗手榴弹，机枪响后，如离弦之箭扑向敌人炮楼。驳壳枪对准枪眼连连发射，手榴弹往里塞。炮楼着火了，门被踢开了。仅仅十分钟，全歼了残敌。

二百余名日军，除二三十人从秘密地道逃出外，其余与二百余名伪军全部被歼，中队长峰正荣亦被击毙。

在南关，在白晋线北段，到处都在炸碉堡、炸桥梁、搬铁轨、烧枕木、割电线，日寇苦心经营一年之久的白晋线陷入瘫痪。白晋战役后，继续破击铁路的任务交给地方部队，直至百团大战爆发。

破袭南沟

（1940.9.23）

人们进进出出，在墙上、树上接电线，扛着、支着简易担架。手脚伶俐的小战士，着黑衣、戴草帽的民兵，剪着短发、挎着药箱的女护士，看似有些忙乱，其实有条不紊。

深藏山腰的小寺，打破了寂静。

松柏的清香弥漫三进院落，又从寺里蔓延到寺外，蔓延到山间。暮色苍茫，几只蝙蝠飞过房顶、树顶，吱吱叫着。

最后院落正殿，是十七团团部指挥所。团长陈正宏与副团长吴龙主站在摊于桌上的地图边，正在指指点点：一营一连直插南沟敌人据点附近，一旦敌人发现我们的破路行动出兵，立即阻击；二连、三连分别在温家山、龙珠寺设置第二、三两道防线；三营沿途掩护破路民工。

为了配合即将发起的榆辽战役，一二九师师部命令沁北支队参加白晋线破路战斗，掩护分水岭至沁县段的破路行动。按照支队司令员王新亭安排，十七团负责漳源以北，五十七团负责以南。

团长一边盯住地图，一边开口："这次破路任务重大，光是民工就有上千人，可不是一般的'小打小闹'，一定要打好掩护，保证安全！"

"这支破路大军虽说都是青壮年，有些还参加过游击战，可大多没有作战经验，况且又无武器。"副团长凝视搁在桌子一端的灯，"一旦日军出动，阻击不好，不但不能保证破路成果，还会造成人员伤亡。"

"一连的责任不小！"

"我看还是由我带领一连去守卫第一道防线吧。"副团长望了一眼团长，"发生情况能够快速处置。"

夜幕先触着山巅，渐渐移至山腰，笼罩了龙珠寺。

乘着夜色，吴龙主带领一连出发了。路上静悄悄的，与平常并无两样。一些小虫或远或近叫着。露珠准备升上草叶。小步疾行，晚十时，到达南沟附近，进入指定位置。

白晋线上，破路大军已展开行动。夜色朦胧，从玉米地里、小树木里、杂草丛里，七八个人，一二十号人，冲了出来。或扛着榔头、撬棍、铁锹，或赤手空拳，就凭两只有力的臂膀。迈开步子，猫着腰。每一段，都有人，早已做好分工。一簇簇人，仿佛移动的黑花，仿佛溢出的潮水。

风吹过，白天的热在消退，惬意极了。惬意，还因在怦怦跳动的心头，跃动着隐秘行动之召唤。

南沟残留的抗战时期日军桥基

王慧群·绘

　　进至铁路上，开始行动了。铁轨、枕木与碎石子，还散发着白天储藏下来的热。拔下固定于枕木上的道钉，一节铁轨上的全拔光了，几个人踩在枕木上，几个人一起动手，将铁轨慢慢抬起，扔到一旁。将不再支撑的枕木集中一起，一堆一堆，一会儿将点燃焚烧。没了铁轨、枕木的路基，用铁锹将碎石子抛散，又将其下地块这儿一下，那儿一下，挖开一条条的壕。

　　"哞——"是牛鸣声。

　　背后停着一辆辆牛车，牛一边反刍，一边打量着这些夜晚工作的人。

　　十一时，远远地在北边，在陈赓旅长指挥下，三八六旅扑向榆社县城，榆辽战役正式打响了。

　　而在百里之外这段白晋线上，破路民工与前线战士一样，奋斗在这个看似平常、将来必被记忆的夜晚，这个在整个华北地区发起的以破坏敌人主要交通线和据点为重点的百团大战中的光辉一夜。

　　十七团，一营三个连分守在三道防线上，三营往返于分水岭至漳源的沿线上，掩护破路行动。

　　凌晨三时已过，天麻麻亮了。接到上级指示，将铁轨、道钉及割下的电线，运往柳沟兵工厂。民工加紧时间，扛的扛、抬的抬、提的提。累极了，也兴奋极了。汗珠掉了一遍一遍，脸上五花八道，嗓子眼儿要冒烟了。有人压抑着，轻声咳嗽一声。有人摸摸系在腰带上的烟锅，真想美美地抽一袋。

"不好了，吴副团长，日军出动了，有一百来人！"侦察员跳下马，几步跑到吴龙主跟前。

片刻之后，吴龙主决定：

一连做好埋伏，利用有利地形阻击敌人；联系团部，通知二连、三连准备战斗；三营掩护破路大军尽快安全撤离。

一百来号鬼子，由松井带着，沿铁路搜索前进，很快进入一连埋伏圈。遭到一阵突如其来的打击后，敌人向我阵地发射密集的炮火。吴龙主站上磨里村对面山头，仔细观察敌情，命令连长赶快修整工事，坚决抵住敌人的攻击，决不能让他们前进。吩咐完后，吴龙主瞭望敌人阵地，寻找我军的打击目标。

"吴副团长，快下来吧，太危险了。"连长向上喊道。

"烟雾大，高处才能看得清楚。"吴龙主没有挪动一步。"敌人又要组织进攻了，赶快准备手榴弹。"

在猛烈炮火的掩护下，日军发起冲击。

吴龙主回过头来："打！"二排机枪"嗒嗒嗒嗒"地扫射，三排一束束手榴弹冒着烟投出去。

"狠狠地打！"吴龙主站在那里指挥战斗。敌人炮火愈来愈猛，我方伤亡越来越人。"同志们，一定要守住阵地！"突然，吴龙主倒下去，手中紧握着望远镜。敌人的一发机枪子弹射中他的头部。

吴龙主真名吴隆煮，湖北黄安（今红安）人，十六岁参加红军，担任过班长、排长、指导员、营政委等职，进行了长征。

全面抗战爆发后，吴龙主就任一二九师三八六旅七七二团三营特派员。当年十月，师长刘伯承设计，副团长王近山率领三营，连续三天在平定县七亘村同一地点埋伏，使日军遭到重大伤亡。战后，吴龙主由特派员改任教导员。不久调任一营仍任教导员。他带领一营参加了发生于长生口、神头岭、响堂铺和长乐村的几次著名战斗，与战士们一起奋勇杀敌，取得光辉战绩。

按照师部指示，三八六旅旅部机关及所属七七二团到达河北磁县彭城。一营担负镇南警戒。吴龙主与营长丁思林商量后安排：一连、二连分别负责山头左右两侧的防御，三连为预备队，四连担任警戒。

日军八百余人乘夜渡过清漳河，企图佯攻西山头，突破南山头，袭击旅部机关。吴龙主在前沿阵地观察后，识出敌人动机，与丁思林一番研究，决定将计就计歼灭进犯之敌。当日军爬近一营阵地时，遭到突然打击，顿时乱作一团。二连阵地危险，吴龙主带领三连、四连增援，激战两个多小时，打退敌人六次进攻。二营、三营出现在敌人东西两翼，形成夹击之势。双方拼刺刀，吴龙主挽起衣袖，挥舞大刀，左右开弓，接连砍倒四个鬼子。突然一颗子弹击中他的腹部。

送到卫生队后，战友日夜守候身旁。三天过去，吴龙主仍然昏迷。买来一口棺材，准备后事。忽然醒了过来，第一句话便问丁思林：

"仗打得怎么样？部队伤亡大不大？"

活了下来的吴龙主升任三八六旅补充团政委。补充团改称十七团，吴龙主改任副团长。

眼见吴副团长负重伤，一连战士愤怒地打击敌人。三营将破路民工送至安全地带后，返回来加入战斗。一直持续到午后，敌人始终没能冲过我方阵地，南沟火车站警备队长悠崎大尉当场被毙。

沁县日军满载十三辆汽车增援，进至温家山，遭到五十七团沉重打击，下午五时全部溃退。

吴龙主用担架抬至龙珠寺战地救护队，因伤势过重已经牺牲。

激战温庄

（1940.10.22）

　　战士们挥汗如雨，加紧构筑防御阵地。土一锹锹扔上去，堑壕在加深、加宽。夜里天气渐冷，明天就是霜降节气。月亮只剩半轮，但也足够用了。大家顾不得说话，埋头干手中的活儿。

　　二十五团是傍晚时分到达温庄、大陌的。到后，团长苏鲁、政委凌则之带领干部即刻勘察地形。

　　一、三营为一梯队，二营为预备队，以温庄为主阵地设置五道防线。

　　百团大战使日寇"囚笼政策"遭到致命打击。为了报复，敌人调集三十六师团、一一〇师团与独立第一混成旅团、第九混成旅团及重整第四混成旅团共两万余人，对华北根据地进行规模空前的"扫荡"。

　　上次，陈赓指挥所属部队，掩护八路军总部离开砖壁，经石瓮安全转移到黎城县西井村后，在东堡、韩壁等地构筑阵地，顽强阻击来自西营、蟠龙的东犯之敌，在外线部队的配合下，粉碎了敌人合击我总部的企图。

昨天，日寇卷土重来，其中一路是由沁县出动的冈崎大队，今天进驻蟠龙。而我总部已从西井村返回武乡，驻扎在东北不远的拴马村。

判明敌人企图后，总部急令决死一纵队二十五团、三十八团归总部直接指挥，二十五团在河不凌、温庄、石门一带占领阵地，其中以温庄为主阵地，阻击进犯之敌；三十八团占据侯家垴阵地，防止敌人南窜韩壁一带。

"这一带地形是由西向东逐渐升高的梯田，对抗击敌人十分有利。"苏鲁双手放下挂在脖子上的望远镜，收回目光。

"此次任务非同一般，"凌则之环视一眼远近起伏的山地，"敌人来势凶猛，我们要寸土寸守。"

刚才举行的战前动员会上，指战员们振臂高呼"誓死保卫总部安全"口号，犹在耳边回荡。

一个不眠之夜过去了。

冈崎大队附炮兵八百人挟裹三百民工进驻蟠龙。天微明时，其先头部队二百余人抵达河不凌。为了占据制高点，他们向南山摸去。伪军走在前，鬼子跟在后，晨风中太阳旗时展时垂。

没到半山腰，突然枪声响起，手榴弹抛下。在团长蔡爱卿率领下，埋伏在山上的二十八团居高临下发起攻击。

敌人立即一片片地趴下，稀稀落落还了几枪，便掉

转头，争向山下撤去。

与蟠龙后续出来的主力会合后，敌人兵分三路，向河不凌、温庄一线阵地发起强攻。

"呜——呜——"两驾灰色飞机挟着黑影，向我阵地呼啸而来。"快卧倒！"战士们齐刷刷地贴于地上。飞机向下一阵扫射、扔下几颗炸弹后，陡然升高，挟着一股黑烟远去了。炸弹轰轰直响，溅起土石，炮火也在轰炸。面对敌人攻势，七连连长王耀斌毫无畏惧，指挥战士们用排子枪、排子手榴弹猛烈还击，接连打退敌人三次进攻。一连一排也与敌人殊死博斗，数次将其击退。

"不好了，鬼子施放毒气了。"喊声还没落地，有人咳嗽起来。

"同志们，取下毛巾，尿上尿，捂到嘴上。"听到指挥员大声叫喊，战士们纷纷行动起来。催泪毒气没能吓退他们，他们憋着气战斗。

利用这短暂的间歇，敌人密麻麻地冲上来。"冲啊——"一连一排代理排长王德胜高喊一声。"冲啊——冲啊——冲啊——"接连不断的喊声高高低低汇成一片，战士们跃出战壕，与敌人展开肉搏战。你来我往，敌我交织。七连三排排长陈新春，脚部负伤，但也站起来，率领战士们与敌拼杀。敌人到了阵地前沿，被就地消灭。一番厮杀之后，扔下一个个死伤队员，敌人恨恨地败退。

歇息之后，不甘心的敌人又发起新一轮进攻，端着刺刀蜂拥而上。

越来越近了，越来越近了，可以看清他们狰狞的脸，听见呼哧呼哧的喘气声。

"排长，开打吧！"李小燕眉头紧缩，双手紧握枪。

符青山两眼没有离开逼近的敌人："要沉着！五十米不打，三十米不打，要到二十米再打！"

"排长，可以打了！"李小燕等不及了。

敌人又前进七八步。

"打！"

一颗颗手榴弹，在手心里攥得汗津津的手榴弹，于空中划出一条条急遽的弧线，落进敌群。

丢下二十余具尸体，敌人落荒而逃。

敌人改变方式，将兵力收拢一起，对一连阵地发起猛攻，想打开一道口子。面对密集的枪炮，战士们奋勇还击。有人倒下了，有人受伤了。他们没有退缩，奋力地阻击着。

"要英勇顽强，坚决顶住敌人！"团长在电话中声音嘶哑。

有人来到阵地，是凌则之。

"同志们，狠狠地打！从这里撕开一道口子，这是敌人痴心妄想。"凌则之一边举枪射击，一边大声喊道。

一次次进攻，一次次失败。敌人气急败坏，像八月的洪水一样，不间断地涌上。前面的倒下了，后面的继

续前进。步枪、轻重机枪、手榴弹……我们的武器一刻不停地射向敌人。凌则之一会儿这里，一会儿那里，一边高声鼓励，一边缜密指挥。意欲突破的敌人，又一次被打退了。

十一时，敌人又集中飞机、大炮，对我阵地狂轰滥炸。敌人占领左侧一个小高地，用机枪侧射我方前沿阵地。为了避免更大伤亡，我方主力撤到位于温庄以南郭家庄背后的第三道防线。凌则之指挥战士们猛烈反击，敌人稍稍退却。之后，敌人在重火力掩护下再次发起进攻，凌则之率领战士们与敌冲杀。

"不好了，政委负伤了！"有人大叫。

在温庄东山坡上，敌人机枪扫射，子弹穿过凌则之胸部。

团政治部主任雷荣夫代理政委职务，他来到第三道防线。"为凌政委报仇，誓死保卫总部！"雷荣夫命令痛击敌人，与阵地共存亡。

战士们群情激昂，浴血奋战，守卫阵地。

下午二时，两架敌机呼啸而至，再次对我第三道防线扫射、轰炸，同时炮声隆隆。战士们沉着应战，待敌人进入火力圈内猛烈射击。一营营长张芳寅，手持缴获的日军指挥刀，双眉倒竖，喊声震天，旋风似的冲入敌阵，一连砍倒十几个。敌人又生企图，准备迂回到一连侧后。七连连长识破其诡计，指挥部队力挫迂回之敌。工作员许良章率领战士们拼命反击。二排只剩三名战士，仍顽强地坚守阵地。

接连攻打，接连失败，在付出重大伤亡后，敌人残部退至温庄。

从晨至午，从午至暮，在以温庄为中心的阵地上，日军不知进攻了多少次，又多少次被击退了。到处都有敌人留下的尸体，到处都有我军流下的鲜血。在奋力抗击中，敌人袭击八路军总部的图谋宣告破灭。

硝烟渐散，夜幕垂落。二十五团打扫战场，团长苏鲁与参谋长李懋之骑马奔赴总部。在电话机旁，他们向副总司令彭德怀和副参谋长左权汇报战况。

当听到凌则之牺牲消息后，彭德怀，这位素以刚硬闻名的八路军副总司令，突然转过了脸，目不转睛地盯住屋子一角，流下泪水。

凌则之，四川屏山人。原名凌家增，字季瑜。少时聪颖，有抱负，学业超群。还在清华大学读书时，积极投身于平津抗日救亡运动，常随学校游行队伍在街头演讲，宣传抗日救亡道理。

投笔从戎，奔赴太原参加山西牺牲救国同盟会，在抗敌救亡先锋队总队工作。全面抗战爆发后，参加山西青年抗敌决死纵队，先后任中队指导员、大队教导员、总队政治主任，带领队员发动群众，开展游击战争，沉重打击日寇侵略者。"十二月事变"后，担任合编后的

二十五团政治委员。

凌则之既是一位杰出的政治工作干部，又是一位出色的战斗指挥员。他指挥二十五团一营攻击马首车站，半个小时攻占两侧碉堡，次日拿下车站，毙敌二十余人。日军登木小队四十余人夜袭大落坡二十五团指挥所，闻讯赶回，凌则之指挥担任警卫的八连与敌展开白刃格斗，将其击退。他亲临火线指挥突击部队，冒着敌人的机枪火力冲过三道铁丝网，直扑外壕前沿，敌人施放毒气，与突击队员在中毒情况下，仍然勇毅前行，连续冲锋七次，攻下沿毕据点，歼灭大部分守敌。

"你们保卫总部的任务完成了，可以归队了。"左权打破沉默，神情肃穆地面对苏鲁与李懋之。

二十五团重归陈赓指挥，几天后参加了更为激烈的关家垴之战。

诱伏长立头

（1940. 10. 23）

　　与昨日并无二致的太阳升上东山，映红天边。在温庄宿营一晚的敌人，恢复气力，他们没有掉头离去，向西返回蟠龙，而是再向东边，欲寻八路军踪迹，重新开战。

　　骑在马上的冈崎，挺着胸，一手按在斜挎腰际的刀上，一手揽住缰绳，脸梗梗地凝视前方。

　　到了一个隘口前。

　　"停止前进！"

　　就算不知道昨日发生温庄激战，也能从他们身上寻出痕迹：有的衣裳破烂，浸染血迹，膝前有拂不掉的土印；有的额头缠着绷布，手背结着血痂；有的腿一瘸一拐，也许是受了枪伤，也许只是碰伤；不少人眼睛充满血丝，那是昨日打仗之故，长时间盯住前方，神情过度紧张。

　　冈崎举起望远镜，但见两边高峰对峙，树草浓密，一条狭长通道自西而东，消失在碧绿之中。几声鸟鸣，叫得人心里幽幽的。旭日照射，烟雾在岩崖上投下轻影。

岩崖间，小径时隐时现。

"真是一个打伏击的好地方。"冈崎像在自言自语。

队伍没再前进，而是拐进盘山小路，蜿蜒而上。那隐现岩崖间的小径，把他们接到山顶。

山顶有个小村，柳树垴，几十户人家。人，不见一个。也许是昨日西边温庄的飞机轰鸣声与枪炮声，吓走他们。走得匆忙，东西都是原模原样。正好，就在此处点火烧水做早饭吧，肚子咕噜噜响。

火刚点着，水才舀进锅里，突然响起枪声。

枪声来自凤垴顶，埋伏在那里的是三八六旅十六团一部。敌人慌忙丢了柴草，扔了瓢，一边胡乱地向着枪声来处放枪，一边不忘这儿那儿放起火来，他们把这意外归罪于无辜的小村。

副团长黄仕友一边指挥战士们打击敌人，一边派通讯员赶往旅部汇报情况。旅部驻扎在东边长立头，距离仅仅五里。

枪声此起彼伏。

通讯员回来，将旅部指示报与副团长。

敌人的火力不减昨日。黄仕友带领战士们边打边撤，到了神坡顶。凤垴顶被追赶的敌人占领。上了凤垴顶，冈崎用望远镜观测，见神坡顶低一些。

"放弃制高点，愚蠢、愚蠢。"

敌人的火力压过我们，是武器精良缘故，也有山地高之因。对峙一会儿，战士们再次在副团长带领下撤退。

到了石门坪，一片开阔之地，无坚可守。

"哈哈，这一小股八路真是太愚蠢了。"冈崎不再举起望远镜，对面阵地一目了然。

又撤退了，到了长立头一处叫西腰桥的地方。那里局促不说，生得又极奇怪，两边宽中间窄，好似老乡窑洞壁上挂着的一个弹花槌。窄处，仅有两米。一座小小土桥，静静卧于其上。

当敌人赶到，桥已断了。

对岸几株大树蓊蓊郁郁，长得正好。没有一丝风，树叶凝然不动。山谷里传出一声大鸟鸣叫，像是笑，又像是哭。冈崎走到前边，低头瞧见桥身散成一堆，积于谷底。

突然想起《三国演义》里的当阳桥。

刘备前头仓皇逃窜，曹操后头紧紧追赶。刘备只顾着活命，妻儿也不要了，百姓也不要了。赵云七进七出，从曹营中救出阿斗。张飞断后，跟随仅有二十余骑。当追至当阳桥，曹操与一帮儿将军停住。张飞一人一马一矛在桥上：

"我乃燕人张翼德也，谁敢与我决一死战！"一声断喝，夏侯杰肝胆俱破，跌落马下。

曹操与一帮儿将军看见对岸林子里，尘土飞扬。

似有大队人马埋伏，不过是张飞用计，那二十余骑

马后拖曳树枝，来回奔驰，激起漫天尘土，造成千军万马样子。见状，曹操引兵而退。

张飞也不敢追赶，临走，将桥拆断。

"当年张飞尚知运机，毫无惧色。"冈崎一字一句地说。"既拆掉桥，这一小股八路必是穷途末路了。"

旁边一位副官搭上话："队长，莫不是其中有诈？"

"有诈？"冈崎反问一句，"我看不像。要是埋伏，他们定会设在刚才隘口的那一段，不会到了这里。一路曲曲折折，此处又极狭窄，他们绝想不到我们有耐心，会一路追击不止。"

副官仍不放心："还是小心为是！"

"你小心过余了！"冈崎也不看他，"这一小股八路定是昨日残余，逃窜于此，正好被我们碰上。今天必要乘胜追击，将其一举歼灭。"

工兵跳过对岸，攀上那几株大树。丁丁当当，木屑溅下一地。木屑清香味与大枝子落地时激起的尘土呛人味，一并传了过来。不到半个时辰，在土桥原址上，又起一座简易木桥，带着碧绿叶子。

咯吱咯吱声中，敌人大队人马小心翼翼过桥。

没走多远，到了长立头村南，进入我埋伏圈。一颗颗手榴弹，劈头盖脸落下。机枪、步枪也开了火。刚刚还在谈论"歼灭"对手，不料却被对手"歼灭"着。人打着转儿，马昂首嘶鸣。地方太小，根本没有躲藏之处。

向上开枪，子弹纷纷射进了天，根本打不到居高临下的八路军。"向前！向前！"冈崎发出命令。晕头转向的敌人，丢下几十具尸体，拼命向西逃去。

黄仕友率领战士们，随同大部队，没走多远便到村南头芦林庵旅部所在地。

"旅长，敌人果然中了您的计。"副团长行了一个军礼，满脸兴奋。

"都说冈崎狡诈，他也有马失前蹄的时候。"陈赓露出了亲切的笑容。

"他们追得倒是紧。"

"你们也给主力部队调动留出了足够时间。"

"还是断桥管用。"

"是啊，冈崎还以为我们怕他们呢。"

"正好打打他们昨日的嚣张气焰。"

"越是穷途末路，越是嚣张。"

长立头，太行山上一个寂寂无名的小村，时属关家垴。后来为了种地方便，村子南移两里，改名马垴。鲜为人知，在这个位置变动、名字消失的小村，曾经发生过一次伏击战。除了留下几十具尸体，狂妄的日寇还留下几十支枪与一些弹药、物资，留下一段中了埋伏的失败记忆。

鏖战关家垴

（1940.10.30—
1940.10.31）

寒光闪过，两个敌人倒下了，仿佛两束晒干的谷秆，一丝儿声响也没发出。

农历九月最后一夜，天无月亮，星光稀疏。总部特务团二营六连摸上关家垴山顶，把两侧前沿的两个日本哨兵给收拾了。接着兵分三路，向敌人的机枪阵地摸去。

那里是片坟地，支有六挺机枪。

几十颗手榴弹从三个方向投去，三挺机枪同时开火，火光与枪弹声洞穿垂在关家垴的夜幕。

敌人无暇还手，没被打死的奔下山坡。

"攻上去！"没有听到敌人机枪还击的声音，团长欧致富命令埋伏山下的特务团各部发起行动。

手榴弹投进窑洞，随着阵阵爆炸声，没炸死的敌人犹如被水淹灌的老鼠窜出，迎面碰上密麻麻的子弹。战士们很快占领一排窑洞，继续前进。不料左侧一孔窑洞中，敌人三挺机枪向外猛烈射击。

警卫连连长唐万成端起机枪，带领一班从斜坡上压下去，冲到窑洞前，抛进手榴弹。滚滚黄烟下，钻出二十几个鬼子。一梭子扫倒十来个，刚要往前冲，窑洞里又响起机枪声，唐万成右臂被击中，机枪掉下地。排长南海斌一个猛子扑去，将机枪捡起。说时迟，那时快，已和敌人打个照面，又是一梭子，方得脱险。

正在指挥争夺时，从一孔窑洞跳出我方一名班长。

"不行！"他大嚷道，"团长，洞是相通的！"

就在刚才惊魂一瞥间，这名班长看清窑洞里的情形：一排窑洞全打通了，每孔窑洞里都筑有机枪阵地，前部挖有壕，窑洞外面也挖了壕。"我们的手榴弹大都落进壕里，根本伤不着他们。"

每孔窑洞就是一个火力点，不仅面前有两道壕保护，又可与其他窑洞互相支援，形成交叉火力网。里外相连，孔孔相通，构成可以循环作战的工事。刚才扔进去的手榴弹，即使没落进壕里，也炸死了里面的机枪手，别的窑洞的机枪手又可迅速补充过去。战士们刚刚占领的窑洞，是敌人还没来得及改造的。

继续打下去，伤亡会更大。欧致富下令，暂停攻击！待大部队发起行动后，再里外合击歼灭敌人。

敌人是日寇从三十七师团调过来的冈崎大队。冈崎大队十月下旬东犯黄崖洞兵工厂遭到反击，放了一把火匆匆离开。七八百人，在我军民一路袭扰之下，撤到关家垴附近，准备夺道武乡退回沁县。

结束榆辽战役不久的一二九师，正在蟠龙一带休整。

连日在晋东南各个战场巡视的八路军副总司令彭德怀，目睹一个个变成废墟的村庄，燃起满腔怒火。

彭德怀决定消灭此股敌人，与副参谋长左权在石门村老爷庙召集一二九师师、旅干部开会，下达八路军总部作战命令，十月三十日凌晨四时对冈崎大队发起进攻。具体部署：三八六旅七七二团和总部特务团为一路，从关家垴东北、东南侧进攻；三八五旅七六九团为一部，从关家垴西北侧与前一路并肩进攻；决死一纵队二十五团、三十六团为一路，由南向北推进；新编第十旅为一路，由西向东封锁日军西逃之路。

也许是嗅到了战斗在即的不安气息，就在我方召开会议之际，冈崎大队连夜布防关家垴。

关家垴位于八路军总部驻地砖壁正北十三里处，乃群岭环抱的一个高岗。山顶是块五六亩大的平地，谷子已经收割。山北是崖壁，下临深沟；东西两侧坡度较陡；南坡平缓，半腰有个村子，沿山壁筑有孔孔窑洞。关家垴西南一里许另有一个柳树垴，山顶平地小些，但比关家垴高出五六十米，从柳树垴上可用火力控制通往关家垴的小径。冈崎大队占领关家垴的同时，派出一百多人占领柳树垴，互为犄角。他们连夜构筑工事，挖出坑道，拆卸百姓门窗架在上面。

晚十一时，左权接到冈崎大队连夜布防关家垴与柳树垴的报告，看了看表，离总攻还有五个小时，果断决定提前发起进攻。

特务团团、营以上干部来到左权的临时指挥所，一间窑洞前面搭起的小草棚子里，只见一盏油灯光晕里，副参谋长正在一边接打电话，一边盯着地图。见到欧致富他们，下达命令：

"你们团提前进攻。具体部署：二营从侧后摸上关家垴，端掉山顶机枪阵地；三营从关家垴、柳树垴中间突击，把敌人切成两半，向西发展，挨个窑洞消灭敌人；其他两个营从西北插上，阻止敌人逃往武乡。"他停顿了下，特别强调：

"你们的任务就是掩护兄弟部队按时进入阵地，然后腹中开花。"

在特务团的等待中，凌晨三时，八路军对关家垴与柳树垴同时发起进攻，顷刻间炮声隆隆、枪声大作。

担任攻打柳树垴任务的是三十八团。彭德怀战前来到队伍面前："同志们，你们决死队要向谁决死呀？""向日本鬼子！"回答声响彻石门外干河滩。彭德怀手指关家垴："前面打枪的地方，有大队日本鬼子被我们包围了，今天要消灭他们，你们就是向他们去决死！"

副总司令的战前动员激发了大家的战斗情绪，虽然秋风阵阵，身着单衣，战士们身上仍热乎乎。

"冲呀！"登上柳树垴，战士们手持上了刺刀的步

枪，杀声震天扑向敌人。一个持刀的日本小队长冲向连副指导员王玉廷，班长王正国大喊一声："老子和你决一死战！"一刀刺进敌人胸膛。往外拔刺刀时，另一个日本小队长举刀向王正国头上砍去，王玉廷和副班长然志能一齐刺去，结果了他。经过两个小时激战，在天亮时攻占柳树垴。

其他各部扑向关家垴。由于日军武器精良，又居高临下，我方每前进一步，都要付出不菲代价。

眼见八路军重兵突至，日军没作逃离之想，他们知道一旦放弃阵地，就会遭到数倍于己的八路军分割包抄，只能利用关家垴的有利地形，困守待援。

九时，飞来几架日军战机，对我阵地狂轰滥炸。关家垴地方小，八路军兵力多，为免造成大的伤亡，不得不停止进攻。

三十八团与二十五团调整部署时，敌人一个中队乘机猛烈反击，攻占的柳树垴又被日军夺去。柳树垴失守对进攻关家垴极为不利，彭德怀、左权命令陈赓组织反攻。陈赓抽调十六团、三十八团、二十五团各一个营，连续四次攻击，其中二十五团那个营加攻三次，有两次攻上山头，但因地形不利，加之几支部队协同作战及火力配合欠佳，阵地未能夺回。在敌我双方拼死争夺下，阵地上的土烧焦了，树烧黑了。

与敌人白刃格斗时，十六团团长谢家庆倒在血泊里。

谢家庆，河南确山人。红军时期曾任班长、排长、营长。全面抗战爆发后，与张国传率教导团一部组织谢张大队，进入武东山区发动群众抗日。后调任十六团团长，带领战士们攻克芦家庄、破袭正太路、阻击卷峪沟、攻打榆社城。

在关家垴东北方向，七七二团一营展开攻击。可上去只有一条小路，三十厘米宽，四十米长。三连在前，四连跟进，一连居后，顺着台地向上攻。到第四五个台地时，战斗激烈，我方攻不上去，敌方压不下来。一会儿近距离射击，一会儿又短兵相接，我方伤亡极大。

战至中午，一连七十多人只剩三人，连长刘显模也牺牲了；三连五十多人只余指导员李正银和两名伤员；四连六十八人还有十来人。四连英勇拼搏的事迹，让存活下来的指导员郑加平永远不能忘记：

四班班长高保华、九班班长李俊田，分别投出手榴弹六十多颗、五十多颗。

"指导员，我的手还没有过瘾。"机枪班射手宋晋根，一个高个子，当敌人反扑时，一次打光三个弹匣。

三架敌机掠过头顶，又是低空扫射，又是投掷炸弹。

午后，四连配合兄弟部队向敌人连续出击三次。三次出击伤亡六人，包括二排副排长兰树清。兰树清投出五十多颗炸弹。他的头部、右腿负了重伤，不能再冲锋，又忍痛投出三颗。当投出第三颗时，手被子弹打穿。"指

导员，我们前右侧有敌人一个机枪阵地，正前方有敌人两挺机枪，都被我们的炸弹炸哑了。"他欣慰地说。因为流血过多，兰树清停止了呼吸，右手无名指上，还挂着拉火线。

郑加平决定消灭前右侧敌人机枪火力点。在几支步枪与手榴弹的掩护下，机枪班班长孟长根右手提着机枪，弯着腰，一口气跑到一个小坟堆跟前，将机枪架在上面，正向敌人火力点瞄准，突然从前面不远的单人掩体里，射来一颗子弹，打中了孟长根头部。

郑加平卷起袖子，提着枪和手榴弹，就要冲上去，被营长蒲大义拦住。

蒲大义与左边特务团二营营长商量，选定两挺重机枪、几挺轻机枪和三具掷弹筒，同时向敌人猛烈发射。在火力压迫下，迅速冲上人去，将孟长根的遗体与机枪，从敌人面前抢了回来。王应成又负重伤。

下午四时，当一营被兄弟部队换下来时，只剩六人，包括一连四人。

西北方向负责进攻关家垴的是七六九团。迎面是块高约二十米的陡崖，快近顶上，有道略凸出来的壕坎，其上是面三十多米长的斜坡，一直通到山顶日军前沿阵地。三连三排借助攀登工具和野藤爬上壕坎，日军发觉，马上火力封锁。困于崖下，突击部队无法前进，后续部队无法跟随。

提前占领窑洞的特务团，待大部队反复拼杀时展开行动。原想挖开窑顶炸敌，但窑顶太厚，费力挖通一两个孔，敌人炮击，不得不停下，整个上午困守窑洞。下午，用炮轰击。曲射炮打，炮弹掉在窑顶，无济于事；平射炮打，角度不合，不是高就是低。不能实现腹中开花，自身伤亡不断增加。

几路进攻均受挫，战斗呈现胶着状态。虽然占领关家垴与柳树垴部分日军阵地，但剩下的敌人仍然占据两垴的主要阵地。

而在外围，阻击战也打响了。

从武乡、辽县（今左权）出动的二千二百余名日军向关家垴增援时，分别遭遇三八五旅和新编第十旅。在战斗中，一颗子弹打伤新编第十旅旅长范子侠的左手腕。将军坚决不下火线，仍然指挥。

黎城日军机动部队也派出一千五百余人向关家垴开赴，陈赓又令三八六旅一个团前去迎敌。

在七六九团指挥所，一二九师师长刘伯承拿起望远镜，目光落在关家垴上那面斜坡：

"斜坡是土质的吗？"

"是面黄土坎。"团长郑国仲回答。刘伯承紧皱的眉头松开来，略一思索，顿时有了主意：

"挖暗道，通上去！"

次日，各部重新组织兵力对关家垴与柳树垴发起

进攻。

而在总部指挥所，距离关家垴两三里外的一孔破窑洞中，彭德怀望着战士们一批批地冲上去，又一批批地倒下去，心中焦急万分，一猫腰钻出去，不顾大家呼喊阻拦，沿着交通壕直奔而去。

他右腿蹬在壁上，双手举着望远镜，专注地观察前方阵地，身体几乎完全暴露于外面。壕沟距离关家垴仅五百米。这帧广为流传的照片，是当时《新华日报》随军记者徐肖冰抓拍下的。

回到指挥所，彭德怀与左权接到报告，增援的数千日军越来越近。援兵如到，我军处境更加不利！彭德怀下令：

"必须在十六时发起总攻，务必全歼冈崎大队！"

时间到了，总部炮兵阵地上的迫击炮轰向关家垴。冲锋号吹响了，各部再向两垴发起进攻。

七六九团已挖通了暗道。两个班各挖一条，避免发出声音，不要扬起灰尘。为分散敌人注意力，一个班佯攻。发起冲锋后，突击部队登上，通过暗道向关家垴山顶爬去，日军正在盯着斜坡，不想屁股后面突然冒出八路军。一阵手榴弹响过，山顶阵地顿时大乱。隐蔽在壕坎下面的突击部队趁势冲上去，展开激战。后续部队不断攻上，投入战斗，控制了关家垴制高点。

与此同时，七七二团和二十五团、三十六团等部也

关家垴之战遗址

王慧群·绘

先后攻上关家垴。

经过激烈肉搏，日军大部被歼，残敌退到半山腰窑洞里，负隅顽抗。

三八六旅旅长陈赓、三八五旅旅长陈锡联，来到窑洞阵地上的欧致富面前，询问情况如何。

"洞里的'老鼠'不好整，最好围困住，一点点消灭。"

"怕来不及，敌人援兵越来越近了，快结束这里的战斗。"陈赓说，"这样吧，由我们再攻一次，不行再想其他办法。"

突击队攻上去。还是那样，攻打一孔窑洞，敌人抵挡一阵，马上不见了，等打下一孔窑洞，他们又从刚才那孔窑洞里向外射击。陈赓下令停止。彭德怀叫大部分部队去打援敌，只留少数部队牵制这里的敌人。

直到晚上，援兵到了跟前，困守窑洞中的数十名敌人突围而去。

柳树垴也有一小股残敌逃脱。

艰苦卓绝的关家垴之战是八路军以劣势武器、不利地形对武器精良、占据山头的日军进行的一次攻坚战、阵地战。此战毙敌几百余名，基本歼灭号称精锐的冈崎大队，骄横跋扈的冈崎谦受和今富光藏两个大队长也被打死，缴获轻重机枪二十余挺、步枪五百余支以及大量军用物资。

保卫砖壁

（1940.11.2—1940.11.3）

　　"八路军胜利万岁！""把小日本赶出中国去！"砖壁百姓站在村西路口，满脸欢笑，高呼口号。敲锣的、打鼓的，有时扫视人群，有时眯起眼睛。老人笼起袖筒，孩子在人群里乱窜。住在村东玉皇庙的孤身老人杨五满，也来看热闹。

　　总部特务团战士与村里民兵，车载着、肩扛着、手提着从关家垴战场缴获的各种武器与物资，返回砖壁。一轮白日也似在欢迎他们。有个高大战士，右肩上扛着两支三八式步枪，枪身锃亮闪光。骡马车里装满大小箱子与一堆堆罐头盒子，也有断损的枪与刺刀，上面的血凝成黑色。

　　从村东疾步赶来一个八路军小战士，迎面走到队伍中的欧致富跟前。

　　"欧团长，彭副总让你马上到玉皇庙参会。"

　　总部会议室设在玉皇庙献殿里，欧致富一脚跨进，看见彭德怀副总司令和左权副参谋长站在摊开在桌上的

地图两侧。

三八六旅旅长陈赓与旅部几位干部及几位团长也赶到了，嗒嗒的马蹄声停住，他们大踏步进来。

也没寒暄，彭德怀直接开口：

"总部侦察科情报，日军华北方面军头目多田骏，因昨日关家垴之战，恼羞成怒，调集在清漳、浊漳两岸窜扰的日军及襄垣、黎城、武乡之敌，于今日发起报复，企图再次捕捉我总部机关，现正向砖壁扑来。"

"多田骏是想报这一剑之仇。"陈赓说。

"就这他们再来栽跟头吧。"欧致富道。

彭德怀踱着步子，穿进窗棂的日光，在他绑腿上一晃一晃。

"现在我命令，总部特务团、三八六旅火速赶往西营、东堡、蟠龙、大陌一线阻击进犯之敌。"随着副总司令握在手里的一节树枝，大家的目光在地图上移动。

特务团与三八六旅各团进行战前动员和周密布置。虽然刚刚结束两天攻坚战，各团减员不少，又都疲劳，但听到要打仗了，大家还是来了精神。谁不想为死去的战友报仇，想不到机会马上就到了。

二日上午十时之前，各部到达目的地。

参加关家垴之战支前工作的三十名男民兵和十五名女民兵，分别由男女队长马象儒、张润孩带领，在村公所接受任务，跟随部队上前线。蟠龙以东其他各村，也派出一批一批民兵参加支前。

下午四时，守卫在牛山顶上的七七二团发现敌人。牛山在东堡，东堡位于砖壁西南。接到报告，彭德怀命令部队做好隐蔽，近距离消灭敌人有生力量。

敌人在一点点推进。下面是片开阔地，经过前两天的战斗，他们变得更加谨慎了，更加犹疑了，小心地向前摸索着。战士们眼中射出仇恨的火，每个人心里都在默念要为某某某报仇。大家在想，来吧，这次可是我们在上、你们在下，小鬼子，今天就让你们在这里尝尝老子的手段。

枪声大作，炮声轰鸣，子弹、炮弹如雨扫向敌人。在平地上，他们犹如湖面被旋风激起的浪，涌向这边，涌向那边。无处躲藏，连一块石头也寻不见。一排排地倒下，还没来得及放一枪。

几次向山上冲，均被火力压住。

敌人集中火力，向一营阵地猛扑。一营假装向东撤退，将敌人引向雷区。敌人紧追不舍。"轰隆隆——轰隆隆——"听着阵阵雷响，看着敌人人仰马翻，一营战士此起彼伏喊道："为三连连长王文宣报仇！""为一连二排副排长兰树清报仇！""为三连机枪班班长孟长根报仇！"

夕阳映红阵地，映红战士们的后背。激战数小时，在付出惨重伤亡后，残敌狼狈向西撤退。

不甘失败，次日上午九时，来自段村之敌占领柳树

武乡砖壁八路军总部

萧刚·绘

埌、大陌，来自黎城之敌经过石瓮占据石门，欲与前股之敌会合。早已准备好的三八六旅在大陌圪梁、埵里一线抗击，与敌展开激战。

天下起雨，萧瑟秋风带着寒气。

埵里东南邻村便是砖壁，敌人几次冲锋，都被三八六旅炮火压向西去。炮弹，一发一发射去。炮筒灼热，雨落上面，马上干了。

三八五旅又从东面胡峦岭高地，越过蟠洪河，直奔而来。

背后突然起了战火，北来之敌遭到东西两面夹击。炮弹穿过灰蒙蒙雨幕，不停地落进敌群，在山谷中回响。"仇还未报完，来吧！""谢团长，我们为你报仇了！""为三八五旅牺牲的战友们报仇！"两面高地上不时响起呐喊声，他们为长眠在关家垴、柳树垴的英烈们报仇雪恨。

合击八路军总部的计划再度落空，丢下遍地尸体，残余之敌向黎城方向逃去。西天铺满灿烂晚霞，仿佛炮火被明净天空定格。

"副总司令真是胜算，让敌人丢盔弃甲！""有再一再二，没有再三再四，小鬼子怕是明天不敢来了！""要是再来，就让他们'吃'个饱。"返回路上，砖壁民兵对八路军指战员夸个不停。八路军队伍里也传出对砖壁民兵的称赞："你们又是运送弹药，又是抢救伤员，这功劳也有你们的一半。""人民是水，军队是鱼。军民鱼水情，战争才能赢。""并肩战斗，打倒日本帝国主义。"

砖壁位于武乡东南山区，三面临崖，仅有西面一条小道通向外界。上次总部进驻这里，指挥军民粉碎日军对晋东南根据地的围攻和"扫荡"。这是第二次进驻，彭德怀副总司令和左权副参谋长又在这里日夜操劳，指挥着震惊中外的"百团大战"。

由于电台信号使用频繁，地址暴露，敌人三番五次前来，想要捕捉总部，虽然阴谋未能得逞，但为指挥机关的安全考虑，总部考虑搬离。他们收拾行李，告别乡亲，准备前往辽县武军寺。

彭副总司令从李家祠堂出来了，左副参谋长从奶奶庙出来了，总部机关人员一拨儿一拨儿从玉皇庙出来了……杨五满老人锁了庙门，跟着来了。他想，总部一定会回来的，会有那么一天。

路过新窑院，看到南房窗后那盘大石碾子。南房是朱总司令住的地方，他去延安了，房子还给留着。就在这里，杨五满第一次见到朱总司令，朱总司令一边帮他推碾子，一边给他讲了许多大道理。

人们站在路边依依不舍。八路军来后，在景沟挖了"抗日井"，在村西掘了"八路池"，在南沟筑了"军民坝"，十旱的砖壁不缺水了。在八路军带领下，他们拿起武器、捐出粮食保家卫国。

　　彭副总司令停下来，战士们停下来。马像儒、张润孩分别站在男、女民兵队伍前列。彭副总司令赠给砖壁民兵六支步枪、二十颗手榴弹、十颗地雷。

　　这时，人群中传出一首新编歌谣：

　　"砖壁民兵英雄汉，男女参战是模范。昨天参战关家垴，今天参加保卫战。抬担架来送子弹，抢救伤员又送饭。劳武结合警惕高，身边挂着手榴弹。军民团结杀倭寇，坚持抗日游击战。"

突围韩壁

（1941. 1. 27）

"顾连长、顾连长，快、快去保护旅长……"大门哗啦一声被撞开了，旅政治部主任苏精诚冲进院子，大声呼喊通讯连连长顾永武。

噼噼啪啪响成一片。

顾永武冲出屋子，迎面看见苏精诚，穿着狐皮大衣，无疑是起夜查哨了。"敌人从西边过来了。"苏精诚将顾永武一把拉住。"你带着手枪班，掩护旅长从东侧山沟转移，步枪班跟着我来做掩护。"

空气中弥漫硝烟气息，天还黑着。

虽在日本侵略者眼皮底下，太行山上大小村子，到了旧历新春，也要过一过一年一度的大节。与别的村子一样，韩壁沉浸在大年初一凌晨那香烈的时光里，根本没有意识到危险的逼近。

关家垴战后，三八六旅旅部驻扎韩壁休整，跟前只有特务连和通讯连，主力转移到了别处。

得到消息，趁除夕晚上，日军一个大队由伪军引路，

身穿八路军服装，冒充决死队混过哨卡，然后兵分两路，鬼鬼祟祟，蟠龙之敌沿柳沟窜至韩壁东侧，西营之敌经胡家垴窜至西侧。

到了村口被我哨兵发觉，立即枪声大作。正值大年初一，战士与村民听到枪声，还以为是鞭炮声。

陈赓从睡梦中惊醒，急忙跳下炕。

昨晚睡得迟了，一直分析敌情，布置任务。面对敌人一步步加紧包围，旅部决定：做好隐蔽，避免被敌人发现；调七七二团主力从洪水方面吸引敌人注意力，将其引开；等派出的侦察人员回来，决定旅部转移之地。睡时已过子夜，那刻漫天是鞭炮声。陈赓拿起表，扫一眼，快近六时。

此刻，特务连侦察大队队长朱世卿带着五个侦察员，已从黎城、涉县交界的林峰山一带侦察完毕，正在返回途中。

"敌人来了！"陈赓马上想到距离不远的王家圪道，想到三八六旅军需仓库，想到储藏的两万件军服、十万多斤棉花和药品。就在昨天下午，他还专门派出干事邵云前去担任保管员。

"军需物资是我们的命根子。"陈赓一脸严肃地叮嘱邵云，"派你去是党对你的信任，是党交给你的特殊任务，即使丢掉自家性命，也要将它们保护下来。"陈赓用左手三根指头往上推了推眼镜，"你要想法，尽快将它们转移到安全地带。”

现在看来，那批物资想往外转移来不及了，只能就地隐蔽。步出屋子，陈赓大声喊着几个人的名字。

人们三三两两站到院子里，陈赓用目光从中搜索那几个人：

“你们立即赶往王家圪道，与村里民兵取得联系，让他们一定要设法保护好这批物资的安全。”他们转身离开，陈赓又道：

“苏主任，这里的机密文件要带上，不能落到敌人手里。”

“是。”苏精诚的狐皮大衣特别显眼。

“旅长，敌人快到跟前了，我们要尽快转移！”顾永武右手按在系于腰间皮带上的手枪套上。陈赓面对顾永武：

“顾连长，估计朱队长一行天亮之际就能回来，你要在半道上拦住他们，不让他们进村。”陈赓举起左手，可是天黑，看不见指针。等他放下胳膊，一束烟花映出天空，照得明晃晃的。

“是。”

几声枪响，听起来好像只隔几条巷子。陈赓没有停下的意思，还在继续安排工作。

“旅长，不能再等了！”顾永武一使眼色，便与手枪班几个战士，上前拖住陈赓的胳膊，拉了他硬走。门洞

开着，他们挤出去，栓子咣啷咣啷作响。手枪班其余战士，纷纷跟了出去。

看着他们往东而去，苏精诚缓了口气。

"糟糕，旅长都没披上大衣。"苏精诚低头看了眼狐皮大衣，有些生气。他左右一瞅，都是步枪班战士。

"我们走！"苏精诚拔出手枪。

大家跟着他，一溜烟出了大门。

"敌人来了，敌人来了！"苏精诚高挥着枪，左右喊道。他的意思，一是提醒住在附近的旅部人员马上突围，二是吸引敌人注意力，以便引开他们，保证前脚刚出门的陈赓旅长的安全。

"苏主任，苏主任。"

循声看去，赶来的是队训科科长高自辅。

"高科长，人马一分为二，你带一部向东，我带一部向西，咱们拖住他们，给旅部人员撤离留出时间。"

枪声越来越密集，鞭炮声消歇下去，村里响起汪汪不止的狗叫声。

两支小小队伍分开没有多久，迎面遭遇敌人。举枪射击，展开肉搏。为给已经撤离的和正在撤离的旅部人员争取时间，他们与敌人反复拼杀。冲出去了，又返回来。凭着对村里巷子、房屋的熟悉，他们纠缠着敌人。

在与敌人厮斗中，高自辅牺牲了。

"不好，他们有一股向王家圪道方向扑去了。"苏精诚心下暗暗叫道。也许是前面向王家圪道赶去的邵云他们，被敌人发现了踪迹。那里可是三八六旅的命根子，是旅长一直挂念不已的心事。必须引开敌人，将他们引到这边来。刚才拼杀时狐皮大衣被扯开了，这让他有了主意。苏精诚箭步跨上旁边一块高地，一边向敌人扣动扳机，一边任风吹开大衣，高声呼喊：

"同志们，给我狠狠地打！"见是一位身披皮大衣的人，模样像八路军一位首长，敌人便都掉头包抄。

苏精诚一边开枪，一边掉头向南奔跑。战士们跟着他且战且退。

"瞄准鬼子，给我狠狠地打！"敌人扑上去，想把他捉去邀功请赏。战士们一个接一个倒下，只剩他一人了。苏精诚想，村南到头是道悬崖，天色还不明，逃不脱，就将敌人引到那里，自己先跳下去，让敌人也在慌乱中掉下去。

苏精诚在前面奔跑，敌人在后面紧追。

站上了崖头，大衣敞开着。风呼呼吹，没感到冷。敌人冲上去，苏精诚打出最后一粒子弹，把枪扔下崖。掏出身上仅有的一颗手榴弹，咬开线，朝敌人扔去。手榴弹响了，在旷野里声音传得远远的。子弹击中他，一个踉跄，但挺住了。敌人靠近他，苏精诚猛地拉住其中一个，转身跳下。

敌人在韩壁折腾两个小时，走了。

晚上，邵云和几个战士返回韩壁，在村前沟中一孔山洞里找到苏精诚。血，染红狐皮大衣，染红身下的土。负了重伤的苏精诚渴得很。邵云想背起他，去找野战医院，医院先前转移走了。

"别管我了，我不行了，你们快去找旅长，我担心他的安全……"苏精诚已经来不及抢救了。

苏精诚，福建海澄人。红军时期任过宣传员、敌工科长、宣传干事。"双十二事变"以前，受党委派到东北军与西北军中做过统一战线工作。全面抗战爆发后任一一五师某团教育科长，参加了平型关战斗。调任三八六旅宣传科长。香城固诱伏战后，敌人报复，部队风餐露宿，苏精诚带领宣传队唱起奔放的歌曲，打起激昂的快板，鼓舞士气，活跃生活。升任政治部主任。在关家垴战斗中他冲到前线给战士鼓劲："不管天上的飞机，消灭地上的敌人，我们要把柳树垴夺回来，把敌人消灭在沟里！"

阻击大有

郭国言，决死三纵队副司令员兼太行三分区司令员，站在中间，左腿支着身体。右腿跛了，那是七次战斗的弹片留在体内造成的。三分区李参谋长与决死三纵队兼太行三分区政治部副主任彭光分立两旁。

郭国言右手拿着一小节槐枝，蹲下，在地上刷刷地画出几个小圈，标上地名。

"敌人已上了横岭寺，占了大有制高点。我们三纵队兵分三路，一路布置在西岗头桃树顶，由我指挥；一路布置在小新庄大寨顶，由李参谋长指挥；一路布置在大有泰山庙顶，由彭副主任指挥。"李参谋长与彭光也蹲下来。沿着大寨顶、桃树顶、泰山庙顶，郭国言逆时针画了个半圈。"这样，我军在东、北、西三个方向形成扇形包围圈，困住敌人，然后发起攻击。"

一个人远远地跑过来，呼哧呼哧喘着粗气。

"司令员，队伍带来了。"

是魏名扬。这位以他的名字命名的太行名扬游击队

队长，带来二百多队员。郭国言扭过头，看见多次带兵配合主力部队作战、掩护群众干部转移的游击队队长鼻尖上挂着汗。

"来，来，正要说到你。"魏名扬到了跟前，郭国言将槐枝往图上中间位置横岭寺东侧一戳。"游击队兵分四路，其中三路分别跟随三纵队上述三路，负责运送武器弹药，护送伤员。第四路由名扬带领，埋伏横岭寺东侧山脚下，任务是断敌后路，阻敌增援，瞅准时机打击敌人。"

郭国言将槐枝扔了，要站起来，魏名扬上前一步，将他扶起。

太行早春，远近各处山坡上是灰黑的树、白的积雪与簇簇枯草，风吹过，像薄薄刀片割着人的脸。

正月初五，新年气息还没消散，乡亲们待在家里。凌晨，日伪军一千余人，由蟠龙西北而行，沿狼卧沟、汉广、王庄沟径向大有扑来。渡过大有河，窜到镇西，占据横岭寺。

各部迅速进入指定位置，战士握紧了枪，等待进攻命令。

"一年前，小鬼子三百多人包围大有，全村六十多人被杀，五十多个妇女被糟蹋，四十多人被抓去做苦力，三百多间房子被烧。"一位战士的脸铁了，发着紫。"被抓去的人，在白晋线上累死累活地干活儿。"

"哼!"旁边一位战士咬紧了牙,"刚才司令员不是说了,我们三纵队打阻击战,就是为了这里一带村庄的安全,使群众免遭小鬼子残害!"说完,"啊呸、呸——"将嚼在嘴里的草棵子使劲吐出。

"那年,队长就是在泰山庙成立第一支游击队,大有可是名扬游击队起家之地。"一位游击队员眼向上望,额头皱起几道纹。

"说到地形,没有比队长更熟悉这里的人。我敢说,这里的每一道坎、每一条沟,他都清清楚楚记在心底。"另一位游击队员撇了撇嘴,"今天在这里,我们要跟着队长好好地打一仗。"

十一时,进攻开始,决死三纵队三路一齐开火,炮弹、子弹、手榴弹密密麻麻,从三个方向汇向横岭寺。敌人不得不分成三部,应付三个方向。他们凭借更高位置与先进枪炮,向我三个阵地疯狂还击。战斗进行得异常激烈,寒冷的空气震颤着,被来来往往的战火烧得灼热。

桃树顶与横岭寺南北对峙,敌人攻打尤为突出。郭国言冒着不间断的炮火,指挥战士们奋勇拼杀。

"瞄准好了,狠狠地打!"

战士冲向敌人,给顶回来;敌人蜂拥而至,给压下去。白日升至天顶又落向西,战斗持续。

下午二时左右,郭国言举着望远镜,正在观测对面

敌方阵地，突然一发炮弹飞来，倒了下去。血，从他的头、胸、腹喷涌而出，渗进土里。一位身经百战的指挥员，牺牲在了沙场上。

郭国言，湖北黄陂人。红军时期历任连长、指导员、营长等职，参加了长征。抗战全面爆发后，曾任七七二团副团长、团长。"十二月事变"使驻扎在晋东南的决死三纵队遭受重大损失，为了加强队伍建设，八路军总部调他担任副司令员。根据这支部队文化素质较好、军事素质较弱的状况，郭国言在加强思想政治工作的同时，积极进行军事训练。经过整顿，决死三纵队的战斗力迅速提高。

郭国言是一位身先士卒、冲锋陷阵、平易近人、朴素谦和的优秀指挥员，深得战士们爱戴。

"冲啊，为司令员报仇！"

郭国言的牺牲让战士们无比悲痛，他们一边呐喊，一边冲向敌人。从桃树顶，从大寨顶，从泰山庙顶，一坡一坡的勇士，顿时像一把打开、又合上的扇子，朝着横岭寺疾速地伸去。

敌人凭借居高临下之势与强大炮火，使我军几次强攻都未成功。

听着阵阵呐喊，眼见战斗一时难解难分，埋伏在横岭寺东侧山脚下的名扬游击队等不及了。

"冲啊！冲啊！"魏名扬当机立断，率领血脉偾张的游击队员涌上。自制之炮声震荡，冲天之喊音杀人。仿佛积蓄久了的洪水等到闸开，倾泻而出；仿佛储足力量的潮水，被一阵大风掀动，轰然而上。

已是黄昏时分，敌人以为八路军增援部队到了，登时慌了手脚，急忙收拾，一股脑儿往西撤退。当面碰上彭光指挥的一路。得知司令员牺牲消息，彭光怒火万丈，指挥战士们奋力迎击。腹背受敌，敌人又朝山脚下河沟里退去。彭光抓住有利时机，依托有利地形，展开更为猛烈的攻打。

"坚决消灭敌人，为司令员报仇！"彭光站在高处，一边射击一边高喊。战士们怀着对敌人的满腔愤恨，追击着，射杀着。尘土从脚下腾起，硝烟于头上弥漫，中间是一前一后两队人马。

突然一颗子弹射向彭光，只见他身子一晃，向前跌去。

"不好了，彭副主任受伤了！"

跟在身后的枣烟村武委会主任武三林，左右招呼。立即赶过去几个人。子弹是从肚子打进去的，血，已把衣服染红。武三林蹲下，几个人帮着把彭光搀扶到他的肩上。武三林一边背着彭光跑下战场，一边高喊：

"担架，快找担架！"

放上担架的彭光，被送到十多里外贾豁的二分区医院。

彭光，河南信阳人。参加红军后历任通信员、班长、排长、连长等职，参加了长征。长乐之战时，担任营特派员的彭光，带领部队从峪口后坡登上代家垴，埋伏寨圪嘴背后，任务是堵截日军从连庄沟口逃窜至贾豁方向的通道。后面的黑德甲是师前沿指挥所。战斗进行当中，一股日军向连庄沟冲杀，企图抢占代家垴高地。彭光指挥战士们奋力守卫，连续击退六次进攻，把敌人遏制在河谷里。

一二九师决定，决死三纵队与太行三分区合并，彭光调任决死三纵队兼太行三分区政治部副主任。

三分区医院抢救两天，彭光一直处于昏迷之中。三分区政委王一伦又组织人员，将他转移到窑湾的卫生部野战医院。因为伤势严重，虽经医护人员奋力抢救，还是没能挽留住彭光的生命。

伏击白庄

（1942. 4. 16）

  骑在马上的是刘参谋长。马是东洋马，枣红色，夜里看不出来。刘参谋长，决死三纵队兼太行三分区副司令员兼参谋长刘昌毅，长征途中与敌交战时嘴唇被打伤，留了个豁子，大家亲切地叫他刘豁首长。刘参谋长翻身下马，挂在胸前的望远镜甩向一边，近前的人看见嘴唇上那道豁。

  刘参谋长与决九团、决七团、分区侦察队和武东、武西民兵自卫队、飞行爆炸组领导及两个团连队指挥员，一边查看地形，一边划分片区。各连队沿公路一线儿排开，占据一个个山沟。

  "要等敌人汽车全部进入伏击圈后，以分区侦察队拉雷为号，才能开火。"刘参谋长站定，大家一圈儿围住他。

  "张连长，四连是突击连，担负打腰的重要任务，这一仗只准打好！"刘参谋长叮嘱决九团四连连长张国斌。又对决七团团长尹立海吩咐："尹团长，决七团务必沉

着，不得过早暴露目标。"

刘参谋长指挥所设在白庄村东小庙里。

决七团四个连队的阵地是敌人汽车队首先经过的地方。刘参谋长离开后，尹立海把连、排干部召集一起，要求构好掩体、做好伪装。战士们检查、修整工事，用枯枝败叶与干草进行遮挡。一番紧张劳动之后，一连连长龚建有带着三个排在一道坎下休息。大家一边往嘴里扔着炒豆子，一边交谈。

"这次说什么也要换支三八枪，弄点子弹，我这子弹袋可是空肚子很久了。"李双全拍了拍胸前的子弹袋。

"那得靠勇敢。"李喜庆凑上了话。

"你不要小看人，这次咱们比比，看谁缴获得多。"李双全斜了李喜庆一眼。

中段决九团阵地也是一阵忙活。四连李万金机枪班在山沟里构筑工事，蒋耀成布雷班在公路上埋地雷。只见蒋耀成盖好浮土，用手轻轻拍打，从腰里摸出一只驴蹄子，往上面按下一个个印子，又解下系在腰间的一双日本牛皮鞋，虚虚地踏了几行。低下头，侧过脸，左瞅瞅，右瞧瞧，抹了把额上的汗珠。一会儿，公路上的活儿都完了，他一挥手，大家把拉雷的麻绳往山沟里引去。

下午四连几个人曾说笑斗嘴。是司号员姚永引起的，听说要打仗了，他坐立不安，到各班里溜达。

"我说快打仗了，你们不信，这不是来了。"

"小家伙快别乱跑了，要是打起仗来号吹不响，看我揍你的屁股蛋儿。"大个子李万金将手中的机枪擦得乌亮。"发了不少发子弹，这下我的机关枪可要开开荤啦。"

见布雷班在收拾土地雷，大大小小摆了一地，姚永又开口了：

"哎呀这么多，敌人一顿哪能吃得了？不过到时可别瞎火啊！"

"小家伙，你就放心吧。"蒋耀成打趣道，"到时百踏百中，管叫敌人一个个坐上这些'土飞机'，不花半文路费，就回东洋老家。"

"你腰里别的什么东西？"姚永睁大漆黑眼睛。

"驴蹄子。知道这是做什么用的吗？"蒋耀成瞟了姚永一眼，反问。"小孩子啥也不懂，一边去。"姚永偏不走，坐在一边看。只见蒋耀成又从一旁拿起一双缴获的旧日本牛皮鞋，在那儿摆置。"知道吗，牛皮鞋到了我们手里，可还有大用处呢，到时候你就明白啦。"

浊漳河的水，一下一下闪出白光。浊漳河西边是公路，两旁有树。公路西边是台地，布满沟坎。此刻，指战员就隐蔽在沟坎后，在等待着。公路上安静极了，这时节连虫声也听不到。

上月初，鬼子修成榆武公路，起自榆社县城，止于武乡段村，仿佛一把刀子，插进太北根据地。

三分区请示太行军区，决定在榆武公路上设伏，给

敌人一点颜色看看。公路开通，驻榆社之敌为了摆功，请示驻长治的三十六师团，组织一个军官团视察观光。日军一支汽车队上午由榆社开往武乡，将于明日接运从长治、沁县来的军官视察观光团。

"这是一个好机会，"刘参谋长在贾豁召开会议，"敌人来的军官多，他们作战能力差，便于我们集中歼灭，给其一个沉重打击。"刘参谋长用小杨木枝指着地图，嘴上豁子一动一动。"伏击地点就选在白庄，这里距离榆社、武乡敌人两个据点都远，能够防其快速增援。"具体部署：

分区侦察队拦头，决九团打腰，决七团截尾，武东、武西民兵自卫队与飞行爆炸组负责公路两端警戒与堵溃打援任务。

东方天空渐渐泛白。战士们有的迷瞪了一会儿，有的索性没睡。大家吃干粮，喝水。太阳离开山头一人高了，公路上还是静悄悄的。大家互相看看，显出失望的样子。姚永一边往嘴里扔豆子，一边问连长：

"鬼子怎么还不出来？是不是发觉了咱们的行动？"

"别着急，会来的。"话虽这么说，但担心会一场空。

瞭望哨传来消息，敌人汽车队从段村出发了。大家心里既高兴又紧张，迅速进入各自位置，做好一切准备。埋伏在最南边的决七团指战员，最先听见马达声，看见汽车扬起尘土驶进视线里。

"一、二、三……"总共十八辆。

刘参谋长走出小庙的门，将望远镜举到眼前：只见第一辆汽车车厢前头架着一挺九二式重机枪，站满荷枪实弹的日本兵，一个头目坐在驾驶室里，用望远镜不时观察两边。后面车上也都架着枪，驾驶室里坐着佩戴肩章绶带的观光团成员，一副副既神气凛凛又小心翼翼的样子。

快近白庄，汽车突然停下。大家的心一下提到嗓子眼。刘参谋长不免焦急，但仍沉着。第一辆汽车驾驶室里那个头目，似乎对前面地形有些不放心，举着望远镜不放。他看到了什么？河对岸田地里，有农民在劳作；远处山坡上，有羊群散布草间；公路一侧浊漳河，流着清澈的水；两边树木，叶在绿着……他将望远镜放下，头伸出车窗外，朝后上方好像嚷着什么。

驾在车上的枪、炮，向着左侧台地开了火。有几发炮弹落到我方隐蔽处，伤着了几个战士。

"是不是敌人发现了我们？"

"这是敌人在试探！"

不见有什么动静，汽车又发动了。

当第一辆到达分区侦察队所在那座山包拐弯处，最后一辆也进入了决七团伏击圈，分区侦察队拉响地雷。

炸穿轮胎的第一辆汽车，猛地停住，像来了个急刹车。

"一——二"蒋耀成一喊，一道道麻绳同时拉动。一颗颗地雷争先恐后爆炸，硝烟尘土弥漫上天。李万金机枪班手中家伙嘎嘎作响，弹壳溅落一地。姚永站在高处，鼓起腮帮子吹冲锋号。

在张国斌带领下，决九团四连战士们冲下去。喊杀声与枪声、手榴弹声响成一片。在突如其来的打击下，车厢上的敌人惊慌失措，有的伏下身，有的跳下车；观光团成员，有的待在驾驶室内不动，有的打开车门冲出。下了车的有的依托车身抵抗，有的试图躲到树后或跳进路边坑内进行还击。不想树后与坑内也有地雷，一颗一颗响了。

部分敌人顺坡而下朝浊漳河滩奔跑，牛皮鞋踏进沙里，拔不出来。战士们飞速追赶，展开激战。有一小股跑得快，钻入看菜园人的小屋，从门缝、窗口伸出枪。战士们绕过去贴紧墙壁靠近，往窗孔塞手榴弹。

负责打尾的决七团与决九团一样，一阵枪声过后，冲向公路。七连一排排长郭全胜带领战士拼杀。敌人向他们阵地冲锋几次，都被压下去。此时，轻机枪的子弹打光了，机枪手急得满头大汗。董步云大步赶到敌人尸体堆里翻找弹药，还真背回两袋子。

在连长龚建有带领下，二排人马从敌人背后杀去。

三排排长鲍金生带领李喜庆等十几个人，扑向敌人重机枪。李振华一只眼睛被流下的血糊住，班长劝他下去。"你看不见了，还能干什么！"李振华不肯，擦去血迹，又紧跟着班长冲杀。一排手榴弹扔过去，敌人重机枪哑了。

是挺崭新的九二式重机枪，真馋人。郭云光发现右边有具掷弹筒，亮晶晶的，一个箭步跃过去，刚要从尸体上解下背带，"啊"的一声，原来是个装死的，爬起来就跑。跑上沙滩，鞋陷进沙，又光脚继续跑。几个战士在后面追，迎面又被民兵堵住，这才举起双手当了俘虏。

尹立海与战士们打扫战场，一个躲在汽车下面装死的小鬼子拉响扳机。

尹立海，湖北麻城人。曾担任过红军排长、连长、营长等职。红军编为八路军后，又任秦赖支队第一大队大队长。由保安九团、十团及政卫四支队整编而成的决七团缩编为四个连的无营制团，尹立海调任团长。

眼见团长牺牲，李生贵怒火中烧，跳进驾驶室，转动方向盘，不知该怎么破坏才好。

"下来吧，还等啥，赶快烧啊！"鲍金生提醒。

十八辆弹痕累累的汽车，燃起熊熊大火。

经过两小时激战，二十多位观光团团员与伊藤中队基本被消灭，缴获轻重机枪三挺、其他枪四十余支及掷弹筒二具、山炮一门。

山炮炮筒上刻有字。刘参谋长用衣袖拂去灰尘，露出两行，一行大，一行小，全是日文，只能认出"武运

长久"四个。运回来后经人翻译，才知这门山炮乃是日本天皇亲赐。为了挽回脸面，日军三次派武乡县维持会长送信，说是愿用其他物资交换。刘参谋长回信：

"有本事战场上赢了我，还你山炮。如果物资交换吗，那只有送来三十六师团师团长井关切的首级，其他物资都休想换得此炮。"

捷报传到一二九师师部，刘伯承、邓小平兴奋不已，将刘昌毅招去听取汇报。刘师长高兴地对李达参谋长说："刘昌毅组织的子洪口伏击战和这次白庄伏击战，都打得漂亮。这两个战例都是突然袭击，速战速决，以少胜多，十分值得其他部队学习借鉴。"

设伏下型塘

（1942. 10. 28）

"这次，我们再在下型塘打它一个漂亮的伏击战。"十四团三营营长钟明锋将握紧的拳头砸到桌子上。

"为什么选择下型塘？"团长马忠全端着半碗水。

"段村前往蟠龙的敌人，会在胡峦岭歇脚，就把伏击圈设在前面的下型塘。"

下型塘在胡峦岭之东，两村毗邻，均位于蟠武公路线上。

"根据你们的侦察，下型塘地形不错，便于打埋伏。"马忠全分析，"难的是在腹地打埋伏。战斗打响后，保不定蟠龙、韩壁、长乐的敌人出动；一旦出动，我们反会处于他们的包围当中。"

沿蟠武公路东北而行，过了上型塘便是重镇蟠龙。东南方向韩壁、西北方向长乐，距离也非常近。

"前几天小汕湾伏击战，不也这样！"钟明锋回答。

"小汕湾地形开阔，进退方便，又有兄弟部队配合。"马忠全道，"上次是在晚上，敌人增援不易，现在

可是白天。"

小迎湾处于长乐、李峪之间，位于浊漳河滩，前几天晚上，三营在北，七六九团一营李德生部在南，将出自胡峦岭的三百余敌人两面夹击，狠狠揍了一顿。当敌西逃，又遭十四团三连阻击。

"内线作战，一定要紧紧依靠群众。"政委赵兰田提醒，"上次民兵给予警戒，这次就不能再配合？"

上次，就是看到民兵将消息树连续放倒几棵，三营获得敌人出动的消息。

"对，对。"钟明锋一拍脑袋。"我们联系武东民兵自卫队，到时布置在沿线十五里的山头上，监视、迷惑蟠龙、韩壁、长乐之敌。"

"外围工作做好了，再钻到敌人肚子里好好地开打。"马忠全露出满意的神情。

"大家称你是'说话像放炮，走路快如风'，我看你这脑子转得也像风一样快！"赵兰田夸赞。

"如何设伏？"马忠全端起了碗。

"我想好了，到时大部兵力埋伏于下型塘村东，再在对面落凤坪上设兵封锁，一东一西包围敌人，狠狠地聚歼。"钟明钟声音敞亮，"村东那棵老槐树下布置一个突击班，先将敌人引入其中。如果——"他停顿下，"如果他们夺路要逃，定会选择西北陌峪口方向，到时那里也设一路进行拦截。"

"真是天衣无缝!"赵兰田点了点头。

上午九时,日军一个大队五百余人,由胡峦岭沿着蟠武公路向下型塘推进。一边走,一边朝两边山头上凌乱地放枪,像放鞭炮似的。埋伏在落凤坡的十一连,听见枪声都伸出脖子望。

约半个小时后,敌人一个前卫队,到达距离三营突击班前方十余米时,立即被一片火网挡住了。

一个接一个,前卫队队员应声倒下。后面跟着的敌人主力止住脚步。为首一个骑在高头大马上的,立刻跳下,与旁边敌人叽里咕噜一番商量。他们果然涌向东边,朝着落凤坪径奔而去。

"小鬼子真来了。"

"抢占高地是他们的家常便饭。"

"这次就让他们吃个饱吧。"

"打呀!"还没进入火力圈,有人已经着急地喊,还忍不住放了一枪。敌人一惊,但并不退。

"打!"十一连连长黄金龙将手一挥。一挺机枪与一支支步枪全都响了。他们占据半山腰,打得敌人抬不起头。

敌人攻了几次,攻不上去,于是掉头下山,退向蟠洪河河滩。

不料迎面碰上九连、十连的火力网。十一连一部又在后面紧追过去。敌人顿时陷入腹背受击之境,在三百

米毫无隐蔽的河滩里被打得团团转，好似被一股旋风卷着似的，成批地栽倒着。

"哈哈，打得好！打得好！"趴在村后山梁上观战的乡亲，一时看呆了。"真像是在推磨一样。"

上午，十一连战士与民兵在下型塘禁山头、动员村民转移时，有人还不情愿："敌人多，咱们人少，打不成！"这会儿，他们在山梁上兴奋地欢呼着。

东躲西藏无济于事，回过神的敌人，在几位军官带领下，纠集一起，果然拼命朝着陌峪口而去。几十匹马与骡子，被牵着的，脱了缰的，也慌忙跟从，驮的物资不是倾斜，就是纷纷坠下。

迎面痛击他们的，是早已等在那里的七连。

布置在西南方向高高胡峦岭上的联防民兵，呼喊助威："打得好哇！打得好哇！"他们跳起来，发狂似的鼓着掌，敲打着所带的铁器。

死伤一百余人后，残敌往东北方向的蟠龙遁去。

连长黄金龙与指导员罗树春、副指导员张庆和带领埋伏在落凤坪的十一连战士，在一侧掩护全营战士和广大民兵。

胡峦岭上有民兵十余人下来了，朝着陌峪沟里奔。

魏楼追逐一匹洋马，怎么也控制不住。王清和赶去，站到马的另一边。两人合力将马制伏。

"真是一匹好马！"光洁皮毛在灿烂日光里刺眼。

"还得好好调教调教。"那马高昂着头,呼哧呼哧,背上两边驮的东西一晃一晃,歪歪斜斜。

魏楼牵住缰绳,马服帖地垂下头。王清和从那边,魏楼从这边,一起将东西摆正。

大家一边在战场上收拾东西,一边欢快地放开喉咙:"我们生长在这里,每一寸土地都是我们的。无论谁要强占去,我们就和他拼到底……"硝烟在消散,河面恢复平静,一如既往地流着。

此战,缴获各种枪五十余支、炮弹四箱,还有大量军毯、大衣、皮鞋、钢盔,以及三匹洋马。

"你们联防做得好!"

"还是你们打得好!"

"军民团结,小鬼子就只有死路一条。"

"看他们今天回去怎么交差!走,咱们好好庆贺一下。"

一锅一锅热腾腾的饭与水,早送来了。

截击狮子沟

（1942. 11. 29）

"报告连长，发现南沟敌人五十余人，赶着牛车二十多辆，一大早窜进狮子沟，正在挨门逐户抢粮。"

决九团四连连长张国斌恰与山交沟抗日村长李秀华待在一起。听到情报，张国斌问李秀华：

"狮子沟地形怎么样？"

李秀华中等个头，紫红的脸长而圆，张国斌的话刚一落地，他那双不大的眼睛立刻放出光。

"狮子沟好地形！"李秀华伸出两手，一边说一边比画："中间低，两边高，打伏击再好不过，只要在沟前的霸陵桥与亚关道两处高地设下伏兵，卡住沟口，敌人就只有挨打的份儿了。"

"那好，咱们的战士与民兵一起，前去好好收拾小鬼子一顿，把他们抢下的粮食给截下来。"

"我这就去通知民兵。"

李秀华去找民兵中队长李保全。当他绕过堆着秸秆的打麦场、井旁那盘光洁的大石碾子时，心想，乡亲们忙忙碌碌打下粮食，敌人却要抢走，真可恶。这一小股敌人今天可不能跑了。

听到配合四连战斗，李保全高兴极了。

四连是一支英雄部队，在张国斌带领下，打了一个一个胜仗。自从驻防山交沟，村里的民兵队伍壮大了，不仅人数增加，战斗力也大大增强。从战士的训练与实战中，民兵学到许多。

民兵与战士飞赴狮子沟。

南沟火车站驻守日军常到周边村子侵掠，今天他们前往狮子沟抢粮。五十余人，有日军也有伪军，带队的叫瓦田。经过北涅水窜入狮子沟。鸡飞狗跳，从村民企图阻挡的手下与惊慌的眼神中，敌人搜出谷子、玉米、黄豆、高粱。到了中午时分，搜刮一百多袋，装上牛车运往南沟。

负载粮食的牛车行走在滩涂上，驱赶牲口的是临时抓的民夫。车轴的吱吱嘎嘎声、牛的哞哞叫声与伪军的呵斥声交织。任凭他们鞭打，牛只是慢悠悠地行进。日军端着枪，前后左右护卫着。瓦田走在后面，神情满足而机警。

日光很好，照着这一列队伍。

同样的日光也照着战士与民兵，他们埋伏在河谷前面两边高地上，盯着运粮车队从东南而来。

张国斌卧于干草丛里，左胳膊支在地上，右手举着

望远镜。当运粮车队距离二百米左右时，他举起驳壳枪，朝天打了一枪。

"民夫们，快往后躲！"

听到高处传来一声呼喊，赶车的人一怔，朝前朝上瞭望，明白过来，扔掉鞭子，拔腿就往后面两侧岸崖下跑。那些牛，不知是听到同样的呼喊声，还是因为突然不被驱赶了，也止住蹄。

冲锋号吹响，两边高地上一片此起彼伏的呼喊声。子弹与手榴弹射向敌人。从高处看，仿佛两股高出地面的水流，迅捷而下，冲向驻留在河谷当中的人、车与牛，要将他们扑头盖脸淹没。

河滩上没有地方躲避。车下面太局促了，牛受惊后随时可能撒开蹄子。两面射击，不能藏身于车的任何一侧。小鬼子与二狗子，黄衣与黑衣，就像一团马蜂被火燎了，乱纷纷地纠缠，四散开来，又卧倒下。有的中弹仰面朝天，有的趴下举枪还击，有的抱头向后退去，跟在民夫们身后。

几个日军依靠一起，端枪朝高地上瞄准，还没拉栓，便一个接一个地倒下去了。

当民夫们跑开时，走在队伍后面的瓦田也掉头向后撒开腿脚，沿着来时的路飞奔，出了射程，见河滩边有块低地，枯干的玉米秆子没被砍走，一头钻了进去。

砰砰、轰隆隆、嗒嗒嗒嗒……像秋霖自天，像闷雷出陵。瓦田跑了，日军伪军如无头苍蝇，也向后逃，逃向北圆则那处土丘。

战士与民兵一跃而起，下了高地冲向河滩中间，冲向停在那儿的散乱牛车。

有的牛惊吓之下跑出老远，有的待在原地转着圈儿。车上的粮食掉落，东一袋子西一袋子。

在张国斌、李秀华、李保全带领下，大家一边射击一边前进，越过牛车冲向北圆则，将逃向那里的敌人击毙、俘虏。

半个小时的截粮战斗胜利结束，共毙敌十四名，俘虏伪军三十六名，二十多辆牛车与车上、车下一百多袋粮食全被缴获。躲在岸崖下的民夫三三两两返回，重新驱使牛车，跟在战士与民兵身后上路。

午后日光照射，河滩恢复平静。

为了报复，南沟敌人纠集沁县敌人近千名，趁夜分三路包抄山交沟。次日拂晓，村子陷入枪炮声中。放哨民兵李雪堂回村报信，跑到半坡被打倒了。李秀华与李保全指挥民兵掩护村民转移。民兵朝制高点落江坡冲锋，敌人已经占领。李赖小击毙几个鬼子后倒下了，另两个民兵挂花了。李行成用手榴弹炸死炸伤一片，又与敌人扭打。为了避免牺牲，民兵退下来，隐蔽在白阜凹山洞里。天大亮了，民兵与转移出来的村民，几十个男女老少，被敌人逼上山交岭。

"八路的哪里去了？"

"夺走的粮食在哪里？"

李行成父亲、年过花甲的李磊孩老人破口大骂，一家七口被杀六口。

愤怒的村民涌了上去，汉奸们后退几步，日军端起枪又打死了几人。

"谁是村长？"

"老子就是！"李秀华挺身而出。

敌人要带走村民，李秀华示意别走。

"死也要把骨头埋在家乡土地上！"大家异口同声。

在"打倒日本帝国主义"呼声中，李秀华倒在刺刀下。

枪声、刺杀声与叫骂声、呼喊声连成一片，李书林等二十几个村民被杀。

山交岭惨案，敌人杀死村民二十五人、伤十三人、抓走六十多人，焚烧房屋六十间，抢走大牲口二十五头，掠走粮食、衣物、物资无数。

强袭柳沟

（1943. 5. 14）

"小鬼子实在太可恶了，决不能让他们的阴谋得逞，一定要解救受困的工人和群众。"十三团政委赵兰田眼望柳沟方向，满脸凝重。两个人依在身后，一个工人装束，一个农民打扮。

柳沟位于蟠龙东南，因有煤、铁，又近蟠武公路，抗战初期八路军办了一个兵工厂。柳沟兵工厂逐渐壮大，拥有工人五百余名，专门生产手榴弹、地雷、炮弹以及迫击炮、掷弹筒，成为太行根据地的一个重要军火补给基地。日本侵略者深受抗战军民手榴弹与地雷的打击，妄图摧毁它。

两年前那个大雪夜，柳沟兵工厂干部、工人与当地民兵，从柳沟到马兰头布下一条五里长的地雷阵，埋下成千上万颗地雷，让敌人在轰隆隆爆炸声与四周枪声、手榴弹声中丢盔弃甲，大败而去。

此次日军出动两个大队合围柳沟。兵工厂先已转移，两百余名工人与柳沟群众约三百人来不及撤离，避入村

边一条采煤地洞里。扑了个空的敌人心有不甘，发现煤洞，得知里面藏有人后，留下坂本大队一个中队与伪军约五百人，在洞口近旁建起哨棚，驻下一个小队三十余人，日夜监视，妄图困死洞里人员，主力则在村中构筑工事。扎下临时据点，实行坐地驻剿，敌人这一招太狠毒了。

"大家以为敌人不会占据柳沟，仓促间钻进煤洞，想着一时半晌就会出来，谁料他们竟然驻下了。"农民模样的人说。

"闷在里面已经几天几夜，带去的粮食与水都用光了，他们又饿又渴。"工人模样的人说。

"也有民兵在洞口附近不时打枪袭扰，但不管用！"

"听说，日军还派出技术人员，在附近勘察煤铁。"

赵兰田一边听，一边思索。他想起日军一个头目曾经叫嚣过："抓住一个军火工人比消灭共军的一个班还更有价值。"看来，敌人此次主要目标，定是对准了那两百余名工人。"他们可比军火还要重要！军火没了可以制造，那些工人如果有个闪失，可不是一时半会就能培养出来的。"他又想道，"为了保护兵工厂及其干部、工人，柳沟群众付出很多，甚至做出不少牺牲。"

他命令六连：

"火速出发，解救受困的工人和群众！"

部队由洪水到达温庄。赵兰田带着侦察参谋和六连连长匡朝德、指导员王文太及三排排长李子修等人，登上山头，侦察对面柳沟情形。他们看到什么？他们看到敌人太狂妄了，有的敲打一面破黄铜锣，有的互相追逐打闹，有的刺刀上吊着芦花鸡，有的在院子里围着一口铁锅煮东西……

"狗日的，太张狂了！"有人拔出枪。赵兰田一把按住："这是侦察，还不到战斗时候。"

听说当晚袭击柳沟，民兵迅速集合起一百来人，大家兴高采烈，准备好好出出这几天的气。自卫队组成担架队。观战群众布满附近山头。藏在煤洞里的，有他们的亲人，他们无时不在担心。

快要圆满的明月上升，满山满岭的苍翠变黑，夜色在加深，仿佛大家等待的心越来越重。

靳小瑞带领八班，七个人，由柳沟村长赵希宋和两个民兵做向导，绕过敌人侧背，向洞口摸去。毫无察觉的哨兵，利利索索地被干掉了。哨棚是靠着土坎用门板搭的，顶上铺层干草。

一颗颗手榴弹，投向已睡的三十多个鬼子。一枚枚土造地雷，也在哨棚里开了花。顿时火光冲天，血肉横飞。一个小头目举起刀，要冲出门。靳小瑞顺手一枪击毙。哨棚燃起熊熊大火，传出阵阵爆炸声——敌人存放里面的炸药被点着了。炸死不少，没被炸死的向外没命地冲。

"快打，决不能让跑了一个！"靳小瑞一口河北话。

三十多个鬼子全被消灭，噼噼啪啪，哨棚火光越来越大。

火光映射，有一挺轻机枪，靠在里侧放着。靳小瑞猛地冲进去，操起敌人整修哨棚用的铁锨，把机枪扒拉到跟前。机枪烧得通红，就用铁锨端着，小心地大步奔出。再冲进去，往外扔出步枪，一支一支，共十二支。出来喘了口气，返身又入火海，抢救出来的是一具掷弹筒。

三进三出，满脸熏得乌黑，眉毛也给燎了。

当八连攻打哨棚，村里敌人看见火光，听到枪声，企图增援，遭到六连主力与七六九团两个连的打击。

宛若惊弓之鸟的敌人，妄想用手榴弹炸开一条生路。太惊慌了，有的没有拉线，就抛过来。战士们弯腰捡起，拉开了线，又抛回去。三排排长李子修，就反抛了三颗落在身边没有拉线的手榴弹。

眼见冲不出去，十五分钟后，敌人收拢队伍，依据一间间房子抵抗。

战斗又持续了约一个小时，绝望之中，敌人开始冲锋。他们端着刺刀，"呀、呀"地过来。"杀！杀！"战士们上了刺刀迎去。在暗影里打冷枪的民兵们看到，敌人胆战心惊，我方奋勇向前。李子修的刺刀拼弯了，就抄起一把铁锨，向敌人奋力抢去。

懵懵懂懂的敌人，哪是善于夜袭的我们的对手，何况敌寡我众，常常是一对二，一个敌人应付我方两人。我方没有一人被刺伤，敌人有十来个倒在刺刀下。

哨棚端掉了，村里敌人出不来，七班战士与一些民兵冲入煤洞。

通过洞口，通过地面，外面厮杀声隐隐约约传进洞里。被困的人兴奋了，他们知道有救了。可许多人，饿得不能动弹，连话也说不出来。当他们看到自己人，有的点了点头，有的微笑了下，有的张开了嘴，但是有气无力。有靠近墙壁的两三个老人，想要扶着站起来，还没稳住，就又软绵绵地滑了下去。

不少人，都是战士与民兵背出来的。

"我要回家，我要回家。"一个小孩哇哇大哭。

"渴、渴，我要喝水。"一名青年妇女仿佛迷幻了一样，像是在对人说，又像是自言自语。

"又打仗，又背人，除了八路军与民兵，天下哪有这样的队伍！"一位中年男子一边用力地走着，一边回头望望。

敌人伤亡四十五人，我方伤亡六人，缴获一挺轻机枪、二十余支步枪、一具掷弹筒以及部分军用物资。拯救被困人员的目的已经达到，两小时后，我方撤出战斗。

遭到夜袭以后，敌人军心大乱，深恐被歼，次日凌晨仓皇离开。六连与七六九团一个连配合，又在敌人退

往蟠武公路所经之地侯家垴，进行侧击，致使残敌滞留。五峰山以东敌人赶至蟠龙，予以接应。两股敌人会合一起，上了公路西窜。十三团六连在上型塘，三连、十连、十一连在长乐，九连与七六九团等兄弟部队在中村，于沿途两侧，据有利地形，对敌进行袭击。不断遭到枪炮袭击，不时踏响地雷，敌人节节败退，在一路惊恐之中狼狈地退回段村据点。

三袭南关

（1943.6.9）

灯光点点，各自照出不大一块地方。每盏灯下，都有一簇小飞虫毫无声息地旋转着。西边那一溜儿洋房黑着，听不见里面的人说话。南关火车站，仿佛一头巨大的兽在漆黑的夜晚安歇。

"砰、砰——"镇外碉堡传出几声枪响。

在民兵游击队员巨成功引导下，连长张国斌带领四连战士，悄悄地摸到车站东南角围墙下枯干的水沟里，停在吸水管下边的洋井旁。有萤火在草根下闪烁，有蛙声时远时近响起。贴耳于地，听见镇西小河流淌的声音。一小片月，投不下多少光。大家的心在胸腔里怦怦地跳，不少人嘴里含着一片草叶或者半片树叶。

月台上一盏号记灯忽然亮出红光。张国斌瞅了瞅表，正好十时半。一旁的巨成功，扭头看了看他。张国斌将刚放下的右臂又抬起来，摆了摆手，昂着头，眼睛死死盯住上面。碉堡小门打开，走出一个人。衔着的烟猛地一吸，映出大鼻子。这是我们内线人员再次发出行动

信号。

张国斌抢起右臂，将手一挥。

伏在身后的尖刀班，十二个人，猛地站起，一个接一个，猫着腰，爬上吸水管。又搭人梯，剪断围墙上的电线，翻身进入车站。

一队队战士与民兵，也都全部跟随。

敌人毫无察觉，没有半点动静。留在后面土坎上担负掩护任务的机枪班，也将支在那里的机枪收起，斜挎身上，跳下土坎，沿着干水沟一路小跑，顺着吸水管飞快地爬上，搭人梯翻入。

太行三分区决九团四连是月初接受袭击南关火车站任务的。

接受任务后，连长张国斌扮作农民，与一身羊倌装束的巨成功，去南关据点侦察。巨成功手提羊鞭走在前，张国斌压慢步子跟在后。与几位内线人员秘密接触后，摸清基本情况：

新修火车站坐落在镇子东北土丘上，南北有岗楼、碉堡各一座，守敌一个连，火力配备有轻机枪一挺、小炮两门。除了站长、工长，还有几个日本人，其余都是伪军。全镇守敌五百余人，大部分住在镇外四周山上碉堡里，一到天黑，轻易不敢露头，只是时不时打打枪壮一壮胆子。

张国斌召集连部与武西民兵游击队几位主要人物，

商量袭击南关火车站。

"既然只有几个日本鬼子,其余是些伪军,那就没什么战斗力,一触即溃,干脆来个强攻算了。"

"对,对,就像四年前七七二团袭击南关汽车场那样。"

"第二年七六九团那次袭击,采取的可是'猛虎掏心'战法,里外夹击,仗打得漂亮极了。"

"也够激烈的了。"

"那次日军有一个加强中队,二百多人,不像现在,满打满算才几个人。"

"毕竟戒备森严,还是智取为好。"

"那次是一个连攻打火车站,这次咱们也是一个连。"

"虽说是一个连对一个连,对的又是伪军,但也不能掉以轻心,还是要减少牺牲。"

"乘其不意,攻其不备,突然袭击,速战速决……"

农历五月初七之夜,虽在夏季,山上凉意沁人。风,吹动树叶沙沙作响。武西民兵游击队分布在四面山头,以阻击碉堡之敌。四连赶到南关镇东边,任务早已分配:以一排为主,抽二、三排骨干组成突击队;三排为第二梯队;二排在火车站南北占据有利地形,拦截敌人增援。

翻入围墙,突击队兵分两路直插伪军住房和站台,三排攻占碉堡。

张国斌带领突击队一部兵力扑向伪军住房,从房后

轻捷地爬上去。没有一个岗哨。十一点，敌人熄灯睡了。呼噜呼噜的打鼾声，冲出窗与门，到了院子又上房顶。

张国斌窜下院子，没一丝儿声响。

他回过头，一组一组人员纷纷下到院子。鼾声听起来更大了。快枪组，每一组对付一幢房屋。每一幢房屋的窗口、门口，都用枪口封锁。

"砰！"

传来一声枪响，北边碉堡上哨兵发现了动静。

"啪！"三排随即射击，哨兵应声而倒。

"哗啦啦——"车站铁大门撞开了。连指导员带领大批部队冲进，院子里充满人。

"打！"是张连长声音。

高的、低的，急的、缓的，响亮的、沉闷的，连串的、一下一下的……机枪与步枪一齐发作。玻璃哗啦、哗啦被打碎了。子弹射进屋子，手榴弹扔进屋子。

"缴枪不杀！""我们优待俘虏！""不要再替日本人卖命了！""快投降吧！"敌人乱作一团，有的在睡梦中死去，有的爬出被窝躲到角落，抱着脑袋的，蒙着被子的，有的寻到枪但不知朝哪儿放，也有的瞄准窗口或是屋顶。各种惨叫声、求饶声与咒骂声，被火力压住。

门，一扇一扇踢开了，冲锋枪左右开弓，子弹一梭子一梭子射出。

云盖山、极子山、秦王坡、大官寨，四周山上各碉

突袭南关

王慧群·绘

堡里的敌人，早惊醒了。他们看到火车站那里火光冲天，听到阵阵枪弹声犹如鞭炮。但冲不出去，每座碉堡周围都有民兵游击队拦截。

镇公所内汉奸自卫队，也想冲到火车站救援，那里也有民兵游击队，刚一露头，就被压回。

伪军住房那儿酣战之际，东面站长室里敌人顽抗。张国斌带着一支人马冲到时，里面枪声突然停止。仿佛张连长的到来，让他们受到惊吓。战士们一时放下了枪，望着连长，等待命令。

"同志们！冲啊！"身后的尖刀班跟着张国斌冲进。

什么也没有，什么也找不到，里面静悄悄的。难道，还像上次那样，敌人又在火车站地下挖了一条秘密地道？难道他们又溜走了？张国斌与战士们正要寻找洞口，不想"砰"的一声，桌子后放出一枪。是朝张国斌打来的，他一闪身，躲过子弹。战士们还击，火光冲向桌后。

套间里又射出子弹。张国斌怒了，扔出小炸弹。"嗵、嗵、嗵"三声爆炸，里面烟气弥漫，没了动静。

打死在桌后的正是站长田助男，他大张着嘴，好像在号令火车。

从站长室出来，忽然旁边一所小房里，隐约传出呜里哇啦说话声。黑乎乎的，什么也看不见。"喂，有人吗？"朝里喊话，没有反应。"喂，有人吗？再不出来就开枪了！"还是没有反应。不敢贸然进去，朝里打了几枪。用手电筒一照，见站着一个人：穿着黑蓝呢子军服，右手把着洋刀，刀刃朝前，左手握着短枪，张牙舞爪，神态既有些恐惧，又有些鱼死网破之意。

原来是工长。

"放下武器！"有个战士大声劝降。工长还是怔怔地站着，一动不动。几个游击队员好像等不及了。

"冲呀！杀呀！"他们喊着，却没前进一步。身后一个战士一跃而上，跳进窗口。两眼直瞪门口的工长，猛地转身，打了一枪。没有打中，战士冲上去，一脚踢飞他手中的短枪。两人扭打起来。战士双手卡住工长右手，欲夺洋刀。工长低头，咬住战士的手。战士"啊"的一声大叫，死命地从工长手里夺过刀，一转手，狠狠地劈向工长。

还有北面那座大碉堡没攻下，一部分残敌退守那里，向外放枪。

"张团长，我们去收拾它！"游击队员乔三流带着几名民兵，迂回着冲上去。顷刻，碉堡哑了。

敌人死的死、伤的伤，剩下的当了俘虏。他们扔掉武器，举起双手。夜幕，仿佛又渐渐黑下来，恢复本来样子。张国斌褪下袖子，看了看表，这场迅雷不及掩耳之势的突袭，用了十五分钟便告结束。

此战，缴获一挺轻机枪、三支手枪、一具掷弹筒、一把战刀，与五部电话机、二百公斤电线，以及大量弹

药与军用物资。四连、武西游击队指战员带着俘虏过来的伪军，破坏铁路道岔与通信设施，捣毁机车库，焚烧碉堡与岗楼。当他们还在搬运医药用品时，闻讯北边来远车站的敌人快要赶到，于是撤离。

"你们简直是从天上下来的天兵天将！"崎岖山道上，一个矮个子俘虏带着吃惊与诌媚的神情夸道。

"什么天兵天将？"张国斌边走边答，"我们是人民子弟兵，子弟兵打仗就是为了解放我们的民族，解放我们的人民。你们要记住，中国人不打中国人，中国人不替日本鬼子效力。"

南关火车站遭袭，日军恼羞成怒，一天拂晓包围南关，用枪托、棍棒挨家击门，全村百余人被驱赶到火车站院内，随后用火车押到分水岭据点，连与在附近各村捕捉的群众共约三百六十人，一同关了起来。

经汉奸告密、辨认，捆绑三十二人，对南关敌工站工作组组长孙汉英和骨干人员崔秉礼进行审问。欺骗、利诱与恐吓，灌凉水、压木杠与烧烙铁，都用尽了，两人坚贞不屈。敌人将孙汉英关进大木笼，连同其他三十一人装入闷罐车厢，解往南沟车站日军洪部。又将孙汉英上交沁县据点宪兵队，游街示众。崔秉礼等人被南沟宪兵队杀害。十八人押回分水岭瓦窑沟，军犬咬，刺刀刺，折磨死后尸体抛入沟底。三人在火车途经良侯店信号站时试刀被杀。孙汉英活活饿死在木笼里。

围困蟠龙

（1943.6.14—
1944.2.28）

蟠武公路上烟尘滚滚、昏天暗地。6月14日，日军三十六师团葛目联队小林大队，带领伪剿共军第一师赵瑞、段炳昌所部三个团，共三千余人，在大汉奸郝竹亭导引下，自西而东，重兵突袭觊觎已久的蟠龙。

古镇蟠龙位于武乡东部蟠洪河北岸，物产丰饶，交通便利，抗战以来成为太行根据地的政治、经济、军事、文化中心，东南八里之外柳沟建有八路军一座兵工厂，东北十五里左右洪水则是太行三分区司令部驻地。

蟠龙被占领后，十三个编村的百姓空室清野，撤到大有、洪水、东堡、西堡、朱家山各村。敌人先在蟠龙周围的胡峦岭、白家庄、侯家垴、奶奶凹、秦家烟、李家坪等处建炮楼、筑碉堡、挖战壕、拉铁丝网，不久又从外地抓去工匠，兴修防卫土城，在东、西门上矗立两幢圆桶形碉堡。敌人的到来，犹如一把刀子插入太行根据地腹心。鬼子、伪军与汉奸四处扬言：

"蟠龙成了皇军的铁桶江山，两个月内使武乡全面维

持！"企图长期固守，将它打造成武乡境内与段村东西呼应的一个大据点。

蟠武战役

（1943.7.19—1943.7.20）

"为了粉碎敌人驻守蟠龙，扩张蟠武公路沿线，企图分割、蚕食我太行三分区并威胁我八路军总部和一二九师师部安全之阴谋，三分区请示一二九师及太行军区，决定集中优势兵力，发起蟠武战役。原计划抽调五个团参与，现又加进冀南军区一分区二十团，这样就有六个团了。"太行三分区司令员陈锡联发言。

"二十团团长徐绍恩请缨。"听到三分区政委彭涛介绍，徐绍恩站起行礼。"在一个月前日伪军对冀南根据地的合围中，作为参战主力部队，二十团狠狠地打击了敌人。他们进驻太行是来休整的，可听说我们部署蟠武战役，徐团长与战士们就坐不住了。"

陈锡联示意徐绍恩坐下，继续说道："围歼蟠龙周围以及蟠武公路沿线之日伪据点，孤立蟠龙据点的敌人。"陈锡联侧过身子，用鞭杆指着墙上地图："七六九团攻蟠龙，决九团攻白家庄，十四团攻胡峦岭，总部特务团攻侯家垴，二十团攻奶奶凹，决七团向西打援，封锁段村之敌。"陈锡联将鞭杆垂下，面对大家。在座各位神情急切，仿佛已经等不及了。"十九日零时发起战役。"

"此战关系到我三分区能否生存立足下去。"陈锡联将鞭杆放到桌上，"这一仗一定要打好，要坚决把敌人的嚣张气焰打下去！"

"此次敌人闯入我根据地腹心，虽有三千多兵力，但分散在各个据点，陷入我军民的包围之中，到处摆出一副挨打的架势。敌人就像聋子、瞎子一样，必定遭到碰壁、跌跤。"彭涛握紧右拳，"我们熟悉地形，群众基础又好，军民团结一心，一定能够战胜敌人。"

与会各团干部纷纷表示：

"这次是为保卫我们根据地而战，只能打好，不能打坏！"

"是在我们家门口打仗，打不好对不起群众。"

"坚决勇敢，不怕牺牲，努力打好这一仗。"

十八日夜，参战部队陆续进入指定地点。长达五十里的蟠武线上，布下天罗地网。月色极好，映照蟠龙及其周围座座山岭。

胡峦岭是蟠龙西南制高点，也是外围最大据点。敌人在村东、村西各筑一座三层圆形碉堡，碉堡周围挖了数道堑壕。村子四面拉起铁丝网，挖下散兵坑。驻有日军一个小队、伪军一团二营，日军小队长名叫池田。村西碉堡里是日军小队与伪军一个连，其余伪军在村东碉堡。

　　领到任务后，十四团团长马忠全、政委赵兰田带领一、三营干部曾去胡峦岭侦察。

　　在民兵王清和、李柱全、郝四锁引导下，三营战士沿着村中放羊小路，从陌峪口隐蔽地接近胡峦岭。按照营长钟明锋安排，九连、十一连担任主攻，七连作为预备队。钟明锋与十一连连长黄金龙，带领突击队摸到崖下，利用绳索搭钩攀上，占领村东碉堡外围工事。

　　夏虫响成一片，他们不出一声。

　　零时到了，远方天空升起信号弹。钟明锋带领战士们立即开火。敌人凭借碉堡反击，企图夺回被占领的外围工事。他们想不到，自己布下的堑壕，成了我方作战掩体。十一连与后续上来的九连、七连，在工事中不断前进，直逼碉堡。此时，老寨上来的一营，也用铡刀砍断铁线网，自东南方向攻打。

　　山炮、迫击炮与机关枪，在掩护下进至距敌碉堡二百米内，猛烈的射击压住了敌人的火力。

　　少数兵力牵制村西碉堡，一、三两个营主力夹击村东碉堡一营之敌。在火力掩护下，工兵扛着炸药到达碉堡跟前。一声巨响，塌下一个大口子，除了炸死的、砸死的，能跑得动的四散而逃，宛若蝗虫乱阵。

　　趁势猛攻敌人营部所驻院落，迫击炮朝机枪口连发几弹，窑壁塌了。二十几个焦头烂额的伪军，举手当了俘虏。

经过三个小时激战，全歼伪军一个营，占领胡峦岭村东。天色已明，马忠全下令暂停进攻。

负责攻打腹地蟠龙的，是七六九团郑国仲部。连长李长林率领三连，自北而南摸上镇北山顶，瞄准伪军一团一连据守的炮楼。地形早已熟稔在心，之前李长林曾经深入敌人厨房侦探。

镇内安静极了，好似太平岁月。伪军修了一天炮楼，又累又困。嫌屋里热，就到院子里、街道边、打麦场上躺卧，皎洁月光下，横七竖八到处都是。快近炮楼，敌人发现，向外射击。三连一边寻找掩体，一边还击。爆破组冲上去，敌人扔出一颗手榴弹。火星闪烁，滋滋作响。爆破组战士就地打滚，乘着爆炸烟雾，挨到炮楼下面，塞进炸药包。

"轰隆隆——"炮楼出现一个大洞。李长林带领三连冲去，敌人死的死，伤的伤，当俘虏的当俘虏。

蟠龙西边李家坪山梁上，有座敌人炮楼。在连长王福昌带领下，四连战士快步行进。李长春、牛凤鸣、牛月三个人，争着比赛看谁跑得快。月亮追逐他们，一刻不离，迫近了山梁下。

班长张玉唐突然转过身来，一脸肃穆：

"敌人工事坚固，不易靠近，如果我牺牲了，你们就把我的党证替我交给上级。"说完从口袋里掏出一卷纸，递给身旁的牛凤鸣。牛凤鸣同样做着牺牲打算，转手塞

给卫生员贾文东。

突击组在前猫腰小跑，工兵夹着炸药包紧紧跟随。到了离炮楼十几米远时，一个伪军走过来。"谁？""不许出声！把枪放下！"王福昌一个箭步上前，将枪抵上他的脑门。沟壕条条十分杂乱，试了几回，都听到炮楼里说话了，却挨不到跟前。大家正在焦急，忽听里面敌人大声说道，"不要慌，打他的……"朝外放枪。大家迅即伏下。王福昌叫过那个俘虏："怎么走？快给我们带路！"俘虏带着大家到了炮楼底下。张玉唐靠墙放下一包炸药，又接过牛凤鸣他们递过去的三包。当插上导火线的时候，大概听到了外面的动静，碉堡枪眼又朝外开火了。

一颗手榴弹朝贾文东扔过去。他灵机一动，伏在沟壕里，用枪挑起帽子。子弹纷纷射向帽子，工兵得以安全撤离。

足足十二公斤炸药，轰塌那座碉堡，三十多个敌人埋葬底下。

工兵退到的拐角沟，土壁也被震塌一边。张玉唐抖抖呛人的灰尘，望望王福昌，又望望炮楼那边，大声笑道："哈哈，我们还要活着缴获胜利品呢！"

白家庄炮楼驻有日军一个中队，中队长名叫木村。决九团包围炮楼，四面开火。敌人的火力异常猛烈，爆破人员接近不了炮楼。团长贾定基叫过去迫击炮：

"先打一炮，务必打准！"

"朝哪儿打？"炮手问。

"顶上的射击孔，你看那里响得最欢。"

炮手举起大拇指进行目测，调整诸元。

"目标确定。"

"开火！"

一声沉闷的响，炮弹呼啸而出，炮楼顶上掀起一片，硝烟卷上天，砖石落下地，机枪声哑了。

"打得好！打得好！"贾定基拍拍炮手肩膀。

盘踞在侯家垴炮楼里的，是日军一个小队和伪军二团团部。炮楼四周拉有铁丝网，设有多个火力点。由于抽调兵力保卫附近柳沟兵工厂，总部特务团参战的只有一个营。几次进攻未能成功，副团长赵玉珍决定，不再强攻，而从一个方向吸引敌人，引蛇出洞。敌人果然上当，一队人马悄悄溜出来，想要给我们一个突袭，不料反遭猛烈回击，丢下几具尸体惊慌而退。

段村日军出援，刚到关河附近，决七团将其死死钳制。决七团同时派出小股人马佯攻段村，担心后院起火，敌人匆匆返回。

襄垣敌人也行动了，出城没有多远，进入襄垣独立营埋设的雷区，又遭冷枪。走了三个多小时，才前进四里多地，被炸死、打死不少，眼见蟠龙还远得很，只好灰溜溜南返。"准备了好几百个'大西瓜'，只卖掉了

二十多个。"看着敌人远去，独立营战士们兴奋之余，不免有点儿失望。

胜利捷报互相传递。敌人建筑如此之多的碉堡、炮楼，本要互为支援，却没料到各个挨打、自顾不暇。

当天夜里，三专署专员武光汤协同武东县委指挥部，动员民兵负责保卫，沿线百姓回来抢收小麦。看呐，一座座碉堡、炮楼正被攻破，或等待攻破，敌人不是被消灭，就是躲在里面不敢露头。一队队青壮年男子、妇女甚至老人遍布田间，一垄垄麦子被割倒、捆起、运走。人在欢笑，牲口在叫。明月落下，白日升起，从第一天午夜到第二天一个白昼，基本抢收完毕。

又一个夜晚来临，月亮稍细一些，但看不出。白昼虽热，夜晚倒是凉爽。

在胡峦岭，十四团占领村东，日军据守村西，相持一天。晚上，六连、七连担负攻打村西的任务，攻打碉堡与三孔窑洞中的日军三十余人与伪军一个连。

"这一次的仗是救武东百姓，无论如何都要打好。如果看见我后退一步，你们就开枪打死我。"六连指导员王满文在战前动员时说。战斗打响，他身先士卒，不幸中弹，倒在地上还在振臂大呼："不要管我，同志们往前冲啊！只准前进，不准后退！"

王满文牺牲后，代理连长李世全拿了八颗手榴弹，投向二十米外的碉堡，投第五颗时被流弹击中，直至牺牲，他还保持投弹姿势，怒视敌人那座冒着机枪火舌的碉堡，仿佛一尊雕像。

在连长何自聪指挥下，七连一、二排又向碉堡发起攻击。掷炸筒班班长王英烈接近碉堡，三发榴弹准确命中。碉堡开了大口，七连战士奋勇冲入。日军大部被毙，两个鬼子弃枪而逃，哪能跑得了，也被擒住。缴获掷弹筒两具、歪把子机枪一挺、步枪十二支。

七连八班班长靳小瑞甩出数颗拉雷，炸塌日军中队部所在的三孔窑洞。六连某班班长石福增捡起敌人投到跟前尚未爆炸的手榴弹，反手投回窑洞，炸死机枪手。六连战士冲入洞内毙敌十余人，俘虏日军二人、翻译一名。

胡峦岭这个最大的外围据点被攻克了。

由于元气尚未恢复，地形又不熟悉，昨晚，冀南军区二十团在奶奶凹打得十分艰苦。调去七六九团五、六两个连支援。二营营长张天枢决定五连担任主攻，他叫过五连二排排长：

"王凤才同志，你们连长不在，由你代理，现在命你带领队伍从西边往上攻，天亮前要解决战斗！"

"坚决完成任务，保证天亮前拿下炮楼！"王凤才斩钉截铁。

连续进攻两次，没能成功。"为了迷惑敌人，这次我们响起准备哨声时，就发起冲锋，打它个措手不及。跟

我上！"王凤才带领突击班登上奶奶凹顶。手榴弹扔进炮楼，随着爆炸声，战士们冲上去。王凤才腿上负了伤，便用绑腿缠住。六连一个排也从东北角攻上奶奶凹。敌人顿时乱了阵脚，抱头逃向蟠龙。在半山腰，遭到六连另一个排侧击。

只剩侯家垴一个外围据点了。总部特务团集中所有火力，迫击炮、重机枪一起朝炮楼开火。七六九团三个连赶到了，他们一边进攻，一边组织工兵爆破。工兵潜入炮楼下，长方形的炮楼塌了一半，暴露出来的敌人往地沟里钻。我方避开铁丝网，向山上猛攻。敌人燃起六筒毒气，霎时黄烟翻腾，毒气弥漫。战士们就将毛巾塞在嘴里，大量歼敌。还剩一二十个敌人，犹如老鼠在地沟里东躲西藏，正欲消灭，天上飞来日军战机，为减少损失，我方按照指示撤出。

蟠武战役歼灭伪军五百余人、日军两个小队，沉重打击了伪剿共军第一师，小林大队遭到很大损失，我方缴获甚多，敌人龟缩到蟠龙、白家庄、侯家垴几个据点里，为我军民围困蟠龙创造了有利条件。

"我三分区腹地，哪能让敌人住！""不能回家种地，就和他拼命。"群众高兴极了，一边送饭送水，一边帮助部队运送伤员、打扫战场。其中一个民兵因为抢救一个受伤战士，结果自己也受了伤，他走在路上，很兴奋地说："军队是为了什么，我能挂彩不也是一样光荣吗！"

军民联防

在距离蟠龙不远的东北方向，蟠洪河上游，洪水，三分区司令部与三地委正在召开联席会议。

"从敌人增加兵力、加固防卫工事来看，他们是不可能很快撤离蟠龙的。"

"对敌人的围困将会持续很长时间。"

"所以，我们有必要制定一个新方针，那就是'坚持长期围困，逼退蟠龙敌人'。"

"对，对。以前我们叫作'劳武结合，围困敌人'，现在叫作'坚持长期围困，逼退蟠龙敌人'，就是要求大家在继续坚持'劳武结合'的同时，做好与敌长期斗争的准备，直至最终将其赶出蟠龙。"

"只要军民联合起来，筑成一道道铜墙铁壁，就无往而不胜。"

"在武装力量配备方面，要做到主力兵团、地方兵团和民兵自卫队三结合。"

"军民联防，并肩作战。"

七六九团、十四团和独立营等地方部队，以连、排为单位，分散在蟠龙四周，组织和指挥民兵游击队，布设围困敌人的联防线。在蟠龙以西、以北，南起胡峦岭，北至韩家垴，由十四团三营带领四区游击队布设；以东关家垴、尖山顶，由七六九团六连与新八区民兵布设；

以南韩壁、窑上沟、王家峪一线，由五连与各村民兵布设。

六连与新八区民兵组成关家垴军民联防指挥部，连长蒋开印任总指挥，区委书记陈琪任政委，区长魏庭敬任副总指挥，指导员孙坚任副政委。

关家垴之西尖山顶，处在蟠洪河东南岸，居于蟠龙与洪水中间，是保卫三分区的一道天然屏障，也是新八区的大门。在排长张亮、民兵班长关二如带领下，三排与民兵一个班登上尖山顶，日夜突击修筑工事，从尖山顶到摩天岭挖了一道交通沟，又于温庄与神南之间山梁上挖了一条地道。

在尖山顶南面、柳沟北面的河不凌、温庄一线，敌人不断遭到伏击。

天高云淡，金风吹拂。十月初一个上午，日军一百多人纠集一队伪军，又一次踏进温庄修筑炮楼。

"决不能让敌人安上钉子。走，打它个麻雀战去！"张亮带着两个班，从摩天岭飞奔下去。到了十字路口，忽听一声枪响。原来，敌人兵分两路，一部去修炮楼，大部却埋伏在半路上。我方迅速分散开了。见伏击不成，二百多个敌人向上强攻。

面前是条"断路"——为防敌人大队人马通过而把路切去一段。张亮一边与大家投掷手榴弹，一边指挥：

"沉住气，瞄准打，只要封锁住'断路'，敌人就上不来!"

关二如十七岁,是远近闻名的神枪手。一个扛着太阳旗的鬼子,想要爬上"断路",刚露出头,就被打了个倒栽葱。

"大家都向关二如学习,一颗子弹消灭一个敌人!"

正当激战时,守卫在东边峰垴上的一排战士赶来支援。敌人伤亡三十多人,恨恨地向蟠龙溜回。三排派一个班下去,把敌人垒起不到两尺多高的炮楼拆了。

坚守在尖山顶的战士与民兵,日夜不放松打击敌人。白天派出冷枪组,敌人出来到河滩上担水、饮马,就地射杀;晚上,常常三五人摸进蟠龙,放几枪,甩几颗手榴弹,搞得敌人夜不能寐。敌人包围过十一次,每次兵力都上了千,却无一告成。一百四十六天,他们作战八十九次,平均三天两仗,共毙敌一百五十六名,距离尖山顶五里地的三分区司令部一次也没遭到袭扰。

战士与民兵亲如兄弟,胜似手足。有一次,几个民兵被敌人包围了,七班拼命杀出一条路,将民兵救出。又有一次,日军将战士封锁在山沟里,关二如一枪结果了机枪手,敌人向山梁后隐退,被我埋伏的民兵消灭。

他们保卫群众的生命、粮食与财产安全。有一次,温庄十多个村民被抓走了,被关二如带人半夜潜进蟠龙营救出来。再有一次,敌人抢走了牛与羊,蒋开印与孙坚商量夺回,当天夜里,战士集中兵力向南打,民兵乘

机从北边驱赶牛与羊。秋收时节，他们掩护、帮助群众抢收粮食。尖山顶一带的庄稼，没有一粒落入敌手。又抢收靠近蟠龙甚至距离据点不远的庄稼，共六百多亩。常帮群众挑水、推磨、送粪，群众送上年糕、饺子。

"关家垴乃皇军心腹大患，一定要铲除掉。"伪剿共军第一师日本顾问宫川中佐，对关家垴的八路军与民兵恨得咬牙切齿。日伪一千五百余人，兵分五路，杀气腾腾而出。听到报警枪声，关家垴村民很快将粮食、衣物藏好，迅速向东山转移。敌人气喘吁吁爬上后，村子空空如也。宫川气急败坏：

"追，向东追！"敌人顺着垴上那道梁涌去。走在最后负责掩护的七班与四个民兵，翻过两座山包，忽然发现有三十多个老乡隐蔽在山坳里。班长王金平连忙叫民兵带领老乡转移，七班断后。老乡刚刚离开，敌人就扑过来。

"不让敌人过山梁！"七班用火力封锁住一条小径。两边是几十丈高的崖，敌人兵力虽多，施展不开，三次冲锋，均被打退。估摸老乡脱离危险，七班钻进山沟，三绕两绕，将敌人甩开。

敌人往前追着，背后响起枪声。原来，蒋开印带领六连主力和民兵，乘敌人出动，插到河不凌，抓住敌人尾巴狠揍一顿。

担心抄了老窝，宫川一行丢下沿途抢的牛、羊与粮食，匆匆撤回蟠龙。

与关家垴、尖山顶相对的，是蟠龙南面的韩壁、窑上沟、王家峪一线，防守的是五连与各村民兵。

蟠龙东南是侯家垴，驻有日军一个小队和伪军二团团部。又东南是韩壁，由二排与村里民兵联防。排长王凤才，高，黑，勇猛，乡亲们叫他黑大个排长。敌人经常出来扰乱，严重影响群众的生活、生产。王凤才带领部队与民兵，白天休息，晚上出动，不断寻机打击敌人。

有一次，王凤才让机枪手埋伏在离侯家垴不远的天元山下，自己带着几个扮作老乡的民兵，到敌人炮楼附近佯装割谷子。敌人果然上钩了，十五个，气势汹汹而出，顺着坡道冲下来。"快走！快走！"王凤才故意大喊一声，一伙儿人扔掉镰刀，撒腿就往王家圪道方向奔去。

敌人在后面追，追到大凹圪梁那条一尺多宽小路上时，"打！"王凤才扭回头，一声高呼。

埋伏在两侧的部队发起攻击。天元山上那挺机枪开了火，封锁住敌人退路。进也进不得，退也退不得。敌人一个一个栽倒，剩余几个慌乱之中跳下几十丈深的陡崖。

敌人出来的少，就消灭掉；出来的多，村外消息树上，会有哨兵挂起一团破布，村民看见，立即转移。炮楼跟前的田地，收种选在晚上，战士与民兵火力封锁枪眼，大家管这叫"闪电生产"。

　　侯家垴与韩壁中间偏西，有个后沟，村里有支英勇的民兵班，人称张家班，班长名叫张寿孩。

　　敌人在侯家垴南面大凹顶筑了座地堡，驻扎一个班。一天夜里，张寿孩、张青山带着两个射击组掩护；张来庆摸到哨棚近旁，当哨兵转身当儿，一跃而起，一手卡住他的脖子，一手用手榴弹猛击头部，接着扔去两颗手榴弹，炸飞哨棚。

　　以张家班为骨干，后沟与前沟、圪道、陈家垴、侯家垴等临近村子民兵，组成一支拥有一百二十多人、四十多支枪的联防民兵队。

　　一天夜里，二百多敌人出了侯家垴炮楼，既没踏上地雷，也没遇到冷枪，偷偷包围了后沟。他们以为成功在即，便去各家各户搜索。不想，民兵卧于房顶，等到敌人闯进院子，子弹、手榴弹倾泻而下。

　　当时活跃在联防线上的，还有一位传奇式英雄人物——十四团三营营长钟明锋。除了佩一支短枪外，战时，钟明锋时常还要挎两支冲锋枪，左右开弓，百发百中。他带领那支队伍，神出鬼没，来去无踪。到底有多少人马？谁也说不清。东山一带的人说有八百，漳河西边的人说上了千。老爷爷摸着白花花胡子："那可不是一伙凡人，那是天兵天将，要多少有多少。"

　　钟明锋指挥联防民兵袭扰胡峦岭，有时佯攻，有时引退，弄得敌人晕头转向，架起机枪一个劲儿胡打。一连几夜，敌人好生疲惫，以为捣乱，便放松了戒备。

第七天夜里，钟明锋手持两支冲锋枪，带领几十个战士和民兵突袭岗楼。手榴弹塞进枪眼，炸得敌人七零八落，俘虏伪军十多人，夺得机枪一挺、步枪九支，牵回三匹洋马，将战利品送给胡峦岭民兵队。

八月的一天，听说胡峦岭敌人近些日子，经常三五成群溜到龙湍村边，偷吃老百姓的西瓜，钟明锋放下饭碗，提起冲锋枪，带领战士们出发。一上午跑了三十多里山路。他让各班分散埋伏在高粱地里，自己与两个神枪手，藏进离瓜地不远的戏楼里，一边等，一边在后墙上挖出三个碗口大的洞。

果然，六个敌人一边哼着小曲儿，一边望着碧绿的西瓜。

乒乒乓乓枪响，六个敌人全报销了。当岗楼上的敌人闻声赶来，只有为躺在瓜秧间的同伴收尸的份儿了。

"捉来钟瞎子，赏洋两千四。"日军洪部贴出告示。

得到钟明锋队伍驻扎汉广的消息，蟠龙出动近千名日伪军，绕到姚庄，兵分几路向汉广迂回包围。孰料转悠大半夜，到了村里，连个影子也找不见。原来，钟明锋得到情报，带着队伍跟在敌人屁股后面。拂晓，大失所望的敌人，欲从东北方向返回蟠龙。钟明锋带着队伍抄小路，插到敌人前面，在韩家垴东北咽喉地带埋伏下来。当垂头丧气的敌人进入底下一条峡谷时，两侧山梁

上，一阵狂风暴雨的射击，打得敌人在峡谷里直打转儿。一个日本小队长挥舞洋刀：

"冲上去，抓活的。"

"不到跟前不大打。"钟明锋吩咐大家。

三十米、二十米、十米……一批不要命的日本鬼子，呜哩呜啦地向上爬着、爬着，快爬到脚下了。钟明锋两手举起两支冲锋枪，喊了一声"打！"手榴弹与石头，犹如冰雹一样砸向敌群。

打交通线

九月，庄稼熟了。玉米叶子发白，风吹过去沙沙作响，棒子须变黑变枯。谷穗垂得越来越低，成群麻雀起落其间，叽叽喳喳。高粱红了，秆子一晃一晃。土豆在土里结大。覆满了地的红薯秧子根茎颜色由绿转褐。平川到丘陵，山下到山上，大块小块田亩，都有在望的收成。

敌人眼红，他们想要不劳而获；武东县委组织民兵、群众，在主力部队配合下，开始抢收。

离敌人较远的庄稼收完了。碉堡、炮楼边上的，敌人死死看着，部队与民兵召开联席会议，研究抢收办法。

夜半时分，露水升起，凉风吹拂，四野一片寂静。乡亲们别着镰刀、扛着铁锨出发，他们悄悄地，朝自己亲手种下的庄稼走去。民兵们则朝相反方向前进。在西边抢收，东边响起真真假假的枪声。假的，是在空桶子里燃放鞭炮。抢收完了，再换方向。敌人躲在碉堡、炮楼里不敢露头。偶尔出来试探，不免碰上真的子弹。一连几天，敌人日日垂涎的庄稼，就被全收了。

渐渐逼近蟠龙镇外。日军不出来，怕遭伏击，就让伪军收割。不能眼睁睁地看着他们抢走，怎么办？

——截击。

一天，伪军集体出动，有四五百人，密密麻麻，布满蟠龙周围庄稼地里。他们犹如惊弓之鸟，急匆匆地手忙脚乱，是干活儿的缘故，也是心里头发虚。战士与民兵，在集合着。黄昏，要收工了，大车小车，装得满满，要运回了，人的呼喊声与牲畜的嘶鸣声交汇在一起。

枪声、炮声与喊杀声并作。"八路军来了！八路军来了！"一看不妙，伪军呼啦啦齐向镇内狂奔。也不要玉米棒子了，也不要谷穗了，也不要土豆了，也不要红薯了，也不要大大小小的车了，也不要马、骡与牛了。

被围困在蟠龙的敌人，不但粮食，就是其他物资，水啊，燃料啊，防御用的木料之类啊，也匮乏得很。"接不到供应，我们就难在这里多待一天！""莫说待，活也成问题！"战战兢兢的伪军私下里愁眉苦脸。

不能自给，那就依靠外运。哪来的外运？敌人设在

武乡的最大据点段村。从段村到蟠龙，七十里长的蟠武公路，成为蟠龙之敌唯一的补给线。或是马驮骡运，或是汽车出动。一般是上午由段村前往蟠龙，下午由蟠龙返回段村。

在八路军领导下，沿线民兵与群众展开交通斗争，埋地雷、打冷枪、发土炮，运用伏击战、麻雀战、联防战打击敌人，使他们日夜指望的生命线，变成惊恐不已、噩梦连连的死亡线。

"打头打尾不打腰，打快打动不打慢。"头、尾乱了，挡在路上，敌人进又进不得，退又退不得，便于收拾；快速行进当中遭到打击，猝不及防，敌人不便于还击，我们却能进退自如。

那次，型塘民兵配合部队，在公路北侧崖头上的老槐树下设伏。敌人运输人马通过崖下时，我方排子枪与手榴弹齐发。敌人人仰马翻、东倒西歪，向路南底下蟠洪河河滩里抱头鼠窜。驮着物资的二十三头牲口待在崖下，没随他们奔去。大伙儿一冲而下，这儿摸摸，那儿拍拍：

"哈，这袋子里是白面。"

"这里面装的是大米吧？"太行山上，大米可是稀罕物，日本人带来的，以前缴获物里见过。

海带黑绿叶片上白色盐粒泛着晶莹的光。

"敌人的运输队为我们跑得实在是勤啊。"

　　李峪位于蟠武公路中段，村里有支令敌人闻风丧胆的民兵队。为了响应上级围困蟠龙敌人的号召，李峪民兵队由十六人扩大到四十来人，他们分作三班，轮流值守，日夜出没在公路上。

　　蟠武战役前夕，一天从区上开会回来，队长王来法接到情报，说段村敌人次日要开往蟠龙。

　　王来法指挥民兵与村民，借着月光布雷，有的挥动锹、镢挖坑，有的将筐子里的地雷埋进土里，有的铺设雷板，有的拿着牲口蹄子、鞋帮子在浮土上踏印。公路及路旁道上、树下、院中、门与窗上，布下二十多种雷，设下十几种阵法。民兵兵分两路，一部埋伏在泉沟梁，一部埋伏在关道岭。

　　日头升高，日伪军一千二百多人，沿着公路开来。在李峪这一段，他们可吃过不少地雷的亏。这次人马如此之众，不得不加倍小心。离村二里地方，走在前面的日军尖兵班发现雷痕：

　　"地雷的有！"一个军官命令。

　　"把雷取掉！"一个鬼子端起一块大石砸向雷痕，同时朝身旁一面大青石后躲去。一声巨响，雷痕那里倒没动静，大青石后却爆炸了。日军害怕伤亡，用枪逼着伪军探雷。挖出来的，尽是些破钢盔、破布鞋、石头蛋儿，甚至一坨狗屎。他们继续前进，没走多远，踏响真雷。

　　折腾半天，又涌向公路北边一个菜园，有的拔萝卜，

有的找石头坐，不料萝卜带出地雷，石头也开了花。

寻求报复，他们转向村里。又是圈石灰粉，又是压上"小心地雷"纸条。离真雷区还有二十来步，王来法对暴瑞祥说：

"快打！把鬼子诱进雷区！"

撂倒一个鬼子。另外四个民兵也一人撂倒一个。那个军官发现枪声出处，命令朝关道岭上冲。一冲，进了雷区。霎时地崩山裂，鬼哭狼嚎。拐来拐去，到处挨炸，原来是闯进了"蛇形阵"。后面的鬼子退下来，又往两旁闪，先是中心雷响了，跟着四周的雷也响了，这是"梅花阵"。十几个工兵前去探雷，挖出一颗假雷，往上拿时，拉响下面连着的一颗真雷，这是"楼上楼"。掉头撤时，又遇"回头跑"雷。再进村里，开门有雷，搬动坛坛罐罐有雷，鸡窝口有雷，柴草下有雷。往村口退，忽见一块木牌上写着："太君敢动，一命归天！"一个鬼子伸手去拔，连同军官与别的几个鬼子被送上了天。

八月初，为了公路"安全"，段村敌人四五百，沿着马庄、里庄、型村、长乐"清剿"了两三天，最后乘夜绕过李峪，驻扎浊漳河南岸监漳。

王来法他们夜里运去地雷、石雷，布下天罗地网。敌人接连被炸死几个，龟缩在镇内不敢出来。

第三天晚上，王来法三人来到监漳村外。暴瑞祥在外围埋雷，王来法与王兰江朝马叫的地方摸去。一群洋马与骡子拴在南店里，朦胧月光下，一个哨兵背着三八枪踱来踱去。王兰江一个箭步窜上，当着哨兵的面，翻身跳上大青骡子飞奔而去。哨兵一愣，刚打一枪，王来法的手榴弹在马圈里开花了。敌人追出，踩上暴瑞祥布好的石雷阵，炸倒两三个，后面的退了回去，上到镇东的文昌阁胡乱放枪。

七八天后，二百多个敌人朝李峪东面的北社方向逃跑。王来法派人联系附近民兵，一起袭击。敌人到了长乐滩，踩上二班长王明书与长乐民兵埋的地雷。掉头返回，又遭庙岭梁民兵拦截。当天夜里，留在监漳的敌人从南逃跑，刚到一里外的观庄，便被王来法他们与监漳民兵摆下的石雷炸了回去。

次日，王来法他们又在北边河西山上，将写有瓦解伪军口号的传单射入敌人岗哨。日军扑上山头，连个民兵影子也找不见，但见一面岩石上写着："暂时告别，过几天再见！——李峪民兵队。"伸手去擦，踩上连环雷。

在监漳实在待不下去，几天之后，敌人渡过浊漳河朝段村逃去。王来法他们埋伏在西山上，等日军过了河，他们冲下山，在监漳东滩上截住尾随的伪军，俘虏四十多个，缴获许多枪支弹药。

九月九日早上，得知第二天敌人汽车队将由段村开往蟠龙。王来法他们踏着泥泞直扑关道坡。坡一面靠山，一面临崖。大家寻找昨天巡路吉普车压下的辙，将印有

轮胎花纹的泥块揭起，埋下地雷，再把泥块原样安上。第二天上午，他们爬上左面山梁埋伏好。十几辆绿皮汽车驶来。一声巨响，泥土满天。领头那辆站满持枪敌兵的敞口汽车冲下断崖。中间一辆向后猛地一倒，撞翻后面一辆。敌人乱哄哄跳下，向四周放枪。王来法朝他们射击。敌人四散开来，又踏响了地雷。

蟠武公路东段有个马家庄，马家庄民兵指导员马应元创造了将地雷爆炸和飞行射击相结合的方法，地雷手以地雷封锁敌人，飞行射击手就打冷枪。敌占蟠龙后，马应元兼任蟠武线飞行爆炸组组长。

一天上午，接到情报说敌人从段村出发了。马应元与民兵开始在前面埋雷。敌人走到马庄，踩响前哨雷。再往前走，看到滩里大路上似乎有雷，改走草丛，踢雷炸了。到里庄后停住，派伪军前面探雷。马应元他们从山顶上扔下手榴弹。敌人一边回击，一边又往前走。马应元与马尚银背起几颗石雷，抄近道赶前去。当敌人经绕林间小道时，踏上天女散花石雷阵。

敌人在后面摸路，民兵在前面布雷。走一段路，挨一次炸，一直折腾到天黑，敌人才到长乐。一个下午，民兵埋设十三处地雷，炸死炸伤敌人九十多个，缴获步枪十支、子弹五百发。

敌到雷到、敌未到雷先到、敌不到诱敌到，飞行爆炸组在蟠武公路上打了一个又一个的便宜仗。

十一月，敌人抽出两个团以上的兵力，在蟠武线上扎下许多临时据点，专门进行运输护送。马家庄也设下了临时据点，民兵与村民被迫转移后山郭家沟。敌人拆房砍树，在村子西北制高点上筑了一个大地堡，外圈又用门扇搭了一个临时哨所。

马应元决定派十八个民兵对付村里一个排的敌人。他们抬了两三箱手榴弹，拉了一门土炮，天黑后，埋伏在马家庄北面二里远一个山头上。土炮响了，临时哨所的门板倒了，马来胜和三个民兵上前，打死压在门板下的一个鬼子，往地堡里扔进五颗手榴弹，死的死了，活的不敢出来。又从被炸开的口子投进几颗手榴弹，敌人与地堡同归于尽。马应元带着十几个民兵包围鬼子小头目住的院子，鬼子死的死，俘虏的俘虏。马家庄回来了，马应元又率领飞行爆炸组活跃在蟠武公路上。

蟠武公路两侧的民兵还有一种厉害武器"新名炮"。这种二人抬枪，常常把这条线轰"红"了。震耳的炮声响过，扫帚形的一片火花随至，铁沙子进去，皮肉上出现一个个烂洞。有一次，敌人在一株大树底下歇着，忽听得山头上一声炮响，身上立刻出现无数血洞，一个当场毙命。

瓦解伪军

当一盘盘饺子端上桌子，热气腾腾，忽然警卫员来

报，说有一个班伪军，要找钟营长投诚。

钟明锋，十四团三营营长，把伸出的筷子搁在面前大碗上，站起来，穿过人群，走出屋子，走出院子。院心，大年初一燃烧的柏枝火堆余烬犹在。边上鞭炮爆响后的碎屑，绯红一片。

只见一小队着伪军衣装的，努力排成一溜儿，站在巷子里。为首的显然是班长，说明来意："我们是第一师的，久仰钟营长大名，早生弃暗投明之意，无奈防备森严，一直得不到机会。今晚在蟠龙半岭值哨，乘着节日警卫疏忽，瞅个空儿出来，沿着蟠武公路北侧山地直奔这里。"

扛着十二支步枪，最末一个高个子扛的是挺机枪。

"好！好！"腰粗膀宽的钟明锋声音洪亮。"我们八路军的优待政策，你们大概也都知道——""知道。"有人插进话去。"保证生命安全，不没收私人财物，愿回家的送给路费。"他打量了一眼他们肩上的枪，"带出武器弹药的奖钱、奖物。"

李峪民兵队队长王来法也出来了，站在钟明锋身后。原来，春节拥军，今晚李峪群众请三营吃饭。

"大半夜了，你们都走累了，还没吃饭吧，进来一起吃。"王来法招呼。

进了院门，进了屋门，但见在明晃晃几盏油灯照耀下，八路军战士与村里民兵、群众围坐在一张张桌子旁，谈笑风生。菜不丰盛，却也量足。见他们进来，大家都站起，搬凳子的搬凳子，拿碗碟的拿碗碟，将他们往自己桌子跟前拉。

就在饭桌上，本计划回家的他们突然宣布，不走了，要一齐参加八路军！

他们来自蟠龙镇上的伪剿共军第一师。

伪剿共军第一师原系国民党骑兵第一师，前年夏天在静乐与日作战溃败后，投降过去。伪剿共军司令兼第一师师长赵瑞，沁县樊村人，原为国民党骑兵第一军代理军长兼第一师师长。副师长段炳昌，武乡聂村人，早在任骑兵第一师副师长兼汾阳、孝义两县县长时，就与日军私下勾搭。现在蟠龙镇上，除了大汉奸郝竹亭挂有一副"镇公所"牌子，段炳昌也挂起了"专员公署"牌子，因他被"任命"为武、沁、襄、榆、辽五县专员。

在蟠龙，在蟠武线上，在武乡，老百姓愤怒骂道："段炳昌卖武乡了！""段炳昌和敌人是一家！""呀！还是咱们的人？这比大鬼子还厉害，二鬼子还不算，哼，真是三鬼子啊！"

伪剿共军第一师设有日本指导小队，指挥伪军一切，包括教育和日常生活。伪军的连、排长见了日军一等兵都得敬礼，作战时也得听从一等兵指挥。伪军有三怕：怕做工，怕作战，怕夜间警备演习。日军在蟠龙镇上及其周围，以及蟠武公路沿线，筑土城、修碉堡、建

炮楼、搭哨棚，甚至担水、劈柴，都举着鞭子逼迫他们去做。打仗时，更是举着枪让他们冲在前面。一次"扫荡"七区时，一个伪军连长迟迟不上山头追击八路军游击队，指导小队一个日军中士挥舞着刀，逼他冲了数次，伪军连长敢怒不敢言，过后咬牙切齿地骂日本人。每日夜间演习三个小时，尤其是在冬天受不了。蟠龙遭到围困，粮食短缺，伪军经常填不饱肚子。

又感觉到自己当了汉奸，被人唾骂，常常埋怨赵瑞、段炳昌，埋怨他们的长官投降日本不抗战。

在军事打击的同时，我方针对伪军展开政治攻势。通过粉刷、张贴标语、传单、布告，夜间到碉堡、炮楼边上或在战斗间隙喊话，进行气节教育，大讲优待政策，动员反战人员，分化瓦解敌人。

"伪军兄弟们，不要为日本鬼子卖命了！"

"中国人不打中国人！"

"缴枪不杀！"

一些红绿传单系在箭头上，搭在木弓上，射进敌人岗哨。

特别是蟠武战役后，释放了大批俘虏，他们确信了我方的优待政策。"这是真的！还说人家八路军是假的。他们才是骗人的。"有的干脆不走了，当场脱下伪军服装，要参加八路军。

瓦解伪军的工作，数七六九团五连二排做得最好，他们与民兵一道，夜里摸进蟠龙去写标语、散发传单，又经常到侯家垴附近喊话：

"日军是秋后的蚂蚱，没几天蹦跶了。一年打败希特勒，两年打败小日本。现在不反正，将来后悔也来不及了。"

"当汉奸是没有好下场的，打仗时你们在前面当替死鬼。就拿你们二团一营的陈德胜营长来说吧，打胡峦岭时，他负了五处伤，可日军的池田指导小队长，还鞭打着他，逼他出来指挥，又一次负伤，最后还是被日军用刺刀挑死了。"

"兄弟们，你们想想四孩他娘，想想郝爱则老人，她都知道'我是中国人，宁可饿死，也不吃日本鬼子的饭！'虽然双目失明，可她心里是亮堂的。她宁可绝食八天饿死，也决不投降！"

战士们还唱起流传在伪剿共军第一师中的小调：

"败兴败兴真败兴，遇着营长邱传清。倒运倒运真倒运，遇着连长高秉林。团长外号活阎王，两眼一红就杀人。开口就是枪毙你，死了往上报逃兵。"一个刚唱完，另一个接着又唱：

"当汉奸，没下场，一夜要换两次岗，没事还得挨耳光。弃暗投明快反正，掉转枪口打东洋。"

半夜时分，不断有伪军官兵出了蟠龙或附近碉堡、炮楼，拖着枪过来。有时三五个，有时十几个甚至几十

个。有时平安无事，有时背后响起追击枪声，甚至遭到夭折。一次四个伪军企图投诚，日军发现，砍掉脑袋，挂起示众。

就在第二天晚上，伪军一团三连一个班十一个人，携带步枪一支、掷弹筒一具过来。"听说昨天镇上刚刚杀了你们四位兄弟，风声很紧，路上一定担惊受怕。""那里就是活地狱，我们实在一天也待不下去了，就是现在不死，将来也逃不出个死，与其都是一死，不如冒一次险。"

日军对伪军的管控愈加严密、严酷，梢盯得更紧，鞭子更加密集、狠劲。

一个排去了陌峪，又有一个排去了活庄，都是全副武装，找上当地民兵："八路军在哪儿，我们集体投诚。"

蟠龙物资匮乏，日军派伪军押着夫役四处搜索。半路上，不时有伪军、夫役或者逃亡，或者投奔抗日根据地。

"夫役瞅个机会不见了，看押的伪军怕交不了差，干脆也不回了。你想想，回去不是挨一顿鞭子就是别的处罚、镇压。""当然，也有大家一块儿在路上才商量好的。""要是小鬼子带着，就不好办了。""他敢？要是一块儿出来，他的小命怕也搭上了。"

在围困蟠龙中，逃亡伪军有二百多人，至于向我投诚者，更多。

"原以为大军所至，匪共胆寒，民众依归，事实殊出意外，至今民众屡召不返，治安更风雨飘摇，前途困难重重……"段炳昌在写给赵瑞的信中哀鸣。

在蟠龙周围与蟠武公路沿线两万多军民围困下，蟠龙敌人陷入无休无止的人民战争之阵中。次年二月二十八日五更，在浊漳河两岸满山部队、民兵与群众的枪炮声与呐喊声里，敌人狼狈逃回段村老巢。历时八个月零十四天的日日夜夜里，武东军民共进行大小战斗三千多次，歼敌两千余名。

五天之后，太行三分区在蟠龙召开万人大会，庆祝围困蟠龙的胜利。冷清许久的河滩广场上红旗招展、鼓乐喧天，群众用花轿抬着战争中涌现出的英雄，武乡闻名边区的光明剧团和盲人曲艺队，已将典型事迹编成新戏、写成鼓书，当场进行兴高采烈的演唱。

守卫漆树坡窑洞

（1943.6.19）

半小时后，漆树坡民兵在村南王家顶会齐。天上一轮月亮好大，照出每个人紧张的脸。

"王清太、王海云，你们两人放哨，其余就地休息。"指导员武志芳命令。

漆树坡处于武乡中南，毗邻襄垣、沁县，是个不到二三十户人家的小山庄。又小，又偏僻，却是武东县抗日县政府路南办事处和新八区区公所所在地。就在蟠龙被日伪侵占五天之后，敌人悄悄扑向漆树坡，妄图摧毁这块抗日中心根据地。得到消息，武志芳对赶来的民兵说：

"根据指挥部消息，周围敌人据点兵力都在增加，可能又要进行'扫荡'。大家全副武装，做好战斗准备。通知所有群众，今夜情况紧急，务必立即转移。完成任务后到王家顶集合。"

小山庄夜晚的平静打破了。灯火点起，又吹灭。人们携带东西，匆匆关上背后的院门。

树上的蝉偶尔发出几声嘶鸣，像在催促。

看到大家躺到地上，将枪搂在怀中睡去，武志芳没有一点儿困意，他一会儿坐到地上，一会儿又站起来，听着动静。

出身石匠家庭，武志芳十八岁起以扛长工为生，大前年当了兵民。性情温和，有时却又倔强。粗通一点儿文字。此刻，他那张黑瘦而长的脸，在月光下轮廓分明，仿佛镀上一层薄霜。

村里的鸡像往常一样，开始叫第一遍。

王清太、王海云回来了。"指导员，听见铺上大路有队伍走，又急又快。"

"磨儿、来庆，你们两人再去侦察一下！"磨儿、来庆呼地站起，背上枪，匆匆走了。

大家拾掇起来。天上星星已经落下不少，月亮也偏西欲坠了。

约莫二十来分钟，来庆回来。"敌人正在大路上走着，磨儿还在那里监视。"

"你去和磨儿一道继续监视。"

来庆走后，武志芳正欲派人回指挥部报告情况，却见政委姜一、主任李尚春一前一后来到。

"村里不用回去，我们已检查过，群众全都转移了。"

姜一带领大家离开王家顶，朝牛角顶走去。"敌人侵占蟠龙才没几天，又来进犯我路南办事处。"姜一分析形

势，"敌众我寡，避免与其正面交锋。要坚决做好掩护，誓死保卫群众安全。"

"政委放心，我们一定会做好！"大家表决心。

"你们都是好同志！"姜一逐个打量大家，他对他们太熟悉了。

站上牛角顶，四周一片空旷。李尚春与武志芳定出作战方案：两个班分为三个战斗点，牛角顶为第一点，南岭顶为第二点，榆树顶为第三点。"三个战斗点互相掩护，紧密配合。"李尚春要求。

"群众所在的窑洞大都位于二、三两个点防线下面，责任重大，指挥部随同二班民兵行动。"姜一指示。

听不见西、南两面敌人动静，东、北两面枪声却越来越紧。武志芳吩咐负责第三点榆树顶的全木：

"你下去把窑洞检查一下，天亮之前必须让群众全部入洞，不能落下一人，不能暴露目标。如果敌人前来，就将其拖上岭，以保证岭下机关与群众的安全。"

姜一、李尚春随同二班民兵离开。牛角顶上，负责第一点的武志芳向四周看了一眼：

"西、南两面敌人按兵不动，可能是想稳住咱们。"

"你说吧，我们都听你的。"来庆开口。

"大家都动动脑筋。才能有好主意。"

"咱们要想以少胜多，必须用计。我个人意见，最好把敌人吸引到另一个地方，机关和群众的安全就有了把握。"臭小建议。"可是，周围都是敌人，往哪里引好呢？"

"这个办法有道理。"武志芳肯定臭小。

"那就把敌人引到咱们这边来，等接近了，咱们就转移，让他们扑个空。"来庆有了主意。

"对，对，把敌人牵上岭。"大家一致同意。

日头一竿高，战斗首先在榆树顶打响。敌人拼命往上冲，待冲上去，第三点的民兵转移了。南岭顶的民兵射击，敌人扑去，待冲上去，第二点的民兵也转移了。牛角顶的民兵开枪了，敌人涌去。

枪声在山地里响成一片，回音阵阵，好似打了两遍。

当敌人冲上半山腰，武志芳命令撤退。

"志芳，你看下面是不是有三个敌人朝窑洞走？"正要走时，磨儿一扭头，朝武志芳大喊。

大家都停住了，顺着磨儿手指的方向看。下面窑洞藏着群众，决不能让敌人过去，武志芳命令：

"干掉他们！"几声枪响，三个敌人被撂倒了。

敌人在后面追，他们在前面跑。子弹嗖嗖地在头上、身边呼啸。他们一边跑，一边回头还击。进了桑树沟，沟里有窑洞。

"快进窑洞！"武志芳招呼大家。第一个人踩着人梯，翻身入洞。顺下一架梯子，一个接一个，迅速而上。武志芳最后一个登上梯子。当他进去，回头往上拉梯子

时，一颗子弹射去。武志芳一躲，子弹打在土壁上。再拉，梯子上站了一个敌人。

"砰！"敌人仰面跌倒，原来磨儿从旁边探出了枪。

梯子被下面的敌人死死握住，没能拉进洞里。敌人一齐朝上放枪，武志芳与磨儿赶紧后退。

敌人顺着梯子爬上，是个伪军。窑洞深处射出一束火光，伪军滚落。又上一个，照样滚落。

敌人不敢再往洞里进，扔入两颗手榴弹。

洞太深长，也是白扔。

鬼子抱来一捆捆柴草，堆在洞口，点着了火，开始烟熏。

窑洞里面堵住，烟进不去，翻卷出来，顺着洞口飘上去。

正当敌人束手无策时，突然发现窑洞气眼。原来，为了通气，洞口上方开有小孔，是为气眼。烟往上飘，顺烟而上，敌人瞅见气眼。气眼，距离崖顶没有多少米。

一部分敌人从后面绕上崖顶，开始往下挖。

土簌簌地往下掉。守卫气眼的来庆、磨儿几个人，听见上面挖掘的声音。被挖透了，扑通、扑通，跳下两个敌人。"下来了，下来了！"立刻，扔过去一颗手榴弹，两个敌人跌下崖。

又安静了。

藏在窑洞深处的群众，放下心来，才觉得饿了。洞里黑暗，也不知道什么时辰。肚子，是最好的钟。人们啃起干粮，喝起凉水。他们把最好的食物拿给民兵吃，民兵是他们的守卫神。

守卫在开了"天窗"的气眼那边的磨儿，钻进窑洞深处：

"敌人在对面调试大炮。"

"把炮手干掉！"武志芳命令。

炮手被磨儿干掉了。敌人将炮挪动位置，不再正对洞口。"轰隆！轰隆！"一声一声的炮响，震动窑洞。窑洞，仿佛随时都会坍塌。人们的心，提到了嗓子眼。

又一声响，磨儿倒下。磨儿的娘放声叫喊，疯了似的冲过去，抱住儿子。接连两炮，将母子俩打下窑洞。

气眼大大地敞开了，一个伪军在上面劝说：

"老乡们，快出来吧，皇军不杀你们。要是再拖延，可就把臭雷扔进去了，惹恼皇军，一个也活不了！"

几个民兵急着要跳出去和敌人干，武志芳盯了他们一眼：

"我们的任务是保护群众，坚守阵地。只要我们还有一个活着，就决不能让敌人进洞。"

"准备投入战斗。"武志芳叫道："臭小、二孩，你们去守洞口。"又用目光对着其他几个民兵："准备跟敌人拼命。"

一个鬼子爬上来。武志芳一扣扳机，却没有响。端

着刺刀迎去，鬼子跌倒。又跳进来一个，身材虽短，动作灵活，拼了几个回合，鬼子吆喝一声猛地冲来，武志芳一躲，鬼子刺刀扎入土壁，拔不出来，顺势结果了他。第三个过来，刺刀相接。不妨第四个从背后一刀，武志芳倒下去。就在倒下的一瞬间，他将面前鬼子刺死。

狭小窑洞里，民兵与敌人肉搏。

来庆赤红的脸上淌下汗，他赤裸上身与鬼子拼，被逼下崖，用石块砸死。

而在洞口那边，敌人从梯子爬上去。臭小、二孩往下打枪。敌人的手榴弹扔进去，爆炸了。

二孩被气流冲下了一进坑口的那个道坑里面，臭小牺牲了。

……

南高岭响起密集枪声，八路军朝敌人发起冲锋。联防民兵与七、八两区游击队也赶到了东、西两山，开了火。夜间茫茫，敌人摸不清底细，以为陷入八路军重重包围当中，急忙引兵撤退。

原来，一班民兵用火力将敌人引到牛角顶后又以死守卫桑树沟窑洞时，东边二班防线下面窑洞里的机关人员与群众得以脱险。姜一、李尚春带领二班民兵和机关人员，分头赶往各处调动联防民兵以及七、八两区游击队，并联系上八路军。

攻打马牧炮楼

（1943．9．16）

乌黑的云越积越多，使得夜晚仿佛也提前了。由决九团七连与联防民兵组成的一支五十余人的小分队，沿着蜿蜒的山间小道奔赴马牧。路上非常寂静，密布的云好似为他们作着掩护。

前天是中秋节，夜里月光普照太行山。今晚难见月亮。人的脸上感到水气，不知是风从马牧河上吹来的，还是头上的云散发出来的。"下雨了！"有人小声嘀咕。伸出手去，凉丝丝的。走着下着，下着走着。渐渐变大，越来越大，山道泥泞起来。

不到十时，到达马牧外围。

攻打马牧炮楼是白天才做的决定。给敌人做饭的内线人员送来情报，敌人晚上补过中秋节。

"抢回老乡的一头牛也宰了，这会儿剁肉的剁肉，拉风箱的拉风箱。伪军不知从哪儿搞回些白酒，早放到了桌子上。董丰年与跟在屁股后面的郝文义，说是晚上要陪日本顾问好好喝喝。"

"机会来了！"七连王连长对联防民兵指挥员李振华说。

"都说'躲了初一躲不过十五'，这叫'躲了十五躲不过初一'。"李振华答。

驻守马牧炮楼的是一支加强伪军中队，由伪先锋队一个排和六十多名警备队员组成，董丰年充任队长，洪部派有一名日本顾问。这支队伍是在段村据点日军司令官菊田过问下成立的。

董丰年肥胖而矮，以前在阎锡山政府公安局当巡警，手提一支军棍，耀武扬威地走来走去，领着防共团到处捕杀革命志士。日军一来便当了汉奸，又领着鬼子四处烧杀抢掠，残害抗日军民。进驻马牧炮楼后，董丰年一面加强防御工事，一面瞅准机会在附近捕杀民兵和抗日干部。

决九团一连和武西独立营曾经攻打两次，均未成功，日伪因此吹嘘：

"八路军对马牧寨是没有法子打下来的！"

但我军民从没放弃袭扰。一到夜里，炮楼便加强了警戒。联防民兵到处散发传单、张贴标语："要在中秋前，活抓董丰年。"这个铁杆汉奸闻听，身上直冒汗。眼见天上月亮越来越圆，他的心里越来越惊惧。中秋前夕，趁我军民过节之际，派出伪军抢丁抓夫，拆房砍树，日夜加修工事，炮楼四周无论大路小道一律挖断，就连伪军平时出入，都得踏着梯子上下。

"这等固若金汤之地，八路就是插上翅膀也休想飞进！"日本顾问对董丰年他们的忙碌极满意。

"是、是……"嘴上应承，董丰年心下并没有底。

中秋节前两三天，董丰年的心提到了嗓子眼。当天更是惶惶不可终日。然而中秋节过去了，太平无事，他的心落下去。

"队长，我看他们是在虚张声势。"汉奸地主郝文义一旁安慰。

"纯属虚惊一场。"董丰年瞪大了眼。

"中秋前一天段村李五魁、张兆堂带领警备小队，去南坡上、高家庄摘葡萄，回去时候遭到伏击——太大意了。"郝文义露出谄媚的笑，"越是在节日这等节骨眼上，越要加倍小心才是。"

"我们守在这里，他们又能奈何！"

"为了几筐葡萄真不值得。这次我们搞回来一头牛，你看是不是宰了，补过一下中秋节？"

董丰年扭过头来，好像不认识郝文义似的。

"我怎么没想到补过呢！他们这些天把我的心扰乱了。就听你的，把牛宰了。还有我上次弄回的几箱白酒，也拿出来，让兄弟们好好地吃一顿、喝一顿。你们受累了，也该犒劳犒劳。"

雨停了，空气中散发泥土与青草的味道，庄稼叶子

沙沙作响。民兵把一箱箱弹药挑到前沿阵地，回头又把敌人的电话线剪断，附近各村老乡也都抬着梯子、担架，有的还给挑来开水、送来干饭。

放下担子，老乡望望眼前庄稼，像是重逢故人似的。这些天里，他们做梦都想着快要收割了，却不知道能不能收割上，只能站在老远处，一天天地，眼巴巴打量着亲手种下的庄稼渐渐成熟。

活跃在田家沟一带的决九团决心保卫秋收，一天，团长贾定基把队伍集合在一条小山沟里作动员。

"段村大股敌人扑向武东根据地进行抢粮'扫荡'，城里力量空虚。趁此时机，我们要出其不意地端掉马牧炮楼。打好这一仗，不仅能为抢收工作开创局面，还能打开挂在石壁根据地前的这把'铁锁'。"

马牧位于马牧河河谷，乃段村西北十五里的一个大村。它是敌方由段村通往白晋铁路南沟火车站的交通要冲，也是我方石壁根据地的南面出口。几年以来，敌我几次争夺，之后敌人在此修起一座圆桶形大炮楼。炮楼下面挖有地洞，周围拉有密密麻麻的铁丝网。马牧炮楼与东南面王家垴炮楼、西面康洪碉堡遥相呼应，方圆三十里以内四十多个村庄，处于控制之中。

天，似乎放晴了。

战士与民兵隐蔽在大坡后面草丛里。王连长与李指导员侧耳细听，炮楼里传出杯盏碰击声与吆三喝五划拳声。

只见外号"插翅虎"的七连战士与民兵侦察员王大朋一跃而起，向着炮楼前面的峭壁飞奔而去。早有一架梯子支在那里。峭壁太高，梯子够不着。王大朋爬到梯子顶端，"插翅虎"刷地攀去，踏着王大朋肩膀登上峭壁。

卧倒于地，定睛细看，见一个哨兵将脑袋缩进衣领，火红烟支递上了嘴，猛地吸了一大口，骂骂咧咧：

"他奶奶的，你们大吃大喝，倒叫老子在外受冻。"

王大朋、李振华登上去了，伏在"插翅虎"两边靠后位置。就在那个哨兵又将烟支递到嘴边时，"插翅虎"忽地蹿到背后，双手卡住他的喉咙。烟掉下了地，头向后昂起。李振华将一团白毛巾塞进他的嘴里，下了他的枪，让王大朋顶住他的后背。哨兵瘫在地上，不能作声。

李振华蹑手蹑脚贴近炮楼，从门缝瞧：一张大方桌上摆满盘碟，正面坐的短胖之人当是日本顾问，董丰年与郝文义分坐两边，为日本顾问夹菜酌酒。日本顾问脸梗梗地向前，似听非听。

"太君，听说你们大日本帝国也过中秋节，也赏月，也举办宴会，也吃月饼。"董丰年面朝日本顾问，脸上堆笑。

"嗯，"日本顾问似醉似醒，"我们吃的不是月饼，是月见团子。"

"太君，这酒怎样？"郝文义又搭上话。

"好，好，就是度数高，哦，哦，"日本顾问醉意上头，"我们喝的叫清酒，没有这么浓烈。"

各处传出吵吵嚷嚷的声音。

李振华想把门关上，一会儿来个一锅端，不料手刚挨上门板，"当啷"一声，门顶上的铃响了。

"谁?"一个伪军推开了门，手里端着个木盘，上面摆着几盘菜。

李振华猛地上前，一脚跨进门，将那伪军胳膊拉住就往外拖。伪军"呀"的一声吼，倒在地下，盘上的菜甩了一地。一下子惊动了炮楼里的敌人，他们惊慌了，"咔嚓"一声将门关上。

炮楼顶层，机枪"嗒嗒嗒嗒"响起。

"轰"的一声，对面山头上小炮响了，炮弹不偏不倚从射击孔钻进，将炮楼顶层掀掉半边。

二层与底层的敌人朝外开火，听到顶层一声巨响，收回了枪，就要往地洞钻。紧贴炮楼外壁的李振华，将手中白毛巾一扬，爬上梯子的战士与民兵蜂拥而至，将不再吐火的炮楼围住。

桌子、椅子、凳子零乱，盘碟散落一地，到处一片狼藉。日本顾问清醒了，挥舞着东洋刀，逼着董丰年指挥伪军抵抗。董丰年迷迷糊糊，也顾不得照料日本顾问了，大张着口，不知如何命令。

"顶住、顶住!"日本顾问一边叫唤，一边往地洞里钻。

也有不要命的朝外打枪。

一颗手榴弹响过，炮楼的门炸开。李振华右手握着一把大砍刀，左右开弓，一连砍翻几个敌人。

"缴枪不杀！"十几个伪军举起了手。

董丰年与一伙儿伪军，随着日本顾问钻进地洞。几个战士冲过去，掀开洞口，朝里面大喊。传出枪声。"他们不上来，咱们就炸。"王连长命令。只听下面回答："别、别，我们上去，我们上去。"一个接着一个，钻出十几个伪军。不见董丰年与日本顾问。"再不上来，就封死洞口，活埋在下面。"

"不要、不要，我上去。"露出个大脑袋，是董丰年。刚上来半个身子，李振华前去一把拖出。

"日本顾问呢？"

"在、在下面。"董丰年哆嗦着。

任凭怎么喊，那家伙也不出来，还朝外放了一枪。一个民兵火了，扔下颗手榴弹，一股呛人的烟冒出，地下没了动静。

不到一个小时，日伪苦心经营的马牧炮楼便被打下。

董丰年与几十个伪军俘虏垂头丧气。老乡沿途慰劳。头发斑白、年近古稀的郝大爷站在路边，激动地说："今天你们来了个连锅端，俺们这里几百亩的庄稼，这下算是从虎口夺回来了。"

破击五里铺

（1944.1.3）

纷纷扬扬，天上飘着大雪片。西北风吹，一阵猛似一阵。雪片漫岭漫谷地飞舞，欲坠又起。

民兵铁道游击队一行二十九人，白袄白裤，与雪相宜。只有走近，凭着背在肩后的乌黑枪管才能分辨。眼睛也是乌黑的，睫毛与胡子上挂着雪粒与融化后的小水珠。目光是急切的、坚定的。

从石盘山丈牛坡出发时，雪就下了，一路上越下越大。大脚印子迅即被雪掩盖。队伍朝着西南方向，风从西北吹来。约莫十一时，到达分水岭车站南边五里铺。在副队长乔山流指挥下，埋伏在铁路筒子道东边高堰上。

他们紧盯着的下面两行铁轨，正是白晋铁路。

白晋铁路原规划为北起祁县东观镇白圭村，南至晋城，倭寇铁蹄踏进山西时，仅仅修了东观至子洪口十五公里，日军延伸至长治（原潞安府）长子门，又称东潞铁路。敌人妄图利用白晋铁路，一面掠夺上党煤铁资源，一面由太原向上党运送军火与兵源，同时将太行、太岳抗日根据地分割开来。

白晋铁路通车后，根据地军民对它的破袭从来就没停止过。

分水岭、岩庄、阳坡等村民兵组成铁道游击队，活跃在南关火车站附近线上，他们出没无常、飘忽不定，时而化零为整，配合八路军拔除日伪据点，掩护群众大破铁路；时而化整为零，闯车站，摸岗楼。半夜里来，五更天去，让敌人吃尽苦头。武西县军民称他们是铁道飞行军。

急行军时浸透衣服的汗水变冷，风一吹，冷彻了骨。

"大雪之夜，倒是袭击的好时候。"乔山流望着雪花在两行乌黑的铁轨上积着，越积越厚。

一声鸣响，一辆铁甲车开过来了，探照灯的刺目光束扫向两旁山野，开一段，胡乱地放一阵枪。过一会儿，又开过来一辆灯火满窗的普通客车。紧接着，一辆巡逻车又疯狂地开过来了。

"小鬼子，来吧。"乔山流感到胸口发热。

那夜，石盘山上一孔石洞里，松明子烧得正旺。安正国，武西县武委会主任兼铁道游击队队长，叫过乔山流。

"小乔，近日太原方向不断向长治运兵、运弹药给养给日军三十六师团，分区指示沿线部队与民兵要抓住一切有利时机，打击敌人。"

"我去分水岭火车站摸摸情况,看有没有机会。"

第二天一大早,乔山流扮成个小商贩,戴顶瓜皮帽,穿件粗布长袍,挑副货郎担子,迎着刺骨寒风,直奔分山岭火车站。几年来,乔山流常是如此装束,去铁路上大小据点收集情报。给日伪头目送鸡送酒,给岗哨塞花生塞瓜子,蒙混得好,就连山野队长的心腹金翻译也惯熟。

与站岗的鬼子打个招呼,顺手塞进两把花生,迈入日军护路部队的伙房里。

"小货郎,你可来了,这几天山野队长不舒服,想补补身体。"以前与乔山流一起给财主放过羊的老伙夫,撅着山羊胡子笑道。

乔山流一弯腰,从篓子里拽出杀好的鸡,扔上案板。瞅瞅屋里没人,走到老伙夫跟前,压低嗓门:"最近有啥情况?"

老伙夫抬眼望望门外,凑近乔山流耳边。"呵呵,都是你们干的……"上个月刚从天津调来的技术工头,被装作修路工人的民兵砌进洋灰隧洞;前几天一个深夜,民兵烧了良侯店岗楼的站房;昨天,南关地段火车又出轨了。接连出事,日军太原铁路总局大为光火,说是追查不出,就要撤了山野的职,军法处置。山野急火攻心,躺倒在床,让金翻译张罗火车站事务。

"倒是个好机会。"乔山流想着,又挑起货担向后院迈去，快到客厅门边，忽听里面说道：

"明晚十二点从太原开来的三十七次军用专车，要严加戒备，保证安全通过。车上是新运来的骑兵，绝对不能出岔子。蟠龙据点正受八路围困，急待增援。若再发生意外，追到谁头上要谁脑袋！"

是金翻译的声音。再听下去，怕出破绽，乔山流咳嗽一声，推开了门。

"小货郎，这里正忙，你快出去！"

出了分水岭火车站，乔山流决定到南面五里铺侦察一下，寻思那里沟窄堰高，是个打伏击的好地段。

西北风从分水岭山口吹来，雪打着旋儿在头顶飞舞。

"我去听听。"乔山流滚下高堰，又窜上去，趴向路基，抹去积雪，右耳紧贴铁轨，静静地听着、听着。终于，咔嗒咔嗒的声音传来。山猫一般，乔山流又敏捷地退回高堰。

"火车就要到达，做好战斗准备！"

一声汽笛过后，火车自北而来，在白茫茫雪原，宛若一条长而黑的大兽，冲破山间的寂静。

前面几节车厢全不见灯光，只有些红点一明一灭。后面闷罐子车厢当是装着马。队员们的心收紧了，将打开盖子的手榴弹紧攥手中。越来越近了，越来越近了，咔嗒咔嗒，仿佛在催促着人。

"冲上去，打！"乔山流举起手枪。

乔山流带着李留锁与另一个民兵飞奔而下。将手榴弹扔进第一节车厢，一连扔进六七颗。轰隆隆爆炸过后，迅速一跃而上，闯进司机室。司机、司炉员早不见了。他抢起添煤用的铁铲，朝布满指针的仪表砸去，朝布满油污的机械砸去。又往炉膛里塞进手榴弹，将锅炉炸个稀里哗啦。

火车随着惯性继续向前，又行驶出一段，慢慢地停下来。

崔侯山带着两个民兵向最后一节车厢冲去。八声沉闷的响，映出八团紫红色火光。他们忽地钻进去，剥下被炸死鬼子身上的枪与弹药。从车厢接口处跳上车顶往前跑。底下闷罐子车厢传出阵阵马的嘶鸣，它们被外面的响声惊了，想跑又跑不出来。他们一面跑，一面往车厢里塞手榴弹。

一、二、三组攀上中间车厢顶，手榴弹一颗一颗往车窗里塞。敌人嗷嗷乱叫，车厢木板与碎玻璃片到处乱飞。坐在里面的骑兵被炸得吃不消了，从门、窗争先恐后地往外钻、往下跳。

出了车厢的敌人四面一望，望见高堰，就往上涌。待在那里的民兵早已等不及了，他们把大石块和系着长绳的地雷，一个劲地往下滚，火光冲天。敌人又往回返，拥着挤着。站在车厢顶上的民兵，不停地扔下手榴弹。前进不得，后退不得，被炸晕的敌人抢着往车厢底下钻。

惊魂未定，敌人从车厢底下向外射击，可是既打不住车厢顶上的民兵，也伤不了高堰上的民兵。

头一节车厢里的鬼子又冒出来，伸出机枪疯狂射击。

谢刚牛夹起两包炸药飞奔过去。突然火光映天，地动山摇。没来得及撤离，谢刚牛不幸牺牲。

一个日本军官挥舞东洋刀发飙。王玉良抱起块大石头，朝其脑袋狠狠砸去。那家伙扔了刀，跌倒下去。

乔山流再摸手榴弹，已没有几颗，心想大家也不会有更多了，再者，鬼子增援部队很快就会赶到，于是喊道：

"同志们，快撤！"

大家背着缴获的枪支弹药，一边往后抛出仅有的手榴弹，一边往高堰上退去。高堰上的人放枪击敌。等到全部上去，将剩下的手榴弹与拴长线的地雷抛下。趁着隆隆爆炸声与滚滚烟雾，大家钻进山沟，绕向山梁。

面前雪原茫茫，有着太古般的寂静。

只余一条瘫痪了的火车，与一堆儿残兵败将、叠压在一起的死马伤马，在渐行渐远的五里铺。

炸毁东沟桥

（1944.3）

"猴儿，猴儿，今晚可有大买卖了。"

"哈哈，那是，那是。"乔猴儿回答乔山流，眨巴下眼。两颗眼珠子黑乌乌的，好似秋天里熟透的野葡萄。

"又要把李哥累着了。"

"猴儿能割多少，我就能收多少。"李银贵望眼乔猴儿，又望乔山流。

在白晋铁路线上南关、分水岭一带，夜里割电线，乔猴儿、李银贵可是一对好搭档。乔猴儿个头低，身手敏捷，一纵身，双手抱住两丈多高的电线杆，哧溜哧溜便攀上了顶，拔出别在腰间的大手钳，"咔咔"，电话线断落在地，站在下面的大个子李银贵，捡起电线头缠上腰间，顺着下一根电线杆，身子旋风般地转起来，不一会儿，绕了一捆，不知何时，乔猴儿已攀上了下一根电线杆。

"这电线啊就像二月的韭菜，割了又有，有了再割。"乔山流背着炸药包，身子朝前弓着。

"火车可不像电线，炸烂几节，一两天就又换上新的了。"乔猴儿摸摸腰间的大手钳。"光是收拾烂摊子，就够小鬼子忙活几天的。"

说的是两个月前乔山流他们破击五里铺之事，那次可把小鬼子给气坏了。

春夜山里寂静极了。民兵铁道游击队在前，决九团四连在后，向东沟口急进。对于每一座山包、每一道河谷、每一条小径，民兵太熟悉了，闭上眼睛，也会走个八九不离十。十五里山路，根本不在话下。

忽然传来一声鸟叫，像在远处山上，又像在身边。

乔猴儿嗓子发痒了，右手拇指与食指塞进嘴里，撑开腮帮子，头向下一顿，发出几声鸟叫。

"这乔猴儿果然厉害。"走在后面的四连连长张国斌暗暗叫好。

位于南关、分水岭之间的东沟口原有木桥，日军往来频繁，民兵几次火烧，日军几次修建。后来打下水泥墩，架起一座十几丈长的大铁桥。又在桥北头铁道东侧砌了一座三丈多高的碉堡，不仅死死盯住铁桥，连同南北十几里长的铁路线也尽收眼底，石盘山根据地的出入遭到封锁。

驻守一个日军班两个伪军班，除了每人一支步枪，还有一挺歪把子机枪和一门小炮。

"一定要拔下这颗钉子。"武西县武委会主任兼民兵

铁道游击队队长安正国一再指示乔山流他们。然而敌我力量悬殊，几次行动都没成功。桥与桥头堡，依然伫立在那儿，扎人眼睛。

听说四连要来和游击队一起夜袭东沟桥，民兵高兴极了，他们又是赶制土地雷和土炸药包，又是训练爆炸组，进行着战前准备工作。

四连两个排与五十多名游击队员围攻桥头堡，乔山流带领民兵爆炸组炸桥，乔猴儿和他的割线组收割电线，白晋铁路南北各派一个民兵游击组和四连一个班警戒南关、分水岭敌人来援。

夜深了，风吹过，一阵阵凉意侵身。

乔猴儿，这个被敌人称作白晋线上长了翅膀的人，带着李银贵一行，消逝在铁路东侧山岭上。一根根电线杆，高高低低接连而去。

围攻桥头堡的战士与民兵埋伏在土坎后面，爆炸组紧贴在桥下河岸北侧。

桥头堡探照灯射出一束白光，左右扫视。两行整齐铁轨与节节枕木，以及高高的桥，历历在目。突然，二层上那挺歪把子机枪打出一梭子。

大家屏住呼吸，在等待着。

一个人嘴里哼着小调儿，大摇大摆走向桥头堡。

"干什么的？"站岗放哨的伪军问道。

"咋啦？大水冲了龙王庙——一家人不认识一家

人啦！"

"啊，原来是刘老头呀！今晚怎么来迟了？"岗哨边说边放下吊桥。

走上吊桥的人名叫刘努儿，是我方一个老民兵，打入敌人内部充任情报员。他的足音那么坚定、那么从容。

就在刘努儿前脚刚刚踏上吊桥，张国斌将手里的驳壳枪一挥，埋伏在土坎后面的人，仿佛一只只敏捷的山猫，忽地窜上去。岗哨大声惊叫一下，被解决了。跨过吊桥，扑进桥头堡。一层碉堡的门被踹开，那些伪军还没来得及摸枪，早被明晃晃的刺刀吓着，举手当了俘虏。

二层、三层上的日军，从枪眼往外射击。

"缴枪不杀！"几声枪响，却朝喊话的人打去。

"嘎嘎嘎嘎——"那挺歪把子机枪，一个劲儿向着铁桥那边射击，子弹大雨点子一样打在栏杆上，"当当当当——"直响。他们知道，桥是他们的守护物，是被我方紧紧盯上的目标。

"这小鬼子，还要垂死挣扎！"张国斌让民兵搭起人梯，从另一个枪眼里，塞进三颗手榴弹。片刻，那挺机枪又在三层上往外吐出火舌。张国斌怒了，又让搭起人梯，唰唰上了碉堡顶。一卷浇了油的苇席，点燃后塞进去。火光熊熊，机枪再次哑了，传出人的惊呼声。底下民兵看到，一把东洋刀挥舞一下撂下了。

一辆铁甲车赶来，一边行驶，一边射击。

"快来，快来。"爆炸组的民兵等不及了。眼见桥头堡的战斗速战速决，战士与民兵押着俘虏撤向山梁，他们的活儿还在等着。他们已在桥上桥下安设了炸药包和土地雷，又把封锁铁道余下的七颗土地雷安在了桥上的铁轨下面。

几阵巨大爆炸过后，大桥的钢架、铁轨、枕木连同半截桥墩，冲上了天，落下了谷。开到桥上的铁甲车犹如大兽遭受致命的伤，一头栽下。车上的日军、伪军七零八落。

"嘎嘎嘎嘎——"被缴获的那挺歪把子机枪，架在山梁上，朝着谷底残敌开火。

"没有枪，没有炮，敌人给我们造……"四连战士与铁道游击队民兵，一边扛着缴获的武器，一边押着俘虏，返向石盘山。乔猴儿他们也将割下的一圈圈电线，肩负手抬，走在队伍当中。

解放段村

"撤出沁县城，围攻武乡段村。"太行军区司令员李达决定不与敌人硬拼，率领西进部队东北而上。

天高气爽，一路上战士们兴奋地交流着。

八月，抗战史上值得谈论的事情太多了：

六日，美国向日本广岛投下一枚原子弹。

八日，苏联对日宣战。

九日，美国又向日本长崎投下一枚原子弹；苏联红军出兵中国东北进攻日本关东军；毛泽东主席发表《对日寇的最后一战》声明，号召八路军、新四军及其他人民军队，对一切不愿投降的侵略者及其走狗实行广泛进攻。

十日，朱德总司令发布大反攻第一号命令，要求解放区武装部队向其附近城镇交通要道的日伪军发出通牒，限期向我军投降，如遇拒降抵抗，即予坚决消灭。

在巍巍太行山上，李达与军区指挥员心潮澎湃，做着紧张的战前准备：

十日，通过电话向八个分区传达朱总司令的命令，提出一些具体要求。

十一日，收到刘伯承、邓小平、滕代远发自延安的迅速准备夺取城市的电报指示后，颁发太行军区第一号命令，要求坚决执行朱总司令大反攻第一号命令，全力出动。

十二日，与政委李雪峰向太行军区周围的日伪军发出最后通牒；太行军区各部队开始行动。

十三日，组成野战司令部，拟以各分区主力八个团组织一支西进部队。

面对日本政府宣布无条件投降声明、日本驻中国派遣军总司令冈村宁次只向蒋介石军队投降而不向其他军队缴械之做法、在阎锡山指示下史泽波率部抢占上党诸县的凌厉攻势，李达决定：

已经集结完毕的西进部队暂停前进，先占领沁县城和武乡新城（段村），控制一段白晋线。——既可为我军围歼进犯上党六城的阎军创造条件，又可给进军太原、阻击阎军北上的部队以有力掩护。

二十二日，西进部队迫近沁县城。日军拒绝投降，李达命令攻城。部队已入城中、敌人行将就歼之际，由长治撤往太原的日军第十四旅团原泉部赶到。李达改变战斗部署，率部直指段村。

段村位于武乡腹地，北依山岭，西南面临马牧河，城中耸立一座高十数丈、粗十数围的十三级古塔，登临其上可以瞭望数十里风光。

全面抗战爆发后第三年，日军侵占白晋线上武乡境内的南关、权店、南沟、故城，之后东进，在段村扎下据点，把武乡分割成武东、武西两块。作为武乡最大的敌据点，段村东扼武东煤铁基地，西控白晋线上南沟火车站，南有沁武公路直通沁县城，北亦有榆武公路与榆社城相连。

经过敌人几年苦心经营，段村城墙高七米，上面布有稠密的垛口、射击孔，城门顶上和城四角筑有高碉，环城外壕深、宽各六米，又在沿城西北百米处一道自然壕沟加修碉堡，城郊北山、王家垴、东村设有外围据点，城内主要街道设有巷战工事。

此时驻扎段村的，是日军第十四旅团一个指导小队、伪山西绥靖军第十二集团军第二师第二团和一个伪警备中队，共二千余人。日军指导小队驻城东北角洪部炮楼，伪军团部指挥所驻伪县公署。除了外围北山、王家垴、东村各驻一个连，其余敌人皆驻城内。伪军第二师师长段炳昌乃段村西南不远的聂村人，是个铁杆汉奸，罪大恶极。

凭借城垣工事坚固、外围据点火力可以控制段村的条件，守城之敌拒不投降，打算负隅顽抗。

"段村是铁打的，永不怕八路军打进来！"伪县公署

汉奸头子魏人镜、魏人藩给伪军打气。

"拥护八路军打段村。"消息传出，周围三十里群众高兴极了。

指挥部设在段村西南之下城红河台，由太行军区司令员李达与三分区司令员鲁瑞林、副司令员郑国仲指挥。多年的一二九师参谋长、刚刚任命的晋冀鲁豫军区参谋长李达迅速制定出作战方案：

夺取外围据点，突破城东，以优势兵力歼敌。决九团由城东主攻；三十一团、七六九团由城西、城北助攻；民兵佯攻北山，牵制其兵力，以便支持决九团进攻城东；十三团于长庆、八路军总部警卫团于松村占据有利地形，堵击沁县、南沟火车站可能出援之敌。

二十五日晨，红河台指挥所发出攻击信号，顿时号角齐鸣，杀声四起，枪炮并作，火光弥漫，解放段村的战斗打响了。

三时决九团一营占领东村，乘胜前进，从段村东门以南城墙突破，担任突击任务的一连二排正登城时，遭到敌人东南碉堡密集火力阻拦，云梯也被打断。三十一团一营奇袭城西北外围碉堡，由于隐蔽不好，未获成功，又以工兵团绕其侧后爆破，炸垮碉堡，守敌一个排投降。七六九团二营向西北制高点王家垴发起攻击。民兵佯攻北山。

天大亮了，由于城下敌人火力封锁，攻打东城的二排返不回去，跳进外壕躲避。决九团主力藏在茂密的青纱帐里，敌人未能察觉，故而没向城东增兵。三十一团攻下碉堡后，扫清外围，进逼城郊。

刘伯承、邓小平等人乘美军运输机从延安飞向太行，在黎城长凝简易机场降落。指挥攻打段村战斗不容分身，李达打电话给驻涉县赤岸的太行军区司令部，要其派人带骑兵前往迎接。

到达赤岸太行军区司令部后，刘伯承、邓小平马上接通李达电话，听取近日战况及下一步打算——先克段村，再打襄垣。刘、邓肯定了李达的想法，表示准备进行上党战役。

下午六时，决九团再次发起进攻。仍是一营担任主攻。全团两挺重机枪、十一挺轻机枪集中使用，压制城上敌人射击孔。仅有的一门八二迫击炮进至五十米处平射，两发炮弹摧毁东南碉堡。云梯再次架起，一连二排奋勇攀登城头。五班四名战士刚刚上去，站稳脚跟，敌人便从北侧反扑过来。周威连续掷出手榴弹，击退敌人。二排向突破口两侧发展，控制了东门和城东南。一营主力趁机从突破口进入城内，沿东街向西冲锋。三营七连、八连也加入了纵深战斗。

"趁早缴枪！"战士们一边呼喊，一边前进。

在南门以东担任助攻的三营九连，趁敌人动摇之际突破南城墙，进到城东南角。再前行时，被古塔上敌人

的重机枪疯狂地扫射封锁。原来，敌人已将古塔改成炮楼，从十几个窗口喷射火舌。请求调炮轰击，李达没有答应，而是命令：

"千佛塔是文物，各参战部队务必好生保护，不得毁损！"

接到命令，决九团一面布置神枪手压制敌人火力，一面组织突击人员。只见龚全来和张顺敏捷地贴近了塔，手榴弹扔进去，敌人的重机枪哑了。战士们立即冲进塔内，全歼了里面的敌人。

二十六日拂晓，电闪雷鸣，大雨如注，段村犹如陷入末日。

七六九团二营在大炮、机枪有力掩护下，再攻王家垴。十一连搭起云梯，连长南风兰一声令下：

"上！"

突击队员身携手榴弹登梯。敌人把泼上汽油的被子点燃扔下，云梯着火了。炮兵连连发射，压制敌人火力。云梯再次搭上，手榴弹密集地抛向敌人。在"冲啊、杀啊"呼声中，战士们缘梯而上，占领王家垴，全歼伪军一个加强连。

占领王家垴后，二营沿水渠到达西城墙下。突击队员用炸药和手榴弹开路，战士们肩扛云梯、跳板、铡刀，攀上墙头进入城内，与决九团会合。

决九团一营占领伪县公署，歼灭伪军团部指挥所。

一连二排愈战愈勇，一直进到敌人面前：

"赶快缴枪！不然全部消灭！"

敌人一看阵势，乖乖放下武器，走到一边，排成两行坐下，拍手高喊："欢迎八路军不杀俘虏。"

敌人失去指挥，混乱不堪。战士们数路穿插，民兵、民工呐喊助战。

在大街小巷一片"活捉段炳昌"的口号中，段炳昌率领二十余名亲随从城西北角地道逃窜而去。

晚八时，三十一团避实击虚，开始突破西南城角。三营一部在城西佯攻，一营全力主攻，两门迫击炮与十八门太行掷弹筒全力掩护，硝烟四起，炮火连天，突击队二连十分钟即全部登上城头。一、三连相继而上。进入城后，一营立刻投入激烈巷战，敌人不断倒在泥泞地上。

到二十七日七时，只剩城东北角日军据守的炮楼仍在顽抗。

"放下武器！"几次喊话，日军仍然开枪不止。决九团三营四面围困。十一时，调来安阳战役中缴获的一门山炮与一个工兵连协助七连。一发炮弹打去，炮楼揭了顶。战士们又是抬梯子又是搭跳板，敌人扔出手榴弹。又一发炮弹，炮楼东南角垮了。突击班班长杜明亮冲到跟前，围着枪眼往里塞手榴弹。李壮来也冲上去。战士们扔进几十颗手榴弹，一个小队的日军全被消灭。

"要不是政策严，我真想试试这把战刀，过过瘾！"李凤彪头戴钢盔，扛着三八式大战刀。

决九团三营副营长张金元英勇牺牲。

十三团二十五日到达长庆，利用地形构筑工事。一连、九连正面布开，主力部队于后待机。二十六日，沁县日军两个中队、伪军一个团共一千余人，沿沁武公路出援。夜半时分进入我方预设阵地前沿，遭到猛烈打击。敌人朝九连阵地进攻，连续十余次。二十七日凌晨再一次疯狂冲击，九连弹药消耗殆尽，就用刺刀、铁锹、铡刀拼杀。得到段村解放的消息，敌人停止进攻。

分散在白晋线上打游击的武西独立营，也在聂村东岭来了一个漂亮的截击战。二十七凌晨，埋伏胡兰沟顶上等了一夜的战士们，见无动静，欲到白芽吃饭，忽听指挥部所在下城方向传来两声枪响。段村敌人突围出来了，大家向聂村东岭飞奔。到了马圈沟，由村长梁登云带路，穿过破窑洞直上印圪嘴。营长涂学忠高喊：

"抢占制高点！"

冲上印圪嘴后，正好约一个排的敌人到了崖下。一阵猛打，敌人乱了阵脚，死的死跑的跑，一小股绕到聂村滩，扔下十来箱小炮弹，钻进庄稼地，蹚到河边蹚水而过，逃至松村敌人据点。

段村战斗歼灭日军一个指导小队、伪绥靖军第二师第二团大部和一个伪警备中队，共八百余人，缴获八二迫击炮四门、各种枪支六百余，另有千余名伪绥靖军人员投诚。

段村是在广大指战员英勇善战下获得解放的，同时也与我方的敌工工作分不开。

日军占领段村后，我方展开敌工工作。解放前夕，不但绘出日军洪部部署图，还策反了段村城内伪军师参谋长张效翰与东村炮楼伪军连长李庆明。

伪军进驻武乡后，三分区决定争取张效翰，武乡县抗日政府城工部负责人郑文奎、太行军区敌工科张凤鸣、情报站董成旺轮番进行细致工作，使其下定决心弃暗投明。战斗打响前夕，地下交通员魏留香送去了信。二十七日，张效翰假称开会，将十余名敌首脑人员锁在办公室。段炳昌逃跑后，张效翰集中所属各部放下武器，整理成队，一起向我方投诚。而在东村战斗中，李庆明带领全连伪军投诚。

为了解放段村，地下工作者付出极大代价。三专署交通员张云九和宋家庄教员魏子玉先后打入段村。张云九在城内敌人稽查处附近开了一家饼面铺，以卖饭作掩护。魏子玉则利用其兄魏金奎在段村当便衣之利，打入敌区工所当了秘书。敌人对他们的活动有所察觉，将张云九、魏子玉以及其他十一人抓捕入狱。受尽各种折磨，敌人一无所获，最后铡下张云九、魏子玉二人头颅，悬挂于东城门上。又计划对其他十一人下毒手，强令他们

在看守所后院挖好活埋自己的坑。正当此际，段村解放，十一人幸免于难。

几天以来，群众以极大热忱支前，组成运输队、救护队，帮助部队运弹药、抬担架，送粮送饭，押解俘虏。一队队人马活跃在段村周围的道路上、村庄里。

"在这次收服武乡段村的战斗中，妇女们起着重大作用，在战场上所表现的勇敢、热情及不怕困难的精神，都是出人意料的。"《新华日报》（太行版）记者李光于《活跃在解放段村战斗中的妇女们》一文中赞扬。史家垴六十六名妇女两天两夜推了八石五斗白面；三十里以内村庄的妇女冒着炮火往前线送饭送菜送水果，包括生活极端困难的马牧、型庄等村；直到二十八日还有村庄在送。

参考书目

《武乡烽火》（上、下），中共武乡县委宣传部、中共武乡县委党史办公室编，1985 年 8 月印制。

《抗日战争中的武乡》，中共武乡县委宣传部、中共武乡县委党史研究室编，1995 年 8 月印制。

《战火纷飞的武乡》，李树生主编，山西人民出版社，2011 年 8 月第 1 版。

《抗战精华遍武乡》，李树生主编，山西人民出版社，2011 年 8 月第 1 版。

《关家垴战斗、长乐急袭战资料汇编》，太行干部学院，2019 年 5 月印制。

《战火中的太行根据地——武乡史料》（上、下），太行干部学院编著，新华出版社，2021 年 8 月第 1 版。

《第七七二团在太行山一带》，卞之琳著，三联书店，1983 年 10 月第 1 版。

《虎团春秋》，郑国仲、李志宽著，山西人民出版社，1991 年 12 月第 1 版。

名扬
游击

张卫平 孟志平 著

中国文史出版社

图书在版编目（CIP）数据

名扬游击 / 张卫平，孟志平著 . -- 北京：中国文史出版社，2024.5
（武乡抗战故事文丛）
ISBN 978-7-5205-4646-1

Ⅰ.①名… Ⅱ.①张… ②孟… Ⅲ.①革命故事—作品集—中
国—当代 Ⅳ.① I247.81

中国国家版本馆 CIP 数据核字（2024）第 075624 号

出 品 人：彭远国
责任编辑：秦千里

出版发行：中国文史出版社
社　　址：北京市海淀区西八里庄路 69 号院　邮编：100142
电　　话：010-81136606　81136602　81136603（发行部）
传　　真：010-81136655
印　　装：山西人民印刷有限责任公司
经　　销：全国新华书店
开　　本：32 开
印　　张：4.625
字　　数：82 千字
版　　次：2024 年 5 月北京第 1 版
印　　次：2024 年 5 月第 1 次印刷
定　　价：780.00 元（全套）

名扬游击

董志敏·绘

《武乡抗战故事文丛》编委会

主　编：陈建祖

编　委：高怀碧　姜向东　王陆军　郝雪廷

　　　　宋耀珍　方小玲　马晨桓　温宁宁

插　画：董志敏　萧　刚　王慧群

目录

少年魏名扬

1. 小金堂

看吧——

千山万壑，铁壁铜墙

抗日的烽火燃烧在太行山上！

武乡，绵亘于太行、太岳两山之间，地势东西高、中间低，状如如意。境内山峦叠嶂，风景雄奇，浊漳北源、涅河、马牧河、昌源河等河道纵横其间。

从古至今，武乡便是人杰地灵、英雄辈出的宝地。

抗日战争时期，武乡是华北抗日指挥中枢，八路军总部、中共中央北方局、八路军第一二九师、抗日军政大学等重要机关曾长期驻扎在武乡。朱德、彭德怀、左权、刘伯承、邓小平等老一辈革命家曾在此战斗、生活，部署和指挥了百团大战等大小战役，被誉为"八路军的故乡、子弟兵的摇篮"。

在那个风起云涌、血雨腥风的年代，广大人民群众在党的领导下团结一致、同仇敌忾，与日本侵略者展开了一系列不屈不挠的斗争，也涌现了一大批英雄人物，其中威武不屈、六建武装、源源不断为八路军输送兵源、名震太行的英雄魏名扬就出生在这里。

魏名扬，原名魏金堂。

1907年，魏金堂出生在武乡县枣烟村的贫苦农民家庭。

父亲魏千锁，郭村人，从小父母双亡，十六岁时离开家乡来到枣烟村，在大户人家打长工。母亲姜二女，李峪垴村人。

婚后数年，夫妻两人先后育有三子：长子魏金堂，次子魏玉堂，老三魏三堂。

可惜的是，老大魏金堂刚满八岁，老三魏三堂还没满岁，父亲魏千锁就因为劳累过度，身患重病，过早离开了人世。

魏千锁辞世时，还不到三十岁。

年仅八岁的魏金堂挺起稚嫩的双肩和母亲共同担起了家庭的重任。

穷人的孩子早当家。魏金堂和父亲一样质朴善良，同时又兼具了穷人家子弟独立自主、顽强不屈的性格。

幼年时期，和所有同龄的娃娃们一样，魏金堂好动顽皮，最爱舞枪弄棒。

在枣烟村外起伏不平的乡道上，或拐弯抹角的狭窄巷弄里，或残破不堪的庙堂戏楼上——到处都是半大小子们嬉闹的舞台。男娃们最爱玩的就是冲锋陷阵的打仗游戏。在游戏中，魏金堂表现得非常积极，面对对手或"敌人"，他一点都不害怕，总是无所畏惧，冲锋在前。就这样，魏金堂在伙伴们中的形象日趋高大，被奉称为"老大"。

"老大"的称誉带给魏金堂无上的荣光，却也隐藏着猝不及防的灾祸。

有一次，村里两个小伙伴因琐事动手打架。一个仗着身体强壮拳头大的优势，对另一个体格弱小的伙伴大打出手。魏金堂看不惯仗势欺人，就挺身而出，将受欺负的伙伴紧紧地护在身后。

一番口舌之争后，最终魏金堂和身体强壮的伙伴扭打在一起。这场斗争的结果很不妙，魏金堂不仅把人家打倒在地，也不知道咋回事，居然把人家的胳膊都打折了。

一看事态严重，伙伴们一哄而散。

魏金堂意识到闯下了大祸，家也不敢回了，跑到村外的一处寺庙中躲了起来，三天三夜不敢露头。

事后，母亲为求平安，拉着魏金堂找村里的阴阳先生求卦。阴阳先生看了魏金堂的生辰八字后，告诉姜二女，说魏金堂是有福之人，福祸相连，也是人活一生必

经的历练。不过，魏金堂的名字取得不好，改了名字就可避开一应灾祸。

从此，魏金堂改名为魏名扬。老二老三的名字也相应改为魏名盛、魏名标。

后来，独力难支的母亲改嫁同村关家。十来岁的魏名扬首次离家，拜同村武月兴为师学习武术。

武乡，从古至今便是尚武之乡，据说自汉朝始就有习武之风。

魏名堂的师父武月兴，是武乡县里出名的武师，什么形意拳、双手盘刀、枪棒格斗等都是他的绝活。武月兴的拳房里收了不少徒弟，大多是穷苦人家的子弟，他们经常到集镇上走场卖艺。

魏名扬不怕吃苦，且勤学苦练，武功大有长进。

三年后，武月兴因病不得不解散了拳房。魏名扬受师父举荐，离开山西，在河北大名县拜于佛汉拳传人宋金榜名下，习武半年。

半年后，魏名扬回到家乡，加入了刘全全的杂技团，靠行走江湖为生。在此期间，魏名扬除了学习武功外，还学会了诸般杂耍技艺。

武艺在身，糊口已不成问题，可日渐成熟且视野开阔的魏名扬总觉得自己应该做件大事，以实现心中所愿。

但是，要做什么大事呢？魏名扬眼前一片迷茫，找不到目标。

赵恩全适时出现了。

赵恩全是谁呢？他是魏名扬的同门师兄。当年，在武月兴拳房习武期间，武师父有两个最为得意的门生：一个是枣烟村的魏名扬，一个是峪口村的赵恩全。

赵恩全是魏名扬生命中的贵人。

2. 一战成名

在人生十字路口，赵恩全的出现，无形中为魏名扬搭建起施展才华、实现梦想的大舞台。

俗话说，人对缘分狗对毛。赵恩全性情温和，说话行事较为稳重，和满腔激情、做事风风火火的魏名扬却极为投缘。

有一天，赵恩全对魏名扬说："兄弟啊，我心里头有些话想和你说说。"

拳房师门诸兄弟中，魏名扬惯于独来独往，却唯独对这位年长的师兄最为敬重。

当下便说："师兄，有什么话你就照直了说，我能听。"

赵恩全微微点头，笑着说："咱们师兄弟中，这些年就你四处奔波，学到了不少真本事。可学技在身，我觉得归根到底是为了让自个儿站起来——你有没有想过，自己立个门户？"

魏名扬心里一颤，师兄这句话一下子把他撩拨活了，忙说："师兄，你说明白点。"

赵恩全说："很简单，自己开家拳房。"

一听这话，魏名扬激动得险些跳起来。阴云散去，眼前瞬间阳光高照。

魏名扬当即决定，他要开家属于自己的拳房，敞门纳徒结交天下好汉。

不过，魏名扬意识到，开拳房需要地方、需要器械场所，一句话，需要钱。而且还不是少数，至少总得三五十块大洋吧。

魏名扬有位亲戚在大有乡，他称其为表大爷。这位表大爷家境殷实，是武乡境内有名的财东。

魏名扬决定上表大爷家借些银钱供拳房开张，待拳房有了进项，再慢慢归还。

谁也没想到，魏名扬这次大有乡之行不光顺顺利利地借到了开张所需资金，还因此行与闻名天下的山东响马进行了一场始料未及的交锋。也正是这场面对面、以一敌众且大胜响马的经历，让他一战成名。

魏名扬到了大有乡，发现一向乐善好施的表大爷满面愁容茶饭不思。一打听，原来前些天有伙山东响马流窜到武乡境内了，这群家伙专对大户人家下手，魏名扬的表大爷不幸被盯上了，前几天刚刚给他下了帖子，让他准备好真金白银若干，今日晚间即来收货。

表大爷担惊受怕，茫然无助，"唉，这乱世道，人没法活啊。"

魏名扬一听，甚是气愤。他人有难，岂容退避，何况是自家亲戚。魏名扬决定要会会这群山东响马。自己准备开拳房，所学武艺在实战中究竟效用如何，正好借此机会加以检验。

魏名扬在心里为自己立下生死状：如若战胜响马，拳房照开；反之，他将远走他乡，从此绝不涉武。

想到这里，魏名扬一拳砸在桌子上，"我要与这群强盗决一死战！"

表大爷一听这话吓坏了，他连连讨告，却哪里拗得过血气方刚、视恶如仇的年轻后生！

当晚，魏名扬让表大爷全家躲在暗处，自己提着一壶老酒就着花生米在月下独饮，静等响马上门。

半夜时分，响马来到了大有乡。

为首的当家子看到眼前阵势，一时摸不清底细。先是派出两名喽啰上前试探，却不知魏名扬用了什么手段，片刻工夫，两名喽啰就败下阵来。

无奈之下，当家子只好亲自上手，与魏名扬展开激战。

至于战局如何复杂、争斗如何凶险以及两位高手到底都使用了何般武艺招式，外人不得而知。

藏在后院的表大爷但听得前院拳来脚往、呼声震天。

也不知过了多久，整个世界突然就安静下来了。

表大爷胆战心惊地从墙角处探头望去，眼前的那一幕让他惊呆了。

二三十人的山东响马队伍如同割伏的麦子卧了一地。

表侄子魏名扬双手叉腰，站在门阶之上。

清凉的夜风中，魏名扬短装打扮的土布褂角在风中缓缓飞掀。

魏名扬胜了。

魏名扬大胜山东响马，一战成名。

3. 名扬国术团

武乡，历史上武术流派之杂、武术名字之多、习武人数之众为周边县乡之最。

拳房，是自古以来孕育拳术、培养武师的摇篮。

在师兄赵恩全的指导下，表大爷慷慨相助，武乡枣烟村魏名扬的拳房正式启动。拳房设立在自家的院里，大门上竖起一块牌子，上书五个大字：名扬国术团。

此年，魏名扬不过二十出头。

麻雀虽小，五脏俱全。

魏名扬没念过书不识字，吃了村人所说"睁眼瞎"的苦，内心虽觉懊悔，却也甚是无奈。他清楚，开拳房是粗人的活计，但没有文化，他这个拳房势必难以立足。

拳房牌子挂起之时，魏名扬第一件要做的事就是四处拜访识字人，在村里学校教书的先生一下就成了魏名扬眼里最尊贵无比的客人。

为了得到教书先生的帮助，魏名扬学着诸葛亮三顾茅庐的样子，几次三番上门求教。教书先生原本只想静心教书育人，并不愿和村中那些舞枪弄棒的武人们打交道。可后来架不住魏名扬数次登门拜访，尤其是魏名扬清澈无邪的目光中所流露出的焦灼和实诚，让先生恍然有了他乡遇知己的喜悦，便点头答应。

魏名扬大喜，与教书先生秉烛夜谈，促膝交心。连续数天，根据当时周边形势和农村实际，详细制定了"名扬国术团"的招报条件。换句话说，魏名扬麾下的拳房并非什么人都收，想进拳房练功，必须要达到以下四项条件：

第一，必须体魄健壮，无任何病患；

第二，必须讲义气、守信用；

第三，为人正派，没有任何小偷小摸的劣迹；

第四，必须严格遵守"名扬国术团"制定的各项规章制度，且自愿交纳一定的学费。

"名扬国术团"的宗旨，即：习武健身，除暴安民。

制定一应内部条文后，魏名扬喜不自禁，准备正式开门纳徒。

先生展墨沉思片刻，迅即提笔疾书了一张"名扬国

板山风光

萧刚·绘

术团"收徒启示。

全文曰：武乡尚武，是为古风；辈代流传，层出无穷。名扬继之，旨在承宗；弘大武术，培养兵戎。特广收门徒，立约成盟；体魄健壮，人品为重；义气当先，敬师为忠。报名人需自参照之，以免两误。

启示成文，魏名扬连夜托人进行抄写，并在大有乡和武东大道上予以张贴。

震耳欲聋的鞭炮声中，"名扬国术团"正式挂牌成立。

这天，枣烟村内热闹异常，屈指可数的几条街巷清扫得干净整洁，大门口一副对联甚是引人注目，上书：

刀枪剑戟，三九三伏不舍，终使身兼六艺；

斧钺钩叉，四季四器不离，必将艺满一生。

"名扬国术团"聘请魏名扬尊师武月兴任总教练。

开业数日之内，来自周边方圆十里八乡上门拜师的年轻后生络绎不绝，"名扬国术团"门庭若市，前后报名拜师者就有近百人。经过认真甄别筛选，魏名扬亲自选定符合条件的三十余人，收为第一批学徒。

枣烟村"名扬国术团"开业，魏名扬跑前跑后，忙得焦头烂额。他哪里知道，就在身后不远处，他和他的拳房已引起了两个人的关注。

一个人姓姜，名振邦。姜振邦是李峪垴村人，和魏名扬早年熟识，幼年时两人曾在黄土堆里一起滚碾过，

算是少年玩伴。姜振邦十五岁时外出学习，1927年考取了山西国民师范学校，其间很少回家。其时，因身体不适，回家休养，正好赶上"名扬国术团"开业。

真正引起姜振邦兴趣的并不是魏名扬开门纳徒这件在当时武乡境内稀疏平常的事件，毕竟在尚武之乡，开拳房本身就是一桩养家糊口的生意，县内各乡镇村落开拳房者比比皆是。引起姜振邦兴趣的是"名扬国术团"的宗旨：习武健身，除暴安民。

姜振邦心念大动，他暗下决心，等学业归来，定要登门拜访。当然，拜访学习拳术仅是一个由头，而另一个由头就是他要和魏名扬交朋友，为他指一条前途无量的光明大道……

另一个正是魏名扬的师兄赵恩全。赵恩全与其说是上门来为师弟庆贺凑热闹的，倒不如说被"名扬国术团"纳徒启示上的一句话吸引住了。那句话便是：弘大武术，培养兵戎。

赵恩全脸上浮现出一抹笑。

铺天盖地的爆竹声中，赵恩全喃喃自语：名扬师弟啊，我相信有朝一日你会成为一个顶天立地的大英雄。

姜振邦和赵恩全这两人相识与否，史料并无记载，但他俩的目光几乎不约而同集中在魏名扬和他的"名扬国术团"，说明他俩虽然簇籍不同、学历不同、生活方式有差别，但他们的关注点和人生视野在那一刻表现出惊人的一致性。

因为，姜振邦和赵恩全两人私下有一个共同身份：共产党员。

4. 加入共产党

日子如漳河流水，一如既往。

"名扬国术团"开业以来，农忙时节，魏名扬和他的徒弟们白天耕播，闲下来便在田间地头学舞练拳。

"名扬国术团"所授的武术主要为形意拳、少林拳、格斗、点穴、绳鞭、刀术、枪术、三节棍、七节鞭等。除此之外，魏名扬还传授魔术、杂耍，诸如转盘、转碗、顶技、蹬技、滚环、钻圈之类。

徒弟们的技艺日趋精进，魏名扬便率领他们在周边乡镇庙会上开始亮相。拳房卖艺，一为壮大声势，二为养家糊口。

魏名扬早年随师父刘全全有过转场卖艺的经历，积累了不少实战经验。

一边勤学苦练，一边走场卖艺，"名扬国术团"渐渐声名在外。周边乡镇，包括县境之外，慕名前来投奔学艺的年轻后生越来越多。

魏名扬的视野越来越宽，心胸也越来越广，脚步也越迈越大。

"名扬国术团"立足武乡本地，在不到两年的时间内，足迹不仅走遍了武乡县的大小村镇，而且还走进了周边各县，榆社、太谷、平遥、祁县、辽县、沁州、襄垣等地，凡有庙会，基本都有魏名扬和他的拳房徒弟们的身影。

"名扬国术团"所到之处，均受到各地百姓的热烈欢迎。

不觉又是正月十五。凛冽刺骨的寒风中，魏名扬率队在村里表演完毕后，丝毫未觉冰寒，反倒通身大汗淋漓。

有人在他身上擂了一拳，回头一看，是师兄赵恩全。

赵恩全笑着说："师弟，咱们说会儿话？"

魏名扬感觉到赵恩全话中有话。

离开表演场，回到空无一人的家中，魏名扬就大大咧咧地说："师兄，我看出来了，你肚里有很重要的话想和我说。就咱们两个，有啥话你就直接说。"

赵恩全想了想，语气稳重地问："兄弟，你听说过共产党没有？"

魏名扬一愣："共产党是谁？咱可不认识。"

赵恩全笑笑说："共产党不是人，是个组织。你的名扬国术团发展得非常好，可这是个人的事，你背后缺少组织。"

魏名扬细细品咂着他话里的味道，就问："你是说，共产党是个组织？"

赵恩全点头："长话需短说，更要一针见血地说。"

魏名扬满脸惊诧，他被赵恩全的话吊足了胃口。

赵恩全便耐心地从当时国际国内形势、山西的状况以及共产党的组织性质、宗旨等开始讲解起来。特别是讲到中国共产党是代表中国最广大人民的根本利益，目标就是砸烂旧社会，让广大穷苦人翻身得解放。具体讲，就是助穷人翻身，人人有地可种，人人有房子可住，并过上没有压迫没有剥削的幸福生活。

魏名扬从小遭尽了罪吃遍了苦，对社会压迫怀有刻骨之仇，他早就盼望着有这么一天。

"这个吃人的社会，穷苦人简直活不下去，早该反了！"魏名扬拍案而起，他紧咬牙关，满脸怒容，突然放低了声音，笑问，"你是共产党的人吧？"

赵恩全不语，笑着点头。

魏名扬说："我也要加入共产党！"

赵恩全依旧不语，他的手缓缓伸开，紧紧拉住魏名扬的手掌。

两掌合一，四目相对。

冬日寂静的房间里，赵恩全异常明快地感觉到了魏名扬手臂在颤抖，听到了激畅无比的心跳声，更看到了年轻后生清澈的眼睛里进射而出的集澎湃血色、昂扬激情及焦灼渴望融为一体的强烈光芒……

半年后，即 1933 年。

农历七月初四，面对党旗，魏名扬庄重地举起了右拳……

——牺牲个人、严守秘密、阶级斗争、努力革命、服从党旗、永不叛党！

六十年后，即 1993 年。

病榻上自知去日无多的魏名扬回忆往事，耳边再次回响起当年油灯下铿锵有力的誓言时，依旧心潮激越，瞬间泪流满面……

1. 人人有颗爱国的心

1937年7月7日，日本帝国主义在北京制造了蓄谋已久的卢沟桥事变，侵华战争全面爆发。

同年8月，中共中央发出《中国共产党为日军进攻卢沟桥通电》。通电中，号召全国人民团结起来，共同抵抗日寇侵略。

中共山西省委有关负责人亲率精兵强将赴晋东南开展工作。

不久中共武乡县临时工作委员会成立。

临时工作委员会召开党员骨干会议，魏名扬参加了会议。

会议布置了临时工作委员会的主要工作任务：广泛开展抗日救亡运动，建立群众抗日团体，秘密发展工、农、青、妇各救国会中的积极分子入党。特别是要成立地方游击队，尽快拉起党领导下的抗日武装。

县委将成立首支游击队的任务交给了魏名扬。

之所以如此安排，县委主要基于以下考虑：第一，魏名扬是拳师，手里有一个"名扬国术团"；第二，在武乡境内多如牛毛的拳房组织中，"名扬国术团"名声颇大且群众基础好；第三，魏名扬是一位地下共产党员，党龄已有四年，且觉悟高，在历次党组织安排的工作中，他都出色地完成了任务。

魏名扬当即表态：绝不辜负党组织的信任，保证完成任务。

任务到了手，可接下来所面临的却是重重困难，魏名扬的眉头不禁紧锁。当时，党组织还处于秘密状态，实权还在阎锡山政府手中。县委在同旧权政斗争过程中，即使争取到一些经费，可群众要发动，骨干要培训，更要秘密在晋东南建立兵工厂，资金实在有限。故成立游击队，不但拨不出一文钱，而且还得游击队自行解决。

古话说得好，竖起招兵旗，自有吃粮人。魏名扬担心的倒不是招纳人员的问题，这一点他胸有成竹。在短时间内拉起一支数百人的队伍并不难，队伍组建起来，先不说兵刃武器，可几百人几百张嘴，得天天吃粮啊。总之，解决资金是个眼前面临的最大的难题。

魏名扬要在枣烟村组建一支游击队的消息如同长了翅膀，一夜间就传遍武乡大地，报名的年轻后生一下子就挤破了门槛。

魏名扬虽则并不担心队伍组建，可这种突如其来的爆炸性场面却让他有点始料未及。

"名扬有名气了，他的'名扬国术团'一直都是除暴安良，为老百姓办事的队伍，现如今要打日本鬼子了，更是为全国的老百姓复仇。保家护国，名正言顺，后生们都愿跟着他干！"

"名扬啊，看看你有多大的吸引力啊，人人都想在你手下当兵。"

"跟着游击队，打倒小日本！"

面对此起彼伏的口号声、呼喝声及夸赞声，魏名扬脸上全是笑，心里却是难以言说的苦：这么多人的吃饭问题怎么解决呢？

魏名扬正愁得不可开交，脑子里突然闪现出一个人影：我咋没想到他呢！

魏名扬当即拔腿跑到师兄赵恩全家里。

正在牛圈铡草的赵恩全看见魏名扬，笑着祝贺："名扬啊，你现在是名人了，任务重，手跟前的工作那么多，听说报名的年轻后生都排到村外头了。咋，是不是太忙，需要帮手？"

魏名扬苦笑着说："师兄，我确实需要帮手，可不是人手。"

赵恩全满脸疑惑，问："遇到啥困难了？"

魏名扬一屁股坐在地上，重重地点头说："是遇到大

困难了。组织上安排的任务我肯定保证全力完成，需要解决的问题当然不少。可那些问题都算不上啥问题，只要吃点苦费点力都能解决——有一个问题我实在解决不了呀。"

顿了顿，他又笑着说："师兄你是我的入党介绍人，咱们是师兄弟，更是同志关系。同志之间，有困难就应该互相帮助。我是向你求助来了——向你讨主意来了。"

赵恩全停下了手中的活计，说："有啥困难你就别藏着掖着直接说，我能做到的肯定没二话——你到底讨啥主意？"

魏名扬苦笑着指了指自己的嘴巴，说："这里，嘴的问题，填肚子的事啊。"

赵恩全恍然大悟，"噢，你手里头没钱？"

魏名扬连忙点头说："师兄啊，打日本鬼子得靠人马武器，先不说枪啦炮啦的，手里头咱多少还有些长矛大刀——可得先吃饭不是？巧妇还难为无米之炊呢，没钱买粮我到底该咋办？"

赵恩全陷入了沉思，半晌方说："你说得对，这是个迫在眼前的大事，今拉起了队伍，明就要张嘴吃饭——没钱，你可以借啊。"

魏名扬愣了，"问谁借？"

赵恩全笑着说："当然是向有钱的财东借。比方说，你表大爷。"

魏名扬摇头叹气："那年建国术团借人家的五十块大洋才打清，咋好意思再张口？"

赵恩全想了想说："此一时彼一时。我相信，这次你张开嘴，他肯定会借给你。"

魏名扬愣了："为啥？"

赵恩全说："国家有难，匹夫有责！——别担心，这事我和你跑一趟。"

两人马不停蹄赶到大有乡魏名扬表大爷家。

让魏名扬百思难解的是，当年第一次上门借钱，表大爷遇到山东响马愁眉不展，这次表大爷居然又一个人坐在门槛上唉声叹气。

魏名扬忙问："表大爷，咋啦？又遇到啥麻烦事了？"

表大爷声音颤抖，叹了口气说："日本鬼子打进来了，我一辈子省吃俭用攒下来的家业，怕是要毁了——唉，我老了，要是再年轻二十年，我就当兵上战场打鬼子——听说日本鬼子杀人放火无恶不作。这伙强盗，比山东响马还凶残啊！"

两人对视，赵恩全示意魏名扬赶紧表态。

魏名扬用力吞咽了口唾沫："表大爷说得对，表侄子上门就是和您聊打鬼子的事。您是上岁数了，上战场打鬼子的事理应由我们年轻后生去干—— 表侄了就是想向您借点钱。"

表大爷奇怪地问："你借钱做啥？"

赵恩全笑着说："名扬要建游击队，好精神抖擞上战场打鬼子。可现下名扬手里没钱，队员们总得吃饭……"

表大爷说："你是说借钱买粮，给咱打日本鬼子的年轻后生们吃？"

魏名扬大声说："对，借钱买粮。"

表大爷霍地站起来，"你咋不早说？要是不把日本鬼子赶出中国，让他们继续胡作非为，咱老百姓甭说米粮房院了，就是连命都怕保不住。你们甭以为我这个老头子不懂利害。民国十九年，南方遭水灾，我一个人就捐了百万钱财，政府还给我一个金色义赈奖，加封了一个'光录寺署工'的官衔呢。我倒不在乎那些奖不奖、官不官的。现在国家有难，表大爷理应出力！——甭说借不借的，我无偿支援，也算我为打日本鬼子做点贡献！"

魏名扬和赵恩全没想到让他们头疼不已的难题一下子就迎刃而解了，两人不禁为表大爷的爱国之情深深感动。

魏名扬当场躬身作揖："谢谢表大爷，您的爱国心表侄子定会向游击队队员们宣传。"

表大爷连连挥手，说："不用，不用，我只做点我能做的。你放手发展你的游击队吧，让年轻后生们都加入队伍，扛起枪，打败日本野心狼。至于钱粮的事，你们不用发愁，我会联系武乡我熟知的那些商家朋友。他们跟我一样，这些天都发愁呢，怕日本人打进咱武乡来烧房子杀人。这下好了，有咱的队伍在，就不怕了，我把游击队的事说给他们。他们准保会全力支持咱的游击队——救国就是救家，国家遭难，万民皆有一颗爱国心！"

2. 泰山庙·杀敌报国

游击队的粮米问题在前后不到三天的时间就解决了。

"名扬国术团"牌子卸下，"名扬游击队"的新牌子在震耳欲聋的鞭炮声和喧天的锣鼓声中悬挂在枣烟村一处高耸的门楼之上。

枣烟村名扬游击队招兵买马的消息没用两天就传遍了全县各大乡镇村落，全县为之轰动。

枣烟村男女老少个个自豪无比。

日本侵略军一路南下，国民党军队在前线作战不力，纷纷溃逃。大同、太原等相继落入敌手。日本鬼子更狂妄宣称，三个月拿下中国。

当年9月下旬，奉命北上抗日的八路军第一一五师，在师长林彪、副师长聂荣臻的指挥下，于山西北部平型关一带发起了平型关伏击战，对日军中号称"钢军"的板垣征四郎第六师团第二十一旅团一部及辎重车队进行了打击。经过激战，歼灭日军1000余人，打破了日军不可战胜的神话。

报名的队伍中，年轻的后生们神采奕奕，他们来自

不同村镇且彼此之间互不相识，但是围绕平型关大捷这一话题，好似一下子就成了无话不谈的朋友，并展开了热烈的讨论。

讨论的气氛非常热烈，让围观看热闹的老人和妇女们以为那场震惊天下的大胜仗他们都参加了，那些凶残无比的日本鬼子最后都成了他们的刀下之鬼。

目之所见，耳之所听，魏名扬意气风发。年轻后生们身上所表现出无所畏惧的士气和斗志，是以前自己"名扬国术队"从来没有过的。换句话说，昔日的"名扬国术团"一跃而成为"名扬游击队"，陡然脱胎换骨。

有方向，有目标，杀敌报国，魏名扬好似感觉到自己就像即刻驰骋疆场的大将军，带领千军万马，对日本鬼子发起进攻。

在泰山庙，连续召开了两天会议，会议研究讨论了诸方面问题。

1. 游击队员招收条件与招收办法；

2. 游击队有关纪律制度及编制管理办法；

3. 游击队学政治、学军事的相关事宜；

4. 游击队生活问题；

5. 游击队当前工作任务等。

同时，明确规定：在日本鬼子未进犯武乡之前，游击队的主要任务是在广大人民群众中宣传党的《抗日救国十大纲领》。

日本侵华战争全面爆发三个月后，即 1937 年 10 月底，武乡首支"名扬游击队"在泰山庙宣布成立。

首支游击队，有五百余人，魏名扬任游击队队长。全队分为四个中队，分别由魏名扬手下的"四大金刚"任中队长，各中队下设三个小队。

游击队成立后，名不见经传的枣烟村一下成了素有尚武传统的武乡人极为向往之地。

府衙庙台、大街小巷、田间地头，到处都传颂着武乡"名扬游击队"的奇闻怪谈。

有人说，游击队的队员可不是一般人，他们都是通过十八般武艺重重考试才得以入选；

有人说，选中的游击队员个个都是膀大腰圆，能开十石强弓之力的武林高手；

有人说，游击队员们早就鸟枪换炮了，他们手里的兵器都是热兵器，肩上扛着步枪机枪，腰里别着短匕手枪，个个威风凛凛，身上有股可逼人于百步之外的英雄气，十个小日本鬼子都近不得身。

......

话头归话头，传闻归传闻。事实上，"名扬游击队"虽然成立了，队伍也仿若一夜间成了钢铁洪流，可魏名扬心里头却甚是窝火憋闷。因为游击队手里所持的武器甭说是百姓嘴里所说的步枪机枪，就连长矛大刀也还摊不到人手一把。

就在魏名扬一筹莫展之际，上级专门派来一位军事教官，并送来二三十支枪。

组织上记着咱游击队呢！

魏名扬大喜，迅即组织全队人马在军事教官的指导下，按照八路军部队的操练标准开始训练。

一时，枣烟村内外的打谷场上、沟渠河畔、空闲院落——传来阵阵喊杀声。

"杀！"

"打倒日本鬼子！"

游击队员们坚持每天出操、上课、唱歌、军训。

抗日怒吼传遍枣烟村，并由枣烟村迅速传遍整个太行山——

在军训中，来自县城内外的游击队员们训练在一起，吃住在一起，玩乐在一起，为了一个共同的目标，他们互相帮助，互相支持，亲如一家。

十月的武乡，寒风渐起。游击队员们没人喊苦没人说累，军事训练现场愈发热火朝天。

武乡各界群众看在眼里，急在心上，纷纷解囊相助，除了钱财衣物，更多的则是粮米肉蛋之类。

面对堆积如山的粮米，魏名扬感激莫名。

为了鼓舞士气，他当即宣布：今天请枣烟村有名的大厨匠上手，弟兄们吃一顿猪肉烩山药蛋粉条。

院里支起两座霸王炉，炉内柴火熊熊，村里闻讯而来帮忙的大姑娘小媳妇们洗菜的洗菜切肉的切肉。

院外喊杀阵阵，院内刀案咚咚——各种声响融为一体，直冲霄汉。

"起锅喽！"

魏名扬从锅里舀起一大勺大烩菜，十分动情地说："弟兄们，这锅大烩菜，咱们穷人家逢年过节也不一定都能吃得上。为啥？因为咱穷！咱为啥穷？就是被那些贪官污吏和为富不仁的地主老财们害的！咱们老百姓都没法活了。天底下谁为咱老百姓撑腰做主呢？只有共产党！共产党领导咱们老百姓抗租、抗债、抗粮、抗税、抗丁——就是给咱们谋条活路，能过上好日子。可是这好日子还没开始呢，日本鬼子就打进来了。古人说，滴水的恩情还当涌泉报呢。这么一大锅过年的大肉粉条，弟兄们今就撑开了肚皮吃。大伙说说，吃饱喝足了，干啥？"

游击队员们高呼："吃饱了——杀敌报国！"

"对，杀敌报国！"魏名扬热泪盈眶，"吃肉！"

3. 八路军需要人民的帮助

1937 年 11 月 14 日，连续刮了数日的寒风消失了，天地间一下子空旷了许多。阴沉沉的乌云也渐渐拉开，久违的太阳跃出云层，直射大地。

大人娃娃们涌到村边打谷场，观看游击队员热火朝天的军事训练。

"名扬游击队"成立一个多月以来，游击队操练已成为枣烟村及周边村落老百姓生活中一道别样风景。

就在这一天，传来一个振奋人心的消息：八路军要来武乡。

"名扬游击队"接到县委通知，他们奉命集合队伍到县城以西的村庄迎接八路军。

当时，名扬游击队员们，包括队长魏名扬，并不清楚即将到来的八路军可不是普通队伍，而是八路军总部机关。其中就有大名鼎鼎的朱德总司令、彭德怀副总司令等。

魏名扬虽然手下已有五百人马，而且他还是远近老百姓称羡不已的"魏大队长"，可他心里清楚，同那些在战场上和日本鬼子勇猛冲杀的八路军比起来，游击队就好比小时候手里拿着葵花秆玩"打仗"游戏的娃娃兵，简直不值一提。

更为重要的是，魏名扬还没有见过真正全副武装的八路军战士呢。

八路军总部就驻在武乡东村，当晚就在武乡段村镇马场召开了抗日动员大会。

会场上彩旗迎风飘扬，人人笑逐颜开。

一位八路军装束的精壮汉子走上讲台，满口让武乡人新奇而极具吸引力的四川口音响起。他说，八路军是咱人民的子弟兵。只要军民携手，精诚团结，我们就一定会把日本野心狼打回老家去。

有人带头高呼：打倒日本野心狼！

抗战到底！

绝不做亡国奴！

……

口号声、喊杀声，震彻山野河谷。

魏名扬有幸和同时组建的另一支游击队"武华游击队"队长武华同志一齐受到了朱总司令的接见。

第二天，八路军总部离开武乡。

魏名扬回到驻地不久，便收到了由八路军总部赠送的一批枪支弹药。

魏名扬信心倍增，和游击队员们更加热情高涨地投入艰苦训练之中。

11月下旬，上级由于工作需要，从游击队中抽调了几十名队员。

这些队员有的参加了党员培训班，有的赴辽县大营盘第一二九师游击训练班学习，还有两位女同志回县城组建"妇女抗日救国会"。

当时，抗日救亡工作头绪多，各地缺少人手。"名扬游击队"里经过一系列军事训练的五百余名年轻富有朝

气的游击队员正好弥补了这项空白。

起初，魏名扬还为自己手下的队员们得到重用自豪不已，但随着抽调的队员越来越多而且都是有去无回，就让他感觉到了不对劲，心里觉得空空落落的。这也难怪，自己两个月的忙活和心血，他和手底下的队员们朝夕相处，相互间早已建立起难以割舍的兄弟情，突然一个接一个离开了自己，这简直像是剜他的肉剔他的骨，他能不疼吗？

1937 年年底，武乡县委主要领导来到枣烟村，提出了一个让魏名扬更难以接受的要求："名扬游击队"准备全部编入决死队。

魏名扬脸色骤然变得不好看了，二话不说拔腿就跑得不见了踪影。

魏名扬心里清楚，他是游击队队长，更是一名共产党员，组织上的决定他不能不遵守，可他心不甘啊。

当晚，幽暗的煤油灯影下，魏名扬吃不进一口饭更无一点睡意，他心里头翻江倒海，眼窝润湿，泪水止不住地顺着脸颊滑落……

"名扬啊，你咋就像个女娃娃，男人家流血哪能流泪呢？"不知何时，赵恩全笑着走进来，往炕上的火盆里添了几块干牛粪，快要熄灭的火盆里再次冒出透亮的火光。

屋里亮堂起来，热浪扑面。

魏名扬痛苦地说："我的游击队……"

赵恩全语调从容："名扬啊，我没记错的话，你的党龄也快五年了吧。一名共产党员，要时刻服从组织决定，这个道理你懂——弘大武术，培养兵戎，这句话你忘了我可没忘。"

魏名扬闻言，求助似的看着赵恩全。

这句话是当年成立"名扬国术团"招徒启示上的一句话，哪能忘了？

"师兄……可我心里堵啊……"

赵恩全也不解释，他专心致志地扒拉着火盆里熊熊燃起的牛粪团，笑着说："名扬啊，咱不说别人，就拿我说吧，我现下是多么羡慕你啊。"

魏名扬愣愣地看着赵恩全脸上平静如水却让他难以捉摸的表情："师兄，你想骂就骂吧。"

赵恩全将手中的枯枝扔进火盆里，继续说："当年你建国术团为啥？现在组建游击队为啥？归根结底还不是为了让队伍走上战场为咱老百姓争条活路吗？为国尽忠，老人们说的话都装到狗肚子了？"

说着，又放缓了语气，"我为啥羡慕你？你的游击队出了不少人才，有的当了八路军，有的在县里做事，在武乡境内你是大名人，你魏名扬的队伍已经成了咱抗日队伍的'蓄水池'和'人才库'了。"

魏名扬眼睛骤然发亮，喃喃品咂着他的话："'蓄水

池'？'人才库'？"

魏名杨突然从炕上一跃而起，险些将火盆踢翻："我明白了！"

赵恩全说："你干啥？"

魏名扬跳下地，朝门外走去，且头也不回："我要向县委书记承认错误去——名扬游击队全部参加决死队，打日本鬼子，保卫武乡，保卫根据地，保卫咱大中国。"

1. "希望你真正名扬太行"

朝夕相处前后两个多月的弟兄们说聚就聚、说分就分，饶是魏名扬心里头一千个不愿意一万个不愿意，那也总归是相处出来的情分作怪，同组织信任和政治纪律比起来，那些又能算得了什么！他非常清晰地记得当初在昏暗油灯下举起右拳对着党旗宣誓时那个注定让他这辈子都不会忘记的时刻，更忘不了无论何时何地一想起来就心潮澎湃的铮铮誓言。

国家有难，匹夫有责。何况，在两个月的寒风中一起并肩苦练，他们已经建立起珍贵且牢固的革命情谊。那种情谊是旧社会旧习俗所残留下来的什么武林结拜所不可比拟的。因为在党的领导下，他们更明白为什么而练、为谁而练以及为谁而战的内涵和意义。

魏名扬和他的游击队员们人人心里头都有本明白账，人活在世，以一己之力，以自己柔弱的肩头竟然能扛起

为国为民斗争的重任——要知道，这是小时候俯在老人们膝下，从他们长年累月代代相传下来，且从不褪色的古代故事中所体验到的。比如，宋朝初年，前后数代人镇守三关与辽邦不屈斗争满门忠烈的杨家将；又如，南宋时期，为实践"还我山河"跃马驰骋疆场与金兵大战的岳家将，尤其是在出征前夕，他的母亲亲手在岳飞背上所刻的那四个大字——精忠报国。魏名扬和他的游击队员们从这些故事中与其说是看到了杨家将和岳家将的影子，倒不如说从脑海中迎风飘扬的"杨"字大旗和岳飞背上"精忠报国"那四个大字上看见了他们自己！

报国、杀敌，抗日御侮，人人都是杨家将士，个个都是岳家子弟！

这种价值认同感在两个月的时间内已深深根植在五百余名游击队员的心里，方向由此而生，目标由此而生，情感由此而生，尤其是那种与老百姓生死荣辱于一身的责任感紧紧相融，不可分割。

如此特殊的经历，如此坚定的认知，更兼如此亲密的关系，任何时候的分离必然是悲伤的，也是疼痛的，远甚手足分离。

当然，魏名扬也知道，卢沟桥事变之后，不过数月，日本鬼子在中国的大地上到处杀人放火无恶不作，人神共愤，无数中国将士血染沙场，更有无数的家庭无数手无寸铁的老百姓在烽火中天人永隔。阻止罪行，唯有以战止战，需要更多的热血儿郎与侵略者殊死搏斗，才能换回昔日的和平。

弘大武术，培养兵戎。党组织组建游击队是为甚？就是为培养打倒日本侵略者的热血儿郎，是为了培养八路军战士！

魏名扬心里的矛盾就在这里，即盼望着手下的游击队员勤学苦练，早日成为文武双全可以一当十以一当百的八路军战士，可分离在即，却忍耐不住的痛心。

心痛是正常的，也是可以理解的。就在魏名扬做足了送游击队的弟兄们全员加入决死队、自己的伤感自己往肚里咽的时候，八路军总部一位政委专门来到了游击队，点名要和魏名扬坐坐。

魏名扬非常吃惊，一见面他以为是上级党组织来"兴师问罪"的，就当即表明态度，并做起了检讨。

"首长，武乡'名扬游击队'全部改编决死队的事，我早就想通了。这是为了抗日大局，我身为一名共产党员肯定坚决服从党组织的决定。"

八路军政委哈哈大笑，指着魏名扬说："你嘴里这样说，可心里头和脸上都带出来了——我明白着呢，甭说是你，就是在座的哪个人，两个多月的相处，都是亲如一家的兄弟——谁心里好受？我说得对不对？"

魏名扬被一下子挑破了心事，不好意思地摸着脑袋笑："首长，在您跟前，我就是个没穿衣裳的娃，身上光

名扬游击队

董志敏·绘

赤着呢。确实，我心里头堵，可我并没有不服从组织的心——那是两回事。"

政委笑着对在座人说："你们看看，我来时的路上就猜到了，魏名扬同志是位老党员了，组织的决定他哪有不明白的？他的心情我不光理解，而且还能深深地感受到。这事换了我，也一样，可这是革命事业。我今天来，原本要准备做两件事。第一呢，是给魏名扬同志做思想工作，现在看来，这项工作不需要做了，魏名扬同志政治觉悟很高，可见组建游击队的任务交给他，武乡县委的决定是非常正确的。"

魏名扬是个急性子，他说："首长放心，游击队全部按照组织的决定参加决死队，我保证在战场上没有一个孬种，我们人人会打枪还人人有武功，肯定打得日本鬼子鬼哭狼嚎。您放心，不管在哪，我第一个冲锋在前！"

八路军政委不住点头："魏名扬同志这种不怕苦不怕死的精气神值得我们每一位同志学习，可我不需要你冲锋陷阵……"

一听这话，魏名扬愣了："首长，我是党员，党员就应该冲锋在前杀敌报国啊！"

八路军政委摇摇头，脸上的笑容不知何时消失了，他的态度非常严肃端庄，示意魏名扬坐下，这才说："这正是我来这里做的第二件事。这件事比你上阵杀敌还重要，游击队员们加入决死队，我只要兵。游击队里的小

队长以上的干部我全给你留下，我这次来还送给你二十支枪——太原、邯郸、潞安等地都被日本鬼子占领了，马上可能就会打到咱武乡来。我们需要正规军，也需要游击队。你有新的任务，就是在武乡继续组建游击队，明白我的意思了吧？"

魏名扬这才恍然大悟，连忙起身表态："首长放心，魏名扬坚决服从您的指示，继续组建游击队。"

"好！"八路军政委高兴地说，"希望你这支游击队，就像你的名字一样，真正名扬太行！"

2. 秀才参军

五百余人的游击队加入决死队，奔赴抗日战场。

曾经人声鼎沸、红火热闹的枣烟村一下子冷清了，魏名扬端着碗坐在门檐下的石头上，吃得没滋没味，喝得了无情趣。

首长的一番话在耳边不住回响。

在魏名扬看来，当初毫不犹豫地当众承诺，与其说是领受任务，倒不如说是他从首长的嘱托里为自己预寄了某种希望。

精心苦练了两个月的游击队"拱手让人"，可是青山依旧在，就不怕没柴烧——首长让他重建游击队嘛！

说归说，问题是从无到有，从有到无，过程就像个梦境或者就像布兜里的钱，好不容易出力流汗千辛万苦挣下了，在集市上说没就一文不剩了。总而言之，想要再从无到有，多难啊。

魏名扬一时没了主意，心里头涌现出夹杂着空旷失落、痛楚伤心、茫然彷徨又无可奈何的恐慌感。

正在这时，有人在大门外朝他吆喝了一声："哟，魏大队长，一下子就成了光杆司令了？"

来人是河绪沟村的青年后生，名叫郁宏文，早年就同魏名扬熟识。郁宏文家境殷实，从小就在学堂里念书识字，上过几年高小，在周边村落里是有名的"秀才"。

魏名扬受不了他一进门就带着明显讽刺挖苦的语调，饭碗往石头上一放，没好气地说："识字人，是不是说话都这样阴阳怪气的？光杆司令咋啦？光杆司令好歹也是当过司令的人。"

郁宏文说："我的魏大队长，当了两个月的游击队大队长，你这话里头一出来就带着枪棒——你可真是个人才啊，咱武乡县年轻人里头，我就最服你——是掏心掏肺的服。你不知道？咱枣烟村'名扬游击队'参加决死队这个头可带得好，县里头都传开了，后生们争着报名参加决死队。前后也就三五天的工夫，我听说决死队又招起卜千个新兵呢。还有咱县第二总队民运工作队员在石盘村把从太原前线败退下来的孬包软蛋都缴了械。县里头专门派人给他们展开思想教育，给他们讲全民抗战

的道理。你说效果咋样？嘿，你还别说，这些前些时在战场上看见日本鬼子连枪都不敢开的尿包软蛋们就像脱了胎换了骨，当下就有二百多人报名参加了决死队，要跟着八路军与日军决一死战呢。这就说明了一个问题，不管谁领导的队伍，只要和咱老百姓打成一片，是真正为老百姓谋出路，最得民心啊——你咋愁眉苦脸的？"

魏名扬的确在犯愁，可他没办法和别人说，语气低落："都成光杆司令了，我咋能不愁？"

郁宏文有点奇怪："我听说八路军首长还送了你武器，让你继续组建游击队，有啥愁的——你还是队长嘛。"

魏名扬苦笑着说："组建？说起来容易做起来难！你以为熬山药蛋烩粉条那么容易？"

郁宏文敛起笑容，在魏名扬的肩上拍了拍，态度非常认真地说："魏队长，我参加游击队——你看行不？"

魏名扬有点发愣，但很快点头："你是个大秀才，你想来，我当然要。"

郁宏文高兴地说："我还以为你只要年轻力壮会武艺能要枪弄棒的后生呢？可丑话我说了前头，我虽不会舞枪弄棒，可我会写字——你不是正发愁怕招不到新队员？我帮你。"

魏名扬一听，来了劲："你咋帮？快说。"

郁宏文想了想说："这事其实我觉得你不应该发愁。

现在，甭说咱武乡，就是全国各地哪个地方说起日本鬼子不是都恨得牙根儿发痒，男女老少都想拿起武器与日本鬼子斗呢？你忘了，你招游击队时，报名想参加的年轻后生有多少，从枣烟村都快排到我们村了。只不过你招得少，又有那么多条件。没招进来的有多少？足够十个游击队。招兵旗你得竖，不过你这次要扩大范围。周围十里八乡的人都知道，十里八乡之外呢？咱武乡大着呢，有多少人想报国都不知道门在哪！"

魏名扬大喜："啊哟，我听出来了，你这个大秀才来得正是时候啊。你是我魏名扬第二次建游击队第一个报名的，我准了。你就当咱游击队的文书吧。"

郁宏文兴奋地一跃而起："好，今天我就给你写招兵告示。我相信，用不了半个月，你的新游击队就能组建起来。"

"好！"魏名扬说，"游击队员的作风，咱说干就干！"

当天，魏名扬就将他留在手下的"四大金刚"全部召集回来，在空旷的队部房子里，围着一个大火盆，点起一盏大煤油灯，大家聚头开了个筹备会议。

第二天一大早，闻讯赶来帮忙的女人娃娃一大堆。大家伙收拾院落的收拾院落，整理房间的整理房间，尤其是游击队员们用过的行李家什，在村里女人们的齐心协力下，居然在两天的时间内就被她们端到河边洗得干

干净净。

看着满院密密麻麻挂起来的被褥行李和满院跑过来跑过去的孩子们，魏名扬空落落的心里头仿佛一下子就被激活了，好似又回了到昔时和游击队员共同操练共同生活的场景。

魏名扬不禁感慨地说："真热闹啊。"

郁宏文不住点头，他说："魏队长，看出来没？这就是人心啊。共产党给咱老百姓指出了方向，老百姓就有盼头了。咱老百姓都想过和平日子啊——这阵势，建几百人的游击队哪用得了半个月，我觉得最多有十天就把枣烟村挤满了，到时候就怕你碗筷不够！"

魏名扬说："你别尽拣好听的话说，接下来该干啥？"

郁宏文一抹袖子，说："写告示，四处张贴！"

一张张告示内容简洁有力，直奔主题，核心就是保家卫国打日本。郁宏文执笔，往往一张告示还未写就，旁边等待的娃娃们就迫不及待地拿上出去张贴。

除了县城，还有周边的蟠龙、大有、贾豁、临漳等地专门设立了报名处。

从枣烟村到各地报名处，乡道上到处是抱着告示牌、提着糨糊罐、扛着红缨枪往来飞奔的儿童团员的身影。

魏名扬几乎足不出院，各项工作干得紧张有序，丝毫不落套。

魏名扬深深地感触到了动员的力量。党组织说得对，只要动员起老百姓的力量，让人人都参与进来，就没有办不成的事。日本鬼子再凶恶，但毫无疑问他们正一步步陷入人民战争的汪洋大海，终将寸步难行，总有一天会被武装起来的中国老百姓赶回老家去。

布告贴出去的第二天，枣烟村外的乡道上就出现了报名参加游击队的年轻后生。让魏名扬苦闷的是，来报名的后生们大多都来自周边村落，很多人他还认识，甚至有小时候的玩伴。而且报名的人数远远没有想象中的那么多。

在报名登记点，有人询问报名条件是不是放宽？魏名扬头也不抬，就摇摇手。

郁宏文听到连忙制止："魏队长，其他条件可以放宽，品行不端，有劣迹坚决不要。"

魏名扬苦笑着解释："老郁啊，就这规模，我还能说啥？不放宽，哪能招齐人马？"

郁宏文语气坚定："你就看见眼前这点子人马了？全县有多少报名处，名单还没报过来呢。参加革命队伍，别的能商讨，政治素质这块可千万不能降，'名扬游击队'是准备上战场打鬼子的。要是把那些有坏心思的小人放进来，以后上了战场，当了逃兵咋办？国民党队伍里那些见不得人的事你不是没有听说过，当逃兵还是小事，还有当伪兵的呢。有不少浑蛋当了伪兵，掉转枪口就欺压老百姓，这种人咋能要？"

魏名扬一听，霍地站起："我差点忘了这条杠杠。老郁你说得对，咱的游击队必须保质保量。是我的眼光没看远。对，必须坚持入伍标准。打日本鬼子的队伍，要的是精兵强将，不要一个坏分子。"

枣烟村这头的征兵工作正在进行，县里各处报名处接连不断地送来名单。结果让魏名扬大吃一惊：不算枣烟村在内，要求报名参加"名扬游击队"的年轻后生竟达一千余名！

郁宏文一张张翻看着名单，兴奋地说："我算看出来了，日本鬼子没几天蹦跶头了。魏队长，咱们接下来的工作怕是不愁无人应征了，而是加强入队的甄别工作了。"

魏名扬重重地点头："对，写好入选门槛，严格招兵标准，一个一个过。"

前后没用十天，第二支名扬游击队就迅速组建起来了，人数达到了三四百人。

魏名扬精神抖擞："咱枣烟村有人气啊，过不了几天，这里呼号声喊杀声就又响起来了，准保又是一番热闹景象。"

郁宏文笑着摇头："魏队长，枣烟村是肯定会热闹起来，估计你又得愁眉苦脸。"

魏名扬不解，问他："老郁，你说这话啥意思？"

郁宏文说："前番五百人是走了，可带走多少武器弹药和操练器械——你现在手里头还有啥？人来了，我看你的盘盘碗碗从哪来？"

魏名扬恍然大悟，摸着脑门说："我明白了，你说的盘盘碗碗可不止是吃饭的家伙啊——得操练的家伙，啊呀，愁死我了！"

3. 子弹、子弹

武乡不光是尚武之乡，更是时刻心系国家命运、崇尚英雄、热爱和平之乡。

七七事变之后，日本侵略者大肆入侵中国，国民政府抵抗不力，所驻城防接连失守，日本鬼子则步步紧逼。山西战区，继忻口战役失败后，太原随即沦陷。司令长官阎锡山一路退到黄河边上的克难坡避敌锋芒。而共产党领导下的八路军则迎敌而上，东渡黄河之后，于五台山、太行山等地建立抗日根据地，在敌后与日军展开激战。沦陷区的老百姓痛恨国民党节节败退之际，共产党领导下的抗日武装及时跟进，让老百姓瞬间看到了抗日的希望。

国家民族危急存亡之际，武乡县内无数不愿做亡国奴的热血青年，一见抗日大旗就踊跃报名参军。

枣烟村"名扬游击队"再次成为武乡人争先参加的队伍。

第二次组建工作进展之所以如此顺利，除了抗日这杆大旗，还有一个原因，那就是许多年轻后生仰慕魏名扬之名。

在武乡境内，游击队也不在少数，但从组建速度和队伍规模及声望名誉上，名扬游击队确实独占鳌头。

1938 年新年，名扬游击队再次在大有村泰山庙正式举行了成立典礼。

其时，名扬游击队除了人数达到三四百人的规模外，通过八路军总部和县里各界的支持，已拥有了五十余支长枪。地方百姓有钱的出钱，有力的出力，又为游击队配备了一系列诸如红缨枪、大砍刀等，基本达到了人人手里有武器的标准。

来自八路军部队的军事教官亲手执教，从队伍编制、军容军纪、格斗擒拿、近身肉搏以及军事科目中的诸如刺杀、瞄准、投弹等方面入手，详细讲解，严格训练。

枣烟村，日夜人欢马嘶、笑声朗朗。

训练过程中，游击队员就发现了问题：缺少弹药。

手里有枪，枪里没弹药，跟木头棒子有甚区别。

当时，甭说各县乡敌后游击队，就是与敌在正面战场上生死搏斗的八路军正规部队还为缺弹少药而愁眉不展呢。

其时八路军已经在太行山等抗日根据地建立起一些枪械修造厂，但是一则因技术设备人才等原因，二则还要面对日本鬼子的"扫荡"围剿，虽有产出，但数量有限，与紧张的战争相比，这些枪械和弹药在抗日战争前期的供应中一直是供不应求，难以从根本上缓解战场需要。

名扬游击队的队员们不清楚也不了解啊，他们纷纷提出要求。

这个说："魏队长，日本鬼子快要打到咱武乡了，咱手里的枪少不说，每个人每天只能轮流着摸一摸，可枪管里头还是空的，简直连个手瘾也过不了。"

那个说："就是，三四天了，我天天趴在地上练瞄准，可咋拉栓、上子弹、打枪，没学会。"

还有人说："魏队长，你得弄点子弹让咱练练。要不日本鬼子来了，手里的空枪还不如把红缨枪适用。"

魏名扬急火上了头还攻了心，三四百号人缺弹少药这事他比谁都着急。县里、八路军总部，魏名扬能认识的人都找遍了，跑断了腿磨破了嘴，甭说解决子弹问题了，就是连根像样的红缨枪都成了稀缺货，因为上到八路军总部下到县里，缺枪缺弹药让所有人愁眉不展，实在无法解决。

太阳渐渐落山，晚霞染红了半边天，魏名扬坐在村边的碾盘上有种失魂落魄的迷茫。

恰在这时，一位汉子和他说起这样一件事。

去年太原陷落后，一支三四百人的国民党溃军一路败退进了太行山。进山之前，他们带着大批军火，后来

东出太行时，发现他们轻装前进了。那么，是不是有可能将随身携带的军火器械藏在了某个隐秘的地方呢？

魏名扬一听，乐了。

前些时，从晋中战区退下的一伙溃兵进入我上党根据地。前线跟小日本打了败仗不说，居然还在我根据地欺负当地老百姓。这伙溃兵要说是因为弹药不足后勤供给没跟上打了败仗也还是个理由。但让人实在没法理解的是，这伙溃兵居然还带着大批弹药。溃兵在我根据地这么一闹腾，就把根据地的百姓惹火了。上级领导当即命令，将这伙欺压百姓的乱军全部包围起来，一个也不让他们走掉。他们既然在战场上不打枪，就把他们的枪械全部缴了，留给准备和日本鬼子拼命的抗日军队。那次行动，乱军不但被全部俘虏，更为重要的是缴获了数目可观的枪支弹药。

魏名扬兴奋的原因就在这里，他相信这个传闻肯定真实可靠。也许有那么一支溃军从我根据地溃逃进了太行山，大约为了保命，混乱之际将随身携带的枪支弹药就藏匿于山中某处。

想想就觉得这是笔来路明确的意外之财。晚上睡觉时，魏名扬在梦中甚至都想到了游击队员们从大山里的某处山洞里或丛林中起获了数量庞大、足以装备他们三四百人游击队的枪支弹药，虽说不上堆积如山，但毫无疑问，游击队员们每人的腰间都缠满了弹药带，或长枪或短枪，枪口喷射的火光映红了所有人的笑脸。

天色还没亮，魏名扬就从炕上一跃而起，召集队员们进山寻找弹药。

魏名扬是个急性子，做事风风火火，稍怕延误就失去了先机。比如此次晋绥军在大山深处藏匿弹药的传闻，在他看来是确凿无疑之事，必须行动迅速，早点上手，要不就会被别人捷足先登。

魏名扬和他的队员们走进了太行山，他们按照传闻中晋绥军败退所可能行走的大致路线，分为数路开始搜索。他们或上山到顶，或下沟到底，沿途周边所经过的隐秘沟壑、山洞、丛林都列为重点搜索区域，几乎不放过任何一个可疑处所。

游击队员们每人随身携带干粮水壶，干粮吃完就啃食山里零星残留的野果充饥。可惜的是，连续数日，一无所获，队员们就有些泄气。

魏名扬知道，寻弹药和上战场打仗是一个理，必须保持旺盛的斗志，否则前功尽弃不说，还会极大影响军心。

"同志们，想想平型关大战的时候，咱们的八路军战士是如何打败日本鬼子的吧。我听说头天八路军到达埋伏地点的时候，天还在下大雨。那时候都九月底了，那边的天气比咱们武乡冷多了。战士们就趴在水窝子里，一天一夜不挪窝。直到第二天日本鬼子钻进咱们的

包围圈，雨天就一下子又放晴了。咱们的八路军战士吃了多少苦受了多少罪？可没这些苦和罪，哪能打败日本鬼子？"

队员们知道魏队长在给他们讲道理，就笑着说："魏队，你的思想工作都做到太行山里了，有什么话就直说吧。"

魏名扬清了清嗓子，说："我就不绕弯子了，筒里的豆子直接往出倒。咱们这点子苦，和平型关战场上的八路军战士吃的苦比起来，算个甚？算个屁。大家伙振奋精神，以不达目的誓不罢休的决心仔细寻找，老天爷就不会亏待我们。据说有好几十箱弹药，真要寻到的话，足够我们每个人弹药充足的打一两个月了。总之，弹药就在这座山里，就跟咱们玩捉猫猫的游戏呢，大家有没有信心找到它？"

队员们哈哈大笑，高声响应："有！"

所有的饥饿、疲劳一扫而空。

魏名扬率先站起来，大手一挥："好，我们继续找！寻到弹药练好了本事上战场杀鬼子去！"

"寻弹药去！"

有了魏队长现场振奋人心的鼓励，大家满怀希望，没有人退缩，也没有人抱怨，反而从心里头将这次进山寻宝之旅当作实实在在的野外拉练。

时间犹如水逝，过了农历二月二不久，天气依旧冰冷。

这天早起，太阳已跃出东山。火红的阳光直射大地。沐着暖意融融的冬阳，魏名扬和他的队员们刚刚走进大山，就听到一个从后方传过来的消息：八路军工作团团长陆清廉、中共山西省委军事部干部杨树根要来名扬游击队检查工作。

魏名扬大喜，他双掌互击，禁不住兴奋地叫出了声："这下好了，肯定是给咱游击队送枪支弹药来了。走，回去迎接他们！"

1. 送别

　　杨树根到"名扬游击队"检查工作可绝非如魏名扬所愿，既不是给名扬游击队支援所急需的枪支弹药，也不是给魏名扬传授什么军事经验来了。恰恰相反，而是要人来了。

　　杨树根同魏名扬是老熟人。他曾经数次到魏名扬所在的游击队指导工作，两人因为工作关系而成了朋友。而陆清廉所率领的八路军工作团，则是八路军进入到太行山之后，对中共武乡县委进行了改组的新机构。团长陆清廉事实上正是中共武乡县委书记，而八路军工作团只是对外公开的称号。魏名扬与陆清廉在县委组织召开的会议上见过几次，也渐渐熟识。

　　魏名扬对杨树根和陆清廉的到来表示了热烈的欢迎。

　　在座谈中，魏名扬态度非常谦逊。如果说他在路上心里头一下子冒出来的想法只是种猜测的话，与两人正式见面，那种猜测顿时就一跃而成了即将面对的"现实"。按照魏名扬的设想，如若只是来游击队检查指导工作，那么由杨树根一个人来就可以了，他就驻扎在游击队里，和他们同吃同住同操练。何况指导工作也不是一次两次了，老杨不光和魏名扬是老熟人，可以说和游击队员们也是并肩作战的老相识了。再从另一个角度来看，如若是组织上有事，陆清廉同志定会召集他们统一开会或传达上级精神或商讨重点事宜，根本不需要亲自来枣烟村。换句话说，军事业务和组织部门两位重要人物同时来到枣烟村，那么饶是个三岁小孩子也能猜出来，肯定是有好事。而对魏名扬还有他的整个游击队而言，最重要的好事是甚呢？枪支弹药。

"我魏名扬代表游击队所有队员对两位领导的到来表示热烈欢迎，同时也希望两位领导对我们游击队的工作提出批评和指正，让我们的工作做得更好。"

杨树根和陆清廉彼此对视一眼笑了。

陆清廉先开了口："名扬同志啊，虽然我们都在不同的工作岗位上忙于各自的工作，离得远，见一面也不容易。'名扬游击队'工作在各方面的进展，我们经常从各种渠道都能够听到，全县关心咱游击队的军民百姓多着呢。老白姓们都说，'名扬游击队'是他们说话做事的主心骨，是他们的脊梁。"

魏名扬听了，心里头那股子畅快劲就像啃了顿骨头

喝了顿美酒一样："咱在这里谢谢各位领导和父老乡亲们的肯定。咱武乡县游击队的主要任务就是在党的领导下保境安民嘛。"

杨树根说："名扬同志，游击队是第二次组建了吧？"

魏名扬说："对，第一次是去年底组建的，前后两个月的时间，共有五百多人。按照党组织的指示，这些人马全部都参加了决死队。"

杨树根点点头说："决死队也只是块跳板，抗日大业，从政治、军工、建设、人员培训等各个方面都有大量工作需要很多同志们来完成。很多人不清楚，以为游击队员参加决死队，又从决死队参加了真正的八路军，上战场和日本鬼子战斗。这只是其中的一部分啊，我告你啊，游击队里有好多人被上级组织抽调安排到了部队和地方政府工作，总之哪里需要人就往哪调剂。那些从咱们武乡县出来的农家娃子，参加了部队的，在战场上他们不怕困难不怕牺牲，好多人立了战功，火线入党的同志更多，部队各级指战员对咱武乡人的评价那是非常的高啊。抽调到地方政府工作的同志们，他们接受了一系列培训，学习态度非常端正，学习非常刻苦，他们没一个喊苦叫累，上级让干啥就干啥，从没二话。你比方说，组织上就在咱太行根据地秘密建立起若干兵工修械所，需要大批年轻后生。修械所的营生可比咱们扛着镢头刨土种地复杂得多了，得需要从外头引进专业技术人才，更重要的是要从当地培养年轻骨干，游击队员全是响当当的年轻后生，有很大一部分精练机敏的队员们就秘密进了修械所。总之，用不了多久，就像部队首长们多次在会上说的，咱们八路军战士就会用上完全由自己工厂生产出来的新武器。不光武器由咱们的修械所制造，什么迫击炮啦、手榴弹啦和各种枪械的子弹啦都是由咱们的工厂里生产出来的。"

说到这里，魏名扬迅速抓住了话茬，兴奋地说："我们游击队里正缺枪支弹药呢，也不怕两位领导笑话，我这几天正为这事愁得吃不下饭睡不着觉呢。"

陆清廉和杨树根对望一眼，都笑了。

魏名扬从两人的表情中似乎看出了某种让他提心吊胆的意味，可人家不说，他也不好意思问。但是他隐隐断定，两人此次来枣烟村"名扬游击队"，可绝不是如他期望的那样为游击队解决枪支弹药的难题来了。

陆清廉清了清嗓子说话了，他说："名扬同志啊，我俩这次来一是代表中共武乡县委、八路军工作团对咱游击队的工作表示极大的肯定，二是有件事想和你商量商量。"

魏名扬一听这话，心里头那种"不祥"的预感异乎寻常地清晰起来。

"领导来枣烟村检查工作，咱'名扬游击队'一切行动听指挥，有什么事，上级只管下命令，我们坚决执行，

保证完成任务。什么事，两位领导请直说。"

陆清廉手掌重重一拍大腿，说："咱都是老熟人了，肚里有啥话就不拐弯抹角了。魏名扬同志，是这么回事，上次咱的游击队从枣烟村出去后，奔赴到了各个工作岗位，在短短的两个月时间内，他们所做出的成绩可是受到了各级领导的肯定和表扬，上级部门想再次把'名扬游击队'全部整编，我们想和你商量的就是这个事……"

2. 严峻的形势

日夜期盼的月亮没来星星也没来，却又迎来了一杆"招兵旗"。

从去年底奉命组建游击队，两个月的时间内，好不容易队伍成型，尚在集中练军阶段，就被一股脑儿编入决死队，并被分配到各个工作岗位，曾经亲如一家的五百余名兄弟眨眼就"消失"得没了影没了踪；第二次组建，前后也就两个月时间，三四百人的队伍手里的武器还没捂热，还在为弹药奇缺苦恼不堪，竟然马上又面临被收编的命运。

此次收编，是八路军第一二九师的命令，准备带名扬游击队开辟冀西抗日根据地。

中央指示，八路军第一二九师派出一个连队，组成一支以党员干部为主的先遣支队继续向东发展。为解决兵力不足的问题，师部决定征调名扬游击队，由杨树根同志率领编入先遣支队，一起东出太行，开辟新的抗日根据地。

第一二九师领导对武乡县枣烟村的"名扬游击队"非常了解，对游击队组建和训练情况包括缺少弹药这些具体困难都了如指掌。年后，新任师政委邓小平同志从洪洞县到辽县途中，专门召集武乡县委主要领导，进一步了解武乡发动群众参加抗战工作。会上，县委领导重点汇报了"名扬游击队"的组建以及发展情况。

邓政委听说首支游击队共五百余人编入决死队后，在两个月时间内又组建起一支三四百人的队伍时非常高兴。他表示，武乡县党组织建得比较早，群众基础非常扎实，人民的抗日热情高涨，组建游击队为八路军提供了兵源，这个贡献足可载入史册了。

杨树根是老红军，很早就在红军中担任团政委，后来还上过抗大。抗日战争爆发后，党领导下的红军编为第十八集团军后，他调到中共山西省委担任军事干部。

"名扬同志，我很了解你。对于组织上的决定，你肯定全力赞成，可你的心里头难受——我比你清楚吧？"杨树根笑着说，"这种情况一点也不矛盾，古人说聚散离合最伤人心嘛。"

魏名扬苦笑着说："老杨的话里头带着铁钩钩呢，搅得我不知啥滋味。"

陆清廉哈哈大笑："名扬同志，你不光是个顶天立地的男子汉，还是位老党员呢，可不许哭鼻子，传出去可是要被你的队员们笑话啊。"

魏名扬说："两位领导的意思我有啥不懂的？都是为了抗日。两个月前，我刚组建起来的游击队五百多人编进决死队，说实话，当时我确实有点想不通，都是朝夕相处的兄弟们，彼此间可以说都难舍难分了。就为这事，首长还亲自找我谈了话。其实我可没别人想得那么不通情不通理，我就是心里难活罢了。当初让我负责组建游击队，就是县委和全体老百姓对我魏名扬的信任。组建游击队为啥，就是为了参加八路军上阵杀敌报国嘛。总之一句话，老杨同志，由你带游击队参加抗日，我魏名扬全力支持！"

陆清廉笑着对杨树根说："老杨，你看看，我就说名扬同志党性非常强，觉悟也非常高，压根就不需要咱们两人过来做甚思想工作嘛。一听说要上战场打日本鬼子，他都恨不得扛起长枪冲在最前头呢。"

杨树根满心叹服，不住点头，他说："好，现在我就宣布，任命魏名扬同志为先遣支队第三大队大队长，另派一名干部任教导员，你们准备一下，三天后咱们出发。"

魏名扬说："老杨，我能率领老队伍上战场打日本鬼子，是我求之不得的事呢。可这样一来，我可能就失信首长了。"

杨树根很奇怪："名扬，你和首长有约定？"

魏名扬叹了口气说："首长指示我说，咱们需要正规八路军，也需要地方武装。只有正规军、游击队和人民群众携手配合起来，才能取得全面胜利。上一支队伍编入决死队后，他让我继续组建游击队，我答应了首长。你看，我到底该咋办？"

杨树根和陆清廉再次相视一眼后，哈哈大笑："名扬同志，首长指示得非常正确，咱们就遵照首长的指示，给你留下枪支，骨干由你挑选，你留在这里继续组建游击队。咋样？"

魏名扬说："好，听从两位领导指示。我魏名扬一切从零开始，继续为八路军组建抗日队伍。"

陆清廉笑着说："一切都是形势所迫，分与合、编与组，我们就按照实际形势，严格按照首长的要求，由名扬同志继续组建队伍，为抗日积蓄力量。"

3. 长乐村战斗

距第二次组建游击队三个月之后，1938 年 3 月 15日，魏名扬在大有乡第三次组建游击队。

经过两次组建，魏名扬和他的骨干成员对于如何拉一支队伍已经有了充足的经验。他们分头在各个村子里

进行宣传发动，再次竖起招兵旗。这杆招兵旗的影响力和号召力在县里头可谓人皆尽知，前番没有加入队伍里的青年后生们好像就等着这一天。

"名扬游击队"招兵啦！

前后不到十天，就有数百人争着前来报名。

经过仔细甄别，共有一百多人正式成为游击队员。

游击队经历了前两次从组建到交予上级部门的经历，魏名扬经历了从收获到分别，又从茫然到收获等一系列如过山车般的历练。对于自己所经手之事，尤其是游击队的组建，可以说他已不再有任何担忧。因为他清楚，他的游击队可以说无处不在。日本鬼子的铁蹄和令人发指的暴行掀起了全中国老百姓的怒火，也同样激发了中国老百姓不屈服任何外部势力的血性。换句话说，此时的中国大地上，不论男女老幼，人人胸怀复仇利器，随时都会与日本侵略者展开殊死搏斗——他们人人都是潜在的游击队员。只要竖一杆旗，响者立时云集。

从送别第二支游击队出征到开始大力筹建第三支游击队，前后也不到十天的时间，"名扬游击队"的旗帜再次在大有乡泰山庙前的上空猎猎飘起。

1938 年 4 月，日本鬼子华北方面军第一〇八、第十六、第二十、第一〇九师团及酒井旅团各一部共 3 万余兵力，兵分九路向晋东南地区中国军队大举围攻。

日寇的铁蹄第一次踏进了武乡县境。

武乡军民怒不可遏，魏名扬怒不可遏：绝不能让日本鬼子在武乡的土地上横行霸道，"名扬游击队"要同日本鬼子决一死战。

4月13日，武乡县城被日寇占领，并在武乡县城内大肆掠杀。

为了防范日军进一步侵略，积极配合八路军抗击日寇，县委组织召开了战前动员会议，魏名扬作为游击队负责人参加了会议。会上，县委传达了第一二九师和中共冀豫晋省委在辽县召开的党的特委、各县县委书记和游击支队政委联席会议精神，动员全县人民进入紧张的反围攻备战状态，做好坚壁清野，随时等候命令参加战斗。

魏名扬兴奋得摩拳擦掌，精神亢奋："名扬游击队"要在全县父老乡亲面前好好露一手。

二天之后，拂晓。日军一部集结三千余人从县城沿浊漳河行进到长乐村一带。我军立刻向敌人发起进攻。魏名扬得知战斗已经打响的消息，马上带领刚刚组建起来的游击队冲了上去。

这支新队伍，刚刚参加训练没几次，人多枪少，弹药更是奇缺，手里的武器还达不到人人有份的标准，好些队员的手里还握着大刀长矛。但是日寇的暴行，让这些年轻气盛的后生们个个怒火万丈。

魏名扬说："弟兄们，日本鬼子都打到咱家门口了，咱们怎么办？"

有人说:"咱们'名扬游击队'组建为的是甚?就是打日本鬼子!"

又有人说:"魏队长,我有家亲戚在县城里被日本人杀害了,我要为我的亲戚报仇!"

还有人说:"日寇不是人,是野兽,对野兽从来都是用刀枪说话。"

有人呼喊:"杀日寇,宁死不当亡国奴!"

魏名扬高扬手臂,大声说:"弟兄们说的对,咱们'名扬游击队'是党领导下的抗日队伍,杀光日寇,不光是为遭受鬼子欺辱的武乡人报仇,更是为全中国受欺压的老百姓报仇。咱们报的是家恨,更是国仇。弟兄们有没有信心和日寇拼死一战?"

长枪、大刀、铁矛高举如林,声震山野:"杀!"

"名扬游击队"第一次直接走上战场,魏名扬既心潮澎湃,又满怀期待:往日的训练如何严谨如何艰苦,都比不上真刀真枪在战场上和日本鬼子正面决斗。战场是游击队作战实力最具实践性的检验场啊,他和他的弟兄们要借此机会向武乡人民展示游击队的形象,要一战成名,让全城老百姓一夜记住"名扬游击队"的名字!

魏名扬精神抖擞地率队冲进战场,还没看到日本鬼子的影子,就被时任八路军第七七二团十二连指导员尤太忠给拦住了。

"站住,你们是干什么的?"

魏名扬气呼呼地说："我们是'名扬游击队'，是上战场杀敌的战士！"

尤太忠态度严肃地说："你这人有股子勇猛劲，可看看你手下的兵，多数人还扛着大刀长矛就往上冲，冲上去等于送死。我的同志哎，抗日不是硬拼，你们想打鬼子的心思我清楚——战场上，哪个人心里头不是窝着深仇大恨？我命令你们回去准备几十副担架，帮助卫生队的同志们抢运伤员，快！"

魏名扬心里不甘，可大敌当前，哪敢违抗军令，便大手一挥，带领游击队员们在巩家垴村连夜绑了几十副担架，与卫生部队一齐运送伤员。

这一仗打得异常惨烈。

在此次战斗中，魏名扬和他的游击队员们虽然只担负了救护伤员和运输弹药的任务，但置身枪林弹雨、危机四伏的战场，人人直面战争的生死残酷，尤其是我八路军战士面对穷凶极恶的敌人，没有一个人退缩，没有一个人怕死，他们手持武器大无畏地在前线与敌人厮杀，刚才还大步如飞，转眼就浑身是血倒地不起。魏名扬和队员们从血窝子里将伤员们抬上担架时，含着眼泪颤抖着双手为他们擦抹血迹，大家都忍不住泪流满面。

魏名扬大声说："男儿有泪不轻弹，我们都是战士，这辈子要么流汗要么流血！"

长乐村一战，武乡人亲眼目睹了八路军英勇无比的

长乐之战遗址

王慧群 · 绘

作战能力。日寇三千余人的部队，有两千二百余人永远葬身异地，同样也让"名扬游击队"队员真正在血与火的洗礼中经受了一次难得的考验！

在此战中，游击队员中有不少入党积极分子在抢救伤员过程中不怕牺牲表现突出，被党组织吸收为党员。

入党介绍人正是魏名扬和他在战前认识的尤太忠。

4. 云安村集体宣誓

长乐村之战让魏名扬体验到了战争的残酷，而在战争中日寇的凶暴，尤其是对武乡人民的罪行更让魏名扬和游击队员们义愤填膺！

县城周边，原本商铺林立的大街上，残垣断壁，到处是被日寇杀害的中国军民，惨不忍睹。

游击队员们纷纷向魏名扬要求，要参加八路军，为死去的武乡百姓报仇。

事实上，魏名扬参军上战场的心思比他们任何人都要迫切。关于日本鬼子在侵占土地上的残忍暴行，以前只是听说而已，并没有亲眼目睹。通过这次参战，看到日寇所到之处惨无人道的杀戮，心里那种强烈的民族仇恨日益暴涨。

游击队员们要求参加八路军，魏名扬迅速做出一个决定：找八路军，把游击队全部交给他们，上阵杀敌，

保家卫国！

战斗结束后，八路军主力部队便撤出武乡，具体驻地不详。

魏名扬犯了难，第一支"名扬游击队"编入决死队，他是一万个不情愿，队伍离开枣烟村后，晚上一夜未眠，在被窝里哭得伤心欲绝；第二支"名扬游击队"由八路军整编时，魏名扬虽心有不甘，到底还是顺顺畅畅把队伍交出去了，心里苦，嘴上甜。

这一次，魏名扬要主动将游击队交到八路军手里，与其说是对日本鬼子强烈的仇恨，倒不如说是他政治觉悟的提高：组建队伍的目的就是上战场杀敌，民族危亡之际，能为八路军提供兵源，是我的责任也是我的荣幸。

魏名扬带着人马想参军，却突然发现队伍不见了。

就在迷茫无助之际，魏名扬脑子里陡地涌现出尤太忠的身影。

对啊，我得找到他；找到了他，就找到了队伍。

尤太忠在哪呢？魏名扬在四处派人打探过程中，得知了一个沉痛的消息。在战斗中，第七七二团叶团长不幸身负重伤，后伤重不治牺牲。战斗结束后，部队撤退至榆社郝壁镇一带，准备在离郝壁镇不远的云安村为团长开追悼会。

4月19日，追悼会召开前夕，魏名扬和他的游击队员风尘仆仆赶到云安村并顺利找到了尤太忠。

魏名扬是个急性子，一把拉住尤太忠，好像一松手就怕他跑了、游击队参军的事就成了泡影似的。

对于魏名扬的突然到来，尤太忠颇觉奇怪："魏队长，你来干什么？"

魏名扬长话短说，伸出两根手指："两件事，一件是我们全体游击队员参加叶团长追悼会；一件是找你！"

尤太忠问："找我有什么事？"

魏名扬说："参加八路军！长乐村一战，大家都明白了，只有参加八路军队伍，才能和日本鬼子拼命。你可能不知道，游击队里好多战士的亲戚朋友被日本鬼子杀害了，他们要上战场，要报仇。我找到你，就是想把队伍全交给你，让他们参加八路军。"

尤太忠说："这是好事啊，我带你去请示领导。"

王新亭，八路军第三八六旅政治部主任。

王新亭一听，当即表示同意，"让游击队的弟兄们全部集合，我们先送别烈士。"

在参加追悼会的人员中，还有一位特殊人物，那就是第一二九师邓政委。

邓政委听说了名扬游击队参加八路军这件事非常高兴，当即表示：追悼会开完以后，我看要特别增加一项内容，就是由"名扬游击队"所有人员参加八路军的宣誓仪式。

"好！"魏名扬高兴得连连鼓掌。

宣誓会上，由尤太忠主持，魏名扬带领全体队员举起右手庄严宣誓：

"我们是武乡'名扬游击队'队员，为了把日本鬼子赶出中国去，今天集体参加八路军，为叶团长报仇，为武乡死去的乡亲报仇，誓死抗战到底，保卫根据地，牺牲生命，在所不惜！"

新兵入伍，游击队鸟枪换炮，个个精神抖擞。

邓政委专门和魏名扬谈了一次话。

邓政委伸手从魏名扬衣领上弹下一枚枯叶说："小魏啊，武乡这支'名扬游击队'果真同你的名字一样，名扬太行山了。这是由你亲自组建起来的第三支队伍，有千人之多了吧？"

魏名扬激动地说："邓政委，刚好一千露头。游击队全部参加八路军，一个不落，您放心。"

邓政委笑着说："不能一个不落，抗战工作需要落的时候，该落必须得落——我听说你和八路军首长有约定？"

魏名扬一愣，这才倏忽想起相约之事，便说："邓政委，我答应领导在武乡组建游击队。"

邓政委说："好，所以游击队的同志们参加八路军，你这位光杆司令不行，你还有很重要的任务要做呢。"

魏名扬说："回武乡，继续组建游击队？"

邓政委点点头，"对，在武乡组建游击队你比谁都合适。这个担子仍然由你来挑，坚持不懈，做好八路军的'蓄水池'和'人才库'。怎么样，有没有压力？"

魏名扬挺直腰板敬了一个威武的军礼："说实话，我这心里头挺矛盾的。我又想继续组建游击队，又想加入八路军的正规队伍啊。"

邓政委笑笑说："你这个要求，我今满足你。今天，我特批你为一名不在编的八路军战士，可以穿军装，依照部队军事规则管理。但你的主要任务是，带领你的骨干，回乡继续组建新队伍，聚起优秀青年的力量，为八路军输送更多的干部战士！"

魏名扬大声说："政委放心，魏名扬保证完成任务！"

1938年3月20日，第三支刚刚组建不久的名扬游击队全部编入八路军第七七二团。

1. 子弹来了

古人说，熟能生巧。

魏名扬的游击队从大张旗鼓的宣传组建，从热闹非凡的相聚直到在某一天突然消失得不知去向，如此让普通老百姓惊愕不已的事情一而再再而三地接连发生，而在事件的核心人物魏名扬身上，早就看不出当初因得失而表现出来的悲欢之情。

魏名扬从中汲取到了这种得失规律而赐予他的另一种生活热望，或者说在不断地失落和收获中他强烈地感触到了人生的意义和人生价值。

魏名扬觉得，这就是生活本身的核心所在，首先他的心里有信仰，信仰为他指出了明确的奋斗方向；就如同在前方的道路上，一年四季也好白天黑夜也罢，前进的道路上一直都有一束非常明亮的光焰照耀着。他的脚步迈得非常从容，从来都无须担忧走错路或走岔路。换句话说，他一直生活在希望当中。人这一生，最富足的状态就是希望啊。

比如，组建游击队。当好抗日队伍的"蓄水池"和"人才库"，为八路军队伍提供延续不断的兵源，已经成为支撑魏名扬精力充沛奔赴前行的强大精神力量。

由自己倾力组建的第三支游击队交给八路军，魏名扬非但没有失落之感，心里反而默默念叨并盘点着：三支队伍人数不过千人，抗日战场上需要的兵力实在太大了，自己做得还远远不够，离上级组织和八路军首长们的要求还有很大差距啊。

这样一想，魏名扬顿觉身上的担子和责任愈发大了也愈发重了。他甚至不无快乐地想象着：在抗日的战场上，要是那些庞大的钢铁洪流全是由自己组建起来的游击队员该多好啊。

怀有如此奢想，在接下来的工作中，魏名扬就干得得心应手且活力无限。

魏名扬率领手下得力干将一回到武乡，就迅速地投入到新兵招收的工作中。一切都似漳河水，自然而流畅。魏名扬心里格外自信，他已经不再担心兵源，因为他清楚，日本鬼子疯狂暴虐，他们的侵略者形象已经牢牢地竖立在历史的耻辱柱上，同时将中国人的反抗意识和反抗意志也逼到新的高度。

誓死不当亡国奴，打倒日本帝国主义。

此起彼伏的怒吼声中，魏名扬知道，这就是日本侵略者必败、中国人必胜的力量所在。

第四次征兵工作刚刚开始，不到三天时间里，竟然一下子就招收到了二百余人。

兵源不发愁，并不代表魏名扬心无所虑。魏名扬心里的愁苦没法跟外人提，而且那种愁苦是延续性的，从第一次组建游击队就像块沉甸甸的石头一直坠在心窝最深处，让他常常彻夜难眠。那就是他不愁兵源，愁的是枪支弹药。

二百人的队伍说组建就组建起来了，虽然部队上提供了一些训练器械，可在魏名扬眼里头，那毕竟是杯水车薪，远远没法满足数百人的日常训练啊。

正当魏名扬抚着脑门为枪支弹药的事发愁时，一名老队员从院外飞跑进来，远远喊："魏队长，有人来串门了。"

魏名扬没好气地说："串门算个啥稀罕事，用不着大呼小叫。"

老队员眨巴着眼，语气中饱满着某种深意，笑着说："魏队长，这伙串门人你准保感兴趣。"

魏名扬一听，身上也不知从哪聚集起一股力量，站起来迈开大步出了院门。

不远处的村道上，确实来了支足有二十余人的队伍。队伍中，有三个大木箱由六个青壮后生抬着，从走路的模样和步履的稳重程度来看，那三个木箱还有些分量。

邻村一位老汉远远朝魏名扬招手："魏队长，我给你送大礼来了！"

魏名扬不解："你们抬的是啥？"

老汉抚着颏下两丛白花花的胡子，底气硬朗，十分有力："咱游击队最需要的东西。"

抬木箱的队伍进了院中，就被好奇的游击队员们重重围起来。

老汉腰间别着把镰刀，他持镰在手，也不细说，手法娴熟地将三个木箱逐一撬开，木盖揭开，箱中之物让魏名扬激动得险些跳起来。

里面居然是魏名扬正愁得不可开交的长枪和弹药，其中一个木箱里竟然还齐齐整整放了两盒木柄手榴弹。

"魏队长，这礼我们可是送给咱游击队的，咋样？"

魏名扬激动地抚摩着箱子里的弹药，问："哪来的？"

老汉说："其实这都是咱'名扬游击队'的，上次魏队长带人进山不是寻了好几天嘛？就差一步了，你们就上了战场。国民党溃兵把这些东西藏到了我家祖坟里，昨日有人放羊发现了——俺这可算是物归原主了。"

魏名扬说："这么大的礼，大人情我是欠下了，该咋报答啊？"

老汉说："别说这话，都是为了抗日，盼望着这些东西有用，游击队员练好了本事，上战场好杀日本鬼子。

我们还有件事想请你帮忙呢，我们村这伙年轻后生都想参加你的游击队，咋样？"

魏名扬哈哈大笑："打日本，'名扬游击队'的兵，那可是古人说的韩信点兵，多多益善啊——好，兄弟们愣着干啥，领枪领子弹——开练！"

2. 牛羊满圈

第四次组建起来的"名扬游击队"，不仅兵源补充上没有后顾之忧，而且还出乎意料地暂时解决了训练的缺项：枪支弹药。

一时间，曾经"穷困潦倒"的游击队，在训练场上，不仅听到了此起彼伏的喊杀声、格斗声，还响起了连续不断的子弹射击声和手榴弹的爆炸声，其训练强度和训练水平自是与前三次的训练不可相比。

老人常说，腰粗了说话就有底气了，浑身上下就有使不完的劲了。

这话说得真没错儿，魏名扬就连喊操呼喝的嗓门也壮实了许多。

军训一如以往，村里村外，到处都是游击队员们飒爽的英姿和振奋人心的喊杀声。

魏名扬一边在游击队里和队员紧张地训练，一边利用训练间隙投入到鬼子"扫荡"后的救援中。

日本鬼子侵占武乡县城后，进行了残酷的烧杀和疯狂的掠夺，不少手无寸铁的老百姓倒在鬼子的屠刀下，不少村庄房屋被烧毁。

日本鬼子被赶出武乡县后，地方政府组织当地军民积极展开自救。

战后的武乡县内一片狼藉，被日本鬼子破坏得惨不忍睹。更有乱兵残匪趁热打铁，抢劫事件时有发生，严重扰乱了百姓的生活秩序。哀号声声，不绝于耳。

"名扬游击队"奉命赶赴县城，起初是帮助百姓恢复生产生活秩序，后来适时加入了维护地方秩序的队伍。大战之后，八路军和友军大队人马撤离县城后，"名扬游击队"和其他敌后抗日武装便担任了正规部队的角色。魏名扬将游击队分为数支，在县城及城乡接合处遭受敌人侵害最为严重的几个地方，积极开展工作。不管白天黑夜，他们坚守各自岗位，一边帮助老百姓清理维修被鬼子烧毁的房屋，一边积极地保护百姓免受敌匪残余势力的二度伤害。

鬼子撤出之后，一些隐藏在背后的反动黑恶势力不时出动，开始明目张胆地掠夺老百姓仅余的财物。面对黑恶势力，老百姓满腔怒火，可又无力抗争。"名扬游击队"果断出手，与那些残害百姓的黑恶势力展开了坚决斗争。他们根据受害老百姓提供的情报，在数天之内，就接连抓获了上百名黑恶匪徒，并交予政府予以严办，

产生了强大的震慑作用，为老百姓的正常生活提供了安全保障，受到了老百姓的交口称赞。

"名扬游击队"在保护和帮助当地百姓恢复生产生活秩序的基础上，他们所做的第二件事就是及时出手收容那些无家可归牲畜。在满目疮痍的自救现场，魏名扬注意到战火所过之处，城里好多老百姓被残暴的鬼子无情杀害，房屋也在战火中成了废墟。县里及周边乡村到处都是无主的牛、驴、羊和猪等四处游荡的牲畜，在一定程度上影响了老百姓的正常生活。

那时候，经战火扰害，普通老百姓的基本生活物资都无法正常维持，牲畜自然无力收养。看到这里，魏名扬派人四处收拢那些无主牲畜，将它们临时收养在一起，分散到后方各个未遭战火冲击的村落里圈养。一方面等着原主家上门认养，另一方面则从村里派出几名有放牧经历的后生，让他们负责放养。这样一来，好多大量无家可归、无主认领的牲畜就被游击队的收拢回来。

老百姓们纷纷感叹："名扬游击队"在战后不光全力帮助普通群众展开生活自救，还为牲畜建起遮风避雨的新家园，暖了人的心也暖了牲畜的心啊。

3. 办厂

日本鬼子的残暴行径彻底激怒了武乡人。

为了进一步扩大抗战宣传，组织动员全县群众投身抗日，武乡县委、县政府决定印刷书籍和报刊，同时以县青年抗日救国会主要成员为骨干，迅速开展前期筹备工作。

武乡县第一份抗战报刊定名为《大众力量》。

报刊的宗旨是宣传国家兴亡、匹夫有责、大敌当前、团结抗日等抗日道理；宣传不分阶级，不分党派，不分宗教信仰，团结抗战的统一战线主张，动员全县力量，誓死不当亡国奴，有钱出钱，有力出力，团结起来，共同抗日；宣传报道抗战中的英雄事迹，揭露日寇汉奸的罪行等。

办报需要钱，更需要纸张。

报刊负责人找到魏名扬，请他帮忙解决印刷纸张等系列物资。

当时，武乡县刚遭战火，一切尚处于百废待兴状态。这些物资特别紧缺。

魏名扬听说襄垣县有几家纸厂，便率领手下几名骨干秘密赶往襄垣。因为襄垣纸厂还处于敌占区，纸张虽然是商品，但用量一大就会引起敌特注意，引发不必要的麻烦和危险。

魏名扬他们冒着生命危险、费尽千辛万苦弄来了印刷书报需要的纸张，解决了报刊的燃眉之急。

魏名扬建议报刊负责人，报纸需要连续不断的纸张，

从外面购的话，一来是困难重重，二来还容易让敌人怀疑，倒不如借自家的力量办一家小型纸厂。

负责人一听大喜，当即建议魏名扬帮忙帮到底，这个纸厂怎么建、建成什么规模以及纸厂所需熟练的产业工人等工作均由"名扬游击队"全面负责。

说到做到，负责人当即想方设法筹集了一笔款项，交给魏名扬。

"名扬游击队"办纸厂，魏名扬觉得这也是个借鸡生蛋的好法子。

如果纸厂建起来，一来可以解决武乡县办报的纸张用度问题，另一方面可帮助部分产业工人有收入，解决家庭生活日常用度之需，同时"名扬游击队"也由此有了属于自己的产业，可以说是一石三鸟之举。

魏名扬当即着手开始操办，通过游击队内的各方关系和渠道，在极短的时间内汇集了部分懂行的技术能手，尤其是在纸厂有过工作经验的人员更是以三顾茅庐的姿态上门请教，并请他们出山相助。

相关技术人员陆续到位后，接下来就是解决纸厂的设备问题。魏名扬打听到，日本鬼子占领武乡县期间，原西营有几家纸厂，老板被日本鬼子杀害了，设备毁坏严重，剩下的也处于闲置状态。魏名扬亲自跑到西营，和纸厂老板家的亲戚积极进行对接，把纸厂闲置荒废的设备购置过来，左右挪腾，竟然将生产纸张的一应设备基本配备齐全。

生产报纸，除了人员设备，还需要持续不断的用水。

为了取水方便，魏名扬就把纸厂选在了浊漳河畔的长乐村。

造纸厂轰隆隆地建起来了，一令一令崭新的纸生产出来了，这在自幼出身贫困的魏名扬来说，就像做梦一样。他简直无法想象，不光在自己的手里连续不断地组建起几支游击队，且成了武乡县内八路军队伍的主要兵源，而且居然还有了属于游击队的厂子。

枣烟村里，训练喊杀，声震云天；长乐村的造纸厂里，设备轰响，人声鼎沸；周边其他村子里，四处收拢回来的牲畜在专人的照顾放牧下，吃得膘肥体壮，长势喜人。

收拢的牲畜中，羊最多，达四百余只。

看看快到秋天了，到了该剪羊毛的时节了。剪羊毛看着不起眼，但四百多只羊却是个大工程。更让魏名扬发愁的是，剪下的羊毛该咋处理？少的话，送到村里各家各户的炕头上，让人搓麻绳可以。问题是羊毛太多了，就成了问题。

一天清晨，一个拾粪老人头上的一项毡帽引起了魏名扬的注意。

他猛地一拍脑袋，不禁自责：自己咋没想到呢？武乡及周边各县到了冬天，男人们为了保暖都有戴毡帽的

习惯，要是把这些羊毛剪下来制成毡帽，问题不就迎刃而解了？

想到就做，魏名扬四处寻找擀毡的师傅，将自己的想法同他们进行了深入的交流。

擀毡制帽比起建造纸厂要简单多了。

擀毡的师傅给出了许多主意。

会擀毡的老师傅多的是，且都是熟练工。人员一召集，羊毛是现成的，毡帽厂说建就建起来了，厂址就选在东皋背脚儿。

办厂制帽，四百只羊的羊毛就不够了。

三次组建游击队，魏名扬的眼界也开了，胆力也足了。为了不影响毡帽生产，他马不停蹄地派人到周边各村各地收羊毛，迅即形成了一个从原料到制帽以及出货的渠道，生意日趋红火。

日益红火的造纸厂和毡帽厂，为游击队提供了源源不断的收入，游击队的活动经费也有了基本保障。

魏名扬的举动受到抗日政府的隆重表彰，造纸厂和毡帽厂后来也被八路军后勤部收编。

从游击队到造纸厂再到毡帽厂，魏名扬的名气越来越大，不仅具有了经济效益，更有了日趋扩大的社会效益。

魏名扬，在组建第四支游击队的过程中，他的名字已然具有了多重的影响力。

4. 巧除汉奸

魏名扬接到一项由县武委会交办的秘密任务。

石盘镇有个汉奸，县武委会要求魏名扬和他的游击队除掉这名为非作歹的坏分子。

日本鬼子进入武乡县后，这名坏分子被抓到南关据点，并心甘情愿地当了鬼子的特务。

这名坏分子接受鬼子的特务训练后，常常在分水岭、石盘、故城等地诡秘活动，凡是发现我八路军、游击队或者各村的抗日活动后，就带领县里的日伪军对我抗日民众展开大肆抓捕。被捕的抗日军民，轻者被抓去当劳工，给敌人修炮楼、修公路、铁路，重者在盘查审讯中被杀害，在不长的时间内就有十余人被抓。石盘区武装部部长李有红同志，正召集几个村的干部在区公所开会。这名鬼子特务得知消息后，带领百余名日伪军，突然包围了石盘村，李有红等十余名干部来不及转移，被日军抓到南关，惨遭杀害。

魏名扬接到任务后，迅速抽调骨干，组成特务队，准备锄奸。

根据党组织传来的情报，这名日寇特务近来准备回村为他父亲祝寿。

魏名扬认定这是个锄奸的天赐良机，率队提前赶到特务父亲村里埋伏起来。

当天夜里，魏名扬率人翻墙跳进院落，把所有出口堵上，并迅速撬门进入。

特务的父亲惊恐万分。

魏名扬搜遍全院，却没有发现特务的任何踪迹。

"你儿子在哪？"

特务的父亲颤抖着说："我听说他和村里的一个寡妇相好，是不是到了那边？"

魏名扬不敢怠慢，一面将这头院落严密控制，以免发生意外，一面又带领几名武艺高超的骨干人马赶到村里寡妇家。

到达那名寡妇院落，魏名扬小心谨慎，生怕出错，先蹑手蹑脚潜到窗下探听动静。

果不其然，他们听到屋里隐隐传来一男一女的说话声。仔细辨认，男声正是特务本人。

魏名扬当即一挥手："上！"

队员们等的就是这句话，踢开房门一拥而入。

"不许动！"

特务被赤条条地从被窝里揪了出来。

"你们是谁？"

魏名扬胸怀行侠仗义之心，历来最为痛恨的便是那些身为中国人，却甘做日寇鹰犬、残害同胞、无恶不作的敌特分子，当下便大喝一声："姓陈的，你这个狗汉奸，你害了多少人，老天爷一笔一笔记着你的恶账呢。"

陈姓汉奸妄图欺瞒，巧舌辩解，岂料魏名扬将他所犯的恶行，尤其是将残害李有红等十余名抗日干部的事当面指出，陈姓汉奸瞬时变脸，汗如雨下，不住磕头讨饶。

"魏队长，我也是没办法啊。皇军……不，是日本鬼子刺刀顶着我让我干的，我要是不听他们的话，他们就会把我全家都杀了。我……我承认……我做了对不起武乡人的事，求求魏队长念……念在武乡人的情分上，给我留条命……将来……我一定立功赎罪……"

魏名扬冷笑着说："武乡人的情分？你伙同日本鬼子作恶的时候，你的武乡人情分呢？你背叛武乡人，对同胞举起屠刀的时候，你的武乡人情分呢？你仗着日寇的恶势力，花天酒地的时候，你的武乡人情分呢？恶犬尚还念旧谊，你连个恶犬都不如！"

陈姓汉奸吓得魂不附体，磕头如捣蒜。

魏名扬一把抓住他，厉声问："你说，在咱县日寇还派遣了多少像你这样的特务？"

汉奸忙说："具体我……我也不知道，我知道我那一批培训的有三十多人，后来就分开了各回各地。咱这附近有两个，一个是我，一个是故城开饭馆的秃小，他收集情报就送到南在……故城那边有几个村长就是他通风报信后被鬼子杀……杀掉的……"

魏名扬问："鬼子怎么给你们报酬？"

汉奸说："杀一名抗日干部给……给五十块大洋……"

魏名扬怒道："五十块钱，就是一条中国人的命！你们这些背叛国人，心被鬼吃了的王八蛋，我今天要替中国人报仇！"

有人提醒说："魏队长，将他押到县里面，公开审判……"

魏名扬大声说："他们罪恶滔天，押到县里，就让他多活了一天。这些狗汉奸，手上沾满了中国人的血，多活一天就多一天的恶，人人得而诛之，时时得而诛之！"

汉奸怕了："饶命啊……饶命啊……"

魏名扬一把将瘫成一堆的汉奸提起来："到阴间向被你杀害的中国人面前求饶去吧！"

一把短匕用力直刺，汉奸当场倒下。

魏名扬满脸是泪，颤着声说："作恶就不得好死——武乡人眼里容不下半个为非作歹的叛变分子！"

两日后，魏名扬率特务队秘密赶到故城镇饭馆内，将另一个敌特当场予以斩首……

5. 粮也送、人也送

"名扬游击队"训练有条不紊，队员们的杀敌本领日益长进。

魏名扬又接到一个任务。

据上级部门情报显示，日寇正纠集数千人，分六路妄图包围抗日根据地。

"名扬游击队"的主要任务是，将县里筹集到的三十余石军粮运到昔阳，交到八路军第三八五旅手中。押运军粮的任务由组织起来的民夫负责，"名扬游击队"负责护送。

魏名扬带队护送，游击队和的民夫有百十余人。

一路上，游击队员和押粮民夫互相帮助，大家就一个心思，尽快让前方打仗的八路军战士能早早吃上粮食。他们迈开大步，走得特别快，第一天就走了百余里。

为了避开敌军，名扬游击队昼伏夜行，在一天夜里到达昔阳地界的一个村子里，再次与日寇不期而遇，且两地相距不远。队员们手持长枪，纷纷要求参战，将这股子日军消灭。

魏名扬审时度势，他发现在村里低洼地带要是同日寇开火的话，身后的粮食弄不好就要遭到损失。前有日寇挡道，避是无法避开，但必须选择交火的地点和时机，坚决不打没把握的仗。

前方是一处黑沉沉的山峦，沟深林密，我方熟知地形，而日寇部队在山下，他们不敢轻易脱离乡间大道。魏名扬心里顿时有了主意，他要以己之长攻敌之短，当下便带队秘密跑到对面山上，及时占据有利位置后，便狠狠地下达了突袭的命令。

"打!"

一时，长枪短枪一齐朝山下的日寇开火。

日寇被打得不明就里，待反应过来，连忙纠结队伍朝开火处反扑。

名扬游击队队员虽然个个作战勇猛，且对日寇怀着深仇大恨，可是开火没多久，缺弹少药的劣势就暴露出来了。

魏名扬只得率队护送着粮草从山的另一面秘密撤退。

凶残暴虐的日寇哪里肯轻易放过这群好不容易逮到的"八路军主力"，他们疯狂地叫嚷着朝游击队追来。

"名扬游击队"边打边撤，队员枪里的子弹已没几颗了，但遵照魏名扬的军训要求，每个人手里必备一颗子弹或一颗手榴弹，实际上其意不言自明，那就是做足了万不得已就自杀的准备。

为了保存实力，消灭更多的日寇，魏名扬决定把弹药集中使用，命令一部分队员与护粮民夫隐藏起来，另一部分队员阻击日寇。

战斗整整打了一天，就在名扬游击队弹尽粮绝，队员准备与冲上来的鬼子最后肉搏的时候，山顶对面突然枪声大作。

迎接护粮队的八路军突然出现在对面山上，并从背后对日寇发起反击。

日寇腹背受敌，队形大乱。

魏名扬抓住这个时机，连忙组织队员跳出战壕，捡回一些枪支弹药和部分手雷，用敌人遗弃的武器对敌人奋起反击。

"杀日本鬼子！杀啊！"

两下夹击，将日寇打得溃不成军。

鬼子遗尸数十具，狼狈逃窜。

魏名扬也将粮食如数送到八路军第三八五旅第七六九团手里。

任务完成了，魏名扬问孔团长："孔团长，经过这一战，你看我们名扬游击队战斗力如何？"

孔团长连连夸赞："实力不弱，和正规军差不多。"

"好！"魏名扬好像等的就是这句话，当下就说，"名扬游击队要全部参加咱们八路军队伍！"

魏名扬准备带一些精干队员护粮民夫回乡，其余游击队员全部参军。没想到，他一提议，那些护粮民夫不干了，他们也纷纷要求参军。

魏名扬哈哈大笑，对孔团长说："孔团长，你看见没，我这是又送粮又送人啊。"

孔团长说："这得感谢武乡的'名扬游击队'啊，粮送来了，人也送来了，你这个光杆司令咋办？"

魏名扬说："我早就是不在编的八路军战士了——送完了这一批，还有下一批，我明天就回乡组军——抗日战场上，武乡人遍地都是精兵强将，只要一杆抗日大旗！"

1. 翻身剧团

1938年10月，魏名扬又一次成为家喻户晓的"光杆司令"。

日子一如既往，工作一如既往。

紧张而有序的招兵工作又开始了，魏名扬安排身边骨干在蟠龙、韩壁、东沟、石门等村广泛展开征兵宣传。

天一天比一天冷了，太行山下，早晚温差一步步拉大，常常是白天艳阳高照，太阳稍斜后，风中就夹杂了股股沁人的寒流。

大有村要唱戏了。

村里唱戏不光是全村人，也是周边各乡村群众关注的大事、热闹事。魏名扬决定借助这个难得的机会进行征兵宣传，号召四乡八村的青年后生参加游击队。

剧团团长名叫董仲祥，对魏名扬的提议，他满口应承。

魏名扬的宣传方式是，希望剧团人员能够发挥吹拉弹唱的表演才能，在每天戏场正式开始前编排一些反映抗战精神的小折子戏，这样既能扩大宣传效果，也能引起看戏观众的兴趣。

董仲祥叹了口气说："编抗日小折子戏没问题，我们以前在别的村舞台上也排演过。这个机会非常难得啊，魏队长你咋提要求我们就咋做，放心。以后也怕是没有机会了，这趟戏唱完，我们剧团就垛了箱，大家伙就要各奔东西了。"

魏名扬听了，非常吃惊，就问咋回事。

董仲祥解释说，这个戏班子原来是县城里一位有钱的财主出资办起来的，戏班子这些年在周边几个县里才站稳了脚跟，有了点名气，大家伙好歹也都有了口饭吃。上次剧团在襄垣县演出时，遭到了日寇袭击，有一个演员还被凶恶的日本鬼子当场打死了。演员的家属哭天抹泪到财主家要人，财主被这件事搅得头都大了，就说好唱完这趟戏，戏班解散。董仲祥的心里非常痛，可又没办法，好端端的一个戏班子说散伙就散伙。戏班里的伙计们都年轻，戏班解散了大家没处讨生活啊。

魏名扬只能说点宽心话。

董团长突然想到一条活路，希望魏名扬把他的戏班子都招收到游击队里当游击队员。

魏名扬心里一怔，想想也对啊。他现在还是名副其

实的"光杆司令",正准备招人呢。戏班子的演员虽然不会打仗,也有上了点岁数的老演员,可他们会吹拉弹唱,会唱折子戏,在游击队里搞宣传,编排抗日剧目,积极响应政府的号召,再通过他们进行宣传,不是更能起到大作用嘛。如此一来,就相当于游击队里有了一个长期性的招兵工作机构。

这样一想,魏名扬心里豁然开朗,就问董仲祥:"整个戏班子当游击队员,不知道大家伙同意不同意啊?"

董仲祥听了非常高兴,这样一来大家伙不仅都有口饭吃了,还能为抗日作贡献,当下就说:"没问题,演员的工作我来做。魏大队长,你就放心吧。我们这戏班子在周边各县都唱了好些年了,进了游击队,我们继续唱戏,不光能解决自己的生活和工资这些问题,还可以给咱游击队上缴一点抗日经费呢。"

两人越聊越投机,越聊越有兴头。当即拍板,戏班子不解散,继续唱戏。游击队就成了剧团的后台,除了唱戏,主要组织编写宣传抗战折子戏,积极宣传抗日救国,为游击队招兵买马。

戏班子就这样被游击队全部接收过来了。

为了更好地做好宣传工作,魏名扬专门把秀才郁宏文调到剧团,并给剧团起了个响堂堂的新名字——翻身剧团。

翻身剧团马上组织大家编写宣传抗战的折子戏,并在正戏开始前都进行了专门安排，受到了广大群众的一致称赞。

大有村的戏结束后，翻身剧团在魏名扬的安排下，开始走村串巷宣传，前后没有二十天，报名参加"名扬游击队"的人数就达到了八百余人。经抗日政府批准，名扬游击队的第五次组建工作在东沟村正式展开。

游击队在这么短的时间内建起来，而且还是历次组建人数最多的一次，魏名扬深有感触地逢人就说：

这次游击队招兵，关键是宣传工作做得好做得非常到位，咱的翻身剧团那可是立了大功的！

2. "我们要枪"

兵是多多益善，名是日益壮大，武器呢？

魏名扬再次陷入既尴尬又无奈的忧虑之中。

夜深人静的时候，他一个人对着煤油灯苦思冥想不得要领。毕竟，近千人的游击队，要是冷兵器时代，一应武器顶多就是些大刀啦长矛啦之类，可以自己造。可现在是长枪短炮的火器时代啊。

缺少枪支和弹药依然是名扬游击队目前最大的困难。现下，游击队有八百多人，可他们手里所拥有的武器，除了大砍刀和红缨枪，就是孔团长支援的那些枪支。这五十来支步枪对于八百多人的游击队来说，那可真是

"僧"多粥少，年轻的游击队员为了操练，人人都梦想着拥有一支步枪。在军训中，那些抱着长枪练习拼杀、射击等军事动作的队员一时成为众人羡慕妒忌的对象。

游击队没枪怎么训练，怎么打仗？又咋能保卫根据地？魏名扬眼里急，心里更急，多次向县政府讨要，可县政府也没办法：没枪。

终于有一天，魏名扬突然接到县政府指示，让他到武装科找冉科长。

魏名扬高兴得一蹦三尺高，看来县里武装科给游击队解决武器了！

谁知，到了武装科后，冉科长确实给他解决了部分武器问题。不过，武器还是大刀长矛。

这一来，魏名扬就不乐意了。

冉科长解释说："你几次请示解决武器，我也没办法，八路军部队里的武器一直紧张，即使有枪也得先供应咱八路军主力。"

魏名扬不服，争辩道："冉科长，咱们八路军不是有兵工厂和修械所吗？"

冉科长笑着说："兵工厂和修械所是有，可咱们现在的技术力量还达不到完全自给自足啊，即便是不分昼夜地生产，可对于前方战场来说，所生产的和修配的枪支弹药也只是杯水车薪，这个情况你也不是不清楚。"

魏名扬不作声了。

冉科长说的是实情，魏名扬亦有耳闻，可心里扭下的那道弯总还是无法转过来，一看到那堆大刀长矛，想起队员们拿着这些家什无异于赤手空拳，心里就有一股子说不出的空虚失落。

"对了，我想起来了。"冉科长突然提高了声音，双掌一拍，就像意外了发现了个聚宝盆，"魏队长，我有一个主意，帮你获得一些枪支弹药，就是不知道你有没有胆量？"

魏名扬一听，乐了："我的冉科长啊，只要你能帮我们游击队解决枪支弹药，你让我当牛做马也行——我魏名扬啥本事都没有，就是不缺胆！"

冉科长点点头，他想了想说："枪在沁县。"

"沁县？"魏名扬愣了，"沁县莫非有咱的兵工厂？"

冉科长说："我刚接到上级部门转过来的一个情报，日本鬼子在沁县城里成立了一个保安队，他们暗中有一批枪支弹药，就保存在沁县城里的一座军火仓库里。这些天沁县县城的日寇在城外抓捕修铁路的民工，城里空虚，只有保安队守卫。要是我们抓住这次机会，去攻打沁县县城，只要动作迅速，趁日寇回过神前，就能把军火库的弹药搞到手——有没有胆量？"

魏名扬霍然而起："冉科长，你可是给我指了条发财的大路啊。机不可失，时不再来，我率人去弄枪！"

"好！"冉科长说，"为了配合这次行动，我手里枪

是没有，能多少帮你解决一些弹药和手榴弹。记住，打县城一定要选择在白天，日本鬼子晚上回县城，白天出去空虚，城里只有保安团和少数兵力。"

魏名扬"啪"地立正，敬了个礼说："冉科长，保证完成任务。"

回到游击队，魏名扬和几名骨干队员就在油灯下进行了详细的部署。这次袭击敌人不同以往，既要胆大心细，又要动作敏捷，得手以后就要迅速撤退。为此，他们挑选了一些训练好、枪法好、善机动的队员组成特务队。

为了确保行动成功，魏名扬安排几名队员趁夜色悄悄潜入沁县城。队员们进去后立刻开展侦察，并将侦察到的情况及时反馈回游击队。

清晨时分，魏名扬便率领特务队扮作商客和普通百姓的装束进入县城。

城中日寇主力已出城，守卫力量果然非常薄弱。

魏名扬将这次行动的主要任务目标定为：避开锋芒，直取军火库，抢到枪支弹药后即火速撤离。

目标任务一确定，全队人马疾速从县城各处向军火库集中，对守卫在军火库附近的日寇守卫发起进攻。

其时，守卫力量日寇有十余人，另有一个保安中队。

战斗中，名扬游击队主力集中对十余名日寇从四面八方进行包围，日寇猝不及防，仓促应战。

枪声大作，手榴弹的爆炸声震耳欲聋。

日寇一时没有弄清我方动向，以为八路军主力攻城，基本还没反应过来，就被名扬游击队队员全部围歼。

至于保安中队，本身战斗力就弱，加之枪声一起，就抱头鼠窜，四散溃逃。

兵火库库门大开，名扬游击队也不恋战，迅速封锁各个路口，以防城外日寇回援。其余兵力集中在兵火库，前后仅用一个小时，就将仓库里积存的一大批崭新的还未启封的枪支弹药及数十箱子弹悉数搬运出城。

沁县攻城一战，名扬游击队以极少的伤亡代价就获取了四百余枪支。

日寇返城，已人去库空。

返回的路上，魏名扬对着沁县城高兴地唱起了刚学会的游击队歌："没有吃，没有穿，自有那敌人送上前；没有枪，没有炮，敌人给我们造——用鬼子的枪炮打日本鬼子，这就叫以牙还牙，以血报血！"

3. 朱总授旗：太行名扬游击队

武乡"名扬游击队"是八路军正规部队的"蓄水池""人才库"，已成武乡人尽皆知之事。

沁县一战，"名扬游击队"声名愈发鹊起。

日寇被打得晕头转向，直到得知抢了军火库的是当

地的游击队时，气得哇哇大叫，不由分说，便将几个谎报军情、图谋逃脱罪责的保安队军官枪毙。随后，便对周边游击队动向展开秘密侦察。

日探在一次搜寻中，发现武乡县有一个叫南亭的村子里活动着一支游击队，他们使用的枪支竟然是三八式步枪。

而这支游击队，正是"名扬游击队"。

武器有了下落，日寇决心复仇。

南亭村距离沁县县城直线距离不过三四十里，中间隔一座檀山。

日寇军官得知，名扬游击队虽为游击队，战斗力可不敢小觑，其战斗编制规模实际上相当于一个八路军团的建制，且有了四百余支枪支弹药的补充，战斗力更是脱胎换骨。

这一仗，不可强攻，只能偷袭——日寇经过一年苦战，已经多次领教了越战越勇的八路军、游击队的战斗力。现在，甭说和八路军交战，就是一支普通的游击队，都成了难啃的硬骨头。

鬼子准备偷袭"名扬游击队"的计划还没有正式实施，就被我八路军情报部门获悉，并迅速反馈到魏名扬手中。

根据情报中预计日寇出兵人数、进攻时间、行军路线等，魏名扬与刚刚回防的八路军第三八六旅第七七二团三营营长尤太忠取得了联系。

根据上级安排，尤太忠要与魏名扬率领的游击队配合作战，共同对付前来偷袭的日本鬼子。

相见恨晚，魏名扬和尤太忠一见面，就紧紧地拥抱在一起。

尤太忠说："哈哈，我的魏大队长，我听说在不到一年的时间里，你的游击队源源不断补充到八路军队伍里走上了抗日前线，有好些同志都入了党，并成为前线指挥员了——第几支啦？"

魏名扬伸出巴掌，不无得意地说："第五支了，现在兵力就有近千人呢。尤将军啊，咱们真是有缘人，相信咱们联手一定能打赢这一仗！"

尤太忠说："古人说，士别三日当刮目相看，你的游击队那可是打出了名堂，作战经验丰富，战斗力强——这从鬼子也动起了夜袭的念头就看出了日本鬼子那是怕你啊。"

魏名扬高兴地说："这仗怎么打，我们游击队听八路军正规军的指挥。"

尤太忠说："不敢，咱们携手打配合。既然鬼子想夜袭，夜袭本来就是他们的短，现在他们是以己之短想要和咱们的长斗，他们啊这是在自取灭亡。咱们呢，我觉得就当作什么都不知道，来个将计就计，就在南亭村外围的山沟里给他布一个大大的口袋阵，放他们长驱直入，

然后将口袋往紧一扎，然后全军出击，打他们个措手不及，你看咋样？"

魏名扬大喜："好主意啊——让他钻口袋！"

战斗前夜，天色幽暗，熟悉周边地形的八路军和"名扬游击队"人马提前进入阵地，各自埋伏至最佳的进攻位置，静等日寇部队到来。

半夜时分，日寇偷袭部队出现在山谷里。

按照作战计划，我军并没有立即发动攻击，而是让其全部进入口袋。

鬼子到达南亭村时，黑暗中发现竟然是一座空村，隐隐意识到不妙，正准备发布回撤的命令，尤太忠和魏名扬哪里容日寇脱身，待日寇部队尾部全部进入伏击圈后，立即下达了攻击命令。

"打，关起门来打狗捉鳖，一个也不许跑了！"

顿时，山上山下枪声大作。

口袋阵里的日寇不明地势，被打得头昏脑胀，却一时摸不清我军兵力配置和火力位置，只能胡乱放枪为自己仗胆。

鬼子无奈，只能等待天亮，再图冲出包围圈。

可我军哪里会给日寇机会，他们充分发挥熟悉地理及擅于夜战的长项，对日寇发动猛烈进攻，绝不给对手以任何喘息之机。

枪声、炮声、手榴弹爆炸声及喊杀声震天。

长达数里的山谷内火光映天。

经两个多小时的激战，鬼子丢下二百多具尸体，四散溃逃。

这一战，不光击碎了日寇妄图夺回失落枪支的梦想，反而又丢下数百枪支，仓皇败逃回沁县，紧闭四门，坚守不出。

在王家峪村举办的庆功仪式上，魏名扬做梦都没想到竟然会受到朱总司令的亲自接见。

朱总司令郑重地将一面绣有"太行名扬游击队"的红色队旗授予魏名扬。

"从今天起，你们这支'名扬游击队'的正式名称就叫'太行名扬游击队'，希望你们越'游'越大，越做越强，勇猛无敌，威震太行！"

4. 破路行动

"太行名扬游击队"，威震太行山的抗日行动接二连三。

在山西境内有一条铁路，却鲜为人知。它地处今山西东南部，阎锡山原将其作为同蒲铁路支线，由祁县白圭镇建至晋城，于1935年6月开工，这条铁路称为白晋铁路。

抗战爆发后，路基修到襄垣夏店一带被迫停工。

1939年6月，日本鬼子在"扫荡"时发现这一情况，欣喜若狂，便沿着阎锡山的工程继续建设。在修筑和维护过程中，抓捕了大批劳工，并在沿线增派了大批兵力，对八路军抗日根据地形成分割，晋冀豫军区分为太行军区与太岳军区。

华北日军司令多田骏将其称之为"囚笼"，其整体规划为：利用据点、碉堡、铁路、公路将我根据地完全分割。

八路军首脑机关驻扎在上党，全长约三百公里的白晋铁路要是全线通车，无论运兵还是运送武器弹药，势必对我军造成极大威胁；上党盆地内，煤、铁等地下矿产资源极为丰富，日本株式会社也多次勘察，并妄图将地下矿藏挖掘出来由白晋铁路而转同蒲铁路、正太铁路、平汉铁路进入平津一带，最后运抵日本本土。

必须破坏这条路！

为了打破日军的"囚笼"政策，砸碎敌人的锁链，斩断敌人的交通，第一二九师制订了名为"面向交通线"白晋铁路破击战计划。

武乡抗日县政府组织三千余精干劳力，主要负责破铁路、拆铁轨、烧枕木。

为了保证破路任务顺利完成，武乡独立营负责掩护。而武乡独立营是刚刚由武乡抗日自卫队扩编而成，营长即为原县武装科的冉科长。

魏名扬一听有任务，心急火燎，便找到县里直接讨要任务："都是县里独立营干？我们名扬游击队看热闹？"

县领导说："你们游击队也有任务，在县城东到柳沟一带进行游击侦察，掩护从铁路上运送回来的路料，再送到八路军兵工厂。"

魏名扬当时就急眼了："不行，我们'太行名扬游击队'也要上前线打鬼子。你们也知道，游击队也打过不少仗，可独立营才刚刚组建起来，论战斗力和作战经验，他们哪比得上我们'太行名扬游击队'。"

冉营长一听，魏名扬这是在跟自己抢，当下就跟魏名扬争了起来。

县领导一看，就按照战场实际又作了相应调整：破路区域分成两段，由独立营担负掩护任务，负责北段破路任务；"太行名扬游击队"负责南段的掩护和破路任务。

5月5日，命令下达，白晋铁路破袭战正式开始。

战斗打响后，千余人的破路大军在游击队的掩护下，冲上铁路，用榔头、撬棍、铁锹开始拆毁铁路，并同时割断电话线，使日军无法取得联系。

为了加快进度，魏名扬指挥人马分成十个小组，分组进行拆毁，并将游击队成员也分成几个组分别掩护破路组。

南店敌据点拔除后，权店日寇出兵增援，我平汉纵

队马上组织人马拦截敌人。不幸的是，在战斗过程中，平纵三团参谋长中弹牺牲，部队一时失去指挥，日寇渐占上风。

魏名扬见状，决定率领一个中队冲上去增援。

"弟兄们，跟我上！"

在外线观战的游击队员们早就看得心痒难耐，有机会上阵杀敌，人人兴奋得犹如下山的小老虎。他们呐喊着端起手中钢枪紧随魏名扬身后，向敌人冲了过去。

魏名扬在冲锋过程中，认真观察战场局势，迅速利用对当地地形熟悉的优势，组织人马占据一处山崖，从正上方对敌人火力进行了有效压制，等日寇愣神间隙，率队从侧面对敌人发起了总攻击。

正面有平纵大军，侧面有"太行名扬游击队"，日寇腹背受敌，阵脚大乱。

经过前后两个小时的激烈战斗，我军大胜。两路人马会师后，对破路大军形成一道强有力的保障，白晋铁路的拆毁破袭战取得了远超预期的战果。

战斗结束后，第一二九师在榆社举行了大阅兵。

刘邓首长在总结了白晋铁路破袭战的重大意义和成果后，对"太行名扬游击队"在战场上的不俗表现予以了大张旗鼓的表彰。

"在白晋破路行动中，'太行名扬游击队'功不可没！"

5. 奇袭火车站

由线到面、由面到点，火力四处漫延，已是大势所趋。铁路拆毁，交通斩断，接下来日寇占据的火车站注定也没好日子可过。

白晋铁路遭到破坏后，日本鬼子进行了紧急抢修，并运来大量物资，妄图进行报复。我八路军总部岂肯予敌以喘息机会，马上制订了一个新的作战计划：攻下南关火车站。

南关火车站是白晋线上日寇一处重要的军事基地，有重兵把守。我军此次战斗准备以袭击、破坏为主，同时在战斗过程中将敌人的军需物资抢到手，为我所用。

接到这项任务后，魏名扬兴奋得一夜没合眼。第二天一早就派骨干队员潜入火车站进行秘密侦察。

据侦察，南关火车站南北有岗楼、碉堡各一座，守敌为一个连，火车配备轻机枪一挺，小炮两门，除站长、工长外，还有五个日寇头目，大部分都是伪路警，全镇守敌五百多人。

开战前夕，三分区部队首先在来远车站向敌开火，来远车站急忙向南关求援。南关车站除留下各处碉堡守军，其余兵力紧急出动向来远车站增援。

魏名扬迅速抓住这一有利时机，派人切割铁路电话线，又撬断了部分铁轨。

袭击车站的战斗随即同步打响。"太行名扬游击队"人马搭人梯翻进车站，待一落地，便迅速向敌人投掷了大量手榴弹。一时，弹片飞舞，烟火四起。

南关车站碉堡内的敌军火力马上响了起来。日寇由于不了解我军攻势，并不敢冲出来迎战，只是借助强大的火力妄图封锁各条要道，以阻我军前进。

借弹雾掩护，魏名扬率人避开大路，沿周边墙壁和建筑物奋勇向前，并向周边建筑隐藏的日伪军展开逐屋攻击。

子弹、手榴弹连续不断地在车站周边建筑内轰隆隆响起。外面敌人躲无可躲，避又找不到地方。而掌控重火力的日伪又缩在碉堡内疯狂地开枪扫射，却找不到射击对象。如此，内外日伪自我分割，各自为战。

"太行名扬游击队"队员们轻松灵活应战，他们避开枪林弹雨，在各个占据的车站建筑物间来回穿梭，逐屋攻击。

游击队各个战斗小组一个接一个将敌人紧闭的房门踢开，先扔手榴弹，接着就是对屋内残存的敌人进行射击。

外围战斗接近尾声，残敌已被我军严密地控制在几个碉楼和车站站房内，相互间完全隔断。莫说反击，就是想逃命都无路可走。

残余日伪以为我军要争夺火车站控制权，故他们躲在碉楼内发疯地扫射，以为凭借强大的火力就能牢牢占据核心要地，并等待救援。

敌人龟缩碉堡内不敢露头，外围被我军清理干净。

魏名扬高兴地大手一挥："弟兄们，牵制住日寇火力，让他们死守车站不露头，咱们呢正好——搬枪搬子弹！"

骨干小组对碉堡内的敌军进行密集封锁，其他队员冲进了敌人在南关火车站设置的弹药库。日寇的弹药库内有大量武器弹药。游击队员们顺手从库房内拿起敌人的武器向敌人开火。

"哈哈哈，鬼子恐怕做梦都想不到，向他们开火的可是他们花钱制造的弹药啊——打！"

趁此机会，魏名扬组织人马对日寇军火库的弹药迅速展开转运。

车拉人扛，不长的时间内就运走大批枪支弹药。

转运得差不多了，南关军火库内仍然积存着大量笨重且实在无力转运的军火，魏名扬既心疼又无奈。

增援的敌人马上就要到来，他们必须及时撤走。

面对堆积如山的军需物资，队员们请示该咋办？

这些军火，不能留给敌人，留给他们那可都是威胁。

"炸！一个不留，让敌人们用烧火棍去吧！"

弹药库被引爆。

爆炸声惊天动地。

　　打完恶仗，"太行名扬游击队"队员们神清气爽地凯旋！

　　1940年6月，第五支名扬游击队赴太岳军区屯留县加入第七七二团，魏名扬任三营教导员，尤太忠任营长。

1. 回乡

1940年8月，华北各地八路军按照八路军总部统一部署，在华北敌后向日寇控制的各主要交通线发起了规模空前的百团大战。

10月初，日寇冈崎大队沿沁县——西营——王家峪一线东进，在太行山上追踪八路军总部。八路军奋起反击，冈崎大队被迫抢占蟠龙镇关家垴，准备夺道武乡，返回沁县。10月底，八路军总部决心消灭这股日军。

10月30日，八路军对关家垴之敌发动总攻。经过前后两天血战，冈崎所部被歼近六百人，余数在援兵救助下败退回沁县。

在关家垴战斗中，魏名扬首次作为八路军第七七二团三营教导员的身份直接参加了这场血雨腥风的战斗。名扬游击队队员们身着八路军军服，精神头和战斗力暴增，在累次奇袭、穿插、迂回及与日寇拼刺刀等肉搏战

中勇猛无比，予敌以重大杀伤。部分战士不光在战斗中立了军功，受到八路军总部的表彰，还在火线上经受住了党组织的考验，由一名普通的八路军战士成为一名铁骨铮铮、人人羡慕的共产党员。

患难见真情，战时共携手。关家垴一战，身为三营教导员的魏名扬和营长的尤太忠两人，在浴血奋战中，携手并肩，配合默契，一时成为兄弟部队中人皆传颂的最好搭档。

"哟，没想到啊，三营第一次上战场，魏教导员和尤营长两人就配合的这么好，还立了这么多战功！"

"尤营长是老兵了，这咱们都知道，魏教导员可是个新手啊。老魏以前一直就在游击队里，领着一伙娃娃兵，手里还缺弹少药的，好多战士在游击队时还没好好摸枪呢——啧啧，新兵上了战场就像猛虎下了山，立了功还入了党，咱们得向人家学习向人家看齐啊。要不，功可全让他们立了，我们立啥？"

魏名扬和尤太忠相视一笑，笑容中所蕴藏的情感和默契只有他们两人最清楚。

两人早在编入三营之前就认识了，并早已有了某种心灵感应：在抗日道路上，他们早就有过相当长久的心理配合。此次关家垴一战，不过是由信仰上的并肩携手在实际战场上的实践罢了。

尤太忠将一支刚刚缴获的小手枪塞进魏名扬手里：

"魏教导员啊，这支枪你以前可是跟我念叨了无数遍了——我欠你的，今天可还了——咱们有四十多位同志立了战功啊！"

魏名扬好似生怕尤太忠反悔，赶紧将手枪塞进了自己口袋，笑着说："战前有六十多人写了入党申请书。一战下来，你猜猜有多少人获批了？三十多人，整整一半啊！"

尤太忠说："好啊，看来咱们今天得好好庆贺庆贺了。"

魏名扬叹了口气说："可我心里头还觉得不痛快呢。"

尤太忠奇怪地问："老魏你说说，咋不痛快了？"

魏名扬说："战场咱三营是上了，好多战士也和日寇面对面干仗了，算是过了杀日寇的瘾。可有七百多人属战勤服务队，担任的是抬伤兵、送干粮、运送弹药的任务，他们心里头不服气啊——都想端着枪跟日寇干！"

尤太忠呵呵笑着说："战士们的心里头咋想的，我也清楚。穿上这身军装和在游击队总是有区别的。军人嘛，以服从命令为天职。上级让咱们干什么就干什么，坚决服从命令这才是打胜仗的关键。再说，战勤服务队怎么了？这可不是你想象中的后勤，在战场上没有前后一说。后勤服务做得到位不到位非常重要，这可是为前线冲锋陷阵的战士们解决后顾之忧啊！"

魏名扬恍然大悟，一拍脑门："我咋没想起来？看来，在战场上打仗，面对各种情况，我还得多向老尤请

教啊——毕竟，你可是老兵了，我是新手！"

尤太忠哈哈大笑："老魏可不能给我戴这顶高帽子，我可不敢当。总部首长说得好，一切都是熟能生巧，在战场上经历战火考验，在战斗中学习搏斗经验，以最少的代价打击敌人，这才是最宝贵的。总之一句话，在以后的战役中，魏教导员肯定比我经验丰富啊。"

魏名扬郑重地点点头："尤营长说得对，相信在以后的战斗中，我们三营所有的干部战士都会被锤炼成顶天立地的男子汉。"

尤太忠笑着说："咱们搭班子并肩战斗的日子才开始，总的来说，开局不错，争取把日本鬼子打回老家去！"

魏名扬说："好，把日本鬼子打回老家去！"

可是世事的变化哪能料到呢。

就在两人兴高采烈地和战士们沉浸在收缴战利品的喜悦之中时，武乡县抗日政府县长来到了第七七二团，直接点名找魏名扬。

让魏名扬和尤太忠两人谁也没想到的是，县长的到来，竟然是请魏名扬回乡重新组建游击队！

县长说，这是县政府与县武委会几次商讨最后做出的决定，自魏名扬随同第五次组建起来的游击队编到八路军第七七二团后，县里抗战力量薄弱，尤其是敌人占领了段村，将武乡县分割，三地委决定把武乡县分为武东、武西两个县。武西日寇据点较多，抗日根据地情况非常复杂。为了保卫武西县委、县政府，三分区决定把原来的武乡独立营改归武西领导。如此一来，武东的地方武装就成了真空。八路军总部机关也转移了，主力部队也相对少了，武东县委、县政府几次受到日寇冲击。所以，县委、县政府想让魏名扬回武乡，发挥特长，把游击队组建起来，担任保护县委、县政府和全县人民财产安全的重责。

武乡有难，魏名扬一听急了。他当即将此事向上级汇报，旅部领导当即同意。

离开队伍前，魏名扬不好意思地和尤太忠说："尤营长，我得回去保卫我的家乡，共同战斗的事只能等以后有机会再说了。"

尤太忠心里纵有一千个不情愿，也不能阻拦魏名扬返乡啊。

尤太忠说："咱俩还在合作啊，我盼望着你赶紧组建起队伍，盼望着有一天带着弟兄们编进八路军，你这支八路军'人才库''蓄水池'可是抗日武装的源泉啊！"

魏名扬心情非常激动，郑重地向前来告别的战友敬了一个军礼："好，我马上回乡把队伍组建起来！"

2. 奇袭军车

魏名扬返回武乡后，中共武乡县委将他委派到辽县

第一二九师游击队培训班进行了紧张的培训。培训结束后，魏名扬迅即召开了成立游击队预备会议。

1941年2月，魏名扬在武乡大有王庄沟村开始组建第六支游击队，魏名扬继续担任队长。

五次组建游击队的历练和经验，魏名扬的名望本身就已经是武乡境内普通老百姓眼里的一杆寄予着希望和胜利的大旗。

魏名扬把郁宏文和他的"翻身剧团"召集回来，传达了县委、县政府的一系列会议精神，并马上组织剧团人员积极编撰、排演各类号召青年参军保家卫国的小剧本、小快板和小唱段。

没几天，"翻身剧团"的演职人员就兴致勃勃地深入各村乡田野进行了大张旗鼓的宣传演出。

招兵旗竖起不久，游击队队伍就迅速达到了五百余人。

当时，正值年关前后，日寇对根据地进行了大规模的"扫荡"，且手段越来越残酷，不仅执行了骇人听闻的烧光、杀光、抢光的"三光"政策，还使用了大量毒气及喷洒糜烂性毒药等，老百姓深受其害。

人员问题解决了，武器又成了大问题。

魏名扬多次跑到军分区请求解决部分武器弹药，可军分区也是一筹莫展。筹建游击队，不光是武乡，周边各县都在大规模征兵，兵工厂生产能力实在有限，连前方作战的主力部队都没办法满足。

上级部队无法解决，看来只能靠自己了，魏名扬陷入了沉思……

过了年没几天，魏名扬得到一个情报。日寇要从太原通过火车向晋南沿线运送一大批枪支、医药用品。

没过几天日寇的火车已到达南关火车站，准备编解之后运往潞安。

"好啊，鬼子这个生产大队长又给咱们送'粮'来了！"魏名扬听到这个消息，兴奋地一跃而起，一个年都没过好、整日忧郁的神色顿时一扫而空，"饿汉有饱饭吃了，这是老天爷送给游击队的大礼啊！"

魏名扬当即和骨干成员制订了详细的袭击计划，并将计划报告给了三分区司令员。

他之所以这么做，目的无非就一个：借枪！

三分区司令员对魏名扬的袭击计划非常赞同，所需武器一步到位。不过是有条件的，用完即还。

魏名扬重重地拍着胸脯打包票："放心，加倍还——我还要送司令些枪支弹药呢！"

据侦察，南关火车站至分水岭一带是上坡路，火车行至此处速度放缓，魏名扬决定就在此地打伏击。

趁夜色掩护，魏名扬带领游击队隐藏到预伏地点。

几名队员化装成日寇，在铁道边巡逻。

天色刚亮，远处机器轰鸣，山角拐弯地带烟雾大起，

火车来了。

刚接近埋伏地点，火车便喘着粗气放缓了速度。

魏名扬和几名化装的游击队员借机悄悄爬上了火车，巧妙避开了车上押运日寇的注意。

在一节车厢内，魏名扬和队员们手脚麻利地解决了几名日军押运人员，然后又攀爬到司机室，逼迫司机再度放缓车速。

车门逐个打开，一箱箱枪支弹药从车上抛下。

另一拨埋伏在田地密林的队员们早已等得急不可耐，他们身形矫捷，从密林中一跃而出，扛起木箱再次消失在茫茫林海中。

经过长达半个多小时的抢卸，车厢的枪支弹药基本上被清理一空，所剩炸弹太重，又极为显眼，只得留在原地。

可魏名扬觉得将这些炸弹毫发无损地留下任由鬼子侵害百姓，心里甚是窝屈难受。

干脆一不做，二不休。

待车上的队员们一个接一个安全跳回地面，魏名扬从怀里摸出两颗手榴弹，猛地拉开了保险，动作潇洒地扔进了车厢……

手榴弹爆炸了，手榴弹的爆炸又引爆了火车上炸弹的爆炸——巨大的爆炸声震得大地都在颤抖。

爆炸声中，车体撕裂，碎片横飞……

当南关火车站驻守的日寇听到爆炸声,意识到出了大事,待他们成群结队、气急败坏地赶到爆炸地点时,现场只剩下烧成一堆的破铜烂铁……

奇袭军车,魏名扬可谓收获颇丰,整整搞到了五百余支全新的三八大盖和十几挺轻重机枪以及数十箱子弹、十多箱药品。

魏名扬不食言,第二天归还三分区所借武器时,大方地送给三分区五十支枪及部分药品!

3. 为民除害

打外患,更要除内奸。

魏名扬在整训游击队期间,接到县委、县政府一个秘密情报,某村维持会有一名叫李仵海的大汉奸。在日寇的帮扶下,这个不惜背负骂名的大汉奸竭力讨好日寇,当上了村里的维持会长。这名狗汉奸数典忘祖坏事做绝,不仅趾高气扬地带领日本鬼子在村里抢粮食、拉牲畜、烧毁房屋,还搜捕残杀抗日干部和抗日家属,简直无恶不作,身上背负着人民群众的累累血债。

县里决定铲除这个汉奸,并将任务交给了魏名扬。

李仵海在日寇周边活动,身边日伪颇多,且为人处世非常狡猾。据侦察,汉奸经常住在段村,只是隔三岔五才悄悄回阳城家里住一晚,第二天天不亮就离家,行

踪不定，极为诡秘。

为了除掉李午海，魏名扬专门成立了一个锄奸行动小组，并决定在李午海远离日寇队伍，从武乡回阳城的路上将他除掉。

问题是，李午海何时回老家？锄奸行动小组虽经秘密侦察，却终究一无所获。

李午海甘心当汉奸为日寇做事，他知道自己所处的环境，可以说处处充满了危险，周围群众对他恨之入骨，恨不得生剥活吞了他。因此，李午海为了自身安全，他从来不敢和周边的群众交往，即便是亲戚朋友，他对自己的行踪也是讳莫如深，更不敢轻易透露半个字。

既然弄不到李午海的具体行踪，游击队就一直无法对他下手。

对于那些投靠日寇、对广大人民群众不择手段予以残害的狗汉奸，魏名扬岂肯轻易放过。

李午海能躲得过初一，就躲不过十五。

既然不清楚他的具体行踪，那就采取最笨的办法——守株待兔！

魏名扬是这样想的，也是这样做的。

他率领锄奸小分队在通往阳城的必经之路上埋伏下来，耐心等待。

甘为汉奸，李午海注定逃不过被铲除的命运。

果不其然，魏名扬原本抱定等待个十天半月的时间，谁也没想到，仅仅过了两天，汉奸李午海的影子就出现了。

那天黄昏，李午海不知有何喜庆之事，喝了点酒，准备回老家。喝得晕晕乎乎、走路都东倒西歪的李午海，嘴里居然还哼着小曲儿。待他走至游击队员埋伏的草丛前，魏名扬将手里的枯草揉成一团扔掉，心里愤愤说道："狗汉奸，你的死期到了！"

李午海越走越近。

锄奸队员们刚想跳起来抓人，被魏名扬适时制止。

魏名扬意识到，这里距离段村太近，万一李午海开枪的话就会引起不必要的麻烦。枪声一起，就会惊动城里的日寇，抓捕行动就完全暴露了。

魏名扬决定放李午海回村，待夜深人静再行抓捕。

队员们再次隐藏起来。

李午海放心大胆回到阳城家里。

夜幕降临后，魏名扬率锄奸队员们摸黑进入村庄，在向导的指引下来到李午海大门前。

魏名扬一马当先，正准备翻墙而入，这才发现李午海此人奸诈异常，为了防范袭击，竟将日寇碉楼上的铁丝网架到院墙上。

铁丝网再密，岂能挡住魏名扬锄奸的决心。

在搜寻过程中，魏名扬发现西墙下有条水道，因连日阴雨沔湿，墙石松垮，塌陷半边。

魏名扬弯下腰用匕首轻轻一拨，洞口增大。

旁边的锄奸队员们便悄无声息地钻了进去。

大家把李午海的住屋团团围住。

魏名扬一脚踢开屋门，队员们立刻冲进去。

李午海尚在睡梦中，几无反抗之力，便被魏名扬和队员们生擒活捉。

李午海被押到魏名扬面前。

魏名扬恨恨地说："你这个草菅人命祸害群众的狗汉奸，给日本鬼子卖命，无恶不作，罪大恶极。名扬游击队代表抗日政府和人民群众，判处你这个狗汉奸死刑！"

李午海连惊带吓，连连讨饶。

李午海被拉出去就地阵法。

第二天一大早，段村到处张贴着游击队铲除李午海的布告。

村民争相传颂。

"为日本鬼子卖命没有好下场，名扬游击队为我们除了一个大害啊！"

鞭炮声声，锣鼓喧天。

李午海的死，振奋了人民群众的抗日斗志，也震碎了一些伪军汉奸的狗胆，从此陷入巨大恐惧之中，夜不能寐，食不知味，瑟瑟发抖！

4. 换洋火、抢食盐

抗日战争步入敌我相持的关键阶段。由于日寇的严密封锁，抗日根据地经济发展陷入困局，许多军事和生活物资相当奇缺，特别是食盐、洋火等，在根据地内根本买不到。

如何解决食盐、洋火等生活急需物资供应，就成了当时根据地政府迫切需要解决的首要问题。

尤其是食盐之类，日寇发现食盐除了军民生活物品用度，还有一个大用处，那就是在八路军部队里，通过食盐为伤员消毒，故日寇将食盐列为禁售品。至于洋火之类，虽然日军也严格控制，但通过兑换等方式可以解决。

掌握这个讯息之后，县委、县政府秘密将解决食盐和洋火这项任务安排给魏名扬和他的游击队。

为了了解实情，魏名扬化装成当地商人，秘密进入沁县，并通过特殊渠道与县城内我方内线人员接上头。

内线告诉魏名扬，鬼子控制得越来越严，洋火只能用羊毛兑换，且一斤羊毛只换五盒洋火。

羊毛应该不成问题，魏名扬手里就有一家用羊毛擀制毡帽的小工厂。原想着毡帽厂应该有大量积存羊毛，却没料到等他返回武乡毡帽厂时，发现毡帽厂还因缺羊毛而发愁呢。

哪里弄羊毛？魏名扬的目光盯在了周边的和顺、辽县及黎城等地。目标一旦确立，魏名扬立即想方设法从各处筹集到一部分资金，派人分赴各县收购羊毛。前后数日，接连收购羊毛达两千余斤。

羊毛到位，魏名扬马不停蹄地开始运作，为了不引起日寇注意，将羊毛分批拉进县城，然后通过内线秘密渠道，较为顺利地换到了洋火。

洋火问题解决了，魏名扬在返回武乡的路上，大伙一边相互庆贺，一边彼此快乐地分享着千难万险的经历。

就在途中，魏名扬突然收到一个关于食盐的宝贵信息。

原来据内线侦察得知，明天日寇将有一批食盐通过马车从段村运往县城，负责押送的是大约一个排的日伪军。

"好，这是老天爷送给咱的大礼啊——这头刚解决了洋火，咱明天就弄食盐！"

洋火通过秘密渠道分批运到三专署各贸易客栈后，很快向各地运送，从根本上解决了根据地军民日常用度。

回到游击队后，魏名扬连夜召集骨干成员就如何弄到食盐展开了紧张讨论。

日寇仅带一个排的兵力押送食盐马车，对明天的战斗，魏名扬胸有成竹。这些年，魏名扬对八路军行军打仗的章法已经有了深刻的领悟，那就是以己之长攻敌之短，集中绝对优势兵力予敌于毁灭性打击，让敌人没有还手之力。

第二天前晌，魏名扬当即率三个中队在聂村附近提前设伏，待食盐车马进入伏击圈后，迅速包围发起进攻。

天色未亮，魏名扬率队提前进入伏击地点。聂村周边山势陡峭，道路崎岖，是沁县通往武乡的必经之路。此地距离段村敌军据点较远，恰处于山间庄稼地边缘。当时正是夏日，庄稼长势较高，两面或是山林或是庄稼遮掩，正是打伏击的绝佳之地。一旦战斗打响，待段村据点日寇展开救援，往来奔波，速度再快至少也需要一两个小时。

三个中队的主要任务是，一中队主要负责进攻日伪主力；二中队负责东西方向的警戒，以防不测；三中队则主要负责抢运食盐。

从早上一直等到后晌四五点，焦急的队员们这才看到押运食盐的马车缓缓驶过来。

顿时，大家异常振奋，原有的炎热和焦灼情绪一扫而空。

魏名扬郑重叮嘱："大家一定要沉着，不准暴露目标。等敌人全部进入伏击圈后再开火，不能放走一个！"

等到敌人盐车全部进入游击队伏击圈后，率先踩响了游击队预先埋设的地雷。

爆炸声中，数名日伪军躺在血泊中。

日伪不明就里，队伍大乱。

魏名扬一声令下："打！"

轻重火力从两翼一齐开火，弹幕密集如雨，敌人根本无法躲闪。

由于预想到位准备到位，这一伏击战远远超出魏名扬的预想。原本以为一个小时左右结束战斗，结果只打了不到半个小时，敌人或被歼灭或跪地投降，就基本结束了。

这一仗，日伪全军覆灭，连根鬼毛都没有逃出，而游击队则无一伤亡。

马车上装着的近四五千斤白花花的食盐全部落入游击队手里，且装盐麻包完好无损。

战后，魏名扬高兴地说："前头咱刚解决了洋火，鬼子又给咱送来了食盐——这东西比黄金还金贵呢。四五千斤食盐，还顺手白捡了四十多支步枪，咱们这次可是赚大了，可以说是做了一笔无本大生意啊！"

游击队撤离现场，直到两个小时后，敌人援兵才赶到战场，可公路上除了几辆被炸坏的马车和几十具日伪尸体外，一无所获。

四五千斤食盐运抵根据地市场后，迅速缓解了军民的日常用度。

更为重要的是，游击队缺弹少药的局面也得到了有效缓解。在军训现场，游击队员们挺起手中长枪，擒拿格斗、射击刺杀，精神抖擞，士气高昂！

"杀！杀！杀！"

5. 魏名扬劫狱

食盐被劫，日寇大为震怒，决心报复。他们公然喧嚣，要彻底消灭"太行名扬游击队"，活捉队长魏名扬。

一个潜藏在根据地内部某村的汉奸为了得到日寇赏钱，悄悄向日寇透露了张家沟村住着游击队一个小队的风声。

张家沟村确实驻扎着一个游击队小队，小队长名叫张拴纣。

一天深夜，由汉奸带路，日伪军派出大队人马突然闯进张家沟村，逮捕了张拴纣，将他带到段村日军大营。

日军对张拴纣进行了残酷刑讯。

张拴纣威武不屈，没有透露游击队半个字。

日军黔驴技穷，气得暴跳如雷，只得将张队长投到了日军宪兵队的监牢。

必须要将张队长救出来！

魏名扬得知张拴纣被抓且被严刑拷打的消息后，当即做出劫狱的决定。

经过前期侦察，魏名扬得知关押张拴纣的牢房是个单间，牢房墙壁均为土坯所筑，且墙西不远处就是马牧

河。河道里杂草丛生，非常荒凉，河边敌人并未设岗。只要越过牢墙，就有办法逃出去。

魏名扬和骨干队员经过周密研究，精心设计出营救张队长的详细方案：那便是采取内外结合、挖墙劫狱。

方案确定后，魏名扬和队员们化装成村民，混过日军盘查进入敌人占领的据点内，然后通过内线与两位不想为日军卖命的伪军兄弟建立了联系，并以送饭为由将营救消息秘密传递给张拴纣……

牢里的张拴纣按照营救计划秘密挖墙。

墙为土坯。

张拴纣利用牢房里的一块破门板，一点一点挖墙，坚持不懈。

三天之后，墙壁渐近挖穿。

入夜后，施救队员们潜到牢房后墙埋伏起来。

张拴纣在墙上连击三下，牢外的队员们便迅速用锤子悄悄砸墙，接着又用铁钎将所凿窟窿一点点扩大。

没多久，墙壁完全凿通。

黑沉沉的夜幕中，张拴纣艰难地爬出墙洞，与游击队员们再次相拥。

大伙急忙离开监牢。

得救的张拴纣满脸都是激动的眼泪，他颤着声音说："多谢同志们相救，我张拴纣来日必定要向日寇讨还血债！"

魏名扬赶紧将一件厚衣裳搭在衣衫褴褛、浑身是伤的张拴纣身上，安慰道："拴纣，你受苦了。咱们都是一家人，日本鬼子一天不赶出中国，我们就同他们干到底！血债就要血来偿！"

大家正在说话中，前边警戒的队员发来消息：两名巡逻的日寇正向这边走来。

游击队员们急忙把张拴纣藏起来。

魏名扬说："他们就两个，咱们刚劫了敌人的监狱，得想办法解决掉这两个鬼子。牢房里人没了，天亮敌人就会发现——这两鬼子不能留，必须除掉！大家先把枪藏起来，挺起腰板走——你们看我眼色行事。"

众人若无其事地朝前走，反而没引起日寇巡逻队的特殊别关注。

擦肩而过时，日寇这才有点起疑，仗着手里有枪，就盘问起来。

"站住——你们是干什么的？"

魏名扬笑着从怀里摸出良民证，态度非常谦恭："太君，我们是良民，是跑买卖的，出门在外，路不熟，才走了个黑灯瞎火。"

说话的工夫，十余名队员已经将两个形单影只的日寇团团包围了起来。

两名日寇以为他们是跑买卖的商人，放松了警惕，一个低头装模作样地检查良民证，一个则非要另一名队

员脱下外衣，看身上有没有藏着违禁品。

魏名扬见四下无人，嘴角掀起一丝不易察觉的冷笑：这是老天爷送给他们劫狱成功的大礼。

魏名扬一眼就看中了两名日寇肩上斜挎的长枪。长枪式样新颖，就连扳机都设计得颇为特别，魏名扬早就有了上去搂住扳机试射的冲动。

这两把新枪，哪能让它们在自己眼前消失！

魏名扬朝队员们使个眼色，低声喊道："动手！"

一名队员猛地伸腿用力踏在一名日寇脚上，日寇猝不及防，痛得两手抱脚惨呼倒地。

队员们一拥而上，抱腰的抱腰，按腿的按腿，捂嘴的捂嘴，迅速将两名日寇放倒。

鬼子被杀死，几名队员将鬼子尸体扔到黑暗中。

处理完现场，魏名扬得意地抚弄着崭新的长枪，高兴地说："这些年组建起第六支游击队了，就数这支队伍兵强马壮，武器弹药几乎全是鬼子给咱们提供的。说明了啥？一个呢说明鬼子是咱们的兵工厂，一个呢说明咱虽然是游击队，可咱们的作战经验和作战能力就跟八路军差不多。要说有差别，就是身上这衣裳不一样嘛！兄弟们，力争抓住机会再打几仗，就够参加八路军的资格了！"

"好，参加八路军，把日本鬼子打回老家去！"

1945 年 8 月，解放段村战斗之后，第六批"太行名扬游击队"800 余名游击队员和刚刚参加游击队的 600 余名新兵共 1400 余人奉命开赴屯留，集体参加了八路军，并参加了拉开解放战争序曲的——上党战役。

魂魄归故里

1. 远方的来信

1949 年 10 月 1 日，中华人民共和国向全世界宣告成立。

经过艰苦卓绝的奋战，人民大众在中国共产党的领导下，终于过上和平安康的日子。

新中国成立后，魏名扬因战功卓著，担任了武乡县武装部部长一职，负责全县的兵役工作。

1954 年，武装部机构改设为兵役局，由于工作业绩突出，魏名扬调回山西省军区，被提任为阳泉市兵役局局长。

当年一齐战斗过、共过事的老战友老同事，包括他的亲戚朋友们一齐向他祝贺，可是魏名扬却苦笑着摇头。

魏名扬说："组织上对我这么信任，我心里实在有愧啊。我文化不高，当年在战场上组织队伍打鬼子还行，那时自己也年轻。可现在发展经济建设，我是越来越觉得自己不识几个字，能力也跟不上，我就是个武夫出身，干建设工作真的感到力不从心啊。"

就在魏名扬为自己的文化水平低难以适应当前工作苦恼之时，突然收到了一封陌生信件。

这封信来自广东。

魏名扬十分好奇，以为邮递员送错了，可仔细瞅瞅，收信人确实是自己的名字啊。

魏名扬就让通讯员帮他念信，看看上边到底说了些啥。

通过通讯员的解释，魏名扬这才知道写这封信的人原来是自己当年武乡游击队的一名老部下，现在广东省中山县工作。

信里的第一句话就是：老队长你好，朱总司令又表扬你啦！

1959年2月，朱总司令视察广东中山县，县委书记是武乡人。谈话中，朱总司令就问，听你的口音是山西武乡那边的，我对老根据地那边熟着呢。你认识魏名扬吗？武乡当年可有支出名的"太行名扬游击队"啊。县委书记自豪地说，他不光认识魏名扬，他当年还是游击队队员呢。朱总司令非常高兴，他感慨地在回忆往事的过程中，说起了给游击队授队旗的事，还详细询问了魏名扬的近况和武乡老区的发展变化，并说武乡在抗日战争中贡献很大，希望在社会主义建设中也要走在前列。

信还没念完，魏名扬的眼里就湿漉漉地睁不开了。

他不由自主地回想起当年在武乡战斗和生活的经历，一张张熟悉的面孔在眼前逐一浮现，朱总司令、彭副总司令、左权参谋长、杨尚昆书记、罗瑞卿主任，还有刘伯承、邓小平、陈赓等。

往事如烟更如梦。感慨之余，魏名扬突然意识到，自己文化不高不太适应当前工作，这封远方的来信无疑给自己提了个醒。当年在战争年代，武夫出身的他，在组织的帮助下才有了他的用武之地。在和平年代，自己岁数也大了，身上还有战争年代留下的旧伤，发作起来，让他彻夜难眠。在战争年代自己多多少少做了点所谓的贡献，那也是组织给自己搭起的舞台。可现在呢？自己一辈子没认几个字，到现在连封信都读不了，实在是耽误工作啊。不行，得让那些有文化、有知识、能力强的年轻后生来干工作，他们才是和平时代社会主义建设的栋梁和骨干啊。

魏名扬郑重地将那封信贴身收藏。

第二天，魏名扬让秘书帮他写了一封辞职信，交给了省军区及阳泉市委。

组织找他谈话，竭尽挽留，魏名扬却坚持让位。

魏名扬说："我不识字啊，文化太低，会耽误工作，会影响祖国的整体发展。"

组织无奈，只好同意了他的请求。

一年后，魏名扬从部队转业，调任太原市北城区名誉区长。

2. 少年武术队

太原，是山西省省会。

魏名扬在太原的居住地距离黑龙潭公园非常近，退下来的他经常在黑龙潭公园锻炼身体，和周围居民关系相处得非常融洽。

那时，魏名扬在黑龙潭公园内看到年轻的小孩们快活地玩耍，朝气十足，活力无限，让他好生羡慕，也让他回响起自己年轻时候的时光……

魏名扬人退了，可习武的爱好依旧。在公园里除了跑步锻炼，就是舞枪弄棒。每次习武，周边都吸引了众多年轻小后生们的围观。

小后生们好像天生对习武都有着强烈的好奇，他们怀着莫大的崇拜之心，纷纷拥到魏名扬跟前，要拜魏名扬为师，学习拳法武艺。

魏名扬的心思一下子被激活了。因为他从那些充满好奇和求学欲满满的目光里读出的不仅是年轻和血性，更有某种历史岁月厚重的沉淀感——换句话说，魏名扬看到了多年前的自己，看到了当年武乡组建游击队时的青春时光，更看到了年轻气盛、血气方刚的游击队员！

魏名扬回到家里，激动地和老伴聊起这个话题，兴奋地表示："他要发挥余热，在太原黑龙潭公园重新组建一支队伍，这支队伍的名字就叫——少年武术队！"

老伴听了他这个想法，也非常赞成。当年魏名扬在武乡组建游击队时，正是他身上所散发而出的那股子对队伍建设强烈的爱和对日本鬼子刻骨仇恨的劲头，才让老伴一眼相中。组建队伍，那可是魏名扬的看家本领啊。要是能组建起来的话，魏名扬既能发挥特长，关键是他的心态肯定会返老还童，这种锻炼方式既有活力又有朝气，何乐而不为呢？

尤为重要的是，老伴还发现，魏名扬虽然退下来了，可他最大的爱好还是愿意和年轻后生交流。而且每次与年轻人交流的过程中，老伴都发现魏名扬好像一下子也年轻了许多，回到了当年组建游击队时的快乐时光。"少年武术队"要是建起来的话，魏名扬可就每天和小后生们聚在一起了，娃娃能学有所好，魏名扬退下来的日子也过得宽松惬意啊。

魏名扬浑身一下子充满了力量，他说办就办。

几天后，黑龙潭公园大门口的公告栏及公园里各处显眼位置出现了一则招生公告。

公告是魏名扬找人写的，是一则招收武术学员启示。启示上明确指出，招收学员的条件是"三不一自愿"。即：不分家庭出生，不收学费，不搞拜师仪式；完全出于自愿，不加任何条件。

魏名扬萌发成立"少年武术队"的想法只想简单地想回顾年轻时的岁月和经历，让他绝没有想到的是，布告刚贴出没两天，前来报名的人群就排成了长队。那些报名的人群中，有男有女，甚至还有退休的老者。他们的目光真挚而充满渴望，因为年龄和阅历，让魏名扬一下子就欣喜地感受到了曾经熟悉的味道，记忆被激活了：他听到了此起彼伏、嗓音清爽的说笑声，闻到了久违的家乡大铁锅里熬出来冒着腾腾热气大烩菜的香味以及围着锅边的一张张笑脸，看到了放下饭碗、端起刀枪冲向硝烟弥漫的战场熟悉的影子……

魏名扬感觉到他的眼窝湿润了，他强力忍住没让泪水夺眶而出，然后脸上堆着笑面对报名的人们……

不须细说，内心的富足是局外人难以体会，更无法品味的。

没用多久，魏名扬的太原市黑龙潭"少年武术队"就正式开办啦。经过严格筛选，首批学员即达到了数十名，他们人人激情满怀，个个精神饱满。

从此，人来人往、热闹非凡的太原市黑龙潭公园内就又多了一景：公园内或湖畔边或密林深处，老当益壮、劲头十足的魏名扬严肃而底气充沛的呼喝声中，少年们列着整齐的队伍，孔武有力地紧握着手中的刀枪，一招一式地从形意拳、少林拳、格斗、绳鞭、刀术、枪术、

三节棍、七节鞭等认真学起，并成为太原市民和外地游客眼里一道必来观赏的景观。

亲戚朋友和曾经的同事故交纷纷向他道贺。

魏名扬高兴地将一杯清爽的迎泽啤酒一口干尽，对老伴说："老伴啊，时隔这么多年，咱的名扬国术团又回来了啊！"

3. 放羊娃

人退心未退，离开工作岗位的魏名扬非但没有闲下来，反而比以前更忙了。

基于当年的人生阅历和在战争年代的革命经历，魏名扬从一位普通的农家子弟成为人人皆知的"大人物"，尤其是在曾经武乡县内的亲戚朋友，说起魏名扬，话就多了，胆也壮了腰也粗了，他们以魏名扬为荣。

传颂魏名扬组建游击队、为革命工作作贡献、深受组织信任并当了"大官"的声音多了，找他办事的人也更多了。

面对登门想要通过魏名扬的关系为自家或子女谋得私利的亲戚朋友，不管关系远近，魏名扬一律严词拒绝。

"我手里是有点权，可这权是党和老百姓给的，是为老百姓做事的，可不是为个人谋私利的。你们要认我这门亲，就不要提这些违规的要求；你们要有怨气，往后咱就各走各的。我魏名扬是政府的工作人员，更是一名共产党员。共产党员啥能干啥不能干，当年我入党的时候对着党旗所宣的誓言里说得明明白白。"

魏名扬没有学历认字不多，可他经历丰富，懂得的道理多。什么是对什么是错，什么是是什么是非，魏名扬心里头明镜儿一般。

被拒之门外的亲戚朋友多了，魏名扬的门跟前也日渐冷清了。

魏名扬非但没有苦恼，反而比以前更轻松快活了。用他的话说："古人说得好啊，无事一身轻，真自由啊。"

突然有一天，有人找上了门。

这个人名叫关秃孩，是魏名扬同母异父的兄弟。当年在武乡魏名扬组建游击队过程中，收养了许多遭受日本鬼子"扫荡"之后遗留在残垣断壁间无人认领的牛羊牲畜。关秃孩从小就给地主家放羊，所以被魏名扬一眼看中。关秃孩为游击队放养了多年牛羊，为魏名扬建起的毡帽厂提供了大批羊毛，可以说为革命工作也做出了许多贡献，魏名扬一直对他心怀感激。

无事不登门，登门就有事。关秃孩找魏名扬干啥来了？是想让魏名扬给他出一张证明。

关秃孩为八路军游击队前前后后放了十多年羊，现在岁数大了，干不动活了，找到了当地政府陈说困难。政府说只要有证明就可以享受一定的生活补助，关秃孩

就想到了魏名扬。

魏名扬一听，就不高兴了。

"秃孩啊，证明可以开——那是给人家当过兵打过仗为革命出过力流过血的，你放几年羊算什么？现如今，国家很困难，多少在战场上退下来的革命战士都没享受到国家的补助呢。最有资格享受的是他们，你根本轮不上。你今天来了，听了你说的，我也清楚你生活有困难。有困难不怕，哥我帮你。但那个证明材料我不能给你写，也没权力写。"

关秃孩满怀希望而来，没想到当头就被浇了盆意想不到的冷水，当下就不高兴了。

"哥啊，我没想到你这样不近人情。别人的事你不帮能说得过去，我可是你的弟弟，跟别人不一样啊。"

魏名扬严肃地说："正因为咱俩关系不一样，不合情理违反规定的事我更不能帮你办。以权谋私，尤其是为亲近的人谋私利，这是犯法的事，我是共产党员，党教给我能干啥我就干啥，不能干的坚决不干。"

关秃孩目的没有达到，气呼呼地站起来摔门而出。

魏名扬拉了一把没拉住，叹了口气，只能摇头苦笑。

关秃孩走了，从此再没登门。

临过年的时候，关秃孩突然收到一笔来自太原的汇款。汇款者不是别人，正是魏名扬。

从那以后，每年过年，魏名扬都从自己的工资里给弟弟关秃孩寄一笔钱，让他安稳度日。

关秃孩哭了。

他逢人就说："我的哥魏名扬是个好兄长，也是政府的好干部，他没忘了村里我这个弟弟啊！"

4. 生死之交

二十世纪七十年代的一天，魏名扬突然接到山西省军区的通知。通知说有一位非常重要的客人要从远方来太原，并指名道姓要直接拜访他，让他做好迎接准备。魏名扬非常奇怪，就问相关人员，这位客人到底是谁啊？所有人都不太清楚。

这个人是谁呢？

魏名扬觉得自己老糊涂了，脑子里浑浑噩噩，所浮现出的每一个人面目都非常模糊，不甚清晰，甚至一个都无法定位。那种渴望一见的感受却愈发强烈。

眨眼到了约定的那一天，魏名扬在老伴的精心侍弄下，穿戴一新。

数十年来，他极为罕见地居然在家中的镜子前左右审视了数遍，才略觉放心。

老伴责备他："你以为是年轻时候相亲呢，看把你美的。"

魏名扬稀里糊涂地应承着："我也不知道是谁啊。可

我昨日夜里做了个梦，这个人很特殊，我总不能邋里邋遢地见人家吧。"

门外响起了敲门声，魏名扬再次拾掇了一番衣领。

门开了，魏名扬一看，愣住了。就在愣神的工夫，眼眶发热，泪水以一股不可阻挡之势喷涌而出！

"啊呀，我的老营长！"

来人正是时任内蒙古自治区党委第一书记、内蒙古军区司令员的尤太忠。

尤太忠亦是老泪纵横："魏教导员，我怕再不来，咱们这辈子就见不上了。"

时隔二十五年，魏名扬和尤太忠这对曾经在八路军三营担任教导员和营长的老革命老搭档、在战场上并肩作战出生入死的兄弟在太原见面了。

抗日战争后期，参加完对日寇最后一战后，尤太忠随部队一直朝南进军。在解放战争中，先后参加了千里跃进大别山、襄樊战役、淮海战役、渡江战役以及解放大西南战役，可谓战功卓著，功勋累累。

这次见面，既是叙旧，更似阔别多年渺无音讯又突然见面的亲人欢聚。

两位老战友手掌紧紧相握，久久不愿松开。

在那个月明星稀、天幕幽蓝的晚上，两个人、一盏灯，秉烛夜谈，知无不言且言无不尽。

第二天天色微亮，尤太忠因为工作原因，不得不起身告别。

在门口，尤太忠对魏名扬深有感触地说："魏教导员啊，这次见面啥也好，我这心里啊就是觉得有点怪怪的。"

魏名扬说："尤营长，啥怪怪的，你指出来。"

尤太忠也不客气，指着他身上的衣裳说："就是这身衣裳——你穿这身衣裳，我总觉得有种拒人于千里之外的陌生感——我多希望看到当年那个魏队长啊，土里土气却精神抖擞啊。"

一句话，让魏名扬再次落泪："尤营长，我这可是家里最好的衣裳了。"

尤太忠摇摇头说："这跟新旧没关系啊——你应该穿一身军装，那才是我最想见的魏教导员魏队长呢！"

魏名扬苦笑着说："我早转业了，已经不是队伍里的人了，哪里有军装可穿啊——你一点我也明白过来了，我好怀念穿着军装，扛着武器和日本鬼子拼杀的那段时光啊。"

尤太忠点点头，含泪说："我想起来了，1938 年你参加了八路军，虽然在战场上拼打了七八年，可你一直在武乡忙着你的'蓄水池''人才库'工作，穿上军装真没几天——好了，这事我来办。我现在是军区司令员，回去给你做一套军装！"

魏名扬喜极而泣，紧紧握着尤太忠的手说："尤营

长，当年就是找你参加了八路军。没想到二十五年后，还是你为我穿军衣，圆我这个多年的梦啊！"

尤太忠回到内蒙古军区不久，就将一套崭新军装寄回太原。

魏名扬捧着新军装激动万分，第二天就穿上新军装在照相馆专门拍了张标准相。

此后，每逢重大节日，魏名扬都是一身戎装，精气神十足。

身边的亲戚朋友和曾经的单位同事及老战友对魏名扬的称呼不约而同改为：

"魏大队长！"

5. 最后的时光

时光荏苒，如白驹过隙。

1993 年底，年愈八旬的魏名扬住进了太原市中心医院。

住院期间，中共山西省委组织部，省委老干部局，山西省军区，太原市委、市政府，北城区区委、区政府等有关部门的领导同志，先后到魏名扬的病榻前进行了慰问，并衷心祝愿他早日康复。

1994 年 6 月 8 日，魏名扬的病情急转直下。

亲戚朋友紧握其手，问他有何遗愿。

魏名扬颤巍巍地说："人生来啊，就有一死，我……我最怀念的就是当年在……在家乡枣烟村组建队伍的事啊……你们帮我穿上尤老先生当年送我的那套军装吧……我生来就是当兵的命，到另一个世间也要当一个兵……"

家人眼含热泪，在病床上为魏老先生穿上军装不久，魏名扬已不能言，但他的唇角微启，露了一抹满足且自豪的笑容……

魏名扬走了，到另一个世界又组建他的队伍去了……

子女遵照魏名扬的遗嘱，没有大操大办，只举行了一个简单的遗体告别仪式。

中共山西省委、省政府，北京军区，山西省军区，太原市委、市政府，太原市北城区区委、区政府，阳泉市委、市政府，阳泉市武装部，武乡县委、县政府及魏名扬家乡的大有乡党委、乡政府，枣烟村党支部、村委会的领导出席了他的追悼会。

魏名扬的亲密战友、抗日名将、曾任中央军委纪委第二书记的上将尤太忠，亲送一副挽联。

挽联上书：

武出奇功威震太行留芳名，
乡音未改德高亮节党风扬。

参考书目

1.《游击队长魏名扬传奇》，郝雪廷、武红梅著，中共党史出版社，2012 年出版。

2.《游击队长魏名扬故事》，武红梅编著，中共武乡县委组织部、武乡县作家协会编印。

3.《武乡县志》，县志编撰委员会，山西人民出版社，1985 年出版。

百姓
风骨

任晋渝 著

中国文史出版社

图书在版编目（CIP）数据

百姓风骨 / 任晋渝著 . -- 北京：中国文史出版社，2024.5
（武乡抗战故事文丛）
ISBN 978－7－5205－4646－1

Ⅰ.①百…　Ⅱ.①任…　Ⅲ.①革命故事—作品集—中国—当代
Ⅳ.① I247.81

中国国家版本馆 CIP 数据核字（2024）第 075590 号

出 品 人：彭远国
责任编辑：秦千里

出版发行：中国文史出版社
社　　址：北京市海淀区西八里庄路 69 号院　邮编：100142
电　　话：010-81136606　81136602　81136603（发行部）
传　　真：010-81136655
印　　装：山西人民印刷有限责任公司
经　　销：全国新华书店
开　　本：32 开
印　　张：6.75
字　　数：118 千字
版　　次：2024 年 5 月北京第 1 版
印　　次：2024 年 5 月第 1 次印刷
定　　价：780.00 元（全套）

百姓风骨

董志敏·绘

目录

遍地英雄

跟着八路有饭吃

那是 1922 年，上北漳一户姓王的穷苦人家生下个男娃。看着家里生痨病的女人，还有炕头上嗷嗷待哺的娃，娃他爹拖着自己的病身子跑到村外的"三官庙"，给庙里的泥老爷跪下了，希望能保佑娃将来有钱花，有饭吃。

从此，这娃就叫成了金旺。

当时，他家穷得炕无片席，盆无升粮。小金旺打 9 岁上就开始给人放羊，尝尽了苦水。在他 17 岁那年，村上来了中共北方局党校，这可是咱穷人的队伍。金旺很是高兴，每天早上，只要听见军号就爬起来，跟上学员队伍，跑步、做操、喊口号。

有天，杨献珍主任和刘锡五部长发现了这个跟在学员队伍后头的，穿着破烂、身子瘦小，却透着精明的小后生，喊的口号比学员都要响，就对他有了浓浓的兴趣。

之后，又发现他除了每天都来跑步，有时还会帮党校的灶房挑水，打扫卫生，他们就想问问他为甚这样做。

这天，杨主任专门等上他，把一件旧军衣为他披在肩上，亲切地问他："小伙子，你叫啥？"

金旺马上学着学员的模样给杨主任敬了个军礼，说："报告首长，我叫王金旺。"

杨主任被他那认真的模样逗得哈哈大笑起来，夸赞说："好小伙，你比我们党校的干部还学得快啊。"

接着，又问："金旺同志，你喜欢八路军吗？"

金旺响亮地说："喜欢！"

"那你喜欢八路军什么？"

"有饭吃，有衣穿。"

望着满脸泪水的金旺，杨主任沉痛地说："金旺啊，现在咱们国家有许多人像你一样没饭吃没衣穿，咱们一定要团结起来，把鬼子打出去，这样才能真的有饭吃，有衣穿。"

金旺点点头，说："我懂，所以我要学本事，好狠狠打鬼子。"

回头，杨主任让人专门给金旺家送去了粮和衣服，让他们先能生活，但拒绝了金旺参加八路军的申请，因为他还得照顾他爹娘。

随后，金旺加入了上北漳青救会和民兵自卫队，在杨主任的悉心引导下，进步飞快，经常为自卫队接送秘

密情报。

给民兵送紧急情报

一晃就到了 1941 年。2 月的一天夜里，上北漳村支书郝存来突然接到情报，有股鬼子正打算偷袭附近山上的文昌庙秘密活动联络站。存来马上召集起民兵到窦如玉家开会，连夜布置守卫作战任务。

就在此时，正在老寨上当通信防哨员的金旺，也接到了潜伏在敌区的侦察员、武乡一区区委书记郑文奎传来的情报：今晚民兵作战会议的地址已被叛徒告密。要他火速转达存来。

情况危急，一接到情报，金旺便不要命地往上北漳跑。进了窦如玉家，他连口气也没喘，便大声喊："存来哥，赶紧转移，狗汉奸出卖了这里，鬼子已经从老寨坪过来了，快走快走。"

说完，他把情报递给了存来，转身又向老寨上跑去，准备继续监视鬼子。

看完情报，存来果断地宣布："咱们撤离这里，兵分三路，到文昌庙埋伏小鬼子。"

很快，三组民兵消失在了夜幕中。窦如玉家变得一片漆黑。

不久，一伙鬼子窜进了村，直接就把窦如玉家给包围了。一个黑狗子还假模假样地过来叫门："开门，开门，查户口！"

然而，除了一阵狗叫声，并没人理会他。

"八格，你们的，被大日本包围了。"一个鬼子急了，大声嚷嚷。

依旧是狗在叫。

焦急的鬼子撞开了门，闯进屋，发现里边一个人也没有。这时，黑暗里却突然窜出条狗，"咔嚓"一下，就咬断了一个鬼子的喉咙。气急败坏的鬼子队长山田一郎，一枪就把这只大黑狗打死了。

紧接着，他把那个报信的汉奸叫来，大声问："于振晋，你的，游击队呢？"

于振晋赶忙说："太君，他们跑了。"

山田一郎摸了摸桌上的灯，发现还有温度，马上明白这里的人刚走。他赶紧走到院里，一眼就看到了对面山上隐隐有人影，立刻命令鬼子兵搜山。但他却不知道他们的举动早已让文昌庙里的民兵借着月光看得一清二楚。

当鬼子踏入包围圈后，枪声响了。山田一郎和于振晋都被民兵们打死了。

战斗结束后，咱们的民兵捉住了好多俘虏，还缴获了武器弹药。

而此时，幕后英雄金旺还警惕地守护在老寨上。

和地雷大王抢粮

1942年10月下旬的一天，上北漳村自卫队接到上级指示，一股200多人的小鬼子正准备把抢来的粮食往段村据点运送。他们需要配合八路军三营在官道坡埋伏，抢回这批粮食。

自卫队马上便出发了。这次，金旺也在参战的人群中。他跟着大家伙儿一起埋伏在官道坡旁的玉茭秆下面，匍匐在砟礓堆上，随时准备收拾这伙猖獗的畜生。

第二天上午，鬼子的大卡车出现了，上边满满地载的都是粮食，沿官道颠簸着，缓慢地驶来。

金旺看得很清楚，拢共有6个鬼子端着枪站在车上押粮。在车前，还有一个骑着大马，戴着一副遮阳墨镜，留着小人丹胡子的鬼子小队长，正盛气凌人地指挥着一队小鬼子探路。顿时，把他恨得牙直咬，只想队长胡留锁一声令下，就一枪崩了这个家伙。

而在后方，还有另一支民兵正隐藏在官道坡李峪高堰顶的战壕里，他们就是赫赫有名的李峪的地雷大王王来法和他的队员。

来法和胡留锁是老相好了，这次两人商量着，要给鬼子设个大"口袋"。

于是，等鬼子一进"口袋"，就踩上了王来法早已为他们准备好的"子母雷"区。接着，就听见王来法大吼一声，他的队员们便把子弹"嗖嗖嗖"地扫入了鬼子队伍。那个鬼子小队长刚叫了一声："给我顶住！给我顶住！"便被击中了，一头栽下马，顿时没声了。

胡留锁这边也下了开打令。金旺的子弹也飞向了鬼子。在他身边，有许多民兵手里并没有枪，但他们有的是办法。过去，他们大多是放羊把式，最会的东西就是丢石头，这回便把硌碴、石头蛋扔得满天飞。金旺也放过羊，为了节省枪支弹药，他也丢起了硌碴。只见块块硌碴如流星划过夜空，个个命中了敌人。

鬼子被打得四处跑，很快又踩响了"西瓜"。

这时，八路军这边也开枪了。火光所到之处，敌人像狂风刮倒的高粱秆，一片一片地倒下。

战斗结束后，鬼子大卡车上的粮食颗粒未损。

这就是金旺和大家伙儿在这场战斗中集体创造的，抗日史上的一种新战术——"硌碴战"。

死也不把消息树竖起来

1943 年 5 月，盘踞在胡峦岭的小鬼子据点又增加了两个小队的兵力，开始在周围的村子疯狂地放火，拆房，捉畜，抢粮，杀人。

鬼子走后，为了保护村人的安全，村支书存来，让金旺到胡峦岭据点不远的老寨坪上负责放哨，而他则带

着几名逃荒的村人去取粮，挖苦菜。

金旺火速赶到了老寨坪，把一棵"消息树"安插在了老寨顶的最高圪梁上。他知道，远处那些正在挖苦菜，寻粮的村人一定能看到这里。

果然，中旬的一天，正在挖苦菜的乡亲就看见消息树倒了。

原来，胡峦岭碉堡里的鬼子队长湿泽角荣亲自带领十来个鬼子摸上了老寨坪，向正在消息树下站着的金旺开了枪。

金旺的小腿受伤了，疼得他把牙一咬，拼命把那棵消息树给推倒了。同时，他还大声喊道："乡亲们，快跑，鬼子来了，快跑啊。"

声音传了很远，在山里回荡。乡亲们马上奔跑起来，纷纷躲进了安全地带。而此时，并没有人知道，金旺已经被鬼子包围了。"八嘎呀路，死拉死拉地！"就见气急败坏的湿泽角荣指着金旺身下的消息树，大声地向汉奸翻译向约奎问："这是什么的干活？"

向约奎马上解释说："太君，这叫消息树，是八路军传递信号的。"

湿泽角荣一听，"唰"的一下，拔出了指挥刀，指着金旺，又大声叫道："你的，消息树的，快快的，竖起来！"

金旺呢，脸上带着嘲笑的表情，死死地盯着他，躺在树干上纹丝不动。

气得湿泽角荣大吼一声，扭头又指挥鬼子兵去竖。

然而，金旺却把树干死死地抱在怀里，任凭鬼子怎么拉，怎么拽，也不肯松开，嘴里还骂道："你们这群牲畜，八路军是不会放过你们的！"

鬼子急红了眼，恶狠狠地把刺刀捅向了金旺的脊背、腰臀、脑袋。顿时，金旺身上全是血窟窿，但他仍双眼充满愤怒，想要怒骂鬼子。可是血已堵住了他的嘴，他再也发不出声响了。而残忍无比的湿泽角荣又举起了刺刀，狠狠地刺向了金旺的喉咙……

为中国人民有饭吃，有衣穿的革命烈士金旺就这样付出了他宝贵的生命。

鬼子走后，乡亲们找到了他，发现他的皮骨已经分离，手腕断裂，内脏出膛，那情景，真是惨不忍睹。

菜刀英雄
李庆和

小先生

　　李庆和出生在京汉铁路通车那年的秋天。他是下北漳村穷苦人李生旺家大儿。这娃打小就命苦，5岁就跟着他娘在野地挖苦菜、捡柴，6岁就跟着他爹下地、挑水。

　　当时，每回他去挑水，他娘总是千叮咛万嘱咐："俺娃可不敢把水挑满了，岁数还小。"他"哦"一声去了，回来后，两只桶还是满满的。

　　那时家穷，他家有块窝头也都给了受苦的他爹和他。他的大妹营养跟不上，还在他娘怀里就饿死了。他看他娘哭得死去活来，就紧紧地拉住他娘的手，眼泪汪汪地说："娘，咱不哭，以后我只吃野菜，你也吃些窝头。"

　　瞧娃这话说的，他娘没掉泪，他爹却扑簌扑簌地直掉。

　　看娃这么懂事，等他9岁时，他爹说下啥也要送他去读书。庆和不去，知道家没钱。他爹却火了，说："我就是饿死，你也得去，学了本事，将来才不会受人欺负。"

庆和一下就明白了他爹的苦心，从此进了书房，拼命读，甚会儿都是前几名。

他不光读书好，还义气。有天，一个地主娃嘲笑一个女娃说："你看你身上破破烂烂，就是个讨吃货。"

庆和一把把这个地主娃薅住，拽到了先生面前就要他再说一遍。

还有次，又有地主娃欺负穷人家的孩子。庆和一看，立马就扑了上去。

但两年后，他的小妹也饿死了。消息传到他耳朵里，他一下就呆了，恨自己恨得不得了，心想，家都这样了，为啥自己还要花钱念这鬼书呢？他扔下书包，转身就去把家里的营生都包揽了下来，让他爹腾出身来出去给地主扛活。

虽然不再读书了，但他没忘记他爹说的话，回头把学下的字，一五一十地都教给村里的其他苦娃娃。村人们都夸他，都喊他"小先生"。

买卖人

庆和21岁那年的冬天，有个亲戚突然来寻他，说是

打算到汾阳摆个茶水摊，顺便卖点烟叶什么的，问他去不去。庆和觉得这是个机会就答应了。

茶水摊摆起来后，买卖挺寡淡。他们是外地人，汾阳人不认。可不干又能做啥？只好勉强维持着。

这天，两人正在茶水摊守着，突然来了个阎锡山的兵。只见他挎着枪，歪着帽，直接就冲这边过来了。

庆和赶紧起身招呼："老总，来点啥？"

这家伙斜起个眼说："来点烟叶。"

可等庆和恭恭敬敬地递过去后，他却拿着烟，扭身走了。庆和赶紧追过去赔着笑说："老总，你还没给钱呢。"

这家伙把眼一瞪，骂："甚钱，要个屁钱，老子没钱。"

庆和还要说什么，那个亲戚也过来了，一把把他拉住，死活不让他再开口了。回头还劝他："你跟他讲甚理了，那是能讲清的？为甚也得多想想家里人，娃娃，忍下这口气吧。"庆和只好忍了。

可总有忍不住的时候。

有天，又有个兵当着他的面抢一个女娃的柴火，还拽着女娃不放她走。庆和的火"腾"地一下就起来了。只见他"嗖"地一步跨出了摊子，一把拉住那个兵便大声喊道："我们就靠卖点东西活，你拿了东西就得给钱。"

那个兵却眨巴眨巴眼，不耐烦地说："关你屁事。"

庆和梗着脖子答:"我就看不过眼。"

那个兵脸上便不好看了,只见他撸起袖子就要抡拳头。这下子,旁边做买卖的也看不过眼了,"呼啦啦"站下了一片。他便就怂了,扔下几个钱,灰溜溜地走了。

第二天,庆和的摊上来了一伙人,硬说他的烟叶发了霉。这摊子的买卖便被搅黄了,庆和只好收拾了收拾回家。

小诸葛

从那天起,他就开始思谋穷人的路究竟在哪儿。

1935 年,他打听到一个好消息,穷苦人的队伍红军到陕北了。他拉上几个从小一起长大的苦娃娃合计:"陕北离这儿这么近,咱们也去参加红军打土豪、打恶霸吧。"

小兄弟们都说:"是了,是了,还等甚,现在就走哇。"

可还没等他们动身呢,阎锡山的兵就来了,一见他们,马上拽胳膊拽腿,说:"都拉回去当壮丁。"就把他们几个给拽到了县城里的兵营。

本来就受够了他们气的庆和自然不肯和这些鬼沆瀣一气,所以自打进营起,就思谋着咋能逃出去。

可逃还得讲时机。当时,刚过了三两天,就有几个

冒失鬼想着跑。庆和马上拦下他们说："我说你们咋这么没头脑，咱们刚刚被抓来，正是这群灰鬼一眼眼盯着的时候，你们一跑，还不正对上人家的枪口？搞不好命就丢这儿了。过几天哇，过几天，他们松懈了，咱不光跑，还要带上枪跑呢。"大家一想就是这个理，便按捺住了。

过了几天，果真看他们的哨兵少了，也没那么严了。

一天下午他们刚刚操练完，就见庆和拿出一瓶酒，拉上管他们的排长就要请他喝。这家伙是个酒鬼，一闻到酒腥气腿就站不直了，马上就跟着庆和走了。

可那瓶酒根本经不住他喝，"呼噜呼噜"一阵就光了。咋办呢？庆和早准备好说辞，他跟排长商量："要不我们再凑个份子去买一瓶？"

排长说："中。"

庆和就拉上那几个和他一起绑来的人大摇大摆地出了营，再也没回去。

回头，村上人都说他是"小诸葛亮"。

自卫队班长

1938年初春，已经当上县自卫队班长的庆和，开始帮着村上站岗，放哨，送情报，骚扰鬼子。

一天，不幸的事发生了，一伙小鬼子趁民兵不在，偷袭了下北漳。庆和的爹和17个村人一起，被活活杀害了。

庆和夜里才听到讯儿。等他急急赶回村，抱起他爹的尸首时，嘴里就说了一句话："决不饶恕他们，决不饶恕他们。"

自那时起，他就一心想着为亲人们报仇，但一直没有真正的机会。

时间一晃就到了1942年夏。这时，村上突然驻进了八路军，庆和去打听，才知道是鲁艺的人。这些人在村里又是创作，又是宣传，还搞训练。庆和非常高兴，天天去找他们学本事，射击、刺杀、翻越障碍，样样精通。14团的马忠全团长和三营长钟明锋知道后，对他非常喜欢，整训自卫队时，经常为他"免训"。

于是，庆和就趁机提出要参加八路军。可是，不知怎么搞的，好几次递上了申请，都被拒绝了。后来一打听，才知道，人家是怕他身子骨弱，经受不起。

咋办呢？庆和眼泪汪汪的，心说话，参加不上八路军，哪有机会给爹和乡亲们报仇啊。

这时候，钟营长来了。老钟见他情绪不高，便问他咋回事。他便鼓起勇气跟老钟说："俺身体没问题，你要是让俺加入队伍，俺拿头保证不掉队。"

老钟却笑着说："我不要你的头，我就要鬼子的头。打鬼子不是光八路军，没有你们自卫队也不行。那里，

也需要像你这么好的同志。"

庆和一听就明白了，开心地说："钟营长，我听你的，以后我就在自卫队跟你比赛要鬼子的头。"

民兵班长

这年，已经经受战火洗礼的庆和受上级指示，开始带着下北漳一个班的民兵活跃在浊漳、蟠洪河两岸，一边保证生产，一边打鬼子。

在他们的守护下，那年夏天，下北漳的蔬菜长得油绿油绿的，非常喜人，眼看就能收割了。

可这天，庆和却接到消息，一伙鬼子突然闯到了菜地里，把菜偷走了。眼看乡亲们的血汗菜就要被抢走了，庆和当然不能放过这伙狗日的。他马上下令，让班上所有民兵到杨家岭埋伏。

不久，鬼子兴冲冲地拉着驮菜的骡子过来了。等他们一走近，庆和便火速下令开枪。仇恨的子弹"嗖嗖"地飞向鬼子，鬼子的队伍一下子就乱了。生怕中埋伏的他们，扭身就跑。

这时候，庆和突然发现，虽然鬼子乱作一团，却没有一个伤亡的。咋回事呢？他仔细查看了一下就明白了，原来，是他们和鬼子的距离太远了，子弹够不着。咋办呢？眼瞅着鬼子就要跑掉了，急得他猛地大吼一声："跟我冲。"话音未落，便飞身一跃跳出了隐蔽，一下子就冲到了半山腰。

其他人一见他冲出去了，也立刻跟着冲了下去，把子弹狠狠地射向了鬼子。鬼子猝不及防，顿时死伤了三四个，就连他们那匹拉来驮菜的骡子也被一枪给撂倒了，哪里还敢恋战，哭爹喊娘地一溜烟全没影了。

看到鬼子已经逃远，就见庆和大手一挥："同志们，停止追击，把鬼子义务给咱们收割好的菜收拾好，给八路军送去。"

大家伙儿一听，马上兴奋地说："是啊，给八路送去。"

就这样，这些菜被送到了八路军中。太行军区第三分区的领导听说后，当即奖了他们一面锦旗，上面写着"一面生产，一面打仗"八个字。

神枪手

1943年初夏的一天，有个叫李国珍的民兵来报，一伙鬼子正驮着抢来的麦子向蟠龙蠕动。

庆和马上和民兵干部们合计：此时，刚下了一天一夜的雨，浊漳河水猛涨，这伙鬼子肯定渡不过河，只能绕道。下北漳的沙沟口是他们的必经之路，在河对岸的沙河头打场埋伏，必然能狠狠地揍敌人一顿。

计划制订后，他们便火速行动起来。然而，等他们来到埋伏点时，才发现这伙日伪军居然有500多号人，而他们只有30个人，敌众我寡，不能硬拼，只能智取。

咋办呢？庆和看出大家伙的顾虑，就鼓励大家："鬼子虽然人多，但拉着粮食，又是在雨天走，肯定行动不便，这就是对我们有利的，我们要想办法引他们过河，把他们拖住，在河里打掉。"

大家伙儿一听，庆和说得在理，顿时，又兴奋起来，于是分兵两处，分别在西川和桥房的高地埋伏下来。

不一会儿，小鬼子便打着膏药旗出现在了河对面。果真如预料，深陷泥地的他们走走停停，行动非常缓慢。等他们刚来到沙河头，庆和他们的子弹就"嗖嗖"地飞了过去。

小鬼子的头儿一听，这枪声肯定不是正规军所为，马上把指挥刀一挥，"死啦死啦的"。话音刚落，就被庆和一枪给撂倒了。

但鬼子仍旧疯狂地反扑，一颗炸弹落在了庆和身旁，他受伤了。

但他并没有声张，而是忍着痛，仍旧指挥着民兵死死地拖着鬼子。

最后鬼子丢下四五十具尸体，灰溜溜地撤退了，而民兵们只有很少人受伤。

菜刀英雄

这年秋天，不甘心失败的小鬼子又来到了下北漳抢菜。庆和决定亲自去侦察一下。可是，他刚走到菜地旁就被鬼子给抓住了。

"你的，八路的探子？"

"不是，太君，我是做生意的，路过这里。"

……

小鬼子看他身板还硬实，觉得是个好苦力，便逼迫他挑上抢来的菜往蟠龙据点走。

等来到下型塘时，天黑了。小鬼子便不敢再走，决定在村上驻扎。他们让"还算听话"的庆和去挑水。庆和却趁机察看了地形，知道只要能摸到河边，就能逃走。

可是当他挑水回来后，却看到了鬼子放在一旁的枪，就又想，光逃走还不行，要是能抢到鬼子的枪就好了。

咋能抢到枪呢？他的脑子飞快地转起来，很快脑中出现了老钟给他讲过的贺龙"两把菜刀闹革命"的故事，眼睛顿时一亮。

等吃过黑夜饭，他便偷偷来到了厨房，把一把菜刀藏在了身上。

夜里，鬼子的营房除了门口站了一个哨兵，其他人都睡着了。庆和在暗处死死地盯着那个哨兵，心里一直念叨："赶紧睡，赶紧睡。"

果然，到了后半夜时，这个鬼子也扛不住了，靠着大门打起了呼噜。

此时的庆和再也不敢等，他尽量让自己的心平复下来，蹑手蹑脚地来到了门口。霎时间，他抡起了菜刀，使尽了浑身的力气，狠狠地向哨兵的脑袋劈了下去，"咔嚓——"

紧接着，他抱起鬼子手中的枪，飞快地冲进了黑暗里。在蟠洪河边，机智的他抱起一块石头扔下了河，然后马上躲进了旁边的苇荡。追来的鬼子以为他跳河了，便冲河里开了枪，接着又到下游寻找他的"尸体"去了。而他却从容不迫地下河，渡了过去。

1944 年 7 月，太行首届群英会授予了庆和"菜刀英雄"的称号，大大地鼓舞了根据地人民对敌斗争的士气。

地雷英雄 王大胆

他是电影《地雷战》的原型之一，锅盖雷、开门雷的诞生都和他有关。为了拉雷打鬼子，他敢藏在仅离鬼子十几米远的地方，被鬼子包围后，干脆在棉花地里躺了3小时……武乡人都亲切地喊他"王大胆"。

打小就知道共产党

兰江生在大冬天。当时，第二次直奉大战刚结束。他家在太行山下一个叫李峪的小村里，几代人都住在一个大院。

他家条件还不错，他爷开着一家炭店，能供得起他读书。他7岁就跟着先生背"人之初，性本善"，后来又读《千字文》《百家姓》《论语》《大学》《中庸》。他很喜欢读书，先生也喜欢他，只要他愿意读，就会多陪他一会儿。

自打他识字起，他姥爷就常来眊他。他姥爷是个神

秘人，总会神神秘秘地递给他一些"不能看"的书。他把那些书都翻烂了，在里头就认下3个字："共产党"。

1937年11月小鬼子占了县城。他姥爷又来眊他，递给他一些花花绿绿的纸，上边写着"抗日"。回头，小兰江就把这些纸悄悄拿出去散发了。等八路军一到，他就报名参加了抗战。村干部看这娃又机灵又虎气，当即拍板，让他当了抗日儿童团团长。

当上团长后，小兰江除了读书，就又多了个营生：站岗、放哨。他每天领着一群小伙伴，拿着红缨枪，威风凛凛地站在村口浊漳河边的石头上，防汉奸、查坏人。只要远远瞭见可疑的陌生人走过来，他便马上端着红缨枪，义正词严地大喊："不许动，拿出路条来，没有路条谁也不许过。"

当时，小鬼子非常凶残，一到夏秋，就会来村上"扫荡"。每回来，至少3至5天，不是抢粮食，就是放火杀人。兰江他爷的炭店就不幸在一次"扫荡"中被鬼子给烧掉了。鬼子还把他二叔卖炭的毛驴也给枪杀了，吃掉了。

怀着对鬼子的恨，16岁时，兰江当上了村里的民兵和村青救会的负责人。上级分给他们两条枪。这可是杀人的东西，几个民兵以前光听说过，却真没摸过，大家你看看我，我看看你，没有一个敢背的。兰江却不怕，头一个就把枪背在了身上。

上级一看，啊呀，这娃娃胆真大，能行，是个有担当的，没等他年满 18 岁，就让他入了党。兰江也因此有了"王大胆"的绰号。第二年，他就当上了村民兵指导员、村党支部副书记。

"王大胆"初尝"铁西瓜"

此时，小鬼子已经占了段村，并以此为据点，顺着蟠龙公路"驻剿"。

兰江一心想着要教训这些挨千刀的畜生。但他也明白，就凭他们这几个人、几杆枪，根本不顶事。

咋办呢？

正当他想主意时，到县上学习的村武委会主任来法突然回来了。一见面，来法就递给他一颗又黑又圆的"铁西瓜"，兴奋地说："兰江，以后咱们就用这种地雷把鬼子送上天。"

世上还有这样的宝贝？兰江的心顿时就痒痒起来，马上说道："那还等甚？咱们赶紧找机会试试这新式武器的威力。"

两人说干就干，就把这颗雷在山沟里放了。"轰隆——"，周围的石头、土块一下就全炸飞了。

眼看这铁西瓜的威力比手榴弹还大，兰江的那个眼哟，比探照灯还亮。可是，只一会儿，就暗淡了。为

啥？来法拿回来的地雷只有这一颗，试了就没了。

咋办呢？这时，来法却叫他不要担心，原来他已经在县上学会造雷了。兰江马上就让来法教他。果然，没多久，他就造出了自己的雷。

此时，正值初夏。这天，兰江接到消息，段村的小鬼子又来抢夏麦了。他马上决定，就用自己造的雷招待这些不速之客。

在鬼子要来的头天夜里，兰江领着民兵高高兴兴地把雷埋在了预定的地方。可是第二天一早他们却发现，拉雷的绳子被剪断了。

咋回事呢？他马上意识到，出了内奸，立刻让民兵沿着脚印追，果然在村里的老财王银旺家发现了线索，当场就把王银旺给管制了。

又一天下午，兰江再次接到情报，第二天拂晓鬼子会来武东抢麦，于是，再次决定用地雷招呼这股鬼子。

等到晚上，他和来法领了几个民兵趁着夜色渡过了浊漳河，在5里外的长乐店埋下了踏板雷。

等到第二天，天边出现一丝鱼肚白时，果然瞧见了鬼子。

就听见"轰隆""轰隆"数声巨响，踩上雷的鬼子便上了天。

随即，早已隐蔽在玉茭子地里的兰江他们又把仇恨的子弹扫向了没倒下的鬼子。为了不让鬼子摸清位置，他们还打一枪换一个地方，以至于鬼子到了，也不知道该往哪里瞄准。

等到他们稳定下来，兰江已领上民兵从一条熟悉的小路上，一路小跑地离开了战场。

"王大胆"请鬼子吃雷

不久，反"扫荡"开始了。

那天早上，天黑得仿佛锅底，大股鬼子恶狠狠地冲着李峪扑来。而此时，早已知道消息的兰江，已经在村西桥房圪廊的公路上埋下了大片地雷。

为了察看敌情，他和来法合计，由来法他们继续掩盖埋地雷的痕迹，他自己则带着几个人上了关道岭。

果然，没一会儿他就看见了一面膏药旗。旗底下全是鬼子，大约有 1500 人。这时，来法也领着剩余的人赶来了。

正当大家兴奋地想要看鬼子吃铁西瓜的模样时，不知为啥，鬼子却在桥房圪廊前停了下来。就见他们左探探，右看看，死活不往雷区里走。过了一会儿，居然全进了谷子地里。

咋办呢？来法急得脸都发黑了。按捺不住的他，一枪就把领头的鬼子撂倒了。

看着来法开枪了。兰江当机立断，马上也开了枪。

奔流不息的浊漳河北源
王慧群·绘

鬼子的队伍一下子就乱了，"哗"地全部缩回了公路。而这，正是兰江他们要的。

果然，一个急慌急忙的鬼子恰好踏在了"子母雷"的踏板上。说时迟那时快，就听见"轰隆""轰隆"连声响，公路上瞬间冒起了团团黄烟，把鬼子炸得满天飞。随即，气浪又把许多鬼子冲到了桥房圪廊前的那段公路上。马上，那里也响起了"轰隆""轰隆"声。

原来，兰江他们也在那里埋了雷。

此时的鬼子已被炸得失魂丧胆，也不知该往哪里逃了，那条狭窄的公路到处都是尸体，最后不得不往来路逃去。兰江他们并没有追，不过，脸上却都露出了笑意。

原来，在来路上，他们也布好了梅花雷。不一会儿，爆炸声就又响起了，连鬼子官也被地雷碎片撕碎了。

反"扫荡"结束后，为了表彰兰江他们的功劳，县上奖给了他们30颗地雷，2支步枪。

"王大胆"的神机妙算

1943年6月，小鬼子的小林大队侵占了蟠龙。上级指示兰江他们，一定要把蟠龙镇的敌人围困起来。

接到命令后，兰江马上把民兵分成3个班，日夜不停地在蟠武公路上埋地雷，打冷枪，千方百计阻挠小鬼子给蟠龙送兵，送物资，打得鬼子心惊胆战，日夜不安。

这天，兰江突然接到情报，说是一伙鬼子第二天要从段村开往蟠龙。他连夜就集合上民兵骨干研究出了请鬼子吃地雷大餐的对策。

第二天一早，他们便已在蟠龙公路上布好了地雷阵。然后，他和来法分工，一人领着一部分民兵，分别埋伏在泉沟梁和关道岭上。

等到太阳升得老高时，鬼子果然来了，有 1000 多人。或许是吃了太多李峪地雷的亏，这伙鬼子显得十分小心翼翼，一个个耳朵竖得就像兔子，一觉得不对就赶紧停下来。

这时，有个鬼子似乎发现了什么，尖叫道："地雷的有，地雷的有。"

其他鬼子一听，"唰"的一下就全趴下了。紧跟着，鬼子的头儿就大喊："你的，把地雷的挖出来。"

那个鬼子只好不情不愿地往他怀疑的地方丢了块石头。出乎他意料的是，那里什么动静也没有。这下这个鬼子心里安定许多，马上又走得近些，丢过去一块更大的石头。"轰隆"一声，这个鬼子飞了。原来，他发现的那个地方的确没有埋雷，但埋雷的地方就在旁边。

看到同伴的下场，其他鬼子的胆都被吓破了，再也不肯往前走，吆喝着黑狗子上前扒雷。有个黑狗子战战兢兢地扒了一阵，结果，扒出来个破钢盔。又一个鬼子扒了一阵，却是只破鞋。还有一个倒霉鬼居然扒出了一堆狗屎。似乎看出了民兵耍的是"空城计"，鬼子头儿笑着下令："地雷的没有，快快开路。"

然而，鬼子刚走没多久，就挨了炸。原来，兰江他们，就是要鬼子松懈下来，才好"请君入瓮"。

就这样，分不清真假的鬼子，费了好大劲才挪到李峪。此时，摆在他们面前的已经是真正的雷区。就见兰江他们瞬间开了枪，鬼子毫不费力地就被引进了雷区，"轰隆""轰隆隆"倒下一片，最后，丢下十几具尸首和2匹军马，灰溜溜地撤走了。

"王大胆"炸鬼子军营

8月初，段村又派了400多鬼子和黑狗子前来清剿。可是，走到李峪时，他们却偷偷地绕了过去，跑到浊漳河南岸的监漳扎下了兵营。

兰江知道后又动开了脑筋，他和来法一起合计，准备拔掉这颗"钉子"。

夜里，他们在监漳外头布下了一个地雷阵。第二天，这伙鬼子刚出来，便被炸得人仰马翻，只好躲进镇子里再也不肯出来了。

你不出来我们就去。兰江决定主动出击。

第三天夜里，他和来法领着民兵神不知鬼不觉来到了镇子外。此时，镇里除了几声马叫，再无动静。为了

查看镇内的敌情，两人决定亲自进镇侦察。他们让其他民兵在外边布地雷，自己却一起向马叫的地方摸去。

月光下，两人发现了一个哨兵，正没精打采地在那里踱来踱去，旁边就是马棚。

这时，来法鼓捣兰江："兰江，你敢不敢去把那匹大青骡给咱牵出来？"

兰江两手一搓，说："这有甚不敢。"

说完便大摇大摆地走了过去，当着那个哨兵面就拉骡子，把哨兵看得目瞪口呆，问："你的，什么的干活？"

兰江也不理他，跳上骡子，两腿一夹就跑了，还不忘随手往军营里丢了颗手榴弹。

"轰隆"一声，鬼子的营房飞了。

反应过来的鬼子哨兵连忙开枪。那边，来法也顺手丢过来一颗手榴弹。不久，追出镇口的鬼子，又结结实实地吃了几颗民兵刚刚布好的地雷，吓得又缩回去了。

又过了七八天，被堵得实在发慌的鬼子打算趁夜从河里绕出监漳，可哪知道，那里也早已布好了雷……

第二天一早，兰江派人用柳弓把一些传单射进了监漳，黑狗子看到了传单，上面写着："中国人不打中国人，不要为日本鬼子卖命了。"

鬼子也发现了传单，等他们扑到射箭的地方，那里只有用石灰写的一句话："等了你们三天也不来，只好再见。"

气得鬼子上前去擦，结果，脚下又踩响了连环雷。

解放监漳后，县长跑来问兰江："能不能把你那头大青骡子换给我？"

兰江说："那行，你给我们民兵队 5 支枪。"

给武东县委送信

来春是胡峦岭的。他有个绝活，会武功。他的师傅就是魏名扬。鬼子来了后，他便加入了游击队，负责侦察。

那是 1942 年夏，小鬼子突然在胡峦岭上建下了碉堡，还切断了蟠龙公路。这可咋办呀，不能和县委失去联络啊。当时正在胡峦岭驻扎的八路军三营营长钟明锋迫不及待地想要找个机灵后生负责联系。最后，他相中了来春。

这天，他把来春喊过去递给他一封信，要他火速赶往王庄沟，把信交到麻贵书书记手里。

来春接了信后就上路了。他前脚走，后脚钟营长就捏了一把汗。要知道，这一路情势非常紧张，沿途经常有鬼子和黑狗子的巡逻队出没，一不留心就会被抓到碉堡里受审讯。才 17 岁的来春能安全到达王庄沟吗？

再说来春。只见他晃晃悠悠从老背沟出来后，一不走大道，二不上小路。他先是寻了棵柳树，不紧不慢地用柳枝编了个帽圈戴在了头顶，然后，一个隐身就消失在了草丛里。他的身影不停地穿梭在草木茂盛的地方，两只耳朵似乎会动，时时敏锐地听着四处的响声，眼也一直转，扫视着周围。很快，便到了龙湍河边。

龙湍是鬼子巡逻队最容易出现的地方。所以，他在这里停了会儿，先是蹲在草丛里静静观察了一下动静，发现并没有巡逻队的踪迹，便猫着腰，沿着河沟，继续向王庄沟摸去。

突然，意外发生了。当他刚走到龙湍大瀹拐弯处时，耳朵里传来了一阵叽里咕噜声，仔细一看，对岸有鬼子正在过河，眼看就迎面撞上了。情急之下，只见他一个"驴打滚"，身体就滚进了泥地，瞬间变成了一个泥人。

此时，鬼子也看到了他，马上向他扑了过来。待走近了，才看到他的"怪样"，不由得都哈哈大笑起来。

其中一个鬼子端着枪指着他问："你的，什么人的干活？"

来春呢，从污泥里走出来，把脑袋扬得高高的，咬着半个舌头："啊啊啊。"

原来是个傻子啊。这个鬼子不由觉得晦气，用枪托狠狠地杵了一下来春，看他在泥地里又跌了个跟头时，便笑哈哈地和同伙离开了。

而来春直到他们走远才起身。他的一只手下意识地摸摸屁股后头硬邦邦的信，脸上露出了胜利的微笑，紧接着，便扭头，向王庄沟一路飞奔而去了。

不久，那封信便安全地到了麻书记的手里。

给十四团送信

这年秋天，太行三分区司令鲁瑞林、十四团团长马忠全突然一起来到了胡峦岭。正当大家私下里议论，要发生什么大事时，钟营长把来春喊了过去，偷偷递给他一封信，要他立刻送到下北漳北方局的领导手里去。

来春接过信就出发了。幸运的是，这一路上，他并没遇到惊险。然而，当他拿着北方局领导的回信，往凹江沟返时，意外却发生了：一支鬼子的巡逻队迎面撞见了他。

咋办呢？来春当时就意识到，躲是肯定躲不开了，他必须想尽一切办法，不让鬼子发现身上的密信。

就在他脑子飞快地转动时，一个矮胖的鬼子开始冲他吆喝："站住！你的，哪里的干活？"

只见来春歪着脑袋，一副愣不性性的样儿，冲着这个叫唤的鬼子便傻笑起来。

但这并没有骗过狡猾的鬼子。又一个鬼子端起刺刀指着他的脑袋喊道："你的，大大的不老实，搜查搜查的。衣服的，脱掉。身上的东西，统统的，交出来。"

这可怎么办，信就在来春身上。一搜，还不漏底？再看来春，依旧是傻傻地，一边脱下来小布衫，一边带着惊吓的表情站到了一旁。

鬼子一把拽过那衫子，翻了个遍，啥也没找到。又示意他脱裤子。这时，就见来春猛地把肚子胀起来，使劲一用力，顿时，身周弥漫起一股浓重的屎味。原来，他借着那股气，在裤子里拉了一团屎。然后，他伸手在屁股上一抓，立刻抓出一把稀屎来，紧跟着就递向了鬼子。

"啊，你的，傻子，傻子。"那个凑上来的鬼子当时就被熏得干呕起来。起初那个矮胖的鬼子更是气得抬起脚来，一脚就把来春踹到了一边的草丛里，然后手一挥，赶紧离开了，剩下的鬼子也立刻跟在了他后边。

眼看着他们消失在胡峦岭炮楼的方向，来春没事地站起来，扭身便飞跑起来。不久，便到了凹江沟。当他把北方局领导的密信交到了早已急切地等在那里的马团长手里时，那颗紧张的心才放下来。

马团长并没有看信，而是赶紧把信递给了鲁司令。鲁司令看完后，紧紧地握住来春的手，说："你真是我们的好交通员，知道吗，这封信可是关系到我们一位重要首长的行程，你立了大功了。"

随即，十四团的各级领导在胡峦岭东庄王青和家召

开了紧急会议，而会议的内容，正是来春信上所提及的晚上的护送任务。

护送首长过据点

当晚，来春也参加了护送。正值9月初，月亮很残，天很黑。

来春他们等了没一会儿，十四团的人便掩护着要送的人从王家峪过来了。来春偷偷眄了一眼要送的人，发现这是个高个男人，瘦长的脸，大大的眼睛炯炯有神，以前从没见过。但他并没有问这人是谁，而是警惕地观察着周围，默默做着掩护。

事实上，这一路，但凡鬼子炮楼附近的关口要道，都有我们的人埋伏着。

就在他们走到距离炮楼还有100米，马上要转向南柳树圪道时，突然，意外发生了。炮楼顶上的鬼子猛地开了一阵火。令人奇怪的是，却不是朝着他们这个方向，而是相反的龙湍。

原来，这是魏名扬的名扬游击队和王来法的李峪游击队在帮着他们打掩护。

听着枪声，那个首长赞扬道："咱们八路军的战斗力还挺强嘛。"

随后，他便和大家飞快地通过了柳树圪道，又顺着沟下到了村底。

在沟底的沙滩前他们休息了一会儿。这时，首长突然问大家："这里的乡亲们避难的地洞安全吗？"

胡峦岭村农会主任富全马上答道："首长，很安全，我们的洞可是洞套洞，里边有机关，不怕鬼子放水，也不怕他们烟熏。"

首长点点头又问："这就好。乡亲们吃的够吗？食粮安全吗？"

村财粮主任四海接口说："首长，安全着呢，我们把粮藏在不同地方，鬼子根本找不到。"

停了一会儿，首长再次问："我看这里山高坡陡，乡亲们吃水方便吗？"

这回，大家沉默了。民兵魏汉没忍住，说："就是缺水啊，乡亲们喝不上，都屙血了。"

首长的神色凝重起来，说道："这可不行，得赶紧解决。"

说完，他观察了下地形，弯腰抓了把沙土，仔细看了看，扭头便对大家说："这下面就有水，咱们现在就挖口井。"

说完，他便动起手来。

来春他们也赶紧跟着刨土。没过多久，神奇的事发生了，这里果然出水了。当首长喝下井水后，高兴地说："不错，真甜，等咱们解放了，日子也会过得这样甜。"

随后，他满意地大踏步地走了，当天晚上，便安全地通过了四区胡峦岭封锁据点。

等来春他们返回胡峦岭后才知道，他们护送的居然是刘少奇。

勇擒小鬼子

没几天，鬼子的秋季大"扫荡"开始了。

一天，一股鬼子从胡峦岭的碉堡出来，绕到姜家庄，来村上抢东西。八路军三营十一连连长黄金龙，当即指示民兵掩护乡亲们撤离。

当时，来春和民兵指导员姜成宏就在掩护的队伍中。成宏的女人王焕梅，前几天刚坐了月子，身体很虚，没办法跟着大家转移。于是成宏就把她藏在了窑里里间的一堆麻袋下面，上面苫了谷草，才起来护送乡亲们。

他们刚走没一会儿，胡峦岭鬼子副中队长湿泽角荣便带着十几个小鬼子进了村。紧随他们的是狗汉奸暴焕银。只见他把礼帽往胸口一扣，腰向前一哈，便向湿泽角荣打起小报告来："太君，村里的民兵跑不了，他们都躲在屋里。"

湿泽角荣把指挥刀一挥："统统的，搜！"

那十几个鬼子兵顿时疯狗一样扑向了各家各户。然而，令他们失望的是，翻了个底朝天，却连一个人影也没发现。

气恼的湿泽角荣立刻给了暴焕银一个大耳光，心知自己这次肯定是一无所获了，便悻悻地领着那十几个鬼子兵开始往碉堡返。

这时候，来春和成宏等4人已经安全地转移了乡亲们，返回到了村对面的成家垴圪顶上，隐蔽在那里的草丛中观察村里的动静。正当他们以为敌情解除时，突然，来春看到两个小鬼子不知怎么又返了回来。于是，几人的心顿时又提到了嗓子眼。

再看这两个鬼子，所去的地方正是成宏家。只见他们到了成宏家，马上便分开了。一个鬼子守住了大门，另一个鬼子踢开了门，扑了进去。

"不好，他们发现嫂子了。"来春立刻对成宏说。

成宏"腾"地一下站起来，眼里满是怒火地对来春说："你和生云，去干掉门口那个。我和富全去处理屋里的。"

来春应了一声，迅速摸到了门口。只见他双手握着一把匕首，突然出现在门口那个鬼子身后，猛地一下，就割断了鬼子的喉咙。

而成宏，也一个箭步跨进了院。等他来到屋旁就发现，正如来春所说，屋里的鬼子已经发现了焕梅并向她扑去。

他立刻冲进屋里，没等鬼子反应过来，就把刺刀狠

狠地插进了鬼子的肋条。另一个队员也猛地拽住这个鬼子的胳膊，顿时把他的双手反背到了背上。

这家伙便乖乖地俘虏了。

不久，他们便押着这个鬼子，还有2支枪、2顶钢盔、2把刺刀，高高兴兴地向村外走去。

送情报救乡亲

1943年夏的一天，来春像往常一样来到了一个秘密地点，和潜伏在胡峦岭碉堡里的、上北漳儿童团的豆更堂接上了头。

当时，豆更堂神情非常紧张，一见来春就递过来一份情报，告诉他，火速把这封情报送到八路军三营钟营长的手里。

这是更堂冒着生命危险潜进鬼子碉堡的密室偷看来的情报。来春非常明白它的重要性。他对更堂说："放心吧，我保证立即送到。"

说完，他的身影便消失在了黑暗里。不久，他便来到了三营的驻地，把这个得之不易的情报交到了钟营长的手里。

钟营长打开一看，脸上顿时露出了焦急的表情。

原来，情报上写着，有汉奸发现了东沟吴家岭乡亲避难洞的位置，并把这一消息报告给了湿泽角荣。湿泽角荣已经下令，在10日"扫荡"吴家岭。

这可是关系到一村人的生命。钟营长没有丝毫迟疑，立刻下令，由黄金龙连长火速带着十一连在吴家岭圪梁上提前隐蔽，另派七连八班班长靳小瑞事先藏进了避难洞，准备里应外合。

次日上午，鬼子的小队长曷目果然带着2个小队的日伪军向避难洞恶狠狠地扑来。

等他们一踏进埋伏圈，钟营长便大声喊道："打！"顿时，吴家岭的南、北山头便响起了枪声。

战斗结束后，经过清点，共有150名乡亲得救，而鬼子和黑狗子却有70个在吴家岭上丢了小命。

这些，自然也有来春一份功劳。

鉴于三营官兵和胡峦岭民兵多次立功，1944年3月，在太行三分区在蟠龙召开的庆祝解放胡峦岭战役大会上，陈锡联将军专门对他们进行了表扬。

劳动英雄
李马保

苦娃娃

蟠龙东北有个树辛。树辛从前有个李马保。马保，那可是个苦娃娃。他娘生他那会儿，没赶上好年景，正遇上小日本逼迫袁大头签下"二十一条"。

当时，他们家穷得要甚没甚，一家 6 口人，就指望着下地打的那点粮食和给地主老财帮帮工。但就这，一年到头，还了欠下的饥荒，还是穷得连年也过不去。

实在没法，马保打小就出去给人家放羊。成天扑在荒天野地里，秋冬忍受着西北风呼呼地刮，春夏忍受着雨水、冰雹稀里哗啦地淋着，打着。这还不算，回头，到了财主家，还要忍受人家的打骂，克扣。受的那个苦啊，实在是说也说不尽。

亏得是 1937 年共产党、八路军来了。没多久，抗日政府就发动了减租减息。减租减息好哇，马保早就盼着这一天了。可当时，他们村的老财陈汉介还不愿意，想着法子对抗，抵赖。马保呢，头一个就站了出来，当上了斗争代表，狠狠地把这个灰鬼给斗倒了。

大家伙儿一看这后生又肯为乡亲们出头又年轻，就选他当上了青救会秘书。青救会是为了抗日，打小鬼子。要想打小鬼子，就得勇敢拿起武器跟鬼子实打硬干。马保呢，在这点上一点儿也不含糊，勇敢是真勇敢，打仗是真打，村里的年轻人都信任他，又选他当上了民兵队长。从此，他一手拿枪，一手拿锄头，既打鬼子，又保证生产。

劳动英雄

马保是生产的一把好手。他劳动勤快，减租减息后，家里没了饥荒，他靠着勤谨，很快就帮着家里有了积余。他便把这些钱都拿出来买了地，从此彻底脱掉了"愁天帽"。

但是，光有地还不行，还得让它有收获。而当时呢，小鬼子见天来"扫荡"，就是不让乡亲们好好耕种和收割。每到这会儿，作为民兵队长的他就得掩护上全村人，扯家带口，出去躲藏。等小鬼子走了，再掩护村人们回来，连夜种连夜收。有许多人，因为这一闹腾，便彻底不回来了。咋办呢？荒下的地谁种谁收？

他是看在眼里，愁在心上。

到了 1942 年，天又行大旱。小鬼子和国民党顽固派，又对咱实行了惨无人道的封锁，整个太行抗日根据地都很困难，眼见得耕种又受到了影响。这时候，抗日政府开始号召乡亲们"组织起来，生产自救"。

马保一听，身上就有了劲儿。他觉得这是个天大的好主意。马上就响应号召，一边组织家人都参加劳动，一边带头和 5 户人家组织起了生产互助组。每天起早贪黑，修边垒堰，平整土地，精耕细作。头一年秋，这个组就获得了大丰收。等到了第三年春，他就成了全县有名的劳动英雄。自家种的地也从几亩变成了 27 亩。

耍好肥

起初，人家都奇怪，你李马保究竟有啥诀窍能取得这样好的收成？要知道，这年的旱，让村上人家大都歉了收，连吃都成了麻烦。而他呢：光谷就打下了 20 石，还有麦 4.5 石、杂粮 3.6 石，还有麻子 6 斗、穈子 7 斗，芥子、小豆各 2 斗……拢共 31 石。平均每亩多打了 2.5 斗。

这还不算，另外还有 27 担山药蛋、5 担菜根、150 斤干野草。

这些，除了负担吃喝，剩下的还有许多。更难得的是，他窑外新开垦的地上长的菜根，每个都能达到 3 斤重，别说赖年景了，就是好年景，也很难做到。

这是咋回事呢？其实呢，马保的道道很简单，庄户人不是老讲究"庄稼一枝花，全靠粪当家"嘛，他呢，就是把粪要出花来了：除了每块地都会比旁人多锄几遍和改了种外，就是多上肥。每亩平均能上到75担以上。远远超过了政府要求的一亩60担。

至于这些肥咋积下的，他也有样样。

起初是扫街垫圈，同时，还弄了个"汃水盆"。"汃水盆"就是挖了坑，把平时的洗锅碗水也积攒下，倒里头。回头和了茅粪，不到2月，就弄出了2000多担肥。

这还不算，他还跟互助组的人商量，"勤修圈炕，常加草料，一月翻三遍，每月出一遍"。没多久，又弄下900多担羊粪、200多担熏肥和大粪、170担沤粪。

后头，他又踩了2个双圈，光老羊粪就添了400多担。接着，他又积极沤圊，作追肥。

人家是春才上肥，他冬也开始送粪。

人家是冬牲口没吃的。他在冬，就给牲口加料。

因此，人家一年只收1.5石，他呢，破天荒，2.4石。

改造落后

起初，树辛除了马保他们搞互助外，并没有其他响应的。这会儿一看互助组成功了，个个都积极起来。

马保呢，也不藏着掖着，又在村里搞起了互助变工，谈经验，研究全村的生产办法。把村人的心都照得明明亮亮，参加互助的人越来越多了，搞得也越来越有劲。

然而，这天，马保却不高兴了。为甚？村里的积极分子萧云书参军走了，他觉得走了一个得力的人。

他的不高兴，让分区彭政委看出来了，问他："马保，谁惹下你了，咋这么一脸不高兴？"

马保便说了自己的气。彭政委一听，笑了，说："马保啊，咱不要急，你多培养几个云书不就行了？"

马保听完，顿时眼明了，拍着脑门说："啊呀，咋就迷障了。"之后，就开始培养人才。不过呢，他可不只是多培养几个云书，他想的是把全村人都培养成云书。

他研究了村人的情况，觉得要想全村都积极，必须先改造落后的。树辛最落后的是李喜孩。这天，马保就拉上他去看分区演的戏。等到了分区，就把他领到彭政委家，还跟彭政委介绍他："这是俺村的技术老师。"

彭政委马上就把喜孩让到铺盖上坐。这可把喜孩羞愧死了，觉得彭政委和马保这是看得起自己，咋说也得给他们长脸不是？于是回来他就主动了，在马保的不断表扬下，当上了生产大队长。

回头，马保又把孤立分子李书孩也给弄得积极了，当上了全编村的财粮主任，并且得了村公所的一面奖旗。

其他落后分子一看，只要转变，政府马上就奖励，呼啦啦一下，在一年之内也都成了积极分子，整整34个。

这下，整个树辛就成了一架活机器，只要上头交给的事，马上就能轰轰烈烈地搞起来。就算马保和村干部一个也不在，照样能做得好好的。

等到了1943年，区上又叫走了6个干部，这回，马保再也没说甚。

比功劳

这年，树辛便实现了全村劳动互助化，成了全县生产实验村。马保也多次出席了全县劳模会。他的模范事迹还编入了当时的小学课本，被号召全县学习。

到了1944年，他又去南委泉参加了群英大会，牵回了1头牛，加上县上奖的，已经2头了。这下，有人红眼了，背地里说："英雄奖发了，可奖的是人家，与咱没关。"

这话，让马保听下了。他把大家伙叫在一起，说："我想把上头奖的牛入到合作社，每月给家留3天，牛粪全送给赤贫户，你们看咋样？"

大家伙一听，都说："马保，真是好样的。"

一下子，再没传闲话的了。

可是大反攻后，又出了一档事；一些积极分子觉得

抗战有功劳，常向乡亲们夸功。有些人就不舒服了，心说话："哦，你们都有功劳，俺们这些也支过差，放过哨，咋的，就没功劳了？"

……

马保知道后，马上想起了整风比功劳的经验，他把大家伙儿叫起来，也让大家比比功劳。先让新老干部说，再让荣退军人说。

这一对比，大家才明白，老干部这几年来一直领导着大家减租减息，坚持反"扫荡"，打窑洞，围困蟠龙，支差，屯粮，参军，功劳确实大。但，也有些人有行政命令的作风，不好。

而荣退军人呢，特别是长征的老军人，带过彩，流过血，回了村，在生产中也积极为乡亲们谋利益，功劳更大。但，也有些人有自高自大的毛病，也不好。

最终的结果是，老干部都觉得还是军人有功劳。而荣退军人也感到自己的功绩没被埋没。新干部们也有收获，他们对自己那浅浅的功劳看清楚了。

之后，大家都检讨了自己的不足，自觉地又团结了起来，保持了树辛模范村的光荣称号和荣誉。

太行模范

早在 1944 年 11 月的太行区第一届群英会上，马保就提出，要跟其他劳动英雄比赛，要和"大家一齐来，把太行山变成咱们的陕甘宁"。他准备把树辛建成全太行的模范村。

话说出去了，就要做到。从南委泉回来后，他就开始了行动。

他先是把村里的好把式聘请上，搞了个技术研究会，一个节令一个节令地研究好咋做，然后在自己的队里先试验。试验好了，就拿到民校里去宣传，或在大众黑板上公布，让其他队也跟着做。试验不好，就再研究。

为了让大家伙儿都重视技术，他把一个技术好的和一个技术坏的，放一块儿比较，同样的条件，人家技术好的，就是不一样。一下子，就把大家轻视技术的思想给杜绝了，自觉自愿地跟上有技术的跑。

接着，他又把村里的好把式和技术差的配一块，一个教，一个学。稍有进步，就鼓励。那差的，自自然然就进步了。一下子，全村各个队都掀起改进技术的高潮。

回头，大家依着马保的经验，又选了良种，用小锄锄苗，深耕细作。这年的收成，都好得不得了。

太行区领导知道后，马上把树辛的精耕细作办法确定为全区生产方针之一。

除了种地，马保还教大家搞纺织、养猪、养鸡，把副业也搞得红红火火。在太行区第二届群英会上，他又光荣地当选了边区一等劳动英雄。

送菜英雄李魁锁

遭贼

魁锁在家行三，村人们都管他叫三娃。他上头有2个哥哥，1个姐姐，下头还有2个妹妹。兄妹几个都是勤谨人，性子都随他爹李管全。管全，那可是十里八乡都叫了好的受苦人。

不过，再好的受苦人也架不住穷。管全打他爹师和那辈儿就一贫如洗，他也是兄弟三个，也是行三，自打出生后就跟家里几代人挤在下北漳小寨那两三眼祖上传下来的窑里过日子。魁锁打俄国十月革命那年生下后，也如此。为了不受穷，他十几岁上就跟上人家跑到50里外的后山，在小窝铺开了一片荒，打算以此补贴些家用。

你还别说，苦熬了几年后，他还真攒下些银钱。心，就大起来。就思谋着，天天种地也不成，不如出门做点小买卖。可是，做些甚买卖呢？他选中了走街串户的小货郎。

想了就干。过了几日，他从镇子上置办下了货担子，针头线脑子。把它们都安顿在地窖子里，单等抽好日子高高兴兴出门。

哪承想，这个没见过世面的，不会防人，置东西时，让有心人给惦记上了，一黑夜，连货带担子都不翼而飞了。得，又回到解放前了。

这若是换了旁人，还不难受得怨天怨地？可三娃不，这后生心宽着呢。他想得开，买卖不成就做别的，东方不亮西方亮，只要广结善缘，踏实做人，总有干成一行的机会。

回头出来见人，依旧笑容可掬，眉清目秀。

卖菜

不久，就又选了个行当。这回，他趑摸上了种菜。

下北漳人好种菜。村边的河滩地，好浇水，菜地也不熬人，比受旱地舒坦。种下的菜，不光能供自家吃，还能挑到镇上换现钱。所以，村里指种菜为生的大有人在。

魁锁呢，就相中这一行了。

于是，打寒天腊月起，村人们就成天见李管全家那个子高挑，身体健壮，浑身是劲的三娃在河滩地里忙乱

了。别人在家窝着，他却在那里打围畦，把茅坑里能拾掇下的粪全都担到那里沤着。

没出正月，猪圈里积的猪肥，官道坡、河滩里捡的牛马驴羊粪，也都让他挑到了地里备用。

到二月土地一解冻，他便把这些肥均匀地撒在刨好的地里，又修好了连堰，打净了坷垃，耙了地，耧了土，勾成了垄道。回头，瞅上好天气，就把紫皮蒜种下了。

等到小满前后，又把在家秧好的北瓜、黄瓜、茄子、西红柿移了进去。

没入夏，那地里，就全是喜人的菜蔬。

菜长好了，魁锁最欢喜。因为他能挑上菜进集镇了。

当时，许多人天不亮，就能看到他的身影出现在30多里外的大曲（大有）。到晌午，又有人看到他在20里外的蟠龙。午后，他又回了下北漳，担下一担菜，往襄垣的下良镇赶。到夜里，又在地里忙第二天要卖的。这一天下来，少说都要走八九十里。而且，每担，都得百把斤。可对于魁锁来说，这根本不是事儿，谁让他身子骨壮呢。

送菜

那是抗战的第三个年头上。八路军在下北漳创办了鲁艺。有天，村长突然寻见魁锁，跟他商量："三娃啊，咱得把菜供应村上的八路军，你给领个头。"

魁锁说："那行。"

从此，他就见天儿给村里的八路军送菜。

过了段日子，村长又寻见魁锁，又跟他商量："三娃啊，你看咱王家峪的八路军总部吃不上菜，要不，你再领头每隔两天也为那里送？"

魁锁说："行，我送。"

他确实得送，他姐李焕兰就在王家峪。八路军的首长，朱德呀，彭德怀呀，左权呀，他们的女人就住在他姐家，跟他姐处得像姐妹似的。他早听他姐说了这些女人的事，也听他姐说了首长们和八路军的事，对他们崇拜极了，就想他们吃他的菜。

这回村长一说，当即就放不下了。心想，说啥也得把菜送到王家峪去，不光要送，还要送最好的。

想到就干。第二天一早，便担了一担挑好的菜，上路了。一路上，他脚下像是刮着一股风，那挑菜的担子虽然压得弯得不能再弯，可他却走得轻松。

事实上，这一路并不简单。别看两个地方直线不过几里，可若是真行走，其实挺难。得先走一段蟠洪河的乱石滩，还要过好几次河道，蹚好几条河。再穿一段山石险峭的峡谷，从满是荆棘的悬崖爬上山顶，然后过一段狭窄的羊肠道，之后还要经历一段险象环生的荒坡下

好坊，庠。冀南
银行旧
址中国
人民银
行前
身。

癸卯夏。
慧群
笔。

冀南银行旧址

王慧群 · 绘

至沟底。再在沟里走一阵，才能到王家峪。

不过，这对魁锁来说根本不算甚。就见他把两条裤腿高高地卷膝盖上，光着脚连鞋也不穿，就下了乱石滩，过了河道，然后又爬上了悬崖……把脱鞋子、卷裤腿的时间全省下了。

战士见他每回都这样，干脆叫他"光脚汉"。

运钞

1940年夏秋的一天，魁锁又像往常一样担了一担菜，送到了王家峪。当他卸下担子，刚打算擦一把汗时，突然，一个管后勤的首长把他悄悄拉到了一旁，问："魁锁，你敢不敢给咱运钞票？"

"这有甚不敢。"魁锁响丁圪旦地答。

首长拍拍他肩，高兴地说："好，就你了。"

原来，当时八路军的冀南银行正在武乡的好蛴庙一带。他们有一批冀南钞急需运送到沁源县的太岳军区司令部去。

这可都是钱，需要一个信得过、身子壮、腿脚快、能吃苦的当地人去干。到哪去找呢？后勤部的人一下就想到了魁锁。

很快，魁锁就赶着一头大黑骡上路了。骡背上的驮袋里，还有他肩膀上的担篓里，满满当当的都是花花绿绿的钞票。

这一趟，得跑 200 多里路。为了赶跑，魁锁的脚板底下又仿佛生了风，纵使晚上经过村子也没停一下，一个劲地拼命往前赶。

也难怪他这样，当时，正是小鬼子经常出来"扫荡"的时候，说不定在哪儿，就遇上了鬼子或黑狗子。

为了加快速度，只见他一手扶着担杖，一手使劲拽骡子，吶喊："老伙计咱们得快点，快点。"

那骡子似乎听明白了他的话，也振作精神，大踏步向前。仅仅一天一夜，他们便出现在了沁源城南的阎寨。

首长见了他，还惊讶他怎么这么快。他却在那里使劲埋怨，都是骡子拖了他的后腿，净耽误时间。

善缘

魁锁也遇过危险。有一次，鬼子到下北漳"扫荡"。魁锁因为在菜地里浇了一夜水正在窑里打盹儿，被捉住了。正当他心说，这可咋逃呀。外头却传来了鬼子的集合号，他便莫名其妙地被放了。

逃了一劫的魁锁以后对支前更热衷了。

鬼子投降后，咱们的部队打的第一仗，他就和村上的民兵都上了老爷山搞支援。许多村人因此没有再回

来，也有人挂了彩。可魁锁呢，不光毫发无损，还受到了表彰。

人家问："三娃，你咋就这么幸运？"

魁锁眨巴眨巴眼说："大概是俺喜欢广结善缘呗。"

合作英雄
程胖孩

监漳能人

胖孩是监漳的，他生在光绪二十三年。因为一生下来就胖，所以家人就给他起个小名，胖孩。后头村人也跟着这么叫，反倒他的大名没人知道了。

本来，他家是书香门第。他爹程楚云，中过贡生，当过龙门高小教师和乙种农校校长。可等他快要读书时，他爹没了，家，就中落了。他呢，也没机会摸书了，所以大字不识几个。

不过，这拦不住他人勤快、头脑聪明。二十几岁上，就挑着货郎担满世界转。一直转到在监漳租了门脸，开了店。

他卖的都是日杂，油盐酱醋、笔墨纸砚。

他为人大方，从不跟人斤斤计较，但凡有人来买他的东西，总是把秤杆翘得高高的。临了，还要再添些进去。因此，监漳人没个不喜欢他的。管他那个铺子叫

"胖孩铺儿",见天儿来。

隔了几年,他在铺里辟出一半,开了个药店,取名"志和堂"。坐堂的,他雇的是监漳有名的医生任福林。福林是个瞎眼,胖孩呢,就兼起了做药和抓药。回头,就跟着福林记下一肚方子。对药性、炮制也熟络得不得了。再加上他那比珠算还利索的心算,一下,就成了监漳人眼里的"能人"。

开山鼻祖

那是 1940 年夏。一天,区上的领导突然跑来找他,说:"胖孩,你也知道,现在小鬼子反乱,咱根据地生活用品和生产物资都挺紧张。上级要咱克服困难哩,你是个能人,能不能想办法,给咱们办个合作社?"

胖孩琢磨了一下说:"你看,俺就是个庄户人,眼下是非常时期,办合作社不容易,不过,俺想试试。"

区领导高兴地说:"想试就成。"

虽然接了营生,但胖孩并没着急着开干。他听说贾豁在夏初已经开了个"光华合作社",就跑去参观了。回头一思谋,觉得监漳的合作社应该集股搞作坊生产。

可新起炉灶太困难了。咋办呢?他觉得该把"志和堂"拿出来作股份,拉上大家集股。这事得跟老婆商量。一商量,那女人当场就不干了,嚷嚷:"志和堂可是咱们一家人的活命铺，咋，你就这样奉献给公家了？"

气得好几天不跟胖孩过话。胖孩呢，劝了又劝，最后说："要是咱不支持公家，谁来抗日？要是没人抗日，咱的店还不是让小鬼子给关张？说到底，这是为咱自个儿。"

那女人一想，咦，还真是这个理。想通了。

接着，胖孩就去寻了相好的崔效珍、任四海……这几人本来就是积极分子，一听说，是为政府，当时就入了股，还分头给老百姓做工作。可老百姓呢，只想着咋活命，没有闲心操合作社的事。所以，入股的不多，风言风语的倒是堆下一火车，差点把这几个人的心也说凉了。

好在，还有入的。有入的就行。胖孩拿定主意，斗把米，不嫌。有技术，也成。

一个月后，新"志和堂"开张了。胖孩从此成了监漳合作社的开山鼻祖。他和大伙儿商议，每股股金一斗米，半年分一回红。分红后，想入继续，不想，可以撤股。

开办作坊

新"志和堂"首先做的，就是开酒坊，请的是监漳有名的酿酒师傅成全保和暴玉楼。起初，酒坊规模不大，

就当街那一间铺，七八个大缸。开起来后，勉勉强强酿了两次，就歇下了。

咋回事呢？酿酒用的是粮食。这兵荒马乱的，连人吃的都不够，哪来的粮食瞎糟蹋？一开始，胖孩靠东家进，西家出，四处收购，还能弄来些粮食。到后头，就没脾气了。

他这一没脾气，得，其他的股东，也都一个个灰溜溜的，一点也看不到希望了。放弃吧，都不死心。做吧，根本没法做，眼看就要解散了。突然，有个人打问："我听说咱五龙山和上司的梨快熟了，不知道这东西能不能酿酒？"

"能，当然能。"胖孩顾不上多想，马上跑去找全保和玉楼。他们俩也是一拍大腿，呐喊："中，真中。"

于是，酒坊就改产梨酒了。产出来后，拿到市集上一卖，还真是不赖。这下，酒坊便稳定了。

接下来，胖孩又开起了醋酱坊，请的是监漳最好的做醋师傅魏生财。

然后是弹花铺，再后是油坊、粉坊、染坊……一个个都开起来了。

苦心经营

可是，光开起来，还不顶事。

单拿棉坊来说，需要棉吧，棉在哪儿？在外地。得胖孩穿过封锁线去进。穿封锁线那可不是说笑的。鬼子可是说杀人就杀人。胖孩见过那份惨状，简直是惨不忍睹。可他还是去进了。白天不能走，就走夜路。大路不能走，就走小路。小路，多是山路，崎岖不说，还到处荆棘丛生。一趟下来，他身上的衣裳、鞋子，没有一个是完好的。

材料回来了，都让他悄悄藏山洞里。用多少拿多少。产下的东西，也是第一时间藏起来。作坊里，始终没有啥。除了那些连小鬼子也搬不走的酒缸、石磨。这样的好处是，鬼子一来，随时能拎上东西跑。等小鬼子一走，马上就能回来继续开张。所以，那些年，小鬼子每次来，愣是没找着监漳合作社的东西，合作社也愣是啥损失没有。

再说产出来的东西。也是靠着胖孩一副肩膀、一担挑子，还有两只脚，穿过封锁，送到老百姓、八路军手里。一直坚持到小鬼子撤出蟠龙。

鬼子没了，胖孩又跑到西川，聘了几个翻砂师傅，开起了翻砂厂，浇铸起了铁锅、錾子、炉支、火口，还有犁铧。但这不比其他，是真技术活儿，所以胖孩没弄成，赔了。

赔了，也没事，既然不能生产，咱就卖。胖孩就又辛辛苦苦跑到荫城进来了锅、錾子，卖起来。

翻砂厂呢，给了生产队。

至于起初胖孩许下的承诺，也真兑现了。每半年，每股都分了一斗米的红。

支援前线

1945 年，小鬼子投降了，上级指示，志和堂和姚家庄的合作社合并为"监漳合作联合社"。

选举新合作社主任那天，胖孩穿着一件黑色中式大襟衣裳，一条宽而肥的中式裤子，高大的身躯隐没在人群里，显得毫不起眼。

但当他出现在台子上，乡亲们的掌声就一下也没断过。可是，当他在台子上挥着拳头，坚定地说出"从今天起，再没有'志和堂'了"时，掌声集体歇了。

大家谁也不愿意这么多年来一直保障他们生活的志和堂就这么消失了。

之后，监漳合作联合社在胖孩手里越开越大，有了分社。一个在北街，由暴丁未负责，卖布匹、毛巾、烟酒、纸墨笔砚等生活用品。一个在南街，老爷阁往东，由崔效珍负责，主要是做醋酱，还销售锅碗瓢盆和生产工具犁耧耙耢、锨镢镰斧、钉锤刨锯等。胖孩自己呢，也管着一个店，总店，就在正当街，主要是各种作坊的生产和药店。

当时，咱们的军队供给仍特别困难。咋办呢？胖孩又张罗开了，组织上老百姓又开起了一个机器纺织作坊，专门给咱们的军队纺织毛巾、袜子和被褥布料。老百姓也跟着得到了实惠，有赶时髦的，出门时肩膀上都会搭一条机器纺织作坊产的，衬着边缘三道红色条纹的白毛巾，走大街上，神气极了。

1946 年 11 月，监漳会仙观召开了一次"武乡群英会"，胖孩成了劳动模范。12 月，第二届太行群英大会在长治英雄台召开，胖孩又得了"合作英雄"的称号。

共铸丰碑

鲁艺校长、著名文艺评论家李伯钊曾这样描述这群盲艺人："武乡这种形式的盲人宣传队，我在敌后还是第一次看见，其影响之大，是无须再论的。"

艺人说来抗日粮

宣传队有个小娃娃，名叫张叶青。这娃娃是个弹三弦的，还会鼓书。他是阳南头的。10 岁那年害眼病把眼害瞎了。好在他有个好嗓子，让狮则底的鼓书人魏富生给看上了，领上他去学了书。

他 13 岁那年秋上，正跟着他师傅在乡下唱鼓书，突然接到了县牺盟会特派员张烈的一封鸡毛信，信上大意是：请大家去吃饭。

大家不敢怠慢，连夜就往回赶。一进县政府，张特派员就下令："开席。"

大家也不知道他唱的是哪出，"呼噜""呼噜"一阵子就吃完了。

张特派员还问："大家吃饱了没有？"

大家伙儿齐声说："饱了。"

这时候，就见张特派员严肃地说："大家饱了，可你们知道吗？八路军正在前头天天为咱们打仗，肚子还吃不饱呢。"

几个人你看看我，我看看你，都觉得羞惭。

这时，张特派员又问："大家说，咱们武乡有没有粮食？"

小叶青直着嗓子就呐喊："有。"

"那你说在哪儿？"张特派员饶有兴趣地问他。

"太行乐王"韩庚江马上接话："当然是四大家八小家，大有的老财裴玉澍（会保）是头一家。"

张特派员点点头，感叹地说："是啊，裴玉澍家有粮，可他家仓库门上的大锁已经生锈了，现在你们能不能拿你们手里的三弦、二胡当钥匙，把他家仓库上的锁打开？"

大家伙儿齐声说："能！"

于是，8个人一起出了县政府。由小叶青打头，一个跟一个地到了大有。为啥是小叶青领头呢，他是个半瞎。

在裴家的黑漆大门前，他们停了下来。为啥，怕狗咬。求了好几个村人，却没一个愿意帮他们去喊门的。

韩庚江是个暴脾气，立马掏出铜锣敲起来。这下坏了，狗真的叫了。不过，里边的人也惊动了。小叶青赶紧跟人家说，来这儿是想给裴老爷说书。

可是刚进了院，裴老爷的话就传出来了："身体不好，不听。"让拿两铜钱走人。

这哪能行？和小叶青一起弹三弦的，蒋家庄的张国维马上在小叶青的耳朵边说："找裴玉澍他娘。"小叶青马上就会意了。原来，他头两个月给老太太说过《珍珠汗衫记》，但只说了半拉子，本来就约定了要来，这回可算是得了机会。于是抬腿就往后院走。哪承想，又给人家拦下了。为嘛？老太太不在，眊亲戚去了。

这下可把张国维急坏了。他难受啊！以往，他家非常穷，经常揭不开锅，自从八路军来了才好过，所以一心想帮八路军完成点事。

就在这时，敏锐的他听到身旁有大喘气的，便问小叶青那是谁。

小叶青说是裴家的狗。张国维马上有了主意，他把手里的棍儿一抡，"啪"，把狗捧了。狗反过来就咬了他腿一口。这下坏了，自家狗伤人了，裴家再没理由赶他们走了。

于是，就纠缠到了下午。这时，老太太也回来了。她一回来，张国维也不叫痛了，马上开腔，给老太太说书，一夜说了3回。

第二天一早，小叶青就跑去跟裴老爷讨赏。裴老爷说："这怎么说的，你们不是一说就是三四天吗？说完了一块给。"

小叶青不乐意了，说："裴先生，我不是为我们要，现在抗日政府正让大家伙儿给八路军捐款捐粮呢，这钱我得赶紧给人送去。早一天，咱就能让八路军多一份力气打鬼子。"

裴老爷一听，不吭气了，半晌说："赏。"

小叶青前脚出门，后脚韩庚江又抱着三弦进来了，张嘴就跟裴老爷道谢："裴先生，我是替大家谢您的赏的，特意来唱一支曲子。"

没等裴老爷说话，三弦就拨开了，唱啥呢，唱裴老爷在1920年捐粮救灾的好事。得，再赏。

到了下午，耳听着老太太那边开书了，裴老爷这边没坐住，也偷偷过去听。被小叶青知道了，马上告诉了大家伙儿。

这会儿正轮着刘全珍说书，说啥呢？《刘备哭关公》。只见他立马换了书词，把听到看到的小鬼子暴行，全说里边去了。直说得弹三弦的也不弹了，所有乐器也都不响了。为嘛？都哭了。小叶青最小，还想不明白为啥师傅、师兄都哭了。这时，他师兄刘怀旺在桌子底下狠狠地踢了他一脚，得，他也哭了。

老太太奇怪地问："你们哭啥啊？"

刘全珍答："哎，我想到了鬼子占了咱国家。"

韩庚江也说："我是哭我瞎，我要是明眼了，虽然没钱没粮，还能拿一条命去上前线。"

瞧这话说的，裴老爷的脸都黑了。他盯着小叶青看，突然问："你也哭，你个娃娃懂啥？"

小叶青说："娃娃就愿当亡国奴？我哭的是没心肝的人，仓库里的粮都生虫了，也不拿给打鬼子的人吃。"

裴老爷站起身来扭头就走。

大家伙儿一看，得，让小叶青说崩了。

没完成任务咋办呀？一个个心沉沉的。小叶青只好领着大家回去休息，突然，让一块砖头绊了，磕得满嘴血。他摸起那块砖正要砸。这时，裴老爷又出来了，问："你这是干啥呢？"

韩庚江说："他在磨牙。"

"为嘛？"

"磨快了好咬鬼子。"

"行啦。"

回头裴老爷让账房给小叶青送来 20 块大洋。

不久，他就出了门。去干啥？去士河参加朱总司令召开的武乡士绅座谈会。在会上直接捐助了抗日公粮 1400 石。

之后，有他带头，没多久，抗日政府就给八路军屯了公粮 6.7 万石。

义士掩护特派员

宣传队最大的官叫张培胜，他是宣传队的秘书。人是马村的，会说鼓书。不过，暗地里，他另有个身份：共产党。

他每天既忙说书，也忙上级安排的事。

那是1940年的夏，老张又接了个活儿，帮着抗日政府护送一个人去榆社。这个人大家伙儿都认识，就是前边说的牺盟会的特派员张烈。

咦，特派员干吗要他送呀？原来，当时小鬼子已经把段村占了，每天疯狂地搜捕咱地下党。张特派员呢，榜上有名，不得不转移。

于是，县政府的领导便想，这个得让得力的人帮着送，扭脸就想到了盲人宣传队。为嘛啊？他们的身份顶合适的。成天四处串，根据地去，维持区也去。没人会在意他们。自然而然，就把这活派给了培胜。

活是接了，培胜却想，这事吧，还得找些靠谱人帮衬着。找谁呢？他踅摸了两人，王兆成和李海林。想到哥几个眼都不明，就又拉了王兆成6岁的儿根柱领路。张派特员呢，就夹在他们中间，也拄了根棍儿，背了个行李，装瞎子。

就这样，连上他，5个人早早起身上了路。不久，就来到了长乐。一听，坏了。不是枪声，就是牲口嘶、

人叫。张特派员是装瞎，睁眼一瞧，哎呀，这是挺不凑巧，赶上鬼子来"扫荡"了。长乐已经变成一片火海了。

咋办呢？培胜熟悉地形，马上指着道儿，让张特派员和根柱把他们领到了村外的一个废弃的窑里躲起来。

一躲就到了大中午。这时候，培胜却听见鬼子的叫声冲这边来了。

这可不行，他想，若是鬼子发现这个窑，问，你们为什么躲啊，他们没法解释。解释不清就会暴露张特派员的身份，还不如正大光明地出去。于是，对张特派员说："老张，一会儿我们把鬼子引开，你趁机离开。"

说完，就呐喊兆成、海林和根柱一起出了窑。

没多久，果然和搜查过来的鬼子遇上了。

几个鬼子盘问道："你们的，做什么？"

培胜马上赔笑道："太君，我们是说书的，要去咱麻池沟给太君们说书。"

说着，兆成就拉起了三弦，海林也开了嗓。几个鬼子一听，好听，都围过来听。这时，张特派员便趁机从窑里出来，躲进了荍子地，安全地离开了。

等培胜他们唱完了一段后，又听说是去"维持村"，兴头上的鬼子一摆手，让他们也走了。

等离开了老远，满身大汗的4个人才虚脱了一样停了下来。这时，培胜就对那几个说："咱们得赶紧过漳河，免得鬼子再追上来。"

得，还没喘口气呢，又走开了。可就在他们刚上岸不久，又让一伙人给堵了。

就听见其中一个问："哎呀，这不是咱张队长嘛，张队长，你们这是去哪里说书呀？"

培胜看不见，听这声应该是认识他的武乡本地人，就以为是老百姓。也没多想，答道："俺们到麻池沟呀，你是哪个村的？"

那人没答他，又问："那你们这回去宣传甚呀？"

培胜乐了，心说话，宣传甚，俺们是抗日宣传队，不宣传抗日宣传甚？张嘴就说："当然是叫老百姓团结起来打日本。"

话音刚落，就听见旁边，"八格"一声骂，紧接着，耳旁刮来一股风，脖子上就架了一把冰凉冰凉的刀。

这时，培胜的心"咯噔"一下，心说，坏了，这是鬼子呀。啊呀，张培胜呀张培胜，你咋就这么不当心，咋连好人坏人都分不清。

想着想着，身上"唰"地就又冒出一身汗。这一冒呀，不打紧，他的心又平静了下来。

就听见起初那个问话的狗汉奸又开腔了："瞎子，快点说，八路军藏哪了，老百姓躲哪了？不老实交代有你的好。"

只见培胜把脖子一仰，大声答："俺不知道！"

狗汉奸连问几声，他都是这回答。气急败坏的鬼子

马上冲着培胜胸脯就开了一枪。培胜倒下了。随即，鬼子的枪口又对准了兆成和海林："你们的，说。"

兆成和海林满脸怒火，一声腔也没开。气得鬼子，当时就又开了枪。他们，也倒下了。

回头，狗汉奸又把根柱抓起来，骂道："小东西，你还敢给共匪瞎子领路，让你好好领。"说完，冲小根柱的腿上就开了一枪。小根柱"哎呀"一声，昏了过去。这帮畜生还不解气，又把他们带的乐器都踩烂了才离开。

后来，小根柱醒了。眼看着自己的爹和培胜、兆成大叔都躺在血泊中，咋叫也叫不醒，便抱起一把被鬼子踩坏的长杆八角月琴号啕大哭起来。哭声惊动了附近的乡亲，他们寻过来，抱起了小根柱，把他交给了地下党联络员，由联络员负责护送到了贾豁八路军医院救治。

可是，小根柱的腿最终也没保住。亲人们的死一幕幕出现在他眼前，成了这娃娃活下去的动力。再往后，他安上了假肢，继续为咱们的盲艺人领路，宣传抗日。而他的那把月琴也被一个八路军修好了，还拿着它在军民联欢会上说唱武乡鼓书。这个八路军就是后来牺牲在韩壁保卫战中的 129 师 386 旅政治部主任苏精诚。

以后，这把琴又回到了盲艺人手中，被大家亲切地叫作"八路琴"。

英雄智说抗日书

宣传队最小的大约是刘怀旺了。他是长乐的。这娃娃有一绝，能一个人演7件乐器。也对，他的师傅是小林书啊。小林书就是张国维。张国维是宣传队成立的倡议者，所以宣传队成立时，小怀旺也跟着成了队员。

那年，他才10岁。

他和小叶青经常搭伴。小叶青比他大1岁，两人说得来。

1941年夏，一天天刚亮，他们俩又跟上师傅准备到瓦窑科说书。不过，这回不用小叶青领路了，换了一个满脸污渍、浑身破烂、样子呆傻、眼睛却没神的大汉。谁啊？咱武乡飞行射击爆炸组的侦察员赵震雷。

老赵咋跑到盲宣队里来了呢？其实，他原本是要去搞段村小鬼子的情报的，可没承想，一路上鬼子加强了戒备，经常派巡逻队盘查。加之沿途炮楼林立，他单枪独马的，安全很是问题。所以，飞行射击爆炸组组长马应元很是不放心。这时，有心人就把小叶青领过来了。这娃娃还真来对了，张嘴就来了计谋，让老赵替自己给盲艺人领路，假装去说书，到维持区溜达一圈。

于是，眼前这一行6个人就起身了。

说话间，他们就过了王白坪。甫看一路上，两个娃娃尽闹腾了，根本看不出来心里有事。其实，他们每个

人都捏着一把汗呢，脑子里一个劲地盘算，遇上鬼子可咋说呀。

果然，在离下城不到一里的地儿，他们被鬼子便衣队堵住了。

堵就堵呗。只见老赵立马更傻了，一边走一边还哼着小调，逢人就呵呵。那几个也面无表情，手托着前头人的肩，该咋走就咋走。这其实挺正常的。可鬼子却不这么想，一个个如临大敌，端起枪，大声呵斥："站住，什么的干活？"

小怀旺替大家答："太君啊，俺们是说书的啊。"

说完，就努着眼瞅鬼子。他啊，跟小叶青一样，也是半瞎瞎，多少能看见些。

鬼子的头儿满脸狐疑地看了他们一眼，手一摆说道："不行，说书的，不准进城。"

小叶青也开腔了："啊呀，太君，这不是砸俺们的饭碗吗？行行好吧，让俺们过去哇，俺们也不进城，就在附近的小村里说说就行。要不，你们也去听哇，有你们爱听的。"

伪军便衣们一听，来劲了，都嚷嚷："那行，现在就来段，荤的。"

那个鬼子头儿却喝止了他们，一眼眼瞅着这6个人，最后死盯在了老赵身上。老赵呢，依旧傻呵呵地笑。眼见鬼子要逼近了。这时，就见小怀旺突然一扭身子，"咣当"，行李卷里掉出个小锣，一下就把鬼子便衣的目光全吸引走了。

小叶青马上嚷嚷："叫你裹好锣，你看这下好了，打破了，咋去说书。"

小怀旺也嚷嚷："就你老催，就你老催，那我能捆好？"

看两个小瞎子这嘴斗得蛮有趣的，鬼子便衣们都哈哈大笑起来。

这时，小怀旺却瞅见鬼子头儿仍往老赵脸上瞅，心里一动，马上捡起了锣，旁若无人地敲了起来。

"咣咣咣——"

"噗噜噜——"

啥动静？旁边草丛里飞走了一群野鸡。

这下子，那个鬼子头儿气急败坏了："你的，良心大大的坏了！"

小怀旺却说："太君，我是试试锣坏了没。"

说完，又要敲，鬼子头儿马上拦住："八格牙路，别敲了！"

说完，马上喊那些便衣整理队伍。为啥呢？他们生怕这锣声是信号，半路杀出一队游击队来。

可他们紧张了半天，却啥事也没发现，最后只得悻悻地说了声："快滚！"——溜了。

不久，6个人来到了维持村瓦窑科。这里距段村已

非常近，随时能听到据点里的动静，还能观察到故城、沁县方向的敌情。老赵当即决定在这里侦察。

他们马上去找村里和我们暗地有来往的维持会长张成周。

老张一瞅老赵就明白咋回事了，马上招呼他们喝水，又把身边人支出去通知村人过来听书。他自己则趁没外人的当儿，把他知道的鬼子情报一五一十地告诉了老赵。

得，老赵的事，就这么大抵落实了。

可那5位呢，还得演。

吃过午饭，乡亲们都来了。小怀旺把锣鼓这么一敲，师傅们把乐器这么一拉，小叶青就开嗓了。他先说了段开场白，下头人便呐喊起来："俺们不听旧的，来段新的。"

啥新的，这台上台下都明白，抗日呗。小叶青倒是想啊。可老赵在这儿呢？他可不想说着说着惹来鬼。于是，先探了探口风："各位乡亲，不是俺不说，只是这一带风声紧，俺怕给你们惹麻烦。"

话音刚落，大家伙儿就嚷嚷："不怕不怕，这里都是自己人，我们可以派人去瞭着，有情况你们就换书。"

说完，又约了个信号。

"好。那我就说了。"

"说吧。"

小怀旺把锣一敲，乐器齐响，小叶青就开腔了，说了一段《王国昌参军》。大致是有个叫王国昌的，亲人们都被鬼子杀了，找到八路军参军报仇的事。说到动情处，在场人没一个不落泪的。说到王国昌立了功，大家都高兴地拍手。

一阵，轮到小怀旺了，只听他唱了段《打炮楼》："咱军民联防齐上阵，把敌人炮台围了个不透风。星光闪，灯光明，只听得炮弹'轰隆'一声响——"

突然，有人拍了他一下肩膀。这就是约好的信号，有敌人的警备队来了。就听见他身后鼓点不乱，三弦照旧，他的嘴里却换了词。啥啊？《珍珠汗衫记》。等警备队过来，听了半天也没听出个啥，回头又试了半天小怀旺他们，也没试出啥，便走了。

他们一走，孟文华又开始唱了，唱的是《身在曹营心在汉》。

不久，我飞行射击爆炸组便依据老赵的情报在蟠武线上打了个漂亮的伏击战。

勇士斗凶慰民工

宣传队若论谁活儿全，朱家垴的刘明清那肯定算一个。他也会一个人演7件乐器，还能说、能唱。而且，头脑也活，肯招呼大家伙儿。

那是1944年冬，抗日政府在咱武东设下了两个秘密

交粮点，一个在苑家垴，一个在天凹村。

上级说了，要各村把公粮分别交到这两个地方，每个点仅限半天。上级还说了，知道大家辛苦，得好好慰劳，让宣传队派人先到苑家垴慰问。为嘛，苑家垴先收粮。谁去呀？刘明清被点了卯，除了他，还有张国维和他徒弟小怀旺，拢共 10 个人。

当天，他们在苑家垴一气说了半天，一直说到民工们把公粮交完了，天也快黑了，也不说歇一下，吃了口黑夜饭，就匆匆往天凹村赶。

为甚这么匆忙呢？因为天凹村交公粮定的是第二天上午。这个点距离苑家垴那可不是一步近，整整 80 多里呢。如果第二天打早再去，赶到了，粮也交完了。为了不耽误营生，他们只好走夜路。

这黑天打洞的，走的又是山路，又值数九寒天，天气又潮又冷，可是苦了这帮瞎眼人。刚走没一会儿工夫，身上的棉衣就全都湿答答的了，手也冻得发僵，脚也麻木了。只好边走边搓手跺脚，好让身上有一点热乎气。但这也不顶事，又过了一阵，棉衣也绷僵了，硬得像铁板，就连身上背的行李，也越来越沉了。

这还不算，走着走着，天上又飘起了雪花。这下坏了，连路也不好走了，先是湿滑湿滑的，后来干脆就结成了冰，上坡往下滑，下坡往下撞。走在最后的杨雨生，一个没小心滑到了路边，旁边就是一道黑乎乎的深沟。

得亏是他手快，抓住了身边的岩石，不然的话，这命就悬了。

此时，前头人赶忙手拉手，把他救起来。经这一吓，大家都沉默了，心里那个怕呀，可真不是说的。

路过活村时，可能是嗅到了生人味道，不知哪家的狗没拴，"呼"地一下，就从村里扑出来，冲着他们就开始"汪汪"叫。这一叫不要紧，村里的狗全跑出来了，有20多只，照着他们便扑了过来。就在这时候，刘明清呐喊："不要急，咱们赶紧聚起来，都脸朝外，拿棍子防卫。"

这办法果然吓唬住了一阵狗。可是，这群被鬼子常年惊吓、又闻过血腥气的狗并不是这么好日哄的。没一会儿，就有一条按捺不住了，"腾"地一跳，扑向小叶青，张嘴咬住了他的胳膊，头猛地一甩，"哧啦"一声，小叶青的棉衣被撕破了。

这下麻烦了，村里的狗就这样，有一个敢扑的，其他的就敢群攻。马上，20多条狗都扑上来拼命撕咬。可怜的宣传队咋打都打不散。一直持续了约莫有半个小时，也不见有人来管。

也不怪村里人，这年头，谁知道是啥人在外头。还是后来有几个胆大的村人，觉得狗老这么咬着不停也不是回事，趴墙头上眈了下才看出来是谁，赶忙喊了一声，那些狗才停止住，一溜烟，各回各家了。

被解了围的艺人稍稍定了定神又急忙上了路。为了不再惊动出啥畜生，他们尽量放轻了脚步。然而，在快到苗社时，又遇上了事。这回窜出来的不是狗，而是条拖着尾巴的大灰狼。小怀旺一个没提防，被它吓倒在了地上。就见这只狼，也不知怎么的，突然停住脚，把鼻子往雪里一插，"呜呜"叫起来。

常年走野道儿的刘明清马上意识到坏了，它这是在叫其他狼啊，马上喊大家赶紧停下，紧紧地靠在一起，准备跟狼斗。

可眼下，这是在荒山野岭，光靠防备根本不顶用。这时候，小怀旺突然思谋出个主意，说："赶紧点火。"

"对，狼怕火。"

几个人马上行动起来，从路边、崖上不停地扒雪，取枯草、枝子，很快就点着了一个火堆。

火光照亮了他们坚毅的脸庞，他们都把行李放下，手紧紧地抓住了棍子，都在想，只要狼敢来，就会狠狠地一挥。

幸运的是，狼始终没靠近，只是在远处哀嚎一阵，便没动静了。

再次躲过一劫的他们直到火熄了，才敢再次上路。

这时，前边出现了一条半里长的山洞。

在洞口他们停下了，刚才又是狗又是狼的，让他们心有余悸。天知道，这洞里又会有甚。这时候，小怀旺站了出来，说："用咱们的锣，使劲敲，壮胆。"

锣声响了，他们又上了路……

前边是去往皮烟的道儿。这里离大道不远，却很偏僻，经常有蟠龙逃出来的鬼子兵出没。于是，他们的心又提到了嗓子眼儿。幸亏这天并没有这种事出现。不久，他们过了皮烟，上了大路，总算是又躲过了一劫。

然而，没一会儿前边突然又出现了一条河。平时，这条河上有踏石。可这会儿河上全是雪，天又黑，踏石根本找不见。咋办呢？小怀旺试着摸了摸，雪下全是冰，河结冻了。看来，只能从冰上过了。

可是，当他们试着走上去时，却没一会儿就滑倒好多人，只好又返了回来。

这时，张国维想出了办法："走不行，咱们爬。"

"国维，这可得爬好一阵，不怕手指头冻掉？"

"咱们把鞋穿在手上。"

不管怎么说，这就是个法子，几个人决定照办。

就这样，他们爬啊爬，拿四肢撑着身体，忍着透过棉衣的寒气，终于到了河对岸。

然而此时，他们却没一个能站起来——膝盖以下全都没知觉了，只好一个个都坐在地上搓腿。好容易搓有知觉了，又赶忙上路。

快要到新村时，事又来了。

小怀旺突然发现一只狼在前头吃着什么。并且，那

只狼也发现了他们，发出一声凄厉的嚎叫。吓得几个人马上又操起了棍子。

但狼似乎并不想理他们，只是津津有味地吃着它的东西。咋办呀？不能在这等着哇。艺人试着往前走。这下，狼不干了，猛地扑咬过来。艺人们也不干了，都抢起了棍子。狼只有一条，只好让了道。他们赶紧上了山，在高处拿石头砸狼，狼这才罢休。

此时，黎明的光出现了，而天凹村也露出了轮廓。他们马上打起精神赶过去，为已经赶来的交粮人开腔、放声，慰问起来。

高手贺寿壮军威

宣传队的人个个都有绝活儿，不过单论三弦，西堡的李保山必然算上一个。这人说的和别人不大一样，他喜欢把落子、梆子、秧歌都插进去用土话说，老百姓都爱听。他记性好，过耳不忘。和小怀旺、小叶青他们不一样，他们表演打小有师傅带，他师傅张保富，只教了他半年就去世了。但就算这半年，他也能登台说长书了。12岁上，就一个人走乡串户。以后更是把武乡的传统戏段子都放在了肚子里。

他有许多露脸的事，不过最让他露脸的还是在1942年12月那回给刘伯承将军贺寿。

那回，他是和小叶青、刘明清等 5 人一起去的，都是些宣传队高手。

临走时，县政府对他们有交代，刘将军是个很有影响的人，在抗日军民中威望很高，不光八路军，就连小鬼子和黑狗子也认可。这回他们去是代表着咱武乡人对将军的敬意，也是为了扩大我党和八路军的影响，壮我军威，鼓舞咱民众的抗日热情。所以，一定要演好，说好，唱痛快。

因此，几个人每人心里都装着一团火，接活后，起了个大早就从韩壁出发了。

虽然当时天阴沉沉的，刮着寒风，时不时会飘阵雪花，可一点也没打消他们的热情。刘明清还问小怀旺："哎，你说，刘师长长得个啥样？"

小怀旺张口就来："啥样，高高的个儿，结实的身板，很威武。"

"你见过？"

"那当然。"

"别听他吹牛。"

虽然一个个都没见过刘伯承，可刘将军的事他们却是刻骨铭心。就拿在武乡发生的那些事来说，比如伏击神头岭，歼敌响堂铺，粉碎鬼子"九路围攻"，哪个不是历历在心。他们能被选上给他贺寿，这是多大的荣耀啊。

想到这儿，几人的脚步马上加快了。虽然风越来越

大，呵出的气能结成冰碴，可他们仍旧在中午时分赶到了小窝铺，从那里踏上了十八盘。

十八盘可不一般，只有一条通往高山顶的羊肠路。它是通往黎城、涉县的唯一通道。说是路，其实就是前人踩出来的几串脚印，到处是怪石，几乎没有落脚的地方，一步踏错，就能滚下万丈深渊，险得很。当地人有首歌谣这样形容："踏上十八盘，身抖腿也颤，前似虎狼口，后是阎王潭。"

平时，就连眼好身壮的人也不肯走，更何况此刻是几个盲人呢。

然而，保山他们一点儿也没害怕，站着不能走，他们便趴着走，拽着藤揪着葛，一路往上爬。还不到一里地，膝盖头就全磨烂了，手上也全是血，一会儿就被冻得僵硬了，膝盖以下也全麻木了。没办法，只好寻了个稍平宽的地方活动了下。待略微复苏后，便又上了路。就这样，他们走到了闯风筒。

闯风筒左右都是高尖山，只有一道缝让人通过。口子里寒风咆哮，风大得别说行走了，就连站都站不稳。但他们一刻也不敢停，停下来，就会被冷风无情地吞掉。

刘明清此时又招呼大家："加把劲儿，不要停，过了闯风筒就好了。"

大家伙儿听上他的，一鼓作气，闯过了闯风筒，终于踏上了下山的枪杆背小路。

可是，从这里下山也不是好下的。老百姓常说："下了枪杆背，长长流下两眼泪。"可想而知有多难。但为了给刘将军贺好寿，他们并没有害怕，一如之前，爬冰卧雪，一步一步，艰难地下了枪杆背。

此时，天已大黑，他们在路边寻了个村子稍事休息，第二天天蒙蒙亮便又动身了。就这样，经过了两天半的跋涉，他们终于来到了129师的驻地涉县赤岸。

16日这天，天格外晴朗，驻地里人山人海，一派喜庆。上午10点，祝寿大会开始了。艺人们欢喜地看到了彭副总司令，还有罗瑞卿、滕代远等首长；听到了129师邓政委的致词，还有朱老总等人发来的贺信。

最后，刘将军迈着坚毅的步伐走上台，挥手向军民们致了谢，不无感动地说："我自己的一生，如果说有一点成就，那是党给予的，离开党，像我们这些人都不会搞出什么名堂来。因此，我愿在党的领导下为中国人民尽力，如果我一旦死去，能在我的墓碑上题上：'中国布尔什维克刘伯承之墓'十二个大字，那就是我最大的光荣！"

话音刚落，人群里便爆发出了雷鸣般的掌声。保山他们把手都拍烂了。

接着，就轮到各文艺团队祝贺演出了。他们都来自太行各县，有武乡光明剧团，有襄垣农村剧团，有太行山剧团，还有左权小花戏……一直唱到了黑夜才轮到宣

传队。

只见他们纷纷打起了竹板，拨动了三弦。由保山开腔唱了一段传统鼓书《孙膑拜将》。这部书说的是孙膑学艺后被人陷害，忍耻负痛，以顽强的意志写出了《孙膑兵法》十三篇，并狠狠地打击敌人的事。他那优美动听的声音在台上一直回荡了整整两个钟头，一句句，一声声，借着这位古代名将，表达自己对刘将军的无限敬仰。

表演一完毕，会场上一片寂静，没有掌声，大家都听得入了迷。紧接着，爆发出了一片欢呼。

第二天，艺人们要走了。刘将军、邓政委、李达参谋长专程赶来为他们送行。李参谋长紧紧握住他们的手说："你们吃苦耐劳，宣传抗战，真不容易，我要向全太行区的军民讲，你们的成绩是伟大的。"

就这样，6位普普通通的盲说唱艺人，带着父老乡亲的委托，完成了壮我军威的光荣任务，踏上了归途。此后，他们更是在艰苦的对敌斗争中，走出武乡，深入太行，不断为抗战奏响一支又一支新曲。

家国同气

老话说得好，"打仗亲兄弟，上阵父子兵"。高沐鸿和高介云爷俩儿，就是这么一对父子兵。

"狂飙老将"高沐鸿

少年笔杆

高沐鸿是县城人。他娘生他时，正值签订《辛丑条约》那年冬。他后头发生的许多事也大都跟冬天有关。

他家原先没钱，虽说是书香门第，可他爹年轻时，手上房无一间，地无一垄，成天在外头瞎混，也不懂务业营生。直到中年，才突然开了窍，牵上骡子，给人家拉起了东西。靠着这，待小沐鸿出生时，已攒下不小的光景。

有了光景，就重视娃娃。小沐鸿9岁时，就被他爹送进了私塾。他非常喜欢读书，在先生那儿，虽然读了许多，可总觉得不够。

咋办呢？他听说县城北边有座鼇山书院，很古老，里边的书，多得放也放不下，都是先生这里看不到的。于是，就跑去看。啊呀，有屈原，有杜甫，有白居易，可比四书五经有意思多了，一看就迷上了。于是，一头扎了进去，把书院翻了个遍。

等到他14岁上县立高小时，写下的文章、字就漂亮得不得了，让全校的老师都刮目相看。

创始狂飙

1918年，17岁的沐鸿以优异的成绩考进了省立第一师范。不久，五四运动爆发了。他第一次接触这些新思想，就被吸引了。

此时，他有个堂兄也在省立一师就读。这个堂兄有个同学叫高歌，高歌有个哥哥，叫高长虹，也对"新思潮"如饥似渴。而且，还会写诗。他们便经常聚在一起探讨，处得跟亲兄弟似的。

1926年的一天，高长虹突然跑到已经毕业的，正在太原师范附属小学当老师的沐鸿那里，邀请他，为自己要创建的《狂飙》月刊题写刊名。

沐鸿问他，这个狂飙是个甚。长虹说："你看看眼下的时局，中国已是狂飙的中国，世界也已是狂飙的世界了。我们都应该拿起笔来，为这个国家做些甚。"

沐鸿为长虹的激情感动了。于是，他欣然拿起了笔，写下了大大的两个字："狂飙"。还号召籍雨农、段复生、荫雨等六七人成为狂飙骨干，并不断为《狂飙》投稿，《天河》《夜风》《狭小囚笼》《红日》……一心想，能借手里的笔为和他一样年轻的国人指条明道。

两年后，他又接到了掀起上海狂飙运动中的长虹的召唤，毅然离开了太原，奔赴狂飙的中心，用自己手中的笔把"狂飙"运动推向了一个高潮。

笔伐县长

沐鸿家以往有过雇工，有的帮驮货，有的帮种地。他在县城时，经常和这些人接触，时不时就会看到这些人家里的状况。

小时候，他还不大明白，为甚他家里见天有鱼有肉，能穿好衣裳，还有书念。而这些人家呢，却经常揭不开锅。所以，很同情这些人，但却不知道怎么帮他们。

"五四"那些思潮，让他多少明白了。

1926年，他终于找到了个好机会。当时，武乡县被一个叫吕绍岩的腐败官员把持着，经常和狗腿子魏山珠沆瀣一气，横行乡里，鱼肉百姓。沐鸿知道后，便办了份报纸，专门披露他们的丑行。

这天，沐鸿又把吕绍岩借着娶老婆的名义，大肆逼迫乡人们送礼的事登在了报上。吕绍岩知道后，对沐鸿恨得咬牙切齿，就想暗中报复。

果然，到了这年的冬天，他听说沐鸿回来了，就让魏山珠诬告沐鸿，把沐鸿抓进了大狱。

沐鸿入狱的消息，惊动了正义人士。他们纷纷走上街头，呼吁乡亲们一起到县衙为沐鸿请命。

义愤填膺的乡亲们闯进了紧闭的县衙，吕绍岩吓得赶紧无罪释放了沐鸿。第二天一早，便借口迎接长官，灰溜溜地跑了。

这是沐鸿第一次用笔替乡亲们赢得的胜利。

点燃烽火

1937 年秋，已经加入了共产党的沐鸿，受中共山西省委的安排，回到了阔别已久的县城。和他一起回来的，还有武乡另一个大笔杆王玉堂。

玉堂也是县城人，家就住南街土门那边。他也是狂飙的"老人"，和沐鸿早在武乡就认识——沐鸿家很早就是地下党活动的地方。在省城时，他还经常给沐鸿办的副刊投稿，支持抗战。

当时，党已经决定在晋东南建立抗日根据地。省工委的秘书长徐子荣考虑到两人都是武乡的，又都在武乡接触过地下党，就决定派他们回来，准备打个"中心开

花"仗：先把武乡这个过去的"四大赤县"之一再变红，然后影响其他县。

等他们回到武乡才知道，县牺盟会的特派员韩洪宾也是党的人。老韩7月就来到了武乡，但他不是本地人，又孤身一个，也不敢透露身份，加之武乡党组织已经被破坏，所以一直找不到地下党。幸亏，有一批回乡的青年，抗救热情很高，他就先发动了他们抗救，但对于恢复党组织却一筹莫展。幸好，不久老高他们来了。

在沐鸿的家里，老徐庄严地宣布，中共武乡县临时工作委员会成立，沐鸿、玉堂、老韩，都是临时工委的领导人。

在沐鸿和玉堂的影响下，不久，失散已久的武乡地下党和临时工委取得了联络。沐鸿的家再次成为地下党活动的地方，就连本该在县政府牺盟会办公的老韩，也被这里吸引，每天都待在这里，帮着沐鸿刻钢板，印党员登记表。

很快，武乡再次成为赤色县城，搞起了武装，抗救也搞得风生水起。然而，没等看到这个"中心"仗的结果，在这年冬，沐鸿就被指派到别处"开花"去了。

太行文抗

1939年，出色完成"开花"任务的沐鸿，终于又回到了拿笔伐敌的战斗岗位，担任了晋东南"文救总会"主任兼秘书。到了这年秋天，他跟着北方局，回到了武乡，驻扎进下北漳。

10月底的一天，下北漳突然来了3个赫赫有名的大作家：叶以群、杨朔和袁勃。

他们是打重庆来的。

当时，全国文协号召大家"拿笔杆代枪杆，争取民族之独立"。文协的第二届常务理事王礼锡亲自向老蒋请命，要到抗日的最前线。老蒋答应了。文协便利用这个机会，安排了许多共产党和共青团员，组成了一支作家战地访问团，前来我晋东南。

然而，一路上，这支"笔游击队"经历了许多坎坷，就连王团长也在中条山病故了。等到了下北漳，就剩3个人了。

这3个人也是对抗战非常支持。他们的到来，令沐鸿很高兴。他经常去找他们，和他们交流，咋就能给前方的革命文艺工作注入新的活力，让根据地的文艺运动更加轰轰烈烈。

3人出主意，应该把全国文协分会建在太行山上。这个主意，就仿佛是及时雨，打开了沐鸿的心扉。同时，也为深受鬼子和国民党顽固派困扰的根据地指出了文艺抗战方向。

11月28日，下北漳成了红色的海洋。全国文协晋

东南分会在这一天成立。就连朱老总也来了，他号召全国各地更多的文化艺术工作者来前线，并要求根据地的文艺工作者为保卫根据地、保卫祖国文化传统而战。

在成立大会上，沐鸿被光荣地选为"文协分会"理事。

从此，文协在沐鸿他们的领导下，开始拿起笔"武器"，不断地向世界发出太行山充满战斗力的正义的声音。

就连朱老总也跟着意气风发，写下了千古名句：北华收复赖群雄，猛士如云唱大风。自信挥戈能退日，河山依旧战旗红。

兄妹参议

沐鸿参加革命后，也影响了家里人。

那是 1934 年 5 月初，沐鸿和史家垴的史怀璧，还有北良侯的李逸三准备在白色恐怖笼罩下的武乡成立党组织。为了找到组织，他们不断奔波在长治、太原等地。最终和山西省工委负责人维公接上了头。维公非常同意他们的想法。

8 月中旬的一天，几个人悄悄来到沐鸿的家里，庄严地宣布，武乡县委成立。随后，县委决定在武乡师范学校成立共青团。

不久，10 来个面带稚气的武乡少年少女在武乡师范学校宣誓成了青年团员。这里头，赫然有沐鸿的二妹高成绚。

原来，早在哥哥在家里秘密开会时，她就注意到了他们在做甚。从此，她默默在内心布下了革命的火种。

加入共青团后，成绚积极参加党的活动。抗战开始后，更是成了晋东南女人中的抗救佼佼者。

1941 年 7 月，晋冀鲁豫边区在辽县举行临时参议会，这场会议为我抗日根据地投下了"新中国的曙光"。

会前，已经成了太北文联主任的沐鸿大显身手，领着文联在会场所在地桐峪镇的街头，贴满了诗篇传单，还举行了晚会。晚会上，他还亲自登台，激情朗诵了自己的新诗。

会议正式开始后，令人惊奇的一幕出现了。在被当选的参议员中，居然有沐鸿和成绚，一个是文艺界的，一个是妇女界的。一时间，高家"兄妹参议员"的美名，传遍了整个太行山。

遍洒火种

1944 年的一天，武乡盲宣队突然接到太行文联通知，要他们到涉县学习新书。这可把队员们欢喜坏了，因为他们曾经熟悉的高秘书就在那里。这个高秘书就是

沐鸿。在下北漳时，他没少听过盲宣队的书，还经常和他们谈书。

于是，天没亮，被选上的 8 个 20 岁的小后生就上了路。180 多里山路，明眼人都做不到的，他们一天半就赶到了。

在涉县下温村，沐鸿热情接待了他们，还特意嘱咐安排他们食宿的寒声："老寒，你可得把这些娃娃给安顿好。"

老寒不光把他们安顿得舒舒服服的，还特意给他们端来了洗脚水。

以后，沐鸿每天都会来眊大家。这天，小叶青刚想出门，沐鸿又来了。他要小叶青教自己三弦，还叫小叶青老师，说："我们要尊重艺人。"

等小叶青教完沐鸿后，沐鸿却把三弦一收，突然说："叶青啊，今天我找你来，其实还是有件事想要和你商量哩。这段时间我一直在琢磨，琴书也应该有个规范的韵辙，最好是中东韵。这样有三个好处：一是好表现地方语音特色。二是能让大部分听众明白。三是能把哼腔呀，扬句呀，哭板呀，这些地方语音，和曲调、唱词糅为一体，你觉得我这个想法对不对？"

小叶青听了，当时就拍了大腿，说："老高啊，你这想法可是太对了。"

回头，他就拉盲宣队的人试。一试，确实好。后来，只要是自编自演的书，盲宣队就都按"中东韵"编唱词，结果，都大受欢迎。

这些都是抗日书目，当然也为抗日立下了功劳。

战地作家

毛主席的《在延安文艺座谈会上的讲话》传到太行山后，沐鸿突然发现，自己的东西语言晦涩、脱离群众。于是他决定亲身到前线体验生活。

1945 年 8 月中旬，他听说李达司令要率领太行西进部队攻打段村的小鬼子，便来到了前线。

14 日夜里，战斗开始了。沐鸿爬上了距段村 8 里地的郝家垴，趴在那里，居高临下地观察战斗。

此时，其他地方进行得很顺利，但东城这儿却被千佛古塔给挡住了。塔上的十几个窗口，成了鬼子的射击孔，压制的攻城部队头也抬不起来。沐鸿亲眼看见工兵班的战士，在机枪火力的掩护下，扛着炸药包摸到了塔根，把它们塞进了塔里。眼看就要引爆了，这时候，却发现他们突然停下了。

咋回事呢？原来，是李达司令员下了命令："千佛塔是文物古迹，各参战部队必须保护。"接下来的一幕，令老高的眼湿润了。他看见一个个战士为了不让千佛塔受损失，牺牲在了千佛塔上的机枪下。他内心无比难受，

当即写下了一首《攻塔》：

　　打罢沁县打武乡，
　　段村的鬼子闻风远扬。
　　只留下一撮活尸僵塔上，
　　倒打算和这古塔共存亡。

　　炸不得塔呀开不得枪，
　　机枪扫不入塔上窗。
　　炸了高塔呀灭了古迹，
　　不打鬼子又留祸殃。

　　英雄事业出在节骨眼，
　　便见有人身抱炸药近塔边。
　　身后机枪来掩护，
　　两手如猱攀上天……

　　战后，千佛塔完好无损。沐鸿回头又把这场战斗写成了纪实文学《随军杂记》，刊登在《新华日报》上，在全太行、全华北传扬。

文艺骄子高介云

小革命家

介云是沐鸿的娃。介云他娘生他时，正是他爹笔伐贪官县长吕绍岩那年的 5 月。他和他爹一样，也长了一张国字脸，不同的是，他爹粗犷，他秀气。

光看模样，他应该是爱文静的人。可事实上正好相反，他打小就爱热闹，尤其是爱听戏。没上学前，只要是县城来了戏班子，或是响了锣，他听着声就跑去了，谁叫也叫不回，一场戏也不肯落下。他娘看他淘得厉害，就把他送到了先生那里。他呢？等戏班子一打小鼓，腿就不自觉地往外挪，一溜烟又没影了。

也不用瞎找，一准儿在戏场上。

因为爱听戏，他早早便记下了许多戏词。一个人的时候，就自己拿蜡纸做了戏人儿，每天在那里独自哼哼呀呀。仔细一听，他还真能完整地唱一台大戏呢。

那时候，沐鸿成天闹革命，躲追捕。小介云 5 岁时，也跟着他爹四处为家，不用教，也会革命了。

七七事变后，他跟着沐鸿回到了晋东南，自然而然地参加了抗日，在榆社县总动员委员会宣传队当了一名宣传队员。那是 1938 年的春天，当时，他才 12 岁。

小"插班生"

1939年夏，沐鸿随文救总会转移到下北漳，屁股后头也跟着小介云。

转过年来2月的一天，他突然把小介云喊到面前，说要领他去上学。结果，来到了前方鲁艺（晋东南鲁迅艺术学校）。

小介云知道这儿，它是1月开学的，校长就是李伯钊婶婶，副校长是陈铁耕叔叔。里边教戏剧、音乐、美术。

其实他早想来了，缠他爹缠了好久。那时候，沐鸿还兼着前方鲁艺的职，便跟组织上打了报告。没想到，真的批准了。可到了学校，老师一看，这娃娃岁数也太小了，而且文化和艺术专业都很差。咋办呢，就把他安排进了普通科（初级班）。

进了班以后，小介云发现，同学们有许多是外地来的。有冀中的，有冀南的，年数和他几乎一般儿大。要知道，来这儿，那可是得通过鬼子的重重封锁线啊。所以，他开始对他们打心眼儿里佩服。起初，班里还有好多女孩子剃着和尚头。但因为不熟，所以没敢问为啥，后来和人家熟起来，才知道，那就是为了通过封锁线装男孩子躲鬼子才剃掉的。这令他对大家更加佩服了。想着自己是个"插班生"，人家已经学习好久了，便努力追啊啊，一心想跟大家伙儿看齐。

当时教他们的老师都不是一般人，光音乐课就有常苏民、海啸、张林伊。有个龙韵老师负责教他们表演。龙老师年轻漂亮，上课时，喜欢边讲边给大家做示范。光笑，就给他们示范了许多种，引得大家都哈哈大笑。示范完了，还让大家一个个表演。一开始，小介云只会微笑和大笑，龙老师还批评他，笑得不自然……

小介云不服气，回头便拼死了练。等到半年后，他已完成了全部学业，光荣地毕了业。组织上根据他的能力，把他安排到大活庄一带参加抗战。他从此成了太行山一名真正的文艺战士。

剧团团长

一晃就到了 1942 年初夏。一天，县上突然把介云叫去谈了次话。

原来，早在 1939 年他爹他们到下北漳时，还带来了太行山、先锋、前哨等剧团。县抗日政府去看演出时，对这些剧团的抗战宣传能力非常吃惊，便决定也成立一个自己的抗日剧团，并为它起名：光明。

光明剧团成立后，首场即在八路军柳沟兵工厂庆祝会上，连续演了三天三夜，获得了空前成功。接着，又在朱总司令的祝寿会上大放光彩。

剧团的出现，令小鬼子非常害怕，经常从各个据点奔袭它。这令艺人们的安全受到了深深的威胁，可偏这些都是些普通百姓，丝毫没有作战能力，也没有团结战斗意识。加之，管理上也没有党的干部指导，所以，一些封建旧习惯始终存在。所以组织上，想让介云把这副担子给挑起来。

和他谈话的是赵迪之大姐，小伙子二话没说就答应了。

等他到了剧团以后，却并没有贸然行动。

当时，打理团里事务的李海水、梁旭昌、崔来法、韩希江、王四孩，都是建团时的老人。李、梁、崔、韩负责导演，排角色，安排剧目；王四孩负责找台口，订合同，管钱粮，发工资，安排演职人员的生活。他们虽然水平有限，但3年以来，一直尽心干着。介云并不想伤了老人们的心，所以就想等过一阵子熟悉了再说。

所以，他来了以后，团里，还是该干吗干吗，一切都按部就班。

一出好戏

但这并不是说介云啥也不干。他抱着一个准主意：想要别人信服，就得拿出点本事来。

可是，咋拿呢？欸，剧本还不错。

当时正值"皖南事变"，介云听说黎潞城改进抗日剧团想到了用"旧瓶装新酒"的方法，编演了一出《茂林事变》的戏，穿的是旧戏装，说的唱的却是抗日的新词。他去看了，感动之余，总觉有些不伦不类。就想，既然有这么个"四海翻腾云水怒"的机会，而自己又是个抗日干部，在的又是一个抗日剧团，是不是也该拿出一个好戏来，声讨一下国民党顽固派？

想到就干。

但真做起来却困难重重。以往，剧团只改编过一些小型现代戏，根本没有操作题材的经验和条件。

咋办呢？介云并没有退缩。他想，剧团最拿手的是古装历史剧，《茂林事变》恰恰也是古装，他们能，我又为何唱不出以古鉴今的大戏呢？

他把想法跟海水他们说了。大家都说好，说："小高团长，我们不识字，你既然有这好主意，就写吧，写好了，我们演。"

得到了大家的支持，介云信心倍增，虽然也是大姑娘上轿头一回，但还是提起了笔。

很快，《宋亡之鉴》面世了，唱的是，岳家军节节胜利，金兀术派人诱降，岳飞被杀害于"风波亭"，而金兵又卷土重来，逼迫赵构、秦桧二奸佞不得不投降……

戏稿出来后，大家个个都出力，从唱词到场次，共同作了修改，一下就把战斗意识给团结了起来。

不久，戏就上演了。演出后，群情激愤。县区干部马上上台告诉大家"皖南事变"真相，乡亲们立刻就把仇恨赵构、秦桧的情绪转移到了国民党顽固派身上，"坚持抗战""反对内战""坚持团结""反对分裂""坚持进步""反对倒退"的口号声顿时此起彼伏，响彻云霄。

自此，剧团上下，都对小高团长佩服起来，他说的话，也都认真听了。

借人"下蛋"

这出戏也让介云意识到，新剧本对剧团改造的大作用。可是，他又要管日常事务，又要创作，根本忙不过来。

咋办呀？他决定跟县里要人。县里呢，便给他派来个指导员，叫梁树森，专门管日常事务，好让介云专心写戏。

这时，介云又想，光他一人写还不行，得再多找几个，才能让剧团有更多的好戏可演。于是，又跟县里要人。

行啊，只要是抗日，要就给。县里当即又给他派来个蟠龙的张万一当编导。接着又派来了郁鸿文、肖焕荣。

但，介云还觉得人不够。就又跟县里要会演的。

行啊，都给你。又派来了鼓板师成保川，演员韩富堂、白绑纣、韩恩德。还给剧团抽调来一批青年学生，这样，剧团的"新生力量"也加强了。

人有了，可还得有个像样的"家"啊，总不能让大家伙儿在风天雪地里创作吧。于是介云又开了口。

不久，他们来到了奶奶凹，望着那三眼旧窑，大家都感慨万分，是介云，给了剧团第一个家。这样，大家的心更加凝聚了，一心想着，赶紧拿出像样的剧来，让小鬼子、黑狗子、国民党顽固派，好好见识见识咱剧团的威力。

就这样，介云他们全力投入了"战斗"，身影不时出现在武乡的各个角落：走进泉河调查访问拥军模范胡春花的事迹，创作出大型秧歌剧《义务看护队》。走进……

1943 年，《义务看护队》还荣获了边区政府奖励的"厚今薄古"锦旗。

一部部抗日新剧的不断面世，掀起了一次又一次拥军报国、杀敌立功的高潮。除了剧本上的巨大成功，剧团的"骨血"也慢慢转换了，更加革命了。

"老高"团长

光明剧团在太行山名声大振后，年仅 17 岁的介云，也得到了大家伙儿的尊重，就连老艺人，也管它叫"老高"。

1943年冬初的一个下午，介云又领上大家来到了东田（东堡）演出。还没开演，突然，一个高个男人跑上了戏台，口口声声要寻"小高"。

鼓师郝国川赶忙拦下他，说："同志，后台不能闯，再说我们这里没有叫小高的！"

这人疑惑地问："你们团长不是小高吗？"

国川气鼓鼓地说："我们团长叫老高！"

这人听了，哈哈大笑起来，说："我管他父亲高沐鸿同志叫老高，他儿子才十几岁，能叫老高吗？"

国川一听，人家这话说得也在理，而且，听口气，似乎跟"老高"他爹挺熟。他有些不好意思了，赶紧去把介云找来了。介云过来一看，啊呀，是赵树理啊，赶紧上前握手。

这时，就听老赵说："你这十几岁的娃娃，咋能让大家喊你老高呢？"

介云也不好意思了，解释道："实在没办法，谁叫我是个小头儿呢。大家胡乱叫的。"

老赵说："那你爹来了，他们该咋叫他？"

还没等介云说话，站在一旁的丑角演员韩二泉就插话了："这简单，叫'老老高'。"

一句话说完，大家都笑起来。

后来，介云他爹果真来过几次剧团，大家真的都叫他"老老高"，沐鸿居然爽快地都应了。

就这样，受到大家伙儿尊重的介云，步子迈得更大了。他们不光游走在武乡及周边，还多次到涉县、林县、安阳等地慰问八路军将士。

《改变旧作风》

1944年秋，组织上又派来个新指导员，名叫陈凤翔。他中等身材，体格偏瘦，说话较慢，低声细语，待人随和，和介云很合得来。

介云就跟他思谋，把团里的政治思想抓起来，好让剧团最终完成改造，真正变成共产党领导下的抗战"堡垒"。

两人密切合作，先是拿不良习气开刀，只要是演员私自向演出村庄负责人要黑钱、要盘缠，立刻严厉制止。

接着，他们又破除了祭新台、唱神戏等封建迷信活动，还把过去那种师徒关系也给废除了，取而代之的是尊师爱徒。

政治上也实行平等，经济实行公开，取消包分制，改为评分计酬。

通过改造，团里的人都意识到自己就是为人民服务的、宣传抗日救亡的光荣战士，再不是过去低人一等的旧戏子了。

在两人的带领下，大家伙儿都养成了八路军的优良

作风，每到一处，乡亲们对他们都像对待八路军一样热情，使大家伙儿倍感光荣。

转过年来，春耕，介云就想以《改变旧作风》为题目，创作一部反映农村题材的剧本，于是拉上万一、陈弘、凤翔和梁栋云，一起在剧团的老人，东沟的王四孩家住了下来。

大家每天窝在窑里，有说有笑地讨论构思，很快就确定了写反映农村干部的问题和工作作风的内容，连人名也思谋好了。

可这时，吃却遇到了麻烦。

当时，王四海家里除了高粱、黑豆等粗粮，一点菜也没有。

咋办呢？大家就到地头崖边采摘些刚出土的野菜下饭，咸盐用的是土法熬制的硝盐，苦得难以让人下咽。但纵使这样，也只能勉强不受饿。

几人里，栋云最小，正是长身体的时候，饭量较大，总感到饿，又不好意思多吃。介云看见了，便让他多吃，生怕他吃不饱。

终于，《改变旧作风》创作出来了，参加了太行首届群英大会。介云他爹沐鸿看完了，称赞这个剧贴近生活，上了个新台阶，还奖了剧团"鲁迅文艺奖金"500元和"突飞猛进"奖旗一面。

抗日的杜家父子

大活庄有这么爷俩儿，一个开明，一个革命，双双在太行山上留下了美名。

青史留声杜青史

学问人

当爹的这位，叫杜青史。武乡地面上的士绅有"四大家八小家七十二圪撑家"之说。他呢，就是圪撑家之一。

他还有个名儿，叫杜鉴古。不管青史还是鉴古，都透着学问。他是有学问，人是光绪十五年生的，打小儿就透着聪明伶俐，大人教他啥都能学会。他爹一看，这娃是个能念书的，7岁就把他送进了私塾。他呢，把先生教下的都背了个滚瓜烂熟，还触类旁通，对文学、历史样样精通。先生一看，这娃了不得，就叫他考学。他

果真去考了，乡试、县试、府试，没一个能拦得住他的。到他 20 岁时，也就是宣统元年，就中了进士。

除了读书，他还有个嗜好，就是练字，每天一有空儿，就待在案边，把能找到的大家，都学了个遍。那字写得，真叫个漂亮，既清秀又潇洒。以至于，远远近近都有人跑来向他求字，要他给题匾，写碑文。当时的县太爷一瞅，这样有才的人得好好利用啊，就去聘他当了县立一高的校长。

他教书有个特色，会讲故事，把书上要讲的，全拿故事说给了学生们。他还风趣，那故事让他给讲得活灵活现。娃娃们一听着了迷。只要是上他的课，没个不精神的，也没个不长学问的。后来，他会教书的名声便传到了省城。省里一纸聘书又把他聘到了太原一师附小当了校长。

杜青天

换了个天地，老杜却突然发现，自己个儿的学问还是浅。

咋办呢？求学呗。当时，离附小不远的上官巷里有个山西公立法政专门学校，办得还不赖。他便进了那里读起了法学。回头，被送进了育才馆。

育才馆可不是一般地方，那是阎锡山培养官员的基地。等老杜一出来，就当上了县长。他当县长，应了他的名了，"要留青史在人间"。他对老百姓，好得不得了。以前是他给人家题匾，这会儿，反过来了，是人家刻了匾，敲敲打打，给他送来了。

他的名声这么好，上头问他需要奖励个甚。他思谋来思谋去，没给自己要，给他娘要了个牌楼，请了个凤冠。牌楼上的匾，却题着大大的"爱国为民""钦德高照"。

咦，这说的，好像还是他啊。

再后来，老杜的名气大得出了省。开封府请他去当大法官。他到了地头上，就仿佛是包青天一样，又体察民情又两袖清风。

得，开封府也放不下了。他又被北京请去，当起了高等法院检察长、推事。

支持儿子

老杜有个儿，名叫杜炘，是他考上山西公立法政专门学校那年生的。爷俩儿几乎一个脾性，都是打小儿聪明好学。老杜很喜欢这个娃，走哪儿都把他带上。耳闻目染的，小杜炘也喜欢上了法学，回头就考上了北平大学法商学院。

在他19岁那年初夏，小日本突然在天津和河北制造

事端，逼迫南京国民政府签下了"何梅协定"和"秦土协定"，之后又策动华北五省自治。

一石击起千重浪。北平学生率先怒了。清华园的学生愤然喊出："华北之大，已安放不得一张平静的书桌了！"

12月9日，近千名爱国青年学生冒着刺骨的寒风，冲破军警的重重阻挠，走上街头，高喊："打倒日本帝国主义！""反对华北自治！""停止内战，一致对外！"

声音响彻云霄。害怕的国民党军警用大刀、棍棒、皮鞭、水龙开始镇压，许多学生因此被捕。此时，杜炘就走在队伍中。这是他对小鬼子发出的第一次呐喊。

事后，知道这件事的老杜，对儿子欣慰地说："我支持你，支持你们。"

得到他爹的鼓励，杜炘信心倍增，16日凌晨，再次跟随北大的抗日救亡示威游行队伍走上街头，高声呐喊："打倒日本帝国主义！""打倒汉奸卖国贼！""反对成立冀察政务委员会！"

回乡抗战

1937年7月卢沟桥事变爆发。一天，杜炘突然对老杜说："爹，民先要回山西去宣传抗战，我也想去。"

老杜沉默了一阵，欣慰地对儿子说："回去吧，如果有机会，我也会回去的。"

杜炘是 1936 年加入民先的，实际上他还悄悄担任着中共北平学委西南区的交通员。他干的那些事，老杜都觉察到了，但老杜从没有反对。

杜炘走后，老杜深深地为这个独自远行的儿子担忧。同时，和同学们一起坐在前往太原火车上的杜炘又何尝不是担忧着这个即将沦陷在北平的爹。爷俩儿相互揪着心，但为了抗日，谁也没吱声。

8 月，北平沦陷。小鬼子进城后，建立了伪"中华民国临时政府"。老杜并没有理会，也拒绝了国民党政府抛来的橄榄枝。因为他知道，儿子迟早会给他来信的。

果然，在经历了一个寒冬之后，1938 年 1 月，他的儿子杜炘，从故乡武乡给他发了一封呼唤信。

在信中，杜炘告诉老杜，武乡已经成为晋东南抗日中心，这里的抗日救国行动正轰轰烈烈地开展，他应该马上回来参加救亡工作。

接到儿子的信后，老杜的心立刻怦怦跳起来，他觉得自己重新焕发出了年轻的激情。

不久，年近 50 的老杜便返回了武乡。

听说是杜大法官回来了，抗日政府非常重视，马上向老杜发出邀请。

老杜呢，一接到通知就赶紧跑去了。

捐献军粮

1939年秋的一天，老杜突然接到了牺盟会送来的一封邀请函，上边赫然写着，请他参加9月19日为纪念"九一八"事变举行的武乡士绅名流座谈会。

一看与抗日有关，老杜二话没说便答应了。

等到了日子，他去了土河才知道朱老总也要来。儿子是共产党，他当然对八路军在打小鬼子的事很了解，也对这支队伍非常佩服，就非常想听听朱老总对眼下时局的看法。

果然，朱老总在座谈会上发了言，阐述了中国共产党的"七七"宣言，告诉大家，在抗日这个战场上，士绅的地位和作用是非常大的。接着，朱老总又讲述了眼下八路军的困难，希望大家慷慨献粮，共同抗战。

总司令的话，让老杜非常震惊。对"七七"宣言他非常拥护，但实在没想到八路军会如此困难，当场便表示："我要捐款，我一定要捐款。"

当天，一回到大活庄，他就马上把家里人喊齐，告诉大家，家里除了留下足够生活的钱粮外，全部驮走，捐献给八路军。这还不够。他又让人把家里仅有的四五十亩地也变卖了，换了粮给八路军送去。

知道老先生这番举动后，朱老总非常感动，当即表扬了这位"毁家纾难"的进步开明人士。

捐助抗学

老杜年轻那会儿一直教书，也最喜欢教书。只要瞅见那些念书娃娃，他就欢喜得不得了。

1940 年，为培养抗日骨干力量，县抗日政府决心要办抗日高小。这事儿让老杜知道了。他很想帮高小做些什么，于是就跑到县里去问。

人家说："眼下最缺的就是读书的地方，总不能让娃娃们露天野地读书吧。"

老杜听了，回去就动员家人："把咱们家最好的那几间房赶紧腾出来，让娃们马上搬进来念书。"

家人们都说："行，你说了算，反正你拆家也不是一次两次了。"

回头，县抗日高小就搬进了杜家。

边区庭长

老杜捐房的事传开后，大家伙儿纷纷传扬。县抗日政府一看，这是个宣传抗日的好机会。咱们这个老杜身份高、名望大，又是演讲的一把好手，如果在群众大会上由他去演讲，那效果肯定不一般。

于是，只要开群众大会就跑来喊："杜先生，杜先生，去给咱演个讲哇。"

老杜"哦"了一声，答应了。

他演讲，依旧很生动，入情入理。乡亲们全都能听进去，也能听明白，每回都"哗哗"地为他鼓掌。等到县上选行政委员时，大家脑子里自然而然就出现了他的名，便填了他。等到选县参议员时，又自自然然地选了他。

当了参议员，少不得会和边区政府的杨秀峰主席见面。

说起来，两人那可是老相识了。老杜在北平时，有几年，老杨也在北平师范大学当教授。之前，老杨还在河北法商学院待过。两人都算是法律专家，也都教过书，遇到一起，自然是有的聊了。虽然，老杨另有身份是共产党并没有对当时的老杜吐露，可老杜也风闻老杨好在课堂上给学生讲共产党的抗日主张。而且，老杨在其他场合也没少提抗日。对抗日，老杜是认同的。所以老杜对老杨做那些，没二话。

如今，老杨也对老杜没二话。这还不说，老杨还提议，让老杜到边区政府司法。于是，老杜便在边区政府待了下来，帮着到各县调查除霸反奸，处理纠纷。等到10月，边区成立了高等法院，就选他当上了民事庭庭长。

解放区代表

虽然到了边区，但老杜还是时不时会回大活庄的。

1943 年 5 月，他又回了大活庄。刚待了没几天，就听见外边有人喊："乡亲们，赶紧坚壁清野，小鬼子又要来'扫荡'了。"

家人们一听这话，便劝老杜赶紧转移。可老杜却说："乡亲们都在忙乱，我怎么能不管不顾呢？"

说完，他也不管形势有多危急，走出了家门跟着乡亲们搭手转移粮食、财产，还说："大家伙儿，不要乱，按事先安排的，赶紧藏好。"

乡亲们一看，是老杜来了，心暖暖的，脚步更加轻快了。

又过了两年。春天里老杜和老杨商量，想回家安安静静地修订一下咱边区的民法草本。老杨答应了。

听说老杜在大活庄。抗日县政府马上就又来"抓壮丁"了，时不时会邀请他，参加各种会议，给演讲，向老百姓做宣传。

老杜呢，每次都爽快地答应了。听了老杜的演讲，武乡的各阶层更加团结了。

等到 8 月，县里召开庆祝抗战胜利座谈会时，老杜又被顺理成章地选为赴延安的解放区代表。

"坪踪侠影" 杜野坪

创建学救会

老杜在那儿干得起劲，他娃杜炘也没闲着。

自打 1937 年从北平回山西没多久，他便回到了武乡。

当时，正值 7、8 月间。虽然是夏天，但县城里却一片死气沉沉。把持政府的 3 个人，县长是个非常滑头的旧官僚，根本没有抗战的意思。而公道团团长，又是个彻头彻尾的"反共派"。只有一个外省来的牺盟会特派员，才似乎热衷于抗救。

咋办呢？杜炘回来就是受北方局指派来参加抗救的。他必须找这位陌生的特派员试一试。令他万万没有想到的是，此时，这位韩特派员，其实也在焦急地期盼着他们这些热血青年出现。

老韩其实也是名地下党，来到武乡的目的，和杜炘是一样的，那就是在这片曾经的赤土上建立抗日根据地。然而，由于武乡地下党早已被破坏，他又人生地不熟，为了不贸然暴露，7 月初刚来时他选择了沉默。杜炘的到来，让他眼前一亮，这是多好的青年啊，有学识，有热血。他想，既然找不到地下党，那咱就重新创建一个。于是，他向杜炘发出了邀请："来吧，加入到牺盟会，为了抗战。"

杜炘也非常高兴，尽管他并不知道眼前的人也是同志，但他还是敏锐地感觉到自己这回是真找对人了。

从那时起，两人便肩并肩，一起在县城里搞起了抗战宣传。很快，身边便聚拢起一大批回乡参加抗战的青年。他们有学生，有工人。每个人都对抗战注入了巨大的热忱。"团结抗战，誓死不当亡国奴"的口号，不断地在县城的街头响起。

为了唤醒青年学生，8月初，杜炘来到大有和贾豁，召集起初、高级小学教师，分别开了一次座谈会。在座谈会上，他丝毫没有掩饰地向大家阐述了共产党坚决抗日，广泛建立抗日民族统一战线的主张。同时，还把印好的《中国共产党在抗日战争时期的任务》《为争取千百万群众进入抗日民族统一战线而斗争》等册子分发了下去。

下旬，他又前往蟠龙第三高小作了抗日演讲。演讲一结束，第三高小的师生便涌上街头，走向田间，做起了宣传。

9月18日，在九一八纪念大会上，一个由青年学生组成的"武乡县抗日救国学生联合会"诞生了，杜炘被公举为联合会主席。

随即大会现场响起了悲壮的歌声：

"工农兵学商一齐来救亡，拿起我们的铁锤刀枪，

走出工厂田庄课堂。到前线去吧，走上民族解放的战场……"

"起来！不愿做奴隶的人们！把我们的血肉，筑成我们新的长城！中华民族到了最危险的时候，每个人被迫着发出最后的吼声……"

这一曲又一曲抗战的心声，响彻了云霄，响遍了武乡。

创建游击队

在县学救会的影响下，就在那个热血燃烧的秋天，农救会、妇救会、青救会等一个个抗救组织也陆续建立了。

与此同时，中共山西省委也派人前来和老韩秘密接上了头，他们在县城高家宅子成立了中共武乡县临时工作委员会，开始筹备建立自己的武装。

这天，杜炘被临时工委叫去，接受了一个新的任务：到大有和一个名叫魏名扬的地下党接头，创建游击队。

接到任务后，杜炘马上带着临时工委安排的，西贾庄的李衍授、石鼻（今城南村）的王克强赶到了枣烟。

在此之前，杜炘对老魏已早有耳闻。他是当地赫赫有名的拳师，性子直爽，非常义气，曾孤身独斗数十山东响马，手下有许多艺高人胆大的徒弟。只是没想到他本人居然早就是一名地下党了。

　　对于杜炘他们的到来，老魏也非常高兴。前两年，他受党委派打入防共团，就准备发动兵变，拉起一支队伍来参加红军。只是没想到红军东渡后不久，又返回了陕北，无法联系才没有实现。现在临时工委又把成立游击队这个艰巨任务交给了他。他是既兴奋，又忐忑。兴奋的是，这回他真要圆梦了。而且，党是如此信任他，支持他，还为他派来了这么多骨干协助他。但也恰是这份信任，让他内心有些忐忑，毕竟这是县里第一支革命武装，能不能拉起来，能不能拉好，对以后其他队伍的建立必然有影响，这让他有些压力。

　　当然，他还是很有底气的。当杜炘向他了解准备吸收的队员的情况时，他告诉杜炘，防共团里好多人都是地下党员，还有许多"抗债"运动中的硬抗队员，只要他一呼唤，马上会响应的。

　　听了老魏的话，杜炘也很高兴，他说："眼下，我们可能人少，但以后却会很多。先不说枪支、弹药、服装问题，首先说吃饭问题，就按500人算，一天也要500斤粮食，再加上蔬菜、食盐、油等，这笔开支确实不小，经费问题怎么办？"

　　老魏拍着胸脯说："这个不用担心，我已经想好了，去找裴会保，我们有交情，他又是个深明大义的人，不会拒绝我的。"

听到老魏准备得这么充分，杜炘当即建议老魏事情宜早不宜迟。于是，老魏便把他徒弟中的"四大金刚"找来，让他们分头去联络人。

听说是拉队伍打鬼子，大家伙儿纷纷跑来报名。

10月底的一天，在大有泰山庙里，杜炘、老魏、李衍授、史玉麟、李旭、武铭、王克强、李安唐等11个青年人庄严地宣布，名扬游击队正式成立。同时，任命老魏为队长，杜炘为指导员。

从此，这支著名的抗日武装拉开了名震太行的序幕。在杜炘和老魏的培养下，这支队伍源源不断地为抗战输送合格的军事人才，密切配合八路军打伏击、拔据点、捉汉奸……创造下无数让敌人闻风丧胆的战果。

入党介绍人

游击队成立后，作为指导员的杜炘非常重视队员们的入党情况。

当时，队伍里有两名女队员，一个叫武铭，一个叫王克强。这个王克强非常不简单，她原本是青年抗敌决死队的一名女队员。抗战开始后，本来是要上前线的。没想到被家里人知道了，谎称她娘病了，硬是把她从队伍里骗回了武乡。等她发觉后，便跑到县总动员委员会找到临时工委王玉堂告了一状。王书记一听她是女子决死队员，亲自介绍她参加即将要成立的游击队。并让杜炘带着她到大有找老魏。

武铭也是个奇特的女人，她父亲就是武灵初，二哥是武乡另一支大名鼎鼎的游击队创建人武华，一家子都是共产党。

在游击队里，她们俩负责宣传。游击队成立后，两人排了两个短剧，《警报》和《放下你的鞭子》，成天不着家地在段村啊，县城啊，蟠龙啊，洪水啊，挨个儿演，宣传抗日。

杜炘早已注意到她们，不断培养她们的能力。11月14日的前一天，他通知她俩，在县城发动群众欢迎八路军总部的到来。

这可把两人欢喜坏了，一大早就跑到街上，在欢迎队伍里等啊等，一直等到傍晚，才看到八路军过来。

那天天虽然冷，可她俩的心却是滚烫的。因为她们看到了朱总司令和彭副总司令，并亲耳聆听了朱总司令的讲话。那场面，令她们激动万分。

尤其是王克强，天没亮，就跑去找杜炘。

"杜指导员，杜指导员，我要加入共产党。"

"好，先休息。"

第二天下午，杜炘把她俩还有游击队的另外两个人叫到了一起，通知他们晚上到大庙集合。

到了大庙一看，临时工委王书记也在。原来，杜炘

已经向王书记推荐他们入党了。王书记这回就是带着组织上的决定来的。

那天夜里，4个人在大庙内，庄严地宣了誓，加入了光荣的中国共产党。随后，她俩接受了新的任务，组建妇救会。

而也是自这一夜，她们中的一个，武铭，悄悄地对杜炘产生了情愫，并最终成了他的革命伴侣。

游击队里还有一名队员，叫王兰成。他11岁上就给地主老财当长工，后来跟着老魏学了一身好功夫。1933年，他就加入了共产党。

游击队成立后，有一个机会，到八路军129师抗日军政学校学习，杜炘便选了他。可是，经组织审查，却发现他的材料缺失。这可关系到一名好同志的政治生命。杜炘火速找到老王，告诉他："兰成，兰成，党组织要你补填《入党志愿书》和参加入党宣誓。"

兰成挠着头，说："指导员，俺文化低，写不了啊。要不，你替我补填《入党志愿书》吧。"

杜炘说："好。"

在补填时，要写兰成的名字。可兰成却拦下了杜炘，嘟哝着说："我这名儿不抗战，要不改个名字吧。"

改啥呢？杜炘也帮他想，"哎，要不就叫占鳌吧，兰成你工作、训练、打仗，样样都争第一，名副其实的独占鳌头。"

　　兰成拍手叫好，说："对，就叫占鳌。"从此，太行山有了一名赫赫有名的战斗英雄，王占鳌。徐向前还亲自为他题过"为国为民"匾呢。

　　杜炘后来更名为杜野坪，他在武乡的故事还有很多，名扬游击队的许多功劳，有他的一份。后来，他走出武乡，在祖国更多的地方留下了革命传说。

在武乡，有兄弟俩，一个扛枪打鬼子，一个为根据地培养抗日人才，双双成为太行山上的抗日明星。

抗日先锋程步高

被骗了

辛亥革命那年初春，在太行山深处的夏家沟，一户姓程的受苦人家里生下了一个男娃。娃的爹娘盼着娃日后能有出息，步步登高，就给娃起了个名儿，叫步高。

步高的爹本是个勤劳本分的庄稼汉，在他手里，家中的日子勉强过得去。可天有不测风云，在步高 24 岁上那年，他却突然得了一场病丢下孤儿寡母走了。

作为家里的老大，步高一眼眼望着哭天抹泪的他娘、他妹还有他弟，心知道这家以后就指望他了。

咋办呢？他心急火燎，可是除了种地他啥也不会啊。

这时候，他突然听到 5 里外的大有，有 4 个大户正打算合伙开个粮店。就想，都是粮食上的事，应该能干。于是跑过去打问。那几户人家一看见他，马上把开粮店吹得天花乱坠。步高呢，头脑一热，就把家里存的粮一股脑全放了进去。可没承想，没几天粮店就关了门。等他赶过去，那几家已经把店里的粮一卷而空，说什么做赔了，这些粮就算是回些本。

步高问："那我的本呢？"

人家笑着说："就你那屁点本，连根毛也分不着。"

步高这才知道，这就是个骗局。咋办呢？那可是家里的血汗粮，他不能就这么算了。于是，他又拿出了家里存的所有光洋，跑到县上把人家告了。然而，等县太爷一升堂，却给了他个败诉。不服气的步高又把状子递到了潞安府。潞安府也是受了那几家贿赂，又判了他个败诉。

这下，步高终于知道这世道的凶险了，只好回家继续种地。

斗老财

一晃就到了 1937 年冬。这时，村上的地主老财又来骚扰他了，成天嚷嚷着"抗日"，不是催粮就是派款。把步高的心憋屈得也不知道该跟谁吐苦水。

　　有天，村上突然来了个串村的人，他叫王用谨，是邻近椿树峁的，也不知道是不是跟步高有缘法，见了步高就拉住他唠嗑。

　　听完用谨的话，步高就想，咦，这个王大哥，怎么活得比他还苦呢。不过呢，说的话却蛮有道理。你比如王大哥说的"咱们穷苦人只有打倒地主官僚阶级，才有出头之日"，他就喜欢。只是王大哥说的领着穷苦人打地主的那个"共产党"却不知道在哪。他问过老王，老王给他丢下一句话："周围到处都有，我找到了告诉你。"

　　于是，步高便天天在家里等老王。

　　转过年来正月，贾峪办集会，步高也去赶集。走着走着，碰见了老王。这时，老王也看见了他，把他悄悄拉一旁，压低了声儿跟他说："今儿黑了你不要走，跟我去开个会，我给你介绍个组织。"

　　步高一听就明白王大哥这是找到他说的那个共产党了，心里很高兴，果真没走。他擦黑就到了老王说的刘云花家。

　　进屋一看，嚯，坐下一家人。再听王大哥说话，立刻恍然大悟，哎呀，这个家伙居然自己就是共产党。又仔细听，明白了，这屋里呀，全是姓共的。

　　这时候，就听老王突然说到了他，说要介绍他入党，在场人一致表决同意。步高激动坏了。这时，又听老王说："步高啊，从今后，咱们就跟着党干了。"他马上点点头，保证："对，跟党干。"

第二天上午，他就跟上老王在贾豁五道庙的打谷场开了场 5000 多人的群众大会，三两下就斗倒了祸害穷苦人的贾豁老财高子豹。

反摩擦

这年初春，已经成长起来的步高接到了个秘密任务，到城关当"村队副"，在阎锡山的自卫队里搞"模范队"，把它从反共变成姓共。

只见他不慌不忙地来到城关镇公所，正大光明地打出了"自卫队"招牌就开始招募起了队员，很快就扯起了一支队伍。这支队伍虽然只有几支长矛，没有一杆真枪，但在步高的熏陶下，队员们都奔着抗日保家乡，个个都干得热血沸腾。

阎锡山的人知道后，生怕武乡不受控制，便派来了支保安大队来捣乱。这支保安队不抗日，专门搞摩擦，把步高恨得牙痒痒，就想找机会收拾他们。

这天夜里他正在镇公所，突然从外边跑进个人，仔细一看，原来是窑科庄模范队小队长武文明。

文明是来告状的，保安队有个邢炳生，闯进他家里，非要说他过去当过兵，要他去保安大队归队，还说不归队就得拿出 16 块大洋。他掏了钱邢炳生却仍赖着不走，

又要吃饭。他只好说要上茅房才跑了出来。

步高一听，当时便拍了桌，心想，这就是好机会。他立刻召集起十来个队员，火速赶到了文明家，堵住邢炳生就指着鼻子骂："你有什么理由敲诈勒索，破坏抗日？"

邢炳生一看是他，心顿时慌起来，但脸上仍旧装作无辜，说："程队副你说啥呀，我没有啊。"

步高马上把文明叫进屋里对证。邢炳生只好承认了。步高又让他写下了口供，摁上了手印，连夜把他送到了30里外的王庄沟县工作团。

不久，在县抗日政府的主持下，保安大队不得不枪毙了邢炳生。3天后，气急败坏的他们倾巢出动，打算活捉步高。可步高已经远走高飞了。

打游击

1940年夏，小鬼子占了段村，武乡被一分为二。他们烧杀抢掠，无恶不作。为了打击这股小鬼子，步高奉命带着模范队员组建了一支游击队。

这天夜里，他领上大家来到了鬼子的一个据点，一声令下，队员们便向据点开了火。枪声惊动了鬼子，吓得他们疯狂地朝来枪的地方射击。而此时，步高已经带着队员离开了。

很快，他们来到了鬼子架设在野外的电话线旁，几个队员跑过去，大剪刀"咔嚓"一下，就把电话线给剪断了。紧接着，他们又"咔嚓""咔嚓"地剪掉老长一截，让鬼子连也连不上。

气急败坏的小鬼子和外头失去了联系，恐惧地只好彻夜放枪。而步高他们却悄悄地走上了回程。

又一个白天，他们出现在鬼子运输队途经的路上，在那里设下了地雷阵。等到鬼子一经过，便被"轰隆"一声送上了天。

在他们的袭扰下，段村的鬼子气焰小了很多。不死心的鬼子想办法要对付步高，到处张贴布告，悬赏5000元金币（一种日伪区纸币）想要捉拿步高。一时间，汉奸、狗特务嗅到了味儿，纷纷出动，到处打探步高和游击队的行踪。

可是，和受苦人同根同源的步高又怎么能陷入他们的罗网呢，在乡亲们的掩护和支援下，他一次次躲过了危机，让鬼子的阴谋始终未能得逞。

为了更好地消灭鬼子，让队员们有着更多的血与火的考验，在条件成熟后，步高主动动员大家报名参加八路军。

不久，震惊中外的百团大战打响了。许多队员因此成为优秀的革命战士。

抢食盐

1943 年，小鬼子侵占了蟠龙，开始对周边村子进行严酷的经济封锁。

正在八区任武委会主任的步高很快发现，区里没盐了。许多同志患上了浮肿症和夜盲症，更多人浑身无力。他是看在眼里，急在心上。他想，这若是小鬼子来个突然袭击怎么得了。于是，找到了副主任赵桢雷商量，如何能尽快搞到盐。

老赵是个胆大心细的人，曾多次化装深入蟠龙侦察。步高决定由他负责进蟠龙查探哪里有盐。

果然，几天后，老赵就打听到了有一家敌伪铺子里有盐。激动的他一回来就跟步高商量，要趁着礼拜天鬼子放松警惕去端了这个窝点。

步高同意了，不过，为减少鬼子的注意，他决定还是只他和老赵两人去。虽然两人一点把握都没有，但为了大家伙儿，他们决心冒个险。

那是个伸手不见五指的黑夜，步高怀揣着一把 20 响驳壳枪，和老赵来到了镇口。很快，熟悉情况的老赵就摸进了镇里。而步高则躲在了隐蔽处打掩护。

没一会儿，一个黑影便出现在步高面前，是老赵，肩膀上扛着满满一袋盐。望着不顾自己安危的同志，步高啥话也没说，只是小心地督促："走，咱们回。"

夜黑风高，但两人的心是火热的。

知道有盐了，区公所的同志们高兴坏了，大家编了首歌谣赞扬步高和老赵："蟠龙岗，蟠龙强，我武工队员任意闯，扛回食盐不放枪，来日抗战打胜仗！"

也许是这话起了作用，没多久，在不断的袭扰下，步高便迫使没吃没喝的鬼子狼狈退出了蟠龙，还因此收到了一面光荣的"抗日先锋"三角锦旗。

捉黑狗

1944 年初春，已经是秋后蚂蚱的鬼子再也没有往日的嚣张。

此时，正在七区的步高每天都忙着带领民兵和乡亲们拆白晋铁路的铁轨，把它们送到柳沟的八路军兵工厂，好让他们造枪造炮，返回头来再好好打鬼子。

这天，步高又带着民兵王四孩来到了白晋铁路边的沟坎上搞侦察。突然，两人发现有一个黑狗子正骑着自行车沿公路大摇大摆地过来。这里距鬼子据点只有 3 里多路，这个黑狗子大约以为有鬼子撑腰就放松了戒备。步高立刻发现这是个好机会，他对小王说："走，咱们下去抓住他！"

小王早就痛恨这些干尽坏事的家伙了，当即就高兴地说："好。"

两人悄悄地下到沟里，迎着那个黑狗子走去假装过路的乡亲。当黑狗子和他们擦肩而过时，就见步高一个箭步冲上公路，拔出手枪大喝一声："不许动！缴枪不杀！"

黑狗子顿时吓得直筛糠，丢下自行车乖乖举起了手，连说话都打起了哆嗦："老总，老总别开枪！我投降，不要杀我，我没枪。"

小王马上上前去搜身，果然，这家伙嚣张得连枪都没带。

这时候，就听步高开始向这家伙交代我们的政策："只要你推车子老老实实跟我们走，不反抗不逃跑，我们不会要你的命。不然的话，我叫你立刻归西天！"

黑狗子一听能保住命，便老老实实地跟着步高他们走了。

当太阳快要下山时，他们来到了小东岭。在那里，步高把黑狗子交给了民兵，派他们连夜把这家伙押到了东沟的武东县政府。

文教模范程步鳌

决不做亡国奴

步鳌是步高的弟弟，他在家行三，上头还有个二哥步明。

步鳌出生那年，正值小鬼子炮轰大沽口。"九一八"事变的时候，他正在离村不远的贾峪上小学。当时一上课，老师便让他们唱歌：

"高粱叶子青又青，九月十八来了日本兵！先占火药库，后占北大营，杀人放火真是凶！中国的军队好几十万，'恭恭敬敬'让出了沈阳城！"

那会儿，才5岁的小步鳌亲耳听老师唱完这首歌后，眼泪汪汪地说："东北已经沦陷了，我们要做亡国奴了。"

从那以后，这歌声和老师的神情便深深地印在了他的脑海里，也让小小年纪的他发下了誓言："决不做亡国奴！"

可是，令他更加悲愤的是，1937年鬼子又打进了内长城，打进了山西，眼看就要打到他的家了。

咋办呢，这下真的要当亡国奴了。

就在他不知所措的时候，八路军来了，一口气在长乐村一带歼灭了2200多名鬼子，连着攻克了18座县城。消息传来后，他的心真不知道该咋样高兴才好。

更令他高兴的是，也就是在这一年，他的大哥步高悄悄参加了共产党，转过年来便到了城关，当起了"村队副"，拉起一帮乡亲们开始搞抗日。

这下子，让小步鳌看到了目标。他决心向大哥看齐。

秋的一天，小步鳌听说，县里要办一所培养抗日人

才的学校"武乡县民族革命两级学校",正在广招抗日热血青年入学。12岁的他,马上跑去报了名,参加了考试。结果,400人里只录取了100人,而小步鳌的成绩,居然是第25名。他,顺利地进了"民校"。

从此,通过教育,他实现了幼年的志向。

在民校的日子里

民校开学了。小步鳌告别了爹娘和二哥,紧跟大哥的脚步,也来到了城关——民校就设在城关的文庙里。他被安排在了"抗日干部培训班",班里全都是穷苦人的娃娃,最大的20岁,最小的就是他了。

教他们的老师,大多是肚子里有知识的,比如磨里的李旭华,早年就曾在北平攻读,是个老革命了。

上的课,有文化、政治,还有军事。文化课有国文、算术、体育、历史、地理、唱歌。

政治是门主课,主要学习《抗日救国十大纲领》《论持久战》《中国共产党在抗日战争中的地位》。为了学用结合,小步鳌经常被安排和同学们深入农村搞抗救宣传,组织演出,动员民众参加抗战。

那时,每天校园里都会传来他们的歌声:

"工农兵学商,一起来救亡,拿起我们的铁锤刀枪,走出工厂田庄课堂,到前线去吧,走上民族解放的战场……"

除了这首《救亡进行曲》，他们还会唱《牺牲已到最后关头》：

"生死已到最后关头，同胞被屠杀，土地被强占，我们再也不能忍受，我们再也不能忍受！亡国的条件，我们决不能接受，中国的领土，一寸也不能失守……"

然而，小鬼子并不会让他们专心学习，经常会派飞机来轰炸。

咋办呢？他们只好搬进附近的村子。但又面临着鬼子的"扫荡"。于是，又搬。一次又一次，直到到了大活庄。

此时，小步鳌已经学会了"游击学习"：鬼子一来，就和同学们化整为零，分散转移。鬼子一走，又马上回校上课。

残酷的战争，就是他们最好的军事课，他们都习惯了军事化生活。每天早上一起床，就马上打起了背包，然后静静地等待出操，上课，行军。不管走到哪里都背着背包。在背包旁，还有一个挎包，里边装着他的文具。挎包带上还绑着一个小布袋，那里有他吃饭的小洋瓷碗。虽然，他经常吃不饱，也没有学习用的桌椅板凳，但情绪却永远高昂。

反"扫荡"中当师生

1940 年冬天，小步鳌毕业了。当时，他才 14 岁。组织上安排他到离大活庄 9 里外的胡也沟，当了一名小学教员。

这个小学不大，只有 1 间教室，里边放着各个年级的学生，大大小小有 30 多个。给他的报酬，仅仅是 35 斤小米。对于正在长身体的小步鳌来说，这点口粮根本不够。为了能坚持到下个月，他唯一的办法，就是节省节省再节省。但他一点怨言也没有。他把所有的心，都留给了娃娃们。

当时，小鬼子已经占了段村，扎下了据点，经常来村"扫荡"。娃娃们也面临着他在民校时遇到的问题。

于是，他把在民校学下的"游击教学"挪到了娃娃们的身上。只要村上的民兵一通知他小鬼子来的消息，他就马上把娃娃们就地疏散，让娃娃们各回各家，跟着大人转移隐蔽，等鬼子走以后，再回来上课。

为了能教娃们更多东西，他当起了"全能教员"，几乎啥也教，语文、算术、音乐……虽然都在一个教室，但涉及好几个年级，对于初出茅庐，自己还是个孩子的小步鳌来说，咋样教挺让他头痛。

不过，很快他就想出了个"复式教学法"：每堂课，他只给一个年级的娃娃们讲，其他年级的娃娃们则安排在各自的座位上自习，写作业。等到下堂课的时候，再换一个年级。这样，娃娃们上课，写作业，都不会耽误。

在小步鳌的努力下，娃娃们学习都进步很快，成绩个个都很好。

但，没有多久，小步鳌自己却不满意了。他责怪自己只念了一点点书，肚子里没有"存货"。每回望着这些可爱的娃娃，他都在想，咋就能再多教他们些东西呢？

1941年秋，机会来了，全县唯一的中学搬到了离大活庄只有3里地的王庄沟。听到这个消息后，小步鳌欣喜若狂，一刻也没等，马上给组织打了报告，想要去那里进修。

组织上同意了。于是，小步鳌又背起了他的背包和挎包来到了王家沟，继续开始"游击学习"。

一堂活生生的游击课

冬天很快就过去了。

转眼就到了1942年春，这时，小鬼子又开始了疯狂的大"扫荡"。新学校也受到了严重干扰，有时一天会换好几个地方。

为了让师生们适应眼下这种残酷的形势，学校决定邀请一名富有游击战经验的八路军来给大家上堂课。

报告打到了八路军总部。很快，来了一名金教官。

这是个 20 多岁的年轻人。在茂密的山林中，他当着小步鳖他们的面，在小黑板上大大地写下了"躲、窜、藏"三个字，告诉大家，这就是游击战的"三字方针"。

接着，他解释了这三个字。"躲，就是在鬼子来时要迅速躲。鬼子从哪里来，我们就往他们的反方向躲。保护好自己，同时空室清野。"

"窜，就是在多处发现鬼子时，要找他们的空隙窜出去，或者到他们刚去过的地方，做到敌来我走，敌走我去，与他们好好周旋。"

"藏，就是被包围后，寻不到躲和窜的机会，就赶紧找鬼子不容易发现的地方，像山洞呀，密林呀，地窖呀，在这些地方藏起来，保持安静，躲开鬼子的搜捕。"

这些金玉良言，小步鳖字字都记在了心。

一天，鬼子又来了。金教官一声令下，全校师生都跟着他，由义安沿关家垴向黎城转移。

可是，刚走到离黎城不远的小窝铺时，却遇到了几个抬伤员的民兵。一见他们，大家马上向他们摆手说："哎，不敢往前了，鬼子正在黎城'扫荡'。"

这可咋办？后头，也有鬼子。

这时，就见金教官一声令下，大家马上往山上奔起来，一直爬上小窝铺东面的大山。这里正是金教官所说的山高林密、好藏身的地方。大家便在那里躲了整整 3

天。3天里，他们每天坚持上课，写作业。

最后，前方打探消息的人来报告，鬼子撤走了。小步鳌非常激动，心想，这是金教官为他们上了一堂活生生的游击课啊。

等他高高兴兴地回到家，才知道，就在这场"扫荡"中，他的姐夫裴旦则被鬼子杀害了。

"文教模范"银质奖章

1942年夏，小步鳌结束了进修，又被组织上安排到了下黄崖当小学教员。

可是，当他到了下黄崖却傻眼了：教室里根本没有几个娃娃。他赶紧向仅有的几个娃娃询问，才知道，那些不来的都是家里没办法，需要他们帮着做营生的。

这可不行。娃如果不念书，就没有以后了。小步鳌马上挨家挨户地跑，讲道理，告诉那些大人，可不敢没远见，害了娃一生。

谁家不想娃好呢？听着小步鳌的话，大人们个个都眼泪汪汪的，最终还是让娃去念了。就这样，黄崖庙的教室里，陆陆续续又多了50多个娃娃。

有了娃娃，教室里也就有了生气。小步鳌拼命地教他们。到了又一学期，他惊喜地发现，大部分娃都留了下来。

这个成就实在"不小"。为了表彰他，转过年来，组织上又让他兼任了下黄崖学区中心学校的校长。

从此，除了仍旧在下黄崖教书外，他又负责起了其他几校的联络和教材发放。这些教材，都是围绕抗战的，比如国语上的是《抗日读本》。可是，当时娃娃们的家，有不少穷得根本交不起教材费。咋办呢？小步鳌便用他那点小米津贴给偷偷补上了。

此时，小鬼子已经占了蟠龙，对下黄崖搅扰得很厉害。因此，小步鳌还负责领着大家打游击。

一次，鬼子又来了，他领着房东大爷、民兵、群众等10多个人悄悄转移到了左权红杜敌据点附近的山沟，鬼子直到撤走，也没发现他们。人和物一点也没受伤。

但，也有不幸的事发生。有次，鬼子来了。他在躲避时，一不小心跌下了2丈深的山沟，腿断了。但等鬼子一走，他马上又忍着痛，继续为娃娃们上起了课，并用八路军打胜仗的消息，鼓舞娃娃们学习的热情。

3年后，他不仅圆满完成了下黄崖的教学任务，还光荣加入了中国共产党。

1945年3月，武乡县政府在石板村召开了文教大会。会上，县长武光清亲自为他颁发了一枚银质奖章，上边赫然写着："文教模范"。

离砖壁仅 1 里地的南山头，至今还流传着张家人支前援军的感人故事。

张家女人：给八路做军鞋

在张家娃贵堂小的时候，家里的墙上常年挂着一面红旗，上头赫然写着"拥军模范"四个字。这个红旗可不简单，这是当年八路军特意奖给娃他娘牛银焕的二级红旗奖。

那还是 1939 年夏，村里突然驻扎下一支八路军部队。这是一支怎样的队伍哟，他们脚上穿着草鞋，身上的军衣补丁压着补丁……但即使是这样，也掩盖不了他们饱满的精神面貌。

他们一住下来，就和村人们打成了一片，帮村人们挑水，还帮着做营生，宣传抗日。只是他们经常打仗，一遇上紧急情况，就背上枪和子弹出发了。回来后，许

多人身上都是血迹斑斑，有的人甚至缠着绷带，也有些人不见了。

村人们好打听，一问才知道，不见了的那些人有的牺牲了，有的还在石门的八路军医院养伤。

这支部队的领头的，是个女的。大家都叫她康大姐。她一歇下来，就把村里的女人们叫到一起，给她们讲当时的形势，还有小鬼子又犯下了多少罪恶，咱八路军又打了多少胜仗……

有次，康大姐问大家："你们看见咱战士们脚上穿的是啥了吗？"

女人们都说："看见了，草鞋。"

康大姐又问："你们说咱武乡的山多不多？"

女人们都说："多。"

康大姐继续问："那你们觉得咱战士们穿着这样的鞋爬山去打鬼子方便不方便？"

女人们异口同声地说："肯定不方便。"

康大姐再次问："那你们愿不愿意给咱战士们做做军鞋，好让他们安心打鬼子呀？"

女人们都愿意。

这时候，康大姐就选出了一些针线好的人为八路军做军鞋。

这里头就有银焕。她听了康大姐的话很是感动。她早就听说了小鬼子的可恶，不光到处烧杀抢掠，还糟蹋女人。也看到了咱的战士们身上、脚上的寒酸。她心想，人家八路军图个啥呀，远天远地跑来，不就是为咱穷苦人过上安稳日子吗？她又想，自己不光要给战士们做鞋，还要做得好、做得多，让战士们既能及时穿上，还要穿得舒服，而且耐穿，最好是几个月都穿不烂。

为了做好鞋，她把家里最好的碎布都拿了出来。

战士们费鞋底子，她就给战士们做"千层底"，用针用线，既细又密。

为了战士们穿着舒服，不走形，她在绱每只鞋时都非常细致。就连负责检查的人都说，"哎呀，咱们的鞋还就得你来绱。"

为了赶工，她每天都要点着油灯做到深夜。当时，一个做鞋组的女人们经常聚在一起做，她家就是个聚点。家里的地上，隔几天就能摆下满满的一箱鞋。

起初，小贵堂看见了，还奇怪地问："娘，娘，你们做的这是甚鞋，做这么多给谁穿呀？"

那些女人们也不回答娃，只是一起开口唱："千层底富贵帮，做好军鞋送前方，亲人穿上打豺狼。"

小贵堂听了，也学着唱："亲人穿上打豺狼。"

这些鞋被送到八路军中后不久，村上的女人们便收到了部队的来信，表扬她们做的鞋真好。

张家男人：保护八路军衣

1942 年秋的一个深夜，他们家的门突然被敲响了。娃他爹盘发出院一看，原来是新八区区公所的张炳发领着 1 个八路军，还有 5 个民夫，赶着几头毛驴在街门外。

那个八路军把一封信交给盘发，跟他说："这是咱部队上的军衣，需要寻地方保存，你是抗日村干部，我们就把它们交给你了。"

说完，他们把 20 捆军衣往院子里一卸，便赶着毛驴走了。

这时，只见盘发把街门一关，马上就去四处寻人了。他要赶紧把这些军衣分派下去藏好。

当时，距离村子仅 20 里的蟠龙已驻扎下小鬼子，修下了许多炮楼和哨所，鬼子时不时会到根据地来"扫荡"。私藏军衣是很危险的事，一旦让发现了，那可是要丢脑袋的。所以，他必须保证既能完成任务，还不让乡亲们跟上受牵连。

在他的紧张张罗下，当天夜里，这 20 捆军衣就被分散保存了。他们家，也存下一捆。对于这捆军衣，盘发每天都动脑筋思谋究竟该往哪藏才不会暴露。经过几天几夜的苦思冥想，最终，他把那捆军衣放在了一口缸里，埋在了院墙根，上头还堆了一堆柴草。

但仅仅过了两个礼拜，他的心就吊了起来。因为，打他把军衣埋下去后，这里就一直下雨，埋在地里的衣服肯定会受潮。于是等天一放晴，他就赶紧挖出来。果然，军衣湿漉漉的，眼看就要发霉了。

这可咋办呀？好事做成坏事了。无奈之下，他只好在院里拉了几根绳，关上街门，连着晒了 3 天军衣。

之后，又把军衣放缸里。不过，这回，他不埋了，而是在茅房墙根垒了个夹墙，将缸放那里，这样肯定不潮。

没过多久，八路军和新八区的人又来了，他们把其他人存的军衣都取走了，却单单把他们家存的留了下来。

他们跟盘发解释说这捆是分配给修养所的，过几天田拉福所长会来取。

可是，一直等到大腊月，也没人来取。

快要过年时，鬼子又来了，到处杀人放火、抢东西。无奈之下，盘发领着女人和娃逃到了白龙洞里躲藏。

人虽离开了，他的心却惦记着那捆军衣，生怕被鬼子抢走。

这事在心里窝了几天，最终没有按捺住。一天夜里，他喊了他二弟，又叫上他娃贵堂，趁夜摸回村，连夜把装军衣的缸转移到了火炕里。

果然，第二天，在汉奸的告密下，鬼子专门扑到村里翻找起了军衣和军粮。翻了整整 2 天，杀了村里许多人，把张家的院墙都推倒了，在院中挖地三尺，却始终

都没发现军衣。

等鬼子从蟠龙被八路军和咱的民兵合起来打跑后，盘发亲自把这捆军衣放到了新八区区公所。魏名扬知道后，特意表扬他："你们一家人为国家完成了一项光荣的使命。"

张家娃：给八路军送饭

说起打蟠龙，这里头其实也有张家娃小贵堂的一份功劳。

那是1943年7月，当时，大部队已经在离战地3公里的大陌一带开始待命。这天，抗日二区公所的人突然来到村里，让村里安排5担汤，中午时给送到大陌去。

村上把其中一担汤安排给了张家。银焕一听说是给八路军做，高兴坏了。风风火火地跑到地里摘了北瓜，又拿出屋里用新麦刚磨下的白面，烧火、添柴、掺水、拉风箱，一会儿工夫就做下一担汤面。她寻思男人这会儿也扛着枪在前头打仗，就喊小贵堂："你给咱担上这担汤，和村里的大爷（伯伯）一起到大陌去。"

小贵堂一听是给八路军送饭，欢欢喜喜地就挑上担子，跟上村里另外做汤的4家男人上了路。

等到了大陌，收饭的人把汤查验后，让4个大人把他们的米汤先拿去给战士们分了。小贵堂的这担却没让动。

"这是咋啦，俺家的汤面有甚问题？"小贵堂很是疑惑，但由于岁数小，没敢问，只能一个人站在原地等着。幸亏没有多久，就有个姓王的八路军过来，跟他说："娃娃，你跟上我往前走哇。"

小贵堂担起汤面，说声"好"，跟着这个八路军出了大陌。

正往前走着，突然听见天上"嗡嗡嗡"一阵响，抬头一看，啊呀，有好多架飞机。

"这是敌机！"姓王的八路军马上拉着小贵堂躲避，等他们刚冲进老百姓修的临时避雨窑时，爆炸声就不断地响起来。火光照亮了大地，子弹就像雨点一样落着。瞬间，前面的桥也塌了。

这场轰炸一直持续了2个多小时还没有停歇。"这可咋呀，天都快黑了。这饭咱们究竟是往哪送呀？"小贵堂的心焦急起来。

姓王的八路军答道："往陈家垴，前线阵地。"

小贵堂说："那咱就不用非得走这条道了，我知道有条小路，可以直通陈家垴，又快，又不用跟这儿挨炸。"

姓王的八路军一听，高兴坏了，他也着急啊，前线的战士们可还饿着肚皮呢。于是对小贵堂说："那还等甚，咱们走。"

说完，他担起了那担汤面，又跟小贵堂说："你在前

边引路，我跟着。"

小贵堂也没时间推让，马上出了窑，一头扎进了沟，在沟里的树林里东拐西拐，果然来到了陈家垴。并从村里的半坡钻进了地道，直接就来到了前线的战壕。

战士们一看送饭的是个十几岁的娃娃，高兴地说："可把你们盼来了，谢谢你啊，小后生。"

接着又有人问："后生你多大了，参没参加儿童团？"

小贵堂骄傲地说："我 14 了，是俺村的儿童团长。"

那天，小贵堂回到村里，天已经大黑了。他娘和村里的亲戚都在寻他，以为他被鬼子抓走了，或是挨了炸。当看到他身上没有伤时，才放下心。

第二天一早，小贵堂他爹从前线回来了，兴奋地告诉他娘，昨天黑夜，他们和老虎团把侯家垴炮楼上住的小鬼子全端了。

太行奶娘

代育娘王三

改和赵润兰

小路西

代育原本不叫这名儿，叫路西。

路西是个地方：鬼子打通白晋线后，晋东南根据地，分成了路东、路西。路东是太行，路西是太岳。她生的这地儿在太岳，所以，她爹娘给她起了这名。

这地儿叫下北漳，离八路军总部王家峪只有5里地。这村有个鲁迅艺术学校，她爹她娘就是筹建这学校的，一个叫伊琳，一个叫龙韵。

那是1940年春节，朱老总搞了个隆重的"太行文化人座谈会"。她爹她娘旁边的人都参加了，唯有他俩没参加。因为此时，他们正迎接呱呱坠地的小路西。

本来，这是个大喜事。可对她爹她娘来说，却有些愁苦。

咋回事呢？

原来，此时，这地方很不安全，鬼子经常来"扫荡"。她爹她娘都是八路军，随时要跟上部队转移，打游击，根本无法带她。

咋办呀？她爹娘就思谋，把她寄养在村人家。

奶娘三改

寻谁呢？伊琳托下北漳村长李晋宏给想办法。李晋宏一思谋，就想到了本村的一对裁缝。男人叫李海元，女人叫王三改。

三改本是长乐的。她上头还有哥和姐。她大姐叫王改花，二姐叫改桃，轮到她，就叫三改了。

别看数她小，可她的手很巧。13岁上，就跟她娘学下了一手好针线。16岁上，就跟上本家姑姑学会裁缝。17岁上，就一个人养家了。

也是在这年，有人给她说媒，她跟人家提条件，不要金，不要银，就要一台缝纫机。新的不行，旧的也成。李海元也能耐，居然真的在蟠龙寻到一台二手的。于是，三改就嫁了过来，一进门，就蹬上机器给李海元挣起了钱。没几天，李海元的小日子就过得红红火火了。尤其是过年那几天，做衣裳的差点跑断门槛。

眼看生意这么好，三改就跟李海元商量："要不，你也学裁缝？"

李海元说："学就学，俺也不是个笨人。"

学了半年，果然，也能单独干了。

此时，三改心又大了，喊上海元一起到蟠龙租了西街上的三间门脸，开起了店，生意好得吓人。

但，这有什么用，两口子一直没个传宗接代的。他们急呀，到处寻人看，可是，三改的肚皮就是不见动静。

一个有娃顾不上带，一个没娃快要愁死了。李晋宏就思谋，可以给他们说合说合。于是，让人把海元和三改叫了回来。

起初，晋宏还担心海元和三改嫌负担。可没承想，他一讲，三改就同意了，还说："给八路军带娃娃有甚问题？再说了，我不生娃娃正想要一个。兴许养了这个，能引来另一个。"

晋宏一听，三改这想得挺周到呀，高兴地给路西的爹娘捎了话。

改名字

不久，小闺女就到了三改家。三改是又弄屎又倒尿，一点也没嫌，就跟自己生的一样。当然，也有一点不满意。每回一喊"路西"，总觉得不好听。于是，就跟路西爹娘商量，要不给娃改个名？

路西爹娘一时间也想不出个好名，就喊上鲁艺的还有村干部一起思谋。大家想，娃娃既然交给老乡代养，不如叫个"代育"，而且是个闺女，正好和《红楼梦》里的黛玉听起来一样。就这样，路西就成了代育。

误信传言

刚开始，三改因为没奶，不好喂小代育，就干的、稀的一起喂。干的怕硬，就自己先咬碎。稀的怕烫，就自己先试温度。就这么一口一口地把小代育养到了3岁。

小代育的情况也牵系着前方鲁艺的同志们。作为前方鲁艺第一个娃，大家都非常关心她，只要见着了她的父母，就会询问她的事，都将她视为上苍赐予的最珍贵的礼物。

这3年里，前方鲁艺早已离开了下北漳。5月的鬼子发起的那次疯狂的大"扫荡"，让他们遭受了大损失，牺牲了许多同志。就连小代育她娘龙韵也不见了。有人说她被俘虏了，也有人说她叛变了，这让同志们更加牵挂小代育。偏偏这时候有消息传来，小代育被鬼子的狼狗咬死了。

女人和娃娃都没了。小代育的爹一下子就扛不住了，生了重病。鲁艺的同志们赶紧把他送到医院，这才保下他一条命。

之后，再没有人提及小代育。

疯三改

那么，小代育真的被狗咬死了吗？

当然没。她一直被三改带着，直到 1946 年冬。

当时，武乡开展了一次轰轰烈烈的土改。下北漳农委有人说，李海元在蟠龙当汉奸。于是，把海元叫回来说清楚。海元说："没有的事，肯定不承认。"一下子惹怒了这些人，被他们活活打死了。

三改一气之下，带上小代育就回了娘家，不久，就改嫁了。

她改嫁了，可把晋宏急坏了。想，三改你跑了不要紧，可不能把八路军的娃娃带走哇。于是，叫上民兵，到长乐接回了小代育。

没几天，失去了小代育的三改就疯了。天天往山上跑，一不小心，就跌下了山沟。

二婶润兰

小代育到了海元家，先是跟海元爹娘和他弟弟海法两口子一起生活，管海元爹娘叫爷爷、奶奶，管海法两口子叫二叔、二婶。他们都待小代育很亲。

当时，海法还想着再给小代育寻个奶娘。可是，小代育却不肯走，她舍不得离开她二婶。于是，海元爹发话了："哪也不用去，咱家代养唉。"

于是，小代育便在这家扎了根，把她二婶当娘。

二婶的名叫赵润兰，她家还有一个闺女、一个儿子，都比小代育小，都叫小代育姐姐。3 人一个炕头睡，一口锅里吃，就像亲兄弟姐妹。

当时，小代育已经能帮家里忙了，就帮着润兰抱弟弟，做家务。一晃就到了十来岁。

亲人来寻

1950 年的春天，村上突然来了个人，一见小代育，抱上就哭，说是她爹。

原来，伊琳在以为失去小代育后，把所有仇恨都放在了心里，拿起笔不断创作，于 1946 年到东北电影制片厂当了导演。

这年，他到山西来拍摄《吕梁英雄》，突然听到小代育还活着，高兴极了，马上向组织打报告，要求来寻找和接回女儿。

周总理知道后，亲自批示："要将路西找到并接到北京。"

就这样，他来到了下北漳。

当他看到被赵润兰养得活泼可爱、长得酷似爱人龙韵的小代育时，11 年的苦楚一下子就倒了出来。

可是，小代育却不肯接受他。无奈之下，伊琳只好在招待所住下来。

认父亲

此时，小代育也被送过来和他培养感情。

一天夜里，伊琳为小代育打来了热水洗脚。当脚洗完后，小代育的眼突然移不开了。她发现，自己的脚和这个"爹"的脚，长得完全一模一样。顿时开口说："爹，你是我亲爹。"

说完，猛地扑过去，一把就抱住了伊琳的脖子。

就这样，小代育接受了伊琳。

难忘奶恩

为了感谢润兰对小代育的养育之恩。伊琳报请组织按照相关政策，由当地政府通过长乐粮站，给予她家20担谷子作奖励。

之后，小代育被接到北京。

当时，她已经超过了上学的年龄。要想学得从一年级开始，学校开始为难。咋办呀？伊琳的新爱人、正怀着娃的滕岳林当场就哭了起来："这可是八路军烈士的女儿啊！周总理有批示的，孩子亲妈可是为抗日而牺牲的烈士……"

最后，小代育被组织上安排进了专门培养抗日志士子女及烈士遗孤的北京育才学校。

长大后，小代育有了自己的家庭，可她的心永远不能忘的，就是下北漳，她的奶爹娘。

兰娥娘
魏育英

寻奶娘

1939 年深秋，太行山深处的王家峪突然驻扎下一群八路军。里头有个叫李继开的科长，他女人付欢刚到村没几天，就生下个小女娃。

这可把老李欢喜坏了，可也愁坏了。为啥？因为工作的原因，他们俩口子根本顾不上养娃娃。这可咋办呀？有人给出主意，在村上寻个奶娘吧。老李想了想，同意了。

他也不知道该寻谁，咋寻。就去寻王家峪大编村的村长魏来书给帮忙。老魏"吧嗒""吧嗒"抽了锅旱烟，想到了一个人，就是本村的受苦人冯碾锁家女人，她刚生过一个娃娃，没养活，这会儿奶正憋得没人吃。就跟老李说了。

老李知道，魏村长提的人，肯定能靠上。也没多想，就托他赶紧去打问。

于是，老魏就来到了碾锁家。一进门，碾锁正好在。老魏便拉呱儿开了："碾锁，你老婆摅了娃，还奶不？"

碾锁说："奶啊，你这是有头主？"

老魏说："有啊，咱村来的八路军里有个女干部，刚生下个闺女，想寻个奶娘。我看你老婆最合适，就给人家说了，就是不知道你们愿意不，有啥困难咱就提。"

碾锁正坐月子的女人趴炕上说："有甚困难？八路的俺们都愿意，你赶紧把娃娃抱过来吧。"

老魏高兴地说："那就好，我赶紧去跟李科长报喜去。"

小兰娥

隔天，老魏就和老李两口子把娃抱过来了。

老魏还给介绍："碾锁，这是咱八路军的干部李继开，这也是咱八路军的干部付欢，这是他俩的娃，刚生下3天。还没个官名，就叫小闺女吧。"

碾锁女人一听，不乐意了，马上接话："甚是小闺女，可不能这么瞎叫。俺在家时，就因为俺爹大字不识，家穷得响丁圪旦，一辈子没起下个正经名字。在娘家时，一村人叫俺闺女，现在嫁人了，又叫我魏闺女。你说说，要是再把俺闺女叫成个闺女，这一家俩闺女，还不叫人笑话死？"

老魏听了直挠头："啊呀，这还倒真是个麻烦。那李科长，你说咋办？"

老李呢，想了想，也觉得不能这么草率地给娃起名字。可是，一时又实在想不出来。眼见得这场面就凝住了。

这时候，魏闺女却说："村长你们看，俺们老冯家，已有个闺女叫红娥，跟上咱村起名的留例（方言：惯例），我看就给俺娃起名叫兰娥，你们说好不好？"

老李和他女人一听，挺欢喜。马上拍手说："大嫂，我觉得这名非常好，以后，这孩子就叫兰娥了。"

从此，碾锁家就有了个叫兰娥的闺女。为了叫得顺口，又给她起了个小名儿，叫兰兰。

逃难记

过了一段日子，老李和他女人就跟着八路军搬到了砖壁。

那是1941年的春。为了安全，碾锁和他女人商量："你看，咱带着兰兰，要是被人知道她是八路军的娃，小鬼子来了咱们肯定没地儿跑，不如咱们出去躲躲？"

闺女心想，还真是这么回事。于是，就抱上兰兰，拉上她大儿冬生，跟着碾锁，把家搬到了拐垴的一个亲戚家。

等到秋上，她的肚又鼓得厉害了。不久，给兰兰生了个弟弟，名叫根生。

你想想，那兵荒马乱的年头，既要躲鬼子四处逃，又要糊弄5张嘴，两口子的苦有多重？

当时为了躲鬼子，回回都是碾锁拿筐挑了自己一大一小两娃，闺女用背包背着兰兰拼死拼活地逃。

有回，他们正逃着，遇了个山梁的下坡，碾锁一不小心连筐带人栽进了深沟。幸好人没事，一爬起来，把两个娃身上、脸上的血拿衣衫擦了擦，就又赶紧把他们放进筐里，扭身跑起来，根本没顾上看自己女人在哪。

而闺女呢，也是背着兰娥一个劲往前冲，一口气扑进了逃难洞里才想着，啊呀，男人和俩娃不见了。

等夫妻两个再见面，已经是鬼子走了以后。夜里，他们俩坐自家炕上，你看看我，我看看你，都觉得真是万幸。碾锁是庆幸，栽下去的地方不是乱石坑，不然父子3人就全完了。闺女呢，却是庆幸，男人筐里放着的没有兰兰。不然，以后咋和人家大人交代呀。那一刻，她决定了，以后，兰兰还是跟着自己的好。

起名字

等到了1942年春，连拐垴也不安全了。两口子为了娃们，又搬了次家。这回搬到了离砖壁近的东堡。

离砖壁近了，也就离兰兰她爹娘近了。两口子便托人捎信，让他们有空来看兰兰。

过了几天，兰兰爹娘果真来了，还带来些米面，50元冀南币，说是给补贴家用。

抱着兰兰，老李怜爱地看了娃好久，突然跟闺女说："大嫂，你们对娃的恩，我们以后肯定会报的。"

又说："我突然想起个名字，可能适合你，你看看好不好？"

闺女高兴地问："啥名儿呀？"

老李说："育英。意思是，你给咱国家培养英才，把咱后代子孙都培养成有用的人才。"

闺女一听高兴坏了，说："太好了，这名好，以后俺就叫育英了，俺总算也有名了。"

这时，老李又说："眼下战争局势很严峻，部队马上就要转移了，以后，如果我们两口子牺牲在战场，兰娥就是你们的闺女了。我想给她换个名，叫'晋生'，意思是她生在山西，永记山西人对她的恩情。而且，你们家老大叫冬生，老小叫根生，她的名里，也应该有个'生'。这样，不管是出去，还是在家里，都是一家亲。"

老李的话，说得碾锁和闺女的心都非常暖，他们何尝不想，兰兰，就是自家的。

从此，闺女就叫了育英，兰娥就叫了晋生。

吃榆钱

谁想，老李两口子这一走，果真就石沉大海，再无音讯。

转眼，就到了 1944 年春。这年，正赶上武乡大旱，育英家接不上顿了，就连苦菜也寻不着了。咋办呀？碾锁每天天一亮，就拉上冬生，满荒野跑，到中午回来，也挑不下多少野菜。

有回，他们寻见棵榆树，上头榆钱才刚出来，父子俩把榆钱全撸了回去，育英高兴地做了一顿榆钱钱玉茭圪垒，一家人都抢着吃，唯独不让小晋生吃。为啥？生怕她吃坏肚。他们背着自己的两个娃，另煮了一小碗疙瘩饭。

可是，小晋生没事了，小根生却肚子痛起来。那会儿，也请不起医生，两口子哭天抹泪也没办法，只好硬生生地看着小根生没了。

后来才听人说，吃榆钱也会中毒，得急性黄疸肝炎。

当时，小根生才 4 岁。育英每天一想起他来就流泪。小晋生看见了，懂事地过去拿小手给育英擦眼泪，还撒娇，逗育英开心。

一封信

1945 年，小鬼子投降了。碾锁和育英四处打听，可谁也没晋生爹娘的消息。

等到了 1950 年正月，县兵役局一个叫郭亮的小战士突然来了他们家，告诉他们，他是魏名扬局长的小交通员，特意为他们送来一封南京军区寄来的挂号信。

当他把信递给两口子时，两口子的心突然颤抖了，他们猜想，这肯定是那一对让他们既想让出现又害怕出现的人寄来的。

还是碾锁说了话，他对郭亮说："小郭，俺们不识字，你给俺们念念哇。"

小郭便大声读起来：

> 亲爱的冯大哥、魏大嫂：
>
> 你们好，孩子们都好。东堡最后一别已有八年，我们每时每刻都在牵挂着你们和我的小晋生，但成天忙于战事和工作，顾不上给你们写信，请原谅。原计划我亲自去一趟武乡把小晋生接回我们的身边。但近期又有大事难以脱身。所以委托武乡县兵役局和长治军分区帮助你们把晋生给我送来，请你们全家都来南京跑一跑，看看外面世界，来回路费全由我付，你们什么也不用管，只是在路上要小

心注意安全。别的事不多说，来了南京，我们详细再谈。

祝你们身体健康，全家愉快。

南京军区：李继开、付欢叩书

1950 年 2 月 6 日

信读完了，两口子都哭了。都说："谢天谢地，还活着就好。"

送亲人

晋生要走了。育英当时身上有病，没去送。让碾锁和冬生送。父子俩领上小晋生坐了一天一夜的火车，第二天下午才到了南京火车站。

一下火车，他们就被列车乘警直接护送给了老李的警卫员。

不久，他们顺利到了南京军区。在那里，他们见到了久别的老李两口子。

老李每天都让警卫员陪他们出去看解放后的南京有多美，让他们看看太行山外的世界有多美。中山陵、玄武湖，都留下了他们的足迹。后来，他们还到了苏州、杭州。可是，最终，还是到了离开的日子。

此时，老李夫妻俩，已为他们全家每人准备了两套新衣服，还准备了300元钱和30斤大米，可还是觉得不够还他们的恩情。

从此，每年老李家都会给育英两口子寄封信，告诉他们晋生的事情。他们两口子呢，也会给老李寄信，说说武乡，说说乡亲。

又过了5年，晋生进了军校。以后，又参了军。真的如老李盼望的那样，被培育成了人才。而她也没忘了培养她的育英，还有武乡的那个家。每年写的信里，都寄托着她的思念。

洪鹰娘

石三孩

抱养

三孩是下广志村的媳妇。当年，她男人是副村长，她是村妇救会的秘书。

那是 1940 年春。一天，突然有个女八路来寻她，怀里还抱着几个月大的娃。三孩接过娃的时候心是打战的：这娃，也不知道这女八路是咋给喂的，瘦得跟小猴似的，一下就心疼上了。

女八路姓赵，叫赵迪之，是刚从前方鲁艺调到县委当领导的。这时候，正值小鬼子对咱根据地疯狂"扫荡"，她得顾大局，实在忙得顾不上照看娃。她男人这会儿也不在武乡，正领着太行山剧团在太行山里宣传抗日哩。她跟三孩并不认得，是经人说下的。实际上，她要找的是奶娘。三孩呢，并不合适。三孩虽然有男人，可从没生过娃，没奶水，但她是共产党。她跟赵大姐说："大姐，你放心哇，俺保证把娃养活。"

赵大姐相信了她。

从此，三孩忙了家，忙了外，还多了个忙娃。这个娃可不是好忙的。她没奶水，还得想办法，让娃吃得下，吃得饱。咋办呢？她把要喂的东西，一口口咬碎了，然后再一点点喂娃嘴里。那些吃的其实也不好，毕竟也是穷苦人家。虽然不好，但却已是这家最好的了。

捡命

一晃就到了1941年。这时候，小鬼子已经开始千方百计在武乡抓一个叫赵迪之的女人了。因为她是武乡的县委组织部长，非常出名。

也不知道是谁透露的，小鬼子知道了赵大姐有个儿子在下广志，于是恶狠狠地扑到了村里。

一进村，他们就直奔三孩家，把三孩一家人给抓了起来。然后，拉住一个常年在地头上走村串户的剃头匠问："你的，快快地说，哪个的，是赵迪之的儿子。"

那个剃头匠见天儿来村，早就认识了赵大姐的儿子洪鹰，马上就指着他说："就是他，就是他。"

这时候，小鬼子却狐疑起来，眼前这个娃，又黑又瘦，分明就是个普通的村里娃，哪里像干部的子女呢？就猜，一定是剃头匠不认识，胡乱指认。于是一把抓起小洪鹰，随手就扔出一丈远，然后继续寻可疑的娃。

不幸的事情发生了。他们看到了和小洪鹰同年仿岁的、三孩男人的亲侄。发现他既白净，又壮实。马上就猜，这就是想要被这家人隐藏的赵迪之的儿子，于是，狠狠地一刺刀，就把他给刺死了。

鬼子走了。三孩男人家的根也断了。不过，也换下了小洪鹰一条命。虽然他也摔断了两根肋骨。

改嫁

虽然给家里带来了灾祸，三孩和男人并没有减少对小洪鹰的关爱。小洪鹰每天都活得快快乐乐的，经常骑在他奶爹的脖子上在村里、地边转。吃他奶爹给他摘下的红红的枸杞子，还有甜滋滋的酒洒花。

然而，这种幸福的日子也没长久。

一天，三孩男人刚带着小洪鹰喂完猪，正在墙根和八路军干部商量征收公粮的事，背后的土墙突然倒了。他，被重重地砸在了下边。

正在不远处玩耍的小洪鹰亲眼看着这一幕，却不明白发生了什么。

三孩男人没了，他家的人把怨气都撒在了小洪鹰身上。认为他是个灾星，不然咋的他们家就连连出祸？

这天，三孩刚刚把一箩头山药蛋和小洪鹰从地窖提出来，就被她男人的哥哥给倒进了粪堆里。她一下子就

明白，这个家她待不下去了。

男人的哥哥走后，三孩抱着小洪鹰大哭了一场。扭头，就嫁给了下广志一户姓赵的人家。

吃饱

小洪鹰这个后奶爹，原先是个八路司务长。在一次战斗中，他腰受了伤才退了伍。他人很善，对三孩和小洪鹰挺好。三孩娘俩儿虽然跟上他依然受苦，但日子终究安稳了下来。

此时的三孩依旧像以前那样忙碌，每天不是为部队纺花织布，就是支前送饭。鬼子来了，还领着乡亲们逃难。不过，每次逃难，她都会把小洪鹰带在身边。

有次，他们在逃难洞里一连躲了好几天。当时，洞里人很多，喝不上水，只好接自己的尿喝。等鬼子们走了出了洞，小洪鹰居然长了一身疥疮。但这是没办法的事，毕竟能活命就是万幸。之后，三孩想方设法才让小洪鹰的疥疮消退了。可是恰遇荒年，吃，又成了问题。

为了让小洪鹰吃饱肚，三孩不得不带着他到野地里挖野菜，捋榆钱，剥榆树皮，捡地皮菜。他们最常吃的是糠面疙瘩。因为尽是糠渣，总是难以下咽，即使咽下去了，也拉不下来，所以小洪鹰一见糠面疙瘩就躲。咋办呢？这是三孩能拿出的最好的饭了。为了让小洪鹰吃饱肚，她想出了把糠面疙瘩放在灶台上烤得焦黄焦黄的法子，小洪鹰咬上去嘎嘣儿脆，香极了。

为了让小洪鹰吃上菜，三孩年年都沤酸菜，把能找到的，可以沤菜的都放进去，沤的菜又软和又好吃。不光小洪鹰爱吃，连八路军也爱吃。三孩便经常把菜给八路军送去。

炼乳

鬼子不来的时候，小洪鹰经常到村子的河滩里玩。那里有座河坝，有河，河水很清。小洪鹰去玩时，三孩也在旁边，她在河里洗衣裳，可以看着小洪鹰和村上的娃娃们在河里嬉戏，捉鱼捞虾。

小洪鹰的衣裳、鞋子，经常都是湿的。可是三孩从来没有责骂过他。只是喊着让他赶紧脱下来，换一身，自己把湿的拿去在阳婆地（方言：太阳地儿）晾干。

一天，到部队上帮忙的男人突然回来了，冲着娘俩大声说："看，我给你们拿回甚来了？"

小洪鹰和三孩扒过去看，只见他从身后拿出一罐东西，大声解释道："炼乳，知道不知道？这可是金贵的东西，从小鬼子那里缴来的呢。洪鹰，你还没吃过奶吧，这比奶还好。三孩，快些，快挖些冲上水，给洪鹰尝尝。"

三孩赶忙去暖壶里倒水。

就见男人操起把剪刀，"噗""噗""噗"，几下在铁罐上扎了几个洞。然后，把里头的炼乳抠出来一点儿，搁进了她倒开水的缸里，拿勺搅匀了，端给小洪鹰："喝哇，好喝得很。"

小洪鹰喝的时候，夫妻俩眼睛一眨不眨地盯着他。看着他喝得精光，还恋恋不舍地拿舌头舔，三孩不禁问："好喝不？"

小洪鹰大声说："好喝。"

他后爹听了，脸上顿时露出了微笑。

离开

抗战胜利后，赵大姐来了。她要接小洪鹰走。小洪鹰一听，马上挣开了她，跑到了左右邻家躲起来。等赵大姐找到他，他又躲到了表姐家，死活不肯走。最后，即便再不忍心，赵大姐还是把他抱走了。

不久，他就跟着赵大姐到了焦作。然后，又到了北京。

在北京读书时，他对新家一点也不感兴趣，总觉得那里不是他的家，他的家在武乡，在下广志。赵大姐也不是他的娘，他的娘，叫三孩，所以很少回家。

高二那年，他终于鼓起勇气，向赵大姐要了些钱，说是要回下广志去看三孩。

赵大姐同意了。

那次，小洪鹰孤身一人，坐上了火车又倒了汽车，颠簸了很久才回到下广志，陪着三孩和他后奶爹在那个没有院墙的土院里，整整住了半个多月。

再往后，是三孩去看小洪鹰。

再往后，三孩就没了音讯。

开明士绅

声显乡里

裴会保是大有的。他家非常有钱。光地就有 9000 多亩，仓里的粮有几百万石，金银财宝更是数也数不清。

有一回在酒席上，赵家庄的大地主赵太和跟他夸耀，说："俺们家的金元宝和银元宝若是挨个儿摆，能从你们大有摆到 30 多里外的县城门口。"

会保听了，笑了笑说："照你这么个摆法，我的金元宝和银元宝能沿你刚才的路摆个来回。"

一句话说得赵太和面红耳赤，打那儿再也不敢跟裴会保攀比了。

会保虽然有钱，对乡人却很好。

他在本县和外县开着许多买卖。大有镇上首屈一指的金银杂货店"复恒泰"就是他的。店里，有店员，有银匠。银匠是个常年面色憔悴，60 来岁的老汉，每天就窝在一个里间，趴在一张炕桌上，就着一盏油灯，"叮叮当",敲打个不停。然后,就敲打出来当地人喜欢的金银首饰。"复恒泰"的买卖好,老汉很有功劳。会保除了给他正份儿,每回还会多给他加几块大洋。

不光这老汉,所有的店员也这样。

他的家,光院,就有 7 亩多。里头雇着许多长工、佣人。这些都是受苦人,家里经常有揭不开锅的时候。只要会保知道,总会接济他们。

因为他人厚道,乡人们都很敬佩他。在他 20 岁(1910 年)时,就选他当了大有的里正。他也非常尽心地为乡亲们办事。只要乡亲们求着他,向他借粮,他都会对下人嘱咐:"给他再加点,加得满满的。"

等到了该还粮的日子,他从来不会让人过去讨要。人家来还就收着,还不上,也就不了了之了。有人说他,他都是一笑而过。逢年过节,仍旧会打开家里的粮仓,继续周济乡亲们粮食。

在他 30 岁时,许多地方出现了大旱,到处都是饥不聊生的灾民。他知道后,马上赈灾运粮,捐资逾万。为了表彰他,当时的国民政府内务部,还特意奖给他一枚一等金色义赈奖章。

支持名扬

会保名声这么大,难免会让有心人给惦记上。在他

37岁那年，突然收到一张帖子，打开一看，不由大惊失色。

咋回事呢？原来这帖子是一帮山东响马下的。上面点明了，要他备下500两黄金，500两白银，并言明夜里来"借"。

这可咋办呀？就在会保一筹莫展时，门外有人求见。谁呀，枣烟能人魏名扬。

名扬找他来做甚？自然也是借钱。

原来，名扬曾四处拜师学艺，学下了一身好功夫，打算在乡里开个拳房，苦于手上没本钱，知道会保是个乐善好施的，便来了。哪承想，会保这儿遇着事了，根本没心思见他，便让人谢了客。

会保这一拒绝，名扬难受了。他郁闷啊，心想，不是说你谁都见吗，怎么换了我就不肯见了？马上火气大起来，当即就闯进了院子。他是手上有功夫的人，裴家的守卫根本拦不住。不一会儿，他就闯到了会保面前。

两人一见面，名扬就问会保为啥不肯见他。会保只好说遇上烦心事了，怕会客时影响他的情绪。

名扬便问会保："究竟是啥事，居然能把堂堂的裴老爷愁得不肯见人？"

会保只好把详情讲给他听。名扬听完哈哈大笑，说："这算啥事，交给我了。"

等到晚上，名扬就独自在裴家大院里等起了响马。

待他们一到，一会儿工夫便全给撂倒了。事后，会保非常感激名扬，便出资给名扬开了拳房。两人也从此处下了交情。

一晃，时间就到了 1937 年 11 月。这天，会保正在屋里独坐，突然守卫来报，说是魏名扬又来了。会保赶紧让请进来。两人一落座，名扬便说明来意。原来，小鬼子侵占咱山西后，名扬便和共产党接上了头，打算在大有泰山庙成立一支青年抗日游击队。可是此刻他是光有人没有钱，索性来找会保求借。

当名扬讲到成立游击队是为了打鬼子，中国人理当有钱出钱，有力出力时，会保马上就表态："国家有难，匹夫有责，打鬼子，我无偿支援。"

之后，在会保的支持下，名扬 6 次组建游击队都得以成功，为咱八路军输送了众多的优秀抗日战士。

带头捐粮

1939 年秋的一天，会保正窝在家里喝茶，守卫的突然来报，说是县牺盟会有人送来了请帖。

会保不敢怠慢，赶忙让守卫把送信人请进来。两人刚一落座，送信人便把请帖递给了会保。会保仔细一看，原来，不久便又到了纪念"九一八"事变的日子，县抗日政府和牺盟会打算邀请县里的士绅代表一起开个座谈

会，以商抗战大事。

既然干系抗战，会保自然不会推辞，便爽快地答应了来人，说好到时一定去。等到了 19 日这天，果真备了车马，一路晃晃悠悠，赶了几十里山路，来到了土河的真如寺。

一进寺里，会保四下里一看，嚯，人还真不少，都是武乡地面上有头脸的人，能有 50 来个。这也没什么，正在大家相互寒暄时，八路军的人也来了，领头的正是不久前刚刚在砖壁驻扎下来的朱德总司令，还有彭德怀副总司令。

你道他们为啥要来，原来此时，八路军已经在华北和小鬼子干了许多仗，取得的战果有目共睹，将士们的士气非常高昂，国民党顽固派对咱却虎视眈眈，给的军饷不仅微乎其微，而且常常拖付，以至于八路军的日子过得非常艰难。总司令这是向大家伙儿求助来了。所以座谈会开始后，他便发表了演说，跟大家伙儿说明了形势，摆出了理儿，希望大家伙儿有钱的出钱，有粮的出粮，团结一致，打小鬼子。

总司令的话很简单，也很耐听。会保入耳了。他是真不知道，咱八路军的日子，居然已经过成了这样。轮到他说话时，他走到台上，跟大家伙儿表态："朱总司令的话，大家伙儿也听明白了。我想说的是，我们这些士绅，就算是帮不着国家的大忙，小忙也该尽心尽力。咱

武乡真如寺

萧刚·绘

八路军在华北抗战，有目共睹，但总有那么些汉奸肆意造谣，挑拨离间，而事实上，敌人越是这么痛恨朱总司令，我们就越应该爱戴他。"

说罢，他承诺，自己要捐粮捐款，认捐大洋1000元、粮1400石。

他这一开口，其他人便坐不住了。得，你裴会保都表态了，我们也不能落后啊，"呼啦"一片，纷纷嚷着自己也要捐。

毁家纾难

等一回到大有，会保便忙开了。把家里所有的粮仓、金库大门都打开。把家里的骡子都牵出来，拢共18头，个顶个的壮。这便驮开了。

是白天也驮，夜里也驮。粮食、钱财，一样也没落，整整驮了40多天。果真把许下的1000多石粮，1000块大洋，给送到了太行第三军分区和王家峪。

这事让参会的那50多个人都听着了。大家伙儿都说，裴会保这真是"一口唾沫，一个钉"啊！得，佩服，既然你来真的，我们也不能落后啊。他们也是各备各的骡马，各献各的心。"轰隆""轰隆"，都热火朝天地给八路军送起了钱粮。

仅11天，就捐下6.7万多石粮。

　　回头，八路军拿着这些钱中的一部分，在白和买了个煤矿，又用挖出来的煤开办了柳沟兵工厂，造枪、造手榴弹打小鬼子。还用另一部分钱，在洪水开了个杂货铺，补充八路军的军需，实际上就是地下情报站。

　　真如寺的事刚过去没多久，县抗日政府又在姚庄开了一次全县的士绅大会。会保又参加了。

　　这次是座谈《中共中央对时局的宣言》和政府的屯粮法令。县里想要发动全县囤积 6 万石公粮，希望大家伙儿，在合理负担的基础上，有粮的出粮，既解决军需，又粉碎小鬼子对咱的封锁。

　　有了上次的铺垫，这回会保，又没二话，张嘴就许下了。捐 3000 石。

　　回头，又赶着他家的骡子，没明没夜地驮。驮不够数儿，没事，卖地换粮。这一折腾，得，又让县里的那什么大家、小家、圪撑家的瞧着了。都在想，行啊，你个裴会保，上回捐那么多，这回又这么多。你这是拆家啊，多大家业经得起你这么折腾？

　　想归想，可都佩服着呢。行，你积极，我们也不能落后啊。"轰隆""轰隆"，也都驮开了。他们这一上心不要紧，其他富户也有眼呀。说，"哎呀呀，你们都缴公粮缴得这么积极，俺们也得出力啊。"

　　得，又是一批。

　　他们出力，老百姓也不甘落后。有一点是一点。很

快，这 6 万石公粮也屯好了。

　　会保这些爱国行动，让朱总司令知道后，非常感动。回头，他奖了会保一面奖旗，上面写着："毁家纾难"。

自强不息
郝培兰

教书的

培兰生在光绪三十二年。他家世代耕读，祖上出过举人、官老爷。家里地多的时候，能有1400多亩，单只贾豁，就西起槐树烟，东至东风烟。到他爹郝仲民手里，依然能数到"八小家"里，在圪嘴头是头号大财主，只可惜没活下岁数，在培兰年满4岁时，就病死了。

培兰他娘，虽然不识字，可没丢郝家耕读的留例（方言：惯例）。男人一没了，就在家里设下了私塾，一心叫培兰读书，免受族人的欺负。以后，又让他跟上他大姐夫周寿彭，到了长治第四师范附小念书。再往后，他自个儿考上了省城的中学。

当时，正流行一大堆主义，像工读主义呀，互助主义呀，新农村主义呀，他都接触过。不过呢，他这人，不喜欢做买卖，也不好地上的营生，最吸引他的还是教书救国。那会儿，像黄炎培啊、陶行知啊，都是他的

偶像。

所以，从山西国立大学一毕业，他就跑到沁县一个叫铜川的中学当起了教员。

可别小看这个中学，起初它只是几个人合伙开的。但仅一年工夫，就全省闻名了。像武乡呀、襄垣呀，甚至天镇、阳高，都有学生远天远地跑来报名。当时的民国政府中央教育部督学听说后，专门来视察，结果，大手一挥，私立转公立了。

培兰能进入这样的学校，可见不一般。

他还真不一般，教书时，常常和娃娃们谈家国命运。不光娃娃们听了有感触，就连老师们听了也动容。所以，去了没一年，他就升官了，当上了教务主任。

只可惜没几年抗战就爆发了。转年春小鬼子又发起了"九路围攻"，铜中再也无法安宁，只好停办了。郝培兰也卷了铺盖，默默回了圪嘴头。

办书房

那个 4 月，八路军在长乐，狠狠地教训了一顿小鬼子。为了报复，小鬼子对武乡大肆烧杀。培兰回村后，亲眼见乡亲们在废墟上哭泣，然后又守着废墟开始了生活。因为没地方念书，许多娃娃只能待在家里，跟着大人们受苦。瞅得他心慌慌的，说不出的难受。

这时，许多村人见他回来了，就跟他说："郝先生，你是个教书的，要不你帮咱村弄个学校吧。他们肚子里有点文化，小鬼子来了，也不至于睁眼瞎。"

培兰听了，点点头。过几天，主动捐了些钱，在村里建了个抗日小学。兵荒马乱的，也没地方找教员。他便亲自当起了"全能"老师，又是国语，又是数学。只要是娃们学下有用的，他都会教。

教的时候，还不忘跟娃们说："以后出息了，也教书救国。"

编剧本

培兰除了教书，还有其他爱好，比如文学呀，书画呀。他在太原念书时，就是学校的文艺骨干。能写，能画，能书法。他的书法，在十里八乡，可是顶一绝。画，也很有气候。别看他是财主，村人们但凡有说话的，他都会给写上一笔。他还经常给人题字书匾。地面上那些有头脸的，经常把他的字裱了，装点门面，把匾刻了，悬在了门楼上。

但这些，还不算什么。他还会编剧本。当时，武乡的地方戏琴书，是个人都爱听。他也爱。打小就能哼哼。可唱戏的多数是穷苦人，若是好年景，给人家唱几声还能换些银钱，置办行头。可如今正打仗，听戏的没多少

口袋里有钱的。所以到他们手的，更是少之又少，能糊弄了嘴就不错了。至于办新行头，只能是梦了。

有回，有个庆义班让培兰遇见了。培兰去听书，一看，这咋行，要服装没服装，要道具没道具。虽说人们听的是戏，可看的还是欢喜。这还没开锣呢，净见衣衫褴褛了，自然听的劲儿就没了。马上喊住他们，给他们置办了新行头。又问他们："你们如今唱甚戏？"

戏班人说："还是老戏。"

培兰严肃地说："这可不行，得唱新戏。这个时候，要唱有用的东西。"

戏班人挠挠头，说："郝先生，俺们只会唱，不会写啊，要不，你写下，俺们唱？"

培兰说："那行。"

回头，就窝在家里编起了剧本。为了戏班人好表演，这些戏都不用他们换行头。采用的是旧瓶装新酒的法子，有《大战里庄滩》，有《打日寇》，一下编了好多戏。大多是揭露日军暴行，宣传抗日救国的。

戏班拿出去演出后，大家都说好。有人就问："你们这戏是谁写的呀？"

戏班人毫不隐瞒地说："当然是圪嘴头的郝先生。"

以后，培兰走到地面上，人人见了他都非常尊敬，就连抗日县政府的人也不例外。

捐军粮

1939 年秋，风云突变。国民党顽固派掀起了反共高潮，对咱根据地实行了经济封锁，还停了八路军的粮饷。9 月，牺盟会和抗日县政府向培兰发出了邀请，希望他能参加 19 日的武乡士绅座谈会。

等到了会场上，培兰才知道，武乡有头脸的士绅几乎都来了，有裴会保，有李祖寿，有杜青史，有武德宽，起码能有 50 人。谭永华县长，牺盟会的张烈特派员都在场。还有几个特殊人，第十八集团军朱德总司令、彭德怀副总司令和野战政治部主任傅钟。

座谈会开始后，朱总司令和彭副总司令分别发表了演讲，并在会上解答了士绅们提出的好多问题。他们还详细报告了八路军自东渡黄河走上抗日战场以来所获取的战线，号召士绅们带头支持抗战。

听完报告后，培兰深受感动，在会上带头发言，当场自报要捐粮，捐款。会后，朱总司令盛赞他的爱国行动，亲自授予他一面"自强不息"的奖旗。

接着，县政府又在姚庄召开了士绅大会，发起了全县囤积 6 万石公粮的运动。培兰再次带头捐粮。其他士绅、民众也积极响应。很快，这次屯粮的任务就超额完成了。

清旧账

1942 年，武乡大旱，乡亲们的日子苦不堪言。

之前，武乡（东）县委发起过许多次减租减息运动。但效果并不理想。往往是白天减了，到黑夜，老百姓却又主动偷偷把东西给老财们还了回去。

为甚呢，碍于面子，没想着老财们才是害他们的人，害怕……各种情绪都有。

为此，县委决定，在全县范围内再次发动一场彻底的减租减息运动。

消息传到圪嘴头。培兰马上行动起来，他当着乡亲们的面，主动把 1000 余元银洋的债券文约一把火给烧掉了。接着，又退还了全部的租地。还打开了自家的粮仓，向受灾的乡亲们赈济。

他的堂兄郝培棠也是圪嘴头的，还是"七十二圪撑"之一，手上也有许多旧债没清理。培兰便跑去跟他说："这是抗日政府的号召，咱们不能光想着自个儿，要想着大局。"

培棠呢，向来知道这个兄弟看得长远，马上就答应了，退租纳粮，一下子也成了开明绅士。这些事让县委知道后，很快就把培兰作为正面典型在全县宣扬。同时，又镇压了反面的韩壁地主魏筱山。

这下子，全县的减租减息运动热潮就形成了。就连落后偏远的村子也组织起来，与地主讲道理，算老账。

再往后，深明大义的培兰进了太行三专署，又专注起他心爱的教育救国事业来了。

爱国士绅
李五斤

朱德房东

李五斤是砖壁的。家有地,有醋坊,还有挂面坊。地不算多,几百亩。有上下两串楼院。上楼院也叫旧楼院,造得早些。下楼院造得迟,村人们都管它叫新楼院。五斤和他兄弟两家,共8口人,就住这两串院。

他们兄弟俩,五斤大,是家里的掌柜,所以村人又叫他"大掌柜",也有人叫他"大先生"。他有一个儿,叫凤梧,娶的媳妇叫韩二梅。他兄弟李二红,也有个儿,随他堂哥,叫凤桐,娶的媳妇叫马专官。

1939年的7月,村上突然来了八路军。五斤就和二红商议:"二红,八路军是来打小日本的。小日本太坏,又杀人又放火。咱们得帮八路,帮八路就是帮咱自己。"

二红说:"哥,你说咋就咋。"

五斤说:"我看村上的干部,动员人腾空哩。我思谋,咱把旧楼院全腾出来。最好,新楼院的正房,也腾出来。"

二红说："那行。"

兄弟们就叫起家人，"哼哧""哼哧"，一口气，把房都腾了出来。

腾完了，五斤就去找村干部，让领上他去见朱总司令。

朱总司令一看旧楼院，挺满意，也激动，说："哎呀，不错，适合做咱总部机关的厨房。"又看新楼院。却说："老乡，你腾的是正房？正房，我们可不住。那是主人家住的。我们若住了就不对了。你有这心，我们心领了。你要真想我们住，那我们就住东房。"

五斤瞅了瞅朱总司令，看样子是真不住正房。想了想，说："那行，我们搬回正房。给你们腾下东房，这下不能再让了。"

于是，朱总司令就住进了这院。

财粮协理

当时，住在这村的，还有彭老总和左副参谋长。他们经常在院里开大会，做报告。每次，只要他们一开，五斤就赶紧从屋里搬个小板凳坐在前头，认认真真地听他们的报告。

有一次，他听朱总司令说："要动员全民上阵抗战，有钱出钱，有粮出粮，有力出力，万众一心，共同抗

日。"就想，自己就是这全民里的一员。朱总司令让咱出粮，那咱就出呗。等会议一结束，就主动跟总部的人说："俺要捐粮，就捐 20 石小麦吧。"

嚯，这可不少了，20 石，可相当于 4000 多斤呢。

要知道当时八路军正处境艰难，由于小鬼子和国民党顽固派对咱根据地实行了双重封锁，已经停发粮饷许久的八路军眼看就要断顿了。五斤这个举动，无疑帮了大忙。

朱总司令听说后，就把这件事记在心上了。不久，县抗日政府在土河召开了一次武乡士绅名流座谈会。在座谈会上，朱总司令向乡绅们回答了许多问题。尤其是他们在抗战中的地位和作用。他把五斤的事讲给了大家听，并当众表扬五斤这个举动是"革命行动"，号召全体士绅也行动起来，发挥自己的能力，有钱出钱，有粮出粮，有力出力，共同救国。

朱总司令的话音刚落，圪嘴头的郝培兰就带头捐了粮款，大有的裴会保，更是代表全体士绅作了表率。回头，参会的所有士绅纷纷行动，源源不断的钱粮，涌向了八路军的筹粮点。

而此时的五斤，也没闲着。在朱总司令的亲自委派下，他担任起了财粮协理员，很快就协助八路军筹到了 6.7 万石军粮。

做牛角号

那次，在听到朱总司令说"有力出力"四个字时，五斤还一下子想到了他儿凤梧。

事后，他把凤梧悄悄叫到了身边，嘱咐他："你去，参加咱村的民兵自卫队去。跟上人家好好干，也为抗战出份力，不要给咱老李家丢脸。"

凤梧听了他爹的话，就去了自卫队。回来后，凤梧欢喜地跟五斤说："爹，队上让我学吹军号哩。"

五斤说："那行，你去吹。"

凤梧顿顿又说："可是我没军号。"

五斤怔了怔，说："我想想办法。"

回头，他把自家养的牛给锯了角，亲手做了只牛角号，拿给凤梧要他吹。凤梧便拿上在下楼院里学吹。

声音"呜哇""呜哇"的，让朱总司令听见了。于是，他笑着过来看咋回事。

"凤梧同志，你这个牛角号吹出的声音不好听，这样吧，我送你一把铜号，你去跟我们的司号员学学，当一名真正的司号员。"

凤梧一听朱总司令亲自送他铜号，高兴坏了，马上向朱总司令敬了个军礼，大声说："谢谢总司令。"

回头，他果真拿了把铜号，去跟八路军的司号员学起来。不到两个月，就学会了吹冲锋号。

他拿上铜号给五斤学着吹。

五斤听了，说："确实比我的那牛角号好听。凤梧，你以后好好吹，让你们的自卫队一直冲锋打鬼子。立了功，比甚也强。"

凤梧记下了他爹的话。回头他自己立了个功：在八路军总部转移时，赶着毛驴车帮着左副总参谋长，把总部的重要文件和资料转移到了安全的地方。

修水井

砖壁在山上，村人们吃水，平时主要靠老天爷下雨存水。可是这年夏久旱无雨，村人们便遇上了水荒。

一开始，朱总司令并没有留心。可有天早上，他突然看到许多村人都挑着水桶、牵着牛，到老远的山外去担水、饮牲口，便吃了一惊。回来以后，一天都在想这件事，到了晚上也久久睡不着。

第二天一早，他召集上人，便满山转悠开了。经过仔细察看，终于勘定了一个可以挖井的地方。于是，又在院里开了个研究打井会。

看到朱总司令开会，五斤又拿上小板凳坐一旁听了。

这回，他又听进心了。回头就嘱咐家人，寻来了打井的工具和材料，赶紧把它们交给了朱总司令，跟总司令说："我思谋，你们用得上这些。"

总司令一看，很高兴，说："五斤，你想得可真周到，我们正需要哩。"

回头，总司令便拿上五斤提供的打井工具还有材料，和村人们一起来到了要打井的地方，一口气打出了一眼13丈深的活水井。这可是砖壁自古以来的第一眼水井。望着汩汩冒水的井口，喝着清冽甘甜的井水，村人们高兴坏了，他们感恩朱总司令，便在井旁立了纪念碑，上面写着："吃水不忘打井人，幸福感谢总司令。"

还编了个民谣，一直传唱："抗日井啊抗日井，红砂甜水清粼粼；吃水不忘八路军啊，日夜想念朱总司令。"

可他们不知道的是，五斤在这里边也有大贡献哩。

不久，为了不跟村人们争水吃，朱总司令带着总部的人离开了，到了王家峪，继续指挥抗战。

深明大义

1940年6月，根据形势的需要，八路军总部又返回了砖壁。

当时，五斤听到一个消息，左副参谋长的夫人刘志兰刚刚生下一个小闺女，由于她长期随军奔波，疲劳过度，身体虚弱，3天之后都没见奶水，饿得娃娃哇大哭，急需为娃娃找个奶娘。心里便想，这事吧，自己的儿媳妇韩二梅倒挺合适。之前，二梅也生了个小闺女，起名

叫玉英，奶水旺，多奶一个应该不差甚。

正好这时候，村干部也寻过来了，说想让二梅和村里另一个叫改桃的女人一起奶左副总参谋长的娃娃小太北。

五斤说："这个更能行。"

于是，就把二梅喊过去，跟她说："凤梧家的，你也听说了，左参谋长的闺女需要个奶娘。去吧，把娃娃抱上，给人家奶好。"

听了公公的话，二梅转身去了。

为了让二梅多下奶，五斤嘱咐家里，尽可能让二梅多吃，吃好。这样，供两个娃的奶水，就真没啥问题了。

不久，小太北就被养得白白胖胖的，为此，村干部还每月奖励了二梅1升小米，半斤豆。

彭老总知道了这事，找到五斤，跟他说："五斤啊，咱们中国的财主们，如果都像你这样深明大义，舍家爱国，那我们的抗战事业就好做多了。"

五斤听了，却笑笑说："老总啊，国家有难，匹夫有责。我就能做这么点小事，应该的。"

壮烈牺牲

1942年腊月，日伪军对武东发动了"年关大扫荡"。

"扫荡"中，五斤和二红，不幸被汉奸给告了密。

听说他俩是朱德的房东，小鬼子就好像发现了宝，马上来到砖壁搜捕他们。两人躲进了村里的小坟地，但还是让小鬼子给搜到了。小鬼子把他俩，还有另一个叫李凤德的村干部一起带到了洪水。

路过石门时，凤德突然跳了崖。鬼子一看，崖挺高，以为他这下子肯定摔死了，就没有去追寻。幸运的是，他只是摔断了腿，命保住了，趁着夜色逃回了村里。

而五斤和二红则被一路带到了洪水的五龙庙。一开始，鬼子还想要利诱他们，把绑他们的绳子给解开了，皮笑肉不笑地问他们："对不起，让你们受惊了，听说你们是朱德的房东，跟我说说，朱德现在在哪？"

五斤听了，回答道："我不知道你说的朱德是谁，更不知道他在哪儿。"

鬼子扭头看二红。

二红也说不知道。

就这样，鬼子一直审问到半夜，兄弟俩愣是只有这三个字。恼羞成怒的鬼子对他们用了刑。等到第二天一早，他们仍旧没有开口。

失去耐心的鬼子便打算把他们带到辽县继续审问。可是，走到小阴沟时，他俩却一屁股坐在地上不肯走了。

鬼子以为他们是害怕了，马上过来问他们是不是想通了。这时候，就见五斤骂道："老子就是不知道，你们

要杀要剐，随便吧。"

　　气急败坏的小鬼子举起了钢刀，两人的头颅被砍了下来，他们壮烈牺牲了。消息传到砖壁，彭老总颂赞他们是中国人民的骨气，爱国士绅的榜样。

参考书目

《武乡抗战故事——抗日英模》，刘叶青主编，中共党史出版社，2015年6月出版。

《武乡抗战故事——游击敌后》，郝雪廷主编，中共党史出版社，2015年6月出版。

《武乡烽火》，中共武乡县委宣传部、中共武乡县委党史办公室，1985年8月印制。

《武乡曲艺志》，李志宽主编，武乡县文化局，1988年10月印制。

《烽火武乡　太行奶娘》，武承周主编，武乡县关心下一代工作委员会，2022年6月印制。

烽火少年

张卫平 著

中国文史出版社

图书在版编目（CIP）数据

烽火少年 / 张卫平著 . -- 北京：中国文史出版社，2024.5
（武乡抗战故事文丛）
ISBN 978-7-5205-4646-1

Ⅰ.①烽…　Ⅱ.①张…　Ⅲ.①革命故事—作品集—中国—当代
Ⅳ.① I247.81

中国国家版本馆 CIP 数据核字（2024）第 075623 号

出 品 人：彭远国
责任编辑：秦千里

出版发行：中国文史出版社
社　　　址：北京市海淀区西八里庄路 69 号院　邮编：100142
电　　　话：010-81136606　81136602　81136603（发行部）
传　　　真：010-81136655
印　　　装：山西人民印刷有限责任公司
经　　　销：全国新华书店
开　　　本：32 开
印　　　张：5
字　　　数：88 千字
版　　　次：2024 年 5 月北京第 1 版
印　　　次：2024 年 5 月第 1 次印刷
定　　　价：780.00 元（全套）

烽火少年

少年英雄李爱民

烽火少年
董志敏·绘

目录

抗日战争全面爆发后，八路军三大主力部队跨过黄河挺进到山西抗日前线，并分别依托太行山、吕梁山、五台山等建立起包括山西、河北、山东、河南、绥远等地的晋冀鲁豫、晋绥、晋察冀抗日根据地，与日本侵略者进行了艰苦卓绝的斗争，并最终取得了抗日战争的伟大胜利。根据地人民也在这场事关中华民族生死存亡的危难中，挺身而出，舍生忘死，唱响了一曲曲抵御外侮、保家卫国的英雄赞歌。

武乡位于太行山、太岳山之间，自古为兵家必争之地。抗日战争时期，由于所处战略位置重要，中共中央北方局、八路军总司令部、129 师司令部、太行第三军分区等党政军重要机关曾长期驻扎在这里，武乡成了华北抗战的指挥中心。武乡地理位置重要，加之八路军长期在这里战斗、生活，所以在武乡形成了浓烈的"男女老少齐动员，一起去打小鬼子"的抗日氛围，农救会、工救会、青救会、妇救会……游击队、自卫队等各种抗

日组织纷纷成立。

据统计，武乡当时有 14 万人，9 万多人参加了抗日群众组织。1937 年抗日战争全面爆发后，在中共武乡临时工作委员会及武乡县牺盟会的动员下，组建成立了武乡县武装抗日自卫队，各村也成立了相应的组织。1937 年 10 月，武乡人武华拉起了有 50 余人参加的武华游击队，不久就发展到 480 余人。其后魏名扬又拉起了名扬抗日游击队，这支游击队到年底就发展到 500 余人。其后还有清河游击队、武西独立营、武乡独立营等抗日武装。1940 年秋，按照太行军区会议精神，县、区、村各级武委会相继成立，根据地各村在原来青抗先和自卫队及工、农、青、妇各种群众组织的基础上，统一了民兵建制，普遍建立了民兵组织。至 1941 年年底全县民兵达到 3.5 万余人。在县、区一级建立了较大规模的县大队、区小队等。形成了"村村像军营，人人都是兵。抗日根据地，一片练武声"的抗日局面。

正是在这种全民抗战背景下，武乡抗日儿童团——这一青少年抗日组织，也在武乡大地上顺利诞生，并逐步成长为一支重要的抗日力量。他们团结、带领青少年，积极投身抗日战争，为抗日战争的最终胜利做出了重要贡献。

"农会减租闹生产，

妇女做鞋去拥军。

儿童站岗查汉奸，

青年参加八路军。

男女老少齐动员，

坚决打败鬼子兵。"

这是当年流传在根据地内的一首民歌，形象生动地描绘了根据地内轰轰烈烈的抗日斗争生活情景。

据《武乡县志》记载，1937年12月"全县各地小学于下旬组织儿童团，积极参加抗日活动。"至1945年，全县共有抗日儿童团组织370多个。这些儿童团在站岗放哨、传递情报、防特除奸、打击敌人等方面做出了突出贡献，多次受到八路军总部、抗日政府的表彰，也涌现出了诸如"朱德儿童团"等等一些模范的抗日儿童团。

一、朱德儿童团

王家峪位于武乡县东70余里处，这里四面环山，地势险要。1939年10月八路军总部由砖壁移驻到王家峪村。朱德总司令住在王家峪村张昌绪家院内东屋，左权副参谋长住在南屋，彭德怀副总司令住在东院张富生的西屋内。

总部进驻王家峪期间，指挥太行军民进行大小战斗

八路军总司令部旧址
萧刚·绘

上百次。也是在这里朱德总司令写下了著名的《寄语蜀中父老》诗。当时的太行山时值十月，大雪纷飞，天气寒冷，无数的将士与日寇浴血奋战，有感而发的朱德总司令吟诵道：

> 伫马太行侧，
> 十月雪飞白。
> 战士仍单衣，
> 夜夜杀倭贼。

朱德总司令在指挥战斗间隙，特别关心王家峪村儿童团的成长。据时任边区政府副主席的戎子和回忆，朱德总司令多次到抗日小学关怀孩子们的学习和军训，给孩子们讲革命故事，并为儿童们书写了"学习和斗争缺一不可"的题词。

儿童团团员们积极站岗放哨、盘查路条、传递情报，多次受到表扬。

有一首《查路条》歌描述的就是当年儿童们站岗放哨查路条的情况：

> "同志我问你呀，
> 你到哪里去？
> 通行证儿你可带着哩，

拿出来看看，
拿出来看看，
你才能过去呀。
因为情况关系，
马虎不的。

同志你听我说，
这事真啰嗦。
通行证忘了，
我可没带着。
快叫我过去，
快叫我过去，
莫要耽误我。
咱们都是乡亲，
谁不认识我。

叫声同志，
你也听我说。
今天站岗，
轮到了我，
上级的命令，
谁都要遵守哇。
请你去到分队部里，

再做斟酌。"

4月4日是当时的儿童节。

由于王家峪村儿童团的突出表现，在这年的儿童节上，抗日区政府授予王家峪村儿童团一面旌旗，旗上书写着五个大字：朱德儿童团。

从此王家峪村儿童团便被人们称为"朱德儿童团"。

二、砖壁村儿童团

砖壁村和王家峪村一样曾是八路军总部的驻扎地。

八路军总部进驻不久，村里就成立了儿童团。据当时的儿童团团长肖江河回忆，儿童团成立后，和村里的青救会、农救会、妇救会、民兵自卫队等作为抗战支前组织，一起为抗战做着力所能及的事。

儿童团的主要任务是站岗放哨，盘查行人。

一次在小池上站岗的儿童团团员，发现一个陌生人从寨沟上爬上来。

站岗的儿童团团员立刻拦住这家伙："站住！"

另一位儿童团团员也大声喊道："拿出路条来。"

当时为了防止敌特分子进入根据地，往来行人必须手持路条，路条上注明了这个人的身份、所在村庄以及要到达的目的地。

那家伙显然没有路条，摸索半天笑嘻嘻地说："对不起——小朋友，出来的时候走得急，把路条落在家里了。可不可以这样呢？我先进村里办事，办完事后再回家里拿路条。"

"不行！没有路条不能进村。"站岗的儿童团团员互相看一眼。老村长吩咐过他们，没有路条是坚决不能放进村里的。八路军总部驻扎在村里，任何一个可疑分子都不能放过。

那家伙看没有办法混进村里，企图溜走："算啦——算啦——此处不留爷自有留爷处！"说完转身就走。

两个儿童团员觉得这家伙形迹可疑，想把他带回村公所进一步审问，便喊道："站住！"

那家伙做贼心虚，听到后面的喊声拔腿就跑。

儿童团团员们立刻向这家伙追去。

在村里民兵的配合下终于将这家伙抓获，经过审问果然是个间谍。

还有一次，站岗的儿童团团员把没有路条的八路军战士也堵在了村外。这位八路军战士是故意考察儿童团的警惕性的，看看他们是不是真的能做到坚持原则。

"小朋友，你看——"八路军战士指一指胳膊上的臂章，"别的村的儿童团看到臂章就放我进村了，你们怎么能够不让自己人进村呢？"

是啊眼前站的确确实实是穿着八路军军服的军人，

两个儿童团团员也不知道该怎么办了。

两个人小声嘀咕起来。

一个说："他是八路军叔叔——让他进去吧。"

另一个说："不能！村长大叔说过，没有路条任何人不能进村。"

这位八路军战士看见两个孩子还在迟疑，又说道："我有紧急任务，耽误了大事拿你们是问！"说完就要往村里闯。

孩子们还是拿红缨枪拦住了他。

正闹得不可开交，老村长刚好从村外回来，看到这位战士大笑起来，原来这位战士是八路军总部特务团的一位连长。

连长伸出大拇指夸奖儿童团："老村长啊——咱们村的儿童团果然名不虚传，坚持原则，不徇私情，好样的！"

八路军总部得知这件事后也表扬了村里的儿童团，还给他们送来一面"抗日战线上的小英雄"的旌旗。

儿童团的另一项任务是送文件。

当时野战政治部和《新华日报》社分别驻扎在离砖壁不远的埠里和安乐庄，八路军总部有些文件要送到《新华日报》社时，就会安排儿童团来完成。儿童团团长肖江河就送过文件。老人回忆说，送信的时候是由他和儿童团副团长李纯义去完成的。

两个人赶到总部时，总部领导正在等着他们。

"怎么样——能不能完成任务？"总部领导用信任的眼神打量着他们。

两个孩子已经多次完成任务，这一次一样有信心地回答道："能！"

两个人送信的时候正好赶上下大雨，雨下得时间长了又发起大洪水，洪水把山沟里的小路也冲毁了。

遇到洪水他们就游过去，没有路就凭着记忆摸过去——两个孩子历尽千辛万苦终于按时把信件送到了报社。

任务完成后，《新华日报》社的领导还表扬了他们两个人，并奖励他们 4 个铅字作为印章用。

砖壁村儿童团一直活跃在抗日战争中。

抗战胜利后，随着年龄的增长，儿童团中的一些队员又参加了其他革命工作，并都在各自的岗位上做出了新的贡献。

2015 年作为当年的抗日儿童团团长，肖江河老人还受邀参加了抗日战争胜利 70 周年大阅兵活动。

三、下北漳村儿童团

据当年的儿童团团长暴忠秀回忆，抗战时期，他们村在教师王廷俊的带领下，组织起了由 20 余名儿童参加的儿童团，主要任务就是宣传抗日、传递情报、站岗放哨、盘查路条、习文练武、打击鬼子。

儿童团成立后首先学唱抗日歌曲。学校请当时驻扎在村里的"鲁校"教师教儿童们唱歌，有《游击队之歌》《抗日救亡进行曲》《义勇军进行曲》《在太行山上》等。

鲁校的老师站在上面，打着手势指挥大家：

"我们都是神枪手，

每一颗子弹消灭一个敌人。

我们都是飞行军，

哪怕那山高水又深。

在那密密的树林里，

到处都安排同志们的宿营地。

……"

有时候也根据当时的实际情况编写新的歌曲，既有对八路军、民兵们英勇打击日寇的赞颂，也有对日寇暴行的斥责。

比如对日寇暴行斥责的歌曲：

"五月里来麦花香，

凶恶的鬼子来'扫荡'。

奸淫烧杀又抢粮，

家具骡马要抢光。

空室清野好主张，

粮食衣物要埋藏。

……"

儿童团还经常到村里演戏，学校老师为他们编排了《送信兵》《血泪仇》《前线归来》等抗日节目。除在本村演出外，儿童团还要到外村演出。通过演戏来鼓舞群众的抗日斗志。

送情报也是当时儿童团的一项重要任务。

情报信也叫鸡毛信，表示保密与快捷的意思。送信时，孩子们把鸡毛信藏在帽沿里鞋袜里等，利用他们人小灵活、行动方便的特点，很快完成了任务。

据暴忠秀回忆，有一次他三叔接到情报，说鬼子已经到了不远处的杨桃湾。

三叔是村里的民兵，看到暴忠秀他们急忙喊道："忠秀——鬼子来啦，赶快让大伙转移！"

暴忠秀看到满头大汗的三叔问道："三叔——鬼子在哪儿呢？"

三叔说："鬼子已经到了杨桃弯，马上就到咱们村了。"

暴忠秀和村里的儿童团团员们分头行动，立即告诉村里的乡亲们转移，大伙扶老携幼逃进大山里，鬼子来了扑个空。

儿童团的另一项任务是站岗放哨。

村里的儿童团分成3个小组，每个小组又分成几个班，每个班 2 个人，每次半天，轮流站岗。站岗的 2 个人，1 个人肩扛红缨枪，1 个人手执大砍刀，在村口站岗放哨查路条。

下北漳村有习武传统。儿童团为了练习杀敌本领，请来了村里的拳师暴兴旺当教练，教孩子们练习武艺。

经过锻炼，儿童团团员们不仅学得一身本领，还利用所学狠狠打击了小鬼子。

有一年鬼子来村里"扫荡"，村民们都钻进地道里。由于叛徒告密，鬼子发现了地道口。情况万分危急。

当时地道设置有许多机关，还有伏击鬼子的暗洞。

儿童团团员们配合村里的民兵利用地道有利地形打退了鬼子的进攻。

暴兴旺是拳师也是儿童团的武术教练："孩子们，鬼子就在地道外面，这次我们绝不让鬼子们轻易进来。"

前边民兵们打一枪换一个地方，后边儿童团团员们运送弹药。

鬼子恼羞成怒，开始往地道里灌送浓烟。

儿童团员和民兵们堵住洞口，把大伙带到另一条安全地道里。

鬼子们撤走了，躲藏在地道里的百十名群众得救了。

直至现在当地还流传着这样一首顺口溜：

　　暴兴旺和儿童团，

守卫地道真勇敢。

来犯鬼子被打退，

百名群众得安全。

四、东堡村儿童团

东堡村离王家峪村不远。1939 年八路军总司令部进驻王家峪村后，总部附属机关及中共晋冀豫区党委驻扎在了东堡村。从此东堡村成了抗日的坚强堡垒。

据当时东堡村儿童团团长史兰英回忆，东堡村积极支持八路军抗日，做出了重大贡献，也付出了巨大牺牲。史兰英的家人就有多人遇难。她的二叔、二婶被鬼子带到村外活活烧死。三叔是村里的民兵队长，也被鬼子杀害了。八路军发动村里的儿童们成立儿童团时，史兰英积极报名参加。或许是年少勇敢，史兰英不仅加入了儿童团，还成了儿童团团长。

"齐步走——"随着史兰英的喊声，儿童团迈出整齐的步伐。

"冲啊——"孩子们又一起向假想敌冲去。

儿童团的任务就是，学文化，学军事，宣传抗日，站岗放哨，不让一个坏人混进村里，有情况及时报告民兵，保护村里人的安全。

由于儿童团执行任务认真，不怕吃苦，多次受到奖励。

史兰英后来也由儿童团团长成长为一名勇敢的八路军女战士。

五、温家沟村儿童团

温家沟村位于武乡县城西 40 余里处的故城镇。温家沟村是一个仅有百十户人家的小村庄，距离日寇占领的故城镇仅有十几里路，既是解放区，也是拉锯区，敌我双方斗争异常激烈。

1938 年 1 月温家沟村成立了儿童团。儿童团成立后首要的任务就是站岗放哨盘查行人。当时不论工农兵学商，只要是个人行动，不管是执行公务，还是走亲访友，必须有所在单位或者村公所开的路条，路条上写明持路条人的姓名、年龄、目的地等情况。哨卡都要一一核对。没有路条是绝对不能通过的。

除前面讲述的《查路条》歌外，当时还流传有一首《放哨歌》，描绘的就是这种情况：

"站岗放哨没放松，
检查行人要认真。
先问他姓名后年龄，
从哪里起身向哪里行。

不论工农兵学商，

必须问明白，

才能让他过，

才能放他行。"

　　由于儿童们认真负责，一些来路不明的人被押送回村公所，有重大嫌疑的人员再由民兵武装押送到区政府处理。

　　鬼子占领故城镇后在四周修建了许多碉堡、炮台，在碉堡周围还挖了一丈多宽四五尺深的封锁沟，封锁沟外又拉起了铁丝网，铁丝网上还挂着许多铃铛和空罐头盒子，一有响动鬼子就开枪开炮。为了袭扰鬼子，儿童团在村里民兵的带领下趁天黑摸到铁丝网跟前，把绳子拴在铁丝网上，躲到安全地方后拉动绳子，鬼子开始射击。几次三番，既浪费了鬼子子弹，又搅扰得鬼子不得安宁。

　　据当年温家沟村儿童团团长温廷琇老人回忆，他们儿童团还设计除掉过一个狗汉奸。这个狗汉奸是邻村的一个日语教员，他们趁这个日语教员不在的时候用烟头把教室里挂着的天皇像烧了两个窟窿。恰好日军巡逻队来到学校里，发现天皇的眼睛被烧掉后，当场处死了那个狗汉奸。

　　1942 年是抗日战争最艰苦的岁月。日本侵略者为了强化治安，对根据地进行疯狂"扫荡"。国民党顽固派为了达到消灭根据地的目的也加紧进行军事和经济封锁。加之太行根据地又发生了特大旱灾，好多地方颗粒无收。为了战胜困难，坚持抗战，党中央提出"发展经济，保障供给"的总方针，各个根据地立刻开展了轰轰烈烈的大生产运动。温家沟的儿童团也加入到大生产运动当中，他们的主要任务就是拾粪、打柴、捉懒汉。

拾粪、打柴农村人都干过，儿童团的团员们担任此项任务后，起早贪黑，积极性很高，大多数受到了表扬。当时的农村有一些游手好闲的人，不务正业，很少参加劳动。大生产运动中，村里进行了改造懒汉工作，并开展了捉懒汉活动。这项任务由儿童团中较大的孩子完成。每天早晨，儿童团团员们到各自监督的对象家中督促他们下地劳动，对不接受规劝的，还要带到村公所批评教育，慢慢的很多懒人也养成了劳动的习惯，后来有些人还成了劳动模范。

六、上北漳村儿童团

上北漳村距离八路军总部王家峪村不足4里路，是通往总部的必经之路。上北漳村儿童团的重要任务就是站岗放哨，查路条，不放任何一个可疑人员过去，保护八路军总部安全。

"站住——拿出路条来！"

一大一小两个人来到村口时被躲在树后的儿童团岗哨拦住。这两人没带路条，儿童团立刻将两人押送到村公所。

通过审问这两人果然是敌人派来的密探，企图打探八路军总部消息。因为这件事上北漳村儿童团还受到了八路军总部的表扬。总部给儿童团送来一面小旌旗，上面写着：

"人小胆不小，

没有路条放不跑。

捉拿汉奸、特务真不少。"

郝玉庆老人当时是上北漳村儿童团团长。

有一次鬼子来村里"扫荡"，母亲将郝玉庆儿童团团长的袖标藏在衣襟里。由于汉奸出卖，郝玉庆的母亲被鬼子赶出窑洞，并从她身上搜出了郝玉庆儿童团团长的袖标。

"快说，你儿子在哪里？"鬼子逼问郝玉庆的下落。

郝玉庆母亲没有回答。

"八路在哪里？"鬼子企图打探我军转移后的地方。

郝玉庆始终不肯回答。

恼羞成怒的鬼子将郝玉庆母亲杀害了。

郝玉庆也更加坚定了与鬼子斗争到底的决心。

有一次八路军要进攻鬼子占领的胡峦岭，郝玉庆化装成放羊娃和侦查排长到鬼子据点附近进行侦察，没想到被鬼子抓进据点里。

鬼子严刑拷打，郝玉庆始终没有暴露身份。

两个人历经艰辛终于完成侦察任务，为后来八路军攻打胡峦岭敌据点作出了重要贡献。

七、李家庄儿童团

1945 年 8 月日本宣布无条件投降，但盘踞在武乡段村的日军还负隅顽抗，于是八路军发起解放段村的战役。为了做好配合工作，县里作出部署，动员附近群众送粮支前。李家庄儿童团得到消息后，即刻向村里请求支前。

"老村长——我们儿童团也要支前。"儿童团向老村长提出要求。

老村长开始不同意孩子们的要求："你们还小，这次支前任务重，你们就不用去了。"

"不！不！村长大叔——你不是一直说，人小志气大吗？我们能完成任务！"孩子们苦苦哀求着。

老村长思谋再三说道："往前线运送粮食非同小可，路远不说还不好走！这样吧，你们挑一些年纪大的，组成一支运粮队，运送军粮！"

村里终于同意了儿童团的要求，并批准儿童团挑选年龄大一些的团员组成送粮队，支援八路军解放段村。

　　李家庄儿童团即刻挑选了二十几位年龄较大的孩子，组成了李家庄儿童团支前队。

　　第二天支前队就赶到粮库背粮，每人15斤，然后向目的地五里坡村走去。

　　据邢如明先生回忆：出了镇外不远开始爬山越岭，这道山坡很陡，而且正值盛夏酷暑，热气逼人。孩子们汗流浃背，气喘吁吁，吃力地向上爬。但都不叫苦叫累，反而你追我赶，生怕掉队落后。

　　"大伙——快跟上！"大伙互相鼓励，互相督促，经过一个多小时的苦战，到达了高山之巅。

　　山头上风很大，大伙放下粮食就地休息。

　　有人指着山下的镇子说："快看——那就是我们的目的地。"

　　把粮食送过去就能完成此行任务。任务很快就要完成了，大伙一时兴奋起来。

　　"走——"不知是谁喊了一声，大伙背起粮食向山下的目的地赶去。太阳落山，晚霞辉映，我们终于到达了目的地。

　　李家庄儿童团也圆满完成了这次送粮支前任务。

八、抗日儿童快板队

　　武乡一带有很好的说书、唱戏传统。

为了宣传抗日，当时根据地内建起许多抗日剧团。

抗日剧团成立后，以"三为主，四演出"为宗旨。三为主就是以冬季农闲演出为主，以自编自演为主，以演现代戏为主。四演出就是参加县、区演出，军民联欢演出，邻村互相演出，逢年过节演出。

无论去哪里演出，演出前都要有儿童团组织的快板队在幕前说几段快板，这一形式成了当时剧团演出一个不可或缺的重要组成部分。

儿童团组织的快板队是由儿童团中年纪大一些的儿童组成，根据各个时期抗日中心任务，以老师编、学生演的方式开展抗日宣传活动。

儿童快板队表演极其简单，梆子一响，快板开场，手舞足蹈，顺口溜讲。

据暴忠秀老人回忆，每场至少要说数个快板，直到后台准备妥当了，演出即将开始，儿童快板队的任务才告一段落。

快板队说的内容与当时的抗日形势紧密相连。

比如八路军打下胡峦岭后，快板队编说的快板就是《八路军攻打胡峦岭》：

> "各位老乡听我明，
> 说说攻打胡峦岭。
> 七月十八零时整，

部队开展来围攻。
三营任务陌峪沟，
一营路线老寨坪。
悬崖搭钩往上爬，
神速天空降奇兵。
敌人背后遭袭击，
我军拼刺往里冲。
日伪全营见阎王，
炮楼瞬时一扫平。"

　　再比如蟠龙围困战。经过几个月的围困，蟠龙守敌成了"笼中之鸟，瓮中之鳖"，最后在四面楚歌，弹尽粮绝后逃走。儿童快板队围绕此次战事又编排了《蟠龙围困战得胜利》：

"山又高来水又明，
今年天气二月整。
日本鬼子占蟠龙，
整整八个月有零。
军民展开围困战，
鬼子被关入囚笼。
守据孤敌害了怕，
夹起尾巴逃段村。"

1945 年 8 月 15 日日本宣布无条件投降。我国军民的艰苦抗战，终于取得了抗日战争的伟大胜利。快板队又编说了《歌颂抗日战争伟大胜利》：

> "同志们请注意，
> 抗战胜利大贺庆！
> 人民领袖毛泽东，
> 共产党是大救星。
> 朱德大帅总司令，
> 抗战有功八路军。
> 百团大战中外扬，
> 彭大将军立头功。
> 一二九师战太行，
> 刘邓大军威名振。
> 抗战八年得胜利，
> 打败鬼子小日本。"

九、抗日儿童剧团

1938 年武乡抗日县政府为了加强抗日宣传，责成赵浚川、殷士肤将县抗日青年救国会公学的儿童演出队改编为武乡抗日儿童剧团。剧团有 30 多人，以演出抗日题材的话剧、话报剧为主。1940 年改编加入八路军 129 师

386旅野火剧团。

抗日儿童剧团改编后，武西县政府在漳西儿童战斗剧团的基础上成立了一个秧歌剧团，起名叫战斗剧团。这些剧团主要为配合抗日中心工作进行演出。剧目有《改变旧作风》《义务看护队》《备战》《骂汉奸》《保卫好时光》《小二黑结婚》等。

此外，还有武西抗日儿童团、白家庄抗日儿童团、窑上沟抗日儿童团、抗日儿童支前队等少年儿童抗日组织。

这些儿童抗日组织团结了一大批优秀少年儿童，在抗日战争中发挥了重要作用，做出了那代少年儿童们应有的贡献。

还有一些少年儿童，由于种种原因，没有加入儿童团，但他们却直接加入了武委会、青抗先、妇救会以及八路军、游击队、自卫队、民兵等抗日组织，在抗日战争中同样贡献了力量，也涌现出许多令人敬仰的少年英雄。

下面我们就着重讲述一些在武乡大地上涌现出来的少年英雄的故事。

白家庄出了个小英雄

抗日儿童团遍布武乡各地，儿童们在八路军以及民兵的带领下，机智勇敢地与日伪军进行了艰苦卓绝的斗争，涌现出了许多可歌可泣的英雄人物。

李爱民就是其中的一位。

李爱民是武乡县蟠龙镇白家庄人，抗日战争时期是白家庄儿童团团长。他积极站岗放哨，多次送出鸡毛信，是太行山一带非常有名的少年英雄。

1943 年，李爱民在抢收粮食的时候不幸遇难。

一、这个白家庄不简单

白家庄位于武乡县东面的蟠龙镇，是由白家庄、秦家垴两个自然村组成的。

站在土梁上，远处是苍茫群山，近处沟壑纵横。

白家庄居西，秦家垴居东，两村中间是条天然的大沟。

据《白家庄村志》记载，两村明清时期就有族人在此居住，村名也因最早在此定居的白姓、秦姓而得。只不过沧海桑田，世事变幻，白姓、秦姓已经不见了踪影，现在以李姓、安姓为主，夹杂有少数的张姓、王姓等。

白家庄地势高峻，东控沁邯公路，为扼守蟠龙镇的战略要地。日寇侵占蟠龙镇后，就曾在白家庄村北的制高点上修筑过炮台。

早在抗战全面爆发前的 1936 年，白家庄村的李福堂就秘密加入中国共产党并在武东进行地下工作。

1938 年 4 月中共武乡四区区委成立，统一领导蟠龙镇一带的对敌斗争。白家庄属四区领导。

1940 年共产党员李福堂返回村里担任村长，村里的青救会、妇救会、农救会、自卫队、青抗先、儿童团等抗日组织先后成立，形成浓厚的抗战氛围。

村里一方面积极动员群众参军参战，另一方面组织群众空室清野，打窑洞，反"扫荡"，开展武装斗争。

村里先后有 17 名青壮年加入了八路军、决死队。

不少人在战争中献出宝贵的生命。

据《白家庄村志》记载：

李志光，白家庄人，1919 年生，1940 年加入决死纵队，1943 年在围困蟠龙的战斗中牺牲。

张贵堂，白家庄人，1922 年生，1942 年加入八路军，为 129 师 385 旅 769 团战士，1944 年在收复洪都炮台时牺牲。

李海同，白家庄人，1923年生，1944年加入八路军，为129师385旅769团战士，1945年在河南安阳战斗中牺牲。

李进明，白家庄人，1944年加入八路军，部队南下后在四川牺牲。

李云水，白家庄秦家堙人，1901年生，时任工会主席，1943年在蟠龙围困战中牺牲。

除这些牺牲的英雄外，村里还涌现出名震太行的杀敌英雄李兴云、李金河两兄弟，他们的事后面专节叙述。

李锦书，白家庄秦家堙人，1922年生，家庭贫困，自幼双目失明。抗日战争开始后，李锦书参加了县里组织的盲人抗日宣传队并成为领导人，带领盲人宣传队积极开展抗日宣传活动，鼓励大家参军参战，抗击日寇侵略。1946年病逝后，抗日政府为他举行了隆重的悼念活动。

郝改英，1919年生，抗战时期是她们村里的妇救会秘书，带领广大妇女护送伤员、缝制鞋袜、开展大生产运动。丈夫为国捐躯后改嫁到白家庄村，与当时的抗日村长李长银结为夫妇。中华人民共和国成立后，郝改英成为白家庄村妇联主任、村党支部副书记，带领村民植树造林，发展林业生产，成为省林业战线上的劳动模范，

全国三八红旗手。

还有省劳动模范李五七等。

……

从上面的叙述中我们看到，这个不足百户的小村庄，竟诞生了这么多的杀敌英雄、劳动模范！体现的正是这个村庄所迸发的那种正气凛然、昂扬向上、英勇无畏的精神风貌。

英雄的人民。

英雄的村庄。

李爱民之所以能成为名震太行的少年英雄，似乎也有了某种必然性……

二、兄弟英雄

在讲述李爱民的故事前，我们再来看看另一对杀敌英雄。

　　"秦家埂李家俩兄弟，

　　中秋节铲死鬼子兵。

　　白家庄炮楼上打了胜仗，

　　进蟠龙大据点夺回羊群……"

这是一首抗日战争时期流传在当地的民歌，歌颂的就是白家庄下属的一个自然村秦家埋村的李兴云、李金河兄弟俩。

李兴云从事石匠活计，身体魁梧，力大无穷，是村里自卫队队长。李金河自幼放羊，体格健壮，也是村里的自卫队队员。

1943 年 6 月 14 日，日寇占据了根据地腹地蟠龙镇，并在白家庄修了炮楼。

白家庄村民在组织的安排下转移到附近的村庄。

蟠龙围困战打响后，区委带领群众坚壁清野，不给鬼子留下一点有用的东西。

为了把地里的粮食抢收回来，农历八月十四这天晚上，李兴云、李金河弟兄两个潜回村旁的庄稼地里。

天明时，两个人扛着粮食准备离开，没承想炮楼上的鬼子向他们扑来。

弟兄两个不敢怠慢，钻进沙坡沟一个石洞里躲起来。

日寇的狼狗发现了他们藏身的地方，李兴云、李金河弟兄两个被日寇俘获。

在被鬼子押解回炮楼的路上，弟兄两个乘鬼子不备，用铁锹将鬼子砍死，两人收拾起鬼子的枪支顺利返回我军驻地。

后来弟兄两个人又配合部队夜袭白家庄炮楼，冲进蟠龙镇为乡亲们夺回被鬼子抢去的羊群……

两个人的英雄业绩也在整个根据地广为流传。

1944 年 3 月 4 日，太行三分区在蟠龙镇隆重召开蟠龙围困战胜利庆祝大会，李家两兄弟被誉为太行杀敌英雄。

5 月 17 日太行三分区在武乡东沟召开杀敌英雄座谈会，两兄弟获专区一等杀敌英雄称号。

三、小英雄李爱民

李爱民就是出生在这样一个有着浓厚英雄气息的村庄。

李爱民 1931 年出生。

李爱民出生的这一年正是中华民族处于内忧外患之际。这年的 9 月 18 日，日本帝国主义悍然发动了"九一八"事变，拉开了侵华战争的帷幕。李爱民 7 岁时，"七七"卢沟桥事变爆发，日本帝国主义全面侵华，中华民族处于生死存亡的关键时刻。中国共产党领导的八路军开赴山西抗日前线，建立根据地，与日寇展开殊死较量。

1940 年，也就是在李爱民 10 岁的时候，八路军抗大总校政治部及部分学员进驻白家庄村，李爱民家里也迎来了一班"小八路"。

白家庄本身就有浓郁的抗日氛围，再加上"小八路"的耳濡目染，李爱民很快就成长起来，并在八路军、自卫队、村委会的支持下建起了白家庄儿童团。

李爱民担任了白家庄儿童团团长。

李爱民担任儿童团团长后做了许多抗日工作,太行山根据地也流传着他的许多故事。

抓间谍

当年儿童团的主要任务就是站岗放哨。

作为儿童团团长的李爱民经常带领儿童团员们认真盘查过往行人。

有一次李爱民在盘查行人时,发现一对卖货郎的父子没有路条。

"没有路条,不能进村!"李爱民理直气壮地说。

这对父子是本地人打扮,从外表上也看不出有什么不一样的地方。当时规定,外来人员进村时必须携带路条,路条上注明了来人的姓名、年龄、目的地等。没有路条是绝对不能放进村里去的。

年长一点的和李爱民说:"你看我们走了大老远的路,通融通融——放我们进去吧。"

两个人满头大汗,一副走了远路的样子。

"不行!没有路条不能进村。"李爱民再次拒绝了来人。

卖货郎的担子上挂满了各种各样的小物件,有一个拨浪鼓吸引了小伙伴们的眼球。

卖货郎把拨浪鼓摘下来，摇动几下，砰砰砰作响，然后笑眯眯地弯下腰，看着周围的孩子们："怎么样——好玩吧？放我们进去这个就送给你们啦！"

有的孩子动摇了，这对父子不像是个坏人。

他们小声嘀咕着："爱民——放他们进去吧。"

李爱民说："村长大叔说过——没有路条不能进村。"

机警的李爱民再次拒绝了来人的请求。

这对父子看进不去，准备离开。

李爱民觉得两个人可疑，决定带他们去见村里的自卫队。

"你们不能走！跟我们回村公所一趟。"

两个人做贼心虚，听到李爱民要带他们去村公所时拔腿就跑。

"抓住他们！"

"有人逃跑啦——"

村口响起了孩子们的叫声。

李爱民也带着孩子们向卖货郎父子追去。父子两个没跑多远，被后面追上来的儿童团围住。

"为什么要跑呢？"李爱民气愤地问道。

"我——我——"卖货郎支支吾吾地回答不上来。

"走——跟我们回村公所！"

李爱民指挥儿童团将父子两人押送回村公所。

经过审问，两人果然是日伪安排过来侦察我军情报的密探。

第二天抗日区政府发来表扬信，表扬了白家庄儿童团，李爱民也获得了"模范儿童团员"的称号。

"鸡毛信"

儿童团员们除站岗放哨外，还要利用人小灵活的优势给八路军、自卫队送情报。情报上一般还会根据内容的重要性粘贴1—3根鸡毛，粘贴3根表示情报特别重要，要限时送到，因此这些信件也叫鸡毛信。

李爱民胆大心细，多次出色地完成了送信任务。

有一次李爱民又接到了送信任务。

他把鸡毛信藏在袜子里就赶着小毛驴上了路。

到了敌占区时李爱民遇到了巡逻的日伪军。

那些家伙也看到了这边的李爱民。

"站住——不然就开枪啦！"敌人们大喊大叫着追过来。

"不好——"李爱民看见追过来的敌人，心里暗叫一声。

李爱民弯下腰把驴粪涂抹在脸上、身上，然后站起来迎着日伪军走去。

李爱民知道，遇到敌人不能慌乱，越慌乱越容易出错。

我们现在很难想象一个十来岁的孩子当时会有怎样的心理变化。要知道他面对的可是全副武装，而且还是到处烧杀抢掠的日伪军啊。稍有不慎，鸡毛信不仅会被发现，他的生命也可能在一瞬间遭遇不测。

"你的——小八路的干活？"鬼子比画着问李爱民。

旁边的伪军大声喊道："太君问你话呢——是不是小八路？"

李爱民装着一副很害怕的样子，使劲摇摇头。

"怎么不说话——你是个哑巴吗？"伪军踢一脚李爱民。

李爱民顺势倒在地上，又哭又闹。

日伪军眼前躺着的就是一个邋里邋遢的小孩子，一头乱发，满身驴粪，怎么也看不出这是一个为八路军送信的"小八路"。

李爱民身上的驴粪很臭。

鬼子不耐烦地踢一脚李爱民：

"滚！"

李爱民爬起来，拉着小毛驴离开了日伪军。

李爱民也再次完成了组织上交给的任务。

抢粮食

《武乡县志》以及多篇文章都讲到李爱民牺牲的经

过，那就是在抢收粮食的时候，为保护抢粮群众，壮烈殉国。

白家庄距离蟠龙镇四五里路，鬼子占据蟠龙镇后，在白家庄修建了炮楼。李爱民也和村里的乡亲们一起转移到附近的村庄里。

蟠龙镇位处太行山根据地腹地，为了赶走这伙鬼子，八路军先后发动了蟠武战役、蟠龙镇围困战等。

蟠武战役八路军打掉了蟠龙镇外围的据点，蟠龙镇围困战则把敌人围困在蟠龙镇一带。为了把敌人赶出去，蟠龙镇周围村庄坚壁清野，八路军和民兵则四处骚扰、小股伏击、地雷轰炸敌人……让日伪军时时刻刻不得安宁。

为了不让困守的敌人抢走粮食，1943 年 9 月，白家庄的村民们在八路军、民兵的掩护下抢收粮食。

当时白家庄被敌人占领了，村民们转移到了远处的山沟里。粮食到了收割的时候，村公所每天晚上组织村民回村里收割粮食。

这天晚上李爱民也和村里的大人们一起来到田地里。地里的粮食已经熟透了，大伙把粮食装满口袋后开始撤退。

为了让抢粮队伍安全撤退，村里让机智的李爱民在前边带路。

这时天已经大亮，走出没多远，遇到了巡逻过来的

日伪军。

发现情况的李爱民立刻给后边的乡亲们发出信号："前边有情况！"

李爱民的声音很快传到后边抢粮的队伍里。

后边的群众们听到消息后立刻四面散开，并迅速钻进庄稼地里躲藏起来。

巡逻的日伪军发现了庄稼地里的李爱民。

粮食是当时敌我双方争夺的主要物资，谁拥有了粮食谁就有了坚持下去的资本。

日伪军抓获抢粮的李爱民如获至宝，他们企图从李爱民嘴里打探到躲藏在周围的抢粮队伍。

"快说——地里还有谁？"敌人开始审问李爱民。

"就我一个人！"李爱民始终坚持是自己一个人来抢粮的。

"胡说——你一个小孩子，半夜三更怎么敢来这里抢粮？"

"我胆子大！"李爱民不假思索地说。

"不给你吃点苦头——你是不知道马王爷会有三只眼！"几个伪军扑上来对李爱民拳打脚踢。

李爱民一直不肯屈服，也没有吐露半点抢粮群众的信息。

抢粮的群众们转移到了安全的地方。

鬼子们一无所获！

鬼子们恼羞成怒："这个小八路良心大大地坏了！"

鬼子们举起弯刀，对李爱民下了毒手。

我们无论如何想象不出，这个孩子在那一刻怎么就能迸发出那么刚强、无畏的勇气。

总而言之，抢粮的群众得救了，这个年仅 13 岁的小男孩，这个刚刚成长起来的儿童团团长，在敌人气急败坏的咆哮下，义无反顾地倒在了那天早晨的田野上。

我相信那天早晨的太阳一定很红很红……

李爱民牺牲后，晋冀鲁豫边区政府追认他为"太行儿童英雄"。

武乡太行八路军纪念馆里也雕刻有一尊李爱民的汉白玉雕像。

那还是一个孩子的模样，天真烂漫，英武活泼，一双好看的眼睛凝视着远方……

　　关家垴战斗可能是百团大战中打得最惨烈的一仗，以至在战后引起我军许多高级将领的反思。这一仗也成为八路军军史上最令人难以忘记的一仗。关家垴战斗之所以难打，除日军装备精良、火力凶猛外，关家垴易守难攻的独特地形也是一个重要原因。关家垴位于武乡东面的石门附近，在这里我们不再讲述、分析有关关家垴战斗的成败得失，我们着重给大家介绍一位从关家垴上走出来的少年神枪手关二如。

当民兵

　　1927 年关二如出生在关家垴。关家垴战斗发生在关二如 13 岁的时候。我们现在已经无从得知那一仗给关二如留下怎样深刻的印象，但八路军英勇杀敌、舍生忘死、浴血奋战的故事肯定给了少年关二如极大的影响。

　　外敌入侵，战火连绵，家园焚毁，本就艰难的生活更加艰难。因此当村里组建武装抗击日寇的民兵时，关二如毫不犹豫地要求加入。但关二如还是一个13岁的孩子啊，关二如几次请求几次被拒绝。

"老村长——我要参加民兵！"关二如向老村长央求着。

老村长摸着关二如的头说："孩子——你还小，等你长大了，就批准你加入队伍！"

"我已经十三岁啦！"关二如觉得十三岁就是一个大人了。

"是吗？是个大小伙子了。"老村长笑呵呵地说，"再过两年，就准许你加入。"

关二如当时是村里的抗日儿童团团长，他并没有因为大人们的拒绝就灰心丧气，而是在完成儿童团站岗放哨、盘查行人等任务后，暗中跟着自卫队的训练学习军事知识。

刺杀、射击、投弹……

关二如似乎对射击有种天然的迷恋，每当自卫队进行射击训练时，他总是躲在一边模仿练习。回到家里，关二如还用自制的木头长枪，长时间的练习卧倒、瞄准、射击。

1942年也就是在关二如15岁的时候，关二如终于如愿以偿参加了村里的民兵。

"老村长——我已经十五岁啦！"关二如再次找到老

村长，"你答应过我，说过两年就让我加入队伍的。"

老村长看着眼前这个性格开朗、热情上进的青年高兴地点点头。

关二如成为民兵后，也能名正言顺地跟着民兵练习射击了。

拿真枪

那时候中国军队武器装备缺乏，村里的自卫队装备就更缺了，好多人都是拿着打猎的老套筒子。训练几个月后，关二如领到了一支真正意义上的步枪。

有一天老村长把关二如叫到村公所。

"二如啊——训练得怎么样？"老村长问道。

关二如遗憾地说："要是有把真枪就好了，那样老村长就能看到二如的本领啦！"

关二如的眼里是满满的自信。

老村长从旁边拿过一个布包，打开布包，里面露出一支步枪来。

关二如喊道："老村长——这可是真家伙啊！"

老村长把枪拿起来，递到关二如手中："二如——这把枪就交给你啦！希望你能用它好好教训小鬼子！"

关二如郑重地说："老村长放心，二如绝不会让大伙失望的。"

关二如把枪拿到手里却傻了眼，枪老旧不说，连枪栓也生锈了。原来这是一支从窑洞里挖出来的旧枪，或许是埋得时间太久了，整个枪全部生了锈，连枪栓也拉不开。

但关二如不气馁，把这支步枪当宝贝一样对待，一有时间就擦洗，枪锈擦掉，枪筒擦亮后，枪栓也能拉动了，特别是上油后，枪栓基本也能自如用运了。

勤练习

有了真枪，关二如训练得更加勤奋了。

"每天饭后一瞄准。"这时关二如练枪的老规矩。此外平时不论在地里还是在家里，一有空闲就举枪瞄准。晚上看不见了，关二如就举枪练臂力。功夫不负有心人。经过长时间的练习，关二如练出一手神枪绝技。

后来关二如和村里的自卫队员们说："要想打枪准，一要练得熟，二要摸枪性，三要保管好。三日不练，拿枪就重。擦枪就如人洗脸，如不保管好，就是拿上三八式也不行。"

他从实际射击中，觉得摸枪性是一件很重要的事。他总结出，枪性低时瞄准敌人的胳膊，枪性高时瞄准敌人的脚，枪偏左时，向敌人肚脐右边瞄，枪偏右时向敌人肚脐左边瞄，一打一个准。

打胜仗

练好神枪绝技的关二如终于等来了一试身手的好机会。

这年秋天，关二如和自卫队掩护村民抢收粮食的时候遭到了一队伪军的偷袭。关二如和自卫队员们立刻进入山坡上阻击伪军。

"二如哥，你看那边——"旁边一位民兵低低喊道。

关二如顺着这位民兵的手臂看到了一位军官模样的伪军指挥官，关二如掉转枪口对准了这家伙。

二如从射击孔里看到一位骑着马、举着望远镜的伪军军官。

"擒贼先擒王。"老村长担心距离远打不准，"二如——放近一些再开枪。"

关二如点点头。

那家伙大摇大摆地走过来。

关二如等那位伪军军官进入射击距离后，果断扣动扳机，一枪将伪军军官打下马来。

伪军军官落马后引起敌人的一阵骚动。正在他们慌乱之际，二如又是一枪，另一位伪军也中弹倒下。

伪军们被突然射来的子弹吓得四散而逃。

"铁虎头"

1943 年日伪军占领了离关家垴不远的蟠龙镇，敌人经常四处"扫荡"。

这一天放哨的民兵在村东的洪水河滩发现了一队鬼子。关二如和村里的自卫队员们立刻进入阵地掩护村民们撤退。

自卫队居高临下，占据了有利地形。

鬼子们沿着河滩向村子扑来。自卫队立刻开火，鬼子们四处散开，向自卫队反扑过来。

关二如在战斗中发现河滩中有一块大石头，大石头背后一位日军军官挥着军刀指挥日军冲锋。

关二如立刻掉转枪口瞄准大石头背后的日军军官。

那家伙非常精明，轻易不肯露头，伸出头观察一下战场形势就立刻缩了回去。

关二如仔细观察后，发现了这位小鬼子露头的规律，当这位小鬼子再次露头时，关二如一枪将他打倒。

事后才知道，洪水河滩里的鬼子是从辽县（即左权县）那边窜过来的，被关二如打死的小鬼子，就是辽县洪都炮台里最狡猾、最凶恶的杀人魔王——外号"铁虎头"的日军小队长。

遭遇战

这年秋天，关二如和另一位叫金河的民兵从外面回到村里时，发现村边有几个小鬼子正坐在桃树下吃桃子。

当时正是中午时分，天气也热，关二如和金河急忙躲在黄土梁后面。

"二如哥——树上也有。"金河说。

"数一数——看看有几个鬼子！"关二如紧盯着鬼子。

经过仔细观察，树下坐着几位小鬼子，树上还有几个小鬼子，鬼子们的枪支弹药放在树下。

小鬼子们作威作福惯了，他们一点也没有想到远处正有两个黑洞洞的枪口对准了他们。

"有七个鬼子！"金河反复核对后告诉关二如，"二如哥，鬼子人多，我们还是先躲一躲吧。"

这边只有关二如和金河两个人，鬼子那边少说也有七八个，对方人多，己方人少，金河担心暴露身份后吃大亏。

"金河——鬼子没有防备，我们打他个措手不及！"

关二如艺高人胆大，觉得鬼子们毫无防备，先把树下的鬼子干掉，树上的鬼子再下来就成了他们的活靶子。再一个到嘴的肥肉怎么能让他溜走呢。

金河枪法也好，两个人分了工。

关二如说:"金河你对付那边的鬼子,我收拾这边的两个。"

两个人各自选好射击目标,然后突然开火。

树下的鬼子被打倒。

树上的鬼子遭到突然袭击,急忙跳下来。

关二如和金河一枪一个,又把剩下的这几个鬼子也干掉了。

这一仗,关二如和金河一举消灭了七八个小鬼子,而他们两个竟然毫发无损。

关二如也被边区政府授予"民兵杀敌英雄"称号。

"神枪手"

关二如一战成名,大伙都知道关家垴出了个神枪手。

但真正让关二如大放神采的是这年太行区举行的民兵比武大会上。

1943年7月,太行区在根据地举行了民兵检阅大会,会上又举行了民兵射击手比赛。

这些射击手都是从各个根据地选拔出来的射击高手,哪一位都是百步穿杨的神枪手。

那一年关二如刚好17岁,都说初生牛犊不怕虎。

关二如在高手林立的比武大赛中一举夺魁!

据史料记载,当时比赛现场人山人海。

射击选手每人 3 发子弹，关二如第一枪打到人形枪靶胸部的第一道扣子上，第二枪距离这道扣子不到半寸，关键是第三枪，子弹再次从第一道扣子上穿过去。

成绩出来后，现场掌声雷动，谁也没想到比赛第一名竟然被这个其貌不扬的关二如夺去。

好多人不服气关二如，认为自己没有发挥好，让关二如捡了个便宜。

1944 年 11 月太行军区又举行了声势浩大的群英大会，杀敌英雄、地雷大王等等各路英雄好汉汇聚一堂。关二如作为边区一等民兵杀敌英雄也参加了这次大会。

大会上自然要举行射击比赛。

这次的比赛高手更多。

比赛规则仍然是每人 3 发子弹，关二如 3 发子弹，打出来全场 27 环的最高分，再次获得第一名。

关二如的表现也获得了时任北方局代理书记邓小平、太行军区司令员李达的称赞。

太行区第一届群英大会组委会也授予关二如"神枪手武状元"的光荣称号。

立新功

1945 年 4 月已是民兵队长的关二如带领民兵随同八路军出击祁县，攻打日军纺纱厂。

关二如在战斗中抢出 500 余匹布匹，供给军民需要，受到了太行军区嘉奖。

1945 年抗日战争胜利后，年仅 18 岁的关二如光荣加入中国人民解放军，先后参加了上党战役、平汉战役等，在战斗中成长的关二如也成为中国人民解放军一名连指导员。

淮海战役开始后，关二如随部队南下。

1948 年 12 月 8 日，在徐州马围子口战斗中，不幸中弹，壮烈殉国，年仅 21 岁。

关二如烈士故居
萧刚·绘

抗日女英雄

在抗日战争时期，武乡涌现了许多少年英雄，前面讲述了李爱民、关二如的故事，下面我们讲述一位"花木兰"式的少年女英雄的故事。

少年求学

这位"花木兰"式的小英雄名叫徐改桃。

1929年徐改桃出生在武乡县上司乡小店村。父母是老实巴交的农民，全家以种地为生。

徐改桃的少年时代正赶上抗日战争的全面爆发。

1937年也就是徐改桃8岁时，"七七"卢沟桥事变发生，日本帝国主义发动了全面侵华战争，妄图在短时间内占领中国、灭亡中国。中国共产党领导的八路军奉命跨过黄河挺进到山西抗日前线。八路军总部及129师等抗日力量相继来到武乡等晋东南一带，创建了包括山西、山东、河北、河南一部的晋冀鲁豫抗日根据地。在

我党的领导下，根据地内很快掀起了轰轰烈烈的抗日运动，农救会、工救会、妇救会、青救会等各种抗日组织纷纷成立，其中儿童团这一抗日儿童组织也在各地成立，有条件的地方还办起了抗日小学。不少儿童团成员进入学校，孩子们一边参加儿童团的活动，一边在战火中完成学业。

"爹——我也要上学。"这一天徐改桃拦住了刚收工回来的父亲。

父亲看着徐改桃说道："你还小，上学要走好几里地呢。"

当时徐改桃所在的小店村还没有建起小学校，想上学就要到邻近的村庄去。

"我不怕！"倔强的徐改桃说道。

父亲不同意徐改桃上学，战争年代外出有危险："兵荒马乱的——上的啥学堂！"

"不——我要去！"徐改桃看到爹不同意自己上学，跺一脚跑走了。

父亲看着女儿远去的背影摇着头没有说话。

或许是拗不过女儿的意愿，或许是当时活跃的抗日氛围影响了徐改桃的父亲，没过几天徐改桃的父亲就将女儿送到了临近村庄的学校里。

自己的愿望实现了，徐改桃圆圆的脸蛋上也露出了微笑。

刻苦学习

徐改桃十分珍惜这次上学机会，到了学校里刻苦学习，很快掌握了许多知识。

据温廷琇老人回忆，当时的小学校设置有4门课程：写仿、国文、算术、修身。早晨的第一堂课就是写仿，学写毛笔字。开始学写字的时候，先生会教你怎样拿笔和用笔，然后教你一些习字口诀："点点如桃，捺捺如刀。横平竖直，撇向左漂，勾在竖尾，稍微回笔再挑。"写仿的内容有："一去二三里，沿村四五家。亭台六七座，八九十枝花。""一二三四五，金木水火土。天地分上下，日月定古今。""自小多才学，平生志气高。他人怀珠宝，我有笔如刀。"等等。

1941年以后，随着抗日战争的深入，根据地各学校陆续改用抗日课本，内容多是宣传团结抗日的。课程设置有国文、算术、政治、音乐等。音乐主要就是唱抗日歌曲。比如学校的校歌："前进吧同学！奋斗吧同学！这是一个伟大的时代，战争的烽火在考验着我们。白晋线敌寇在咆哮，武西县响彻大炮声。我们要坚毅顽强，冲破艰险困难。我们要警惕勇敢，在战争里坚持学习。把自己锻炼成坚强的抗日人员。前进吧同学！奋斗吧同学！"

战争年代学习环境异常艰险。日寇不断"扫荡"，学

校的学生随时都要进行转移。学生们除正常的学习外，学校还要组织学生完成一些抗日工作。逢年过节，学校组织学生到农村进行宣传演出，节目都是老师结合当时的实际编写的，起到了宣传抗日政策，鼓舞群众斗志的作用。同时学校也将一些年龄大的同学组成战地宣传队、救护队等，书写标语，宣传政策，鼓舞士气，救护伤员等。学生们在实践中感受到战争的残酷，同时也更增强了保家卫国的决心和信心。

徐改桃就是在这种情况下读了三四年小学。

初为人师

这一年徐改桃所在的村庄小店村也办起了抗日小学校。学校办起来了，最困难的就是缺乏教孩子们识字的老师。老村长四处奔走，聘请回一位男老师，学校有二十几个孩子，还需要一位老师，有人给老村长推荐了徐改桃。

"老村长——改桃就是个好人选啊。"村民提醒老村长。

老村长一拍大腿站起来："你不说我倒忘了——改桃这孩子是棵好苗子，这几年也识了不少字，就是她了！"

那天徐改桃刚好回到村里，老村长就找到门上。

老村长说："改桃啊——咱们村里也办起了小学校。"

徐改桃一听村里也办起了学校，高兴地说："村长大叔——小伙伴们这下有书念了。"

老村长说："学校办起来了，就缺教娃娃们识字的先生啊。"

徐改桃当时根本不会想到老村长会让她当老师："村长大叔——去哪里找先生呢？"

老村长笑眯眯地看着徐改桃，过了好一会儿说道："远在天边近在眼前。"

徐改桃当时也仅仅十三四岁，因此当听到老村长要让她担任学校先生后一个劲地摇着头："不不不——"

老村长和改桃说了许多，说村里需要她，孩子们需要她——

徐改桃已经上了三四年学，她已经懂得了国家有难匹夫有责的道理，现在村子里需要她站出来，勇敢地担任学校先生的时候，她怎么能退缩呢？

学校就建在村里的老爷庙里。

二十几个年龄参差不齐的孩子坐在大殿里。

徐改桃在村长大叔的带领下迈进了教室里。

徐改桃有些紧张，这毕竟是她第一次以老师的身份站在那里。

徐改桃给孩子们上的第一课就是教唱歌，歌曲内容就是《太行山上》：

红日照遍了东方，

自由之神在纵情歌唱！

看吧，千山万壑，铜墙铁壁！

抗日的烽火，

燃烧在太行山上。

……

遭遇敌情

徐改桃很快适应了自己小先生的角色，和另一位男老师有板有眼地教孩子们识字唱歌。

1943年2月天气乍暖还寒。就像这寒冷的天气一样，抗日战争也进入了最为艰难的阶段。

有一天徐改桃正给孩子们上课，街上突然传来人们惊慌失措的奔跑声喊叫声。

"快跑啊——小鬼子又来啦——"

"鬼子来啦——"

"快跑啊——"

远传也隐隐传来枪声。

原来驻扎在段村镇的日伪军又向根据地侵扰过来。老村长指挥民兵们掩护村里群众撤退。另一位民兵跑到学校里通知徐改桃他们也要赶快转移。

男老师和徐改桃商议道："改桃——鬼子来了，我们也要赶快转移！"

徐改桃说："是不是再等等，看看村长大叔有啥安排？"

男老师说："学校在村子边上，鬼子很快就会窜过来，我们不能再等了。"

男老师和徐改桃带领孩子们立刻向村庄外面跑去。

跑到村外一伙人停下来。

"往那个方向跑呢？"徐改桃问道。

是啊往哪个方向跑呢？男老师也犯了难。一条是村子旁边大山梁，一条是村子附近的大山沟，从山梁上跑很容易被鬼子发现，向山沟里转移也要跑很远的路。

此时枪声大作，日伪军打着枪追杀过来。

事不宜迟，徐改桃立刻说："你带着学生往沟里钻，我从山梁上跑。"

男老师理解徐改桃的意思，徐改桃想把鬼子们引到另一边。可是这样徐改桃就会很危险啊。自己作为一个男人，怎么能让这个瘦弱的女孩子去冒险呢？

男老师还要说什么，徐改桃急得脸也红了："你家里还有老婆孩子，他们不能没有你！我还小，鬼子不会把我怎么样！"

徐改桃跺一脚："迟疑什么？快跑啊！"

徐改桃说完，一溜烟跑去。

她是沿着山梁梁跑的。

早春的太行山上还是光秃秃的一片。

日伪军很快发现了山梁上奔跑的徐改桃，呐喊着："站住——站住——"追了过来。

徐改桃的学生们在那位男老师的带领下钻进旁边的山沟里。

英勇就义

子弹在后面飞。

徐改桃一个劲地往前跑。她只有一个念头，那就是自己跑得越远，她的学生们就越安全。日伪军在后面紧追不放。另一路鬼子穿插到前面堵截徐改桃。

也不知跑了多久，徐改桃跑得满头大汗。

徐改桃听不到后面的喊叫声，她停下脚步，转过脸想看看后面追赶她的敌人。后面空荡荡的什么也没有，只有干净的阳光照在光秃秃的山头上。山头上是干枯的草，山风把枯草树叶吹上了天。徐改桃穿的衣服和男孩子们的区别不大，现在脸上、身上全是土，不仔细分辨，还以为她是个男孩子。

徐改桃以为甩掉了追她的敌人，她一点也没有料到，几名日伪军已经悄悄从前边包抄上来。等她发现爬上山梁的敌人时，已经无路可走了，后面追赶她的敌人也出现在视线中。

徐改桃弯下腰装着挖猪草的样子。

日伪军蜂拥而上，将徐改桃团团围住。

"你是小八路？"日伪军以为抓住了一名"小八路"，"快说！八路在哪里？民兵在哪里？粮食在哪里？"

徐改桃说："我不是小八路，不知道他们在哪里。"

"胡说！不是小八路，你跑什么？"敌人恶狠狠地瞪着她。

徐改桃说："我在挖猪草，你们追，我就跑。"

"你是小八路，是不是给他们送信呢？"几名敌人在徐改桃身上搜索一番，企图能有意外收获。

徐改桃当时仅仅十四岁，我们现在已经想象不到，这个半大的女孩子，在遇到这么一群全副武装的日伪军时会有怎样的恐惧。

无论敌人怎样审问，徐改桃均说不知道！

"八路在哪里？"

"民兵在哪里？"

"粮食在哪里？"

……

敌人们想从徐改桃的嘴里得到有用的信息，但无论怎样的威逼利诱，徐改桃始终回答不知道！

恼羞成怒的敌人吼道："再不说就枪毙了你！"

徐改桃仍然不肯屈服。

日伪军向外围散开。

有个家伙举起枪。

枪响过后，徐改桃倒在了太行山上。

敌人退走后，村民们安全地返回来。

小店村学校的二十几名学生也在那名男老师的带领下全部回到学校里。

"徐老师——"

"你在哪里——徐老师！"

学生们四处呼喊着。

学校里没有徐改桃的身影。

老村长带领村里的男女老少也在村外寻找徐改桃。

"徐改桃——"

"改桃姐——"

大伙终于在远处的山头上发现了徐改桃的遗体！

"徐老师——回来——"

孩子们的哭声在太行山间传得很远很远。

徐改桃是为了保护全校学生而英勇献出生命的！

抗日政府追认她为"革命烈士"，她的英名也永远镌刻在武乡蟠龙镇"抗日英雄纪念碑"上！

抗日英雄，英垂不朽！

放羊娃

乔猴儿是武乡县石盘乡南沟村人。

其实乔猴儿的原籍是离武乡不远的榆社。祖父病逝后，迫于生活压力，父亲带着他们一家老小逃难到榆社南面的石盘山开荒度日。

还在乔猴儿未成年时，父亲因为无力还债，上吊自尽了。

人都说苦难是人生最好的教科书。乔猴儿是家里的长子，上有多病的母亲，下有更年幼的弟弟，家里的顶梁柱没了，乔猴儿一下成了家里的小大人。他不仅要养家糊口，还要照顾母亲和弟弟。他也在那一刻感觉到了肩上沉甸甸的担子。

乔猴儿年纪小，他只能到当地的财主家做一个放羊娃。

南沟村边就是巍峨高大的大山，乔猴儿每天都要赶

着羊群到山里放牧。

为了追赶羊群，乔猴儿上高山、钻深沟、爬崖头、攀树枝……长时间的劳作，乔猴儿练就了一身本领，特别是他的两条腿，就像"飞毛腿"一样，爬沟上树，如履平地，而且速度飞快。

放羊娃都有一把放羊铲子，对于跑到远处不肯回来的羊儿，放羊娃就会用放羊铲铲一块小石头很准确地射出去，让调皮捣蛋的羊儿乖乖回来。久而久之，他们往往能练就一手百发百中的绝技，既可赶羊，又可防身。大山里遇到狼、野猪等动物，这手绝技就成了他们最好的防身术。

乔猴儿应该有一个大名，只是他敏捷的身手像极了一只上蹿下跳的猴儿，因此人们都猴儿猴儿的叫他，原名倒慢慢被人忘记了，给后世留下的只有乔猴儿这么一个名字。

当民兵

抗日战争全面爆发后，129 师挺进太行山。

乔猴儿的家乡石盘山这一带也很快成了八路军的抗日根据地。

乔猴儿和弟弟也加入到了村里的抗日儿童团等抗日组织，除放羊外，乔猴儿也和村里的儿童们一起站岗、放哨、抓汉奸，为抗日工作奔忙。

当时白晋线上的鬼子为了扫除铁路沿线的抗日武装，确保运输线畅通，隔三岔五就要到石盘山一带"扫荡"。

与乔猴儿相依为命的母亲，在鬼子"扫荡"时被打成重伤，本来身体有病的母亲没过几天就撒手而去了。

对乔猴儿打击更厉害的是他的弟弟。父亲没有了，母亲也没有了，弟弟成了乔猴儿唯一的亲人。就在这年夏天，鬼子再次杀过来，刚刚 7 岁的弟弟遭遇不测，"扫荡"的鬼子把他的弟弟杀害了。

天塌地陷，唯一的亲人再次被害，我们现在难以想象，遭遇如此打击的乔猴儿，会有怎样呼天抢地而又痛彻心扉的悲愤心情。

种下仇恨必然会带来复仇的火焰。

南沟村不远处就是鬼子的交通大动脉白晋铁路，铁路沿线又拉上了互通信息的电话线，可以说这一切都是支撑鬼子们侵略作战的生命线。

鬼子们重点保护的，自然是我八路军、自卫队、民兵重点打击的对象。

为了破坏鬼子的交通命脉，协助八路军打击日本侵略者，南沟村组织了一支专门破坏铁路以及铁路沿线电话线的民兵飞行破击组。

这个破击组挑选的都是村里胆大心细，又身手敏捷的人。几次要求参加民兵，誓为母亲和弟弟报仇的乔猴

儿，这次如愿以偿地加入到了这个破击组。

去侦察

1941 年破击组成立不久后，乔猴儿得到去铁路沿线侦察敌情的任务。

当时铁路上有往来巡逻的鬼子骑兵。

那天或许是天气热的缘故，在铁路不远的地方，巡路的几名鬼子下到河里冲凉，鬼子们把衣服和武器放到岸上，几匹马呢也拴在岸边的树上。

乔猴儿发现河中游泳的鬼子后，立刻悄悄从树林里摸过去，偷偷把鬼子的衣服、武器驮在旁边的马匹上，然后解开缰绳拉着鬼子的马匹钻进旁边的青纱帐里。

河中的鬼子发现岸上的马匹不见踪影后，立刻大呼小叫着向岸上游过来。

"站住——站住——"

鬼子们大呼小叫着爬上岸。岸上衣服不见了，连武器弹药也没了。鬼子气得大眼瞪小眼，乔猴儿则骑上鬼子的战马跑走。

经过侦察，乔猴儿把分水岭至南关地段十几里的电话线架设情况全部摸了个清楚。

回到根据地后，乔猴儿把缴获的战马、武器弹药交给破击组，同时把铁路沿线鬼子电话线架设情况汇报给了领导。

乔猴儿既侦察了敌情，又不费一枪一弹抢回鬼子的武器马匹。

乔猴儿首战告捷，受到了村里、区里的表扬。

分区领导还特意奖励他一支枪，鼓励他继续努力，狠狠打击鬼子。

从此以后，乔猴儿和他的破击组就长年征战在铁路沿线上，东边割鬼子的一段电话线，西边锯倒鬼子的电线杆。有时候鬼子们费了九牛二虎之力，在山岭上刚刚栽好电线杆子架上线，晚上就被乔猴儿和他的破击组破坏了。

电线杆子被锯断，电话线被割去，线路不畅通，鬼子的火车无法调度，让沿线火车站的鬼子们头痛不已。

鬼子们也想尽一切办法加强铁路的护路力度。

割电线

这年秋天的一个深夜，乔猴儿和伙伴们像往常一样埋伏在白晋铁路沿线的玉米地里，他们单等夜深人静后，就去铁路上破坏鬼子的电话线。

远处是黑黝黝的大山，不远处就是蜿蜒而去的白晋铁路，铁路东侧由南到北架设着电话线。隔不了多长时间，铁路上就会呼啸着窜过一趟列车。火车奔驰过去时，

巨大的轰鸣声在寂静的夜晚传得很远很远。

凌晨时分，田野里一片静寂。

乔猴儿和另一位民兵立刻从玉米地里窜出去。

跑到铁路上后，乔猴儿三把两下窜上路边的电线杆子上，拔出钳子立刻将电话线割断。

另一位民兵一边警戒一边将乔猴儿割断的电线收拾起来。

乔猴儿身手敏捷，一会儿工夫就割断了十几根电线杆子上的线。

乔猴儿他们割线的地方离鬼子良侯店车站不远。

或许是电话线又不通了，良侯店车站那边派出两名鬼子打着手电巡查过来。

鬼子发现铁路上的电话线又被割断后，立刻追踪过来。

电线杆子下的民兵发现巡路的鬼子后已经晚了。

鬼子打着枪冲过来，电线杆子上的乔猴儿紧紧贴在电线杆子上。

电线杆子下的民兵一边回击鬼子一边向铁路下的玉米地里跑去。

另一个鬼子好像发现了远处电线杆子上的黑影子，喊叫一声向电线杆子上的黑影子开了一枪。

电线杆子上的乔猴儿应声掉到地上。

巡路的鬼子大喜，端着枪急匆匆地跑过来，他们以为打死了电线杆子上的割线人。

其实乔猴儿毫发未伤。

或许是艺高人胆大的缘故，乔猴儿躺在地上一动不动，等两个鬼子靠近了，突然起身，连开两枪，将跑过来的鬼子全部消灭掉。

埋地雷

鬼子为了防护铁路，进一步加大了铁路沿线的"治安肃正"计划，不断搜索他们认为的可疑分子，将一些可疑人员以"私通八路"的罪名抓捕起来，并吊死在铁路沿线的电线杆子上，以此来威胁乔猴儿和破击组的民兵们。

到了晚上，鬼子也加大了护路巡逻力度，车站之间既有巡逻的铁路装甲车，也有骑兵队。

同时为了打探破击组的消息，鬼子不断派遣暗探，深入铁路周边各村，寻找破击组的下落，企图一举摧毁破坏他们铁路的抗日组织。

尽管鬼子的白色恐怖笼罩四野，但铁路上的电话线还是会隔三岔五地被破坏掉。

鬼子为了打击破击组，想出了一个十分毒辣的防护计划。

鬼子的计谋是在经常遭到破坏的铁路线周边，特别

是鬼子们认为是破击组经常活动的区域，埋设了大批地雷。这些地雷埋设的特别隐蔽，草丛中，石头路上……在破击组路过的地方，都埋上了地雷。引爆地雷的引线又特别细，就是大白天，不认真观察，也根本发现不了。

这天，铁路附近一位放羊的群众，赶着羊群路过铁路时，不小心触碰到了路边埋设的地雷。

地雷迅速爆炸，几只羊被炸到半空中。

羊群受到惊吓四散奔逃，埋在周围的地雷也全部被羊群引爆，惊天动地的爆炸声此起彼伏。

鬼子在铁路周围埋设地雷的消息迅速传到了乔猴儿和破击组的耳朵里。他们在破坏鬼子的电话线时也更加小心了。

1943 年秋，乔猴儿和破击组的队员们再次摸到铁路附近，他们等鬼子的巡逻队过去后，准备冲上铁路，破坏鬼子的电话线。

为了防备鬼子使坏，这次区委会还特意给他们派来一位排雷好手。

行动开始前，排雷好手一步一步向前面爬去，爬到不远处，便发现了鬼子埋上的地雷。

排雷手将地雷引线剪断，向后面一摆手，乔猴儿他们在后边将鬼子的地雷挖出来。

就这样，排雷手排除地雷，乔猴儿他们在后边挖雷。

摸到铁路上时，大伙一起动手，割电线的割电线，破坏电线杆子的破坏电线杆子。

任务完成后，乔猴儿他们又将挖出来的地雷埋在铁路上，有的埋在铁轨下，有的埋在路基旁边，有的就埋在锯倒的电线杆子下……

护路的鬼子追查过来后，怎么能想到民兵们会给他们埋地雷呢？

剪断的电话线就是引爆地雷的引线，鬼子一拣电话线，地雷迅速爆炸。

更让鬼子恼羞成怒的是，鬼子的铁甲装甲车开来后，也被埋在铁路上的地雷掀翻在路基旁边的深沟里。

"灯笼阵"

鬼子一计不成又生一计。

这次鬼子在电话线上，每隔几十米就挂一个马灯，一到晚上，马灯点亮，蜿蜒几里，蔚为壮观。马灯一旦熄灭，附近岗楼上的鬼子立刻会向这边射击，同时周围的鬼子也会包抄过来。

这条计谋果然凶险。

过去破击组是在黑暗中完成任务，鬼子点上马灯后，破击组就不能利用黑暗做掩护了。另一方面，马灯一灭，鬼子会立刻包抄过来，给破击组带来较大麻烦。

经过商议，乔猴儿他们想出一条"狸猫换太子"的

妙计。计谋的内容就是，破击组动员群众做一些纸糊的蜡烛灯笼，上铁路破坏鬼子的电话线时，神不知鬼不觉地换下电话杆子的马灯，然后将鬼子的电话线割断，等蜡烛燃尽，灯笼燃烧熄灭后，破击组也转移到安全的地方了。

就这样鬼子的"灯笼阵"又被乔猴儿他们摧毁。

"长蛇阵"

鬼子的"灯笼阵"计谋破产后，又使出一条更毒辣的计策。

鬼子们在铁路沿线，每隔几里就设一个哨所，哨所里驻扎有鬼子和伪军。有的一两人，有的三四人。哨所与哨所之间，每隔十几米再设一个岗哨。

鬼子没有那么多力量，哨兵就由附近村里的群众代替。鬼子们在铁路上往来巡逻，既提防破击组破坏铁路，又监督替鬼子们站岗的群众。这些站岗的群众，发现破击组的民兵后，要及时报信，如果不报，鬼子不仅要将站岗的群众处死，还要对他的家人给予处罚。

鬼子的计谋果然毒辣。

为了不牵连站岗的群众，破击组暂时停止了对鬼子铁路以及铁路沿线电话线的破坏。

鬼子们以为他们的计谋起到了作用，四处推广他们这条护路策略。

乔猴儿他们也在苦思冥想破敌之策。

鬼子的电话线就是鬼子的千里眼顺风耳，不割断电话线，就会让鬼子肆无忌惮地运送军事物资，鬼子们也会肆无忌惮地向我抗日根据地反复袭扰。

乔猴儿他们的办法是，想方设法除掉鬼子的几个哨所，然后通过各村的抗日组织，做通替鬼子站岗的群众工作，然后将鬼子的电话线割断。

经过观察，乔猴儿他们把下手的地方选择在离鬼子车站较远的地方。

鬼子哨所里驻扎的兵力并不是很多，他们的伙食是由附近村里的维持会保障供给的。

民兵们找到了一位给鬼子送饭的群众，这名群众早就受够了鬼子的欺压，决心带领我方人员突入鬼子哨所，消灭鬼子后上山加入游击队。

为了打好这一仗，区游击队也加入到这次活动中。

第一个哨所里只有几名伪军，在送饭群众带领下，这个哨所很快被拿下。

然后游击队换上伪军服装，以巡路为掩护，将附近几个哨所全部拿下。

站岗的群众已经做通工作。

乔猴儿的破击组再次大显身手，将电线杆子上的电话线全部割断。

　　任务完成后，为了保护站岗的群众，民兵们又把这些躺在地上的群众五花大绑起来。

　　队伍撤走前，民兵们点燃了鬼子的哨所。

　　熊熊大火照亮了黑暗的夜空……

　　附近的鬼子们打着枪追过来。

　　游击队和民兵们已经安全转移到大山中。

加入八路军

崔振芳在 1937 年，也就是在他 13 岁的时候，就加入了东渡黄河挺进山西抗日前线的八路军队伍，成了一名光荣的"小八路"。

崔振芳是山西临汾洪洞县人，由于牺牲时间早，留下的资料极为有限。他儿童时候的生活情景，以及又是因着什么样的缘由直接加入八路军一概不知。

只知道他是一名小八路，随着八路军总部及 129 师来到太行山，在武乡东山一带活动。

他是八路军总部特务团的一名小号兵，因抗战时期发生的黄崖洞保卫战而名垂青史。

与武乡一山之隔的黎城，抗战时期同样是八路军总部、129 师长期活动的地方，也是晋冀鲁豫抗日根据地的核心区域。在这一带，曾先后建有兵工厂、被服厂、药厂、医院、银行、印钞厂等后勤机构，是支持八路军

长期抗战的重要后勤保障基地。

在武乡与黎城的交界处有一著名的风景旅游区，它就是黄崖洞风景区。

黄崖洞离武乡的蟠龙镇不远，从蟠龙镇出发，跨过蟠龙镇东面的左会山就进入黎城境内的宽嶂山，当年八路军总部在这里建起了冀南银行印钞厂。

与宽嶂山一山之隔的地方就是著名的黄崖洞，与宽嶂沟一样，黄崖洞悬崖峭壁、地势奇特，因半山腰有一天然石洞而得名。

1939年7月，八路军总部将设在榆社县韩庄村的总部修械所移到这里，并逐步扩建成华北敌后专门造枪的最大的兵工厂。

当时兵工厂有工人700余人，能生产步枪、刺刀、掷弹筒、五〇炮等各类武器弹药，每年生产的武器弹药可装备16个团，是八路军能持续抗战的重要支撑。黄崖洞兵工厂的存在对侵华日军造成了巨大威胁。1941年11月11日，日寇第36师团5000余人向黄崖洞发起疯狂进攻，企图一举铲除兵工厂。

崔振芳所在的特务团奉命保卫黄崖洞，著名的黄崖洞保卫战打响。

黄崖洞兵工厂地势险要，易守难攻，我军利用有利地形与日寇血战8天8夜。数个阵地敌我多次易手。敌人飞机、大炮全部上阵，甚至发射了毒气弹，我军坚守不退，打到最后，又发起反攻，将鬼子夺取的阵地又全部夺回来。

此时我八路军129师在外线对敌人形成反包围，日寇在伤亡1000余人后被迫撤退，黄崖洞保卫战取得胜利。

此战，是八路军总部特务团在总部首长指挥下，独立遂行的一次坚守防御作战，抗击了5倍于己的敌人，取得敌我伤亡比例6∶1的战果，打击了日寇的嚣张气焰，打出了八路军勇敢顽强的作风，也成了战争史上一次以少胜多、以劣势装备战胜优势装备的成功战例，特务团被八路军总部授予"黄崖洞保卫战英雄团"的光荣称号。

后人写诗赞道：

"策马当关一线天，
战罢沙场月色寒。
太行铁鼓声犹震，
背上长刀血未干。"

血战瓮圪廊

进入黄崖洞兵工厂，要穿过一个叫瓮圪廊的地方。

这个地方两山对峙，中间只有一条小路可以通到上

面。站在小路上，两边山崖陡立，有一种很压迫的感觉，向上望去，可以看到一条狭窄的天。真正是一处一夫当关万夫莫开的险地。

当地人说这个地方是：瓮圪廊，一步宽，曲拐九道弯，低头不见土，抬头一线天。

沿小路向上攀爬，半路上建有一处吊桥，黄崖洞保卫战打响后，崔振芳和战友们就坚守在这个地方。

他们与数倍于己的敌人血战，连续打退鬼子们几十次的冲锋。

战友们牺牲了，阵地上只有崔振芳一个人了，但这个年仅17岁的小战士，依然向山沟里的鬼子们投掷手榴弹，鬼子们始终无法前进。

就在保卫战即将取得胜利的时候，一颗炮弹落在崔振芳的身边，崔振芳壮烈殉国。

英雄小号兵

崔振芳13岁加入八路军，17岁时在黄崖洞保卫战中壮烈殉国。中间这几年，正是他随着八路军总部和129师在武乡、黎城等地生活、成长的阶段。

崔振芳参军后由于年龄小，被编入了八路军特务团号兵连。

就像战士们手中的枪一样，军号就是号兵们手中的武器。

　　我曾在左权一个民间收藏家家中见到一把抗战时期八路军所用的军号。军号不大，军号的把手上还系着一条红色的丝带。在主人的指点下，我看到了军号的把手上刻着"八路军总部"一行小字。看来这把军号是当时八路军总部所用，也不知是不是就是崔振芳他们的号兵连所用的军号。但不管怎么样，这把军号一定见证了八路军浴血奋战的身影，也一定见证了八路军逐步壮大并最终取得抗日战争伟大胜利的那一刻。

　　过去通信手段落后，军号是军队传达命令的重要手段。特别是在战场上，军情紧急，部队离得又远，指挥者通过号兵的声声军号，传达或撤退、或冲锋、或支援的命令。军号在战斗激烈的时候，又是战士们提振士气、坚持战斗的重要精神支撑。一声号令，千军万马冲锋。因此军号在战争中发挥着十分重要的作用。

　　不同的军号声有不同的含义，有起床号、训练号、熄灯号、开饭号等日常军号，更有集结号、出发号、冲锋号等作战号令，这就要求号兵既要掌握军号的基本技能，又要熟练掌握军号的各种发音，这样才能成为一名合格的号兵，完成各种各样的任务。

　　13岁的崔振芳参加八路军后先是一名通信员，后被调到特务团号兵连学习司号和通信技术。八路军总部特务团是八路军总部直属部队，是八路军中的一支精锐

武装。

特务团既要对敌作战，更要保护总部安全。因此特务团往往要紧随总部活动。抗日战争爆发后，八路军总部于 1937 年 11 月进驻武乡，先后在武乡的段村、东村、义门、寨上、砖壁、王家峪等地驻扎过，至 1940 年转移至辽县即今天的左权县。崔振芳作为特务团的一名小号兵也可能是在这一带度过了抗战前期的几年时光。

经过几年的刻苦训练，崔振芳熟练掌握了吹奏军号的各种技巧，被团部分配到 3 营 7 连担任吹号兵。

与号兵连不同的是，7 连是战斗连队。

黄崖洞保卫战爆发后，崔振芳所在的 7 连担任瓮圪廊守卫任务。

敌人疯狂进攻，我军顽强阻击。

战友们不断中弹牺牲，作为吹号兵的崔振芳也冲到了第一线。

射击、投弹……崔振芳和战友们打退了鬼子一次又一次的冲锋。

鬼子从黄崖洞各个方向发起进攻，整条山沟都是战场。

日寇疯狂进攻，我军顽强阻击。

日寇装备精良，轻重武器全部开火。

我军依托险要，拼死抵抗，敌我双方血战几天几夜。

从战后我军的回忆录里能够看到，当时战斗异常惨烈，我军硬是用血肉之躯粉碎了鬼子的进攻图谋。

永恒的纪念

1942 年 9 月，也就是黄崖洞保卫战一年后，八路军总部为纪念在此次保卫战中牺牲的烈士，在黄崖洞水窑山上修建了一座烈士公墓，并在公墓旁建起一座 7 米高的纪念碑，碑文上刻着 43 位烈士的英名和八路军总部特务团团长欧致富撰写的碑文。

1971 年当地政府又修建了黄崖洞保卫战殉国烈士纪念塔。

1985 年在省、地、县的共同努力下，又修复了兵工厂厂房，建起了牌楼、纪念塔、展览馆、镇倭塔等设施。

崔振芳壮烈殉国后，部队追授崔振芳为"战斗英雄"称号。

为了永久纪念小英雄崔振芳的英雄业绩，当年他使用过的军号也被保存下来。

中华人民共和国成立后，军号被收藏在八路军太行纪念馆里。

在崔振芳牺牲的地方，当地还塑起一座小英雄的雕像。

雕像立在一块大石头上。

小英雄一手高举，一手持弹，似乎仍然保持着当年

奋勇投弹的姿态。

　　他牺牲的瞬间也以这种形式被永远定格在那个不能忘却的年代……

抗日战争时期，我们在敌占区建有许多秘密交通站。

交通站往往设在可靠的堡垒户家里。这里就成了掩护我方过境人员穿越封锁线以及向根据地运送药品等重要物资的枢纽。

交通站里有交通员，他们一方面要在鬼子眼皮子底下完成引路、护送等任务，还要侦察敌情、输送情报等，任务特别危险、繁重，稍有不慎，就可能人头落地，更严重者不仅交通站受到破坏，一大批地下工作人员也可能遭遇不测。因此能成为交通员，非有过硬素质不能胜任。

交通员

高保尉就是一名优秀的地下交通员。

据《武乡县志》记载，高保尉出生在武乡段村镇附近的下关村。

和那个时代的大多数孩子一样，少年时期的高保尉

由于家贫，很早就随着父亲、哥哥到田地里劳作了。及至长大一点后，又成了有钱人家的放牛娃。虽然一家人起早贪黑，辛苦劳作，但很多时候还是会饿肚子。而有钱人家的孩子，既不用到野外放牛，还可以坐到学堂里读书，社会的不平等，让年少的高保尉愤愤不平。

1933 年正是中国处于内忧外患的时候。对外，日本帝国主义在 1931 年发动了"九一八"事变，侵占东三省后，进一步向华北进犯。国内，国民党反动派发动了"四一二"反革命政变，大肆屠杀共产党人。随后共产党人领导了一系列武装暴动。蒋介石领导的国民党军队向共产党领导的中国工农红军进行了严酷的"围剿"。

战火纷飞，民不聊生。少年高保尉对社会变革有了深切的体会，也受到了进步思潮的影响。

"七七"卢沟桥事变后，抗日战争全面爆发，国共停止内战，一致对外。共产党领导的中国工农红军改编为国民革命军第八路军，八路军总部及八路军 129 师开进到武乡、辽县等晋东南一带，先后创建了太行、太岳等抗日根据地。

根据地内武委会、青抗先、妇委会、儿童团、自卫队等抗日组织纷纷成立。爱打抱不平、又有进不思想的高保尉自然加入了村里的儿童团、青抗先等抗日组织。站岗放哨、运送情报、铲除汉奸——高保尉都冲到了第一线。

1940年日寇侵占了段村镇，并在段村镇内建立起据点，离段村镇不远的下关村就成了鬼子控制的维持区，村里的许多抗日组织转入地下活动。

为了侦察敌情、建立堡垒，太行第三军分区敌工科在下关村建立了秘密交通站。

一直追求进步光明的高保尉也成了交通站的秘密交通员。

高保尉成为交通员后，利用自己当地人的身份，常常深入鬼子的据点内，侦察敌情，购买物资、护送人员等，使下关村成为我敌工科和武工队建立在敌占区的重要立足点。

找内应

有一次半夜时分，高保尉接到一个紧急任务。

根据侦察情况，据点内鬼子正在调集人马，可能要对我抗日根据地进行"扫荡"。为了弄清楚鬼子的动向、兵力，做好反"扫荡"斗争准备，急需和鬼子据点内的内应取得联系。

高保尉接到任务后，连夜出发，天明前赶到了鬼子据点前。

鬼子据点是一座古城堡，城堡外围建有碉堡，城堡上也有炮楼，门口是全副武装的日伪军。

门口的岗哨盘查往来行人，高保尉被鬼子岗哨拦住。

当时高保尉把自己装扮成一个小叫花子的模样，穿得破破烂烂，手中持着一根打狗棍，脸上乌七八糟，头发也乱蓬蓬的。

"站住！"哨兵恶狠狠地拦住高保尉。

高保尉装着很害怕的样子。

"这家伙不像是个小八路！"鬼子盘查几句，看看没有可疑之处，一挥手让高保尉进了城门。

按照约定的地方，高保尉找到了潜伏在古城内的内线人员，顺利完成这次任务。

"入虎穴"

为了在伪军内部建立联络人员，1941 年受组织安排，高保尉打入敌警备队内。

抗日战争全面爆发后，日寇先后占领东北、华北、华东等地，战线越拉越长，兵力严重不足。为了实现"长治久安"、以华制华，日寇在占领区组建了大批皇协军、警备队、警察等伪军武装，协助他们维持治安、镇压抗日力量。

高保尉打入警备队后认识了一名班长。

这名班长也是穷苦人出身，抗战前夕就加入了国民党军队。抗战爆发后，班长所在部队投降了日寇，摇身一变成为协助鬼子作战的警备队。

这名班长颇有正义感，并不愿意替鬼子卖命。

高保尉经过长时间的接触，做通了这名班长的工作。当时鬼子们并不把警备队放在眼里，打仗的时候，把警备队顶在前面卖命，宿营的时候好吃好喝又没有他们的份。鬼子们在警备队头上作威作福，也引起警备队内部很多人的不满。这名班长就是其中一员。

高保尉告诉这名班长："小鬼子欺负中国人，中国人迟早要将他们赶走，死心塌地替鬼子卖命，不会有好下场。"

"你说得对！老子也受够了小鬼子的气！"那名班长愤愤地说。

这名班长后来做了我们的内应，利用警备队的身份为我军做了大量工作。

"封锁线"

鬼子占领段村后，武乡抗日根据地一分为二，成了武西、武东两个区域。我方军政人员要经常往返两个地方，就要通过鬼子控制的敌占区。鬼子在占领区内不仅修建了碉堡、据点、哨所，还在各村设有暗探、警察等。高保尉多次利用警备队内那名班长的关系护送抗日干部通过封锁线。

有一次高保尉要护送一批抗大学员穿过封锁线。

事前高保尉和那名班长取得了联系。他们约定，凌晨时分，在那名班长执勤的时候，快速穿过日伪军把守的炮楼。

天黑以后，高保尉带领抗大学员们出发了。

他们利用夜幕和青纱帐做掩护，一路急行军。快到鬼子炮楼跟前时，大伙隐藏在不远处的小树林里。

约定的时间到了，大伙走出小树林，向炮楼那边赶去。

没走几步遇上了鬼子的巡逻队。

"前边有情况！"前边带路的高保尉发现鬼子巡逻队后急忙向后面喊话。

高保尉就喊喊话就带领大伙转移。

大伙迅速向小树林撤退。

可能是鬼子发现了这边的动静，打着枪追过来。

大伙不敢怠慢，继续后撤。

小树林后面是一个水池，当时已是深秋，天气特别冷，鬼子的狼狗狂吠着追来。

情况万分危急。

"快——躲进芦苇里。"

高保尉带着大伙躲进水池的芦苇丛中。

鬼子追过来后，发现什么也没有，只能胡乱向水池中射击一阵离去。

凌晨时分的太行山特别冷，水池中的水已经结了冰凌，大伙在水中躲藏了那么长时间，加上担惊受怕，有几位女学员差点晕倒在水池里。

"大家再坚持一下！"

天快亮了，已经快超过约定的时间了。

"抓紧时间上岸！"

看看没有敌情了，高保尉鼓动大伙抓紧时间爬出水池，天明以后就更危险了。

那名班长一直焦急地等待高保尉他们，听到这边的枪声还担心高保尉他们可能遭遇不测了。

约定的时间到了后，远处传来高保尉发出的石头敲击树木的声音。

那名班长也向黑暗中亮了几次灯光。

高保尉发现一切正常后，立刻带领大伙弯着腰穿过炮楼旁边的交通线。

高保尉胆大心细，每次都能很好地完成任务，多次受到太行三军分区的表扬。

高保尉所在的下关村也成了我军一个很重要的秘密交通站。

搞策反

1943 年高保尉又接到一个更重要的任务。

我军通过段村据点的关系，和盘踞在沁县的伪军取得联系。

那边的伪军也想反正，敌工科急需打发一名经验丰富的人员前去接洽。高保尉虽然年龄小，但他已经是一名年轻的老交通员了，在敌占区工作多年，也有打入敌警备队的经历，组织上自然想到了高保尉。

高保尉领受任务后既激动又紧张，激动的是上级这么信任他，把如此重要的任务交给他来完成，紧张的是这次要到人地生疏的沁县开展策反工作，一切都是未知数。但高保尉有一点是很自信的，那就是只要自己想办法，任务总能完成了。

高保尉带上干粮就上了路。

他是当地农民打扮，初春天气，乍暖还寒，上身是羊皮袄，下身大档棉裤。为了以防不测，这次敌工科特意给高保尉带了一支短枪防身。

高保尉很快就出发了。

他不敢走大路，尽量走一些偏僻的小道。

到达涅河时，高保尉遇到了鬼子的便衣队。

涅河发源于武乡县西部分水岭乡的五里铺村，流经武乡、沁县汇入浊漳北源河流。

"站住——站住——"鬼子便衣队发现了河岸上行走的高保尉后，喊叫着追上来。

高保尉怀中有枪，被便衣队搜索后身份就会暴露。

高保尉转身就走，走几步又向旁边的树林里跑去。

鬼子便衣队紧追不放。

子弹从高保尉身边窜过。

高保尉举枪还击，跑在前面的两名便衣中弹倒下。

高保尉边打边撤。

枪声惊动了附近的鬼子，大批日伪军前来增援。

高保尉依托树林一直和鬼子周旋。

子弹很快就打完了，更让人难受的是高保尉腿部不幸中弹。

鬼子们很快围上来，高保尉奋力跳入树林中的泥坑中，他以为这个泥坑很深，这样他就可以自我了断，免受鬼子折磨。

鬼子们扑上来，并没有开枪射击，而是想办法把高保尉拖上泥坑。

高保尉就这样落入敌手。

壮烈殉国

鬼子们抓获高保尉后如获至宝，希望从高保尉的口中得知我地下交通站以及潜伏在鬼子内部的我方人员情况，企图一举铲除我地下抗日力量。

高保尉尽管年龄小，但他知道他所说的一切都关系到我军建立的地下交通线的安全，关系到许多地下抗日

工作者的身家性命。

不管鬼子们如何威逼利诱，高保尉始终不肯吐露半点情报。

鬼子们恼羞成怒，使用各种酷刑。

高保尉一次次昏死过去，又一次次醒过来。

高保尉被鬼子们折磨得体无完肤。

有时候我想，高保尉他们是有着怎样顽强的意志啊。由高保尉我想到了，我的老家当年涌现的一位抗日小英雄金方昌。金方昌被俘后，一样坚贞不屈，鬼子们砍断他的胳膊、挖掉他的眼睛，金方昌始终不肯屈服，直至英勇就义。

高保尉和金方昌一样，尽管遭受了鬼子的严刑拷打，但他始终没有泄露我党我军的一点秘密，保护了地下交通站，保护了一大批与高保尉有联系的地下抗日人员。

这年冬天，鬼子将一批抗日人员杀害了。

高保尉也在这批被害人员里。

由于时间久远，我们现在已经无法复原当时的情景了，但我一直想，高保尉牺牲的那天一定下着大雪。

雪花满天飞舞，太行山银装素裹。

高保尉就那样倒在了大雪纷飞的太行山下。

鲜艳的血成为大地上最耀眼的红！

高保尉牺牲那年，也就是二十出头的样子。

加入武委会

　　王尚元 1922 年出生在武乡县蟠龙镇皮烟村。

　　皮烟村位于蟠龙镇东侧，洪河北岸上，武洪公路就从村前通过。村里王姓村民居多，其余有武姓、安姓等。

　　这是一个以农业种植为主的村庄，土地贫瘠，加之干旱少雨，村民们生活得十分清苦。

　　王尚元一家 4 口人，除父母亲外，还有一个姐姐。王尚元的父亲是老来得子，王尚元出生时他的父亲就已经 50 多岁了，姐姐比王尚元大十几岁，由于家贫早早嫁了人。一家人以租种别人家的几亩薄田为生。

　　武乡多煤，过去许多有钱人在山中开矿挖煤。当时的煤矿生产条件落后，要靠工人从坑道里一筐一筐把煤炭拉上来。离皮烟村不远的大陌就开有煤矿，煤矿生产出来的煤炭需要驮运到蟠龙镇等集镇上出售。大陌离蟠龙镇较远，中间隔着几道山梁，来回就是十几里的山路。

为了补贴家用，皮烟村里的许多人，在农闲季节都要去煤窑上背煤。

王尚元的父亲也从大陌担上煤到蟠龙镇出售。田地里的活本来就够累，好不容易能休闲下来了，又要起早贪黑到煤窑上担煤，长期超负荷的劳作，很快就将王尚元父亲的身体累垮，不久就一病不起，拖到后来一命呜呼了。

那一年王尚元还不满10岁。

和大多数穷人家的孩子一样，小小年纪的王尚元被迫承担起家庭的重任。母亲除种地外，还给别人缝补衣服。王尚元年龄小，只能给别人家放牛。年龄再大几岁后，王尚元就跟着村里的大人们去大陌担煤了。担上六七十斤煤，往返十几里山路，别说是个孩子了，就是大人也是一件非常吃力的活计。王尚元硬是咬着牙坚持了下来。这种长期的劳作，一方面练就了王尚元坚强的体魄，另一方也磨炼了王尚元吃苦耐劳顽强不服输的品性。

1937年抗日战争全面爆发后，八路军129师挺进到武乡、黎城等晋东南一带。武乡也掀起了抗日风潮。十五六岁的王尚元参加了村里武委会组织的活动，帮助村民减租减息，同时利用自己年纪小的特点，担任武委会运送信件的任务。

多次送信件

运送信件往往要找一些不识字的人来担任，可能是怕泄露信件的秘密吧。

王尚元负责这件事后，只要组织上有安排，不管白天黑夜，也不管是刮风下雨，他都能圆满完成任务。

有一次，组织上要他到很远的地方送一封信。

"尚元——这封信务必安全送到！"

"是！"王尚元很响亮地回答道。

"这次路途遥远，路上注意安全。"

"我熟悉山里的路，没事的。"王尚元说完话转身出去。

天还没有亮，王尚元就拿了几个窝窝头上路了。

半路上下起雨，雨越下越大，山中的洪水把路也冲毁了。

山中有各种各样的山洞，王尚元放牛的时候常常会到那些山洞里避雨。现在大雨滂沱，王尚元只能躲在山洞里避雨。

大雨一直下，等雨停下来，天已经黑得什么也看不见。

为了在规定的时间内把信件送到，王尚元摸黑上了路。

断了路的地方，爬过去；有洪水的地方，绕过去。

王尚元终于在天明前把信件安全送到指定地点，而他的脸上、腿上却划得到处是血口子。

发明窑洞战

1941 年王尚元终于如愿以偿地加入了村里的民兵自卫队。

这一年正是鬼子加紧"扫荡"根据地的一年。王尚元和村里的民兵们，站岗放哨，断桥破路，样样走在前面，多次受到区里的表扬。

针对鬼子频繁的"扫荡"，王尚元和民兵们创造性地发明了窑洞战。

武乡山多沟深，鬼子来"扫荡"，村里的群众扶老携幼、拉上牲口就逃进了深山里。鬼子"扫荡"时间长，大伙又一时半刻回不去，群众就在山沟里挖出几孔窑洞来藏身。

这些窑洞既能遮风避雨，又能躲避日伪军，是大伙的护身窑洞。

王尚元在挖窑洞时，想到了怎么利用窑洞来和敌人作战。他的窑洞挖得和别人不一样，暗中设有通气孔，洞中有洞，曲里拐弯，每个拐弯处还有用于把守的小窑洞，旁边设有陷阱等机关。

大伙都觉得王尚元的窑洞挖得好，还给他的窑洞编了顺口溜：

> 楼上通天，
> 楼下有弯。
> 进了窑洞，
> 守住三关。
> 敌人无奈，
> 只好滚蛋。

王尚元不仅自己打了窑洞，还帮助村里没有劳动力的人家打了好几孔窑洞。

当全村人都在山沟里有了窑洞后，一有敌情，村里人们就全部进山钻进窑洞里，家里也进行了坚壁清野，把粮食等全部掩埋到安全地方。

民兵们则利用窑洞和日伪军作战，取得了不少战绩。

开荒搞自救

1942 年敌人加紧了对我抗日根据地的封锁，加上百年不遇的大旱，太行山根据地进入最为艰苦的岁月。

为了克服困难，各根据地开展了大生产运动。皮烟村的民兵们也和其他村的民兵一样，一手拿枪一手拿锄，开展劳武结合运动。

白天王尚元和民兵们参加战备训练，晚上到山上开荒种地。

少年时候王尚元就有过农田干活的经历，开荒种地对于王尚元来说，是再熟悉不过的活计了。

山坡上荆棘丛生，一方面要清除掉这些杂草，另一方面要把土地翻过。好一些的人家养有专门的家畜，比如马匹、骡子、大黄牛、小毛驴等，这些都是农业生产重要的生产力，用这些家畜拉犁，效率会提高好几倍。民兵们缺乏牲畜，他们就轮流用人力拉犁，把山沟里的荒沟荒坡全部开发出来，增加了粮食收成，不仅解决了村里群众的吃饭问题，还把多余的粮食拿出来交了公粮。

这一年抗大6分校部分女学员住进了皮烟村。

当时最困难的就是要解决学员们的吃饭问题。

学员们和民兵们一道生产劳动。

村里的群众生活尽管清苦，但大伙还是想方设法拿出土豆、高粱、小米接济这群学员们。

王尚元也把家里仅有的一点粮食贡献出来。

王尚元提着半袋小米送到学员们住的地方。

"这点小米——给大伙熬粥喝吧。"王尚元把小米递到学员们手中。

当时正是夏天，由于刚下过雨，地里的庄稼长势喜人，王尚元又把自家地里刚刚长大的南瓜送过来。

这些南瓜刚刚长成，王尚元怀里抱的、胳膊下夹的都是南瓜。

学员们正在训练，大伙看见王尚元，呼啦围上来：

"尚元哥好大的南瓜呀！"

"尚元哥辛苦啦！"

大伙欢天喜地地把王尚元送过来的南瓜搬回去。

其实王尚元家里也没有多少吃的，把粮食送给学员们后，王尚元和老母亲只能靠采摘山上的野菜度日。但王尚元是心甘情愿的，八路军就是他最亲近的人，他们保家卫国，英勇杀敌，现在这些八路军住到了村子里，怎么能不好好招呼她们呢？

站岗立新功

1943年6月日寇大举向武东地区进攻并占据武东重镇蟠龙，企图以蟠龙为据点，逐步蚕食整个武东抗日根据地。

鬼子在蟠龙建立起严密的防护网，不断结集兵力向周围村庄"扫荡"，所到之处烧杀抢掠无恶不作。

由于敌强我弱，我抗日根据地不断被压缩。为了把蟠龙据点的鬼子挤出去，在太行三分区的指挥下，我军发动了著名的蟠龙围困战。武东县委动员蟠龙周围群众转移到离蟠龙较远的地方，坚壁清野，不给鬼子留下一筐煤炭，不许敌人抢走一粒粮食，不让鬼子抓走一

个壮丁。

广大民兵配合八路军封锁了通往蟠龙的所有道路，并利用有利地形不断伏击出来"扫荡"、抢粮食的日伪军。

王尚元和村里的民兵、群众一起转移到了三角坡和洪水一带。

当时为了集中兵力打击敌人，县上组织起县大队，各区也有区小队。县大队和区小队，有时候集中兵力打伏击，有时候分成小组打袭扰。县大队、区小队都是从各村民兵队伍中抽调出来的精兵强将。

蟠龙围困战打响后，王尚元被抽调到区小队。为了监视敌人，区小队专门成立了一个警戒组，主要任务就是在各个关键位置上站岗放哨，严密注视敌人动向，防止敌人突然袭击。

王尚元接受任务后，一点也不敢马虎大意。一旦让敌人偷袭成功，后果不堪设想。因此只要轮到王尚元站岗放哨的时候，他几乎把全部注意力集中到周围的动静上，特别是蟠龙方向的大路，他紧盯不放。蟠龙围困战一直持续了8个多月。王尚元每天吃在山上，睡在山上，有时候一连几天都不能回家一次。

这天夜晚又是王尚元执勤。

天色很暗，田野上的庄稼已经熟透了。大伙在民兵的掩护下抢收粮食。山头上王尚元一个人担任警戒任务。

王尚元在的地方视野开阔，可以观察到山下道路以及远处的开阔地。王尚元的身后就是抗日区政府、村委会以及群众藏身的地方。

深秋的太行山气候已经很冷了，特别是在大山中，温度就更低了。王尚元身上的衣服已经不能抵挡夜晚的寒气。他来回在原地走动，企图用运动来驱赶寒冷。王尚元在的地方是个比较隐蔽的场所，他是暗哨，现在不能点火，更不能暴露目标。

他睁大眼睛注视着山下的大道。

英名永流传

后半夜的时候，远处抢收粮食的群众和民兵们已经消失在黑暗中。

山中传来各种野兽的叫声。

王尚元其实特别疲困，有好几次就要闭上眼睡着了。但他每一次都狠狠地扭一下自己，让自己清醒过来，警戒下面的动静。

和八路军打交道多了，鬼子们也变得越来越精明。夜晚是最好的遮掩，八路军利用夜幕发动袭击，蟠龙镇据点里的日伪军也想利用夜幕掩护，偷袭我区政府、村公所驻地。

鬼子们悄无声息地出发了。他们全副武装，在汉奸

的带领下，直扑我抗日政府所在地。

活该是那天不应出事。

就在王尚元再次清醒过来的时候，王尚元发现了偷偷摸上来的日伪军。

黑暗中王尚元借着星星的一点光亮，看到了山坡上密密麻麻爬上来的敌人。

跑回去报告显然来不及了。

但王尚元如果不暴露自己的位置，或者是王尚元乘着夜幕偷偷溜走，他都可以保全自己的性命。我们现在已经无法了解王尚元当时的想法了，他显然没有朝我们为他设置的方向去走，而是毅然决然地站了出来，不仅开枪射击敌人，而且大呼小叫吸引敌人。

敌人人多势众，王尚元的举动无疑是以娥扑火，但王尚元的目的肯定是为了用枪声报告这里的情况，同时吸引敌人阻击敌人，掩护身后面抗日政府以及群众们的转移。

大伙还在熟睡，鸣枪报信，群众能够听到，但大伙拖儿带女，转移需要时间，他必须灵活机动地打击敌人，尽可能长地拖住这边的敌人。

现在我们能想象到几十年前那场夜战：王尚元弯着腰在山梁上窜来窜去，他不断开枪，枪声响处山坡上有敌人滚落下去。突然响起来的枪声肯定会让偷袭的敌人大吃一惊。敌人反应过来后，肯定会射来密集的子弹。

敌人的反击是强大的，子弹会从王尚元的身边飞过，身后会不断响起手雷的爆炸声。王尚元只能打一枪换一个地方，他要造成山上有民兵自卫队埋伏的声势。王尚元一连打倒几个敌人后，敌人终于明白过来，山上只有一个八路军，敌人们喊叫着打着枪扑上来。

望着成群的敌人，王尚元把枪中的子弹射完。

王尚元本身就没有带多少子弹。连正规的八路军也子弹不足，何况是王尚元他们民兵呢。

子弹射完了，王尚元怀中还有一颗手榴弹，手榴弹爆炸后，敌人倒下一片。

没有弹药了，王尚元又把身边的石头抓起来朝敌人砸去——石头也没有了，王尚元又举起枪托。

后面有鬼子冲上来。

王尚元从小就受苦受累，特别是他的担煤生涯，练就了一副过硬的身板，两臂也力大无穷。

王尚元举起枪托与扑上来的敌人搏斗。

他身高马大，砸下去的枪托势大力沉。

几个敌人被王尚元砸倒在地。

王尚元的枪托断裂了。

他赤手空拳与敌搏斗。

一把刺刀刺过来，王尚元抓住鬼子的刺刀，鲜血淋漓，手指断裂……

很快鬼子的刺刀又刺中了王尚元的后背、大腿、

胸膛……

抗日政府和群众安全转移了。

敌人们冲进山后的村子时里面空无一人。

恼羞成怒的敌人放火将村子烧毁。

第二天下午敌人退走。

区政府、村公所以及民兵和群众返回来。

"你在哪里?"

"王尚元——"

"尚元哥——"

大伙都在呼喊着寻找着王尚元。

人们最后终于在那个叫黄龙岩的山沟里找到了王尚元的遗体。

他就那么仰面朝天地倒在那里——身边是打断了的那支长枪,以及搏斗时被砸的乱七八糟的茅草。

王尚元牺牲后,武东县委在三角坡举行了隆重的追悼会。

1944年晋冀鲁豫边区在太行首届杀敌英雄大会上追授王尚元为"杀敌英雄"称号。

1946年,为了永远纪念这位赤胆忠心、英勇杀敌的英雄,应村民们的请求,武乡县委将皮烟村改名为尚元村并在村口前建起王尚元烈士纪念碑亭,亭中立着一块纪念碑,碑上镌刻着英雄的英名。

2020年9月国家民政部公布的第三批著名革命烈士

名录里收录了王尚元的名字。

　　王尚元生前使用过的那支步枪也被收藏在八路军太行纪念馆里。

　　王尚元牺牲的时候，刚刚二十出头。

打入敌人内部的小英雄

热血少年

武藩 1923 年出生在武乡县的段村镇。

段村镇就是现在的武乡县城。段村镇在抗战时期是武乡一个较大的集镇，人口密集，地理位置十分重要。当时道路两边是各种各样的商铺，每到一定时节，镇子上还会举行各种庙会。庙场院里有潞城以及太原等地的戏班子唱大戏，庙场院外面是各种农产品、牲畜交易场所，四邻八乡的人们每到庙会时节都会聚到镇子上，人山人海，煞是热闹。武藩就生活在这样一个交通便利、商业发达、信息灵通的大集镇上。

1937 年抗日战争全面爆发，日本侵略者占领平津后，迅速向山西扑来，忻口会战、太原会战很快打响，随着战事失利，大同、忻州、太原、临汾等相继失守。山西省政府及国民党第二战区长官司令部向黄河对岸的陕西撤退。此时我八路军总部及三大主力师则转移至太行山、吕梁山、五台山等地，依托地方党组织，发动群众，积极抗日，并相继建立了晋察冀、晋绥、太行、太岳、冀南等抗日根据地。

武乡位于太行抗日根据地腹心地区，八路军总部和129师则长期驻扎在这里。武乡各地很快掀起了抗日高潮，武委会、青抗先、妇救会、儿童团、游击队、自卫队等各种抗日组织纷纷成立。武藩也和大多数进步少年一样受到了这种氛围的影响并积极参加抗日组织的各种活动。

武藩留下的资料很少，《武乡县志》上记载了这样一句话，武藩"一九三八年参加革命"。

1938年武藩刚刚15岁，这个15岁的少年参加了当地的儿童团组织，还参加了青抗先即青年抗日先锋队，乃至是游击队、自卫队，我们不得而知，但肯定是参加了抗日活动。

那是那个时代的潮流。

外敌入侵，家国破碎，是甘愿做亡国奴，还是奋起抵抗？这是摆在每一个热血青年面前的一道选择题。有的人自甘沉沦，做了日本鬼子的帮凶，有的人明哲保身，逃难到大后方，有的人则挺身而出，奋起反击日本侵略者。

武藩无疑是选择了后者。

从武藩后期的经历来看，武藩很可能是一个文化工作者，他奔走呼号，积极宣传抗日。我们能想象到，15

烽火少年 104

岁的少年武藩，意气风发，一边散发传单，一边激昂讲演，他的身后跟着听他演讲的孩子、青年。

镇子上的人很可能都认识这个少年，也可能被这个少年的行动所感动。武藩的工作得到了组织的认可，也就在这一年，武藩光荣加入了中国共产党。

《武乡县志》记载："一九三八年参加革命，同年加入中国共产党。"

县志上仅仅一句话，但我们知道这一句话背后，所蕴含的是一个少年的胆略、见识以及无数艰辛的付出。

尽管当时国共选择了第二次合作，捐弃前嫌，共赴国难。但在此时加入中国共产党，意味着要坚决抗日，坚持抗日，直至把日本侵略者赶出中国。1938年还是日本侵略者大肆进攻的阶段，正面战场上国军节节败退，大片国土陷入敌手。敌后战场上，鬼子疯狂镇压抗日力量，所到之处烧杀掳掠。参加了党组织，参加了党组织领导的抗日抵抗力量，就意味着随时都会有被鬼子抓去的危险，随时都会有牺牲生命的可能。

但武藩还是义无反顾地选择了他该选择的道路。

散发传单

随着战争的进行，武乡也很快陷落。

1940年日军占据了段村镇并在段村镇建立起规模庞

大的据点。

段村镇的抗日斗争进入更加残酷的阶段。

对于我方来说，一部分抗日组织转移到了外围，一部分抵抗力量转入地下工作。

鬼子在镇子外面修建碉堡、炮楼，在内也加强军事防御。

由于日军战线拉长，兵力不足，便不断组建伪军，协助他们统治占领区。

鬼子占领段村镇后设置了一个青年训练班，目的是为他们训练后备力量。

武藩年纪不大，聪明伶俐，反应灵活，更重要的是革命意志坚强。为了策反这个训练班，组织上安排武藩打入敌人的青年训练班。

开始时武藩并不愿意加入训练班。

"鬼子的训练班——我不去！"武藩低着头坐在一边。

"武藩——这次让你去，是让你把训练班的学员们争取过来的！他们都是中国人，我们不能眼睁睁看着他们成了汉奸狗腿子！"

武藩终于明白了领导的意思。

敌人公开招收学员时，武藩报名参加并顺利进入培训班。

日寇组织的培训班，一方面要灌输建立大东亚共荣圈的理念，另一方面还要举行武装训练。

武藩利用学习机会，积极联络不甘于做鬼子帮凶的进步青年。

他们在鬼子训练班内部组成抗日小组，在地下党的指示下，秘密散发传单，宣传抗日。

段村镇内鬼子戒备森严，鬼子怎么也不会想到，有人竟然在他们眼皮子底下散发传单宣传抗日。

鬼子反复搜查，不断抓捕，但始终无法发现地下抵抗力量。

鬼子们怎么也不会想到，散发传单的人就在他们组织的青年培训班内。

鬼子铁血统治，但抗日传单的出现，还是给暗夜中的群众带来一丝希望的亮光。

不幸被捕

1942 年抗日战争进入更加艰难的战略相持阶段。

鬼子收缩兵力，在占领内进行疯狂的"扫荡"，企图以战养战，长期占领我国领土。

武藩和秘密小组的工作越来越艰难。

有一天夜晚，他们再次出去时，被巡逻的鬼子宪兵队发现。大街上空无一人，武藩把传单掩埋好后，钻入旁边的一条巷子里，没想到这条巷子是个死胡同，武藩走无可走，被鬼子宪兵队抓入大牢。

鬼子抓住武藩如获至宝，企图从武藩口中得知段村镇内的地下抵抗组织。

鬼子们威逼利诱，一直想让武藩吐口，但武藩始终不肯承认自己是抗日分子。

"快说——你是什么人？"

"再不说——拉出去枪毙了！"

鬼子们用尽各种酷刑，武藩皮开肉绽，死去活来。

不管鬼子怎么折磨，武藩一直咬牙坚持，始终守口如瓶，没有暴露自己的身份，也没有暴露地下组织的任何秘密。

鬼子既打探不到地下抗日组织的情报，又不想释放武藩，就把武藩关入段村镇内鬼子的大牢里。

智脱牢笼

鬼子的大牢里关押着他们抓捕回来的游击队员、民兵以及附近村里的抗日人员。

武藩身体恢复后，很快和大牢里的共产党员李毓秀、郝狗小等取得了联系。

他们互相鼓励，在狱中团结大伙与鬼子做斗争。

鬼子大牢戒备森严。武藩和几位被捕的同志商量后，决定不能坐以待毙，要想方设法逃出鬼子的牢笼。

他们利用放风的机会悄悄商议着。

"大家要坚持住，我们一定能活着出去。"

"要想方设法逃出去。"

"从声音上判断，牢墙外面就是大街。"

"只要打通牢墙我们就有机会。"

……

经过仔细观察，大伙发现牢房的墙壁可以打通。

他们从牢门上拆下一根铁钉，大伙就利用这一根铁钉开始挖墙。

这项工作只能在夜间进行，一些人在门口放风警戒，一些人抓紧时间挖墙。

鬼子巡查的时候，大家又赶快把挖墙的地方伪装起来。

经过几天连续奋战，牢房的后墙被大伙挖出一个口子。

半夜时分，看守牢房的鬼子们大部睡去，武藩和李毓秀、郝狗小等穿过牢房后墙逃了出去。

大伙不敢久留，又乘着夜色逃出段村镇。

武藩也在地下党的帮助下安全转移到抗日根据地。

身体康复后，武藩又投入紧张的对敌斗争中。

宣传抗日

1944 年组织上安排武藩担任了武西战斗剧团指导员。

晋东南一带有许多地方戏种，武乡就有武乡鼓书、连花落子等等。

为了鼓舞大家的抗日斗志，当时我抗日政府在根据地内建立了许多抗日剧团，编写我军打击敌人的小戏剧，在各个村庄巡回演出，宣传抗日，鼓舞士气。有时候也到八路军、游击队驻地进行慰问演出。

武藩担任了新的职务，带领剧团转战在各个抗日根据地，鼓动大家持久抗战，宣传抗战一定会胜利，让大家坚定抗战、抗战必胜的信念。

剧团是拿另一种武器的"战斗队"，他们以演唱的形式参与到了浩浩荡荡的抗战洪流。

他们是文艺轻骑兵，走到哪里哪里就会有笑声、叫声。在那些艰难困苦的岁月中，正是有了这样一支队伍，大家才看到灰暗生活中的一丝亮光。他们的作用以及在抗战中所付出的努力、牺牲，同样功不可没，同样值得我们敬仰。

血染疆场

1944年秋，武藩带领武西战斗剧团到山曲村演出。

剧团难得来到村子里。大伙像过节一样聚在村前的广场上。

电石灯照亮了台子周围的夜空。

台子上演员们卖力演出，台子下群众会心观戏。

谁也没想到，大批日伪军正悄悄向村子里扑来。

鬼子们有备而来，他们从四面八方包围了山曲村，等村外放哨的民兵发现摸上来的鬼子后情况已经万分危急了。

村里的民兵很快和摸上来的日伪军交了火。

突然传来的枪声震惊了村前看戏的群众。

"大家不要慌——向这边转移！"武藩指挥剧团立刻转移。

武西战斗剧团立刻集合紧急向村外转移。

黑暗中到处都是枪声。

村里是四处奔跑的群众。

武藩带领剧团向枪声薄弱的地方突围出去。

鬼子的先头部队已经突入村内。

枪声大作，火光冲天——许多奔跑的人中弹倒下。

武藩和剧团也遇到围上来的日伪军。

"前面有鬼子！"武藩他们刚冲出来，就遇上了扑上来的日伪军。

狭路相逢勇者胜。剧团中有枪的战士立刻开火。

武藩带领他们猛打猛冲，期望能够杀出一条血路，带领大家突围出去。

武藩他们投出一排手榴弹，爆炸声声。

日伪军伏下身子。

剧团的战友们乘着混乱跑了出去。

鬼子密集的子弹射来，指挥战斗的武藩不幸中弹倒下。

"指导员受伤啦！"

"把指导员背出去！"

有位战友要背他出去。

武藩知道自己伤势严重，很难和大家突围出去。

"不要管我——你们快走！"武藩推开战友，举枪向敌人射击。他用射击来掩护战友们撤退。

武藩的子弹很快打完了。

敌人蜂拥而至。

密集的枪声里，武藩壮烈殉国。

这一年武藩刚刚 21 岁。

一个年轻的生命就这样血染疆场。

为了抗日战争的最终胜利，武藩献出了宝贵的生命。

参加抗日活动

抗战时期武乡县城在今天的故县。1947 年，武乡县城迁移到故县西面的段村镇，原武乡县城改名为故县。

故县作为一座县城，是太行山中武乡区域重要政治、经济、文化、军事中心。与上面叙述的段村镇相比，作为县城的故县人口更集中、商铺更密集。

我们今天讲述的主人公张云九就出生在故县县城东关一带。

张云九出生在 1920 年，这个时期，正是国内军阀混战的时候，各路英雄豪杰你方唱罢我登台。

因在县城的缘故，张云九的家里除农业生产外，还经营一些小生意。有了小生意，家里的经济条件就比一般人家要好一些。因此张云九长大后还能进入当地的小学校读书。

可能正是因为读过书的原因，少年时候的张云九眼界也开阔了，对于动乱的社会也有了新的思考。

1931 年 9 月 18 日，日本帝国主义悍然发动了"九一八"事变，侵占东三省后，继续向华北进犯。

此时国家处于内忧外患之际，普通百姓更是民不聊生。

小学毕业以后，家里再无力支持其继续求学，张云九只好回到家里，和父亲一起在县城里开一个小饭店，维持一家人的生计。

小饭店是了解社会的一个窗口，三教九流，各色人等，张云九都能接触到。

一方面张云九加深了对社会的认识，另一方面也在与各色人等的交往中锻炼了自己的交际能力。

1937 年 7 月 7 日，卢沟桥事变发生，抗日战争全面爆发。

这一年张云九刚刚 17 岁。

人们的生活本来就很艰难，现在战争的阴影又笼罩在大家头上。大同、太原、榆次等相继失守。八路军总部以及八路军 129 师开进到晋东南地区。

各种抗日组织也在武乡纷纷成立。

武华抗日游击队、名扬抗日游击队先后在县城成立。武乡农民抗日救国会、武乡青年救国联合会、武乡民族革命战地总动员委员会陆续成立。八路军工作团也开进到武乡，武乡县人民武装自卫队也在八路军的支持下宣

告成立。

日寇日益逼近，形势越趋紧张。

读过书的张云九明白国家有难匹夫有责的道理，他本身又是一个颇有正义感的热血青年，因此很快在工作之余参与了当地组织的一些抗日活动。

地下交通员

1938年4月日军调集大军分九路围攻八路军总部和129师，企图在武乡、襄垣、榆社、辽县等地消灭八路军主力。

张云九所在的武乡县城也被日寇占领。

八路军129师为了粉碎鬼子的"九路围攻"，抓住有利战机于4月16日在武乡长乐村一带发起了长乐村歼灭战，日寇受到沉重打击。八路军乘胜追击，连续收复武乡、沁县、壶关、长治等18座县城，将进犯的日寇全部赶出去。

八路军反"九路围攻"的胜利，极大地鼓舞了张云九等根据地军民，也让大家看到了日军并不是不可战胜，更加坚定了大伙抗战到底的决心和信心。

1939年日寇再次进犯武乡，先后占领武乡重镇南关以及段村镇，县城也成为维持区。

为了及时掌握鬼子动态，受太行三分区的安排，张云九担任了三分区地下交通员，秘密潜伏在县城，利用饭店做掩护，为八路军传递情报。

据《武乡县志》记载："他机智勇敢，办事谨慎，得到领导信任。"

在敌占区工作，随时都会有危险。张云九胆大心细，一次次将情报送出去，圆满完成了组织交给的任务。

1940 年张云九光荣加入中国共产党。

潜入敌人据点

1940 年日寇占领了武乡县城西面的重镇段村。

经过长时间经营，段村成了日伪军顽固堡垒。

1945 年春，为了摸清敌人在段村内的军力部署，为下一步攻打段村、解放段村打下基础。太行三分区情报处打发没有暴露身份的张云九再次潜入敌人段村据点内。

"云九，这次任务特殊，务必谨慎小心。"领导给张云九布置完任务后，再一次叮嘱道。

"谢谢组织信任！云九绝不辜负大伙的期待。"张云九话不多，但他有信心完成上级交办的任务。

"我们也期待你再立新功！但有一个条件——就是一定要安全归来！"领导语重心长地说。

"是！"张云九答应一声退出去。

张云九在组织的支持下，在段村镇内开了一个饼子

铺，利用饼子铺做掩护，开展情报收集工作。

张云九的饼子铺很有特色，在段村镇内很快站稳脚跟。

当时在伪军内部还有我军一位内线人员，这名内线人员叫魏子玉，也是武乡县城人。

张云九和魏子玉联系上后，在饼子铺内建立起秘密联络站。

魏子玉将收集到的情报告诉张云九，张云九再想方设法传到外面我方人员手里。

张云九的工作多次受到军区领导的表扬。

兵力配置图

攻打段村必须掌握鬼子在段村镇内的兵力配置。

这天张云九和魏子玉又聚在一起。

"老魏——我们很快就要攻打段村了。"张云九低低说。

"早就盼着这一天了。快说说，我们能干什么工作。"魏子玉也是一脸的兴奋。

张云九探过身子说："上级指示我们要尽快绘制一张敌人的兵力配置图。"

魏子玉说："敌人兵力配置情况我来弄。"

张云九说："老魏，绘图的事我懂一点。"

太行龙脊板山

王慧群 · 绘

张云九上过学，会一些简单的制图，利用给客户送饼子的机会，顺便侦察镇子内日伪军兵力部署，然后回到饼子铺再靠记忆绘制成地图。

魏子玉在伪军内部任职，他把知道的情况，特别是内部情况，比如镇子内炮楼的位置、炮楼里的兵力部署、火力配置等等情况也一一告诉了张云九。

两人把情况核实后，张云九再在地图上详细地标识出来。

两人密切配合，地图很快绘制完成并送到我方人员手里，为我军制订攻打段村计划提供了非常宝贵的资料。

不幸被捕入狱

正在我军紧锣密鼓准备进攻段村的时候，打入敌人内部的秘密联络站却被敌人发现了。

原来有一名叛徒发现了张云九的饼子铺。

这家伙认识张云九，知道张云九是我太行军分区的特工人员。

这名叛徒立刻报告了鬼子。

"张云九就是八路军！他是八路军的特工人员！"

鬼子正在搜寻八路军的地下组织，叛徒的告密让日寇大喜。

大批日伪军迅速包围了张云九的饼子铺。

饼子铺内张云九、魏子玉正在碰头，不想大批日伪军闯入店铺。

"快走！"张云九一把推开魏子玉，自己则躲在门口抵挡日伪军进入。

魏子玉从窗户上跳出去。

日伪军破门而入。

张云九寡不敌众被日伪军抓住。

魏子玉也没有逃出院子。

鬼子抓住张云九和魏子玉后，严刑拷打，逼迫他们供出我方情报。

两人坚贞不屈，没有泄露我方一丝秘密。

胜利的阳光

1945年7月20日，也就是在抗日战争胜利前的1个月，鬼子将关押在大牢里的张云九等抗日人员秘密杀害了。

1945年8月15日日本宣布无条件投降，经过十几年来的浴血奋战，中国人民终于取得了抗日战争的伟大胜利。

但盘踞在段村的小鬼子并不想放下武器。

8月23日太行军区按照朱总司令坚决消灭拒绝投降日军的命令发起了解放段村战役。

八路军各部队按照既定目标向段村守敌发起猛烈进攻。

此战历时 4 天，至 27 日段村镇内日伪军全部被歼灭，武乡全境获得解放。

此时离张云九牺牲刚好过了一个多月的时间。

段村解放后太行军区在段村举行了隆重的庆祝仪式。

彩旗飘扬，锣鼓喧天。

压抑了这么多年的人们肆意地庆祝这来之不易的胜利。

我想地下有知的张云九，在那天一定听到了欢庆胜利的鼓声，也一定看到了大家兴高采烈的笑脸……这胜利也有他和一大批牺牲了的战友们的贡献。他们挺身而出、英勇奉献，不就是为的这一天的到来吗？现在终于取得了胜利，他和战友们的牺牲也有了格外伟大的意义。

那天的天气一定很好。

红日高升，阳光普照。

到处都是和平的、张扬的、畅快的笑声。

张云九他们看到那天和平的太阳，也一定可以在九泉之下发出爽朗的笑声了。

为了全村人
的安全

加入抗日武装

李全儿是武乡县石盘乡玉品村人。

父母是老实巴交的庄户人。家里姐弟5人。

李全儿所在的玉品村周围全是山，土地贫瘠，靠天吃饭。李全儿七八岁的时候就要上山砍柴。为了补贴家用，十来岁的时候，李全儿就给别人家放起了牛羊。风里来雨里去，常年在山中奔波，让李全儿练就了一双"飞毛腿"。

1937年也就是李全儿15岁的时候抗日战争全面爆发。

武乡上下掀起了轰轰烈烈的抗日运动，各村相继建起了武装自卫队。李全儿虽然只有15岁，但长期的劳作，让他看上去远比实际年龄要大。

"老村长，我也要加入队伍！"李全儿喜滋滋地找到老村长。

老村长郑重其事地说："全儿——你还是个孩子，这是大人们的事！"老村长说完转身就走。

李全儿跑到前面拦住老村长："村长大叔——我已经不小啦，你看，我有的是力气！"

李全儿为了证明自己力大无穷，把村口的一块大石头挪到了一边。

老村长夸奖说："全儿果然了得，是个好后生！自卫队需要你！去吧——好好训练，保家卫国！"

李全儿喊一声："得令！"高兴地跑走了。

据玉品村李贵明老人回忆，李全儿中等个头，身体健壮，精力充沛。李全儿加入自卫队后，刻苦训练，特别是训练拼刺刀时，声音洪亮，动作干练。

李全儿还特别爱动脑子。

有一次，队员们训练射击时，找不到一个瞄准的靶标。

李全儿很快用粮食秆子扎出一个人形的模型，在模型外面套一件破烂的衣服，就是一个很好的枪靶了。

"全儿好样的。"

"全儿力气大，还爱动脑子，真是智勇双全啊。"

……

大伙夸奖李全儿是一位智勇双全的好队员。

破坏鬼子铁路

自卫队成立后，在抗日区政府的统一指挥下，他们常常到鬼子交通大动脉白晋铁路线上进行作战。

白晋铁路是鬼子向晋东南进行兵力调动、运输军用物资的重要通道。为了迟滞鬼子的调动，沿线各抗日武装力量专门到铁路线上破坏铁轨、割断电线、炸毁火车、伏击敌人。让护路的鬼子头痛不已。

李全儿就时常跟着村里的自卫队员们到铁路上活动。

铁轨很沉，把铁路上的铁轨卸下来后，自卫队员们要把铁轨挪到很远的地方埋起来，有的要想方设法转移到八路军的兵工厂。李全儿力气大，每次都是冲在最前面。

鬼子们在铁路上有往来巡逻的铁甲车，为了不让鬼子们发现，大伙都不敢发出人人的声音。有时候也会遇到护路的敌人，负责警戒的自卫队员们就立即开火，掩护队友们迅速撤退。

当时自卫队员武器弹药少，大伙就学习制作石雷。

山沟里有的是石头，把这些石头变成地雷后，大伙就又多了一种打击敌人的武器。

前面队友们破坏铁路，李全儿他们几个就在鬼子必经之路上埋设地雷。

作战次数多了，大伙也想出更多埋地雷的技巧。

有时候会把地雷埋在鬼子追踪的道路上。

自卫队撤退了，日伪军跟踪追击，不想又踩到了自卫队员埋设的地雷。

李全儿也在战斗中不断成长。

担任民兵队长

1940 年住在南沟的鬼子经常出来"扫荡"。

为了防止鬼子偷袭，玉品村在村旁的制高点塔儿山上栽上了"消息树"。

"消息树"旁有放哨的自卫队员，发现敌情后就把身旁的"消息树"推到。周围的群众看到"消息树"倒了就会向山中转移，避免了生命财产的损失。

李贵明老人说，为了躲避鬼子的烧杀抢掠，玉品村还在李全儿他们的带领下挖过地道。

全村动员，人人上阵。

李全儿在挖好自家的地道后，还带着自卫队员到缺少人手的家里帮忙。

有了地道，村里的人们不仅有了藏身的地方，家里的粮食等也能很好地储存，鬼子即使来了，也不会抢到任何东西。

经过几年的锻炼，李全儿迅速成长起来，尽管年岁不大，但他胆大心细，又机智勇敢，很快担任了玉品村民兵自卫队队长。

进行生产自救

1942 年是武乡历史上的大灾年。

一方面鬼子烧杀抢掠，另一方面又是百年不遇的大旱，许多庄稼颗粒无收，很多群众断了粮，大伙生活十分困难。

春种秋收，不把粮食种下去，生活会更加艰难。

"全儿啊——粮食是咱的命根子，要组织大家把粮食种下去。"老村长和李全儿商议着。

李全儿说："老村长放心，鬼子们来了，民兵们拿枪打鬼子！鬼子们走了，民兵们就帮助大家种粮食。"

当时最困难的是村里没有劳力，又没有牛、骡子等家畜的人家，连翻地下种也成了问题。

"村里没有劳力的人家困难最大。"老村长说。

李全儿说："成立互助组，大家互相帮助，一定会渡过难关的。"

爱动脑子的李全儿率先在村里组织起变工队、互助组，优势互补，共渡难关。变工队、互助组的成立解决了村里困难户的劳力问题。

在此基础上，李全儿又带领大伙到山沟里开荒种地。

尽管土地贫瘠，土地面积增加了，粮食产量自然也

会增多。

玉品村周围都是大山，山坡上、山沟里全是茅草丛生的荒地。

李全儿带领民兵开荒种地。

年轻人们有的是干劲，铲除了茅草，翻过土地，除种上大量土豆外，还种上合适的粮食。

秋天的时候，地里的粮食熟了。

开垦的荒地给大伙带来丰厚的回报。

在李全儿的带领下，玉品村顺利渡过了这个大灾。

黎明前的黑暗

1943年李全儿光荣加入中国共产党，由于工作出色，组织上又让他担任了玉品村武委会主任。

李全儿既是民兵队长又是武委会主任，肩上的担子更重了。

在抗日区政府的领导下，李全儿带领全村民兵除保护村里群众外，继续活跃在鬼子白晋线上，与日伪军进行你死我活的斗争。

1944年农历正月初二。

抗日战争已经进行到最后的关头。

经过这么多年的斗争，抗日力量逐步长大，形势越来越向有利于我方的方向发展。

农历正月初二还是处于中国传统农历春节期间，尽管日子艰苦，年还是要过的，大伙还沉浸在过年的欢快氛围中。

为了增加节日的气氛，村里还组织了秧歌剧表演。

秧歌剧是一种大众参与表演的群众性娱乐活动，参与人员多，大家简单化妆后，在器乐的伴奏下，有节奏地进行舞蹈。

战争中人们的生活是那么的担惊受怕又枯燥无味，现在过年了，又要表演秧歌剧，大伙都喜滋滋地出来看热闹。

这是难得的一个轻松的时刻。外面太阳正亮，大家说笑的、欢呼的声音还是传得很远很远。

作为民兵队长的李全儿，他知道肩上的责任，因此当大伙在街上热闹时，他却背着枪招呼民兵们注意村外的动静，提防敌人在大年关偷袭过来。

"大家打起精神来，提防鬼子出来搞破坏！"李全儿在村子四周巡逻，遇到站岗的民兵就提醒一声。

"队长——放心吧，大过年的，小鬼子不会来啦。"站岗的民兵在远处喊到。

"不能大意！老村长说过，麻痹大意会吃亏！"李全儿还是提醒道。

此时谁也没料到，危险正悄悄靠近玉品村。

保护全村群众

离玉品村不远处有一个叫南沟的村庄，鬼子在南沟设立据点后经常出来"扫荡"。经过八路军、游击队、民兵们的多次伏击后老实了许多。特别是小股敌人，出来就被包了"饺子"。过去三个五个日伪军，想出来胡作非为就胡作非为，吃了亏后再不敢单独出来了。

玉品村开展庆祝活动的消息被汉奸报告给了南沟据点里的小鬼子。

小鬼子调集附近几个据点的日伪军从几个方向向玉品村包抄过来。

远处放哨的民兵很快发现了偷偷摸上来的敌人。

为了给村里报信，放哨的民兵立刻向敌人射击。

偷袭的敌人也向民兵开火。

双方立刻交起手来。

一时枪声大作。

村外传来的枪声惊动了村中的群众。

"鬼子来啦——"

"小鬼子打过来啦——"

大街上人们吃惊地喊叫着。

大伙知道小鬼子又来了，立刻四散奔跑。

李全儿也敲响了村中挂着的大铁钟，招呼群众赶快转移，转移不出去的就地钻入地道。

"锵——锵——"钟声又急又亮。

街上到处是奔跑的人群。

"从这儿转移。"李全儿指挥民兵们掩护群众向枪声稀少的北面跑去，他则在后面招呼大伙。

日伪军很快突入村内。

李全儿冲到村口时遇到了大批日伪军。

他举枪射击，跑在前面的几名日伪军中弹倒下。

李全儿且战且退，一步一步退回村子里。

不少群众已经转移出去。

李全儿利用村里的地形和鬼子们周旋着。

群众利益高于一切

李全儿退到一处院子里。

敌人们很快围上来，子弹打完了，李全儿举起枪托左冲右突，敌人不断倒下，李全儿浑身是伤。

李全儿和敌人奋力拼杀，但因寡不敌众，被冲上来的日伪军按倒在地。

敌人将李全儿五花大绑着押进村边的一座古庙里。

据李贵明老人回忆，在玉品村的村边上有一座叫黑寨庙的庙宇。

当时庙宇的大殿还在，日伪军抓住李全儿后，就把李全儿吊到黑寨庙的大梁上。

为了增加李全儿的痛苦，心狠手辣的日伪军还在李全儿的腹上捆绑上上百斤重的大石头。

"快说——地道口在哪儿？"

"粮食藏在哪儿？"

鬼子们恶狠狠地审问着。

鬼子们一方面让李全儿交代村里的地道口，另一方面又让李全儿指出粮食掩埋的地方。

当时鬼子的给养也出现了问题，日伪军出来"扫荡"，既要铲除抗日力量，又要搜寻粮食等物资，从而达到以战养战的目的。

敌人手持棍棒，一边毒打李全儿一边呵斥他说出群众和粮食隐藏的地方。

一部分群众逃出去了，另一部分群众就藏在地道里。还有粮食，大伙也把吃的东西藏起来了。但这些都不能告诉小鬼子。小鬼子知道了，地道里的群众会遭殃，藏在地下的粮食也会被鬼子抢走。李全儿始终不肯开口，一直咬牙坚持。

"架火烤他，看看他还能坚持多久！"

"李全儿——再不交代，有你好受的！"

"全儿——何苦受罪呢？只要你说几句话，照样吃香的喝辣的！"

几个汉奸也过来劝慰李全儿。

李全儿"呸"一口，将血痰吐在汉奸的脸上。

"给我往死里整!"

鬼子们看到李全儿不肯屈服,又在李全儿吊着的地方点起火堆。

大火熊熊燃烧,烈焰烧烤着已经血肉模糊的李全儿。

李全儿当时年龄还小,我们现在已经想象不出当时他是遭受了怎么苦不堪言的折磨,他又是凭着怎样的意志一次又一次地死去活来。

李全儿可以苟且偷生,但他知道,那样的话躲在地道中的群众就会遭受更大损失,他李全儿也会变成人人唾骂的狗汉奸!

李全儿最恨的就是这些没骨气的汉奸王八蛋,他也不止一次带领民兵们处死过罪大恶极的狗汉奸,他怎么能做出那些没骨气又伤天害理的事呢?

李全儿再次昏死过去。

英勇就义

李全儿为了保护村里的群众始终不肯交代。一次次昏死过去,又一次次苏醒过来。

敌人无计可施,也没有办法找到躲藏的群众和掩埋的粮食。

天黑后,日伪军撤出了玉品村。

敌人在离开村庄的时候杀害了李全儿。

许多躲在地道中的群众都听到了那声罪恶的枪声。

大伙知道李全儿是为了保护他们而献出了宝贵的生命的。

李全儿牺牲后，抗日区政府在玉品村召开了隆重的追悼会。

那天下着雪，雪花飘舞，哭声震天。

武乡一带有说书的传统。

此后，玉品村就开始传颂李全儿的传奇：

　　……

　　全儿同志住在武乡玉品村，

　　他是中国共产党的优秀党员。

　　他永远是我们学习的榜样，

　　他永远是人民难忘的英雄。

　　……

逃出日寇牢笼的传奇英雄

投身抗日

前面讲述过打入敌人内部的小英雄武藩的故事，其中有一个细节就是武藩被捕后，在同牢房共产党员李毓秀等人的带领下，武藩、李毓秀、郝狗小等人成功越狱，逃出了敌人的牢笼。

今天讲述的就是这名传奇英雄郝狗小的故事。

1920 年郝狗小出生在和顺县的一个穷苦人家，家里人口多，父亲又是一个双腿有残疾的人。为了养家糊口，郝狗小十来岁的时候就成了村里的放羊娃。风里来雨里去，爬山上梁，长年的野外生活，将郝狗小锻炼成一位意志坚强、身体健壮、机敏灵活的小伙子。

1937 年郝狗小随母亲迁移到武乡县石北乡西黄崖村。

是什么原因让郝狗小迁移过来的呢？几个资料上都是语意不详，没有详细说明背后的缘由。

我想这可能是为尊者讳的原因。

最大的可能是，郝狗小的父亲病故了，母亲改嫁到西黄崖村，年少的郝狗小随母亲落户到这里。

真实的原因究竟是什么，现在也成了一个谜。

郝狗小来到西黄崖村时正赶上抗日战争的全面爆发。

在中共武乡临时工作委员会以及武乡牺牲救国同盟会的宣传组织下，各村纷纷成立了武装抗日自卫队。

西黄崖村一带有牺盟会的协助员走村串户宣传抗日。

"抗战到底！"

"我们绝不做亡国奴！"

"打到日本帝国主义！"

"保家卫国，人人有责！"

……

抗日标语贴得到处都是。

在这种抗日氛围的影响下，刚刚17岁的郝狗小也找到了牺盟会的工作人员："我也要参加抗日组织。"

"抗日救国，匹夫有责！每一个爱国的青年都应该投身到轰轰烈烈的抗日队伍中！"牺盟会负责人说，"欢迎郝狗小加入抗日队伍！"

郝狗小加入了牺盟会并参加了村里的自卫队。

他和自卫队员们一起进行军事训练，宣传抗日道理，将抗日标语贴得到处都是。

由于工作积极，1938年郝狗小加入了中国共产党。

智夺武器

孙俊堂先生曾采访过西黄崖村的老人们。

老人们回忆说，日寇侵占武乡后，武乡抗日县政府以及其他抗日武装大多在西黄崖村以北的地方活动，西黄崖村就成了我抗日政府的重要屏障。

郝狗小和自卫队员们积极站岗放哨，护送往来的抗日干部，给部队和抗日政府传送情报。

西黄崖村不远处就是武乡通往榆社的交通要道，可以说西黄崖正是控制榆武线的咽喉要地。

两县的日伪军往来频繁。

郝狗小和村里的自卫队利用这一有利地理位置常常会出其不意地给予敌人一击。

当时自卫队最大的问题就是没有武器弹药。

除几支步枪外就是大刀、长矛，好多次都因为没有枪支而错失了战机。

有一次郝狗小他们经过侦察发现了一个秘密。

鬼子先在南沟村建立据点，后又在段村镇建立据点，南沟据点的敌人经常会去段村镇办事。

南沟的敌人在段村镇办完事要返回据点，走到半路上天就黑了，这就给了郝狗小他们打伏击的好机会。

有一次，几个伪军在段村镇办完事后要返回南沟据点。

郝狗小几个得到情报后，决定在伪军回南沟的路上伏击敌人。

伏击的地点选在离南沟据点不远的偏僻山路上。

郝狗小和几名队员下午时分就埋伏在这里。

天黑以后，在下面打探消息的队员跑上来：“狗小——敌人来啦！”

郝狗小问道：“看清楚没有，几个人？”

那名队员说：“三个人！都背着枪！”

郝狗小一摆手：“抄家伙！准备行动。”

自卫队员们立刻行动起来。

三名伪军出现在山路上。

三个人越走越近。

郝狗小一挥手，队员们立刻从树丛中跳出来：

“放下武器！”

“缴枪不杀！”

……

黑暗中突然跳出这么多人，三个伪军立马放下武器。

几次得手后，自卫队装备有了很大的改善。

南沟据点的敌人再也不敢走黑路了。

巧设伏击

1942 年农历正月，日寇又来进行年关大“扫荡”。

敌人刚出据点，设在胡庄铺的消息树就被推倒了，接着马牧、型庄、西黄崖村的消息树也纷纷被推倒。

各村群众在民兵自卫队的掩护下迅速向山中转移。

郝狗小则带着村里的民兵在鬼子的必经之处埋设上地雷。

"快一点！"郝狗小在夜幕下指挥自卫队员们埋设地雷。

"这里埋一颗！"郝狗小观察一下地形后，指挥队员们在一处山崖下埋了几颗雷。

另一名队员说："狗小——这里偏僻，鬼子不会来这里呀。为什么要在这里埋地雷呢？"

郝狗小说："战斗打响后，鬼子们肯定要寻找隐藏的地方，埋在这里正好打鬼子一个出其不意。"

敌人出现在视线中后，郝狗小立马开枪，走在前边的敌人中弹倒下。

敌人发现山头上有埋伏后，四处躲藏，不小心踩响了郝狗小他们埋设的地雷。

一伙敌人果然跑到山崖下，这里有山坡做阻挡，恰好形成一个射击死角。

敌人一点也没有想到，山崖下一样埋设了大量地雷。

鬼子们跑到山崖下，山崖下的地雷接二连三响起，又炸死了一大批日伪军。

不幸被捕

这年春天郝狗小利用坡底村唱戏之机，潜入祁村一带侦察敌情，不料被汉奸告密，郝狗小和祁村政治主任刘焕义不幸被捕。

郝狗小他们被敌人押送回段村据点内。

段村是鬼子在武西地区建立的最大据点，除驻扎有大批日伪军外，还建有许多炮楼等军事设施。

鬼子在段村据点修建有规模较大的牢房，大批被捕的抗日人员被关押在这里。前面讲述的小英雄武藩被捕后就被关在这里。

鬼子抓捕郝狗小后一样对他严刑拷打。

"还有谁是八路军？"

"八路军总部在哪里？"

"粮食藏在哪里？"

审讯室里，审讯郝狗小的日伪军大喊大叫。

郝狗小不肯回答。

"给我往死里打！"

敌人用各种酷刑折磨郝狗小。

郝狗小皮开肉绽，多次在审讯中昏死过去。

郝狗小坚贞不屈，没有向鬼子吐露半点我方情报。

成功越狱

在关押期间，郝狗小认识了同被关在牢房中的武乡新三区区委书记李毓秀、区长铁英等。

李毓秀鼓舞大家："同志们，我们要咬紧牙关和敌人进行斗争，绝不做可耻的叛徒。"

郝狗小也说："对——我们不能做对不起朋友的事。"

此后他们又和旁边几间牢房里的同志取得了联系。

郝狗小可能就是在这个时候认识了关在另一间牢房里的武藩的。

李毓秀也鼓励大家坚定信心，争取活着离开鬼子的监牢。

鬼子的牢房前面有宪兵把守，牢房的后墙就是大街。只要在后墙上挖个洞，大伙是有机会越狱的。

大家都知道，被鬼子抓住几乎就是九死一生，很难有人会活着离开。因此大家在被捕的那一刻就抱定了必死的决心。现在有了一线生机，大家的心立刻活跃起来。

经过精心准备，他们找到了一颗大铁钉，也选择好了越狱的地点，只等一个有利时机，即可实施越狱。

他们把越狱的时间选在了这年的八月十五日。

正是过节的时候，敌人们大吃二喝。

看守牢房的鬼子也放松了警惕。

郝狗小他们立刻行动。先是把旁边的牢房打通，几

个牢房里的人全部集中到一块，然后集中力量开挖牢房墙角。

墙上的砖头松动了，接着又取出一块，很快墙上就挖出一个大洞。

大伙一个一个从洞口上窜出去。

资料记载，当时的武藩被鬼子打得浑身是伤，根本无法走路，是郝狗小将武藩背着逃离了鬼子段村据点的。

抓获俘虏

越狱成功后的郝狗小又重新回到了抗日战场上。

这年冬天，决死三纵队第7团和第9团要在榆武公路的白庄段伏击鬼子的运输队。郝狗小带领西黄崖村的民兵自卫队也参加了这次伏击战。

伏击地点选在白庄附近，两边是大山，大山中间有一条公路蜿蜒而过。我军居高临下埋伏在两边的山上。半前晌的时候，敌人的运输车队开过来。车队有二十几辆汽车，汽车上有守卫的敌军。敌人的车队轰隆隆开了过来。

郝狗小和自卫队队员们也埋伏在山头上。

敌人的车队进入伏击圈后，我军立刻开火。手榴弹雨点一般投向敌人车队。手榴弹爆炸后，又引起鬼子弹药车的爆炸，巨大的爆炸声震得地动山摇。

冲锋号一吹响，山坡上埋伏的我军立刻冲向山沟里的敌人。

郝狗小也和自卫队员们冲了出去。

由于我军准备充分，又打得突然，特别是地形对我有利，押车的敌人很快就被消灭了。

郝狗小冲到山沟里时，有一名小鬼子正在向另一边跑去。

"站住——"郝狗小发现这名鬼子后，一边喊着站住，一边奋力追去。

小鬼子胆战心惊，没跑多远，被郝狗小追上了。郝狗小追上去，便将这家伙扑倒，然后举起拳头一顿猛揍。

郝狗小将这家伙押回战场上。

这次伏击战共击毁敌人 18 辆汽车。

郝狗小还抓获一名小鬼子。

战后郝狗小受到了部队首长的表扬。

解救战友

1943 年春，八路军 14 团的 1 个班外出时与敌人遭遇，寡不敌众，这个班且战且退，退到一个山头上时被敌人包围。

敌人人多势众，发现八路军人数不多时，立刻发起进攻。

情况万分危急。

战斗打响的地方离西黄崖村不远。

郝狗小他们听到附近的山头上传来密集的枪声后，立刻向枪响的地方跑去，跑过去才发现是八路军 14 团的战士被鬼子围住了。

"弟兄们，小鬼子把八路军围住了！我们要想方设法把战友们救出来！"郝狗小说道，"只要我们打得突然，鬼子不知我们的底细，以为是八路军增援部队赶到了，或许能将战友们解救出来。"

郝狗小立刻命令队员们在鬼子背后开枪射击。

西黄崖村民兵自卫队已经发展到 40 余人。

队员们开枪后，鬼子以为是我军增援部队过来了，也不知有多少人，前后夹击，一时有些慌乱，14 团的战士也抓住战机，立刻猛冲猛打突围出去。

郝狗小和他的队员们再次立下大功。

阻拦敌人

这年秋天，段村据点的日伪军在石壁村抢了大批粮食和牲畜。

为了将敌人抢走的物资夺回来，上级命令离敌人不远的郝狗小民兵自卫队在一个山口上阻拦返回的敌人。

"只有走这条路，才能赶在敌人前面占领山口。"接到任务后，郝狗小和队员们商议行军路线。

另一位队员提出不同意见："狗小——我过去上山采药，有一条小路可直达山口！距离近不说，还很隐蔽。"

大伙都认为这条路比较可靠。

"那就走这条路！大伙准备准备立刻出发。"

时间紧急，郝狗小带领民兵们立刻出发，他们抄小路赶在日伪军到来前占据了公路两旁的山头。

队员们立刻选择有利地形埋伏起来。

敌人赶着马车拉着抢来的粮食浩浩荡荡地开来。

"弟兄们——等敌人走近了再开枪！"郝狗小紧盯着越走越近的敌人。

等敌人走近了，郝狗小举枪射击："打！"

郝狗小和队员们开枪射击。

日伪军遭到埋伏立刻进行攻击，他们不想把到手的粮食丢掉。

日伪军拼死进攻。

郝狗小他们顽强阻击。

一时间山口上枪声大作。

郝狗小他们将日伪军的进攻一次次击退。

始终没有让敌人越过山口。

没过多长时间，我大部队赶来，一举歼灭抢粮的敌人。

被敌人抢去的粮食、牲畜等又被我们夺回来了。

在以后的战斗中郝狗小和他的队员们还立了许多功。郝狗小的英名也传遍了整个太行山。

安度晚年

1943年太行第三军分区在榆社桃阳村隆重召开了榆社、武乡、祁县3县民兵检阅大会，郝狗小被大会授予"杀敌英雄"称号。

1944年11月晋冀鲁豫边区政府在黎城南委泉举行了太行区首届群英会，郝狗小作为杀敌英雄代表参加了这次盛大的集会。

郝狗小一直坚持到抗日战争、解放战争胜利。

中华人民共和国成立后，郝狗小又积极投身到新中国的建设中，先后担任西黄崖村党支部书记、石壁公社党委副书记多年。

他是抗日战争时期的老英雄，但他从不居功自傲，始终保持战争年代优良传统，勤勤恳恳、任劳任怨地带领大伙为建设富裕、美丽的新乡村而努力奋斗。

1993年年逾70的老英雄安详逝世。

一代英雄的传奇人生落下帷幕。

我想老人走的时候一定是很安详的，他亲眼见证了日本侵略者的失败，也亲眼见证了一个新时代的诞生，更赶上了中国改革开后日新月异的变化。

社会在发展，民族在复兴，一个更富裕、更文明、更强大的国家正在向我们走来。

这正是那一代英雄们一生奋斗的希望所在。

老人家哪能不欣慰呢？

向英雄们致敬！

后　记

编写完《烽火少年》，内心久久难以平静……

我的眼前放着一部二十世纪八十年代编纂的《武乡县志》，打开抗日英烈传，里面是密密麻麻数也数不完的名字！

每一个名字的背后都是一个鲜活的生命！

每一个名字背后都有一段让你热血沸腾的传奇！

1937年7月7日卢沟桥事变后，抗日战争全面爆发。中国共产党领导的八路军三大主力部队，跨过黄河挺进到山西抗日前线，分别在五台山、吕梁山、太行山等地建立起包括山西、绥远、河北、山东、河南等地的晋绥、晋察冀、晋冀鲁豫抗日根据地。当时的八路军总部以及八路军129师就驻扎在晋冀鲁豫抗日根据地的腹心武乡、左权一带。"农会减租闹生产，妇女做鞋去拥军。儿童站岗查汉奸，青年参加八路军。男女老少齐动员，坚决打败鬼子兵。"这是当年流传在武乡一带的一首抗日民歌，形象生动地描绘了根据地内轰轰烈烈的抗日斗争生活情景。

据《武乡县志》记载，当年不足 14 万人口的武乡县，先后有 9 万余人参加了各种抗日组织，14600 多人参加了八路军，武乡人民从抗日战争到解放战争，先后做军鞋 49 万双，筹备军粮 240 万石，22000 余人为国捐躯。可以说武乡人民在为民族的解放、独立、自由，为中华人民共和国的诞生做出了巨大的贡献。

在这 22000 余名牺牲的英烈中，既有成年的英雄，也有还没有长大成人的少年，他们都用自己的血肉之躯捍卫了作为一个中国人的尊严！

《烽火少年》呈现的就是那代少年们的英雄传奇……

据《武乡县志》记载，1937 年 12 月，也就是抗日战争全面爆发后的半年后，全县各小学就成立了儿童团。截至 1945 年全县共有抗日儿童团组织 370 多个。

据当时晋冀鲁豫边区政府副主席戎子和的有关文章记载，八路军朱德总司令特别关心根据地儿童团的建设发展，经常到抗日小学关怀儿童们的学习和军训，给孩子们讲述抗日故事，为儿童们题写了"学习与斗争缺一不可"的题词。八路军副总司令彭德怀，八路军 129 师师长刘伯承、政委邓小平等也都十分关心儿童团的建立和成长。

除了儿童团这一青少年抗日组织，还有青年抗日先锋队、妇女救国会、农民救国会、游击队、自卫队、民

兵等等组织。无数青年、少年、儿童参加了这些抗日组织，在艰苦卓绝的抗日斗争中，涌现了一大批可歌可泣的少年儿童英雄。他们和全国抗战军民一道，历经千辛万苦，取得了抗日战争的伟大胜利，形成了英勇无畏、气贯长虹、鼓舞人心的吕梁精神、太行精神以及由这些精神汇聚而成的伟大的抗日精神。

这部《烽火少年》就是依据当年武乡涌现的少年英雄们的传奇编写的一部故事类作品集。这里既有小英雄李爱民的故事，也有"飞毛腿"乔猴儿以及少年神枪手等等的故事。因为篇幅所限，还有大量小英雄的故事没有收录进来。

尽管已经过去了这么多年，当你再回望那段历史的时候，当你再审视那一代少年英雄们近乎传奇一般的人生经历时，你仍然会抑制不住地被他们的故事所震撼。

编写这样一部故事类作品的目的，就是想以此来呈现那一代少年们可歌可泣的英雄业绩，展示他们在国家民族危难之际挺身而出、机智斗敌的英雄气概。少年儿童是一个国家、民族的未来。儿童强、少年强，则是民族强、国家强的希望和保证。抗日战争时期，他们自觉担负起时代的重任，投身到轰轰烈烈的抗日大潮中，为中华民族最终取得抗日战争的伟大胜利，做出了那一代少年儿童们应有的贡献。一个时代有一个时代的使命。现在我们正处于建设社会主义现代化强国的征程上，更希望无数的少年儿童，能像我们的前辈先贤一样，勇挑重担，发奋图强，为中华民族的伟大复兴做出这一代儿童们的贡献。若如此，则这部作品就有了更深远的意义。

这部《烽火少年》能够编写成功，也得益于武乡各界所做的大量工作。他们在很早的时候就对当事人以及当年的历史见证者做了采访，组织编写了大量儿童团团长、儿童团成员以及民兵们的回忆性文章，让后来人可以阅读到许多鲜为人知的沾染着烟火气息的历史细节。太原武乡图书馆，又为我们提供了不少有关武乡抗战历史的珍贵书籍、资料。李志宽、魏春洲、李晋华、李俊宝、李贵明、孙俊堂等先生，长期挖掘、整理、研究、宣传武乡的抗日英雄，写了大量英雄传记，所有这些都为这部《烽火少年》的编写提供了帮助，可以说正是有了他们前期大量辛勤的工作，才有了《烽火少年》进一步的选择、编辑、整理、加工乃至最后成稿的可能。

具体情况如下：第一章《武乡抗日儿童团》根据《武乡县志》《武乡革命斗争回忆录》《我的烽火童年》等编写；第二章《白家庄出了个小英雄》根据《武乡县志》《白家庄村志》《青纱帐里闪红缨》等编写；第三章《关家垴上的神枪手》根据《武乡县志》《抗日英模》《神枪武状元》等编写；第四章《抗日女英雄》根据《抗日小英雄徐改桃》等编写；第五章《"飞毛腿"的故事》根据《武乡烽火》《朱德儿童团》《太行丰碑》等编写；第六章

《英雄小号手》根据《武乡县志》等编写；第七章《秘密交通员》根据《武乡县志》《武乡烽火》《朱德儿童团》等编写；第八章《尚元村里的故事》根据《武乡县志》《抗日英模》《上党英杰》《武乡烽火》等编写；第九章《打入敌人内部的小英雄》根据《武乡县志》等编写；第十章《红色特工》根据《武乡县志》等编写；第十一章《为了全村人的安全》根据《武乡县志》《抗日英模》等编写；第十二章《逃出日寇牢笼的传奇英雄》根据《武乡县志》《抗日英模》等编写。

在此，一并向各位老师表示诚挚的敬意，也向他们辛勤的劳作表示感谢。

在编写过程中，由于时间、视野、水平等原因，还有许多不足，请各位方家海涵。

2023 年 3 月 4 日于太原

参考书目

《武乡县志》，武乡县志编撰委员会著，山西人民出版社，1986 年出版。

《抗日英模》，中共武乡县委宣传部等编，中共党史出版社，2015 年出版。

《太行丰碑》，中共武乡县委党史研究室编著，山西人民出版社，2006 年出版。

《红色之旅》，中共武乡县委党史研究室编著，山西人民出版社，2006 年出版。

《选择》，苗俊青等主编，山西教育出版社，2021 年出版。

《朱德儿童团》，李志宽著，新华出版社，1980 年出版。

《武乡烽火》，中共武乡县委宣传部、中共武乡县委党史办公室编，1985 年印制。

《上党英杰》，中共长治市委宣传部、长治市地方志办公室编，1984 年印制。

《武乡旅游纪事》，长治市武乡红色旅游开发公司编，2014 年印制。

《白家庄村志》，白家庄村志编撰委员会编，2021 年印制。

《红色藏品故事》，中共武乡县委宣传部编，三晋出版社，2021 年出版。

《武乡革命斗争回忆录》，政协武乡县文史资料委员会编，2010 年印制。

《我的烽火童年》，温廷琇编著。

兵工力量

任晋渝 著

中国文史出版社

图书在版编目（CIP）数据

兵工力量 / 任晋渝著 . -- 北京：中国文史出版社，2024.5
（武乡抗战故事文丛）
ISBN 978-7-5205-4646-1

Ⅰ.①兵…　Ⅱ.①任…　Ⅲ.①革命故事—作品集—中国—当代
Ⅳ.① I247.81

中国国家版本馆 CIP 数据核字（2024）第 075625 号

出 品 人：彭远国
责任编辑：秦千里

出版发行：中国文史出版社
社　　址：北京市海淀区西八里庄路 69 号院　邮编：100142
电　　话：010-81136606　81136602　81136603（发行部）
传　　真：010-81136655
印　　装：山西人民印刷有限责任公司
经　　销：全国新华书店
开　　本：32 开
印　　张：5.625
字　　数：100 千字
版　　次：2024 年 5 月北京第 1 版
印　　次：2024 年 5 月第 1 次印刷
定　　价：780.00 元（全套）

兵工力量

董志敏·绘

《武乡抗战故事文丛》编委会

主　编：陈建祖
编　委：高怀碧　　姜向东　　王陆军　　郝雪廷
　　　　宋耀珍　　方小玲　　马晨桓　　温宁宁

插　画：董志敏　　萧　刚　　王慧群

目录

"山里头那个开花山外头香，山沟沟里走出四个大工厂……"

新中国成立初流传在武乡东部山区的这段"开花调"民谣，唱的是咱武乡八路军军工部柳沟兵工厂派生出首都钢铁厂、长治钢铁厂、惠丰机械厂、淮海机械厂四个大厂的一段鲜为人知的故事。

那是个血与火的时代。

在太行深处有一个叫王家庄的小山村。

1937年秋，村里突然来了个面容瘦削、个子高大，年纪约莫30岁的人。他一进村，就操着外路口音四处打听一个叫"王化南"的人。

咦，他问的不是刚从太原回来的王艾德吗？有知道的村人赶紧跑去给王化南通风报信。

王化南一听，马上警觉起来，对女人程素贞说："这一定又是国民党派来叫我去给他们办军工厂的，我得赶

紧出去躲一下。"

说完，他披上衣裳，绕到房后，上了山。

不一会儿，那个外乡人便寻到了他门口，一见程素贞就问："大嫂，这里是不是王化南家，他人在不？"

程素贞一边警惕地打量着来人，一边小心地应答："是啊，你是谁？寻他做甚哩？"

外乡人说："我寻他有事了，是有人叫我来寻他的。"

程素贞说："他不在，出去找营生了，要不家里没吃的，也不知道甚会儿能回来。"

外乡人的脸上露出了失望的神色，无奈地说："那好吧，我过两天再来寻他。"

过了两天，他又来了。可依旧没见着王化南。又过了几天，第三次来，丢下句话："大嫂，你告诉他，我叫薄一波。"

回头，程素贞把话说给了王化南。王化南一听就呆了。"呀，原来老陶说的人，就是他啊。"

王化南说的老陶，叫陶希晋。他不是山西人，是江苏溧阳的，比王化南大两岁。王化南是 1910 年的，他是 1908 年。

别看只大这么点儿，可老陶一肚子学问，让王化南觉得拍马也比不上。他是在太原兵工厂认识老陶的。说起来，还是老陶自己主动来寻他的。老陶和兵工厂许多人都惯熟，他似乎很"闲"，总是有事没事找人唠嗑，讲故事。甚故事呀，鬼子是咋样杀人、放火侵略咱的，共产党在做啥，谁在真心抗日，谁是假仁假义……老陶这些故事，让他一下就思谋到了阎锡山，这会儿虽然嘴上成天喊着"抗战、抗战"。可到了兵工厂里，却下了一道"死命令"，叫他的那些狗腿子，一不许工人参加抗日救亡，二不许看牺盟会的刊物，三不许佩戴牺盟会徽章的参加抗战。要知道，这个牺盟会的会长，就是他自己。咋就这么不开眉眼哩？

说起牺盟会来，王化南可是有着非常清晰的认识。

兵工厂是打 1936 年秋冬里有的牺盟会。他们一来，就在厂里办起了夜校，还搞起了培训，发行各种各样的刊物，弄工人话剧团，宣传共产主义和抗日，吸收积极分子。那些主张，让王化南听得热血沸腾，心想，这哪条不是正理呢？不要说工人们受吸引，就连他这个配药师也想要参加。

为甚哩，老王打小就懂得个"报国"。他小时候家里受穷，营养跟不上，他娘养他到 5 岁，他还只能趴在炕头上。他娘怕他心小，天天给他讲故事：《岳母刺字》《花木兰从军》……让他打小就记下了"尽忠报国"四个字。

后来，村上的白龙洞庙办义务小学，可是他爹已经没了。家里负担全落在他娘身上。可他娘却说："学去哇，学了才能自谋出路。"靠着纳鞋底，一针一线地

供了他四年，让他能看得懂书报和告示，也知道了啥叫"五四"，为啥要"反帝爱国"。

16岁那年，他只身一人来省城，进了无烟药厂当学徒，造酒精。当时，厂里要求他们把每次造好的酒精都抬走。于是，他就和另一个人抬，身子骨本就弱的他，肩膀很快就血肉模糊了。但即使是这样他也不敢停，生怕工头一鞭子抽过来。

那时，有个老工人好心，偷偷地告诉他，喝上些酒就好了。他不想喝但还是喝了。因为不喝，他就很难度过去。一旦度不过去，就只能等着饿死、病死。不要指望工头们会施好心，饱受生活苦难的他，早早就明白，这些喝工人血的家伙的鬼话根本不可信。

但喝上酒后，他发现这只是麻醉，并不能治根上的病。而他并不想麻醉，要从根上不再受工头们的罪，就得另想出路。咋办呢？他想到了他娘的说那句"学去哇，学了才能自谋出路"。于是，开始拼命地学，没日没夜地学，向老工人请教，终于把造酒精、乙醇、硫酸、无烟药的技术全学在了身。

可他觉得这还是不够。于是，在1931年大裁员时，主动要求下岗，拿上厂里发的遣散金到平民中学自费读起了书。等1934年西北化学厂往回叫他时，一下子就当上了配药师，从此掌握了人生的自主。

当时，平民中学除了教学，还讲抗日救亡，不当亡国奴。这些主张和牺盟会老陶说的一个样。他早就想哪天，自己也要抗日救国，为国家出份力。

可是，咋出呢？他一直暗中找合适机会。牺盟会进厂后，他就想跟着牺盟会干。可他是配药师，掌握着厂里研制火药的各种配方，按规定不能像工人那样公开参加牺盟会。

咋办呢？这并没有难倒他。明着不能，他暗着来，只要有牺盟会的活动，就秘密跟上。时间一长，就认识了薄一波这个牺盟会的秘书长。也发现，薄一波和老陶，其实是一样的人。

只是他并不知道，在他关注人家时，人家同样也在注意他。

那是1937年的6月，"失踪"很久的老陶突然再次悄悄到他兵工路的家里寻他。这次，两人聊了很久。

老陶跟他讲："化南，西安事变后，虽然国共两党在谈判，但困难重重。陕北红军已经下定决心抗战。全国的呼声也越来越高涨，咱们兵工厂的工人也暗中在做准备。眼下，晋东南要建立敌后抗日根据地，需要你这种有觉悟、有思想、有能力的人返回老家，带领大家创建敌后兵工厂，支援队伍打小鬼子。你的情况我已经向上级汇报了，希望你能回去主持这件事。回去后，会有人联系你的。"

老陶走后，王化南的心久久不能平静。程素贞看出

了男人心里有事，问他怎么回事。他跟女人说了要回乡的打算。程素贞听了，一点也没犹豫地说："化南，咱们回，我支持你。"

不久，卢沟桥的枪声打响了。

随后，在老陶的安排下，王化南和兵工厂20多名武乡籍工人返回了武乡。由于当时武乡还是国民党在把持，不了解情况的他，并不敢盲动，所以一直隐藏在老家，坐等老陶说的人来。

此时的他，听说来人居然是薄一波，心里诧异极了，死活不敢相信怎么会是这么大的官。这事来不得半点马虎，也许，是有心人假装，诱引他出来呢？他思来想去，觉得还是得好好确认。于是决定让程素贞到县里打探情报。

等程素贞到了县城（今故县），却惊呆了：城里到处都是书写抗日标语的青年人。还有女学生在演抗日剧，动员人参军、抗日。这是多么火热的抗战景象啊。她的血顿时就沸腾了，这还等啥呢，她和男人回来不就是抗日吗？激动之下，她再没多想，直奔妇救会招人现场，张嘴就说："我要参加抗日，你们给我报个名。"

妇救会的人让她填了张表，又给了她一身军装、一根裤带、一颗手榴弹，跟她说："你现在就是我们的人了，现在回家去把家的事处理下，明就来。再给你安排个任务，回去动员你村年轻人来抗日。"

　　程素贞高高兴兴地回到家，跟王化南说了县城的景象，把东西一摆，自豪地说："你看我已经是妇救会的人了，明儿，你也去报名吧。"

　　王化南这下不迟疑了。第二天，跟上女人到了妇救会。一报名，人家就愣住了，问："甚，你叫个甚？"

　　程素贞慌忙替男人说："他叫个王化南。"

　　那人一把拽住了王化南，惊喜地呐喊："你就是王化南？王家庄的王化南？我们可算是找到你了。走，你不能在这儿报名，我带你去该去的地方。"

　　说完，不由分说就拉着莫名其妙的王化南，左拐右拐，来到了一个办公地方，敲开门一看，开门的正是薄一波。

夕阳如血,秋天的太行凉意阵阵。在县城回王家庄的山道上,王化南像一道急风似的往回赶。虽然山路崎岖,但他却觉得脚下的路越来越平坦。

这一路上,他都在回味老薄说的每一句话。整整一天,他都和薄一波待在一起。两人是有多少话要相互倾诉啊。而且,他怎么也想不到,那么大的官,是那么的平易近人。

老薄给他分析了如今武乡的形势,还有为啥要急着找他。

为啥呢?都是小鬼子闹的。

此时,晋北已狼烟滚滚,小鬼子已兵临太原,卫立煌的军队,还有晋绥军被打得溃不成军,战火马上就会燃至晋东南。武乡,绝非安全岛。不久,这片古老的土地就会遭受鬼子的烧杀抢掠。

老薄一五一十地给他讲了鬼子在华北、山西犯下的累累罪行。为了打击鬼子,陕北的工农红军已经行动起来，接受了改编，成了八路军，渡过了黄河，来到了前线，和小鬼子展开了战斗，娘子关大捷、忻口大捷，一个个令人振奋的消息，不断传向全国各地。

但眼下，八路军却面临着种种难题。最迫切需要解决的，就是武器。

和小鬼子相比，咱的武器实在是太落后，太低劣了。数量也没法比。好多战士手上拿的仍是老式的大刀、长矛。靠这样的装备同武装到牙齿的小鬼子战斗，困难可想而知。虽然八路军一向主张"没有枪，没有炮，敌人给我们造"。但每一次从鬼子手里抢和缴获都需要同志们拿身体去扛，拿鲜血去拼，要付出非常惨重的代价。而这种牺牲，实在是太不值得了。

因此，建立咱自己的兵工厂已经迫在眉睫。

说到这里，老薄面色凝重，他对王化南说："化南啊，你是个虚心肯干、踏实上进的好青年，我们真心地希望你能发挥所能，挑起这副担子，给咱造出武器来，好好地支援抗战。"

是啊，为抗战造武器！这不正是王化南一直想做的吗！

他马上对老薄说："薄政委，我一定会给咱的军队造出武器来。"

这时，老薄给了他一个建议："化南啊，光凭你一个人，力量还不够，你应该把从太原返回武乡的兵工人都

组织起来，先成立一个属于工人自己的抗日组织'武乡县工人抗日救国会'，聚集起更多的力量，然后再建厂。"

是啊，光凭自己一个人是不够的，是应该把工友们组织起来。可是，怎么才能尽快把大伙组织起来呢？

路上，他一直思索这个问题，脑海里滑过一个个熟悉的名字。突然，他想到了一个组织工人的好手，贾志厚大哥。

贾志厚也是西北化学厂的。他家住曹村，离王家庄不过4里地。和王化南一样也是喝着浊漳河的水，吃着浊漳河岸边的粮食长大。两人就像一棵藤上结出的两个苦瓜，命运非常相似：都是穷苦人家的娃，都是十六七上就出来奔生活，也都在兵工厂当学徒，都受过工头的打骂，尝尽了人间冷暖。

而所有的这一切，最终也造就了他们相同的性子：刚硬、正气、遇事不服输。

贾志厚比王化南年长两岁，这个生就一张国字脸的汉子，虽然个子不高，但浑身似乎有使不完的血气。早在1927年夏的那场浩浩荡荡的为工人争红利的大罢工里，他就拎着木棍，拿着石头，走在了6000多工人弟兄的前头，为工人声张、呐喊。

后来，厂里工人几次和工头们斗争，都有他的身影。

1936年，段村的大地主、国民党大特务、山西反省院院长武誓彭把持了太原武乡同乡会，欺瞒和压榨身在太原的众乡亲，压制老乡的声音，不替老乡们说话。又是这位老哥和另一个兵工厂的小老弟石汝麟站了出来，成立了以工人为主体的500多人的武乡工人同乡会，联手和武誓彭对抗，替咱武乡工人做主……

抗战开始后，他又积极参加抗战。去年，牺盟会成立后组织的几次抗救活动，都有这位老哥的身影，可见他的心也是红的，血也是滚烫的。

如今他也回到了武乡，而且还把武乡工人同乡会的500多工人大都带了回来。他们中有许多本就是牺盟会员。这是多么强大的一股力量啊。

对，找贾大哥去，成立工救会。想到这里，王化南恨不能马上就飞到老贾的身边。

不久，在县城，一个以老兵工为骨干的工人抗日救亡组织成立了起来。他们中既有从太原回来的返武乡工人，也有武东的煤窑工人、小手工业人。经过大家的共同选举，王化南、贾志厚、杜生旺等七名老兵工人当选为工救会委员。在他们的带领下，这个新生的组织很快融入了更多的新鲜血液。在各区都成立了工救会，会员扩大到了数百人。源源不断地从武乡各镇、各村，汇入浩浩荡荡的抗救洪流。

但，这对王化南来说这还远远不够，他的脑海里始终萦绕着造武器的事。

那次老薄还跟他提及要发动群众打游击战，搞抗日

根据地的事。这是毛主席在延安发出的指示。

眼下，县临时工委正在做这件事。他们向全县发出号召："所有 18 岁以上，59 岁以下的健壮男女公民，都有参加自卫队的权利和义务，都是当然的自卫队员，要拿起各种各样的武器——镰刀、斧头、菜刀、剪子与石头，和敌人进行斗争。"

如今，县自卫总队、牺盟游击队、公安中队已成立起来。工救会自己的武装——县工人抗日武装自卫队也在 10 月成立了起来。11 月，又开拔过来了老薄领导的国民兵军官教导第五团，帮助各编村组建、训练自卫队。武乡全民抗战的浪潮已经掀起。

此时，他推开窗，倾听着外面：

"工农兵学商
一齐来救亡
拿起我们的铁锤刀枪
走出工厂田庄课堂
到前线去吧
走上民族解放的战场
……"

这歌声的旋律是多么的激昂，多么的豪情壮志。可是，就算是镰刀、斧头、菜刀、剪子，也需要人来造啊。

他和贾志厚大哥，还有老杜商量，必须发挥工救会的真正力量，造武器，把咱的队伍全部武装起来，哪怕只是生产大刀、长矛也好。

两人深有同感。于是，他们以工救会的名义，向县临时工委王玉堂书记请示。王书记当即拍板，马上成立兵工厂，为了保密，起名叫自卫队铁工厂。由老杜任厂长，贾志厚同志主抓公务，王化南兼任主任技师。同时王书记还决定由他亲自带领县抗日武装自卫队进行配合。

很快，在县城东门外的城隍庙里，支起了一座小化铁炉。他们叫来了返乡老兵工们，还有附近农村里的铁匠、木匠，开始在民间收集废铁，试着翻砂铸造大刀、长矛。这些武器很快就到了县游击队和县自卫队手里。大家伙儿拿着崭新的，由自己人打造的兵器，心里不知有多高兴。

而此时，王化南还等来了一个盼望已久的好消息：他被组织上正式批准，成了一名光荣的党员。

很快，这个新生的小厂就迎来了战火的洗礼。

1938 年春，一阵刺耳的警报声突然在武乡上空被拉响了。四架鬼子轰炸机，恶狠狠地扑向了马牧和洹河畔的古镇段村。紧接着，数十颗炸弹接二连三地落在了千佛古塔周围，瞬间火光冲天。

但不知什么缘故，其中一架敌机，居然坠毁在了距县城十几里外的黄崖，而这个"黄崖"，恰恰与日后由王化南亲自选址的八路军兵工重地黄崖洞的名字不谋而合。不知是否冥冥中预示着鬼子日后势必在"黄崖"折戟沉沙。

随即，县城里的兵工厂也遭受到了轮番轰炸。

"糟糕，这一定是咱的兵工厂暴露了。"

王化南下意识地产生了这个想法。情势危急，容不得他细考虑，火急火燎地找到老杜和老贾，跟他们商量立刻转移。

由于时间仓促，一时没个好落脚，他们并没走远。

在离县城 4 里地的魏家窑一座老爷庙里暂时存下了身。

然而，喘息之后，王化南仔细观察了这座关老爷庙，发现地方并不宽裕，狭窄、憋屈。根本不适合兵工厂的未来扩大。于是，心就又揪了起来。

咋办呢？

等三个人聚在一起时，他就又和他们合计，还是得搬回家。

这回，他们选中了一里外的松庄佛爷滩上的佛爷庙。这地方宽敞，远比魏家窑的老爷庙大多了，非常适合办厂。于是，再次挪了窝。

为了不让鬼子知道，他们对外宣称，这里是自卫队的铁工厂，打锅，打铲，打锹的。

可是，还没容着继续开炉，4 月初，一伙鬼子突然闯进了县城。

血，瞬间流遍了全城。

这伙毫无人性的强盗，开始在城中大肆烧杀。

一个老大爷，被他们活生生地挖掉了双眼，铡去了手脚。还有个女人，被强奸后，又被生生用一根劈柴从下面捅死了。在她身边还躺着一个两岁多的、血肉模糊的娃……惨剧到处在发生，整座县城沦为了人间炼狱。最可气的是，在这伙强盗撤走时，还放火烧了这座千年古城。

他们边走边烧，将沿路的村庄，都抢掠了遍。

咋办呢？松庄距县城这么近，随时会被鬼子闯进来。

为了避免遭受无谓的损失，经三人合计，他们派出了工抗会的陈保忠、李树方前往县城周边探听鬼子的消息。

这两个鬼精灵，在侦察的同时，还捎带干了点"私活"，他们居然缴获了两支小鬼子的步枪。这可是实打实的真家伙啊。

一看到步枪，王化南的眼就直了，这才是他真正想要造的，可一直没个依照样本。

就在大家激动之余，那两货又说出了个更振奋的消息，他们居然遇上八路军了。

"你们猜我们看见什么了？撅把枪，八路军的腰里别着一种撅把枪。那枪可小巧了，掖在腰里，拿衫子一苫，根本看不出来。遇到小鬼子、狗汉奸，冷不丁抽出来，啪的，一枪能撂倒一个，别提多得劲了。厂长，咱们能不自己造这枪？"

望着大家火热的目光，王化南激动地说："能啊，当然能。咱不能老是生产大刀、长矛吧，是该生产真家伙了。"

更令他惊喜的是，陈保忠他们说的八路军此刻就驻扎在魏家窑，整整一个连啊。这无疑为兵工厂平添了份保障。同时，看撅把枪"样品"也方便。

当下，他再也待不住了，马上叫上几个懂技术的工人，去了魏家窑，并连夜赶回来试着仿制。你还别说，枪真的在他们手里仿出来了。

别看这支土手枪样子不咋地，一次只能打一发子弹，打完后还要退出弹壳，再重新装子弹，似乎挺麻烦的，而且威力也不大。可架不住声高能唬人啊。只要能吓唬住鬼子，再打个冷枪什么的，便能从他们手里抢到精良武器，作用可是比大刀、长矛大极了。很适合自卫队、游击队。

至于生产，也丝毫不费力。成本低不说，结构也简单，拢共才不到 10 个零件，也不需要啥精细技术，只要是个铁匠熟悉熟悉就能打造。

望着这支自己生产出来的真武器，王化南激动地跟大伙儿说："从今天起，咱们就是真正的兵工厂了。以后，咱们会生产出更多的武器，步枪、手榴弹……让咱的军队狠狠地打击小鬼子。"

事实正如王化南说的那样，从这天起，这个小厂成了真正意义上的兵工厂。

他们开始了撅把枪的生产。新招了许多工人，人数一下子扩大到了 50 多人。其中就有上司赵墁坡的赵更全兄弟三人。

可到了 14 日，一个坏消息却传来了，在榆次"扫荡"的鬼子又转回到了武乡。县委指示兵工厂立即停止生产，把家活什、材料藏起来，拿上撅把枪、大刀、长

矛，准备同鬼子打游击。

不久，在自卫队、游击队的共同配合下，八路军在长乐取得了巨大战果，打死了 2000 多鬼子，还缴获了一大堆武器、弹药、钢材。这些都是兵工厂最需要的。工人们马不停蹄，火速把这一堆家伙，一股脑拉回了厂里。

这下子，王化南的嘴咧得再也合不上了，他马上安排扩大生产。同时，派厂里一个叫李芳的工人去招人。李芳对近处的工人不熟悉，他听说肖家岭有个叫暴风元的老汉对地面上非常熟，便寻了暴风元，暴风元又寻了本村的关宝孩，假装看风水，在胡家岭、芝麻角、中村等周边十几个村溜达了一圈，呼啦啦一下就招来了 50 来个忠实可靠、吃苦耐劳的工人。

等 100 多人挤在一起，王化南一瞅，得，佛爷庙又小了。

咋办呀？绝不能因为场地拉了这大好形势的后腿。他向老杜、老贾建议，"咱们哪也不去了，我看来看去，去哪儿也不如我小时候念书的地方，王家庄和深泽滩交界的白龙洞庙。那地儿，才叫个宽敞。"

老贾的村离白龙庙不远，对白龙庙也素有耳闻。这庙归附近八村十二管，很古老了，老人们都信奉庙上的老王爷，觉得挺灵，所以香火长年不断。庙里头，确实宽大。有上院，有下院，除了大殿，还有东西厢房。用来搞生产，绝对可以。而且庙建在县城通往上党的官道上，成天往来着蒙古和上党的商贩。武器和材料行走、搬运也方便。遇上个紧急，大家可以装个香客呀，啥的，逃走。

三人一拍即合。白龙庙离佛爷滩不过十来里，工人们齐动手，呼啦啦一阵，就搬了过去。

上院拿来做了工抗会、牺盟会和组织上活动的地方。设计和装备武器图纸也放这里。下院东西厢房，都当了厂房。别说眼下这100来号人，再来了几十号也绰绰有余。

为了隐蔽，连自卫队铁工厂也不叫了，叫鼙山铁厂。鼙山是县城边的一座山。山脚下就是后赵皇帝石勒的家。石勒小时候在这里放牛，曾听见山上有人在敲鼙，所以叫成个鼙山。起这名是为了糊弄鬼子，让他们错以为工厂还在县城。另外，也是说工厂起家在县城。

听说鼙山铁厂来了白龙庙，加上还有王化南、贾志厚他们。附近村上的农民，一下子来了不少。光王化南他村就来了魏富堂、张贵虎、魏志成、魏玉堂，许多人本就带着技术，比如枣岭的魏福珍、魏九清、魏先云、武臭小。

厂子的兴旺，同时也吸引来了过去在无烟药厂的许多老伙计，像李盘民呀，籍三满呀，魏福珍呀，杜福堂呀，还有从林县入籍岭头的郭家三兄弟。

大家聚在一起，继续生产撅把枪、大刀、长矛。为

了保证他们的安全，区上的铁英和枣岭编村魏启云、范福书等领导干脆直接指挥附近村的民兵，帮着放哨、保卫、警戒。

不久，兵工厂迎来了研制第二件拿手武器的机会。

那是 1938 年的秋天,太行山的庄稼还没收。从后山突然来了十几个八路军。

他们是来订武器的。可是当他们进了下院,眉头却皱了起来。因为堆放在他们眼前的,就是些大刀片和矛头,而这,并不是他们需要的。

"哎呀,你们咋就只能生产这些?"一个八路军不由问。随即,他从腰后掏出颗手榴弹,"能不能给造两颗这?"

王化南听见动静,赶忙和李盘民他们几个凑过来看。这几个都是耍火药的,要说造个火药,他们一点也不怵。可这东西他们真没耍过。几个人像看宝贝似的,你摸摸,我看看,都有心造。

王化南看出了大家的心思,就跟那个八路军说:"你们丢下个样品,我们试试看能不能。"

这些人也爽快,走时真给他们放下了两颗。

随后,王化南就组织上大家开会,由郭大海挑头,

会同李克志、李盘明、魏福珍等几个，组成了个工救会白龙洞庙试验小组，专门研制手榴弹。

郭大海师傅生得浓眉大眼，身子壮实得像棵枣树。他祖上就是铁匠，一生下来，就跟着他爹的担子走南闯北。他的兄弟，二海、三海，也都是听着风匣响，看着铁花飞长大的。兄弟三个，都练就了一身好铁匠手艺。

可是，在郭师傅 30 岁时，他爹娘都让林县地主笑面虎给逼死了。他只好领着兄弟们逃亡到武乡，在岭头落了脚，靠走乡串户为人打铁家什来过活。他们打的家什，好使、耐用，乡亲们都喜欢。本就生着穷人骨的他们和乡亲们很是心贴心。但凡乡亲们一些小营生，分文不收。可若遇上财主欺负乡亲们，他们却会舍上钱，豁上命相帮。因此，在武乡名声大。

鬼子进武乡后，他们就恨在心了，没进兵工厂前，已经帮着自卫队造过撅把枪、老土炮。听说鼙山铁厂在白龙洞庙后，就主动跑来，寻见了老贾报了名。

不过，这次要研制的手榴弹，他也没见过。因为没图纸，他亲自动手拆了那两颗手榴弹。随后，又拆了一颗从长乐缴回来的炸弹，一夜一夜深入研究，直到明白了原理，回头和大家一块模仿着做。

造弹壳的材料需用铁，他亲自在化铁炉边一炉炉化铁。最难受的是下雨。因为没工棚，每当倾盆大雨劈头浇下来，那铁水就"哗哗"地炸，把沙型也弄塌了，叫人干着急没办法。咋办呢？时间不等人。他没有丝毫犹豫，让人打上雨伞，遮住铁包，继续炼。

接着是铸弹壳。虽然没铸过，可他仍旧主动挑头。每个关键，每个细节，都不放过。用土法铸出来的弹壳毛坯是白生铁的，根本架不架不住机械切削。沙眼难以处理，咋办呢？他用最笨也是最直接的办法，拿砂轮和铁锉来处理。弹壳后期需要和木柄固定，需要钉眼。咋办呢？他思谋了一会儿，就有了主意："咱浇铸时，预留好钉眼，不就成了？"

弹壳有了，还得有炸药。这个老贾、王化南都懂，需要火硝、硫黄、木炭。配方也知道，但原料不好寻，工具不称手。咋办呢？还是郭师傅，他一下就想到了做爆竹的老师傅。不顾刮风下雨，连夜跑到附近的集镇上，寻见做爆竹的就请教，从哪找原料，用啥土方法来熬硝、炼磺。

因为是初尝试，也没安全设备。一天，他正赶上牲口，拉着石碾碾药，不知从哪里刮来点火星，一下落到了他眼前的一个火药盆里，"嗤"的一声，火苗一下蹿起来。当即，他的脸就烧成了黑炭。可为了保护剩下的一大堆火药，还有牲口，他根本没多想，瞬间就扑到了火盆上。火被压灭了，他自己也昏倒了。

醒来后，他第一眼看见了阳光，高兴坏了，说："呀，我的眼珠没坏，还能做手榴弹。"

有了火药，还需要拉火线。这依然得请教做爆竹的老师傅，跟着人家尝试着搓纸筒，捻药线。拉火线的长度决定手榴弹爆炸的时间。这需要秒表来计算。可他上哪里去找这东西哟。于是，他就用嘴数。试一根，数一根，一连试了十几天。终于，制成了3—5秒内引爆的导火线。

拉火线有了，还得配拉火管。他试了许多法子找点火，最后把目光瞅向了洋火。拿火柴的白头，用酒精泡下来做。当时，酒精是稀缺货，实在不好寻。他便到酒店打了二斤老烧酒，又焊了个洋铁罐，用土法蒸馏出酒精来。

至于手榴弹的木柄，因为没旋床，他就跑到村上，请了个旋象棋的师傅教大家用土方法旋。这个师傅有头脑，他把以前给女人们旋棉花纺车锭子、木碗的工具用在了这上头，用脚踏着甩轮，手拿上刀具，跟上手感，一下一下切削加工，一会儿就成了，根本不用考虑尺寸，精确得很。

等所有材料都齐备了，大家便一起动手，组合手榴弹，花了一个半月，造出了40颗手榴弹。拿到空地一试验，"轰隆、轰隆……"，响了16个。有的十分响亮，有的一崩两瓣，有的干脆不吱声，也没动静。打开一看，却没找到原因。

难不成是火药受了潮？郭大海的心顿时打翻了五味

瓶。实在没招了，他扭头又仔细看了人家的手榴弹，一下就明白了。啥也不是，是缺了东西。人家的弹壳里头，擦过了黄蜡。

这下，他的心又有了谱。回头又和大家试，不断改进。过了一个多月，又造出 102 颗手榴弹，又试验了一下，还不赖，响了 94 颗，威力都很大，炸得也碎，杀伤力范围能有方圆二十几米。

不久，县上通知，要在县城召开"九一八"纪念大会。郭大海领上试验组的人在会上给大家表演，扔了三颗，响了三颗。

"呀，这是咱武乡人自己造的？"

顿时，会场上响起了雷鸣般的掌声，一下就把大会的高潮掀起来了。县委当即指示，大量生产。

手榴弹的成功，让鼙山铁厂拥有了第一件具有大杀伤力的产品。考虑到根据地对敌武装斗争的要求。厂里决定再度扩大厂子，工人一度超过了 200 人。

但困难也接踵而至。他们没原料了。

咋办呢？工厂党支部和工会马上召开了会议，让大家集思广益共同出谋划策。大家七嘴八舌想出了一堆主意。

铁不够？走出去到各村收破铜烂铁，或是挖铁矿，用土方法自己炼。

翻砂没上淋炉？就用土方炉炼。用白坩土捏了坩埚，

用手拉风箱，化铁水。

没砂箱？将弹壳往砂堆里一按就是一个手榴弹壳，装上药就是一颗手榴弹。

没弹柄？大家一起上山砍树，回来晒好后，让旋匠给加工。

没拉线？用麻自己搓。

……

总之，为了打鬼子，没办法也要想出来。

这里头，郭大海的主意最多。收破烂就是他的主意。

在他的建议下，县委掀起了一个向兵工厂献铜献铁的群众运动。各村抗日自卫队，都可以拿上破锅烂铧、古钟、铜圆到厂里来换大刀、长矛。

一时间，全县到处都是运送铜铁的人。乡亲们不分昼夜地往白龙庙赶小毛驴、牛车，或是肩扛，手提。一趟没完，就去拉第二趟，第三趟。当时，窑上沟、北上合的民兵、自卫队甚至把一口北魏时期就挂在离相寺的古钟砸碎运来了。

但即便是这样，还是赶不上生产进度。

为了保证生产，郭大海丢下化铁炉，亲自领上工人们到河渠里挖铁矿回来炼。一个人炼不过来，又叫上王水成父子，弄了三四盘铁匠炉炼。只要能跟上生产进度，他就没命地想主意。

就这样，鼙山铁厂的手榴弹产量一天天多起来。

生产是一天天搞上去了，但转眼，工人们的生计又成了老大难。眼下光靠做手榴弹，根本解决不了这么多人的穿衣吃饭。

咋办呢？

这事愁在了贾志厚身上。他是管公务的，心急啊。眼瞅着大家每天从早忙到晚，却吃的是野菜，住的是神台、土窑洞、破茅棚，身上穿的衣服，一年顶到头也没件多余的换洗。都是养家糊口的人，这样子下去怎么能行？

这天，他找到王化南，和他商量："要不咱分开几头走，造撅把枪、手榴弹、大刀和长矛是大事，咱一刻也不停。但能不能在这基础上，多个生产农具的工作，一方面支援生产，另一方面维持工人们的生活，你看咋样？"

王化南问："你想具体咋做？"

老贾说："就是咱们的铁炉，也要造些锹呀、镢呀、镰呀这些农具。翻砂上，也生产些犁呀、铧呀什么的。

这些是日常，大家都需要，好歹能改善下生活。"

王化南也知道大家伙儿的难处，他同意了老贾的建议。

就这样，鼙山铁厂开始尝试半军半民的生产模式。

果然，工人们的生活条件得到了基本改善。虽然那也只不过是每天几顿高粱、黑豆饭，一个礼拜一顿小米干饭罢了。

很快，冬天来临了。

太行山的冬，格外的冷，但在白龙洞庙里，那口化铁炉的火焰却始终没有停过。工人师傅们的热情丝毫没有被外边呼啸的寒风所侵扰，他们都知道，前方正在流血牺牲，他们每抢着造出一颗手榴弹、一支撅把枪、一把大刀，就多一份消灭鬼子的机会。厂里的产量一天天在激增，然而，王化南的脸上却没有一丝笑容。

他在担忧材料。照眼下的情势来看，光靠从老百姓手里收铁和自己炼，已远远无法满足生产需求。咋办呀，总不能因此停下生产吧？他把目光投向苍莽的大山，希望能得到一个答案。

幸好，我们的太行永远不薄心有所待的人。此时，始终关注着鼙山铁厂生产的县委已了解到了这个情况。很快，他们便送来了一场及时雨。在县委的提议下，王化南和贾志厚他们决定再次给鼙山铁厂搬一次家。这次，他们把目光放远了：

在鼙山的东边，距王家庄70多里外，有一道8里长的山沟。沟周围，丘陵起伏，峡谷幽深，非常便于隐蔽。沟底两侧，铁矿、煤矿、耐火土、坩子土、硝土、硫黄，要啥有啥。自古就有"柳沟铁，大陌炭，罗锅卖到阿富汗"之说。

沟底下，还有地下水。

鼙山铁厂需要的原材料、水源，这里完全能够满足。

而且，沟里头，马岚头、庄底、窑申角、柳沟、河不凌五个村子的村人们，祖祖辈辈基本上都指矿为生，有着深厚的采煤开矿、冶炼铸造、翻砂铸造、烧制陶器传统。此刻沟里头，还有几十家私人手工作坊，人力资源也根本不用发愁。

生活上，沟对面的河岸旁即是繁华富庶的蟠龙古镇。沟里，酒坊、煤窑……应有尽有。这对于鼙山铁厂来说，再适合不过了。

在县委的撮合下，贾志厚马上行动起来，以工救会的名义赶往柳沟编村谈合作。他相中了其中最有实力的三家厂子，"成诚铁厂""永恒铁厂""开源公司"。这三家厂子主要生产生活及农具，产的犁铧、铁锅、水壶，在武乡、黎城、辽县、襄垣一带鼎鼎有名。

办厂的是武乡及周边二十来个有名的士绅。其中最出名的要数武乡的大地主魏筱山和榆社大地主张杜兰。

魏筱山是武乡四大家八小家里的八小家领头的，是

韩北最大的财主。张杜兰是个老同盟会，亦官亦商，他家的店铺光是从榆社到太谷李满庄的百里路上就开了七八家，太原、北京也有好几家他家的店铺。

老贾打算利用他们的翻砂厂一起办个厂，生产手榴弹的壳，然后再由鼙山工厂收购，组装。

一提到抗战，大家都表示拥护。于是，合伙的事就基本谈成了。可真到了要投产却一直没动静。

咋办呢？眼看着几个士绅都持观望态度，老贾当即决定，立即将鼙山工厂直接搬过去，主动生产。

就这样，在那个寒冷的冬天，鼙山铁厂的小化铁炉，第一次在柳沟编村生起来了。

经过商议，厂子共分为三部分：

马岚头开设农具厂，解决吃喝拉撒的事。窑申角开设马枪厂，仿照八路军和自卫队缴获的汉阳呀、中正呀、卡宾呀、三八大盖呀，开始试制小马枪。最后一个是柳沟，这才是重头戏，做鼙山铁厂的拿手活儿，开设手榴弹厂。

至于厂名，由于起初想占的是马岚头铁炉厂，所以就叫成了铁炉兵工厂。厂长依然是县工救会主席杜生旺。副厂长选择了会经营的一位股东、成诚铁厂的经理王应岐担任。常务是老贾。王化南仍旧是技师，还兼着工务科长。

重新组合后，生产的武器主要卖给游击队，剩下的留给工人自卫队。收回的利按股分红。随即，兵工厂再度扩招，从张庄、村辛等村请了翻砂工人，再加上柳沟这一带的，一下就达到了300多人。

大家伙儿开足了马力，个个都在撸起袖子加油干。朝天的热火也惊动了八路军。

10月的一天，厂里突然来了个老八路。他中等个儿，四方脸，浓眉大眼，厚嘴唇，神色庄重。他是拿着县工抗会蟠龙办事处的介绍信来的，却似乎并不是来订武器，只是说来看看。

眼见这个八路进了铸铁车间，工人们都觉得他不像一般人，马上叫来了老贾，让他陪上转转。

此时，老八路已经看到了工人们的破褂，不由地停了下来，只见他又望了望工人们身上的单衣，眉头顿时皱得紧紧的，回头对老贾说："今后你要注意啰，工人们干劲越大，越要关心他们的生活，衣食住行都不能放过。"

听了老八路的话，老贾只能苦笑，他又如何不想呢！

第二天一早，当他正常来上班时，突然传达室的人送来了一封信，拆开来一看，上面写着："为了保证工人健康，特令后勤部门给你厂拨去棉衣200套，希速前去领取发放。"落款处，赫然写着"朱德"两个字。

"哎呀"，老贾一拍脑门，那个老八路居然就是咱敬

爱的朱老总啊，顿时激动得不知道该说甚好了。晚上，一夜也没合眼。第二天一早，爬起来就拿上那封信，赶上牲口，来到和顺南窑找办事处的同志领棉衣。可是，当他沿路看到八路军战士们有许多还打着赤脚，穿着草鞋，心却突然又凉了下来。

原来，战士们比他们还要艰苦。这棉衣他又怎么忍心领啊。咋办呢？领，咱的战士们还不够。不领，有负总司令的关怀。想来想去，他决定，只拿100套。

然而，当他跟办事处的同志一说，人家却不同意："这是总司令的命令，一套也不能少。"

没办法，老贾只好撒了谎："我就有一人一马，也全拿不上呀，先拿上100套，剩下的回头来取。"

等他把这100套棉衣发下去时，他特意把八路军的艰苦讲给了工人们，让大家永远记着八路军、朱老总的恩情。

知道是朱老总送来的棉衣，大家激动坏了，都加班加点地赶活，想通过生产来回服朱老总。于是，工厂产量不断增加，到11月，仅手榴弹，每天就可以生产7000多颗。

　　然而，寒冬的残酷并没有过去，还没坚持到春节，兵工厂的账上就没钱了。

　　原因出在手榴弹上。当时，厂里生产的手榴弹技术并不过关。丢出去，要不瞎火，要不只能炸两半，连鬼子毛都伤不着。气得打仗的人直骂："边区造，炸两半！"

　　时间一久，人家就不来买了。即使卖了，也收不来钱。厂里的供货对象是游击队、自卫队，没有一个是有钱的。不赊吧，人家干的是正事。可一赊再赊，任谁也顶不住。

　　时间一长，股东们就叫唤开了，不是喊撤股，就是偃旗息鼓，跑了。

　　工人们也扛不住了，纷纷回家种地。到最后，厂里只剩下贾志厚、杜生旺、王化南、李家兄弟、郭家兄弟等几个骨干强撑着。

　　咋办呀？老贾感到很羞愧。他们这是给抗战造武器，就这么瞎火了，谁也对不住哇。为了活下去，他不停地

请示县委。

时间一晃就到了 1939 年春。这时，转机突然来了。

那是 2 月下旬，正当大家都忙碌着过年时，县委刘建勋书记突然派人来寻老贾。他赶忙赶了过去。

一见面，刘书记就说："志厚同志，为了支援八路军军事工业的发展，我们决定把鼙山工厂交给八路军总部管理，以便更好地发挥它的作用，为此特征求你们工厂的意见。"

"哎呀，这可是天大的好事。"老贾的嘴顿时高兴地合不拢了："刘书记，这还说甚，俺们完全同意。"

说完，脸上又露出了惭愧："只是我们的工厂办得很不景气，就这么个摊子交给总部，心里不安哪！还有一点，就是工人大都是本地人，一说穿军装就产生思想顾虑，需要领导协助我们做好工人的工作……"

刘书记点点头，说："这事，我们会考虑。"

说完，他提笔写了封信交给老贾，嘱咐他亲自到潞城跑一趟，把信交给北方局。

从刘书记那儿出来，老贾马不停蹄地跑到专署总工会作了汇报。

杨珏主任听完也很高兴，说："这样，我也给你写封信，你到潞城北村交给八路军总部。"

怀揣着两封信，老贾的心就像窝了两团火，索性年也不过了，就在人们放爆竹的当儿，便孤身一人上了路。

初二那天，他就来到了沁县。在郭村，居然遇到了北方局的杨部长。于是把给北方局的信拿给杨部长看。杨部长看完马上说："这是好事啊。这样，我也给你写封信，你到潞城直接去见朱总司令。"

说完，就提起笔来，写道："今有鼙山工厂负责人去总部洽谈工厂移交事宜，请接洽。"

随后，老贾又上了路。等到了潞城，他打听到朱老总在寺底，便来到了寺底，果真见了朱老总。

两人是熟人了。朱老总一见他，非常高兴。拉着他就让他坐，还给他沏了茶。知道老贾的来意后，马上嘱咐通信员去找左副参谋长。

可是左副参谋长不在。朱老总便嘱咐老贾直接去找主管军工的第六科科长刘鹏。然而，不凑巧，刘科长也不在。咋办呢？赶了这么远路，总不能就这么无功而返，老贾决定在总部死等。

到了第三天，刘科长终于回来了。这是个个子高瘦，浓眉大眼的汉子。看完信，他非常高兴，马上操着浓重的湖南口音，连声说："很好，很好！"

说完，拉着老贾来到了一个破房子前，指着那一堆破步枪一脸无奈地说："你看，这就是咱们八路军的军火库呀，多么可怜，一堆堆的步枪没人修，要是咱有个兵工厂，那是多好的光景啊。志厚同志，你们可是给咱八路军送宝来了。"

也难怪刘科长会激动。他这个科是这个月刚刚成立的，全名叫军事工业科，主要任务就是想办法统一管理晋东南、冀南、豫北地区八路军各部及地方政府的修械所和炸弹厂。

而在此之前，他于军火生产一无所知。

这个 13 岁就参加了国民革命军北伐，长期在工农红军中搞通信的老兵，一直就是朱老总的部下。跟着老总爬雪山，过草地，守卫着老总的安全。

去年初，鬼子在古县发现了他们，派了十几架轰炸机来轰炸。可出奇的是，这帮棒槌，居然看错了地图，把古县看成了故县。于是，一通炸弹落到了故县城中，朱老总分毫没伤着，倒把老贾他们炸了个慌张，以为是被鬼子发现了，赶紧转了移。

但那时的朱老总仍极度危险，鬼子的苦米地旅团又尾随上了他们，那可是 3000 多装备精良、行动迅速的小鬼子啊。而他们除了总部的十几个人，就剩下刘鹏带的两个通讯连了。

咋办呢？关键时刻刘鹏站了出来，领了 200 多战士开始在方圆 20 公里的山里和鬼子周旋，掩护朱老总和左副参谋长他们撤离。战斗非常残酷，到最后，刘鹏被炸出了肠子，而他身边只剩下了一个马夫。

奇迹再次光顾了他们。那个马夫居然背着他冲出了鬼子的包围，还及时把他送到了前方医院。

在医院里，他被截了肠子，休养了整整一年。刚回到部队，朱老总便把他找去谈话，向他传达了中共六届六中全会的精神。

朱老总告诉他："根据毛主席关于《论持久战》的战略思想，我们打败日本帝国主义要做长期准备，首先要自力更生搞好自己的家务，其中最重要的一条是要在根据地办兵工厂，开辟军火生产，这是战胜敌人的决定性条件之一。中央毛泽东等领导早在1937年10月22日就来电指示，我们必须在一年内增加步枪10000支，主要方法是靠自己制造。搞军火生产要有专门知识，总部还没有发现这样的人才，从现在来看你搞通信工作多年，懂技术，做这项工作比较合适。"

听到朱老总这话，猝不及防的刘鹏很是吃惊，他有些为难，让他打仗没事，可搞生产他是真的一头雾水。而且他很明白，此时，在蒋介石"限共""反共"的政策下，我军事实上已经陷入了国民党顽固派的封锁，一切后勤供应都被断绝，更不要说供应枪、弹了。这也是为什么朱老总会如此迫切的创办兵工厂的原因。

然而，这是关系到全军生死存亡的大事，他一个门外汉能做好吗？所以，在之后的一段时间里，朱老总几次找他谈话，他都犹豫难决。可朱老总似乎就认准了他，一直在耐心地鼓励他。最后，当朱老总第七次又找上他时，他觉得自己不能再辜负老总的希望了，便一咬牙同

意了。

幸好，总部并没有让他孤军奋战。很快就从抗大又为第六科派来了高原、黄枫、黄涛、白英等4位对工业生产较为熟悉的同志。

随即，刘鹏便招呼他们分头到各地走访调查。结果令人担忧，他们发现，虽然部队和地方抗日政府先后成立了不少修械所和炸弹厂，但都是些规模很小、设备简陋、技术落后、质量不稳定的小作坊，根本不能应付接下来的战争形势。

于是，刘鹏提出要把这些军工厂集中起来进行改造，扩建成兵工厂。铁炉兵工厂正是最好的选项。这是多好的兵工基础啊：已经聚集了一批军火技术工人，原料问题也解决了，而且已经开始了马枪、手榴弹生产，完全符合总部要求。至于厂子难以维持，只要改用供给制就能解决。所以，他当即决定，马上就和老贾到武乡，接收兵工厂。

春风，就这么悄悄刮进了柳沟。

在那个 3 月，刘鹏、老贾，还有个叫高原的小伙子，骑着骡子，顶着寒风，悄悄来到了蟠龙镇上的县工会办事处。

高原这小伙子有二十四五岁，体魄健壮，精神头十足。虽然只是个书生娃，瞅着没咋经过世面，可谁也不能小瞧他，他可是清华大学的高材生。在学校时还是校足球队队长，非常有组织能力。"一二·九"时，还和钱伟长一起，发起过清华南下自行车抗日宣传队，领着四五十号人，从北平一直骑行到南京，得到了无数学子的响应，让怯战的南京政府灰头土脸，难堪至极。

卢沟桥事变后，一腔热血的他马上投奔了八路军。

之前，他一直在总部，这是他第一次参加地方事务。

随即，县长谭永华，还有杜生旺和王化南都被叫到了办事处。大家坐在一起开始了交接。经过七八天商议，交接组定下了条框：

　　兵工厂交由军工科接管，正式日子是 4 月 1 日。现有股东，还有县工会的人，除了技术人全都退出。欠下的债，由八路军军工科偿还。工人们愿留的都接收，以后工资折成小米发。厂子今后专门造军火，从挖煤、采矿、冶炼生铁到铸造弹壳、配制黑色炸药，装配武器，一条龙。不再生产农具，在马岚头另弄作坊，与工厂脱钩。军火不再买卖，由八路军总后勤部统一调拨，这样既避免了落入汉奸、地痞之手，也可保工厂再无入不敷出之忧。厂子原由老经理王应岐的儿子王化民管的青背塔煤窑仍由他管，但产下的煤，须先供应兵工厂。为保障乡亲们的生活，剩下的可以卖给他们。

　　这一条条捋下来，所有人、事都安排到了，大家没个不满意的。

　　回头，高原作为军代表单独留了下来，负责后续事宜。在他的组织下，兵工厂有序地完成了接管改组：

　　原先的六孔土窑洞、一座土化铁方炉、50 多副铁砂箱、两个木质风车被完整地接收。所欠款项凭条清债，一些半成品、工具、原料，被作价清了债。为工人补发了所欠的 1—3 月薪水。听说厂子如今归了八路，工人绝大多数都留了下来，继续投入手榴弹生产。干部们，只有王化南被留了下来，继续担任工务科长。

　　老贾离开了，他有新的任务。就在刘建勋书记找他谈话之前的 2 月初，他和王化南参加了晋东南工救总会

武乡柳沟兵工厂旧址
萧刚·绘

的成立。在会上，他当选了总工会经济建设部部长，负责全区的工业生产。

那天，他的心沉甸甸的。在回柳沟的路上，他听到了有人在高歌：

"红眼那个圪针扎人死里疼，东洋鬼子呀实呀实在凶。漳河湾那个杨柳树，众呀众人栽，要打那个东洋鬼子呀，大家一起来。你拿你那个苗子呀我拿我的枪，打出那个小日本，同胞们保卫咱家乡……"就感觉这歌是在扎自己的心。杨柳树，杨柳树，咱柳沟铁厂就是漳河湾这棵柳树啊，可甚会儿，才能好好让大家拿上枪，打出小日本去呢？

当时他就越想越窝气，暗暗下决心要搞好柳沟，并以此为基地，好好为晋东南各县培养兵工人才，带动各县工人群众，积极参加抗日兵工生产。

现在，柳沟终于迎来了春天，实现了他的第一个心愿。而他也要为"培养军工人才，扩大兵工生产"这一目标奋斗了。

所以在交接后不久，他便带了30个原柳沟工人，来到了离柳沟不远的朝阳角，办起了一个工艺研究所，开始"摸索"起枪来。这次，他要完全依照德国造的"小老虎"造一杆属于咱自己的枪。

为了解决资金，他把他在牛家岭的老朋友——当地的油匠王木全拉了过来，还有小曲滩的纺线工、羊工，先搞了个毛线厂，凭着一架木制纺纱机、两架打袜机，给八路军织毛毯、毛袜。而这实际上，也是在还他的另一个心愿：就是弥补那次，朱老总让他提棉衣时，看见战士们光着脚在冰天雪地奔走时的遗憾。

同时，他还办起了粉坊、煤矿、工会商店。

源源不断的资金涌入了韩北那个小村庄。在充足的资金投入下，老贾全身心投入了"小老虎"的研制。经过几个月的试验，终于，一把崭新的盒子枪被造了出来。

他欣喜地拿着它去给地委赖若愚书记看。赖书记摸着这把"土味"小老虎，连声说道："很好，很好。"紧接着就嘱咐工作人员："马上准备专项资金，迅速组织生产。"

从那一刻起，太行山又多了一个朝阳角枪厂。

在老贾的动员下，枪厂的人数很快增加到了150人，初步完成了他既定的目标。而那把盒子枪，则被他送给了大名鼎鼎的魏名扬。魏大队长一高兴，专门买了只羊送到了朝阳角枪厂，慰劳咱的工人弟兄。

而柳沟这边，在高代表的组织下，也完成了扩建。此时，工厂机构分明：

设有熔矿、翻砂、木工、完成四个股，工务、材料、管理三个科和一个警卫队。其中，木工股是制作翻砂模型、手榴弹木柄和包装箱的。熔矿股设在了马岚头。那里有个上下油房，他们在那里建起了铁方炉、化铁炉，

用坩埚产了十几垛铁。需用的矿石、耐火土，都从窑凹沟和东江沟拉来。为了方便人担畜驮，还在张家圪咀的土梁下，打通了30多米深的土洞，省时省工。每月产量逐渐发展到18万斤，成了太行人民军火工业的生铁生产基地。此外，还有个化铜部，建在了西垴圪咀，里边有两个化铜炉，专门化铜。翻砂股建在庄底河则儿，主要铸造手榴弹壳。完成股负责熬硝、烧炭、制造黑色炸药、雷管和组装。其中提硝设在了西庄庙后院，这里还负责配料和碾火药。然后送到上油房装配加工。庙的正殿和戏台，还设有修枪所。引信设在成家凹，最后在才子坡和下九庙总装。

从此，一座满怀着八路军、太行人希望的兵工生产基地应运而生了。

它被正式改名为"八路军军工科柳沟兵工厂"，对外称"柳沟铁厂"，代号为"焦作"。

除了手榴弹生产，工厂的"副业"也搞得有声有色。他们把附近民办的铁矿、煤窑、铝土（做炼铁的主要原料）、酒坊等以合同形式都纳入到了兵工厂的生产计划中，由"焦作"安排，受"焦作"指挥，由"焦作"收购，但经济自主，组织独立，被当地人称为焦作的"儿女公司"。

鉴于高原工作繁忙，不久，军工科又从榆社韩庄调来了老修械工郝希英和他一起当军代表。

郝代表个子不高，长脸、隆鼻大嘴，有着永远坚定的目光。他是河北束鹿人，1902 年出生在一个贫农家庭。13 岁就开始打童工，曾在当时中国最大的兵工厂沈阳奉天当过造枪工人。

"九一八"后，他怀着对鬼子的仇恨秘密参加了地下组织。1931 年 10 月，中央红军官田兵工厂成立后急需技术骨干，他受党派遣，带着两位工友冲破重重关卡，到兴国参加了革命。

长征后，他在官田人损失惨重的情况下勇挑重担，仅凭两台老虎钳子、四把锉刀和一只风箱，在吴起镇十里铺重新创建了中央兵工厂。随后，又创建了延安兵工厂。此次，他是专门来负责手榴弹技术改进的。

当时，又发生了一件"边区造"的冷笑话：

一次鬼子来"扫荡"，两个八路军被包围了，他们

打光了子弹，为了避免被俘受辱。两人紧紧地抱在一起，拉响了手榴弹。一声巨响后，他们倒下了。到了后半夜又都醒了。原来，那仍旧是颗"一炸两瓣"。

每次听到这种事，大家伙儿的脸上都挂不住，手榴弹是来杀鬼子的，不是来让咱的同志们流血的，更不是闹笑话的。

于是，在这年春，老郝便带上郭大海、教逢春几个，开始了新手榴弹的摸索。大家都有决心造出能在爆炸后，产生几十块甚至上百块碎片的手榴弹来。

教逢春是火药上的"土专家"。他是1906年生人。祖辈都是洪洞鞭炮和焰火匠，所以他从小就学会了造黑火药。

1937年鬼子进了山西后，他们一家人都气炸了肚。当听说柳沟兵工厂开了，他二叔教子孚就打算带上徒弟谷雪成来柳沟。教逢春听说后，也要跟着来。

于是，三个人顶着寒风趁着夜色上了路，在太行山里饿着肚子整整走了一天一夜，通过了鬼子的封锁线，直到后半夜才来到了柳沟。

进门后，他们吃下了在柳沟的第一顿饭，黑豆苴子——这在柳沟已经算是好饭了。可在他们家乡却是喂牲口的，和他们以前吃白面馒头和面条没法比。

当时，教子孚还说他徒弟："咱们先凑合凑合，等赶走了鬼子，会有好日子的。"让谷雪成不知道的是，实际上教子孚自己吃的只有多半碗小米寡汤水水。

不光如此，后半夜，当他们睡下时，三人只有一条被子。咋办呢？教子孚把被子丢给教逢春和谷雪成两人盖着，他自己则囫囵着身扛到了天明。

往后的日子，和这差不离。但他们都熬下来了。周围的工人都是这么艰苦，而且大家来这儿是为抗日的，不是来好活的。

为了保密，他们还换上了假名字，譬如谷雪成就叫成了谷保国。

至于教逢春，他根本不在意这些。他的目光已经被那些火药黏住了。这个勇敢的小伙子，对工厂搜集回来的炮弹着了迷。不管是国内生产的，还是国外生产的，都敢拿来拆卸研究。很快，就掌握了各种炮弹的结构与性能。像雷管呀、底火呀、引信呀，没有一个他不知道的。理所当然地成了工人中间的"火工品的外科医生"。像手榴弹这种哑火，还有什么漏药问题，都是他第一个抢在前头，"查病因""动手术"。

到了夏天，厂里又来了许多"能人"。

当时，军工科扩编军工部，刘鹏担任了部长。按照他的"集中改造小厂，扩建兵工厂"计划，厂里又搬来了设在辽县杨家庄的第一二九师炸弹厂和壶关县的第一一五师炸弹厂。高代表被从军工部调出，正式担任了柳沟铁厂厂长。柳沟老人王化南则担任了副厂长。同时，

陆陆续续又调来了晋南、冀鲁豫各支队所属修械所的部分技术工人。其中包括石成玉、石成尧、石成昆三兄弟，还有他们的娘、女人和儿女，共八口人。

一进厂，石成玉师傅便参加了手榴弹的改进。别看他个子瘦小，但性子很开朗，圆脸上的嘴角总是向上翘着，似乎一直在笑。论起造手榴弹来，他可是"土专家"，早在1937年就自己造出了手榴弹。

老石是河北永年随家营人，生于1903年。他爹是个铁匠。他8岁上就跟他爹打铁，练就了一身好本领。15岁那年，随家营闹水灾，一家人活不下去，只好要饭到邢台申家庄安了身。日子刚转好，鬼子却来了。见了人就杀，见了东西就抢，还在城四门设了警哨，逼老百姓叫"太君"。

有一次，他亲眼见鬼子抢村人的耕牛，丢下一块钱，硬说是"公平买卖"。村人不收，鬼子就一枪把牛打死了，叫嚣道："不收钱，就是跟皇军作对。"

这一桩桩、一件件，把他的肺都快要气炸了。咋办呢？他打算拉上几个好兄弟，狠狠地寻鬼子出口恶气。大家凑一堆儿想主意。有人就突然想到，国民党撤退时，曾在城南七里河丢下过武器。便过去偷偷从河里捞起了十几颗手榴弹。可一试才发现，全都给河水泡瞎火了。

咋办呢？几个人都是些村人，根本不懂得摆弄手榴弹。有个叫白守云的就撺掇老石："老富（石成玉的小名），咱们中，就数你手巧，要不你想法把它们修好？"

老石当即点头说试一试。他发挥小炉匠的特长，把手榴弹拆开，弄清了结构，跟兄弟们凑了三块钱，买回了新黑药和火线，安上了新木柄，就把那些手榴弹给修好了。

几天后的一个傍晚，天下着大雨。他一个人悄悄地来到了五里铺，埋伏在一棵大柏树后边。不一会儿开过来几辆兵车，上面满满的全是鬼子，一个个全部都蜷缩着身子。因为路打滑，车走得很慢。老石瞄准了，一口气把手榴弹都丢了出去。"轰隆隆……"几声，把鬼子炸得哭爹喊娘，老石却趁着乱溜之大吉。

从此以后，老石就开始了手榴弹生意。附近村经常有人来买，手榴弹一时供不应求。就连八路军也来光顾他的生意。让他把手榴弹送到指定地方。

可送手榴弹得穿城而过，城里时不时有鬼子的巡逻队，被发现了那可是杀头的罪。咋办呢？老石眼珠一转，就想出了办法。他装成个送臭油的挑夫，经过岗哨时，鬼子不光不问还让他快快担走。就这样，手榴弹被安全送达了。

之后，八路军在老石这里买手榴弹的量便越来越大。他一个人忙不过来，便又把老婆和兄弟也拉来装弹。时间长了，就被伪军发现了，向小鬼子告了密。鬼子不仅抓了他兄弟，还打了他老婆。他一气下，就投了八路，带上全家人来到了辽县下庄。

当时，第一二九师的修械所还没正式成立，领导便委托他帮助造手榴弹。于是，他就在旁边的石匠村办起了手榴弹工厂。做的手榴弹威力挺大，最少也能炸开 20 片，打得鬼子哇哇叫。

这次，他的到来直接加快了"焦作"手榴弹的改造。只过了一年，厂里的手榴弹质量便大变了模样。

弹壳上，不再是原先的光秃秃，而是变成了表面有凹方格花纹的椭圆形。引药，由火柴头改成了雄黄氯酸钾配制，外头加上了蜡皮，这下子再不用怕拉不着火了，拉火帽又防止了受潮。延时上，学习了小鬼子九一式手榴弹设计，保证控制在四秒。引火管直接引燃装药也改成了先燃雷管再爆装药。火药配方和碾压法也得到了改进，防止了事故，还增加了爆破力。这样的手榴弹制作出来，扔一颗出去，"轰隆"，能炸 50 多片。

从此以后，柳沟造的手榴弹，成了小鬼子挥之不去的噩梦。随着质量的不断改进，产量也急剧攀升，到年底日产已超过万颗。此时，厂里职工数已逐渐增加到 600 余人。在军工部的安排下，一些熟悉的技师开始走出柳沟，到分区各手榴弹厂担任顾问，让八路军各根据地也逐渐拥有了能批量生产手榴弹的炸弹厂。

可惜的是，在 1939 年秋天，郝代表有了新任务，到平顺，当了军工部二所所长。没能等到新手榴弹试制出来的那天。

就在手榴弹投入改进的同时，另一件大杀器——地雷，也在柳沟面世了。

这事得归功于郭大海师傅和老石两个人。

那是 1939 年的夏。一个前晌，郭师傅正在火炉前抡铁锤，嘴里还哼哼着："大铁锤下哟，小榔头上哟，抗日的军火工打造武器忙哟，支援八路军哟，打垮小东洋哟……"

在他身边拉风箱的，正是老石。老石还笑郭师傅："幸亏是打个大刀，要是让你拿起个枪炮，还不知道乐成甚样。"

郭师傅立刻反驳道："你还说我哩，每次打胜仗，你还不是快要把门牙给笑掉了。"

也是，只要是听到战斗捷报，全厂人没个不乐的。

两人正说笑间，突然，旁边有人操着外省话问："小伙子，你笑啥子哟？"两人扭头一瞧，原来是个年过半百的老八路，只见他生着宽阔的肩膀头，身子骨很健壮，

穿着一身灰粗布军装，腰里还束着根宽宽的旧皮带，正慈祥地望着他俩。身后头还跟着高原厂长。

虽然不认识，郭师傅还是觉得这人挺亲切，于是爽朗地回答道："造武器打鬼子嘛，心里当然高兴。"

说完，他刚要习惯性地撩起围裙擦手，谁料，老八路的大手却伸过来了，一把就把他的手紧紧地握住，还问他叫个甚，多大岁数。又说："你们在这黑山沟里搞兵工厂挺辛苦。"

郭师傅摇头："这有甚苦，听说咱八路军的总司令在井冈山打游击时，还得亲自下山挑粮哩。"

老八路微笑着拍了拍他的肩膀头："小同志，好好干，平时多流汗，战时少流血，只要前后方团结好，最后胜利一定是咱的。"

说完，他扭头问高原："工人们现在情况咋样了？"

高厂长说："现在比以前好多了，以前咱们靠的是收废铁，现在已经有自己的矿了。以前吃的是野菜……小郭他们那时，住的还是神台，搬掉了泥菩萨，垒起铁匠炉，又是工房又是宿舍……不过，就算是那会儿，只要听到咱们打胜仗，工人们再咋苦也没怨言。"

老八路听了，笑笑说："看起来，打鬼子造枪炮，连泥菩萨也得给咱抗日军民让位。干革命嘛，就得这样。我们那时候在井冈山搞兵工厂，也没有厂房，就在山涧石崖下干。没宿舍，就砍毛竹搭，白军来了，大伙就背起'工厂'打游击……"

郭师傅一听愣了,原来这还是个老红军。

这时,就听老八路又问他:"你们搞得是不错,但还要发展,光靠眼下这些武器,还赶不上八路军、游击队的需要。你们合计合计,能不能制造些土地雷?"

"地雷?"郭师傅觉得挺新鲜,他还是头一回听说这个名词。

老石却在旁边微微笑,原来,他早在下庄时,就造出过地雷。

当时,第一二九师经常在铁路附近活动,破坏小鬼子的交通,阻击小鬼子。可光凭步枪、手榴弹,达不到遏制小鬼子的目的。为此,他们想到了1938年春,由华大学高材生熊大缜筹建的"技术研究社"为冀中军分区造出的地雷。想到手里既然有个老石这样的宝贝疙瘩,为啥不充分利用呢?于是,就让供应处长钟光殿来寻他。

当时,钟科长也是这样问老石:"你能不能做地雷?"

老石也是一头雾水:"地雷,甚叫个地雷?"

钟处长跟他解释说:"和手榴弹差不多,只是样子不同,用法不同。现在咱们打鬼子,无论是炸铁路、炸桥梁,地雷这东西很顶事,只要事先在鬼子要过的地方埋它几颗,准叫他们见阎王。"

听说和手榴弹差不多,老石的心里就有了些底。他马上参照钟科长拿来的图纸,用泥自己捏了个"土地

雷", 跑过去问翻砂工: "师傅, 这东西能不能做?"

翻砂工一瞅, 很干脆: "没问题。"

于是, 拉风箱的拉风箱, 化铁水的化铁水, 还有的在那里忙乎着用砂子做模具。很快, 就造出了地雷壳。

接着, 老石又参照手榴弹, 改进了构造, 装上了火药, 安好了雷管, 做出个 20 来斤的大地雷, 拉上钟处长就去做试验。

他们把地雷放在一块石头下, 离几十丈远拉绳子, "轰隆"一声, 石头立刻上了天, 粉身碎骨。

把钟科长乐得, 当时就让大量生产。

这时, 就看到眼前这个老八路弯下腰, 用刀尖在地上画了个圈, 微笑地说: "这是个这, 像个大西瓜, 和手榴弹装置原理一个样, 咱们要破坏桥梁、毁碉堡, 封道路, 藏东西, 哪里都用得着这'铁西瓜'。你们能造出手榴弹, 还怕造不出个地雷?"

还没等老石吭气, 郭师傅一听, 马上就拍了胸脯, 说: "既然前方需要, 我们就费上登天的力, 也要把它造出来。"

老八路听到保证后, 很满意地离开了。这时, 郭师傅却有些惊奇地拽了拽也要跟着走的高原, 小声问: "厂长, 这是个谁?"

高原随口答了句: "一号首长。"

郭师傅有些纳闷, 一号首长是个啥干部。

等到晚上党支部开会，高原主动给他们揭开了谜底。他们这才知道，前晌来的是朱老总。

原来，就在 7 月中旬，朱老总便来到了岭上的砖壁。和柳沟近在咫尺。对于柳沟这个宝贝疙瘩，朱老总可是一直就关心着，这回是半道专程来视察的。

听完高原的话，郭师傅马上就埋怨起来："你咋也不早说，好歹也让我们看看他老人家。"

大家听了都哈哈笑。这天夜里郭师傅就睡不着了。他想，既然是朱老总的指示，说下啥也得给造出来。想着想着，干脆翻身坐起，找到老石，拉上就要造"铁西瓜"。

老石可是轻车熟路，几个人一黑夜，就造出了地雷。

从此，柳沟又多了件大杀器。

因为它和手榴弹的原理都一样，工人们很快就掌握了技术。作为主管生产的领导，王化南马上指示立刻投入生产。到了 1939 年底，地雷的日产量也和手榴弹一样突破了一万。

有了这些地雷，八路军和游击队如鱼得水。在鬼子经过的地方，到处摆地雷阵，一会儿炸铁路，一会儿炸桥梁，一会儿炸汽车，闹得鬼子坐立不安。以往嚣张的鬼子，现在只要出来"扫荡"，行动得比绵羊还慢，比狐狸还鬼，生怕不小心碰上地雷送了狗命。他们再也不敢随便闯进乡亲们的家里了。天知道，地雷会不会从门头

上、地底下冒出来。

当时，根据地的人，到处都在说："铁瓜，不简单，装上火药爆发管，只要鬼子一动弹，一炸就是一大片。"

就在郭师傅和老石他们研制地雷的当儿，不安分的鬼子又开始搞二次"九路围攻"了。5万多鬼子兵气势汹汹地直扑晋东南，而国民党顽固派也趁机制造起了摩擦。比武乡工救会兵工厂建成还要早两个月的榆社讲堂韩庄修械所率先受到了威胁，被迫停产。

情势非常危急，刘鹏部长赶紧向左副参谋长作了汇报，左副参谋长又马上向朱总司令请示。朱总司令批示，重新选址。当天夜里，迫不及待的左副参谋长就和刘部长出发了。

这天他们到了板山和黎城交界的左会，在第一二九师卫生部短暂休憩。望着左会这个名字，左副参谋长突然想到有一次，他在打小鬼子时缴获了一张飞机拍的地图，上头曾经标注着一个"黄崖洞"，就在左会附近。于是想是不是考虑安排人前去摸底。这个摸底的人一定得熟悉地方，而且还得知道建兵工厂的条件。

想来想去，熟悉地方的人好找，把附近的村干部拉

上去就行。懂得兵工厂建址的人却只能找兵工厂的了。这近处只有柳沟的人最合适，而柳沟的人里头也只有王化南最了解建厂了。

于是，一道命令便被下到了柳沟，正在紧盯生产的王化南被军工部紧急"借"走了。

看到他的到来，左副参谋长一声令下，由刘鹏部长带队，领着熟悉地势的村干部带路，一行10人组成的开路先锋一路前往传说中黄龙真人除妖怪的黄崖洞。

途中，他们来到了以前从没有人上过去的，难以攀逾的瓮圪廊，想尽办法，齐心协力爬了上去。

这是一条极窄的峡谷，宽处不及10米，窄处仅丈余，呈"S"形走廊状，有500米长。从谷底仰望，两边的悬崖高耸，只能看见一线青天。谷深处，有一挂瀑布，声势浩大如雷，人站在旁，需要对着耳朵呐喊才能听见。瀑底是深不见底的"无底瓮"。王化南刚来到这里就不由惊叹，此处若是设个吊桥，那真是一夫当关，万夫莫开。

而黄崖洞就在廊后峭壁上。洞前有棵大树，如果不仔细看，根本不知道这里有个天然石洞。等他们来到洞口，眼前顿时出现了一片"高深的天地"，王化南立刻欢喜地开始测算，琢磨着它的用途。里边有25米高、20米宽、40米深，完全可以存放武器和弹药啊。这下子兵工厂的"仓库"算是有了，真是个令人振奋的开端。大家马上向周边探查。不久，就来到了洞南边的水窑山谷。

板山风光

萧刚·绘

刚进谷，眼前便豁然开朗，里头居然有一大片平坦地方，王化南惊讶地叫道："这是个天然的造厂房的好地方呀。"

刘鹏部长听了，也一阵惊喜。心想，如果这地方能开发出来，那建兵工厂的事就基本能落实了。于是，赶紧让大家测量，"啊呀，还真不赖，至少能建 12 栋工房、宿舍"。

至于建筑的材料根本不用愁，王化南指着满山的石头大声说："哪也不用去，这里遍地都是片石，直接拿来搭建就可以。"

唯一担忧的是过来的路那么狭窄，大机器、大设备，怎么运输。王化南建议，在陡深处，重新修整出条路。

接着，大家伙分析了这里的其他优势。从外头进里头，只有他们进来的这条道。向东过了瓮圪廊可至八路军总部军工部，向西北通过左会垭口可直通八路军总部。既能随时接受军工部和总部的命令，也能随时得到有力的支援。加上崖高水长，地方隐蔽，是进可以攻，退可以守。还有，地方也足够。再难遇这么好的建址地。

虽然是帮着兄弟厂搞建设，但王化南此时的心也是非常激动的，他一遍遍地仔细测量。一个个想法、一个个意见都及时地提了出来，都被刘鹏和随行的同志们记在了脑海，勾画在了纸上。

回头，刘鹏就兴奋地向左副参谋长作了汇报。左副参谋长听到刘鹏所说的就和仙境一样，也忍不住了，当即决定亲自上山去考察一趟。这次他又带了特务团参谋长许德厚，要许德厚帮着做记录。

在黄崖洞和水窑山谷，左副参谋长把王化南向刘鹏提出的意见一一做了印证，又融入了自己的一些新想法，最终也确定了这里就是他一心想要寻找的地方。

怀着同样激动的心情，他马上赶到砖壁，向朱总、彭总作了汇报。两位老总听了他的诉说，觉得这个地方是真好，自然也坐不住了。于是决定要亲自去一趟。

不久，他们便又秘密来到了这里。这次，仍由王化南陪同。

在黄崖洞下，刘鹏部长突然发现了什么，只见他指着洞西边大叫，大家都往那里看，就看见洞西有一个仿佛蝌蚪似的字，仔细一看，那分明是个军旅的"旅"字啊。这岂不印证了这里注定要与"军旅"有关？所有人都开心地笑起来。

一路上，左副参谋长都在向老总们讲解他对未来兵工厂的布局。而王化南也时不时地进行细节补充。

就见彭总问黄崖洞究竟能藏多少人。左副参谋长答："少说三个连。"三个连就是 300 多号人。朱老总一听，脸上露出了喜悦的神色，点头道："够了够了，兵工厂有三个连的人马足够了。"

接着，他又问："厂房建在哪里，有多少面积？"

左副参谋长马上胸有成竹地说:"我和刘鹏同志商量过了,厂房就建在西面的深谷(水窑)里,总建筑面积能有 6000 平方米,可造 12 栋房,上下两层,楼下生产,楼上住宿,最大的钳工房,可建 1000 平方米。"

彭总又问需要多长时间。左副参谋长答:"半年。"两位老总不相信,半年? 这么大的工程量,光修运材料的路就要费不少时间。而且,修好后,武器怎么往出运啊。

可左副参谋长早有答案,他先向老总们解释了进出的路——从左会修条大路。接着,他又指着瓮圪廊说:"你们看这条瓮圪廊,老百姓有首歌谣:'瓮圪廊啊一步宽,进去九曲十八弯,低头深潭流水急,仰望上空一线天。'同志们建议,在这里修座活动吊桥,平时放下来,接通内外,若是鬼子来了,就收起来,任他千军万马也难进来。"

听到这里,彭总激动地说:"好好,我看,就定这个地方了。"

朱老总也说:"对,就选这黄崖洞,我也很满意。左权同志,我只知道你是个军事家,想不到你也是个不错的建筑师、设计师。"

咱们的左副参谋长一点也不居功,只见他谦逊地笑笑,说:"这都是向刘鹏同志和老乡们学的。"

王化南知道左副参谋长说的这个老乡们里就有他,

他骄傲极了。

随后，左副参谋长就组织上人在水窑山谷开始了基建。而我们的王化南同志却悄悄又回到了柳沟，配合新来的炼钢技术顾问张华清老爷子，一起投入到了柳沟铁厂的基建当中。

张华清建设"土钢炉"

张老爷子是个"怪人"，个子高高，脸瘦长，浓眉大眼，厚嘴唇。他是五台的，和阎督军是老乡。

张华清不是他本名，他的本名叫张增，字益卿，1884年生人。他爹是个教书匠。他自幼聪明好学，16岁就中了举人，是山西首批公费留英学员。在那个当时科技最为发达、技术最为先进的国度，他如饥似渴地吸收知识。为了学英语，居然把厚厚的牛津字典给背了下来。有人不信，还考他，什么单词在哪页，怎么解释。他原模原样地就给说了出来。因为是公费，人家在英国不是花钱就是找老婆。他呢却根本没时间花钱，就把钱都攒下了。等到毕业时，他拿到了冶金博士学位。正打算回国时，辛亥革命了。

这可咋办呢？大清没有了，没人给大家付路费了。那些兜里没钱的顿时傻眼了，眼看就要流落英国了。就见张老不慌不忙拿出了平时攒下的积蓄为他们买了票，慢条斯理地登了船，回了。

等到了山西，他便参加了山西工业的创建，当了山西工业学校（太原理工大学前身）首任校长。由于他教得好，北京大学听说了，给他发来了邀请，让他来京。可阎督军说啥也不让，知道放走了这个宝贝疙瘩那是犯罪。为了"弥补"他，阎督军请他去创建阳泉融化厂（保晋铁厂前身），从此，山西有了高炉冶炼。

可是他看见那些贪污腐败的国民党，打心里就烦，一眼都不想见。反倒是街上那些要饭的，他能专门跑过去给人家钱，而且不是小钱是大洋，但凡他身上有的都能给掏出来。

有回阎督军来了，他提前知道消息，就躲到了门房和看门老头下象棋去了，让谁也找不见。阎督军筹建西北炼钢厂（太钢前身），想让他去当厂长，他不当，也不见。1937年小鬼子来了，阎督军还惦念着他，叫他去克难坡。谁承想，他老人家披了个道袍，进了天龙山的寺庙当假老道去了。等到冬天，又有个老乡寻他，他一看来人，二话没说跟上就走。

这个老乡叫薄一波。

不光他走了，还有他家人，还有他在西北炼钢厂的助手刘致中和夫人赵黛娥。

老刘也是五台的，人很文静，戴着副眼镜，一看就是有学问的。他1904年出生，也留过洋，也学冶金，也在英国，还到过德国。回来后给张学良的东北矿务局干

过，后头让阎督军给叫回来了。

老刘谁都不佩服，就佩服张老爷子，但凡张老的决定他都会听。所以这次就跟着来了。

他们是连夜走的。一路上很是惊心动魄，过了好几道封锁线，经常见光秃秃的山上有全副武装的人挥手。可见有专人在负责他们的安全。

不久，他们到了武乡，砖壁。打那，张老就住在了砖壁。为了不让阎督军知道，他起了个假名，张华清。可最终还是让阎督军知道了，气得咱这个战区司令长官差点没吐出血来。

为了庆祝老爷子的到来，彭老总专门让左副参谋长亲自为他举行了盛大的欢迎仪式，并让他好好休息。可休息了一个月后，老爷子却坐不住了。他来是抗日的，不是搞清闲的，就主动提出要去八路军军工部。

军工部当然欢迎。于是，老爷子就在军工部当上了技术总指导。

这年，他听说柳沟铁厂光会炼铁，不会造钢。心想这哪行，枪啊、炮啊，都需用钢，一个兵工厂，不能光会造手榴弹和地雷吧。于是就领上刘致中，还有一个叫杜基祥的来到了柳沟。

杜基祥也不是一般人，也喝过洋墨水。他是1891年生人，家在江苏铜山，是个受苦人家的孩子。他从小下地。24岁上，为了糊口，漂洋过海到了法国一家兵工厂当了工人。后来，有了些积蓄，便出来开了家饭店。

正是有了这家饭店，他开始结识一些在法的华人，这里边就有周恩来、朱德、李富春、邓小平、邓颖超，并由此成为巴黎支部的一员。开饭店的钱，也大多资助了巴黎支部。

后来，他被抽调随聂荣臻到苏联莫斯科中山大学学习，又和朱老总成了同学。以后北伐时，他又给叶挺当机枪连连长。因为作战勇敢，南昌起义时，他已经当上了机枪营营长。而且他还是个关公刮骨疗伤式的人物，在三河坝的战斗中，自己动手挖出了身上的弹片。为了隐蔽，他当了和尚，伤愈后，靠着当讨吃、当清道夫到处找部队，组织上安排他当了地下党。直到1938年，才被朱老总调到抗大。

由于他最初在法国就是做兵工的，这次组织上安排他和刘致中一起到柳沟担任副厂长。配合张老、王化南一起搞生产、搞建设。刘致中专门负责指导炼铁，他负责管理，有时还带着人帮着挖煤矿。

张老爷子负责的比他们多些，所有技术都管。就连炸药的配方，他都会到完成部去检查。有些药，比如火硝，老爷子都会亲自尝一尝，看看是真是假。

当然，他主要还是搞钢。炼了一辈子钢，跑到八路军这儿居然见不到亲手炼出的钢花花，让他打心眼里难受。

然而，柳沟的情况并不乐观。这里就在鬼子眼皮子底下，建造炼钢用的高炉条件不允许。其他倒还好，山上到处都是杨柳树，炼钢需要的木炭很好解决。柳沟的谷里、河渠里有的是铁矿，主要原料都俱备。

正所谓巧妇也难为无米炊。咋办呢？既然条件不允许，那就换个思路，他跟王化南一起想办法。不就是要高度吗？咱立不起高炉，还不能往地底下挖？

最终，他们打上地底的主意。在地下挖了道深沟，依照炼钢的原理建造起了一座"土炼钢炉"，搞起了试验。你还别说，居然，真让他们炼出了几十斤钢。从此，咱的柳沟铁厂也可以炼钢啦。

除了炼钢，柳沟铁厂的一个个技术攻关，也少不了老爷子的功劳。手榴弹最终取得技术突破，就有老爷子的心血。在他的指导下，厂里各个产品技术都有了提升，思想工作也进行得有声有色。

郝代表走后，总部又安排来了张先进担任军代表负责这块。老张是个四川人，和老郝一样也是个老红军。他是1917年的，之前在地方干过一段时间政工，很有一套。可惜在炸弹厂也没待多久，1940年初，黄崖洞军工厂一生产，便被调走了。接任老张的又是个四川人，也是老红军，叫周海。不过，和老张不是一个地方。老张是通江的，他是宣汉的。这个周代表可是行动派，他看厂里大都是当地人，农民气十足，就拉着他们学政治，学文化，让厂里的纪律得到了加强，还提高了工人们的抗战热情。为了配合他，总部又调来了王维华、张汉英、刘敏、杨子祥。他们都是抗大的。张汉英还是个泰国华侨。

这是个心胸特别开阔，热心助人的小伙子，非常善于讲解，能和工友打成一片。搞生产，藏设备，打游击，组织复产，样样都抢在先。让工厂受到了朱老总的表扬。正是凭着这样的热忱，在工作之余他收获了一段爱情，和刘敏在1940年初结成了革命夫妻。

就这样，在大家的共同努力下，柳沟铁厂的产量不断翻番，钢铁、手榴弹、地雷，被源源不断地生产出来，有力地支援了抗战前线。只可惜后来鬼子还是发现了这里，发动了袭击，把张老爷子和大家的许多心血毁坏殆尽了。

柳沟催生出的抗战花

这年秋天，为搞庆祝，柳沟铁厂请来了全武乡最有名的秧歌艺人。

有西沟岭的李海水。他是鸣凤班的当家旦，12岁就开始学戏，拜的是老艺人董三狗。扮演过《河灯会》中的梁兰英。人个子不算高，椭圆脸儿，一戴上发饰，穿上戏服，往戏台上一站，哎呀，活脱脱一嫦娥。一双眼，秋水盈盈，顾盼有神。走一圈，婀娜轻盈。一副白水袖舞得团团生风。唱腔儿也不赖，温婉可人。

还有监漳的崔来法，也是个旦。他是"铁旦张"的徒孙，襄武秧歌的正宗传人。经常和李海水碰戏，不是演姐妹，就是演母女。

有北上合的韩希江。老韩个儿高，浓浓的黑眉，宽盘大脸，一副与世无争的善眉眼，非常平易近人。他是个全把戏，耍得最溜的是丑角。他学戏有名堂，打小就趴在窗户窟窿眼偷学他村韩中元的戏。韩中元教的娃记不住词，隔着窗把他叫进去，让他唱。他一张嘴，全背出来了。韩中元当着众人面叹息道："天生就是个唱戏的。"以后就领他到鸣凤班唱。有晚，鸣凤班到了襄垣西营，名丑韩三保突然病了。咋办呢？救场如救火，他想都没想就跳上了台。一亮嗓，哎呀呀，活脱脱就是戏里的人，那神态、那唱腔、那架势，惟妙惟肖。等他唱完，韩三保立马收他当了徒弟。

还有北上合的梁旭昌。论起来，他才是韩中元正儿八经的学生，他学的是生，也在鸣凤班唱。好生。

工人们早早便把消息传回了村里。村人们听闻这些人要来，都惊讶，"嗬呀，四大角儿都来了，能把这些人聚一起那一定是连台好戏。"

于是，等到9月26日正式开锣这天，都早早跑来了，戏台前挤得黑压压的，要和工人们一块庆祝。

也难怪大家这么憋慌，打小鬼子进武乡后，大家已经很久没听戏了。连这些唱戏的都活得凄惶，今不知明儿的。要不是咱八路军总部、第一二九师第三八六旅，在武东打下这片天，和龟缩在白晋线几个据点里的小鬼子抗衡，哪能有这么个平静心来看戏。

当然，还得感谢柳沟铁厂能够源源不断地为八路军提供手榴弹、地雷，以及咱的乡亲们自个儿，不停不歇地支前。所以，今儿这出戏，是给柳沟铁厂唱的，更是给广大老百姓唱的。

为了准备好这出戏。早在几个月前，县上就琢磨开

了，想着如何把散在各处的几个大班，像鸣凤呀，庆阳呀，涌乐意呀，三元的艺人们集合起来组成一个剧团，好好给大家唱。同时也为抗战出份力。

他们派出了洪水一区的王宣恒区长负责联系，王区长前前后后几乎跑断腿，才把这些流落到各处的艺人聚拢回来。听说是县上的决定，这些坐得快要发霉的艺人，顿时浑身来了劲，纷纷报了名。光北上合一下就报了十几个。单等着啥时正式开锣。

柳沟铁厂的庆祝会就是最好的时机。时间一到，就见王宣恒大步走上戏台，代表政府讲话："今天是武乡县抗日剧团在此演出……"工人们和村人都一头雾水，咦，哪来的武乡县抗日剧团？就见王宣恒接着说道："剧团和旧戏班不同，它是县政府下设的一个抗日救国文艺团体，没有供戏东家，也没有剥削，不唱烧香敬神戏。将来还要演新戏，为抗战服务、为大众服务。"大伙儿顿时明白了这剧团是咱县政府新成立的。

接着，就听王宣恒念起了顺口溜："……不论汉满蒙回藏，不论工农兵学商，要想不做亡国奴，一齐奋起打东洋。青年参军上前线，中年种地出公粮，老年喂鸡勤拾粪，儿童放哨捉汉奸，军民动员齐奋战，抗战胜利有保障……"

一听到这言语，大家的心顿时就火热热的。抗战、抗战，群心激昂。从那刻起，武乡县抗日剧团就正式成立了。它可谓是柳沟铁厂无意中催生的一朵抗战花。大家以雷鸣般的掌声欢迎它的到来。为了庆祝，剧团在柳沟一连唱了三天。古装戏《对绣鞋》，梁旭昌、崔来法的拿手戏《坡前会》……连连登场。之后，他们又到蟠龙、洪水、西营等地巡回演出。

冬天，还在王家峪，专门为朱总司令庆寿。朱老总亲自点了《小姑贤》《宋江坐楼》。

以后，剧团在党的领导下，不断唱新曲，像《小二黑结婚》《朱仙镇》《年除》《战争之夜》《地雷大王王来法》……在他们的宣传下，武乡抗战热潮持续高涨。不久，他们就走出了武乡，深入太行山进行演唱，成为太行山上一朵绚丽的向阳花。

而这，仅是柳沟铁厂催生出的一朵抗战花。不久，另一朵抗战花也被催生了。

那是1940年3月。这天，王化南正在和高原一起安排生产计划，突然，门卫送来了军工部的命令，要他火速赶往上赤峪。

等到王化南赶到时，才知道他被刘鹏部长亲自点了将：为八路军组建复装枪弹厂。

原来，就在2月，由他参与选址的黄崖洞兵工厂已经正式生产出了第一批步枪。但是，装备步枪的子弹却奇缺，战士们每支枪，仅配4—5发子弹，打光了，就只能用身体去打。为了配备急需的子弹，也为了节省材料，

经军工部决定，必须马上上马复装枪弹厂。

在一众兵工人中，刘鹏一眼就相中了曾在西北化学厂待过的王化南。

在兵工部的办公室里，刘鹏详细解释了任命他的缘由："化南同志，你在柳沟铁厂的生产中起到了关键作用。以致柳沟铁厂短短几个月就恢复了生产。使柳沟铁厂已初见规模，为前线的八路军战士提供了有利的支援。在柳沟的创建中，你是有功的。"

接着，刘部长又讲述了成立复装枪弹厂的必要性和紧迫性："调你来，就是要你担任枪弹厂厂长，因为当年你在太原兵工厂任工务员时，阎锡山的子弹厂就设在化学厂内，你对枪弹的生产有所了解……建厂需要的人员、机器、设备，军工部已有初步计划，希望你尽快选定厂址快速建厂，快速生产出枪弹。"

听完刘部长的话，王化南的内心很是不宁。他的专业是火药，虽然过去确实在化学厂接触过子弹生产，但并非他的专业，有许多地方他并不了解，需要新学习。但既然上级交代给了他任务，他就必须不折不扣地去执行。

"保证完成任务。"他向刘部长敬了个军礼。

一出军工部的门，他便马不停蹄地开始了张罗。他把目光投向了眼前苍莽的大山。在山里，黄崖洞的工人们正在那里紧锣密鼓地建设，生产。而他之所在，上赤峪有八路军军工部。复装子弹厂必须和它们邻近。

于是，他再次踏上了选址的路程。几经奔走后，他来到了下赤峪。那里有座三龙庙，地方不大，但依山面水，让他一下子就想到了以往在城隍庙、关帝庙、佛爷庙、白龙庙建兵工厂的林林总总。往事如烟历历涌上心头。他当即决定，厂址就选在这里。

不久，下赤峪子弹厂就成立了，保密代号"木厂"。

随后，他又从柳沟铁厂调去了十几个技术人员。其中有太原子弹厂回来的梁中年、齐进义、陈洪瑞，有车工张有福，钳工王俊，还有火药技师教逢春，锻工刘增廉、赵海金和张君堂。

在大家伙儿的共同努力下，子弹厂很快就安装调试完设备，他们利用从战场上捡来的子弹，开始了复装子弹研制。最终在"五一节"前夕获得成功，并大量生产。

从此太行山上，又有了一朵绚烂嫣红的子弹花。

　　"五一"节这天。在距柳沟铁厂15里外的八路军总部王家峪，天刚刚亮，就有一个人在村里散步。他浓眉大眼，鼻梁高挺，站在那里，仿若巍峨的苍松。他就是咱八路军副参谋长左权。

　　早在上年冬，时局就有些紧张。小鬼子妄图以铁路为柱，公路为链，碉堡为锁，搞"囚笼"，打算通过正太铁路沿线，隔绝我八路军总部、第一二九师，与晋察冀边区的联系。

　　国民党顽固派也跟着捣乱，不断向咱新军和八路军进攻，制造困难。为了打破鬼子和国民党顽固派的算盘，不久前，八路军几员大将齐聚王家峪，一起商议破袭正太铁路，打破鬼子的"囚笼"和国民党顽固派的反扑。

　　左副参谋长，也是制订计划的人。

　　此时，他正享受着大战前夕难得的片刻休憩。走在山道上，他突然看到面前一个随山街门里出来几个人，他们扛着铁锹、镢头，一脸愁容。遇着他，也没打招呼。

咋回事呢？以往，乡亲们遇见他，可是很热情的。左副参谋长脸上的笑容顿时凝住了，他马上意识到发生了什么。再仔细一瞅，那街门上已贴上了菱形的白麻纸……哎呀，这是要办丧事啊。他感觉诧异，没有听说村里有人去世啊。于是，上前叫住了一个认识的村人。

此人叫张福星，他一看是左副参谋长，便一五一十地向左副参谋长作了解释。

原来，此刻，在石门正在召开万人公审，要枪毙工救会的贾志厚、杜生旺、张玉堂。张玉堂，就是张福星的本家哥哥，他们这是要去替张玉堂挖墓。

左副参谋长听完，总觉得不对。大敌当前县上怎么会随便杀工救会的人呢？虽然不清楚是咋回事，但人必须得救。要知道这几个人中，可是有给咱柳沟铁厂做过大贡献的，不能说杀就杀。

想到这，他再也待不住，火速回到总部写了一道手令，吩咐警卫郭树保和另一个警卫法场救人。

一听是人命攸关的大事。郭树保他俩一刻也不敢怠慢，快马加鞭，来到了远在20里外的石门。此时的石门人山人海，万头攒动。杜生旺、贾志厚、张玉堂3个"工贼"已经被五花大绑，押至了刑场，就等着县长王捷三一声令下，就地枪决。

眼看情势危急，郭树保他们不等大汗淋漓的军马停好，就马上大叫"总部有令，刀下留人"。人们都听到了

呐喊，纷纷回头，就看见从外边匆匆赶来两个满头大汗的八路。于是赶紧让开了路。郭树保小跑着走向台前，把左副参谋长的手令赶紧递到王捷三手里。

看到是左副参谋长的手令，王县长没有丝毫犹豫，当即下令放人。人，就这样被救下了。随即，他们所"犯"的事，也被抖露了出来。

原来，一切还得从老贾办的朝阳角造枪厂说起。

那还是1939年秋，老贾他们三个由于小老虎的研制成功，开始积极筹备扩建枪厂。于是，一齐到西堡向供给部杨立三部长要钱。等走到东堡时，杜生旺突然说起这村有他一远房亲戚，既然路过了就想去走走。几人都觉得眼下也没大事，歇歇也无妨，于是便跟上一起去了。

杜生旺这个亲戚姓史，是个地主。这家的少爷史鉴官此时正在风陵渡当巡官，正好也回来了。表弟兄见面自然亲切，就见史鉴官拉着杜生旺手非要留他吃住。三人实在碍不过便留了下来。边吃饭边打麻将。闲谈中，杜生旺就把兵工厂的事跟史鉴官抖搂了抖搂。史鉴官也给他们讲他眼里的形势，说八路军虽强，可总敌不过日本人的装备好。最后顶多是两败俱伤，反倒是便宜了国民党，这天下说到底还是国民党的。

本来，这也就是随便说说。可令他们没想到的是窗外有耳。史鉴官的妹妹听见他们谈话的内容。这闺女有文化，思想也进步，正积极要求入党，一听里头妥妥的都是些"反动派",撒开脚丫子就跑到了村农救会报告了这件事。农救会的人一听,却吓出一头汗。

咋的了呢?原来这时候,国民党正掀起一股反共高潮,他们在县城挂起了党部牌子,阎锡山也派来了好几个反动组织,气焰嚣张至极。就在这么个敏感时刻,这几个妄议八路军的不是,这不妥妥的投降派么?可一想到这里头的人是县工救会的,他们也管不了,咋办呢?只好派人到区政府报告了情况。

区政府的人一听,这还了得。大敌当前,你们居然当汉奸?可他们也管不着,就又上报了县里。县里的有心人一听,高兴坏了,心说,哎呀,正愁瞅不着你们几个的空呢。

原来,贾志厚他们曾因办朝阳角造枪厂要经费,得罪了这些人,人家就抓住了这个机会。等到腊月三十这天,枪厂的人正高高兴兴地办年货、准备过年时,一举将杜生旺、贾志厚、张玉堂等七个人捉了起来。

人是抓了,但安罪名时,却作了难。没个实据啊。于是,先对外宣说,是他们杀了人,通了敌。后来,又变成了侵吞人民资产。

专署总工会也听到风声,赶紧派人给贾志厚送信,让他设法营救。却没想到连贾志厚也被捉起来了。

紧跟着,就有人来审他们。这个审讯的姓王,是窑神角的。是个正直人,他跟旁边人说:"他们都为抗日造

过武器，有功无罪我不能审。"于是，也不审也不问，就这么关押着，一天天过去。

这下子轮着县上那些人开始头疼了，他们没想到这几个人这么厉害，口碑居然这么好，老百姓这么拥护。咋办呢？一个个都想踢皮球。于是，以政府名义写了封信，派人把他们三个一起送到了八路军总部的锄奸部，想让锄奸部下手把他们杀掉。

可到了锄奸队，人家对他们一不打，二不骂，三不搞刑讯逼供，给吃好的，还专门组织上他们学习。这下子，县上那些人更张皇了，心却很不服气。于是在4月4日，又把他们要回了县上。

本来，在八路军总部，这几个人心情也放松了下来。因为，就连朱老总也找他们谈过话。他们以为总部能和县上沟通好，把这事进行全面审查，还他们一个清白。可没想到一回到县里就遭到了攻击，那些人口口声声说他们很坏，是工贼、汉奸、特务。并准备亲自动手将他们枪毙，行刑的日子就定在了1940年5月1日。

一场杀身之祸骤然临了头。尽管许多人都知道他们冤，可这当头谁也想不出救人的法子。五一这天，家里人已经在村里为他们打好了墓，抬来了棺材，就等着王捷三一声令下，就装殓。

现如今左副参谋长派人飞马救下了他们，自然是谢天谢地。为了避免再产生不必要的麻烦，左副参谋长又安排人将他们送至了晋冀鲁豫边区政府。让他们在那边学习，劳动。同时，由县里对他们的案子再进行复查。

不久，复查结果出来了，三人的冤情得到了昭雪，中共武乡县委书记李友久还代表县委分别向他们道了歉。

这事也就过去了。虽然受了不白之冤，但也深深感受到了八路军对自己的浓浓关怀，贾志厚的革命意志更加坚定了，在几经周折后，他又投身到了太行二分区炸弹厂，继续为太行山的兵工做贡献。

只是可惜了那个刚刚有起色的朝阳角造枪厂，经此一厄便停了产，工人们也纷纷流失，对抗战无形中造成了无可挽回的损失。

　　而左副参谋长这边，派人劫了法场后，他自己就离开了王家峪。他是去送一个人到上赤峪的。和他一起送的还有彭总和杨立三部长。

　　能让三位首长一起送的人，又怎么能是一般人呢。只见他骑了匹东洋马，人挺瘦削，中等个儿，一身正气，宽脸脸，鼻子底下留了条一字胡，一笑起来，眼就眯成道缝，显得非常慈善。

　　此人非旁人，他就是西安事变的幕后英雄，大名鼎鼎的刘鼎。想当年就是这个孤胆英雄，在和党组织失去了联系的情况下，只身一人闯张学良府，用刘鼎这个化名，跟心存疑惑的张少帅连夜交心，把党的政策说得明明白白。才让张少帅终于下定决心把身家性命和共产党绑在一起的。

　　当时，张少帅正准备和周公谈判。谈判前，张少帅跟周公商议，"我从上海请来一位共产党代表，名叫刘鼎，是否可以一起谈？"等周公见了这个所谓的刘鼎后，不由地哈哈大笑，"我以为是谁，原来是尊民，想不到我们在这里见面啊！"

原来，刘鼎本来就是周公手下的"强兵悍将"，刘鼎并不是他的本名，他原本叫阚尊民。当年，正是周公一声令下，才把本来在苏联留学的他招到了上海，直接在陈赓手下当起了副手，干起了地下工作。

当时有关刘鼎的传奇就很多，组织上让他去锄奸，他的部下却丢了枪。咋办呢？他拿起把扫帚，抵着巡警的腰便顺利地借了枪，锄了奸。回头又抽空，给人家还了回去。组织上让他去调查外国人的情报，他化装上小贩在人家门外晃悠，还跑人家营房楼上偷看。最后，跑外国书店买了张英文上海地图，往上一标，外国人的军事呀、经济呀，便统统都有了。比国民党的都全。顾顺章叛变后，党组织遭受了重大损失，是他东奔西走，才避免了更大损失。之后，又是他救了关向应、钱壮飞。可惜，后来，他在被派往苏区后便失了踪。今儿，却在这里见着了。

在周公的指示下，刘鼎就留在了张学良身边。不久便发生了震惊中外的"西安事变"。事后，就连毛主席也说："西安事变，刘鼎同志是有功的！"

如今他正在抗大当教员，搞军工部训练队，负责培训八路军的通讯人才。之所以要把他送走，是他的老同学朱老总在蟠龙发现了他后，悄悄跟彭总推荐："这个人

扎实好学，肯动脑子。他没有专门学过军工，但他聪明、爱钻，会干好。"

原来别人不知道，朱老总却知道咱们这位孤胆英雄还是个鲜为人知的武器专家呢。朱老总是有根据的。刘鼎的武器天赋，可是让方志敏、刘伯承亲眼见识过的。

这还得从头说起。

老刘本是四川南溪人，他家是诗书世家。南溪"明代古迹弹琴洞""阙氏三魁""一门五进士"，说的就是他家。就连他爹，也是闻名川南的书画大家。

老刘出生于1902年，打小就好读书。他10岁时就入了县立高小。当时，高小里驻扎着一支护国军，领头的人就叫个朱德。他那时就认识了这个当官的。等到16岁上，他考上了四川省立第三中学，开始组织上同学，抵制日货，开展反仇油斗争。24岁时，当时南溪的大人物孙炳文拉他到德国勤工俭学，他便从浙江高等工业学校电机科肄了业，到了柏林，后来又到了哥廷根，在两所大学里学机电。顺便又见到了朱德。这年冬天，在朱老总的介绍下入了党。以后，因为爱"闹事"，让德国人赶到了苏联。苏联之行让他眼界大开，他在那里装了一肚飞机、坦克、电话、电报、无线电、工兵通讯，还有火药、炸药和爆破知识。从此成了专家。

1929年底，国内来了份电报，上书六个字："速来上海报到。"落款："周恩来"。接到电报后，他火速赶往国内。可惜，刚赶到中苏边境就赶上了"中东路事件"。咋办呢？刘伯承的远东工人游击队收留了他，任命他为"武器"教官。两个四川人，天天在一起嘀嘀咕咕，要给中国人造一款适合打游击的短枪身的新步枪。可惜还没等造出来，路又通了。于是他回了国，当上了地下党。干了一阵子后，组织安排他到苏区，结果，途经闽浙赣军区时被方志敏给扣压了。

方志敏跟他说："你有任务我知道，但你不给我弄出山炮来，就不放你走。"

老刘只好蹲在山沟里，拿上台手摇的5尺车床造炮。"轰隆"一声，有颗炮弹爆炸了，他的腿被炸得血肉模糊。医生为他动手术，没麻药，他让人拿来根棍子咬着坚持到了最后。完了，医生说："啊呀，刘鼎，你真赛过关云长。"

为了赶时间，伤还没好，他就又开始造炮。最后，果然造出了一口35毫米口径的迫击炮。可方志敏仍然不让他走，让他给训练会用这种炮的炮兵分队。就这样，他"被迫"加入了方志敏的北上抗日先遣队出征。结果在仙霞岭让俘虏了。国民党押他到九江，他一看敌人不会修理自行车，高兴了，慌忙说："我会修。"就修。修得还真不赖。敌人高兴了，允许他自己上街买零件。他扭脸就跑到码头买了张回上海的船票逃之夭夭了。

可惜回了上海谁也没找到。最后找到了宋庆龄，宋

庆龄又把他介绍给了张学良……

此时，彭总正为军工生产实在跟不上急需发愁呢。这实在怨不得刘鹏，他毕竟只是军工干部，不是兵工专家。听说身边就有兵工专家，眼睛登时睁得溜圆，马上拉住刘鼎就和他商量，"你来当军工部部长吧，让刘鹏任副的。"

老刘听得直摇头，说："人家刘鹏部长干得好好的。"

彭总就给他讲形势，讲大战的需要。讲刘鹏多次让贤，希望有懂技术的人来任职。听到这里，老刘便答应了。于是，就由彭总挑头，于这个五一前在八路军总部开了个会。会，通知军工部的孙开楚政委去开了。开完后，他一回到下赤峪，就把刘鹏部长拉到了一旁，说："今个这场会，是关系到咱军工部的，彭副总司令说了，为加强咱军工部的工作，准备从抗大学校抽调刘鼎同志，当部长。他是留德和留苏的学生，学机械的，懂技术，不久就会来上任……"

刘部长没二话，服从。于是，孙开楚就张罗开了，给新部长准备房。他和刘鹏一个院，主人家叫董占鳌。他住北房的偏房，刘鹏住南房。刘鼎如果来，就没地方了。咋办呢？临时托了泥坯，盖了间新东房。

在上海时，刘鼎是陈赓的老部下。这回听说老部下要走，陈赓旅长立马送了他一匹东洋马。刘鼎骑上高头大马，踢踢踏踏就来到了上赤峪。一进门，放下行李，就马不停蹄地到绵延 300 里地的各个军工厂进行了视察。不久，一份沉甸甸的军工生产大变革的规划方案就摆到了彭总的桌头。

这里边头一桩，就是完成他向刘伯承曾经许下的愿，在黄崖洞造新枪，统一枪的标准。别看命令是下到了黄崖洞，可造枪这事，哪能缺下咱柳沟铁厂的人。要知道早几年咱柳沟也是生产过小马枪的。一道命令便下到了高原厂长的手里，为了造出枪管短、刺刀长、总重量轻的新枪，厂里原先做过枪的工人、技术员，都被调去参加试制组。于是，柳沟铁厂的人就开拔进了黄崖洞。

两个月后，一支枪吸取了"捷克式""三八式""汉阳造"的新枪出现在了刘伯承面前。高兴得刘伯承大笑："我想要的枪老要不到，今天见到了！"

彭总也拿起新枪翻来覆去地看，掂了又掂高兴地说："好枪！好枪！"

从此以后，各厂离开了造杂牌枪的历史，开始批量生产起了制式化的"八一式步马枪"。

多点开花
保证生产
原料

大战遥遥在即。

早在 5 月 1 日跟随三位老总前往军工部的路上，刘鼎就敏锐地觉察出他们眼下心里最急的就是武器的产量，这是大战制胜的保障。

可是不管枪支还是弹药，抑或手榴弹、地雷，想要产量提升都离不脱大量原料，尤其是钢铁。

铁，柳沟有。钢，柳沟炼出来过。眼下，不管是黄崖洞，还是上赤峪，所需的钢铁都要柳沟的支援。所以，当他风尘仆仆地赶到上赤峪后，一放下行李，第一站就赶至了柳沟。他要看看柳沟的资源，还有柳沟铁厂原材料的生产。

在柳沟，他看到了郭大海和石成玉师傅他们使唤的土方炉和坩埚，了解到了这里用的仍然是武乡人世世代代流传的"方炉坩埚两锻炼铁法"。这种至少在宋代就有的技艺好处是渣铁分离较好，对原料，鼓风要求较低，工艺过程可控性强。不好处是出铁率差。

咋办呀，他要的就是尽可能多的铁。不久，他又了解到了高平人使用的"小薄坩埚一次炼成坨铁法"。通过仔细比较他果断让郭师傅他们加大了坩埚容量，使原先一个方炉坩埚的产量一下从几百斤增长了10数倍。光这就解决了手榴弹、地雷、炮弹生铁原料的基本供给。

与此同时，一场大战悄悄在南关打响了。

春天，小鬼子先后占据了南关、分水岭、权店、南沟。把伪"县维持会"设在了南关。南关地处武乡、祁县、平遥三县交界，又有铁路又有公路。为了"维持"，小鬼子还在这里设下了兵站，派了生性残暴的峰正荣领了小500日伪军驻守在这里，于是，第一二九师首长决定给鬼子一次袭击，担任主攻的是第三八五旅第七六九团。

不久，战斗打响了。第七六九团给小鬼子来了个"黑虎掏心"，乘夜来了个急行军，趁小鬼子睡着后摸进了镇里。一夜就把峰正荣打得落花流水，歼灭了所有守军。还在鬼子的司令部、仓库里找到了大批木箱、麻包。

战士们打开麻包一看，里边是些粉末的东西，大家你看看我我看看你谁也不知道是啥。有人觉得是炸药。这时，李德生和马忠全两位营长到了，张嘴就说："这好办，炸药是苦的，尝尝就知道了。"然后，他主动用手指沾了一点尝了尝，"咦，不苦哇，还有点，辣味！"

这时旅部的训练参谋铁夫也过来了，他会日语，一瞅箱上的文字，高兴在嚷嚷："就是炸药，快扛。这可是

重要军资物品，咱们给柳沟铁厂送去。"

"哗啦"一下，大家都扑向了那堆炸药。

不久，这 1000 多箱炸药便堆到了柳沟，成了手榴弹、地雷的原料，成为大战中的坚兵利器。

事实上，给柳沟铁厂解决原料的还有个老军需，他就是咱八路军大管家杨立三部长。这个来自湖南长沙的农民娃，打 20 岁当兵的头天就跟军需结下了不解之缘：当上了孙中山讨贼军浙军第一路军军需官。23 岁时，他又在湘军游击支队里当军需正。28 时，又担任了工农革命军第四军第三十一团辎重队队长。30 岁时，任红十二军军需处长。32 岁，就着手建起了咱红军的第一批军工厂。1939 年春，在他 39 岁时，又到咱前方总司令部当了总部后勤部部长。

由于杨部长丰富的兵工经验。所以朱老总一见他的面就交给他一个紧要任务：筹建兵工厂，生产武器弹药。于是，他就着手组建了军事工业科。之后，才有了刘鹏接收柳沟铁厂的事。

为了这个兵工厂杨部长可算是操碎了心。他在苏区就是管兵工的，长征时，又照管过一大批科技人员，知道甚地方需要甚人才。接手柳沟铁厂后，他便满世界寻人才。像毕业于清华的高原、毕业于北洋大学的刘致中，还有后来来自德国柏林大学的陆达，都是他搜罗来的。

同时，他还组建了个"八路军流动工作团"。这里头，既有张华清、高原、陆达，也有从日本早稻田大学回来的程明升，从东京工业大学回来的郭栋材，从燕京大学物理系毕业的张方，从北平大学工学院毕业的郑汉涛、牛治华，从清华大学工学院毕业的李守文，从上海同济大学毕业的唐英之，从天津河北工学院毕业的张浩、张温如、王锡嘏、耿震、李非平，从天津北洋大学毕业的陈志坚、孙艳清、张培江、牛宝印、齐明……共有100多名专家。他们活跃在太行山上，随时到柳沟来，帮助咱柳沟铁厂，"诊治"，攻关。

就连柳沟的许多技术工人，也是他给招募来的。

除了人才，杨部长还躬亲巨细，帮着解决柳沟的原材料短缺问题。

他安排部队一打完仗就负责给收集弹壳。这些弹壳一回来，就被郭大海他们制成了手榴弹、地雷的壳。后来，又用来造炸弹壳。

还有铁路路轨。在接下来的大战中，所有从铁路上扒下的道轨，都源源不断地被他派人运到了柳沟。这些铁轨被郭大海、郭二海、郭三海他们反复高温锻打，最终制成了掷弹筒的筒身。

此外，铜也是柳沟生产必需的。

也是咱这位杨部长，发动各党政单位统统当"废旧回收员"，在老百姓手里收回来各种碎铜和铜圆，造弹头。

有些材料收集不来，他又安排上地下党到敌占区那里买。

为了帮助负责回收材料的人好辨认各种材料，他还印了套"普通鉴别材料法"。在里头详细说明了各种材料的外观、性能、比重以及科学而简单的鉴别方法，发给大家，保证了回来的材料都合用。

就这样，大家心往一处使，力往一处发。等到1940年8月大战打响后，柳沟铁厂生产的武器源源不断地被送上战场。下半年，除10月因鬼子"扫荡"停产外，柳沟铁厂光手榴弹就生产了71985颗。这些武器在大战中遍地开花。让小鬼子损失惨重，气得连连出丑的华北司令官多田骏直嚷嚷要加倍还击。

在大战间隙，一天，郭大海正和工友们在工棚里装地雷，突然，制药组的小李跑来了，大声说："快，快，朱总司令又要来咱厂了。"

一听说朱老总要来，大家马上齐动手把工厂里里外外打扫得干干净净，把工具和产品也摆放得整整齐齐。

一会儿，从东南方向"嗒嗒嗒"来了四五匹大马，最前头的正是大家敬爱的朱老总。他那茶黑色的四方脸庞神采奕奕，边走边不断地向工人们招手。

高原和刘致中他们赶紧让朱老总进里头休息，可朱老总却兴致勃勃地说："再到前头看看。"

于是，大家跟着来到了崖头旁新挖的 100 多孔窑洞旁，高原边走边给朱老总介绍："总司令，这是翻砂铸造洞，天阴下雨可以进洞里工作……那是出口，能通山上的军火储藏洞，敌人来了，可以把武器弹药从后山转移出去……"

朱老总边走边点头，又走进了一个相互沟通的大窑

洞。高原又介绍："这是便于战斗的连环洞，敌人来'扫荡'，咱的人可以上楼继续工作，也可在楼下雷地雷封锁洞，监视，打击敌人。"

朱老总听了高兴地说："对，咱们就是要有战争观念，坚持劳武结合，实行亦工亦兵，组织工人自卫队，时刻保卫兵工厂，准备长期的反'扫荡'。"

当他来到工人的宿舍，却皱了眉头，说："睡地铺很潮湿，要设法垒些火炕台。"一句话，说得在场的人心里都暖洋洋的。

中午，朱老总留在厂里吃饭，炊事员给他端来了面条，朱老总一看，马上说："咱们都一样，工人同志们吃啥我吃啥。"说完，他亲自到灶台前查看，发现工人们吃的是黑豆高粱糁掺野菜糊糊，便让司务也给舀了一碗，端上，来到了院场上，坐在了桃树下的石凳上，跟工人们拉起了家常。

他问郭大海，"小同志，你想不想家？"

郭大海说："在抗日兵工厂这个大家里，我生活得很愉快，一点也不想。"

老总的脸上露出了微笑。等吃完饭，他站起来，向着四周的群山环顾了一下，突然对大家说："为了粉碎日伪顽对根据地的大规模'扫荡'，咱们光靠地雷、手榴弹还不够，还需要一些远射程的武器，你们看能不能在老土炮的基础上，试着造些土掷弹筒？"

大家都表示，绝不辜负总司令的期望。

郭大海说："只要能造出掷弹筒，让炸弹长上翅膀去打鬼子，咱就是跌膘掉肉也心甘。"

朱老总笑笑："我们祖先能发明火药、指南针、造纸、活字印刷术，我们干军工的还研制不出个掷弹筒？"

下午，朱老总又去了矿山，叮嘱高原一定要注意矿工们的安全。

等他离开后，郭大海马上寻出老土炮，还有从敌人手里缴获来的破大炮开始了研究。

令他们没想到的是，此时彭总也寻上了刘鼎。对他讲，在大战中我军在阻击小鬼子发起的近距离冲锋时，常常遭到他们的掷弹筒轰击，压得战士们头也抬不起，问刘鼎有甚好办法压制鬼子的火力？

刘鼎说："咱也制这种小炮。"

彭总说："日军二七式掷弹筒轻便灵巧，如果我们自己也能制造，一定会大大加强我军威力。"说完，他向刘鼎下命令："敌人有掷弹筒我们也必须有！"

刘鼎回去立刻着手对小鬼子的掷弹筒进行解剖、测绘。不久，便憋出一张图纸。

就在这时候，等不及的彭总，又亲自参加了军工部的生产会议，要求日夜奋战，抓紧试造。为此，刘鼎指示黄崖洞、高峪三所，还有柳沟铁厂的技术员组成马岚头试验小组，全面研制掷弹筒和炮弹。

张华清老爷子亲自出马担任起了技术顾问，郭大海三兄弟成了试制组的骨干。这项工作主要有两大难题，一个是炮筒，一个是炮弹。

炮筒的事就由郭大海兄弟来干。

头一关是材料。现在能生产的白口铁肯定不行，又硬又脆一敲就断，所以便把目光投向了八路军刚从白晋线上扒下的铁轨。他们把铁轨一截截截开，弄成1米长，炮筒材料就妥了。

但另一个问题接踵而来，道轨细，炮筒圆径尺寸不够。咋办呢？他们把截好的道轨，放在火炉里加热，趁热反复镦打。一直把它们锻成400毫米长的圆柱体。然后放机床上从中旋空，这样炮身就出来了。

接下来，是解决炮筒的来复线。小鬼子的掷弹筒里有膛线，弹药药室外裹着一条紫铜弹带。而紫铜，在根据地非常紧缺。而且，即使有，也没有所需设备。

为此，大家坐在一起商议，干脆放弃原来的设计，弄成滑膛结构，保证了炸弹飞。

然后是膛压。这个难不倒他们。他们在炮后头拉了两个小口解决了。

没弹簧？

发动大家一起找。工厂里没，就进村人家寻，让村人寻村人。一家家过，不久就有了。

一道道难关，都被他们攻克了下来。就在大家看到了胜利的曙光时，突然郭大海出事了。一天，他正在炼铁炉旁作业，炼铁的火星溅进了他的左眼……那只眼当时就失明了。

咋办呀，攻关少不了他。等伤口被包扎好后，他不顾伤势马上又投入到了试制中，他不能因为自己辜负了朱老总的期望。

就这样，赶在秋季反"扫荡"之前，经过几十次日夜不停地试制，郭大海他们造出了第一个掷弹筒。大伙儿高兴地看着这个崭新的武器，都想亲手试试它的威力。

就在这时候，自卫队来报，一伙鬼子出来"扫荡"抢了批粮，正从蟠龙经过。

蟠龙和柳沟就隔着一条河。大伙儿马上决定就拿这伙鬼子试炮。

他们火速在河这边山头上把炮架了起来，冲着鬼子，"轰隆隆"就是好几炮。当时炮弹就在鬼子队伍里炸开了花，一下子就倒下了一大片。小鬼子张皇地四下里望，没有一个知道是咋回事。慌得他们赶紧丢下死尸和粮食就跑了。

看到了亲手造出的掷弹筒威力这么大，郭师傅信心倍增。他马上着手开始试验如何在这个基础上保证射击的距离和精度。经过一次次试炮，最后发现加长掷弹筒筒身的长度就能做到。于是，便把炮筒从280毫米增加到400毫米。

有一次刘鼎部长也跑来试炮。突然，危险发生了，掷弹筒炸膛了，幸亏工人老魏及时挡住了他……有了问题就得赶紧解决，最终，他们通过加厚炮壁弥补了钢材质量方面的不足，解决了膛裂。

就这样，在大家的共同努力下，咱的掷弹筒威力越来越强，小鬼子的掷弹筒，能射至多500米，而咱的掷弹筒，却能达到700米，远比鬼子的掷弹筒要远，还要好。

不久，锻工王孝堂又在材料上取得了突破，解决了用板材料卷炮筒的方法，大大增加了掷弹筒原材料的使用。

柳沟铁厂试验小组试制成功掷弹筒的消息很快就传到了八路军总部，朱老总听说后，立即指示："立即按照柳沟掷弹筒的图样，动员所有的铁匠炉全部投入这项生产。"

秋季反"扫荡"结束后，总部在王家峪召开了首届英模大会，会上，柳沟铁厂试制的掷弹筒赫然在列。

发奖仪式上，左副参谋长宣布了获奖名单，郭大海也被点了名。等他走上台，朱老总拉住他的手亲切地说："小郭同志，你带头创造了土掷弹筒，又为抗战立了一大功。"之后，他亲自为郭大海颁了布奖状，上面印着，"奖给郭大海同志，创造能手"，落款："十八集团军总司令部"。

和掷弹筒同时攻关的还有掷弹筒炸弹。

为了解决材料，刘鼎给试验组派来了一个大专家——陆达。

老陆和张华清老爷子一样，也是个冶金专家。他原本不叫陆达叫陆宗华。他家是北京的，他父亲陆兆礽是南京政府稽盐所官员，他娘张兰若家世也好，书香门第。老陆的初级数学与英语就是她辅导的。老陆早早就读了东吴大学化学系，之后，又读上海圣约翰大学化学系。为给他更好的教育，陆兆礽又送他到德国柏林工业大学钢铁冶金系，跟着著名的杜勒教授，一学就 4 年。

当时，温鹏久先生就在德国，推荐他参加了"中国反帝大同盟"，在那里，他第一次受到马克思主义和中国共产党抗日统一战线的教育。七七事变后，他曾为杨虎城将军翻译，并跟随将军到西班牙反对佛朗哥法西斯的前线慰问。

随后，他便准备回国参加抗战。登船前，他几乎把

所有积蓄都买了技术书，因为没钱，只能坐底舱。这天，他赶上船就往回走。底舱实在憋气，于是走上船舯想要换气，却又遇上了杨将军。杨将军一听他住最廉价的底舱，马上为他升了舱。

不久，他便到了延安。抵达那天，特意给自己改了名，陆达。意思是，到达了革命圣地。此后，他进了军工局，一心一意给咱八路军造武器。并于1939年夏，随军工局来到了八路军总部。

听说来了大专家，朱总司令专门请他吃了顿饭。席间，向他仔细询问了德国武器用钢的情况。他一五一十地给总司令讲。总司令很满意，嘱咐他一定要好好造枪炮支援前线。

随后，他在军工部当起了工程处副处长，加入了流动工作团。这天，他听刘鼎部长说想要造掷弹筒和炸弹，新炸弹需要安引信，装尾翅，切削车丝扣。可根据地如今只能生产的白口铁又脆又硬，一鼓捣就烂，根本不管用。管用的是一种灰口铁，可眼下太行山的条件根本不允许生产。

咋办呢？光靠从白晋线上扒下来的道轨，根本支撑不下长期打仗的需用。之前，他也听说张华清老爷子已经尝试过土法炼钢了，可惜温度一直上不去。现在唯一能想的途径就只有在白口铁上做文章了。

咋办呢？眼瞅着刘鼎作了难，他脑子里一闪念，马上想起了自己在德国时见过的一种铁韧化处理方法完全可以让生铁表面产生较高的韧性和强度。于是主动跟刘鼎请命，要参加柳沟铁厂的试验小组。

刘鼎一听，非常高兴。马上让他火速赶到柳沟去。

陆达一到柳沟，就让高原把干部和技术工人们召集了起来开讨论会。

在会上，他一五一十地给大家讲白口生铁脆硬的原因，实际上就是含的碳化铁做的怪。这种东西是种白色的结晶，又脆又硬。想要白口铁不脆不硬，只要想办法把这东西分解了就成。处理的方法他也有，而且不止一种。

其中一种是德国人的白心韧化处理，就是将白口铁铸件埋在矿石里，然后经过长时间高温处理，让矿石气逐渐渗到铸铁里，和碳化铁反应，分解它。另一种是美国人的黑心韧化处理，就是将白口铁铸件放在950℃高温中长时间保温，促使碳化铁分解。

知道洋法子后，大伙儿一下开了眼，马上开动脑筋想土办法。

有个孙兆喜师傅，原先是太原兵工厂的，马上就想到了他师父曾经用高温焖火炉在沙堆里埋进铸件使表皮软化加工的事。只是他光看过不知道原理，也没操作过，不知道其中的关键。

只要有方向，何愁道路没尽头。听了孙师傅的话后，

大家伙立马开干，搞起了土洋结合。为了攻克难关，陆达干脆守在炼铁现场，和工人们同吃同住。

就连刘鼎也赶来了。

不久，原先的土方炉被换成了耐火砖垒的焖火炉。起了炉后，就开始试方法。

起初他们试的是德国人的。将铸铁弹壳排列在火炉里，上覆砂土，长时间加热保温。可惜，火焰里的氧也渗了进去，把弹壳镀了层氧化铁皮，再和砂土里的氧化硅一结合，啊呀，又臭又硬，还不如不用。

于是，又试美国人的。

他们弄了些铁箱子，把耐火砖捣碎铺在底层，然后将白口铁铸成的炮弹壳一层层放进去。每层仍旧填满了耐火碎砖，就连弹壳里也填得满满的。装完后又在铁箱口盖上生铁板，接口处再拿黏土密封住。为了不让火焰气进入到箱里，在箱盖下又铺了一层废弹壳碎片。这样，即使有缝隙，也能用这些碎片吸了氧。

不久，试制品面了世，啊呀，光蛋蛋，一颗是一颗，既没氧化，也没脱皮，还泛着银灰的时尚色。

欢呼声，一下就淹没了车间。可陆达，却皱起了眉头，因为他看出这铸件有个毛病。加热韧化后的新弹壳，跟原木样的尺寸不一致。体积膨胀了。

咋办呀？他赶紧想办法。不久，他按木样设计的图纸，又亲自制作出了个卡量样板，拿它来测量弹壳的尺寸。只要小于样板的，一定是韧化处理不充分，出来的弹壳肯定又臭又硬。大于样板的，中性碳析出太多，弹壳会成为酥渣渣。只有合尺寸的，才是他们想要的。有了这件宝，工人们就能准确掌握弹壳韧化的程度了。

不过，此时的陆达仍旧没放松，他又在思谋炉温的事儿。

搞韧化，炉温高了不成，低了也不成。快了不成，慢了也不成，保温的时间，冷却的速度，都是关键。毕竟韧化处理就是靠高温分解达到的。咋办呀？手里根本没有测量仪器。这可真难倒了大家。

陆达是朝也思暮也想，实在是摸不着头脑。这天，他正随意翻他从德国带回来的一本《钢铁材料手册》，结果，灵光一闪主意来了。他让人找来块银圆，然后将它切成小块，放在炉里的不同部位。通过观察银圆的软化、颜色变化和熔化，来判断此时的炉温，并根据情况加以控制。这是因为银圆的熔点是960℃，跟咱韧化所需要的炉温950℃相差无几，而且它在各种火焰温度下的状态也不一样，好观察。

就这样，一件上好的测量仪器就有了。通过这三板斧，陆达连闯三关，让白口铁铸件韧化处理的合格率突飞猛进，从30%达到了95%。

之后，他们连续作战，又用烧焊摸索出了没有电焊、气焊和锡焊，也能给炸弹加尾翼的土方法：在事先开好

的尾翅槽里插上尾翅，然后将废子弹壳裁成的铜注条沾上硼砂塞入槽里，再用铁丝将尾翅捆住，用黄土和煤粉混合的泥糊严，放入烘炉内烧，直到冒出蓝光。然后出炉冷却，将泥摔掉，这样尾翅就焊牢了。

一开始是 4 片，后来加到 6 片。距离也从 500 米猛增到 700 米。

随着第一批掷弹筒与炮弹出现在战场，那 700 多米远的射程，把小鬼子惊得目瞪口呆，他们惊呼，"啊呀，八路军现代化兵工厂里肯定拥有先进设备与外国专家。"

于是，我们的军工被小鬼子硬生生给"改了国籍"！

掷弹筒炸弹弹壳难关在咱柳沟铁厂解决后，掀开了太行山大量自制炮弹的历史。从此，柳沟铁厂，也由制造手榴弹和地雷，转而为制造掷弹筒的炮弹为主。柳沟铁厂的月产量，从每月 4000 发，猛地提高到了 30000 发。源源不断地供应黄崖洞和高峪三所。到抗战结束，咱柳沟铁厂一共生产了掷弹筒 2500 门，掷弹筒炮弹 198800 枚，大大提升了八路军的战斗力。

有了这件大杀器，1940 年年底，左副参谋长一声令下，柳沟铁厂派出了杜基祥、孙兆喜等七八名技术骨干，在陆达副处长的带领下，浩浩荡荡奔赴和顺青城镇，在第二炮弹生产基地里，也开始了炮弹壳的炼铁和铸造。

『麻尾弹之父』
石成玉

为了探听八路军"现代化兵工厂"的虚实，疯狂的小鬼子在这年秋天不停地派出特务刺探情报。

一天，一万多鬼子误打误撞摸到了黄崖洞。咋办呢？此时的黄崖洞除了一个警卫班，就只有700多工人自卫队，守卫力量严重不足。

为了保卫兵工厂，左副参谋长下令，"敌人不拿路条，就不能让他走近一步。"

接到左副参谋长的命令后，自卫队员们丝毫没有感到恐惧，相反都有点跃跃欲试。也是，他们占据着有利地形，而且手里还掌握着咱柳沟铁厂早已给大家准备好的手榴弹和地雷。没有理由害怕这帮猖獗的强盗。在他们的掩护下，工人们迅速坚壁清野，把机器、工具和材料埋好，转移到了山顶。地雷班随即出动，在山上埋下了一组地雷。上面压了大石头，单等鬼子到跟前狠狠地一拉。

他们还布置了滚雷。说起这个滚雷，就不得不提咱

柳沟铁厂的石成玉师傅。这是他在地雷基础上的又一个发明创造。

黄崖洞建成后，首长就想到得有种适合从山上打击鬼子的硬武器，就让他研制。他便搞出这么个"定时炸弹"。只要鬼子从山下往山上进攻，咱们的人便预先测好鬼子的距离，算准了时间，猛地把滚雷往下一推，等滚到鬼子跟前，便"轰隆"一声爆炸。让鬼子连躲的时间也没有。

等小鬼子真的到来后，这些滚雷、地雷顿时大显神威。别看小鬼子人多，可在这脚底下、头顶上，如陷汪洋大海般的爆炸声中，还有不时滚下来的碎石，如江河渲泄般的子弹打击下，他们全都晕了头转了向，丝毫不知有多少人埋伏在了这群山里。只好丢下一地尸首，灰溜溜地跑了。而咱的黄崖洞，一点损伤没有。

仗打完了，问题也暴露出来了。那些手榴弹虽然多，可从山顶扔向山沟，半空中就炸了，根本达不到消灭鬼子的目的。咋办呢？小鬼子不可能就这么善罢甘休的，马上黄崖洞就有可能迎来了更凶恶地反扑。此时，总部的首长们个个都急在心上。得有个适合山战的特殊武器才行。

这时候，左副参谋长突然想起他在中央苏区时见过的，官田兵工厂生产的一种带着长长麻绳的手榴弹。这种手榴弹和木柄的手榴弹相比要轻。战士们扔的时候，手里握着麻绳把手榴弹甩起来，旋几圈再甩出去，在离心力的作用下，手榴弹远比木柄手榴弹要飞得远。而且，屁股上长了根"马尾"，也让手榴弹有了平衡，落地时，总是弹头先落地。里头装的是碰撞引信，一着地就炸，根本不会给敌人躲避或扔回的机会。这种武器在夺取腊子口时，还有湘江战役，起到了关键作用，非常适合咱八路军守山。

于是，任务火速下到了咱柳沟。

时间紧迫，左副参谋长再三强调："一定要做成麻尾弹，前方很需要它，再困难也要想法做成……"

咋办呀？咱的人还要研制掷弹筒。老石师傅这个手榴弹专家，当仁不让扛下了这活。可是他也没见过麻尾弹。他想，既然左副参谋长提到了碰撞爆炸，咱就从这个方向弄。于是马上行动起来，和师傅们开始设计引信。这玩意儿，他们最熟悉的是小马枪的发射原理：击针底火引信。可是，这需要有个固定。咋就能把引信固定在弹体上呢？

他最初想的是，类似木柄手榴弹弹体和木柄固定的那种。他们把木引信护套，塞在弹体里，打了颗螺钉。

可一试，傻眼了。这玩意儿触地时，会出现振动，很难保证碰发引火。

试验来，试验去，回回都不灵。

老石师傅一下子难受了。是吃也吃不下饭，睡也睡

不着觉。朝思暮想，脑子里全是咋样在白铁上套丝扣的事儿。

一晃半个月就过去了。这天，左副参谋长又来了，一见面就问："麻尾弹做成了没有？"

老石师傅哑口无言。你说让他咋回答呀，只能是在心里暗暗下决心，一定要尽快、尽快。旁边的技术员也跟他一起想法子，出主意："最好在弹体上铸造螺纹接口，这样引信就能牢牢地固定在弹体上了。"

可这不是废话吗？当时，攻关白口铁韧化的小组，还一头雾水呢。而且，就算想切削也没工具呀。试来试去没个正经结果。而且，试着试着，他们又发现，即使弄出丝扣来也套不动白生铁，并且爆发管也安不进去。咋办呢？试验一下子就停滞不前了。

这可把老石师傅愁坏了。一个劲对自己说："咋办，咋办？上级交给的任务完不成，我还算个什么共产党员？不能叫困难吓倒！做不成麻尾弹，我决不罢休！"他跟自个儿较上了劲。

但光较劲没用，一连7天，还是无计可施。

到了第七天深夜他又失眠了。望着满天古铜色的星斗，他的脑海里，突然浮现出一个念头，"啊呀，镀铜"。他不由拍脑门，咋把这老手艺给忘记了。只要在白铁里灌上一层铜，它比铁软，给他加工螺纹，不比在白铁上车丝扣容易得多？而且也能套动。

可是，这个铜又咋灌呀？简单，咱把外壳改改，弄个鼓槽不就成了。想到这儿，老石师傅哪里睡得着，他一骨碌爬起来，连夜就跑去把木工师傅刘春安给叫了起来。刘师傅根本不知道咋回事，一看他那激动样，以为是小鬼子来夜袭了，边穿衣服，还边往腰里塞手榴弹。等老石又去喊了翻砂工和化铜匠来到车间，他才知道原来是想多了。

老石把自己的想法跟他们一五一十地说了。大家都觉得还真不赖。还等甚，立马开干。刘师傅一阵工夫就旋出了木模型。紧接着，翻砂工、车工、铜匠挨个儿上，也把弹壳给做了出来。随后，老石师傅给它装好火药，安上雷管。当天晚上，八路军的第一颗麻尾弹就面世了。消息传到了总部。首长们非常高兴，当即决定这个月就要 500 个。

从此，麻尾弹就在柳沟铁厂投入了批量生产。

等到 11 月 11 日，天上突然下起了鹅毛大雪，还夹杂着牛毛雨。小鬼子的"钢铁大队"5000 多人，又浩浩荡荡地从黎城、西井来攻黄崖洞。

恭候多时的八路军总部特务团，在欧致富团长的带领下，早已在漫山遍野布好了柳沟生产的地雷阵，一箱箱麻尾弹也运上了山。

等鬼子一来，战士们就把麻尾弹不要命地投向鬼子。在 1650 高地上，二营五连的一个排，光七个人就足足甩

出了 6 箱。还有南口陡崖上的投弹所，只一位 17 岁的司号员崔振芳，就扔出了 120 颗麻尾弹。一时间，山沟里铁蛋飞滚，炸声如雷。鬼子的尸首仿佛搭成了尸梯一层层垒起来。他们的指挥官还想孤注一掷，刚指挥士兵爬上了尸梯，山上又滚下来老石师傅设计的滚雷。顿时连尸梯也炸飞了。

就这样，在咱柳沟铁厂充足的弹药轰炸下，战士们在黄崖洞坚守了 8 天 8 夜，共消灭了鬼子 1000 多人，取得了敌我伤亡 6 比 1 的辉煌战绩。

一无所获的小鬼子，实在丢不下这个脸，回头四处造谣，已攻占八路军最大的现代化兵工厂，歼灭厂区以内八路军 1000 余人云云。我《解放日报》马上回击，连续刊登了黄崖洞大捷经过，又在舆论上给了小鬼子一顿麻尾弹般的暴击。

尽管黄崖洞那边打得震天响，但柳沟铁厂这边却依旧正常生产。

事实上，早在 7 月小鬼子占领段村后，就已经知道柳沟一带有咱兵工厂。而且从他们的重要据点前往柳沟，也不过 40 公里。他们经常出没的维持区边沿距柳沟也不过 20 多公里。但奇怪的是，咱柳沟的生产、研制、生活，却丝毫也没受到影响。

这里头实际上是咱的刘部长做了大文章。

早在中苏边境时，他就跟上咱"游击战专家"刘伯承学会了带兵，打游击。后来又跟上方志敏在苏区活动。对敌经验那叫个丰富。鬼子来"扫荡"，他就把这套灵活应用上了。

刘部长告诉工人，要随时注意观察动静。谁的动静？乡亲们的。当时柳沟的煤不是能卖给老百姓吗。老百姓生活用煤全靠到柳沟周围的煤窑拿箩筐担，用毛驴驮。每天来往柳沟的人、牲畜络绎不绝。可若是哪天，

通往蟠龙镇的大路上突然不见送煤的老百姓了。不用问，鬼子"扫荡"队伍很快就到了。这叫作："清早不见担煤队，中午就有鬼子来"。

事实上，就连咱自己运输也是打探消息的好时机。

当时，不光老百姓用煤，黄崖洞也用。还有铸件，都得柳沟铁厂派人专门去运，难免会跟鬼子顶头遇见。咋办呢？咱的人，出门时就打了个扮，浑身上下都是老百姓的模样，头系羊肚巾，身穿老百姓衣，赶着毛驴，嘴里还哼哼着山歌。这样，拉煤时和鬼子碰着甚事也没。但若是拉铸件，就有些提心吊胆了。时刻得小心。

当然对此，咱的刘部长，也有对策。他让人在这段路上，事先安排了藏东西的山洞，洞里提早放好了一箩头，一箩头的土粪。等和鬼子相遇前，早早就把铸件替换成了粪。等鬼子走近检查时一闻，没有不气得大叫"穷烧包，他妈的送粪起这么早"的。等他们走远了，咱再回去换回来。而鬼子来了的消息，自然也被他们带到了兵工厂。不过，为了不遇见，大家往往赶夜路。

还有，注意听传闻。当时，鬼子若是大部队出去，必然会劳师动众，到处拉民夫让他们赶上车随军。这一拉，坏了，谁肯去啊，肯定搞得人心惶惶。这个传，那个说，然后能奔的奔，能躲的躲。鬼子还没出城，消息便已传开了。不用咱这边专门打探，就已经知道小鬼子要来了。

再有，注意找规律。鬼子兵少、分散，若想大部队出来，需要从各大城镇的据点集中过来。因此，搞"扫荡"，每年就那二三次。至于伪军，根本不用理，他们就会欺软怕硬。白天只敢在敌占区里耀武扬威，夜里根本不敢远离"乌龟壳"。

若是鬼子真来了，刘部长也有办法。他要求工人们经常训练，随时准备装着"坚壁清野"。时间一长，工人们对每件工具、每项在制品、每台机器，甚至每个螺丝，由谁拆卸，归谁埋，都养成了明确分工和先后顺序。等鬼子来了，拧螺丝的拧螺丝，埋机器的埋机器，藏工具的藏工具，各人做各人的，谁也不影响。那些机器和材料，有的在大路上，有的在沙堆里，有的在山谷里，方式方法千奇百怪。伪装得只有藏的人自己才能分辨得出来。所以，鬼子来了，连根毛也摸不着。

至于工人家属也好说。那边藏机器，这边就已经打包好行李，工人们大都家就在附近，只要就地疏散，他们便溜溜达达回家种地去了。当然，也有的钻山进洞，在咱的"战时操作洞"继续搞生产。鬼子来了，连个厂区的样都看不出，更别说人影了，只能是气得见窑就翻，见石头缝就钻。有回连翻7天依然没收获，最后只好悻悻地离开了。

他们的一举一动，自有工人自卫队侦察着。地雷队会根据他们进犯的方向，预先在路上和厂里埋地雷。等

鬼子经过，"轰隆隆"一通炸，叫他们有来无回。为了有效打击鬼子，工人们自创了无敌的"八卦阵"地雷网，在大地雷周围连下了若干小地雷，只要响一个就会炸成一片。让小鬼子随时可以"坐飞机"。还有麻雀战。东一枪，西一弹，吓得敌人胆战心惊，哪里还管机器埋在哪，胡乱翻翻，只得赶紧撤走了。

除此，咱的工人自卫队也不是吃素的。又有枪又有手榴弹，仗着熟悉地形，咋也能跟鬼子来几个回合。

总之，在刘部长的精心安排下，柳沟厂几乎没有遭受过人员、财产损失。

只有一次，那还是打关家垴的前夕，一位同志因为自己的粗心大意牺牲了。那是个叫赵贤德的老红军。当时，他正当着厂里的指导员。领着1个自卫队员，在石门附近和鬼子周旋。老赵呢，平时喜欢抽烟。他看石门村里没动静，就跑去寻了个火。一出来却被正过来"扫荡"的鬼子堵住了。

双方谁都没想到会相遇，一下子，都愣了。老赵率先冷静下来，马上躲进巷子里跟鬼子打巷战，不断丢出手榴弹，打得鬼子哇哇叫。最后，鬼子把他逼进了一个院子，冲里边丢了颗手榴弹，正好击中了老赵。但他仍靠着墙角，不断开着枪，直到最后枪声停止。可鬼子愣是没敢进院去搜查，生怕踩着地雷，缩着脖子离开了。等那个自卫队员寻过去时，才发现老赵早已牺牲了。

鬼子退走后，没半天柳沟铁厂就恢复了生产。大家积极性这么高，也得益于刘部长的好管理。

自从他到了军工部，就发现柳沟铁厂的工人绝大多数都是本地人。他们白天进厂，下矿，早晚回家种地。以往刘鹏当部长时的军队管理，像早出操，晚点名，除了生产劳动，就是军事化生活，天天班、排、连什么的，其实并不适合这里。

咋办呢？他跟彭总商量后，在郑汉涛同志配合下，开始了体制改革。

汉涛同志是浙江慈溪人，毕业于北平大学工学院机械系，曾在上海华新、长城机械厂任工务主任，有着丰富的企业管理经验。他结合柳沟铁厂的实际，成立了工会，取消了军事化的生活方式，开始实行民主管理。

职工吃住自由，再也不点名了，也不出操了，吃饭时，也不站队，唱歌了。想回家的，早晚都能在家见到老婆娃娃，做家务，下地，样样都不落。白天，还能安心生产。

相应的工厂的负担也减轻了。厂领导专心业务，从政委改为经理，连、排、班成了工部、班、组，连长、排长、班长成了工长、领工和组长。以往搞连、排、班时，许多工人还怕小鬼子来"扫荡"时会把他们拉去当兵打仗。

这时候，通过大会小会，他们也明白了"工厂不

是军队""工人要有工作纪律性，但不是只知盲目干活""工厂需要的是有独立工作能力，有创见、有思维、有革命觉悟的技术工作者""兵工厂第一任务是生产高质量的军用武器，""工厂职工没有军事战斗任务，敌人"扫荡"时只有坚壁清野，保护好生产工具和自身安全任务"……其实就是说，打仗的事不需要他们操心，他们只要专心干好生产就成。

此时，生产上也有了变化，实行起了定额，开展起了成本核算，有制度，有规范。大家伙儿的待遇也跟着，变成了计件，即工资=固定工资+技术津贴。后来，又改成了半计件，即仅是技术津贴部分按定额计件。

这样，他们，家、地、工，全活了，收入多少，都门清。也不用担忧打仗，因此，干得比谁都欢。

在他们的带动下，往日被鬼子烧毁的蟠龙也复苏了起来。可惜这一伟大的工农业经济一体化的社会实践，随着日后刘鼎的被迫调离中途夭折了。

1941 年初，太行山里寒风如刀。八路军总部却喜气洋洋：大战终于结束了。

这天，刘鼎拿到了大战后的盘点，不由大吃一惊。咋啦？虽然这场大战把鬼子打得得了失心疯。可咱的损失也不小，现如今是人、枪、炮、子弹、手榴弹、地雷……啥也缺。

咋办呢？眼下不甘心失败的小鬼子已把兵工厂当成了眼中钉肉中刺，正频繁地"剔抉扫荡"。此时，黄崖洞便危在旦夕。为了保存技术力量。刘鼎已经将黄崖洞的 100 多技工迁入了柳沟铁厂，再加上从马家岭迁来的三分区修械所，此时总厂工人总数，已经扩到了 900 多人。但柳沟这里也是鬼子"扫荡"的"重头戏"啊。按照中央军委"炸弹生产要力求充足""普遍设立炸弹制造厂"的命令，眼下，他必须要安全和生产两不耽误。咋办呢？老刘就跟老陆商量，让他带上柳沟铁厂的部分人和设备到和顺青城镇再搞个军工部炸弹厂，号称"第二焦作"。

老陆一走，刘鼎又找到高原，让高原在柳沟铁厂搞"兵工生产游击化"。组建起了自卫队、侦察队、埋藏队、掩护队，反"扫荡"保生产。时刻做到鬼子前脚离碉堡，后脚工厂这头，就会在两个钟头内寸铁不留。鬼子到跟前，自卫队就能跟他搞游击。鬼子一离开，这边的机器就能随时开动。

同时，厂里还要建新厂房，全是山石垒就，让小鬼子，烧不着，炸不绝。

在高原的安排下，整个春天，产量居然比之前还高。但，这仍旧没法堵住大战后的武器缺口。咋办呢？刘鼎又想出个主意，他跑去跟彭总商量，能不能让各根据地分散发展军工生产，让军工部集中生产技术高的步枪呀、子弹呀、掷弹筒呀之类的。手榴弹之类的难度小些，就让军分区搞吧，咱派干部和技术人指导。地雷之类的更简单，拿给地方也能做，就交给他们，咱负责培训，搞他个群众性爆破运动，让咱老百姓一起来教训小鬼子。

彭总一听，高兴地直拍手，连声说道："好好好！"不仅采纳了老刘的建议，还以八路军总部发通知，让全太行一起搞"地雷战"。并要求刘鼎总协助。

回头，刘鼎就在自己屋里编出了《地雷的制造和使用》《各种地雷的触发装置法》，两本地雷战"武功秘籍"。一本是"武功招式"，教人造地雷，埋地雷，引爆地雷。一本是"内功心法"，教人如何忽悠鬼子踩地雷。

这个"内功心法"开天辟地举世仅有，就连世界著名的工兵学校也没有。

这还不算，咱们的"刘雷神"还迫不及待地亲自带"徒"，培训起了一批华北各村来的民兵队长。这样的好事，咋能少得了咱柳沟铁厂。高原马上派"地雷大师"石成玉也去当了传功师傅。

3月底，一大批县、区武委会主任和民兵队长，从武乡温庄、黎城东崖底的培训班出来，带着那两本"武功秘籍"回到了各自地方，也当起了传功师傅。很快，造地雷的技术，就传到了各村各户。

而这只是"初级班"，刘鼎还在看后搞了个"高级班"：太行工业学校，专门负责培训军火生产专业人才。7月又把这学校移到了柳沟河不凌。

既然学校近在咫尺，而且培养的又是咱兵工人才，咱柳沟铁厂自然要出人出力。把副厂长刘致中给了学校，当了副校长，主持日常工作。还有张华清老爷子，也去当了教员，把他从德国带回来的书全编成了教材教给了大家。从此，太行山有了我党我军第一所兵工学校。

太行山轰轰烈烈的地雷战运动，传到了延安，5月，《解放日报》专门发表社论，号召大家，要用"麻雀战疲劳敌人，扰乱敌人，用地雷战使敌人寸步不敢移动"。顿时，一股"村村碾炸药，户户造地雷"的全民爆破运动在整个华北被搞了起来。以至于当时我根据地的成年人

几乎没有一个不会造雷的。

但是，光靠铁壳造地雷，材料实在有限。况且，能铸铁壳的地方，又得绕回柳沟铁厂这些地方。咋办呢？

石成玉想出了主意。他在教材上又写上："铁壳当然好，此外铁壶、酒瓶、醋坛、罐头盒子、木头、凿孔的石头等，无一不可用。"

这本教材流传开后，顿时点亮了乡亲们的心。老百姓那是要多聪明有多聪明，他们奇思妙想，造的地雷那是五花八门，有石头的、有陶瓷的、有金属的、也有生铁的。有的还往瓶子里、水壶里、甚至茶壶里，装炸弹。只要闲下来，他们就会坐在院子里，男人、女人齐上阵，造雷。就连娃娃们也在一边忙着造黑火药，铸模子，掏石头。不光掏，还唱："一块青石蛋，当中钻个眼，装上四两药，安上爆发管，黄土封好口，线子在外边，事先准备好，到处都能安，鬼子来'扫荡'，石雷到处响，炸死大洋马，留下机关枪，保卫老百姓，保卫公私粮，石雷真顶事，大家赶快装。"

这些雷型号、样式也不一样，有踏板雷、吊雷、碰雷、埋雷、别棍雷、弹簧雷、橡皮雷，躺雷……放雷的地方也千奇百怪，屋前、门后、锅里、罐内……什么看水井雷、看庄稼雷、看门雷、护路雷、标语雷、河滩雷……花样百出。而且，有真有假，谁也分不清。

当时，民兵们只要一听到鬼子要来，就事先把地雷埋好。还做了伪装：有的，在埋雷的地方印上车轮痕迹。有的，本来没雷，却专门挖了一堆新土。有的，还插个红旗，写着："小心地雷"。有的，则是划许多白石灰圈圈，上头注明"脚下留神"。

咱武乡的马应元，还搞出个"地雷加冷枪"战法，鬼子来了，就放枪，引诱鬼子去蹚雷。

就这样，鬼子来了，走在路上有地雷，进村有地雷，翻箱有地雷，搬东西有地雷……只要风吹草动，他们就觉得心惊胆战，就连走道都觉得腿打转，疑神疑鬼，是走不能走站不能站，再也不敢像以往那样放肆。

看到鬼子的鬼样，乡亲们高兴地编了个顺口溜：

"出东门（段村），心胆寒，头关就是八角山。城里（故县）马庄都难过，更怕风垴黑兵山。里庄滩是神鬼关，型村峪口长乐滩。地雷埋下遍河滩，时时处处见老阎（阎王）。"

柳沟铁厂的人教会了民兵做地雷。咱民兵反过来也掩护着咱柳沟。武乡杀敌英雄、地雷大王王来法和赵封印，就常年在蟠武公路上出动。在他们的掩护下，咱的柳沟铁厂生产一直不断，不光自个儿产武器，还支援着黄崖洞、显王等兄弟单位。

大家齐动手弥补大战后的武器缺口。

柳沟攻关
『火药之母』

　　这年 5 月，柳沟突然来了十几个八路。等高原见到领头的却不由笑了。原来不是别人，正是被军工部"有借不还"的王化南。

　　没错，老王，又打回来了。这次，他带着军工部的新任务：搞无烟火药。

　　事情还得从 1941 年初说起。当时，老王正在组织刚迁到看后的复装子弹厂生产。突然，刘鼎找上了他，张嘴就问："能不能给造无烟火药？给咱前线将士的弹药加点'料'，造出新配方，把小鬼子打得连滚带爬?"

　　老王二话也没，马上说，"能行。"

　　他可是有底气的，在阎督军的兵工厂做了 10 多年的无烟火药，他肚子里早藏了一大堆药方子没处使呢。

　　当时刘鼎也是憋了一肚气，掷弹筒、炸弹还在研制，已有的子弹、手榴弹、地雷，产量倒是有，可打起仗来就是不得劲。原因只有一个：火药不行。里头装的仍旧是老祖宗时的黑火药。要想赶上小鬼子，就得黑火药换无烟的。之前，毛主席就曾指示，"要尽一切可能发展工兵炸药，制造无烟火药！"朱总司令也要求，"广泛招收人才，研制生产火药、炸药，要做到弹药自给。"可做火药他是外行。别看他在苏联学过个火药、炸药和爆破，可若说到制造，脑袋却一片空空。啥也不用说，还是得请高人。

不久，他桌子上便摆下了几个人的档案。其中头一个赫然就写着王化南。

再一个是位叫白英的同志，如今也在复装子弹厂。他是四川广安人，年纪比王化南小1岁。年轻时曾在重庆铜圆局枪弹厂当火工，也会制枪药。1939年时，他就在武乡拿上麻秆、硫黄、硝土制造出数万斤的黑火药。不久前，又和教逢春一起用酒精还原硝酸银法，试制出了子弹发火药用的雷汞。

还有个王锡嘏，是河北丰润的。他比小白还要小1岁。小王是个大学生，毕业于河北工学院化学系，现如今在正在军工部当化学技师。

了解了情况后，他立刻就来寻王化南。

老王得了令，马上把复装枪弹厂，往一个叫沈丁祥的怀一丢，拉上白英还有王锡嘏，就开始琢磨起无烟火药来。

做无烟火药，头道关，是造"火药之母"硫酸。太行根据地从来没产过这东西，从外头买也没卖的，只能

是自力更生。以往，生产这东西正规的操作有两种。一种叫接触法，一种叫铅室法。它们一个需要用细白金粉，一个需要用铅板。而太行山既没白金也没铅板。

咋办呢？白金太金贵。铅板的作用，就是为了耐硫酸的腐蚀。所以，他们想从铅板上下手。等刘鼎一来，就拉住刘部长拉呱，问刘部长："能不能找些耐腐蚀的东西来代替？"

刘鼎给他俩讲了个事。原来，晋察冀军区工业部研究室的同志已有了好方法。他们拿上陶缸，做了个缸塔，拿上它来造硫酸非常管用，蒸出的硫酸很浓，质量也好。

王化南一听，高兴地直拍大腿，"哎呀，我咋就没想到这家具。"要知道，晋东南最不差的就是缸瓮。

王锡嘏也兴奋："是啊，陶瓷本来就是耐酸的，咱们现在就试试。"

两人马上跑到了村里，立刻就寻来了一口陶瓷缸，往里头倒了些硫酸。然后连续几天给它加热。果然，这口缸耐住了硫酸的腐蚀，也不怕高温。

事实证明陶缸是可行的。两人马上按照晋察冀同志的法子，绘出了草图。可是，黎城不是产缸的地方，要缸还得远远跑到武乡洪水来回搬运。

再加上，试验用的缸，若是从洪水运过来，一路山路，又颠簸，体积也大，很不容易，也惹人注意。思谋来思谋去，看后，并不适合试验。

咋办呢？王化南心里有了决定，他想用以前柳沟铁厂的老方法：搬厂。于是，马上向刘鼎做了汇报，刘鼎很同意他的决定。那么，去哪呢？他的心，又飞回到了柳沟。

听说老王是回来试制硫酸的。高原高兴坏了，他马上安排大家，组成了试制小组。王化南是组长，王锡嘏是副组长，里头还有张浩、史尚礼、梁树春、关生京、安林、郭二孩、王金刚……

就这样，在柳沟南山脚下的一个院子里试制又开始了。此时大战已结束。王化南马不停蹄，来到洪水望洛头瓷窑寻见了那里的师傅，把要求跟他们说了。师傅们一听说是八路军需要，马上开窑，特制了一批陶瓷缸和陶瓷管。

等缸运到了柳沟，他们便火速把这些缸组装起来，两个一组扣起来，垒成缸塔。塔和塔之间又用瓷管接通，做成了缸室，代替铅室法的蒸馏塔。接通需要凿孔，这可是细营生，凿的时候，一点也不能心急，一急就把缸打破了。因此，他们只能是慢慢凿，一天也开不了一个口。而且光开孔还不是最难的。最难的是密封，如果不严搞不好就会漏气。这气可是有毒的，工人们吸上，会对身体有损坏。而且硫酸收率也不高。所以，几次三番，他们的试验，仍旧困难重重。

为了彻底解决打孔的事，他们专门请来了乡里最好

的小炉匠。让他用錾子凿出了合适的圆孔，然后，大家再进行分组连接。

但密封的事，依旧是难关。这天，大家正在忙碌，突然，王锡瑕带着一身刺鼻的烟火味跑出了院子，大声喊："快，再给我找一个陶瓷缸，这次还是不成。"

这已经不是王锡瑕第一次这样呐喊了，他急啊，前方在打仗，早点制造出无烟火药，前方的战士就少一些流血牺牲。

看到大家无奈的表情，他又喊起来："陶瓷缸找到没有？没有的话，找一根陶管也行！"

此时，王化南和白英也走了过来。他们知道，这次又是密封出了问题。事实上他们比王锡瑕还要急，可急不是办法。

一夜又一夜，几个人都无法入眠。走路在想，吃饭在想，经常吃着吃着就扔下碗筷，又开始计算。

7月，他们终于用石棉、石英粉、碎玻璃等混合物制出一种耐酸粉粒，拿合适的液体来调腻子，很方便，也很耐用，能彻底堵住漏隙。有了它，王化南他们很快就得到了半铁碗类似硫酸味的液体。但这是不是硫酸呢？几个人犯了难，他们没有测试的石蕊纸和试剂。

　　王锡锴端起铁碗，就跑到了军工部。赶巧的是，他迎头遇见了老同学，也是河北工学院化学系毕业的张浩。

　　这是个很有意思的小伙子。本来他是被分配到八路军总部卫生部野战卫生材料厂的。领导看他学化学便交给他个任务：造玻璃，拿来装药水。他呢，却一个人钻进了山沟，每天在那里转圈圈。

　　这天，村人们突然发现，这小伙不知在河沟里捡了个啥金宝玉蛋蛋，脸上一堆傻笑，就凑过去看，结果，是块很普通的马牙石。立刻，一哄而散。他们哪知道这就是能造玻璃的宝贝。

　　不久，玻璃造出来了。卫生部的钱信忠部长一高兴，奖了张浩一件皮大衣，一套军服。

　　这次，他是来军工部联系玻璃模具的。

　　两个老同学久没见面十分兴奋，张浩也知道王锡锴这会儿正在柳沟铁厂。他造玻璃时，柳沟铁厂许多人，都曾帮助过他。所以立刻询问起厂里的事来。王锡锴便

告诉他试制硫酸的为难。张浩一听，马上说："你可以到卫生部测试啊，那里有氯化钡。"

王锡嘏的眼立刻亮了，拉上张浩就来到了卫生部。一测试，结果是硫酸，可浓度太低，根本不能用。咋办呢？还得想办法，加浓度。

回到柳沟后，他又加紧试验。快要入秋时，军工部又给试制小组派下个人来。等一见面，王锡嘏傻眼了，不是别人，正是张浩。原来，早在刘鼎查王化南他们的档案时，张浩的名字也入了他的眼。只是当时，张浩在弄玻璃就没抽调他。眼下，玻璃已经造出来，就喊住他，问他愿不愿意再造硫酸。张浩一听能和老同学一起干，当然愿意。卫生部和柳沟一步地，于是，他背上行李就来了。

张浩的到来，对王锡嘏来说，不亚于救火队，马上拉住张浩，让这家伙给出主意，并告诉他，他们已经想到扩大装置规模重建缸塔。但塔温低的问题没法解决。

张浩一听，就有了主意，说："咱们可以采用玻璃炉保温。"听到有办法，王锡嘏马上开工试验，果然，在两人的密切合作下，塔温被提起来了。

解决了这道关，同志们信心百倍，他们决定分开几个组，日夜三班倒，抓紧时间攻克浓缩硫酸的难关。

这其实是个非常危险的作业：由于没有密闭装置和通风设备，大家只能在露天环境下试验。站在很远地方就能看见，那雾气腾腾的蒸馏塔。酸味刺鼻的二氧化硫和氮氧化合物气体令人窒息，每次填料时还得忍受强烈的刺激，还有分解炉里释放的逼人的高热……而师傅们身上却没有任何防护。所以，每次操作，所有人都不得不到空气清新的地方暂作休息。

但即使是这样，大家仍旧不可避免地患上了黄牙病、烂手病、花斑脸。手上身上，常年都是流血的裂口。衣裳，更是千疮百孔。用张浩的话，就是："我们是在与酸做斗争。"

这天，张浩又按惯例，对装置进行了水银净化处理。之后，他打开了容器，却发现里边还有水银，马上下意识地就把容器的盖子盖上了。心想这样就应该没事了吧。然而，到了晚上却突然开始恶心，失眠起来。试验小组的人马上就明白，这一定是水银中毒了。

幸好，卫生部就在十几里外的圪垯角。王化南马上安排人，把张浩连夜送到了卫生部。一进医院，医生听说是张浩，马上就跑来了。此时，张浩已陷入重度昏迷，生命危在旦夕。望着这个曾经一起战斗过的同志，这位医生心如刀割，他对医护人员说："一定要从死神那里把张浩抢回来。"

黎明时候，好消息传来了：张浩苏醒了，已经度过了危险期。当同志们兴奋地围拢住他时，他说的第一句话却是："没事，我还可以工作。"

旁边的医生和护士赶忙劝，"那可不行，你刚刚脱离危险，身体还很虚弱，现在要做的就是休息、调养。这次从鬼门关回来是你福大命大，你要工作也得等身体好了再说。"

没有办法，张浩只好乖乖地又躺了下来。

然而，没过几天。等医生又一次去查房时，却发现张浩的病床上早已空无一人。原来，他趁大家不注意，一早就离开了医院。不顾身体疼痛又回到柳沟搞起了硫酸研制。也正是这次不遵医嘱，他的水银中毒后遗症一直迟迟不能痊愈。

转眼，冬天来了。11月的太行山锥风刺骨。

一个黎明，正当试验小组按惯例往缸里投入新料准备开工时，前方传来了消息，小鬼子突然从蟠龙山袭击了过来。

情况紧急，已不容所有人再拆缸，埋缸。于是，王化南下令，大家立即放下手上的工作，火速按上级指示，向东北方转移。一路上，张浩一直担忧那些装置。等鬼子的"扫荡"一结束，他马上心急火燎地赶回那个院子。一进门，却傻眼了：他们的全套硫酸装置竟然完好无损。而且，缸塔周围还着着火。哈哈，由于大家保密工作搞得好，鬼子居然没有发现这里。等他兴奋地拆开装置，令他更振奋的事情发生了，他惊讶地发现，里边居然制出了 84 斤浓度 80% 的浓硫酸！

　　咋回事呢？之前每天有人守着都没搞出浓硫酸，如今没人守着居然制出来了？他思谋来思谋去，原来，依然是原先设置的塔温不够，现在由于没人管，塔内反应温度反而超过了预设，所以试验就这样无意中成功了。这可是个天大的好消息。大家马上总结经验，很快就制作出了完整的工艺流程，并改进了设备。

　　听说"酱油"（当时八路军对硫酸的代号）被制出来了，高原高兴地对张浩说："你们完成了朱总司令的指示，受到了军工部刘鼎部长的表扬，为下一步制硝酸试制火炸药创造了条件。"

　　不久，1枚沉甸甸的奖章，还有1条区生产的毛毯就被给了张浩，这可是彭总和杨立三部长亲自给他颁发的。抱着那条毛毯，张浩的内心温暖极了。他发誓，要永远保留这份荣誉。这条毛毯从此陪伴着他，直到1980年。

　　随即，八路军总部下达命令，筹建柳沟铁厂的第三分厂：化学厂。由王化南任厂长，张浩和王锡嘏任技师。

　　化学厂在1942年2月于黎城白布焦云崖寺建成，从此开启了太行山区批量工业化生产硫酸的历史。之后，王化南他们仅用了两个月，就又试制成功了无烟药所需的硝酸、酒精、乙醚等，离无烟药的成功，大大地迈进了一步。

1942 年 2 月，小鬼子又派了 12000 人来"扫荡"。

他们扑进了柳沟，看到了一堆废铁烂渣，正要悻悻离去却踩上地雷，"轰隆隆"倒了一地。

扭头，高原又领上工人专心专意地造掷弹筒，铸弹壳。可是这时候却传来一个坏消息，青城铁厂不幸让鬼子抄了，炼铁炉也被炸了。咋办呢？高原心急火燎，他赶紧向刘鼎作了汇报。

不久，在军工部的指示下，他找到了老石师傅，跟他商量："总部、军工部，让你挑大梁哩，领上咱的火工股、完成股，还有青城铁厂的一部分机器、工人，到黎城卜牛建二厂，你看行不？"

老石师傅响丁圪蛋地说："行。"

于是，在 3 月，老石就领上他娘、他女人和工人们一起，来到了黄崖洞附近的卜牛。

和柳沟一样，卜牛也是个编村，管着西范交、当范交、东范交、羊圈圪罗、北峨、大道沟、东水河、卜牛八个村。

卜牛是个小山村：这里的山像头牛，以往有个姓樊的人曾"卜居"于此，故名卜牛。村上有个山神庙，大小五间。依着柳沟铁厂的传统，老石一进村就让工人们把设备搬进去了，守着泥胎开始造手榴弹。造手榴弹需用铁、铜。可这里比不得柳沟，啥也缺。咋办呢？老办法，发动群众送破铜烂铁。

除了手榴弹，他们还生产地雷，厂房设在村人范锁堂家院里。配合老石的是试制硫酸的白英。还有个女同志叫林溪，当指导员。这是个梳着短发，模样秀丽的女人。别看是个女的，她可是个英雄。她是湖北武昌人，武汉大学纺织机械系的高材生。先前她在黄崖洞当钳工一部的指导员。

去年11月那场战斗，怀有身孕的她在接到上级让转移的命令后，不顾自己的身体一路小跑到黄崖洞组织起全队连夜拆机器。时间紧迫，她也和大家一起扛300多斤的大铁箱。谁劝也不听。事后，又领上一个战斗小组撤退。

当时，天上正下着鹅毛雪，鬼子的狼狗发现了他们。林溪立刻命令其他人转移，由她掩护。之后，在悬崖边她打光了子弹，借着手榴弹烟雾跳了崖，正好被下山的战斗小组其他人发现了。林溪得救了，可肚里的娃娃没了。

在林溪和白英的协助下，卜牛迅速投入了生产。

起初他们的地雷只是普通铁雷。一次，鬼子来"扫荡"，老石立马为他们准备好了地雷。可却被鬼子的工兵用探雷仪发现了，他们挖出地雷后，扬扬得意。临走，还在埋雷地留了张纸条，上面写道："收到了你们送的地雷。"

一看到那张纸条，老石的肺顿时气炸了，咬牙道："我一定要让这帮乌龟王八蛋，好好尝尝甚叫个地雷！"

这时，白英提议："咱们能不能想个办法让他挖开也炸？"一旁的众人也觉得这主意好。

还等甚，一回到厂里，老石就琢磨开了新雷。很快，他就想出了办法。

这天，鬼子又来了。老石早已为他们准备好了新雷，然后藏在树林里打算亲眼看鬼子如何"收雷"。

果然，鬼子工兵又发现了地雷，正当他们欢喜地挖开土往起拿雷的一瞬，只听见"轰隆"一声，就都变成肉饼了。

原来，老石他们为新雷安装了击针，只要往起一拿，下头的弹簧就会带动这个击针，然后……

自那以后，鬼子再也不敢来挖老石的地雷了。发现可疑的地方也只是做个记号，便赶紧绕开。

看见鬼子不敢起雷，老石又动开了脑筋。他为鬼子准备起了迷魂阵。让鬼子觉得到处都是雷，这里也危险那里也不敢动，搞得鬼子寸步难行，狼狈不堪。

几次失利后，鬼子又想出个鬼主意，他们让老百姓在前头开道，他们自己则坐上汽车快速通过。

咋办呢？老石恨得牙痒痒，心说："我怎么能让乡亲们白白送死。一定要再做出一种专炸军车的地雷，人踩上不炸，汽车过来炸，大队人马过来也炸。"

他们分别称了人、马、车的重量，根据压力大小，很快又研制出一种炸车不炸人的地雷。

这事让刘鼎知道了，高兴地专门跑到卜牛看新雷。看完了，他突然想到一件事。原来，战士们如今仍旧在打击鬼子的交通线。原本他们在夜里，为鬼子的铁轨装好地雷。白天，鬼子火车一过就会爆炸。但几次之后，鬼子想出了对策，他们会预先开一趟空车来试路。这样，要炸也只能炸空车。不炸，正好过实车。这方法确实管用，战士们一点法子也没。于是，刘鼎对老石说："咱们再把这雷改一下，做一种更精巧的，把它埋在铁道下，想炸哪趟车就炸哪趟车，你看怎么样？"

老石响丁圪蛋地说："行。"

又花了半个月，新雷想出来了。他们在击针处安了新装置，里头装了滚珠，滚珠数是活的，战士们安装地雷时，会先了解清楚鬼子车将要过几趟，按照接下来要炸第几趟，合算好滚珠数再安装进去。这样，每过一趟车，滚珠就掉一颗，等要炸的那趟车过来，正好掉光。

新雷从卜牛一出来，就马上上了前线。鬼子还像以

往先拿空车试，试过了，没炸，放心了。赶紧把满载军资的列车开过来，然后，"轰隆隆！轰隆隆……"车毁人亡。

气得鬼子很快想出了办法，他们让火车跑得飞快，以便地雷爆炸前冲过雷场。然而，这点小伎俩怎瞒得过老石。很快，鬼子又破产了。

……

就这样，卜牛在老石的带领下，搞得有声有色。然而，悲剧却突然降临了。

那是1943年。当时，卜牛所在的西井，每逢初一、初四、初七有集市。这天，又到了赶集的日子，老石和宋景玉挑了一担柴，准备到集市上卖。刚走到西井，突然，卜牛方向传来了剧烈的响声。老石的脸色刷得变得雪白，他好像预感到了什么。马上告诉宋景玉："我得回去一趟。"说完，他撒腿就沿着山路往卜牛跑。

刚到存放地雷的樊文斌家院，他就被眼前的景象惊呆了：只见院子里一片狼藉，房顶已被炸飞了。咋办呀，里边还有工人。他马上组织人挖。很快，挖出八具尸首，其中有一个就是他女人马玉金。老石的眼泪顿时流了出来。

事实上，当时，为了革命，像这样的牺牲亲人、战友的事，屡见不鲜。在柳沟铁厂的人中，老石并不是第一个失去亲人的。早在一年前，参加了流动工作团的教逢春就在黄崖洞的一次火药研制中，失去了他的叔叔教子孚。不久，在又一次试验中，又失去了他刚 10 岁的儿子。但他都咬着牙挺了过来，而且还编出了《炮弹》，为咱的军工安全制作炮弹指出了一条路。

和老教一样，此时的老石很快忍住悲伤，在第三天为爱人和其他牺牲的同志们举行了隆重的追悼会后，就又投入了工作。之后，在一次拆手榴弹的工作中，他又失去了二弟石成尧。

又一次，他的耳朵永远失聪了。

再一次，他的左手也被炸残了。

……

可是，每次，他都挺了过来。根据战争形势发展的需要，又用雄黄和臭油制成了烟幕弹，用磁铁制成了指南针，这些武器和仪器都及时地用在我军反攻的战场上，立下了新功。

　　柳沟人的血不光在卜牛、黄崖洞流着，同样也在柳沟流着。

　　就在石成玉领上人到卜牛建二厂时，留在柳沟的铁工部也在庄底搞起了一厂，继续炼铁和铸造迫击炮弹毛坯。

　　新厂长叫黄枫，他早年曾经在广东的兵工厂当工人，是个老军工了。和高原在军工科时就是同事，如今在一起共事，更是如鱼得水。

　　指导员是个山东人，也是抗大来的，叫李薪。他原先不叫这，叫李均岭。李薪是他在洛川自己改的，为了"卧薪尝胆搞抗战"。

　　为了早早投产，他们还请来了土建专家陈志坚。在陈总工程师的指导下，很快，新厂就开工了。

　　此时，已进入1942年4月。正在大伙儿热火朝天地生产时，突然一伙鬼子扑进了柳沟。由于事先没得到消息，黄枫他们猝不及防，根本来不及转移。咋办呀？有人提醒，附近有处已经荒废了的煤窑，里边挺宽大，能容下这数百号人，可以到那里暂时躲避。

情势危急，已经不容多想，黄枫马上命令，所有的干部职工，还有家属、村人们，一起往那个煤窑赶。

到了窑口一看，果然，地方很隐蔽。就在大家紧张地进窑时，突然，传来了一阵娃娃的哭声。众人循寻望去，原来是张华清老爷子的爱人不小心让窑壁把正抱着的小闺女额头给碰到了。娃娃才3岁，顿时哭得"哇哇"直叫。咋办呀？外头是鬼子的搜索队，里边是几百号工人和乡亲们。张华清老爷子的爱人眼看闺女哭得不止，劝也劝不住。心一狠，就用手死死地捂着了娃娃的嘴和鼻子。渐渐地，哭声停了。可同时，娃娃的身子也软了下来。几个小时前还活蹦乱跳的小姑娘，就这样悄无声息地死在了亲娘的手里。

鬼子走了，柳沟又一次恢复了紧张地生产。

知道了闺女没了的消息后，张老爷子没有哭，他把心都扑在了军工上，每天奔忙于黎城、潞城、武乡各个工厂，哪里的机器坏了，哪里的设备要修，他都会及时出现。因为他知道，鬼子越是疯狂，军工就越不能停工，只有加足马力生产不止。才能让咱的军队、自卫队狠狠地打击鬼子，才能真正为他的闺女报仇。

为了保证老爷子的安全，刘鼎特意为他安排了警卫。当时，由于工作紧张，老爷子根本没时间照相。在他房

里，只有他和他爱人很早以前各自照的1张单人相。

一天，四处寻找八路军总部的鬼子侦察队，无意中发现了军工部的所在地，对他们发起了突袭。情势紧急，同志们马上转移，老爷子和他的爱人来不及回家就跟上大家匆匆地走了。

等鬼子离开后，张老爷子再回到家里，却发现一片狼藉，地上有一团东西，打开一看，原来是他爱人的照片，而他那张却永远寻不见了。鬼子把它拿走了，老爷子在太行山的那段留影也跟着再也无法追寻了。不久，他和他的爱人就在鬼子的又一次"扫荡"中，在蟠龙壮烈殉国了。

那是5月初，在柳沟没讨着啥便宜的小鬼子又搞出个"C号作战计划"，把目光盯上了咱八路军总部和第一二九师部。

由于经历了多次失败，小鬼子这次改变了策略，他们派出了多支小股"特别挺进队"走小路偷偷进入根据地，带着电台、地图，配着汉奸、翻译，穿着便衣或八路军军服，在野地里宿营，不生火也不做饭，只吃干粮，一旦发现蛛丝马迹，很快，后边的大部队就会闻着腥味赶来。

其中有个益子挺进队，在一个叫益子重雄的鬼子中尉带领下摸到了麻田。而此时，八路军前方总指挥部也发现了他们马上动身转移。但由于辎重过重，队伍里还有老幼妇孺，所以行动很缓慢。

24 日，益子重雄在麻田东北部的郭家峪追上了八路军前方总指挥部第一纵队，在给大部队发了电报后，便红着眼立即对村子发动了袭击。

很快，鬼子大部队也跟了上来，还有飞机。一时之间，郭家峪杀机四伏。咋办呢？敌我力量悬殊，能够战斗的不过数百人，前指连夜开会，决定各机关趁夜立刻分散突围。

战斗打响了。负责阻击鬼子的李德生营长在鬼子天上、地下的炮火中，勇敢作战，把肠子都打了出来。

不久，噩耗传来，在十字岭掩护突围的左副参谋长，被鬼子的弹片击中头部壮烈牺牲了。丧心病狂的益子挺进队，将将军曝尸荒野，还在报纸上大肆宣传。消息传至砖壁，彭总一脸铁青，发誓一定要消灭这股凶恶的鬼子，为左副参谋长报仇。可是，他们在战场上怎么也找不到这支挺进队了。直到冬天才收到情报，他们要在大年三十夜在祁县参加一场宴会。为了证明情报的可信性，彭总派出了一个年仅 20 多岁的小姑娘前去和祁县的地下党接头。她叫林一（滕代远爱人），化装成村姑到了祁县，摸清情报无误。于是，一支复仇队——朱德警卫团组成的除特队来到了祁县。仅用 3 分钟便解决了战斗。

几天后，益子挺进队的 30 颗头颅被挂在了祁县、长治、太原的街头，上面还挂着条幅：

"侵略者的下场！"

在左副参谋长殉国的同时，还有一个柳沟的老人也永远地离开了大家。

他就是张老爷子的助手，柳沟铁厂曾经的副厂长刘致中。

当时，他和太行工业学校的学员们也深陷鬼子的包围，他们开始向深山里转移。为预防和鬼子的搜山队相遇，老刘让所有人都排成一行拉开距离。这样，一旦前头发生意外，后边的人也可以立即掉头往其他方向突围。

果然，在一条山路上，正在前边探路的普二班班长、共产党员吴剑英被鬼子包围了，毫不犹豫地拉响了手榴弹……

战友的牺牲让大家心情非常沉重，走在前头的老刘更加小心了。为了不再和鬼子相遇，他们一直往僻静的地方走。不久，他们走上了一条崎岖陡峭的山路。

这条山路有一条悬崖，悬崖上只有一尺多宽的路，下面是三丈多深的幽谷。由于年久失修，路明显有许多裂缝。老刘非常担心队里唯一的运输工具——一头毛驴掉下去。于是，他决定自己先去探探路。

然而，就在他一步步往前挪时，不幸的事还是发生了，在通过一处裂缝时，土方突然塌了，猝不及防的刘致中一下子就跌到了悬崖下。

鬼子的"扫荡"结束后，师生们陆续回到了学校，可是，老刘却久久没有归来。他的爱人、工校的教员赵岱娥在急切地等待中为丈夫写下了一首小诗《念归》："何事误归期，茫茫无消息。夜深人静时，孤雁霜天啼。"

只是，她不知道的是，她日夜思念的那只孤雁已经永远回不来了。

当然，革命除了牺牲还有拯救。

在那次被围的人里，有个17岁的少女，她叫培蕊，这个梳着短发，平素笑容灿烂的女孩是鲁迅艺术学校的。当时，她亲眼看见李德生营长被打出了肚肠。剩下不多的警员把她和其他几个鲁艺的同志送出了包围圈。然而，没过多久他们就又被鬼子追上了。一想到鬼子在"扫荡"晋、冀地区时，奸淫掳掠无恶不作。几个姑娘顿时脊背一凉。

编剧老杨马上伸出双臂挡在她们前面，大喊一声："我保护你们。"然而，下一刻，一把血淋淋的刺刀就从他的胸口刺了出来。

这时，姑娘们也反应了过来，一扭身，都向山上跑去。枪声响了，有人在掩护她们。鬼子被打倒几个，她们跑上了莲花垴，在悬崖边看到了救她们的八路军。就听见他们中有人喊："有枪的留下抗击，没枪的跳崖！"

说话的这人，手里的枪已经没有了子弹，只见他猛地把枪杆折断，一扭身便跳了崖。培蕊没有跳，她低头捡起了石头，向扑来的鬼子狠狠地扔去。

不久，就连石头也没有了。这时刚才和她一起跑来的姑娘们已经勇敢地跳下了崖。培蕊没有丝毫犹豫也跟着跳了下去。山风烈烈，就在她以为自己就要迎接死亡时，山下的一棵松树率先迎接了她。紧接着，她重重地摔在了地上，眼一黑就什么也不知道了。

咋办呢？鬼子的搜山队，很快就要寻过来了。情势非常危急，就在这时，突然从远处跑过来个八路。只见他大步奔到了树下，马上为培蕊做了检查。此时的培蕊浑身瘫软，依旧不省人事。这人只好解下绑腿，把她紧紧地绑在自己背上，然后背着她一步一步往坡下走。山路崎岖，而这个八路似乎也不是战斗部队出来的，体力很快就耗尽了。

咋办呢？培蕊的伤势不容他有片刻停留，必须马上送她到部队医院。这时，他眼前一亮，路边有根树枝很适合当拐杖，他马上过去捡起来，拄着这根拐柱，又艰难地往前挪了很长一段路。

就在这个八路再一次快要筋疲力尽时，他的眼前居然出现了一匹从战场上与主人失散的军马。也不知从哪里来的力气，他马上走了过去一把拽住了战马。马温顺地看了看他并没有反抗。他赶紧解开绑腿，把培蕊从背上放了下来，又赶紧把她放到马上。然而，正当他想要放松心情的瞬间，耳边却传来了"轰隆"一声，一颗炸

弹突然在旁边炸了。马受了惊，猛地一跳，培蕊再次被摔在了地上，顿时更加昏迷了。眼看她伤势加重，已经不能再经受颠簸了，万般无奈的八路只好走进附近的村子，找了一个可靠的村人，把培蕊安顿了下来。

夜幕降临了，八路在为培蕊清理了伤口并做了简单处置后，准备离开。他翻出身上所有的边币递给了那个村人，对他说："你一定要照料好她，我得寻找八路军总部，剩下的事就靠你了。"

第二天一早，他便离开了这里，去寻找部队去了。

几天后，培蕊醒了，她向那个村人询问救她的八路的姓名。可是，他也不知道那个八路是谁。

那么，此人究竟是谁呢？

直到 35 年后，她才从亲家公高原那里获得了这人的真实情况。

没错，这个亲家公，就是柳沟铁厂的首任厂长高原。事情就是那么巧，这个救培蕊的正是咱柳沟铁厂的土建专家陈志坚。老陈是河间人，毕业于国立北洋大学土木工程系。他可是了不得的人，黄崖洞能够建成，就是他亲自带人就地取材，一块石一块石垒起来的。之后，他又建起了梁沟兵工厂。

1941 年 7 月，他来到了温庄当了太行工业学校的教员，同时担负着柳沟铁厂管土建的总工程师。

鬼子包围八路军总部时，也影响到了柳沟。当时他和高原一起将设备、原料物资抢运进深山藏好后就和大家失散了。于是，他准备孤身一人沿着山间小路去追部队。途中，他遇到一个砍柴的老汉。老汉一看他身上穿着军装就指了指后山，悄悄说："坡坡上躺着个女八路，还有口气哩。"说完，大爷便匆忙离开了。

此时，陈志坚却作了难，虽然鬼子的大部队已经离开了，但肯定还有鬼子在附近搜查，他在这里多待一分钟就会多一分危险。可是明知同志有难却为了自己的安全而不去搭救，那还算共产党吗？一想到这里他便停下了脚步，一扭头，顺着大爷指的方向火速奔了过去。然而由于大爷没告诉他那个女八路究竟在哪道坡，他浪费了许多时间，把附近的所有坡地都转了个遍，直到看见培蕊。

"扫荡"结束后，八路军各单位开始清点人数，老陈如实上报了自己的经历。

不久，高原就收到报告，说老陈在大"扫荡"中居然背着一个女八路谈恋爱，要求组织上对他作审查。高原当然不相信。他告诉来人，现在根据地兵工生产这么忙，审查的事还是过段时间再说吧。

时间一晃就到了1943年，此时，整风运动开始了。老陈的事又被提起来，他被关了起来。眼看咱的同志就要受冤枉，无奈之下，高原向组织上讲了个久藏的秘密。

原来，老陈早年间家穷，他爹娘为了给他讨条活路，

就依着地方上惯例，为他净了身。可是，不久，冯玉祥却进了京赶走了皇帝。无奈的老陈只好随亲戚到了唐山读书，并在那里接受了共产主义。

高原的话，让审查的人哑口无言，只好把老陈无罪释放。

本来，这事就此打住了。可没想到，动荡年代，一些有心人又揪住老陈不放。他们找到正在五七干校劳动的培蕊，让她说出老陈的黑历史。然而，令他们失望的是，当培蕊听到老陈的姓名后，却激动地反过来问他们："他在哪儿？这么多年我找他好苦，你们告诉我他在哪儿？"

专案组的人傻眼了，甚也没说，灰溜溜地走了。

从此，培蕊知道了自己的救命恩人叫陈志坚。

一晃，又是多年。

这天，她和亲家高原坐在了一起聊起了十字岭突围，随口说道："当年跳下去的时候什么都没想，子弹打完了，枪撅了，石头树枝都扔光了，不跳崖等着当俘虏吗？"

"你就是当年跳崖被救回来的那个？"一听这话，高原下意识地反应。

"嗯，当时悬崖边上好多人，后来我去看过，都没活……"培蕊随口答道。

老高的心颤了，他说："我以前一个同事，被人看到曾经在撤退途中背着个女兵，他说是从崖下救下的人……"

不等老高说完，培蕊就激动地问："他是不是叫陈志坚？"

"是啊，老陈如今在铁道部，一直和他妹妹在一起。"望着亲家母，老高感慨万分，就是眼前人，让老陈受了多少罪。

那年中秋，培蕊见到了老陈，她一下子就扑到了他怀里，泣不成声地说："陈大哥，我终于找到你了！"

同样含着热泪的老陈轻轻地拍着她肩安慰道："培蕊，不哭，咱不哭啊。"

　　所有的悲欢离合，最终都熔化成了投向鬼子的钢铁洪流。

　　1942 年 5 月，左副参谋长和刘副厂长牺牲的消息传到了白布焦这个偏僻的小山村。在古老的云崖寺里，王化南忍住悲伤告诉大家，只有早日生产出无烟药，才有机会为同志们报仇。

　　从那刻起，整个化学厂上至领导下到工人，不分昼夜持续全班，继批量生产硫酸、硝酸、酒精、乙醚之后，加紧了硝化棉的试制。

　　硝化棉是无烟药的关键材料。它是将棉花梳解后，进行脱脂、硝化、除废酸、水洗、浸泡、煮洗、细断、驱水、烘干，制成的棉药。生产这东西需要大地方，至少三个生产车间，而且还得专业的设备和工房。可到哪寻这么大的地方呢？

　　云崖寺坐落的地方是在半山腰，当初选址只是考虑了地势。这里地形复杂，不适合大部队出出进进，小股鬼子也不敢轻易过来。即使来了，后山上有条羊肠小道，也可让工人随时撤退至武乡石门，有充分的时间转移设备和机器。生活上，山坡可以开荒种地，山上有股长流水，又清又甘，是好水。生产、生活都好。唯一不足的就是地方不够。

咋办呢？王化南把目光盯在了白布焦村口一片平整地，那里有几千平方米，山溪正好流经，而且旁边还有口小井，是一个天然做硝化棉的好地方。

有了地方，他便马上叫工人用山上的石头在那里建起了工房。

可试制的硝化棉还需要技术人员。咋办呀？在柳沟时懂技术的人中，白英去了二厂，王锡嘏也给太行工业学校调去当老师了。虽然王化南也懂专业，但他还得忙全局，不可能单一去搞技术，而且现在也情况"特殊"：他女人程素贞又怀了娃娃，前两次生是在她娘家，如今鬼子这么疯狂，工厂根本离不了王化南，所以，程素贞一直在山上，并且也跟着大家一起建厂。没办法，王化南只好在白布焦寻了个接生婆，一心一意让她在山上待产。

现在只剩下了一个张浩一个人团团转，拼命干，快要忙疯了。王化南看在眼里，疼在心上，所以只要忙完自己的事后，就赶紧过去和他一起攻关。

工人们的干劲倒足，新来的指导员冯义彬，是个老

政治很懂宣传。

此时，刘鼎也在为三厂想主意。他也思谋到了白英，干脆又把白英从卜牛要回了军工部，扭脸就给王化南送来了。

白英一到，就对王化南和张浩佩服得五体投地，几时没见，化学厂就建得这么有声有色，充满活气。知道自己的任务后，他暗暗发誓，一定要和大家一起搞出无烟药来。于是，一进厂就忙碌开了。

有了白英的加入，硝化棉的研制进度猛增。他们采用土办法，用弹花匠的大木弓、木槌、铲头、磨盘把棉花弹松，梳解，去了籽和杂物，然后过水，洗尘土。接着又把棉花放进碱水里煮，去油脂，这样就制出了脱脂棉。这种棉里含有3种化学元素：碳、氢、氧。

然后，他们又开始把它和硫酸、硝酸配成的混酸放在一起搅拌，硝化，就制出了棉药。相比脱脂棉里又多了氮。就是这个氮，让棉药变得有了强烈爆炸的效果。然而，这种棉药还混着大量的混酸，得除去。

于是，他们又动脑筋造出个除酸机。在工房外搭了个架子，架子旁设了个木磨盘，磨盘上盖了层铅皮，将硝化棉放在磨盘卜头，用一根压杠，一压，药棉里的混酸大部分就被挤出来了。

接着，他们又弄来几个大木桶，把药棉放在桶里，水洗，浸泡。直至洗干净残余的混酸。

此时，药棉里的纤维长度有一寸左右，而无烟药需要的是 0.2 — 0.5mm 的细粉。正常需要上种细断机。可这地方哪里去寻细断机？

咋办呀？有个工人出主意，拿剪刀剪。可这办法不是太慢，就是长度长短难控制。而且，剪刀和药棉会产生摩擦，搞不好会着火。立即就被白英和张浩否定了。

这时，有人瞄了一眼庙里和尚丢下的磨面粉的石磨，不由眼前一亮，马上过去仔细看，石磨上的沟槽正好可以切短药棉纤维。这倒是个好办法，大家马上给石磨装了围堤，然后在里头放上水，水恰好能淹没上下两个石盘的咬合处。放进药棉后一磨。果然，细断成功了。

接下来，他们又把细断好的药棉摆在土炕上，生上火，烘干。无烟药便有了。

看到新鲜出炉的无烟药，王化南高兴极了。但要用在子弹上，还需要满足初速和膛压要求。他跟同志们讲了两个关于枪药弹道性能的事：

当年，他在西北化学厂试制无烟药，结果，一次一颗子弹没有打出膛，一次还把枪管给炸裂了。为啥呢？经过检查，"子弹打不出膛"是因为无烟药的力量不够，也就是无烟药的含氮量不足。至于"枪管炸裂了"是因为无烟药成型时，还需要把药棉变成胶质体。

他指出："现在，咱们有了硝化棉，可还需要氮达标。"

咋办呢？云崖寺可没有测试仪器。王化南知道解决

不了测试，产出的无烟药就是废品。眼下这一切努力都会白费。不过，这难不倒他。只见他把制出来的混酸取出些样，然后用手指在嘴里蘸了些唾沫，飞快地在混酸里一沾，马上又放到嘴里，当时，就尝出了混酸的比例是否恰当。接着，他又把制好的无烟药也挑出一些来，同样放在嘴里嚼，通过味道、软硬，马上就知道了是否合格。

土方法解决了专业问题。原化学厂的老兵们都拍脑袋，说："我们咋就没想起来呢。"从此，工人们就用王化南这方法，检验起产品来，还把这种方法称作"王氏检验法"。

9月，2发无烟药子弹在白布焦的山沟里发出了清脆的枪响。

当白英兴奋地拿上硝化棉发射药和子弹到军工部向刘鼎部长报喜时。刘鼎高兴之余却突然问："咱们现在有了枪弹发射药，可炮弹打出来，也不开花，这个问题咋处理？"

白英一听就明白了，刘部长这是要他再试制炮弹发射药哩。可炮弹和子弹不是一回事，子弹是单基无烟药，而炮弹是双基的，需要试制硝化甘油炸弹，也就是传说中的TNT。他有些为难，虽然他接触过TNT，但从没学过，只会做硝化甘油，其他都需要重新学，远水解不了近渴。而且太行山也没甘油。

刘鼎却鼓励他："硝化甘油的原料是甘油。甘油是油脂，油脂又是有机物。硝化棉的原料是棉花，棉花是纤维素，纤维素，也是有机物。太行山上除了石头以外，有机物的种类繁多，用你制作硝化棉、硝化甘油的经验去试一试，行吗？"

白英立刻点点头，说："行！"

回到白布焦后，白英就开始尝试。果然发现了和甘油一样甜的蜂蜜，并真的用蜂蜜做出了炸药。拿手榴弹尝试，远比黑火药威力大。随后，他又用纸包了 2 两炸药，做了个"纸炸药包"，绑在道轨底板上，一拉，道轨底板居然被炸成两截，威力远超 TNT，高兴地参与试验的刘鼎连声叫好。

从此，八路军就有了自己的烈性炸药。

为表彰白布焦化学厂的贡献，1943 年 7 月下旬，军工部授予张浩和在药工部担任领工的壶关人王民钦"新英雄主义运动"劳动英雄称号。

到 1944 年冬，白英又设计出了无烟火药的成套设备，让太行山发射药和炮弹炸药大批量生产梦想成真。只是可惜，蜂蜜太少。但很快，张浩又发现了新原料，他在肥皂里提取出了甘油，代替了蜂蜜。

就这样，在抗战后期，咱们的军工用白英、张浩的方法，实现了从黑火药到现代化黄色炸药的巨大飞跃，为赢得抗日战争提供了强有力的火力保证。

　　和他们一起获得"新英雄主义运动"劳动英雄称号还有咱柳沟的教逢春、石成玉、甄荣典。

　　说起这个甄师傅，同样鼎鼎大名。

　　老甄是河北唐县的，他爹是个穷山沟的庄稼汉，他娘是磨豆腐的。他打小就在"糠菜半年粮，十年九年荒"的苦日子里熬盼。为了帮家人，他扛过工，给地主当牛做马。一天书也没念过。

　　19岁上，他被骗到了湖南，在宜章白石渡修粤汉铁路，干了整整一年，一分钱也没挣到，只好一路讨饭回家。白石渡过过红一军团一师，他们在宜章不拿老百姓一针一线，当时，许多筑路工都参加了红军。甄师傅虽没亲眼见，可听师傅们经常说，脑子里已经记下了红军是穷人的队伍。那年冬，实在活不下去的工人，举行了规模空前的大罢工，甄师傅带头参加，第一次感受到工人阶级团结的力量。

　　1937年9月，鬼子要打平型关，八路军第一一五师骑兵营在营长刘云彪的带领下，趁黑夜从五台东营沿羊肠小道一口气杀奔倒马关，夹击了鬼子，扭头又攻取了土城唐县。在骑兵营的号召下，甄师傅高兴地当了村上的青年队长。不久就远近闻名。

1940年，他举起拳头宣了誓："……随时准备为党和人民牺牲一切，永不叛党。"党派他到延安，半道，打开了百团大战，他一扭身来到了黄崖洞当车工。

一进厂，看到那些崭新的枪、炮、刺刀、地雷，他激动坏了。旁边人告诉他，这些武器加起来可以装备16个团，他不由惊呼："呀，16个团，那得有多少人啊！"从此就喜欢上了这里。

起初，他被分配在造枪车间当车工。可年底，掷弹筒、炮弹试制成了，上头看他人高体壮，于是又让他去车炮弹壳外圆。

这活可是全厂最苦重的营生。车具没电机、传动带，只能用水车、麻绳。得人专门摇，材料又是白口铁，虽然韧化了，但仍旧又滑又硬，一般人体力精力都达不到。所以许多人干两三个月就顶不住了，要求换工种。可甄师傅却想，咱一个共产党，不到最艰苦的地方，到哪去？高高兴兴地去了，根本没跟上头提换工种的事。

他是这样想的，如果一换人，又得从头学起，那要误多少工，要知道，早熟悉一天，就能多生产一发炮弹，多消灭一个鬼子，就不用咱战士再牺牲。他只恨，自己

学得不快，干得太差。天天跟师傅们学习，渐渐地双手磨出了厚厚的老茧，吃饭也拿不稳筷，人也累瘦了一圈，但精力依旧旺盛，每天别人还没上班，他就早早地站在了工房，没明没夜地站在水力轮带旁。

这年11月底，鬼子来打黄崖洞，上级要求全厂转移。那天，天气阴冷，天上飘着雨夹雪，他以自己年轻体壮为理由，冒着随时摔下山沟机毁人亡的危险，主动承担起抬上千斤大件的任务，安全地把一件又一件机器转移到了山谷、河滩、水渠里，甚至大道上。之后，他跟着刘鹏副部长与鬼子周旋了三天三夜，一口气跑了30多里，胜利完成华龙山突围。

打退敌人后，野战政治部罗瑞卿主任来了黄崖洞，要求大家40天内恢复生产。他头一个就冲进了车间，只用了18天黄崖洞的机器就又转了起来。

1942年5月，太行山被鬼子围得水泄不通，篦梳般过了一个月，黄崖洞厂也被要求转移。可他就是不愿意离太远，拿起一杆枪，和几个自卫队队员就在鬼子的眼皮下打起了游击。只要鬼子接近机器位置他就开枪。

这场大"扫荡"直接影响了太行兵工的生产。就拿柳沟炸弹一厂的工人来说，就锐减到了243人，弹壳的生产受到了极大地冲击，连带着也影响着再加工的黄崖洞、高峪。咋办呢？刘鼎决定，在太行山开展军工大生产和增产节约竞赛。顿时，太行山掀开了一股追、赶、学的浪潮。

这里头，大家耳朵里听得最多的就是甄师傅。他几乎每天趴在车床旁，早来晚走，加班加点，和他同用一台机床的是太行兵工英雄杨鸿章。当初，陆达他们在柳沟造出五〇掷弹筒炸弹壳后，就是老杨车出第一颗成品的。两人轮着干，吃饭轮着换，睡觉互相推让，就为了机器不停不站。别人只能车 50 发时，他们能车到 100 发以上，别人能车到 100 发时，他们又增加到了 150 发，别人车到 400 发时，他们又达到了一天车 480 发五〇炮弹外圆的纪录。而甄师傅自己，更是创下了 75 秒车一发炮弹外圆的纪录。经过检验，件件合格。大家都管他叫"飞机""炮弹王"。

甄师傅的名声，远扬太行山。就连柳沟的工人，也佩服得五体投地。

1943 年初，高原突然为大家领来了一个个子高大的人，郑重地告诉大家，"这就是甄荣典同志，从今以后，他就要和咱一厂的人一起，研制八二炮弹。"

一听说是甄师傅来了，一厂的人一片欢呼，大家都知道有了这位炮弹王的指导，82 炮弹的研制肯定不在话下。

果然，在甄师傅的工作热情带动下一厂的 82 炮弹的研制进展迅速，很快就获得了成功。接着，甄师傅又不断琢磨，改进技术，从原来两三分钟生产一个炮弹壳，

加速到一秒钟一个。工效提高了近 200 倍。

此时，太行山连续旱灾。师傅们的口粮锐减了 30%，每天仅能供应一斤二两，而且还是黑豆、高粱、玉米。许多工人，只好挖野菜，摘树叶，扛饥荒。加上缺菜少盐，不少职工得了肠胃病。

咋办呀？总不能让咱的师傅们饿着肚皮干吧。高原和黄枫看在眼里急在心上。他们马上组织大家一起开荒，种地，搞自救。同时，让大家节约用度，每天再节约四两。

甄师傅马上响应，带头利用工余开荒。他的一个同伴，在他的带动下，一个人开出了 30 亩，硬是靠一担担挑水上山，在秋后收获了 1000 多斤蔬菜，被他全部交给了食堂，让所有人都能吃上。大家都夸这个同伴，他却说："比起荣典差远了，都是向他学习的。"

甄师傅还带头节衣缩食。本来他人高体壮，饭量远比一般人大，但他仍旧一日三餐只吃早稀、晚汤、中午拌野菜，居然节余下 85 公斤粮食，相当于普通工人一个人四个月的口粮。这些粮，他全部上交了，让工厂支援给断了粮的村人。

村人们也把厂里的好看在眼。他们几乎每人家都有亲人在兵工厂或煤窑、铁矿，还有焦作的"儿女公司"。平素就和工厂好得像一家，村里唱八音会也会拉上工厂搞联欢。八路军每场战斗的胜利他们也打心欢喜。

为了感谢工厂，村人们主动承担起了给显王、黄崖洞送炮弹毛坯和给工厂驮粮食、生活用品的任务。在太行山建起了"钢铁运输线"，保证了太行山兵工厂的正常运行。

有了村人们的帮助，甄师傅再接再厉不断试制，又为柳沟研制成功 500 毫米掷弹筒，每天产量达到了 100 多门，有力地支援了前线。

也就在这年的 8 月，晋冀鲁豫边区总工会召开了"新劳动者旗手竞选和表彰大会"，甄师傅获得了"新劳动者旗手"第一名，成为名副其实的"炮弹大王"。

但 1943 年的 5 月，对于柳沟来说却非常难熬。

一天，段村的鬼子坂本中队和伪军共 500 多人，气势汹汹地闯进了柳沟。

事发突然，高原和黄枫仓促决定，带上工人和村人暂时退出了柳沟，钻进了园头山上的隐蔽窑。

按以往经验，大家并没有带上充足的粮、水。谁知，鬼子这次来，是为了劫资财，掩护他们打蟠龙的主力。所以，从 7 日起，就开始了"坐地驻剿"，一连 7 天没挪窝。而且，还派上工兵对我铁矿、煤窑进行探测。

咋办呀？ 200 多兵工，还有 300 多村人，都好几天没吃没喝了。大家都焦急万分，不知道鬼子还要待多久。而且，由于汉奸告密，鬼子已经找到了这个隐蔽窑，连续派了几拨人进洞搜剿。黄枫他们沉着应战，拿起石头，抓起沙子，硬是把鬼子们赶了出去。

不甘心的鬼子，又在附近搜索，居然在大陌村边的树丛里又发现个窑洞。当他们吊下士兵去搜索时，洞里却丢出颗手榴弹，"轰隆"一声，这个鬼子立刻没了动静。于是，小鬼子又吊下去第二个、第三个、第四个，结果全被手榴弹给处理了。气得鬼子只好用火烧，可是这个洞的洞口是朝天的，火丢下去，烟火直往外冒，里边人没事，反倒把鬼子呛了个半死，只好悻悻离去。

鬼子的猖狂，气坏了民兵。他们不停歇地打枪，袭扰。希望赶走这股小鬼子，解救群众和兵工。可是鬼子却丝毫不为所动，他们一边在圆头山东西的两座山上搭了个临时哨棚，四周用门板围起，头顶用干草盖着，派了两个轻机枪手日夜监视着洞口。一边在柳沟挖壕，修筑工事，架起掷弹筒和重机枪，摆出了一副要长期驻守的架势。

咋办呀？不能眼睁睁地看着洞里的工人和乡亲们饿死，渴死。大家一起想办法，消息开始往周围散播。就连驻扎在20多里外的关家垴八路军第七六九团也知道了。此时，马忠全团长和赵兰田政委正在团里。两人火速决定，强攻柳沟营救咱群众和兵工。

这天夜里，马团长和赵政委由关家垴村的村长赵希宋带路，从洪水经温庄摸到了柳沟，急进到鬼子哨棚背后一个土丘上，摆成了半月形卡住了鬼子。同时，又摆下了轻重机枪，瞄准了哨棚里两挺轻机枪。附近的民兵闻说八路军要端柳沟的鬼子，自发地集合起了100多人，组成了担架队，随时准备接应。

为了摸清村里鬼子的情况，赵政委亲自带了几个连、排干部，从山丘上爬下来观察动静。

此时，狂妄的鬼子，正疯狂地敲打着抢来的破锣做着令人作呕的游戏，有两个禽兽正拖着一个披头散发的妇女往村边树林里走。大家都被鬼子这种非人的行径气破了肚。有人本能地拔出枪就要揍鬼子，却被赵政委一把拉住了。他对大家说："这是侦察，还没到和鬼子战斗的时候……"

于是，大家憋着胸口的恶气，强忍着，继续摸情况找射击位置。

晚上9点，战斗打响了。负责打哨棚的是第七六九团的战斗英雄靳小瑞的班。

这个不满14岁就参加了八路军的班长对鬼子有着刻骨的仇恨，他的亲人就死在了鬼子手中。去年5月，鬼子围攻太行山时，他负责掩护部队，一个人就击毙了四个鬼子，鬼子的子弹击穿了他的肺，战友们都以为他牺牲了，取走了他的枪，打算战斗完再来掩埋他。可是，令人惊讶地事发生了。

当部队撤退后，鬼子发现了他，拽走了他掖在怀里的手榴弹，却把他弄醒了。趁着鬼子不注意，他"噌"地爬起来就跑。等鬼子反应过来，他已经跳下了崖头。

7天后，战友们望着死而复生的他，真不知道是该哭还是笑。鉴于他的表现，部队晋升他为班长。

此时，只见他摸到了哨棚旁，向哨棚顶丢了2颗手榴弹，顺势一滚，躲在了一旁，就听见"轰隆""轰隆"两声，哨棚的顶子被炸上了天，火光猛地冒了出来。里边的鬼子兵惨叫着往外跑。靳小瑞和战友们已经端起了枪，把仇恨的子弹一一射进了他们的身体。

哨棚的战斗就这样结束了，就在收队时，靳小瑞却看到了哨棚口的机枪，不顾大火又扑了过去。这是能加强战斗的武器，他不能丢下。

此时，沟里的主力也冲进了村子，鬼子躲在房屋上负隅抵抗。慌得他们没拉线，就把手榴弹丢了出来。咱们的战士便高兴地替他们拉开线扔了回去，"轰隆"一声，小鬼子立刻倒下一大片。

两小时后吓破胆的鬼子开始撤退，躲在洞里的工人和群众乘机逃了出来。可是，他们已经饿得无法行动和说话，战士们只好把他们背起来一直转移到五六里外。

第七六九团走后，气急败坏的坂本中队又返了回来继续驻剿。为了保护工人，第七六九团又派了一个排配合上民兵，组织上特等射手，专打冷枪，迫使敌人困守柳沟不能行动。

其中，有个关家垴的才16岁，名叫关二如，枪法如神。先前，他在村里收小麦时就发现了这股鬼子，拉上民兵就尾随上了，还·枪把1个正在用望远镜瞭望的鬼子大队长从马上打了下来。当大家收拾战利品时，发现

子弹不偏不倚正好从一个镜筒里穿了过去。

此时他正带领一组人在附近侦察，突然发现了河沟里有六个光屁股的人，正是柳沟"驻剿"的鬼子兵，马上笑道："好机会、好机会，咱们趴下打水鬼！"

一排子弹过去，鬼子们都趴在了河里。

在军民的一起努力下，两天后，柳沟鬼子狼狈地逃走了。

但在6月，他们又勾结上国民党特务郝竹亭、魏云亭、肖芳亭、李香亭占领了蟠龙，于秋天，又气势汹汹地向柳沟扑来。

知道鬼子又来围困咱兵工厂。马岚头和河不凌两村的民兵和群众迅速行动起来，配合上工厂的工人自卫队，从马岚头到河不凌摆下了五里长的地雷阵，当鬼子经过时，"轰隆隆——"，顿时血肉横飞，扭头回到蟠龙再也不出来了。

但由于形势紧张，一厂只能在夜间生产，严重受影响。咋办呢？上级指示，暂时放弃柳沟，向其他地方转移。于是，高原和黄枫迅速做出决定，在夜里将埋起来的材料、工具、粮食从鬼子的眼皮下刨出——在村人们的帮助下运走了。留下一小部分人坚持生产，其他人轻装爬山，分别向黎城、平顺转移。

从1937年伊始的柳沟兵工厂就这样被迫终止了。

不久，整风运动开始了。曾经为太行军工立下了汗马功劳的军工部成了重灾区，许多人受到了影响，就连刘鼎部长也因曾经被俘坐牢，而被怀疑是"叛徒""特务"，离开了太行山。

他虽然离开了，他的兵工思想却留了下来。尤其是他发明的各种地雷战阵，在抗战后期发挥了巨大作用。就连蟠龙的鬼子，也在"土飞机""铁西瓜"中，被打得焦头烂额寸步难行，在1944年2月底被迫逃回段村老巢。

而柳沟的火焰也没有熄灭。这年7月，受刘鹏副部长委托，陆达和陈海清、高秀春、包瑞之、卢德金、关得胜、李福远、李瑞芝、孙兆喜等十余人，重返柳沟创建军工部四厂，恢复生产并研究新的铸造和焖火技术获得成功，由此，掀开了柳沟新的历史篇章。

此时的四厂，拥有3个生产部：庄底是翻砂部，马岚头是炼铁部，马岚头对面是炼铜部。从1944年10月正式恢复投产，到1945年鬼子投降，职工数恢复到了800多人，每月各种炮弹数从30万发增加到60万发，有力地支援了抗日战争的大反攻。

柳沟
兵工精神
照千秋

1946 年，国民党加紧部署内战。

这年春天，厂里突然来了 30 多个人，领头的不是别人，正是咱们的土建专家陈志坚。老陈他们是带着晋冀鲁豫军区司令部军工部的命令来的，要为咱柳沟搞扩建，以便这里能容纳更多的人，更多的机器，产更多的五〇、八二炮弹。

此时，柳沟铁厂已更名为华北军工处柳沟炮弹厂。它就像一把熊熊燃烧的火炬，不断照亮太行军工的同时，也在不断吸引新生的火焰融入，

就在之后的日子里，苏公炮弹厂、显王锻造厂、石门炸弹厂、云头底枪炮厂……这些太行的兄弟单位，不断地加入柳沟这个大家庭。

到 1948 年 1 月时，柳沟已经成为一个拥有职工数达 1440 人，各种机器共 300 余台，包括蒸汽机、发电机、锅炉等动力机械，冲床、钻床、刨床、车床等 80 多部机床，翻砂、冶铁、铁工、机工、钳工、铜货、完成、检

验、煤炭、炼焦、木工等11个工段的半机械化的炮弹厂，每天可造22000发炮弹。

此时，炮弹厂已被更名为兵工一厂。经理阎守信，副经理曹石甫，协理员牛季良。阎守信是黄崖洞兵工厂的老领导了，对兵工生产了如指掌。曹石甫曾是太行工业学校的教员，当时学校还在马岚头，所以他对柳沟也非常熟悉。牛季良原先是军工部政治部秘书，有着丰富的政工经验。

在他们的带领下，一厂突飞猛进，建成了防国民党飞机炸弹的石窑洞，掀起了"刘伯承工厂运动"，支援了刘邓大军南渡黄河、挺进大别山和西北野战军保卫延安等重大战役。

他们还在白和，建成了硝磺所，专门制炸药。

下半年，军工处与晋察冀工业局合并，一厂归企业部统管。牛季良担任了副厂长，班子里，又增加了政委熊杰、教导员陈海清、保卫科长李效仁、检验科长来金烈。

老熊是江西兴国的，12岁就参加了红军，1939年就在军工部任一所、四所教导员，是个很有政工经验的人，和职工很贴心。

陈海清以前在梁沟兵工厂当指导员，他其实也算是柳沟的老人了，1944年，陆达在柳沟恢复生产时，带的十来个人里，就有他。

李效仁是寿阳的，年轻时在太原兵工厂当车工，后来在韩庄八路军总部修械所当小组长，在黄崖洞当过党支部书记，也是经验丰富的老军工。

来金烈就是武乡石泉的，最早在太行三分区炸弹所当战士，后来跟上石门炸弹厂来到柳沟。是个积极能干，政治热情高涨的青年。

在新班子的带领下，至10月，一厂已发展到五个分厂和一个所，即柳沟的翻砂部、铜货部、完成部，马岚头的冶铁部，显王的铁工部及白和硝磺所，职工数更是增加到3000多人。产量成倍增加，每天生产10万颗炮弹，有力地支援了华北野战军、游击队和民兵，尤其是淮海战役。

1949年4月，厂里又迁来了原晋察冀第33兵工厂和第55兵工厂的手榴弹分厂，让队伍进一步扩大。至6月奉命停止军工生产转为农用时，柳沟在整个解放战争中，共生产50mm掷榴弹1172321发，对赢得解放战争的胜利做出了重要贡献。

7月，经华北兵工局会议，柳沟以及分布在南乐、晋城、左权、长治的分厂全部搬迁到阳泉，组建国营第104厂（晋东前身），从此，在狮脑山下、桃河南岸杂草丛生、沟壑纵横的荒凉土地上，开始了气壮山河的二次创业。

8月，1000余名柳沟工人又奉命开拔，支援长治南石槽机械厂（现淮海机械厂）、惠丰机械厂、故县钢铁厂（现长治钢铁厂），石景山钢铁厂（现首都钢铁厂）、247厂、南京307厂、太原钢铁公司、太原建工局、太原矿山机器厂，以及东北、四川、青海、武汉等厂。从此留下了"山里头那个开花山外头香，山沟沟里走出四个大工厂……"这首无尽自豪却又透着悲凉的"开花调"民谣。

让我们最后再来看看那些为柳沟付出过热血的兵工人之后的一些情况吧。

刘鼎，解放战争中，相继兴建起上寨兵工基地、阳泉铁厂、故县铁厂。亲手设计、试制出我解放军攻坚利器——炸药包。新中国成立后，担任首任兵工总局局长，成为我国军事工业的创始者和重要奠基人，国务院原副总理习仲勋评价他："兵工泰斗，统战功臣"。于1986年逝世。

刘鹏，解放战争中，先后在华北军区司令部、京津卫戍区防空司令部担任要职。新中国成立后，率我志愿军安东防空部队入朝作战。是中华人民共和国开国少将。于1986年逝世。

高原，离开柳沟后，相继参与兴建军工部长治建筑工厂、浊漳河公路吊桥（当时最大）。新中国成立后担任中央交通部航务工程总局副局长、水运设计院院长、技术局局长。2007年病逝。

陆达，解放战争中，兴建我党第一个钢铁厂故县铁厂（首钢、长钢前身）。新中国成立后在太钢创建我国第一条硅钢生产线；组织重钢与鞍钢联合生产重轨，供应新中国第一条铁路——成渝铁路铺轨急需；为大冶改建特殊钢厂提供国内一流设计；为中国研制原子弹等国防尖端技术及常规武器现代化，研制了大量冶金新材料。

杜基祥，解放战争中，任冀南银行仓库主任。新中国成立后在中华全国总工会、中国人民银行总行任职。

郝希英，解放战争中，担任"共和国钢铁工业的长子"鞍钢厂长。新中国成立后任四川省机械工业厅副厅长兼厅党组副书记。1966年去世。

石成玉，1949年调惠丰机械厂。

教逢春，解放战争中，研制出82迫击炮弹翅上加药包法。于1948年不幸病世。

陈志坚，新中国成立后，指挥建造了中国第一条地铁北京地铁一期，使宝成铁路成为具有我国铁路建筑自身特点的铁路。铁道部视察员、高级工程师，于1990年病逝。

甄荣典，新中国成立后出任华北兵工工会主席等职。2000年因病去世。2013年习近平总书记将甄荣典列为中国工人阶级和革命战争年代的劳模典范。

周海，1941年任土棚刺刀厂厂长。

王锡嘏，在抗日战争和解放战争中先后创建东庄化学厂、华北地区军火炸药主要生产厂——苇町村兵工厂。

熊杰，新中国成立后多地任职，曾任四机部十四研究院党委书记。

张先进，新中国成立后担任浙江省交通厅厅长，初步形成浙江省公路网骨架。2014年病逝。

沈丁祥，新中国成立后参与创建了多座兵工厂，研制了多种武器弹药。珍宝岛事件后，受周总理托付，研制"红箭七三导弹"。于2009年去世。

张汉英，新中国成立后任北平70兵工厂厂长，筹建847厂。后任七机部（航空部）外事经济局局长，于2008年病逝。他的夫人刘敏，一直辗转兵工战线。2012年去世。

贾志厚，解放战争中，任接管天津市工作组成员。新中国成立后，为太钢家属工厂的创建做出了突出贡献。

王化南，解放战争中，历任隰峪口第七药厂、军工部第十药厂厂长。1954年当选为第一届全国人民代表大会代表。

……

这，就是柳沟兵工。

参考书目

《兵工摇篮——武乡》，王照骞著，中共党史出版社，2013 年 11 月出版。

《武乡人物志》，王建华主编，山西人民出版社，2003 年 1 月出版。

《圣人泉》，李志宽著，北岳文艺出版社，1992 年 7 月出版。

《100 个山西红色科技故事》，山西省科学技术协会著，2021 年印制。

《李庄文集　新闻作品编》，李庄著，宁夏人民出版社，2004 年 10 月出版。

战地
号角

唐晋 著

中国文史出版社

图书在版编目（CIP）数据

战地号角 / 唐晋著 . -- 北京：中国文史出版社，2024.5
（武乡抗战故事文丛）
ISBN 978-7-5205-4646-1

Ⅰ.①战… Ⅱ.①唐… Ⅲ.①革命故事—作品集—中国—当代
Ⅳ.① I247.81

中国国家版本馆 CIP 数据核字（2024）第 075591 号

出 品 人：彭远国
责任编辑：秦千里

出版发行：中国文史出版社
社　　址：北京市海淀区西八里庄路 69 号院　邮编：100142
电　　话：010-81136606　81136602　81136603（发行部）
传　　真：010-81136655
印　　装：山西人民印刷有限责任公司
经　　销：全国新华书店
开　　本：32 开
印　　张：5.625
字　　数：100 千字
版　　次：2024 年 5 月北京第 1 版
印　　次：2024 年 5 月第 1 次印刷
定　　价：780.00 元（全套）

战地号角

董志敏·绘

《武乡抗战故事文丛》编委会

主　编：陈建祖

编　委：高怀碧　姜向东　王陆军　郝雪廷
　　　　宋耀珍　方小玲　马晨桓　温宁宁

插　画：董志敏　萧　刚　王慧群

目录

1938年10月，党中央决定将北方局迁到太行山八路军总部所在地。正是八路军在太行山上抗击日寇的烽火岁月，中共中央北方局委员、宣传部部长李大章同志率领着延安的干部们，其中包括鲁迅艺术学院木刻工作团的胡一川、罗工柳、彦涵、华山等人，激情澎湃地"到敌人后方去"，一心要把鬼子赶出中国，让胜利的旗帜插遍黄河东。

这支队伍中有男有女，有老有少，有老革命也有新干部，大多数都还很年轻。他们背着行李翻山越岭，披荆斩棘，一路高唱着抗战歌曲，每天都在与体能的极限顽强作着斗争。虽然行军很艰苦，但一路上看到祖国壮丽的山川风貌令大家激动不已，把日本侵略者赶出家园的决心鼓舞着他们，恨不得早一天来到抗日战线，投身革命的洪流。

在他们的行囊里，紧紧包裹着数百幅木刻美术作品，里面有大家在延安创作的，也有从大后方收集来的，主

题都是宣传抗日。这些年龄尚轻的文化人早已按捺不住内心的喜悦，东渡黄河后，一到了八路军驻地，不顾征途劳累，马上取出木刻画作，倚着房屋窗台、墙面等地，一幅一幅地铺陈开来，开始了革命抗日根据地的巡回展。

八路军战士和百姓们立刻就围了上来。这种黑白分明、线条有力的木刻画看上去十分新奇，人们指指点点，七嘴八舌地议论着。看到如此火热的场面，木刻工作团的文化人很是兴奋。然而渐渐地，观众的热情变得淡了许多，一些批评的声音此起彼伏地响起。

"没啥名堂。"

"没个看头，连个头尾都没有。"

"黑乎乎的，连个颜色也舍不得上。"

"为啥没有颜色？"

听到这样的批评，有些文化人的脸上挂不住了，想要跟百姓们争辩。也有的同志觉得老百姓只懂得种田，没有资格对艺术家的作品指手画脚。

李大章同志心里明白，主要原因出在咱们自己身上。二十岁时，李大章曾经赴法国勤工俭学，两年后加入了"旅欧中国少年共产党"。1923 年 2 月，"旅欧中国少年共产党"改名为"中国共产主义青年团旅欧支部"，李大章在巴黎协助赵世炎、周恩来、李富春等人开展党团工作，负责宣传刊物的刻印。巴黎是艺术世界，李大章耳濡目染，对当时的各种艺术流派十分熟悉。

板山观日出

王慧群·绘

　　李大章知道，这些年轻的文化人在延安时间比较长，很少有前敌经验，也缺乏与广大劳动人民的交流。在木刻创作时，受珂勒惠支等反法西斯进步画家风格的影响，他们习惯性地采用欧洲技法。珂勒惠支最早由鲁迅先生介绍到中国，一时间传播很广，可以说，中国老一辈的版画家都间接地成了她的学生。而珂勒惠支早年的反抗主题与中国人民抗战的现实十分吻合。同时，鲁迅先生"新兴版画运动"的倡导影响也非常深远。

　　李大章了解当地百姓喜欢色彩浓艳、大红大绿的图画，看上去喜庆。如何将年轻文化人的美术技巧与百姓的传统需求结合起来，更好地达到宣传抗战的目的呢？

　　1939年元旦，晋东南的沁县召开了一个万人大会。数九寒天，李大章领着鲁艺木刻工作团穿越敌人封锁线，翻过绵山，来到这里，继续进行巡回展。在布置画展的过程中，不少百姓就围上来观看，李大章很是留意这里的人们又是怎样一种接受态度。虽然天气很冷，但观众越来越多，大家的评论更直接、更干脆，弄得文化人垂头丧气，整天提不起来精神。李大章甚至听到有人说出放弃巡回展的话。

　　这天晚上，在李大章的特意安排下，中共北方局书记杨尚昆、八路军副参谋长左权、政治部副主任陆定一等总部领导来到驻地，看望木刻工作团的年轻人。领导们平易近人，诙谐幽默，很快使场面活跃起来。一方面，巡回展受到了肯定和表扬；另一方面，作品创作手法上存在的一些问题被尖锐指出。领导们鼓励大家要放下包袱、放下身段，走入人民群众中间，向百姓学习，创作出百姓喜闻乐见的作品，使得宣传更有力量。

李大章还邀请了当地的老艺人和百姓代表，听取他们的建议，了解民间传统年画画风。

"人物要形象突出，忠奸善恶要让人一眼就能看出来。"

"要讲故事，要有头有尾。"

"再不要弄那些黑白的画，要大红大绿，花花绿绿才好看。"

"人们家里喜欢贴年画，你们的画还是要多一些喜庆、吉祥、红火。"

文化人思想转变得快，学习能力也强，动手积极，不久便创作出一批"有头有尾"的木刻连坏画，故事性强，表现生动有趣，在报纸上连载，百姓们抢着看。接着，更多反映根据地人民参军、支前、织布、打鬼子等内容，贴近现实生活的木刻作品在武乡下北漳村不断问世，并且，创作者借鉴了民间年画的阳刻技法，木刻套色水印，作品更加深入人心，备受欢迎。

这一条新路给了文化人极大的鼓舞，他们的干劲更足了。

1939年腊月，农历春节在即。木刻工作团准备了十

余个版式、一万多张套色木刻贺新年画，计划向根据地各机关、部队和百姓们下发。李大章拿着新年画认真欣赏，脸上露出赞许的神情。他望了望窗外那些兴高采烈准备年货的百姓们，回过头来对大家说：

"这些年画就不要拿去发送了。你去发送，老百姓以为是常规的宣传品，反而不稀罕，起不到贺年的效果。你们拿到市场去卖吧，价值一定会显现出来。"

正如李大章预想的，西营镇腊月二十三的大集上，这些物美价廉的套色木刻新年画引起了百姓极大的兴趣，人们纷纷拥上前来抢着购买。没有多久，上市的几千张年画便被抢购一空。不少百姓来晚了没有买到，不惜走上几里路，干脆跟着文化人到木刻工作团驻地去买。原本对卖画能否成功持怀疑态度的文化人从另一个角度感受到了文化宣传的力量，他们一路小跑，比百姓还显得急迫呢。

这一年春节，套色木刻年画也贴上了八路军总司令朱德的大门。相互拜年时，彭德怀这样表扬木刻工作团：

"大众化喊了多年，你们算是走出了第一步。"

党报是
人民的报纸

　　1939 年 1 月 1 日，华北抗日根据地最重要的报纸、中共中央北方局机关报《新华日报》华北版在沁县后沟村创刊。何云任社长兼总编辑。同年 7 月，报社迁至靠近八路军总部的武乡县大坪村。10 月 19 日，新华社华北总分社在大坪村成立，何云兼任总分社社长、总编辑。当时，所有华北版战报和新闻，用"华北新华社"的电头向延安新华总社和华北各抗日根据地播发，虽然"扫荡"与反"扫荡"不断，报社经常转移，《新华日报》华北版和《新华电讯》坚持出版，基本上没有中断。

　　1938 年 5 月 1 日，由朱德总司令题写报头的中共晋冀特委机关报（后为中共晋冀豫区党委机关报）《胜利报》在山西和顺创刊。由于敌人频繁"扫荡"，报社先后转移到辽县（今山西左权）西河头村、榆社县岚峪村、武乡县石门村，最后迁往辽县高家井村。

　　1939 年 2 月，八路军内部发行的理论性秘密刊物《前线》复刊。11 月 15 日，北方局主办的党内刊物《党

的生活》在武乡王家峪村问世。

《新华日报》华北版的工作人员大部分来自延安抗大、陕北大学和鲁艺，这批文字和美术工作者都是李大章于 1938 年冬天从延安带到太行山抗日根据地的。

李大章的工作重心就在报社。身着八路军军装，打着绑腿，斜挎手枪，这是李大章在太行革命根据地时，人们熟悉的形象。那段时期，他主要分管报纸、出版和北方局党校，在建立和健全华北各级宣传教育机构方面非常用心。

李大章在工作中明确提出，"党报是人民的报纸"，要求《新华日报》华北版要当好人民的"聪耳""慧眼"和"喉舌"。他办报思想十分明确，"在坚持抗战，坚持统一战线，坚持持久战中更尽其积极作用"，使华北版成为一张代表民族利益和人民利益的党报，成为团结人民、教育人民、凝聚抗日力量的旗帜。

1939 年 3 月 13 日《新华日报》华北版第一版上有这样一条消息，题目是《武乡简讯》：

　　为粉碎敌人的进攻，本县顷召开干部大会，开会三天，通过：一、劳军；二、动员新战士；三、整理民众工作；四、演戏野战等要案。

开了三天的会议，用不足五十个字报道出来，言简意赅，非常符合老百姓的读报习惯。该说的都说了，老百姓识字的和不识字的都能一下子了解会议要点，清楚接下来要干什么，同时也留下了议论的空间。

关于与敌战斗的战情通报，《新华日报》华北版也是用最简洁、最详略得当的手法表现给人民群众。很多标题上就讲清楚了什么事，只要念标题就能让人马上知道正在发生的是什么，比如《敌分犯晋东南 武乡一带激战中》《云簇镇敌回窜石盘》《武乡故城敌窜分水岭》《周得标同志殉国》《南关敌五路南犯 昨又退回权点镇》《白晋路节节挫敌 丁团长壮烈殉国》等。

《新华日报》华北版侧重对老百姓生活的报道，比如《武乡土河农民开会》，主题明白晓畅，讲得十分清楚。行文也用老百姓说话的语气，符合百姓们诵读和口口相传。这次农民开会的议题用副标题列出，《彻底解决合理负担减租减息问题 改选农会秘书充分发扬民主精神》，两行字数一样，颇为符合民间阅读章回小说的习惯。里面也很生动地记录了会议中发生的事情：

　　　讨论正进行中，忽有官牛甲闾长申德□和村民马□故意离开会场他去，复又转回会场，用欺骗的言语诱惑到会群众，谓：农抗会开起来与人民大大不利，以后人民的税赋一定更多，负担将日更加重，你们千万不要上他们的当。然群众皆明了他们

有所用意，毫不为所惑。模范自卫队当一拥上前将他们拘捕，大家发言指责他们破坏新法令，破坏会场秩序。决定交村公所扣留他们，并罚马□三石麦子救济难民。

《武乡土河编村全体村民 开会公审坏村长副》，副标题《坏村长副当众俯首认罪 群众团结力量空前伟大》，文章里说明坏村长副所作所为，群众为什么要开会公审他们：

坏村长连□祥……每次牺公或群众团体召开群众大会时，他总是百般设法阻止群众参加，并且借村长的权势，说村长不赞成开这会，你们为什么要开，还加上平日做的一些坏事情，所以被群众控告拘留起来了。两个坏村副叫作樊□贵和魏□生，就是两个地方上的坏人，工作既不负责任，而且还要借势凌人，也是帮助坏村长用威胁的手段，竭力阻拦群众大会，并阴谋破坏，企图解散集会等，也是先后被群众扣押在村公所的。

公审非常严肃认真：

由村牺公的同志，将群众控诉他们的罪过，重新在全体群众中逐条征询。当每条罪状念过时，群众即大声疾呼：实在的！并且每条都有人证明属实……

罗列了他们的罪状后：

三个坏村长坏村副皆当众俯首认过，偶一发生狡辩，群众就挥动拳头，厉声呵斥，反抗黑暗的情绪极度高涨，最后当场决定将三个坏村长村副，送县府依法严惩，并决定将坏村长连□祥的粮食麦子20石、米10石全数充公，作为优抗济资之用。最后由张区长总结大会经验教训，教育群众……

对人民群众点点滴滴的关注，用事情来讲说道理，使得《新华日报》华北版深入老百姓内心，不仅随时知道身边事，还懂得用身边事来观照自身、教育他人。《武乡韩壁编村雇工雇主会商改善雇工生活》《武乡中村展开民主选举》《武乡东沟村士绅王耀垣先生受奖》《武乡长毛道欺骗失效 会众纷纷自首》《武乡富绅踊跃捐输深明抗日大义》《佃户也来体恤地主》《村副起模范作用 影响富绅也弃债》《宪运深入下层 武乡登记选民》《武乡妇女踊跃从军》《武乡垦荒3000亩 创造了劳动英雄》《武乡妇救贷款一万元开展纺织业》《辽武等六县小学教育猛

进》《武乡水利建设》《武乡新发明煤气灯》《武东十日推销公债九万》《熬制食盐》等报道，方方面面，事无巨细，百姓们喜闻乐见。

《新华日报》华北版初期出版发行量就是两万份，一年后迅速达到五万份，率先创下了全国性大报在敌后成功发行地方版的奇迹，影响广泛深远。"《新华日报》一张顶一个炮弹，而且天天在和日寇作战"，朱德总司令如此赞誉。

1941 年 5 月，一份重点研究日伪现状的杂志《敌伪研究》月刊诞生了。这是李大章和陆定一等人亲自创办的，提供给各级军政领导和部队干部阅读。创刊号封面采用套色木刻，画着放大镜下扛旗子的日寇，表示刊物的目的是对日寇进行更为全面、细微、近距离的观察。首篇文章是李大章的《面对敌人，加强对敌斗争》，其中进一步强调办刊主旨：

"对于敌伪的各种政策及活动，特别是关于政治、经济、文化教育等各方面，做出有系统的研究和介绍，而且它将尽可能地收集各种有关敌伪材料，帮助各个工作岗位上的同志，作为经常对于敌伪研究与对敌斗争的一种参考材料。"

这份杂志的主要撰稿人是八路军的高级将领，因此从宏观到微观，从战略到战术，从理论到具体实践，无不体现出精粹、有效、把握性强的特点，极具指导意义，同时又为各级军事机关、敌工部门提供了情报和反战资料。

　　大多数时间里，李大章都是和《新华日报》华北版的编辑记者们工作、生活、战斗在一起。不管战事多么频繁，坚持出版始终不动摇。

华北抗战的向导

"忠诚于事业才能忘我,忠诚于国家才能尽责,忠诚于人民才能献身。"

这是《新华日报》华北版社长兼总编辑何云说过的话。

1939年元旦,中共中央北方局机关报《新华日报》华北版创刊。当时同志们的工作热情都很高,陆定一印象最深的就是何云。何云从武汉来到抗日根据地,曾经在武汉《新华日报》工作过。来到太行山后,他便提出主张,我们这里一定要办报纸,宣传抗战,宣传根据地军民劳动、生产、生活新气象。陆定一评价说:"何云作风踏实,学习勤奋,经常夜以继日地工作,身体搞坏了也不顾。他在《新华日报》华北版工作期间,做出了不小的成绩。"因此,何云及其报社全体编辑记者,被誉为"华北人民的聪耳,华北人民的慧眼,华北人民的喉舌"和"华北抗战的向导"。

有一次,重庆《新华日报》记者陆诒来到太行山进行采访。这位陆诒可不是普通人，出入炮火连天、子弹横飞的战场实地，对他来说可谓家常。"一·二八淞沪抗战"爆发后，他不顾自身安危，采写出十九路军英雄抗击日寇侵略的英勇事迹，振奋了全国人民。抗战前期，陆诒先后采访过承德战役、七七卢沟桥事变、八一三上海抗战、太原之战、台儿庄战役和保卫武汉战役。他还多次到太行山、晋察冀和平西等抗日根据地采访，访问了众多八路军将领，写了大量的新闻通讯，宣传共产党的政治主张，传播八路军在华北敌后英勇打击日寇的光辉业绩。何云在武汉《新华日报》工作时，陆诒还没有去重庆，是编委兼采访部主任。两个人志趣相投，结下了深厚的友谊。这次陆诒来，何云喜出望外，到地里采摘了几种蔬菜，张罗了一餐简单的饭食。两人喝着自酿的土酒聊天，何云表示，根据地条件很苦，比不上重庆，请陆诒不要介意。陆诒早已习惯艰苦生活，讲述自己主要在各地跑新闻，很少窝在城市里。闲聊中，何云很自豪地对陆诒说：

"你们在国民党统治区办报，只是笔杆抗战而已。可是在此地，则是铅字和子弹共鸣，笔杆与枪杆齐飞。"

有着丰富战场经历和经验的陆诒马上就明白了何云的意思，他掏出纸笔，立即问起《新华日报》华北版全体工作人员在"扫荡"和反"扫荡"中所遭遇的事情。

1940 年 8 月至 12 月初，八路军总部在华北发动了

一次大规模的对日军的战役，彭德怀要求各部，在破击交通线的同时，相机收复日军占领的各处据点。陆续参战的八路军部队达到105个团约27万人，还有许多地方游击队和民兵加入，史称百团大战。《新华日报》华北版派出大批记者，随军实地采访，采写、播发了大量战地新闻。何云在报社主持编发稿件和印务工作，然而受到陆诒影响的他并不甘于留守。没有多久，何云亲自上阵，跟随八路军总部和一二九师首长奔赴前线，在战火中组织新闻采写。

一二九师在师长刘伯承、政委邓小平指挥下，以8个团、8个独立营的兵力，组成左右两翼破击队和中央纵队，于8月20日夜开始进攻正太铁路西段的日军。又派出两个团会同多支地方武装，分别对平辽、榆辽公路进行破击。左翼队一部进攻芦家庄，连克碉堡4座，歼敌80余人；右翼队一部攻击桑掌和铁炉沟等据点，歼敌130余人。8月23日起，日军在飞机支援下，使用化学武器，不断向一二九师抢占的狮垴山高地猛攻。八路军阻击部队英勇奋战，坚守6昼夜，歼敌400余人，保障了破击部队翼侧的安全。数日连续作战，正太铁路西段大部分据点及火车站被一二九师控制，路轨、桥梁、隧道几乎全部被破坏，正太铁路西段陷于瘫痪。何云带领着战地记者，忠实地记录下这一幕幕抗击历史。

百团大战进入第三阶段，号称"要对华北重新认识"

的日军开始了疯狂的报复。10月6日起，日军调动数万兵力向华北各抗日根据地进行大规模毁灭性"扫荡"。10月19日，彭德怀副总司令和左权副参谋长向八路军部队正式下达了反"扫荡"作战的命令，要求各根据地党政军民要密切配合，广泛开展游击战，彻底粉碎敌人的"扫荡"。

关家垴歼灭战打响后，何云和记者们身背油印机，跟着彭德怀、左权和一二九师刘伯承、邓小平各位首长，在火线上编辑、审稿、刻印、发行，以最快的速度把战斗消息传播出去。彭德怀和左权的指挥所设在一孔破窑洞中，距离关家垴只有两三里。何云在这里用望远镜遥望，可以看到激烈的战斗。前仆后继、不惜流血牺牲的八路军战士英勇冲锋，日寇机枪的火舌疯狂地掠过每一处斜坡和崖角，空气中硝烟弥漫，身边不时跑回来采写到消息的记者，一个个满脸尘灰，衣服上粘着不知是谁的血迹。关家垴一战，"日军阵地余尸280余具及三堆骨灰"。这条珍贵的记录就是来自战地记者的报道。

1940年10月30日，《新华日报》华北版一版刊发22时"前方急电"一则，标题为《关家垴顽敌大部被歼灭》，其中记录：

血战至（当天）22时，敌军大部已为我歼灭，缴获轻重机枪步枪辎重极多。现仅余残敌四五十死守

最后阵地，我军正乘胜"扫荡"，不久即可全部肃清。

同一版面，另刊登着当天 18 时发出的电讯，副标题为《关家垴展开壮烈争夺战 敌机成群更番狂炸无济于事》，全方位记录了这场战事的行进过程。同时还刊登了小消息一则，《炮兵神手 弹无虚发》，其中说：

> 今晨拂晓，我炮兵射击极为准确，第一炮正中敌密集队伍，第二、第三炮均打入敌军骡马辎重丛中。敌兵当即大乱……

第二天，《新华日报》华北版一版刊发当日 6 时前方记者发回的电讯：《关家垴血战歼敌 坂井大队歼灭殆尽》，其中总结道：

> 是役，先后毙敌 300 余，缴获步枪 200 余支，轻重机枪 4 挺，其他掷弹筒、弹药等军用品甚多，现正在清查中。

一周之后，11 月 9 日的《新华日报》华北版在一版刊发了关家垴一役的通讯报道，主标题为《反扫荡战空前激烈》，副标题为《敌四路救援关家垴 遗尸 300 狼狈而逃》，对这场战役进行了回顾；11 月 15 日又在第四版刊发了《关家垴歼灭战》通讯，同时刊发侧记《我们一枪不响地占领了山包——记警卫连的战绩》。

1941年1月15日，《新华日报》华北版第二版刊发了本报特派员克寒撰写的长篇通讯，《关家垴的歼灭战——石门口观战记》。文章中详细记录了何云和记者们亲临前线的所作所为：

> （战役打响当天）下午2时半，我们十几个人出发，交通员担着收报的电台，驮骡上载着油印机和纸张，赶到前面去出报……彭副总司令大步地走过我们的面前，我们没有去招呼他，看着他翻上黑驮骡，匆匆地冲上山头去。……我们观战的队伍，抄着山谷的小路赶往火线，一二轻伤战士正从火线扶杖下来。……在××指挥所阵地，找到前线采访的记者，方知拂晓攻击的暴风雨才过去不久。

文章生动地描绘了我八路军战士如何向日寇阵地冲锋、如何与敌人白刃战、如何躲避敌机，现场感强烈，给读者以强烈震撼。

> 透过苍茫的暮色，石门口外的山岗上，尘土在翻滚。我机枪声在尘土里旋转，一阵紧一阵，一阵紧一阵。炮弹投入硝烟，随声散开一球火花，像闪

电似的一闪，闪开飞扬的尘土，立刻又合拢来。紧张起听觉去辨别，还是分不清枪声出发的敌我双方。

夜色慢慢地集合围拢来，枪声沉闷而喑哑，火光也看不见了。凭着直觉推测，大概是压在山沟里厮杀了。

1942年5月，日军调集重兵，对太行山根据地进行"铁壁合围"式的大"扫荡"，重点目标直指八路军总部和《新华日报》华北分馆。

5月25日，天刚刚亮，何云带着报社两百多人撤离驻地，翻过东山，向庄子岭一带转移。27日下午，由于日军处处围堵，两百多人在一起目标太大，何云召集大家开会，决定化整为零，分头突围。他反复叮咛嘱咐，要求每个人都要尽最大可能生存下来，为革命新闻事业保留火种。28日黎明，何云一批人与敌人遭遇，双方展开激战。何云不幸中弹牺牲，时年37岁。几天前，5月25日，八路军总部在十字岭的突围战斗中，左权副参谋长被炮弹击中头部牺牲。消息传来，刘伯承非常沉痛地说："实在可惜啊！一武（指左权）一文（指何云），两员大将，为国捐躯了！"

"忠诚于事业才能忘我，忠诚于国家才能尽责，忠诚于人民才能献身。"何云用他短暂的一生践行了自己的话语。

乔秋远的家书

"在这蓬勃前进的浪潮中，人人应各尽其力，为民族、国家而奋斗。稍一不努力，即被时代所遗弃，而成为无用的废人。儿今方壮年，为个人事业计，为民族国家计，都正在做事时候，若回去老守田园，有何意义？……追求一时安乐，放弃此种机会，回家闲居，过此工作时期，则人世消沉，以后数十年岁月将做何事耶？故儿再三考量，还是坚持努力下去。"

这是乔秋远在参加八路军，跟随鲁艺文艺工作团从延安奔赴晋东南敌后抗战前线采访创作时期写的一封家书。

乔秋远，本名乔冠生，河南省偃师县（今偃师区）府店镇夹沟人，历任国际新闻社华北特派记者、新华社华北总分社记者、《新华日报》华北版编辑。全面抗战开始后，他义无反顾地投身于抗日救亡运动。因为在秋天

远离家乡参加革命，便起笔名为乔秋远。"台儿庄大捷"后，乔秋远亲往台儿庄战地采访，写下《台儿庄胜利的血痕》《我军怎样在台儿庄进行歼灭敌人的战斗》等一系列战地通讯。采访后不久，日军截断陇海铁路，对战区进行反包围。乔秋远混入逃难的人群试图逃离，幸好遇上准备突围的大部队，八天八夜后，终于冲出日军的包围圈。

1938 年 3 月 30 日，在台儿庄采访期间，乔秋远给父亲乔荣筠寄了一封信，其中写道：

"报社最近派儿为'特派战地记者'，拟赴徐州……采访前方战事情报，撰写通讯。国难至此，人人各尽所能，挽救国运。凡为壮丁皆有从军之义务。儿为壮年，从事文化工作，虽未能持枪卫国，但是，执笔亦等于持枪也。平日所写社论，欲对国家前途与读者以明确之指正，对抗战期间之恶者、善者予以严正的褒贬，对政府之各种政策予以诚恳之建议与批判。然此皆为之消极之工作。今者能将前方情形写成通讯供给众多读者阅读，于激励民气，于民众之抗战认许上，将稍有裨益也。儿拟明日即启程赴徐州，以后在报上所见之通讯，即等于儿之家信也。"

下北漳村前方鲁艺

萧刚·绘

1938 年 5 月 8 日的信中，乔秋远写道：

> "在战地遇见成群难民，扶老携幼。亡国败家之痛，非身受其境者不能想象于万一。现时代所给人之责任重大，同时，命运亦苦也。现吾家犹在中华土地上安全之区，将来如何，是否同遭沦陷，谁也不能全知。"

这个时候，乔秋远对国家和个人的前途命运进行了深入思考。在中共地下党组织的帮助下，1938 年 11 月，乔秋远毅然奔赴延安。

1939 年春天，延安文艺界掀起了文艺工作者"到敌人后方去"的热潮。3 月 10 日，"鲁艺文艺工作团"（亦称"鲁艺文化工作团"）正式成立，主任陈荒煤。乔秋远成为团员中一员。

经过一个月的长途跋涉，鲁艺文艺工作团来到了八路军总部和中共中央北方局的驻地。乔秋远在随军采访中，对八路军的敌后游击战感到耳目一新。他在 1939 年 4 月 21 日的家书中写道：

> "这次敌人以 12 个师团进攻晋东南，打算'扫荡'这个抗日根据地，再进攻大西北。但是一看朱德总司令那种悠闲自得的神气，真是令人发笑……

在朱老总看来，这次战斗好像大数学家解答一个加减乘除的算式……现在所有城市都'空室清野'，搬空了，彻底一个不留，人民都疏散开。敌人来进攻，城市都让给他，所有的交通都破坏得一塌糊涂，这里几十万大军化整为零，昼伏夜动和他打，这样会把敌人搞得气都喘不过来……八路军不像别军，一个退却就没有办法收拾，他们是处处有办法。"

在敌后抗日根据地的战斗生活学习中，乔秋远的人生观和世界观得到进一步升华，自己也觉得自己更像一名光荣的八路军战士。他在一封家书中说："儿近来身体粗健，食量大增，穿芒鞋，着军服，如同士兵一样。大家都是青年，每天谈谈笑笑十分愉快。"因为乔秋远此前的记者生涯，所以很快得到了何云的重用，让他负责中国青年记者学会北方办事处的工作，还有编辑《北方记者》杂志。鲁艺文艺工作团进驻下北漳村后，乔秋远参与了"前方鲁艺"学校的筹备工作。

为加强我党我军敌后抗战在国统区的宣传以及对外宣传，在长沙创办、迁址桂林的国际新闻社，特聘乔秋远为特派记者和华北通讯站主任，负责华北抗日根据地的采访报道。不到一年的时间里，乔秋远写出几十万字的通讯、特写、报道、小说等作品，通过国际新闻社发

往海外中文媒体，宣传中国共产党的抗战主张和八路军浴血奋战、抗击日寇的英勇事迹，反映了八路军坚持敌后抗战的真实情况。这些报道被海外媒体争相采用，深受华人华侨欢迎。他在1939年5月11日的家书中颇为自豪地写道：

> "儿到此后已经写了数万字，寄至国际新闻社转重庆、南洋各大报纸、杂志发表。昨天接国际新闻社来信言，各报纸读者对儿之文章大为赞扬。"

5月30日的家书中，乔秋远写道：

> "儿所写文章皆寄国际新闻社转至南洋、香港、云南、重庆的各报章杂志发表。该社屡次来信及电报，对儿文章颇为赞赏，稿费从优，促儿多写。此种工作虽艰苦，不落钱，但对个人事业颇有希望，只要努力干去，就可有收获。"

太行山生活条件十分艰苦，久经日寇封锁和反复"扫荡"的根据地困难重重。但任何困难和危险都吓不倒乔秋远。身兼数职的他很少能闲下来，经常随着新华日报华北分馆行动，在各地前线采访。无论部队长时间行军，还是在恶劣环境下爬行山路，乔秋远从不掉队，绝不喊苦。后来鲁艺文艺工作团返回延安，他依然继续留在前方。

1942年5月，日军的大"扫荡"中，乔秋远在突围时不幸牺牲，时年33岁。

乔秋远的儿子乔元庆年幼之时，乔秋远就外出参加抗日活动，至死未能再与儿子见一面。1940年8月，他第一次收到儿子写来的信，非常高兴地回信说：

> "你今年才十岁，年纪还小，只要知道留心上进，学好，将来定会成为一个有学问，能做大事的人。若潦草苟且，不努力，就成为一个没能力的浪荡孩子。那是多么不好！"

1941年3月，乔元庆再一次给父亲写来信，其中附上了自己写的诗作。乔秋远认真阅读了儿子尚显稚嫩的作品，回信说：

> "……你竟然会写诗了，并且诗写得还很好，颇有诗的味道。足见你读书很知道用心，在这一年中，有了很快的进步。这是我非常喜欢的。在这遥远的敌后方，祝你活泼、快乐，更日有进步。"

乔元庆没有辜负父亲。1948年开封解放后，组织

上准备派乔元庆任区委书记，但他却继承父业，选择了新闻工作，成为新华社记者。为了纪念父亲，乔元庆根据父亲笔名的谐音起笔名为"周原"。1966 年 2 月，周原与穆青、冯健联合采写的长篇通讯《县委书记的好榜样——焦裕禄》由新华社和《人民日报》同时发表，成为传世名作。之后，全国掀起了向焦裕禄学习的热潮。

小二黑结婚

　　山西沁水县尉迟村人赵树礼，年轻时候就开始写新诗和小说。1937 年加入中国共产党，投身革命后，改名为赵树理，表示"不再树封建之礼义，而要树立革命的真理"。他的小说主要以生活的华北农村为背景，塑造农村各式人物的形象，讲述农村发生的各类故事，反映农村社会的变迁以及种种矛盾斗争，开创了文学"山药蛋派"。

　　1943 年 4 月，赵树理在中共北方局调查研究室工作，在辽县（今左权县）搞农村调查期间，驻地房东的一个亲戚到县里告状。赵树理于是找来这位亲戚拉家常，问他告的什么状，前前后后是怎样一回事？这位亲戚便竹筒倒豆子般一气说出来这样一件令人愤怒的事：

　　"俺的侄儿叫岳冬至，是村里的民兵小队长。村里有一个叫智英祥的俊女子，不是本村人，是从河北武安县搬进山里的。他们两个自由恋爱，就给好上了。村里有几个坏人没有被政府认清真面目，混进了革命队伍，就

给把持了村政权。坏人们心术不正，就找了个'搞腐化'的'罪名'将俺可怜的侄儿给打死了。"

后来，经过几番侦讯，案情大白。赵树理看到辽县政府刑庭签发的刑事判决书显示，该县横岭村民兵队长岳冬至，与女青年智英祥自由恋爱，却遭到旧势力的粗暴干涉，竟至殴打致死。当然，最终凶手受到了法律的严惩。

赵树理左思右想，现在在民主抗日根据地竟然还会发生这样的事情，村里人都不知道吗？他来到案发的村子进行调查，没想到受害者两家都不同情岳冬至和智英祥。

"打死岳冬至固然不该，但教训教训他则是理所当然。"

"两人自己好？一个个都是定了亲的，这不是败坏门风？"

"俺们一辈子也没听说过个自己好，那俩都是有家室的人。"

"你是文化人，你给说说，啥叫个'自由恋爱'？"

当时根据地刚刚颁布了《妨碍婚姻治罪法》，发生了这样的事，赵树理感到对相关法律的宣传还远远不够。他认为，年轻人的自由恋爱和结婚应当得到支持和保护，这就需要提高百姓们的思想觉悟，彻底打破封建传统束缚，改变他们脑子里的旧观念。赵树理立即着手，以岳

冬至为原型，进行了小说创作构思，5月时，一篇名为
《小二黑结婚》的小说一气呵成。

"刘家峧有两个神仙，邻近各村无人不晓：一个是前
庄上的二诸葛，一个是后庄上的三仙姑。二诸葛原来叫
刘修德，当年做过生意，抬脚动手都要论一论阴阳八卦，
看一看黄道黑道。三仙姑是后庄于福的老婆，每月初一、
十五都要顶着红布摇摇摆摆装扮天神……"

赵树理用农民的语言娓娓道来，塑造了二诸葛、三
仙姑两个典型的落后形象，描绘了主人公小二黑和小芹
这一对青年男女，反抗封建思想、争取婚姻自由，最终
获得胜利的一段故事。为了彰显这种新生活的美好，赵
树理将生活中的悲剧事件进行了艺术加工，一反过去作
品中青年婚恋受挫后或轻生、或出走的悲剧性调子，变
化为追求幸福的一对年轻恋人，与封建势力勇敢斗争而
终成眷属的全新结局，并用喜剧的方式呈现给大家。

《小二黑结婚》定稿，赵树理准备拿去出版时，遇
到了一些非议。有人看了后认为是稀松寡淡的"庸俗之
作"，还有人干脆认为，这是一部"有问题"的作品。赵
树理自己当下也不好确定，便把《小二黑结婚》拿给北
方局党校书记杨献珍看。杨献珍很快读完后，认为小说
写得很好，于是转给彭德怀夫人、时任中共北方局妇委
书记的浦安修看。浦安修阅读后很是兴奋，她感到《小
二黑结婚》正适合当前根据地实际和对敌斗争形势，是

一部不可多得的好作品，同时，也反映了新的人民政权对青年人"自由恋爱"这一选择的有力支持。浦安修马上将《小二黑结婚》推荐给彭德怀。彭德怀百忙之中挤出时间，把《小二黑结婚》读了两遍，连连称赞。这个小说写得非常及时！彭德怀亲自将作品转交太行新华书店，请他们尽快安排出版。

然而想不到的是，书稿一入新华书店，宛如石沉大海，再无消息。杨献珍感到纳闷，于是派人去了解具体出版情况。原来，书店有关人士审读完《小二黑结婚》后，认为小说中将抗日政权基层干部写成胡作非为、横行霸道的新恶霸，这种写法很不合适，担心出版后会产生负面影响。他们让赵树理将小说中的金旺、兴旺两个村干部的角色和故事删掉。赵树理经过了岳冬至一案的教育，深深知道革命队伍里混入坏人的严重后果，坚持认为，小二黑、小芹和坏人们斗争，就是确信一定会得到边区政府的支持。这场斗争的最终胜利既是对新的人民政权的赞颂，同时也说明基层政权建设的复杂性。他拒绝删除这两个村干部。书店负责人也来了气，赵树理你这样写是暴露解放区的阴暗面，是给人民当家做主的新政权抹黑，这部小说不予出版。

杨献珍把了解到的情况直接向彭德怀作了汇报。彭德怀知道后非常生气，随手找来一张纸，写下了这样一句话："像这种从群众调查研究中写出来的通俗故事，还不多见。"然后，彭德怀将自己的题词亲手交给中共北方局宣传部长李大章，要他直接递交太行新华书店。

由于观点不一，慎重的李大章认真审阅了这部作品。他反复读了好几遍，认为小说通过两个普通的农村青年争取恋爱自由、婚姻自主的故事，普及反封建意识和争取民主自由的理想，并且在写作手法上用的是老百姓喜闻乐见的乡土语言，书中活跃着的普通农民形象完全就是根据地的老乡影子。这没有问题啊！李大章非常欣赏赵树理小说的立意。他马上找来新华书店的负责人，要求立即付印。

《小二黑结婚》终于出版了。小说的扉页上，印着彭德怀写的那段题词。

当时出版的文艺书籍一般都超不过两千册印数，彭德怀的题词某种意义上起到了导读的作用，《小二黑结婚》初版就印了两万册，很快销售一空。第二年3月，《小二黑结婚》重新排版，加印两万册，仍然供不应求。这部小说不仅在解放区引起巨大轰动，在大后方也迅速流传开来。人们纷纷把《小二黑结婚》改编为各种戏剧和话剧，通过演员在舞台上的表演，百姓更为直接地感受到小说故事的魅力，旧的思想观念在笑声中渐渐瓦解，"自由恋爱"之风随之遍布根据地。二诸葛、三仙姑的名号也成为流行符号，如果还有谁顽固不化，很有可能被百姓拿来称呼。赵树理因此一举成名，被誉为"人民作

家"和"语言大师"。

几个月后，备受鼓舞的赵树理完成中篇小说《李有才板话》。李大章特意写了序言《介绍〈李有才板话〉》，并发表在《新华日报》和《华北文化》杂志上。李大章认为，《李有才板话》是比《小二黑结婚》"更有收获的作品"，"更有向读者介绍的价值"，赵树理运用"阶级分析的观点和方法"，基本掌握了"一是对马列主义的学习，二是对社会的调查研究"两种功夫，"能够在作品中处处显示出对读者对象的尊重，考虑到他们的习惯和品味，理解水平，接受能力，通过通俗浅近的文艺形式来进行思想教育"。

1938 年 9 月，武汉沦陷后，诗人光未然带领抗敌演剧队第三队东渡黄河，转入抗日根据地。渡河途中，狂风呼号，浊浪翻空，船夫们赤裸着黝黑的肌肤，拼力掌握着行船方向，与狂风恶浪搏斗。光未然永远忘不了这样的场景，那种响彻天地间的高亢、悠扬的船工号子时时回荡在耳边。

朋友！

你到过黄河吗？

你渡过黄河吗？

你还记得河上的船夫

拼着性命和惊涛骇浪搏战的情景吗？

如果你已经忘掉的话，

那么你听吧！

第二年 1 月，光未然抵达延安后，念念不忘渡河时

的情景，于是创作了朗诵诗《黄河吟》，并在除夕联欢会上放声朗诵。冼星海听后感到震撼，决定以《黄河吟》为契机，以中华民族的发源地黄河为背景，以黄河的九曲跌宕、终归入海的气势讴歌中华儿女不屈不挠，保卫祖国的必胜信念，创作一组《黄河大合唱》。3月，延安一座简陋的土窑里，冼星海抱病连续写作六天，完成了《黄河大合唱》的作曲，而光未然也写下了雄壮有力的歌词和朗诵词。

1939年4月13日，《黄河大合唱》在延安首演，全场震动，迅速传遍大江南北，成为高度概括抗日战争年代，中国人民反帝斗争里程碑式的音乐代表作。

1940年，中国人民抗日军政大学（简称"抗大"）和前方鲁迅艺术学校（简称"前方鲁艺"）在武乡县蟠龙镇联合排演了《黄河大合唱》。这也是这部鼓舞士气、体现民族精神的不朽名作第一次在华北根据地唱响。

1940年春，抗大总校及文工团从延安经晋察冀，辗转来到了武乡。4月初，为了纪念五四青年节，抗大总校文工团准备举办一台大型晚会。但是表演什么？文工团上上下下几经商议，决定排演《黄河大合唱》。负责指挥的吴因早在延安时，对《黄河大合唱》已经做过认真细致的研究，还做了大量笔记，对大合唱中每一首歌曲的内容、特点、音乐结构和表现形式等，都一一地进行了剖析，从而熟悉了整个作品和每句歌词、每句乐曲以及每个音符。吴因内心深深盼望着，有一天自己能够指挥《黄河大合唱》的演出。

虽然指挥的准备比较充分，但是根据地的条件非常简陋，排演面临着种种困难。作为大型组曲，《黄河大合唱》首先需要众多的演出人员，这样才可以唱出那种磅礴的气势，可是抗大总校文工团人员远远不够。吴因提出的这个问题非常实际，总校政治部主任张际春左思右想，最后让他想出一个办法，那就是让前方鲁艺实验剧团的演员都参与进来，两家合作，一起演出。

又一个无法回避的现实摆在面前。抗大文工团的驻地在牛家岭村，前方鲁艺实验剧团的驻地在下北漳村，两地行程大约 50 里。

"要想天天在一起排练，跑来跑去的不太现实。"吴因也觉得为难。

前方鲁艺的校长李伯钊在征求大家意见后，决定："两边先各自分头练习，练好了最后再一起合排。"

"就麻烦作为指挥的吴因同志在两个村庄之间来回跑吧。"

就这样，双方分头练习了差不多半个月以后，抗大总校文工团的团员们背着乐器，用了不到五个小时走到上北漳村，开始与前方鲁艺实验剧团合排。合排的场地选了一处果园，果园位于浊漳河边，正是梨花盛开的季

节，花香扑鼻，蜂蝶起舞，大家合唱起来很有劲。浊漳河虽然比不上黄河的气势，但奔涌的水流时常令人沉浸在相同的情境中，不知不觉就过了一个星期。

合排进行得十分顺利。这边，乐队也在用土办法寻找并解决乐器的问题。抗大文工团负责舞台工作的温礼源用两块旧橱窗的木头，加工成大提琴的面板和背板，又到镇上买来做箩用的箩圈材料，放在蒸笼里加热后，擀成大提琴的侧面板。他又精心地雕刻了琴头和弦轴，并用一块硬木做成指板和弦总，再刻了琴码，最后用鳔胶将各部分粘合起来。这把手工大提琴经过试奏，音色、音量颇佳，从而丰富了低音声部，解决了吴因为缺少低音乐器而犯愁的问题。前方鲁艺的音乐教师李季达利用各种材料，制作了一套由十面大小不一、高低音不同的鼓，以及一套由梆子、木鱼、响板、锣、堂锣、小锣等组成的组合式打击乐器。他一个人双手双脚并用，就将两套乐器自如地演奏起来。

在排练《黄河船夫曲》的过程中，当表现黄河船夫与狂风巨浪拼搏的呼喊与歌唱时，尽管使用了所有的锣、鼓、钹和各种打击乐器，吴因还是感到气氛和力度、强度不足。有同志提出想法，拿了几个喝水用的大搪瓷茶缸子，还有缴获的日军铁饭盒，里面放进去两三把羹匙，按照音乐的进行，派人有节奏地摇响，以配合呼喊式的歌唱。大家一试，效果极好，不但烘托了紧张、激昂的拼搏气氛，而且增加了音量和力度，使《黄河大合唱》从第一首曲子的第一句"嘿哟"开始，就非常震撼人心。

诸事皆备。需要布置舞台了。李伯钊亲自到现场，提出了建议：

"舞台上，在合唱队的前面，由左至右，略朝向舞台的右前方，放置一块几乎横贯全台的黄河大木船船舷的布景。指挥就在船头之上，吴因你就站在被景片挡着的指挥台上指挥。全体合唱队员们按声部位置、前后略为参差，并稍转身朝向右前方船头方向；后排的合唱队员站在垫高的木板上，和前排队员成梯次排列。这样，从台下看的话，整个合唱队就如同是在黄河上行驶的大木船上的船夫集体。要造出这样的效果。"

"那么乐队嘛，可以让他们在侧幕条里伴奏，不直接同观众见面，以保持舞台上画面的干净、统一。一定要突出舞台……但是这样安排，会不会影响到演出的声音效果？乐队与合唱的配合上会不会存在问题？"

吴因立刻指挥合唱人员和乐队全体，依照李伯钊的建议各自占位，作了试音。试下来的结果完全没有问题，这样做的音响效果并不差，而且更突出了合唱的声音。

"还有乐队的指挥。吴因，他们在那边能看清楚你的指挥吗？"

吴因走上将来船头的位置，与乐队尝试着进行了几

次配合，结果也非常理想。

"好的。"李伯钊点点头。"时间很紧，离正式演出也就一个星期了。大家抓紧练习吧。"

吴因指挥大家在舞台上反复进行现场彩排，细细抠着歌曲的每一部分。合唱团把全部《黄河大合唱》曲目从第一曲到第八曲连续合排了数次，又把前方鲁艺的老师们请来进行审听，大家一致表示满意。"五一"刚刚过去，前方鲁艺的合唱人员来到了抗大总校校部，同抗大总校文工团一起复排了《黄河大合唱》。当晚的彩排审查，获得了总校各部部长的充分肯定。

1940年5月3日傍晚，纪念五四青年节大型晚会在抗大总校所在地蟠龙镇南河滩隆重举行。晚会尚未拉开序幕，蟠龙镇南的山坡上已经被熊熊篝火所笼罩，军民们扭着秧歌、跳着集体舞，一阵阵欢声笑语传向夜空。领导简短致辞后，由抗大总校文工团和前方鲁艺实验剧团联袂出演的大型音乐巨作《黄河大合唱》在吴因指挥下轰然响起。

啊！朋友！
黄河以它英雄的气魄，
出现在亚洲的原野；
它表现出我们民族的精神
伟大而又坚强！

这里，

人们向着黄河，

唱出人们的赞歌……

演出开始，整个会场一片肃静。用吴因的话来说，"安静得就像我们是在对着空旷的原野歌唱"。逼真的布景在铿锵有力的歌词、朗诵词的引领下，在激情澎湃、深远悠长的旋律的带动下，在演唱者和演奏者忘我的倾诉下，在指挥者双臂一浪高过一浪的挥舞下，将观众带到了黄河岸边，带到了那个奔涌不息、浩浩荡荡的硕大时空中，长久地沉浸在气势恢宏的情境里，不能自拔。舞台的灯光照明也随着演唱情绪的变化不断改变着色调，烘托着气氛。

风在吼，马在叫，

黄河在咆哮，黄河在咆哮。

河西山冈万丈高，

河东河北高粱熟了。

万山丛中，抗日英雄真不少！

青纱帐里，游击健儿逞英豪！

端起了土枪洋枪，

挥动着大刀长矛，

保卫家乡！

保卫黄河！
保卫华北！
保卫全中国！

场内观众，总部首长和各机关的同志，抗大总校全体教职人员和学员战士，蟠龙镇附近驻守的部队指战员们，情不自禁地站立起来。周边数十个村庄、成千上万的百姓们，循着歌声纷纷赶来，会场周边人山人海。

啊！黄河！怒吼吧！怒吼吧！怒吼吧！
向着全中国受难的人民发出战斗的警号！
向着全世界劳动的人民，发出战斗的警号！
向着全世界劳动的人民，发出战斗的警号！
向着全世界劳动的人民，发出战斗的警号！

演出戛然而止。全场无比安静。正如黄河深处的激流撞击暗礁，宁寂的夜空里突然响起了掌声，热烈的、持久的、雷鸣般的掌声。

这是自《黄河大合唱》在延安首次公演之后，最为壮观的一次盛大演出。演员、乐队、指挥还有观众欢呼雀跃，相互紧紧地拥抱在一起。

这场《黄河大合唱》演出之后，抗大总校的机关干部、学员、战士和附近的部队，纷纷前来找合唱团索要

《黄河大合唱》的歌谱，还要文工团派人教唱里面的歌曲。很快，《黄河大合唱》中的歌曲就在抗大总校各个单位和附近部队中广为流传开来。

伊琳和龙韵

伊琳和龙韵，一对好夫妻。

伊琳这个名字虽然女性化，但他是男同志，也是南方同志，土生土长的广东潮州人。十来岁上，他就干了革命，加入歌咏会和上海量才剧团宣传抗日。他曾经参加为鲁迅先生送葬的游行，还不时在报纸上发表文章评议时弊。1937年，伊琳加入上海救亡演剧第三队，进行抗日宣传。第二年7月，他辗转来到延安，进入鲁迅艺术学院戏剧系学习。

龙韵，籍贯江西，也有人说她是广东番禺人，早年跟着父母生活在广州。她比丈夫伊琳小六岁，却也是一个"老革命"。十几岁就在广州参加互助读书会，在书刊内夹放宣传革命的传单。她喜欢也擅长表演，眉清目秀，长相活泼喜人。在广州的时候，龙韵加入民众歌咏团，在演出的戏剧里，扮演各种角色。不久，她便加入广州锋社话剧团，这是最早由共产党领导的话剧团之一，在表演中宣传抗日救亡运动。

到了 1938 年，龙韵来到了朝思暮想的延安，进入鲁艺戏剧系二期学习，年底便奔赴太行山晋东南根据地参加抗日文化工作。1939 年，她与同学伊琳结婚。

这一年秋天，延安鲁迅艺术学校派出一支文艺工作队前往武乡下北漳村，进行鲁迅艺术学校（前方鲁艺）的筹办工作，伊琳和龙韵都在队伍里面。前方鲁艺正式成立后，伊琳担任戏剧系的主任、实验剧团的团长兼指导员，龙韵则出任戏剧系教员，同时参加实验剧团工作。

伊琳对戏剧有着一种天生的感悟。利用戏剧表演，他将人物角色刻画得非常鲜明。由于他的扮相好，主要表演正面人物，在故事推进和冲突中，总能把人物的丰富内心与外在表情结合得十分自然，浑身上下洋溢着一股凛然正气。百姓们最喜欢看他扮演的关云长。伊琳的脸型也很适合，一旦化好妆，面如重枣，几绺长髯，手中一把青龙偃月刀，凤眼左右生辉，一出场便英气逼人，引来台下一片叫好。百姓间相互说，错过啥也不能错过伊团长的关云长。因此，只要一有伊琳唱关云长戏的消息，一传十十传百，很快就传遍了十里八乡。不管山路有多难行，百姓们总是早早就坐在了戏台下面。朱德总司令曾经这样夸他：

"你真是一个不可多得的才艺型革命干部啊！咱们的戏响亮，抗日的宣传就响亮！"

伊琳有一个深绿色的木头戏箱，装着他的化妆用品、

道具以及剧本戏文等物。这个箱子也是他的办公桌，遇上创作、修改剧本，草拟文件等，他便伏在上面写作。平时呢，这个戏箱由妻子龙韵负责管理，因为里面还有整个剧团使用的道具等杂物。

前方鲁艺学员们的眼里，二十来岁的龙韵年轻漂亮，举手投足都有戏，肯定是个演员出身。学员们很喜欢上龙韵的表演课，因为她一边讲学，一边还会作示范表演。有一堂课上，龙韵给大家讲"笑"的表演：

"喏，这个是苦笑。"

"喏，这个是讥笑。"

"喏，这个样子嘛是奸笑。"

"哦哦，要注意了，微笑和强笑是不一样的，大家看我，喏，微……笑，这个，苦……笑……"

"大笑和狂笑不一样的，注意看注意看，喔，狂笑，表现一个人发狂的样子……大笑都会吧，但不能装笑……"

"来来，还有还有，忍俊不禁的笑，忍俊不禁什么意思，对，就是憋不住了嘛……实在憋不住了，一下子就笑了出来，哇……"

"还有还有，破涕为笑，哭着哭着，突然就笑了起来……哦，哭和哭都不一样的，程度不一样，效果也不一样，咱们一会儿讲。"

"高介云，你来给大家表演……好，好，喔，只会微笑和大笑啊，哦，很僵硬的，这样不行的，要放松自然，微笑就想微笑的事，大笑就想大笑的事，开心也有不一样的开心……这样还不行，太勉强了……"

最后，最为成功的就是学员们的哄堂大笑。

八路军总部移驻辽县（今左权县）桐峪一带后，前方鲁艺和实验剧团驻扎在附近村庄里。伊琳带着剧团二十多名同志组织群众、民兵反"扫荡"，同时利用战地演出继续宣传。而龙韵则作为前方鲁艺的代表调往太行剧协驻会办公。两个人依依不舍地分开。遇上敌情，前方鲁艺等单位跟随总部行动，太行剧协跟随地方政府机关行动。伊琳和龙韵有时还能匆匆见上一面，却也说不了几句话。

最后一次见面是在反"扫荡"中，敌情严重，夫妻两人各自跟着自己的队伍转战，行军途中忽然打了照面。龙韵小快步追着丈夫问：

"你那里还有没有鞋子？我的旧鞋子跑路太多穿坏了。"

"有的。"伊琳从马背驮物上解下一双布打的草鞋，递给龙韵。"你自己要小心啊！"

"好的好的。你也多小心。"

简短的对话后，两人错身而过。伊琳跟着总部辗转于辽县、武乡、黎城之间的大山深处，心中时刻挂念着龙韵的安危，却也始终没有爱人的消息。

一个月后，清点各部各单位人员，获悉前方鲁艺有二十多人牺牲、失踪和被俘，其中就有龙韵。伊琳内心十分焦急、痛苦，而耳边又能听到龙韵被俘后表现英勇、龙韵被俘后叛变投敌等各种谣言。伊琳不相信妻子会叛变，他担心爱人恐怕已经牺牲了。

几年后伊琳才知道，当时龙韵所在的队伍遭到了日伪军的包围袭击，队伍被冲散，她在躲避敌人时不幸被日军俘获，押送到太原的集中营。龙韵饱经毒打折磨，从未屈服。最后，在日寇对战俘的一次集体屠杀中，龙韵和一百多位同志一起英勇就义。

这段往事一直深埋在伊琳心里，直到 1979 年，龙韵失散多年的姐姐在香港托内地的朋友，拿着龙韵的照片打听消息，最后在广州珠江电影制片厂找到伊琳。伊琳这才把龙韵光荣牺牲的经过缓缓说出……

不久之后，当年 11 月 27 日，伊琳抱病去世。与妻子一别已经三十多年。

寻找路西

路西是伊琳和龙韵的女儿。

伊琳和龙韵离开延安，来到太行山上，跟随李伯钊等人在武乡下北漳村筹备晋东南鲁迅艺术学校（前方鲁艺），进行抗战文化宣传。

1940年1月1日，前方鲁艺正式开学。春节时，伊琳和龙韵的女儿路西降临人世。

目前无法确定路西究竟在哪一天出生。根据今天看到的照片，1940年春节这天，朱德总司令召集前方的文化艺术界人士，举行了隆重的春节团拜会（也称"太行文化人座谈会"）。在会后的人员合影中，没有伊琳和龙韵。这一天无疑是紧张又快乐的一天，所以二人都没能参加团拜会。据后来的研究者表示，与会者都是伊琳和龙韵的身边战友，除非有生孩子这样极特殊情况，他俩当时应该参加。

路西出生的时候，晋东南地区被日寇重兵围攻，日军占领了白晋铁路沿线城镇，打通了白晋公路，将晋东

南根据地割裂为路西、路东两部分。路东属于太行，路西属于太岳。夺回路西，打破日军对重要交通线的封锁，成为八路军当时的抗击重心。

所以，路西这个名字绝不普通。

不普通的名字，带来不普通的身世。

伊琳和龙韵整日奔忙于抗战文艺宣传工作，遇到"扫荡"，就要迅速转移，不可能把路西带在身边。那么怎么办？只有依靠百姓了。路西生下不久，伊琳通过村干部，一番认真考虑后，选择了在下北漳村的老乡李海元家里寄养。好在前方鲁艺驻地也在这里，抽空去看小路西，对夫妻二人来说就是快乐的事情。

路西不到一岁的时候，伊琳和龙韵随前方鲁艺转移，离开了下北漳村。好在工作往返穿插，偶尔会有机会路过下北漳村，能够看看小路西，但不一定是两个人都能来。百团大战开始后，伊琳和龙韵便再没有时间回去看望女儿了。

一直到龙韵牺牲，母女都未能相见。

1942年"五月大扫荡"中龙韵被俘，谣言四起，伊琳内心沉重。这个时候，又有人传来消息，说路西被日军狼狗残忍地咬死了。连续的打击让伊琳难以承受。特别是可爱的小女儿，生下来也没有父母相伴，幼小的生命就是那样孤单，现在又遭遇这样的不幸，伊琳痛悔莫及，一病不起。同志们急忙用担架把伊琳抬到后方医院，经过抢救治疗，这才保住伊琳的生命，但从此也落下了病根。

从此以后，伊琳身边没有谁再敢提起路西。这个小女孩成了大家心中的一个死结。

路西在村里一直叫着"代郁"这样一个名字。当初伊琳把女儿送到李海元家，出于安全的考虑，他和几位同志商量，为路西取了"代郁"这个化名，意思是"代为养育"。

下北漳村的百姓都想养八路军的后代，更不用说是演关公关老爷的伊团长的孩子了。最后选中李海元家，一方面考虑到实际生活条件，另一方面是因为李海元自己虽然没有孩子，但非常喜欢孩子。李海元两口子以前在蟠龙镇上开着一家裁缝店，为了躲避日寇的烧杀抢掠，便把店铺关闭，回到村里。因为有过经商的经历，李海元两口子有着一定的见识，生活也是当时下北漳村条件比较好的。李海元女人很是勤快，家里院里收拾得十分干净，这样的环境非常适合一个女孩子成长。

不见父母的时间里，小代郁长得很快，身体十分结实。在她幼小的心里，李海元夫妻就是自己的爸爸妈妈。而两口子也把小代郁当作亲生孩子，百般呵护。孩子无法知道自己的母亲已经牺牲，无法知道自己的父亲在病床上九死一生，梨花开，梨花落，她只是天天快乐地玩耍。只有当八路军路过的时候，那双小眼睛偶尔会若有

所思。

　　只要不把侵略者彻底赶出中国，百姓的生活就永无宁日。

　　突然有一天，日军"扫荡"包围了下北漳村，把村里的百姓们赶到大槐树下。汉奸挨个逼着百姓交出八路军的亲人。那个时候，像路西（现在叫代郁）这样的孩子以及烈士遗孤，还有八路军伤病员、走失的战士等被百姓藏在家中的情况十分普遍，敌人也了解这方面的信息。不管日寇、汉奸如何威逼利诱，下北漳的百姓没有一人指认。最后敌人抓走了几个人，其中有李海元。

　　几天后，李海元回了村。百姓们有些疑惑，去了日本鬼子的据点还能活着出来？李海元究竟怎样脱身的，他也不说。难免会有人猜测，李海元一定是当了汉奸。因为这个原因，李海元受到了极为严厉的"审查"，结果尚未出来，人已经不幸去世。家中男人死了，梁柱已倒，李海元的妻子只好改嫁他人。

　　转眼之间，一个快乐的家庭离散了。小代郁的眼神里有了忧郁，有了恐惧，更有了几分茫然。百姓们可怜这个孩子，纷纷提出收养请求。然而小代郁更愿意信任爷爷奶奶和叔叔婶婶，这才是她的家人。于是，后来的日子里，小代郁就和李海元父母以及李海元弟弟李海法夫妇相依为命。百姓们想起孩子的遭遇就要叹气，摇着头，拿点儿吃的喝的来接济接济。

　　路西是前方鲁艺的第一个孩子。不少同志都说，这是老天爷给前方鲁艺诞生最重的一个贺礼。离开下北漳后，人们只要遇到伊琳和龙韵，总要习惯性地问路西的情况。与女儿分别久了，后来的回答，也主要是伊琳和龙韵的合理想象。

　　1950年春，伊琳拍摄电影来到山西，一个偶然的机会，突然听说自己的女儿路西还活着。他当时就惊坐在那里，忍不住热泪盈眶。这是真的吗？这下好了，女儿瘦弱的躯体被恶狗疯狂撕咬的噩梦终于结束了，路西没有死！当年是误传啊！

　　伊琳非常高兴，立即向组织打报告，要求寻回女儿路西。报告上报到中央，周恩来总理亲自批示：要将路西找到并接到北京。

　　当年4月，在各级政府的高度重视和大力协助下，伊琳回到了武乡。路西和爷爷、叔叔一大家人一起生活已近十年，感情相当深厚。家中妹妹李雪花出生那年，代郁（路西）三岁多。到了代郁（路西）七八岁上，弟弟李怀珍出生。从小三个孩子就在一个炕头睡觉，一口锅里吃饭。家里生活非常困难，代郁（路西）还帮助大人做一些力所能及的家务劳动。后来，代郁（路西）离开家很长时间里，家里人都会常常梦见她。

　　内心做好了充足准备的伊琳终于出现在路西面前时，女儿却躲得他远远的，任凭其他人怎么劝说，就是拉着

家人的衣襟死死不松手。伊琳对此也理解，没有办法，只好先在县城招待所住下。村里人把路西送过来，不管伊琳给她买多少好吃的、好玩的，跟她说话、讲故事，她都像对着一个陌生人。

只要春风吹拂，坚冰终将化去。这一天，伊琳给路西洗脚，当两个人的脚都泡在热水里时，路西的眼睛一直在盯着这四只脚。伊琳注意到路西表情的变化，于是轻轻地把脚移过去，靠紧路西的小脚。路西的眸子亮了，她吃惊地发现这两双脚长得一模一样，就像大模子里套了个小模子。

"大脚，是爸爸的。小脚，是……郁郁的。"

"路西……他们说，我的名字原来叫路西。"

望着女儿的一双小脚，伊琳不禁想起几天前刚进入下北漳村时，人们把当年龙韵留下的大木戏箱抬过来。他打开箱子，里面还放着龙韵给女儿亲手做的一双小鞋子。

伊琳抱住女儿，痛痛快快地大哭了一场。

"比足认父"。从事戏剧多年的伊琳，还有擅长戏剧表演的龙韵，又怎能想到这样一个戏剧性的结局呢？

伊琳带着女儿回到北京，见到了新妈妈滕岳林，也见到了新环境、新家庭。根据周恩来总理批示，路西被安排进入北京育才学校念小学、中学。这个学校专门培养抗日建国志士子女及烈士遗孤。中学毕业后，路西进入护士学校学习。

十岁多的路西从未上过学，从小学一年级开始学起，这让学校有些为难，有点儿不想接收。滕岳林当场就哭了起来：

"这可是八路军烈士的女儿啊！周总理有批示的，孩子亲妈可是为抗日而牺牲的烈士……"

路西上学的问题虽然解决，然而新的问题不断出现。由于战争年代幼小心灵受过的创伤，路西显得比较敏感和胆小。加上口音不同、生活习惯不同，与家里人的交流不畅，路西多少有些自闭。更令人揪心的是，一天，路西突然倒地，被医生诊断出患有癫痫病。伊琳心里感到更大的痛苦，好在全家人都在努力，路西的成长还是很顺利的。

1958 年，伊琳工作调动，举家迁往广州。路西坚持留下，不去南方，当时她已经 18 岁。伊琳和滕岳林商量后，表示尊重孩子的想法。几年后，路西参加工作，进入北京朝阳区铸造厂，结婚，生子，过着普普通通的生活。对于自己的一切，她都噤口不言。

1979 年 11 月 27 日，伊琳逝世。在伊琳的追悼会上，原鲁艺木刻工作团美术家、著名记者华山握着路西的手说：

"你长得很像龙韵，当年你母亲牺牲得很英勇！"

路西若有所思地点了点头。

百团大战给了日本侵略者沉重打击。遭受损失后，日寇调集重兵，对太行山区根据地疯狂进行报复性、灭绝性"扫荡"。很多村庄被烧，无辜的百姓被杀害，几乎家家都传出哭声。漳河两岸到处都是草草堆起的新坟，残垣断壁上空还笼罩着浓浓的黑烟，活下来的人都饿得面黄肌瘦，眼里充满愤怒。

在这种情况下，前方鲁艺配合一二九师，共同组织了一个武装宣传慰问团，到百姓中去。为了宣传队员们的安全，一二九师专门派出一个用缴获来的日军装备配备的建制连。宣传慰问团沿路进村入户，一方面进行缴获武器展览，另一方面进行抗日宣传演出。遇到受害严重的百姓家，宣传队员分配户数，逐个进门慰问。

太行山区林密沟深，道路崎岖，不少村庄地处偏僻，对八路军缺乏了解。日寇来来回回"扫荡"，百姓们苦不堪言，已成惊弓之鸟。有些村民堵在门口，不让宣传队员进家。有的村民直接就把人往外撵。宣传队员不但受到冷遇，而且还时不时地被当作了"撒气桶"：

"别进来。鬼子在这儿杀人，那时候你们在哪儿？"

"鬼子走了，你们来干啥？"

"你们是鬼子来了上山打狼，鬼子走了下山要粮？！"

"走开走开，用不着做样子！"

宣传队员们心里很不好受。百姓的话固然十分难听，甚至刺耳剜心，但在一次一次这样的惨痛经历后，作为老百姓，他们的怨气又能朝着谁来撒呢？

"有什么怨气，就对我们讲出来吧，因为八路军是老百姓的子弟兵。"

"说吧，大爷。都说出来，把怨恨都说给我们，我们会给你报仇。"

"日本鬼子杀人放火，根本就不是人。老乡们，你们对八路军说，打也好，骂也好，我们一样痛恨日本狗强盗，恨不得把他们都杀光。"

"总有一天我们会把日寇赶出中国！"

"我们都有一本血泪账，好多同志都在打日寇时牺牲了，他们都年龄不大。"

"报仇雪恨！鬼子欠下的血债一定要他们用血来偿还！"

平静的口吻，和善的态度，慢慢打开了百姓们的心扉。百姓们脸上的敌意渐渐消退，怨恨的表情也没有了。宣传队员各自找砖石坐下，开始与大家拉家常，说政策，

讲道理。前方鲁艺的同志们唱起了《百团大战歌》，将百团大战中八路军取得的辉煌战果讲给百姓们听，大家脸上露出了惊喜的表情。

"这下子可是把小日本鬼子打得够呛！"

"解恨！杀了几万小鬼子！"

"呀呀，咱八路军有一百个团，这来了多少人啊！"

接着，宣传队员们讲，虽然取得了胜利，但是我们的同志也牺牲了不少，可以说战斗打得十分壮烈，也十分艰苦。现在抗日战争到了最难的时候，日寇看到了中国人民的力量，妄想着把这种力量彻底消灭。在目前敌强我弱的情况下，八路军如果与日寇硬拼，遭受的损失会更大。这样，抗击日本鬼子的年头也就会更长，百姓们吃的苦头也就会更多。咱们跳出敌人的包围圈，在外面打游击战，牵制敌人，一口一口地吃，削弱他的力量，最后将他彻底打败。中国这么大，中国人民这么勇敢顽强，我们"用空间来换取时间"，一定会早日把鬼子赶出中国。有战斗就会有牺牲，敌人无比凶残，百姓们也难以避免，这就是必须付出的代价。只要我们团结起来，互相依靠，互相帮助，就一定会有胜利的那一天。

局面打开了，宣传队员自身也很受鼓舞。百姓们亲眼看到了八路军缴获的敌人武器，一个个用手摸了又摸，满脸赞许的神色。

队伍来到大井村，百姓们三五成群地围着前来宣传慰问的同志哭诉，敌人是如何残杀亲人的，如何烧房子抢东西的。环顾四周，日寇烧杀后的惨状犹存，令人不忍长看。部队战士们帮助清理村子，宣传队员继续宣讲革命道理，鼓励大家恢复生产。

"日本鬼子杀的人多，屈死鬼太多，都不敢出门劳动。"

"夜里这一片都安静得怕人，就跟没人一样。"

"你们是兵。屈死鬼怕兵，你们帮俺们赶赶鬼吧！"

"是啊是啊，给我们赶赶鬼，就能去地里头了。"

百姓们七嘴八舌地请求。一个年轻的宣传队员狐疑地望着大家，小声嘀咕着：

"这不是讲封建迷信嘛……"

实验剧团的一位干部摆摆手，示意安静。然后，他面对宣传队员们，大声说道：

"同志们，为了让老乡们尽快生产，恢复正常生活，咱们就去赶赶'鬼'。赶完这里的鬼，我们就去赶日本鬼！"

大家齐声喊好。百姓们这下子高兴了，忙着去准备东西物件。到了深夜，寒风地里，伸手不见五指。宣传队的同志们和百姓人人手执松明、身插柳条，一些老乡还用锅灰黄土之类涂抹了脸，大家一字长蛇阵排开，绕着村子，里里外外地转圈"赶鬼"。仪式结束后，人们心里有了莫名的轻松感，特别是百姓们一个个地恢复了勇

气，接连把农具找了出来。

到了桐峪镇，实验剧团的同志组织百姓们来看演出。宣传队员们又一次唱起了《百团大战歌》：

> 八路军，决死队，杀敌千千万，
> 包围了阳泉站，攻克娘子关。
> 马路挖成壕，炸坏铁路桥，
> 这场百团战，打得呱呱叫。

宣传队员们有力地挥动着手臂，带动百姓们掀起一个小高潮。

一位女同志唱开了《正月二十那一天》，歌里唱的与眼前看到的渐渐叠在一起，令百姓们唏嘘不已。当歌子最后唱到：

> 同胞们，醒来吧，
> 要想活命只有战。

所有的人群情激奋。战士们不失时机地喊起口号，人们都举起拳头来跟着喊。

接着，最感人的一幕出现了。宣传队员们还有村里的妇女们站在一片瓦砾上，怀着满腔愤恨，一起唱：

哥哥呀！当兵吧！……

这些失去亲人的妇女们含着热泪，呼唤着每一个太行山上的热血男儿。日寇的残暴行为只靠躲藏是不能避免的，必须拿起枪来战斗，才能换回生活的宁静与安稳。

著名导演、编剧王炎，抗战时期，曾参加前方鲁艺的实验剧团。晚年他写了一本自传性质的回忆录，其中涉及在前方鲁艺时的经历。

王炎的老家是山东烟台。他自幼酷爱读书，上中学时经常学唱抗日革命歌曲。1937 年，年仅 14 岁的王炎来到山西，加入抗日少年先锋队，后来进入山西新军，第二年秘密加入中国共产党。阎锡山转向反共后，王炎的共产党员身份偶然被暴露，党组织将他秘密转移。

1939 年年底，王炎到了武乡八路军总部，被分配到总部野战政治部的宣传大队和直属剧团，也就是红军时期创立的火星剧社。王炎在这里见到许多年岁相仿的小八路，他们操着湖北、江西、陕西、山西等地的口音，吹笛练琴，唱着歌，不符合他心目中的前线剧团，反倒像个少儿乐园。王炎虽然年龄小，但个人经历、经验十分丰富，思想上比这些同龄人都成熟，是个"老党员"，因此觉得不该留在这儿"哄孩子"。

大队长看着王炎在犹豫，于是指着那些操弄乐器的孩子们问他："喜欢吗？"

"不，我不会。"王炎摇摇头。

"学嘛！哪个是天生的？"大队长拍着他的肩膀说。

"我笨！再说我也是大人了。"王炎一不小心说出了心里话。

"我看不一定。"大队长上下打量着王炎，有点儿想笑。最后，他一脸严肃地命令道："你先干着试试，对！先干着！"

"先干着？"王炎不太情愿地点点头。

虽然不太满意，但在剧团，王炎经常能见到朱德总司令、彭德怀副总司令，还有左权副参谋长，野战政治部的傅钟主任，以及各部队到总部开会的军政首长们。这一点对他来说是最大的收获。他特别喜欢听首长们讲话，里面的道理让他受益匪浅，无论顺境还是逆境。

王炎在火星剧社时，大家主要是配合战争形势编写一些歌舞、活报、话剧等节目，以及战斗中贴标语、说快板，还有就是把死难同胞的遗体供祭在战士们的冲锋道路上，激励军民杀敌。国共统一战线时期，他们还随同朱总司令、彭副总司令到国民党友军处演出过《忻口大战》等戏剧。

1940年春末，火星剧社奉命同前方鲁艺实验剧团合并。王炎被分到实验剧团，干着搭戏台、吊汽灯、挂幕

鲁艺下北漳旧址

王慧群·绘

布的差事。这里有个藏着许多外国书籍的图书室，这个发现让他欣喜若狂。为了读书，他学会了讨好图书室管书的上海大姐叶茵，经常给她挑水、挖野菜。知道叶茵喜欢吃辣，他还不时弄个辣椒送过去。有来有往，叶茵了解了王炎的爱好，一有好书、新书，首先悄悄地塞给他。就这样，王炎在敌后方读到了屠格涅夫的小说《前夜》，还有《冰岛渔夫》《被开垦的处女地》等名作。

专业方面，王炎获得了好朋友张廷钧的帮助。张廷钧原来是唱河南坠子的民间艺人，他教会王炎怎样写词押韵，还教给他许多曲子。没过多久，王炎在创作中就能熟练运用河南坠子做序曲、幕间曲，也能在街头宣传时即兴来上那么几段。

在百团大战后，太行根据地遭到日寇的疯狂"扫荡"。前方鲁艺成立了党员组成的战斗班，王炎被编入，领到了步枪。战斗班的主要任务有三项：宿营时站岗放哨，行进时先头侦察，遇敌时掩护大队。据王炎回忆，当时11月末，太行山一直阴云密布，阵雨不断，每个人背负的背包本来就不轻，又加上新发下的棉衣、棉裤，穿在身上是热，背到背上就更沉重了。"不过大家对今年的棉装都很满意，因为这是第一次给剧团发'干部服'啊。"

黄昏风雨交加，队伍快要接近浊漳河时，远处突然传来几声枪响，紧接着四面山坡上传来几声汉奸的喊叫：

"我们看见你们啦，出来吧！"

"皇军优待你们，快来投降吧！"

"再不出来就开枪了！"

大家都很有对敌经验，明白这是守着河水的汉奸们在诈唬，这样的天气，隔着这么远的距离，根本看不见人。战斗班的同志不予理会，悄悄摸到河岸边。这个时候浊漳河涨水了，雨雾夹着水雾，水涨得很快。

李伯钊校长马上把王炎和毛烽叫到树下说：

"我知道你们两个会游泳。现在情况紧急，派你两个蹚水过河，查看一下河对岸的敌情，捎带着把过河路线探清楚，不许讲价钱。"

"是！"两人没有二话，转身就走。

"回来！"

李伯钊从马褡子里掏出两把黑豆马料，一人一把分塞到两人口袋里。

忽然，王炎想起肩上搭着的棉裤，顺手塞给旁边的一位女同志："替我好好拿着。"

两人下了水，不多时便摸到了对岸。在岸上，两人拽着步枪，咀嚼着河水泡过的黑豆，一边查看前方树林，以及一座空荡荡的小庙，都没有敌人的踪迹。两人再次下了水，回到李伯钊那里做了简短的汇报，然后领着大队过了河。

到了岸上，王炎找到那位拿着自己棉裤的女同志问道："我的棉裤呢？"

她瞪着王炎想了半天，忽然哭了起来："坏了，让水冲走了。"

"唉……你呀！"王炎不知该说什么，泄气地蹲在一边。那个冬天，王炎是穿着单裤熬过来的，还被人说是爱漂亮，真是有苦说不出。据他回忆，除夕快到了，自己上身穿着干部服棉袄，下身穿着决死队发给干部的斜纹布制服裤，"除了冷倒也很神气"。

除夕那天，队伍来到昔日繁荣的辽县桐峪镇。进到镇上，人们不禁大吃一惊，"街道两侧的房屋尽成断壁残垣，树木烧得只剩下树干，不少人家还停放着来不及掩埋的棺材和尸体。"队伍走向每个死难同胞，步履无比沉重。大家自动地列队敬礼，张廷钧喃喃地说：

"这个年怎么过呀？真是个难过的黑色年啊！"

但是到了晚上，桐峪镇一下子亮了起来。实验剧团的同志们好奇地跑进镇里看，那些被烧的门框、门板上已贴上新对联，家家户户破烂的窗户上都插上了剪纸红旗，一些较大的门楼和过道都挂起了写有标语的灯笼，而街心垒起一堆堆的煤垛，熊熊旺火直冲天际。

这时候，一阵雄壮的锣鼓声敲起，紧接着是笙、管、唢呐响成一片。悲壮的歌声，愤怒的口号声，此起彼伏。随着声音越来越近，王炎看到，"踩高跷的女人和男人，排成四路纵队涌过来了。女的穿着花花绿绿、被火烧过

的大裙子；男人戴着参军的大红花，肩背着步枪紧绷着复仇的脸孔，对唱着走了过来。"实验剧团的同志们情不自禁地加入进去，男女分开穿插在高跷队的两旁，边走边唱：

> 哥哥呀，当兵吧，保家乡！
> 家中事儿莫牵挂，
> 老婆孩子咱照应。
> 妹妹呀，你在家，勤生产，
> 万恶的鬼子我去打！
> 打不败鬼子不回家……

让王炎永远难忘的是，"看的、唱的、舞的、听的都没有一丝笑容，这是真正的中国人。"

1942年初，八路军总部要从前方鲁艺选派两个人到新疆去学习部队机械化建设。王炎和另外一位同志通过了野战政治部的政治、身体检查。两人正在打着背包时，团长和指导员匆匆走来，将一个用布严严实实裹着的小包，交到两人手中。

"到了延安交给伯钊校长，丢了什么也不能把这件东西丢了！"团长说。

"放心吧，只要人活着就万无一失，你当还是点汽灯，演戏挨打呢。"王炎小心地把布包装进自己的小挎包里。

"别臭美得忘乎所以，记住，要好好学。学好了驾着飞机、开着坦克回来，我们演戏欢迎你们，连我这个老演群众的也要上场弄个主角演演。"指导员说完，大家都笑了。

抵达延安后，王炎二人急不可待地来到杨家岭，找到了李伯钊，把带来的布包交给她。"她笑眯眯地把布包打开，脸色一下子沉重起来了。布包里是前方鲁艺的老师严熹遇难时怀揣的那本染血的《铁流》，还有朱杰民与敌人拼刺刀后丢下的未写完的破碎乐谱。"

李伯钊翻了两页再也翻不下去了，忽然号啕大哭起来。

王炎二人也都低着头，默默地流泪。

后来因盛世才反共，王炎没有去成新疆，被分配到延安鲁艺戏剧系学习。

（注：本篇主要依据王炎自传改写。）

　　"老高"是谁？高介云。"老老高"又是谁？高沐鸿。
高介云是高沐鸿的儿子，高沐鸿是高介云的父亲。

　　这一对父子作为革命文化人在抗战时期活跃在太行
山上，人人皆知。

　　咱们就说这位"老高"高介云。高介云出生在武乡
故县城关，自幼就喜欢戏剧和音乐，为了看戏还逃过学。
"七七事变"后，父亲高沐鸿等人回到晋东南，带着高介
云，因此当时年仅 12 岁的他便参加了抗日革命工作，做
了一名宣传队员。

　　前方鲁艺在下北漳村成立后，开始招生。高沐鸿便
把儿子高介云领过来，让他好好学习。因为高介云当时
才 14 岁，与很多成年人相比，文化水平还有艺术知识都
很差，所以把他分配在普通科。在他周围几乎都是年龄
相仿的孩子，都是从冀中冀南各地剧社和宣传队过来的。
其中很多十五六岁的女孩子一个个都剃着光头，就像小
尼姑，这让高介云非常不解。毕竟都是孩子，大家很快

就混熟了。他便好奇地问她们，女孩子们都捂着嘴笑。原来从冀中根据地到武乡要过许多道封锁线，为了防止意外，女孩子们都把头发剃光，假扮成男孩子。

前方鲁艺学习了半年多，高介云毕业了，被分配在武东一高，负责教唱新歌，还有组织宣传队、排练节目进行课外演出等。

1941年初，高介云被调到太行区武乡县青年抗日救国会任宣传部长，不久又被调往武乡光明剧团任团长。组织上就是要利用高介云的专长，来进一步加强抗战宣传工作。

武乡光明剧团最初是民间剧团，由武乡县抗日民主政府成立，在高介云到任之前，还保留着一些旧戏班的习俗。高介云来了以后，经过一段时间的磨合改造，剧团真正羽化成为坚定有效的抗战宣传武器。

"皖南事变"发生后，根据地军民非常愤怒，高介云心中充满怒火，着手准备写一个戏剧，来声讨国民党反动派犯下的滔天罪行。在大家的鼓励下，高介云开始构思。新四军的遭遇在他看来就像宋代著名抗金将领岳飞的遭遇，根据地的老百姓最喜欢看的就是披披挂挂的历史剧了，就用岳飞被冤杀的故事来唤起百姓对国民党反动派的仇恨吧！

高介云写下剧名：《宋亡之鉴》。剧本从岳飞率领的岳家军节节胜利，一直打到朱仙镇，即将收复河山讲起。几

番交手，金国的金兀术无法抵挡，于是心生毒计，派奸细混入南宋都城临安，对南宋朝廷进行诱降。昏君、奸臣沆瀣一气，连下十二道金牌召回岳飞，以"莫须有"的罪名在风波亭将其杀害。昏君自毁长城，金兵卷土重来，南宋被迫订下屈辱盟约，对金称臣纳贡，当了儿皇帝。

奋笔疾书，一气呵成。高介云合上剧本，平息着内心的激情。他想，我这样写也许和金国灭北宋、元朝灭南宋的历史不完全一样，但是南宋高宗赵构、奸臣秦桧对金兵入侵，委曲求和、称臣纳贡以求保住皇位这一桩丑恶交易，的确是有史可查的。这样写，更能反映国难当头，国民党反动派却在日寇诱降政策下消极抗战、屠杀抗日军民的罪行。我要通过这个剧本，让大家知道，国民党这样下去，其结果不是亡国，就是像南宋和伪满洲国一样，当个儿皇帝罢了！

高介云一下子站了起来，情不自禁地挥着拳头。当然，中国共产党领导下的抗日军民绝不是当年的岳飞，可以任他们宰割！这一点，必须要让老百姓感受到。

经过紧张排练，《宋亡之鉴》很快就上演了，收到的效果非常好。铛铛铛铛，开场锣响过，岳元帅威风凛凛地亮相，手中蟒枪上下飞舞，身边金兵丢盔弃甲，狼狈不堪，百姓们高兴地拼命鼓掌。

"秦桧和赵构这两个坏蛋，是非不分，残害忠良，导致亡国，真是千古罪人！"

"岳元帅就是咱今天的叶挺将军，杀得鬼子抱头鼠窜，唉，奸臣害国啊！"

"也是这岳飞啊，唉，太愚忠，太愚忠了。"

"就是，奸臣当道，昏君好赖不识，保国忠良得不到好下场，真是没天理！"

百姓们一边看着戏，一边七嘴八舌议论着。当奸臣秦桧画着一张大白脸摇头晃脑地上了场，人们的怒火一下子就爆发出来了。很多百姓站起身子来用手指着台上的"秦桧"破口大骂，还有人脱下鞋来就要丢打演员。

"你个死不了的狗贼、狗汉奸、卖国贼！"

"你迫害忠良，暗地里卖国，杀了你都不解恨！"

"狗汉奸，大汉奸，你坏透了！"

这样激动人心的场面，高介云意想不到。剧演完了，县区的干部上台讲话，把国民党顽固派制造皖南事变，屠杀新四军的前前后后说了一遍，当听到叶挺将军不屈被俘、项英政委英勇牺牲时，人们忍不住握紧拳头高喊着"打倒国民党顽固派""坚决打倒汉奸卖国贼"等口号。等口号声暂歇，干部继续讲话：

"抗日军民们，我们绝不能像岳飞那样任人宰割，我们要针锋相对地坚决起来斗争，把鬼子汉奸们彻底消灭！"

台下立即再次响起如雷的口号声：

"坚持抗战！反对内战！"

"坚持团结！反对分裂！"

"叶挺将军无罪！抗日有功，爱国无罪！"

"严惩皖南事变的罪魁祸首何应钦、顾祝同！严惩上官云相！"

"反对投降！反对妥协！坚持抗战！"

当场就有不少年轻人报名，要求参加八路军。这场戏剧令光明剧团声名大振，也让年仅 17 岁的高介云赢得了尊敬，从此有了"老高"这个尊称。

1943 年初冬，这一天下午，光明剧团在东田镇演出。戏还没开演，有一个面黄肌瘦的高个子跑上戏台，一口一个"找小高"。剧团鼓师郝国川正在收拾东西，一看来人头戴一顶破旧毡帽，身穿一件满身油垢的旧棉袍，便多少有些不待见。而且此人擅闯戏台，犯了戏班规矩，所以郝国川便不高兴地给了他一句：

"我们这里没有叫小高的人。"

来人有些疑惑。"小高不是你们团长吗？"

"我们团长叫老高！"

来人呵呵笑了起来："我叫他爹高沐鸿才叫老高，他儿子才十几岁，能叫老高吗？"

郝国川一听，不知此人来头，便找来高介云。等他们回到台上，此人坐在那里"噼里啪啦"敲打二黄鼓正上劲呢。按规矩，这二黄鼓绝对不能让人随便敲的，郝国川当下便火了，上前一把夺过鼓箭子说：

"你这人懂规矩吗？这是你能乱敲乱打的？"

高介云一看此人原来是赵树理，急忙上前握手道歉。赵树理好像没事人似的笑眯眯问他："你这十几岁的娃娃，怎么能让人家叫你老高呢？"

高介云有些不好意思："谁叫我是个小头头呢，大家都不好意思叫我名字，也就胡乱叫开了。没办法啊！"

赵树理呵呵笑着说："那你爸爸来剧团看戏，他们又该怎么称呼？"

高介云愣住了，他还真没想过这个事。这时，一旁有人替他解了围：

"这简单，再加一个老字，叫'老老高'呗。"

大家一听都笑了。不过，后来高沐鸿来了几次剧团，人们就真的叫他老老高，高沐鸿虽有些不明所以，但也就这样答应着。

笑声引来了许多演员。高介云便给大家介绍："这是老赵，著名大作家赵树理同志，咱们现在排演的《小二黑结婚》就是用他的小说改编的。"

众人哗地围了上来，争相与赵树理握手。郝国川显得非常尴尬，在一边想偷偷溜走。高介云一把就拽住了他，拉到赵树理面前：

"人家老赵可不是外行啊，他那上党戏的鼓板，打得好着呢。你该向老赵拜师呀！"

从此，只要赵树理一到剧团，郝国川总是紧跟在他

后面，求老赵教他几手。功夫不负有心人，郝国川的技艺长进不小。于是，一有机会卖弄，他就会逢人夸耀：

"赵树理是我师父！"

光明剧团经常深入武乡各村镇和周边各县为军民演出，还多次到各根据地慰问八路军将士。1946 年 2 月，光明剧团调到太行行署，改为太行（光明）剧团，高介云任剧团团长，开始专注于歌剧和戏曲音乐创作，在太行区"立功运动"中荣获二等功。

吕班是个好同志

　　吕班原名郝恩星，是榆次东阳镇开柏村人。18岁上到了上海，在联华影业公司任导演部职员。在上海，他认识了聂耳、赵丹、袁牧之、郑君里、阮玲玉等众多文化名人，加入左翼戏剧联盟。戏剧舞台将吕班的表演功夫锤炼得炉火纯青，他开始积极投身抗日爱国救亡运动。1938年，吕班与田汉等左翼文艺人士到台儿庄前线慰问抗日将士，不慎被日寇抓捕。吕班临危不惧，用自己的表演天赋化装成智障者，最终机智逃脱。在各地辗转半个多月后，吕班安全地回到上海。这一事件轰动全国，"吕班归来"一时成为报章头条新闻。

　　奔赴延安后，吕班进入抗日军政大学四期学习，并担任了抗大总校文工团艺术指导员，培育出大批艺术人才。吕班擅长演唱山西大鼓，在陕甘宁、晋察冀和晋冀鲁豫根据地有"吕班大鼓"之盛誉。吕班表演大鼓时，化妆是三个白圈圈，用他的话就是"名满三边区，白圈吕大鼓"，玩笑归玩笑，但特点鲜明。

1939 年大半年中，"吕班大鼓"的名头更加响亮，边区军民无人不知。头戴西瓜皮小帽，鼻梁涂两点白粉，脸上是标志性的三个白圈圈，有时候还在耳朵和眼睛之间画上一副黑眼镜架，随手捡一根小木棍儿当鼓槌，边敲边唱，唱词脱口就来，看见什么就能唱到什么。因为他有文化，肚子里有词，古典诗词也记得不少，还能活学活用。比如召开欢迎会，他就唱"有朋自远方来，不亦乐乎"之类。如果召开告别会，他就来一段"桃花潭水深千尺，不及汪伦送我情"。若是开庆祝会，他就唱"驾长车，踏破贺兰山缺"这些。可以说，在哪个山头唱哪个山头的歌，在什么场合唱什么场合的歌，只要手里小鼓咚咚一响，词儿就源源不断地流出。经常遇到临时点名："吕班大鼓来一段！"用不了三五分钟，"吕班大鼓"就上台了，几句话就把氛围点热，全场笑声掌声不断。

有一次抗大准备开晚会，吕班和几个同志布置舞台，拉幕布挂吊灯的忙得不可开交。吕班边弄边问：

"幕布偏不偏？"

"偏，偏。再往左拉一拉，再左，再左点儿，好了。"

"灯呢，低不低？"

"低，低。再往高挂，再高，再高，好了。"

吕班忙碌的手缓缓停了下来。这么大的一个会场，怎么只有一个人的回答呢？而且，这个回答声如此响亮，怎么感觉十分熟悉呢？吕班从幕布中间伸出半个脑袋来：

"啊！毛主席！"

吕班赶紧从舞台上下来，有些不好意思地搓着双手。"毛主席，您什么时候来的？"

毛主席点点头，对着闻讯而来的同志们，笑着说：

"同志们好！我是来听吕班大鼓的。"

晚会开始了。毛主席跟大家挥挥手，然后坐下来。报幕员报上的第一个节目就是毛主席点名要听的"吕班大鼓"。又是众人熟悉的吕班行头，三个白圈圈脸，手里小鼓咚咚响，几声过后便开腔：

> 同志们稍静压言坐舒服，
>
> 且听我献上一段大鼓书。
>
> 说的是毛主席指挥吕班我，
>
> 张灯呀那个来揭幕……

吕班随手拈来的唱词让整个会场欢呼起来，毛主席也笑得合不拢嘴，连连点头。

演出结束后，毛主席亲切接见了全体演出人员。看见吕班时，毛主席特意说了一句：

"吕班是个好同志。"

1940 年初，抗大文工团到了太行山前线，后来在与一二九师的先锋剧团调整中，吕班被调到了先锋剧团。据朱丹南回忆，有一次演出《打渔杀家》，吕班叫上他一

起过戏瘾。吕班扮演李俊，朱丹南扮演倪荣，江涛扮演萧恩。到了演出开始，二人先上场，也许吕班是忘了词，一开口唱出："俺本江湖二豪侠。"朱丹南愣了一下，知道吕班把后边萧恩的唱词给抢了，没办法也只好跟着唱："李俊倪荣本是咱。"然后二人顺着就把"蟒袍玉带不愿挂，弟兄双双走天涯"唱完，双双下场。下去以后，朱丹南有些不安地问吕班，咱们把萧恩的词抢了，下面江涛怎么唱啊？吕班狡黠一笑说，他自有办法。果然，一会儿就听到江涛边唱边改词："他本江湖二英豪，李俊倪荣美名标，高官厚禄他不要，奔走天涯任逍遥。"二人憋不住地笑了好半天，吕班得意地说，咱唱戏的都有这本事，这叫改辙换道。

《前线》是一部反映苏德战争的三幕五场话剧，作者是一位苏联作家。1944年，《前线》由诗人萧三译成中文，经各剧团排演后，在延安以及各抗日根据地相继演出。

在太行，先锋剧团和其他两个剧团联合演出了这场话剧。吕班担任导演，同时主演剧中角色、前线总指挥戈尔洛夫。在艰苦的条件下，演职人员开动脑筋，运用集体智慧，将舞台和演员服装弄得十分理想。搞照明的同志们找来许多的汽灯，舞台前沿8盏、脚光4盏、天幕光4盏，仅在前台就有16盏，并且前沿的汽灯上面蒙上了从敌占区买来的各种颜色的玻璃纸，可以根据剧情发展随时变换色彩。苏联红军的将军们的服装，全是用当地老百姓织的布袋布缝制，然后染上槐花做的颜料，台上灯光一照，个个笔挺笔挺的，很是神气。台下看的话，真以为那些都是毛哔叽将校呢做的。首场演出获得极大成功。

演出结束后的夜里，吕班和朱丹南在房间里都兴奋得无法入眠。吕班说：

"老兄啊，排这样一个大戏，虽说遇到不少困难，但有领导支持。经过整风，大家都憋着那么一股干劲，许多困难终于被克服了。"

吕班想起一件事："对了，刚排练开始，我就要求把你调回来参加演出，可是分区不答应。看来你还是很抢手的。"

两个人睡不着，干脆坐起来聊天。吕班向朱丹南征求对演员的意见，问他喜欢剧中哪个人物，比如欧格涅夫？因为扮演欧格涅夫的演员比较吃力，吕班于是就打上了朱丹南的主意，一边往里面套朱丹南，一边把一本排戏时标出导演提示、演员位置等符号的《前线》剧本塞到朱丹南手里，坚定地说：

"老兄，你要时刻准备着，我们是决心要把你调回来的。"

第二天，朱丹南带着那本《前线》剧本回到了所在五分区。不久，一纸公函果真将他调回了联合剧团。有

意思的是，公函内指定朱丹南替换吕班在剧中扮演的戈尔洛夫一角，而由吕班来扮演欧格涅夫。朱丹南感到疑惑不解，与吕班分开后，他真的是下功夫好好研究琢磨了一番欧格涅夫。再次见到吕班后，朱丹南才明白戈尔洛夫这个角色正是吕班推荐给他的：

"演出后，据大家反映，老张演的欧格涅夫有问题。你知道他是搞音乐的，对戏接触不多，演成这样，也够难为他了。其次是我演的戈尔洛夫，我是努了力的。可能是因为演喜剧多了些，对戈尔洛夫这样的人物，弄不好很容易往反派人物方面滑。所以，我主动建议由你来扮演。"

朱丹南表示："戈尔洛夫的戏最重，台词最多，分寸也确实难掌握。"

吕班拍拍他的肩膀："你演没问题，我会全力以赴帮助你。你有这么一股子劲，拿下戈尔洛夫毫无问题。"

1945 年春节，剧团在陵川县夺火镇上演《前线》。戏刚刚开始，天上就飘起了雪花，露天舞台上的积雪很快便有近一寸厚。观众们头顶的军帽渐渐变成了白色，却没有一个人走动。戏结束了，一阵激烈的掌声之后，又是一阵激烈的跺脚声，可以看出观众们对戏情的专注，甚至都忘记了寒冷。但是用汗流浃背来形容朱丹南则一点儿也不过分，一方面，他在军装里衬了一件戏曲里的"胖袄"用来防寒，更主要是第一次在戏里演戈尔洛夫如此重要的角色，精神高度紧张。后来传来消息，人们评论说越演越好了，一下子增强了朱丹南的信心，也证明吕班不会看错人。

在武东演出时，部队提前一个星期就把戏台搭好了。百姓们从四面八方赶来，天天晚上看戏的人都是黑压压一大片。很多做小买卖的在河滩地里盘起炉灶，卖烧饼、切糕、炸油条，还有其他小吃，看上去就像赶集。到了王家峪加演一场时，扮演剧中骑兵司令克洛斯的同志被军分区领导召去，担任新的职务。这下子急坏了剧团。吕班的大脑疾速开动，真的就让他想起一个人来。谁啊？赵子岳。赵子岳当时在太行山剧团，当他心急火燎地赶到戏台时，演出已经开始了。吕班等不及他喘口气，急忙把他拽到一旁，把台词大意给赵子岳讲了讲，化妆师也抓紧给他化妆。吕班话音才落，就该骑兵司令上场了，赵子岳想问几句，嘴巴还没张开，人就被推到了台上。慢性子的赵子岳几乎是撞上台来，但他不慌不忙，一边做着动作，一边把台词想好，凭借自身深厚的表演功底以及对剧中人物的大致了解，幕后又有工作人员协助，竟然顺利而且精彩地演下来了。几场演出后，赵子岳的角色表演日趋娴熟，很快就成了剧团里的台柱子，不久就被调到先锋剧团任协理员。

人们过后想起这段往事，总要说，吕班当年借人来救场，没想到借出来一位新中国电影史上的"配角大师"。

根据杨筠回忆，她是 1938 年 2 月到延安的，那时 19 岁。作为知识女性，杨筠投身革命很早，用自己擅长且专业的画笔进行抗日宣传。"七七事变"后，她和身边的一些画家朋友到杭州附近诸暨县的几个村子里画抗日壁画，让当地百姓知道日本侵略了中国。

到了延安，要进鲁艺学习，需要考试。杨筠交了卷子后，鲁艺当时的领导沙可夫同志看了说，好，等我们研究研究。杨筠心很大，就此一边等着研究结果，一边该吃饭就吃饭，该玩就玩，该去河边洗澡就去洗澡，一副信心十足的样子。三天过去，杨筠去取信的时候，碰见了沙可夫，让人递给她个校徽戴上。杨筠不知从哪儿已弄到一个校徽，早早就戴在了胸前，还有些得意地对沙可夫说：

"你看我已经戴上了啊！就是鲁艺的校徽，一个鲁迅的像。"

沙可夫与其他同志相视一笑："这小鬼，还没有说要你，你就戴上校徽了。这么自信啊！好吧，欢迎加入鲁艺！"

杨筠入鲁艺时，第一期学员还没有走。第一期美术系只有十几个人，但是到了6月份，美术系很快增加到90个人。罗工柳啊彦涵啊，都和杨筠一个班。

10月，杨筠加入了中国共产党，大家都很高兴。

11月，杨筠的很多老同学都要求去前方，他们拉着她一起，"走吧，到前方去，不要留在延安。"杨筠也做了打算。这时，罗工柳特别找到她：

"我们走吧，一起走吧。要革命、要革命、要革命。要到地方上去！"

杨筠多少明白罗工柳的意思，故意说道："革命嘛，自己去革嘛。"

"我知道你准备到党训班去，我不希望你这样，我希望你到前方去。"罗工柳说。

"我自己也希望到前方去，到打仗的地方去多好啊。"

"走走走，咱们走，现在就走！"

杨筠于是去找李伯钊，表达了自己的愿望。李伯钊便和杨尚昆提起杨筠，说这个女同志也要到前方去。杨尚昆非常赞成。杨筠拿到每人两块钱的行军鞋袜费，从延安出来，走了一个月，一直走到晋东南。

在此之前10月份时候，胡一川组织成立了鲁艺木刻工作团，成员为罗工柳、华山、彦涵，还有他自己，一

共四个人。一开始，胡一川不要女同志，战争年代，他嫌女同志麻烦。但是，杨筠算罗工柳带过来的，胡一川也不好说什么。

1939 年，鲁艺木刻工作团到达八路军总部所在地武乡。罗工柳被分配到《新华日报》华北版工作，杨筠还有一位陈铁耕则在报馆刻木刻。不久，胡一川带着鲁艺木刻工作团到报馆，负责出版《敌后方木刻》副刊，于是，杨筠和陈铁耕自然而然成为工作团成员。

罗工柳和杨筠是国立杭州艺术专科学校的同学。抗战爆发后，罗工柳于 1938 年春来到武汉，参加救亡宣传工作。他和卢鸿基、马达一起，组织全国各地的木刻工作者，以"武汉木刻人联谊会"的名义，成立了全国第一个抗日救亡木刻美术团体"中华全国木刻界抗敌协会"，并举办了"全国抗战木刻展"。

那个时期，在那种战争环境下，作为美术工作者，他们不考虑这是什么画种、那是什么画种，只要百姓需要，百姓喜闻乐见，怎么最有效果就怎么来。一段时间后，他们觉得光靠报纸副刊也不行，纸张供给困难，印刷条件有局限，报纸发行量不可能很大，读者面最多能到基层干部这一层，宣传起来不很理想。他们想到了老百姓家家户户张贴着的年画，便以宣传抗战为内容，尝试创作新年画，老百姓都很喜欢。当时创作年画的是胡一川、彦涵、罗工柳和杨筠四个人，他们还请了年画工人赵思恭师傅作指导。1940年初，农历1939年的腊月二十三，第一批年画印制出来。胡一川带着杨筠抱着这批年画去赶集，摆摊叫卖，眨眼工夫销售一空。老百姓有的不惜赶几十里地来买年画，有的干脆直接到木刻工作团驻地来买。机关用，百姓家用，到处都能看见。因为这个变化，彭德怀还给他们写信说：

"这个很深入群众，好，就要这样子搞。"

刚来武乡时，杨筠、罗工柳等人在北方局一边过着年，一边等着分配。很多从延安来的同志都分配了，或者到部队艺校，或者到机关，或者到地方。杨筠不愿意去艺校当老师教画画，后来通知她去《新华日报》华北版报馆去工作，搞插图，搞木刻，她觉得这里很有意思。后来，罗工柳随着鲁艺木刻工作团也到了报馆。两个熟悉的人又到了一起，报馆的领导同志说：

"你俩结婚吧，结婚吧。住在一起，房子好安排。"

"不用登记，什么也不用做，小八路就这样结婚，结婚吧！"

一句话。罗工柳和杨筠就结了婚。

两个人在《新华日报》华北版干了差不多一年，"搞社论插图，搞通讯稿插图，基本都在晚上，画版、刻、印，然后送去出版，就是这样。"太行山上的老同志们亲切地称呼罗工柳和杨筠"小鸽子"，忙来忙去，脚不沾地的两个小八路，就像一对儿青春焕发的鸽子。

杨筠的木刻作品很是让老百姓喜欢。她创作的《满水缸运动》《努力织布 坚持抗战》《大家养鸡 增加生产》等，流传很广。

1940年夏，搞木刻的几个同志被调到冀南根据地。因为宣传需要，他们便开设了木刻训练班，招收了三十多个学员。胡一川、罗工柳、杨筠等人是教员。教刻木刻的同时，还要教画速写、素描。杨筠的素描功底全用上了，不想当老师的她在这里干得也很有劲儿。上课之余，他们坚持创作。敌人频繁"扫荡"，罗工柳和杨筠平时化装成农民，走在田间地头，根本看不出他们是八路军的美术工作者。

1940年7月，中共中央北方局宣传部发出通知，由新华日报华北分馆出版对敌占区宣传刊物——《中国人》周刊，向敌占区人民宣传我党的政治主张，进行抗战教育；向敌占区人民揭露敌寇汉奸的一切欺骗宣传；介绍敌后抗日根据地，鼓舞敌占区人民的斗争情绪。报馆把这份八开四版的周报交给赵树理来负责，并派杨筠等人一起协助，配合插图。报纸不在报馆办，而是在百姓间办，所有文章通俗形象，浅显生动，让人一听就懂。赵树理特别注意运用"有韵话"、鼓词、快板、章回小说等民间传统艺术形式，增强说唱性，便于流传。配合这样的文章作木刻画，杨筠觉得特别轻松愉快。

1941年底，罗工柳、杨筠夫妇被调回延安。就要过年，杨筠当时正在打摆子，已经打了半年，整个人瘦弱不堪。组织上照顾她的身体，分给他们一匹马，还要派一个人牵马。杨筠和罗工柳便把一位年仅 14 岁印画印得好的小八路带走。太行山一路行行走走，一个多月后，回到了延安。他们把小八路送去上学。大生产运动时，杨筠纺线，罗工柳开荒种地，日子过得十分充实。

杨筠经常想，那时候毛主席讲大鲁艺小鲁艺的问题。"我们是大鲁艺的，没出去的人是小鲁艺的，就是这样想吧。"

　　彦涵是鲁艺木刻工作团的成员，他的创作经验主要来自前线。

　　中学时彦涵因为组织学潮，反对国民党的不抵抗政策而被学校开除。1937 年，抗日战争全面爆发，在国立杭州艺专学习绘画的彦涵组织学生成立了抗日救亡宣传队。1938 年夏天，彦涵从西安出发，徒步 11 天，走了 800 余里，终于到达延安，进了鲁艺美术系。据彦涵回忆：

　　"我那时候对革命是很无知的，但却真心实意地要参加革命。原本我们都是想去法国留学的，但那时候中国人受到日本人的侵略，国家都没了，哪里还有个人？"

　　当时延安物资极为匮乏，生活都要努力自给自足，何况相对比较奢侈的油画国画美术材料和用品了。由于鲁迅先生对木刻艺术的大力宣传，木刻材料（木刻刀、版材梨木板、桦木板、油墨）等比较容易得到，加上适宜做木刻的梨木板到处都是，因此，在延安兴起了木刻运动，很快形成了一支创作队伍。彦涵进入鲁艺美术系，主要以木刻训练为主。虽然只有短短三个月的时间，但是对彦涵来说，意义非常大。他刻的第一幅作品是《马克思头像》。

1938年11月，彦涵坚决要求到前方去，于是参加了鲁艺木刻工作团，同罗工柳等人进入晋南敌后。时值严冬，他们跟着八路军渡过黄河，穿过日寇岗楼林立、严密封锁的同蒲铁路线，翻越大雪纷飞的绵山。由于天气非常寒冷，身边的一些同志倒下了，彦涵找了一件破旧的棉衣套在自己头上，咬着牙闯过了这一关，终于到达太行山抗日根据地。从踏上革命热土的那一刻起，彦涵一手拿枪，一手拿刻刀，开始了边战斗边创作的反"扫荡"生活。他们创作的抗日主题木刻作品，第一次把刚刚开启历史的解放区木刻带到了抗日根据地。

1939年，彦涵与北方局女资料员白炎结了婚。当时战争环境非常残酷，他们生下了儿子白桦，无奈把他寄养在当地一户老乡家。一次日寇"扫荡"，奶妈李焕莲抱着白桦躲进了山洞。搜山时，敌人在山洞外面抓住了李焕莲的丈夫和弟弟，逼着二人带路去找八路军。二人誓死不从，不幸都被砍死。敌人发现了山洞，搜到抱着白桦的李焕莲。日寇军官打量了半天，一把夺过来白桦：

"这个是八路军的孩子，死啦死啦的。"

他举起白桦就要狠狠地摔死。

李焕莲不顾一切扑上去，拼死抱紧白桦，大声喊着："这是我的孩子，我的孩子啊！"

日寇军官见她如此疯狂的举动，相信孩子一定是这个女人的，于是便悻悻离去。

后来，为了纪念在太行山老乡家四年的养育之恩，彦涵将白桦的名字改为："四年"。

当时在前线的美术工作者都兼有艺术家和战士的身份，一有敌情，拿起枪来就能上战场；放下枪后，又能以最快的速度进入创作。彦涵毫不例外，所以他的木刻作品，很有战斗现场的冲击力，现实还原度非常高。彦涵的个性如同黑白木刻一样朴素、粗犷，而他的艺术风格也是坚硬、凌厉，能直面人心。他的《当敌人搜山的时候》《不让敌人抢走粮草》《来了亲人八路军》《狼牙山五壮士》等作品，被称为抗战美术"壮烈的进行曲"，在根据地广为流传。

1942 年 2 月日寇"扫荡"后，彦涵跟随艺校慰问团来到一个受害最重的小山村。大家分开，每个人都包了几户人家前去慰问，彦涵去的这一家只剩下一个老婆婆了。老婆婆今年六十多岁，膝下只有一个儿子。抗战后，儿子担任了民兵队长，在这一次"扫荡"中被敌人抓住，残忍地杀害。彦涵进去时，老婆婆正坐在炕沿上凄惨地哭着，眼睛都快哭瞎了。彦涵内心十分沉重，他走过去，挨着老婆婆坐下。老婆婆听说彦涵是八路军，一把就把他的手抓住，久久不放。这个情景令彦涵永远难忘，于是有了作品《来了亲人八路军》。这幅作品完成后，看过的老百姓们个个感同身受，痛骂日本鬼子惨无人道的恶行，更加激起了斗争的勇气。

进攻关家垴的战斗打响后，日寇凭借有利地势负隅顽抗，战斗进入胶着状态。彭德怀坐不住了，来到距离关家垴垴顶仅 500 米处的战地前沿，足抵战壕，冒着硝烟炮火，手握望远镜向远方战区凝神观察。要知道日寇的炮击有效射程在 800 米，虽然有树枝作掩护，但仍然很不安全。大家左劝右劝劝不动。彭德怀镇定自若的样子震惊了正在前线采访的记者徐肖冰，他在一瞬间按下了快门。根据徐肖冰过后的描述：

"那个山头就是日本鬼子占领的，子弹都从他（彭德怀）的身边、头上飞过去。我在那里拍照片，我们八路军的主帅都身先士卒在那里指挥战斗，我受到他们的影响，自己的安危就忘了。"

这张照片引起的反响十分巨大。1940 年百团大战中，徐肖冰在战地拍摄了大量珍贵的照片，其中最有震撼力、流传最广的，就是彭德怀在关家垴战斗中留下的宝贵瞬间。徐肖冰离开太行山时，彭德怀给他写下赠言：

"拍摄战争的真相，不怕鬼子的刀枪。跑遍了华北战场，几经寒暑来到太行山上。有了你这样的英勇战士，中华民族就不会亡！"

　　彦涵看到这张照片后，被彭德怀临危不惧、指挥若定的英武形象深深打动。他不禁想起当时战斗打响后，人们说过的话：

　　"听说彭副总司令在那里指挥，我们的心就能踏实下来，觉得哪里有彭总，哪里就有胜利……"

　　怀着一股油然而生的豪迈气概，彦涵握紧刻刀，在一块木板上尽情挥舞，将照片里的彭德怀形象用木刻再现出来，创作了《亲临前线指挥的彭德怀将军》。这幅木刻作品在表现手法上吸收了前苏联的木刻风格，运用三角刀排线的技法，用细腻的刀法娴熟地刻画了彭德怀将军的战场形象。由于根据照片创作，因此，在木刻的塑造上以写实风格为主，明暗关系也依据图片的光源走向，在刻画上具有相当准确的造型，与彦涵其他的强调木刻造型线的版画不一样。造型相对客观、准确、接受现实图像而少了不少主观性的木刻表现性。特别在木刻刀法的刻制上，有着写生素描般的细腻的层次刻画和精致的形象塑造。这幅人物形象生动逼真，黑白层次丰富的木刻作品刻制出来后，根据地军民深受鼓舞，无比喜爱。

　　彭德怀夫人浦安修看到这幅作品后，专程来到前方鲁艺木刻工场驻地。她告诉彦涵，彭德怀副总司令很喜欢他的这幅木刻作品。听到这样的消息，彦涵十分兴奋，特地送上一幅签了名的木刻作品，请浦安修转赠给彭德怀。八路军左权参谋长表示想要收藏一幅，彦涵也赠送了左权将军。1942 年左权牺牲，这幅作品作为他的遗物被博物馆保存。

彦涵始终记得年轻时一位中共地下党员对自己说的话：

"你不要去画风花雪夜，而要画沧海桑田！"

"这句话整整伴随了我的一生。"彦涵说。

　　鲁迅先生，大家都知道。他，又是谁呢？陈铁耕。

　　陈铁耕是广东人，1932年在上海参与组织"野穗木刻""M.K木刻研究会""春雷美术研究所"及"野风画会"等，当时24岁。他积极投身于革命文艺运动，创作出大量贴近生活、紧跟时代的木刻作品。他的身边围绕了一大批进步木刻家，他们举办画展，印刷抗日画报、抗日传单，出版画集，援助东北义勇军抗击日寇，做出了极大的贡献。

　　陈铁耕与鲁迅先生交往很深，时常聆听先生的教诲，颇得先生赏识。1934年，鲁迅将陈铁耕的《母与子》《殉难者》等17幅木刻作品推荐到法国，参加"革命的中国之新艺术展览会"展出，是这次展览的作者中作品最多的一个。1938年，陈铁耕奔赴延安，在鲁迅艺术文学院任教。1940年，他来到太行山根据地，参与创办鲁艺分校并担任职务。

　　鲁迅先生为什么会送陈铁耕木刻刀呢？

　　1931 年 8 月 17 日，包括陈铁耕在内的十三位热爱美术的青年，走入上海长春路路北的一所日语学校，前来学习掌握一门崭新的创作技法：木刻。9 时整，身穿白色夏布长衫的鲁迅先生走进教室，身后紧随着一名穿着白色西服的日本讲师。讲师拎着一个包，包里装着三套木刻刀和一只印制版画的圆形刷子，以及一叠用来拓印木刻的日本纸。

　　这位讲师是鲁迅先生的日本友人内山完造的弟弟，名叫内山嘉吉。显然，鲁迅先生对日本版画有着广博的认识，并有非常独到、高深的见解。他态度沉静，说话真切有力，充满着热情，内山嘉吉每讲完一句话，鲁迅先生马上一丝不苟地翻译给学生们。从这一天开始，每日上午授课，内山嘉吉讲授木刻的起稿、用刀、刻法、拓印、套版等基本知识，鲁迅先生负责翻译和解答疑问。并且，鲁迅先生拿出自己收藏的各国版画作品作为示范，给大家介绍版画创作的艺术特点及发展历程。

　　鲁迅先生从 1927 年购得《给学版画的人》开始，就大量搜集外国版画书刊、画集和原拓，陆续编印出版了很多外国木刻画集。他注意到版画在当时是"那个时代所亟须的一种鲜有的思想性的艺术"，因此不仅搜购、收藏、研究、出版，还亲自着手对青年爱好者进行教育和传播。这次授课，标志着鲁迅先生亲自创办了中国第一个木刻讲习会。

　　"当革命时，版画之用最广，虽极匆忙，顷刻能办。"鲁迅先生大力倡导的"新兴版画"，强调"以刀代笔"，从画、刻到印都由木刻作者亲手完成，所见所想都能迅速、真切地呈现出来，直击心扉。特别在抗战时期，木刻版画发挥了"轻骑兵"的战斗宣传作用，激励根据地人民团结一心，不畏强敌，实现抗日胜利的伟大目标。

　　经过六天紧张的学习，陈铁耕眼界大开，迫切想要开始创作实践。这一天，他约上好友来到内山书店购买木刻刀，鲁迅先生也在。遗憾的是，包括斜口刀、圆口刀、平口刀、三角刀在内的全套七把一盒的货品已经卖完了，店家推荐三把一套的学生用木刻刀。陈铁耕觉得，学生用的木刻刀岂不是玩吗？于是表示不要。鲁迅先生于是上前，对他们建议说，你们先用上，上手熟悉熟悉，再说了，虽然用的是小学生的工具，但不等于创作出来的作品就一定会幼稚。在鲁迅先生幽默的话语影响下，大家便买了下来。

　　令陈铁耕万万没想到的是，没过几天，鲁迅先生约自己见面，一见面便掏出一套专业木刻刀赠送给他。陈铁耕心里热乎乎的。后来，为了躲避反动当局的抓捕，陈铁耕回到了老家，但鲁迅先生赠送的木刻刀时刻带在身边，并且用它创作了许多作品，木刻技艺也逐日提高，走向成熟。

　　1934年6月，一本收录了8位中国木刻家的24件作品的版画集《木刻纪程》正式出版，由鲁迅先生亲自作序并设计装帧。在序言里，鲁迅先生指明了中国现代木刻发展的两条路径：

"采用外国的良规，加以发挥，使我们的作品更加丰满是一条路；择取中国的遗产，融合新机，使将来的作品别开生面也是一条路。"

鲁迅先生对陈铁耕的创作始终保持关注。从1932年起到1935年初，不算长的两年时间内，鲁迅与陈铁耕书信往还28次，其中鲁迅先生给陈铁耕去信19封。陈铁耕在去信时总会附上自己新近创作的版画作品，请鲁迅先生批评指导，其中就有很受鲁迅先生重视的《母与子》（或名《等着爹爹》）。鲁迅先生在给别人的信中说：

"我以为中国新的木刻，可以采用外国的构图和刻法，但也应该参考中国旧木刻的构图模样，一面并竭力使人物显出中国人的特点来，使观者一看便知道这是中国人和中国事，在现在，艺术上是要地方色彩的。从这一种观点上，所以我以为克白兄（陈铁耕的笔名）的作品中，以《等着爹爹》一幅为最好。"

陈铁耕的《等着爹爹》"一看便知道这是中国人和中国事"，尽管不可避免地采用了外国的构图和技法，但作品表现的却是中国的妇女和儿童。画面上，母亲坐着的竹椅，墙壁上悬吊着的竹篮，显示出江南的地域风味。母亲因生活艰辛，独木难支的那种愁苦神情，以及等待

丈夫回来，心中充满希望的样子，刻画得淋漓尽致，"显出中国人的特点来"。

1934年，鲁迅先生在写给别人的信中再一次强调：

"现在的文学也一样，有地方色彩的，倒容易成为世界的，即为别国所注意。打出世界上去，即于中国之活动有利。可惜中国的青年艺术家，大抵不以为然。"

为此，鲁迅先生把这幅作品亲手编入《木刻纪程》，并推荐参加了当年在巴黎举行的"革命的中国之新艺术展览会"，从此，《母与子》成为陈铁耕的代表作。

1934年11月，陈铁耕为鲁迅先生早年写下的小说《阿Q正传》作了10幅木刻插图，他照例寄给鲁迅先生指教。这个时候，《戏》周刊正连载着根据小说《阿Q正传》改编的剧本。编者觉得如果再有插图的话，就更能引起读者兴趣，所以给鲁迅先生写信求助。正好手中刚刚拿到陈铁耕这10幅插图，所以鲁迅先生在11月8日《寄〈戏〉周刊编者信》中就这样回答：

"报上说要图画，我这里有十张，是陈铁耕君刻的，今寄上，如不要，仍请寄回。他是广东人，所用的背景有许多大约是广东。第二，第三之二，第五，第七这四幅，刻得比较好；第三之一和本文不符；第九更远于事实，那时哪里有摩托车给阿Q坐呢？该是大车，有些地方叫板车，是一种马拉的四轮的车，平时是载货物的。但绍兴也并没有这种车，我用的是那时的北京的情形，我在绍兴，其实并未见过这样的盛典。"

陈铁耕的插图很快就在《戏》周刊上随文发表。有一期里，把陈铁耕的名字误排成"陈钱耕"，鲁迅先生看到，第一时间写信给编者，"下次希给他改正"。

陈铁耕《阿Q正传》的木刻插图，是《阿Q正传》插图较早的一种版本，而且是直接在鲁迅先生的指导和肯定下创作的新兴版画，因此颇有价值。但是，作品明显受了西方木刻的影响，大量运用阴刻法，人物与中国人形象出入较大。在构图方面，可以看到当时俄国、德国一些反映工人起义的版画影子，强调人物的肢体语言及群像气势。这一点，在陈铁耕到了太行山敌后抗日根据地后，很快便得到了转变。

武乡下北漳村前方鲁艺开学后，陈铁耕用鲁迅先生赠送的刻刀创作了很多百姓们喜闻乐见的木刻作品。频繁的"扫荡"与反"扫荡"，随时就要转移出发，时刻都准备着战斗，但无论条件多么艰苦，环境多么恶劣，鲁迅先生赠予的刻刀始终在陈铁耕身边，不离不弃。因为，这是鲁迅先生给与他的革命武器，也是已逝先生留下的珍贵纪念。

华山的『报道木刻』

抗日战争时期，有一个儿童团员名叫海娃。有一天，他接到一个任务，就是把一封十万火急的鸡毛信送到八路军手里。海娃装作去放羊，赶着一群羊就去送信，结果路上遇上了日伪军。海娃急中生智，把鸡毛信拴在一只大羊的屁股下。担心大羊拉粪蛋蛋时撅起尾巴暴露信件，海娃不停地用羊铲扬起石子敲打大羊的屁股。这个生动的故事我们从小就听到过，名字就叫《鸡毛信》。故事的作者是著名记者、木刻家华山。

华山是壮族人，读高中时因为组织读书会阅读进步书刊、参加救亡运动、组织救国会，被学校开除。"淞沪抗战"爆发后，他参加了共产党领导的江苏游击训练班及上海游击队。1938 年 5 月，华山进入延安鲁迅艺术学院美术系学习木刻。年底，作为鲁艺木刻工作团的一员，他和罗工柳、彦涵等人来到太行山，进入《新华日报》华北版工作。

在工作中，华山向社长何云提出建议：

　　"咱们报纸的木刻工作室也要派出记者，到部队采访，深入实际，体验生活，把材料刻成'报道木刻'。"

　　何云对华山的建议非常认同，便把他派往陈赓将军领导的三八六旅七七二团当随军记者，一位木刻工作者从此一手拿着刻刀和笔，一手拿着枪，成为战地风云人物。

　　经历了日寇残酷的"铁壁合围"，经历了多次"扫荡"与反"扫荡"斗争，在太行山抗敌战斗的五年里，华山写了大量的报道，创作出许多"报道木刻"。

　　在他写下的六十多篇通讯和报告文学作品里，《窑洞阵地战》是十分有名的。华山写这篇报告文学的背景正是抗日斗争最为严酷的时期。日寇一次又一次地前来"扫荡"，百姓们逃离村庄，躲到河沟地带废弃的窑洞里，经常就被万恶的敌人用火活活烧死、用手榴弹残忍地炸死。后来百姓们认识到，"敌人总是敌人，不打活不成"，激起了抗日勇气。组织上广泛运用民间智慧，发明了地下迷宫似的"保险窑"，"拐三弯、设三关、楼上楼、天外天""住得久、熏不死、能战斗、跑得脱"，与冀中平原上的"地道战"有着异曲同工之妙。然而，再有"保险窑"，而不去斗争，被动地挨打，保险也就无从谈起。华山在文章中拿出两个村庄的经历作对比，十分明白地说明斗争才是胜利的伟大法宝。

　　创作这篇报告文学的过程中，华山将木刻的手法运

用在文章里。他将文章分成六个大块，增加各种具体事例来形成细节，又以自身亲自体验到的感受贯串整体，讲述中突出视觉性，具有很强的真实感和现场感。

采访、写作的同时，华山还创作了《列宁头像》《奋勇抵抗》《仇》《爸爸我也要去打日本》《保卫晋东南》《坚决抗战到底》等近百幅木刻作品和漫画，并与彦涵合作创作了木刻连环画《狼牙山五壮士》。同样，在木刻作品的构思呈现上，华山也将写作的一些方法融入。

1943 年，日寇妄图占领武乡蟠龙镇，控制武东革命根据地，掠夺此地丰富的煤、铁和粮食资源。在武东抗日政府的组织下，十三个村子七八百户老百姓迅速向山区革命根据地转移。撤走之前，百姓们堵死了水窖，把门板、桌椅之类的家具藏好，又把所有的粮食和衣物都带走，给敌人留下了一座空城。同时，根据上级指示，太行根据地的同志们早已做好了大打围困战的准备。

为了支援八路军打胜仗，老百姓们把自己节省下来的干粮和鸡蛋送到前线。在群众中有一个中年男人，用扁担一头挑着粮食口袋，一头挑着热乎乎的小米粥，走在崎岖的山道上，丝毫不觉得费力。在众多杂乱的步伐中，他穿的一双新鞋非常显眼，难怪他走起路来不怕石头硌脚呢。在当时的艰苦条件下，人们很难有一双新布鞋穿，八路军战士们人人都会打草鞋，最多里面加上一些布条子，因地制宜，又快又简便。再说，做一双新鞋要费很多工夫，先要熬糨糊，把搜集来的布片子一张一张地用浆糊粘起来，等干了后剪成鞋形。五六张这样的鞋底叠在一起，再用锥子引上麻绳一针一针地缝合到一块，叫作纳鞋底。最后再上上鞋面，一双鞋才算完成。如果不是过年，谁家舍得穿这样做出来的一双新鞋呢？

中年男子一定是逃离蟠龙镇时，把家里能带走的东西都带走了，包括这双鞋。给八路军送吃的喝的，那也不是一两趟的事。他狠狠心，用新鞋子替换掉那双已经缝补不起来的旧鞋子，为的是能够顺当当地跑在山路上。当他放下东西，准备从前线下来时，忽然身边跑过一位年轻的八路军战士。他注意到这位战士竟然光着左脚，心里一阵抽搐。他赶紧喊住战士：

"喂，你的一只脚怎么光着，鞋子跑丢了吧？"

八路军战士边小跑着，边扭头回答道：

"不是丢了，是俺扔了，烂得穿不住脚，冲锋时正好甩出去……"

中年男子低头看看自己的新鞋，虽然沾了不少泥土，但还完好无损，尤其是鞋底子硬邦邦的。他毫不犹豫地撵上那位战士，二话不说把鞋子脱下来，两手迅速磕了磕，硬是塞到战士怀里：

"穿上吧，打仗不能不穿鞋。"

战士哪里肯要。二人推来推去的，最后中年男子生气了：

"你这后生，叫你穿就穿，要不把枪拿来，我替你去打仗！"

战士默默地把鞋子穿上，然后给中年男子行了一个军礼，转身便上了前线。

这一幕正好被在战地采访的华山看到了，他的内心十分激动。回到驻地，华山马上动手把看到的场景勾勒出来，然后一刀一刀地刻了下去。这幅木刻把时间凝固在中年男子把手中鞋子递给八路军战士这个瞬间，二人互相注视，眼神里说不尽的军民鱼水情。1944年6月1日，延安出版的《新华日报》第四版上刊发了华山的这幅作品，还有短短几行文字：

"新鞋，华山作。在武乡某次战斗中，一个到火线上送慰问品的老百姓，把自己脚上的新鞋，脱下来送给冲锋的战士。"

『大炮响得团团的』

赵在青是榆社阎家沟人，还是一位优秀的木刻家。

全面抗战开始后，赵在青参加了革命工作，加入中国共产党，在中共榆社县委办小报，还担任过抗日游击队政治工作员、四区分委委员和胜利报、新华日报美术编辑等职。

据赵在青的弟弟赵元青回忆，大哥探家时总会带着画夹子，一进门就会把画夹子打开，让家人看他的木刻作品，其中有朱德总司令、彭德怀副总司令的画像，身材高大魁梧，目光炯炯有神，刻画得非常传神。赵元青印象很深的还有套色木刻《崔贵武的家》，这是大哥的木刻代表作，形象逼真，栩栩如生。

赵元青记得，大哥每次回家总要讲革命故事，比如八路军与敌人迂回作战，白天工作，夜间转移，灵活机动的战略战术令敌人吃尽了苦头。还有八路军生活条件艰苦，但是同志们毫不畏惧，以黑豆、高粱、玉米、小米、糠菜、树叶等充饥，坚持战斗。大哥还给家人们宣

传"坚持进步、反对倒退，坚持团结、反对分裂，坚持抗战、反对投降"的抗日理论。最为有趣的是，大哥用榆社土话和讲普通话的同志搞辩论、"抬杠子"，那些故事让他做梦都会情不自禁地笑起来。

在赵元青的记忆里，大哥无论走到哪里，总是背着一个小小的行李卷，挎着一个灰挎包，系着一条白毛巾，带着一个搪瓷缸，手不离木刻刀，随时随地深入群众生活，争分夺秒勤奋工作。

全家受赵在青的影响很深。八路军的一位营长身患胃病，可每天吃的却是黑豆芽、玉米面，赵在青的父亲便把自家仅有的几颗鸡蛋和一点儿白面拿去给营长，让他好好养病，早日恢复。老人家看到八路军部队缺少蔬菜，马上把自家的菜地划出一块来，交给八路军种菜。家中妇女积极参加支前活动，慰问伤病员，还做出一双双结实耐看的军鞋，送给八路军。赵元青参加了抗日儿童团，巡路、放哨、盘查汉奸、慰问军队，整日在村子里奔忙。八路军离开后，县独立营来村子里开荒种地。李雨化大队长生了病，赵在青的父亲就给他送饭，一直到他病愈。

1939年春，赵在青被调到中共晋冀特委机关报《胜利报》社担任美术编辑，与寒声、侯恺等同志共同创办了《胜利画刊》（后改为《胜利画报》）。工作中对木刻画的应用，使得赵在青渐渐迷上了木刻画。虽然没有专门学过木刻，也不知道什么刀法，赵在青还是决定尝试着学刻木刻。他自制了几把木刻刀具，找来梨木板子，很快便上了手。作为木刻工作者，赵在青刻苦钻研，一直寻找西方技法与中国传统实际有机结合的表现手段，特别注意老百姓的看法。有一次，赵在青和同志们说：

"在学校期间我就爱图画，看了就摹仿着画，对版画特别感兴趣，看了也想仿照着刻。对苏联法沃尔斯基的作品很喜欢，很欣赏，想仿照着刻，可是没有木刻刀，在我们榆社那个小县城里连见也没见过，我就拿修脚刀当木刻刀用。最早刻的一幅，画面上一大群人往前走，远处升起一轮红日。我看了很高兴。"

法沃尔斯基是鲁迅先生介绍到中国的一位苏联版画家，他的作品收入《新俄画选》《引玉集》和《苏联版画集》中。他善于体会不同民族的感情和文学特征，能准确地再现作家所表现的民族精神，为普希金、莎士比亚等很多作家的作品作过插图。赵在青在太行鲁艺分校木刻工厂学习时，接触了法沃尔斯基的版画，特别推崇。在这种激情影响下，赵在青创作了彩色木刻连环画《崔贵武的家》，几乎就是对现实的真实反映和描述，老百姓看了都夸画得好。

寒声后来回忆赵在青时写道：

"抗日战争初期，我正在太行山上的《胜利报》社担任艺术编辑，并兼任中共报社机关支部书记和印刷厂指

导员。由于战争年月工作太忙，1939 年春夏之交又调来一位青年美术工作者。他修长的身材，白净的面庞，尤其那两颗门牙之间的一条显眼的缝隙，特别引人注目，他说一口标准的榆社口音，那就是赵在青。战争年月，大家的行李都很简单，他背一个小小的行李卷，鼓鼓囊囊的军用灰色挎包上系一条白毛巾和一个搪瓷茶缸，这就是赵在青的全部家当。我们常常住在一个屋子里，为报纸插图和装饰，后来我们还合作创办了一份《胜利画报》。当时都是石印报纸，连标题，插图，都得亲手绘制在药纸上，我们却合作得很好。"

1941 年年底，赵在青被调到《新华日报》华北版，继续做美术工作。这里是优秀木刻家云集的地方，也是抗日宣传的前哨。赵在青在工作中以及与大家的交流中愈加成熟，木刻主题鲜明，艺术风格豪放雄劲，副刊上几乎每期都有一幅他的作品，例如《抗战的前途是无限光明的》《给"扫荡"者以反"扫荡"》《红缨枪换取敌寇的三八式》《前门打虎，后门防狼》《旧世界就要毁灭》等，以他特有的木刻风格，给人以很强的冲击力，让人过目不忘。

赵在青喜欢"抬扛"，这是大家公认的。平日里，平易近人的赵在青与大家相处十分融洽，但是大家聊起天来，特别是有些争议性的话题，心直口快的他就喜欢和别人"抬扛"，敢于发表自己的不同见解，针锋相对，不把问题弄清楚绝不让步。但这并不意味着他是一个古板乏味、很难接近的人，事实上赵在青非常活跃，行军和工作之余，为了消除大家的疲劳，他往往会来上几句笑话，引来哄堂大笑。

其实，赵在青心胸豁达、为人憨厚，又特别勤快，热爱劳动。平时，他经常帮助别人，连房东都常夸他热心肠。在行军途中，他总是会替老弱病号背点儿行李。

因为赵在青骨子里其实很乐观、很幽默，大家也喜欢和他开玩笑。赵在青的榆社口音很重，常常就会有人学他说话。这边有人故意问赵在青籍贯是哪，那边就会有人马上插来一句"大炮响得团团的"。在榆社话的口音中，"通通"的"通"字读作"团"音。于是，人们一旦见到赵在青，脑海里总要不自觉地想起"大炮响得团团的"这个典故，就会笑起来。

1942年，日寇采用"铁壁合围"战术，向太行山抗日根据地展开了灭绝人性的大"扫荡"。前方鲁艺师生连夜随八路军总部转移。赵在青帮助战友将行李和自己的行李一起藏在驻地清泉村后山沟的岩缝里。

在辽县（今左权县）东南十字岭的对敌战斗中，日寇六架飞机配合地面炮火猛烈围攻。在八路军大部分人员突围、鲁艺大批人员转移后，左权将军以及很多同志不幸中弹殉国。赵在青也在其中。

战斗结束后，同志们重返十字岭战场，寻找赵在青

等烈士的遗体，始终未能找到。有人说赵在青中弹后摔下了悬崖，由于天气很热，百姓们自发地把能够找到的烈士们的遗体早早掩埋了，所以也不知道赵在青埋在哪里。人们找到了赵在青转移前藏起来的行李，为他以及所有牺牲的同志们举行了追悼会。

赵在青牺牲时年仅 22 岁。

著名诗人鲁兮同志挥笔写下一首诗，以表达内心的怀念与哀思：

> 硝烟弥漫鏖战开，铁笔快刀入画来。
>
> 挥洒淋漓惊鬼蜮，长啸太行五月哀。

支持暴风雨的海燕

　　抗战时期，太行山上有许多文化战士，为了民族解放献出了自己年轻的生命。刘稚灵就是其中的一个。

　　刘稚灵是四川绵阳人，父亲在绵阳城里经营着一间营销蚕丝与绸缎的商铺，家境比较殷实。在她5岁时，父亲不幸去世，商铺关门，一家人只能靠出租几十亩田地来维持生活。虽然生活艰难，母亲和哥哥还是把她送到安昌镇县立培英女子小学，让她读书。

　　在四川第一女子师范高中班就读时期，刘稚灵开始接触进步思想文化。毕业后不久，为了加入抗日救亡运动，刘稚灵毅然离开家乡，来到因战争而逃亡的难民比较集中的宜昌。她到宜昌后，因为有过当教师的经历，很容易便在鄂西女中找了一份任教工作。当时的宜昌，旅社、戏院、学校、医院包括教堂、码头等地，处处住满了逃难人群，他们或者等待着来船继续流亡，或者不知何去何从。刘稚灵经常奔忙于各个难民集中地，帮助救护难童，给患病的难民寻医问药，还为饥饿的人们进

行募捐活动。

全面抗战开始后，刘稚灵来到武汉，在聆听了周恩来的一次讲演后，决心投笔从戎，加入到抗日队伍的洪流中去。通过八路军武汉办事处的介绍，刘稚灵奔赴延安，进入延安抗大学习。这所学校是中国共产党培养抗日军事、政治干部的学校。学习的同时，刘稚灵撰写了很多文章。她的一篇记叙抗大学员搬家情景的散文处女作发表在我党于重庆主办的《群众》周刊上，给了她极大的鼓舞。

1938 年 12 月，刘稚灵加入了中国共产党。在给家人的一封信里，她写道：

"我请求你们，从远处着想吧。只要我能在这里好好为事业奋斗，创造光辉的前途，又有什么可以担忧的呢？反过来说，我长期厮守在家里，作一个无用的人，虽然伴着你们，伴着母亲，又能使你们愉快么？我希望你们努力工作，努力干自己的事业，努力向上，努力于自己的前途。只有彼此的事业有所成就，才是快乐，才是安慰。"

当初，在 7 岁的刘稚灵上学这件事上，哥哥是起了很大作用的。刘稚灵内心十分尊重自己的兄长。但是这封信里，她对兄长的态度还是比较严厉的。虽然母亲年纪大了是个理由，最根本的是哥哥对妹妹的牵挂。外面乱世，哥哥希望自己的妹妹回到相对比较安全的四川家乡，一家人在一起，对母亲也是安慰。哥哥却不知道，自己的小妹妹早已不是当年的刘稚灵了，她已经变得非常成熟，对革命抱有信心，对自身的责任感十分明确。她不愿"长期厮守在家里，作一个无用的人"，而要为中国人民的抗日斗争奉献全部力量。

1938年底，延安抗大毕业后，受组织安排，刘稚灵与朱德总司令的夫人康克清等一起，跟着延安观察团到八路军前方总部工作。队伍绕道陕南，从豫北渡过黄河，翻越吕梁山，越过敌人的重重关卡和封锁线，历时两个半月才进入晋东南。刘稚灵被分配到八路军前方总部秘书处，同时负责开展根据地妇女工作，主编《妇女通讯》杂志。百忙之中，她结合自己平时的实际情况调查，撰写了很多有关妇女解放的文章。

1939年秋，刘稚灵担任了晋东南文化教育界救国总会的组织秘书，来到了武乡下北漳村，参与筹办《华北文艺》《文化报》等报刊。刘稚灵为自己写下一句话：

"我愿把自己锻炼成钢，锻炼成铁，锻炼成支持暴风雨的海燕！"

刘稚灵也是这样做的。她的性格奔放洒脱，特别能吃苦，经常深入基层进行文化调查，组织文化界人士以笔作枪宣传抗日，不知疲倦，根本没有一点儿骄娇之气。

有一次，刘稚灵到桐峪这个地方去展开工作。连夜行军让她的脚掌上打满了血泡。到了地方后，医生在给

她挑血泡涂药时，发现她的十个脚趾甲已经掉了四个。医生心疼地叮嘱她，你这是严重缺乏维生素啊，一定要加强营养，多多休息。刘稚灵嘴上答应得蛮痛快，医生一走，马上踮着后脚跟就外出，继续工作起来。

据刘稚灵当年在文联机关时的同事王韦回忆，刘稚灵的忘我工作是出了名的。她的心思全部投入抗战，自己的一切都不管不顾：

"刘稚灵的男朋友在大后方四川泸州，交通困难，但一直有信。在太行抗日根据地，她也喜欢过人，但她自尊心强，始终没表现出来，让那种感情自生自灭。太行根据地也有爱上她的人，还向她求爱，她总是婉转疏远，不伤害人。"

"百团大战"之后，日寇对抗日根据地进行了更加疯狂的"扫荡"。配合"百团大战"做了很多宣传工作的刘稚灵，马不停蹄地又接受了新的任务，开始了新征程。1941 年，受文联指派，刘稚灵负责筹建了桐峪文化俱乐部。当日寇前来"扫荡"时，她和文联等文化机关的同志们转移到冀西邢台、赞皇一带，继续开展工作。这段时间里，刘稚灵撰写了不少理论文章，还创作了多篇抗日主题的散文和小说，用"任冬""林芳"的笔名发表在《华北文化》等刊物上。

1942 年，日寇发动了"五月扫荡"，调集重兵朝着太行根据地腹地合击，目标直指八路军主力部队。这时，刘稚灵作为我党的重点培养干部，正在中共北方局党校学习。

5月中旬，一路日军向冀西地区的浆水镇、将军墓等地扑来，数万人攻上太行区北部制高点峻极关。另外一路日军"扫荡"黎城、武乡、辽县桐峪等地后，从太行区南部突进腹地。此外，还有一支伪军从和顺出动，进到辽县上庄、下庄地区，配合日军逐渐形成对八路军主力部队的合围。

虽然八路军一二九师师部和主力部队顺利跳出了合围圈，可是八路军总部和中共中央北方局等机关，以及负责掩护转移的八路军队伍一万余人，在辽县十字岭一线被敌人包围。跟随北方局机关突围的刘稚灵紧握武器，毫不畏惧，随时准备着战斗。5月24日入夜后，刘稚灵一队人好不容易转出敌人三道封锁线，正当在麻田镇十字岭准备吃饭时，突然遭遇敌人的袭击。日军在飞机的掩护下朝着山头合围，战斗异常激烈。一直到25日上午，八路军总部机关终于杀了出去。而左权将军不幸被敌人炮弹击中，以身殉国。

打来打去，刘稚灵这一支队伍始终难以成功突围。日军火力很猛，人数也占有优势，枪林弹雨中，身边的八路军战士一个个倒下，刘稚灵心中充满悲愤，怒火化作枪口不停喷出的子弹，消灭了几个敌人。借着夜幕，同志们又一次开始突围。队伍悄无声息地下山后，不巧

被日军的巡逻队发现。二十多个日军一边大声喊叫，一边朝着刘稚灵他们疯狂射击。山上的日军被惊动，纷纷号叫着从后面围上来，手中明晃晃的刺刀逐渐逼近。没有退路，刘稚灵咬紧牙关，和大家一起向着敌人的巡逻队冲去，毫不犹豫地射击。她的射击吸引了敌人，于是密集的子弹朝着她的方位打来。刘稚灵不幸被击中，牺牲时年仅 26 岁。

同志们整理刘稚灵的遗物时，在书包里找到她写完的五篇小说，还有一些文字草稿。

1945 年 4 月，刘稚灵被列入《死难烈士英名录》。

武乡县故城镇土生土长的王玉堂十来岁就会写诗。受西欧和苏联文学还有"五四"新文学运动的影响，他把自己创作的诗歌用作革命武器，要求自己像一名坚守岗位的士兵那样认清并完成职责，所以就起了"岗夫"这个笔名。后来，作为象征掀掉压在人民头上的三座大山的目标，他把"岗"上面的"山"去掉，改成"冈夫"。

诗人冈夫早早便加入了北平左翼作家联盟，宣传革命。没有过了多久，有一次在散发传单时，他就以"共党嫌疑犯"的罪名被国民党当局逮捕，关在了草岚子监狱里。监狱里待了半年，当局以释放的条件诱惑他写反共启事，被他拒绝，因此继续关押下去。在狱中，冈夫加入了中国共产党。经党中央多方营救，1936年冬，冈夫等61个同志一起获释，立刻投入山西的抗日救亡工作中。

1937年10月，冈夫受党委派回到武乡，担任中共

临时县工委书记。1939—1941 年，他在下北漳村从事抗战文化工作。这里被誉为"八路军抗战文化主阵地""太行山抗战文化指挥中心"，在这里，冈夫创作了一大批长诗、街头诗、歌词、短剧、散文等作品，其中长诗《申海珠》还荣获晋冀鲁豫边区政府教育厅第一次文教作品奖诗歌甲等奖。

1940 年 5 月初，根据组织上的安排，冈夫来到前方鲁艺学校报到，出任《鲁艺校刊》编委会主任等职。

冈夫来到下北漳村后的几天里，便和百姓们打得火热，了解到很多日寇残害村民的事情，令他非常愤慨，激发出创作激情。特别是这件事情，让冈夫用颤抖的笔飞速记下诗句。

下北漳村有个村民叫李得全。李得全结了婚后连着生养了六个女娃，因为重男轻女的封建旧观念在当时还比较严重，没有儿子对他来说就等于没后，所以他一直渴望有个儿子，这个情况全村都知道。李得全四处寻医拜神地求子，村里的百姓们也在帮着打听，终于第七胎生下来是个儿子。李得全一家非常高兴，给孩子取名叫李碾锁。李碾锁天生聪明又勤快，家里人都很喜欢，一天天地感天谢地。村里百姓们都说李得全好福气，有了个好儿子，这下子真是"得全"了。

前方鲁艺在下北漳村开学，李碾锁已经 24 岁，长成一个强壮的小伙子。他加入村里的民兵连，经常帮鲁艺师生干一些杂事；遇上敌人"扫荡"，还要负责掩护学校转移。李得全自己虽然成了老汉，但看着儿子很争气，很像自己年轻时的样子，心里总是舒坦坦的，脸上常常挂着笑。但老汉怎么也想不到，自己的好儿子竟然会遇上如此的厄运。

这一年春里，李碾锁跟着堂兄到集市上去卖油。走到东庄村的时候，不幸遇上日本鬼子"扫荡"。油被抢走不说，鬼子们还命令李碾锁给他们挑回去。李碾锁不肯服从，不愿意进入鬼子的队列，结果被鬼子残忍地砍头杀害了。李碾锁遇难的噩耗很快就传回村里，李得全老汉根本不敢相信，一头栽倒在炕上。当人们把儿子的头颅和身体送到家中时，老汉看到孩子尸骨分离的惨状，一下子就疯了。他的老伴在重重打击下整日不停地流泪，最后双眼都哭瞎了。从此，下北漳村经常能看到李得全这个疯老汉，从早唱到晚，没完没了。百姓们既可怜他，又不能理解他，听到他没完没了地唱，难免会小声对话两句：这老汉不会是忘了吧？疯了就啥也记不得了。

这一天，冈夫一气呵成，创作出这一首感人肺腑的新诗《好像他完全忘了呀——山西武乡县下北漳故事》：

> 他天天挑着粪筐儿歌唱，
> 好像他完全忘了呀，
> 敌人杀过他的独生子！

他挑着粪筐儿到处歌唱，

好像他完全忘了呀，

敌人杀过他的独生子！

他沿路儿拾粪沿路儿歌唱，

好像他从来就没有过呀，

他那心肝儿的独生子！

他一路儿拾粪一路儿歌唱，

好像他从来就没有过呀，

他那命根儿的独生子！

……

这首诗把李得全老汉因儿子惨遭日寇杀害而骤然疯掉的悲情，历历在目地展现给百姓们，带有晋东南地方曲韵的诗行读起来如歌如泣，令人不禁潸然泪下。

据研究武乡抗战史的李东兴先生回忆，下北漳村李氏十九世，全字辈是他曾祖父这一辈。他的曾祖父李管全兄弟三人，老大叫留全、老二叫得全、老三是管全。老二李得全在第七胎的时候生下了李碾锁这个宝贝儿子。李碾锁和李东兴的爷爷李魁锁是亲叔伯兄弟，根据长辈们讲述，因为是独生子，李碾锁从小就被视为家中命根子，姐姐们也特别疼爱呵护这个小弟弟，一家人哪怕再穷再苦也不会让李碾锁吃不饱喝不够。

李得全的堂兄弟李海全会榨麻籽油。为了维持一家九口的生活，李得全就和本家兄弟们凑在一起，开了一个榨油的小作坊，叫作李家油坊。李碾锁从小就在油坊里玩耍，大人们做活计，他边玩边看，耳濡目染，长大后自然也成了一个榨油的好手。李碾锁踏实肯干，再加上脑筋活泛，不到二十岁就成了家里的顶梁柱。

1939年秋，八路军的文化机构来到下北漳村，村里同时成立了农救会。李得全和李碾锁父子俩参加了识字班和文艺队。前方鲁艺开学后，李碾锁更加忙碌起来。看着儿子天天做正事，李得全十分满意。

李家油坊每次榨出油后，李碾锁和堂兄弟们都要挑着走乡串户地去卖油。这一天，李碾锁与堂兄李四海各挑着一副油担子，到蟠龙、洪水一带卖油，在东庄村不巧遇到了从段村出来"扫荡"的日本鬼子。李碾锁走在前边，被鬼子拦住无法脱身，最后不幸遇害。而李四海在后面躲藏起来，侥幸逃过一劫。

气疯了的李得全老汉开始从早到晚唱个不停。据李东兴记录，"老汉经常在下北漳村的小寨圪嘴上唱，有时也会在黄芽圪嘴、槐树跟、五亩场、楼院底下、圪垎儿唱。他会唱古老的山歌《十二月翻花》，也会唱人们干活时见甚唱甚的夯歌调，还会唱秧歌、开花等耳熟能详的唱段。他没事时唱，做事时也唱……他唱起来的时候不管不顾，仿佛忘记了一切，但是听到他那怆凉而声嘶力竭的歌唱的人们，却无不忧愤地陷入深思……"

彻夜难眠的冈夫内心充满悲怆和愤怒：

他的歌声涨满了这绿油油的山谷，
但他好像完全忘了呀，
他那年轻的壮健的独生子！
他的歌声盖过了这河槽里哗哗的流水，
但他好像完全忘了呀，
他那活泼的呱呱叫的独生子！
他唱的是"正月里迎春花人人所爱"，
他好像是完全忘了呀，
他那人人所爱的迎春花似的独生子！
他唱的是"二月里长庚花芽芽嫩黄"，
他好像是完全忘了呀，
他那芽芽嫩黄的长庚花似的独生子！
他唱得有的人们心酸落泪，
但他还是不停不住地唱啊，
好像他完全忘了他那独生子！
他唱得有的人们开他玩笑，
但他还是不停不住地唱啊，
好像他完全忘了他那独生子！
有时候他唱得病倒了在床上，
但他好像从来不曾想过呀，
那会关心着他生病的独生子！

他病好了起来又挑着粪筐儿歌唱，

好像他从来就没有病过呀，

他也从来就没有过一个独生子！

谁晓得他的歌儿几时唱完呀？

为了呀（好像他完全忘了的啊），

敌人杀过他的独生子！

谁将让他把他的歌儿唱完呀？

为了呀（好像他完全忘了的啊），

敌人偿还他的独生子！

李得全老汉一边拾粪一边歌唱，难道他真的忘了，什么都不记得了吗？不，他不会忘，谁也不会忘，这样的民族仇恨永远都铭刻在心中。

诗人冈夫抗战时期写下了《我看见一群兵》《合理负担》《我们生死在共同的战场》《我喊叫》《"皇军"到来的时候》《敌人来了困死他》《送到前线去》《河边草》等很多以时代和现实生活为题材的作品，有力地宣传了军民团结一心抗日救国的光辉业绩。

多做一双鞋，送到前线去。

多做一双袜，送到前线去。

在抗日根据地，这样的诗句到处流传。

张秀中的故事

　　张秀中是河北定兴人，是个文化人，用过笔名荒村寒烟、草川未雨。抗战时期，他来到太行山抗日前线，在晋东南文化教育界抗日救国总会工作，地方就在武乡下北漳村。

　　张秀中出生在一个书香家庭，自小就受到很好的教育，16岁考进保定育德中学29班（法文）读书。虽然说保定离着北京不远，却是个守旧派的顽固阵地，封建思想很有势力。北京爆发"五四运动"，保定也跟着开展过学生爱国运动，但影响很小，没有造成多大的声势。1921年3月间，保定直隶省立高等师范学校的进步师生不顾压力，写信聘请"五四运动"主要领导者之一邓中夏到保定来，出任该校新文学教授。邓中夏来到保定以后，在高等师范学校作了题为《文学与社会的改造》的演讲，引起各界强烈反响。从此，邓中夏往返于北京和保定之间，每周过来讲演一次。同时，他还把《新青年》《少年中国》等一些革命进步期刊带到保定，让学生们传阅。这中间，北京大学的几位教师也先后来到保定育德中学担任国文教员，公开在课堂上宣讲《共产党宣言》，宣传俄国十月革命。张秀中多次听过邓中夏的讲演，接受了革命的启蒙，又在课堂上学到了很多新鲜东西，感受到时代在悄悄改变。这一年夏天，育德中学的进步师生发起成立了"文学研究会"，这是一个以倡导新文学为主旨的社团，张秀中是社团重要成员。

从 1923 年起，张秀中开始从事新诗歌习作。1925年，张秀中和原育德中学的一些师生同好组成"海音文艺社"，同年 11 月移址北京，存在时间长达 4 年之久。文艺社的宗旨是"为人生的艺术"，提倡以北方乡土文学为宗旨的"漫画式的文艺"主张，主办刊物为《微声旬刊》。他们同时编印出版了颇具特色的"海音文艺丛书"共 26 种，其中既有社员自己的新文学作品，同时也翻译有俄国、法国的文学名著。

1926 年 1 月，张秀中的第一本诗集《晓风》出版。2 月 8 日，他写信给鲁迅先生，请求赐教，并且委托好友甄永安将信和诗集一起带给鲁迅先生。这一天，鲁迅先生的日记中，有着这件事情的记载：

"甄永安来，不见，交到张秀中信并《晓风》一本。"

甄永安是革命作家柳风的原名，二十世纪二十年代初，他和张秀中两人在保定育德中学同班念书，既是同学，更是好朋友。在学校，柳风接受了革命思想，也是

新文学运动的吹鼓手和实践者。1925 年秋，张秀中和柳风在育德中学毕业后不久，柳风家中破产，无力支持他继续学习。而当时张秀中的父亲已经去世，留下一些钱财，由张秀中妻子保管。他们两人也曾商议，一起远渡重洋去法国勤工俭学。后来，接受他人的建议，张秀中和柳风前往北平，在北京大学做旁听生，同时进行文学创作活动。张秀中用父亲留下来的这些钱在北平办了一个"海音书局"，柳风兼任会计、出纳和营业员，勉强维持学业。在这时，他们与在北大兼课的鲁迅先生结识，然后不断前往求教。

张秀中在《晓风》诗集中这样写道：

晓风起了
金黄的光芒，
从天边射出。
岛上窥星的人那
心放宽些啵
万众的沉睡者，
就要苏醒了

他在诗集的自序里流露出自己奔向新生活的决心，要求自己今后"多作作人的工夫"。张秀中十分感慨地说：

"人生真是动的呵：动才是进化，才能创造自己。我在每动之间，皆可运用我的思想。海动则成波涛，涛动则有歌，才得到真正的自由，有多少神秘是隐藏在动之中。"

1926年3月18日，张秀中在北平参加了北方区委组织的"反对八国通牒国民示威大会"，目睹了反动军警镇压青年学生的暴行，怒火中烧，三天后写就一首充满悲愤和抗议的诗《血战》：

> 我们拔出腰间的斧头，
>
> 砍向地球，
>
> 发火的地球，
>
> 不能再退，
>
> 不能再顾，
>
> 我们只要砍，
>
> 地球的火就要喷了！
>
> 我们的鲜血只要流，
>
> 生命的光就会亮了！
>
> ……

1929年5月，张秀中以草川未雨的笔名，在海音书局出版了长篇学术论著《中国新诗坛的昨日今日和明日》一书，里面非常鲜明地提出具有革命倾向的文学观点：

　　"文学无论批评与创作，都当以'人生'作基调，以'人性'作准绳，然而中国的文学，自古以来，不是宣传礼教，便是猎取功名，不然便是发个人的牢骚，没有什么显到人生和人类的……"

　　张秀中为他人作品《荒山野唱》所写引论里表示，"因为我们几个是北方人，艺术自然是粗豪的，不过有能力强地表现出自然与人生的真生命"。张秀中认为，在当时应该建立北方有乡土气息的文学。他研读了《小说月报》发表的丰子恺《漫画浅说》和日本厨川白村《出了象牙之塔》两篇文章之后，指出这种文学的特征：

　　"我们宣言漫画式的文艺形式简洁单纯，内容丰富深沉。捉住要害处，写到适可的程度。力强地活跃自然与人生的真生命。"

　　这一年年底，经人介绍，张秀中来到位于北平南郊黄村的河北省立实验乡村民众教育馆当馆员。黄村地处南郊中心，位于北宁铁路。这个村镇南边是多排平房组成的意大利兵营，再往南是河北省立18中学校，河北省立实验乡村民众教育馆在村镇背面，距离黄村火车站不远。该馆是中共北平地下党的一个秘密联络站。

　　1930年3月，中共北平市委派平杰三到黄村开展党的工作。5月，经平杰三介绍，张秀中加入中国共产党。一段时间以后，中共黄村党支部建立起来，平杰三为支部书记，张秀中为宣传委员，柳风为组织委员。这期间，张秀中努力工作，很少回家，每星期寄给家人一个信封，里面装一份报纸，表示自己很安全，要家人别担心挂念。为配合纪念广州暴动三周年，北平市委要求各级基层党组织，在各地开展宣传活动。

一天夜里，张秀中在刻传单时不慎被民众教育馆馆方发现。馆方负责人把平杰三叫去谈话说："平先生，你是朋友介绍来这里的，这样有些搞得不妥吧！请你另谋职业去。"馆方辞退了平杰三，但是没有辞退张秀中。于是，作为宣传委员，张秀中领导党支部继续坚持活动，组织召开了群众大会，会上对馆方负责人这个反动分子进行了揭露斗争。斗争会上，他们高呼革命口号，散发了传单，引起北平国民党当局的注意，张秀中和柳风二人也遭到馆方开除。黄村党的活动转入地下秘密状态，二人也被迫离开黄村。

1931年1月，张秀中调任北平东城区委宣传部长，并且负责革命互济会的工作。2月，他正式加入北平左翼作家联盟组织。

在纪念"左联五烈士"之一胡也频光荣殉难一周年时，张秀中撰写了一篇战斗檄文《读光明在我们的前面》，发表在1932年北京大学出版的《新地月刊》上，新中国成立后收入《胡也频选集》。1932年6月，张秀中与柳风等人商定，编辑诗集《血在沸》，出版后的稿酬用来救济"左联五烈士"之一柔石的子女。7月，《血在沸》以中国

普罗诗社的名义出版了，其中收入他的诗作、短评共 7 篇。

1932 年 11 月，致力于无产阶级文学运动的鲁迅先生到北平探亲，应邀作了著名的"北平五讲"。这个时候，张秀中、柳风正担任着北平"左联"的领导工作，张秀中并且负责着北京大学一带党的工作，有机会聆听了鲁迅先生的讲演。据当时也在"左联"工作的同志回忆，柳风"严密机警，头戴一顶宽边礼帽，身穿黑布大褂，不认识的人单看外表，简直可以把他误认为反动政府的特工人员"，张秀中"老练冷静，不轻易发言，但对同志却热情诚恳"。据人们回忆，11 月 27 日鲁迅先生到北师大演讲时，还是柳风等同志去租小汽车把他接去的。那天风大，柳风坐上卧车去接鲁迅先生。没想到鲁迅先生还认得柳风。年底，"左联"再次改组，张秀中被党指派，去西郊加强农运工作。

1933 年，日本帝国主义者正在向华北步步南侵，然而国民党宪兵还在北平镇压共产党和各方爱国人士。随着白色恐怖加剧，地下党组织和左翼文化团体不断遭到破坏，张秀中重新回到北平担任左联党团书记，筹划恢复左联组织。不久，他调任中共北平市委宣传部长，以进步刊物为纽带，团结各个大学里的进步学生，并利用参加文艺座谈会的机会，宣讲革命形势。

据曾经担任过北方左翼作家联盟总编辑的陆一同志回忆，1933 年秋天，"我带着满身血迹，从暴动失败后的高（阳）博（野）蠡（县）地区闯入白色恐怖笼罩下的北平。"在那个时候，北平的秋色更显得森严。他蛰居在骡马市大街直隶新馆。一天，一位三十来岁、高个子的年轻人找了过来，问"这儿住的可有一位张先生？"二人根据暗号接上头，陆一才知道这位年轻人就是张秀中。看上去，张秀中的身体不大好，属于"肺病型"，"一张苍白却很秀气的脸，两只深邃而又明朗的眼睛，态度和蔼，平易近人"。两人一见如故。张秀中长陆一几岁，人又老成，谈吐间看得出来，是个有学问的人。因此，陆一"常以长者事之"。当时张秀中很忙，但忙中抽暇，还经常参加左联支部的支部会或座谈会。张秀中特别喜欢谈诗，多次激情澎湃地为大家朗诵中外进步诗人的诗作。陆一记忆最为深刻的是，张秀中朗诵《我是西子湖边的飞将》。"这首诗写一个年轻的地下共产党员，驾着国民党的飞机，飞到中国工农红军的阵地前沿。"张秀中还朗诵过美国黑人诗人休斯的诗，陆一还能记起他朗诵的诗句，以及朗诵时的神态：

> 我是兄弟中较黑的一个，
> 客人来了，
> 他们叫我到厨房里去吃！
> 我付之一笑，
> 却吃得饱饱，

慢慢地，

我健壮起来了。

……

张秀中昂首挺胸、眼望前方的神采，给了陆一等人极大的鼓舞和信心。当陆一的处女作小说在"左联"刊物上发表后，张秀中对这篇小说，进行了逐字逐句的评论。他教导陆一，"革命作家要把文艺做号角去唤醒人民"，"把文艺做投枪、做匕首去杀伤敌人"。

张秀中并不知道，自己的活动已经被敌人侦悉。

左联支部的组织和内部工作是秘密的，尽量利用合法形式在社会上展开宣传。他们组织写作者分头向各大报纸的专、副刊投稿，或者是全部由左联支部来组织稿件编辑副刊。另外，他们自己筹款出版刊物，由一些书店秘密代印，然后分头送到东单、西单市场的书摊，让书摊代售发行。

1934 年 5 月 30 日，张秀中在西单街上一家书摊前出现，很快便发觉有便衣特务跟踪。他不慌不忙，十分机敏地将写有秘密内容的纸揉成团塞进嘴里吞了下去。陆一记得，有一天，一位同志早早就来找他，说张秀中一晚上没有回家，可能出了问题。按照规矩，张秀中所知道的人和地址应该立即转移。于是，他们几个人当天便躲藏到北郊城外农家里。三天后，大家在《世界日报》

上看到一条逮捕政治犯的新闻，头一个名字就是张秀中的化名。同时被捕的有几十个人，消息上说这些人立即被押解到南京监狱。

一个月后，张秀中被判刑15年，投入陆军监狱囚禁，就此失去了党的组织关系。他在狱中写下感愤诗70余首，坚持斗争，从不屈服。三年多监狱生活的折磨，张秀中不幸患上了咯血肺病。全面抗战开始后，国共合作抗日开始，我党要求国民党释放政治犯，张秀中终于被释放。张秀中出狱后，曾经在汉口《大众日报》社做编辑、在西安力行中学教书，时刻不忘宣传抗日救亡。

1938年秋天，张秀中被派到洛阳孙殿英的新五军进行统战工作，并任教导大队第二中队政治指导员。12月，教导大队整体撤离孙殿英部，进驻山西晋城培训。第二年7月，教导大队结业，学员们奔赴晋东南抗日前线，张秀中于是转到太行山抗日根据地，开展抗日文化宣传工作。在这里，张秀中参加了晋东南文化教育界抗日救国总会（简称"文救总会"，即晋冀鲁豫边区文化界救国联合会、太行区文联的前身）。他在《华北文艺》《新华日报》上发表了不少理论文章和新诗，其中为纪念鲁迅先生逝世五周年而作的《鲁迅与新文学》这篇学术文章，在当时当地颇有影响。

1942年1月16日，八路军一二九师政治部与中共太北区党委联合召开太行区文化界座谈会。张秀中参加

了座谈会，并就"文艺通俗大众化"问题作了发言。一年后，张秀中主持太行文艺工作者座谈会，讨论根据地文艺创作方向。这一年夏天，他写信给党组织，请求恢复组织关系，获得批准，心情十分激动，写了长诗《又回到慈母怀抱里》。在毛主席《在延安文艺座谈会上的讲话》精神指导、鼓舞下，张秀中第一个要求深入基层、深入生活，创作了《下乡以后》《涉县后岩村的生产运动》，以及《论好诗的条件》《一年来本区文艺运动的回顾与前瞻》等重要作品，成为根据地敌后文艺创作的一大收获。

根据当时在文联工作的王韦同志回忆：

"在太行文联贯彻'讲话'的过程中，讨论的最多的是如何深入生活这个问题。许多同志在向群众学习、创作群众喜闻乐见的作品方面都取得了一些成绩。通过开会座谈互相交流，使更多的同志受到教育和启发，好几位同志从下去体验生活进一步转变到深入基层担任繁重的行政工作；同时还经常和'讲话'联系，坚持进行创作。其中最突出的是张秀中同志。徐懋庸同志当时经常用张秀中同志的例子向文联的干部作思想教育工作。"

基层环境苦，生活条件也差，按照标准，张秀中每天只能吃到三两半粮食，另外会有一些核桃、柿子、野菜等作为补充。这让他原本就很差的身体更加衰弱了，然而，一旦忙碌起来，那种忘我的干劲，很难看出来这是一个病人。

当时，同志们都知道张秀中身体有病，反复劝他等身体稍好时再去基层。张秀中却这样说：

"我明白组织上对我的爱护，可我要争取时间，使我的思想和灵魂，更符合人民的需要啊！至于我什么时候再回文联，这不能有规定的时间，那就要看深入生活考试及不及格，能不能领取人民给我的文凭了。"

最终，张秀中的肺病不可避免地再度复发。简陋的病房，非常差的医疗条件，使得他的病情难以好转，日趋严重。1944 年 8 月，张秀中不幸病逝于涉县河南店，年仅 39 岁。

1984 年，张秀中逝世四十周年时，著名诗人冈夫写下诗句：

左联北方老盟友，
抗战太行文化兵。
你的诗文永远年青，
你的精神永远年青。

如此县长

1942 年 12 月 19 日《新华日报》华北版第四版，有一篇本报特派员华山撰写的《如此县长》文章。文章开头写道：

"正当边区政府接受了临参会的决议，明令扶植群众运动，以贯彻执行法令的时候，正当武西的民众刚从维持魔爪下解放出来，怀着满腔热望，期待自己的政府给他们解除切身痛苦的时候，作为政权代表的武（乡）西县长李超周，却用他轻视群众意见的官僚作风，把刚刚抬起头来的群众打下去。"

那么，这个李超周县长究竟做了一些什么事情，致使《新华日报》华北版公开点名批评呢？

根据文章提及，这位李县长"对三三制政权与抗日人民的关系认识错误，把政府和群众对立起来，以致做出许多丧失立场的事情"。

1940 年 3 月，抗日根据地各级民主政权根据中共中央的指示，贯彻执行抗日根据地政权"三三制"原则，也就是在根据地政权构成人员中，共产党员占三分之一，代表无产阶级和贫农；非党的"左"派进步分子占三分之一，代表小资产阶级；不左不右的中间派占三分之一，代表中等资产阶级和开明绅士。

"三三制"的实行使得抗日根据地各级政权有了广泛的代表性，有力地调动了社会各界团结抗战的积极性。最重要的是，一些跑到敌占区的地主开始回乡，乡绅富商也有了在根据地投资经营的积极性。乡绅的积极性调动起来后，减租减息的阻力也相应地减小了。

1942 年 5 月，武西的一个村子在抗日政府的支持下打垮了维持会，6 个胁从维持分子公开自首，只有一个姓陈的家伙坚持不承认自己的错误，而这个人恰恰是村里老百姓最痛恨的。老百姓不让步，向政府揭发他挨家挨户威胁维持摊派粮款的事实，要求政府予以严惩。但是，作为县长的李超周对于群众的呼声不予理睬，特别是在这个姓陈的家伙到县政府所在找了他几次后，他如此回答群众：

"维持分子不能一律看待，他是一个士绅，哪能到会上公开自首！"

老百姓响应号召，连着召开了几次退租清债大会，依照人民政府制定的法令跟姓陈的家伙算账。群情激奋下，这个家伙假意表示接受群众的要求，一转身又去找李超周，鬼话连篇，说家里实在没有粮食，退了租就交

不起公粮。李超周马上答应了这个家伙的请求，命令下级干部：

"退租还得照顾公粮，不能影响公粮征收。"

在李县长看来，交了公粮就不应该退租。百姓们很是生气，纷纷指出这个家伙每年都可以收到 130 石租子，假装哭穷，也只有县长相信他。为了这件事，老百姓又开过几次大会，会上李县长或者说"此事另由政府解决"，或者说"大会今日暂停"。每次要求退租的群众都被"李县长说过"之类的话顶回，退租不成，而前一年积欠的公粮也不见交出一斗。

李超周曾经对人民群众团体这样说：

"你们是发动群众，政府是执行法令，我们的立场根本不同。"

有个村里的恶霸陈某，勾结其他二人伪造文书，向百姓们放高利贷进行盘剥。群众们召开了一次大会，对陈某等人的恶行展开斗争。陈某找到李超周，花言巧语地伪饰了一番，李超周当下就在办公室里写了一道命令，斥责群众"乱斗争"，喝令"立即停止"！

一个村子里，群众在一次大会上集体通过请求，要求政府处罚违抗法令者 20 石粮食。李超周一没有研究这样处罚的量罚合理性，二没有去现场向群众作相应的解释，只在办公室里发出一道命令，指责群众"根本违反法令"，警告下面的干部"犯了渎职罪"。

还有一个村决定把去年的公粮下减 20 石，以减轻百姓负担。村里最富的两户人家，双双跑到李超周那里，一把鼻涕一把泪地诉说如何穷、如何苦。于是，李超周直接下令，让村里就给这两家一起下减 20 石公粮。这样一来，其余百姓连一升也得不到减免，群众非常不满。大家派代表找到李超周，说那两家存粮还有很多，比村里谁家都富裕，不能这样减。李超周根本不予理会。愤怒的百姓于是团结起来，到那两人的家中查粮，一下子查出了 100 多石。

大汉奸张国泰，是汉奸组织"安清会"的头领，在日寇分水岭据点受过训，后来积极组织维持会，给敌人征粮款、送壮丁，在根据地四处散布谣言，无恶不作。这一天，这个大汉奸落到了人民群众的手里，老百姓费了很大的劲，把张国泰"安清道"的文件、徽章等物证都弄到了，一块儿送给政府惩办。李超周因为张国泰曾经参加过人民政府组织的士绅座谈会，竟然把这个大汉奸放走了，并且还道歉说，这事没有经过我批准，都是下面胡搞。结果百姓们愤怒了，找到李超周要说法。李超周却把责任推卸给别人说，这件事与我无关，乃是公安局长主观主义之过。

无独有偶。还有一个维持会的首要分子汉奸李文锦，同样也被李超周放走了。这个汉奸大摇大摆地出了县政府的大门，对着满街上瞠目结舌的老百姓笑骂着说：

　　"都是你们胡搞，县长还让我三分，你们算个啥！"

　　有个村子的百姓不同意县政府对一件土地纠纷的判决，于是召开群众大会，会上请求县长给大家解释答复。当时李超周就在会场附近的一间屋子里，群众代表第一次跑去请他，他粗暴地说，这个案子已经判决，不能再讨论了。这个回答群众不满意，再次派代表去请他，李超周雷打不动地敷衍了一句，"按司法手续解决"。群众早就对李县长的官僚作风看不惯了，在会场上呼喊起来。代表第三次来请他，李超周摆摆手说，我没有空，不同意这个判决的话，你们就到专署上诉去！群众代表第四次来请他，李超周觉得十分麻烦，不得已派了秘书到会上敷衍群众道："政府当重新考虑此案处理办法。"

　　1942 年反维持斗争的时候，李超周还是同样的态度去处理案件。根据《新华日报》华北版记者华山采访了解，李超周每到一村就只问"维持是不是汉奸？""汉奸好不好？""不好？拿账簿来！"等他把账查了一回，就说："你说维持不好，马上给包赔全部维持款！"按照李超周的逻辑，只要包赔了维持款，维持就算打垮了。至于当地是成立不久的"新维持"还是已经存在了三五年的"老维持"，还有一些伪干部是不是包赔得起等等问题，他都不管，把反维持斗争简单化，将严密的反维持工作视为儿戏。李超周既不发动群众，也不到群众中调查，动辄就是赔款了事，致使有的村的维持会，表面上好像被打垮了，实际上却由公开变成秘密的了。

李超周的错误行为还有很多。某村财粮委员有贪污粮食的嫌疑，事情尚未查清，他就要把该村村长枪毙。有个贫农干部打了老婆，他就罚金100元，并不进行教育。

《新华日报》华北版评论道，李超周"不尊重广大群众的意见和要求，他把片言只语看成全部真理，在他看来法令不是为了保障人民的应得利益，而是一种压抑打击群众的工具。于是区村干部不敢给民众做主了，他们不是失望消沉，就是困惑苦闷。刚刚抬起头来的群众，对政府也不敢相信了。他们曾经很泄气地说：'法令多好也不算，县长是向人家的。'武西人民已经发生这样的呼声：撤换李县长！"

《新华日报》华北版同时刊登消息，题为《压抑群众运动丧失立场 武西县长李超周被撤职》。消息说，武（乡）西县长李超周，立刻被边区政府正式撤职。李超周被撤职有这么几个原因：一是忽视广大人民的生活，违反政府照顾各阶层的政策，不执行减租减息的法令，压抑群众运动，丧失抗日民主政权的立场；二是在对敌斗争中，一贯表现右倾退却，反维持斗争不彻底，忽视从政治上镇压与教育"维持"分子，消灭敌寇特务活动，予敌以可乘之隙，使人民遭受重大损失，并在执行对敌占区的负担政策时，也犯下了严重错误；三是不接受上

级领导，不接受批评和教育，自高自大，行政组织观念极端薄弱。

第二年1月21日《新华日报》华北版第四版上又登出这样一条消息：《武西欢迎新县长》。消息说，李超周被撤职，张大英担任代理县长，消息传出后，武西人民莫不欢欣鼓舞，并召开盛大的欢迎新县长大会，给新县长献礼献花。张县长向大家恳切表示，政府一定要扶持群众运动，彻底执行法令，减租减息，加强对敌斗争，保卫壮丁，保卫粮食。

张林漪和《刘顺清》

出生在太原的张林漪祖籍是安徽桐城。曾经有人写文章，说他是清代三朝宰相张廷玉的后裔。

张林漪自幼便喜好文学艺术。全面抗战开始后，他参加了山西牺盟会，还加入冀中的火线剧社，积极宣传抗日，唤起民众共同消灭日寇。在河南开封，张林漪与平津流亡同学一起组织成立了开封市救亡话剧团联合会，又同河南大学一部分学生组成抗日救亡话剧团。当上海救亡演剧队来到开封演出救亡剧目时，张林漪和贺绿汀、冼星海、金山、崔嵬等人相识，成为知己。

1938 年 3 月，通过山西临汾的八路军办事处介绍，张林漪和贺绿汀、崔嵬等人来到延安。一个月后，鲁迅艺术学院成立，他便进入鲁院音乐系，成为第一期学员。半年后，张林漪进入延安鲁艺实验剧团，不久便开赴太行山抗日根据地，开展抗日宣传。

在根据地，张林漪和伊琳等人一起到各个地方及八路军部队进行流动演出，排演了许多新剧，很受欢迎。

其间，张林漪曾在晋东南"民革艺校"任教。1939年秋，张林漪随鲁艺实验剧团北上，来到武乡东部的王家峪、下北漳一带演出，并进驻下北漳村。前方鲁艺正式开学后，张林漪担任了音乐教员，同时协助、参与晋东南音协的筹建工作。

在武乡，张林漪几乎跑遍了各个乡村进行采风，向老艺人虚心请教，创作了《团结歌》《做鞋送给抗日军》《保卫上党》《冀南》《庆祝百团大战胜利》《抗战要胜利》等抗战歌曲，广被传唱。

《刘顺清》是张林漪借用武乡、襄垣一带的秧歌调，加以改编加工，独立创作出的一部秧歌剧。剧中广泛吸收地方民间口语，经前方鲁艺实验剧团排演后，在晋东南各地频繁演出，场场爆满。

张林漪身体条件比较差，在太行十分艰苦的条件下，得了很重的胃病，最后回到延安。《刘顺清》的剧本随他一起到了延安，1943年，剧作家翟强对前两曲唱词进行了改编，增加了南泥湾的内容，在大生产运动中起到了非常好的宣传作用。

刘顺清是八路军第一二〇师三五九旅七一七团一连连长，当时年仅19岁。他12岁参加红军，长征时还是一名红小鬼。

1941年初，毛泽东、朱德命令王震率三五九旅开赴延安的南泥湾地区，在时刻保持战斗准备的情况下，以南泥湾为中心屯田开荒，发展生产，做到自给自足。三五九旅担负着保卫延安、保卫党中央和屯垦生产双重任务，进驻南泥湾后，指战员们一手拿锄，一手拿枪，在"一把镢头，一支枪，生产自给保卫党中央"的口号下，一场轰轰烈烈的大生产运动，在这片沉睡了百年的土地上展开了。从此，一首《三五九旅是模范》的歌传唱开来。

> "奉命来到了南泥湾，砍梢林，开荒地，经营生产。"

刚到南泥湾时，这一带几十里内渺无人烟，满眼望去，老树参天，荆棘纵横，一群群的野兽在里面肆意游窜，无论生产条件还是生活条件都特别艰苦。

> 张老汉：金盆湾荒旱百来年，
> 李老汉：冷冷落落少人烟；
> 张老汉：密密的梢林满山长，
> 李老汉：豺狼虎豹是大祸患。
> ……

《刘顺清》剧本中，将南泥湾隐名为"金盆湾"，表达了一个很好的寓意。

刘顺清连长带领一个生产小组到王家圪塔开荒，全

连展开了热火朝天的劳动竞赛。刘顺清对战士们说：

"我们向荒山进军，要像进攻敌人的碉堡一样，就是流血牺牲，也不能后退！"

仅仅用了一个多月的时间，刘顺清的连队开荒3000多亩。刘顺清本人被毛主席和边区授予"劳动英雄"称号。

在改编剧本之前，剧作家们找来开荒的干部和战士们进行座谈，请大家给剧本提意见，并要求大家多讲故事来听。战士们没有讲什么大道理，只讲对人对事的态度，包括同志们之间的相互关系，说的更多的还是实际生活中发生的故事。战士们讲得十分生动，表现出思想性格和精神世界的丰富性。

他们还和刘顺清本人进行了交流。每天凭借着一双手和一把镢头，能开荒地六亩以上，刘顺清看上去比较瘦小的身躯内竟然蕴藏着极大的能量，这让他们敬佩不已。演出的时候，刘顺清也坐在下面观看，表情十分有趣。

张林漪回到延安后，胃病病情发展得很是严重，不得不去当时还属于国统区的张家口治疗。治病期间，张林漪在张家口中学担任音乐教员，利用教课，向年轻的学生们传播抗日爱国思想。他天天想着早日治好病，早日回到根据地，所以将近四十的人，在张家口一直保持着单身。

　　武乡鼓书起源于武乡农村，其中包括武乡琴书、武乡大鼓、武乡快板书。鼓书前身是"瞽儿腔"，最早的来源是宋代的鼓子词。也有人说，武乡鼓书是瞽儿腔和中原曲种鹦哥柳书结合，不断演变又吸收了当地小曲而最终形成现在的样子。艺人们习惯地称之为"九腔十八调，七十二哼哼"。最初的表演形式是，八角鼓击节，木胡伴奏，两人一档来演唱，唱一段吉祥话儿，可以讨一口饭吃。

　　"瞽儿腔"里的"瞽"，主要指的就是盲人。盲人们借助这个手艺，可以勉强维持生活。武乡鼓书人们都爱听爱看，表演者用武乡方言演唱，有单人演唱，有集体伴唱、合唱。唱腔风趣幽默，流露着一种畅达的生活态度。

　　差不多在清朝同治年间，盲艺人们开始坐场，演说大书，每档增加到六七人。抗战时期，武乡把盲艺人们组织起来，围绕抗日宣传编演了《西安事变》《打长乐

滩》《减租减息》《大军南下》《反对买卖婚姻》等数百个新曲目，到各地演出，广受欢迎。朱德总司令夸赞他们为"太行山敌后抗日文艺轻骑兵"。为了增加抗日书目表演气氛，艺人们传承了咸丰年间大板书艺人操打七件打击乐器的技巧，以土制月琴为主乐，再加上二胡、老胡等，特别是月琴、二黄、八角鼓、碰铃琴书四大件合奏起来，现场感觉十分热闹。

1938年，太行山一带的辽县（今左权县）、襄垣县、武乡县先后成立盲人宣传队。盲艺人孟文华、张国伟在抗日政府的支持与帮助下，开始了组织盲人编唱新鼓词的活动。短短几个月，队伍就扩大到36人，还编了许多新剧，如《九月围攻》《铲除汉奸》《人人要参加组织》等。10月1日，抗日宣传会在马村大庙前召开，武乡盲人宣传队在会上正式成立，中共党员、地方上颇有名气的盲艺人张培胜被推选为队长。

为了加强纪律性，抗日政府为盲人宣传队规定了会议会（汇）报制度，并通过三项决议：说新书，下乡宣传；取消刻八字、算卦；新书不够，可以说旧书，但得说政府许可证上的书。盲人宣传队在马村接受了一个星期的教育学习，队员们眼界大开，思想境界得到提升，同时掌握了不少宣传抗日的新鼓书。学习结束后，盲人宣传队被分为8个组，到各村去展开说唱宣传工作，对鼓舞民众抗日产生了积极的作用。

　　有一次，盲人宣传队前往大有镇说唱鼓词，宣传"有钱出钱，有粮出粮，有人出人，有力出力"的政策，动员大家特别是有条件的士绅行动起来，为抗日慷慨捐粮捐款。当地有一位地主，姓裴，家里存粮不少。当百姓们都去听盲人宣传队演唱时，他们家的大门却紧紧关闭着。演出结束后，有几位盲人宣传队队员在老乡的引领下，来到裴地主家，特意对他说唱"有粮出粮"。裴地主一脸苦相说，家里人多，有一点儿粮勉强刚够填饱肚子，吃不饱饭，就没有力气种地。队员们说，是这个道理啊，八路军吃不饱饭，哪有力气打鬼子？裴地主哑口无言，索性不说话了。队员们又说，没有八路军在战场上杀敌保护，日本鬼子来了杀人放火的，你的粮食还不都被抢走？到时候，就算你命大活下来，也得去讨吃要饭！在队员们入情入理的宣传下，裴地主渐渐明白过来。土河村召开榆社武乡士绅大会，裴地主一路小跑着过去，表示响应抗日政府号召，认捐抗日公粮1000多石。

　　在1938年的时候，老艺人胡海亮在演唱实践中，将传统的月琴改制为八角琴，并用它多次为八路军将士弹奏演唱，人们于是把八角琴亲切地称为"八路琴"。1939年8月，胡海亮在八路军总部王家峪村演唱《抗日必胜》，演唱结束后，彭德怀老总拍手叫好。他问艺人们，刚才演唱的是什么曲种？艺人们于是七嘴八舌地嚷开了，这个说是鼓儿书，那个说是瞽儿腔，还有说叫八角鼓书，

更有人说，你们说的都不对，如今就叫武乡调。老艺人韩庚江比较沉稳，他对彭德怀老总说：

"盲人说书没一个统一名称，恳请彭总给起个名称哇！"

彭德怀老总想了想："打鼓说书古来有之，就叫武乡鼓书吧！"

1940年夏，日军占领了武乡段村，以此为据点，到武乡各地疯狂"扫荡"。这天，抗日政府的一位姓张的特派员要回榆社。环境十分险恶，四处都有日伪军在活动，再三考虑后，组织上把这项艰巨的任务交给了盲人宣传队。队长张培胜接到任务后，带着队员王兆成、李海林，夹着化装成盲人的张特派员，背着演唱鼓书的乐器和被褥，手里拄着木棍，由王兆成年仅6岁的儿子王根柱领着，开始往榆社方向走。到了长乐村时，王根柱突然看见村里冒着的烟火，听见哭声和惨叫，知道遇上敌人"扫荡"了。几个人急忙后撤，王根柱找到野外几孔废弃的窑洞，领上大家都躲在里面，安静地等着鬼子离开。没想到快中午时，一队鬼子和伪军却朝着窑洞这边走来。张培胜急忙让孩子用杂草把张特派员藏在窑洞深处，自己带着队员们摸摸索索地远离窑洞，迎着敌人就走了过去。

"站住！什么的干活？"

一阵糟乱的脚步声和拉枪栓的声音在周围响起，张培胜明白这是被围上了。

"哦哦，俺是说鼓书的，要去麻池沟。"

"去麻池沟？"麻池沟是当时日军控制的"维持村"，张培胜这样说也是为了尽快打消敌人的疑虑。

这时，伪军里有个人认识张培胜。他斜挎着枪，凑过来说：

"呀，这不是张瞎子吗？好你个宣传队长张培胜，你会去麻池沟说书？说什么书？"

"宣传队长？"鬼子的小头领一听，马上抽出洋刀，架到张培胜肩膀上。"你的，八路的干活！宣传队长，不宣传大东亚共和宣传什么！"

"宣传打鬼子！宣传抗战！"

既然被汉奸认了出来，张培胜也就坦然面对这样的厄运了。他无法知道认出自己的是谁，于是高声对着四周喊：

"是中国人就不要当伪军，帮着鬼子残害自家人，迟早被找后账！"

鬼子的小头领把洋刀逼近了张培胜的脖颈。

"八路军在哪里？粮食藏在哪里了？"

"不知道。俺是瞎子，看不见！"

"你的大大地坏了！八路军在哪里？粮食藏在哪里了？快说！"

"无论你问多少遍，俺不知道。俺是瞎子，看不见！"

鬼子恼羞成怒，开枪杀害了张培胜。敌人又来问王兆成和李海林：

"八路军在哪里？粮食藏在哪里了？"

王兆成和李海林异口同声："不知道。俺是瞎子，看不见！"

枪声再一次响起，两人缓缓倒在地上，背着的乐器散了一地。

王根柱孤零零地站在那儿，眼中噙满泪水。他紧紧咬着牙，守在父亲遗体旁边。

鬼子的小头领指示那个伪军把王根柱抓过来。

"小孩，告诉我，八路军都到哪里去了？"

王根柱一言不发，只是愤怒地盯着他。

那个伪军一下子把枪举起来。"你个小东西，还敢给宣传队的瞎子领路，老子让你领，看你还怎么领！"

"啪"一枪打在了王根柱的右腿上，血流如注。王根柱抱着伤腿歪倒在地上，疼得浑身发抖。

鬼子伪军们哈哈狂笑着，把散落在地上的乐器踩了个破碎，然后大摇大摆地离开了。

昏迷了很久，王根柱渐渐苏醒过来。他看着浸泡在鲜血中的父辈们的遗体，拉过身边一把被踩坏的"八路琴"，把琴抱在怀里，忍不住放声大哭。一些百姓找过来，掩埋了宣传队员们的遗体，并把王根柱送到八路军野战医院救治。遗憾的是，由于时间耽搁太长，孩子的右腿永远地失去了。

这次悲剧给了盲人宣传队血的教训，他们逐渐琢磨总结出一套对敌办法。抗日政府同时也做出决定，派民兵保护盲人宣传队的安全。

1941 年，抗战最为艰苦的时候，武乡中西部地区沦为"维持区"。为了唤起"维持区"百姓坚持抗日，盲人宣传队派出一些队员深入"维持区"，以说唱鼓书的名义展开宣传。

这一天，民兵领着宣传队张叶青、刘怀旺、孟文华等五名队员，避开日军的监视，来到"维持区"里的瓦窑科村。村"维持会长"是我党安插进来的抗日干部，他让人挨家挨户地通知，告知村民有唱鼓书的来了。百姓们扶老携幼，很快空地上便坐满了人。张叶青刚要开场，有人在一旁说，不想听旧书，说一段新书吧！百姓们会意，新书就是宣传抗日内容的。张叶青点点头，鼓点一敲，说起了《王国昌参军》。百姓们鼓完掌，轮到了刘怀旺。八路琴一响，说起《打炮楼》。正当他说到"咱军民联防齐上阵，把敌人炮台围了个不透风。星光闪，灯火明。只听得炮弹轰隆一声响"时，有汉奸闻声而至。人们连忙提醒刘怀旺："汉奸来了。"刘怀旺不慌不忙，借着节奏就说开了旧书《珍珠汗衫记》。汉奸摇头晃脑地听了一阵，又斜着眼把人群挨个儿看了好几遍，然后捂着手枪走了。看着汉奸远去的背影，人们赶紧催着队员

们继续说唱。孟文华最后上场，开说了《身在曹营心在汉》，一下子就说到了人们的心坎里。

在文艺工作者的指导下，盲人宣传队队员编出的新词新唱本非常朴实，演说起来朗朗上口。在太行山某地说书时，盲人宣传队遇到了著名作家赵树理。赵树理对队员们说：

"我认为你们要想抓住听众，就要靠语言。如果老说方言，就算吐字再清晰，没人听得懂，你们说得再生动也是徒劳。"

被鬼子踩坏的那一把八路琴拿到八路军总部后，被文艺工作者们细心修复。时任一二九师三八六旅政治部主任的苏精诚，早年学习美术，在红军时担任过宣传队队长，拿到这把琴后，很快就学会了说唱武乡鼓书，并在军民联欢会上为大家演出。1941 年 1 月 26 日夜，在武乡韩壁的一场战斗中，六千多日军直扑三八六旅旅部。当时，三八六旅旅部只有不到一个营的警卫部队，敌我力量过于悬殊。为掩护首长们还有附近的军需库，苏精诚将日军引向悬崖，壮烈牺牲，年仅 29 岁。苏精诚牺牲时，正值农历大年三十。人们整理他的遗物时，发现了这把八路琴。

乔治·何克的打字机

　　"时间是难以用年月来衡量的。在八年抗战的漫长岁月里，从 1937 年到 1945 年 8 月抗战结束前不到一个月的这段时间，对于乔治·何克来说是度过了整整的一生。由中国革命的鲜血和激情浇灌的一棵幼小树苗，长成了坚实的大树。

　　"在中国死去的英国青年很多、很多。他们有的是被强征入伍，在两次鸦片战争或在对太平天国进行干涉的战争中被送进坟墓的。他们穿着领子扣得紧紧的花哨军装，不是死于中暑或霍乱，就是被愤怒的人民所击毙。在中日沿海一带，为殖民主义送命的也不乏其人。但是乔治·何克却属于另一类英国人。他是出于对中国革命的信念而捐躯的。他触碰到了中国革命的火花，这一火花在中国大地上到处点燃了荡涤一切污垢的熊熊烈火，而乔治自己也成了这场越来越旺盛的熊熊烈火的一部分。"

　　这段评价是著名的国际友人路易·艾黎写的。

　　通过《黄石的孩子》这部电影，人们对乔治·何克

多少有一些了解，然而那只是他在中国参与革命所经历的一个片段。出生于英国中产阶级家庭的乔治·何克，幼年时便受信仰和平主义的姑姑影响，同情穷苦人民。在后来进行的环球旅行中，特别是 1938 年初来到中国上海，看到刚刚沦陷的城市满目疮痍和悲情，感到十分震惊。这和他在日本时感觉到的完全不一样。在日本游历时，乔治·何克发现百姓对政府的宣传深信不疑，认为日本军队是在帮助中国。然而眼前的日本军队却如同魔鬼，他们焚毁村庄，把劳作的百姓用刺刀活活挑死。再看看昔日繁华的上海城，到处都是流离失所的人们，一个个饥肠辘辘，瘦骨嶙峋，衣不蔽体，经常就倒地死去了。寒冷的冬天，成千上万的家庭瑟缩在石头路面上，幸运的人或许能有一条破麻袋当作垫子。遇上妇女生育，找来一张报纸遮盖身子都很困难。

乔治·何克用他的打字机记下这些见闻：那些伤兵们缺医少药，正在因饥饿和伤痛逐渐死去。那些缺少新鲜食物和蔬菜的孩子们害了脚气病，光着脚在垃圾里翻找。还有那些依靠拣拾废铁交给日本兵，以换取一点食物的人，而堆起来的废铁最终又会制造成炸弹，来屠杀内地同胞。

乔治·何克丢弃了前往印度的计划，决定留下来：

"我不能丢下这些人们。我要实地了解中国人民和他们面临的问题，将战争实情告诉全世界。"

乔治·何克启程前往武汉，为英国《曼彻斯特卫报》撰写有关中国的稿件，并且担任美国合众国际社自由撰稿记者，同时开始学习中文。他到各个地方采访，用打字机撰写了大量文章，深刻揭露日本侵略战争的真相，将中国人民遭受的沉重灾难展示在世界爱好和平的人们面前。在这里，他与埃德加·斯诺、史沫特莱、路易·艾黎等人结识。

1938年6月，在史沫特莱和八路军办事处的安排下，乔治·何克来到延安。虽然仅有一周的时间，但延安给他留下了深刻的印象：

"在那里卖茶人不肯收我的茶钱，他们叫我朋友。不多久我就升入'同志'一级了。延安的学生人数和牛津一般多，有四千男生，一千女生，分属抗日军政大学、陕北公学和延安艺术学院。除本部学校外在整个地区还有分校，在分校学习的还有好几千人，我现在处在红色中国的心脏里，它现在红得不厉害，但无疑是这一抗日运动在全国最强有力的中心。"

乔治·何克把所见所闻用打字机逐字逐句地写下来。尤其是他看到大批青年从全国各地涌来，还有许多海外华人辗转来到延安，不禁写下：

"从新加坡、马尼拉、新西兰和夏威夷被吸引到这里是很令人惊讶的。"

延安精神改变了乔治·何克的认知，他对共产党肃

然起敬。乔治·何克写道:

"(我)瞥见了中国整个抗日运动的真正的基础,它要维护什么,以及它如何能够全力以赴达到目的。"

他的许多见闻都在国外发表,对中国的抗战起到了极大的宣传作用。1945 年,他写下的《我看到了新中国》一书,在美国和英国分别出版。

1939 年春夏,乔治·何克打算采访活跃在北方山区的共产党、八路军,独自一人步行离开北平。没想到,这一个夜晚他便染上了副伤寒,在一家乡村旅店里病倒。这个时候,前来中国帮助抗战的新西兰女护士凯瑟琳·霍尔正携带着一批从北平购置的药品,准备运往晋察冀边区。刚刚入住旅店,便听说有人生病,凯瑟琳·霍尔马上开始救护。幸运的乔治·何克病情很快就有了好转。

乔治·何克康复期间,在凯瑟琳·霍尔的介绍下,以及与村中百姓的来往中,了解了"自卫团""农民会""工会""妇女会""儿童团"这些人民抗日组织,内心由衷地钦佩。有一天,一群人骑马前来,给他送来晋察冀游击区司令员聂荣臻邀请来访的请帖。这令他喜出望外。他来到聂荣臻的司令部,进行了长谈,采访到很多珍贵资料。聂荣臻为他介绍了八路军如何克服困难,坚决与日寇进行战斗。一个星期的采访,乔治·何克受到很多启示。为了更深入地了解八路军,他提出到八路军总部采访的恳求。得到总部许可后,尽管乔治·何克的汉语水平很高，考虑到根据地地方口音不同，聂荣臻特地为他配备了一位翻译，并且派了四名警卫，前往总部所在地武乡。

这一天，来了电报，已经做好了安排，乔治·何克他们可以出发了，会派一批护送人员掩护他们通过危险的交通线。此前，乔治·何克骑的是一匹日本人用于山区拉车的辎重马，被缴获后也没有马鞍，他便用铺盖卷来充当，马儿的重步让他路上很不舒服。聂荣臻给他找了一匹小马，看上去很漂亮，感觉非常温顺的样子。乔治·何克一直庆幸自己的运气好，不曾想在过一条溪流时，小马受惊打滑，把他掀翻在地，携带的打字机、照相机、日记本和胶卷等物全都掉进了溪水里。他顾不上看自己哪里摔伤，在众人帮助下把东西捞起来。还好，打字机上只是粘了淤泥，没有被摔坏。此后一路，乔治·何克紧紧抱着自己的打字机。

根据乔治·何克记录，半路上他们停下来，出席了"军民合作会议"和规模较大的"人民大会"。然后接着北行，发现红色政府原来就隐蔽在一座古老的寺院里。他观察到，寺院的僧人们和游击队相处非常融洽。这里，"学生团和代表团的紧张生活，办公室和紧随敌人脚跟的几百个政府机构进行着繁忙的联络工作，不断的电话、无线电报来往，对于这些，和尚们均视若不见，照样进行着古老而平静的佛教活动。"

在一二九师部队的护送下，乔治·何克如愿来到武乡县砖壁村八路军总部。朱德总司令百忙之中抽出时间来，多次与他进行交谈，乔治·何克把这个难忘的经历全部用打字机记录下来。这段时间里，八路军总部正在土河村召开武乡士绅座谈会。乔治·何克抓住机会，几乎把前来参加座谈会的士绅们采访了个遍。士绅们言语中洋溢着的爱国热情，深深感染了他。当他看到人们踊跃捐钱捐粮，为抗战奉献力量的热烈场面，忍不住热泪盈眶。

在八路军总部，乔治·何克与很多八路军将士、老百姓成了朋友，大家教他唱一些抗日救亡歌曲，给他做老百姓家里的土饭，引着他看话剧、看木刻画。他还到八路军野战政治部、兵工厂、制药厂以及作战部队进行采访，感受到八路军"是世界上最好的军队"。

乔治·何克用打字机写道：

"这是我生活过的全世界中最好的地方，是牛津大学也比不上的。"

由于日寇频繁"扫荡"，转移时他的打字机被埋在砖壁村八路军总部院子里。当日寇走后，乔治·何克返回来找，却怎么也找不到。这让他怅然若失，就像战士丢了枪一样难受。

一生中，乔治·何克用过无数个打字机，但是只有这一个，是他念念不忘的，因为他用这个打字机记录下了八路军根据地的光辉岁月。

在八路军总部两个多月后，乔治·何克离开太行山，来到路易·艾黎等发起成立的中国工业合作协会（简称"工合"）宝鸡办事处。1943年，乔治·何克被任命为培黎工艺学校的校长，负责培训、教育、照顾着来自中国各地的战争孤儿。在这里，他收养了一个名叫聂广涛的孤儿。据和聂广涛要好的柏汉杰回忆，每次见到乔治·何克的时候，他都在看书，看的什么书自己也看不懂。乔治·何克不写字，使用什么东西（老式打字机）嗒嗒嗒地打字。他的中文说得不错，就是比较慢，但每次都会教导自己要好好学习，要追求知识，将来成为有用的人才。乔治·何克还经常带着学校的孩子到农户家里，让孩子们学习农活，了解生活，还经常拍照。

到了1974年，在重新修复八路军总部砖壁村旧址时，一台打字机在院里地下被挖出。经过曾在砖壁战斗生活过的八路军总部作战科科长、总后勤部副部长王政柱确认证实：

"这是在总部工作过的英国记者何克先生用过的外文打字机，当时因总部撤退时带不了那么多东西，又怕在撤退途中发生意外，所以就埋在了总部院里。"

这台英国产"ROYAL"皇家牌便携式英文打字机，是乔治·何克从北平带到太行山区的。打字机纵42厘米、横2厘米、高21厘米，铁制外壳，黑色漆，长方形机座，

手动式键盘。

当时采访过后，每天晚上，乔治·何克都要坐在油灯下面，把了解到的情况用打字机打出来，再发往世界各地。如今这台打字机被评为国家一级文物，由八路军太行纪念馆珍藏。

军号，不是什么稀罕物。是啊，谁没有见过军号，听过军号嘀嘀嗒嗒的响声呢？

如果有一把军号，是日本人用过的，并且这位日本人还是个"老八路"，大家有没有兴趣看一看？

这把军号高 29 厘米、宽 11 厘米，喇叭口径 11.5 厘米，号嘴口径 2.5 厘米，号穗长 35 厘米。军号呈喇叭花形状，号嘴铜质，号身弯曲成耳形手握圆环，两条烟色号穗一上一下缚于号身。

军号的主人名字叫作前田光繁，又名杉本一夫。他是第一个参加八路军的日本士兵。

前田光繁出生在京都一个小手工业家庭。17 岁，他入伍参加了海军，因为体弱多病早早就退役。1937 年 6 月，全面抗战开始前一个月，前田光繁一个人来到中国沈阳，进入"满铁"公司工作，第二年春天被派往河北邢台一个叫作双庙的小火车站。

"满铁"全称是南满铁道株式会社，总社设在大连。

名义上，这是一家经营铁路的公司，实质上是为日本侵略中国东北服务的特殊机关，是实现日本帝国主义移民侵略政策的先锋队。这家公司控制着南满铁路及其支线的铁路运输，同时兼营煤矿、航运、码头、炼铁、电力、粮食加工、日用品生产等八十多个部门，可以说，大半个东北的经济命脉落在它的手中。在"满铁"的计划里，要在20年时间内从日本向东北移民500万人，到时候日本人口将占整个东北的一半，那么中国的东北就会变成日本的土地。

"满铁"的存在和掠夺，激起了中国抗日军民的愤怒，对这个公司的抗击从未停止过。

前田光繁清楚地记得，1938年7月25日清晨，在双庙村公所里尚在梦中的自己，突然被一支枪管插进了口中。他惊恐地睁大了双眼，看见一个游击队员的身影。他立刻明白自己被俘虏了，一种绝望的神情流露出来。

"一旦被八路抓住就死定了！"

每天听到的宣传就是绝不能被抓。前田光繁的大脑一片空白，惊恐万状地等待着枪声响起。然而，游击队员的手指虽然放在扳机上，但最终没有扣下，只是狠狠地揍了他一个耳光，随后将他带走。

前田光繁一路忐忑不安，跟着八路军急行军，日夜兼程，一直走到太行山。身体本来就差，加上惊魂不定，前田光繁几乎累垮了，浑身的骨头都拆了架子。最让他疑惑不解的是，八路军战士每天吃的是玉米饼子、野菜汤和小米汤，却给自己吃肉菜、鸡蛋、白菜豆腐、馒头、烙饼和米饭。怎么俘虏倒比主人吃得好呢？

"一定是想让我为他们干点什么，最后再杀掉我，让我做个饱死鬼。"

前田光繁的体力恢复了一些，内心所谓"武士道"的耻辱感便涌了上来。他琢磨着找个机会就自杀。

过了有七八天，两个八路军小战士带着前田光繁去往后方根据地。路上翻山越岭，考虑到前田光繁的身体，遇到百姓赶着毛驴、牛车，小战士们便让他搭坐一阵，他们却一直步行。到了吃饭的时候，小战士们尽可能地给前田光繁找来馒头、烙饼，自己却吃背着的小米。好多天的疑问，前田光繁终于憋不住了，用生涩的中国话问小战士们为什么这样？两人相视笑笑，非常简单地回答："优待，优待。"

优待归优待，但两个小战士的警惕性十分高，时刻盯着前田光繁的一举一动，防止他自杀或者逃跑。前田光繁吃饱喝足后，一副听天由命的样子。

不长时间后，他们路过一座几乎被烧光的村子。前田光繁看到了一家五口被日军残杀后的惨状，这种情况他从未见过的，他开始相信八路军的宣传是真实的，日军滥杀无辜的野蛮事实就摆在眼前。过后，他回忆说：

"一种被出卖的心情和愤怒情绪，以及实在对不起被

害者的这种内疚感，使我颤抖起来。"

幸存村民得知，两个小八路押着的是一个日本人时，脸色立刻大变，带着前田光繁"永远也忘不了那充满憎恨和仇视的目光"，涌上前来，要把他撕个粉碎。两个小战士急了，一边拼力阻拦，一边讲政策，劝说大家。即使如此，前田光繁头上还是挨了重重几拳。

继续前行，两个小战士安慰着他。隐痛之下，前田光繁认为，中国的老百姓这样做，是有道理的：

"如果我自己的亲属被杀害……对待杀人犯，即使杀死他也不能解心头之恨……"

前田光繁此刻体会到抓住自己后，那位游击队员的心情：

"他把手枪捅进我嘴里时，心中一定燃烧着憎恨的火焰，但他克制了自己的感情。"

他们来到了太行深处的王家峪村。前田光繁被安排和一二九师政治部敌工科科长张香山住在一个屋里。张香山曾在日本留学，日语说得十分流利。这一点令前田光繁喜出望外，一下子就拉近了两人的关系。张香山了解日本人的生活习惯，也熟知许多日本的风土人情，对前田光繁的细心照顾让他恍如在家乡。两人同住了十天十夜，也进行了十天十夜的促膝谈心。

一开始，自幼便受到"忠于天皇和帝国，当俘虏是人生最大耻辱"教育的前田光繁向张香山流露出的还是必死的念头，他请求张香山或者谁把他枪毙，这样他就安心了。张香山以朋友的口吻说，你这不是为难我吗？八路军不杀俘虏，而且还优待俘虏，你是要逼我犯错误吗？日本人不愿意给他人造成麻烦，张香山以其道用其身，不需多言，一下子把前田光繁的想法就搁置到一旁。张香山看到初步起了作用，便又说，中国有句古话，叫作既来之，则安之，你来这里，看看我们的生活，这是很难得的人生经历。要是实在想回国去，以后我们送你回。

接下来的日子里，张香山给前田光繁讲这场日本侵华战争的本质，讲日军对中国无辜百姓的残害，讲自己留学日本时的反战经历，讲共产党的信念，讲八路军的三大纪律八项注意，讲历史上中日友好的故事，并且带着他到日军"扫荡"后目不忍睹的村庄实地感受，倾听被害者家属的哭诉。前田光繁慢慢觉醒了，在他眼里，张香山就是自己的老师和兄长。最重要的是，张香山每一句话都是实实在在的，都是真真切切的。在前田光繁差不多半年时间的耳濡目染中，八路军正像张香山以及百姓们说的那样，"是一座学校，由朴实的、俭朴的、意志坚强的人们构成"，"是一支世界上最优秀的军队"，所以他大胆地做出了参加八路军的决定。

1939年1月2日，时值隆冬，在王家峪八路军前线总部召开的庆祝新年的联欢大会上，前田光繁正式参加

了八路军，成为第一个"日本八路"。朱德总司令走上台，紧紧握着前田光繁的手说：

"欢迎你参加我们八路军，你是第一个，我相信今后会有更多的日本青年参加八路军！"

还有另外两个志愿加入八路军的日本人走上前台，在近千名战士面前发表了一则参军声明。前田光繁代表三位"日本八路"表了决心，并说：

"现在，日本军部和政府，还有不明真相的大多数日本国民，咒骂我们背叛了祖国，是卖国贼，轻蔑和憎恨我们。但是，这是我们的光荣。为什么这么说呢？因为我们走的这条路是真正的正义之路，这是一条符合日本人民和民族利益之路。"

前田光繁后来回忆道：

"22岁的那一天，第一个'日本八路'诞生了。我走上了半年前想也没有想过的道路，既然知道中国的抗战是正确的，那么对于我来说，除了支援这个抗战之外，没有别的办法。"

他经常说："八路军是其他军队无法相比的不可思议的军队。一到八路军的部队，就会被他们的优良作风吸引住，再也不想离开这支队伍。能参加八路军是一生的幸福。"

前田光繁等人参加了八路，日寇感到极大的震惊。1939年11月7日，由前田光繁带动，中国第一个"反

战觉醒联盟"在辽县麻田村成立，并创办机关反战刊物
《觉醒》。随后，日本人反战组织陆续建立，遍及敌后各
个抗日根据地。《觉醒》编印并散发了一百多种反战宣传
品，不少日本士兵明白了战争真相，醒悟过来，纷纷投
奔八路军。

1940年10月，关家垴战役打响。前田光繁接受的
任务就是向日军喊话宣传，让他们停止战斗，向我方
投降。

10月25日下午，平汉纵队的一位参谋领着前田光
繁用隐蔽动作，急匆匆往前线赶。在一片小树林中，他
们正巧遇见了刘伯承将军、邓小平政委和一二九师政治
部的蔡树藩主任。蔡树藩叮嘱前田光繁：

"去前线喊话，十分危险，一定要注意安全，祝你
成功！"

到达前线时，八路军已经做好了最后总攻的一切准
备。将近半夜时，一小队八路军战士掩护着前田光繁悄
悄地接近日军阵地。前田光繁隐藏在战壕掩体里，夜里
一片漆黑，伸手不见五指，但是隐约可听到敌人阵地里
的响动，可见距离是多么的近。

一阵阵枪声使得黑夜更显安静。很快，空中回响起
了前田光繁高亢的日语声：

"日本兵士们，现在八路军停止了射击，你们不要开
枪了，听听我们的喊话吧。我是日本人，过去曾是你们

的战友，现在是八路军中反战觉醒联盟的一员，我们的目的是让战争早日结束，尽力挽救战友们的生命！现在你们已经被八路军紧紧包围，快下决心、放下武器投降，突围是没有希望的，八路军绝对不杀俘虏，保证你们的安全，想想吧，你们在家的父母、爱妻、子女绝不想看到你们的骨灰……"

枪声停止了。前田光繁可以听到对面传来熟悉的乡音：

"听声音好像是日本人。"

"不，是朝鲜人吧！"

"混蛋！巴格牙路，闭嘴！这是阴谋！射击！"

几梭子子弹打过前田光繁的头顶。

"混蛋！闭嘴吧！"

"不许当俘虏！当了俘虏就会统统被杀死。继续射击！"

前田光繁耐心地再次喊话，以自己的例子，讲了不少八路军优待俘虏的道理。最后敌人撤退了，前田光繁的喊话起到了非常重要的宣传效果，此后，主动来降的日本兵越来越多，很多人参加了八路军，英勇地牺牲在战场上。

1942年春天，前田光繁奉命到延安"日本工农学校"工作，直到1945年日本投降。1958年，前田光繁离开中国，回到日本。

2005 年 8 月 15 日，纪念抗日战争胜利 60 周年之际，前田光繁专程来到武乡，将这把自己珍藏的在太行山抗日战场上使用过的军号赠予八路军太行纪念馆，并且挥毫题词：

"武乡是我的第二故乡。"

"我是第一个日本八路。"前田光繁习惯这样自豪地介绍自己：

"八路军是举世无双的军队，一旦加入就会被他的作风所感动，再也不愿意离开。加入八路军，是我一生最英明的决定。"

巾帼之花

任晋渝 著

中国文史出版社

图书在版编目（CIP）数据

巾帼之花 / 任晋渝著 . -- 北京：中国文史出版社，2024.5
（武乡抗战故事文丛）
ISBN 978-7-5205-4646-1

Ⅰ.①巾… Ⅱ.①任… Ⅲ.①革命故事—作品集—中国—当代
Ⅳ.① I247.81

中国国家版本馆 CIP 数据核字（2024）第 075592 号

出 品 人：彭远国
责任编辑：秦千里

出版发行：中国文史出版社

社　　址：北京市海淀区西八里庄路 69 号院　　邮编：100142
电　　话：010-81136606　81136602　81136603（发行部）
传　　真：010-81136655
印　　装：山西人民印刷有限责任公司
经　　销：全国新华书店
开　　本：32 开
印　　张：6.625
字　　数：116 千字
版　　次：2024 年 5 月北京第 1 版
印　　次：2024 年 5 月第 1 次印刷
定　　价：780.00 元（全套）

巾帼之花

巾帼之花
董志敏·绘

《武乡抗战故事文丛》编委会

主　编：陈建祖

编　委：高怀碧　姜向东　王陆军　郝雪廷
　　　　宋耀珍　方小玲　马晨桓　温宁宁

插　画：董志敏　萧　刚　王慧群

目录

妇工先锋

康大姐 女主席

做军鞋

那是 1939 年夏，离砖壁村 1 里地的一个小山庄里突然住下一群八路军。他们中有个身体强壮的女八路，被大家亲切地称为康大姐。

康大姐每天都在村里忙妇救会，给女人们开会，宣传抗日，动员她们做军鞋，到邻近的石门军医院为伤病员当看护。

当时村上共有 48 个妇女，全都自愿报名加入了妇救会。康大姐给她们分了工。4 个年轻力壮、家无拖累的，被安排去轮流当义务看护。剩下的 34 个，分成了 10 个小组，由手巧的女人当组长，做拥军鞋，搞竞赛。又选了 3 个做鞋手艺最好的，加上妇女主任，组成了个妇女拥军领导组，负责领导检查。

在康大姐的动员下，这些做拥军鞋的女人都主动挑选出黑鞋面布、白鞋底布，还有平时积攒下的好碎布，做出了最好的"鞋骨子"。

接着，她们又按从领导组领来的鞋样，开始做千层底。好多妇女因纳千层底扎破了手流出血来，自己用嘴吸了再纳。

然后，她们又做了鞋帮，纳了帮花。她们纳的花都是"长命富贵不断头"，希望八路军都长命。

最后是绱鞋。她们绱出来的鞋既美观又结实。等拥军鞋被送到部队，部队都寄信来感谢她们的鞋好穿。

保密

这年深秋，八路军总部搬到了王家峪，康大姐也随着在邻近的枣林住了下来。

不过，白天她一般不在村。只要鸡一叫，就会有人牵着马来接她，擦黑又骑着马送她到枣林的副长（相当于副村长）李根家门口。然后她自己从那里走回住的地方。

村人看她这派头，都猜她是个大官太太。他们有见过她男人的。她男人隔段时间会骑马过来，是个长满络腮胡子的大个。

平时晚上，李根家老婆——村上的妇女主任，会过去跟她一道睡。

人们问李根老婆："她到底是谁呀？"

李根老婆说："俺结拜。"

再问，就啥也不说了。谁问也不说。直到后来康大姐离开这村才说。

李根老婆："那个大胡子就是朱老总，她是朱老总的老婆康克清。"

康大姐离开时，八路军直属部队也离开了。一次鬼子过来"扫荡"，一刺刀把李根捅了，又把康大姐住的那院烧了。

圪老院

康大姐住的那院叫圪老院。房东姓李，是家中的老大，康大姐管他女人叫"老大家"。

康大姐和老大家处得很好，经常拿上大米饭和她换手工拉面吃。老大家看康大姐平素挺忙，想过去帮忙打扫。康大姐却不让，自己把里里外外都收拾得干干净净。

老大家有个女儿叫焕仙，当时才八九岁，经常跑康大姐房里玩，像个小尾巴。若是康大姐忙，她会站在旁边静静地看。康大姐很喜欢她，给她吃干馍馍，还跟老大家商量："把焕仙给我当干闺女吧。"她又动员老大家去参军。可老大家心想，自己是个小脚女人，会拖累部队的，没答应。

一天，老大家发现康大姐在烧文件，一会儿又过来送给她两个墨斗。她突然有了不祥的预感。果然，第二天她还在做梦时，外头吹响了集结号。

就听见康大姐在院里说："老大家，我们要走了，旧中国就要结束了，妇女将从锅台、灶台、碾台上解放出来了，你一定要带好孩子好好过日子，我们走了。"

老大家一听急了，赶紧穿上衣裳要送，可康大姐却摆手，要她不要惊动大家。

修竹篮

康大姐初来枣林时肩上挎了个篮子，里边是个小闺女，才一个半月大，长得胖嘟嘟的，身上盖了个小被子。

有天，篮子突然坏了。康大姐问村上谁会补，村人说房贵新他爹会。她便拎上竹篮到了房贵新家，跟他爹说："你给用粗一点的条子，弄得实受点。"

房贵新他爹一边应承，一边现场就给她补起来，一阵工夫就补好了。

他把竹篮递给康大姐，要她试试。康大姐挎了挎，说："好好好，闹得好。"

说完，她从口袋里拿出个圆圆的、有八九厘米高的铁筒筒，说："这个谢你。"

房贵新他爹不要。

康大姐说："拿着吧，这是烟，让你吸的。"

房贵新他爹说："我不吸烟，你拿走吧。"

康大姐把铁筒筒往桌上一放，就走了。

她离开枣林时，还特意嘱咐朱老总去房贵新家跟他爹道别。

可房贵新他爹不在，朱老总就对他娘说："老太太，她走呀！你们不用去送她，我上来告你们说声就行啦。"

他娘应道："好、好。"

朱老总又跟房贵新说："走呀！小伙儿，好好学习，好好念书。"

开大会

康大姐在枣林时，有天突然见隔壁院新娶的媳妇在炕角哭。一打听才知道新媳妇仅14岁，连女婿长啥样都不知道就给花轿抬来了。

又有一次，她去部队视察路过村西，突然遇见个年轻媳妇趴在树上哭，一问才知道是挨了男人打。

两件事凑一块，康大姐睡不着了。此时，她正担任晋东南妇救总会名誉主席，既然是妇女的事，她就不能不管。

于是，她召集起全村人开了个会，对大家说："老乡们，这会儿咱们大家都从封建地主、土豪、劣绅的石板下钻出来了，谁也不愿再受人欺压、打骂了。今天我想提出几件事和大家商量。头一件，媳妇要自己找，不要再用钱买。第二件，汉子们不要打老婆。第三件，当公婆的要爱护媳妇，一家要和和睦睦。最后一件，男女青壮年都要为抗日出力，过些时候就给你们发枪。"

她的话音刚落，小伙儿们便乐得跳了起来。闺女和媳妇们也咧了嘴："哎呀，康大姐就是懂咱，真说到咱们的心眼儿里了！"

不久，枣林的小伙儿们大都跑去加入了自卫队，许多女人也听了康大姐的，当了抗日女自卫队员。

兰子婆婆

一天，康大姐骑着马回枣林，突然听见北院有人呻吟，又哭又骂。赶紧进去一看，原来是兰子婆婆肚疼，倒在炕上骂兰子。她看兰子婆婆一头汗，马上让警卫员去叫总部派医生来，自己脱了鞋上炕帮兰子。

当时，兰子见婆婆已昏过去了，吓得手足无措。康大姐安慰她："不要怕，过会儿就醒了。"

医生来了，给兰子婆婆打了一针便走了，康大姐却一夜没合眼，一直陪着，直到第二天太阳出来。

以往康大姐叫妇女们开会，兰子婆婆总不让兰子去。打这以后，只要是康大姐叫兰子，不管做什么都推着她去。

村人见了都说："哎呀，还是康大姐有办法，连那么

个老顽固都说服了。"

在兰子婆婆的影响下，村上的"老顽固"都肯让家里的媳妇、闺女们参加康大姐组织的女自卫队了。这支队伍在第二年参加了太行三分区民兵、自卫队大检阅，一举拿下了冠军。

妇训班

1940年2月，康大姐搬进了离王家峪3里地的石圪堎，和北方局妇委的彭老总夫人浦安修、左权夫人刘志兰、邓政委夫人卓琳一起开了个妇训班，培养干部。

妇训班的学员们大都来自太行、晋西北、冀鲁豫，由于地方远，大家都自带碗筷和铺盖，借住在老乡家里。

康大姐为大家印了《妇女读本》等教材，发动妇女放足，纺纱织布，下地劳动，担起半边天。鼓励她们参加抗战，站岗放哨，保家卫国。同时，还给妇女们讲什么是空室清野，打持久战，合理负担，铲除汉奸。鼓舞她们拥军爱民，争当妇救会员。

闲暇之时，康大姐便和大家一起劳动，借用村里的一个碾盘，碾米、碾面。有时，村人们也去碾，她就和村人们一起干。后来，村人们便亲切地称这个碾子为"连心碾"。

在康大姐的影响下，4月，妇训班一结束，晋东南就掀起了大片妇女运动，到处都是女人们参军、支前、送儿送夫上战场的身影。

棉被包

然而，就在这个月，康大姐却要离开武乡了。

此时，最让她放心不下的是身怀六甲的刘志兰。作为刘志兰和左权夫妻俩的媒人，她平素就很关心他们。这时，就跟朱老总唠叨："你说咱们就要动身走了，怕没时间喝左权娃娃的满月酒了，咱们应该给这娃娃留个什么礼物呢？"

最后，她想到了做个棉被包，好在娃娃出生后能把她包得暖和些。可是，用啥布来做呢？她翻箱倒柜，怎么也找不到个合适的。正不知该咋办呢，朱老总给出个主意，说："干脆就把我55寿辰时，老百姓送来的那面粗布锦旗，给娃娃改上个吧。"

康大姐当时就说好，赶忙寻出来，在微弱的油灯下一针一线地赶制起来。

临行前，她和朱老总一起去看了刘志兰并把棉被包送给刘志兰，说："志兰，留着吧，这个待孩子出生时，好给孩子做个襁褓。"

不久，刘志兰生下个女儿，女儿身上盖的，正是那件棉被包。

那是 1940 年夏。

一天，西中庄的史运生家驻下了太行第二办事处。

二办的到来，让被鬼子搅扰得寝食难安的村人们的心顿时安稳下来。最欢喜的还是王生华家，他们家住的可是二办的女主任刘亚雄。村上妇救会干部都对这个梳着短发，身体瘦小，小圆脸脸，戴着副眼镜的大姐记忆尤深。年初，她还是晋东南妇救总会的主任，经常背着个背包，骑着匹大马，到武乡来检查指导她们工作。

刘大姐这次来，是领着二办给八路军总部和 129 师解决军粮和军衣供应的。一到西中庄她就下了征粮令。一时间，二办所辖的几个县全都动员了起来。

征粮风波

可这时候，一个坏消息却传来了。原来，有些村干部把没交粮的村人给吊起来打了。

刘大姐一听到这个消息，就赶紧询问原因。

原来，这都是那些村干部不按政策征粮惹出来的。他们不顾实际，硬性搞户家摊派，有些村人根本没能力负担，也把情况对他们讲了，可他们却什么理由也不听，口口声声说："你这是在搞拒粮。"然后就拿麻绳把人家吊到梁上去了。

一时间，乡亲们的意见都大得不得了。

刘大姐马上意识到这样下去要出事，她立刻召开了各级干部会议，重申了党的政策，免掉了那些村干部。接着又让人挨家挨户去了解了村人们实际交粮款的能力，让有能力的人按新政策重新做这件事。

她的举动得到了众人的拥护。很快，征粮任务出色地完成了。

减租减息

征粮结束后，刘大姐又趁着大家热情正高，紧锣密鼓地搞了场声势浩大的"减租减息"群众运动。

当时，各县的老百姓纷纷涌向地主老财家，强烈地要求他们减租减息。

有些人拿出刘大姐签署的告示，要求老财们归还他们早已交够了超出借债本利两倍的押地。还有些人则趁着这机会，用原价钱赎回了被典当出去的土地。

没过多久，党交给的"二五减租"和换契手续任务就顺利完成了。

重新获得土地的村人们和获得减租减息的乡亲一起，开始把百倍的精力投入到了生产当中，同时也对共产党、八路军更加拥护了。

而他们的领头人刘大姐，则又借着这股东风，开始在他们中间大力宣传抗日，许多人因此毅然地投身了革命。

修水渠

1941年春播过后，刘大姐又发现了一件"棘手"的事。

当时，村人们种地仍旧是靠天吃饭，如果遇上天不下雨，极有可能颗粒无收。

咋办呢？她决定带上有关人员勘查水利资源。等她跑遍了武乡，才在监漳的山间发现了一股水势湍急的溪流，经过测量完全符合修坝蓄水的条件。

她当即来到监漳，紧急开了个村民会。村人们一听修坝蓄水是非常好的事，马上便行动起来。

接着，她又把二办搬到监漳，把战士和工作人员也组织起来和大家一起修。仅仅过了一个多月，就拦起了一条大坝。从此，但凡春旱来临，周围的村人们就引水入田……

为了感谢刘大姐，村人特意请她为水坝题字。她欣然命笔，写下"人力胜天然"几个大字。

这年，全专署（8月二办改为三专署，刘亚雄任专员）的粮食产量获得了很大提高。她又抓住这个时机，适当地让地主多献粮，按地力摊派，很快就在村人们的热情支持中，完成了又一次征粮计划。

刘专员办鞋厂

第三专署除了征粮，还负责为八路军解决被服、军鞋。这些都是女人们的拿手活。

刘大姐是老妇救人，一下子就想到了由妇救会张罗这件事。

在她的安排下，各县妇救会迅速领了指标包干儿给各村，各村妇救会又按包干儿数量开始组织本村的妇女们做。

一听说是给八路军干，大家的积极性一个比一个高。她们不光做得快，还做得好。想到八路军见天儿要行军，要操练，要打仗，非常费鞋，她们专门做了一种方头的"刹鞋"。这种鞋，有着硬邦邦的底子，又耐磨又不挤脚，舒服极了。战士们穿上它，几个月都不用发愁坏。

刘大姐自己也不闲着，她办了个鞋厂，亲自下手剪鞋样。她还让妹妹刘竞雄也进鞋厂跟其他20个姐妹一起

纳鞋底。

刘竞雄有文化，刘大姐又让她给工人们当文化教员，帮着工人改鞋样。

成立贸易局

当时，八路军和老百姓生活物资极度匮乏。所以，刘大姐在县上成立了个光华合作社，办起了纺织厂、农具厂、编造厂、肥皂厂等。

为了让大家吃到盐，她还发动村人们用土方法，在大冬，用草木灰加硝土，加水过滤后熬盐。

鬼子经常在粮食种收时"扫荡"，她就安排独立营、民兵与分区部队配合到据点里骚扰敌人，给乡亲们创造抢种抢收机会，保证了粮食供应。

她还在苏峪建了个太行造纸厂，既保证老百姓，也保证了《新华日报》（华北版）用纸。

她专门成立了"永生贸易局"，和386旅在洪水开办的"黎泰商店"相互响应，让武乡恢复了往日的繁华。她在襄垣的西营镇成立了工商局，规定全区的一切用品均由这儿代买批发，不让敌人有一丝一毫的投机。

当时，有些敌占区的进步士绅来参观，看到这里的货物不缺、市场活跃大吃一惊，不由得对这的理政能力大加赞赏。

绝不让鬼子站住脚

组织反"扫荡"也是第三专署的任务。

为了让鬼子来不了，待不住，走不掉，刘大姐向三专署发出了"不给敌人一粒粮食，一头牲畜，把敌人困死、饿死"的号召。

各村各镇都依照她这个指示，开展了"坚壁清野""麻雀战""地雷战"。

鬼子进村后，喝口水都成了难题，终日里惶惶不安，于是收买了许多特务、汉奸告密，搞破坏。

有次刘大姐在检查工作时，被汉奸告了密，让鬼子给包围了。附近的村人们知道后，马上前来为她带路，帮助她从鬼子的包围圈里穿了过去。

之后，刘大姐深深地觉得敌特汉奸危害太大，于是在三专署展开了锄奸活动。时隔不久，就铲除了杨明德、张银旺、温木林等许多大汉奸。

同时，她又开展了破除迷信的宣传工作，让老百姓知道这些鬼怪神仙和鬼子一样可恶。

在她的指导下，三专署所辖各县几乎家家订有"家庭公约"：绝不当汉奸。就连妇女、儿童也加入了盘查汉奸特务的行动。

她的这些举措让鬼子成了无头苍蝇，而咱却有自己的"千里眼""顺风耳"，把鬼子打得寸步难行。

搞活武乡经济

1941 年冬，武乡县政府来了个赵迪之大姐。

当时，县上正决定打碎小鬼子对咱根据地的经济封锁。这事就交给了赵大姐。咋弄呀？赵大姐思谋来思谋去，觉得还得发动群众。

可当时县上的男人大都已被动员参加了八路，当了民兵，搞了支前。只有女人闲着没事。

当然，她们也有自己的理由：这一片土地，祖祖辈辈就没女人下过地。她们需要做的，就是生下娃，侍候好男人。

而且这地方还有个怪习俗：女人坐月子，一概都不吃饭，就喝些小米汤。再加上都好缠个小脚，别说生产了，就连走路都成问题。

咋办呢？为了改变这些女人，赵大姐决定先做个试探。

这天，她来到一个村子，开始挨家挨户跟人家拉家常，说坐月子得吃鸡蛋、白面条、小米捞饭，这样有营养。

可没承想，这里的女人居然都是同样回答："我们不能比你们，你们是侉子，你们那里水土软，吃了好的能消化掉，我们这里水土硬，吃了好的消化不了，会得月子病。"

赵大姐只好又说缠脚，可人家仍有话："你们缠不缠我们不管，反正这里不缠走出去让人笑话。闺女们长大了也没人家要。"

赵大姐明白她们这是打心里抗拒，论根儿，是封建思想在作怪。想要除根必须震服她们的心。可怎么才能震服呢？她把目光放在了武乡最封建的几家土豪劣绅身上。

正好，这时东堡的村民史标清准备娶媳妇，按乡俗，头一夜，他女人得地主史家掌柜睡。

赵大姐就这事，展开了斗争，让大家意识到了封建的危害。

接着，她又专门给女人们办起了识字班。识了字，女人们的头脑一下就清醒了。

然后，她又教女人们如何安家，搞经济。这样，女人会安家，懂经济，自然也就能实现男女平等，下地也愿意了。

有男人还反对，赵大姐就开大会斗争他。让他知道，女人养家减轻负担的其实是他自己。

就这样，武乡的经济很快搞起来了，小鬼子的封锁也就不攻而破了。

发挥剧团作用

不甘心的小鬼子，又于1942年春，不断"蚕食"我根据地。

为了鼓舞士气，县上决定发挥光明剧团的作用，打算派一个得力的人去张罗。找人这事又交给了赵大姐。可是找谁呢？赵大姐一下就想到了高介云。

这个高介云可不是一般人，他爹就是大名鼎鼎的革命活动家和文学家高沐鸿。他打小就受他爹影响爱上了唱戏。他家是城关的，小时候，只要城关一唱戏，他一场也不会落下。若是上学耽误，他就逃课。还拿上彩色蜡纸做了小蟒袍、小靠旗，拿上高粱秆芯做了小人，穿扮起来，自操自唱木偶戏。七七事变后，他开始跟上他爹用文艺抗战。为了获得系统训练，1939年底，才14岁的他毅然加入了前方鲁艺（晋东南鲁迅艺术学校）。如今，正担任着县青救会的宣传部长。

赵大姐马上去找高介云。一听到赵大姐说光明剧团缺团长，高介云二话没说，马上就答应接下这个

"活儿"。

没多久，光明剧团的威力就显出来了，他们排了很多抗日新剧，演出了高介云亲自写的《宋亡之鉴》，借着"岳飞"的嘴，痛斥了国民党制造皖南事变。一时间，"坚持抗战""反对内战""反对倒退"的口号声响彻云霄。

赵大姐看后，说剧团的工作非常"服从形势需要，反映群众心声"。就连赵树理、他爹高沐鸿也都跑来看他们的演出。

不久，光明剧团就走出了武乡，成为太行山一支活跃的文艺抗战奇兵。

太行山的爱情

然而，就在这年，赵大姐却突然接到个坏消息：她丈夫老洪（阮章竞）在平顺井底与敌人遭遇，负了重伤。

她和老洪可是老搭档了。老洪是个文化人，抗战爆发后，组织上让他组建了八路军太行山剧团，要他带上剧团，在太行山里四处徒步演出，借以唤醒民众。

起初，老洪团长、指导员一起担。可后来，组织发现他居然还不是党员，不符合组织要求。于是就把赵大姐派到团里来，替他担任指导员。那是1938年。从那时起，两人就一起在太行山里出生入死，经常在敌占区出

没。老洪见赵大姐每次面对生死考验，都表现得沉着冷静，对她佩服极了。

当时，演出用的汽灯、乐器等都需要人力挑运，每次流动，赵大姐都会率先挑起一副担子走在前面，老洪是看在眼里，感叹在心上。

而赵大姐也看到了老洪身上对革命的热忱和对战友的情谊。

有年寒冬腊月，两人一起在老乡家借宿，窑里没铺没盖实在是太冷了，便商量着搬到一个炕上搂着和衣而睡，相互取暖。这在抗战行军露宿时是经常的事。但那时，赵大姐的心，却动了。不久，经组织考验，老洪光荣地入了党，介绍人就是赵大姐。

转过年来，两人结为革命伴侣。可是，1940年冬，随着赵大姐来到武乡，夫妻俩便聚少离多了。

此时，听到老洪出事的消息，赵大姐心如火焚，急忙赶到平顺。也是老洪福大命大，在伤口大面积化脓，麻药不够的情况下，居然挺了过来。望着憔悴的男人，赵大姐心痛不已，决定把他留在身边，亲自照顾他。

独自察看敌情

转眼就到了秋天。

这时，小鬼子又来抢粮，为了保护老百姓，赵大姐组织上民兵小队和鬼子周旋，不小心被困在一座小山庄里。

夜幕渐渐降临，鬼子丝毫没有撤退的迹象。此时，山里刮着冷风，天气格外寒冷。大家都没穿着棉衣，冻得浑身发抖。眼看民兵的士气有些低落，赵大姐心里很是焦急，但她的脸上丝毫没有露出紧张，依旧不停地鼓劲，说："同志们，鬼子比咱们更害怕黑暗。现在咱们一定不能急，不能有丝毫的胆怯，要相信我们肯定会有办法的。"

尚在恢复当中的老洪也在队伍里。黑暗中，他感觉到妻子走近了他。突然，一个温暖的胸膛紧紧地贴住了他，紧接着，他感觉到妻子在吻他。

虽然两人没说一句话，但在那一瞬间，老洪明白了这是妻子在向自己道别，她已经预感到这次很有可能无法活着出去了。

随后，赵大姐松开老洪，一扭头独自离开了大家。她要到外边察看敌情。而此时，紧张的民兵们并没有注意到她这个举动。

奇迹出现了。同样害怕被民兵偷袭的小鬼子并没有在这个小山庄过多逗留，草草搜查了一番，便撤退了。

没有太多考虑的赵大姐马上领上大家离开了小山庄。

之后，他们来到了胡峦岭，在这里，听到了《逃难歌》。这是多好的对鬼子暴行的申诉！老洪马上拿出笔，

把歌词记在了本子上，并为它加了曲谱，准备教更多的人传唱。

当他听说 70 多岁的姜四娘老人被鬼子杀害了，愤怒地创作下一首短歌：

> "发苍苍，姜四娘，
> 名字碰山叮当当；
> 手无寸铁不说话，
> 吓死有大炮机枪的日本狼！
> ……"

呼吁大家不忘仇恨，时刻准备拿起武器。

一切为了抗战胜利

相聚总是短暂的。

不久，老洪伤好了，他又回到了剧团，继续演出。

冬天很快就来了。赵大姐开始惦念老洪的身体，她利用一切空闲为老洪纺织毛衣，缝制棉裤。可是，哪有那么多空闲哟。所以，一件毛衣织了很久，都没织完。棉裤也是迟迟不能缝好。

于是，老洪那里，就只能苦苦熬着。

不光是冬天熬，春天至夏天，他也熬。因为赵大姐还没给他寄去单衣。为此，他还热出一场病……

虽然衣服总是迟到，但老洪知道赵大姐的心在他身上。

有次，他突然非常渴望见到赵大姐，就翻山越岭来看妻子。路很远，他大半夜才到。赵大姐一见到他又惊又喜，忙问他咋回来的。第二天一早，两人便商量着去接回寄养在小庄的孩子。

然而，当孩子接回来后，令两口子心酸的事发生了，孩子根本不认他们，也不叫他们，像看陌生人一样呆呆瞪着他们。没法，他们只好又把孩子送了回去。

可他们并不知道，一场危险差点落到孩子身上。一个汉奸把孩子寄养在老乡家的事偷偷告诉了鬼子。鬼子在小庄暗中盘查，居然真的搜出了孩子。就在大家都以为这娃娃在劫难逃时，奇迹又发生了。

鬼子居然觉得这娃娃跟太行山的普通娃娃们一模一样，又山又憨，根本不像共产党干部家的娃，反复看了半天，觉得是情报有误，竟然把他放了。

赵大姐知道后，心疼得大哭。不过，为了抗战胜利，她还是强忍着继续投入了工作。

女区长
赵勋敏

妇训班

那是 1940 年初，通往石圪垯的山道上，突然出现了一个女八路。她背着个行军包，走起路来像一股风，一看就是大部队出来的。近了才看出来，是个梳着短发的姑娘，年纪约莫有 17 岁，生得十分秀气，蛋圆脸，小嘴，一双眼睛明亮灵动。

姑娘叫赵勋敏，是从驻扎在沁县的决死队儿童剧团过来的。几天前，组织上通知她来参加北方局组织的妇训班。

听到命令后，她就出发了。此时，小鬼子的第二次九路围攻已经被咱八路军粉碎，根据地一片安宁。到了武乡，她才知道要报到的石圪垯距八路军总部王家峪只有 3 里地。一想到很有可能见到总部的首长，她的心就怦怦跳得欢快，脚底下要多有劲就多有劲。

一进村，她就感受到了抗日的气氛。先前来的同志们已经搞起了宣传。她被负责接待的同志领进了一个老乡家。此次来的学员们，有太行的，有晋西北的，还有冀鲁豫的，大家都被分散在老乡家借住。

短暂接触后，她便兴奋地了解到，这个班还有129师邓政委的爱人卓琳大姐、左副参谋长的爱人刘志兰。更让她惊喜的是，她最敬佩的刘亚雄大姐也在这里。想当年，她就是在老家五台东冶听了刘大姐带的决死队女兵们的宣传，才懂得了革命的道理，放下书本就跟上决死队出来了，成了决死队最小的女兵。

时飨殿

放下行李后，她马上和大家投入到了准备工作中。

妇训班上课的地方，在村里一座叫时飨殿的庙里。这个庙以往是村人们供神的地方，庙里的戏台很适合当讲台。她和大家一起动手，对它进行了"改造"：把戏台的台口用砖头和土坯堵起来，并在中间的墙上挂了块小黑板。

随后，紧张而快乐的课开始了。

上课时，老师在台上，她们50来个人在台下，坐着从老乡家借来的小板凳，围着小炕桌听讲。

虽然条件简陋，而且正值天寒地冻，大家还是女兵，可这并不能抵挡她胸中的革命的热忱。每堂课，她都仔细听，把党的基本知识、马列主义、抗战形势、妇女解

放等内容都牢记在心。

果然，她见到了总部首长。讨论会上，康克清大姐、浦安修大姐都来参加了……还有北方局的杨尚昆书记也在百忙中过来勉励大家，学好后到根据地为抗日救亡努力工作。

除了学习，她开始和学员们一起利用一切闲暇时间，搞"实践"，带动村里的妇女劳动。她们看到村上有一盘碾子，就跑去跟老乡们借来碾米谷，不光碾她们的，也帮着村人们碾。大家干得热火朝天，碾子前成了她们讨论的好地方。村人们听她们说话，也会时不时插话，丝毫没感觉这是一帮外乡人。

当然，更吸引村人的还是她们身上的小绝活，唱歌啊，朗诵啊，表演啊……就连赵勔敏也不例外，不光自己唱，还教村上的女人唱，还教她们识字。渐渐地，她讲的劳动的好，什么纺线织布呀，养鸡喂猪呀，女人们也明白了，都说，要帮着去打仗的男人们，把家照看好。

她还经常和学员们在村上搞文艺晚会和歌咏比赛，村人们看着，听着，对那里头讲的抗战呀，妇女解放呀也都入心了，都开始支持抗战和女人们的解放。

女委员

4月，妇训班结束了，学员们依依惜别，她也收拾

好行李准备出发。可是，组织上却通知她到武乡县妇救
会当委员。

好啊，正愁没地方把妇训班学的发挥出来呢。而且，
武乡县妇救的范承秀、任秀兰、武兰芳、段子峰，还有
王昭，她都认识，全是妇训班的学员。于是，她高高兴
兴地去报了到。

几个年轻人岁数相差不大，有的是共同话题和激情。
尤其是主席范承秀，她可是太行山有名的才女，能说会
道，一张嘴就能说到老百姓心窝里去。

那个春天，她们狠狠地借了一把妇训班的东风，把
抗日的烈火燃遍了全武乡。每天下午各村的妇女学习班，
让女人们也了解到当前的形势和抗日要求。妇女识字班，
不光让女人们着迷，就连男人们也被吸引了过去。

就这样，武乡的女人们被纷纷动员起来了，几乎是
每个镇、每个村，都有送男人、儿子去参军、当民兵的。
支前活动也开展得有声有色。

只要是赵勋敏她们安排的工作，一布置下去，马上
就能搞起来。妇女们每年做的军鞋数量远超八路军的军
鞋厂。甚至于送粮的队伍里也有她们的身影。在武乡发
生的每次战斗中，也有她们在忙碌着抬水送饭，运送伤
员，护理保护，喂饭洗衣……走在武乡大地上，随时能
听见女人们嘹亮的抗日救亡歌曲：

武乡石圪垤妇训班旧址

萧刚·绘

"……看吧，千山万壑，铜壁铁墙

抗日的烽火燃烧在太行山上

气焰千万丈

听吧，母亲叫儿打东洋

妻子送郎上战场

我们在太行山上

我们在太行山上

山高林又密，兵强马又壮

敌人从哪里进攻

我们就要他在哪里灭亡……"

鉴于赵勋敏出色的工作，1941 年，年仅 18 岁的她，被组织上任命为武乡六区区长。

窑洞战

六区是鬼子经常"扫荡"的地方。为了避开鬼子的清剿，有效打击鬼子，赵勋敏一到任，就领上区政府游击办公，在各村流动，让鬼子死活找不着。

这里丘陵、沟壑纵横，很适合搞"窑洞战"。但是，鬼子"扫荡"多了，也摸着了他们的"规律"，于是像梳子一样过村，过山野。那些野窑很容易被发现。一旦暴露，鬼子就会闯进去杀人。若是闯不进去就会用烟熏，逼着人出来。而且，有些窑只能临时待，里头潮湿阴冷，根本不适合长期住。还有的是"死胡同"，很容易让鬼子瓮中捉鳖。

为了保护好乡亲们，赵勋敏组织了前敌指挥部，她以编村为单位，召集起村长、武委会主任，对他们说："咱们的窑一定得让小鬼子找不见，进不去，熏不着，住得久，走得脱，能战斗。"

大家纷纷给出主意，便想出了把窑建在偏僻、隐蔽的地方的主意，这种窑，洞口选择在沟壑里，一直挖到进了崖头。里头全是花活儿，有拐三弯、设三关，还有楼上楼、天外天。洞的前后左右不是陷阱就是瞭望孔、射击孔。射击孔、瞭望孔一般设在半崖上，这样，鬼子来了，崖头上有民兵打枪，沟里头是转移的乡亲。鬼子打死也不知道老百姓究竟藏在了哪里。窑上还有气孔方便通气，让小鬼子怎么熏都熏不着。同时，还设了不止一个进出口，假如这头让鬼子堵上，还能从那头跑。在这样的窑里，不光男人们能抵挡，就连妇女、娃娃们也能出上力，小鬼子进来，扛支红缨枪就能捅死个敌人。

看到每回鬼子来都被打得晕头转向，上头觉得，还是赵勋敏有头脑，又让她当了县上的妇女武装部长。

女部长

那是 1942 年，当上部长后的赵勋敏，经常会带上民

兵们在大有、贾豁，还有连元、东村一带活动，他们通过摸索掌握了鬼子的规律，鬼子走到哪，他们都门儿清，经常伏击鬼子，跟鬼子打麻雀战、地雷战。等鬼子一走，赵部长就会带上女人们回村，起火，做饭，打粮食，藏粮食，忙得前脚跟不上后脚。段村的鬼子只要听到赵勋敏的名字，就会恨得咬牙切齿。

这年秋上，赵勋敏带着一支民兵从贾豁出发，经十里坡到关河八角山顶，干了一件大事：拆桥。

为了麻痹鬼子，她让民兵在八角山顶吹响了军号。鬼子以为对面山上有八路，赶紧打枪，放炮。她又让民兵拖着鬼子打了一晚上枪，消耗了大量弹药。而她的人已经秘密把通往东村、段村敌据点的木桥给破坏了。

此时，正值庄稼成熟，她又制订了"武装快收"计划，在男女民兵的掩护下，乡亲们经常一夜之间就把粮食收割好，打好，藏好了。让鬼子一颗也捞不上。

长期战斗，让赵勋敏带领的这支民兵队伍练出了一身本领，129师比武运动时，她就带上这支民兵去涉县参加了比武。随后，她就被任命为洪水一区的区长。

1943年初春，女区长赵勋敏要离开武乡了。走的时候，她的老房东拉着她的手，一直说："赵区长，你不要走了，就在这儿成个家吧，就留在武乡吧。"

1939 年 11 月，太行山腹地的大陌突然驻扎下一支八路军。他们在村中的德兴寺开设了一所学校（抗大一分校留守大队），还在村上搞抗日宣传。

时间长了，村人们惊奇地发现，他们中有个小干部居然才 15 岁，还是个女娃娃。他们都管她叫小齐。

通讯兵小齐

她是 3 月份当的兵。当时，送她到部队的姐姐说她就像"一张白纸，染成什么颜色就是什么颜色"。

事实果真如此，等到了这年夏天，她就被染得非常鲜红了。

当时正值鬼子发动第二次九路围攻，她被部队上安排当通讯兵，每天跟着队伍急行军，不分昼夜地扛着长枪去营部通讯联络。

太行山里都是山路、荒野。她并非本乡人，人生地

不熟。路上，还经常有鬼子和汉奸在活动，有时候夜里还能听到狼嚎，可她每次都能出色地完成任务，经常累得一回营就疲倦地趴在炕沿或长条凳上睡着了。然而一听到命令，她就又马上变得生龙活虎了。

为了不影响任务，她还做了个大胆的行动，让走街串户的剃头挑子为她剃了光头。这样她就不用再考虑梳洗的时间了，也不用发愁长期在野外生虱子了。

反"扫荡"结束后，组织上为了表扬她的出色表现，特批还不够岁数的她成了候补党员。

感化大姐

她住魏生金家东窑。

在学校里，她担任着总务处书记，同时协助文艺队在村里进行抗战宣传，写标语，唱戏。她很会唱，《义勇军进行曲》《开路先锋》等，都是抗战歌。

她唱《松花江上》，当唱到"什么时候才能欢聚在一堂"时，在场许多人都放声大哭起来。村人都喜欢听她唱，就连魏生金老婆也爱听。

魏生金老婆叫史改转，会纺花、织布，但不识字，也不知道抗战是为了什么。小齐就热心地跑过去，教她识字，讲抗日道理，还跟着她学纺花。

时间一长，大姐就觉悟高了，不仅响应号召下地劳动，还参加了村上的民兵活动。

有次"躲反"，小鬼子发现了她藏身的窑，杀死了她婆婆和兄弟媳妇。为了保护窑里的其他乡亲，大姐一怒之下把鬼子撞下了崖，并用双手掐死了这个万恶的敌人。

事后，村人们都问她："你哪来的那么大勇气？"

她说："是小齐帮我开的窍呀！"

筹集粮食

除了宣传，小齐还负责学校1000多人的吃喝拉撒，此外，还有附近许多领导机关的用度。

这天，负责粮食的人告诉她，按眼下的供应怕是很快就要断炊。咋办呢？她也生不出粮食来啊。

想来想去，她叫上了总务处的人，徒步赶往30里外的西中庄，向太行第二办事处作了汇报。但"二办"一时也没办法。她就和同志们再去第二次，第三次，直到"二办"拿出了筹粮区域。可这个区域并不在武乡，而是在邻近的襄垣和榆社。

这没关系，只要有粮就行。小齐带着兴奋回到了大陌后不顾疲倦，连夜就开始制定方案，把所划区域逐个儿落到各营各连。第二天一早，方案就下达到了各部队。连长、指导员们马上就叫齐战士们到指定的村子里筹粮去了。小齐自己也没歇着，不顾疲倦，跟着部队一同背

粮去了。

粮食运回来后，大陌上空升起了袅袅炊烟。大伙儿吃着雪白的馒头，喝着热乎乎的小米稀饭，都连声称赞他们的连长、指导员。

连长却说："不要给我戴高帽，如果不是小齐文书连夜加班赶出方案，大家怎么能这么快吃上馍馍啊。"

帮写对联

到了春节，按村里的习俗，家家户户都要贴对联，沾喜气。

可村上识字的人实在太少了，大部分人家都自己写不了对联。以往村人们都会去找教书先生。但都去找，教书先生也忙不过来呀。咋办呢？有些人干脆用个碗，倒扣了碗底，蘸点墨，在红纸上印几个圈圈"糊弄"自个儿。

这情况让细心的小齐发现了，她心里非常难过，马上找来了笔墨和纸张，给村人们写起了对联。

村人们一看小齐愿意给写对联，纷纷来找她，把自己的心愿说给她听。聪明的小齐马上就能想到村人想要的词，然后迅速提笔写下来。当她念给村人时，大家个个都叫好，都说："小齐写的，就是咱心上想的。"

为了感谢小齐，有人开始喊她："小齐，你写完了，到俺家吃口饭，我给你做好的。"

也有人直接就把好东西给小齐拿来了。

这些小齐都推辞了，说："部队上有规定，你们不能叫我犯错误吧。"

大家这才作罢。

不搞特殊

春节过后小齐就跟着学校离开了大陌，到了蟠龙，住进了法云寺。

法云寺里的房间没炕，也没法取暖。小齐住的东廊房小屋，更是一年到头见不上阳光，冷得出奇。可小齐始终没跟任何人说过。

是卫生处处长和政委注意到了这个情况，他们想，小齐是个女同志，年龄又小，这样的环境肯定吃不消，于是让人在附近村里给小齐寻处暖和的房子住。

小齐知道后，马上对两位领导说："我还是住在寺里吧，大家都在这里，这样工作方便些。"

小齐的话让大家刮目相看。他们都知道她的情况，她可是一个真正的千金小姐啊，父亲曾是国民革命军第三军军法处长，当过好几任国民党的县长。她能吃下这样的苦，实在是不容易。

开荒种菜

为了解决吃不上菜，只能吃些盐水煮黑豆的困难，开春后，小齐就开始组织大家，利用课余到监漳的五龙山开荒，自己动手种菜。

但她自己从没做过农活，总也做不好。咋办呢？不服输的劲儿上来了，下功夫练，没多久就熟练了。

菜种下去了，可一时半会儿还长不出来。这段时间大伙儿还是吃不上。

这时候，小齐又组织上大家上山，分头找野菜。

当大家把野菜拿到山泉水里洗净后，煮熟了，拿油、盐、大蒜一拌，哎呀，又香又可口。大家都高兴地说："咱们又过了一关。"

解人心宽

当时，五龙山上有座应感庙，山下还有座会仙观。大家开荒时，有的住应感庙，有的住会仙观。小齐住会仙观。

会仙观只有一个老道，小齐看他忙不过来，就帮着他扫院。无意中看到了一副对联，写着：一生孤独无亲眷，临老凄惶向谁言。横批：冷暖自知。小齐就知道老道在说自个儿。

武乡会仙观

萧刚·绘

一问才知道，老道已年过半百，从小家贫父母双亡，是个孤儿。为了让他存活，本家人在他不满7岁时把他送到了这里。

当知道老道身世后，小齐对老道说："从今，你再不用担忧了，共产党、八路军来了，你的温饱会有人管的。"

老道很高兴，为小齐做了拿手的豆角焖面。

可惜，由于鬼子"扫荡"，没等大家自己种的豆角成熟，抗大就搬到石瓮了。

这菜，最后被送给了附近的八路军。

上山采药

当时，太行山药物稀缺，伤病员无法得到及时治疗。

搬到石瓮后，小齐听说附近的山上有许多中药材，她马上就组织起学员，让村上的老中医领着上山采药，什么桔梗、柴胡、黄芩、大黄、元志、地骨皮、车前子……丰富极了。

每次大家都采到很晚。

别人倒没啥，大多是农村长大的，可苦了小齐，她哪受过这样的苦啊。所以回来后，每次她都显得很疲倦。

处长、政委知道后，都劝她："小齐，下次别去了，有大家呢。"

可下次的人堆里，仍旧有她的身影。

药采回来后，小齐领着大家又在老中医的指导下，放在院里晒。干后，又拿到碾子上碾碎。

为了让大家更懂药理，她还专门请老中医在村里的清尘寺给大家讲课。

正式党员

这年8月初，由于鬼子继续围剿，抗大离开武乡迁到了黎城。鉴于小齐的表现，组织批准她转为正式党员。

直到很久以后，人们才知道，小齐成了国务院副总理习仲勋的夫人。

抗战巾帼

抗战老兵
王克强

王克强是石鼻（今城南村）一个穷苦人家的娃。她原先不叫这名儿，叫慰华。家里虽穷，可她却不认命，打小就一心扑在学习上。她爹她娘看娃有这个心就拼命供，断断续续把她供到了初小毕业。可她觉得还不够，又去考了县女高小，结果成绩好得吓人。

成了一个女兵

当时，县女高小有人传播进步书，她一看就看进去了，就想自个儿这辈子也不能白活，得做些正经事，回头又去报长治女师。考是考上了，可她爹娘供不起了。

咋办呢？她姐在太原，看她郁闷，喊她去帮点忙，做点事。她去了，可做得不开心。她姐一看，吓了一跳，这娃不会愁坏吧？也替她急，便帮她联系了川加医院的防空救护训练班。这是省抗日救亡组织办的。她去了，结果听了满耳朵抗日救亡，思想一下解放了。

转过年牺盟会成立了个军政训练班女兵连，她就去参加了这个班，经过艰苦的训练，成了一个合格的女兵。

决死队女战士

不久，日本人发动了卢沟桥事变，抢了北平、占了天津。全国人民同仇敌忾，军政训练班的男兵纷纷报了青年抗敌决死队。王克强也去报名，可人家一个女兵也不要。她一下就急了，咋，看不起俺们女兵？她越想越生气，拉起连里的女兵就去讲理，写决心书。

上头一看，呀，咱的女兵们还是蛮有斗志的。可这是打仗不是耍把戏，左劝右劝，却没有一个听的。最后没法了，只好决定先测试测试。结果，有30个女兵通过了考验，其中就有王克强。就这样，王克强光荣地成了决死队第一批女战士。

上了她姐的当

正当决死队准备上前线时，她姐却突然来了队里，一见面就哭，说她娘病得不行了，就想最后再见见面。王克强的心顿时成了一团乱麻。这时，连长也知道了，当下决定让她回武乡。于是，王克强脱了军装，火速回了石鼻。一进门，傻眼了，她娘坐在炕头上好端端的什

么事也没有。原来，这都是她姐一手炮制的"诡计"，生是怕这闺女傻乎乎地上战场挡枪眼。

王克强很生气，可也没法。她娘从此把她看得紧紧的，生怕她拔腿又跑了。这时候消息传来了，决死队已经开拔了，上了五台山跟小鬼子干开了。咋办呢？她飞也赶不过去了。她恨得只好大哭一场。

成了游击队员

正哭着，她却想到了另一桩事。原来县城里也有牺盟会，她要到那里告状去。于是，在第三天头上，趁她娘上茅房的工夫，她拉开街门就一阵猛跑上了县城。在城里找到了县总动员委员会，有个叫王玉堂的接待了她。她跟他讲了决死队，王玉堂一拍大腿，说："正好，我们要成立个抗日游击队，你哪也不用去，就在咱县上工作哇。"

就这样，王克强成了游击队里第二个女队员，还有一个叫武铭。两个人负责宣传队，排了两个短剧：《警报》和《放下你的鞭子》，在段村、故城、蟠龙、洪水轮流演，动员群众搞抗战。

让她爹给遇见了

这一天，他们正在段村演，她爹却突然从人群里冒了出来，闯进后台，一把拉住她，口口声声让她回家去。王克强死活不肯走，她爹当众就骂："把你个灰鬼，丢尽俺王家的脸了，村里都说俺们出了个女戏子。"

王克强也生气："宣传抗日为国为民，是你丢人还是我丢人？说到底我也不回去。"

她爹说："你要不回，就永远不用回。"

王克强说："不回就不回。"

她爹一甩手走了。至此家里再没来人，到冬天也没给她捎棉衣。天冷了，王克强冻得直哆嗦。宣传队的同志们看不下去，有的拿布，有的提棉花，好歹给王克强缝了一身棉衣裤，让她把这个冬过了。她们的宣传起了巨大作用，先后有 100 多青年成了八路军战士。还有许多人回村加入了自卫队。

欢迎朱总司令

11 月 14 日，宣传队接到一个紧急任务，发动群众欢迎八路军总部。这可把王克强给高兴坏了，她早就听说过朱德和彭德怀，在学校时就看过外国人写的《西北印象记》，今儿却有机会亲眼见英勇长征的工农红军，所以一大早就上了街。

当时，天上虽然下着小雪，王克强的心却是热乎乎的。她从早上一直站到傍晚才看到了八路军，也看到了

骑着高头大马，威风凛凛走过来的朱总司令和彭副司令。他们和战士们一样都穿着简朴的军衣，穿着草鞋，戴着斗笠，眼瞅着就亲近。紧接着，她又看到了丁玲同志和西北战地服务团的同志们。

那一夜，朱总司令站在台子上讲话的激动场面，以及之后西北战地服务团的同志和武乡群众交融在一起载歌载舞的动人情景，让她终生难忘。所以没等天亮，她就迫不及待地找到指导员杜忻，提出要参加共产党。

加入共产党

第二天下午，杜忻把她和另外三个同志叫到了一起，通知他们晚上8点到大庙集合。起初王克强还以为是有任务，可等到晚上到了大庙时，却发现县委书记王玉堂也在。

王书记让大家围坐在一起，问："我想问问，你们为什么要加入共产党？做党员是要吃苦的，打起仗来要冲锋在前，被敌人抓住是要杀头的，这些问题你们想过没有？"听到王书记的话，四个人异口同声地说："王书记，我们不怕吃苦，更不怕杀头。"望着四张热忱的脸，王书记脸上露出了欢欣的笑容。

很快，在王书记的亲自介绍下，王克强在党旗下庄严地宣了誓，成为一名共产党员，奉命组建县抗日妇救会。

慰问抗战将士

在她和武铭的发动下，县抗日妇救会成立了。不久之后，她们又在故县附近的聂村成立了第一个村妇救会。

1938年春节，她带着妇救会的会员们赶制的大批军鞋、军袜、毛巾等慰问品，在年三十的那天，到洪水镇八路军医院慰问了为打鬼子负伤的将士们。当看到为抗日流血的同志们睡在谷草铺就的地上，枕的是砖头，她的心是那么的痛，马上返回县城，又向妇女们发出号召，没过几天，赶出了大批枕头，送给了医院。

再度成为女战士

因为工作突出，这年2月，王克强接受上级命令到抗日民族大学学习。

不久她奉命穿上军装，再度成了一名女战士，转战各地，为抗日、为全国解放、为朝鲜战争立下了不朽功勋。

掐死鬼子的史改转

苦命人

史改转是个苦命人。她家在大陌，男人叫魏生金。她是他家买来的，卖她的就是她爹。

她娘家以前其实很有钱，有 100 多亩好地，3 亩大的宅院。可她爹是个大烟鬼，每天抱着烟枪吞云吐雾，她娘说不听，她说也不听，好好的光景就这么一口一口抽没了。等鬼子到韩北那会儿，又一把火把她家的宅院也烧成了灰。她爹一把鼻涕一把泪地抹，回头就把她卖了。

有了人家，原指望能脱离苦水。没承想，她爹还是三天两头过来，不是拿就是要。生金家不只一个儿，过得也不富裕。改转没办法，只好自个儿纺些布，换些钱，日哄她爹。不过，她自己心里也清楚这不是长久办法，若她爹不改变那赖毛病，她迟早被拖死。

转机是小齐来以后才有的。

革命了

小齐年岁不大，才十五六岁，单眼皮大眼睛，见了人啥会儿都是一副笑眉眼。她是个八路，1939 年冬随抗大来了大陌，就住进了生金家东窑。和她一起住东窑的，还有两个女同志，她们有时也管小齐叫齐干事。

她干的事蛮多，白天不是在村上宣传抗战，就是到西隔壁李双全家的"学校总务处"办事。这个学校就是抗大。抗大设在改转家再西面的"大寺上"。"大寺上"是村人这么叫，它其实叫德兴寺。小齐也经常在德兴寺出入。只有到晚上才得空，她一有空就会过来找改转坐。改转纺花抽线，她帮着用高粱箭秆搓花圪圈，顺便给改转讲道理。

她跟改转讲当前的形势，说："鬼子占了咱们中国，又抢东西，又欺负妇女，咱们军民一定要团结起来，把小鬼子赶出去。"改转一边听小齐讲，一边羡慕，她比小齐才大四五岁，咋就没人家那么明白事呢？她问："齐干事，你咋就知道那么多？"

小齐说："我识字呀，要不我教你认字……你教我纺花。"

改转拍手道："这行。"以后就跟着小齐识字。小齐讲的那些道理，就越来越明白。转天，改转主动参加了村里的民兵队。

小齐也跟着她学会了纺花抽线，织绑腿带子。

扔包袱

有天小齐又来找改转，可改转一点也高兴不起来。小齐问："大姐，你这是咋啦？"改转冲屋里努努嘴，说："能咋，还不是我那个要钱的爹……哎，这啥时候是个头啊。"

小齐其实也听说了改转爹抽大烟，她打拨改转："大姐，你不能再这么惯着他，但凡抽大烟的，那都是害人害己，没有一个不家破人亡。钱，我可以帮你，我这有50元冀南票，你可以给他。不过，若想解决根本，还得好好教育教育他，等他走时，你告诉我，我来说。"

改转一听，脸上顿时转晴了，笑着说："齐干事，你真是我的救星。"

第二天一早，改转她爹要走，小齐立刻从东窑出来堵着他说："大伯，根据地三令五申，不许抽大烟，你这是违法，后果很严重。你已经在这事上吃尽了苦头，这恶习咱得改掉！"

改转爹没想到八路干部会找上他，又惭愧又恐惧，赶忙说："长官，你的话我记下了，一定改，一定改。"以后，他养起了骡马，当上了医生，果真不抽了。改转知道后，冲着小齐直挑大拇指，说："还是齐干事有办法。"

从此，改转身上再没包袱，对革命更有热情了。

1940 年，村上选干部，她当上了妇救会主任，帮着许多和她相似的妇女摆脱了买卖婚姻，重组了幸福家庭，还组织妇女、儿童站岗放哨，防御鬼子。

救乡亲

1941 年底，正当大家安顿过年时，鬼子突然来了。村里的男人赶忙拿起枪去打游击。改转也组织剩下的妇女老幼进东江沟，到一处建在两丈多高崖上的窑洞里"躲反"。这个窑洞很偏僻，路也很难走，鬼子以前从没发现，但这次却暴露了。

一个小鬼子把头伸进洞口，呜哩哇啦地冲大家乱叫，当他看到正坐月子的改转弟媳妇时，突然兴奋地端起刺刀刺向她。改转婆婆一看，赶忙用自己的身子挡，刺刀"扑哧"一声就扎进了改转婆婆的胸口，当时人就不行了。

恼羞成怒的鬼子不死心，再一次刺向了改转弟媳妇，这下，她也没躲过。

两个亲人死在眼前，改转忍不住了。她想，横竖都是一死，不能再让鬼子伤害其他乡亲了，不如跟鬼子拼了。于是，她猛地一头撞向了鬼子的腰。鬼子一点防备也没有，一下子就被撞出了窑，摔下了悬崖。慌乱中，他死死拽住了改转的衣服，她也跟着掉了下去。

"扑通——"

"啊——"

幸运的是，鬼子先落了地，改转不偏不倚地掉在他身上，得了救。看着还在蠕动的鬼子，想着刚刚失去的亲人，改转的双手丝毫也没有犹豫，狠狠地掐在了他的脖子上，再也不肯松开。此时，改转的头顶，子弹"嗖嗖"地飞。但她浑然无觉。突然，身上像针扎了一样，她顿时没了知觉。

醒来后，她已躺在了自家炕上，原来是八路的同志救了她。

常念叨

往后，改转生了娃。娃长大后在昏黄的油灯下摊开地图写作业。改转问娃："你在写啥？"

娃说："我在填华北的位置。"

改转笑着说："华北我知道，就在咱这儿，以前住在东窑的你齐姨告诉我的。她还告诉我，咱这里是太行山，教我识字，教我学文化。"

"妈，这位齐姨现在在哪里啊？"

"我也不知道啊。她肯定还在干革命，要是知道她在什么地方，不管有多远，我都想去看看她。"

这话，改转至死还念叨。

娃娃兵

梁凤英

从小就想当八路

梁凤英当八路那年还不够 15 岁，可她已经是"老革命"了。

她是白和村的，出生那年，毛主席刚刚写下"星星之火，可以燎原"。这个"小星星"在 8 岁以前过着无忧无虑的生活，爹娘辛勤劳作，身边有一群小姐妹可以天天玩。还有个四姥姥非常疼爱她，做下好吃的经常叫她，看她口干了也会喊她去窑上喝水。

可她 8 岁上小鬼子却从辽县（左权）那边杀过来了。一路上所有的村都遭了殃。烧的烧，抢的抢。男人女人死伤无数，就连白和也没有逃脱。

当时，她跟上她爹娘逃了难，等日本人走后才敢回来，可一进村就哭下一片了：房都烧塌了，没来得及藏的粮食也成了焦灰。

"哎呀，这可咋活呀！"虽然已经是四月天，可他们

还是感觉到了扑面寒。

他爹没法，只好寻山旮旯儿另外打了口小窑，好歹先存身，谁知道小鬼子啥会儿又来作害。就这样，一家人像野人一样住在了野外。窑洞里边黑洞洞的，老让人觉得天黑着，很是压抑。白天，梁凤英总能听到鬼子在外头放枪。夜里，又是四处狼嚎。

这时候，八路军来了。他们在村里住下来，又开煤矿又训练，还帮着村人们搞生产。村人们都愿跟着他们搞抗战。小小年纪的梁凤英更是盼望着有一天也能加入八路。

拥军招待所小队员

一晃到了 1942 年。这年春上，已经 12 岁的梁凤英正跟上乡亲们一起逃难，突然跟鬼子相遇了，猝不及防的乡亲们马上一哄而散。可她的四姥姥因为脚小走不快，被小鬼子赶上了，一刺刀扎中了她的胸脯。

最疼梁凤英的四姥姥就这么没了。凤英记下了这个仇恨，发誓要报仇。这个面黄肌瘦、营养缺乏的女娃娃，悄悄地加入了村上的儿童团，帮着村人站起岗放起哨来，盘查路上那些可疑的人。她还帮着民兵们捎书送信，跟着妇救会搞接待。

白和地处交通要道。当时八路军和小鬼子成天在辽县、麻田打仗，不时要路过这里。还有伤兵员，也要通过这儿被转送到 20 里外的泉河前线医院。梁凤英亲眼见到队伍上的人每回过来都衣服褴褛，面容憔悴，嘴角开裂，疲惫不堪，心疼得不行。

这时候，常年负责接待的妇救会主任李大孩和几个女共产党员也注意到这个情况。她们决定在上店上路口搞个"拥军招待所"，于是在门口搭起了凉棚，支起了石桌、石凳。她们轮流值班，保证随时能为部队供上水，吃上饭。

梁凤英也拉着小伙伴田秀珍一起去报了名，成了这个战争年代第一所"拥军招待所"的小队员，跟上大人们，端水递饭，照顾伤员……

在她们的影响下，武乡各村也陆续有了招待所。

和小伙伴们一起训练

1943 年，鬼子的"扫荡"更频繁了，白天乡亲们都躲在山野里，一刻也不敢行动，只能在夜里，偷偷下山挑水，营生。

这天，梁凤英她爹趁夜去挑水，走到半道上，一不小心滑倒了，头重重地磕在了石头上，血喷涌出来，顿时昏死了过去。乡亲们慌忙把他抬回村，为他止血、救治。好不容易他才醒了，正要颤巍巍地站起来，鬼子却

来了。无奈之下，民兵们只好用鸡笼抬着他走，刚出村，他就去世了。

再度失去亲人的梁凤英抹掉眼泪，把对鬼子的仇恨再次记到了心里。此时的她已不再是个懵懂无知的娃娃，她拉起自己最好的两个小伙伴，田秀珍和孙金华，开始利用游戏时间练起了丢手榴弹。

晨光中，在白和的空地上，村人经常能见到这几个娃娃，齐刷刷地站成了一排，一人手持一颗（假）手榴弹，开始使劲朝前扔，看谁扔得远，看谁扔得准。

三个女娃娃披上了军装

1945 年春暖花开时，八路军发出了扩军公告，梁凤英眼见着村上的男青年都光荣地穿上军装，也想去报名。可她又一想，真参了军，她娘咋办？她爹走以后，家里的地，放牛割草，担水做饭的营生，她已经默默地帮着担起来了。这会儿，若是真走了，一家的负担不是又堆给她娘了吗？可是不参军，啥会儿她才能给四姥姥、她爹报仇呢？

走不得，待不得，她好难啊。

此时，她娘也看出了娃心里揣着个疙瘩，便问她："凤英，你是不是想参军？一个女娃娃去打仗不怕吗？"

她当然怕，一听炮声就赶紧捂住耳朵，闭上眼睛，站在那儿不敢挪地方。可怕就不能报仇。

她娘又问："你问人家没，要不要女兵？"

她说："早问了，不管男女，都要。"

她娘说："那你去哇，参军当兵是国家的大事，家里的事你不用担心，去吧！"

看着她娘，梁凤英欢喜地流下了眼泪。她马上跑出门，跟小姐妹们说了自己要去当兵的想法。没想到田秀珍她们也想走。

就这样，在这年晚春，三个女娃娃，都穿上了军装，戴上了大红花，成为 129 师光荣的一员。

女娃娃当兵，而且还是一下子三个，这在武乡是头一遭，当时全县就轰动了。不到 15 岁的梁凤英她们"一不小心"就为白和赢得了荣誉。

将青春献给国家

接下来，三个人都参加了紧张的训练。

之后，孙金华离开了她们到了其他地方，梁凤英则又和田秀珍在一起，都进了国际和平医院白求恩一所。

她们一个外科，一个产科，开始随着部队行走祖国的山河，在抗日战线、解放战线，不断立下功劳。尤其是梁凤英，参加了浑城之战、阳山之战、孟良崮战役、洛阳解放战、四川剿匪、抗美援朝……，曾经是个娃娃

的她，早已在战场上成了一名合格的主刀大夫，不断为伤员取子弹、清除体内残余弹片，做截肢……换救了一个又一个同志的生命。她将自己的青春无私地献给了党，献给了国家。

小烈士
徐改桃

犟脾气

徐改桃十二三时，个子还不咋高，脸稍显瘦，有些
"蚕沙"（雀斑）。她家在上司小店。她爹叫徐三宝。三宝
拢共娶过三个老婆，改桃是第二个老婆生的。这个女人
生下她没几天就没了。三宝后来又从姚家庄说了个带男
娃娃的女人。这个女人待住了，过来又给三宝生了好几
个娃。

娃多了事就多，加上改桃又是个犟脾气，凡事都想
做好，一下也不想让人说不对，甚会儿也不服输，这就
难免会有些磕磕碰碰。不过她也没受啥治，邻墙邻院还
有徐家人，打断骨头筋还连着。只要改桃过去，这家给
倒水，那家给端碗，也就把改桃一天天哄大了。别人待
她的好，她都记在心，思思谋谋给回报。

隔壁家的徐莲香，比她小一辈，口口声声叫她姑姑，
其实也不过比她小 4 岁。但改桃却像大人一样庇护莲香。

同村有几个男娃娃总是欺负莲香。改桃知道后，撸起袖子就去找人家，警告他们不要那么可恶。

改桃帮着放哨

从此以后，莲香就老在改桃屁股后头跟着。

本村还有几个和她同年仿岁的女娃娃，也能跟改桃说得来，几个人经常在一起耍。可改桃这人挺奇怪，有时候刚刚还在眼前晃，一转眼却不见了，到她家找也找不着，到村里寻也寻不着。过了一阵，却见她从她本家哥哥徐仲春家院里出来了。问她做甚来，要么说给她哥撮炭来，要么说给她嫂烧水来，反正总有个说辞。大家也都相信她，扭头就疯跑去了。

实际上，改桃是让徐仲春给叫进院的。仲春家经常来些外村人，一来，就会关在屋里嘀嘀咕咕。仲春知道改桃是个既机灵又嘴严的，便嘱咐她帮着到门外看动静，一有不对就赶紧进来说给他。改桃也不问情由，每次爽爽快快就答应了。

改桃的功劳

那时候，鬼子经常来上司大"扫荡"。每次来，又抢牲口又拿粮食，从不走空，比牲口还牲口。老百姓们都恨得牙痒痒的。改桃也恨，别看她人小，可有心思。她知道仲春家来的这些人都是为打鬼子的。

果然，有时候这些人一走，邻村上下的年轻人就都来了。改桃依旧帮着警戒。等他们一出来，就会挨家挨户去通知："日本人要来了，赶紧藏粮食，往出躲。"大家伙儿便牵驴的牵驴，抱娃娃的抱娃娃，"呼啦啦"一阵都跑了。鬼子来了还纳闷，咋这地方人消息这么灵通？别说人了，连颗米粒也没给丢下，只好灰溜溜地走了。

其实，改桃的小伙伴们也纳闷，她们有时会猜是谁给村上通风报信，但一点儿也没想到，有功劳的人，其中的一个就在身前。

改桃跟姜书记走了

经常到仲春家的人里头，有个姜一，是李峪垴的，打1935年就跟上魏名扬闹革命，在蟠龙和洪水都当过书记。这时候，他正负责路南办事处的事。他时常观察改桃，发现这女娃娃跟其他小娃娃不一样，做事干练有头脑，而且还能保守秘密，就打算好好培养她，让她担当更大的任务。

有天，他专门把她叫过去，跟她商量，想要送她到抗日二高去读书。改桃一听就同意了，心里思谋，这几年天大旱，又是蝗虫又是鬼子的。这么多嘴指她爹一人，

家里早接不上茬了。若是她能出去就能省出一张嘴，肯定能给她爹减轻许多负担。而她自己这一去，又能长见识又能替共产党、乡亲们办事，保不定还能打鬼子，那可是比一般人觉悟高，比成天扎在娃娃们堆里要有出息得多。

于是，她马上回家跟她爹商量，三宝也觉得行。就这样，改桃跟着姜书记走了。

她走了，娃娃们才悟到，呀，改桃不知道啥时候已经闹上革命了。

改桃掩护师生们

改桃去的抗日二高在监漳秋根底，离小店有 20 多里。由于当时兵荒马乱，她又是女娃娃，所以去了就没再回小店。她在学校担任学生会干部，除了学习，事情也挺多，又要宣传抗战又要搞活动，每天过得挺充实。

1943 年，秋根底的人们正忙乱着过年，没料想鬼子来了。他们中有汉奸，知道村里谁是共产党，正领着鬼子挨个儿抓人。眼看就要闯进学校了。在这个紧急关头，改桃马上让学生们跟着老师往安全的地方跑。她自己则和区上的干部刘如昌，还有一个叫成斯文的同学往另一个方向跑，打算吸引住鬼子掩护学生们撤退。果然，鬼子被他们牵走了。

等到上了东乡里贯家坡，恼羞成怒的鬼子开了枪，"砰砰砰"，改桃就觉得突然身上像针扎了一下，立刻倒在了地上，血从她身上汩汩地往外冒。与此同时，刘如昌和成斯文也先后倒下了。

改桃被追认为烈士

后来，七区的同志们找到了改桃的遗体。当他们去通知三宝时，心里还念叨闺女安危的三宝怎么也想不到自家的女娃已经不声不响离开了他。他和区上的同志们一起抬着改桃，总觉得对这闺女亏欠太多，等把改桃下葬后，就躲在院里不肯出门了，人哭得呆呆的。莲香几次想过去，可是临到门前还是退缩了。她也不知道怎么劝这个老汉。而且她自己也伤心，再也没有人保护她了。

消息也传到了武东县委书记姜一的耳朵里，他也不能相信那个活泼可爱的小女娃就这么牺牲了，当即就决定追认改桃为烈士。之后，七区专门在秋根底为徐改桃、刘如昌召开了追认大会。

1945年，她的英名永远镌刻在了蟠龙奶奶凹"抗日英雄纪念碑"上：

"徐改桃

1929—1943.2

武乡县小店村人……"

至于成斯文，他并没有牺牲。伤好后，他继承了改桃的遗志参加了抗日武装，成了祖国第一代飞行员，守护起了祖国蔚蓝的天空。

英雄母亲

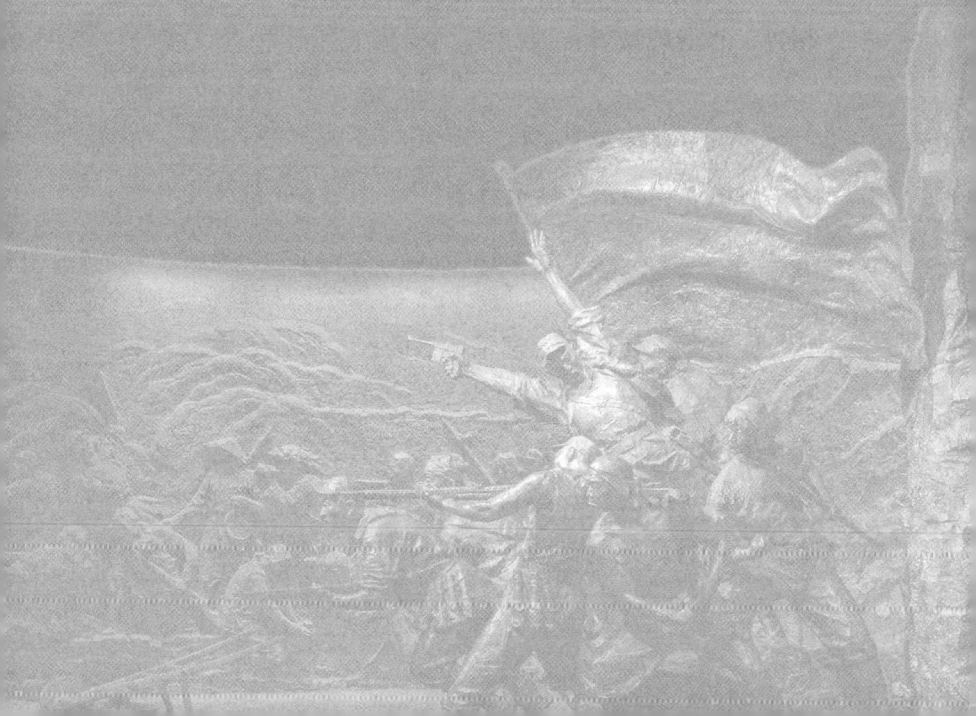

欢迎咱们的队伍

1938 年春天的一个下午，129 师的大部队在刘邓首长的带领下，雄赳赳地开进了胡峦岭。队伍沿东官道坡摆出了一条长龙。村上的百姓远远就看到了，大家奔走相告，兴奋地喊着：

"八路军来了！"
"八路军要进咱村了！"

声音惊动了更多的人，大家纷纷跑到村口欢迎咱的队伍。一些人还拿出了窑里珍藏的好东西：大枣、黄蒸、鞋、袜……准备慰劳咱的战士们。其中，就有一位拿着煮鸡蛋的近 60 的老大娘。她，就是郝爱则大娘。

别看年龄大，大娘可是村妇救会会员。等到迎进了咱的队伍后，她就又吆喝着同村的郝兰花、魏兰芬等妇女赶到了东庄，为部队设在那里的炊事班劈柴烧水，添水洗米。不久，武乡八路小米焖饭就香喷喷地端到了战士们面前。

这次的急行军，是为了打来犯咱的小鬼子。等到半夜里，养好精，蓄好锐的战士们便开拔了。第二天消息便传来，咱的这支部队，在长乐歼灭了 2200 多小鬼子，一下子就粉碎了鬼子的"九路围攻"。这个胜利的背后，自然少不了郝大娘的"功劳"。

满门都是抗日人

郝大娘是龙湍人，她出生那年正赶上"丁戊奇荒"。整个华北，赤地千里、饿殍遍野。是她爹靠着纺绳的手艺，勉强把郝大娘养活。

那会儿，在庄户人心里，粮食最值钱。所以在郝大娘 17 岁时，便被胡峦岭的王焕榜家花了两斗小米娶了过去。

王焕榜大高个儿，性情开朗，好唱个莲花落，会扭个秧歌，是十里八乡有名的秧歌手，经常跟上北上合、陌峪的剧团到处跑，为一家老小搂食。但有一桩，他只能台下唱，站台上就张不了口了。

因为常年四处跑，见的世面自然多，王焕榜早早便接触上了进步人，人也跟着进步了，先是参加了武乡农

民"抗债团",后头又领着他儿四孩跟着魏名扬打游击。四孩也不是一般人,早在村上进驻八路军工作团时就帮着搞抗日宣传。鬼子"扫荡"时他又担任了村上的财粮主任,成天不是挑着灯帮着乡亲们挖藏粮窑,就是给乡亲们藏粮食。

就连他孙松胜、松池也不含糊,一个14岁时,一个10岁时就成了村上的儿童团员,每天提着红缨枪,拿着弹弓,帮着站岗放哨。

家里的男人都抗日,大娘也不落套。每天忙里忙外照顾家中老小,因为常年失饥伤饱,肝火内盛,她的一只眼早早就失去了光明,另一只也是视力不足。但她依然坐不住,每天都和妇救会的女人们一起,不是纺花就是纳鞋底,做军鞋,做米袋,支援咱的队伍抗日。

逃难路上的歌声

1942年春,驻扎在蟠龙的小鬼子突然来"扫荡"。得到消息的郝爱则抱起一个吃奶的孙子和四海媳妇豆梅两个人赶忙领上乡亲们往大有、王庄沟一带逃难。王焕榜则担着另外两个孙子跟在后头。

刚出村就听到背后有枪声。乡亲们回头望望,村里全是黑烟,滚滚地往上蹿。大人一看就哭了,娃娃也跟着闹。郝大娘赶忙安慰说:"不要怕,咱们还有八路军,民兵也会保护咱们，先躲避一阵阵，等鬼子走了，咱还能回家。"

别看王焕榜个儿高，可心肠软，见不得人哭，就也哭得稀里哗啦，边哭边唱：

"家住武东县
四区胡峦岭
日本鬼子搅扰咱不能在家中
为了拣条命
带上转移证
转移到那后山里……呀……"

等逃到大活庄河圪渠，枪声听不见了，郝大娘就想停下来喂喂她抱的那个孙子，可掀开被一看，这个孙子早饿死了。大娘这个哭啊，就连乡亲们也止不住泪。王焕榜一看，咋劝呀，就又唱：

"逃难上了路
娃娃抱在怀
哭了一声好恓惶呀……呀……
饿死俺的孩……孩……"

这首歌，后来就在武东县这片抗日根据地上慢慢

流传开了。等到又一年秋上，村上来了两个八路，一个叫阮章竞，一个叫赵迪之，为它谱上了曲，教给了更多人唱。

八路军的"好母亲"

冬天，小鬼子又来胡峦岭"扫荡"。这回，王焕榜不再唱了，而是领着他儿王四孩跟上村里的自卫队，配合咱八路军三营十一连一个排在官道坡上伏击小鬼子。仗打得很猛烈，王焕榜个大，忘记了隐蔽脑袋，被小鬼子一枪打中了肩膀，子弹从后背飞了出去。但他仍旧顽强地忍住痛想要继续拉枪栓。这时鬼子的枪声又响了。他一下子就倒了下去。

仗打完了，四孩把他爹背回了窑。和王焕榜一起回来的，还有一个小战士，他中了两枪，无法动弹。郝大娘负责照看他们，然而，一个多月后，王焕榜还是牺牲了。忍着心痛，她继续尽心尽力地照顾着那个小战士，每天就像对待自己的娃一样，又是挖屎又是弄尿，还帮着洗身，无微不至。可惜的是，最终这个战士也没有治好。他被埋到了胡峦岭。因为不知道他的名字，大家伙儿就为他起了个名字叫吴士铭（无氏名）。

虽然他们牺牲了，但他们参加的那场伏击战最后还是取得了胜利，受到陈锡联司令员的表扬。郝大娘也被前来慰问的钟明锋营长称作八路军的"好母亲""民兵英雄的好妻子"。

宁死不吃鬼子的饭

男人死后，郝大娘的眼彻底看不见了，可她的心却窝下了一团怒火。

转过年来，小鬼子的"扫荡"更凶了。他们把因为保护群众和粮食而不幸被捕的村自卫队队长胡留锁绑在树上活活折磨死了。之后，又在胡峦岭建下了炮楼，对周围十几个村造成了威胁。为了跟鬼子斗争，胡峦岭自卫队决定空室清野，断绝鬼子的路，跟鬼子打麻雀战。

但四孩准备带他娘转移时，郝大娘却死活不走，说："我看不见东西，钻洞里屙尿不方便，又得拖累妇救会多派一个人专门照顾我。"无奈之下，四孩只能把她藏到木瓜掌沟一个看西瓜的窑里。枪声传来了，大娘赶他走，说："四孩，你留点炒面，别管我，赶快回去招呼群众吧……"

四孩走后，鬼子发现了郝大娘，一个伪军试图劝大娘跟他们回村，说："山沟里全是豺狼虎豹，把你这把老骨头啃掉怎么办？"

大娘却说："你们比豺狼虎豹还狠毒！"

恼羞成怒的伪军把大娘带回了炮楼，假仁假义地给

她端水送饭，可她却说："我是中国人，宁可饿死，也不吃日本鬼子的饭！"

鬼子山木队长忍不住了，亲自审讯郝大娘，要她说出四孩的下落。郝大娘却说："儿子不由娘管，他当上民兵跟八路军走了。"

山木又让郝大娘把四孩叫回来，要给四孩官和荣华富贵。

大娘大声说："我儿子当民兵不图做官，图的是早日打败你们这些日寇和汉奸卖国贼！叫我给你们这群野兽骗回民兵游击队，万万办不到！"

最后，因为激动，她口吐鲜血，昏倒在地。

这时，鬼子又想到一个"放长线钓大鱼"的诡计，把她放回到之前躲藏的窑洞。为了不让鬼子得逞，郝大娘每到晚上就往窑洞外扔土块，鬼子以为民兵来了，便会打几枪……直到，郝大娘被活活饿死。

半个月后，咱的军队发动奇袭，把这股鬼子全部消灭在了胡峦岭上。

革命妈妈
暴莲子

讨饭娃娃

　　暴妈妈出生在签订《辛丑条约》那年。她娘把她生在了一盘碾子前。碾子是监漳大恶霸——"二知县"暴炳旭的，暴妈妈她爹是二知县的雇工。那天，二知县逼她娘去推碾子……

　　暴妈妈生下来时还不足月，又瘦又小。她娘因为推碾子累得早虚脱了，生下她后好半天才省悟，这娃娃咋就没哭一声呢？赶紧把她抱怀里用身体给她暖着。好一阵她才"哇"地哭出来。

　　尽情哭吧，人到这世上，就是来哭的。她娘不住叹息，担忧自己这饿身子没有奶水可咋办？幸好工友们知道了，这家给一把，那家给一点，好歹让她糊弄了眼前，这才下了点奶。可也只不过四天的口粮，以后，就又断顿了。没法，她娘只好又强忍着起身，进了二知县的院，给他家洗衣裳、喂猪去了。

　　等到暴妈妈五六岁时，这天，她娘把她叫眼前，语重心长地说："娃，咱家扛长工的扛长工，打短工的打短工，谁也顾不上个谁，你，自个儿讨吃吧。"

　　打那儿，暴妈妈就成了镇上的讨吃娃娃。

使唤丫头

　　在她 12 岁那年，她爹在做活时突然吐了一口血，话还没说一句就咽气了。她娘借了几块烂板板，求人做了口棺材收殓他。可抬半道，"扑通"一声漏底了。她娘没法了，说："咱就在这儿埋了他吧。"大伙儿不同意，说这人受了一辈子罪了，总不能再光着身子走吧，一起凑了张席子钱，这才把他送走。

　　回头刚进门，逼债的就一个接一个地来了。夜里，暴妈妈发现她娘不见了，慌忙跑出去找。最后，在河边上找到了，赶忙拉住她娘，哭喊着："娘，我再也不向你要吃的了……"

　　她娘眼泪汪汪地望着眼前这个瘦骨嶙峋的娃，好半天终于哭出声来。

　　从那以后，娘俩再也不登二知县的门。一个给人缝缝补补，织些布，一个靠讨吃，勉强度过了整冬。到了腊月二十九，正想着安顿过年，突然，门被推开了，二知县闯了进来，硬说她家还欠他钱，把暴妈妈拉去当了使唤丫头。

驴和瞎子

她先是侍候二知县的老婆"母老虎"。母老虎好抽股大烟，让她烧，烧不好就拿烟扦子扎她脸。她疼得直颤，可就是不敢叫出声来。

晚上她想逃，可院门前有狗。长工院有道小门，过去一看也上着锁。她想来想去，躲牲口棚里，想窝到五更天小门开了再逃。可第二天一早还是被喂牲口的老长工发现了。

老人劝她："逃不掉的。"

正好母老虎又在吼，她只好又回去了。

往后，母老虎嫌她不灵活，让她去侍候媳妇"小黄蜂"。

小黄蜂更恶毒，叫暴妈妈洗一大堆衣服、尿布、屎布，她洗得手搓破了也洗不完。伤口化脓了，钻心地疼，照样得泡脏水里。这还不算，她还得照顾大少爷、小少爷，吃饭，上学。

大少爷跟她一般儿大，肥得像头猪，连走路都懒得走，每天都让她当驴，骑在她背上去学堂。稍有点不如意，就会对她拳打脚踢，或是喊他娘拿铁扦烫她。那次，她拼命想躲开小黄蜂烫得发红的铁扦，却不料，左

眼碰到了剪刀。从此，左眼便瞎了。在又一次遭到毒打后，她彻底垮了，高烧不退，人瘦得脱了形，小黄蜂一看，这怕是要死在院里了，就让人扔破烂似的把她扔到了外边。

是她娘带回了这个苦命的娃，照料了她 3 个月，她才死里逃生。

妇救会员

转过年来，她到了禄村，给一个叫王三旦的男人当了童养媳。

王三旦大她十来岁，对她很好，就像是待亲妹妹。他也是穷苦人，和她爹一样，也是个长工。暴妈妈不嫌，她也学着她娘给人当起了短工，熬盼着有一天，穷苦人能天光大亮。

1938 年春暖花开时，太行山来了八路军。他们在禄村搞宣传，给乡亲们担水、扫院子，待乡亲们如同亲人。他们说："……组织起来，就有力量……妇女们参加妇救会，那是为了救中国，打日本，求解放……妇女不受欺，穷人不受穷……"这些话句句都跌到她心坎上了，让她眼前亮堂堂的。

从这天起，她就成了一名妇救会员，脚放开了，头发也剪短了，世理也明白多了。不光她自个儿如此，她还希望妇女们都解放，把禄村的山山沟沟都跑遍了。她的话让大家看到了希望，大家都愿意跟着她奔光明，一致推她为妇救会主席。

她又拉着大伙儿给八路军做军鞋、粮袋、烟袋，做得又快又好。别人做得不仔细，她还说人家，说咱的军队一双鞋得穿三四个月，不能瞎应付。女人们听了，不光把鞋做结实，还在上边缝上"努力杀敌""保卫祖国"。

八路妈妈

1942年4月的一个黄昏，浊漳河边又响起了枪声，暴妈妈正准备转移，突然门被敲响了。她打开门一看，是个八路，操着外地口音，脸上一点血色也没有，就知道是负了伤，赶紧扶进窑躺下，一问才知道他叫赵登封。当她正要给他清理伤口时，门外又传来了叫骂声。她赶紧把老赵藏进了炉灰洞……

这时，一个鬼子翻译进来了，问她有没有看到伤兵？她装听不懂，说："老总，你要吃烧饼？"

鬼子翻译大怒："滚，伤兵，伤兵，谁跟你说烧饼。"懒得理她，走了。

深夜，民兵帮着她把老赵转移到了安全地儿，她又每天爬沟越岭来给老赵送水，送饭，送药，包扎。把家里老母鸡卜的蛋，拿给老赵吃。

老赵伤好了，要归队。临走时，喊道："妈妈，你是八路的好妈妈，我一定要多杀鬼子，报答你。"

地下交通员

1943 年，鬼子在蟠武公路上安下许多"钉子"，她的窑洞成了交通站。

初冬的一个傍晚，天上飘着雨夹雪。突然有人到了窑前。

"谁？"

"我，105 号……"

她一听，就知道这是路北八路军通讯员小陈，马上开门把他迎进来，发现小陈脸冻得发青，衣服都湿透了，马上帮他脱下来，又拿了被子，叫他赶紧钻到被窝里暖身子，趁着这工夫就把消息相互传递了。

说完话后，她突然想到小陈一定饿了，正想要抓把枣给他充饥，可累坏了的小陈却已经沉沉地睡去。她只好给他掖紧了被子，又找出一条破毯子，压在上边，扭身去给他烤衣服去了。摸着小陈薄薄的夹衣，想着外边越来越大的雨雪，她不由得心一颤，马上点起了油灯，把闺女们的被子提起来，一块块地取出其中的棉絮，填进了小陈的衣服里。

天亮了，小陈要走，望着变成棉衣的夹衣有些奇怪，可望着暴妈妈三个闺女被角上的棉絮，他什么都明白了。

革命妈妈

1945 年，白晋战役打响了。前方医院就设在禄村。连暴妈妈的院里都住了许多伤员。每天她都忙着和闺女们帮着看护他们，帮他们洗衣服。重伤员中有个杜班长，正在昏迷，需要静养和照顾。她提议到她家去。医生知道，她每天非常辛苦，家里已经很挤了，不同意。可她却说："我家可以再挤出一眼窑来，其他人有我闺女照料呢，不妨事。"

最后，拗不过她的医生还是同意了。

为了杜班长，她把家里仅剩的两条被子叠在一起铺在他身下，又连夜赶缝了一个褥套，填进麦秸给他垫在身下。杜班长醒来后，望着窑里疲倦的母女，眼里涌出了泪水。

暴妈妈发现了，欣喜地说："小同志，你总算活过来了。"赶忙为他端来了鸡汤，用一把小木勺往他嘴里灌。

杜班长喝了一口，多么美味啊。他怎么知道，这是暴妈妈杀了家里仅有的公鸡熬的。望着因伤口难以下咽的他，坐在旁边的暴妈妈的三闺女兰菊忍不住了，说："再喝一点吧，这是我妈特意为你煮的。"

晚上，暴妈妈又用自己攀亲找及设法弄来的盐泡水

给他清洗伤口。

在她的精心照料下，杜班长腿上的伤势好转了。可胳膊上却开始恶化。医生看了，无奈地说，需要锯掉。这下暴妈妈急了。她突然想到一个老中医，央求医生先等等。老中医开好药方后，她又独自攀上山坡去采药。

有味药需要进监漳，她又跑了10多里山路。但那药很贵，她毅然从头上拔下了她妈留给她的唯一嫁妆——银簪子。

两个月后，杜班长要归队了，他默默地一早起来给敬爱的暴妈妈担满了水缸，打扫了小院子。又一年多过去了，他转业了，毅然回到了禄村，成了暴妈妈的"亲儿子"。

为了表彰暴妈妈，太行区党委、晋冀鲁豫边区政府、太行军区，给了她一个光荣的称号："革命妈妈"。

王贵女是沁县人。她出生那年，清政府刚签订了《马关条约》。她娘家很穷，她是18岁嫁的，嫁的人家更穷。她嫁在了窊里，男人姓段，是个佃户，一年到头，光租子就让人喘不过气来，更何况她还一口气生了六个。那年头，饿死、病死个人是很正常的。这六个中有四个就这么没了，就连她一个孙子也这么失去了。本来，贵女是个与人无争的性格，活到快50了还没与人拌过嘴，说话时也从不高声呐喊。可这年，她却干出件天大的事。

支持儿子当民兵

话要从1940年说起，当时小鬼子刚占了段村，又修碉堡又修壕沟。但他们自己不动手，而是到处抓人修。仅窊里就抓了20来个男人。这里头就有贵女家男人。

到了段村，鬼子不把他们当人看，又是皮鞭抽，又

是棍棒打。她男人挨打后手脚不灵活，一不小心被石头砸断了锁骨。小鬼子不给治，任其伤势恶化。随后，他又染上了伤寒，不久就奄奄一息了，等抬回家的第二天便咽了气。

当天，贵女就拉着她儿满青找上了共产党，让他当了民兵，寻机会给他爹报仇。满青好样的，只要鬼子来"扫荡"，就扛起步枪跟鬼子干，打得鬼子急了眼，直叫嚣："没有烧不红的铁，砸不烂的石头，没有杀不服的宓里人，不维持的宓里村。"

他们把炮楼修到了宓里西边隔河的康洪，还有村东八里的马牧，妄图逼迫村人搞维持。可宓里的人家家都跟他们有血海深仇，根本不听他们的话。

后来鬼子也不抱希望了，只要来宓里，便逢人杀人，见房烧房，一个月就"扫荡"了32次，把整个宓里毁得只剩下一间房，人更是杀得上了百。

宓里人呢，却和满青他们更贴心了，只要民兵做事就配合。满青他们也打得得心应手，不是打伏击，就是袭据点，搞麻雀战、石雷阵，每天神出鬼没。据点里的鬼子被搅得心惊胆战，一刻也不得安宁。

就这样，过了整3年，宓里仍在鬼子的眼皮下挺立着。

鬼子来"扫荡"

一晃到了 1944 年，正月二十四那天，外边下了漫天大雪。二更天时，王贵女听到门响动，点上油灯一看，是她儿满青站岗回来了，慌忙安顿他歇下。

这些年因为长期风餐露宿，满青得了个怪病，浑身长满了疥疮，这几天，更是全都溃破了，到处流脓血，疼得他翻来覆去睡不着。贵女听着他那边难受，心也不好受，可她也没办法。直到五更天，才听见满青的打鼾声，刚迷迷糊糊想睡，突然，枪声响了。

两人顿时睁了眼，满青一翻身就下了地，对王贵女说："娘，是信号枪，鬼子来了，你赶紧跟上乡亲们转移，我出去看看。"他抄起了两颗手榴弹就出门了。

王贵女也没犹豫，这些年躲"扫荡"早习惯了这种日子，赶忙收拾了个篮子，借着雪地光，顺着预先安排的撤退方向出了村。

这会儿，村上另一个方向，传过来了枪声和手榴弹声。王贵女知道，那是满青他们在吸引鬼子的火力，不由就担心起来。

贵女要拼命

不久，天光大亮。

她和乡亲们正顺着一条暗沟走。突然，后边传来了脚步声，王贵女脚小，人走得慢，落在了最后，便下意识地扭头望了一眼。这一看，差点没把她吓着，原来后面来的是满青，在他身后还跟着在这一带做尽坏事的既凶狠又爱财的段村伪警备队小队长。他正端着一把枪，指着满青的腰眼。王贵女的心顿时一沉，咋，满青这是让人家俘虏了？

此时，小队长蓦地遇上这么多人也是吃了一惊，但一看都是些老人、妇女还有娃娃，气焰立刻嚣张了起来，马上挥着枪，呐喊："不许动！"所有人都不敢动了。他马上跑过去东翻翻西翻翻，抢了一个年轻妇女的包袱，又马上去抢另一个。这让王贵女的心不由揪了起来。在她的篮子底下放着一把菜刀，那是她准备跟鬼子拼命的。她的手开始慢慢往篮子里伸。

满青的打算

此时，满青也同样紧张，他是故意把这个伪小队长引到这道沟的。

当时，他正在村里掩护乡亲们往马圈沟转移。本来鬼子已经中了计，可当他绕回来察看乡亲们是否已经安全时，却被这个伪小队长撞见了。可让他疑惑的是，除了这个伪小队长再没有别的鬼子了。想到这家伙平素的所作所为，他恍然大悟，原来这家伙是想一个人偷偷发洋财啊。

这是多么好的机会啊，干脆把这家伙引到暗沟里干掉狗日的。他的脑子里马上就浮起了这个念头，于是假装道："太君，我是病人，我是病人，不信你看……"说着，就伸出了他满是疥疮的双手。

伪小队长厌恶地避开了，他是跟着乡亲们的脚印来的，在雪地上，有一串纷乱的脚印通向了沟里。他问满青："沟里，什么人的有？"

满青摇摇头。望着阴暗的山沟，鬼子似乎有些犹豫，但马上又说："你的，带路的干活。"

满青想，好啊，正愁怎么哄你下沟呢。于是就带着伪小队长来了。可令满青没想到的是，他娘居然还在这里。

母子对暗号

此时，已经抢到了东西的伪小队长更加放肆了，他开始逼乡亲们说出藏粮洞。乡亲们没一个开口的。可是，突然，一脸堆笑的满青却说："太君，我知道，在里边，我带你去。"

这话一出，乡亲们的眼神顿时就变了。连王贵女也惊讶她的儿怎么能说出这种话？

当她把愤怒不解的目光投向满青时，却发现满青冲她挤了挤眼，还冲沟歪了歪嘴。这下贵女明白了，满青这明显是有谋划。她会意地眨眨眼，同时拍了拍手里的篮子。满青也明白了，他娘那里也有防备，信心更足了。

此时，伪小队长对满青的话还半信半疑。为了打消伪小队长的疑虑，满青又说："这条沟离村这么近，怎么敢藏粮。"

伪小队长相信了，跟着满青东绕西绕，渐渐地离村子越来越远。此时，一直端着枪的他，实在受不了冻，下意识地把枪挟到了胳膊下，把手笼到袖筒里暖和起来。

贵女杀鬼子

机会来了，在下一个陡坡时，一个叫赵女娃的女孩突然滑倒了。她手里的篮子摔了老远，露出了里边藏着的一双毛手套。贪财的鬼子马上弯腰抓，嘴里还喊着："统统地，没收。"

就在这个瞬间，满青迅速和贵女交换了眼色。只见他一个箭步奔上去，一把就把鬼子的枪夺到手里，然后猛地用肩一扛，就把那个家伙扛进了水渠里。紧接着，他举起枪扣动了扳机，可子弹只打中了伪小队长的帽子并没有杀死他。为了不让枪声吸引更多的鬼子来，满青马上对大家说："你们赶快跑，我来收拾这家伙。"

乡亲们"哗啦"一下散了。满青却纵身跳下水渠死死地摁住伪小队长。伪小队长拼命地叫，满青又拉下自己的头巾往伪小队长嘴里塞。蓦地，伪小队长像疯狗似的咬住了满青的指头。贵女见状，马上把篮子里的菜刀丢给满青，说："砍死他。"

可满青的手被伪小队长死死地抱着没法拿刀。就在这时，贵女又从乡亲们丢下的篮子里找到把菜刀，狠狠地向鬼子脸上劈去。

尾声

鬼子死了。母子俩拿着那支三八大盖，胜利地和民兵们会合。

1944年，晋冀鲁豫边区为奖励他们杀敌有功，给他们颁发了"母子杀敌英雄"荣誉。

英雄母亲李改花

李改花是穷苦人张贵德的媳妇。她个子比一般女人要偏高些,长得慈眉善眼、老实厚道。美中不足,就是裹着一双小脚。

她家在禄村一个半山坡,有院,有几口窑,坐北朝南。拢共3个娃,老大全亮、老二三臭、老三全宽。鬼子来以前,一家人一直平平静静地生活在那里。

给二儿讲岳母刺字

1937年秋,村上传言鬼子打过来了,一个个人心惶惶的。年轻人个个都坐不住,就想离开家去找部队打日本人。

这天刚吃了黑夜饭,李大娘的二娃三臭也跟家人说要走。三臭平时不大爱说话,可一旦说了就响丁圪蛋,轻易不回头。本来半月前,他还在太谷任村打长工。日本人占太谷那些天,全家都为他提心吊胆。可他还是安安全全回来了。一家人刚把心放肚，这下子又悬起来了，个个都想，难怪这几天他跟他堂哥二臭滚战在一起，原来是在商议这事呀。

张贵德当时就火冒三丈："人家都躲得远远的，你倒日怪，专门寻着去挡枪子，疯了还是咋？"

他哥全亮也说："好端端的，怎么想这事，二十六七的人了，做事还这么不商不量？"

三臭憋住一股气，"哪哪"地抽闷烟，愣是不吭气，由着他们七嘴八舌。

这时候，李大娘的心也闹腾，三臭的决定不能说不对，眼下小鬼子已经打到了家门口，咱不出人打鬼子让谁家出？可要让她说出让三臭走的话，当娘的当然也是提心吊胆。想到这儿，她跟老汉商量："让咱娃去哇，国难当头，说不定，比在家有出息。"

张贵德哪能同意，呐喊："草民百姓，能管了那么宽？"可他死活说不服这两人，干脆拎起个烟袋出了院躲清静去了。李大娘便赶紧给三臭收拾。

三臭望着他娘，心酸酸的。原本他最怕的还是他娘心不好过，没承想，最深明大义的还是他娘。母子俩贴心贴肺地说了会儿话。李大娘就说起古时候有个岳飞也是要从军，他娘在他背上刺了个"尽忠报国"，感慨自个儿不识字，不能给儿也刺上。

三臭说："娘，不用刺，我记心了。"

这一走就从此没了消息。

让三儿给男人报仇

等到 1943 年，农历七月初的一天，驻扎在蟠龙镇的小鬼子突然趁夜袭击了禄村。一时间，全村都陷入了一片火海。

本来，闻讯的乡亲们大都已经转移到了罐沟。可偏巧这天张贵德发疟疾走不远，躲在了村边的老爷庙里，被鬼子一下子搜了出来，和村里其他 8 个人一起绑到了监漳村南的一个打谷场上，拿滚开水活活给烫死了。

消息传到了罐沟，大娃全亮死活不敢让李大娘知道，自个儿偷偷跑到监漳去打探。这一看，差点没晕倒，活生生的人，一个个被开水烫得不成人样，连个眉眼也认不出来。最后还是从一个肚兜和一双鞋上确定的。等他带着东西回了村，李大娘一下就昏死了过去。

打发那天，村人都说把三臭叫回来吧。可李大娘说："人已经死了，叫他回来也不顶事。要去，就是捎话，叫他多杀鬼子，给他爹报仇！"

从此，国恨家仇，李大娘非但没被击垮，反而化悲痛为力量，开始努力地为八路军做事，缝衣、做鞋、送军粮，经常做到通宵达旦。

一周年后，李大娘带着家人去给老汉上坟，返回的路上来到老爷庙。望着关老爷的泥胎，她突然想起了区政委李国珍的话："这世上从来没有救世主，穷人的命运应由穷人来掌握。"而眼下，能掌握穷人命运的只有咱穷人的部队八路军了，心里突然就有了个念头。她转头对老三全宽说："三蛋，你不是也想打鬼子给你爹报仇吗？你去吧，不要惦记家，啥会儿报完仇，啥会儿再回来。"

就这样，全宽也走了，成为太行军区工兵连一名工兵。在这年冬，为炸鬼子的碉堡，壮烈牺牲在安阳城下。

消息传到禄村，正在给八路军纺布的李大娘手里的线头"嘣"地一声就断了。她啥也没说，只是小心地把线续起来，又继续纺起来。好半天才停下，跟陆续来看望她的人说："打仗哪能不死人？死的也不是就咱一家。七八年了，咱中国死了多少人？落到哪家也一样。这些我早就想过。只是孩子还年轻，只是日本鬼子还没打走，死得太早了。"

等到人们走后，突然失去力气的她才被家人搀扶着，到老汉的坟头上大声痛哭了一场。

给大儿报名参军

1945年初，武东又要征兵了。村上开征兵大会那天，区政委李国珍做完动员报告正准备下台，就看见李大娘拄着拐杖颤巍巍地上来了。

底下人都很惊讶，这回征兵没大娘家啥事呀，她家就剩下一个全亮了，年纪都40了，已经超了报名的要求。有人嘀咕："肯定不是报名，该不是大娘生活过不下去了，趁这工夫向干部们提要求？"

有人马上反驳："大娘不是这样人，她儿没了以后，这些年还不是照样给咱八路军纺纱、织布、做军鞋，你见她甚会儿提过要求？"

可大娘上台究竟要做啥呢？

这时，李政委紧走几步扶住了大娘，也关切地问："大娘，你有甚事？"

大娘坚定地说："我是来报名的。"

台下登时鸦雀无声了，李大娘这是啥意思，难道她自己去当兵？

"对，报名！给俺娃！"

娃？哪个娃？难道是全亮，那能走开？

紧接着，大娘的一句话证实了大家的猜想，她对着台下叫了声"全亮，你上来！"

全亮气喘吁吁地上来了，他对大娘说："刚才我报名去了，人家死活不给登记。我磨破了嘴，登记上了。"

大娘牵着全亮的手，转身对李政委说："老李，俺娃交给你了，叫他去打鬼子。"

李政委激动地说："大娘，真的感谢你，可眼下你家就他一个男人了，现在鬼子蹦跶不了几天了，咱有的是人，用不着非得全亮去。"说完，他大手一挥，台底下顿时跳下了十几个壮小伙。他们争着对大娘说："大娘，打鬼子有我们，不用全亮哥。"

可大娘却说："俺三个娃，就全亮没当过兵，打鬼子人人有责，俺不能叫俺娃坐在家看别人去流血，去死。"

台下再次鸦雀无声了。李政委望望大娘，又望望全亮坚定的面孔，他啥也没说，只是使劲地点了点头。

台下顿时响起了一片雷鸣般的掌声。

征兵结束后，七区区政府和禄村村公所一致同意，给英雄母亲李大娘挂匾，上面赫然写着"岳母遗风"四个大字。

太行奶娘

八路奶妈
秦仪华

失女

那是 1939 年的秋，我八路军野战卫生部、野战医院、卫生学校、卫生材料厂，悄悄来到了太行山脚下的刀把咀驻扎了下来。刀把咀藏在半山腰，背依着悬崖峭壁，山上树林茂密，鬼子来了，只要往山里一躲，谁也寻不见，非常隐蔽。

八路军来了，这个只有 18 户人家的小山村一下就沸腾了，村人们听说这是打鬼子的队伍，家家都挤在一个窑里，马上腾出房来给队伍住。村人韩书忠家西院也住进了夫妻俩。他们，一个是咱野战卫生部的政委孙仪之，一个是年纪才 19 岁的女护士秦仪华。

别看年龄不大，可小秦早就是个老兵了。她是四川平昌人。"三二年，腊月天，徐向前领兵进巴山，一仗打到得胜山，受苦人民心欢喜，江口红了半边天。"这歌里唱的江口就是平昌。

想当年，小秦还是个小娃娃，她娘给她许下了个人家，非要她嫁。她认也不认识那个男人，十分不愿意，为了反抗选择了逃婚，跟上红军就跑了。之后，她又跟上红四方面军上雪山，过草地，在战火的熏陶中成了一名女护士，随着同样参加过长征的丈夫孙仪之来到了抗战前线——武乡。

在他们住的隔壁，就是八路军野战医院。小秦每天都在那里忙碌着救治从战场上源源不断被运下来的伤病员。

当时，小秦正怀着8个月的娃，到了这年冬天便生下个女娃，可惜没过满月，就突发急病不幸夭折了。

忍着悲伤，小秦马上又投入了工作。

奶娃

正在这时，一件事情发生了。

原来，在她生娃的同时，韩书忠家隔壁院韩永深家也生下个男娃。韩永深是个穷苦人，逢着这兵荒马乱年景，家里的日子早已不大好过。他女人生娃后本就身子虚弱，这一阵又按着武乡的风俗，一天三顿只喝些清米汤汤，营养极度缺乏，抵抗力严重下降。再加上寒冬腊月，太行山间冷风刺骨，一不小心受了凉，一下子病倒了，发起高烧来，好几天不退，很快就断了奶水。娃娃在家天天饿得直哭。

刀把咀村
佳手武之系
郁太行战脚下,
中医药史业事。
麦肌注中药,
紫胡液射液
就诞生在这里。
癸卯夏日.
慧群.

刀把咀村

王慧群·绘

这又是女人又是娃娃的，把个大男人愁得实在没法，天天跟村人们哭诉："这可咋呀，兵荒马乱的，让我到哪儿寻奶妈呀？"

就在这时，消息传到了孙政委耳里。老孙心想，既然这事被他遇上了就不能不管，老百姓的事就是八路军的事。他马上让警卫到医院找医生给永深的女人治病。接着，又找了小秦，跟小秦说："永深家的娃，一下根本寻不下奶妈，要不你抽空去奶吧。"

小秦也是刚知道，她马上同意了，说："乡里乡亲，应该的。"等到工作完，她马上到了永深家，抱起娃娃，就把奶头递上去，跟永深说："你别愁，娃饿了我就过来，总会让他吃得饱饱的。"

娃吃了奶，再也不哭了，用灵动的眼望着这个陌生的新妈。反倒是永深不知所措起来，他真不知道，政委的女人居然会跑过来给他奶娃，实在是不知该说啥好。

亲民

之后，小秦一奶就是3个月，直到永深女人重新有了奶水，小秦工作也实在太忙才停止。

从她奶娃后，刀把咀的村人们就议论不止。"永深家娃有奶了，政委的女人亲自给永深家娃吃奶了。"在大家心里，这事既新鲜又兴奋。以往从来没有官太太会这么

好。在他们的印象里，官太太就是眼皮高高的，少有亲近穷人的，不骂人就很好了。还有孙政委，他们已经听说，给永深家治病的医生就是他派来的。"这两口子对咱们这么好，八路军又是打鬼子，替咱出气的，咱们就应好好回报人家。"一时间，大家都这么想，一下子就跟八路军更亲近了。

从此以后，八路军采药需要帮手，他们也很乐意跟上上山去。八路军需要晒药、碾药，他们也慌忙帮着提供场地，打个下手。八路军抬伤病员，他们也出人出力。大家每天看到那些被从前线运来的伤病员，不是断腿，就是断胳膊，有的连肠子也露出来了，都明白这些都是打鬼子打的。还有那些外国医生，凭啥人家要远天远地地来咱中国帮助咱？

时间一久，每个人心头都立着一杆秤，每个人都加深了对抗战的认识。尤其是小鬼子烧了他们的房屋，毁了他们的家园后，他们对鬼子的痛恨就更深了。因此，不断有男人报名参军或是支前，也不断有女人加入到做军鞋、拥军的行列。

小村的抗战热情就这么被越点越高涨。

获赞

不久，小秦给老百姓奶娃的消息也传到了总部朱总司令的耳朵里。1940 年正月十四这天，总部特意在韩北召开了一个军民联欢会。朱总司令亲自参加了这个联欢会，并在会上郑重地表扬了小秦和孙政委。他对在场的所有人说："这就是我们共产党领导下的八路军和广大人民群众的关系，这种关系就叫军民鱼水情，军民一家亲。八路军有了困难，老百姓帮我们解决。老百姓有了困难，我们帮老百姓解决。军民团结如一人，试看天下谁能敌。有了这种精神，我们一定能把小日本打垮。"

　　总司令的话音刚落，会场上就响起了雷鸣般的掌声。从此，秦仪华给老百姓的娃当奶娘的事就在太行山传开了。至今，她的奶娃韩海尧老人仍念着她的恩情。

四儿娘
高焕莲

俺还有奶水

1940年春天的一个傍晚，因为打仗，北上合的街上早已人影稀疏。村人们都躲在窑里轻易不肯出来。

这时，河坡儿上那户姓梁的人家却亮起了油灯。昏暗的灯光下，梁二成和他女人高焕莲不停地向外张望，耳朵时刻聆听着街门的动静。焕莲还跟二成说："你把灯拨亮哇，人家来了，黑灯瞎火像个甚。"

二成听了，默不作声地过去把捻子拨了下，又添了些油，灯一下就亮起来。

时间不长，外头有了脚步声。焕莲突然有些紧张，嘱咐男人："你不能出去瞭瞭？或许是赖人……"

二成"哦"了一声，起身去开门看动静，不承想门外已站下几个人，头一个他认的，是村上的妇救会主席李爱莲。李爱莲一看是他，张嘴就说："娃娃抱过来了，你家准备好了没？"

焕莲忙在窑里说："好了，好了，快进来。"

几个人进窑了。借着油灯，焕莲就看见，爱莲身后跟的是两个男八路、一个女八路。其中女八路怀里抱着个娃。她赶忙过去把娃接过来放到炕上——炕已经烧得热乎乎的了。接着，她又招呼大家赶紧坐下。

这时，李爱莲给他们做了介绍，原来，这个女八路叫白炎。那两个男的，一个叫彦涵，一个是负责警卫的班长。彦涵和白炎是两口子，炕上的娃就是他们的。

两人都是前方鲁艺的，住在下北漳。这娃刚满月。他们给娃起名叫个白桦，希望这娃长大了能像棵挺拔的白桦树。眼下，彦涵接到个紧急任务，要到西安去送信。而白炎也要随军转移搞宣传。所以，娃娃不得不交代给个可靠人家。李爱莲接受了找奶娘的任务，于是，寻到了娃刚7个月头上的高焕莲。

望着爱莲，焕莲想起小时候给她起名的老和尚的话："为啥叫个莲，这花洁白无私，入泥不染，你以后要慈悲为本，多多行善。"平素，她见了要饭的，也会给几口，谁家落难了，也会周济，更何况是八路军呢，所以很爽快就答应了。

此时，面对着彦涵夫妻俩，憨厚的她就说了一句："俺能行，俺还有奶水，能喂他，你们放心去哇，啥时候回来啥时候接就行。"

亲圪蛋还小

彦涵两口子丢下了 10 斤小米走了。为了不让一些有心人察觉，焕莲给娃换了个名字，跟上她娃们顺序，叫梁四儿。没几天，四儿就跟其他几个混熟了。他们一起吃，一起玩，一起睡。谁也看不出这不是一家人。

只是令焕莲没想到的是，在接下来的 4 年里，武乡遭受了前所未有的劫难。先是小鬼子对村上没完没了地"扫荡"，变本加厉地杀人、放火、抢粮食。接着是遭受了百年不遇的旱灾和蝗灾，蝗虫把庄稼地啃得要甚没甚，家里的粮经常上顿不接下顿。

可即使这样，焕莲也从来都没短下四儿的吃喝。在四儿来的头一天，她自己那 7 个月的娃就再也没吃过她一口奶，都先尽了四儿的肚，她亲娃只能用玉米面糊糊弄。等四儿能喝玉米面糊糊了，她娃又跟上哥哥啃起了糠窝窝，就起了野菜。每回，她娃眼巴巴地看着四儿吃好的，焕莲就跟他说："亲圪蛋还小，不能吃杂粮，俺娃你长大了，要心疼弟弟。"

可就这样，焕莲还是发现四儿有些营养不良。咋办呀？吃个蛋吧，家里的老母鸡早就不下了。她只能是去求村人，谁家的母鸡下蛋她拿这只老母鸡去换，又补了人家些钱。新鸡刚抱回来就卧了个蛋，焕莲赶紧拿去给四儿煮了。头回吃鸡蛋，把四儿欢喜得在窑里都不会走了，跳着走。得亏家里的其他娃不在，不然指不定打起来呢！

打这以后，但凡给四儿吃蛋，焕莲都事先把其他娃们哄出去。可后来，她还是说漏了嘴，咋办呢？她灵机一动，跟娃们说："这是四儿爹妈送来的鸡，咱家的早不下了。等咱家的下了，我就给你们煮。"

娃们这才没有闹腾。

从此拐了一辈

最令焕莲作难的，还是四儿身体一直不很好，经常生病。有次，四儿高烧了3天都不退，浑身抽搐。当时村上没药，焕莲心急火燎，就想把这情况说给四儿的亲爹娘。可一打听，他们跟着部队转移了。

咋办呢？她又让二成出村，绕过小鬼子的炮楼到镇上去买药。但这条路也被她婆婆挡下了。自始至终，她婆婆都不喜欢焕莲领养八路的娃娃，对焕莲的做法也不理解。这时，婆婆生怕二成出事，说："实在太危险，搞不好会送命。"死活不让二成走。

焕莲想来想去还是不能等，她想起个土方法"刮疗"，就尝试了下，又打听下个偏方需用柴胡。于是趁着二成没瞭见，她一个人偷偷上了后山，在悬崖上给四儿采草药。后山的崖高且陡，意外发生了。她一不小心脚

踏了个空，一下就从山崖上摔了下来，当时就昏了过去。

村人们知道焕莲不见后，四处寻。最后在山沟里找到了她，抬起她时才发现，她手里还紧紧抓着一把柴胡。

醒过来的焕莲不顾一条腿的疼痛，赶忙吩咐二成把她采下的药给四儿熬了喝。奇迹发生了，四儿的烧居然真的退了。躺在炕上不能动弹的焕莲这才长长出了口气，她扭头死死盯着四儿，突然问二成："你说这娃像不像咱亲生的，你看那小嘴小眼，一样样的，外人肯定分不清。"

二成说："那当然，吃谁家的饭像谁家的。"

只是令谁也没想到，焕莲那条受伤的腿再也好不了了，从此拐了一辈子。

这是俺的娃

1943年鬼子占据了蟠龙，前方鲁艺不得不撤回了延安。

彦涵两口子与儿子远隔千里，虽然牵挂，却毫无这边的消息。彦涵把对儿子的思念和对鬼子的仇恨转化为灵感，创作了大量木刻作品，呼唤着更多战士奋勇杀敌。

而此时北上合也陷在腥风血雨之中，村子距蟠龙仅有4里地，就在眼皮子底下，鬼子三天两日出来"扫荡"，杀人放火。村人们不得不东躲西藏，有时慌得一天也顾不上吃一顿。但无论走到哪，焕莲也紧紧把四儿抱进怀里，一刻也不让他离身。

这年6月，鬼子又偷摸着过来了，等放哨人发现，已经到了村边，根本来不及报告，只好放枪示警。村人们听见，乱成了一锅粥，也不知道往哪儿跑了。焕莲一家也在混乱中被冲散了。她抱着四儿，拉着小儿占明，因为腿脚行动不便，跑不远，只好拐到了近处的老虎�沟，那里半山腰有个窑，躲到了里边。

谁想，鬼子这次来是有汉奸告密，说村上有许多八路军、家属子女，还有民兵。所以在抓了些老弱病残后，鬼子还不死心，又开始了拉网式搜山。不幸的事情发生了，二成、二成弟和他爹，被鬼子发现了，"嗒嗒嗒"一阵机枪，他们都倒在了地上。只有焕莲的婆婆由于躲进了草丛，幸免于难。

枪声也惊动了窑里的娃娃，娃娃的哭声吸引来鬼子，他们用烟熏迫使村人们从窑里出来。这时，汉奸们看见了焕莲怀里的四儿，马上说这是八路的娃要抢过去摔死。焕莲死死抱着四儿，高喊道："这是俺的娃，你看他们兄弟，长得不是一个样？"

说完，她把占明推到了汉奸面前，眼睛仇恨地盯着汉奸，仿佛里边有团火似的。汉奸害怕了，慌忙说："不是，不是，是你的。"去报告了鬼子。鬼子这才放过了他们母子。

就在这时，枪声响了，武东二区武装大队赶来了。

鬼子丢下乡亲们便慌忙逃窜了。

亲人们的死，让婆婆终于理解了媳妇的做法。从此，只要是帮助八路军的她都支持。

改名"四年"

1945 年，彦涵夫妻回来了，见到了日思夜想的儿子，他个高了，正跟着其他孩子一起用玉茭秆做的枪冲锋打鬼子！焕莲把他叫到跟前，指着他们对他说："四儿，你爹你娘来看你了。"可是，他只是望了望眼前这两个陌生人，就对焕莲摇着头说："我不认识他们，你才是我的娘。"望着儿子，白炎很理解地说："她是你的亲娘，我也是。"

四儿走了，焕莲眼看着他们离开，突然瘫坐在路边的大石头上大声地痛哭了起来。她的哭声惊动了北上合这片原野，为了不忘这位太行母亲的四年养育之恩，彦涵夫妻后来决定，再没把儿子的名字改回白桦，而是又改名叫"四年"。

2014 年秋天，重病在床的四年让弟弟代他前去拜祭这个叫高焕莲的女人。

在北上合，当他弟弟见到了白发苍苍的梁占明时，问他："您还记得白桦吗？"老人满眼热泪地说："记得，记得，四年就是白桦，白桦就是四年！"

建华娘王玉兰

魏名扬给牵的线

这村离枣烟近，以往叫峰背，现在已归了枣烟。枣烟有个大名人叫魏名扬，建华能抱给他娘就是老魏给撮合的。

那是小鬼子投降的前一年夏。

当时，建华娘王玉兰生了个女娃，可是没几天娃就没了。她正在屋里难过呢，魏名扬来了，还拉了村上一个叫王兴盛的干部。他们跟玉兰说，129师卫生部有个护士生了个娃实在顾不上照看，也没奶水，把娃饿得哇哇叫，想托人寻个奶妈，问她愿不愿意。

听说是八路军的娃，玉兰二话没说就同意了。

不久，老魏就和兴盛把人领来了。玉兰一见着娃就心疼不已，哎呀呀，这哪像是两个月的娃哟，又黄又瘦，一看就营养不良。她一把就把娃接过去，也顾不着许多，撩开衫子就把奶头递到了娃的嘴里。那娃绝对是饿坏了，

一含住奶头便咕咚咕咚大口吃起来，不一会儿就吃成了胀肚，然后，打了个哈欠睡着了。

啥话也不用说了，就这一下，娃的亲爹亲娘便看出来了，眼前这女人绝对靠得上。娃的爸感激地向玉兰交代："大嫂，娃就交给你了，我姓张，是安徽人，我老婆是河南济源的，部队就驻扎在窑湾、左会、显王一带。我们有两个娃，大的叫建国，寄养在东乡。这娃叫建华，以后就劳累你们了。"

玉兰说："说甚话，你们前头打鬼子，我们给你们奶娃娃，应该的。"

由于时间仓促，建华爹娘也没丢下姓名就走了。但这并没有妨碍玉兰和她男人武永福好好待建华。对他们来说，只要知道他是八路的娃就足够了。

给建华缝了个碗

渐渐地，建华长大了，淘得不得了，又蹦又跳，让玉兰操不完的心。她家出门就是沟，建华走哪，她都得赶紧跟上，生怕磕了碰了跌了。

当时，她的家境并不好，只能勉强填饱肚皮，可但凡有甚稀罕的都先尽着建华。她还有个儿，叫金山，比建华大两岁，每回看建华独自吃，很不服气，伸手就去抢。玉兰看见了，操起扫帚就揍他，说："你是哥哥，怎么不让弟弟？"

就连她婆婆和她小叔家来了亲戚，给端过碗面来，她也怕她金山吃得多了，一眼眼看着，只要多吃就打他一下，说："你吃那么多做甚，给建华丢上些。"金山只好委屈地丢下碗筷，生瞅着面被端给了建华。

当时建华刚刚学会吃饭，别看人小，可长心，就想自己端着碗吃，不让人喂。玉兰也由着他。但他连路还走不稳呢哪能端稳碗，端着端着，就"啪"一声掉地上了，不知碎了有多少。要知道那会儿买碗可是个辛苦营生，得跑到20多里外的蟠龙或襄垣的西营才能买上。这一来一去的太费时间，还费钱。咋办呢？虽然一声也没骂建华，可成天打碗终究不是回事。玉兰为此愁破了头，不过，最后还是让她想出个好方法：自己做碗。她拿编草帽的带子给建华缝了个碗，又轻便又耐用，这下掉到哪也碎不了了。

建华整天端着这个碗，笑哈哈地跑，跑不稳也要跑，金山就在后头撵。兄弟俩感情很好，不是在枣树下嬉耍，就是在窑顶上玩过家家，再不就在土坡上玩打仗，形影不离。这样就给玉兰腾出身来推磨、碾染料、管家。

春节前，建华爹娘又来了，看着建华长得又高又胖，一点也没有初来的样，声声感激玉兰，又说，马上要胜利了，想给建华改名叫张胜利。大家都说好。从此建华

叫成了胜利。

"胜利是回家"

半年后，抗战果真胜利了。这时候，胜利的爹娘却要随军南下解放全国。于是，他们又来到峰背，跟玉兰说："我们还得行军打仗，实在不方便带着胜利，还得麻烦你多带他几天。"

玉兰说："你们快放心吧，胜利就是俺的娃，说啥也能把他照顾好。"

然而，这一走，他们便再没音讯，也没再见过面。

到了1948年冬，有天魏名扬突然来了，还带着个八路军小战士。他跟玉兰说："这是胜利爹娘让来接胜利的。"

玉兰一听就哭了，眼泪唰唰地往下掉，止也止不住。在一起4年了，这说走就走，连个防备也没，当然疼得就像割自己身上的肉似的。胜利见娘哭了也跟上哭，扑到玉兰怀里，抱着玉兰的脖子死活也不放手。金山看弟弟哭了，也跟着号啕大哭，不停地问他娘："你为甚要送走弟弟？"

玉兰还得安慰他，说："胜利是回家，咱们不应该拦着。"说完，她强忍着泪水让自己的心平静下来。当天没让胜利走，好让胜利和小战士先处感情。她自己则连夜给他缝了身新衣裳，还有双羊毛袜和崭新的布鞋。

就这样过了六七天，胜利要走了。走时，天上飘着雪，玉兰给胜利穿上新衣裳，和全家人把胜利送到了村口的山坡上。边走玉兰边问："胜利，你知道咱村叫甚不？"胜利说："知道，叫峰背。"又问："胜利，你知道你哥叫啥不？"胜利说："知道，叫金山。"玉兰点点头，说："那你记得以后回峰背来看你哥。"

这时，胜利突然哭了，死活不走了。他让小战士放下他，猛扑到永福的怀里再也不肯松手了。老魏只好说："那让你爹抱你走行不？"胜利同意了，就这样，永福一直把他抱到了上司的圪针庄，那里还有其他的八路军子女，回头统一往他们的父母那里送。

可是，等永福送到了，还是走不了，只要胜利一哭，他的心就软了。最后他还是硬下心走了，到了家，才知道玉兰病倒了。

寻了胜利半个多世纪

自那以后，胜利就再没消息。每回想起他，玉兰的心就空落落的，只能拿起胜利戴过的小花帽闭上眼闻闻。

半个多世纪很快过去了，1978年，峰背村仅剩的几户人家都被搬迁了，玉兰家落户到了长治市城区柏后。

1990年，玉兰带着遗憾离了世。临终前，她嘱咐金

山:"儿啊,你一定要找到你弟弟。"

金山四处找,可怎么也找不到。他只能在清明时,回老家的旧窑坐坐,怀想着和胜利在一起的当初,听胜利用武乡话喊他:"哥哥,等等我。"

留花娘 王凤英

太行山上的小留花

留花娘姓王，叫王凤英。她是陌峪的庄稼汉郝保忠的媳妇。王凤英命苦，生了3个娃，可一个也没留住。

1940年初夏，一个本该月明人团圆的日子，凤英再次失去了刚生的娃。她很伤心，可是又有啥法子哟，只好暗地里抹眼泪。

这天夜里，还在悲痛中的两口子早早就睡下了，正迷迷糊糊间，突然听到外面有人敲门。

"谁呀，这深更半夜的。"郝保忠一屁股坐起来，赶紧披衣下炕去看。王凤英也起身把麻油灯点上。

一会儿，进来几个人，领头的正是郝保忠的亲侄郝四锁，身后还跟着一男一女。男的脸消瘦，戴着副眼镜，显得文质彬彬。女的身子骨似乎有些弱，怀里还抱着个吃奶娃。

这时候就听郝四锁焦急地说："叔、婶，有个急事，

没跟你们商量就跑来了。"接着他向两口子介绍:"这个叫邓肇祥(邓辰西),这个叫乔勇,他们夫妻是八路军的干部,那是他们的娃。"

然后又说明来意。原来今夜,邻村的龙湍八路军要连夜调防,这两个人也跟着去打鬼子。可他们的娃才刚3个月,跟着部队很不安全也不方便,所以想找个临时奶娘,等到仗打完了就来接。他是蟠龙四区民兵武装的干部,就住在龙湍,上级便委派他来完成这个任务。可这么急,一时间哪里去找啊。情急之下,就想到了他婶王凤英。时间不等人,而且地方也不远,他索性拉起邓肇祥两口子就跑来了,也不知他婶啥心思。

望着八路女人怀里的女娃,王凤英的眼猛地亮起来,想都没想便说:"当然行,八路军替咱打鬼子,咱给八路军养娃有啥不行?"

听到这话,忐忑不安的邓肇祥夫妻俩顿时露出了欢喜的笑容,当即决定把娃交给她。邓肇祥望着紧抱着娃,禁不住亲着娃小脸蛋的王凤英,恋恋不舍地嘱咐道:"太谢谢了,婶,如果这一仗我们不死,一定会来接她。但如果我们牺牲了,孩子就是你的了……她还没来得及起名字,我想,她既然留在了这里,就叫留花吧。愿她以后成为太行山上一枝美丽的小花。"

说完,他毅然决然地一回头,走了。

在太行山上留香

从此，小留花便留在了王凤英家。她的到来为这个贫苦的庄户人家带来了活气，极大地弥补了王凤英心灵的创伤。两口子待她，就像是自个儿的一样，饿了给吃的，渴了给喝的，知冷知热，一把屎一把尿地拉扯她。小留花让他们对生活重新充满了希望。

然而劫难接踵而至，没多久，郝保忠突然病倒了，在那个缺医少药的年代，这个苦哈哈了大半辈子的受苦人很快就因得不到医治下世了。

家里的顶梁柱一倒，王凤英整个人瞬间就垮了。她实在想不通命运为啥对她如此残酷。就在她悲恸欲绝时，是小留花的一声啼哭唤醒了她，她蓦然惊觉此刻自己并不只是一个人，自己还有小留花。望着娃可爱可亲的脸，她顿时生起继续活下去的勇气。

此时正值寒风料峭，母女俩在冷冻中强熬了3个月。乡亲们看着她们可怜，没少过来打劝："凤英啊，你这样子不是办法，寒冬腊月的，这不为你自己，也得为娃着想吧，你舍得娃跟着你受冷冻，没得吃没得穿？还是得寻户人家，也好有个照应。"

可王凤英心里还是放不下郝保忠。

恰巧此时，同村有个叫韩来旺的男人也没老婆，韩来旺老实巴交的，也是个指苦为生的庄稼汉。王凤英嫁

过去，不能说好也不能说坏，好歹能添个帮手。大伙儿就为他俩说合。

她想来想去，就算是为了娃吧，咬咬牙应了。腊月里改嫁，转年快秋上，就生了个闺女。想着得给闺女起个大名，自己既然是改嫁来的，就留个改吧，留花是姐姐，地方上，喜欢小的跟着大的叫，留花既然是留在太行山上的一朵花，那这娃就是这花留下的芳香，于是就叫成个韩改香。

有了自己的娃，并不意味着对小留花不管不顾，相反，王凤英对小留花更上心了。有好吃有好穿，她先尽着小留花，在小留花身上花的心血绝对比她亲生的要多得多。

为啥？八路的娃也是她的娃。

丢了谁也不能丢小留花

这年秋天，鬼子来"扫荡"。刚生了改香40天的王凤英不得不支撑起虚弱的身子，背上改香，抱着留花四处躲。

一开始，她跟着大家伙儿来到了一个窑洞。可是，由于惊吓，留花突然哭闹了起来，怎么也哄不住。这可咋呀，周围还有其他乡亲，害自个儿也不能害大家啊。王凤英一咬牙，就带着两个娃冲出了窑。这时候，鬼子已经到了附近。咋办呢？眼前突然出现了一片大麻地，王凤英想也没想就一头扎了进去。

鬼子来了，端起机关枪，"砰砰砰砰"，一阵乱扫射，发现大麻地里没有一点动静，放心了，继续往前走。王凤英拼命猫着腰，深怕脊背上的小改香让鬼子眊见，又将怀里的小留花死死地搂住，心里不住地念叨："留花，留花，听妈妈的话，可不敢再哭了，不然，咱娘仨就没命了。"

说来也怪，这阵儿小留花居然不哭了，窝在娘的怀里甜甜地睡着了。

等鬼子一走，王凤英头也不回地冲出大麻地，一个劲儿往前猛跑，一晃来到了监漳圪洞沟，这里有她亲戚，而且没有鬼子。可等她进了门，好容易心定下来，一回头，却差点哭出来，背上的改香没了。

"娃呀，改香，你到哪里去了呢？"

她慌忙把小留花交给亲戚，就跌跌撞撞往来路上跑。

"娃呀，改香，你在哪儿？"

左寻，右寻。也是福大命大，居然在一块玉茭地里找到了。改香的脸上不是血就是泥，整个人已糊成了个泥人。王凤英一把抱住她，啥也不顾了，在野地里就放声大哭起来，一边哭一边说："改香呀，娘对不住你，可是你留花姐丢了，娘没法跟八路交代啊，改香，你原谅娘。"

就这样，她抱着改香回到了圪洞沟，从此就生活在

那里，直到鬼子投降。

此时王凤英一点也没想到，久没留花音讯的她的亲娘乔勇也在陌峪大哭着疯狂地寻找女儿。

尾声

1956年夏，陌峪来了两个县上的干部，逢人就问小留花。一打听才知道，他们是受了北京的中华全国供销合作总社副主任邓辰西委托前来的。

此时，小留花已经嫁人了。她十三四岁那年，家里的弟妹多起来，日子过得异常艰难，小留花也想替爹娘分担些苦，又推碾又滚磨，下地，捡羊粪蛋蛋，啥也干。陌峪对面有个坡坡，坡坡上老有个放羊汉放羊，这个放羊汉叫秦福田。他是个好青年，看小留花拾不下粪，在那里哭，就把自己捡下的粪分给她。到了留花15岁，两人相好了。留花跟王凤英商量，她也同意。小留花便到了秦家，成了太行山上的媳妇。

村上人还编了段顺口溜："榆钱钱拌圪垒，留花嫁给秦福田，董永遇上天仙女，幸福生活如蜜甜。"

秋上，留花的亲生父母回到了陌峪，感谢了恩人王凤英。留花两口子跟着父母到北京生活了一段时间，还是觉得陌峪好，说通了父母，又回了太行山，真正实现了她父亲说的那句："做留在太行山上的一枝花。"

王富花 五一娘

痛失娃娃

王富花原来叫王旦旦，她是韩家垴村人韩宏志的女人。韩家垴离河不凌、柳沟、上北漳、蟠龙不远，跟前不是八路军总部，就是兵工厂。村上，也住着八路。因此，经常有小鬼子光顾。

1945年春上，即将要临盆的旦旦挺了个大肚，跟上韩宏志下地抢种。正忙乱着，突然，宏志远远瞭见山顶顶上的消息树倒下了。"哎呀，不敢待了，鬼子又来了。"宏志惊叫着，丢下锄头，拉上旦旦就往附近的山沟里跑，那里有隐蔽的逃难洞。旦旦哪经受得了这么剧烈的猛跑还有惊吓，刚进洞就肚疼得难受。大家一看，都惊惶起来，说："这怕是要小产了。"果然，没多久旦旦就生出个女娃娃。

等鬼子走后回到村，这个不足月的娃娃还是没保住，夭折了。两口子只能忍住悲痛，把娃娃草草埋了。

"太行的儿子"

可没过几天，村上的老党员韩慧帮却寻来了。一见<u>旦旦</u>，就说："<u>旦旦</u>，有个事想麻烦你，可眼下你心正不好受，我若是说了，心实在过意不去。可不说，就属你合适。"

<u>旦旦</u>问："甚事？"

韩慧帮说："情况有些紧急，我也就硬着头皮说了，有个八路军的娃娃，你奶不奶？"

<u>旦旦</u>想也没想就说："若是八路的娃娃，我就奶。"

韩慧帮高兴了，马上说："我现在就跟后勤处的柴（生旺）处长说去。"

原来，这娃娃不是别人的娃，正是咱太行三分区鲁瑞林司令的爱人李忠刚在中村生下的。生时是个晚上，太行军区文工团正在举行庆祝五一演出，彭德怀、刘伯承、邓小平、徐向前、贺龙都在，听说后都提议给这娃娃起名叫"五一"。

可此时是在战争中，两口子都身负重责，根本没精力照顾这娃娃，没奈何，只好寻老乡帮忙。中村就在这附近，便寻上了韩慧帮。

富贵之花

5月3日是个晴朗日，鲁司令两口子来了，一见到旦旦和宏志就问："老乡，你们咋称呼啊，家里就你们两口子吗？日子过得咋样？"

宏志答道："首长，我叫韩宏志，就是韩家垴的，俺老婆是东沟的，没大名，娘家人都管她叫旦旦。俺们也跟上这么叫。家还有个娃，今年3岁了，叫水木。本来老婆肚里怀着个闺女，可因为前几天鬼子来，没了。日子倒还可以，就是小鬼子经常来，这次，把俺家的东房都给烧了。首长，你们在前线辛苦，俺们在后方也一定要配合好，咱们一起把小鬼子赶出中国。"

鲁司令望着眼前这个朴实的汉子，郑重地说："是啊，老乡，你说得对，咱们不把鬼子打垮，就一刻也不得安宁。我叫鲁瑞林，是甘肃临夏的，我老婆叫李忠，是山西昔阳的。这娃娃叫个五一。旦旦老乡，你不是没大名嘛，我给你起个咋样？"

旦旦说："好啊，鲁司令，你就给我起哇。"

鲁司令想了想，说："就叫王富花吧，富贵之花，盼你们以后的日子过得幸福、富贵。"

旦旦非常高兴，这可是鲁司令给起的，以后就叫王富花。她一把把小五一从李忠手里接过去，把他凑到自己奶头上，这娃居然一点也不认生，含着奶头就狼吞虎

咽起来。

从此,小五一就被留在了韩家垴。

军民一家亲

鲁司令走后,王富花一看见小五一就想起她那刚出世就夭折了的闺女,把他搂得紧紧的,生怕他远离了自己,吃的喝的全尽他,要多疼爱就有多疼爱。仅仅过了一年,小五一就生得白白胖胖的,嘴也甜甜的,管王富花叫娘,管韩宏志叫爹,还会叫水木哥哥。到了2岁时,就不再让人抱,成天跟着他哥哥水木绕世界撒欢,就像个小马驹似的,可爱极了。

鲁司令在打仗之余,也惦念着这家人,一心记着宏志说的东房被烧了的事。他用自己的工资拜托柴处长抽空到附近辽县买了些木材,给王富花修了房子。春耕时又让警卫员拉上他的马到王富花家帮忙,还不忘嘱咐他们两口子,有啥难处吱声,不用心为难。

抗战结束,鲁司令又投入到紧张的解放战争中,他专程和李忠来到韩家垴,拜托王富花再留小五一在韩家垴一些日子。

王富花说:"鲁司令,小五一也是俺的娃,你放心吧。"她拉着小五一,眼泪汪汪地望着鲁司令两口子离开了韩家垴,离开了太行,她回头对小五一说:"走哇,咱回家。"

小五一会永远记得她

1948 年夏，正在解放临汾和晋中战斗中的鲁司令终于安顿了下来。他派人到韩家垴接小五一来了。此时的小五一已经 3 岁，每天跟在王富花身边的他哪能跟她分开呢。王富花又怎能舍得呢？这 3 年来，她为小五一付出的根本无法数得出说得清。母子俩抱头痛哭。

可小五一终究还是要走的。最终，是王富花说服了小五一，告诉他，虽然跟着爸爸妈妈，但以后还可以回到韩家垴来看她，看他的哥哥水木。

小五一依依不舍地走了，王富花却在窑里哭成了泪人。一年后，她收到了鲁司令的来信，信中感谢了她这么多年来对小五一的好，同时也对她说，小五一和他们夫妻永远会记得太行山上有她这位勤劳善良的奶娘。

从此以后，王富花对小五一的牵挂就寄托在了每年寄来的这些家书里了。她把每封信都藏好，想念小五一时，就拿出来读。

养育之恩重如山

1982 年，王富花因病离开了人世。她并没有让家人

告诉鲁司令和小五一。又过了一年，鲁司令来到了韩家垴，要看望这位太行奶娘，然而，等待他的却是噩耗。他责备宏志说："为啥不跟我说，为啥不带她到北京看病，那里条件总比这里好啊？"

宏志能说啥呢，他怎么好再去麻烦鲁司令呢。

鲁司令走了，他让宏志好好保养身体，有了病早告诉他一声，他会在北京给联系好医院，千万不要怕麻烦他们。他说："养育孩子的恩情重如泰山，一辈子我们也报答不完。"

然而，等1988年八路军太行纪念馆开馆时，他再次回到武乡，才知道宏志也不在世了。他把小五一的哥哥韩水木叫到县城，问他有啥难处，需要帮助就说出来。

水木说："我现在过得很好，请首长放心好了。"

临走时，鲁司令紧紧握着他手，说："我们永远忘不了武乡，忘不了你妈！"

王秀花

小龙娘

坐月子

　　王秀花是圪窿郊（现安乐庄）的媳妇。她打小家穷，虽然大字不识一个，可性子开朗，从不怨天尤人，遇上个事喜欢动脑筋想办法面对。不像有些女人，还没做就抹眼泪。所以，村上选妇救会主任，她就让村干部直接点名了。

　　她也没推让，心说，既然点了咱，那咱就担当起。她把妇救会的工作干得有声有色，成了村上、区上经常夸奖的对象。

　　她男人也不差，叫牛庭魁，1938年就入了党，早早就当上了村民兵指导员。两口子每天既忙家里又忙村上，还忙上头时不时安排的任务，每天忙得团团转，脚不沾地。

　　1940年春上，秀花十月怀胎生了个小子，她年轻，奶水也足，把娃养得胖胖的。可是，有大夜里庭魁却突

然跟她说了个事：

"要不，咱再养个娃吧。"

"谁的，咋回事？"

庭魁有些作难，说："我也就是跟你合计合计，这事就得咱承揽，不好另寻人。"

寻奶娘

原来，庭魁说的，是村上的八路军冯科长家娃。1939年底，村上突然进驻了《新华日报》，呼啦啦一下来了40多个人，又办报又开油墨厂，每天忙忙碌碌。这里头有个女记者，名叫冯玉莲，是个管干部的科长，人生得很漂亮，也很精干，待人挺热情，逢谁都笑，一口一个大伯，一口一个大婶，和村上人都熟，大人娃娃都喜欢她。

她男人也在报社，叫个张守谦，也是记者。两口子处得好，这年春上，也生下个娃娃。可报社的工作太忙了，他们谁也没时间歇下，而且玉莲的奶水也不旺。咋办呢？他们就想着在村上寻个奶妈。

可屹窿郊就那么大，数来数去也寻不出一个合适的。庭魁是个村干部，自然也为这事奔忙。眼看着寻不下，正愁苦着，突然就拍了自己脑门一下，说："我这可是骑着毛驴寻毛驴，俺那口子就行呀。"

说完，就回家寻秀花，跟她说："咱们权当是一肚怀两娃。"

秀花说："不用说啦，冯科长的娃，咱不承应谁承应。"

庭魁听完，套上衣裳就出院："我赶紧跟她说去，省得托上人再瞎寻。"

起名字

第三天头上，冯科长两口子就抱上娃过来了。秀花接过娃来一看，呀，这娃娃生得太漂亮，大眼睛高鼻梁，可爱得很。她马上说："冯科长，你放心哇，你的娃就是我的娃，有我家吃的，就有他吃的，一定给你养得好好的。"

接着，她问这娃叫个啥？这下倒把那两口子问住了，天天忙忙乱乱，就没想过这档事，一时间，死活想不出一个好名来，就问秀花，"大姐，要不你给想个哇？"

秀花笑："你们一肚子学问，倒让我做这营生。要我说，今年是个龙年，咱娃又是个小子，不如叫个小龙，你们看咋样？"两口子一听，高兴极了，说："挺好，大姐，你又给奶娃，又给起名，真是太感谢了。"

秀花摆摆手，说："咱们一家人，咋能说两家话。"

在场的还有村干部和《新华日报》的人，他们两个，

也替冯科长和张记者高兴。

羊奶娘

小龙来了，困难也跟着来了。一个人带两娃，可不是嘴上说说那么容易，尤其是夜里，这个刚哄睡，那个又哭上了，把秀花弄得死活不敢合眼。白天，她也是忙得团团转，这个刚奶上，那个又尿下了，一会儿洗屎布，一会儿换尿布，身就没个歇着的空儿。咋办呢？在外头忙了一天的庭魁前脚进门，后脚就蹲在水盆旁边了，好腾出时间来，让秀花多睡会儿。

过了一个月，新难题来了，奶水不够了。这个吃饱了，那个就得空一半肚。又咋弄呀？秀花娘家是大坪的，有个叔叔养了两只奶羊，她让庭魁去跟叔叔说，买了一只。这样，奶水不够了，就喂羊奶，吃的事就不再是事了，把一个猫儿，一个龙儿两个娃，全都奶得胖乎乎的，像小虎和小龙。过来串门、访亲戚的人都说："哎呀，看人家秀花，把两娃娃奶得真好。"

得奖状

11月，《新华日报》搬走了，到了辽县山庄村。路远了，冯科长两口子只能是偶尔过来眊小龙。他们看娃白白胖胖的，也心存感激。可是当时正是战争时期，他们的津贴也不高，就思谋节省，好不容易凑下500元（相当于现在的5元），便拿去给秀花说是抚养费。

秀花一听，脸色就变了，马上推开，说："这是做甚呢？咱们军民是一家，你们在前面打鬼子，我给你们奶娃，是支前。咱们各是各的分工，这钱我不要。"

冯科长几次说，秀花都坚决推掉了。

这事让《新华日报》的领导们知道了。他们想出个办法，等这年年终全体职工开团拜会时，把秀花专门叫到会场当特邀代表。在会上，他们给秀花颁了一个奖状，上面写着："感谢太行奶娘王秀花"9个大字。

伤离别

1942年5月下旬，小鬼子调集大批人马"扫荡"太行山根据地，新华日报社被鬼子堵截在了十字岭，牺牲了许多同志，连社长何云都牺牲了。剩下的同志们迁至熟峪，年底又搬到了涉县，距离圪窿郊越来越远。冯科长两口子来眊小龙的时候越来越少了。但在秀花的精心抚养下，小龙从没有感到爹娘不在跟前。

1947年夏的一天，冯科长两口子来了，他们是来带小龙走的。小龙和秀花抱头痛哭，说啥也不肯走。但最终秀花还是让冯科长他们把他带走了。走时，冯科长对

秀花说："大姐，只要我们活着，一定会回来看你们的，看望圪窿郊的乡亲们的。"

秀花永远记下了这话。

一年又一年，直到她去世，小龙和冯科长他们始终也没有回来。

支前楷模

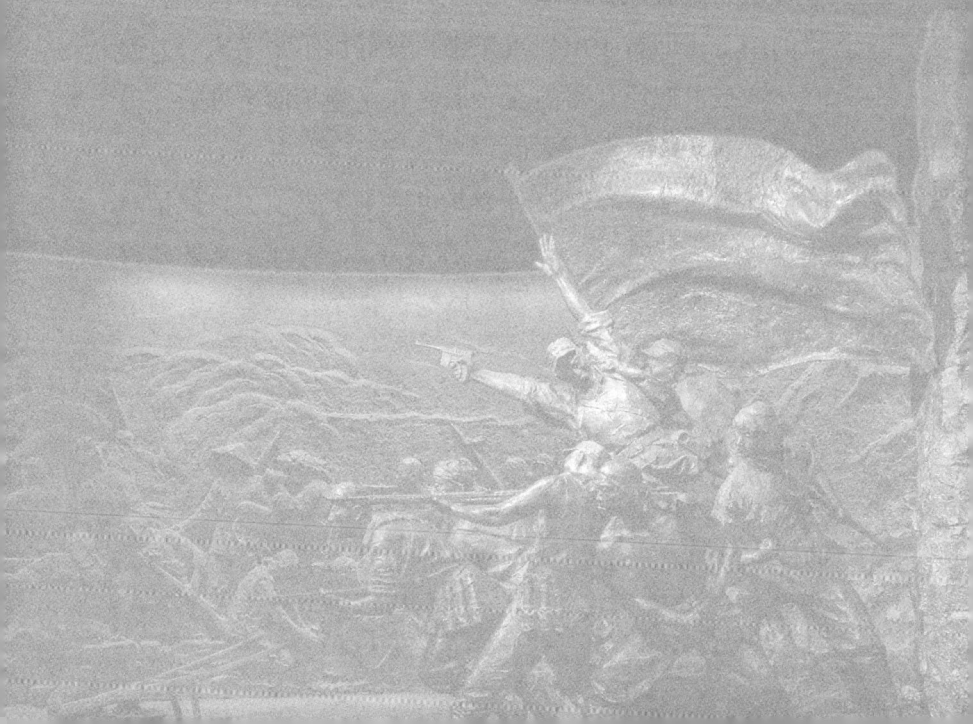

拥军模范
胡春花

童养媳

宣统元年寒冬，胡春花生在湾则一个穷苦人家。生下她后，家里一口吃的也没。实在没法，她娘只好在月子里出去给人家洗衣服，纺花，织布。但即使这样，她娘的奶上仍旧挤不出一点奶水，只好用小米汤凑合着喂春花。这个饱经贫寒的女人最终在又生了两个娃后，没能熬过饥饿和难产，殁了。

春花她爹眼看着连自个儿也活不下去了，只好把春花两个弟妹全卖了。最后，在春花12岁时，又把她许到了2里地外的窑湾当了童养媳，自个儿不声不响地下了世。

春花所嫁的这个男人叫王家祥，是个走街串户的小货郎，平时靠卖些锅盆碗罐和家里那5分地勉强度日。虽然依旧穷，但两口子非常相爱，春花又是个勤谨本分的持家女人，因此在一起20多年也没闹下啥意见。

可这年鬼子来了，一把火烧了老县城，又是杀人又是放火，到处强奸妇女，连奶着的娃娃也不放过。所以，春花很是不放心出去营生的王家祥，生怕哪天人就回不来了。可若是不出去，家里就没米下锅了。咋办呀？这世道，真不让人活了。

实际上，出门在外的王家祥也不放心她，生怕她给鬼子作贱了。

就这么人心惶惶地过了段日子，八路军来了。他们打鬼子做宣传。那些宣传话，让胡春花一下就开了眼，打心眼里拥护。于是，她也毅然加入了宣传。

接待"站长"

转过年来，春暖花开。这天，春花一个人挑着担子到窑湾的井边打水。突然路上风尘仆仆地过来个人，仔细一瞧，原来是八路的交通员。只见他满头大汗，嘴唇干裂，一看就是行了老远的路也没顾得上喝口水。大约是看到了春花，交通员脸上露出了笑容，马上过来要水。春花却不让，说："这可不行，井水冰凉，喝坏肚，跟我回家喝开水去。"

可交通员却说："不行呀，大姐，我有紧急事，没时间进家。"说完，捧起只桶，"咕咚、咕咚"猛喝了几口，抹了把嘴，道声谢，就走了。

望着他的背影，春花心里顿时胡思谋开了。她眼前这条道，往南是朱老总所在的砖壁，往北是三分区医院所在的泉河。往西的中村和往东的山那边，都有八路军的兵工厂。5 里外的左会还有特务团。不管打仗，还是运弹药，再或首长视察，交通员送情报，都要经过这里。若是能设个拥军接待站，供上热水、干粮，对于同志们，那帮助可就大了。

想到这儿，她就去找村长。村长也说好，又给找房，又给找锅碗，春花自己从家里拿了鸡蛋、小米、黄豆……便办起了接待站。只要有同志们路过，她就和村上的妇女们热情地去迎接。

打这天开始，路过的同志们再也没有喝过凉水。

送粮队员

这年秋上，县上下了任务，让各村给黎城的八路军筹军粮，送军粮。眼看报名送军粮的时间就要结束了，春花却突然发现愿意去送粮的人寥寥无几。这可咋办？部队的给养不能耽误。她想也没想就报了名。

村长一听说她报名，马上就急了，说："你心咋想的？你个小脚脚能跟上？再说了，一路上推的推，拉的拉，你是个女人不顶事。"

春花心想，你不让，我难道就不能去了？夜里，送粮队出发了。春花穿上了王家祥的衣裳担起80斤粮食，便不声不响地跟在了队伍后头。

等到村长发现时已经天明了，再让春花回去已经不大可能，只好让她跟着。令村长惊讶的是，从窑湾到黎城的彭庄，一共走了40里山路，春花，愣是一步也没有扯后腿。

从此，只要送军粮，都少不了春花的份。有次，鬼子截了386旅的粮，让她听说了，回家就把王家祥挑锅卖盆换回来的5斗谷子给送了过去。

看护队员

冬天，一股小鬼子抢占了辽县，在南艾铺用毒瓦斯熏死了许多老人和妇女。为了消灭这股万恶的鬼子，769团冒着滂沱大雨开了战。

仗打得很辛苦，有200多名伤员被从战场上运下来，送到了泉河。医院里一下子涌进了这么多伤员，可把院里的张所长愁坏了。咋办哩，护理人员急缺啊。就在此时，一个刚赶到这里的妇女主动请战："张所长，把护理任务交给我们妇救会吧，你赶紧去救伤员。"

张所长望着这个小脚女人问："你是谁？"

女人斩钉截铁地说："窑湾妇救会胡春花。"

就这样，春花主动领了任务。她马上回村和妇女们

组织起一支义务看护队，日夜不离病床边，精心地看护起了伤员。然而，令人气愤的事情发生了。有个叫杨改香的队员嫌弃一位伤员身上尿骚味重，不大乐意护理他。春花知道后，马上和大家批评了改香，她说："这个苏排长是个真正的英雄，这次战斗，他带领的排负责炸炮台，全排都牺牲了，只有他负了重伤没有死。可是没承想，到了后方医院了，居然还受我们的气，你说应该不应该？"

之后，春花亲自给那个伤员擦身子，代改香向他赔理。改香也意识到了错误，赶忙接过了春花的活。

担架队员

转过年来3月，村上选干部，大家一致推选春花当上了妇救会主任。从此她肩上的担子更重了。

又一年冬，小鬼子大举进犯黄崖洞。听到枪声的窑湾民兵们火速赶去支援特务团和工人们。战斗打了六天六夜，咱们的人伤亡很大，急需救援。听到消息后，春花马上把妇女们组织起来，说："男人们都去打鬼子了，咱们也不能落后，扛上担架，一起去运伤员。"

于是，一群女人到了火线，将伤员抬上了担架。可是，前往泉河的路都是羊肠道，道上全是石头。这些妇女都是小脚，没走几里路，就摔了好几跤。为了不让伤员受颠簸，春花对其他人说："咱们受些治不怕，再咋也不能让伤员再受罪，接下来实在难行的路，就4个人扶。若是上山，前边的人就跪着。"

在春花的带领下，她们艰难地爬上了山顶。这时，鬼子的飞机突然来了，一个俯冲丢下颗炸弹。弹片一下子就把一个伤员身上的被子擦出个黑窟窿，紧接着飞机又绕了回来。情势危机，春花一把把那个伤员推进了旁边的水渠里，自己则扑在了他身上。

又是一声巨响，等硝烟散尽后，那个伤员什么事都没有，春花的脸却被弹片划破了。为了避免伤员再受伤害，她顾不上剧痛，马上指挥大家："赶紧走，我没什么。"坚持着把伤员抬到了泉河。

编外护士

此时的泉河，医生和护士都在忙碌。看到许多伤员得不到护理，春花的心又被牵动了。等安排好其他妇女后，她独自留了下来，悄悄地帮着伤员换药，洗绷带，端屎倒尿。

有一个小伤员姓陈，想要大便，可一瞅春花是个女的就犯了难，对她说："大嫂，你能不能先出去一下。"春花不明就里，往外走。这时，却听到旁边的伤员问小陈要不要帮忙。她这才意识到小陈可能是要方便。可小

陈伤重得连身都翻不了啊。她马上转身返回去扶起了小陈，帮着他脱下了裤子……之后又端着大便往茅房送。

还有个伤员，上下肢都骨折了，躺在那里一动也不能动，喝汤都成问题。怎么办？她马上回村去找木匠，让他特制了把小木勺，然后用这把勺一勺一勺地去给伤员喂饭。

伤员出院了，春花脸上却露出了愁容。

难为良母

除夕夜那天，她男人王家祥匆匆赶来，告诉她："娃病得厉害，你快回去看看吧！"春花却为难了，过年时，医院本来人手就少，她若是走了就更没人了。没办法，她央求男人再等等，过了年她就回去。王家祥沉默了，他感觉眼前的女人有些陌生，难以让他理解。

转过年来，对女人已失去希望的王家祥为了生计，不得不把娃托付给村人，匆匆出了门。结果，二月的后半月，一个噩耗传来了，他们4岁的娃病得奄奄一息。此时，在医院的春花也听到了消息，再也扛不住了，马上回了家。可当她抱起娃再往医院跑时，娃的眼却永远地闭上了。王家祥回来了，崩溃了的他把所有怒火都发泄在了春花身上。他向春花抡起了扁担。春花一声也没吭，眼里只有泪。

蓦地，王家祥手里的扁担掉在了地上。他痛苦地蹲在地上，边哭边说："我一天也挣不回二合米，你一下就全背出去拥了军。现在连娃也耽误了……"

春花能说什么呢？她向男人解释道："娃没了，我也难受。可若不是八路军减租减息，那一年，村长逼咱交军粮，咱连年也过不了。咱拥护八路，是为了咱以后过上好日子啊。"

王家祥省悟了，他对春花流下了悔恨的泪水。

拥军模范

时间一晃就到了1944年。这年冬上刚下过雪，太行军民在黎城县南委泉镇召开了一场群英会。在雷鸣般的掌声中，邓政委亲自向胡春花同志授予一面锦旗，上面赫然写着"拥军模范"四个大字。

妇救会主任

郝品峰是马牧的。马牧有条马牧河，过去，石勒爷还是普通人时，在河一带喂马，结交天下朋友，以后才当上了皇帝。

郝品峰起初也是个普通女人，在家也是爹娘说甚就是甚，勤谨能干。到了岁数，她就正常寻了人家，就嫁在邻村长庆凹，男人叫徐继勉，也是个好小伙，瘦高个子，浓眉大眼，文质彬彬，和郝品峰的天庭饱满，略显粗犷，正好互补。两口子相亲相爱，本想安安稳稳地过日子，可鬼子却来了。

这年寒冬，附近的寨上住进了八路军工作团。工作团有男有女，他们到处刷标语搞宣传。郝品峰听着他们所说的："妇女解放""男女人都应该起来抗战，有一份力出一份力"……感到既新鲜又在理，于是，就也在长庆凹的村人中帮着宣传。

村人都说："品峰，你也是个能干八路的。"

正好，村上要成立妇救会，大家看郝品峰这么有干劲，也有头脑，就推举她当上了妇救会主任。

迎接八路军

转过年来，马牧河畔春暖花开，鬼子兵分九路来打晋东南。为了狠狠教训一下小鬼子，朱老总亲自坐镇马牧下达了战斗命令。紧接着，马牧河畔便开过来129师。长庆凹里也驻进了一部分部队，听说其中有刘邓首长，村上一片欢腾。

在部队进驻以前，身为村干部的郝品峰早早就展开行动，挨家挨户去动员，号召大家腾房子，烧热水，备粮食，好迎接咱的同志们，以便他们有旺盛的精力投入即将开始的战斗。

她对妇女们说："八路军要急行军，赶远路，一定很费鞋子，我们应该拿起针线来，马上为他们赶制军鞋。"

她又对男人们说："大家一把力气，就去给八路军抬担架、送饭吧，好让他们没有后顾之忧。"

在长庆凹百姓的有力支援下，不久，129师的战士们就在长乐村狠狠地打击了鬼子，敌军人仰马翻，死伤遍地，沿河堆满了车辆、辎重。长庆凹的民夫便在郝品

峰的组织下，又帮着八路军牵获取的马匹、抬武器。

鉴于这次的贡献，等郝品峰回到村后，工作团特意嘉奖了她。

见到康大姐

又过了一年。有天，农救会秘书韩耀突然来通知马上又有八路军要到村上来驻扎了。郝品峰丢下手中的活计就出了窑，马上动员她婆婆把西院全腾出来给部队住。之后，她又挨家挨户去动员村人们给腾房，迎接八路军。

等部队安顿下来，郝品峰喜出望外地发现，人群里还有她最敬爱的康克清大姐。她早就听说这年3月由康大姐倡议成立的晋东南妇女抗日救国总会曾帮助过许多妇女脱离苦海的事。虽然她也是妇救会成员，但这却是她第一次见到康大姐。

康大姐是来做妇女工作的。在郝品峰的组织下，长庆凹的妇女们率先聆听了康大姐讲的"抗日三阶段""三三制"。也是从这会儿，郝品峰才清晰地认识到啥样的政府才是真正为老百姓做主的，清楚地明白这场战争的发展趋势。

闲暇时，康大姐还教会了她唱《二月里来》。这是冼星海同志《生产大合唱》里的一首新歌。

"二月里来呀好春光，家家户户种田忙……我们能熬过这最苦的现阶段，反攻的胜利就在眼前……"哼唱着这首歌，郝品峰牢牢记住了那句："多出点劳力也是抗战！"对未来充满了希望。

从这以后，她更加积极了。

女送粮队员

1939年，马牧河畔又到了收获季。县抗日政府一声令下，全县齐为129师筹粮。时间紧，任务重。郝品峰一刻也没耽搁，她把干部们叫到一起，很快成立了筹粮委员会。大家各自分担了任务，你进这家，我到那家，一户不落地去动员。到了交粮日子，一合算，整个编村居然超额完成了任务。

正在大家兴奋之余，上级又来了指令，让各村组织送粮队，把粮食送到200里以外的涉县去。送粮是体力活，以往都是男人营生。郝品峰却啥也没想就报了名。等到出发时才发现，整个队伍里就她一个女人。

等到了涉县，部队首长一听，这次武乡送粮队里居然有女同志，都称赞武乡老百姓觉悟高，想要好好表扬。正好全师要在宇庄沟搞一场大检阅，便邀请运粮队全体参观。在会场上，郝品峰看到了整军后的129师，不禁为这支有着铁的纪律和坚强战斗力的队伍感到骄傲。

当她听到首长在会上表扬全体武乡人民支前送粮、

拥军的话时，内心也不由得涌起了无限自豪。

一个月后，她回到县里，光荣地接受了党交给的新任务，担任了县妇女武装部长。

协助打榆辽

百团大战后，被狠狠打击了气焰的小鬼子不甘心失败，在榆辽公路上设了几个据点，驻下了重兵。

秋天，郝品峰接到了紧急任务，安排大量民夫协助129师攻打这股小鬼子，帮着送军粮、抬担架、运弹药。

对筹粮，郝品峰非常有经验，知道老百姓的心思。这次，她决定由自己带头捐。那时候，当家的是她公公、婆婆。她就过去跟他们商量，两老人也是明世理的，纵使再为难，仍旧把窑里全部的粮食拿出来交给了媳妇。

全编村人一看，人家郝品峰家自己都把粮食全拿出来了，还有啥话可说。大家纷纷捐粮，很快军粮就集齐了。郝品峰又立刻安排人，把军粮火速送上了前线。

此时前线上，129师386旅正在陈赓旅长的亲自带领下痛打鬼子。由于实在抵抗不了咱军民汇聚起来的斗志，最后，鬼子丢下400多具尸体狼狈逃窜了。这支由郝品峰组织起的担架队、弹药队、军粮队便干脆又负责起了打扫战场的事。他们兴高采烈地抬鬼子丢下的武器、弹药、粮食，整整一夜才抬完。

获"妇届楷模"

榆辽战斗结束后，吃了亏的小鬼子马上派了冈崎大队来报复，刚刚返回武乡准备休整的 129 师立刻决定消灭掉这股鬼子。可令大家没想到的是，战斗在关家垴打响后，进展得异常艰难，部队伤亡很大。

郝品峰在后方听到消息，心顿时沉起来。身为县妇女武装部长的她，眼看前线支援工作艰难，就做了个决定。她对妇女们说："前线困难，咱们女人也要起作用。"武乡的妇女们迅速行动起来，一支支由妇女组成的支前队纷纷赶到前线，把她们做的炒面、玉米花，亲手交到了战士们、伤员们手中。

此时，越来越多的伤员被抬下了火线，送往野战医院。护理人员开始告急，郝品峰又马不停蹄组织起 20 多名妇女赶往野战医院。

经过 10 多天的精心护理，大部分伤员伤愈归队了。而郝品峰也在这次护理中获益多多。

为了表彰她在这次战斗中的成绩，八路军总部向她颁发了"妇届楷模"的奖旗。

"医护"战士

随后，她光荣地加入了中国共产党。再往后，她

又参了军,在八路军中继续做和医护有关的工作,并和她的男人徐继勉一道随军南下,在医护战线上再立新功。

李焕兰和「行军锅」

"小寨上大闺女里里外外都是一把好手！"

下北漳过去流传一句话，叫："小寨上大闺女里里外外都是一把好手！"这里的小寨指的是下北漳的一个圪嘴，大闺女说的就是咱焕兰。

焕兰在家行三。她上头有两个哥哥，下头有一个弟弟，两个妹妹。她在中间，家里人都管她叫三毛。她爹李管全在十里八乡都让人称好，既勤谨又本分。焕兰的性情随她爹。她是家里的长女，打小就又能做家务又能下地营生，既聪明又灵巧，这家里里外外，都让她给料理得井井有条。

整个下北漳人都夸奖她，因此就流传下那话。

"我一定也不丢下这口锅。"

1936年秋，22岁的焕兰经人说合嫁给了5里外王家

峪一个姓崔的小伙。小伙人不赖，既精神又正气。

这年 4 月，鬼子分兵九路来打咱。朱总司令一声令下，129 师的 772 团在长乐村设下了埋伏，"叮叮当当"一口气，消灭了他 2000 多。

战斗结束后，身强力壮的焕兰男人参加了担架队。他在李家沟的土堆里发现了个伤员，眼看就不行了，却不让他去喊卫生员，虚弱地说："不用了老乡，我活不了了，你帮我把这口锅保管好。"

焕兰男人惊讶地说："这都甚时候了还管锅，顾人哇。"

伤员却说："老乡，这口锅可比我重要，它是英雄锅，战场上救过许多人。"

焕兰男人搬起那口锅，发现上边全是补过的弹孔痕迹，其中有 3 个是刚打穿的，再看看伤员胸口的伤，一下子就明白了……

后来，他便把锅背回了王家峪，交给了焕兰，郑重地交代她："这口锅，咱们一定要保护好。"

第二天，一个战士过来了，看见锅就哭，说这口锅是他们班长的，给焕兰讲了这口锅的真实经历。

原来它曾经爬过雪山，过过草地，熬过姜水、草根、树皮，背过粮食，救过无数长征路上的红军。为了它，当时的部队里还传下一条铁纪："丢什么也不能丢下这口锅"。这么多年，它的主人一直没丢过它。可是这回，他自己却牺牲了。

焕兰听了，泪眼汪汪地说："我一定也不丢下这口锅。"

从此，这口锅就藏在了焕兰家里。

"怎么办？那口锅不能丢。"

1939年春，小鬼子突然来"扫荡"，王家峪的村人藏好粮食后马上往山上转移。可焕兰却挺着大肚行动不便，她男人没法，搀着她藏在村边一个破窑里。这时，焕兰却突然想起了那口锅还在家里。她焦急地问男人："怎么办？那口锅不能丢。"

此刻，邻近的北上合已经传来了枪声。

她男人安慰她："来得及，我去取。"说完就走了。

可等他刚到圪梁上却遇上了鬼子。

鬼子绑着他，要他说出八路和粮食在哪，逼他带路。他说啥也不肯。鬼子恼羞成怒了，挥起一把洋刀，"咔嚓"一声，一腔热血泼溅在离焕兰藏身不远的村口。

鬼子走后，焕兰给男人穿上了一双她刚做好的布鞋，送他上路。她把仇恨深深地埋藏在心底。

"待到全国解放后，一定要把它请到博物馆"

这年秋，八路军总部到了王家峪，焕兰家也住进了

好几个女八路，有康大姐、浦大姐，还有刘志兰。

在村上，她们都听说了焕兰男人的事，看着焕兰一个人既要拉扯着两个年幼的娃，又要照顾年老的公婆，还要下地纺织，便常常过来帮她，和她拉呱，拉她参加妇女学习和开会，像姐妹一样。焕兰和她们处得很亲，连带着见了朱老总、彭老总和左参谋长，也不生疏和胆怯，喊他们"老朱""老彭"和"老左"，还向他们汇报村里的情况，若是有客人来了，也热情地帮着接待。

这天，老彭家突然来了许多客人，焕兰主动跟老彭说，可以在自己屋里招待。老彭高兴地答应了，可眼看饭点就到了，焕兰却找不着了。老彭不由郁闷起来，这说得好好的，人呢？

正焦急着，却见焕兰背着一口锅气喘吁吁地进来了。原来她见人太多，家里的锅根本不够用，就想起了那口珍藏起来的锅，于是一个人扛着到附近的西营集镇补锅去了。

锅上的补丁一下就引起了老彭的注意，他数了数："嚯，整整17个补丁啊。"马上意识到这口锅的不凡，就向焕兰打听它的来历。

焕兰不能跟老彭隐瞒，只好将那段伤心事又提了一遍。

老彭听完后潸然泪下，说："这口锅为抗日战争的胜利立下汗马功劳。待到全国解放后，一定要把它请到博物馆，让后人知道中国的革命历程是何等艰难。"

从此，每当有新客人来，老彭都会把他们请到焕兰家去，请他们吃这口锅做的饭，给他们讲这口锅的故事。

一次，当老彭再讲时，一个战士突然痛哭起来，原来，他在长征路上也吃过这口锅煮的东西，只是才知道煮东西的人牺牲了。

渐渐地，人们都知道了这口锅，它也成了八路军指战员的冲锋号，激励着大家向前，向前。

"送到博物馆，让它好好休息吧。"

后来，老彭要离开王家峪了，原本心想着要带走这口锅，可又一想，这兵荒马乱的，还不如继续由焕兰保护它。于是他找到焕兰，告诉她："等抗战胜利了，我一定会来取这口锅。"然后才恋恋不舍地离开。

不久，他见到了毛主席，也把这口锅的故事讲给毛主席。毛主席听完后感动地说，"是啊，等解放后，送到博物馆，让它好好休息吧。"

可是，解放后，老彭再让人去寻找，却怎么也找不到焕兰了。他以为焕兰牺牲了，这锅多半已经不在了，只好放弃了寻找。

事实上，焕兰仍旧在武乡。

1943 年，129 师 385 旅来到了王家峪，支前模范焕

兰主动承担了照顾伤员的任务。伤员中有一个叫刘树林的河南人，是个老炊事员，也曾参加过红军，在焕兰的照料下，他的伤势渐渐好转，他也听说了行军锅的故事，对行军锅本就有感情的他，很快喜欢上了这个善良的好女人。他们结婚了，组织上就将他安顿在王家峪。

1988年，县里为八路军太行纪念馆征集文物。这口锅被焕兰捐了出来，尽管铺满了灰尘，锈迹斑斑，但仍和原先一个样。从此，它被陈列在了八路军太行纪念馆的抗战史陈列馆第2展厅，完成了彭老总最初的承诺。

女村长

李先花

投机村长

李先花是响黄编村的村长。

响黄编村有两个村长，正村长叫杨桂桐，李先花是副的。村长杨桂桐，本是个小商贩，打小就会经营，聪明伶俐，能说会道。起初，八路军刚进武乡，他看见走哪儿都有拥护的人，心说，有可能这天下会让八路军坐，就热心地说八路军的好，认真给八路军办事。村上人见他这么积极，都相信了他。到了1940年，选村干部时，很自然就选上了他。

不过呢，选上以后，他却只顾他的买卖，不大管村上的事了。至于原因，是他发现，八路军手上拿的是独一撅、老套筒、大刀，纵使有些三八大盖，还是从日本人手上抢下的，根本比不了小鬼子的轻机枪、小钢炮。他这小脑筋就转开了，心思谋，这土八路一点实力没有，指不定能待几天呢。若是太热心，回头日本人打胜了，

还不找他秋后算账？他就打了退堂鼓。

李先花几次动员他，给他讲政策，他都瞎应付，除了开会到场外，其他事都懒得操心。

妇救秘书

其实，李先花参加革命工作比杨桂桐还要早。响黄编村拢共5个村：南响黄、北响黄、席家岭、漆树凹、芝麻垴。先花的娘家是响黄的，她17岁那年嫁到了芝麻垴，依旧在这20多里囹圄里。

这年春，村上有了妇救会，说的那些"抗日"呀，"不能当亡国奴"呀，让她心亮亮的，觉得自己也该出份力，便报了名担任了秘书。到了芝麻垴后，她依然一心为妇救会做事。

她男人叫霍二孩，听上去是个"呼而嗨（扯拉）"，但性情其实不扯拉，只不过有些老实，人家说甚就是甚，拿不住准主意。你比如，人家说他："你看你老婆，一个女人，成天东家进，西家出的，一看就不是正经人。"本来，霍二孩娶先花前，就听说她好热心，给抗日工作，虽然不明白但也没阻止。这会儿，他却架不住脸皮薄了，回家就跟先花说："能不能顾点名声，在窑里安分些活？"

谁知先花一听就火了，说："身正一定要怕影子斜？鬼子都打到家门口了，是个中国人就坐不住，你以为安分些钻家就能活？"

霍二孩嘟哝："毕竟你是个女人。"

先花说："女人咋啦，八路军有许多女兵哩。"

霍二孩再寻不出理来，就不再阻止先花。

秘密党员

这天，区上通知先花去开会。

到了会上，先花第一次听到"男女平等，解放妇女，婚姻自主"，兴奋极了。一回到村，就迫不及待地组织起妇女，搞宣传。

妇女们听了也都高兴，觉得先花说得挺有道理。你说一句，我说一句，畅所欲言。可一回到家，却又跌后去了，该啥样继续啥样，照样做繁重的家务，挨公婆的虐待，受丈夫的打骂。

一时间，先花也不知道该咋办了。她思谋来思谋去，决定去找住在村上的军分区干部李忠大姐合计合计。李大姐耐心地给她讲了工作方式和革命道理，为她开了窍，还送给她书，让她从上面学文化。李大姐告诉她，不认识的字，可以先记下来，回头问问村里的先生。

在李大姐的帮助下，先花很快想出了解决办法。在她的带领下，响黄的妇女们纷纷站了起来，开始主宰自己的命运，而先花也因此成长为一名合格的村干部，并

在 1940 年的春天，在村外的山洼里宣了誓，成了一名秘密党员。

女副村长

不久，她就当选为副村长。

打那之后，响黄编村崎岖坎坷的羊肠小道上，经常见到她风尘仆仆的身影。一双小脚，怎么禁得起这么来回扑腾，经常打起指头肚大的水泡，疼得她把嘴唇都咬破了。为了不让水泡再起，她用头发穿过水泡，让水泡里的水聚不起来。

在她的积极工作下，响黄编村救亡的气氛越来越浓。很快，一场大战来了。

那是这年的深秋，为了消灭一股猖獗的小鬼子，彭老总亲自指挥，在距离芝麻埚只有四五里路的关家垴，打响了一场战斗。密集的枪声和火药味，就连芝麻埚都能听到，闻到。

战场上激烈，李先花也忙。她一面动员男人们上火线，帮着送弹药，抬担架。一面自己带着 20 多个妇女支锅做饭，组织她们给前线送饭。

为了安全，她把妇女们分成两个组，一组从垴上好走的路绕着走，另一组由她带着从沟里走难走的路。饭送达后，她见担架队忙不过来，又让妇女们也帮着抬担架，帮着伤员包伤口。

仗打了三天三夜，她们也干了三天三夜。这时候，村长杨桂桐不乐意了，埋怨她说："咱这么多工作，你不要老在伤员上费心，不是有医院吗？"李先花反问："如果受伤的是你，也等着医院包伤口？"

杨桂桐悻悻地走了。

太行奶娘

1942年春，先花生下一个娃。这时候，李忠大姐也生下一个娃，可是先天营养不良，奶水不足，娃可能活不下来。村上的群众都非常担心，为李大姐送去了鸡蛋，可她说啥也不收。

咋办呢？有人跑去告诉了先花，她当时就说："这还能由她？"她放下自己的娃，马上跑进了李大姐的院，跟李大姐说要给娃喂口奶，可李大姐却再次拒绝了。就见先花猛地一把抱起了那个娃，不由分说扯开衣襟，就把奶头搁进了娃的嘴里。嗷嗷待哺的娃登时狼吞虎咽起来，脸上顿时有了生气。

喂完后，先花又赶紧跑回去，照看自己的娃。不幸的事发生了，这个刚过百天的娃突然发了病，不久便死了。杨桂桐知道后，偷笑，这可是好机会。他马上去挑拨霍二孩，说先花为了溜舔李忠，居然不顾他霍家的香

火。这下子，霍二孩坐不住了，他去质问先花。先花向他解释："李大姐负责着全村的安危，我是村干部，就得为她着想。况且，咱娃是病死的。"

霍二孩不听，说："你不是老给别人讲婚姻自主吗？从现在起你革你的命我守我的窑。"非要和先花离婚。

无奈的先花，只好出了霍家门。为了不影响工作，她没有回娘家，而是在村里找了间破房子住了下来。

智斗地主

然而，村上的流言仍在继续。先花顿时警觉起来，这股风不单是冲她，还冲着李大姐。她马上安排人秘密查，终于发现散布流言的人居然是杨桂桐。事情很严重，她赶紧向区委和李大姐做了汇报。为了安全，李大姐被转移了。而她继续在村上主持工作和杨桂桐周旋。

一晃就到了夏天。这天，先花到区上开会接到命令，准备减租减息。

当时，响黄编村人大多租着中村地主肖芳亭的地。这几年灾荒不断，乡亲们早就苦不堪言。接到任务后，先花很兴奋，路上还在想着怎么和乡亲们宣传，同肖芳亭斗争。可刚进村，她却听到肖芳亭主动给大家伙儿减租。乡亲们都说人家肖芳亭也是开通的，这样就没人再听先花的，无形中，工作就没法再进行下去了。

咋办呢？这可能是地主的阴谋。先花一点也没气馁，她挨家挨户地给大家伙儿算账，讲政策。百姓们按照她的方法一算计，顿时恍然大悟，"哎呀，是了，是了。肖芳亭这是在耍把戏，欺骗咱呢。""哗啦啦"，大伙儿全聚起来了，冲到肖芳亭家就跟他斗争。肖芳亭一看，怕了，最终同意了按党的"二五减租"政策减租减息。

擒获汉奸

转过年来 3 月的深夜，响黄编村的村干部在响黄开完会后，放哨的人突然跑来说搅扰多天的鬼子撤走了。杨桂桐便笑呵呵地说："这下好了，大家可以好好睡一觉，今晚干脆睡我窑吧，我去家人们藏的窑里睡。"大家并没有提防，都同意了。

不料，半夜里鬼子却包围了响黄，眼看马上就要搜到这院了。咋办呢？正焦急间，芝麻垴响了枪，鬼子以为中了八路军埋伏，慌忙撤退。

等天亮，大家才知道是武装主任霍金良放的枪。这事引起了先花的警惕。她思谋，夜里，只有杨桂桐出去过，这里头肯定有鬼，马上跑去区里作了汇报。

果然，又到了半夜，杨桂桐突然以村长名义组织群众大会，哄骗群众说："李先花投了敌，开会就是要逮她，李先花来了没？"妇救联主席霍昌林说："你这是诬

蔑。"杨桂桐就让人把他绑起来，一顿拳打脚踢。

正在这时，枪响了。霍金良带领自卫队赶来了，抓住了杨桂桐。

原来，杨桂桐早就和肖芳亭勾结，妄图把共产党干部都杀害了去投敌。有个村民把消息传给了先花。先花再次上区里作了汇报。军分区李参谋当即决定带着自卫队来镇压。

杨桂桐被枪毙了，先花被选为正村长。

这时，霍二孩来了，他跟先花道歉。先花眼泪汪汪地把一双亲手做的新鞋递到他手里。

申臭女和
公文包

捡到伤员

1942年春的一个黎明，刚下过雨，马牧河畔寨上的
小闺女申臭女一起来就迫不及待地喊上她娘，到村后的
山上捡地皮菜。

当时，山坡上长满了沙棘，沙棘丛里地皮菜很多，
申臭女人小，身灵活，于是，猫倒腰往里头钻。她刚要
伸手捡来，却猛不丁听到一个瘆人的声音："啊——"吓
得她，丢下篮子就往外爬。她娘也哧地一屁股坐在了
地上。

好半天，娘母俩才定下神，心说，大白天的肯定是
人。她们又大着胆子往里眊，又吓了个半死，里边居然
躺着个血人。再瞅身上，不对，是个八路。寨上以往驻
过八路军总部。村人一见衣裳就认识。

这下，两人再没多思谋，赶紧爬过去查看，发现这
人还有口气，只是肩膀和腿被了弹打穿了。血水从衣服

里不断渗出来，和雨水混在一起流向草丛……

"哎呀，还在流血，得赶紧包扎。"臭女说。

娘母俩马上为伤员脱了衣裳，解了绑腿，又用绑腿把伤口包扎上。她们商量了一下，觉得应该赶紧把伤员搬回村，于是一个抱胳膊，一个搬腿就往外拽和抬。正在这时，臭女注意到伤员的一只手死死抓着个公文包，看来这是他很重要的东西。于是她把公文包和他的手一起放在他胸口，然后和她娘把伤员抬上。

山路湿滑，一个小脚老人，一个小闺女，费了好大劲，从早晨一直挪到下午，才把伤员抬到村口。可是，她们没敢进村，这两天鬼子常来袭扰，她们得既保住伤员，还不能连累村人。于是，她们就把伤员安顿到了逃难窑。然后，一个人看着，另一个赶紧跑去报告了村长弓彦明。

弓彦明一听，吓了一跳，忙嘱咐道："千万不能再跟任何人说了。你们保证好他的饭和看护就行了，其他的事交给我。"

不久，村上的土郎中弓应卯就偷偷进了逃难窑，外头还有两个民兵悄悄守着。

保护伤员

第三天夜里，村上的干部正在开会，商议转移伤员的事。突然，一声枪响划破了寂静的夜空。

坏了，鬼子来了。

原来，前天夜里鬼子偷袭了在义门驻扎的 14 团，给八路军造成了很大的伤亡，但由于没找到伤员，便怀疑是附近村的老百姓给救走了，于是又摸黑来袭击。

干部们赶紧兵分两路，一路由民兵领着乡亲们转移，一路则负责吸引鬼子，保证伤员安全。

吸引鬼子的是弓彦明，他牵着鬼子一直往北跑。这时不幸的事发生了，他中了鬼子的枪，腿受伤跑不动，被小鬼子逮住了。鬼子马上把他往段村据点押。此时，他身上还揣着开会文件。咋办呢？在赵庄滩休息时，他假装靠着一棵大杨树坐下，手却伸向了旁边的小树坑……

与此同时，弓彦明被抓到据点的事也传回了村里。正在逃难窑里照料伤员的申臭女心都提到嗓子眼了，她又怕鬼子知道了伤员的事，又担心弓彦明在据点受不了那苦。自从被她娘母救回来，伤员就一直昏迷，她只能一步不离地守在他身边，照顾他吃，照顾他喝。可他连张嘴都困难。没办法，臭女只好用饭匙从他嘴角一点点往里送。

不久，又一个坏消息传来：为了掏出伤员的消息，鬼子对弓彦明上了酷刑，还让狼狗咬他。可他硬是没说伤员的任何事。没办法的鬼子决定处死他。村干部知道

后，马上让一个村人以亲戚的名义联系鬼子翻译的老婆，卖了村上一棵古松树，把钱交给这个翻译，托他救人。

当遍体鳞伤的弓彦明被村人抬回村的第二天中午，奇迹发生了，在申臭女的照料下，那个昏迷的伤员终于醒过来了。他第一个反应就是去抓公文包。当他的手触到公文包时，脸上露出了放心的神色，然后，又陷入了深深的昏迷。

护理伤员

过了一个多月，这个伤员的伤势才有所好转，神志也逐渐恢复了，他断断续续地给精心照料他的申臭女讲了自己的事。

原来他是14团的通讯员，河南开封的，叫李土生，1938年时参加的八路，这年才22岁。4月13日的深夜，驻扎在段村的小鬼子突然袭击了他们。他受团长指令，突出重围寻找大部队。可是，当他逃到寨上村北的盘顶时，小鬼子的子弹打中了他。他觉得逃不掉了，怕公文包里的文件被鬼子抢走，就强忍着疼痛，把文件全给烧掉了，然后拖着身体爬进了沙棘丛……

听到这里，臭女也给他讲了她们母女俩是如何发现他的，又讲了为了保护他，村长是如何被鬼子折磨的。土生这才知道，在他昏迷的这些日日夜夜，原来有这么多可敬的乡亲曾经帮助过他，把他从死亡线上硬拉了回来。他激动地说："寨上的乡亲们就是我再生爹娘啊。"他的眼里涌出了热泪。

臭娘赶紧安慰他："都过去了，你能恢复了，比啥也强。"

在之后的 4 个月里，臭女娘母俩把家里舍不得吃的鸡蛋、白面都拿来给土生吃，还杀了 2 只老母鸡和 2 只公鸡。4 个月后，土生的伤口彻底愈合，恢复了健康。他想念部队了，决定离开寨上。

当时，已经是秋天了。当臭女她娘把藏在家里地窖中的公文包和手枪一起拿出来递给他时，他哭了，向娘母俩敬了个军礼，双手接过了枪和公文包，对她们说："大妈，小妹，你们的救命之恩，我也没法回报，这个公文包就留下做个纪念吧，等抗战胜利了，我再回来看望你们。"

臭女母女俩把他送到了高山顶上，看着走远的土生，眼里不由生出了泪花。

臭女嫁妆

过了几年，臭女出嫁了。她没嫁远，就嫁在了本村。出嫁时，她娘给她的嫁妆，就是那个公文包。

段村解放后，臭女专门跑到段村的部队里搜寻过土

生的踪影，可最终都没看到。也许，土生在其他部队吧。

解放战争也结束了，土生依旧没回来。

臭女娘下世时，还心里念叨："等土生回来，你一定把包还人家。"

她们始终不觉得土生会在战斗中牺牲。

1995 年，臭女的生命也走到了尽头，她把包交给了儿子，吩咐他："娃，有天，如果有个叫李土生的人寻来，你喊他舅舅，就说我和你姥姥一直在等他。"

生产标兵

纺织英雄 赵月娥

"越打越骂越不听话"

赵月娥是圪咀头的媳妇。她家是榆社南庄的，打小，家里就穷得揭不开锅。她娘生下她后，一家人都拉下了脸，嫌她是个女娃，是替人家养的，不能给家里传宗接代，也没有力气养家糊口，经常拿她当出气筒，哪个不顺心了就指着她的鼻子骂，要么就是打。她呢，却是犟驴子，打死也不服气，就连她娘的话也经常不听。

就拿裹脚的事来说吧，给她裹，她就躲。好不容易拽住她脚，快裹好了，她一使劲又挣脱了，三下两下解开裹脚布，跑了。气得她娘直叫："女人不缠脚，咋能寻人家？"

所以，她一直是个大脚。

村人看她天不怕地不怕，就四处传这娃娃是"越打越骂越不听话"。

一心和男人一起糊嘴

但月娥最终还是嫁出去了。日本人来的那年，她爹眼看兵荒马乱的养个吃闲饭的在家不是回事，就托上媒人把她嫁到了20里外的圪咀头。嫁的这家上无片瓦、下无寸土，还不如她家。按她自己的话，就是"咱就没个享福的命"。

不过，她男人对她不错。他叫郝玉峰，年轻，有把子力气。虽然家穷，可他总思谋到外头打短工挣钱养家。只是这种营生不稳定，遇上个赖天气就得在窑里歇着，所以，家里经常缺粮断顿。

赵月娥一看，光靠男人一个根本养活不了家，她想自己反正早就穷惯了，也不用顾脸面，打嫁到圪咀头起就一刻没闲下，不是在家纺花、织布，就是出头露面到地主家寻洗衣服，做零碎的活儿，凭着自己的本事，一心一意和男人一起糊嘴。

被公推为村妇救会主任

那时候村上已有了八路军工作团，成天在村上宣传要成立妇救会。月娥听了一回宣传，觉得挺对理，就参加了妇救会。她每天跟着工作团东家进西家出，听下了一肚大道理，回头又一五一十地讲给村里的姐妹们，号

召大家都来参加。

可村上的女人都没见过世面，就晓得在家做好饭，洗好衣裳，侍候好男人就行了，觉得打鬼子根本不是女人的事。月娥便苦口婆心地给她们讲抗日可不光是男人的事，小鬼子可是要杀人放火的。女人不抗日，更吃亏。

为了说服她们，她给大家讲发生在县城里的事。当时，县城被一把火烧没了。老人、娃娃死下一堆。可最让人难过的还是一个 30 岁的女人，被日本人扒光了衣服强奸了不说，还被活生生用劈柴从下面捅死了。

像这样的例子，还有许多。头一回听到鬼子凶残的妇女们都惊呆了，大家义愤填膺，纷纷报名加入了妇救会。赵月娥也被公推为村妇救会主任。

被评上县劳动能手

妇救会的工作非常忙，但这并没有影响赵月娥改变家庭环境。

当时，县上、区上都倡导妇女们起来改变贫困。她带头响应，在家养了一群鸡，喂了一头猪，还养了几筐蚕。这一年县上评劳动能手，她因家庭副业收入高，一下就被评上了。

可改变贫困，光她一家也不行，她还思谋着带动村上的女人们也一起改变。当时，有人老是离不开碾台、磨台、锅台，为难地说："月娥，你先做，我们再看看，再看看。"月娥也不硬拉拽，她先带动妇救会那些比较活跃的妇女们一起下地劳动。

连女人都下地了，这可是村上破天荒，多少年来没有的事。一开始，男人们还纷纷骂，"这些女人咋不守老规矩？"后来一看，减轻的是他们自己的负担，让他们能腾出身来做别的，觉得也不赖，就不吭气了。

这下子，更多的妇女也加入进来了。

带动全村去织布

不久，县抗日政府又号召大家搞纺织。这可是赵月娥的老本行，她从小就纺得好，不仅快，而且纺出来的花，线非常匀称，经布、刷布、织布也样样是行家里手。

还是老样，一个人好不叫好，她号召全村的女人们都纺织。人家说："月娥，俺们没你那技术。"赵月娥拍着胸脯说："这有甚，我开个培训班，只要你们想学，总保能教会。"大家一听，都动了心思，一起来听赵月娥上纺织课。回头一试，还真顶事。有些人手笨，几次学不会有些不好意思了。赵月娥知道后，又去手把手地教，直到会为止。

就这样，吃咀头的织花、纺布运动在月娥的带动下，搞得有声有色，在全县都叫了好。

动员男人去参军

这年，抗日政府要全县 18 岁以上的青年都参加队伍打鬼子。

月娥听到消息后，觉得自己男人够条件，马上回家跟男人商量："你也听说了，咱县上家家户户都有人参军，不是爹送儿，就是老婆送男人。我是村干部，也不能落在别人的后头。你也去吧，给咱好好打鬼子。"

郝玉峰说："这心思我其实早有了，就是咱家太穷，我要是走了，光靠你一个人，地也无一垄，指啥活啊，还不活活饿死？就没敢跟你提，你既然这么说，我当然高兴去。"

赵月娥说："不怕，你去哇，我一个人能把家照顾好，一心等着你回来。"

郝玉峰听完，当即就高兴地跑去报名了。

武西县纺织第一名

玉峰走了，月娥身上的担子更重了。她有时也觉得累，但一想到自己是个干部，就要带好头，不能让村人看笑话，只能把这个家搞得比男人在时强，不能比男人在时弱，就又有了力气。

可担好这个家并不容易，既要拼命干，还要巧干。

此时正逢武乡大灾，地是指望不上了。月娥便盘算，自己最拿人的本事就是纺花、织布。当前，县上要求的也是纺花织布。于是她决定靠纺花织布，卖布买花蹚一条路子来。

并且不光她一个人织，她还带着全村的女人们一起动手，于是，整个圪咀头就靠着这些女人一双双勤劳的手帮扶着，居然顺利地度过了灾年。

这里头，月娥的功劳有目共睹。为了表彰她，当年，武西县评选她为全县纺织第一名。

1944 年 7 月，在太行三分区劳模表彰会上，三分区司令员鲁瑞林、政治委员彭涛又当着襄垣、武乡、榆社、辽县四县代表的面，将一朵大红花戴在了她的胸脯上。

挽救区领导机关

1946 年夏，盘踞在沁县的蒋阎日伪段炳昌部一面假装和我方谈判，一面出动大批军队犯青修一带，又是破坏又是掠夺，杀人放火无恶不作。

为了揭露敌人的丑恶嘴脸，上级派十二区区分委书记任海生、区长阎维周，还有时任妇救会秘书的赵月娥，一起作为群众代表配合谈判。这天，由美方、敌方和我方组成的三人小组路经青修，说是要了解情况。赵月娥和任海生、阎维周一起接待了他们。

武乡洪济院
萧刚·绘

在接待中，月娥敏锐地发现，敌人和美方的人总是在村中东张西望，顿时引起了警觉。等三人组走后，她马上和大家说了此事。大家也觉得不对，当即决定把区分委、区分所向距青修村 4 里以外的一个偏僻小村羊角角转移。

就在他们刚到羊角角时，段炳昌的部队突然包围了青修一带的十几个村，惨绝人寰的"青修惨案"发生了。赵月娥依靠她的警觉让区领导机构免受了一场灭顶之灾。

不久，沁县解放了，人民公开处决了在"青修惨案"中罪大恶极的汉奸，为死难者报了仇。

狼吃的倒运鬼

王桃梅又挨闺女骂了。

打她记事起，就一直挨人骂。

以往是跟着她娘。那时，她娘带着她给财主做营生，财主一有不顺心，就会拿棒槌打骂她们娘母，还因为 5 吊利钱在腊月二十七把她们赶到了破庙，一黑夜差点没冻死。第二天一早，她娘就托人给她寻了户人家换钱顶债。

那年她才 13 岁。她婆家在北响黄。男人比她大 13 岁，一进门就嫌她脚大、头发黄，对她不停打骂，成天没个好眉眼，还逼她缠脚。她疼了 20 天，脚缠好了，男人却另寻相好了。

他是个做买卖的，三天两头出门。他出了门，桃梅的日子也不好过，上头还有个凶婆婆。等他回来后，炕头还没坐热，就又坐到相好的炕沿上了。桃梅气不过，去找过男人，结果是，人家两个打她一个。

眼看这男人心没她，桃梅只能是自个儿靠自个儿。她给男人生了 3 个娃，老大是个闺女，还没成人，只晓得吃了睡，睡了吃。她眼瞅着锅里没米了，灶火没炭了，瓮里没水了，也没个担待的就发慌，不知道该咋办是好。想跟亲人说说吧，她娘也没了。

这年，日本人来了。进村就干了一件事，把她男人抓走了。这下子，她们娘母们的日子就更不好过了。婆婆嫌，妯娌骂。村上有些赖汉还三天两头爬墙头勾引她，给她些吃喝和穿戴。她心想，反正那个男人也没待她好，这兵荒马乱的，日子总得过吧，索性烂就烂了。

渐渐的村上人便都知道了，村长也是个喜欢乱搞的，半夜也到她窑里坐炕沿上不肯走了。桃梅不敢招惹村长，没让。回头，她就被叫到村公所挨了批斗。原先她加入过妇救会，可因为她是"破鞋"，妇救会的女人们都不跟她说话，就连开会也不叫她。这回让村长这么一闹，就干脆开除了她。

现在的桃梅更加无助了，走路上只能低着头躲着人走。

这还不算。起初她闺女还小，后来就不行了。十来岁的大闺女和娘一个炕头睡，怎么能听不出异样？就也跟着一宿一宿不合眼。等鸡叫时，她娘把男人送走，她就一屁股坐起来，问："娘，你那叫做甚？"你叫桃梅怎

么答，她能说她不想再过和闺女俩人每天一起来就跑到
10 里外担水的日子？只能是坐在炕沿上抽泣。

再以后，这闺女就长心眼了，开始监视起了她娘的
一举一动。若是夜里还有那动静，等天一亮，就开始摔
碗打筷，不吃她娘做的饭不说，还骂她娘："我不是你这
个狼吃的倒运鬼养的。"

从今往后搞纺织

听了闺女的骂，桃梅下决心自救。

先前，她有个长工。这男人没少帮顾她，10 来亩地
都由他种着，啥心也不用她操。家里里外外的重活，都
是他一人干。而她只是付出些针线活。时间长了，她就
看出这男人把这儿当家了，也觉得他贴心，就给他做了
新衣裳。后半年，桃梅就自自然然和他在一起，也不招
惹其他人了。如今，为了不让别人说闲话，她打算连这
个男人也不靠，就把他给辞了。

可半月后他却回来了。一进窑，一句话也没说，提
起扁担和水桶就走。闺女还质问："谁叫他来的？"

桃梅没说话，等闺女躺下，故意没闩门，要等长工
挑水回来。

八月十五，家家在团圆。桃梅一个人寒心，想早早
睡，结果长工又来了，送来些月饼和粉条。桃梅眼泪汪

汪地刚想说啥，村长却闯进来了，死活说她又犯了"破鞋瘾"，又把她关了禁闭。

从村公所一放出来，桃梅就直奔区上，她再也不想这么活了。在区上，区长批评："虽说你是买卖婚姻，但真不能过总得先离，坚决不能胡搞啊。"又告诉桃梅，区上早知道村长的作风不正，劝桃梅："说到底，想让人家另眼相看，还得你自个儿有出息。"

桃梅说："你们让我离了婚，我保证好好生产。"

区长就为她做了主。过几天，她就嫁给了那个长工。可这时候她前头男人却回来了，还像过去那样对她又打又骂，要拉她回去生活。在区上，桃梅清楚地告诉他不可能了，但仍大度地为他着想，给他租了铺盖，还把地也还了他。对于以后她自有打算。

这天，村人们都去赶集了，她把村里 5 个和她以前名声一样烂的女人叫到了一起，问她们想不想正经做人。她们问桃梅有啥主意。桃梅说："咱们结成个小组，从今往后搞纺织。"

女人们都愿意，一人出了 1 斤花钱当本钱，悄悄开始了生产。

那是 1944 年 10 月。不久，村上就传出了风声，村里那几个赖女人不知咋的，很少在街上露面了，就是出来也不再擦胭脂扑粉了。而且，那些爬墙头的男人也敲不开她们的门了。新选的村长感觉到了不对，经过悄悄

打探，他发现了真相，一掐算，吓了一跳，这6个妇女2个月不到居然用6斤花的本钱织出了3000元的布，纺出了8大斤花。他马上跟村人说："你们再不能孤立人家，看看人家在做甚，那产值叫了个好，咱们可得好好学习，向人家看齐。"

一下子，村上的风向就转了。

把被遗弃的人组织起来

有人偷偷问桃梅闺女："能不能让俺闺女也到你娘那个小组去？"她闺女喜滋滋地回来跟她娘说。桃梅说："当然能，谁来都要。"

她不光收正常人，也收那些社会上被遗弃的人。

村上有个叫杨三羊的男人，家穷得连件衣裳也穿不起，经常拿女人出气。桃梅就把他女人喊来，借给她7尺布，说："你拿去先给三羊做条夹裤，好让他出去营生。"

三羊女人为难地说："那我可咋还呀。"

桃梅说："来织布呀，有了利，你再还。"

三羊女人便高高兴兴地进了小组。

还有个懒女人叫韩荣花，身上的衣服烂得实在没法说。桃梅就跟她说："看你穿得，连屁股都露出来了，还不快些来织些布，给自己置办身？"说完，自己就先给她做了件新布衫。大家都觉得桃梅这是瞎热心，这样的懒女人根本没长性。可桃梅却没放弃，一有机会就鼓励她。结果，这女人让人另眼相看了，居然一天能纺半斤花。

还有两个瞎女人会纺花，两个老汉会弹花，六个带娃的女人只有些零碎时间做鞋，一个罗锅会喂猪，桃梅都把他们吸收进来，各尽所能，把小组一下子做成了工厂。

在厂里，她搞灵活管理，以活记分、订分。谁有什么本事就干什么。为了算账方便，还实行了工票制度。同时，还规定了起床、做饭、上工、开会、学习制度，不叫工人们影响家庭和工作。

有些人没处理好家庭矛盾，得了红利不给家里。桃梅就规定，从工厂分的红利先集体买油盐煤等，然后再按需分配给家里。

她还组织青年妇女每天写仿认字，请小学教员来上课。

选上了劳动模范

除了纺织，她还不忘拥军。

有年春，她领着大家去给三分区医院推磨，磨了5000斤白面，赚了麦子5.6石，麸子90斤。除了给大家分了些外，又买了1口母猪，2.7亩地，拿来种些麻，纳

底子、点灯油。

春耕突击时，村人成天见她领上人，担着粪，往地里送。

春耕结束后，区上大总结，桃梅被选为劳动模范，得了银奖章1个，大红旗1面。扛回的奖品她也不独享，把其中1架纺机捐了出来。2块毛巾没法分，她卖掉了，买成锭子、针和纸，分给有用的人。

2只鸡也没法分，她就孵了4窝小鸡，正好厂里每人1只。后来，她还带大伙儿养了牛2头，驴1头，还有12口猪。就连大红旗上，她也做了文章：原本光写她一个名，她请人改写为"积极分子"4个大字，还把42个人名都标上。

以后，县上每次奖励，她都想着大家伙。她还发动大家集资办了合作社，既方便所有人又能让大家得红利。当工厂得了红利，她会来一次会餐。

在她的带动下，厂里的妇女在家里的地位越来越高。

1944年，首届太行群英会，桃梅当选"纺织英雄"。二届群英会又是。当她听说那个想欺负她的村长在白晋战线上负了伤，还去看他，说："如果没你的教育，我也当不上英雄。"

村长羞愧了："过去是我不对，你现在成了模范，是咱全武乡的光荣。"

桃梅说："不管咋说，咱们如今都重新做了人。"

女学石榴仙

堂儿口大娘

石榴仙家旁边有座庙，叫堂儿庙，实际上是"塘儿庙"，供奉河神的。所以小辈们也管她叫堂儿口大娘。

这座堂儿庙建在马堡。不过，堂儿口大娘却不是马堡的，她是马堡的媳妇。她娘家在广志。戊戌变法那年，她出生在广志一个破落户里。她家原本是书香门第，辈辈出秀才。可惜，在她刚懂事时，却穷得连口窑也没一间了。实在没法，大人便把14岁的她早早许到了十几里外的马堡。

在马堡，她的光景也不见好。她婆家也是一贫如洗。她给她男人生了2男3女，正苦盼着娃娃们长大了能有个帮手，可她男人却在她30岁刚出头时突然没了。这可咋办呀，一大家子一睁眼都问她要吃喝。

石榴仙难过之余，也在想出路。别看她身材高大结实，长方脸上黝黑透亮，天生一副大嗓门，感觉上有些

粗鲁，可她有纺花、织布的手艺，做起营生来，那才叫个绝：不仅是全经独刷，细致得没法说，最关键的还是那速度，快得实在是不得了。一般人一天也就能纺个四两线（十六两制），她随随便便就能上八两。

所以她就靠纺织，再加上精打细算，硬生生把一家的光景给顶下来了。

她不光纺织技术好，还是个织机修理能手，村上谁家的织机出故障了，或是不会使用，一请她，保管好使。

而且她这个人心直口快，说话响丁圪蛋，一点也不封建，为人处世既慷慨又大方，虽说是大字不识一个，还是个农村妇女，可总给人一种能信任的印象。所以，村上处理不了的邻里关系、家庭问题，都愿意找她拿个评断。但凡过她嘴，没有个不服帖的。大家都说："人家到底生在大户人家，说的头头是道全在理！"

就这样，堂儿口大娘在马堡穷苦人心中建立起了威信。

起带头作用的大娘

这威信也影响到了她娃们。

早以前的马堡黑暗透顶。村里两家李姓地主一个比一个顽固。一开始是压榨得村人不能活，后来八路军来了，又伙同村上的富农公然搞破坏，联合"晋绥军官教导队"围攻八路军，打死、打伤许多运输兵。他们还恐吓村人，不让给八路军缴钱粮，纳供应。村人们敢怒不敢言。马堡也成了远近闻名的落后村。

这时候，深受石榴仙影响的、已经秘密加入了共产党、从小就爱替穷苦人说话的她的大儿李福林勇敢站出来了，在县、区领导的支持下，1941年，他以村农会主席的名义，把受苦受难的村人们集合起来，搞反奸清算，减租减息，狠狠地清算了村上的顽固、反奸分子，把那些怀有小九九的地主老财吓得再也不敢明着捣乱了。村人们的负担也随即合理起来。

为了支持福林，石榴仙也站出来，不仅承担了家务，还下地劳动。

女人下地，这在马堡毕竟是头一遭。一时间，村上流言蜚语一大堆。但石榴仙丝毫也不惧，除了下地，她还出头露面去村上的煤窑驮煤，拉到县城、镇上去卖，还跟在牲口屁股后头或在大街上拾粪，把平素女人们不肯干不会干的事，都扛了起来。

有辛苦就有回报，她仅靠做这些，就又给窑里拿了不少钱，让那个家过得有滋有味。村里的女人们一看，堂儿口大娘这么做还是有道理的，也有样学样，慢慢跟着下开了地。

妇救会员

等到村上的妇救会成立，石榴仙一听，妇救会除了搞抗日，还发动妇女们下地劳动，顺理成章就参加了。加入后，她就跟着妇救秘书孙芝兰一起组织上村里的妇女们做军鞋，碾军粮，照旧发挥带头作用，啥事也抢在前，有一样是一样，每样都是女人们中做得最好的。

当时，妇救会还负担着接待八路军的任务。只要是任务下来，石榴仙永远是第一个出动，组织上妇女们，又是给八路军找房子，又是给送柴，送水。等部队出去一打仗，她又早早在窑洞里做下热汤面和馒头，和妇女们一起冒着枪林弹雨给送到战场上去。

马堡地处交通要道，八路军总部、军分区野战医院、柳沟兵工厂、黄崖洞兵工厂都在附近，鬼子经常来"扫荡"，经常有部队路过打鬼子，也经常有伤员被送下来。

石榴仙经过几次接待，敏锐地发现这里非常需要建立个供应点，方便部队的人喝上热水，吃上干粮。于是她和孙芝兰商量，在马堡建立起了一个茶水站，专门接待部队和伤病员。

纺织女英雄

时间一晃到了 1942 年，这年武乡大灾荒，家家户户都揭不开锅。

这时候，石榴仙又站了出来，呼吁大家跟上她搞纺织。当时，一斤土布可换两斤棉花，也可换两斗小米，她的召唤让村上的妇女看到了希望，大家纷纷搞起了纺织生产。

她也不闲着，一面教大家技术，一面给大家解决问题，一面不忘当榜样。走着，站着，都在纺织。有回，她去看嫁到外村的闺女，在路上边走，边缠着楦子，路上有人问她："你缠下多少了？"她说："反正这六七里路已经缠了两个楦子。"

她还不断钻研技术，没日没夜地苦干，纺织的速度越来越快，质量越来越好，达到了一天纺花十两，织两丈多布的最高纪录。

知道马堡出了个能干的石榴仙，一区召开劳模大会时，奖励她一堆东西，又是小米，又是手巾、裤子、镜子……

就连太行三分区的彭涛、鲁瑞林、王一伦等领导也知道了她，亲自跑来访问她。彭政委还奖给她一架新式织布机。当时，太行流行一首歌，就唱着这一段："马堡村石榴仙四十六岁整，她是纺织女英雄，武乡头一名；越干越有劲，一天纺花十两，织布两丈零；咱们分区彭政委奖给她机一架。"

一人带全村

在石榴仙的带领下，马堡的妇女们每个人都通过纺织解决了一家老小的开支。就连村上的单身汉也通过变工的办法，跟上石榴仙解决了穿衣问题。大家肚里有食，干其他工作的积极性自然也跟着水涨船高起来，样样都在全区的前列，曾经的落后村一跃变成了全县有名的模范村。

当时马堡人出去，无论是打仗，送粮，还是走道儿，只要一说自己的是马堡的，旁人马上会挑起大拇指，夸赞道："哎呀，你村的石榴仙，可真是了不起。"

接下来，这些马堡人受到的款待就会永远比别人好。

这下大家都说："哎呀，堂儿口大娘一个人就把咱村人带得都出名了。"

大家对她更是佩服得五体投地。

得到了大家的拥护，石榴仙也干得越来越有劲了。

培养纺织人才

1944年，石榴仙光荣地加入了共产党，思想觉悟越来越高了。

春季，村上征兵，她头一个就把刚满18岁的二儿全林送进了队伍。紧接着，她又把村上80多名中青年妇女组织起来，分成了5个组，搞纺织挑战竞赛活动。一下子，全村的纺织热潮被推向了顶峰。

男人们一看："哎呀，俺女人这怕比不上人家了。"

"哎呀，俺女人跟上这，可把俺家的生活弄得好了。"

然后，不少男人悄悄地在冬闲时，也坐在炕上纺起了棉花。

这时候，石榴仙又忙着把本村和邻村愿意学技术的人喊在了一起，搞起了新机织布法技术培训。

转过年来冬天，黎城南委泉召开太行区首届群英会，石榴仙得到了一面沉甸甸的"织纺英雄"锦旗。同时，全区开展声势浩大的"男的学习李马保，女的学习石榴仙"活动。

史兰珍 『胜过男子』

男人失了事

史兰珍的男人是个木匠。

她家有 12 亩地，平素手紧巴紧巴也够一家三口的吃喝了。可她男人是个闲不住，他有个木匠手艺，只要地里没活，就拿着墨斗呀，锯呀，刨呀，还有凿子四里八乡寻活计，给人家割漆柜、风箱、椅、桌子，砍砍椽，上上梁什么的，挣些日常零花钱。

在那年头，她家的日子比左邻右舍过得要如意些。可天不遂人愿。这年，小鬼子来了武乡，抢劫了老县城，将途经的村庄都一把火烧了。当时，到处都是死人，惨不忍睹。史兰珍住的东堡，离县城不远，听到消息，自然也跟着个个人心惶惶的。

再加上兵荒马乱的，没多少人有心思置办新家什，她男人的营生也跟着一落千丈。到了 1939 年春，好容易有个架梁的活，他欢喜地去了，结果没多久就传回消息，人出了事，已经不行了。

史兰珍当时就吓得昏倒了。等她醒过来赶到工地，男人已经咽了气。

女人当自强

家里的顶梁柱一没，史兰珍也垮了。那年她才24岁，娃娃培怀也才7岁。这孤儿寡母的，还逢着乱世，以后可咋活啊。好不容易在乡亲们的帮助下把男人下了葬，她就再也忍不住心中的凄惶失声痛哭了起来。

好在这时候，武乡已经成立了抗日政府。村上也有党的干部，还有乡亲们，大家生怕兰珍想不开，一眼眼盯着，时常过来开导她。其中，抗日政府的一句话，着着实实闯进了史兰珍的心坎："只要自己勤劳动，妇女同样可以顶男人。"

她摸着自己的胳膊，摸摸自己胸膛，感觉虽然弱，可里边有一股子不服输的劲。她心想，咱也是个有骨气的人，如果还像以前那样大门不出，二门不迈地等靠着，一辈子也没有机会顶男人，妇女解放。她一咬牙横下一条心，当即决定从此不嫁人，要靠自己一双手、两个肩膀活出个人样来。

庄稼全把式

想的容易做时难。她男人在世时，除了平时拔拔草，收割时叫叫她，从来都不让她沾手。她家和邻居共同养的一头牛也没让她喂过。现在，这下地、喂牲口的活，哪样她都少不下。可这些，兰珍都咬着牙干下来了。不会做，逢人就问。一次不会，就多次问。一年下来，庄稼行里的那些把式，没个她不能的。

但下地总归是体力活。一年到头，春种秋收。白天务农，晚上家务，经常累得她头昏眼花，动也不想动。

乡亲们看在眼里，也替她愁，都劝她："兰珍啊，你要不请人哇。"

可她左思谋，右思谋，这下地不是一天两天的事，请的长了，依然是依赖别人，这会违背了自己的心。更何况眼下，村里年轻力壮的都扛起枪上了前线。中年人也时不时要支前。能请的只有老弱病残、妇女和儿童。可这些人三天两头躲"扫荡"，"扫荡"完了，一进门又是顾自家的生产。叫谁也顾不上。想来想去，还是自己扛吧。

真顶了一个男人

她其实也叫过人。有年夏她收了小麦，想抢种荞麦，看见村里一个男人闲着，为了赶时间，就打算叫他帮忙。

可走到半道上，那人却说牛不听使唤，死活不去了。史兰珍生了气，说："没你，没你的牛，我照样种。"说完，果真一个人去了，结果用了一天时间，就种了三亩荞麦。

等夜里回了村，正碰上那人。他还笑着问她："兰珍，谁给你种来？"

她爽气地回他："我和牛。"

那人吃惊地问："你真行？"

兰珍说："那当然，谁不比你强。"

这年秋上，兰珍种的荞麦大丰收，三亩总共收了一石五斗，加上前头收的三石多，仅麦类，就收了四石五斗，村人们知道后，人人夸，都说："兰珍，你行了，真顶了一个男人。"

窑里有余粮

为了种好地，春天，兰珍早早就吃了早晌饭，带上几个玉茭面煮饼，拉上培怀就下了地，又是打耙，又是保墒。中午就吃那几块煮饼，黑夜迟迟才回。

夏天，小麦熟了。鬼子也来了。白天，她跟着乡亲们逃难。黑了，她又在民兵的掩护下转回来抢收。娃娃培怀顾不上照看，就让他自个儿睡在地里头。等她把麦

秸捆扎好后，再叫醒他一起回。

回去了她也不能睡，还得连夜打麦。

秋天，庄稼刚熟了。鬼子又来了，她仍旧是白天逃难晚上收……

这年，她的几亩玉茭还没来得及收，天上突然下起了大雪。咋办呢？望着漫天的雪，她实在不忍心就把那些粮食白白丢在地里头，于是一咬牙又下了地，用手一个个扒开雪堆，东一穗，西一穗地捡，也不管手被冻得多麻木，只管仔细地拾翻，一穗也不肯落下。

等翻遍了，又一担担往回抬。受了潮的玉茭比平时要沉许多。一担能有七八十斤。她又是个小脚，在被雪压得躺倒的玉茭堆里往出担本就难，还要沿着雪漫过小腿的路深一脚、浅一脚地回。跌了不知多少跤，撒了不知多少穗，可她借着雪光，又把它们一穗一穗捡回来，担回一担后，又赶紧回来担下一担。

收完秋后，她又忙着囤肥。囤好肥后，又抓紧拉着担或备上牲口，用铁轮车往地里拉。

就这样，连着10年，她每年除了交公粮和自己吃外，窑里居然年年有余粮。

世上真有厉害女人

除了种地，她还养了一头猪，十来只鸡，贴补油盐、火耗。

冬天，她也不歇着。当时的庄户人家家要交国家赋税。这钱，她思谋来思谋去，得从卖炭上出。离村 8 里地有个拐峪，拐峪的矿上出炭。这炭不赖。刚及冬，兰珍就担着担子跑到矿上去了。

矿上的工人一看担炭的是个女的，那一担能有 80 斤，就嘲笑她："人不大，担得可不少，就不信她能担回去。"

兰珍听见了，心说，就担给你们看。她猫下腰，一下就担起来了，"哼哧、哼哧"，一口气担了三里地，一下也没让担子落了地，更没喘一口气。

这些人哪里知道，这么多年风里来，雨里去，兰珍早就磨炼出两个铁肩膀。每次鬼子来"扫荡"，她就是挑着满满的担子，带着孩子，拉上牛，一口气能从村跑到避难窑。等敌人走后，她又挑着满满的担子摸黑往回赶。挑这点活能算得了啥？

时间久了，矿上人都赞叹："哎呀，世上真有厉害女人啊。"

就这样，靠卖炭，兰珍不光交了赋税，还有些余钱。除此，她在冬天还抽时间纺花、织布。这样既能卖钱，又能给自己和娃置办衣裳。

胜过男子史兰珍

兰珍的表现是村人们公认的。1943年，东沟村召开县劳模会，她被选上会议模范，给大家表演了熟练的生产技术，代表们看了，都竖着大拇指说："名不虚传，确实行。"

第二年春，大陌村又开县劳模会，兰珍领回个大匾，上头写着"胜过男子"4个大字。就在这年，她光荣入了党，以后又当上了村妇救会秘书和村长。

参考书目

《烽火武乡　太行奶娘》，武承周主编，武乡县关心下一代工作委员会，2022 年 6 月印制。

《武乡妇女运动史料选编》，李志宽、孙如珍责任编辑，武乡县妇运史办公室，1983 年 1 月印制。

《武乡南上北下干部回忆录》，王建华主编，武乡县政协文史资料委员会，2009 年 9 月出版。

《武乡抗战故事——妇女先锋》，刘叶青主编，中共党史出版社，2015 年 6 月出版。

《抗战精华遍武乡》，李树生主编，山西人民出版社，2010 年 8 月出版。

《选择——太行山区红色寻访》，苗俊青、安志伟、杨斌青主编，山西教育出版社，2021 年 7 月出版。

潜伏卫士

唐晋 著

中国文史出版社

图书在版编目（CIP）数据

潜伏卫士 / 唐晋著 . -- 北京：中国文史出版社，2024.5
（武乡抗战故事文丛）
ISBN 978-7-5205-4646-1

Ⅰ.①潜…　Ⅱ.①唐…　Ⅲ.①革命故事—作品集—中国—当代
Ⅳ.① I247.81

中国国家版本馆 CIP 数据核字（2024）第 075596 号

出 品 人：彭远国
责任编辑：秦千里

出版发行　中国文史出版社
社　　　址：北京市海淀区西八里庄路 69 号院　邮编：100142
电　　　话：010-81136606　81136602　81136603（发行部）
传　　　真：010-81136655
印　　　装：山西人民印刷有限责任公司
经　　　销：全国新华书店
开　　　本：32 开
印　　　张：4.875
字　　　数：86 千字
版　　　次：2024 年 5 月北京第 1 版
印　　　次：2024 年 5 月第 1 次印刷
定　　　价：780.00 元（全套）

潜伏卫士

董志敏·绘

《武乡抗战故事文丛》编委会

主　编：陈建祖

编　委：高怀碧　姜向东　王陆军　郝雪廷
　　　　宋耀珍　方小玲　马晨桓　温宁宁

插　画：董志敏　萧　刚　王慧群

目录

1921 年 7 月，中国共产党诞生。

1926 年 12 月，北伐军占领了武汉。武乡县故城镇北良侯村人李逸三报考了武汉中央军事政治学校，即黄埔军校武汉分校，成为黄埔第五期学生。这一期学生里有很多共产党员。

几乎同时，武乡一些在太原的青年学生也积极投入火热的大革命中，其中，武灵初、高成哲在太原第一批参加了社会主义青年团。而在武乡本地，1925 年春，武乡县立师范学校在籍雨农等进步师生的领导下开展学潮运动。1926 年秋，高沐鸿等十余人在太原组织成立"星光社"，出版《星光月刊》，揭露山西反动统治阶级的罪恶，公开抨击贪官污吏贪污公款、鱼肉乡民等事实。高沐鸿等人被捕入狱后，一大批革命青年和进步人士在外奔走营救，发动群众千余人示威请愿，迫使县府将众人全部释放，获得了在共产主义影响下武乡民主力量第一次斗争的伟大胜利。

蒋介石发动"四一二"反革命政变后，叶挺率第24师参加南昌起义，接着南下广州。这段时间，李逸三读了宣传马列主义的两本书，一本是《政治经济学大纲》，一本是《通俗资本论》，使得他决心信仰共产主义，拥护共产党。1927年1月，李逸三给母校太原国民师范的革命进步团体"青年学社"写了一封信，表明自己的志向，并在同年7月到达南昌，加入南昌起义队伍的洪流。这一年12月，正是中国革命处于低潮的阶段，李逸三在广州由武汉军校同学严育英介绍，加入了中国共产党。作为军官教导团学员，李逸三参加了党领导的广州起义。战斗中，李逸三头部中弹，子弹从眼角射入穿过脸颊，万幸性命无碍。在李锦铭的掩护下，李逸三离开广州，在第二年初春到了上海，并且受党组织的委派，进入国民党部队做"兵运工作"。

1929年，遵照党的指示，李逸三来到湘鄂西一带的红军队伍中，参加洪湖苏区的创建，并担任红军学校校长、第二纵队政委、红六军秘书长等职。1930年12月，李逸三在赴上海向党中央汇报苏区斗争情况途中被捕。由于他的名字和当时的中国共产党领导人李立三读音十分接近，当局误以为"抓获共党头子李立三"，并且在报纸上大肆宣传。到了1932年夏秋之际，国民党政府颁布了《疏通监狱令》，没有被查出任何线索的李逸三获释出狱。出狱后，因为单线联系人浦秀文牺牲，李逸三和党组织失去了联系，1932年10月返回武乡。

当时，山西地主势力已经开始分化形成官僚资本集团，武乡的土地集中在"四大家、八小家"等地主豪绅手里，他们与地方官僚勾结，成立所谓的"好人团""国货实践团"等剥削组织，设立"官盐店""土货商场"等暴利商户，制定种种苛捐杂税，加重对农民的掠夺。根据李逸三回忆，阎锡山还规定，凡家产不到五百元银洋以上者不能当村长。这样一来，"从县衙到村政，从政治到经济，形成了封建势力的一统天下"。整个武乡田园荒芜，百姓流离失所，生活于水深火热之中。

李逸三返乡不久，开始和本村贫雇农李尚文、李华英等一起酝酿革命，开办农民夜校，筹备组织农民抗债团。武乡在外地已经加入共产党或者进入党的外围组织的王玉堂、武光汤、段若宗、武华、赵圭璧等人，经常给李逸三寄回革命书报，互通革命信息。有时候他们也要回到家乡，发动群众，进行革命宣传。其中武华等人早在1931年时就在段村建立党的外围组织——抗日反帝大同盟支部。他们深夜在地洞里油印革命宣传品，委托同情革命的警察悄悄把传单贴上县衙门。那年冬天，武光汤、赵益三、魏玉田等人从太原回到武乡，组织群众掀起第二次反贪污运动，取得胜利。

1933年春，高沐鸿、武光汤和李逸三等人在武乡县城创办了《武乡周报》，采取公开合法的形式，传播革命

武乡大云寺

萧刚·绘

思想，为建立武乡党组织进行了大量的准备工作。他们在社论中揭露阎锡山官盐店的剥削真相，指出群众一斗黄米只能换二斤小盐的事实，激起民愤，引发百姓们与县城以及各集镇的官盐店展开了尖锐激烈的斗争。利用合法手段，他们又逐一办起"武乡流通图书馆""武乡通讯社"和"印刷合作社"等机构，收存、印刷、流传进步书籍，唤醒了广大读者。

同年夏天，在高沐鸿、武光汤帮助下，李逸三进入武乡县立高小，向师生们宣传马列主义，启发引导大家阅读进步书报。许多人加入了地下共青团，最终走上了革命的道路。与此同时，李逸三搜集有关世界各国人民斗争的资料，编写了《二次世界大战》一书，宣传世界人民革命理论，阐述了第二次世界大战必然要爆发的观点。这本共印三百册的小册子很快就售完。赵益三、魏玉田等人通过县当局在全县小学教员中组织了一次暑期讲习班，宣传马列主义观点。讲学结束后，史怀璧、赵益三、赵瑞璧（即赵向荣）等人发起组织了"现代思潮研究会"。

为了与上级党组织取得联系，李逸三曾经两次到太原，终于和中共山西工委接上了头。他向组织汇报武乡的工作情况，"段若宗同志在一旁高声读书做掩护，魏玉田在院子里放哨"，得到尽快在武乡建立党组织，并在全县开展"抗租、抗债"斗争的明确指示。

　　回到武乡后，李逸三发展史怀璧、赵瑞璧、程登瀛、武三友等人入党。1933 年 8 月 15 日，中共武乡县委在武乡县城高沐鸿家西屋正式成立。参加会议的有李逸三、史怀璧、赵瑞璧、程登瀛、武三友五人。李逸三主持会议，宣布了省工委指示精神，由参加会议的五人组成中共武乡县委。李逸三任书记，赵瑞璧分管组织，史怀璧分管宣传。会议做出决定：积极发展党的组织，主要从抗债团的积极分子中选拔；根据斗争需要，出版党内刊物《上党红花》用以教育党员；加强对"抗债团"的领导，推动群众性"五抗"（抗租、抗债、抗粮、抗税、抗丁）运动的开展；全县分东区、中区、西区三个党的活动地区，分别在上述三个区域成立党支部。会议开了一上午，从此，武乡党组织就在农村扎下了根。

　　1933 年初秋，刚刚成立的中共武乡县委在"武乡流通图书馆"召开了农民抗债团成立大会，一个以"抗租、抗债"为中心的"五抗"农民运动很快在全县展开。据李逸三回忆，抗债团是秘密性的地下组织，是党的外围组织。为了活动方便，表面上采取的是"桃园结义""拳房学武"和"姐妹会""钱子会"等旧名义。在县委领导下，群众率先对武乡四大家之一的地主赵太和进行斗争。大家揭发、批判了赵太和"大斗收租，小斗放债""有粮田千亩，但为富不仁"的罪行，要求"减租三成"，并要他当众道歉，表示以后再不这样剥削农民。这场斗争的胜利有力推动了武乡农民抗租抗债运动的开展，不少地主内心开始惧怕，停止了收租要账。在此基础上，中共武乡县委又领导开展了"要求田赋归村征收"的斗争，迫使政府废除相关不合理规定，废除了层层剥削，让那些鱼肉农民的钱粮商号纷纷倒闭。

中共武乡县委同时组织成立了共产主义青年团，由王锦心负责领导。中共县委、抗债团、青年团成为武乡党的三种地下活动机构。按照当时上级指示，武乡党的工作是"注意继续发动农民进行'五抗'运动，准备实行土地革命，为建立苏维埃与工农红军创造条件"。因此，中共武乡县委对武装斗争的准备工作，特别加以注意。他们首先加强拳房工作，鼓励党员和抗债团员参加练武活动。在对官兵分布情况进行充分调查后，他们派党员魏怀德等三人打入伪警察局，准备里应外合，夺取武装。另外，他们编辑出版了《上党红花》等秘密书刊。

在一系列斗争中，年轻的武乡党组织得到了锻炼，却也引来了阎锡山省政府的仇视。1933年11月，北京宪兵三团在被捕入狱的武乡旅京青年学生住处，搜查出从武乡寄去的署名"藩蒂"（反帝大同盟的代名词）的信件，并向山西做了通报，因此，阎锡山省政府把武乡划为山西"四大赤县"之一。

1934年春节，李逸三、武光汤、武骏图等人纷纷被捕，高沐鸿、史怀璧被通缉，报社、图书馆、印刷社等

地也都被查封。因为群众的拥护，图书馆被查封后，人们趁夜从天窗翻入，将重要书籍做了转移。搜查报社时，同情革命的高福成发现了一本遗漏下的《上党红花》，趁人不备，他用脚尖把刊物暗暗踢到地炉里烧毁。

据李逸三回忆，他被捕时，立即被戴上了手铐、脚镣，把衙役们都吓得冒了汗。到了夜里，看守的巡警为他的命运担忧，还敬佩地对他说："你白天面不改色，夜里呼呼睡觉，真想不到。"武三友去监狱探望李逸三，李逸三暗中示意大家要接受过去不注意隐蔽的教训，进一步转入秘密活动，坚持斗争。不久后，李逸三被押送到太原法院，法庭以搜出的进步书籍为罪证，加上"宣传共产"的罪名，判处他6年徒刑。太原法院的看守所里关押着许多共产党员，并且秘密成立了由张衡宇为支部书记的党组织，与外界的联系从未中断。李逸三的党组织关系很快由省工委转到了这里。他们提出改善伙食、夜不封门、看书看报、接见时间方便等七条要求，展开了绝食斗争，并利用关系将消息透露出去，报纸纷纷刊载，社会舆论一片哗然，狱方被迫让步。

1934年冬，李逸三被转送山西第一监狱，单独囚禁。1936年冬，他又被遣送至山西反省院。山西反省院早就建立了秘密党支部，西安事变后，政治犯们从报纸上看到了形势的变化。李逸三抓住时机，向党支部建议发动一场争取释放全体政治犯的绝食斗争。在中共山西工委的营救和社会舆论的压力下，绝食斗争第四天，全体政治犯胜利获释。

武乡党组织遭受重创后，仍在赵瑞璧、程登瀛等人领导下，继续坚持着革命斗争，在人民群众中为此后八路军总部在武乡开辟抗日革命根据地奠定了很强的政治基础。

韩鸿宾的故事

　　韩鸿宾是河北人，1936 年冬天，山西国民军官教导团跑到河北各地招人，把他招到了山西。他上中学时就加入了共青团，是个追求进步的好青年。所以招人时，他就想离开家乡，到山西去当兵，去抗日。可是他心里唯一放不下的就是妈妈。韩鸿宾的妈妈虽然是一个农家妇女，封建社会妇女地位并不高，在家里也一直受虐待，但她又是一个一般男人比不上的女人，深明大义，自己再怎么受苦受难，也要让儿子走出去，干大事、干正事。作为孝顺儿子，韩鸿宾在家里非常注意保护妈妈，为她说话，帮她争取权益。如今这一走，他就担心妈妈以后的日子不好过。他妈妈却说：

　　"你走吧，去打日本吧，家里我一个人顶着，你在家也要把你愁病了。"

　　尽管依依不舍，但是为了参加抗日，韩鸿宾还是告别了妈妈，离家来到山西。但是他永远不知道，这次与妈妈的分别竟然成了永诀。全国解放以后，韩鸿宾回到

家乡看望多少年都不见的妈妈，没想到一年前，她老人
家已经去世。韩鸿宾后来听人说，妈妈去世前不久，只
要有队伍经过村子，她都会早早候在那里，仰着头使劲
地看，看看队伍里有没有自己最亲的儿子。妈妈生前可
以说没有过过一天好日子，这一点成了韩鸿宾心里永远
的痛。

1936年冬天去往太原的路上，因为当时山西境内是
窄轨火车，跟其他省不一样，所以入境需要转车。在石
家庄过夜等转车时，韩鸿宾遇到很多从北平、天津等地
来的学生，其中有人介绍他参加民族解放先锋队。民族
解放先锋队是当年2月在北平（今北京）成立的抗日救
国组织，按照党中央发布的决定，由共青团改造，将中
国青年救亡先锋团、民族解放先锋队合并而成。最初民
族解放先锋队只在北平和天津两地发展，但到了1936年
底，不到一年的时间，不仅在上海、武汉、广州、太原、
西安、香港等十多个城市成立了组织，而且在巴黎、里
昂、东京以及南洋等地也建立了组织，到全面抗战爆发
时，队员总数达到了两万人，成为青年抗日救亡运动的
核心和骨干力量之一。

到太原后，韩鸿宾住在国民师范十二连学习。正赶
上西安事变发生，在杀蒋还是放蒋问题上，学生们产生
了激烈的争论。韩鸿宾因此接触到很多进步同学，能够
传看到一些延安和上海出版的革命进步杂志。当时，有

人称国民师范是"小延安",在革命热情的鼓舞下,韩鸿宾精神非常振奋,感到前途一片光明。

十二连学习没多长时间,韩鸿宾又被编到民训团三队。民训团的学员都是从北平、天津、河北、河南等地来的进步学生,积极要求抗日;而民训团的政工干部大多是中共地下党员,只有军事干部是阎锡山的部下。官方发的课本是《按劳分配》《物产证券》之类,学员们都不看,只学习如何抗日。一开始时,民训团的学员成分比较复杂,其中混有国民党蓝衣社的人,因此课堂上讨论蒋介石"攘外必先安内"的反动主张时,很多学员反对,他们就会站出来表示拥护,斗争十分激烈。之后,这些家伙要么被开除,要么就是灰溜溜地跑了。

1937年4月,韩鸿宾加入了中国共产党。为了在队伍里建立党支部,韩鸿宾从三队被调到五队,一个多月后又被调到七队,也就是牺盟会特派员训练班。牺盟会的全称是山西牺牲救国同盟会,在当时山西地方国民党政权与共产党的合作下,于1936年9月18日在太原成立。牺盟会在国民师范举办各种抗日训练班,并且成立了山西新军第一支部队"山西青年抗敌决死队",最终成为共产党领导下的抗日武装力量。

1937年7月,韩鸿宾以牺盟会特派员的身份被派到武乡,主要任务是宣传抗日,组织群众奋起抵抗日寇侵略。在去武乡的路上,韩鸿宾忍不住想,半年多以前,我还是一个整天和黄土地打交道的农民，半年多以后，竟然会成为一个县的主要领导人之一，变化之快之大，真是让人无法想象。当时，县长、牺盟会特派员和公道团长，被称为县里的"三巨头"，掌握着很大的权力。韩鸿宾觉得自己还没有完全准备好。到了武乡，县长是个老官僚，公道团长是个反动的反共家伙，这样的工作环境真让缺乏经验和锻炼的韩鸿宾有点儿胆怯，所以第一次开大会时，面对大场面，他面红耳赤的，讲起话来结结巴巴。

由于武乡最早的党组织遭到了破坏，韩鸿宾离开太原时，组织上把他和另外两位同志编成一个党小组。然而其中一位同志不幸牺牲，小组会议暂时搁置，因此当年七八月份里，韩鸿宾的主要工作是，组织在太原和北平求学返乡的学生筹备成立武乡县牺盟分会，其宗旨是："大力发展会员，扩大组织；宣传'国家兴亡，匹夫有责，大敌当前，团结抗日'的革命道理；宣传不分阶级，不分党派，不分宗教信仰，团结抗战的统一战线主张；动员全县民众，誓死不当亡国奴，有钱出钱，有力出力，团结起来，共同抗日。"他们在段村、故城、大有、贾豁等镇，分别召开初、高级小学教师座谈会，阐述共产党"坚决抗日、广泛建立抗日民族统一战线"的主张，并把印好的《中国共产党在抗日战争时期的任务》《为争取千百万群众进入抗日民族统一战线而斗争》等小册子分

发给广大群众。他们又到武乡蟠龙第三高小进行抗日救国演讲，激励师生们走出校门，走到街头田间，向各界群众展开抗日宣传。

9月18日，30多名来自全县各地的学生代表聚集武乡县城，举行"九一八"纪念大会，并成立了"武乡县抗日救国学生联合会"。韩鸿宾等人在会上作了大力开展抗日救亡运动的报告。大会结束时，全体学生高声演唱《工农兵学商，一齐来救亡》和《义勇军进行曲》等抗日歌曲。韩鸿宾还参加了《放下你的鞭子》等新剧的演出。

这一年秋天，中共山西省委秘书长、牺盟会巡视员徐子荣来到武乡，指示韩鸿宾抓紧成立贫雇农训练班，从中发展党员。王玉堂（冈夫）、高沐鸿与徐子荣一起回乡后，在高沐鸿家里召开秘密会议。徐子荣指定他们三人组成中共武乡临时县工作委员会，王玉堂任书记，韩鸿宾任组织部长，高沐鸿任宣传部长。临时县工委迅速和当地基层党组织取得联系，展开对武乡全县抗日救亡运动的调查研究，并组织自卫队、游击队，进行对敌斗争。一批具有顽强斗志和丰富经验的同志分别从太原兵工厂和平民兵工厂回到家乡，这些工人运动的骨干力量很快组织成立了"武乡县抗战战地动员委员会"，加入抗战队伍中。

由于新成立的临时县工委工作繁忙，韩鸿宾总是在高沐鸿家中刻钢板、印党员登记表等，很少到县牺盟会办公，"牺盟特派员不做牺盟会的工作"，一些人于是有了意见。有一次，新军教五团政治部主任半开玩笑半认真地对韩鸿宾说：

"你知道你县牺盟会在什么地方吗？"

到了1937年秋天的时候，武乡牺盟会建立的游击队已发展到一百多人。上级党组织派来一位军事干部担任队长，韩鸿宾兼任指导员。11月14日，八路军总部来到武乡东村，游击队在队长和指导员的带领下，一起去了总部。接待他们的是左权将军和政治部主任任弼时，然后朱德总司令对他们进行了接见并讲话。不久之后，牺盟会游击队集体参加了八路军。

1937年11月，在八路军工作团的支持和牺盟会的领导下，武乡进步青年们自发组织起"武乡县青年抗日救国会"。一年后，武乡县牺盟会又以"武乡县青年抗日救国会"的这些主要成员为骨干，创办了机关报《大众力量》周报，宣传"国家兴亡，匹夫有责，大敌当前，团结抗日"的革命道理。据韩鸿宾回忆，当时，中国共产党的活动还没有公开，县委先以临时工作委员会、后以八路军工作团的名义出现，就是通过我党实际控制下的牺盟会这个阎锡山的合法组织，来贯彻党的方针路线，实施对地方各项抗日工作的领导。

1938年四五月间，新的武乡县委正式成立。八路军工作团团长陆清廉任县委书记，对外以牺盟会协助员名

义作掩护。这时，韩鸿宾兼任武乡县自卫大队指导员。县长朱理是国民党改组派的党员，他带来的公安局长也是国民党员。在韩鸿宾眼中，朱理表面上假装进步，会说进步的话，然而骨子里却很反动。这家伙一直图谋破坏武乡党的组织，特别是牺盟会的党组织。有一次，朱理假惺惺地对韩鸿宾说，自己家里也很穷，非常想加入共产党，希望韩鸿宾能介绍他入党。韩鸿宾十分警觉，当下回答道：

"你这是啥意思？我又不是共产党，你想加入共产党你去找共产党去！"

为了证实牺盟会是共产党的外围组织，朱理派公安局长带人连夜去抄县委书记陆清廉的住处。公安局内有共产党党员，事先得知消息，及时通知了组织。陆清廉清理了所有内部文件，并被县自卫大队保护起来。一百多名自卫大队队员紧急集合，准备与公安局来人进行必要的武装斗争。朱理见情况不妙，把人撤走了。第二天，这件事上报到牺盟会总部。不久，朱理被调离，公安局长也被换成我党人员。

8月初，韩鸿宾就任祁县县长。10月的一天，他去祁县东部一个村检查工作，晚上听到县政府驻地传来枪声，后来得知国民党军队包围了那里，重新安置了一个县长。韩鸿宾于是离开祁县，去往沁县牺盟中心区，继续革命工作。

裁缝铺的秘密

　　裁缝铺不稀罕，藏着秘密的裁缝铺可就有意思多了。

　　武乡段村镇（今城关村）自古就是个繁华热闹地儿，满大街的商铺，一眼望不到头，干什么营生的都有，而且什么营生都能干好、干下去。那可是个风水宝地。

　　可是，自从日本鬼子和汉奸们占领了段村，在这块地方成立了伪县政权、宪兵队、自警团、便衣队、警察所等一堆堆的祸害后，这里就再也没有往日的红火了。鬼子们和汉奸们把这里作为据点，从这里出动，不停地对抗日根据地进行"扫荡"，杀人放火，搜刮粮食，把坏事都做绝了。

　　段村常年里商铺多，远远近近来来往往的人不少，鱼龙混杂，情况也比较复杂，然而也适合我党潜伏工作的开展。潜伏的目的主要是获取鬼子情报，以做好充分对应，一方面避免或减少老百姓生命财产的损失，一方面有力地予以敌人回击。

　　当时，在东沟一带潜伏的八路军太行第三军分区副

司令员兼情报处处长鲁瑞林在段村设立了情报站，站长是董成旺，主要负责经营敌伪军师参谋主任张效翰这条情报线。军分区敌工科张凤鸣、邱克中在段村设立了敌工站，站长是赵余庆，主要负责经营梁新山这条情报线。在此之前，我党已经委派梁新山潜入日军指导小队做了科长。

梁新山打入内部后，存在两个问题。首先是要取得鬼子信任。梁新山光棍一条，一人吃饱全家不饿，一说走就没影了，这样的人没有任何牵挂，鬼子对他存有戒心，不利于获取情报。眼下，梁新山需要成立一个家庭，娶个老婆，也算是在段村留下了个人质。这个问题必须尽快解决，而且女方一定要是自己人。敌工站于是把这项非常重要的任务交给魏家窑村抗日村长魏盈科。

魏家窑离着段村不远。魏盈科思来想去，不能通过村里人来大做文章。他把自己熟知的人脑子里过了好几遍，最终想到了魏润莲。在旁人看来，选上魏润莲真是个奇怪事，因为人家是个有夫之妇。不过这一点对魏盈科来说不是问题，虽说魏润莲有丈夫，但是夫妻二人关系并不好，不是一路人。选上魏润莲，主要是考虑到她的家庭背景是红色的。魏润莲一大家子里，四位兄长都是中共党员。大堂兄魏效忠早年参加革命，在察哈尔工作，光荣牺牲。二堂兄魏效信在太原做地下工作，被国民党特务暗杀。两个哥哥一个叫魏效书，一个叫魏效云，都是八路军一二九师"咱队伍里的人",可以说这个人政治上相当可靠。魏盈科不敢惊动别人,托自己的父亲魏成宝暗地里去找魏润莲说合。魏润莲心里大致明白这个婚姻的意思,所以答应得比较爽快。她的男人姚中会也不客气,狮子大开口,索要100块银洋。这个价码的开出令梁新山哭笑不得,好吧,你能"卖得",我就"买得",老婆的来路更显得光明正大。

魏润莲一夜之间成了新妇,梁新山的做法让鬼子十分满意。组织上又把魏润莲的哥哥魏效书调回魏家窑村任地下党支部书记,将魏效云调在周边工作,协助魏润莲活动。

接下来的问题就是,梁新山获得情报以后如何传递?

梁新山、魏润莲成婚后,住进段村的日伪军部。敌工科张凤鸣与城工部郑文魁、敌工站赵余庆等同志秘密商议,决定就在段村开个裁缝铺。为什么要开裁缝铺?一来裁缝铺并不起眼,缝缝补补的家家都离不了,镇上人们量身定做衣服,也会多往裁缝铺跑,人流量大,进进出出的方便,不像一些生意冷清的店,偶尔多去上几回容易被汉奸注意到。二来,魏润莲的两个哥哥魏效书、魏效云都是裁缝高手,组织上安排他俩一个坐店一个跑外,具体来说就是魏效云坐店,魏效书跑外。梁新山魏润莲夫妻自然就是幕后"老板",有了家,又有了产业,

看上去是死心塌地地跟着鬼子干了。

裁缝铺的开设，就是要利用魏润莲这一层家庭关系与梁新山进行联络，及时传送情报。裁缝铺就是情报站。为了更符合裁缝铺的人员结构，军分区情报处又开始为坐店的魏效云寻找媳妇。一个裁缝铺里两个大男人，时间长了也会引起怀疑的。这一回，敌工站站长赵余庆推荐了一个人，名叫郝银仙。郝银仙一大家子里也不乏干革命的，堂兄魏玉田和魏玉文是老党员、老革命，堂姐魏玉明1938年就参加了革命，姐夫王宗琪担任过武西县委书记，政治背景没有问题。郝银仙本人心灵手巧，剪纸绣花样样拿手，嫁个擅长裁缝的丈夫无疑心满意足，俗话说，会裁缝的男人心眼好。就这样，魏效云和郝银仙很快就成了一家人，段村这个裁缝铺从此有了"夫妻相"，安全系数更高了。

组织交给裁缝铺的任务是：利用裁缝铺作为掩护，为党传送情报；获取敌人的武器弹药；向伪军官兵宣传我党的政策；策反敌方将士。

裁缝铺开张后，梁新山窃取的日伪情报就通过魏润莲和郝银仙这对姑嫂的一来一往取走。有时候是魏润莲来裁缝铺，有时候是郝银仙来魏润莲家里，两人说说笑笑间，便把上级下达的指示传达了。魏效书以置办布匹的名义"跑外"，将拿到手的情报送到八路军那里。这样，暗地里构成了一张地下情报交通网，即梁新山、魏润莲情报站（日军指导小队）——魏效云、郝银仙交通站（段村裁缝铺）——任福堂交通站（富庄村特工站）——窑头李福元交通站（武乡东乡党支部）——武乡敌工站（段村）——武乡城工部（段村）——八路军武乡情报总站（东沟）。

几番"扫荡"屡屡受挫的鬼子开始注意到内部可能暗藏着"八路"。1945年春，鬼子排列出包括梁新山在内的一批嫌疑人，分别派特务跟踪盯梢。梁新山不幸被发现。鬼子把他吊在房梁上反复毒打，又灌辣椒水，百般折磨，梁新山毫不屈服。鬼子唆令狼狗扑到梁新山身上，又撕又咬，血肉模糊的他至死没有说出任何秘密。最后，鬼子将梁新山几乎没有半块肌肉的尸体扔进了东村书房沟里。抓捕梁新山的同时，鬼子也包围了裁缝铺。当时，魏效书在外面买布料，侥幸逃脱。魏润莲在梁新山发展的进步人士、警备队小队长张志仁的帮助下离开段村。守在裁缝铺的魏效云、郝银仙夫妻被捕，经受了严刑逼供，始终坚强不屈，被残忍地杀害，尸体始终没有被找到。一天晚上，魏润莲在乡亲们的帮助下，悄悄下到书房沟，把仅余骨架的梁新山无声埋葬。

裁缝铺被封。裁缝铺里的人生离死别。然而裁缝铺的秘密始终严守着。

"红部"便衣

魏秃孩

  1940 年 5 月，日本鬼子占领了东村和段村，控制了交通线，把武乡硬生生地隔成武西、武东两个县。在东村北山还有胡家垴山、王家垴山上，鬼子们修筑了炮楼，还在段村镇上大肆建起据点和战备工事，妄图长期占领下去。一年之后，日本鬼子在段村设置了"红部"，以及宪兵队、警备队、便衣队、维持会等机构，以段村为中心，把周围不少村子划成"维持区"，并指使汉奸傀儡们成立了伪县政府。

  "红部"是日语"尼红（洪）"的音译，意思是"本部"，也有翻译成"洪部"的。设在段村的"红部"是占领武乡的日本鬼子本部，也就是入侵这一地区的日军最高司令部，宪兵队、便衣队，还有日伪军，都受"红部"指挥。

  自从有了段村这个盘据地，日本鬼子和汉奸、伪军们时不时地出来，到各乡村疯狂"扫荡"。在恶毒的"三光"政策下，老百姓损失惨重，饥寒交迫，无家可归；

我党抗日干部和民兵也多有牺牲。在这样的状况下，获取敌人的情报成为重中之重。

东村被日本鬼子占领后，我党便在东村设立了武西县领导下的东村特区，区委书记郑文奎，区长李玉田，区游击大队长张留先。一方面，在敌占区里展开游击战，消耗敌人的力量；另一方面，将敌占区的党支部改为锄奸小组，安插我方人员打入敌人内部获取军事情报，争取敌伪官军投诚。在区委书记郑文奎和太行第三军分区敌工科张凤鸣组织下，在位于东村、段村鬼子据点东北的张家沟成立了锄奸领导组（后来改为情报站），下面设有两个小组：一个在东村，人员有段永旺、魏秃孩、段昌先；一个在平家沟，人员有王凤云、王海金、来国华。

魏秃孩是松庄村人，入党多年，是个久经考验的老革命。他见多识广，胆大心细，足智多谋，组织上选择他打入鬼子"红部"的便衣队，搜集情报，寻机把敌人内部机构设施、兵力部署等摸清楚。

日军有个翻译官名叫元村大成，是个朝鲜人。1910年日本迫使朝鲜签订《日韩合并条约》后，朝鲜沦为日本的殖民地。侵华战争中，日本军队里有很多朝鲜人，为他们充当炮灰。而现实中，这些朝鲜人在日军军队里往往被视为二等人，饱受歧视。作为翻译官，元村大成的境遇比那些中国的汉奸伪军好不了多少，平时也是忍受着一肚子的屈辱。

魏秃孩注意到元村大成的情况，开始有意识地与他接近，出来进去地只要遇上都会上前汇报，赢得对方的好感。元村大成喜欢吃狗肉，魏秃孩就想办法弄来，给他送去。时间一长，两人慢慢成为好友，经常在一起喝酒。酒喝多了，元村大成也会流露一些内心的不满。当然，他对魏秃孩一开始是存着戒心的，酒多话多，第二天也要后悔。可是几回之后，发现魏秃孩就像没这回事一样，口风很紧，元村大成也就放了心，觉得自己在异邦他乡找到了一个可以倾诉的人。话聊得多了，魏秃孩掌握着分寸，一步一步地谈到朝鲜和中国相同的现实，谈到反侵略和民族光复，谈到日本鬼子的末路，甚至结合自己从组织那里听来的"二战"反法西斯战线的节节胜利，给元村大成讲中国必胜的道理。加上日本鬼子屡屡被挫败的事实，元村大成逐渐醒悟过来，在魏秃孩趁热打铁下，被成功策反，秘密投靠了八路军。

为了元村大成能够安全地在日军"红部"长期潜伏下来，魏秃孩变得更加谨慎，表面上对元村大成恭敬有加，其他方面也慢慢进行了调整。元村大成投诚的价值非常大，除了获取情报更加方便之外，还能把敌人的武器弹药弄出去，交到八路军手中。有了这样的环节，武器的外流相对变得容易起来。魏秃孩串联一些伪军里的自己人，与我党安排在段村裁缝铺的同志里应外合，将武器弹药从敌人内部向外传送。最为关键的一步是挖通据点房屋的墙角。这些墙根都是鬼子们命令民工用最坚硬的砖石材料筑成，很是牢固，挖起来十分吃力而且进度缓慢。同时，这个任务必须秘密进行，不能把声音传到外面，防止被发现。魏秃孩等人开动脑筋，不怕劳苦，创造条件昼夜轮班，最终挖通了传送通道。就这样，敌人的武器弹药一批批地"不翼而飞"，从头到尾，鬼子们都没有察觉。

在魏秃孩等人的内部配合下，区委、情报站、敌工科的同志们活跃在四周围的崇山峻岭里，给予敌人控制的交通线以及各个据点以沉重打击。魏秃孩以一个便衣身份，一辆自行车，一杆盒子炮，跋山涉水，转送出许多有价值的情报，为段村最终解放作出了积极的贡献。

策反张效翰

　　1941 年 8 月，阎锡山派代表在汾城县与日军代表签订了投日反共的《汾阳协定》。1942 年 5 月，阎锡山与日军山西司令官岩松义雄等人达成战地投降密约，派部队进入太原，与日联合反共。1943 年，《日阎政治、军事、经济合作方案》签订后，双方在太原再次签订《秘密协定》，规定日方将八路军、游击队闹得凶的九个县，交由阎锡山控制，日军承诺帮助"扫荡"，但铁路、公路等交通设施仍然归日方所有。6 月，阎锡山的一个师被日军收编为剿共军，进驻武乡段村。当时担任剿共军参谋长的张效翰是武乡王海峪村人，毕业于北方军官学校，民族自尊心比较强，具有爱国心。掌握了这一点，我军分区敌工科决定把张效翰争取过来，一方面能及时获取敌人的军事情报，另一方面努力瓦解剿共军，让他们集体反正。

　　不过，要想把张效翰争取过来，这个工作其实很不容易。张效翰毕竟是剿共军的参谋长，没有一点儿功劳也不容易混到这个位置，这个人对待八路军的态度如何？这个人的性格还有为人处世等方面怎么样？这些大家都不知道。目前只了解张效翰在晋绥军中当过排长和连长，后来去了决死一纵队独立营当营长，驻防沁源，不久又调到决死三纵队，驻防长治。1939年阎锡山反共"十二月事变"后，张效翰的部队归了阎锡山骑兵第一师赵瑞、段炳昌管辖，直到随着段炳昌投敌，将他的部队编成剿共军，驻扎段村。分析来分析去，抗日政府城市工作部郑文魁和太行第三军分区敌工科张凤鸣商量后，决定还是从本地亲戚关系入手，这样最为稳妥。张效翰在老家王海峪村还有个弟弟，名叫张二秃。因为张效翰的乳名是秃孩，所以弟弟跟着叫了个二秃。组织上秘密派人把张二秃找来，谋划着让他兄弟二人见见面，看看利用张二秃做张效翰的工作这一步能不能走得通。

那么，谁来穿针引线呢？众人思来想去，找见了家住朴窑底村的魏留香。

张效翰的地位高，门岗森严，很难接近，还是要靠亲戚这一层关系。魏留香已经是我党的一位地下交通员，最主要的原因是她和张效翰的妹妹曾经是姑嫂关系。张效翰的妹妹名叫红志，嫁给了魏留香的哥哥。魏留香从小就和嫂子在一起生活，还跟着嫂子一起回她娘家住过几天，见过张效翰。不过那也是魏留香七八岁上的事情。自从哥哥参加革命牺牲，嫂子离开，转眼也十几年了，

两家几乎没有来往，张效翰还认识不认识自己，甚至认不认这门亲戚，魏留香心里确实没底。

"思来想去，也就剩下这一点儿亲戚关系了，万一人家翻脸把俺抓起来，那可就死定了。"

魏留香不了解张效翰这个人，也记不得张效翰长得是个甚样子。一旦水火不容的闹翻了，自己能不能脱身，她可真是没有半点儿把握。

但是，既然是组织上交给的任务，哪怕是上刀山下火海也要完成。魏留香下定决心，咱就去攀一下这门亲戚。她拿着组织上交代给自己的那一封给张效翰的信，心里沉甸甸的。

"探一探张效翰的态度。"

郑文魁的这句话一直在她耳边回响。魏留香自言自语道：

"也不知道这个人节机圪尿的是不是难说话，可是得小心着，不敢鲁三握四的。"

第二天一大早，琢磨了一晚上的魏留香简单吃了几口饭，把锅碗灶台利索地拾掇好，又把那封信仔细地绾进发髻，竹篮子提了二斤鸡蛋，过了已经结冰的关河，就往段村去。

到了城门口，伪军哨兵端着枪就逼了上来："干什么的？！"

魏留香把竹篮子往前一伸："进城里卖些草鸡蛋，换点儿盐。"

一边说着，魏留香一边把胸前的"良民证"给他们看了看。

伪军哨兵伸手在鸡蛋里胡乱拨拉了两下，让她进了城。魏留香不慌不忙地走着，沿着商铺绕了几转，便来到自己的堂兄登富家。

"哥，这次进城有个事还得求你帮忙。张效翰的弟弟二秃，你也知道，因为他哥的特殊身份，在乡亲们面前一直抬不起头来。没办法了，心里歪活，跑到俺家，俺得找一下张效翰，让他给他弟弟想个办法。"

登富瞪大了眼说："二杆的，够不着，你管这事干甚？"

魏留香一脸无奈的样子："人家跑来不走，泪淋爬沙的，俺有什么办法？再说了，好歹沾点亲，咱不能不管呀！"

登富看了她半天，口气缓和下来："人家住的地方我也进不去，别说你。要想进去，还得找人帮忙。唉，麻儿圪咱的。"

魏留香趁热打铁地说："哥啊，你这就把俺的脑疼给治了。"

经过堂兄登富的打问安排，魏留香总算找到了张效翰的家。进了门，张效翰的老婆一个人在家。魏留香把鸡蛋放下，四下打量着。张效翰的老婆打量着她不说话。

屋里看了一圈，魏留香回过头来客气地说："表嫂，你不认识俺了？小时候跟上俺嫂去过你家，听说你来了段村，早就想来看看你，就是进不来。"

一听魏留香这么说，张效翰的老婆一下子反应过来："你是……红志家妹妹留香吧？"

"怎么不是呀！"

"哎呀呀，真是的，我说，咋这么面熟的一个人儿呀！"

张效翰的老婆正愁无人说话呢，这下子高兴起来，亲亲热热地拉住魏留香的手，两个人齐齐坐在炕沿上，扯起了家常。

"留香，可是长时间不见了，长成大姑娘了！咋的想起来看我？"

魏留香拍着她的手背："表嫂啊，早就要来，就是进不来。这次啊，一来是看看你和表兄，二来呢是告诉你们一声，俺二秃表兄因为大表兄的身份，在家里没法见人，跑到俺家里住着，时间长了不是个事啊！他想来段村找大表兄。"

张效翰的老婆一个劲地摆手："可不要让他来，我还不想在这里呢。实在是没办法出去。"

二人正唠着，张效翰进了家门。看到陌生人，他比较警惕地站在那儿。魏留香注意到张效翰个子很高，身材发胖，穿着黄呢子军大衣，戴着眼镜。

张效翰的老婆赶紧把魏留香介绍了一番，又把魏留香的来意告诉了他。

张效翰和魏留香简单打了个招呼，然后把那份假借二秃之手写下的信翻来翻去看了好几遍，然后想了想问她道：

"你们那里是不是有八路军？"

魏留香十分诚恳地说："十里以内没有，以外我就不敢保证了。"

张效翰盯着魏留香思谋了半天，又警惕地问：

"十里以内保证没有？"

"都是实受人，"魏留香说："俺可不敢说假话，十里以内保证没有。"

张效翰满意地点点头。"好吧，明天一大早，你把二秃引到下关，我去接他。"

魏留香心里高兴，没想到任务这么容易就完成了。她情不自禁地站了起来。

张效翰又说道："你只能和二秃一个人说，千万不要让第二个人知道这件事。"

魏留香急着要回去报告情况，连忙点头："俺知道，俺知道。"

张效翰的老婆也站了起来，拉住魏留香说："你看你急甚，有日子不见了，说成甚也得吃了饭再走。

魏留香看看她，又看看张效翰，一脸无奈地说："表

哥表嫂啊，没办法，俺二表兄在家里歪活着，泪淋爬沙的，俺不放心，俺得赶快走了，回去跟他交代。"

组织上听取了魏留香的汇报，认为事情已经成功了一半。大家早已做好了张二秃的思想工作，让他劝说哥哥为抗日出力。

第二天天色微明的时候，魏留香就起来了。当她走到下关的西边上时，远远看见张效翰带着十几个便衣从东村这边过来，一路上东张西望的。魏留香小跑着迎了上去：

"表兄，你来了！二表兄在那边呢。"她朝着河边指指。

张效翰一脸紧张地问道："周围真的没有八路军吧？"

为了赢得张效翰的信任，这次只有魏留香和张二秃两人赴约，完全像是走亲戚。

魏留香笑了笑说："俺的表兄啊，俺还能骗你？"

两人到了河岸边，圪蹴在那里的张二秃站了起来。兄弟二人见了面，开始絮絮叨叨地谈话，魏留香于是躲得远远的。差不多快一个时辰了，张效翰要回据点，为了不引起怀疑，他当下不领弟弟走，说好第二天由魏留香把二秃送进城去。

张二秃进城后住了两天就回来了。根据他的汇报，大家认为张效翰人性不错，态度比较积极。张二秃传达他哥哥的三点保证：第一点，一般情况下不出城"扫荡"；

第二点，能办到的事尽力去办；第三点是，坚决不当亡国奴。张效翰这条线算是初步建立起来了。

一头是张效翰给我方提供情报，一头是我方给张效翰安排任务，双方之间的联系信件就由魏留香往来传送。进城的次数一多起来，就容易引起敌人怀疑，魏留香尽量和那些为了生活所需必须进城的百姓一样，今天来称盐，要么卖鸡蛋，明天来送柴火，或者是卖豆渣，说法种种，都是民间常见的跑腿活计。随着时间的推移，魏留香前前后后传了有四五十封信，没有一封落在敌人手里。

1944年过完春节，组织上决定进一步加强对张效翰的争取工作，明确他的态度和立场，着手准备进行对张效翰队伍的策反工作，同时还要了解敌人新一年里的新动向以及相关军事部署。三分区敌工科将在三地委工作的王正忠请到朴窑底村。王正忠是张效翰老婆的哥哥，组织上要利用这一层关系，让他通过妹妹了解妹夫的真实想法，并让妹妹亲自做张效翰的工作。进城通知张效翰让他老婆出城见哥哥的任务依旧交给了魏留香。魏留香已经具有非常丰富的经验，她把给张效翰的信缝在棉袄里，挎着竹篮，里面放着枣馍、黄蒸一类的食物，一大清早就出了门，去张效翰家走亲戚。一家人吃早饭时，魏留香把信交给张效翰。张效翰看过之后写了回信，魏留香还是缝进棉袄里。然后，她对张效翰说：

"表兄王正忠在俺家里呢，想见见你们，就是不好进来。要不，让表嫂出城去见见他哥哥？"

张效翰比较爽快地答应了。

第二日，张效翰派了三四个靠得住的手下，护送着老婆来到朴窑底村魏留香家中。王正忠兄妹俩好久不见，拉几句家常后便说起了张效翰的事情。两人关在一个屋子里，整整说了一上午。之后，郑文魁和张凤鸣都见了张效翰的老婆，又从政策上做了动员。张效翰的老婆回去后，将了解到的外面的抗日形势转述给张效翰，加强了他投诚反正的决心。在一次回信中，张效翰写了六个字："懂，待，机，照，应，泄"，并在夜里化了装偷偷出了据点，与太行三分区情报处主任邱克忠接上了头，填写了"抗日志愿书"。

魏留香给张效翰最后送去一封信是在1945年8月，段村解放前夕。张效翰当即回复了一封信，再三叮嘱魏留香一定要亲自交到领导手中，并派兵把她送出城。魏留香明白这是一封要紧信，回来后第一时间就交给郑文魁和张凤鸣。他们读完信后很高兴，对魏留香说：

"留香，段村很快就要解放了，这里有你的功劳啊！"

过后魏留香才知道，张效翰的那封信正是和八路军联系攻打段村计划的。

8月25日，解放段村的战斗打响。张效翰率部队打开城门，向八路军集体投诚。

被敌人占据多年的段村重新回到人民手里，魏留香心里有说不出的高兴。组织上奖励了她一石黑豆、一袋米，充分肯定了她的交通员工作，并批准她入了党。

黎明枪声

1944 年的一天，天刚蒙蒙亮，段村周围的旷野中突然传来几声凌厉的枪响。

"啪——勾""啪——勾"……

伴随着枪声，隐约地还有人的喊叫：

"站住！站住！""你跑不了！站住！"

段村城门口的伪军哨兵被惊动了，他们紧张地拉开枪栓，一边探着头朝四处观望。这时，就见一个灰影子一路跌跌撞撞地朝着城门跑来。随着影子越来越近，而天光也渐渐亮开，映入眼帘的是一个身穿八路军军装的男人。伪军们立刻纷纷把枪抬起来，对准来人。

"站住站住！不许再往前了！"

"别动！再动就打死你！"

"举手！把手举起来！身上有没有手榴弹？"

来人哆哆嗦嗦地举起了双手，气喘吁吁地说：

"别开枪，俺是来投奔皇军的！"

远处零星响了几枪后彻底安静下来。来人扭回头去看了看，一下子放心了。

几个伪军押着这个人来到日军"红部"。指导队的日军头目狐疑地打量着眼前的"八路"，又把从此人身上搜出来的一支钢笔，还有六百元钞票左看右看。

"你底，什么的干活？"

"俺，俺来投靠皇军，投靠。有没有吃的？"

日军头目抬手示意，有个伪军很快就拿来两个白面大馒头。这个人左手抓一个右手抓一个狼吞虎咽地，转眼便下了肚。

"你底老实交代，好吃的东西还有，还有。"

"是，是。俺是八路管账的，这一阵子，皇，皇军'扫荡'，吃也吃不饱，还每天受气。这不，前天账对不上，明明是逃跑路上丢了一箱子钱，硬说俺贪污，还要枪毙俺。俺不干了！在哪儿找不下个好营生！"

日军头目拿起那支钢笔。"你底什么名字？"

"魏子玉。俺叫魏子玉。"

"魏……子玉，你底，会写字？"

"会会。俺写给你看。"

这个人拿起笔来写了两个字：段村。

这个魏子玉，真名叫魏福元，武乡县城（今故县）人，是个堂堂正正的八路军战士。可是，他又怎么会当了叛兵，投靠了日本鬼子呢？

这要从武乡情报站和武乡敌工站的设立说起。为了

弄到日军段村据点的军事情报，八路军先后建立起武乡情报站和敌工站，派遣梁新山潜入日军指导小队担任翻译官，并成功策反张效翰成为内线。同时，在段村城里，开设了一家裁缝铺，用来传送情报。自张效翰被策反后，武乡情报站需要安插一位情报员来与他取得联系，太行第三军分区副司令员兼情报处处长鲁瑞林在部队里选中了魏福元，给他改名魏子玉。经过一番准备，魏子玉的身份变成"管账的"，前胸口袋里别着一支昂贵的钢笔，裤子口袋里塞着六百块钞票，在几个八路军战士的"押送"和追赶下，假装逃到了段村。

梁新山事先接到了组织上的通知，所以一边给日军头目进行翻译，一边不经意地加了一些好话。

"魏子玉，太君让你先去休息，有什么安排到时候会叫你。"

梁新山摘下白手套，伸出手去和魏子玉握手。

"皇军欢迎你'弃暗投明'！"

魏子玉装出一副受宠若惊的样子，连连点头。

几天后，从各地传回来汉奸们的消息，是有个八路军"叛逃"了。经过日军"红部"一番严格的考察，魏子玉最终过关，被任命为"红部"秘书。

魏子玉成功成为一颗埋设在敌人内部的钉子，武乡情报站随即考虑在段村城里再设一个点，用来和魏子玉联系。很快，一家饼面铺开张了，老板是魏子玉的老乡张云九，还有经验丰富的交通员魏留香。

可以说，八路军攻克段村，与此前情报站、敌工站和地方城工部的秘密布局有着极大的关系。

敌人对段村的战备经营不得不说是十分完善的。他们在沿城西北百米的地方，将原始壕沟横向刨深刨宽，筑起无数个碉堡，外围防御体系非常坚固。段村城墙高达七米，四角分别筑有高碉。城墙上到处留有射击孔洞，火力交叉，异常稠密。城内主要街道修有巷战工事，城郊环山均设有外围据点。

在段村驻守的敌人有日寇一个指导小队，驻扎在"洪部"；伪"绥靖军"第二师第二团，团部驻于伪县公署；另有伪警备队一个中队，总共两千余人。城外四周敌人的部署是，王家垴一个连，北山一个连，东村一个连，其余驻守城内。

这些情报在众人的协作努力下，源源不断被送到八路军那里。

因为一段时期以来行动屡屡受挫，日军"红部"开始注意到内部有问题。敌人将怀疑对象列出名单，暗中派人跟踪调查，试图借此肃清"八路"内线。

7月的一天，魏子玉藏好新情报，像往常一样走出"红部"，来到段村的大街上。他并不知道，自己身后几十米的地方，有个家伙一直在尾随着。天气很热，街上几乎不见行人，魏子玉大摇大摆地来到饼面铺，左右扫

视了一眼，便走了进去。张云九正在收拾碗筷，与魏子玉对视后会意地点点头。等到铺子里最后一位客人吃完离开，魏子玉推开大碗站了起来。张云九肩上搭着毛巾夹着木托盘，装作算账的样子靠近。魏子玉摸出情报，像是要付钱。就在他伸出手的一瞬，门外突然闯入一个黑影。魏子玉下意识地将情报塞进嘴里，准备吞咽下去。没想到那个家伙的腕力很强，一下子掐住他的喉咙，硬硬地把情报掏出来。

"魏子玉，盯你很久了，还有什么话说！"

那个家伙得意地摆摆手，门外又涌进来三四个便衣，将魏子玉和张云九二人捆绑起来。饼面铺被翻了个底朝天，幸好什么也没有发现。这时，魏留香恰好还未进城。这个交通站暴露后，一切活动被迫暂时停止。

因为一时大意，情报被敌人截断，魏子玉内心非常悔恨。他抱着必死的决心，忍受着敌人的种种酷刑。张云九知道，进了敌人的"红部"，就别想活着出来。和魏子玉一样，他做好了赴死的准备，绝不吐露半个字。

日军头目恼羞成怒，命令汉奸们将魏子玉、张云九二人用铡刀铡死，再把他俩的头颅挂到段村的城门上示众。

敌人的凶残狡猾给我们的情报人员上了一课。此后，情报工作变得更加隐秘、谨慎，打进敌人内部的人员也逐日增加，直到获得最后的胜利。

一封信引来『狗咬狗』

自从日本鬼子侵占了段村，周围大部分的村子都成了"维持村"，汉奸们为虎作伥，老百姓可是没有少受过他们的糟害。

在这种情况下，一方面八路军开展游击战争，不断地消灭日本鬼子；另一方面组织上成立除奸小组，设立情报站和敌工站，打入敌人内部进行斗争。情报站和敌工站的同志们主要在朴窑底村布置工作，这里就是一个秘密情报指挥中心。

位于关河东岸的朴窑底村离段村只有四五里路，与下关村隔河相望。情报交通员魏留香的家就在朴窑底村村口，那时她才结婚不久，刚刚19岁。情报站和敌工站的同志们经常在她家工作、休息，每天夜半来天明去的，非常忙碌。每到这时候，魏留香就拿起手中的活计，到外面去放哨。

段村据点里有不少八路军的内线，与他们接通关系需要非常靠得住的地下交通员，魏留香就是其中一个。

她很擅长利用自己农家妇女的身份，总能找到合理的借口城里来城里去的，从未引起敌人的怀疑。

段村的日本鬼子其实只有一个中队，其他全是汉奸、伪军组成的警备队和便衣队，还有大汉奸郝泉香担任会长的维持会。这个郝泉香是本地人，1940 年 5 月，时任武乡县财政局局长兼难民救济委员会副主任的他公开携枪械投降日军，先是出任权店维持会会长，后来当上了武乡维持会会长。他手下的汉奸们也都是周围"维持村"里的奸恶之人，平日里无恶不作，借着人熟地熟，死心塌地甘当日本鬼子的走狗，引上鬼子来抓抗日干部和民兵，老百姓对他们简直恨之入骨。他们还给日本鬼子出谋划策，打着"大东亚共荣，共建王道乐土，建设新民社会"的旗帜，蛊惑人心，比如"扫荡"时，房子上写着抗日标语的就烧掉，没有写抗日标语的就一概不烧，妄图以此来分化百姓。

因为郝泉香维持会会长的特殊身份，我党也曾多次争取他，希望他能为抗日出力，暗地里帮助八路军。但这个家伙坏透了，拒不接受，一门心思地与中国人民作对，不惜一切地为日本鬼子卖命。看来，不把郝泉香这个祸害除掉，百姓永无宁日，也不利于抗日大局。

可是，怎样才能干掉郝泉香呢？这个家伙手下汉奸有一大帮，一个个贼眉鼠眼的，油里奸猾。郝泉香更是滑头，平日里总是窝在老窝里，基本不出门。情报站和敌工站的同志们合谋几日，想到一个好计谋。

《三国演义》里有一出'蒋干盗书'，曹操派蒋干去江东游说周瑜，没想到蒋干中了周瑜的反间计，盗走了一封伪造的信，说是曹操水军都督蔡瑁、张允暗中要投降周瑜，使得曹操信以为真把二人杀死，结果也没有水军人才引领过江打周瑜了。"

"好，我们就来个'蒋干盗书'新演义，让日本人和汉奸们'狗咬狗'去吧！"

以八路军抗日县政府的名义，同志们给郝泉香写了一封信。信的主要意思是，郝泉香和我方多次联系，为我们做了不少工作，表现不错，希望继续为抗日出力。这封信显然不是给郝泉香看的，当然更不能让他看到，而是想办法要让日本人看到。这封信怎么送？送给谁？大家思来想去，最后眼光不约而同地落在了魏留香身上。

"留香，这个事还得由你来办。"

1942年冬天，魏留香接受了一项送信的任务。奇的是，这封信还不能让真正的收信人看到。这是魏留香第一次往据点里送信，心情虽然十分激动，但又有些害怕。和其他情报不同，一传一递，一交一接，任务就完成了，然而这次不单单是送信，关键是要想好接收的人，这个人还能把信让日本鬼子看到，的确是个难题。

魏留香彻夜难眠。任务紧急，而且艰巨，绝不能出差错，一旦失败就不会有下一次。她的脑海里把熟悉的

人过了一遍又一遍，最后想到了在"维持会"里的堂兄登富。堂兄魏登富念过书，会写会算，是个难得的识字人。郝泉香当了维持会长后，就把他叫到维持会里面办事。进了"维持会"无疑是当汉奸，给日本人办事，现在的他又是个甚样子？还有，堂嫂是县城大盐店老板的女儿，没有吃过苦，也不知道苦日子是甚，这种女人能跟着干抗日的事吗？登富的为人魏留香比较了解，可是相处主要在家长里短中，那些都是小事，相比之下，他能不能帮自己完成这个任务？毕竟一旦出了差错，对登富来说，不光是"维持会"待不下去，说不定还要掉脑袋，给了任何人会不会做？那么，如果不找登富，再找谁？魏留香想了很久，实在是再没有一个合适的人了。

"就这样吧，俺就找登富了。看看民族大义面前，堂兄是个甚态度。如果他不认六亲，把俺抓了也就心甘情愿了。俺天明了就去闯一闯！"

魏留香想好了说辞，也就放放心心地眯了一小会儿。天微微亮，她便起身，拆开暖袖筒子，把信藏进棉花里，然后缝好。按照日常，她在胸口戴上"良民证"，扛上一捆劈柴，便朝着段村走去。过了冻得硬邦邦的关河，过了东村的炮楼，魏留香就像那些送劈柴的人似的，稳稳儿的。到了段村东门，伪军们让她出示"良民证"，问她进城要干甚，她说给皇军送劈柴。两个伪军把她上下搜了一遍，摆摆手便让她进去了。

一路走一路打问，魏留香总算找到了堂兄的家。

登富一见魏留香，很是惊讶："咦，留香，你来做甚？"

魏留香不紧不慢地说道："买不上食盐，这不进城来托你给称点盐。"

登富心一下子便放宽了："还以为是甚麻儿圪圪咱的事呢，称盐可以帮忙。"

两人闲拉呱了一阵，魏留香一咬牙，见四下没有旁人，便悄声说道：

"这次来其实是送一封信。"

"日鬼抹擦的，甚的信？"

魏留香一边把这件事讲给登富听，一边把信从股袖里抽取出来递过去。登富脸色大变，一把抓过信来装在身上，朝着窗户外面左右看了半天。

"留香，你做甚？鲁三握四的，没眉户眼，你这不是要我的命吗？"

魏留香也豁出去了："哥，妹子还能害你吗？日本人只占了一个段村，一出城就成了八路军的天，你不出去不知道，俺在外边比你清楚。你总要留条后路才对。"

"唉，你这才是给哥董擦下事了！"

登富皱着眉，在屋子里转来转去。

"哥，你这干的是大事，能立功。"

"你知道甚！这可不是闹着玩的。"

"哥，你说，为甚日本人出城'扫荡'，不敢在城外过夜呢？你不要光看眼前，日本人一走怎么办呢？人不是活一天两天，和八路军这条路可得早点修好啊！咱们是一家，妹子能害你吗？"

魏留香不厌其烦地再三劝说，登富终于答应了。两人出去称盐，路上魏留香忍不住叮嘱道：

"哥，信想办法要放在日本人能看见的地方，但不要让郝泉香看到。千万办好啊！"

登富口里嗯嗯连声。

"就这一回，就这一回啊！你放心……"

魏留香这下子如释重负。她知道这位堂兄胆子小，办事谨慎，一旦答应下来，一定不会出差错的。称了盐后，她开开心心地回了家。

过了一两天，城里传出消息，日本鬼子把郝泉香抓起来了，关进了监狱。听说那封信是在郝泉香睡觉的枕头下面被搜见的，魏留香心里说，俺这个堂兄真有办法啊！

同志们打趣地对魏留香说：

"留香，你真有办法，能指挥日本人把郝泉香抓起来，真是了不起！"

魏留香也会说："还不是你们办法多，唱这么一出'蒋干盗书'，让日本人上了当！"

虽然这个计划没有达到除掉郝泉香的最终目的，但也让日本鬼子对郝泉香等人有了戒心，从此敌人内部出现了间隙，彼此都不信任。

1951 年，在我党组织的万人大会上，郝泉香被判处死刑，执行枪决。

小小
地下交通员

　　1942 年 6 月，武乡段村的日本鬼子和汉奸伪军之间的尖锐矛盾终于爆发了。一夜之间，武乡"维持会"会长郝泉香、伪警察所所长张成武、伪警备队分队长董丰年、伪便衣队队长刘步耀、伪治安科科长梁省三等三十多个汉奸伪军头目被日本鬼子抓起来，以秘密"通共通匪"的理由严刑拷打，或者杀死，一时风声鹤唳，各个伪组织里的人员纷纷逃走，被称为"段村事件"。

　　造成这样的结果，主要与八路军敌工工作从内部瓦解敌人的策略有关，是种种"离间计"的成功作用。

　　"段村事件"告诉大家，"敌人始终是敌人"。于是，借此机会，我党把争取伪军伪组织工作列为当时的三大中心工作之一。八路军敌工科决定派人去与我内线人员联系，寻找可以争取的目标人员，进行教育策反。

　　伪警备队里有一个小队长，名叫郝高生。郝高生被日本鬼子抓去，被迫当了伪军，内心并不十分情愿。"段村事件"的发生，郝高生也心惊胆战的，晚上睡觉也不安稳。虽然因为事态发展难以操控，日本鬼子将一个多星期的大搜捕停止了，但身边一些熟悉的人被杀掉或驱逐，郝高生不得不时刻担心自身的安危。

"小日本翻脸翻得比狗还快呢！"

郝高生私下里想，俺把身家性命、财产甚至一家人都押给了日本人，平时就像孙子一样伺候他们，打起仗来还得走在最前面蹚地雷挨手榴弹，照这样子，说不定哪天一翻脸，就得被抓进去，说打就打，说杀就杀，哪里活的像个人？这可不行，俺得找条路子，备上一手。

敌工科的同志好像看到了郝高生的心思，于是给他写了一封信，劝他认清日本鬼子的嘴脸，投入到抗日大家庭中。信里说，敌人就是敌人，认敌为友的人始终看不清这一点，所谓汉奸伪军都只是日本鬼子的工具，一旦工具没用了或者有更好的工具来取代，就会毫不留情，给予杀害。信中又说，日本鬼子的疯狂，恰恰表明他们走到了穷途末路，当他们被中国人民打败，做奴才的又该面对一个什么样的出路？

信的结尾温和地说，我们知道你是被迫事敌，你的心还在祖国。我们希望你认清形势，做一个堂堂正正的中国人，配合我们消灭敌人。

信写好了，谁去送？郝高生好歹是个队长，敌人的门岗就是一道关。经历了"段村事件"后，像他这样的小官，日本人肯定会比以前看管得紧。虽然我们的交通

员个个身经百战，经验丰富，但是特殊时期，一定不能出差错。

敌工科的同志想到了孩子。对啊，孩子的目标小，不会引起敌人的怀疑。他们选来选去，挑中了年仅 12 岁的小丫头张月梅。张月梅聪明伶俐，人小鬼大，叫人放心，再说，她有个叔伯哥哥也在警备队，据说和郝高生交情还挺深。张月梅的父亲是村里的党支书，政治上十分可靠。敌工科的同志把信交到张月梅手中，告诉她，让你哥哥亲自把信交给郝高生，绝不能让其他人看见或知道。

在父亲安排下，张月梅把心爱的小辫子剪了，装扮成一个男孩儿。张月梅的二姑有个侄子叫宝成，在伪警察所，打着他的旗号进出城门方便。敌工科的同志又派张月梅的二姑陪着她一起去。

两人到了段村。在城门口，张月梅的二姑拿出"良民证"，说是来看侄儿宝成，伪军们也没说啥，就让她们进去了。找到宝成那里，张月梅的二姑心不在焉地拉呱了几句，然后找了个借口便离开了。张月梅见了哥哥，说是想见郝高生。她的哥哥并不多问，趁着人少，不一会儿就把郝高生叫来了。郝高生认识张月梅的二姑，两人客客气气地聊了一阵子家常。他指着张月梅，开玩笑地说：

"呦，俊丫头怎么变成秃小子了！"

　　张月梅装作不高兴的样子伸手去打他，趁势把信塞进他的手里。郝高生愣了一愣，左右看看，然后低下头，很快就把信看完了。张月梅站在一旁观察他的表情，结果郝高生仿佛无事人一样，什么也没说。事情办完，两人被郝高生安全地送出城外。张月梅回村后把情况前前后后汇报了，敌工科的同志连连夸赞。

　　就这样，郝高生成了自己人。这件事开始，张月梅这位女扮男装的地下小交通员，经常出入段村，办了好几件大事。

　　到了1944年8月，抗战形势有所好转。八路军武乡各区掀起拥军热潮，推选劳动英雄，组织生产，一片欣欣向荣的气象。而反过来看段村的敌人，在我地下人员的牵引下，晕头转向，屡屡受挫。日本鬼子经常收到假情报，时间长了，都分不清哪些是真的哪些是假的。段村据点不断增加岗哨，防守越来越严密，到后来就把城门封锁，什么人也不准进入。对于我们的内线人员，以及抗日干部，敌人不惜代价地进行跟踪、抓捕，敌工工作受到严重干扰，一些情报网被破坏，地下交通工作出现了意想不到的困难。

　　这一天，组织上安排张月梅进城去找张效翰联系。张月梅化装好到了段村，结果进不去，不管你有什么理由，反正伪军们枪一横，就是不让进。张月梅无奈，只好在城外转悠，一边想着办法，一遍四处打量。转悠到

西城墙一带时，忽然发现城墙下面有个排水沟，污水横流，臭烘烘的。张月梅判断了一下，自己的身子应该正好能过去，于是捏住鼻子不管不顾地钻进了排水沟。探出头去观察，四下里正好没有人，她赶紧钻出来，把身上拍打拍打，就去了张效翰家里，把信交到他手中。第二天，张效翰带着秧歌队来到村里，以"防共"的名义进行宣传演出。找机会他和组织上秘谈了很长时间，最后带着秧歌队回了段村。

张月梅年龄虽小，但是一个"老交通"了。当时她负责联系的几个内线地下人员，第二年解放段村时，都起到了很大的作用。

黑更半夜，地当间站着一个"叫花子"。

这个"叫花子"一身破烂不堪的衣裳，脸上一层黑压着一层黑，手里拄着一根圪针棍，腰间系着一根烂麻绳，怀里揣着一个缺了口的大黑碗。

最有意思的是，这个"叫花子"还要问一个坐在凳子上的女人：

"娘，你看俺像不像个叫花子？"

真是一件奇怪事。一个"叫花子"问他妈自己像不像"叫花子"，准保会有人说，这人肯定是个神经病。

其实，这个"叫花子"是八路军的秘密交通员，名字叫高保尉，是咱武乡下关村人。这个下关村离着西边日本鬼子占领的段村六七里路，中间隔着个浊漳河。考虑到敌工工作的重要性，八路军在下关村设立了秘密交通站。高保尉主要负责来回送信、传递情报，办事沉稳，不出纰漏，所以二十出头的小伙子硬是被人叫了个"老高"。

这一次，高保尉接受了组织上交给的任务，要去段村给我党的内线送一封信。和以往送的信不太一样，这可是一封鸡毛信，信封左上角标着"火急"两个字，字旁边还画上了小圆圈，说明十分重要和急迫。

怎么送？从下关去段村，一路上都有敌人的岗楼哨卡，到了段村，更是看守得十分严密，电线、铁丝网密密麻麻，就算你黑更半夜地偷偷进城，敌人的探照灯绝对不是吃素的，明晃晃的，连一只猫狗都躲不过去。信必须要送，而且不能出半点儿差错，这个问题一下子难住了经验丰富的高保尉。他在地上走来走去，也没有心思吃饭，直到想出一条妙计。

"娘，你看俺像不像个叫花子？"

高保尉他娘看了看说："像呀！就是缺一点酸臭味。"

"这个好弄。"高保尉的心里轻松了一半。

鸡毛信被他仔仔细细地缝在了贴身的衣服里，外面则套了两层破破烂烂的旧衣服。他在羊粪地上打了几个滚，又把酸菜汤淋了几淋，远远地就飘来了酸臭味。

"行了，讨吃的去哇，可是得小心着。"他娘叮嘱道。

"知道了，娘。"

高保尉拎起来讨吃棍，捂着怀里的碗，急匆匆地出了门。朝着段村方向，他大步流星，熟门熟路地在庄稼地里绕来绕去，很快就来到了漳河边上。

这是 1942 年的秋天，漳河水涨，声响非常大，水流也很急。夜色罩不住河水奔涌中的反光，看上去，要比白天看到的似乎更宽更深。高保尉听了听周围，只能听到水声，以及一些虫子的叫声。他小心翼翼地把衣服一层层地脱下来，将缝有鸡毛信的衣服裹在最里面，然后团成一个团，又找了一些干树皮，揪扯了几把把芦苇秆子，把衣服团子裹了又裹，包了又包，直到确认不会被水打湿里面。这样，他双手高举着衣服团子，慢慢地下了河。秋天的夜里，河水冰凉刺骨，即使水性很好，高保尉还是连连打了几个寒战，大腿都有点儿抽筋了。好在这条河常常过，他也知道哪里相对浅一些窄一些，因此咬咬牙的工夫便到了对岸。爬上岸后，他尽量抖掉一身的水，快速地用手搓搓大腿和脚心，然后撕开树皮和芦苇秆子包裹的衣服团子，摸了摸里面。鸡毛信一点儿也没弄湿，高保尉长出了一口气。他放低身子，半蹲在岸边的树林里，把衣裤依次穿起来，左右看看动静，继续朝前走去。

很快到了东村八角山下，这里是敌人的外围据点，山顶上修建有岗楼，几道探照灯扫来扫去，一刻不停，明晃晃的灯光能照得很远。不仅如此，山下路边还有敌人的岗哨，哨兵手里手电筒轮番照射着，与探照灯交叉，把这一带照得跟白天一样。公路就在前方，但是，公路也在敌人的灯光监视下，想要越过公路显然比较困难。高保尉静静地贴在地面，冷静地观察前方，慢慢寻找着

敌人灯光的运动规律。过了一阵子，他心里默默计算好灯光的间隙，便沿着公路边的玉米地向前慢慢爬着。刚刚爬了几爬，敌人哨兵的手电光突然朝这边照过来，高保尉心里一个激灵，条件反射地贴在地上，一动不动。过了差不多半分钟，敌人的手电光移开了，高保尉抓住机会赶紧向前爬行，结果没想到手电光忽地一下又朝这个方向照了过来。高保尉再次停下来，心里多多少少有些奇怪。这时，他想起来了。

很早以前，组织上来找高保尉，说是八路军部队需要电线，问他敢不敢去段村把敌人的电线割回来一些？高保尉当下抬脚就走，到了半夜，腰里缠着一大圈电线便回来了。那次过公路时，也有这样的情况出现。他想起来了，原来庄稼地里到处都是蛤蟆，呱呱呱地一夜鼓噪。可是，自己一旦爬到哪里，哪里的蛤蟆就不叫了。敌人有了经验，听不见蛤蟆叫，就会警惕起来。高保尉回想起来，忍不住要笑。他从周围揪扯了一些野草，插在头上和衣服的破洞里，跟着蛤蟆的声音节奏，嘴里也发出蛤蟆的叫声，一边叫，一边爬行。这下子，敌人的手电光再也没有照回来。高保尉渐渐接近公路沿儿，抽了个空子，几个翻滚便过了那边。他把野草摘掉，也不学蛤蟆叫了，迈开大步直奔段村。

高保尉一门心思地赶时间，没注意遇上了日本鬼子的巡夜队伍。当他想要藏起来的时候，不远处的敌人已经发现了他。

"站住！什么的干活！"

"站住！再跑就开枪了！"

五六个黑影端着枪便扑了过来。高保尉来不及多想，身子一扭便钻进了玉米地。这时的玉米长得都比较高，人钻进去，只能看见玉米秆在摇晃。他一路向前跑，鬼子和伪军们在后面紧追不舍，不时放上几枪。敌人的脚步声越来越近，高保尉顺手拔起两株玉米，连根带秆儿地朝着敌人追来的方向扔去。他们看见头顶黑乎乎地飞过来两个东西，以为是手榴弹，一个个赶紧捂住脑袋趴在地上。高保尉趁机又跑出去很远，找了个繁茂的树林子藏了起来。敌人趴了很久，没有听到爆炸声，一个伪军战战兢兢地挪过去一看，这才发觉上了当。鬼子们恼羞成怒，驱赶着伪军继续追，很快就到了密林这里。

"你底，你底，还有你底，统统进去搜查！"

远处的林边冒出几个伪军的影子。伪军们小心翼翼地走来，高保尉一动不动地蹲在暗处，内心十分焦急。他想，万一逃不掉的话，就要先把鸡毛信吃到肚里。伪军行进比较缓慢，这下子给了高保尉思考对策的时间。他忽然想起不远处有一个枯井，心里马上有了办法。他捡了几块土坷垃站起来，朝着好几个方向丢出去，并且喊了一声：

"炸死你们这些狗日儿的！"

然后，凭着对地形的熟悉，高保尉左绕右绕，来到枯井边上。他脱下一只鞋，扯下头上的破旧毛巾，都扔在井台上，然后朝着敌人的方位高喊道：

"狗日儿的来吧，老子死也不会让你们逮住！"

喊完之后，高保尉抱起一块石头朝着黑洞洞的井里扔下去，转身飞奔而去。

"嗵——"

井里传来一阵沉闷的回声。敌人闻声而至，围住枯井，用手电照了照，里面很深，什么也看不见，只能看见井台上的鞋子和毛巾。鬼子们拿起枪，探在井里放了几枪，然后把周围巡视了一圈，骂骂咧咧地离开了。

高保尉跑到段村东门外时，正是天色最黑的时分。他顺着城墙悄声走着，看见城墙下面都是深深的壕沟，铁丝网里三层外三层地密密拉着，根本不可能钻过去。高保尉藏在黑暗处一边打量门岗的情况，一边慢慢地接近。东门就在眼前，但是看不见敌人的哨兵，这一下子让他心里犯起了嘀咕：哨兵去哪儿了？

高保尉慎重起来。他站在原地，把自己的身上反反复复检查了好几遍，又抓了些泥土往脸上、身上抹了抹，左手拄着棍子，右手握着破碗，有气无力地朝着城门走去。

刚刚进入城门，阴影里突然闪出一个端着枪的伪军。

"站住！什么的干活！"

高保尉吃了一惊，马上哆哆嗦嗦起来。

"你底，八路的探子！老实交代！"

这个伪军学着日本鬼子的口吻，十分凶恶地用枪顶住高保尉的胸口。

"太……君，俺是良民，大大的良民。"高保尉装着害怕的样子。

"你底，不是良民！半夜进城，良心大大地坏了！"

这个伪军边说边抬手给了高保尉一个耳光。这时，黑暗处又走出来一个日本鬼子。

"这个，什么底干活？"

伪军连忙点头哈腰地说："报告太君，一定是八路的探子！"然后，他把枪口举起来，对着高保尉的脑袋：

"八格亚噜，老实交代！不说实话，死了死了的！"

"太君……这位太君，冤枉啊，俺可是大大的良民啊！"

"你底，良民的不是。"

那个鬼子走到近前，忽然闻到一股难闻的气味，急忙掏出一块手绢捂住鼻子。

高保尉顺势哀求：

"太君老爷们，俺……俺三天没有吃饭了，发发慈悲，就让俺进去找点吃喝吧！"

鬼子打量了几眼。这个人浑身上下破破烂烂、乌七八糟的，脚上只有一只鞋，一股子酸臭味道，不是叫

花子还能是什么？

"混蛋！赶快滚蛋！快快地滚！"

鬼子捂着鼻子，一脸厌恶地挥挥手。

"太君，要饭的夜半进城……"

那个伪军一脸狐疑地看着高保尉。高保尉心里怒火中烧，最可恨的就是这些狗汉奸！但他又不能发作，干脆横着来吧！

"不让俺进去，那俺就不走了，你们行行好，快给点吃的吧！"

"八格！混蛋！死啦死啦地！"

鬼子作势要抽出军刀。

高保尉索性哭喊起来："饿死也是死，要杀要剐由你们吧，没甚区别！"

鬼子见他闹腾，反倒觉得有趣。他哈哈大笑起来。

"叫花子底，大大的良民！"

鬼子摆摆手，把高保尉放进了城。

一番耽搁，天就要亮了。此时段村大街上尚且不见一人，只有远近的狗叫声。高保尉非常机警地观察了身后没有人跟踪，然后迅速找到我内线人员进行了交接。第二天，潜伏在段村的地下工作者按照鸡毛信里的指示，散布了许多份瓦解日伪的传单和信件，很快引发了日军"红部"和"维持会"汉奸头目之间的矛盾。大批汉奸被日军抓起来，严刑拷打，最后杀头。还有一些汉奸则被赶出段村，成为我情报人员的策反对象。

高保尉完成了任务，一路"要饭"回到了村子。

这个"叫花子"实在不简单。

干馍藏钉

武乡郝家垴有几块山坡旱地是史家的，缺水的土壤上硬生生地长出几苗倔强的庄稼，养活着一大家子。史先菊打小就发现自家人多，前头五个哥哥和一个姐姐，后头又来了两个妹妹，自个儿排行老七。人常说，龙生九子，史先菊的父亲却很是骄傲地讲，俺家是五个龙子四只凤凰。

家里人多，再苦再累，日子再难过，也是显得热热闹闹的，因此，史先菊就喜欢人多热闹。她骨子里就跟人亲。

"七七事变"后，全民抗战。共产党和八路军也在武乡开辟革命根据地，各级党组织很快便在这里发展起来。14岁的史先菊在史凤祥、史怀德的介绍下，加入了共产党，令人刮目相看。

为什么年龄不大的史先菊能够被批准入党呢？原来，在武乡建党创始人史怀璧的影响下，史先菊早早就参加了革命。当村里的地下党组织开会或者进行活动时，她便埋伏在草丛里站岗放哨，无论寒暑，也不怕蚊叮虫咬。后来，通过长时间的观察和多次考验，组织上觉得史先菊机灵、勇敢，想法多，也细心，于是让她做了地下交通员，负责往来传递情报。

1934年3月，阎锡山把武乡划入四大赤县，并以宣传"赤化"等罪名逮捕、通缉武乡地下党组织领导人。史先菊走上革命道路的引路人邻居史怀璧，在这场反共大搜捕中几经磨难，劫后余生。当时，史怀璧等人正在县城活动，不小心被敌人发现了。敌人四处搜捕，村里的一位老妇人把史怀璧捆进一捆高粱秆，和柴火们堆在一起。敌人反反复复地查找，整整三天三夜，史怀璧在高粱秆里无法动弹，又饿又渴，最后总算脱险。为了安心干革命，打消敌人的抓捕念头，史怀璧的家人打了一口棺材，办了一场葬礼，对外宣称史怀璧不幸死了。但是敌人并不相信。史怀璧只有暂时离开武乡，到外地去继续革命。史先菊的父亲把史先菊的嫁妆钱借给他，20块钱在当时是个不小的数目。

15岁上，史先菊结婚了，丈夫王成云也是地下党。当时，他们的村子是日伪划定的"维持村"，离段村的敌人据点不远，只有七八里地。史先菊家房子后面是一条深沟，沟的两坡林木茂密，人躲在里面，外面根本看不见，非常适合隐蔽转移，于是，组织上就把秘密交通站设立在她家，大量情报从这里传入转出。作为秘密交通

站，上级领导同志经常在史先菊家里开会。人总要吃饭，人一多了粮食就不够吃了。担心暴露目标，史先菊也不能跟村里人借粮，多次跑回娘家拿。

史先菊和丈夫王成云都是交通情报员，一南一北。南是组织上经常活动的地区，王成云负责从这里将上级指示取回；北是敌人占据的段村，史先菊负责进入设在段村的秘密接头点，把丈夫取回来的上级指示交给交通员史海仙，由她转交内线人员。郝家垴去段村需经过三道圪梁两道沟，而且全是羊肠小道。内线传出情报，史先菊从史海仙那里取上，再让丈夫传送给上级。有时候，遇上段村旁边的东村赶集，史先菊便带一些物品装作去换卖，趁机把情报传给东村的交通员刘扑则，通过他传到史海仙手中。

史海仙长相俊俏，很擅长跟人打交道。她虽然嫁到了别处，但是为了革命工作，一直长住在东村的娘家。东村和段村离得近，都是日伪势力所在，史海仙时常出入段村，跟"红部"里面的人关系很熟。情报只要让史海仙拿到，就一定会给到内线人员手里。

随着敌人行动多次受挫，开始对身边、内部人员产生了怀疑，同时加强了城门上的盘查搜索。按照以往的经验，敌人的岗哨一般来说对女人不会搜得太厉害，如今可是不行了，例如，穿的鞋子要脱下，里外检查半天；发髻要拆散，还会拨拉一番；衣角、袖口这些地方都要反复摸捏。身上再也藏不住情报了，有时候甚至城门都不让你进。敌人把抓获的八路军内部情报人员的人头残忍地割下来，挂在城门上，恶毒地警告老百姓们不要帮助共产党八路军，不然就是同样的下场。

但是史先菊他们从来就没有害怕过。每当接到任务，史先菊总要千方百计地琢磨半天，如何传递情报才能不被敌人发现。通过一段时日的观察，史先菊几个人注意到，与段村关系比较密切的东村人，进城很少有被搜身的。作为东村人的史海仙专门试过几次，特别是熟腔熟脸的她，岗哨都会嬉皮笑脸地和她拉呱几句，对她非常信任。史先菊于是有了办法。之前，为了便于开展活动，组织在段村东沟相当隐蔽的地方打了三孔小窑洞。史先菊趁夜来到窑洞这里，把情报埋在指定位置后离开，接着史海仙来取出情报，送进段村。或者是史海仙把段村内部的情报埋藏好，史先菊过来取走。

1942年春末，我地下党武光汤、李毓秀、铁英、姜一等领导同志在沁县工作时不幸遭到敌人突然袭击，躲避不及，被捕入狱，随身文件也落入敌人手中。拿到文件，敌人掌握了几个人地下党的证据，如获至宝。这下子按照常规的营救方法显然不起作用，身份已经坐实，敌人不会轻易放过他们的。

经过内线人员的消息传递，被捕的同志们决定要自救。关押他们的地方是一个比较普通的房子，墙皮由黄

泥混着秸秆稻草之类的抹了几层，用水打湿后，稍微抠抠，便能露出墙里地基上的石头。探进手指，只要用点力气，可以感受到石头并不牢固。大家合计，如果有趁手的工具，夜间在墙上挖个洞越狱，完全可行。

如果传递工具进去的话，什么合适？外面的同志们找来各种工具，放在地上，一一比对。那些大的家伙肯定送不进去，太小了又不起作用，什么东西个头不大用起来还见效，成了大家伙思谋的对象。

史先菊打量着自家的房子，她蹲下身子，用手抠着墙皮，那些黄泥土一溜溜地落下来，很快就看见了里面的石头。石头和石头之间被黄泥糊住了缝，她试着抠了几下，露出了明显的缝隙。她左右看看，摸见一截比较粗的干树枝。她用树枝在石头缝隙里撬着，石头松动了一些，但树枝啪地断成了两截。树枝不结实，得找一个结实的东西。史先菊一下子想到了钉子，那种房梁上用的铁钉，既锋利又结实，关键是还趁手。

"咱给他们送铁钉哇！"

"咦，这可是个好办法！"

"先菊啊，亏得你想得出，真是百之改样的。"

听到大家的夸赞，史先菊不好意思起来。她的丈夫王成云却问道：

"铁钉好，可是咋往进送去？现在不知道敌人下一步会把他们送到哪里，急全打马的，得抓紧。"

史先菊一副胸有成竹的样子。

"藏进干馍里。还不让人吃干馍？"

大家相视一笑，纷纷点头。

"对对对，吃干馍。马上就弄！"

说干就干。史先菊挽起袖子舀上面，三两下就弄好了面。干馍烧好后，史先菊拿了一个，把铁钉塞进去，接着在这个干馍外面再裹一层面继续烧熟。大家把烧好的干馍传来传去，谁也看不出有任何不一样的地方。史先菊把这个干馍混在一篮子干馍里，交给交通员刘扑则。刘扑则再给了史海仙。史海仙找到"红部"的看门人，这个人惯熟，跟里面也能说上话，关键是靠得住。史海仙让他把干馍一定送到李毓秀手里，这个是自家亲人。

看门人亲自找见了李毓秀。

"李毓秀，你家亲戚给送的好面干馍。"

李毓秀接过篮子，里面的武光汤、铁英几个便上来你拿一个我拿一个的。看门人笑了笑便走开了。铁钉很快就被找到了，大家赶紧把它藏起来。天一黑，一个人放哨，其他人轮番用铁钉挖洞。漏下来的黄泥土被摊到别的墙角，这边石头之间的缝隙越来越大，脸上都能感受到外面吹进来的疾风。终于，一块石头彻底松动，被推到了墙外。眼前一下子出现一个拳头大的窟窿，远处的山林带着边缘的微光映亮了大家的瞳孔。几个人按捺着激动的心情，拼命挖掘着。一块石头拿开后，其他的

石头就容易多了，没多久，一个可以供成人钻出钻入的洞就挖成了。大家悄无声息地依次钻出，很快就消失在夜幕中。

事后，敌人找不到一点儿证据，十分疑惑，这些"共党分子"是如何挖洞跑了的？

当大家夸赞史先菊的聪明机智时，她却说道：

"没有史海仙可真送不进去呀。"

"枪毙大汉奸刘福柱！"

"李政文，中国人不当，非要去当汉奸，你的良心真叫狗吃了！"

日本战败投降后，武乡各地掀起了改造旧政权、反贪污、反恶霸、减租减息、反特务、大生产等一系列运动。1946 年 5 月 4 日，党中央发出《关于土地问题的指示》，要求各级党委以最大的决心和努力，放手发动群众，消灭封建剥削，解决农民的土地问题，并在指示中规定了解决土地问题的各项原则。到了冬天，轰轰烈烈的土改运动在根据地开始了。

为了防止隐藏下来的敌特分子搞破坏，组织上领导群众在各村深挖当过汉奸伪军、给敌伪政权做过事的人，故城镇故城村的刘福柱、故城镇磨里村的李政文分别被"揪"了出来。

人们记得刘福柱"公开投敌"，当过日本鬼子"红部"的便衣队长，领着敌人烧杀抢掠。人们也记得李政

文在"红部"做事,"为虎作伥"。愤怒的群众强烈要求将"罪行累累"的刘福柱公开处决,而李政文虽然没有受到"严惩",但是在村子里始终抬不起头来。

五花大绑的刘福柱就要被枪毙,这时,负责没收汉奸财产的同志们在他家里发现了一张"国民革命军第八路军总司令部敌占区秘密抗日志士证明书"。

这张标明"第拾叁号"的长方形纸质证明书上十分清楚地写着:

"刘福柱,山西省武乡县人;现公开任敌警备队员,秘密为本部担任抗日工作。望我军政机关群众团体以及军民人等,无论在抗战期间或抗战胜利后对该员须视同抗日人民一律看待,并依法予本人及其家属之人权财权以切实保障,此证。右给收执:刘福柱。总司令朱德、副总司令彭德怀。"

证明书上盖着朱德、彭德怀两位将军的手章,并且盖有国民革命军第八路军总司令部长方形印章,时间为"中华民国三十二年"(1943)。

如果不是发现了这张秘密抗日志士证明书,刘福柱这位潜伏功臣就会以"罪大恶极"的汉奸身份被处决。同志们不禁惊出一身冷汗。

"哎呀,差点儿冤枉了好人家!"

"看见他领上敌人的警备队去北涅水他大兄哥家烧房子,抢粮食,还骂他真是猪狗不如,原来是演戏给鬼子看啊。"

"唉，可怜了他娘，到死都骂自己，不该生了个汉奸儿子。"

百姓们恍然大悟，七嘴八舌地议论起来。

时间回到1940年，日本鬼子占领了段村。潜伏在东沟一带的八路军武乡情报站决定派刘福柱打入南沟日军警备队。当时正是个大雪天，天寒地冻的，日本鬼子们都窝缩在据点里，等着吃喝。没有一会儿，伪军哨兵看见一个百姓挑着满满的担子，前面是粮食，后面是鸡鸭，摇摇晃晃地走了过来。

"站住！什么底干活！"

这个挑担子的人正是刘福柱。他放下担子，没有理会伪军，冲着据点里探头探脑的日本鬼子招招手：

"太君，鸡，鸡，米西米西！"

鬼子们一听有鸡，也顾不上冷，纷纷跑出来。

"你底，什么名字？哪里来的鸡和粮食？"

"俺叫刘福柱，太君，那些逃难的刁民在北涅水藏下不少的粮食，俺都挖出来担来孝敬皇军，还抓了鸡鸭，让太君米西米西。"

鬼子们很是高兴，让刘福柱给他们挑进据点里，不住地说：

"刘桑，你底，大大的良民！"

刘福柱进了据点，鬼子们抓鸡的抓鸡，拎鸭的拎鸭，

搬粮食的搬粮食，转眼便剩下一副空担子。

"刘桑，你底，不要走了，留下来，警备队底干活！"

刘福柱正中下怀。

从此，敌人外出烧房抢粮的行列中总能见到刘福柱的影子，很快他就获得了日本鬼子的信任。

有一次，敌人获得情报，对驻扎在茅庄的民兵队伍以及位于岸北村的武西抗日政府七区指挥部进行偷袭。由于八路军事先获知了这个消息，立即组织群众转移。虽然准备匆促，但武西独立营迅速到位，对敌人展开顽强阻击，打死打伤几十个鬼子。当阻击完成，独立营撤离后，鬼子们找不到发泄对象，于是放火烧了这一带的民房。在一片树林中，两位掩护群众转移时战斗负伤的民兵不幸被鬼子发现。鬼子们把二人绑在树上，逼问共产党、八路军的去向。两位民兵闭口不言。鬼子们问不出情报，恼羞成怒，用锯子将二人四肢残忍地锯下，一时鲜血喷涌，痛苦的叫骂声连连不绝，直到渐渐微弱下去。刘福柱看在眼里，恨在心头，好几次想要开枪与敌人拼命。但是想到组织上交给自己的任务，他只能强咽下这口怒气，还得赔着笑，迎合着鬼子们扭曲张扬的狂态。

杀人放火之后，鬼子们返回据点。回去的路上，刘福柱扶着一个鬼子伤兵，走走停停，渐渐就落到了后面。

天气炎热，受伤的鬼子疼得吱呀乱叫，又热又渴，一步都不想再走。刘福柱便吓唬他，再不走快点儿，一会儿八路来了，死了死了的。鬼子只好咬着牙往前挪。刘福柱左右看看，心里冒起了干掉这个家伙的念头。又走了一段路，他们来到离据点不远的河底村时，看见清冽的河水，刘福柱计上心来。他指着下面的河，对鬼子说：

"太君，喝水，解渴！"

鬼子早就耐不住了，忙让刘福柱扶上自己下到河边。看着鬼子高高撅起的屁股，刘福柱迅速环视了周围一遍，大热的天哪里还有人？刘福柱二话不说，一脚便把鬼子踹进水里，紧接着一个猛虎扑身，一双强有力的大手死死摁着鬼子的头，直到鬼子一动不动。刘福柱整理好衣襟，一路小跑回到据点，一脸慌张地报告说，受伤的皇军下河喝水，不小心掉下去淹死了。鬼子头目一脸狐疑，派人去了现场查看，没有发现任何异常，只好把尸体捞上来带回。

1942 年，日本鬼子从太原警备队调过来一个排，成立"红部便衣队"，驻扎在南沟火车站，刘福柱担任了便衣队队长。这一回，武西县敌工科七人打入"红部"，对刘福柱给予了莫大的支持。

高台寺人杨明德是一个无恶不作的地痞流氓，投靠日本鬼子，当了武乡伪自警团的团长，领着敌人到处烧杀抢掠，奸淫民女，杀害了很多抗日军民。他和大汉

奸程晋儒、程福荣等狼狈为奸，作恶多端，是个人人愤恨的大祸害。为了瓦解敌人，我内线人员也曾积极劝说杨明德弃暗投明，立功赎罪，但这个家伙是铁了心要与人民为敌。于是，组织上决定将其干掉。在内线人员的配合下，先是除掉了程福荣，接着就轮到了杨明德。刘福柱了解到杨明德要去参加一场婚宴，杨明德热衷于闹洞房、调戏新娘，所以只要有婚宴，他一定会去。刘福柱将这个情报及时送出，武西独立营定下妙计，设定了"再来一个"作为行动暗号。

这一天晚上，婚宴正热闹着，杨明德带着手下和程进儒一起闯了进来。杨明德威逼新婚小两口当众亲热，不仅如此，自己还要上去搂抱新娘，又亲又摸的。时机成熟，看热闹的人群里，预先安排好的村地下党鼓噪起来：

"好好！再来一个！再来一个！"

听到暗号，埋伏在外面的独立营队员们高喊一声"皇军到"，踢开门便扑了进去，将杨明德和程晋儒拖了出去，捂嘴蒙眼，捆成一团。不久，在楼则峪召开了公审大会，把这两个家伙当场处决了。

六年多的潜伏光阴，立功无数的刘福柱的真实身份只有极少数领导才知道。

再说李政文。李政文是1942年被上级委派打入南沟车站"红部"的七个人之一。平时，利用种种靠得住的关系，李政文他们策反了人数众多的伪军，为抗日工作服务。李政文擅长观察，对绘制地图颇有心得。他利用机会翻看了日军军事布防的记录还有其他重要档案，并默记下来，夜深人静的时候细细地写到纸上，寻机交给交通员送走。他绘制的地图十分详尽，八路军指战员看了都赞不绝口，尤其是几次精准打击后，李政文这位"无名绘图者"赢得了许多人的尊敬。他绘制的日军据点分布图，不仅注明哨卡、炮台、围墙、铁丝网、兵营、警察局、车站等重要位置，而且详细标记了铁路、公路、高地、河流等地理形貌，其中甚至连村庄、村庄里的民房布局都绘制得一清二楚。

在敌人内部活动险象环生，而李政文的谨慎不单单体现在对外的交往上，就连系着身家性命、个人荣辱的秘密抗日志士证明书上的自家名字，他都小心地抹掉，再埋进窑洞墙里。因为他的慎重，自己人都把他当成真正的汉奸，家里人也为他的身份感到耻辱。即使到了土改时，人们把他视为汉奸，但罪恶并不大，可以教育改造，李政文都没有表露自己"秘密抗日志士"的身份。十九年后，李政文去世，"一个汉奸的罪恶生命终于结束了"，家里人的心头才算是松了一口气。

又过了几年，李政文家中翻修窑洞，这张秘密抗日志士证明书重见天日。李政文一生担负的"耻辱"一下子被洗清。

"唉，这个人啊，嘴巴太紧了。"

村里人惋惜着。

但是又有什么用呢？李政文人已经死了，是担着"汉奸"的名死去的。家里人拿着证明书看看，用它换了鸡蛋。

碉堡下建起党小组

武乡、平遥、祁县三县交界处的南关，山岭凹寨环绕，一条大河奔突，地势十分险要，自古便被称为"南关锁钥""上党北大门"。日本鬼子进入长治、武乡后，由于南关守着同蒲、白晋、正太三条铁路，这里便成为他们转运军队、军用物资等的核心联结点，而南关火车站也成为日本鬼子的重要据点。

鬼子来了，南关村的老百姓可算是倒了大霉，不仅平静安稳的生活一去不复返，就连正常的日子都难以为继。村里百姓满打满算不到五百口人，结果日本鬼子一下子就来了二百多，更别说还有警备队、保安队、便衣队等汉奸伪军们。强盗进村，没完没了地糟害，吃的喝的要搜刮，财物要抢掠，女性要受欺辱，男人们要被逼着去修炮楼和战备工事，还要往过送他们要的东西。

高高的山上筑起四五个碉堡，这些碉堡都是把老

百姓的住房拆毁，再用拆下来的砖瓦、木料修建的。碉堡群将整个南关村围在中间，居高临下，黑洞洞的枪口炮口对准村子周围，明晃晃的探照灯时刻不停地扫过来扫过去，狼狗的狂吠彻夜不歇。每个碉堡里驻扎着十几二十个鬼子及伪军，每天的吃喝成为村里百姓的沉重负担。家里人饿着肚子，细米细面的凑起来还得给鬼子送。养下的牲畜经常被鬼子抓走，杀了吃掉。担去的水让老百姓当面喝，防止里面下毒，也不管寒冬腊月的冰不冰凉。百姓们走个亲戚，汉奸特务们就引着鬼子来审问客人，经常一家人就被抓去受刑，死的死伤的伤，留下万千仇恨。

共产党、八路军对敌人南关据点这根毒刺非常痛恨，决定派出地下组织进行内部渗透。我太岳敌工站站长李逸三等人接受任务后，化装成放羊人，赶着羊儿便来到南关。

这一天，村里的百姓孟立忠被轮到给敌人碉堡送水，虽然他很不乐意，一家老小的，无奈也得应承。孟立忠来到漳河边舀水，远远就看见一个羊胡（放羊的）带着一群羊儿在河边渴饮着。这个人不是本村人，怎么跑到这里来放羊，也不怕让鬼子们抢了羊。孟立忠正琢磨着呢，那个羊胡抬手跟他打了个招呼：

"担水呢，借你的水瓢喝口水哇，可不可以？"

孟立忠愣了一下，嘴里连连答应着好好，弯下腰去用水瓢满满地舀了一瓢河水递了过去。

"你看俺这羊膻烂气的，真是不好意思。"

那人接过水瓢咕咚咕咚地一气喝完，用袖子抹擦了嘴角，一边还着水瓢，一边顺口打问道："贵姓啊？"

"不敢，免贵姓孟。"孟立忠开始往水桶里舀水。

"啊呀呀，南关孟家可是书香传世、乐善好施的名门望族啊，失敬失敬！"

孟立忠不由得叹了一口气。"唉，甚不甚的名门望族，俺这一辈子就没有过书香，尽是伺候龟孙子了！"他指了指山上的碉堡。

那个人赶紧拦住他，一脸惊慌的样子说："可是不敢乱说乱道啊，如今这世道，你这话让人听去了，还不是自找麻烦。"

"心里歪活啊！"孟立忠索性坐下来。"看你也不是那种翻话的人。你不是俺村的吧？"

"不是，俺北良侯村的，你村里也没个亲戚。放羊嘛，还不是到处走。"

"唉，遇上你也是个缘分。来，咱俩叨歇叨歇。"

两人坐在一起拉起了家常。闲聊中，孟立忠才知道这个羊胡名叫李逸三。可是他看来看去，眼前的李逸三完全不像个羊胡，倒像个白面书生。孟立忠心里起了疑心，他借口给碉堡送水迟了恐怕会有麻烦，挑上担子匆匆离开了。

第二天，孟立忠和李逸三又在河边碰上了。这一回，李逸三也不藏着掖着，从自己太原国民师范毕业后弃学抗日，到如今干革命工作，把自个儿的人生经历交了个底。李逸三的开诚布公，让孟立忠十分感动。他认真打量着李逸三，慢慢地说道：

"俺就说嘛……不过你这扮的羊胡可是不像，遇上狗汉奸，一下子就能认出来。"

李逸三呵呵笑着说："夜来你就发现了。不过羊胡嘛，放着放着就像了。"

孟立忠摇摇头。"那可不由你，半路上出事咋办。来，俺教教你。"

孟立忠认真地教着，李逸三诚恳地学着，很快就有了羊胡的意思。孟立忠又抓起羊粪在李逸三衣服上抹了几抹，再把他头上的毡帽揉扯一番，扔到地上滚了几滚，粘上了一些草根草籽的。李逸三注意到孟立忠如此心思缜密，于是起了一个念头。

"你看，咱俩这来投缘，你愿不愿和俺结拜兄弟？"

孟立忠感到意外，却又十分激动。他点点头："愿意！"

于是，二人简单仪式，起誓结为生死兄弟，共同抗日。李逸三为兄，孟立忠为弟。这样，李逸三在南关村中发展群众组织的第一步顺利迈出了。

几天之后，李逸三再次用这个办法与村民孙汉英兄弟结拜。有了成功的开头,李逸三便想进入南关村里,在敌人眼皮子底下做事。但是汉奸特务活动很是频繁,有事没事地总在村子里转悠,一旦谁家来了外面的人,非要查个底朝天,甚至要抓进据点里拷打。孙汉英想法很多,他给李逸三出主意,一个人进村比较显眼,但是带上一群羊进村就好办多了。过去羊胡放羊,走到哪里,人和羊就歇到哪里,赶着羊进村符合常理。何况村里很多窑洞的门窗都被拆去建了碉堡,无遮无拦的,正好用来歇羊。只是可惜了羊儿,恐怕难逃鬼子的手。李逸三觉得这个主意好,他看看羊群:就让它们为抗日做贡献吧!

在孙汉英等人的精心策划下,李逸三按照约定赶着羊群来到南关村口。孙汉英引着许多村民,拿着羊儿喜欢吃的草料,先把头羊牵上,引着所有羊儿轰隆隆地跟在后头。李逸三装着腿脚不便的样子紧赶慢赶,这中间他的羊群已经四分五裂,越来越多"闻声而至"的村民开始"抢羊",你抱一只,他拉一只,还有人拴了好几只羊,然后往村子里各家各院跑回。李逸三以及扮成小羊倌的张丙武装模作样地哭喊着,和"抢羊"的村民"扭打"在一起,拉拉拽拽地就进了南关村。没过多久,烟尘土气一散而空,人和羊都没了影子。鬼子们还有汉奸伪军们在碉堡里面像看戏一样看着下面百姓"抢羊",一个个乐得前仰后合。

武乡南关

王慧群·绘

"大大底好！大大底好！羊肉大大底好！"

"抢羊的，大大底良民！"

南关村一下子有了这么多羊，鬼子们口水都要流下来了。他们派伪军到村子里拉回来好几只羊，只顾着大吃大喝了。

李逸三和张丙武被藏在了一孔窑洞中。夜晚，他们找来孟立忠、孙汉英，为他们讲述国内的抗日形势。孟家十三岁的小孙女孟贵莲坐在窑顶上放哨，手里拿着砖头，一旦有人朝这边来，马上把砖头扔到院子里通知大家。一番谈话后，李逸三和张丙武强调，要着重在南关火车站工作的人员中选择愿意抗日的。很快，他们就发展了孟立信、孟贵元、崔秉礼等人，开始在敌工站领导下，以南关村为潜伏区域，搜集敌人情报，监视敌人动向，获取敌人物资，营救被捕同志。在火车站东三十米处，敌工站以孙汉英父亲的名义开设了一家"煤炭杂货小卖部"，业务以开煤站、卖烧饼为主，由孟立忠、孟立信、孟贵元合伙经营，成为我党的一个重要情报站。南关及周边敌人的战备设施、兵力部署情况，火车站往来运转的军人和军用物资记录等，往往在很短的时间内被情报人员获取，并迅速上传组织。

经过考验，这一年的正月初六，孙汉英、崔秉礼、孟立忠、孟贵元、孟立信五人宣誓加入了中国共产党，并由中共武乡县委决定，与张丙武编为一个党小组，并

肩战斗。张丙武被选为党小组长，崔秉礼当选为副组长。从此，地下党领导的抗日活动进入一个新阶段。

打击侵略者

日本鬼子盘踞的南关村一直以来都是我太行、太岳抗日根据地的严重威胁，在地下情报人员的配合下，八路军把这里作为破袭的主要目标。从1939年到1944年，八路军、游击队以及各村民兵多次打击南关，破坏铁路、桥梁，毁烧碉堡、仓库，缴获一批批军用物资，让鬼子的运输线路屡屡瘫痪，十次运输，成功的不到一半。一时间，南关一带风声鹤唳，草木皆兵，尤其到了夜晚，鬼子伪军们都紧张得要命。

从1939年夏天开始，日本鬼子把进攻重点由平原转向山区抗日根据地。我晋察冀、晋冀豫、晋西北、山东等抗日根据地军民，针锋相对，采取内线与外线相结合的打击策略，八路军与游击队、民兵相结合的战斗方式，多次挫败日伪军的"扫荡"。在这样的一个背景下，敌人控制并运行的铁路以及沿线站点就成为主要攻打目标，以便从根本上破坏敌人的"扫荡"兵力、军资运输。

1940年3月的一天，八路军在南关村东面山上乔家凹和石拐头村悄悄埋伏下一个团的兵力。入夜，部队团首长和孙汉英、孟立忠接上了头，几个人在孟立忠家的窑洞里秘密开会，仔细研究了攻打南关驻敌的计划。这下子，地下党组织安插在车站内部的情报员立了大功，摊开在桌子上的不仅有日本鬼子最新的布防图，就连近期敌人铁路运输的一系列关键数据都详细地记录在图纸上。依照目前掌握的情报信息，八路军和地下党拟定，分别由孙汉英、孟立忠、孟贵元、崔秉礼等当向导，内线人员配合，三路出击，一定要把南关这个敌人的铁路枢纽打垮、打废、打瘫。到了第二天深夜，围攻战突然打响，各路向导熟门熟路地领着八路军指战员神不知鬼不觉地将敌人切割包围。南关据点里的日本鬼子还在睡梦中，突如其来的密集枪声把他们吓醒，急忙逼促伪军们仓皇应战。据点、车站、仓库，到处都响起爆炸声，闪耀着复仇的火光。战斗从夜里打到白天，再打到黑夜，歼灭了很多鬼子和伪军，并且活捉了二十多个敌人，缴获了一大批武器弹药等物资，获得了极大的胜利。这场战斗令百姓们欢欣鼓舞，四处传颂，也打得敌伪军灰溜溜的，一段时间内闭门不出。

3月11日，毛泽东主席在《目前抗日统一战线中的策略问题》报告中提出，"发展进步势力，争取中间势力，反对顽固势力"。这一策略思想随着抗日根据地军民反"扫荡"的不断胜利在实际斗争中获得了成功实践。南关村地下党组织将敌人火车站警务段的高明爱、陈士秀、李广维等人争取过来，进入外围组织，成为我们获

取敌人更多活动情报的重要来源。

这一年7月的一天，高明爱、陈士秀在警务段值勤时，注意到火车拉过来不少鬼子、伪军，装备齐整，一个个凶神恶煞似的。两人立刻想到前庄村一带目前驻扎着中共祁县县委、县政府，还有游击队，而前庄离南关这里还不到十里地。看来，敌人这一次一定是冲着前庄来的。事不宜迟。两人互相递了个眼色，分工合作，一个留在站里监视敌人的动向，一个到我党开设的"煤炭杂货小卖部"装作买东西，把这个新情况传给地下情报员。情报员即刻出发，抢在敌人前面通知了我地下党组织。根据情报给出的敌军人数、装备等信息，经过迅速分析，敌人要到前庄，一定会经过柳贝村一带，那里南北都是高山，只有中间有一条河水常年冲击形成的河套路。于是，游击队和民兵兵分两路，早早埋伏在南北两面的山上，准备给敌人一番夹击。果然没多久，远处尘土大起，沉重密集的脚步声越来越近，很快，一整队敌人出现在山下。大家屏住呼吸，先进行了一番观察。只见开道的是警备队的汉奸伪军们，后面是近百个日本鬼子，扛着机枪，牵着洋狗，急速迈步前进，丝毫没有察觉到死期将近。当敌军行进到伏击圈内，一声令下，南北两山子弹、手榴弹齐发，几个鬼子倒下，一下子打乱了敌军阵脚。紧接着，一大堆石头又从山上轰隆隆地滚下来，有的砸到鬼子头上，有的砸断了伪军的腿脚，敌人只顾着躲避石头，却不知石头里面不时还夹着冷枪，一下子蜂拥而退，拖着十多个伤员和尸体一路逃回了南关。这一次被痛打之后，据我内线情报，只要一涉及前庄一带根据地的"扫荡"问题，鬼子们总是很头疼，不敢轻易作决定。

在搜集、侦察、传递情报的同时，南关地下党对落单的鬼子、作恶多端的汉奸绝不放过，只要一有机会，必将铲除。几次打击困住了敌人的腿脚，南关一带的几个村子可是遭了殃。鬼子汉奸们三天两头地来村里抢东西，其中一个翻译是朝鲜人，非但没有家国仇恨，反而为虎作伥，对待中国百姓甚至比日本鬼子还恶毒，还花样多。人们对他恨之入骨，只要一看见他来了村，纷纷闭门塞户，生怕灾祸降临。经过观察，这个翻译每次都是带着很少几个人来，有时候是鬼子，大多数时候是伪军。大家分析，只要这个翻译带着的是伪军，那就是给他自己捞外快。南关地下党决定利用这一点，把这个家伙干掉。于是孟立忠、孟贵元和崔秉礼定了一计，让地下党员王有维对这个翻译谎称西郊村有好东西，可以去抢过来。这个翻译不知有诈，照例喊上两个伪军，跟他去西郊村。到了离西郊村口不远处，孟立忠、王有维几个人一下子将这个翻译和伪军扑倒，用石头砸死，埋到沟里。鬼子们好几天不见这个翻译，派人找了好几回，最终也没有结果。

　　警备队里有个汉奸，姓刘。这个家伙干的是特务，天天就是在村里转悠，看见走亲戚的外村人就给人家安上罪名，等着主人家给好处。平时用盒子枪挑开门帘就进家，一边七问八问的，一边见吃的就吃，见值钱东西就拿。如果家里有年轻女子，这个家伙就要强行污辱，致使妇女们只要看见他来了，赶紧闭门不出，一个个心慌地叫苦不迭。老百姓给他起了个外号叫"野兽"，谁家孩子哭闹，只要一说"'野兽'来了"，孩子马上就安静下来。"野兽"嗜好打个麻将，南关地下党寻了个机会，让警备队内线出面，约上他进村里打一场麻将。当然，设局、陪局的都是地下党。在村里打麻将也不是一回两回了，"野兽"每一回都能捞到不少钱，乐此不疲，所以欣然赴约。没想到几圈下来，"野兽"输了个一塌糊涂。这让他很纳闷，因为平时没人敢赢他，而且还顺理成章地"孝敬"他。然而这个晚上他却非常不好过，局内一个赢家先是讥讽，接着就言语辱骂，逼着他掏钱。"野兽"哪里受过这个，脸上红一阵白一阵的，一怒之下站起来，掏出盒子枪就拍在桌子上，要拿枪来"抵押"，其实是在恐吓。没想到几个赢家根本不吃这一套，输了不出钱，你吓唬谁呢！赢家们扑上去揿住"野兽"好一顿痛打，拳拳往要害处招呼，不一会儿这个家伙就口鼻流血，一命呜呼了。过几天，人们都传说着"野兽"玩麻将输了赖账被人打死的事，鬼子们自顾不暇，哪顾得上深究一个汉奸是咋死的。

这段时间里，鬼子的铁路经常被撬断，电线被割断。而且常常是鬼子白天把铁路修好，把电线拉好，一夜过后又成了原样。无奈出来检修，游击队、民兵又在各处放冷枪，弄得敌人焦头烂额。鬼子们受不了，于是没几天便出来抓人，但这一带的老百姓们几乎都逃光了。鬼子们甚至连水也喝不上，去找维持会的人，维持会的人也一脸无奈。分配下来的活总得有人干吧，可如今身边找不到一个人，要吃的没吃的，要喝的没喝的。鬼子们只好让汉奸带路，自己出来抢粮食担水吃。他们只要冒头，就会被我游击队、民兵们袭击，有的落了单的鬼子常常被抓走。到了后来，鬼子们只要出动，肯定是一大群人。单独行动吃了亏，于是一出发就是一大批。

为了更加准确地掌握敌人的动向，我地下党组织加强了对敌人内部的渗透。车站有一个鬼子的翻译官是东北人，日本侵占东三省后，被迫进入鬼子的队伍。这样的人不可能没有家仇国恨。于是，孙汉英、孟立忠、孟贵元、崔秉礼等人决定把他争取过来。这一年的中秋节，南关村再无往日家家户户团圆的节日景象，夜里一片漆黑，这个翻译官的心情非常不好。这时，车站地下党几个人来邀请他喝酒过节，翻译官很是高兴。喝到酣畅时，几个人拉起了家常。借酒浇愁的翻译官想起家中八十岁的老母，还有翘首盼他回家的妻子儿女，忍不住泪流满

面。看到这样的情景，地下党几人心里顿时有了底。他们一边劝他喝酒，安慰着他，一边帮他分析形势，希望他作为一个中国人，能够融入当地的抗日力量，早日把侵略者打出中国，早日与家人团圆。诚恳的话语打动了翻译官，也让他猛醒过来。从此，他积极配合地下党工作，将鬼子的行动情报及时传递出来。

有一天深夜，敌人发现车站电话打不出去，马上意识到电线线路又被破坏了。鬼子们动作也迅速，当即出发，试图将割线人员拦截，一网打尽。这位翻译官借口要上厕所，把这个消息告知了车站的地下党。当时，割电线的民兵距离南关有五六里之远，鬼子们已经朝着那里扑去，根本来不及通知他们。翻译官只好随着鬼子队伍一路狂奔，一边跑着，一边想着办法。眼看就要赶到现场，对割线民兵实施包围时，翻译官心中一急，拔出手枪便朝天开了一枪。这一枪提醒了正在埋头割电线的民兵，大家迅速撤离，一转眼的工夫便无影无踪。气喘吁吁的鬼子们只看到遍地散落的断头电线，以及被破坏的变电器。鬼子小队长气急败坏，大骂翻译官乱开枪，最后无可奈何地带着一地残物回去。

勇士忠魂

铁路交通等设施的多次被破击使得敌人十分恐慌，

而对游击队、民兵的报复行动又屡屡扑空，更有多名首恶分子无声消失，南关车站站长左腾岛一不得不对近来面临的困境进行思考。经过分析，他怀疑自己的内部已经遭到了八路军方面的情报渗透。有了这样的想法，左腾岛一首先加强了车站周围的兵力部署，又对值班人员进行了调整，增强了门岗及各哨卡武装，严查每一个外来买煤者，重点盯梢煤站里的人员，地下党的情报工作遇到了障碍。

由于车站看得很严，我内线人员难以外出，于是，根据地派出情报人员冒险进入车站，寻找机会来接头。这一天，我情报人员刚刚出现，就被负责盯梢的汉奸发现，送到左腾岛一那里搜身审问。看着一张十分陌生的面孔，左腾岛一顿时来了精神，把手按在腰刀刀柄上，不停地盘问。

"你底，什么底干活？到这里来，究竟要干什么？你要找谁？你从哪里来？"

我情报人员十分沉着地一一回答。

"太君，我就是来买煤。"

"你底，买煤？你买多少煤？买煤要干什么？不说实话，死啦死啦底！"

情报人员合情合理的回答依旧解除不了左腾岛一的怀疑。他想了想，告诉左腾岛一自己是村里维持会长郭大恋的亲戚，是大大的良民。左腾岛一一听，马上吩咐

手下：

"把郭大恋带过来！"

维持会长郭大恋是自己人，充满了对敌斗争智慧，表面上当敌人的会长，暗地里多给八路军办事。听说左腾岛一找他，一路上就把各种情况的对应想了个遍。进门一看见左腾岛一，郭大恋脸上堆着笑，把烟递上去，又给他点上。

"太君，找俺有什么事？"

左腾岛一指了指站在那里的我情报人员。没等他开口呢，郭大恋便一脸惊讶的表情。

"表弟啊，你在这里做甚？怎么来了南关不到家里？"

左腾岛一满脸狐疑地盯着郭大恋，问道：

"你底，真的认识他？"

郭大恋做出一副讨好的样子说："他底，我姑妈的儿子，大大的良民！"

左腾岛一将二人左看看右看看，突然"哗啦"一下子抽出来明晃晃的腰刀，架到郭大恋的脖颈上：

"你底，狡猾狡猾底，他底，共产党八路军底干活，不说实话，死啦死啦底！"

郭大恋丝毫不慌，嘻嘻哈哈笑着说道：

"俺是给皇军办事的，不敢胡说，就算太君今儿个杀了我，他也是我的表弟。不过太君要是杀了我，哪个来给皇军办事？"

左腾岛一盯着郭大恋好一阵子，然后把腰刀撤了下去。他拍着郭大恋的肩膀说：

"你底，胆量大大底，你是一个好会长！"

他又对我情报人员笑着说：

"误会，你底，大大底良民！"

左腾岛一挥挥手，让郭大恋领上"表弟"走了。

这次有惊无险的经历给我地下党敲了警钟。因此，左腾岛一列入了必须铲除的名单。

1943年，刚刚过完春节，一天夜里，随着铁道上一声震耳欲聋的爆炸声，一辆日本鬼子的军用列车连同装载的物资一起飞上了天空。南关地下党和游击队对南关车站的突然袭击开始了。天黑之前，一个排的八路军早早埋伏在车站铁路两旁。敌工站长李凯带领孙汉英、孟贵元、崔秉礼、陈士秀、李广维、崔耀武等人，提前化装潜入车站侦察情况。因此，战斗推进十分顺利，车站驻守的日伪军几乎全部被消灭，一些重要设施被摧毁，游击队找遍了车站也未能发现老奸巨猾的左腾岛一，以为他侥幸不在车站，于是带着仓库里的日军物资离开了。令人想不到的是，左腾岛一就躲藏在车站办公室的文件柜里，而让别人做了替死鬼。

逃过惩罚的左腾岛一恼羞成怒，决计要把车站里的共产党八路军情报组织挖掘肃清。几番密谋之后，一条十分恶毒的诡计出笼了。

　　一辆日军军列又停在了铁轨上，即将发运。按照惯例，车站里的地下党孙汉英他们一定会进行实地查看，并且多方探听消息，得到确切情报后才会传送出去，一切都非常慎重。这个夜深人静的晚上，他们一如往常那样，从各个地方悄悄摸到军列这里，不料列车车门上了锁，无法进入。之前没有出现过这种情况啊！怎么办？锁是肯定不能动，一旦破坏后无法复原，敌人就会发现。好在大家都富有经验，很快就有人噌噌几下上了车顶负责观察动静，其余人分散开来，用手中的铁锤轻轻敲击车轮的减震弹簧，通过弹簧的松紧程度来判断装载物资的多少。孙汉英敲了敲，感觉十分异样，他初步判断这是一辆空车。奇怪啊，发送一辆空车，这是从未有过的事情啊！他再次敲了一阵，又和其他人交换了意见，大家一致认为就是一辆空车。敌人干吗要发送一辆空车？几个人分析着种种可能，最后还是决定把情报送出去。孙汉英考虑了一下，在情报上又写了两个字：空车。望着交通员匆匆离去的背影隐入夜幕，他的心里总觉得事情比较离奇，一定有什么古怪。大家迅速离开现场，到了隐秘的地方继续分析这个情况，最后醒悟过来，这是鬼子们定下的诡计，意图探明车站内究竟有没有人向外传递消息。孙汉英一拍脑门，非常懊悔。此时情报一定已经送到八路军手里了，根本来不及再送一份情报。几个人听到列车出发的汽笛声，以及轰隆隆远去的声音，内心十分沉重。

八路军情报到手，迅速进入伏击阵地。当指挥战斗的同志看到情报上特别注明的"空车"二字后，也觉得有些莫名其妙。列车由远及近，大地都开始微微震动起来，时间紧促，不容多想，必须当机立断。他望了望列车的来处，低声发出命令：撤退。部队悄无声息地离开了阵地，任由这辆空车轰隆隆地开了过去。

空车没有被打，左腾岛一内心的怀疑得到了证实：南关车站确实存在着共产党八路军的情报人员。于是，三百多个荷枪实弹的鬼子，对南关、岩庄、石窑会、窑儿头、东沟、阳坡、达对沟、河底、分水岭等村进行了突袭。农历三月二十八，敌人出动七十多个宪兵，将南关挨家挨户翻了个底朝天。由于敌人的搜捕非常突然，加上汉奸、叛徒的告密指认，我党的地下工作者们陆续被捕。敌人一共带走了一百多人，其中有18位是地下工作者。这一百多人先是被集中到车站院内，然后再用火车分别运走，关入南沟"红部"和分水岭"红部"。

从被捕者中，敌人选出32人作为重点，其中有孙汉英和崔秉礼等人。分水岭"红部"日军情报主任亲自上阵，对孙汉英和崔秉礼进行审问。对于被指认出来的我党地下工作者们，敌人用尽了酷刑，但一无所获。孙汉英的胳膊和双腿全被打断，鬼子把他单独关进特制的大木笼里游街示众，妄图吓倒一心抗日的中国人民。

农历六月初十下午，崔秉礼、郭凤仪、郭振祥、崔旭生、贾旭奴等 10 人被鬼子们押到南关村的一个草场，得不到半点儿情报的敌人准备对他们行刑。虽然三个月的折磨已经让每个人面目全非，无法辨认，但他们毫无畏惧，互相搀扶着，步履艰难却很坚定地走向前方，面对侵略者们用尽全身力气齐声高喊：

"中国共产党万岁！毛主席万岁！打倒日本帝国主义！"

十位英雄英勇就义，他们不屈的身体被鬼子的狼狗撕咬得一片模糊，头颅也被敌人残忍地砍下。

两天以后，孟立忠、李六儿等 7 人也在南沟"红部"壮烈牺牲。

木笼里的孙汉英没有吃喝，整日里被游街示众。他的四肢虽然都断了，但他的脊梁始终挺立着，决不屈服。利用游街，他用微弱的声音传播抗日道理，鼓励人们不要害怕，一定要斗争下去。饥饿难耐的时候，孙汉英就从身上破烂不堪的棉衣棉裤里一点一点揪着棉絮吃，就这样挺过了漫长的六个月，最后惨死在沁县敌人"红部"。

牺牲的烈士中，年龄最大的是 37 岁的姬景华，而最小的崔旭生也刚满 20 岁。十几天以后，烈士们的家属趁夜摸到刑场的死人堆里，将各家残缺不全的尸体找回安葬。

　　南关地下党组织被敌人严重破坏后，劫后余存的地下工作者陈士秀、李广维、崔厚文、孟桂莲、高明爱等人只能依靠自己的力量来生存、来战斗。一天晚上，孟桂莲在放哨中发现敌人，陈士秀、李广维、崔厚文三人及时逃离，连夜投奔了八路军。这件事以后，南关有组织的地下活动结束了。

　　南关烈士们牺牲时，当时地下党组织的领导人李逸三等人已调离山西，在单线联系的情况下，难以证明牺牲者们是不是地下党员或者属于党的外围组织。而与李逸三等人的失联，以及介绍高明爱参加地下工作的陈士秀、李广维、崔厚文参军后的失联，给曾经利用"伪警长"身份进行革命工作的高明爱带来了很多年的麻烦。直到1977年，武乡党组织的创始人，时任国务院参事的李逸三回到武乡，南关村的烈士们终于得以正名。而在屡次运动中饱受冲击的高明爱也终于抬起头来。

营救武福香

　　1941 年 10 月的一个夜晚，秋风一阵一阵地刮起，带着远处水汽的凉意。段村镇上的一家饼面馆灯火亮着，给初寒的天地间增添了几分暖意。

　　一位戴着礼帽，穿着长袍马褂，一副商人打扮的男子来到了饼面馆门前。他先是在门口的暗地里警惕地四下观察一番，然后掀开门帘，大摇大摆地走了进去。看上去像是来吃饭的，实际上从进门开始，他的一双眼睛就透过茶色眼镜不停地扫来扫去。店铺里有四张桌子，其中一张围坐着三个人正在吃饭，两男一女，面孔都很生。三人见进来了人，下意识地都抬头看他，这时，柜台里的老板娘乖巧地迎了上来。

　　"掌柜的可是来了，太君们正等着呢。里面请。先喝酒，俺给你们端面去。"

　　来人点点头，不紧不慢地朝里面的雅间走去。

　　这位商人打扮的不是别人，正是我太行第三军分区驻东沟敌工情报站长张凤鸣。而这个饼面馆也不是普通饭馆，而是武西地下党组织和八路军的一个情报联络站。掌管这个情报站的是中共地下党员刘丙奎夫妻两口子，表面上也就是饭馆老板和老板娘。

张凤鸣来到雅间。这个雅间有双重功能，一方面用来安排接待日伪官员，另一方面，却是我地下工作者秘密碰头的地方。张凤鸣进来之前，已经有两个人坐在桌边喝酒吃菜。这二位身上都穿着日伪制服，其中一位是八路军太行第三军分区敌工科组长、特工魏秃孩，半年前打入了段村日伪警备队；另一位是日军翻译官元村大成，朝鲜人，已经被魏秃孩策反过来，多次通过刘丙奎这里，为我们传送出不少有价值的情报。

张凤鸣和二人握了手，坐下来。魏秃孩把武福香被捕的前前后后说了一遍，然后提出营救武福香出狱，并且除掉汉奸魏三贵的想法。

张凤鸣说："这个魏三贵由我来负责处理掉，现在，商量一下怎么救出武福香。"

这个武福香是什么人？汉奸魏三贵又干了什么坏事？

一切从头说起。

武福香是武乡涌泉乡寨上村人，生在贫苦人家。两岁时，父亲不幸病故，家中失去了顶梁柱，母亲没有办法，只能带着她四处讨饭，艰难地活下去。天无绝人之路，母女俩要饭要到白芽村时，遇上了武思明。武思明

也是一个苦命人，为人忠厚老实，又能吃苦。看到母女俩孤苦无依，单身度日的武思明于是收留了她们。武福香非常懂事，小小年纪就仿佛大人似的，让做甚就做甚，特别麻利勤快。虽然家境苦，但老天给了武福香一个好模样，脸白净白净的，很是秀气。武思明是个有远见的人，想到要孩子这一辈改变命运，就得识字念书。他们省吃俭用，把武福香送去上学。在念书方面，武福香也显示出自己聪明的长处，学得快，记得牢，还会教给别人。这样一个伶俐娃儿谁见了都喜欢，尤其是村里的孩子们，特别愿意跟在她前前后后，听她讲书里面的事情。

到了1938年4月，八路军总部迁来了涌泉乡寨上村，这是武福香出生的地方。武福香听说八路军来了，缠着大人带上自己去看八路军。因为当时满打满算她才14岁，年纪尚小，大人们不太想让她去。后来经一位八路军干部劝说，武福香终于实现了自己的愿望。她惊奇地发现八路军队伍里还有那么多的女兵，不禁萌生了参加八路军的念头。

长乐村一战，八路军打了大胜仗，寨上村大庙前的空地上举行了庆祝大会。朱德总司令和彭德怀副总司令在会上先后讲话。武福香站在激动的人群里十分兴奋，不停地挥舞拳头，高声喊着口号。散了会，回家路上，武福香憋不住心里话，跟母亲说：

"俺不回去了。俺要参加八路军！"

母亲摸着她的头说："真是圪恼人来。你个十三四的娃娃，去了能干啥？"

武福香不服气地说："俺见了一个小个子女八路军，还没俺大呢！"

母亲站住了。她看着女儿倔强的样子，想了想说："俺娃年龄小，八路军不会收留你的。你看，要是人家要你，俺就让你去。"

这句话一说，武福香真的就独自个儿跑到寨上村，寻见村妇女干部殷金女。她拉着殷金女的手，一个劲儿地央求：

"好姐姐好姐姐，带俺去见见女八路军官哇，你给俺说说好话，让俺参加八路军。"

殷金女笑着说："你太小了，连一杆枪也扛不起。"

"小看人呢！那枪能比锄头重？"

殷金女闻言，看看武福香。这个丫头长得苗条，但看上去非常结实，是个干农活的好把式。她想想说：

"你知道八路军是干甚的？"

武福香瞪大了眼睛："好姐姐，你可别孬切俺，俺可是甚都知道。"

殷金女被缠得没有办法，于是领着武福香去找朱德总司令的夫人康克清。到了康克清的办公室，武福香率先开口：

"大姐，俺叫武福香，俺要参加八路军，请您批准。"

康克清和殷金女相视一笑，便问武福香："你今年多大了？"

武福香挺起胸脯说："不小了，俺14岁！"

康克清摇摇头说："14岁太小了，还是娃娃呢！参了军经常要打仗，要跑山路，你跟不上队伍，会掉队的。"

"不会的不会的，我跑得可快呢，一定能跟上队伍！"

"听说你还上学呢，这可是很宝贵的机会。"康克清耐心地说，"你还是回家好好念书，掌握更多的道理，宣传抗日。这一样是为抗日做贡献嘛。武福香，我记住你的名字了，等过几年你长大了，一定让你参加八路军。"

武福香忍住眼泪，低头走了。

八路军没能参加成，但是康克清的一番话在武福香心里产生了作用。对啊，宣传抗日也很重要啊！武福香的情绪渐渐高涨起来，她一路小跑着回到白芽村，马上开始利用自己学到的知识进行抗日宣传。为了宣传得更明白、更有效果，她积极参加村里的抗日会议，了解了许多抗日动态，掌握了一些抗战政策，并且学会了不少革命歌曲。她的家也逐渐成为一个宣传抗日的堡垒，去她家的人越来越多。正如人们常说的，抗战不分大小，在追求革命、积极投身抗日活动的人们眼里，武福香不再是一个小孩子，而是一个已经显得非常成熟的抗日宣传员。

邻村松树庄出了一个汉奸，就是魏三贵。武福香家人来人往，逐渐引起了魏三贵的注意。经过探问，他知道了武福香组织村民们进行抗日宣传的事情，马上就向日伪警备队告密。尽管村里百姓做了种种提防，比如夜里有人放哨，或者干脆就在野外过夜，但依然没有防住对乡里乡亲知根知底的汉奸。

1941年，武福香17岁了，天天盼着八路军回来把自己带走。9月抢种小麦的时节，武福香一家子打算第二天赶早要去地里劳作，一时大意，当晚便住在了家里。魏三贵抓住这个机会，带着鬼子和伪军便把村子包围了。一时间枪声四起，惊醒了武福香。武思明前脚刚刚踩到院子，黑暗中飞来一枪便将他打死了。一伙敌人冲进屋来，为首的就是魏三贵。这个家伙让人先把武福香捆起来带走，回头把想要救女儿的母亲打倒在地，进行了奸污。

武福香被抓进了武乡县城女子看守所，日军队长松本亲自来审讯。松本坐在太师椅上，旁边站着魏三贵。两张桌子后面坐着翻译官元村大成和记录员，双手被铐的武福香就在中间昂首挺立。

松本叽里咕噜讲了半天，还拿出一根金条在那里晃来晃去。

元村大成翻译道："太君说，你把到你家开会的共产党和民兵的名字，还有他们藏起来的地方说出来，就放

了你，这根金条送给你。"

武福香毫不犹豫地回答："俺不知道！"

元村大成翻译给松本听，松本摇摇头，站起来说：

"小姑娘，不可能不知道，你说谎，良心大大底坏了！"

元村大成于是对武福香说："太君不相信你，魏三贵不可能胡说你的。"

武福香灵机一动，马上指着魏三贵对松本说："这狗东西要污辱俺，俺不顺从，他就诬陷俺，太君你可得问清楚！"

魏三贵着急了："太君太君，没有这回事。这小鬼头不说实话，不用刑，她一定不会招供。"

元村大成把两人的话翻译给松本。松本藏在金丝边眼镜后面的一对儿小眼珠在武福香和魏三贵脸上转来转去。突然，他的右手在桌子上重重一拍：

"巴格牙路！"接着又是叽里咕噜一串话。

元村大成对着门口守卫的两个鬼子说："队长命令，打开手铐，捆到柱子上打。"

鬼子们按照命令，一鞭又一鞭地抽打着武福香。一道道血印子从抽烂的衣服上渗出，就连魏三贵脸上的肌肉都一下一下地跳着，武福香却坚持咬定是自己遭到了诬陷。

再说武福香被抓走后，她的家人焦急万分，四处托人打听情况。殷金女第一时间得到消息，马上向武西县地下党组织作了汇报。其间，常来饼面馆吃喝的日伪官员们在吃饭的时候往往会聊起抓捕共产党和清剿八路军、游击队等相关事情，也让我方迅速掌握了情报。

此刻的饼面馆雅间里，元村大成在给张凤鸣汇报武福香受审的情况。

"武福香同志表现得十分坚强，虽然被打得遍体鳞伤，但没有说出半句与我们有关的消息。她一口咬定是汉奸魏三贵要强暴她，没有得逞，于是诬告她是抗日分子。"

"松本相信吗？"张凤鸣问道。

"松本很可能不信，不过他没有找到武福香同志私通共产党八路军的证据。魏三贵也拿不出真凭实据，松本同样也不信任他。"

张凤鸣想了想说："这样的话，可以让维持会出面，把她保出来。"

元村大成提出一个方案：

"我老婆就快要生孩子了，松本也知道。我想由我出面，借口我老婆快要生孩子，需要有人服侍。武福香念过书，又还小，让她来侍候，也是个理由。我出面保释，看上去她还在日本人手上，我想松本不会拒绝的。这样的话，我获得的情报也可以让武福香同志送过饼面馆来。"

张凤鸣和魏秃孩商量了一阵，同意元村大成的这个方案。

"不过，魏三贵必须抓紧铲除，有他在一天，武福香同志就不会安全。"

"放心吧，这件事我立即安排给游击队。"

武福香顺利地被元村大成保释出来了。元村大成把她带到家里养伤，同时帮着做饭收拾家，顺便服侍自己即将临盆的老婆。元村大成给武福香弄了一张良民证，上面写着化名"林芳"。彼此熟悉后，都对对方有了新的认识。武福香没有想到这位日本鬼子的翻译竟然也是自己人，一下子便有了归属感。元村大成把到饼面馆的路线和接头暗语告诉武福香，又将每次获取的重要情报口述给她，让她记牢然后完整地转述给刘丙奎夫妻。有时候情报必须写成纸条，武福香非常小心地把纸条藏在鞋袜里，像一只小灵猫似的躲开巡逻的日伪军，安全准时地把情报传递出去。

日军翻译官这个招牌使得元村大成家成了武福香的避风港。元村大成的老婆生下孩子三个月后，为了避免松本怀疑，我地下党组织把武福香安排到饼面馆来帮厨。在这里，武福香真正成为我抗日隐蔽战线上的一名交通员。她奔跑的线路不再是元村大成家到饼面馆，而是饼面馆到段村西边的下城村。从城里到城外，武福香感到空间更加辽阔，责任更加重大。从此无论前路有多么艰难，她都毫不畏惧，永远是路上的一支离弦之箭。

　　抗战胜利前夕，武福香光荣地加入了中国共产党。段村解放后，武福香正式参加了中国人民解放军，美好的愿望终于实现。

104 的沉默

104 是一个人的代号。

104 的沉默并不只是说这个人不爱讲话，而是说他的沉默很有力量，一种无声的力量。

104 的真实名字是高明爱。他出生时，家境非常苦，一家子务农却时常遇上荒年，连一口饱饭也吃不上。无奈，高明爱 14 岁上离开了家乡，讨吃要饭，四处流浪，最后来到山西，在武乡南关算是暂时寻见个落脚之地。因为上过半年学，识字的他进了南关车站，当了一名伪铁路警务人员。后来，在我地下党的影响和引导下，秘密加入了地下组织，成为八路军安插在敌人内部的情报员，代号 104。

由于少年流浪时饱受屈辱，复杂的经历给了高明爱内心倔强的性格，也养成了他沉默寡言的习惯。正因为这一点，他的情报工作做得十分严密，上级也把不少重要的事情安排给他去办。高明爱这颗深深扎入敌人心脏的钉子，为抗日斗争作出了很大的贡献。

南关车站里有一个扳道工，是个铁杆汉奸。这个家伙贼眉溜眼的，整天里在铁道上转悠，但凡看见几个人在说话都要凑上去听。闲下来时，他就会琢磨，渐渐地脑子里便有了重点目标人物。只要一有什么发现，这个家伙便会马上向鬼子报告，给我们的地下工作带来了不少麻烦。车站里时时刻刻有这么一个家伙监视大家的一举一动，就像肉里扎进了一根刺，必须得挑出来才行。我地下党决定，尽快把这个家伙除掉。

由于这个家伙经常报告车站里人们的动向，鬼子认为他很忠诚，也比较重视他报上来的信息，因此还不能简单杀掉，以免引来敌人的怀疑。怎么解决他？我地下党认真研究了好几个办法。这个家伙喜欢喝酒，属于无酒不欢的那类，尤其是在冬天。一般人在冬天喝上几口主要是为了暖身，他只要拿起酒来总要喝个够才行。利用这一点，大家想了一个办法，让敌人"狗咬狗"，用鬼子的手来干掉这个家伙。

这是一个大雪天。天空中浓云密布，大风一阵阵刮起，雪花漫天飞舞。南关车站一如往日那样死气沉沉。地下工作者孟贵元坐在售票窗口，这种天气很少有人出门，手里的车票并没有卖出去多少。他打量着候车室里的人，几乎都认识。时间一分一秒地过去，孟贵元想看到的人迟迟不来，这令他有些着急。

这时，候车室破旧的大门被推开了，一股子冷风裹

着雪花忽地一下子卷了进来。火炉边烤火的几个鬼子兵迅速把头转向门口，只见一个穿着脏兮兮皮袄的男子出现在那里。男子搓搓手，一边向鬼子兵弯腰行礼，一边大步来到孟贵元面前，隔着窗口大声说道：

"俺买到分水岭的票。一张。"

孟贵元接过票钱，然后很快往男子手掌心瞟了一眼，上面写着几个字：

3.57，错。

孟贵元把车票递给他，顺手捏了捏他的手指。

"票拿好。"

男子把车票揣进兜里，看了看挂在墙上的钟表，时间还早，便转悠到车站小卖铺，进了门便对店掌柜说：

"来张大饼，兄弟给便宜些！"

店掌柜用草纸卷着大饼，一边说：

"兄弟，没法子便宜，小本买卖，挣不了几个钱。"

男子拿上大饼，有些不情愿地把钱给出去。店掌柜接钱的同时，也看到了对方手掌心里的几个字：

3.57，错。

他同样捏了捏男子的手。

男子离开后，店掌柜从柜台底下取出一瓶做了标记的酒，和几瓶其他的酒放进一个篮子里。他拎着篮子出了小卖铺，走上站台开始叫卖：

"雪天里喝酒暖身子骨啊！卖酒来！"

离开车时间还早，站台上没有什么人，旅客们都窝在候车室里取暖。店掌柜特意走到扳道工室前面，继续叫卖着：

"雪天里喝酒暖身子骨啊！卖酒来！"

那个家伙听到了。他拉开门缝伸出一只握着钱的手：

"来来，给俺一瓶！"

下雪天车站里一片死寂，扳道工也无所事事，正闲得无聊，这下子有了酒。他翻来翻去，翻出鬼子给他的几块饼干，于是便拧开瓶盖子，咕咚咕咚喝起了酒。

信号灯亮了，这是错车的信号，扳道工知道。他摇摇晃晃地走出来，扳完道后不一会儿，又跌跌撞撞地过来再扳一次道，回去倒头便睡成了死猪。恰好鬼子站长长谷川正站在窗前向外观望，扳道工两次扳道他都注意到了，心中疑惑，马上命令手下过去检查。手下飞奔过去，仔细一看，大惊失色，转身就扑向扳道室，一脚踹开屋门，揪起扳道工喝令他重新扳道。然而满屋子的酒气里，烂醉的扳道工根本叫不醒扶不起，手下火冒三丈，大骂着"八格牙路"，抽了扳道工几个耳光。一放手，那个家伙就又瘫软倒下，手下无奈，赶紧跑出去亲自重新扳道。毕竟不是专业扳道工，费了好大劲儿，道轨轧轧移动，总算是重新扳好了。几乎前后脚，面对面各有一列火车呼啸而来，整个车站震动着，时间便是三点五十七分。

望着轰隆隆远去的两列列车，站长长谷川浑身都冒出了冷汗。这要是自己没有看见，岂不是就要撞车，整个车站都要毁了！这个混蛋扳道工，良心大大底坏了！长谷川盯着呼呼大睡的扳道工怒不可遏。

"死啦死啦底！"

几个鬼子兵把扳道工拖出去，扔到站台上，几把刺刀将这个家伙捅成了筛子。

我地下党如愿除掉了这个大祸害，唯一遗憾的是没有让敌人的列车相撞。而那个掌心里写着"3.57，错"几个字的男子就是104高明爱。

南关车站有鬼子的军火仓库，因为运转得比较快，这些仓库也缺乏维修，好多窗户都是破破烂烂的。鬼子们自信车站看守很严，仓库这里几乎没有派兵把守，高明爱早早就发现了这里的漏洞。利用巡视之便，他经常在黎明或者深夜偷拿一些军火，今天揣两个手榴弹，明天摸几排子弹，寻机交到地下党那里。时间长了，难免会出点儿纰漏。只是发现他这些行为的并不是鬼子，而是可恶的汉奸。

一早一晚，高明爱觉得还是拿得少，因此白日里只要有机会，他也开始偷拿。这一天下午，高明爱巡视车站时看到左右无人，便钻进一个弹药库里偷偷装了一把三八式子弹。万万没有想到，当时仓库里还有一个人，是车站的电工崔所巴，那阵子正在检修电路。高明爱进了军火仓库他觉得奇怪，于是多了心眼，藏起来观察，结果看见了高明爱偷抓子弹的行为。崔所巴很快就报告了敌人，说高明爱偷子弹，一定是私通八路。

凌晨四点多，几个鬼子把高明爱抓起来，带到南关宪兵队。宪兵队长亲自审问他。

"你底，把共产党的名单告诉我。"

高明爱摇摇头，没有开口。

"你底，告诉我，子弹要给谁？"

高明爱依旧沉默不语。

"什么也不说，你底，狡猾狡猾底，不吃点儿苦头你是不会开口底。"

宪兵队长命令给高明爱上刑。鬼子七手八脚地把他的衣服扒下来，用蘸上水的皮鞭抽打，然后又灌凉水、坐老虎凳。一连七日，高明爱一身血肉模糊，自始至终咬着牙，一言不发。

因为高明爱迅速转移了子弹，鬼子抓捕他的时候搜查一无所获，没有实证，也没有得到口供，敌人对他不知该如何处置。于是，关了高明爱差不多半个月后，鬼子汉奸们喊来几百个老百姓开大会，让人们来指认他私通八路。

我地下工作者孟立忠、孟贵元异口同声地说：

"太君，他是大大的良民，我来作保！"

"太君，高明爱，大大的良民，我来作保！"

百姓们立即跟着表态，说高明爱是大大的良民，都愿意作保。

鬼子宪兵队长疑惑地说：

"高底，不是良民。崔底，看到了他偷军火。"

孟贵元心里痛恨崔所巴的告密，马上说道：

"太君，崔所巴跟高明爱不和，说他偷军火一定是诬告！"

孟立忠也说："崔所巴的话不能相信，俺们都不信他的鬼话，他可不是良民。"

宪兵队长看了看大家，又看看旁边被捆在树上的高明爱。高明爱面无表情，紧紧咬着嘴唇。

"高底，什么都不说，也不辩解，这叫我如何是好？"他狡猾的眼睛瞟了瞟高明爱。

老百姓吵吵起来。

"那就是个实诚人。"

"就能实受，也不上去干那个崔所巴，让他再胡说！"

"崔所巴就会泼泔水，看俺不一圪都圪都死他！"

"龟孙的八扎货，满口屁金楂，喊他来对证！"

"这个跳蛋候的崔所巴，倒运鬼，喊他来！"

"喊他来！"

"喊他来！"

宪兵队长一脸苦笑地来到高明爱面前，装模作样地拍拍他的肩膀：

"你底，大大的良民！一切都是误会，误会！"

然后，他示意鬼子们把高明爱解开释放。

一群百姓拥上去把站立不住的高明爱抱住。高明爱紧咬着的嘴唇露出了一丝微笑。

炸死鬼子一匹马

"轰……"

沟口小路上一声低沉的爆炸，荡起了浓浓的尘土。

"八路来了！卧倒！"

"游击队！游击队底干活！"

渐渐散去的烟尘中，露出一群鬼子汉奸恐惧的脸。

这是1943年3月25日。窝在段村的鬼子们一大早便出来"扫荡"，在汉奸引路下去偷袭小店村的民兵，结果没有得逞。他们灰溜溜地返回，快到王家庄一带的沟口时，小路上突然响起了爆炸声。鬼子们条件反射，迅速卧倒，纷纷举枪瞄准前方，等待着被攻击。好长时间过去，前方却再无动静。几个战战兢兢的伪军端着枪，一步一步挪到爆炸地，看见一匹军马血肉模糊地倒在那里。原来，这匹走在前头的马踩上了民兵在山路上埋下的玻璃瓶炸弹，结果肚肠流了一地，再也救不活了。鬼子环视了四周半天，不知道接下来还有什么发生，急忙跑步撤离。

鬼子走了一阵子后，几个王家庄的村民摸了过来。大家看到自己的简易炸弹竟然炸死了鬼子的高头大马，特别兴奋。他们抬着马回到村里，全村百姓都分了肉吃，就像过节一样。然而，热闹的人群中，有一个人却皱起了眉头。这个人叫程来大。

程来大可不是一般人。虽然没有文化，但他十分聪慧，记忆力强，点子很多，口才又好，加上在家族里辈分高，又有威望，王家庄百姓都很尊重他。由于王家庄离着段村比较近，鬼子伪军们隔三岔五地总要来村里抢粮抢东西。更有那些汉奸便衣时常在周围活动，打探消息，对我们的抗日工作产生了极大的危害。根据这种情况，武东县委和区领导决定让王家庄主动拥有"维持村"的身份，这样对我们在敌占区展开秘密活动、获取情报非常有利。经过组织研究审查，程来大成为我地下情报员。

这个情报员身份是双向的。从"维持村"角度来说，程来大的情报任务是向段村的鬼子每天送一份村里的信息。这只是表面文章。程来大事先与抗日武装共同拟好"情报"，因为不会写字，村里找人做了笔录，他负责画押，然后例行公事般交到鬼子手里。"情报"内容广泛，全是村里百姓之间发生的鸡毛蒜皮之类的摩擦，说得也比较细致，显得认真、忠诚。实际上，程来大利用这一身份与段村里我内线人员建立联系，内线把敌人的情报

交给他，他再转送给组织。

有一年八路军一个兵工厂迁到了王家庄的龙洞庙。时间一长，被东村西村到处游逛探听消息的汉奸们盯上了。几番打探后，汉奸向敌人告密，说王家庄的龙洞庙里有人打造刀枪，白天黑夜叮叮当当的，一定和八路有关。恰好程来大送"情报"到段村，里面根本没有提及汉奸发现的情况。伪警备队当下把程来大抓起来毒打。程来大一脸无辜的样子，莫名其妙地说：

"好俺的老总啊，龙洞庙那里房间宽裕，请来铁匠打几把铁锹、镢头而已，怎地就成了私通八路了呢？这是哪个灰鬼说的？"

"胡说！哪里不能打，偏偏跑到龙洞庙去？"

"龙洞庙八村共奉，你们又不是不知道。地理位置好，铁匠家伙好挪动，八村谁来了都方便，也不扰民。老总啊，铁匠们做活计也是有难处的。"

"就算是打农具，你怎么不汇报？"

"老总啊，打个农具而已，那种地浇粪的也要汇报？"

"给俺老实点儿！打农具，里面肯定混杂着刀枪，老实交代！"

"呀呀呀，老总们可不敢乱说，这可是掉脑袋的事情。都是老百姓，一家子要吃喝，太君们也要吃喝，不打农具，吃喝从哪里来？"

敌人实在找不出什么问题，只好让程来大走了。这一下子等于给他送了一个新情报，此后，八路军这个简易的兵工厂加强了警戒和伪装，敌人几次搜索和刺探都没有发现。

随着我地下党组织的活跃，敌人对我情报人员防不胜防，很是头疼。1943年正月十五刚过，敌人便给所有的"维持村"换发良民证，试图通过人口控制来防止我地下党的进一步渗透。良民证换发后不久，王家庄的程文元、魏富堂和魏启云三人受地下党组织委派，进入段村展开活动。日伪占据的段村危机四伏，这三人在这里都属于面生的人，比较容易引起注意，因此他们专门挑选人少的地方行走，不巧遇上伪警备队巡逻。尽管都有良民证，但因为比较陌生，三人还是被扣留下来。程来大来送"情报"，见此情形并未声张，悄悄让人把村里的油漆匠赵书义找来，暗地里嘱咐了一番。赵书义拎着一筐鸡蛋，浑身上下一股子油漆味儿，到了伪警备队，看见程文元就上前一巴掌：

"你个狗鸡磨养的，一干活就耍奸，圪串甚呢？"

程文元也机灵，就势捂着脸央求道：

"师傅师傅，俺错了，可不敢告俺爹啊，俺爹知道了非敲断我的腿不可。今后俺保证紧跟着师傅不离一步，也不给老总们找麻烦。"

"等等，咋回事？"伪警备队队长给弄糊涂了。

程来大上前递上烟。"老总，这几个都是赵老汉的徒弟，平日里老汉管教得严，这不，一有空子，就跑出来了。"

赵书义一边把鸡蛋放下，一边气恼地说："前晌没有活儿干，你几个就不能歇着，非要圪串甚呢！"

魏富堂赶紧过来说："师傅啊，俺们这不是从没有来过段村嘛，人家都说这里热闹，转了转也没有些什么。"

伪警备队队长拿起一颗鸡蛋扔起来又接住。"对了，段村就不是让人看的，没事不要瞎圪串。遇上皇军，死都不知道是咋死的。滚吧！"

几个人顺利脱身，但也知道敌人如今对段村把守得更严了，需要另外想办法。

眼下，空气中依然飘着马肉的香味，但程来大心里却不安起来。吃马肉还不算啥，关键是炸死了鬼子的军马，就在村口口一带，这炸弹咋来的？谁埋的？麻烦可就大了，鬼子一定会来村里折腾的，此事绝不简单！

程来大觉得这道关不好过。他顾不上吃肉，急忙找魏启云、梁金堂等人开会商量，看怎么能把鬼子对付过去。当无意中看到当年有人捕猎用过的套子时，程来大心里有了办法。他先是找见养猪的魏怀明，让他拿镢头把猪圈捣出一个豁口，千万不能刨，豁口边缘一定要落得个齐整。然后又在村里抓了几只鸡，让人用刀把鸡身子切开，撕成一条一条的，连同杂乱的鸡毛和接住的鸡血一起，分好几溜洒在沟口爆炸地周围。程来大还把魏富堂叫到身边，两人对了半天口供。因为魏富堂在八路军柳沟兵工厂做手榴弹，会制作炸药，这一点村里人都知道，恐怕瞒不住，以防万一。前前后后忙完，天也黑了，程来大脑中仔仔细细过了好几遍，觉得该准备的都准备好了。

不出所料。第二天黎明，一小队鬼子和几十个伪军牵着狼狗直奔王家庄而来。路过爆炸现场，几条狼狗就再也牵不住了，疯狂地吠叫。鬼子们一把狼狗放开，它们便疯狂地扑到路上，又抓又挠，然后叼着鸡肉条和带血的鸡毛跑回来。鬼子队长拿起鸡肉鸡毛看了好半天，又在路上走了几个来回，搞不清楚是怎么一回事。于是，他们把王家庄"维持村"村长赵树生和情报员程来大押回段村，进行盘问。

"程底，村里有炸弹，你从不报告，良心大大底坏了！"

"太君，俺冤枉啊，炸弹埋在村子外面的野地里，俺怎么会知道？"

"你底，说说，这到底是怎么回事，村里是不是暗藏着八路军？"

"太君，俺保证，村里全是良民，没有一个八路。"

"你们不老实，可是要杀头底！这个炸弹是不是你们埋下底？"

"太君，俺们可是大大底良民啊！"

鬼子队长对这件事情非常疑惑。这次爆炸，炸死了军马，能炸死军马，一定是炸药干的。可又不是地雷，爆炸力就不是地雷，而且，根据经验，八路、游击队不可能只埋一颗地雷。他越想越头疼。五六天过去了，程来大、赵树生两人一脸无辜的表情，言语也没有纰漏，似乎是真的不知情。鬼子队长有些想放弃，但是有汉奸了解王家庄一带，历史上就有人会制作炸药。于是，鬼子决定再来王家庄，从其他村民那里寻找线索。

这一天，鬼子伪军牵着狼狗，押着程来大、赵树生两人，包围了王家庄。他们挨家挨户搜查，翻箱倒柜的，试图发现炸药以及制造炸药的工具和痕迹。经过对村民的威逼讯问，鬼子们掌握了魏富堂会制作炸药的信息，于是把魏富堂抓来，对他进行单独审问。

"你底，不要怕，告诉我，在哪里学会制作炸药底，是不是柳沟兵工厂底干活？"

魏富堂事先已经和程来大串编好了说辞，他假装害怕地说：

"太君，俺早的时候在和顺山里闹山，那里野猪多，俺雇给人家看地。东家看俺实在，他把做炸药的法子教给了俺，算是给了俺一个饭碗子。俺在那里住了几年，给东家看守着上百亩庄稼不被野猪迫害，也学了些木事。"

"你底，学会了做炸药，所以回来，八路兵工厂底干活!"

"不是啊太君,不是这样!原本东家挽留俺,还要给俺娶媳妇,可是俺得回来啊,本来出去就是为了挣点儿钱,好歹家里哪能放下不管呢。"

"那个炸弹是不是你埋底?"

"炸弹是俺埋的,但那个是要炸狼的。最近野地里狼闹得欢,三天两头进村吃猪,俺便帮人炸狼。回来这段时日俺就再没有碰过炸药,要不是乡里乡亲的……"

"你底,帮什么人炸狼?"

"魏怀明。村里就他家还有几头猪。"

鬼子立即开动,到了魏怀明家。魏怀明老汉带着哭腔说道:

"太君啊,狼几次把俺的猪吃了,一年快到头的零花钱就让畜生一口叼走了,实在是没法子活呀!"

鬼子来到猪圈,用手帕捂着鼻子认真查看了一阵子。

"你底,从哪里找的炸药?是不是八路底兵工厂?"

"不敢不敢啊,太君,俺可是良民,不敢私通八路,乡亲们都可以做证。俺找的魏富堂,村里就他会做炸药。"

"魏……富堂。你们底,做好炸药,有多少?"

"太君,就做了一个,魏富堂不敢多做,俺怕不保险,央求他多做几个,他不给做。"

"炸药放哪里?"

"俺们就埋在村口小路上，杀了一只鸡当诱饵。"

狡猾的鬼子又把魏富堂带到一个房间里进行核实，连蒙带诈，但魏富堂丝毫不上当，和魏怀明说的没有出入。鬼子终于相信炸弹只是用来炸狼的，而且只做了一个，做炸弹的是个大大底良民，于是便把程来大、赵树生两人释放。

"王家庄底，大大底好，良民大大底好，对皇军绝对效忠！"

然后，鬼子们把魏怀明家仅剩的几口猪都捆上走了。

程来大心里说，炸狼不成，炸了匹马，初一十五的，轮着来吧。

李馥兰进山

　　秋天又到了。时序不管老百姓的苦日子，该暖就暖，该凉便凉。秋风吹起，按理说那叫黄金风，就是说，秋风吹过田野，庄稼都熟透了，一年的最好光景就在这收成季节。然而，本该是喜气盈盈的大地，却因为日本鬼子和伪军汉奸们的肆意掠夺和践踏，变得就像天上的铅云一般沉重。

　　粮食刚刚长熟，敌人就来抢，不管不顾老百姓的死活。八路军针锋相对，就在鬼子抢粮的时候打他们的埋伏。因此，故城坪上高粱穗、玉米棒都被摘走掰去，却依然留着比人还高的青纱帐，一眼望不到边。这是老百姓们故意留下的，就是为了帮助八路军打埋伏，方便隐蔽。吃过几次亏后，鬼子们对青纱帐又恨又怕，用种种手段逼着各村要把青纱帐铲除。

　　这一天，难得的好天气。坪上还有一块高粱地没有收完，远远看去，一群妇女正忙着掐穗收筐。其中一位身材高大十分健壮的年轻女子叫作李馥兰，那可不是

抗战
时期
残存碉堡
于武乡板山
慧群

板山堡垒

王慧群·绘

一般人，在村里领着女民兵们抗日，同时又是地下情报员和交通员。别看她长得粗大，干活风风火火的，但十分有主意，心很细，脑子转得快，还很冷静沉着。李馥兰生在武乡山交沟村的一个贫苦家庭，小小的就父母双亡，日子过得很是凄苦。共产党八路军的到来解救了她，也改变了她，从此，她一门心思跟党走，积极投身于抗日斗争。

大家正忙着抢收，李馥兰就看见远处灰腾腾地起了一股子尘土，一大群敌人来到了近前。前头带路的是故城维持会长程福荣，后面跟着鬼子小队长、翻译，以及凶神恶煞般的一众鬼子伪军，还牵着几条大狼狗。他们踩在地垄上，鬼子小队长一边踢着高粱秆，一边对着李馥兰她们大喊着：

"你们底，良心大大底坏了，青纱帐底统统刨掉！"

程福荣还怕大家听不明白，上前装腔作势地说："太君的意思你们底明白？马上把庄稼秸秆统统底刨掉，不刨掉死啦死啦底！"

这个程福荣是一个不折不扣的铁杆汉奸，他抱着大汉奸郝泉香的粗腿，整日里为虎作伥，帮着鬼子抓捕抗日人士，欺辱百姓，又是抢丁又是催粮，到处搜刮民财，还替鬼子抓"花姑娘"，李馥兰她们早就对他恨之入骨。过了不久，我游击队潜入故城，从维持会老窝里将程福荣绑走，就地枪决，结束了这个汉奸罪恶的一生，这是

后话。

妇女们装作闹不懂的样子你看我我看你，有的还伸出手去摸摸高粱秆。程福荣有些急眼了：

"混蛋，八格牙路！叫你们刨了庄稼，统统都刨了，一棵都不准剩下！"

后面的伪军们纷纷端起枪来，对住大家。

李馥兰拢了拢耳边的短发，满脸堆笑地对程福荣说：

"程大会长啊，你看看，真日（今儿）大伙就带了个掐刀，也没拿着镢头、铁镐，俺们知道皇军的要求了，改日儿再刨吧。"

程福荣翻翻眼皮。"借口真多！就是你了，你给招呼着！"

他指着李馥兰说道："要是故意捣乱，死啦死啦底！"

鬼子小队长一听"死啦死啦底"，二话不说拔出腰刀来，往身边的高粱秆上"嚓嚓嚓"地就是三刀。

"统统不刨掉，死啦死啦底！"

程福荣当下解读说："太君说，限你们三天刨掉，还有，把欠皇军的粮食交齐，不然的话，就跟削高粱秆一样，把你们的脑袋统统砍掉！"

他看见鬼子小队长已经走远了，赶紧三步并作两步地追了上去。

李馥兰盯着敌人渐渐消失的背影想了一阵子。青纱帐不能倒，庄稼一倒，鬼子一览无余，一切活动都不方便了。怎么办？怎么办？

她让大家聚拢过来。"要把青纱帐留住，就得跟敌人斗智斗勇，就得不怕牺牲。敌人想从咱们故城入手，想让整个武西都变得光秃秃的，咱们绝不答应！"

"对，绝不答应！"

"馥兰，你说咋办，俺们都听你的。"

李馥兰想了想说："咱们得想办法进山里去，找八路军武工队，趁着青纱帐还在，让他们狠狠地教训教训鬼子。还有，你们回去发动群众，开展抗粮斗争，不给敌人一颗粮食。"

"馥兰，你要进山？"

"对，鬼子逼着我们刨掉青纱帐，这是一个信号。秋收时候，鬼子们就会出来'扫荡'，抢走粮食，俺必须跑一趟山里，把这个情况告诉八路军。"

进入四十年代后，鬼子集中重兵对我各抗日根据地进行疯狂攻击，特别是针对我八路军总部武乡一带，多次展开拉网式"扫荡"。敌情严重，我地下党组织就把故城镇的联络站转移到山里面，作为地下情报员的李馥兰成为沟通山里山外的重要联系人。

第二天一大早，李馥兰收拾利落，喊上昨天一起下地干活的妇女们，拿着镰刀，扛着镢头，提着筐子，一如既往地出了故城镇，沿着田埂，在青纱帐的遮掩下朝北山一带根据地的方向走去。眼看到了维持区的边界，

突然跳出来一个鬼子哨兵，一拉枪栓对住她们：

"站住！什么底干活？"

李馥兰马上指着不远处的一块玉米地说：

"太君，俺们掰棒子、割秸秆底干活。"

鬼子哨兵顺着她指的方向看了几眼，然后伸出手去：

"良民证，良民证底拿来！"

大家各自掏出"良民证"递了过去。鬼子挨个儿对了"良民证"上的照片，又让每个人把手里的家具放下，开始搜身检查。搜了半天也没有发现什么，这时，又冒出一个鬼子来，用刺刀指着地上的镰刀，问道：

"带这个底掰棒子、割秸秆底干活？不说老实话，死啦死啦底！"

李馥兰装作害怕的样子说："昨天太君让俺们把青纱帐刨掉，这不，俺们听太君吩咐，带上了镰头。"

鬼子收起枪来。"大大底良民！快快底刨掉！"

"俺这就去，俺这就去。"

李馥兰回头示意大家把家具都捡起来。两个鬼子又打量了她们一会儿，最后摆摆手，让她们过去了。

妇女们掩护着李馥兰钻进了青纱帐。一入青纱帐，李馥兰就像鱼儿回到了大海，自由自在地奔跑起来。一人多高的青纱帐浩如烟海，外人进来一定会晕头转向，八路军打埋伏、打游击，情报员送情报、逃脱敌人追捕，地下党活动、转移，老百姓躲藏，全凭着青纱帐的遮掩保护。而对敌人来说，青纱帐就像迷宫、像陷阱、像死亡之地，所以鬼子一门心思想要将遍地的青纱帐除掉。

李馥兰一路向东，朝着山后根据地飞奔。耳边唰唰唰响着的作物摩擦的声音，非常好听，让李馥兰的脚步更加轻盈。很快，她便爬上了大山。

李馥兰进山不久，就被八路军武工队的同志们发现了。他们带着她来到抗日县政府驻地，给她倒水，拿来干粮。李馥兰顾不上这些，马上把敌人实行"强化治安"的动态、秋季抢粮计划，还有汉奸程福荣的种种罪恶一一作了详细汇报。她一口气把要说的都说完后，心里轻松下来，端起碗来大口大口地喝水。

领导同志让她慢慢喝，别呛着了，一边对她说：

"眼下敌人气焰嚣张，'清乡'频繁，封锁严密，我们在等待时机，暂时不便进镇活动。你先把标语、传单带回去，想办法在镇子里张贴、散发，对敌伪进行政治攻心。一旦时机成熟，我们便进到镇子里面除掉汉奸，给敌人以惩罚和警告。"

李馥兰忽然想起敌人逼着刨掉青纱帐的事情，赶紧告诉领导同志，焦急地问该怎么办。

"这个情况我们已经掌握了，正在考虑采取措施。"

领导同志说："馥兰，你们不要担心，只要青纱帐在一天，就会让敌人付出代价。"

李馥兰放心了。她急火火地站起身，拿上一卷子标

语传单就要走，这时传来了敌人要奔袭根据地的消息，领导同志安排她跟着武工队转移。

敌人"扫荡"来势凶猛，试图要把我抗日力量一下子剿灭。天气也一下子变得糟糕起来，连阴雨没完没了，尤其是山上，白天湿冷无比，晚上山风阵阵，人们浑身上下没有一块干的地方，那叫个贴肉的冰凉。敌人重重围困，拉锯般来回"扫荡"，大家带着的干粮都吃光了，体能急剧下降。不能点火，大家挤在一起取暖，摘野果子充饥。李馥兰忍着饥冷，跑前跑后地帮着用树枝搭建遮雨棚，夜里主动要求站岗，经历了人生一次重大挑战。

好不容易第四天雨停了，李馥兰挂记着回镇上的宣传工作，决定下山。她化了妆，看上去像是一位回娘家的媳妇，手里挎着篮子，篮子里藏着传单和标语。下过雨的山路非常湿滑，李馥兰扯着树枝圪针，小小心心地下到半山腰，在一处土崖边上发现了一棵野桃树，上面果实累累。她又惊又喜，连忙过去摘下一颗果子。桃子有小孩子的拳头那么大，雨水把它清洗得十分干净。她塞进嘴里狠狠咬了一口，也许是饿慌了的缘故，桃子竟然异常得香甜。李馥兰一口气吃掉五六个桃子，感觉身上有了力气，人也一下子精神起来。她愉快地向下走去，没走了几步，忽然停了下来，看看手里的篮子，里面只有传单和标语，掩在一块蓝布被面下。于是，她又回到桃树下，摘了二三十颗放进篮子，差不多就满了。这下子她心里踏实多了，感觉自己很像一个从娘家满载而归的媳妇。

李馥兰正走得起劲，突然边上传来一声暴喝：

"八格牙路，站住！什么底干活！"

李馥兰一听，坏了，遇到搜山的鬼子了。想也不想，她扭头就朝山的另一边跑。身后立刻响起密集的枪声，子弹打在岩石上，迸溅起许多小石子儿。李馥兰也顾不得石子儿打得疼，弯下腰噌噌地跑。鬼子又喊又叫又打枪地一路追赶。

"站住！站住！"

李馥兰咬着牙跑着，不知跑了多久、跑了多远，一抬头，糟糕，竟然来到了名叫狮子头的悬崖处。李馥兰很熟悉这里，情急之下，没想到跑到了一处绝路。她回头看去，隐隐约约看到了鬼子的刺刀闪着光，甚至能听到汉奸的声音：

"太君，前面是悬崖，八路跑不掉底！"

"幺西，抓活底！"

李馥兰看看手里的篮子，怎么办？情急之下，她朝悬崖下面看去。原本想着，俺就算是跳崖一死，也不能给敌人抓去。结果一下子看见半崖间伸出一棵柏树，还比较粗壮。她顾不得多想纵身便跳到了柏树上，树身微微动了动，浮起一些灰尘和干碎叶子。她晃了晃，迅速蹲下来站稳，一眼瞥见树间架着一块大石头。急中生智，

于是她把石头推下去，远远地传来一声沉闷的响声。这时，鬼子们追到了悬崖顶上。李馥兰身体贴紧崖壁，屏住呼吸。

"八嘎！八路跳崖了！"

"八嘎！射击！"

又是一阵密集的枪声打向山谷谷底。李馥兰闭上了眼睛。

天慢慢地暗了下来。山风静静。李馥兰直起腰来，把篮子挎上，抓着老藤艰难地从半崖爬上来。看着敌人留下的杂乱的脚印，还有亮晶晶的子弹壳，她轻蔑地一笑。

李馥兰回来后马上着手抗日宣传活动。百姓家门口贴标语、传单，维持会威胁要烧房子，他们便趁夜贴到伪政权、汉奸窝的大门上，引发鬼子和汉奸伪军的自相残杀。敌人来抢粮，李馥兰便传递信息，八路军武工队便下山打埋伏，把敌人抢走的粮食再夺回来。

历尽磨难，坪上的青纱帐依旧郁郁葱葱，而且越种越多。

无名

　　"无名"，并非没有名字，而是直到今天，熟悉他的人都不知道他的名字。

　　"无名"曾经是段村伪警备队的参谋长，当然，这只是个招牌，他的真实身份是我地下党安插在敌人内部的地下工作者。

　　"无名"手下有个勤务兵叫作李三则，也属于自己人。有那么几年，李三则几乎每天都要出段村，替参谋长跑腿办事。时间一长，门岗都和他惯熟得很。

　　"三则，又去哪里捞油水呀？"

　　"捞甚的油水，给长官办点事情，就是受苦的命。"

　　"受甚的苦？跟着长官吃香的喝辣的，哪里像俺们，一天到晚杵在这里，只有西北风。"

　　"你们是钉钉子，俺是拴线线，都一回事。"

　　李三则扛着枪出城，身上往往会带着情报或者从鬼子那里偷来的弹药。他外出一趟，地下党和八路军就有收获。李三则自己也十分警惕，总是这两天从东门出去

西门回来，隔天就变成从西门出去东门回来，显得四面八方事情多，行踪无定的样子。

勤务兵往往属于打杂的，不论参谋长的公事还是私事，都要去办，可以说，就是心腹。但这个勤务兵的名头也就是个样子，其实还是我党的情报员。

"无名"手下还收过一个勤务员，叫作李应其，当时年龄小，也就十二三岁，没有文化，虽然机灵，但不知什么原因，半个月以后就离开了。"无名"对这个小孩子几乎没有什么印象，因为是农家孩子，比较淳朴，因此待他还好。

李应其离开不到一年后，"无名"没有想到自己竟然会以这种方式再次见到他。

1943 年的一天，李应其早早起来，惦记着富庄村村南沟里的一块地可以种玉米，于是扛着镢头往过溜达。半路上遇见本村人张贵珍，沟里还有四五个人正在土墼阴凉里歇着。李应其认识，知道他们都是地下党，是八路军南乡爆炸组的成员。

张贵珍看见他，又往他身前身后的土路上眺望一番，然后打趣说：

"呀呀呀，是你扛镢头呢，还是镢头扛你呢？"

李应其知道他在逗自己玩。"贵珍哥，一黑夜没睡吧，你好好歇着，俺上地里时帮你们看着。"

"真是个小大人。"张贵珍忍不住夸奖道。

李应其扛着镢头继续走，忽然看见一二百米远的沟口来了十几个端着枪的伪警备队队员。他不禁吓了一跳，下意识地扭转头去看张贵珍他们。此时，他们正安静地休息，根本不知道敌人就要来到眼前了。

怎么办？

这时，走在最前头的一个伪警备队队员也看见了李应其，一拉枪栓，指向了他。李应其反应也够快的，瞥见身边有一块大石头，就手用镢头就撬翻到沟里。

呼隆呼隆！石头翻滚着，发出沉闷的响声，荡起浓浓的黄土。

张贵珍几人一下子被惊醒了，一抬头发现了远处的敌人，急忙弯着腰顺着沟跑。而敌人显然也发现了他们，纷纷开枪。

"站住！八路！跑不了了！"

子弹打在黄土上冒起一股股烟尘。张贵珍几人熟悉地形，转眼便翻上梁去，消失得无影无踪。

"妈的，刚才那个小孩呢？找见他，别让他跑了！"

"小八路，竟敢通风报信，看老子不收拾坏你！"

李应其此刻躲藏在一条水渠里，紧张得连大气都不敢喘。在伪警备队干了半个月的勤务员，他可是知道这帮坏蛋是怎么折磨抓来的抗日分子的。听着那些家伙恼羞成怒地叫骂，他捂住耳朵，把眼睛闭上。

过了一阵，李应其忽然想到自家的镢头还留在撬石

头的地方，心想，可是别让这帮坏蛋给拿走了，打一把
镢头要花钱的。心里着急也没用，敌人的脚步声时不时
地传过来，还有他们咋呼的声音：

"小八路，老子看见你了，快点滚出来！"

"再不出来开枪了！"

李应其把心一横：反正俺不出去，你们就没办法找
见俺。

过了不知多久，外面听不到声音了，想必这帮家伙
走了。李应其尽管身体小，但是又脏又窄的水渠里窝久
了也不好受，他的手脚都麻了。出于慎重，李应其还是
又耐心地忍了一阵，直到确定周围没有动静了，才慢慢
地从水渠里爬出来。他把头上的脏东西用手拨拉了拨拉，
活动活动手脚，刚刚把腰直起来，后背就狠狠地挨了一
枪托子。

"妈的，老子还等不到个你！"

十几个伪警备队队员抱着枪站在那里哄堂大笑。

李应其明白自己上了敌人的当，索性扬起头来。

"你们这么多人糊弄俺一个，算不上好汉！"

"你个小兔崽子！"一个人上来一脚把李应其踹倒，
然后一群人押着他回到了伪警备队。

到了熟悉的地方，李应其却没有任何心情。他不知
道自己会面临什么样的刑罚，他还担心自家的镢头被别
人捡走。

"小兔崽子，是不是你把八路放跑的？"

"俺去翻地，甚也不知道。"

"咦，嘴还挺硬！说吧，你咋认下的八路？"

"俺去翻地，甚也不知道。"

啪啪！几个耳光落在了李应其的脸上。

伪警备队队员们暂时问不出个什么，于是把李应其送到了参谋处，让参谋长来审问。

李应其一眼看见参谋长，就有一种莫名其妙的兴奋。他很聪明，一句话也不说，只是目不转睛地看着参谋长，希望他能认出来自己。

"无名"感到十分奇怪。这个孩子为什么这样盯着自己？他拉过椅子坐下，问道：

"你认识我吗？"

"长官不记得俺了？去年时，俺给你干过半个月的勤务员。"

"无名"愣了愣。"你，你是那个李……"

"俺大名叫李应其。"

"哦，对，长这么大了！"

"无名"喊来李三则，让他去给李应其弄些吃的。自己又找几个伪警备队队员了解了一下当时的情况，心里于是有了底。

"一个小孩子，还在这里做过事，还能不懂个好赖。"

"无名"对外说。对着李应其，他则这样嘱咐：

"你就在这里老实待两天，不要乱说乱动，然后我就放你回家。"

李应其懂了。他有些不甘心地说："俺的镢头还在沟上扔着呢！"

李三则笑了。"你这娃娃，要几个镢头？"

到了解放段村的日子，八路军攻打城门，城里面就有长梯子伸了出来，那就是"无名"和李三则做的。

段村回到人民的怀抱，"无名"却一直没有离开自己的岗位，在敌人心脏里坚持情报工作。国民党反动派进攻我根据地时，他多次孤身犯险，深入太原敌占区侦察，为革命解放事业作出了很大的贡献。然而敌人也注意到了他，几次跟踪抓捕，几次设计陷阱，"无名"依靠智慧都成功逃脱了。他变得更加谨慎、小心，就连夜里也不在城里住店，而是藏在城外的苇子地里。

一天，"无名"侦察完成，躲进一个偏僻的小饭馆吃饭，不幸被一个特务偶然发现。敌人抓住他，如获至宝，想要从他这里获取大量的情报。但是"无名"不吐一字，受尽酷刑，最后英勇就义。

人们不知道他的名字。他是为中国人民解放事业做出牺牲的千千万万个无名英雄中的一个。

常河清救人

1944 年秋天，就快过中秋节了，天气一天天地冷下来，天黑之后，四野里很难看到一个人影。

这一天晚上，在大沿沟村边上的一座龙王庙里，武乡抗日政府二十多位同志秘密召开着会议，商议在过节这几天对南关守敌进行打击的计划。从外面看，龙王庙的天际线在黑夜里被暗光勾勒得十分清晰，依稀的灯火透过门窗缝隙漏出来，显得特别安静。庙在高处，周围是茂密的树林，朝南的视野又是非常开阔，负责放哨的民兵睁大了眼睛，埋伏在黑暗中，密切注意着远处的一切声响。

尽管我内线人员并没有传来敌人夜里"扫荡"的情报，但是同志们绝不大意，因为敌人的突然行动也时有发生。这次会议研究的事项比较重要，时间也很长，所以安排了几拨民兵来换岗值班。结果万万没想到，事情就出在换岗上。

最早负责警戒的是常家垴村的民兵，到了时间后，

换上了一位大沿沟本村的民兵。不巧的是，也许是天气阴冷的原因，也许是晚饭吃坏了，这位民兵接岗后再三强忍着翻江倒海的肚痛，最后实在憋不住，观察了一番前方，看到一切正常，便小跑到下面的一块玉米地里去解手。费了半天劲儿总算是把肚子清空了，他收拾好后转身就往岗位上跑，结果大吃一惊。高处树林里涌出几十个黑魆魆的人影，一下子将不大的龙王庙团团包围。转眼之间，里面开会的二十几位同志就被荷枪实弹的敌人押了出来。

这位民兵悔恨交加，但他知道不能跟敌人硬干。于是，他悄悄地跟在敌人后面。到了下面的大路上，更多的敌人出现了，足足有上百人。看来，开会的消息一定是走漏了，如此大的阵仗，肯定是有目的而来。等着敌人押着人离开后，他疯了似的奔回村里，把这一切前前后后告诉了村里的地下党负责同志。

黎明时分，这个不好的消息就被上级组织知道了，大家顾不上其他，赶紧商量营救办法。否定了几个方案后，富有地下工作经验的常河清说道：

"这一下子二十几位同志被抓，显然不能动用武装力量强行救援，风险比较大，牺牲也会很大，如果救援不成，很可能二十多条命就没了。"

"是啊，人数多了，目标就大了，一定得有个万全之策。"一位同志说。

"好在是人落在伪警备队手里，一旦等鬼子掺和进来，就更加复杂了，所以要快，得马上去办。"另一位同志又说。

常河清想了想说："我有一个办法，大家商议一下，看可行不可行。"

"你快说。"

"赶紧说说看。"

"我想亲自跑一趟段村。当年俺当石匠学徒时，段炳昌是俺的师兄。有这一层关系，我想他可能会给俺一个面子。"

段炳昌是武乡聂村人，原来是阎锡山的部下，1942年投降了日本鬼子，成了伪军头目，如今在八路军围困下成为困兽，退守段村、五峪和沁县。

常河清心里究竟有几分把握，谁也不知道。为了事情能周全顺利，大家来到聂村附近的马圈沟，把聂村的地下党员秘密找来，了解段炳昌家里近期的情况，包括段本人近期回来过没有、回来过几次等，十分详细。常河清以师弟身份，原本就跟段炳昌家里人惯熟，由他出面，把段炳昌的老母亲接出聂村，转移到西黄崖村一处土窑安置下来。组织上又派了一些同志分散在周围待命，作为必要的外援。

万事俱备。吃罢早饭，常河清一脸从容地往段村而去。

因为抓获了二十几个有"共党""八路"嫌疑的人，段村自然加强了警戒。远远望去，岗哨密密麻麻，而且严查行人，许多进城做买卖的老百姓都被赶了出来。常河清皱皱眉，好在岗哨里不见鬼子，他的心放宽了一些。

"站住！别往前走了！干什么的？"

几个端着枪的伪军把常河清围了起来。

常河清不慌不忙地掏出"良民证"来。"俺是你们警备队张成海队长的表弟，俺家姑姑病了，大夫给开了个药方……"

他又从兜里掏出一张草纸，对着伪军们打开。上面歪歪斜斜地写着一排草药名字，伪军们凑过来看看。

"俺跑了几个地方都抓不全，这不寻到俺表兄成海这里，让他帮俺抓好，俺好带回去，病人还等着吃药呢！要是不让进，你们就把他喊出来，俺把事情交代给他。"

伪军几个互相看看。

"找张队长的，那就进来吧，俺带你去寻他。"

一个伪军把枪背到肩头，带着常河清进了城。

张成海看见常河清第一眼，便知道有要紧事情。他挥挥手打发了那个领路的伪军，然后招呼常河清坐下。常河清把来意说了一遍，张成海感到这件事非常棘手，在地上走来走去。

"人数实在是太多了，俺根本承担不了，得找段师长说话，要不交代不了段师长。"

常河清马上站起来说："你领俺去找段炳昌。"

"别急别急，俺知道你和段师长是师兄弟，可是人家要是问起你来，这么多人在庙里头黑更半夜的搞甚事，你咋说？"

"你的意思是……"

张成海拉着常河清坐下，压低了声音说："你马上找人赶紧回村子里，和村子里通好气，把能搜罗的乐器锣鼓甚的家伙全给送过来，就说这些人不是什么共党八路的，是村子里为了过中秋，专门组织的一个乐班子，晚上在庙里排练，怕影响村里人睡觉。"

"好主意！"常河清紧紧握住张成海的手。

"还有，这里面有本村的，也有外村的，都离得不远，互有亲戚往来，有的也可以说成是谁谁谁家的相好。"

常河清点点头。

"你们知道被抓的都有谁吧？"

"知道。就按你的意思安排。"

常河清立即找见段村内部的交通员，把这个计划传递回去。

张成海穿戴好军装，挎上盒子枪，引着常河清来见段炳昌。段炳昌老奸巨猾，见到这位师弟上门，心里就知道他是为什么而来。段炳昌一股劲儿地安排勤务兵端水端果子糕点，拉拉扯扯过去的事，显得非常热情。

　　常河清见他亲热得有些过头，索性直截了当地提出要求，让他把抓来的人全部释放。段炳昌的脸色立刻就发生了变化。

　　"不是俺说你，甚事你也敢揽？那些人是做甚的，你我心知肚明。让俺把他们放了，这不是给你师兄出难题嘛！"

　　"做甚的？村里过节弄下的乐班子，就不能排练排练？看你们大动干戈的，以后咋见乡里乡亲？"

　　"乐班子？"段炳昌笑了起来。

　　"就说办不办吧，师兄！趁着日本人还没有搅进来，咱中国人就不能帮一帮中国人？"

　　段炳昌一摆手。"两码子事。这些八路是要命人，有他们就没俺们。"

　　"那还不是平日里你们尽不干好事，抢粮拉人的，替日本人做事，就不想想以后咋办？"

　　"你说咋办？俺还不知道日本人待不久了，日本人走了还不是俺的天下，俺说了算？"

　　"甚是你的天下？老百姓的天下，人民的天下！师兄啊，你想想，日本人都要完了，你又能在咱段村窝多久？再说，日本人又不相信你，你看看，你们这样的卖命人，前一阵子给他们杀了多少，你还不看明白！"

　　段炳昌一时语塞，翻了翻眼珠子，坐了下来。

　　张成海适时端过来一杯茶。"师长消消气，喝茶。河清要的就是个顺水人情，这不，几个村子都来人要担保了，还把乐器什么的带着，师长……"

段炳昌摸出手帕来擦擦汗。"我说师弟啊，认识你可是倒下霉来。你一句话简单，俺的脑袋可是十来斤重哩！"

常河清笑笑，忽然像想起来什么似的。

"对了师兄，俺还去见咱老娘来。"

段炳昌立马警惕地问："你找俺娘做甚？"

"有些日子不见了，俺就把她接出来，好吃好喝的，让人领上她老人家四下里转悠转悠。"

段炳昌气得一拍桌子。"常河清，你跟俺玩阴的！"

常河清不说话，只是看着他微笑。

张成海连忙按住段炳昌想要拔枪的手。"师长师长，这是要干甚呢，师兄弟的，你妈还不是他妈，又能亏待到哪里……"

段炳昌的嘴都快要气歪了。"姓常的……你他妈的……敢要挟俺……"

"师兄，哪里说的，是你见外了。"

常河清不紧不慢地说，然后给张成海递了个眼色。张成海犹豫了一下，找了个借口出去了。

"师兄啊，你看，甚都齐全了，人证、物证，都准备下了。就要过中秋了，各村热闹热闹，皇军们不是也高兴？"

"滚滚滚！"段炳昌用手帕捂着脸。"带上你的乐班子有多远滚多远！"

"那就多谢师兄了！"

"要是俺娘有个三长两短的，你和几个村子都逃不了！"

"看师兄说的。那也是俺的老人呢。"

二十多位同志奇迹般地脱险归来，老百姓们很是欢喜，真正地敲锣打鼓拉乐器，就像过节一样。常河清与张成海建立起的这条隐蔽战线一直到段村解放，不断地产生着作用，立下了不可磨灭的功绩。